KB014152

크로스로드

크로스로드

조너선 프랜즌
장편소설

강동혁 옮김

은행나무

캐시에게!

차 례

대림절

드넓은 하늘은 비 기운으로 가득 차 있었다. 뉴프로스펙트*의 헐벗은 참나무와 느릅나무들이 간간이 보일 뿐이었다. 두 한랭전선이 공모해 화이트 크리스마스를 가져오려는 모양이었다. 플리머스 퓨리 왜건을 탄 러스 힐데브란트는 아침 일과로, 몸져누운 노망난 신자들의 집을 순회하고 있었다. 신자인 프랜시스 코트렐 부인이 그날 오후 주님의 공동체 교회에 장난감과 통조림을 가져다주는 걸 돕겠다고 자원했다. 러스 자신도 알듯, 그는 프랜시스의 자발적 행동에 오직 목사로서만 기뻐해야 했다. 하지만 그녀와 단둘이 네 시간을 보낸다니 그만큼 좋은 크리스마스 선물도 없다고 느꼈다.

3년 전 러스의 치욕스러운 그날 이후, 교회의 담임목사인 드와이트 해플은 부목사인 러스에게 가정방문을 더 많이 맡겼다. 러스가 아껴준 시간에 드와이트가 정확히 뭘 하는 건지는 불분명했다. 좀 더 자주 휴가를 다니고 오랫동안 써온 시집을 완성하는 것 말고 다른 일이 있을까? 하지만 오드와이어 부인이 교태를 부리며 맞아주는 것은 마음에 들었다. 그

---

* 미국 중서부 일리노이주 시카고의 한 마을로 설정돼 있다.

녀는 심각한 부종 때문에 팔 절제 수술을 받고, 과거에 응접실로 쓰던 방에 놓인 병원 침대를 떠나지 못하고 있었다. 러스는 사람들에게 봉사하는 일과를 감사히 여겼다. 3년 전 일을 전혀 기억하지 못하는 사람들에게 봉사하는 일이라면 더더욱. 러스 자신은 그 기억에서 벗어날 수가 없었지만 말이다. 힌즈데일의 양로원에서는 크리스마스 소나무 화환과 노인들의 배설물 냄새가 뒤섞여 풍겼다. 그 냄새를 맡으면 애리조나 고원의 변소가 생각났다. 러스는 짐 데버로 노인에게 대화의 촉매제로 사용해온 새로운 성도 사진첩을 건네며 패티슨 가족이 기억나느냐고 물었다. 대림절* 분위기 탓인지 한껏 무모해진 러스에게는 짐 데버로가 비밀을 털어놓기에 안성맞춤인 사람이었다. 동전을 떨어뜨린다 해도 그 동전이 바닥에 떨어져 소리를 낼 일이 결코 없는, 소원 비는 우물 같은 사람.

"패티슨이라." 짐이 말했다.

"패티슨 가족에게 프랜시스라는 딸이 있었어요." 러스는 짐의 휠체어 위로 허리를 숙이며 C로 시작하는 이름을 가진 사람들이 나올 때까지 페이지를 넘겼다. "지금은 결혼해서 성이 달라졌지만요. 지금은 프랜시스 코트렐이라고 합니다."

러스는 집에서 결코 그녀의 이름을 입에 담지 않았다. 이름을 말하는 것이 자연스러울 때조차도. 아내가 그의 목소리에서 어떤 눈치를 채게 될까 봐 두려웠다. 짐은 프랜시스와 그녀의 두 아이가 담긴 사진으로 더 가까이 고개를 숙였다. "아아…… 프래니 말이오? 프래니 패티슨은 기억나지. 프래니에게 무슨 일이 있었소?"

"뉴프로스펙트로 돌아왔어요. 1년 반 전에 남편을 잃었습니다. 끔찍한

---

* 예수 성탄 대축일을 준비하고 기다리는 성탄 전 4주간.

일이었죠. 남편은 제너럴 다이내믹스의 테스트 파일럿*이었어요."

"지금 프래니는 어디 있소?"

"뉴프로스펙트에 돌아왔습니다."

"아, 그렇군요. 프래니 패티슨이라. 지금 어디 있소?"

"집으로 돌아왔어요. 지금은 프랜시스 코트렐 부인입니다." 러스는 그녀의 사진을 가리키며 다시 말했다. "프랜시스 코트렐이요."

프랜시스와는 2시 30분에 제일 개혁 교회 주차장에서 만나기로 했다. 러스는 크리스마스를 목 빠지게 기다리는 아이처럼 12시 45분에 도착해, 자동차 안에서 점심 도시락을 먹었다. 지난 3년 동안은 힘든 날이 여러 번 있었다. 그럴 때면 러스는 일부러 길을 돌아가곤 했다. 그는 강당을 지나서 교회로 들어간 뒤 계단을 올랐다. 원래 자리에서 쫓겨난 청교도 찬송가집 더미가 양옆에 쌓여 있는 복도를 지나고, 비뚜름하게 고장난 악보대와 11년 전 대림절 때 마지막으로 선보였던 어린이 합창단 물건들, 나무로 만든 양 떼와 온순한 수소 한 마리가 뒤죽박죽 보관된 창고를 가로질렀다. 러스는 먼지로 빛바랜 그 수소에게 서글픈 형제애를 느꼈다. 그런 다음, 그는 오직 신만이 그를 보고 심판할 수 있는 좁은 계단을 내려가 제단 뒤 널빤지로 가려진 '비밀' 문을 통해 예배당으로 들어갔다가, 마지막으로 예배당 옆문을 통해 밖으로 나갔다. 청소년부 지도자인 릭 앰브로즈의 사무실을 피하기 위해서였다. 앰브로즈의 사무실 바깥통로에 모여 있는 십대들은 너무 어려서 러스의 치욕을 직접 목격하지 못했으나 대충 사정은 알고 있었다. 그리고 러스는 앰브로즈를 볼 때마다 자신은 구세주의 모범을 따르지 못했다는 것, 그를 용서하지 못했다

---

* 미검증된 항공기의 성능 등을 시험하는 비행사.

는 것을 영락없이 티 내고 말았다.

하지만 오늘은 운이 아주 좋아서 제일 개혁 교회의 복도가 아직 비어 있었다. 러스는 곧장 자기 사무실로 들어가 타자기에 종이를 끼워 넣고, 아직 쓰지 않은 크리스마스 다음 주 주일 설교문을 고민했다. 그날은 드와이트 해플이 다시 휴가를 떠나는 날이었다. 러스는 의자에 구부정하게 앉아 손톱으로 눈썹을 쓸어보고 콧등을 꼬집으며 얼굴을 만졌다. 그는 얼굴의 각진 윤곽선이 아내만이 아니라 수많은 여자들에게도 매력적으로 보인다는 사실을 너무 늦게 알았다. 그는 사우스사이드로 떠났던 크리스마스 선교에 관해서 설교할까 상상해보았다. 베트남이나 나바호에 관한 얘기는 너무 자주 했으니까. 프랜시스 코트렐과 저는 특권을 누렸습니다. 이 말을 강단에서 대담하게 하면 얼마나 기쁠까. 그녀는 신도석 네 번째 줄에 앉아서 귀 기울이고, 신자들이 아마도 부러움이 담긴 시선으로 그녀와 그를 연결하는 가운데 그녀의 이름을 발음할 수 있다면. 애석하게도 러스의 설교문을 미리 검토하는 아내, 신도석에 프랜시스와 함께 앉을 아내는 그 기쁨을 누리지 못하겠지만 말이다. 아내는 오늘 러스가 프랜시스와 함께 간다는 사실을 모르고 있었다.

러스의 사무실 벽에는 찰리 파커와 색소폰, 딜런 토머스와 담배 포스터 여러 장, 폴 로브슨의 작은 사진 액자가 걸려 있었다. 그 옆에는 저드슨 교회에 로브슨이 온다는 1952년 전단지가 걸려 있었고, 뉴욕 성서신학교에서 받은 러스의 학위증과 1946년에 애리조나에서 두 나바호 친구들과 함께 찍은 확대 사진도 있었다. 10년 전, 러스가 뉴프로스펙트에서 부목사직을 처음 맡았을 때는, 정체성을 밝히고자 교묘히 선택한 이런 장식물들이 십대들에게 영향을 주었다. 그 십대들이 그리스도 안에서 성장하도록 하는 것이 러스의 업무 중 하나였다. 하지만 나팔바지와 오버올 작업복을 입고, 화려한 스카프를 두르고 교회 복도를 줄지어 걸어 다니는 요즘 아이들에게는 이런 장식물들이 그저 고리타분할 뿐이었다. 지저분한 검은 머리카락에 번들거리는 검은색 팔자수염을 기른 릭 앰브로즈의 사무실에서는 유치원 같은 느낌이 났다. 벽과 책장에는 앰브로즈의 어린 사도들이 감정들을 표현한 조잡한 그림들과 의미가 담겨 있다는 특별한 돌, 아이들이 앰브로즈에게 준 표백된 뼛조각과 야생화 화환이 가득했다. 러스가 아는 한, 종교와는 아무 관계가 없는 자선콘서트를 광고하는 실크스크린 포스터들도 있었다. 치욕을 겪은 이후 러스는 자기 사무실에 숨어서, 이제는 그 누구도 흥미롭다고 생각하지 않는 젊은 시절의 빛바랜 토템들 사이에서 괴로워했다. 아내 매리언이야 그것들을 흥미롭게 생각하겠지만, 그녀는 빼야 했다. 그를 억지로 뉴욕에 가게 한 사람이 매리언이었으니까. 러스가 파커와 토머스와 로브슨에게 의지하게 한 것도 매리언이었고, 나바호 인디언에 관한 그의 이야기에 전율하며 목회자가 되라는 소명에 귀 기울이도록 부추긴 사람도 매리언이었으니까. 매리언은 치욕이 되고 만 그의 신분과 떼어놓을 수 없는 존재였다. 그 신분을 구해내려면 프랜시스 코트렐이 필요했다.

"세상에, 이거 정말 목사님이에요?" 프랜시스는 지난여름 처음으로 러스의 사무실에 방문했을 때 나바호 보호구역에서 찍은 사진을 자세히 살펴보며 그렇게 말했다. "젊은 시절의 찰턴 헤스턴* 같네요."

그녀는 남편을 잃고 상담을 받으러 러스에게 온 터였다. 이런 상담도 러스의 업무였지만, 러스는 그 일을 별로 좋아하지 않았다. 당시까지만 해도 그가 경험한 가장 슬픈 상실은 어린 시절에 키웠던 개 스키퍼의 죽

---

* 영화 〈십계〉와 〈벤허〉 등에 출연한 미국 배우.

음이었다. 러스는 남편이 텍사스주에서 화염에 목숨을 잃은 지 1년이 지나서 프랜시스가 겪는 가장 큰 불편이 일종의 공허함이라는 말을 듣고 마음이 놓였다. 제일 개혁 교회의 여성 신도회에 가입해보라는 러스의 제안에 프랜시스는 손사래를 쳤다. "아줌마들하고 커피나 마실 생각은 없어요." 그녀는 말했다. "알아요, 저도 곧 고등학교에 들어가는 아들이 있죠. 하지만 전 겨우 서른여섯 살인걸요." 실제로 그녀는 처진 데도, 늘어진 데도, 군살도, 주름도 없었다. 그녀는 꼭 맞는 페이즐리 무늬 민소매 드레스 차림이었다. 생기 그 자체였다. 그녀의 머리카락은 염색하지 않은 금발로 남자아이처럼 짧았고, 두 손도 남자아이처럼 작고 네모났다. 러스가 보기에 그녀는 머잖아 재혼할 게 뻔했다. 그녀가 느낀다는 공허함은 남편이 없는 상태와 크게 다르지 않을 가능성이 컸다. 하지만 러스는 스키퍼가 죽은 지 얼마 되지도 않았는데 어머니가 다른 개를 갖고 싶으냐고 묻자 화가 났던 것이 떠올랐다.

러스는 프랜시스에게 자신이 지도하는 여성 신자 모임이 있는데, 그 모임은 다른 모임들과는 달리 시내의 자매 교회인 주님의 공동체 교회와 함께 활동한다고 말해주었다. "아줌마들이랑 커피 마시는 모임이 아니에요." 러스가 말했다. "우리는 집에 페인트칠을 하고, 덤불로 뒤덮인 땅을 청소하고, 쓰레기를 치웁니다. 노인들을 병원에 모셔다드리고, 아이들이 숙제를 하도록 도와주죠. 2주에 한 번씩 화요일마다 종일 활동합니다. 이렇게 말해도 될지 모르겠지만, 저는 그 화요일이 못 견디게 기다려집니다. 그게 바로 우리 신앙의 역설 중 하나죠. 나보다 불우한 사람에게 많은 것을 베풀수록 그리스도 안에서 더 큰 충족감을 느끼게 된다는 것 말입니다."

"그리스도라는 이름을 참 쉽게 말씀하시네요." 프랜시스가 말했다. "저는 석 달째 주일예배에 나가고 있지만, 아직 아무것도 느껴지지 않거든요."

"제 설교도 별로 감동적이지 않았나 보군요."

프랜시스는 약간 얼굴을 붉혔다. 매혹적이었다. "그런 뜻은 아니에요. 목사님은 목소리가 참 좋으세요. 그냥……."

"솔직히 말하면, 주일보다는 화요일에 뭔가 느끼실 가능성이 큽니다. 저도 설교를 하느니 사우스사이드에 가고 싶은걸요."

"검둥이 교회인가요?"

"흑인 교회죠, 맞습니다. 키티 레이놀즈가 우리 대장이고요."

"전 키티 선생님이 좋아요. 고등학교 졸업반 때 영어를 가르치셨거든요."

러스도 키티를 좋아했다. 다만 그는 키티가 무리의 수컷인 그를 의심한다고 느꼈다. 매리언은 한 번도 결혼한 적 없는 키티가 레즈비언일지도 모른다고 했다. 키티는 2주에 한 번씩 사우스사이드에 갈 때마다 벌목공처럼 옷을 입었고, 금세 프랜시스를 독차지했다. 사우스사이드에 갈 때나 올 때나 프랜시스가 러스의 스테이션왜건이 아닌 자기 차를 타야 한다고 우기면서 말이다. 러스는 키티의 의심을 알고 있었기에 자동차 문제를 키티에게 양보하고, 그녀가 참석하지 않는 날을 기다렸다.

독감 비슷한 감기가 돌았던 추수감사절* 다음 화요일에는 세 여자만이 제일 개혁 교회 주차장에 나왔다. 모두 과부였다. 프랜시스는 러스가 어렸을 때 썼던 것 같은 격자무늬 모직 사냥모자를 쓰고서 그의 퓨리 앞

---

* 기독교 신자들이 한 해에 한 번씩 가을 곡식을 거둔 뒤에 하나님께 감사 예배를 올리는 날. 11월 넷째 주 목요일.

좌석에 폴짝 뛰어올랐다. 그녀는 모자를 벗지 않았다. 아마 퓨리의 히터에서 공기가 새서 그랬을 것이다. 그 바람에 러스가 앞 유리에 김이 서리지 않게 하려고 창문을 계속 열어두어야 했으니까. 아니, 혹시 프랜시스는 그 모자를 쓴 모습이 러스에게 속이 뒤틀릴 만큼, 신앙심을 시험할 만큼 중성적이고도 사랑스럽게 보였다는 사실을 알았던 게 아닐까? 나이 지긋한 두 과부는 아는 듯했다. 시내로 들어가는 내내, 미드웨이를 지나 55번가를 가로질 때까지 뒷좌석에서 러스의 아내와 네 아이들에 관한 날카로운 질문들을 던져댄 걸 보면 말이다.

주님의 공동체 교회는 작고 첨탑이 없는, 노란 벽돌 교회였다. 독일인들이 처음 지은 그 건물의 한쪽에는 지붕에 아스팔트가 깔린 문화센터가 붙어 있었다. 주로 여성으로 이루어진 이 교회의 신도들을 이끄는 사람은 중년의 목사 시오 크렌쇼였다. 그는 교외의 부촌에서 보낸 자선 물품을 고맙다는 인사도 없이 받았다. 그게 시오가 러스의 신자 모임에 베푼 호의였다. 시오는 격주 화요일마다 러스와 키티에게 우선순위가 매겨진 목록을 건넸다. 그들은 선교가 아니라 봉사를 하러 온 것이었으니까. 키티는 러스와 함께 시민권 행진을 했었다. 하지만 모임의 다른 여성들과는 상담을 통해, 그들이 '도시' 영어를 이해하기 어렵다고 해서 본인들도 큰 소리로 천천히 말해야 하는 건 아니라고 여러 번 설명해야 했다. 이 말을 이해하고 모건가 사우스 6700번 블록을 걸어 다닐 때의 두려움을 극복한 여성들에게는 모임 활동이 강렬한 경험이 되었다. 이 점을 이해하지 못한 여성들에게는—그중에는 단지 남들 다 하는 활동에 빠지기 싫어서 경쟁적으로 모임에 참여한 사람들도 있었다—러스가 릭 앰브로즈 때문에 겪었던 것과 같은 치욕을 안기며 다시 오지 말라고 할 수밖에 없었다.

프랜시스는 아직 시험을 거치지 못했다. 키티가 늘 그녀를 풀칠이라도 한 것처럼 곁에 데리고 다녔기 때문이었다. 모건가에 도착하자 프랜시스는 마지못해 차에서 내렸고, 누가 부탁한 다음에야 러스와 다른 과부들을 도와 공구함과 버려진 겨울 옷가지가 담긴 자루를 문화센터 안으로 옮기기 시작했다. 프랜시스가 머뭇거리는 모습은 러스의 마음속에 눈보라 같은 의혹들을 일으켰지만─러스는 자신이 겉만 보고 속을 오해했을까 봐, 모자만 보고 모험적인 정신이 있으리라고 착각한 것일까 봐 불안했다─그런 의혹들은 시오 크렌쇼가 프랜시스를 무시하고 나이 든 과부 두 명에게만 주일학교에 쓸 중고책 목록을 만들어달라고 했을 때 몰아친 연민의 돌풍에 녹아버렸다. 러스와 시오 크렌쇼, 남자 둘은 지하실에 새로운 온수기를 설치하기로 했다.

"프랜시스 씨도요." 러스가 말했다.

그녀는 거리 쪽 문 근처에 가만히 서 있었다. 시오는 냉정하게 그녀를 평가했다. "책이 많은데요."

"시오 목사님과 저를 좀 도와주시죠." 러스가 말했다.

열렬히 고개를 끄덕이는 프랜시스를 보자 러스는 자신의 타고난 동정심을 확인하는 동시에, 혹시 자신이 정말로 원했던 것은 그녀에게 자신이 얼마나 힘이 센지, 얼마나 공구를 잘 다루는지 과시하는 게 아니었을까 싶었던 의구심을 떨쳐냈다. 그는 지하실로 들어가 러닝셔츠만 남기고 웃옷을 벗은 다음, 석면으로 뒤덮인 고약하고 낡은 난로를 곰처럼 끌어안고 들어 올렸다. 그는 마흔일곱이었다. 이제는 키만 큰 어린나무 같은 존재가 아니었다. 가슴과 어깨가 참나무처럼 굵었다. 프랜시스에게는 지켜보는 것 말고 별로 할 일이 없었다. 취수관이 부러지며 벽에서 끊어지는 바람에 석공용 정과 파이프다이를 가지고 작업해야 했을 때, 러스는 시간이 좀 지난 뒤에야 그녀가 지하실에 없다는 사실을 알게 되었다.

러스가 시오에 대해 가장 좋아하는 점은 그의 과묵함이었다. 그 과묵함 덕분에 시오와 자신이 인종을 넘어선 친구라고 상상하는 허영을 부리지 않을 수 있었으니 말이다. 시오는 러스에 관해 기본적인 사실들을 알고 있었다. 러스가 고된 노동을 피하지 않는다거나, 곤궁함과 거리가 먼 삶을 산 적이 없다거나, 예수 그리스도의 신성을 믿는다는 등의 사실들 말이다. 또한 시오는 답 없는 질문들을 던지지도, 환영하지도 않았다. 예컨대 계절을 막론하고 교회를 들락거리는, 동네의 지적장애아 로니에 관한 질문이 그랬다. 로니는 가끔 걸어 다니다 말고 눈을 감은 채 특이하게 몸을 흔들며 춤추거나, 제일 개혁 교회의 여성 신자에게 25센트짜리 동전을 얻어내곤 했다. 시오는 그 소년에 대해서 그저 "그 아이는 그냥 놔두는 게 최선입니다"라고만 말했다. 러스가 어쨌든 로니에게 말을 걸어보려고 어디에 사는지, 엄마가 누군지 묻자 로니는 "25센트짜리 동전 하나 주실 수 있을까요?"라고 대답했고, 시오는 좀 더 날카로운 목소리로 러스에게 "걔는 그냥 놔두는 게 최선입니다"라고 말했다.

프랜시스는 이런 지시를 따르지 않았다. 점심시간에 위층에 가보니, 프랜시스가 로니와 함께 크레용 한 상자를 가지고 휴게실 바닥에 앉아 있었다. 로니는 뉴프로스펙트에서 가져온 게 분명한 버려진 파카를 입고서, 무릎 꿇고 앉은 채 몸을 흔들거리고 있었다. 한편 프랜시스는 신문지에 주황색 태양을 그렸다. 시오는 우뚝 멈춰 서서 뭔가 말하려다가 고개를 저었다. 프랜시스는 로니에게 크레용을 내밀며 기쁜 듯 러스를 올려다보았다. 그녀는 봉사를 하고 자신을 내줄 자신만의 방법을 찾았다. 러스도 프랜시스 때문에 기뻤다.

러스를 따라 예배당에 들어온 시오는 그렇지 않았다. "그분한테 얘기를 좀 해주십시오. 로니는 건드리면 안 된다고 하세요."

"딱히 해로워 보이지는 않던데요."

"해롭고 말고의 문제가 아닙니다."

시오는 점심이 식기 전에 아내가 기다리는 집으로 갔고, 프랜시스의 봉사를 방해하고 싶지 않았던 러스는 점심 도시락을 가지고 주일학교 교실로 올라갔다. 과부들이 그곳을 대대적으로 다시 정리한 뒤였다. 몸이 아플 때, 사람은 낯선 사람의 손길에 몸을 맡긴다. 하지만 가난으로 아플 때는 주변 환경을 낯선 사람에게 맡긴다. 과부들은 허락을 구하지도 않고 아이들의 책을 모두 정리한 다음, 밝은색의 매력적인 이름표들을 붙여놓았다. 가난할 때는 누군가가 행동을 통해 직접 보여주지 않는 한 뭘 해야 하는지조차 모르기가 십상이었다. 허락을 구하지 않고 뭔가 하는 건 러스의 성미에 맞지 않는 일이었지만, 감사 인사를 기대하지 않는 태도와 짝을 이루는 일이기도 했다. 가시덤불과 어깨높이까지 자란 돼지풀로 뒤덮인 뒤뜰로 들어가면서 그 뜰의 주인 할머니에게 어떤 덤불과 녹슬어가는 쓰레기를 남겨둬야 하는지 물을 필요는 없었다. 일이 끝나면, 할머니는 고맙다는 인사 대신 이렇게 말했다. "이제 좀 나아 보이네."

러스가 두 과부와 수다를 떨고 있을 때 아래층에서 문이 쾅 닫히는 소리와 화가 나서 점점 높아지는 여자 목소리가 들렸다. 러스는 벌떡 일어나 휴게실로 달려갔다. 신문지 한 장을 꽉 움켜쥔 프랜시스는 러스가 한 번도 본 적이 없는 젊은 여자를 피해 몸을 움츠리고 있었다. 젊은 여자는 수척했고 머리카락이 더러웠다. 러스는 방을 절반도 가로지르기 전부터 그녀에게서 풍기는 술 냄새를 맡을 수 있었다.

"얜 내 아들이야, 알겠어? 내 아들이라고."

로니는 여전히 무릎을 꿇고 앉아 크레용을 쥔 채 몸을 흔들어대고 있었다.

"자아, 진정하세요." 러스가 말했다.

젊은 여자가 홱 돌아섰다. "당신이 남편이야?"

"아뇨, 저는 목사입니다."

"뭐든 간에, 저 여자더러 내 아들한테서 떨어지라고 해." 그녀는 다시 한번 프랜시스에게 말했다. "내 아들한테서 손 떼, 이년아! 아무튼, 거기 그건 뭐야?"

러스는 두 여자 사이에 끼어들었다. "저기요. 그만하세요."

"그게 뭐냐고?"

"그림이에요." 프랜시스가 말했다. "멋진 그림이요. 로니가 그렸어요. 그렇지, 로니?"

문제의 그림은 아무렇게나 빨간색 크레용으로 끄적인 것이었다. 로니의 어머니는 팔을 뻗어 프랜시스의 손에서 그림을 낚아챘다. "이건 당신 물건이 아니야."

"맞아요." 프랜시스가 말했다. "제 생각에는 로니가 당신한테 주려고 그린 것 같아요."

"저거 나한테 하는 소리야? 내가 제대로 들은 게 맞아?"

"모두 진정하시죠." 러스가 말했다.

"저 여자나 내 눈앞에서 허연 궁둥이 치우라고 해. 내 아들한테 수작 부리지 말고."

"죄송해요." 프랜시스가 말했다. "아이가 너무 예뻐서, 전 그냥……."

"왜 아직도 이 여자가 나한테 말을 거는 거지?" 그녀는 그림을 네 조각으로 찢으며 로니를 홱 잡아당겨 일으켰다. "이 사람들한테서 떨어져 있으라고 했잖아. 못 들었어?"

"몰라." 로니가 말했다.

그녀는 로니의 따귀를 때렸다. "몰라?"

"저기요." 러스가 말했다. "아이를 한 번 더 때리면 골치 아파질 겁니다."

"예에, 예, 그러시겠지." 여자는 거리 쪽 문으로 가고 있었다. "가자, 로니. 여긴 볼 것도 없어."

둘이 사라지고 나자 프랜시스는 흐느끼며 주저앉았다. 러스는 그녀를 끌어안았다. 그녀의 몸이 떨릴 때마다 두려움이 사그라져가는 것이 느껴졌다. 한편으로는 그녀의 가냘픈 몸이 그의 품에, 그녀의 머리가 그의 손에 딱 맞게 들어온다는 것도 의식하게 되었다. 그러자 러스도 눈물이 터질 것 같았다. 러스는 시오의 허락을 구했어야 했다. 그녀를 좀 더 보호하고 지켜봐야 했다. 프랜시스에게 다른 과부들과 함께 책 정리를 도와야 한다고 말했어야 했다.

"나 잘리는 건가요?" 그녀가 말했다.

"그냥 운이 나빴을 뿐인데요. 저도 전에는 그 여자분을 본 적이 없습니다."

"하지만 난 그 사람들이 무서워요. 그 여자도 내가 겁먹은 걸 알고 있어요. 하지만 목사님은 무서워하시지 않죠. 그래서 그 여자가 목사님을 존중하는 거예요."

"계속 나오시면 쉬워질 겁니다."

프랜시스는 러스의 말을 믿지 않고 고개를 저었다.

시오 크렌쇼가 점심을 다 먹고 돌아왔을 때, 러스는 너무 부끄러워서 그 사건을 언급하지 못했다. 러스가 처음부터 프랜시스와 함께하려고 했던 건 아니었다. 그는 구체적인 공상을 하지 않았다. 그저 그녀의 근처에 있고 싶다는 바람뿐이었다. 그런데 이제는 러스의 허영심과 실수로 그녀를 한 달에 두 번 볼 기회가 날아가버렸다. 아내가 아닌 여자를 탐하는 건 그 자체로 나쁜 짓이었다. 하지만 러스는 나쁜 짓을 저지르는 솜씨마저 나빴다. 프랜시스를 지하실로 데려가겠다니, 얼마나 끔찍하게 수동적인 전략이란 말인가. 프랜시스를 보고 그녀를 원하게 됐듯, 러스가 일하는 모습을 보면 프랜시스도 자신을 원하게 될 거라고 상상하다니. 이런 상상은 프랜시스류의 여자들이 원하지 않는 남자들이나 하는 짓이었다. 프랜시스는 러스를 지켜보다가 지루해졌다. 그러니 그 뒤로 일어난 일은 러스의 탓이었다.

러스와 함께 그의 퓨리를 타고서 뉴프로스펙트로 천천히 돌아갈 때, 프랜시스는 말이 없었다. 그러다가 나이 든 과부 한 명이 프랜시스에게 10학년짜리 아들 래리가 크로스로드를 마음에 들어 하느냐고 물었다. 러스는 프랜시스의 아들이 교회 청소년부에 들어갔다는 것을 처음 들었다.

"릭 앰브로즈 전도사님은 천재인가 봐요." 프랜시스가 말했다. "나 어렸을 때는 청소년부 아이들이 서른 명도 안 됐던 것 같은데."

"청소년부에 다녔어요?" 나이 든 과부가 물었다.

"아뇨. 귀여운 남자애들이 별로 없어서요. 실은, 한 명도 없었죠."

프랜시스의 입에서 나온 천재라는 단어는 러스의 뇌에 산(酸)을 들이붓는 것처럼 느껴졌다. 그는 자제력을 발휘해 그 말을 견뎌내야 했다. 하지만 상황이 그리 좋지 않을 때면 나중에 후회할 일을 하게 되는 법이다. 거의 나중에 후회하기 위해서 그러는 것처럼. 과거를 돌아보고 수치심을 느끼며 몸부림치는 것, 혼자서 자신을 비하하는 것이 주님의 자비로 돌아가는 길을 찾는 러스만의 방법이었다.

"혹시 청소년부에 왜 크로스로드라는 이름이 붙었는지 아세요?" 러스가 물었다. "릭 앰브로즈가 아이들이 그 이름을 들으면 록 음악의 제목을 떠올릴 거라고 생각했기 때문이에요."

이건 거칠거칠한 반쪽짜리 진실이었다. 처음에 이 이름을 제안한 사람은 러스 자신이었다.

"그래서 제가 물어봤죠. 물어볼 수밖에 없잖아요, 로버트 존슨의 원곡을 아는지. 그랬더니 릭 앰브로즈는 저를 멍하니 쳐다보더군요. 뭐랄까, 릭 앰브로즈에게는 음악의 역사가 비틀스에서 시작하는 것이나 마찬가지거든요. 사실, 저는 크림이 부른 〈크로스로드〉도 들어봤어요. 저는 그 음악을 정확히 알고 있습니다. 이건 꼭 영국에서 온 한 무리의 남자들이 미국 흑인 블루스 음악의 진정한 거장을 갈기갈기 찢어서, 자기들 음악인 것처럼 구는 것 같다니까요."

사냥모자를 쓴 프랜시스는 눈앞의 트럭에 시선을 고정하고 있었다. 나이 든 과부들은 부목사가 청소년부 지도자를 비난하는 동안 숨을 참고 있었다.

"마침 제가 존슨이 부른 〈크로스로드 블루스〉 원곡을 가지고 있거든요." 그는 역겹게도 자랑했다. "제가 그리니치빌리지에 살았을 때, 그러니까, 제가 거기 살았었거든요. 뉴욕 시에요. 그때 제가 고물 상점에서 오래된 78s 앨범*을 찾았어요. 대공황 때는 많은 음반 회사들이 도산했지만, 놀라운 진짜 음반들을 남겼거든요. 레드 벨리, 찰리 패튼, 토미 존슨 같은 앨범들 말이죠. 저는 할렘에서 방과 후 프로그램을 담당하고 있었는데, 매일 밤 집에 와서 그 음반들을 재생했어요. 그러면 20년대의 남부로 곧장 빨려드는 것만 같았죠. 그 오래된 목소리에는 너무도 많은 고통이 깃

---

*   축음기에서 구동하는 음반으로, 78회전반 즉 78rpm 레코드를 가리킨다.

들어 있었어요. 할렘에서 제가 다루던 고통을 이해하는 데 도움이 됐죠. 블루스는 사실 그런 것이거든요. 백인 밴드들이 블루스 스타일을 흉내 내면서 놓친 게 그거예요. 새로운 음악에서는 고통이 전혀 들리지 않죠."

당혹스러운 침묵이 내려앉았다. 11월 낮의 마지막 빛이 교외 지평선의 구름 밑에서 크레용 색깔로 죽어가고 있었다. 이제 러스에게는 나중에 부끄러워할 것이 지나치게 많이 생겼다. 고통받아야 마땅하다고 확신할 만한 일들이 차고 넘치게 생겼다. 최악의 날 밑바닥에 있는 의로운 느낌, 치욕 속에 집으로 돌아오는 느낌이야말로 그가 신의 존재를 아는 방법이었다. 죽어가는 빛을 향해 차를 몰고 가는 지금, 러스는 이미 신과 다시 합일되는 순간의 맛을 느꼈다.

제일 개혁 교회 주차장에서, 프랜시스는 다른 사람들이 떠난 뒤에도 잠시 자동차에 남아 있었다. "그 여자는 왜 날 싫어했을까요?" 그녀가 말했다.

"로니의 어머니요?"

"아무도 나한테 그런 식으로 말한 적이 없었는데."

"그런 일이 일어난 건 참 유감입니다." 러스가 말했다. "하지만 고통에 대해 제가 하려던 말이 그겁니다. 프랜시스 씨가 너무 가난해서 가진 것이라고는 그 애들밖에 없다고 상상해보세요. 그 애들만이 당신에게 관심을 두고, 당신을 필요로 한다고 말입니다. 그런데 다른 여자가 당신은 도저히 못 할 정도로 그 애들에게 잘 대해주는 모습을 보면 어떻겠어요? 그게 어떻게 느껴질지 상상이 되세요?"

"저라면 아이들을 더 잘 대해주려고 노력했을 거예요."

"네, 하지만 그건 당신이 가난하지 않아서예요. 가난할 때는 이런저런 일이 그냥 일어납니다. 아무것도 통제할 수 없을 것만 같다는 느낌이 들죠. 완전히 주님의 자비에 몸을 내맡기게 되는 거예요. 예수님께서 가난한 자들이 축복받았다고 말씀하시는 것도 그래서입니다. 아무것도 가진게 없으면 주님과 가까워지니까요."

"제가 보기에는 그 여자가 딱히 주님과 가까운 것 같지 않던데요."

"실은 말입니다, 프랜시스. 그건 당신이 알 수 없는 문제입니다. 그 여자분은 화가 나 있었고, 문제가 있는 게 분명했……."

"술 냄새가 풀풀 났어요."

"그것도 정오에 술 냄새가 풀풀 났죠. 하지만 화요일 봉사를 통해 다른 걸 전혀 배우지 못하더라도, 프랜시스 씨나 저나 가난한 사람들을 멋대로 재단할 처지는 아니라는 것만은 배워야 해요. 우린 그저 그분들을 도우려는 노력을 할 수 있을 뿐입니다."

"그러니까 제 잘못이었다는 말씀이시네요."

"전혀 아니죠. 프랜시스 씨는 마음속에서 들려오는 너그러운 목소리에 귀 기울인 것뿐입니다. 그건 절대 잘못이 아니에요."

러스도 자기 마음속에서 들려오는 너그러운 목소리에 귀 기울였다. 지금도 러스가 프랜시스에게 좋은 목사가 되어줄 수 있다고 말하는 목소리였다.

"저도 알아요. 속상할 때는 깨달음을 얻기 힘들죠." 그가 부드럽게 말했다. "하지만 오늘 당신이 경험한 일은 그 동네 사람들이 매일 경험하는 일이에요. 못된 말과 인종적 편견 같은 것들이요. 프랜시스 씨에게도 고통이 낯선 것만은 아니라는 걸 알고 있습니다. 당신이 어떤 일을 겪어왔는지 상상조차 되지 않아요. 고통은 겪을 만큼 겪었다고, 지금 당장 우리와 함께하는 일을 그만두어야겠다고 생각하시더라도 당신을 나쁘게 보지 않을 거예요. 하지만 당신에게는 마음만 먹으면 그 고통을 연민으로 바꿔놓을 기회가 있어요. 예수님께서 다른 뺨까지 내주라고 하셨을 때 우리에게 정말로 하고자 하셨던 말씀은 뭘까요? 우리를 괴롭히는 사람들이 손쓸 수 없을 만큼 사악하니, 그냥 견뎌내야 한다는 뜻이었을까요? 아니면 그 사람도 우리와 같은 사람, 우리가 느끼는 것과 같은 고통을 느끼는 사람이라는 사실을 다시 일깨워주신 것일까요? 알아차리기 어렵다는 건 알지만, 우리는 언제나 그런 관점을 선택할 수 있어요. 우리 모두가 갖고자 애쓰는 관점이 그런 관점이라 생각합니다."

프랜시스는 잠시 그의 말을 생각해보았다. "목사님 말씀이 맞아요." 그녀가 말했다. "그런 식으로 보기는 참 어렵네요."

그게 끝인 것 같았다. 러스가 다음 날 전화를 걸었을 때(좋은 목사라면 누구나 그랬을 것이다), 프랜시스는 딸이 열이 나서 당장은 통화할 수 없다고 말했다. 러스는 이어지는 2주간의 주일예배에서도 그녀를 보지 못했다. 프랜시스는 모임의 다음번 사우스사이드 봉사에도 빠졌다. 러스는 다시 프랜시스에게 전화를 걸어볼까 했다. 그래봐야 수치심이 다시 채워질 뿐이라 해도. 하지만 프랜시스를 잃은 상처는 그 계절의 어두운 오후 시간이나 긴 밤과 같은 결의 순수함을 띠고 있었다. 러스는 언젠가 그녀를 잃을 터였다. 적어도 둘 중 하나가 죽을 때는 그렇게 될 것이다. 하지만 그보다 훨씬 먼저 그녀를 잃을 가능성이 더 컸다. 러스는 신과 다시 연결되고 싶다는 욕구가 너무도 절박해서 거의 탐욕스럽게 상처에 매달렸다.

그런데 나흘 뒤, 프랜시스가 그에게 전화를 걸었다. 그동안 고약한 감기를 앓았다고 했다. 하지만 차에서 러스가 했던 말을 머릿속에서 떨쳐낼 수 없었다고, 자신에게는 러스 같은 사람이 될 힘이 없는 것 같지만, 어떤 모퉁이를 돈 것 같다고. 그녀는 키티 레이놀즈한테서 크리스마스에 사우스사이드로 구호 물품을 전달하러 간다는 얘기를 들었다고도 했다. 그때 함께 가도 될까요?

러스는 프랜시스의 목사로서, 그녀에게 힘을 주는 사람으로서의 기쁨만으로 만족했을 것이다. 하지만 그때 프랜시스는 그가 가지고 있는 블루스 음반을 몇 장 빌려줄 수 있느냐고 물었다.

"우리 집 턴테이블에서 78s가 돌아가요." 그녀가 말했다. "어차피 할 거라면, 그 사람들 문화를 더 잘 이해해봐야겠다는 생각이 들어서요."

러스는 그 사람들 문화라는 표현에 움찔했다. 하지만 아무리 러스라도 음악을 공유한다는 것의 의미를 모를 만큼 나쁜 짓을 하는 솜씨가 나쁘지는 않았다. 그는 교회에서 제공한 거대한 목사관 3층으로 올라갔다. 그는 난방이 들어오지 않는 그곳에서 족히 한 시간 동안 무릎을 꿇고 앉아 78s 음반들을 고르고 또 골랐다. 어떤 음반 열 장을 골라야 자신이 프랜시스에게 느끼는 것과 같은 감정을 불러일으킬 수 있을지 추측해보았다. 신과의 연결은 끊어졌지만, 지금은 그걸 걱정할 게 아니었다. 걱정거리는 키티 레이놀즈였다. 러스는 반드시 프랜시스를 독차지해야 했다. 그러나 키티는 예리했고, 러스는 거짓말을 잘 못했다. 키티에게 3시에 만나자고 말해놓고 2시 30분에 프랜시스와 함께 떠난다거나 하는, 러스가 시도할 법한 모든 책략은 키티의 의심을 불러일으킬 게 뻔했다. 러스는 키티에게 모든 것을 털어놓는 것밖에 선택의 여지가 없다는 것을 알아차렸다. 어떤 의미에서는 모든 것을 말이다. 러스는 프랜시스가 도시에서 사소한 트라우마를 경험했기에, 그녀가 용기를 내서 다시 현장에 방문할 때는 자신이 그녀와 단둘이 있어야 한다고 말하기로 했다.

그가 전화를 걸자 키티가 말했다. "제가 듣기에는 목사님이 일을 망치신 것 같네요."

"맞습니다. 제가 망쳤어요. 그래서 이젠 다시 프랜시스의 신뢰를 얻으려 노력해야 합니다. 프랜시스가 사우스사이드로 돌아가고 싶어 한다는 건 고무적인 일이지만, 그래도 아주 미묘한 문제라서요."

"한편으로는 프랜시스가 귀엽기도 하죠. 지금은 크리스마스 시즌이고요. 러스 목사님, 상대가 목사님만 아니었다면 저는 이런 행동을 하시는 동기를 의심했을 거예요."

러스는 키티가 한 말의 숨은 의미가 궁금했다. 키티가 그를 특별히 착하고 믿음직스럽다고 생각하는 걸까? 아니면 특별히 무성적이고 남자답지 못한 데다 위협적이지 않다고 생각하는 걸까? 어느 쪽이든, 그 말은 프랜시스와의 다가오는 데이트를 더 짜릿한 일탈처럼 느껴지게 했다. 러스는 데이트를 기다리며 집에서 최종적으로 선택한 블루스 음반과 더럽고 낡은 코트를 가지고 나와 교회에 들어갔다. 코트는 애리조나에서 가져온 양가죽 코트였다. 러스는 그 코트가 자신에게 날카로운 느낌을 더해주기를 바랐다. 애리조나에서는 그에게도 날카로움이 있었다. 공정한 말인지는 모르겠지만, 그는 자신의 날이 무뎌진 것은 결혼 때문이라고 믿었다. 러스가 치욕을 겪은 뒤, 매리언은 러스에게 의리를 지켰다. 그녀는 릭 앰브로즈를 증오하면서 그를 사기꾼이라고 불렀다. 그리고 그때 러스는 매리언에게 쏘아붙였다. 아니, 그녀를 마구 몰아세웠다. 릭이 이런저런 잘못은 있지만, 사기꾼은 아니라고 말했다. 그가, 러스가 날카로움을 잃어 더 이상 젊은이들과 어울리지 못하게 되었다는 단순한 사실을 천명했다. 러스는 자신을 채찍질했으며, 그런 채찍질의 쾌감을 방해하는 매리언에게 분노했다. 앰브로즈의 사무실을 지나가는 것이든, 그 사무실을 피하려고 비겁하게 돌아가는 것이든, 그날의 말싸움 이후로 이어진 매일의 치욕은 러스를 그리스도의 수난과 연결해주었다. 그건 러스의 신앙심에 양분을 주는 고통이었다. 반면 러스를 위로하려고 그의 팔을 쓰다듬는 매리언의 지나치게 부드러운 손길은 영적인 이점이 없는 고통이었다.

시간은 마침내 2시 30분에 가까워졌고, 타자기의 페이지는 여전히 비어 있었다. 학교 수업을 마친 크로스로드의 청소년들이 앰브로즈의 꿀단지 주변으로 부산스럽게 밀려드는 소리가 러스의 사무실로 들려왔다. 달려오는 발소리, 씨발-미친-개소리 등 지도자가 직접 계속 사용해서 더욱 부추긴 욕설. 지금은 크로스로드에 120명 이상의 아이들이 소속돼 있었고, 그중 둘은 러스 자신의 아이들이었다. 러스는 책상에서 일어서서 벽에 걸려 있던 양가죽 코트를 내릴 때에야 자신과 프랜시스가 그의 아들 페리와 마주칠지 모른다고 생각했다. 이 점이야말로 러스가 프랜시스에게 얼마나 집중하고 있었는지, 그녀와의 데이트에 대한 기대감에 얼마나 미쳐 있었는지를 보여주는 척도였다.

솜씨가 형편없는 범죄자들은 뻔한 것들을 간과한다. 딸 베키와의 관계는 10월에 베키가 크로스로드에 별 까닭 없이 가입한 이후로 내내 긴장돼 있었다. 하지만 최소한 베키는 자신이 크로스로드에 가입함으로써 러스에게 얼마나 큰 상처를 주었는지 의식했고, 러스는 학교가 끝난 후 교회에서 베키를 만나는 경우가 거의 없었다. 반면 페리는 그런 요령을 전혀 개의치 않았다. IQ 점수 160점을 받은 페리는 너무 많은 것을 보았고, 자신이 본 너무 많은 것들에 능글맞게 웃어댔다. 페리라면 얼마든지 프랜시스에게 말을 붙일 수 있었다. 겉보기에는 솔직하고도 존중하는 듯하지만, 어째서인지 둘 다 아닌 태도로 말이다. 페리라면 러스가 양가죽 코트를 입었다는 걸 틀림없이 눈치챌 것이다.

러스는 주차장까지 돌아가는 길을 선택할 수도 있었지만, 오늘은 그런 방법에 의지하는 사람이 되고 싶지 않았다. 그는 어깨를 폈다. 블루스 음반을 가져가는 것도 일부러 잊었다. 그러면 날이 저문 뒤 프랜시스와 함께 그의 사무실로 돌아갈 이유가 생길 테니 말이다. 그렇게 그는 통로에 진을 치고 있는 아이들 10여 명의 빽빽한 담배 연기 층으로 들어갔다. 당장 페리가 보이지는 않았다. 통통하고 사과처럼 볼이 빨간 소녀가, 양옆이 아래로 처진 낡고 긴 의자에 앉은 세 소년의 무릎 위에 즐거운 듯 몸을 쭉 뻗고 있었다. 러스가 드와이트 해플에게 조용히 반대했는데도(그 통로는 화재 시 탈출로였다) 앰브로즈를 마주할 차례를 기다리는 아이들을 위해 끌고 들어온 의자였다. 앰브로즈는 자기 사무실이라는 비밀스러운 공간에서 가차 없지만 사랑이 담긴 정직함으로 그 애들을 대했다.

러스는 바닥에 시선을 둔 채 앞으로 향했다. 그는 청바지를 입은 정강이와 운동화 신은 발들을 빙 둘러 갔다. 하지만 적의 사무실에 다가갈 때는 곁눈으로 사무실 문이 반쯤 열려 있는 것을 볼 수 있었다. 그리고 러스는 그녀의 목소리를 들었다.

그러고 싶지 않았지만, 저절로 발걸음이 멈추었다.

"정말 훌륭하세요." 프랜시스가 감정을 쏟아내는 말이 들렸다. "1년 전에는 아이를 교회로 보내기 위해서 머리에 총을 겨누다시피 해야 했는데."

문틈으로는 앰브로즈의 낡아빠진 데님 소맷부리와 헌 장화만이 보였다. 하지만 프랜시스가 앉아 있는 의자는 통로를 바라보고 있었다. 그녀는 러스를 보고 그에게 손을 흔들며 말했다. "밖에서 뵐까요?"

그 말에 러스가 어떤 표정을 지었는지는 신만이 알 터였다. 러스는 계속 걸어갔다. 눈이 보이지 않는 사람처럼 주 출입구를 지나치고 보니 강당 밖이었다. 러스가 바라면, 용골에 뚫린 커다란 구멍으로 시커먼 물이 잔뜩 들어오고 있었다. 프랜시스가 앰브로즈에게 가리라는 걸 전혀 상상하지 못하다니 얼마나 멍청한 일인가? 앰브로즈가 그녀를 빼앗아 가리라는 건 확실한 예지였는데. 아끼고 사랑하겠다고 맹세한 아내를 밀어내며 마음을 굳히는 죄를 짓다니. 양가죽 코트를 입으면서 얼빠지고 고집스러우며 거부감 드는 광대 이상의 무언가가 될 거라고 믿은 허영심이라니. 러스는 코트를 찢고 평소 입는 모직 코트를 다시 가져오고 싶었지만, 통로를 되짚어가기에는 너무 겁이 많았다. 그렇다고 우회하는 길을 가다가 지금 상태에서 먼지투성이 놀이방을 보면 울음이 터질지도 몰랐다.

오, 주여. 그는 혐오스러운 코트를 입고 기도했다. 부디 저를 도와주소서.

신이 그의 기도에 응답했다면, 그 응답의 방식은 러스에게 비참함을 견뎌내기 위해서는 겸손한 마음으로 가난한 자들을 생각하고 그들을 돕는 것임을 일깨워주는 것이었다. 러스는 교회 행정실로 가서 장난감이 담긴 통들과 통조림들을 주차장으로 날랐다. 1분, 1분이 흘러갈수록 그날이 얼마나 형편없는 날인지 뒤늦게 떠올랐다. 프랜시스는 왜 앰브로즈와 함께 있을까? 무슨 얘기를 하고 있기에 이렇게 오래 걸리는 걸까? 장난감들은 전부 새것이라고 해도 좋을 만큼 새롭고 망가진 곳도 없어 보였다. 하지만 몇 분쯤은 견딜 수 있었다. 통조림을 뒤적거리고, 사람들이 성의 없이 혹은 아무 생각 없이 내준 기증품들(양파장아찌, 마름)을 걸러내고, 포크 앤드 빈즈, 셰프 보야르디, 시럽에 담근 반쪽짜리 배 등이 든 대형 캔의 무게에 안도감을 느낄 수 있었으니 말이다. 러스처럼 영혼만 굶주린 것이 아니라 정말로 배가 고픈 사람들이 이것들 하나하나를 얼마나 반길지 생각하자 위로가 됐다.

프랜시스가 소년처럼 통통 튀는 걸음으로 다가왔을 때는 2시 52분이었다. 그녀는 사냥모자를 쓰고 있었다. 오늘은 그 모자와 어울리는 모직 재킷도 입고 있었다. "키티 선생님은요?" 그녀가 밝게 물었다.

"키티 씨는 오늘 날라야 할 상자가 너무 많아서 자리가 부족할까 봐 걱정된다더군요."

"안 오신대요?"

러스는 차마 프랜시스의 눈을 마주 보지 못했기에 그녀가 실망했는지, 그보다 더 나쁘게는 의심하고 있는지 알 수 없었다. 러스는 고개를 끄덕였다.

"말도 안 돼." 프랜시스가 말했다. "제가 키티 선생님의 무릎에 앉아도 될 텐데요."

"키티 씨가 안 와서 신경 쓰이시나요?"

"신경 쓰이냐고요? 이건 특권인걸요! 난 오늘 아주 특별해진 기분이에요. 어떤 모퉁이를 돌았달까요."

프랜시스는 가볍게 작은 발레 동작을 해 보였다. 모퉁이를 도는 표현이었다. 러스는 프랜시스의 기분이 앰브로즈와 만나기 전부터 그랬던 건지, 아니면 앰브로즈와의 만남에서 비롯한 건지 궁금해졌다.

"그럼 좋습니다." 러스는 퓨리의 뒷문을 쾅 닫으며 말했다. "출발해야겠네요."

이 말은 프랜시스가 지각했다는 사실을 언급하는 가장 약한 방법으로, 러스가 자신에게 허락한 유일한 방법이기도 했다. 프랜시스는 이 말의 숨겨진 뜻을 알아듣지 못했다. "가져가야 할 게 있을까요?"

"아뇨. 몸만 오시면 됩니다."

"제 몸이라면, 집에서 나오면서 한 번도 깜빡하지 않은 유일한 것이죠! 자동차 문 잠갔는지만 확인할게요."

러스는 프랜시스가 자기 자동차, 러스의 것보다 새것인 자동차로 통통 튀어가는 모습을 지켜보았다. 프랜시스의 기분은 지금 이 순간만이 아니라 러스 평생의 기분보다도 고양된 듯했다. 러스가 본 매리언의 기분보다는 확실히 고조되어 있었다.

"하!" 프랜시스가 주차장 건너편에서 의기양양하게 외쳤다. "잠겼네요!"

러스는 그녀에게 두 엄지를 들어 보였다. 러스는 누구에게도 두 엄지를 들어 보인 적이 없었다. 너무 어색해서 제대로 한 건지 확신이 서지 않았다. 러스는 이런 모습을 누가, 특히 페리가 목격했는지 살피느라 주위를 둘러보았다. 보이는 사람은 교회 쪽으로 기타 케이스를 끌고 가는 청소년 둘뿐이었다. 그들은 러스 쪽을 보지 않았다. 아마 의도적으로 그러는 것이겠지. 그중 한 명은 주일학교 2학년 때부터 봐온 소년이었다.

기뻐할 줄 아는 사람과 함께 사는 건 어떤 일일까?

러스가 퓨리에 타려 할 때였다. 그날 하루 종일 하늘이 약속했던 수많은 눈송이 중 첫 번째 눈송이가 하나가 힘없이 그의 아래팔에 내려앉아 혼자 녹아버렸다. 프랜시스는 반대편에 타면서 말했다. "코트 멋지네요. 어디서 나셨어요?"

논제: 영혼은 육신과 독립적이며 불변이다. 첫 번째 찬성 측 토론자: 뉴프로스펙트 타운십 고등학교 페리 힐데브란트.

에헴.

충동이 드는 건 알지만, 우리 경험을 오독하는 실수를 저지르지는 맙시다. 머저리라고 불릴 만한 사람은 누구나 이런 경험에 익숙하죠. 한 순간에는 어딘가에서 한 가지 일을 하다가―예를 들어, 앤설 로더의 주방에서 마시멜로가 담긴 비닐봉지를 뜯고 있었다고 합시다―바로 다음 순간에는 어느샌가 자신의 육신이 완전히 다른 상황에서 전혀 다른 일을 하는 그런 경험 말입니다. 이런 식의 시공간적 생략 혹은 (흔하지만 오해를 불러일으키는 말로 표현하자면) '블랙아웃'이 꼭 영혼과 육신의 분리를 시사하는 것은 아닙니다. 정신을 다룬 그럴싸한 기계론적 이론이라면 모두 이런 현상을 설명할 수 있습니다. 대신 처음 보기에는 사소하거나 답할 수 없는 것, 심지어는 터무니없는 것으로 보이는 질문을 고민하는 데서 출발합시다. 그 질문은 '왜 나는 나이고, 다른 사람이 아닌가?'라는 질문입니다. 현기증이 날 정도로 심오한 이 질문을 한번 들여다보죠.

컨디션이 좋을 때 시간이 느려지다가 거의 멈추는 건 이상한 일이었다. 계단 한 층을 오르는 몇 초 동안에 정신이 그토록 여러 바퀴를 돌 수 있다니 멋졌다(하지만 이것이 잠들지 못하는 밤의 전조라는 점을 생각하면 멋지지 않기도 했다). 이 모든 것의 맥동하는 현재성. 동시에 이루어지는 육신과 영혼의 조화. 쓰레기 목사관 3층에 다가갈수록 온도가 1도씩 떨어지는 것을 느끼는 그의 피부. 계단 아래 문을 향해 흘러가는 차가운 공기의 퀴퀴함을 느끼는 그의 코. 그는 어머니가 예기치 못하게 집에 도착할 때를 대비해 그 문을 열어두었다. 그의 귀는 어머니가 오지 않았다는 걸 확실히 알고 있었고, 그의 눈동자는 빛을 받아들였다. 하늘과 더 가까운 창문으로 들어오는 12월의 약간 덜 우울한 빛이, 나무 그림자에 덜 가려진 빛이 들어오고 있었다. 그의 영혼은 이 계단을 혼자 올라가는, 거의 데자뷔에 가까운 익숙함을 받아들였다.

그는 3층 방 하나를 차지할 수 있을지 더 높은 권력에 한 차례(딱 한 차례) 물어본 적이 있었다. 아니, 사실은 물어보았다기보다는 3층이 어쩔 수 없이 이 집안의 셋째로 태어난 그에게 어울린다는 점을 합리적으로 지적했다. 하지만 어머니의 권위를 통해 응답이 내려왔을 때―아냐, 아가. 3층은 겨울에는 너무 춥고 여름에는 너무 더워. 저드슨도 너랑 방을 같이 쓰고 싶어 하고―그는 항의하지 않았다. 다시 한번 애원하지도 않았다. 그냥 받아들였다. 그의 합리적 판단에 따르면, 그는 가족 중에서 유일하게 자기 방을 가질 정당한 권리가 없는 아이였으니까. 그는 가장 나이가 많지도, 가장 어리지도, 가장 예쁘지도 않았으니까. 게다가 그는 다른 사람들이 범접할 수 없을 만큼 합리적으로 행동했다.

그러나 그의 마음속에서는 3층이 그의 것이었다. 창고 방 창문으로는 폐를 가득 채웠던 연기가 여러 번 뿜어져 나갔고, 바깥쪽 창틀 먼지의 꽃가루에는 많은 양의 잿가루가 섞였다. 지금 그가 뻔뻔스럽게 들어간 목사 아버지의 재택 사무실에는 그가 모르는 비밀이 없었다. 그는 어느 정도는 호기심에서, 어느 정도는 자신이 얼마나 비참한 벌레로 떨어질 수 있는지 파악하기 위해서 어머니가 결혼 전 아버지와 나누었던 편지를 모두 읽었다. 아버지 자신이 한 번도 열어보지 않은 편지 두 통만이 예외였다. 별 기대는 없었지만 〈플레이보이〉를 찾아보다가, 아버지가 쌓아놓은 〈아더 사이드〉와 〈간증〉 잡지 여러 권을 발굴해냈다. 그 책들은 정신의 과실이었다. 너무도 말라비틀어져, 달콤한 한 방울도 짜낼 수 없을 것만 같은 열매. 〈심리학 오늘〉 1년 치도 발굴됐다. 그는 그중 한 권에서 발견한 클리토리스와 클리토리스 오르가슴이라는 단어를 오래 들여다보았다. 슬프게도 삽화는 없었다. (앤설 로더의 아버지는 경첩이 달린 문서 보관용 상자에 〈플레이보이〉를 모아놓고 연도별로 이름표를 붙여두었다. 인상적이기는 했지만, 좀도둑질을 해야겠다는 생각은 들지 않았다.) 목사의 재즈와 블루스 음반은 아무 소리도 나지 않는 플라스틱과 좀이 슨 앨범 표지에 불과했다. 천장이 비스듬한 옷장 속의 낡은 코트도 페리보다 훨씬 덩치가 큰 남자의 몸에 맞춘 것이라 탐나지는 않았다. 페리는 자신이 힐데브란트 형제 중 신체적으로 가장 작고 약한 녀석이 되리라는 걸 말 그대로 뼛속에서부터 느꼈다. 그의 성장은 간헐적이었다. 작년에 보인 그의 성장곡선은 점점 처지면서 날아가다가 결국 둔탁한 펑 소리와 함께 죽어버리는 물 로켓의 궤도와 비슷했다. 그가 옷장에 관심을 가지는 건 옷장 바닥이 선물들로 가득 차는 12월뿐이었다.

영혼의 불변성에 관한 질문에 답하는 데 도움이 될 만한 주목할 사실은, 페리 힐데브란트라는 이름의 사람이 아홉 번의 크리스마스가 지나는 동안 존재해왔으며, 그중 다섯 번의 크리스마스에는 그의 의식이 살아서 기능하고 있었다는 점이었다. 그 이후 페리는 문득 크리스마스이브에 트리 밑에 나타나는 선물들은 나타나기 며칠 전, 심지어 몇 주 전부터 포장되지 않은 채 집 안 어딘가에 있을 게 틀림없다고 생각하게 됐다. 그의 무지는 산타클로스와는 아무 상관도 없었다. 산타에 대해서는 힐데브란트 집안 사람들 모두가 쳇, 사기지, 라고 말했다. 하지만 어째서인지, 선물이 알아서 구매되고 포장되지는 않으리라는 것을 알 만한 나이를 한참 지나서까지도 페리는 매년 선물들이 갑자기 나타나는 것을 정상적인 사건 진행의 일부로 받아들였다. 기적적으로 선물이 공급된다고 생각한 건 아니지만, 마치 방광이 오줌으로 가득 차는 것과 같은 현상으로 여긴 것이다. 어째서 열 살에는 뻔하게 알게 된 진실을 아홉 살까지는 알아차리지 못했을까? 인식론적 괴리는 절대적이었다. 아홉 살의 자신은 지금의 페리에게 전혀 모르는 사람처럼 보였다. 별로 좋은 방식으로 그런 것도 아니었다. 아홉 살의 자신은 나이 든 페리에게 모호한 악의의 상징이었다. 나이 든 지금의 페리는 1965년의 사진 속에 담긴 천사 같은 얼굴이 자기 얼굴임을 알아볼 수 있었지만, 두 페리의 영혼이 같지 않다는 의심에서 벗어날 수는 없었다. 어째선지 예기치 못한 변화가 일어난 것만 같았다. 그렇다면 현재의 영혼은 어디에서 온 것일까? 다른 영혼은 어디로 갔을까?

페리는 옷장 문을 열고 무릎을 꿇었다. 바닥에 놓인 선물들은 벌거벗고 있었다. 그 벌거벗음은, 잠깐 포장된다는 거짓된 영광에 이어질, 그 선물들의 헐벗은 미래를 예고했다. 셔츠 한 장, 벨루어 스웨터 한 벌, 양말. 아가일 무늬가 들어간 스웨터와 더 많은 양말. 마셜 필드에서 사 온 리본 달린 상자. 꽤 멋졌다! 살짝 흔들어보니 안에 가벼운 의류가 들어 있다는 걸 알 수 있었다. 베키 것이 틀림없었다. 페리는 안쪽으로 더 깊이 손을 집어넣어, 책과 음반이 들어 있는 구겨진 종이 가방들을 펼쳤다. 음반 중에는 어머니에게 은근슬쩍 이야기한 적이 있던 예스 음반도 있었다. (크리스마스를 언급하지 않고 크리스마스 때 받고 싶은 선물 목록을 전달하는 것은 페리에게 아주 기초적인 게임이었지만, 목사 아버지는 그 게임을 할 때마다 윙크하지 않고는 못 배겼다. 베키도 이 게임에는 영 젬병이었다. "지금 크리스마스 때 무슨 선물을 받고 싶은지 말하려는 거야?" 오직 어머니와 남동생만이 농담에 적절한 기술들을 가지고 있었다.) 페리는 이런 식의 대화에서 큰 기쁨을 느꼈다. 이제 와서 생각해보면, 새로운 결심을 하기 전에 예스 음반을 넌지시 언급했던 건 딱한 일이었다. 예스는 대마초와 놀라울 정도로 잘 어울렸다. 정신 상태를 좀 바꿔놓지 않은 상태에서 들으면 그 음악이 어디까지 광채를 잃을지 걱정됐다.

옷장 뒤쪽에는 더 무거운 물건들이 있었다. 작은 노란색 샘소나이트 여행 가방(베키 것이 분명했다), 중고 망원경처럼 보이는 것(클렘 것이 틀림없었다), 휴대용 카세트 플레이어 겸 녹음기(그걸 갖고 싶다는 내색은 했지만, 직접 말한 적은 없었다!). 여기에 더해, 세상에, NFL 미식축구 게임기가 있었다. 가엾은 저드슨. 녀석은 아직 게임기를 받아야 할 정도로 어렸다. 페리는 로더의 집에서 이미 이 게임을 해보았다. 게임이 얼마나 구린지 웃다가 기절할 뻔했다. 금속판으로 이루어진 경기장은 노렐코 전기면도기 비슷한 소리를 내며 전기로 진동했다. 경기장 위에는 발에 직사각형 모양의 플라스틱 잔디가 붙어 있는 아주 작은 플라스틱 미식축구 선수들이 두 팀 놓여 있었다. 쿼터백들은 마초적으로 달려 나가며 공을 패스하는 자세로 굳어 있었고, 하프백들은 주머니 속 보풀처럼 생긴 '공'을 들고 다니며 자주 떨어뜨렸다. 아니면, 지지직거리며 스크럼을 짜다가 방향을 헷갈려 자기 팀 구역으로 빠르게 달려가 점수를 올림으로써 상대편에게 승리를 안겨주었다. 멍청하게 취한 사람에게는 이 선수들이 보이는 멍청하게 취한 듯한 행동보다 우스운 것이 없었다. 하지만 저드슨이 취한 상태에서 그 게임을 할 리는 없었다.

좋은 점은 카메라가 흔적도 보이지 않는다는 것이었다. 동생이 가장 원하는 것이 무엇인지 아는 사람은 페리 자신밖에 없는 게 분명했다. 저드슨은 어머니에게 갖고 싶은 선물을 넌지시 알려주어야겠다는 탐욕스러운 생각 따위는 떠올리지도 못할 고귀한 인간이었고, 아버지는 성격이 너무 반물질주의적이라 크리스마스 선물 목록을 달라고 한 적이 한 번도 없었다. 그래도 옷장은 뒤져봐야 했다. 페리에게 운이 따라주지 않거나 누가 통찰력 있게 저드슨의 마음을 추측했을 수도 있으니까. 이건 사소한 규칙 위반이었다. 더 큰 선(善)을 위해 하는 일이라는 점을 생각해보면 더욱 사소한 규칙 위반.

이것이, 착하게 살겠다는 것이 페리의 새로운 결심이었다.

그럴 수 없다면 최소한 덜 나쁘게 살자는 것이.

비록 이런 결심을 했다는 게 애초에 페리의 마음 이면에 악이 깔려 있으며 그 악을 뿌리 뽑기가 아주 힘들다는 뜻이었을지도 모르지만.

예컨대, 페리는 자리에서 일어나 자산을 처분하기 위해 바람 드는 계단으로 다시 향하는 지금도 망설였다. 자산을 처분하라는 것은 페리가 자신에게 내린 선고였다. 결심이 절정에 이른 순간에 스스로 부과한 벌금이었다. 하지만 지금은 그런 벌이 정말 필요했는지 의심스러웠다. 페리의 지갑에는 어머니가 크리스마스 쇼핑을 하라고 슬쩍 건네준 20달러짜리 지폐와, 그가 중추신경계를 중독시키는 데 쓰지 않고 아낀 11달러가 들어 있었다. 페리와 저드슨이 뉴프로스펙트 포토라는 가게의 창문에서 보고 감탄했던 카메라의 가격은 부가세와 필름 가격을 제외하고

24.99달러였다. 어머니의 구아슈* 초상화를 넣을 싸구려 중고 액자를 발견하고, 모두에게 페이퍼백 책을 사줄 수 있대도―베키나 클렘이나 목사에게 뭐라도 사줘야 한다는 데서 느껴지는 짜증은 이미 그의 결심을 어기게 될 불길한 조짐이었다―돈이 부족할 터였다.

그보다 저렴한 방법도 있었다. 저드슨이라면 '리스크'라는 게임도 좋아할 것이다. 그 게임은 신품 가격이 카메라 가격의 절반도 안 됐다. 저드슨은 둘의 방에서 페리와 함께 그 게임을 하는 것을 좋아할 터였다. 페리는 저드슨에게 주는 또 하나의 선물로서 기꺼이 그 게임을 같이해줄 생각이었다. 페리 자신도 그 게임을 좋아했고 말이다. 하지만 전쟁이나 살육에 관계된 다른 모든 게임이 그렇듯, 발사체를 쏘거나 쏘는 것으로 상상될 만한 모든 장난감과 군인, 전투기, 탱크 등을 재현한 장난감―간단히 말해, 저드슨 같은 평범한 소년이 무엇보다 원하는 것들―이 모두 그렇듯, 리스크는 목사의 폭력적인 평화주의 때문에 이 집에서는 금지되어 있었다. 페리에게는 목사의 말을 반박하는 데 얼마든지 쓸 수 있는 합리적 주장의 무기고가 있었다. 모든 게임의 목표가 일종의 전쟁 같은 격파 아닌가요? 어째서 체스나 체커에서의 가상 살육은 금지 규정에 어긋나지 않는 거죠? 리스크에 나오는, 에나멜이 씌워진 보기 좋은 마름모꼴을 기하학적 전략과 주사위 던지기로 이루어진 게임의 추상적인 말이 아니라 꼭 '군대'로 봐야 하나요? 노친네보다 머리가 좋지만 덜 착한 자신을 싫어하지 않고도, 분노의 눈물 때문에 목이 막히거나 얼굴을 붉히지 않고도 아버지와 말다툼을 할 수만 있다면! 리스크를 선물하면, 저드슨에게 괜찮은 선물을 줬다는 이유로 크리스마스 아침에 싸움이 벌어질 터였다.

---

* 고무를 수채화 그림물감에 섞어 그림으로써 불투명 효과를 내는 회화 기법.

페리는 마지못해 자산을 깨야 한다는 결론을 내린 뒤 계단실 문을 닫고 나왔다. 저드슨이 둘이 함께 쓰는 방에 아까와 똑같은 자세로 있었다. 저드슨은 선장 침대에서, 페리가 녀석을 위해 임시로 만들어준 독서등에 비춰 책을 읽고 있었다. 둘의 방에서 저드슨이 쓰는 쪽은 스프레이*의 선실을 연상시켰다. 저드슨의 영웅 조슈아 슬로컴이 타는 지구 탐험선이 빙글빙글 도는 듯했다. 모든 것이 제자리에 있었다. 옷은 개어져 침대 밑에 정리돼 있었고, 50센트짜리 페이퍼백들은 제목 알파벳 순서로 정리되어 있었으며, 딩키 장난감 자동차들은 작은 선반 위에 서로 평행하도록 대각선으로 주차되어 있었고, 알람 시계는 태엽이 꽉 감겨 있었다. 하지만 그 탐험선의 바깥에서는 페리의 바다가 사납게 몰아쳤다. 페리에게는 옷을 개는 것이 비합리적인 시간 낭비였고, 소지품을 정리한다는 것도 쓸모없는 일이었다. 페리는 자신이 물건을 놔둔 자리를 정확히 기억했으니 말이다. 자산은 침대 밑, 맹꽁이자물쇠가 달린 합판 금고 안에 들어 있었다. 그가 8학년 공작 시간에 기말 프로젝트로 만든 금고였다.

"꼬맹아, 방해해서 미안." 페리는 문 앞에서 말했다. "근데 잠깐만 나가 있어."

저드슨의 책은 《믿을 수 없는 여행》이었다. 녀석은 공들여 인상을 찌푸려 보였다. "처음에는 나더러 여기 있어야 한다더니 이젠 나가야 한다고 하네."

"잠깐이면 돼. 크리스마스 시기에는 평범하지 않은 명령에 따라야 한다고."

---

* 조슈아 슬로컴(1844~1909)은 한 손으로 조종하는 슬루프형 범선 '스프레이'호로 세계 일주 항해를 했다.

저드슨은 꿈쩍도 하지 않고 말했다. "오늘 뭐 할 생각이야?"

페리를 떠보는 것이다.

"지금 당장은 네가 이 방에서 나가야 할 수 있는 일을 하고 싶어." 페리가 말했다.

"그럼 나중에 나갈게."

"난 시내에 가야 해. 케빈네 집에 잠깐 놀러 가지 그래? 브렛네 집이나."

"걔들은 둘 다 아파. 형은 얼마나 나가 있으려고?"

"아마 저녁 전에 돌아올 거야."

"게임을 어떻게 시작할지 새로운 아이디어가 떠올랐어. 형이 가 있는 동안 그 아이디어를 시험해볼 테니까, 저녁을 먹은 다음에 같이 게임을 하는 건 어때?"

"글쎄, 제이. 괜찮을 것도 같고."

저드슨의 얼굴이 실망감으로 멍들자 페리는 다시 결심을 떠올렸다.

"그러니까, 좋다고." 페리가 말했다. "하지만 저녁 전에는 게임을 하지 않는 거야. 알았지?"

저드슨은 고개를 끄덕이더니, 책을 가지고 침대에서 폴짝 뛰어내렸다. "약속하는 거다?"

페리는 약속한 다음, 저드슨이 방에서 나가자 문을 닫았다. 페리가 셔츠에 들어 있던 판지로 꽤 정교한 '스트라티고' 복제품을 만들어낸 이후로, 동생은 페리와 그 게임을 하고 싶어서 안달이었다. 스트라티고는 명시적으로 폭탄과 살육이 나오는 게임이었으므로, '더 높은 권력'에게 압수당할 위험이 있었다. 저드슨에게는 이 게임이 있다는 걸 비밀로 해야 한다고 굳이 말해줄 필요가 없었다. 저드슨은 뉴프로스펙트 최고의 동생이었다. 저드슨은 페리에게 사랑이 현존한다는 최고의 증거일 뿐만 아니라, 매력적이고도 규칙을 잘 지키는 꼬마였다. 그는 거의 페리만큼 영리했고 밤에는 훨씬 더 잘 잤다. 가끔은 페리 자신이 바로 동생이 되고 싶을 정도였다.

하지만 동생이 된다니, 그게 대체 무슨 뜻일까? 영혼이 단지 육체에 의해 만들어진 초자연적 인공물에 불과하다면, 페리의 영혼이 저드슨이 아닌 페리 안에 들어 있다는 사실은 실존적으로 자명했다. 하지만 그만큼 자명하게 느껴지지 않았다. 페리가 영혼이 독립적이며 변치 않는 것일지도 모른다는 의구심을 품은 이유는 그의 영혼이 현재의 자리에 들어오게 된 것이 무척 이상하고도 무작위적인 것 같다는 지속적인 느낌 때문이었다. 취해 있든 제정신이든, 페리는 아무리 노력해도 왜 자신이 하필 페리가 되었느냐는 수수께끼를 풀 수도 없었고, 심지어 그런 수수께끼를 제대로 표현할 수도 없었다. 페리가 보기에는, 예를 들어 베키가 무엇을 했기에 베키가 될 자격을 얻었는지, 또 그런 특권을 정확히 언제 얻었는지가 전혀 분명하지 않았다(전생에 벌어진 일일까?). 베키는 그냥 어쩌다 보니 베키가 되었다. 세상이 온통 그녀를 중심으로 돌아가는 베키. 이 문제도 페리를 혼란스럽게 했다.

금고를 열자 구미가 당기는, 희미한 스컹크 냄새가 자산에서 흘러나왔다. 자산은 지퍼백에 이중으로 싸놓은 3온스의 대마초와 도매로 사고 남은 퀘일루드* 스물한 알로 이루어져 있었다. 예전에 살 때도 늘 그랬지만, 퀘일루드를 도매로 사려면 견딜 수 없을 만큼의 불안감과 수치심을 대가로 치러야 했다. 페리는 자신이 크리스마스 선물을 줄 때 누릴 것으

---

* 진정제, 최면제로 사용되는 약품인 메타쿠알론의 상표.

로 생각되는 기쁨만을 바라고 퀘일루드와 헤어지려 한다는 것을 솔직히
믿을 수가 없어서, 퀘일루드를 빤히 바라보았다. 그러니까 그의 결심은
무척 잔인했던 셈이다. 페리는 자신이 동생보다는 약에 취하는 것을 조
금 덜 사랑하는 것일지 모른다고 생각했다. 하지만 정신이 마구 내달리
고, 침대에서 보내는 하룻밤이 한 달처럼 느껴질 때는 동생보다 퀘일루
드 두 알이 더 좋을지도 몰랐다. 그래, 그게 문제였다. 빌어먹을 자산 전
체를 파카 주머니에 쑤셔 넣고 잊어버려야 할까, 아니면 오늘 밤에 잠들
어야 할까. 대마초만 팔면 30달러가 생길 것이다. 필요한 것보다 많은 돈
이었다. 퀘일루드 몇 알쯤 남겨놓지 않을 이유가 있을까? 따지고 보면,
이것들 전부를 남겨놓지 않을 이유는 또 뭐고?

　11일 전, 페리의 영혼이 페리라는 이름을 뽑았던 괴상한 우주적 제비
뽑기의 상관관계가 또 한 번 작동했다. 페리가 제일 개혁 교회 강당의 리
놀륨 바닥에 놓인, 접힌 종이쪽지 더미에서 베키 H라는 이름을 뽑았던 것
이다. (그럴 확률이 얼마나 될까? 약 55분의 1이었다. 페리가 될 확률의
1억 배 높은 확률이기는 했지만, 그래도 꽤 낮은 확률이었다.) 페리는 누
나의 이름을 보자마자 다시 종이 더미로 옆걸음질 쳤다. 자신이 뽑은 제
비를 다른 것과 바꾸고 싶었다. 하지만 크로스로드 지도자가 이런 식의
속임수를 막으려고 거기에 서 있었다. 보통 '한 쌍'이 되어서 하는 활동의
파트너를 선택할 때가 되면 릭 앰브로즈는 모두에게 잘 모르는 사람, 또
는 최근에 함께한 적이 없는 사람을 고르라고 했다. 하지만 지난주 일요
일에는 12학년 핵심 학생 중 한 명인 아이크 아이스너가 자리에서 일어
나, 모임 사람들 모두가 '안전한' 파트너를 너무 많이 선택하고 위험한 파
트너는 피한다고 불평했다. 아이스너는 강한 감정을 드러내며, 진짜 스
탈린식 인민재판이라도 하듯 자신도 이런 죄를 저질렀다고 고백했다. 사

람들은 즉시 그의 용기와 정직함을 넘치게 인정해주었다. 그때 누군가가 제비뽑기를 제안했다. 그 제안에, 다른 핵심 학생이 사람들은 기계적인 제도에 의존하기보다 각자의 선택을 직접 책임져야 한다고 주장했다. 하지만 아이스너의 제안이 큰 표차로 채택되었다. 페리는 습관처럼 어느 쪽으로 바람이 부는지 지켜보다가 찬성 쪽에 손을 들었다.

베키는 반대표를 던진 몇 안 되는 사람 중 한 명이었다. 쪽지에 베키의 이름이 적힌 걸 본 지금, 페리는 베키가 바로 이런 결과를 예측한 것은 아닌지 궁금해졌다. 드물게도 이번만큼은 베키가 페리보다 예리했던 것이다. 교회 강당에서는 모두가 각자의 파트너에게 달려가고 있었다. 베키는 아무것도 모른 채 자신의 파트너가 누구인지 주위를 두리번거렸다. 페리는 베키에게 다가가면서, 베키도 이 상황을 깨달았다는 것을 알아차렸다. 베키의 표정은 페리와 똑 닮아 있었다. 아, 제기랄.

"좋아, 잘 들어라." 앰브로즈가 호령했다. "이번 활동에서는, 우리 모두 각자의 파트너를 정말로 존경하는 이유가 뭔지 말해줬으면 좋겠다. 한 명이 먼저 시작하고, 그다음에 다른 사람이 하는 거야. 그런 다음, 각자 파트너를 더 잘 알아가는 데 방해가 되는 것이 무엇인지 말해줬으면 한다. 방해가 되는 것을 말해야지, 인신공격을 해서는 안 돼. 다들 알아들었지? 뭘 먼저 해야 하는지 다들 알았니?"

크로스로드에는 부원이 많았다. 덕분에 6주 전 어느 날 밤 베키가 크로스로드에 가입함으로써 온 세상에 충격을 준 이후로도 페리와 베키는 쉽게 서로를 피할 수 있었다. 그 일은 페리에게도 개인적으로 충격이었다. 베키는 목사 아버지가 가장 좋아하는 자식이었고, 아버지가 릭 앰브로즈를 얼마나 싫어하는지 매우 잘 알았으니 말이다. 페리가 변절해 크로스로드에 가입한 것은 그저 그와 목사 사이에 이미 존재하던 냉랭함에 따른 것이었지만, 베키의 변절은 잔인한 배신이었다. 더 많은 사람들에게 충격을 준 사건은 베키가 일요일 밤, 제일 개혁 교회에 얼굴을 비추었다는 사실 자체였다. 페리도 그 현장에 있었다. 페리는 사람들이 베키 쪽으로 고개를 돌리는 것을 보았고, 그들이 놀라서 웅성거리는 소리를 들었다. 마치 예수가 갈릴리에서 행진하는데 클레오파트라가 나타난 것 같았다. 보관을 쓴 여왕이 괴짜들과 나병 환자들 사이에 앉아 그들과 어울리려는 것 같았다. 베키도 클레오파트라처럼 다른 세상 출신, 뉴프로스펙트 타운십 고등학교의 왕족 출신이었으니까.

어린 시절에 페리는 누나를 잘 따르지 않았다. 베키와 친한 클렘이 그렇듯, 베키는 전형적인 형-누나 그룹에 속했다. 그 집단의 특징은, 일반적으로 항상 페리보다 뛰어나다는 것이었다. 가위도 더 잘 다루고, 사방치기도 더 잘하고, 감정과 기분을 (훨씬 더) 잘 통제했다. 페리는 중학교에 들어간 다음에야 베키를 독특한 개인으로 인식했다. 세상은 베키에 대해 강한 의견을 갖고 있었다. 베키는 리프턴 센트럴 고등학교의 치어리더 팀 주장이었고, 참가할 마음만 먹으면 다른 어떤 인기몰이 대회에서도 이길 수 있었다. 어디든 베키가 점심을 먹으려고 앉는 자리는 가장 예쁜 여자애들과 자신감 넘치는 남자애들로 즉시 버글거렸다. 이상하게도 사람들은 베키를 매우 예쁘다고 생각했다. 페리에게 베키는 용변이 급할 때 화장실을 나눠 쓰고, 사실관계나 문법의 오류를 지적하면 얼굴이 마녀처럼 변하는 키 크고 빼빼 마른 소녀였는데 말이다. 페리에게는 베키가 예쁘다기보다 오히려 역겨웠다. 그러나 앤설 로더를 포함해 페리가 빠르게 매료된 리프턴 센트럴 고등학교의 남자 상급생들은 페리가 잘못 안 것이라고 했다. 페리는 절대 그들에게 동의할 수 없었다. 다만, 결국은 누나에게 뭔가가 있다는 것을 인정할 수밖에 없었다. 특별함의 후

광, 매력적인 동시에 다가갈 수 없는 힘(누구도 감히 그녀의 남자 친구가 되려 하지 않았다), 돈과는 아무 상관이 없는 일종의 고급스러움(베키는 다른 치어리더들과 달리 거만하지 않다고들 했다. 아무 노력 없이 남들의 관심을 이끌어내면서, 그런 관심을 알아차리지도 못한다는 것이었다) 같은 것들. 무시해도 좋을 만한 누나의 위성인 페리조차도 베키가 뿜어내는 빛을 반사할 때는 나름대로 빛났다.

뉴프로스펙트에서 베키 힐데브란트라는 단어는 엄밀한 의미에서 마법적이었다. 이 단어를 뱉기만 해도 파티에서 엄청난 관심을 끌거나, 기술 수업 시간에 멍청이들이 알아서 정체를 드러내게 할 수 있었다(안타깝게도, 페리는 그 머저리들의 고백을 엿들을 수 있는 거리에 있었다). 페리는 베키의 이름 절반을 공유하는 사람으로서 자신도 리프턴 센트럴 고등학교에서 즉시 주목받는다는 것을 알게 되었다. 최소한 부모의 높은 소득과 커다란 집을 통해 어느 정도 높은 지위를 부여받게 된 8학년, 9학년 남학생 일부에게서 말이다. 페리는 처음에 그들의 꼬마 마스코트로 시작했지만, 머잖아 자신이 그들과 동등하거나 더 나은 존재라는 것을 증명해 보였다. 아무도 페리보다 담배 연기를 허파에 오래 머금고 있지 못했고, 아무도 혀가 꼬부라지지 않은 채 그보다 더 많은 술을 마시지 못했으며, 아무도 그보다 영단어를 더 많이 알지 못했다. 엷은 노란색의 타고난 곱슬머리에 숱이 많은 페리의 머리카락조차 어깨 길이로 기른 친구들의 머리카락보다 나아 보였다. 앤설 로더는 볼품없는 생머리를 눈에서 쓸어내는 데 싫증이 난 나머지 결국 머리카락을 잘라버렸다. 그 녀석은 무리에서 가장 이상한 놈이었고, 이제는 지아이 조*처럼 보였다.

* 미국에서 가장 유명한 남자아이용 완구 중 하나로, 주로 군인을 모델로 했다.

페리는 자신보다 나이가 많은 친구들을 사귀는 것이 적절한 일이라고 생각했다. 아마 처음으로 그 무리의 출입 자격을 얻게 된 건 베키 덕분일 테고, 그들은 아마 페리가 누구의 동생인지 잊지 않았겠지만, 페리도 나름대로 특별했다. 이 점은 9학년 때, 페리의 친구들이 한 명도 남기지 않고 고등학교로 가버린 뒤에 특히 두드러졌다. 시시한 지능 수준의 또래 중 점심시간에 페리의 관심을 끌 만한 아이는 한 명도 없었다. 페리는 그들에게 둘러싸여 지내는 동안 달에서 너무 오래 걸어 다녀 집으로 돌아가는 우주선을 놓친 우주비행사가 된 기분이었다. 페리의 불면증은 그때 시작됐다. 지금은 다행히도 거의 잊어버렸지만, 1월과 3월 사이의 몇 주 동안 그는 새벽이 올 때까지 백 퍼센트 깨어 있는 밤들을 처음으로 경험했다. 다른 새벽에는 눈꺼풀을 들어 올리는 게 물리적으로 불가능하게 느껴졌고, 수많은 아침에는 쓰레기 목사관으로 기어 들어가 3층으로 올라간 다음 저녁이 될 때까지 낡은 융단을 덮고 잤다. 한결같이 아무 도움이 안 되는 수업을 받던 중에 잠이 들었던 경우도 많았다. 교장 선생과 부모들과의 진 빠지는 상담에서도 잠깐 졸고 말았다. 페리의 증상에 어머니는 간헐적으로 강렬한 공포증을 나타냈고, 아버지는 단조로운 목소리로 훈계를 해댔다. 그런데도 그 학기에 페리가 전 과목 A를 받았다. 놀라운 일 아닌가? 그건 다 잠 못 이루는 밤 덕분이었다. 방과 후나 주말에 친구들을 만나며 심리적 휴식을 취하기도 했지만, 최악의 몇 달 동안은 이런 모임도 빛이 바랬다. 그건 페리가 다른 친구들보다도 더 많은 양의 뭔가를 피우거나 삼켜야만 한다고, 그것들이 필요하다고 느꼈기 때문이었다. 페리의 친구들은 모두가 더 많은 약을 살 여유가 있었다. 아버지가 교회에 사는 가난뱅이인 사람은 페리뿐이었다. 그는 집에 혼자 있으면서 극도로 괴로운 또 한 번의 밤을 마주할 때마다 안도감에 대한 간절한 열망을 느꼈는데 말이다.

바로 그즈음, 페리는 약 거래를 시작하는 수밖에 도리가 없다고 판단했다. 가장 친한 친구 세 명이 크로스로드에 가입했다. 보비 제트는 쫓아다니던 여자애 때문에 가입한 것이고, 키스 스트래턴은 크로스로드에서 애리조나로 감독 없이 9일 동안 여행을 떠난다는 말에 넘어갔다. 어머니가 제일 개혁 교회 신자인 데이비드 고야는 여러 번 통행금지를 어겨도 끔찍한 벌을 받지 않는다는 사실을 매력적이라고 생각했다. 크로스로드는 릭 앰브로즈의 휘하에서 전통적인 사회적 범주를 침식하기 시작했다. 기독교 공동체의 일원이 될 것 같지 않은 사람들이 흘러 들어와 크로스로드를 경험해보았다. 놀랍게도, 이 공동체에 끝까지 남은 사람 중에는 그의 친구 세 명이 모두 포함되어 있었다. 그들은 계속 주말마다 모였지만, 대화의 중심은 바뀌었다. 그들은 애리조나로의 여행이나, 더 능글맞게는 일요일 밤에 하는 감수성 훈련에 관해서 이야기했다. 더 음탕하게는 크로스로드 명단에 올라 있는 몇몇 최상급 여자애들에 관해 따뜻하게 이야기하기도 했다. 페리는 재미있는 일에서 자기만 빠진 것 같은 기분이 들었다.

참혹한 봄과, 잔디깎이의 배기가스를 들이마시고 완전히 취했던 그 이후의 여름이 지났다. 페리는 톨킨을 다시 읽었다. 그런 다음 앤설 로더에게 크로스로드에 한번 가보자고 제안했다. 로더가 격렬히 거부했기에("난 사이비가 싫어"), 페리는 10학년이 된 첫 일요일에 혼자서 천장이 궁륭으로 되어 있는 교회 3층으로 향했다. 그곳은 크로스로드가 아버지의 교회에 만들어놓은 공간이었다. 공기는 담배 연기로 푸르스름했고, 벽과 천장 궁륭은 손으로 그린 E. E. 커밍스나 존 레넌, 밥 딜런, 심지어 예수의 격언으로 뒤덮여 있었다. 더 이해하기 어렵고, 출처가 불분명한 대사들도 있었다. 추측할 필요 없다. 진실을 받아들여라. 누구나 죽는다 같은 문구 말이다. 페리는 미처 깨닫기도 전에 데이비드 고야의 포옹을 받았다. 지금까지는 당연하게 피해온 신체적 접촉이었다. 이어지는 몇 분 동안 페리는 평생 닿았던 것보다 스무 배는 많은 여자들의 몸에 닿았다. 그들에게 꽉 잡히고, 그들의 흥분한 가슴에 끌어 안겼다. 무척 기분 좋았다! 인사와 행정적인 절차를 마친 뒤, 거의 백 명에 이르는 사람들이 아래층의 교회 강당으로 행진했다. 그곳에서도 남녀의 접촉이 다양한 형태로 두 시간 더 이어졌다. 유일하게 불편했던 순간은 페리가 사람들에게 자기소개를 하면서, 아빠가 '이곳'의 부목사라고 말했던 순간이었다. 페리는 릭 앰브로즈를 보고, 타오르는 듯한 검은 눈에 꿰뚫리는 느낌을 받았다. 릭 앰브로즈는 알쏭달쏭함이나 의구심을 담고 눈을 살짝 가늘게 떴다. 너희 아빠도 네가 여기 와 있는 걸 아니?라고 묻는 듯했다.

물론, 목사는 몰랐다. 페리는 최대한 많은 것을 최대한 오래 숨기곤 했다. 울지 않고 아버지에게 반박할 수 없을 것 같아서였다. 다음 주 일요일, 페리는 모든 질문을 미연에 방지하기 위해 어머니에게 로더의 집에서 저녁을 먹겠다고 말했고, 실제로도 잠시 로더의 집에 들렀다. 그들은 로더가 마음 편히 차지한 지하실의 컬러 TV 앞에서 냉동 피자를 먹었다. 상당한 양의 진과 포도 맛 소다를 섞은 음료도 곁들였다. 페리는 술이 센 것으로 유명했지만, 너무 빨리 마셔서인지 크로스로드에 도착한 다음부터의 일은 전혀 기억나지 않았다. 비틀거리거나 휘청거렸을지도 몰랐다. 페리는 그보다 나이가 많은 크로스로드 졸업생 멘토들에게 제지당했다. 그들은 페리한테 취했다고 알려주었다. 릭 앰브로즈가 사람들을 헤치고 와서 그를 복도로 데리고 나갔다.

"네가 취하고 싶다면 난 상관없다." 앰브로즈가 말했다. "하지만 여기서는 안 돼."

"네."

"애초에 왜 여기에 있는 거냐? 여길 왜 온 거야?"

"모르겠어요. 친구들이……."

"친구들이 취했어?"

페리는 벌을 받을지도 모른다는 두려움에 취기가 식었다. 그는 고개를 저었다.

"그래, 네 친구들은 확실히 취하지 않았어." 앰브로즈가 말했다. "너만 집에 돌려보내야겠다."

"죄송해요."

"정말이냐? 한번 이야기해볼까? 너, 크로스로드에 가입하고 싶니?"

페리는 아직 결심하지 않았다. 하지만 불손한 친구들이 존경한다는 콧수염 지도자의 관심을 독차지하는 것은 부정할 수 없이 즐거운 일이었다. 단 한 번이라도 어른과 솔직한 대화를 나눈다니. "네." 페리가 말했다. "그러고 싶어요."

앰브로즈는 그를 데리고 연기 가득한 방으로 돌아가더니, 정규 프로그램을 중단하고 크로스로드의 핵심이라고 할 수 있는 총회를 시작했다. 주제는 알코올 사용과 친구들에 대한 존중, 그리고 자기 존중이었다. 페리를 거의 모르는 아이들이 그를 잘 아는 것처럼 말을 걸었다. 데이비드 고야는 페리가 아주 멋진 사람이지만, 데이비드 자신은 가끔 페리가 진정한 감정을 회피하기 위해 약물과 술을 사용한다는 점이 걱정된다고 말했다. 키스 스트래턴과 보비 제트도 같은 소리를 지껄였다. 이런 말에는 끝이 없었다. 어떤 면에서 페리는 이토록 끔찍한 경험을 해본 적이 없었지만, 한편으로는 2학년이자 신참인 자신이 진을 좀 마셨다는 이유로 이렇게까지 많은 사람의 강렬한 관심을 받는다는 것에 전율을 느꼈다. 페리가 무너져 내려 울음을 터뜨리고, 진정성을 담아 수치심에 흐느끼자 사람들은 일종의 황홀한 응원으로 보답했다. 멘토들이 그의 용기를 칭찬했고, 여자애들이 기어와 그를 끌어안고 머리를 쓰다듬어주었다. 그 총회는 크로스로드의 근본적 질서에 대한 속성 강의였다. 크로스로드에서는 감정을 공개적으로 전시하는 대가로 압도적인 인정을 샀다. 방 안 가득한 또래들에게, 그것도 대부분은 자신보다 나이가 많고, 대다수는 귀여운 아이들이 그를 인정하고 귀여워해준다는 것은 극도로 즐거운 일이었다. 페리는 이 약을 좀 더 원했다.

크로스로드가 활동을 하러 강당으로 내려갔을 때, 릭 앰브로즈는 페리를 잠시 불러 애정을 보여주려는 듯 헤드록을 걸었다. "잘했다." 앰브로즈가 그를 놓아주며 말했다.

"솔직히 전 심한 벌을 받을 줄 알았어요."

"방금은 심하지 않았다고 생각하니? 다들 진짜로 심하게 공격했는데."

"진땀을 빼긴 했죠."

"그래도 한 가지는 분명하지." 앰브로즈가 목소리를 낮추었다. "네가 알지는 모르겠지만, 너희 아버지가 크로스로드를 떠났을 때 모임에 악감정이 좀 생겼다. 나는 그게 안타까워. 정말이지 뭘 어떻게 해야 할지 모르겠다. 하지만 네가 여기 오고 싶다면, 너희 아빠가 괜찮다고 생각하시는지 알아야 해. 넌 아빠와의 관계 때문이 아니라 너 자신을 위해서 이곳에 와야 한다."

"아빠는 제가 여기 온 걸 몰라요. 아빠 생각은 아예 하지도 않았는데요."

"흠, 그럼 그걸 고쳐야겠구나. 아빠한테 알려야 해. 알았니?"

그날 밤늦게 페리가 목사와 나누었던 대화는 고맙게도 짧았다. 아버지는 떨리는 손가락을 뾰족하게 모으고, 슬픈 듯 페리를 바라보았다. "너희 어머니나 내가 널 걱정하지 않는다면 거짓말일 거다. 난 네가 인생에서 어떤 목표를 찾아야 한다고 생각한다. 네가 원하는 목표가 크로스로드에 들어가는 거라면 막지 않으마." 페리는 아버지의 말을, 자신이 아버지에게는 너무 사소한 관심거리라 적진에 가담해봐야 화낼 가치도 없다는 뜻이라고 분석했다.

베키가 크로스로드에 가입했을 때 즈음, 페리는 이미 모든 요령을 터득한 뒤였다. 페리의 목표는 앰브로즈나 다른 멘토들이 모범적으로 보여주는 규칙을 따름으로써 집단의 중심으로 가까이 다가가 핵심 인물이 되는 것이었다. 이 법칙에 따르려면, 직관에 반대되는 행동을 해야 했다. 크로스로드에서는 선의의 거짓말로 친구를 위로해주는 대신 달갑지 않은 진실을 말해주어야 했다. 사회적으로 어색하고 절망적일 만큼 멋없는 행동들을 피하는 대신, 적극적으로 그런 행동을 추구하고 실천해야 했다(물론, 이런 행동을 하는 모습이 다른 사람들의 눈에 띄어야 했다). 활동할 때 친구를 짝으로 선택하는 대신, 신참들에게 자기를 소개하고 그들의 완전무결한 가치를 믿는다고 전해야 했다(물론, 눈에 띄어야 했다). 강해지는 대신 울어야 했다. 진을 마셨던 그날 밤에 흘린 눈물은 카타르시스를 가져다주었지만, 나중에는 좀 더 쉽게 눈물을 흘릴 수 있었다. 그때 흘린 눈물은 좀 더 환전이 편한 화폐였다. 핵심으로 나아가기 위한 대가였다. 크로스로드는 일종의 게임이었고, 페리는 그 게임을 잘해낼 수 있었다. 비록 게임 이론에 근거한 계산으로 얻어낸 친밀함이 놀랍게 느껴지지는 않았지만, 페리는 다른 사람들이 그의 통찰력을 진심으로 귀중하게 여기며 그의 감정 전시에 실제로 감동한다고 느꼈다.

페리는 자신이 속이지 못한다고 느끼는 유일한 사람, 즉 릭 앰브로즈의 인정만을 바랐다. 페리는 여러 가지 이유로 앰브로즈를 존경했는데, 그중에는 앰브로즈에게 지적으로 개연성 있는 신앙이 있다는 점도 있었다. 페리 자신은 아직 신의 목소리를 듣지 못했다. 어쩌면 통신선이 끊어진 것일지도 몰랐고, 수화기 반대편에 그냥 아무도 없는 것일지도 몰랐다. 어느 지루한 여름 오후, 페리는 볼펜을 들고 아버지의 종교 잡지 한 권을 훑어보며 '신'이라는 단어를 전부 '스티브'로 바꿔보았다. 정말 우스웠다. (스티브가 누굴까? 다른 면에서는 제정신으로 보이는 사람들이 왜 계속 스티브에 대해 떠들어대는 걸까?) 하지만 앰브로즈의 생각은 너무도 우아해서, 페리는 신앙에 정말 뭔가가 있을지도 모른다고 생각하게 되었다. 앰브로즈의 생각은 신을 의례나 의식이 아닌 인간관계에서 찾아야 한다는 것이었다. 앰브로즈는 신을 경배하고 그에게 다가가기 위해서는 정직함과 진솔한 대면, 무조건적인 사랑을 실천함으로써 제자들과 그리스도의 관계를 흉내 내야 한다고 했다. 앰브로즈는 이런 소리를 미친 소리가 아닌 것처럼 들리게 말하는 방법을 알고 있었다. 그는 페리에게 모든 종교가 작동하는 방식에 대한 이론을 생각해낼 영감을 불어넣었다. 이로써, 앰브로즈는 일상적인 언어를 새롭고도 강력하며 직관에 반대되는 방식으로 사용하는, 거리낌 없는 지도자가 되었다. 그의 방식은 주변의 사람들에게도 직접 이런 수사를 사용할 용기를 주었다. 그리고 이런 언어를 사용하는 것 자체가 일상생활에서 익숙해져 있던 것과는 전혀 다른 감각을 만들어냈다. 그들은 어느샌가 자신들이 스티브를 안다고 느꼈다. 페리는 앰브로즈에게 홀딱 반했고, 자신은 특별한 사람이니 앰브로즈 곁의 한자리를 차지할 자격이 있다고 생각했다. 그래서 진을 마신 그날 밤 이후로 앰브로즈가 그를 피하는 것처럼 보이자 실망했다. 페리는 앰브로즈가 크로스로드 게임을 하는 그의 기만성을 알아차렸으며 그를 믿지 않는다고 결론 내릴 수밖에 없었다. 그럴싸한 또 한 가지 설명은 앰브로즈가 목사의 가족을 잠식할까 봐 과민하게 반응한다는 것이었는데, 이 설명은 베키가 크로스로드에 가입한 이래 앰브로즈가 그녀에게 두드러지게 관심을 보인다는 점에서 폐기되었다.

그런데 이제는 페리가 멍청하게도 찬성투표를 던진 위험한 제비뽑기 제도 때문에 베키와 파트너가 되었다. 페리는 꾀 많고 호기심 많은 작은 벌레였기에 제일 개혁 교회의 모든 구석진 곳을 알았다. 강당에는 잠긴 것처럼 보이지만 실제로는 잠겨 있지 않은 문이 있었고, 그 너머에는 널찍한 드레스룸이 있었다. 다른 '2인조' 파트너들이 교회 1층 여기저기에 흩어졌을 때, 페리는 누나를 그리로 데려갔다. 그들은 줄줄이 늘어선 텅 빈 나무 옷걸이 밑 리놀륨 바닥에 책상다리로 앉았다. 갓이 없는 머리 위의 전등이 먼지 낀 펀치 볼과 포장지에 싸인 파라핀 종이컵, 주인 없는 우산 두 개를 비추었다.

"뭐, 그럼." 페리는 바닥에 시선을 두고 말했다.

"그래, 뭐."

"앞으로는 쪽지에 뭔가 표시를 해서 이런 일을 피할 수 있을 것 같아."

"같은 생각이야."

페리는 베키가 동의해준 것이 고마워서 고개를 들어 그녀를 보았다. 베키는 아직 크로스로드식 의상을 갖추지 못했기에 작업복이나 페인트공의 바지, 군복 상의를 입고 있지 않았다. 대신 그녀는 최소한 몇 군데 구멍이 나 있는 낡은 스웨터를 입고 있었다. 페리는 베키가 크로스로드에 들어왔다는 것이 아직도 믿어지지 않았다. 그건 자연의 질서를 거스르는 일이었다.

"난 네가 정말로 똑똑하다고 생각해." 베키는 페리를 보지 않고, 판에 박힌 목소리로 말했다.

"고마워, 누나. 그리고 난 누나가 항상 진심 어린 태도로 사는 게 멋지다고 생각해. 진짜야. 누나 친구들 중에는 위선적인 사람이 많은데, 누나 자신은 위선적이지 않아. 그건 정말 놀라운 일이야." 페리는 베키의 입이 굳어지는 걸 보고 덧붙였다. "내가 말을 잘못했네. 누나 친구들을 비난하려는 게 아니었어. 누나에 대해서 긍정적인 말을 하려던 거야."

베키의 입은 여전히 다물려 있었다.

"이제 바로 방해가 되는 것에 대해서 얘기해봐야 할지도 모르겠어." 페리가 말했다. "그 편이 더 보람 있을 것 같은데."

베키는 고개를 끄덕였다. "너한테는 나를 더 잘 알아가는 데 방해가 되는 게 뭐야?"

페리는 이 활동이 뭔가를 욕망의 대상으로 전제했다는 걸 알게 되었다. 이 활동은, 예를 들면 페리와 베키가 서로를 더 잘 알고 싶어 한다고 전제했다.

"뭐랄까." 페리가 말했다. "누나가 나를 안 좋아하는 것처럼 보인다는 점이랑, 늘 나한테 왠지 모르게 화가 나 있는 것처럼 보인다는 점이 나한텐 방해물이야. 지금도 그렇고, 지난 3~4년 동안 나랑 개인적인 대화를 나누려 노력하지 않았다는 점도 그렇고. 적어도 내가 기억하기에는 그래. 우린 같은 집에 사는데 말이야. 난 이걸 일종의 방해물로 볼 수 있다고 생각해."

베키는 웃었지만, 그 웃음은 불안정했다. 웃는 대신 흐느낄 수도 있었다는 듯. "인정할 수밖에 없네." 베키가 말했다.

"누난 날 안 좋아하는구나."

"내 말은 우리가 개인적인 대화를 하지 않는다는 거였어."

페리가 이 드문 기회를 활용해 가까이에서 살펴본 베키의 얼굴은 흠 하나 없었다. 사람들은 베키를 보면 입술이 가늘다거나 턱이 각지다거나 코가 비뚤어졌다거나 하는 결점들을 찾아보곤 했다. 언뜻 봤을 때 아름다워 보이는 얼굴에서 주의를 돌리게 하는 이면의 특징들을 말이다(페리 자신에게는 눈에 띄는 그런 결점이 몇 가지 있었다). 하지만 결국 사람들은 베키의 얼굴에서 그런 특징을 찾지 못했다. 베키의 길고 곧은, 윤기 나는 머리카락도 마찬가지였다. 베키의 머리카락은 약간 가짜처럼 보이는 페리 자신의 노란 머리보다 더 풍성한 색이었다. 베키의 머릿결은 다른 여자애들이 부지불식간에 자기 머리카락과 비교하게 되는, 이상적인 십대의 머릿결이었다. 페리는 세상이 왜 베키를 매력적이라고 느끼는지 알 수 있었지만, 그게 왜 틀린 생각인지도 알 수 있었다. 단점이 없다는 것이 꼭 장점은 아니었다. 그건 그냥 눈에 아무런 저항감을 주지 않는다는 뜻일 수도 있었다. 실에 매달린 투명 풍선처럼 말이다. 끝에 아무것도 보이지 않는, 팽팽하게 당겨진 실을 보고 화가 난 사람들은 그 풍선을 이리저리 따라다니다가, 자신들이 따라다녔으니 그 풍선이 대단히 탐나는 것일 게 틀림없다고 결론지었다.

베키를 좋아하지 않는 건 페리도 마찬가지였다.

"그러니까 내가 문제라는 거네." 베키가 말했다. "그런 뜻이야?"

"내 차례니까 말하자면, 맞아. 나는 내가 보기에 방해물로 보이는 걸 얘기하는 거야."

"글쎄, 나한테 일종의 방해물로 느껴지는 건 네가 말하는 방식이야. 다른 사람들한테 네 말이 어떻게 들리는지 알아?"

"이렇게 인신공격이 시작됩니다."

"바로 이런 걸 말하는 거야. 방금 그 말투 같은 거. 꼭 영국 귀족처럼 말하잖아."

"난 중서부 억양을 쓰는데, 누나."

홍조라는 결점이 베키의 얼굴에 떠올랐다. "우리 같은 사람한테 늘 우리를 깔보는 사람과 함께 있는 게 어떻게 느껴질 것 같아? 우리가 우습다는 듯이 구는 사람, 우리가 모르는 뭔가를 알고 있는 것처럼 늘 히죽거리는 사람하고 말이야."

페리는 인상을 썼다. 그는 예컨대 저드슨을 깔보지 않는다고 말할 수 있었다. 문자 그대로, 신체적인 의미에서 내려다보는 경우를 제외하면 말이다. 하지만 반론한다는 건, 더 넓은 의미에서 베키의 주장을 인정하는 것이나 마찬가지였다.

"화학에서 B를 받았다는 이유로 나한테 정신적 결함이 있는 것처럼 구는 사람하고."

"화학이야 아무나 잘할 수 있는 과목은 아니지."

"하지만 넌 A플러스를 받잖아. 노력도 안 하고. 아예 신경도 안 쓰고."

"그럴 수도 있지. 하지만 누나도 정말 원했다면 할 수 있었을 거야. 난 누나를 바보라고 생각하지 않아, 누나. 그건 그냥 거짓말이야."

페리는 자신이 감상적으로 변하는 것을 느꼈다. 여기, 드레스룸이라는 둘만의 공간에서 누나와 함께 있을 때는 감상적인 모습을 보여도 점수를 딸 수 없는데.

"난 내 감정을 말하는 거야." 베키가 말했다. "감정을 거짓말이라고 할 수는 없어."

"그래, 그건 맞지. 그러니까 누나는 내가 공부를 잘한다는 느낌이 누나의 방해물이라는 거네."

"아냐. 난 네가 거기 있는 것처럼 느껴지지 않는다는 얘기를 하는 거야. 네가 우리 모두로부터 1000킬로미터는 떨어져 있는 것 같아. 뭐, 그렇다고 내가 너를 더 잘 알고 싶어지는 건 아니지만."

베키는 고등학교에서 상상할 수 있는 모든 사회적 특권을 누리면서 크로스로드로 놀러 나온 게 아니었다. 그녀는 빈민 체험을 하는 게 아니었다. 그것만은 인정해줘야 했다. 베키는 진지하게 크로스로드에 참여하고 있었다. 감정을 솔직하게 드러내고, 정직함과 진술한 대면을 실천하고 있었다. 무조건적인 사랑은 부족할지 모르지만 말이다. 베키는 크로스로드 열병의 초기 단계에 들어와 있었다. 페리 자신은 이 단계를 너무도 빠르게 지났기에, 크로스로드가 10월에 처음으로 위스콘신 호숫가에 있는 기독교 콘퍼런스 센터로 주말 수련회를 떠났을 때는 깨진 돌을 가지고 엄숙하게 다가왔던 같은 2학년생 래리 코트렐에게 향수 어린 동정심이 느껴질 정도였다. 그가 가져다준 돌은 호숫가에 내린 서리 때문에 금이 가 있었고, 몇몇 핵심 인물들은 자갈의 반쪽을 다른 누군가에게 주고 반쪽은 자신들이 가져야겠다는 영감을 얻었다. 자신들이 한 총체의 나눠진 절반이라는 상징으로서 말이다. 이런 행동은 빠르게 유행을 탔다. 래리 코트렐을 잘 몰랐던 페리는 그에게서 자갈 반쪽에 이어 포옹까지 받고 감동했지만, 래리가 의도한 이유 때문은 아니었다. 페리가 감동한 것은 래리의 순진함 때문이었다. 페리는 이게 게임이라는 것을 알고 있었지만, 래리는 아직 몰랐다. 상급생들 사이에서 논란의 여지 없는 여왕 자리를 차지하고 있는 베키가 애당초 왜 크로스로드에 가입하는 은혜를 베풀어주셨는지 알아낼 수만 있다면, 페리는 베키의 열정에도 비슷한 감동을 느낄 수 있었을 것이다.

페리가 막 베키에게 그 이유를 물으려 했을 때—진솔하게 그녀를 대면하려 했을 때—베키는 대단히 특이한 비난을 쏟아냈다.

베키가 말했다. "방해물은 내가 사실 널 착한 사람이라고 생각하지 않는다는 거야. 크로스로드에 들어온다는 게 나한테 얼마나 미친 짓이었는지 알기나 해? 내가 처음 여기 온 날 사람들이 계속 나한테 했던 말이 뭔지 알아? 동생이 정말 훌륭한 사람이라더라. 감정적으로 솔직하고, 어울리기 쉽고, 믿을 수 없을 만큼 힘이 되어준대. 그래서 난, 우리가 똑같은 사람 얘기를 하는 게 맞나 싶었어. 솔직히, 내가 나쁜 누나였나 고민되더라. 글쎄, 내가 진짜 네 모습을 알 만큼 충분한 시간을 들인 적이 없는 걸까? 어쩌면 내가 너무 내 생각에만 빠져서, 네가 감정적으로 얼마나 솔직한 사람인지 몰랐을 수도 있잖아. 근데 알아? 난 그게 아니라고 생각해. 난 네가 바라던 바로 그 누나였다고 생각해. 내가 엄마나 아빠한테 다른 사람들이 다 아는 네 모습에 대해서 한마디라도 했어? 하려면 못 할 것도 없는데. 있잖아요, 아빠, 페리가 리프턴 센트럴 고등학교에서 가장 맛이 간 약쟁이라는 거 아세요? 페리가 1년 내내 하루도 약에 취하지 않고 보낸 적이 없다는 걸 아세요? 아빠가 잠자리에 든 다음 페리가 3층으로 올라가서 약을 한다는 건요? 페리의 친구들이 모두 미성년 알코올중독자들이고, 학교에서는 다들 그 사실을 안다는 건요? 난 그렇게 말할 수도 있었지만 널 지켜줬어, 페리. 그런데 넌 날 비웃기만 하지. 우리 모두를 비웃어."

"사실이 아니야." 페리가 말했다. "솔직히, 난 모두가 나보다 나은 사람이라고 생각해. 아니…… '비웃는다'고? 진심이야? 내가 저드슨을 비웃는다고 생각해?"

"저드슨은 네 애완동물 같은 거야. 넌 딱 그런 방식으로 걔를 대해. 필요할 땐 걜 이용하고, 필요 없을 땐 무시하고. 넌 친구들도 이용해. 걔들

약이나, 걔들 집이나. 그리고 하나님께 맹세하는데, 넌 크로스로드도 이용하고 있어. 넌 너무 똑똑해서 그런 짓을 하고도 들키지 않을 수 있겠지만, 난 네가 무슨 짓을 하고 있는지 알아. 사람들이 나한테 네가 훌륭한 애라고 말했던 그 첫 번째 일요일에, 난 내가 미친 줄 알았어. 근데 누가 나랑 똑같은 생각을 하는지 알아? 릭 앰브로즈 전도사님이야."

리놀륨 바닥은 차가웠지만, 페리에게는 드레스룸이 지나치게 덥게 느껴졌다. 산소가 부족했다. 잠수구에 들어와 있는 것 같았다.

"전도사님은 네가 골칫덩어리라고 생각해." 베키가 가혹하게 말했다. "나한테 그렇게 말했어."

페리는 베키가 어떤 상황에서 앰브로즈에게 그런 말을 들었을지 상상하기 시작했지만, 곧 멈추고 머릿속 발걸음을 돌렸다. 페리는 꼭 누나에게 재산을 빼앗긴 채 태어난 것만 같았다. 크로스로드는 페리가 잘할 수 있는 게임이었다. 이곳에서 그는 게임 실력으로 귀하게 여겨질 수 있었다. 이곳에는 실제로 존경할 수 있는 어른도 있었다. 그런데 그런 곳을 발견하자마자 누나가 다가와 하룻밤 사이에 앰브로즈를 그의 적으로 돌려놓고 독차지하다니.

"그럼 누나가 날 안 좋아하는 게 문제가 아니네." 페리는 불안정한 목소리로 말했다. "그게 방해물이 아니야. 방해물은 누나가 날 싫어한다는 거야."

"아냐. 그런 게 아니라……."

"난 누나를 싫어하지 않아."

"난 너에 대해 무슨 감정이 생길 정도로 널 잘 알지도 못해. 난 누구도 너를 정말로 알지는 못할 거라고 생각해. 널 안다고 생각하는 사람들은 틀렸다고 생각하고. 하, 넌 정말 그 사람들을 잘 이용하더라. 살면서 한 번이라도 너한테 손해가 되는 일을 다른 사람을 위해서 해본 적 있어? 내가 너한테서 본 건 이기심과 자아도취, 이기적인 쾌락뿐이야."

페리는 몸을 앞으로 숙이며 눈물을 터뜨렸다. 그 눈물이 자신을 향한 베키의 마음을 녹이고, 구원의 포옹을 이끌어내기를 바랐다. 하지만 그런 일은 없었다. 페리는 자신이 베키에게 해가 되는 일을 한 번이라도 했는지 떠올리려고 애썼다. 베키에 대해 가끔 떠올리던 못된 생각들보다 더 눈에 띄는 행동, 베키의 증오심을 설명할 만한 행동 말이다. 그런 행동이 하나도 생각나지 않았기에, 페리는 베키가 자신을 원칙적으로 싫어하는 거라고 결론 내릴 수밖에 없었다. 그는 사악하고 이기적인 벌레였으니까. 베키는 지금 페리가 다른 사람들에게 찬사를 받는다는 추상적 불의를 시정하기 위해 증언하고 있을 뿐이었다.

"미안해." 베키가 말했다. "이런 말 듣기가 어려울 거라는 건 알아. 넌 내 동생이니까 말이야. 하지만 오늘 밤 네가 내 이름을 고른 건 좋은 일일지도 몰라. 나는 평생 너랑 함께 살았으니까. 나는 다른 사람들보다 너를 잘 알아볼 수 있어. 나는…… 나는 정말로 너를 더 잘 알고 싶어. 너는 내 동생이니까. 하지만 그 전에, 네 안에 알 만한 가치가 있는 사람이 있는지 알아야겠어."

베키는 자리에서 일어서더니, 수소 폭탄에 초토화된 도시를 떠나듯 드레스룸을 나섰다. 그 폐허에서, 페리는 베키가 한 말의 핵심을 고통스럽게 재건했다. 베키는 페리의 과외활동에 대해 그가 상상했던 것보다 훨씬 많은 것을 알았다. (유일하게 다행스러운 점은, 페리가 7학년에게 약을 판다는 사실만큼은 베키도 모르는 것 같다는 것뿐이었다.) 앰브로즈는 페리가 '골칫덩어리'라고 생각했다. (여기에서 위안이 되는 점은 베키가 이런 비밀을 흘렸다는 사실을 알면 앰브로즈가 화를 내리라는 확신뿐이었다.) 크로스로드에서 겉으로 보인 그의 훌륭한 활동에는 아무 의미가 없었다. (하지만 최소한, 베키는 사람들이 그를 좋게 생각한다고 말해주었다.) 그는 나쁜 사람이었다. 그는 저드슨을 이용할 뿐이었다.

페리는 너무 부끄럽고 자기연민에 빠져 있어서 드레스룸에서 나가지 못하고, 강당에 사람들이 다시 모이는 소리에 귀 기울였다. 관계를 성공적으로 풀어나간 2인조들이 기뻐하며 웅성거리는 소리, 앰브로즈의 우렁우렁한 목소리, 솜씨 좋은 기타 연주 소리, '모든 좋은 선물들'과 '네게는 친구가 있어'를 합창하는 소리. 페리는 자신이 사라진 것을 알아차리는 사람이 한 명이라도 있을지 궁금했다. 아직 핵심 인물은 아니었지만, 페리는 그 위치에 들어갈 가능성이 가장 높은 2학년생 중 한 명이었다. 크로스로드라는 별자리에서 상당히 밝은 별이었다. 만일 페리 자신이었다면, 예컨대 오리온자리의 별 하나가 어두워졌을 경우 확실히 알아차렸을 것이다. 모임이 해산하자, 페리는 누군가가 드레스룸의 문을 두드리기를 기다렸다. 후회하는 베키나 걱정하는 멘토, 그를 안심시켜줄 앰브로즈, 그를 가치 있게 여기는 동료 부원, 그것도 아니라면 강당 불을 껐을 때 문 아래로 가느다란 빛이 새어 나오는 걸 본 사람이라도. 아무도, 단 한 사람도 그를 찾으러 오지 않았다는 사실은 페리에게 베키의 판단을 꼼짝달싹할 수 없이 확인해주는 것으로 보였다. 그는 알아갈 가치가 없는 사람이었다.

그날 밤, 페리가 새로운 결심을 한 것은 부분적으로 누나의 말이 틀렸다는 것을 증명하기 위해서였고, 부분적으로는 릭 앰브로즈가 신뢰하는 (또 베키보다 선호할지 모르는) 사람이 되기 위해서였다. 물론, 그게 아주 순수한 동기는 아니었다. 하지만 어디서든 시작은 해야 하니까.

페리는 금고에 자신을 위한 작은 크리스마스 선물로 퀘일루드 두 상자만을 넣어두고, 저드슨을 다시 방으로 불러들였다. 그런 다음 파카를 걸치고 금방이라도 눈이 쏟아질 것 같은 하늘 아래를 지나 앤설 로더의 집으로 갔다. 쓰레기 목사관의 이상한 점은, 개조보다는 철거가 더 필요한 상태인데도 담임목사의 집보다 더 잘사는 동네에 자리 잡고 있다는 것이었다. 페리의 예전 약 친구들이 모두 근처에 살았다. 페리는 자산을 유동화하기 싫어서 머무적거리다가 크리스마스 연휴가 시작하는 시점을 놓쳐버렸다. 이제는 리프턴 센트럴 고등학교의 야구장 뒤편에 가도 단골손님들을 찾을 수 있을지 확신할 수 없었다. 하지만 로더는 틀림없는 유동화 전문가였다. 회반죽이 칠해진 로더네 저택에는 테라코타 지붕널이 달린 둥근 첨탑이 있었다. 그 안에는 천장 서까래가 드러난 방들이 있었는데, 그곳에 있는 가장 후진 가구도 페리 가족의 가장 좋은 가구보다 좋았다. 바로 그런 열 오르는 상황에서, 로더는 맨발에 셔츠도 벗은 채 현관으로 왔다. 그는 해변으로 휴가를 떠난 지아이 조 같았다. "안 그래도 널 찾고 있었는데." 로더가 말했다. "스피커에서 이상하게 지지직거리는 소리가 나더라고."

페리는 친구를 따라 넓은 계단으로 갔다. "스피커 두 개 다?"

"응, 근데 턴테이블을 돌릴 때만 그래. 테이프는 이상 없고."

"도움이 되는 정보네. 한번 보자."

페리는 스테레오 수리 기사 역할을 할 시간도 없었고, 그럴 기분도 아니었다. 하지만 그가 친구들과 수지를 맞추는 한 가지 방법은 친구들의 사소한 문제들을 그가 가진 수많은 재주로 해결하는 것이었다. 가전제품과 관련된 수수께끼들, 막힌 수족관 호스, 표지판에 들어갈 글씨 디자인, 부모님 사인 위조, 해몽, 풀과 가위를 쓰는 모든 일 등등. 로더는 위층의 자기 방에서 강력한 스테레오로 '위스키 트레인'을 쿵쾅거리며 재생했고, 페리는 레코드플레이어의 바늘 카트리지가 헐거워졌다는 문제를 진단하고 바로 고쳤다. 그는 격식을 차리지 않고 파카 주머니에서 자산을 꺼내 로더의 침대에 던졌다.

로더의 눈이 휘둥그레졌다. "끝내주는 크리스마스 선물인데, 페리."

"형이 이걸 사줬으면 해서."

"사라고?"

말은 오가지 않았지만, 둘 사이에는 로더가 오랫동안 후한 호의를 베풀어왔다는 문제와 페리가 약을 가지고 있는데도 나누지 않으면서 언제나 그 호의를 받아들여왔다는 문제가 남았다.

"돈이 필요해서." 페리가 설명했다. "저드슨한테 크리스마스 선물을 사주고 싶어."

"그래. 그래서 약을 판다는 거지……. 그 얘기 같네, 〈동방의 선물〉이었나?"

"〈동방박사의 선물〉이야."

"제이가 너한테, 뭐 예를 들면, 파이프 같은 걸 사주려고 자기 걸 팔았다면 웃기겠다. 그치?"

"〈동방박사의 선물〉은 아이러니에 대한 얘기가 맞지."

로더는 자산을 쿡 찔러보았다. 아마 알약을 세는 듯했다. "돈이 얼마나 필요한데?"

"40달러면 될 것 같아."

"내가 그냥 돈을 빌려주는 건 어때?"

"우린 친구잖아. 형한테 어떻게 돈을 갚아야 할지 모르겠어."

"내년 여름에도 잔디 깎을 거야?"

"난 대학 갈 돈을 모아야 해. 버는 돈을 관리하고 있어."

로더는 이 모든 말을 이해해보려는 듯 눈을 감았다. "그럼 이 쓰레기는 어떻게 샀어? 훔친 거야?"

페리의 손바닥에 땀이 나기 시작했다. "그건 별로 중요한 문제가 아닌 것 같은데."

"근데 내가 이걸 너한테 산 다음에, 결국 너랑 같이 이걸 태워버릴 거라면 좀 이상하지 않냐?"

"그렇게는 안 할 거야."

로더는 못 믿겠다는 소리를 냈다. 페리에게는 지금이 자신의 결심에 따라, 더 이상은 그 누구와도 아무것도 태우지 않을 거라고 선언할 순간이었다. 하지만 이번에도 내키지 않았다.

"봐." 페리가 말했다. "나도 내가 형만큼 너그러울 수 없다는 건 알아. 하지만 이성적으로 생각해보면, 드는 돈이 똑같은데 누구한테 사는지가 왜 중요한지 모르겠어."

"중요하니까 중요하지. 난 네가 그 이유를 모르는 게 놀라운데."

"난 바보가 아니야. 난 이성적으로 상황을 보고 있는 거야."

"있잖아, 잠깐이지만 난 정말로 네가 나한테 선물을 줬다고 생각했어. 뭐랄까, '짱인데!'라고 생각했다고."

페리는 자기가 친구의 기분을 상하게 했다는 걸 알 수 있었다. 그들은 갈림길에 이르렀다. 소극적인 공범 관계를 그만두고 싶은 거니? 머릿속에 릭 앰브로즈의 목소리가 들렸다. 진짜 인간관계를 적극적으로 목격할 배짱이 있어? 페리는 로더와의 우정(소극적이고, 공범 관계에 있는, 약쟁이의 우정)을 끝낼 생각으로 그의 집에 온 것이 아니었다. 하지만 이제 둘이 함께하는 일이 취하는 것밖에 없다는 건 사실이었다.

"30달러면 어때?" 페리의 얼굴에서도 땀이 났다. "그러니까 부분적으로는 선물인 거지. 부분적으로는, 어……."

로더가 돌아서서 서랍장을 열었다. 그는 20달러짜리 지폐 두 장을 침대에 던졌다. "그냥 40달러를 달라고 했어도 됐잖아. 줬을 텐데." 그는 자산을 집어 서랍에 넣었다. "언제부터 딜러가 된 거야?"

다시 밖에 나온 페리는 퍼시그 거리를 따라 걸어가면서 15분 전에 로더에게 그냥 돈을 달라고 부탁하지 않은 이유를 재구성해보려 했다. 페리는 둘 다 갚지 않으리라는 걸 아는 '빚'을 내고, 자산은 변기에 넣고 물을 내려버릴 수도 있었다. 그랬다면 친구에게 상처를 주지 않고 같은 결과를 얻을 수 있었을 것이다. 지금 와서는 완벽하게 말이 되는 것으로 보이는데, 아까는 왜 로더가 그런 식으로 반응할 거라고 상상하지 못했을까? 아홉 살짜리 페리는 집어치우라지. 15분 전의 페리도 그에게는 낯선 사람이었다! 영혼은 새로운 깨달음을 얻을 때마다 달라지는 걸까? 영혼은 정의상 불변성을 띠고 있었다. 어쩌면 그가 혼돈을 느끼는 근본 원인은 영혼과 지식의 융합일지 몰랐다. 어쩌면 영혼은 단 한 가지의 구체적인 임무, 그러니까 내가 나라는 것을 아는 임무를 수행하기 위해 만들어진 도구일 뿐이고, 다른 모든 형태의 지식에 따라 달라지는 걸지도 몰랐다.

지성, 즉 영혼의 수수께끼에 한계가 있기 때문일까? 아니면 새로운 결심과 오랜 친구의 감정을 경솔하게 망가뜨린 일을 화해시키기가 어려워서였을까? 아무튼 페리는 뭔가가 배 속을 아래쪽으로 꺼뜨리는 것을 느꼈다. 기어가 헛도는 듯했고, 건강해진 듯한 느낌이 끝나는 첫 그림자가 느껴졌다. 그렇게 그는 뉴프로스펙트의 중앙 쇼핑 지구로 들어갔다. 보통 그는 어둑한 겨울 오후의 반짝거리는 상업 지구를 좋아했다. 그때는 거의 모든 가게에 그가 원하는 것이 있었다. 게다가 크리스마스 무렵에는 가로등마다 소나무 가지가 걸리고 빨간 활 모양 장식물들이 얹혀 있었다. 그것들을 보고 있으면 쓸모 있는 새 물건들을 사고 또 선물 받을 것이 생각났다. 하지만 지금은 다른 생각이 들었다. 가게들을 보고도 감동하지 못할 때, 가게에 있는 물건 중 아무것도 원하지 않게 될 때는 과연 어떤 기분이 들까? 쇼핑 지구의 빛은 얼마나 더 어두침침하게 보이고 가로등의 소나무 가지들이 얼마나 더 시들어 보일까? 비록 아직 그런 감정이 느껴진 것은 아니었지만.

페리는 빨리 움직이면 그 느낌을 따돌릴 수 있을 것처럼 종종걸음 쳐 뉴프로스펙트 포토로 향했다. 저드슨에게 주려고 찾았던 카메라는 최신 쌍안 리플렉스 야시카였다. 그 카메라는 창문 뒤에, 다른 중고 및 신품 카메라 스무 대와 함께 작은 흰색 전시대에 올라와 있었다. 저드슨도 그 카메라가 아주 멋지다고 했었다. 페리는 가게에 들어가면서 거의 창문을 보지도 않았다. 하지만 비어 있는 흰 전시대가 그의 눈에 들어왔다.

야시카는 없었다.

빌어먹을 동방박사의 선물.

가게 뒤쪽의 암실에서 시큼한 냄새가 났다. 머리가 반짝반짝 빛나는 대머리 가게 주인이 짜증스러운 위압감을 풍겼다. 드러그스토어와 쇼핑센터 때문에 사업이 망해가는 시기였기에 이해할 만한 분위기였다. 렌즈를 닦다가 고개를 들어서 페리를, 머리 긴 십대를 봤을 때 주인이 가장 먼저 떠올렸할 생각이 좀도둑이 들었다거나 시간 낭비할 거리가 생겼다는 것이었으리라는 데는 의심의 여지가 없었다. 페리는 신경을 거슬리는 베키식 말투로 남자에게 상냥한 오후 인사를 건넸다. 그러자 마음이 편해졌다. "창문에 전시해두셨던 쌍안 리플렉스 야시카를 사고 싶은데요."

"미안." 주인이 말했다. "오늘 아침에 팔렸어."

"아쉽네요."

주인은 쓰레기 같은 인스타마틱으로, 그다음에는 무슨 낡고 구린 카메라로 그의 관심을 끌어보려 했고, 페리는 이런 제안에 얼마나 불쾌감을 느끼는지 티 내지 않으려고 애썼다. 둘은 페리의 눈이 유리 전시장에 들어 있는 끝내주는 물건에 닿으면서 교착 상태에 이르렀다. 유럽제 소형 비디오카메라였다. 금속 본체가 반짝였다. 조리개를 조절할 수도 있었다. 페리는 집 창고에 있는 낡은 영사기를 떠올렸다. 그 영사기는 좀 더 희망찼던 시대의 유물이었다. 힐데브란트 가족이 아직 가까이 모여 앉아 홈비디오를 보는 가족이 될 수 있었던 시대, 목사가 말벌의 습격을 받아 노 젓는 배 옆으로 카메라를 떨어뜨리기 전 시대.

"그건 40달러야." 주인이 말했다. "1940년대에는 그 두 배 가격으로 팔렸지. 하지만 8호야. 가방에 넣어야 해."

"봐도 될까요?"

"40달러라니까."

"봐도 될까요?"

페리는 주 스프링을 감고, 파인더의 끝내주는 광유리를 들여다보았다. 정말이지, 자기가 그 카메라를 갖고 싶었다. 저드슨한테 카메라를 같이 쓰자고 하면 괜찮다고 할까?

페리의 결심에 따르면 그런 생각은 버려야 했다.

그래서 페리는 그 생각을 버렸다. 그는 48달러 가난해졌지만, 영혼은 확실히 부유해져 가게를 나섰다. 탐냈던 카메라가 아니라 그보다도 훌륭하고 멋진 카메라를 받고 놀랄 저드슨을 상상하니, 페리도 이번만큼은 다른 사람 때문에 기쁨이 느껴진다고 확신했다. 일리노이주의 하늘에서 눈이 내리기 시작했다. 자산과 이별한 페리 자신처럼 순수한 물이 흰 결정이 된 것이다. 생각이 중간 정도로 기분 좋게 느려졌다. 그 이상 느려진 건 아니었다. 아직은. 그는 잠시 인도에, 녹아가는 눈송이 사이에 서서 세상이 가만히 있을 수 있으면 좋겠다고 생각했다.

거리에서 익숙한 엔진 소리가 들렸다. 그는 돌아서서, 가족의 퓨리 자동차가 메이플 거리의 정지 표지판에 멈춰 서는 것을 보았다. 자동차 뒤에는 상자가 가득 실려 있었다. 운전대를 잡은 것은 아버지였다. 아버지는 낡은 코트를 입고 있었다. 페리는 3층 옷장에서 그 옷이 사라졌다는 걸 미처 눈치채지 못했었는데. 조수석에 있는 건 래리 코트렐의 섹시한 엄마였다. 그녀는 고개를 돌려 아버지를 마주 보면서, 한쪽 팔을 의자 등받이에 걸치고 있었다. 그녀는 신나서 페리에게 손을 흔들었다. 그제야 목사가 페리를 보았다. 목사는 미소 지으려는 노력조차 하지 않았다. 페리는 노친네가 뭔가 잘못을 저지르는 모습을 포착했다는 인상을 확실히 받았다.

베키는 그날 아침, 날이 밝기 전에 깼다. 방학 첫날, 예전 같으면 늦잠을 잤을 날이었다. 하지만 올해에는 모든 것이 달랐다. 베키는 어둠 속에 누워 라디에이터에서 나는 탁탁 소리와 바람 빠지는 소리를 들었다. 아래쪽에서 파이프가 기를 쓰고 철커덕거리고 있었다. 베키는 이런 일이 처음이라도 되는 듯, 추운 아침에 아늑한 집에 있다는 이점에 감사했다. 이런 안락함을 가능하게 하는 추위의 이점에도 똑같이 감사했다. 그 둘은 윗입술과 아랫입술처럼 한 쌍으로 꼭 어울렸다.

어젯밤까지만 해도 베키는 키스를 꼭 할 필요는 없는 활동으로 분류했다. 그녀는 5년 동안 주변 사방에서 사람들이 키스하는 것을 보아왔고, 끝까지 갔다는 여자애들도 알고 있었다. 하지만 경험 없는 자신이 부끄럽지 않았다. 그런 종류의 부끄러움은 여자애들이 빠지곤 하는 함정이었다. 정말로 예쁜 애들조차 남자애들이 원하는 대로 행동하지 않으면 인기를 잃을까 봐 걱정했다. 셜리 이모가 말했듯이, "자신을 싸게 팔아넘기면, 세상도 그 사람을 값싸게 평가하는" 법이었다. 베키는 인기를 추구하지 않았지만, 인기가 알아서 찾아오자 자신에게 그 인기를 관리하고 증진할 본능이 있다는 것을 알게 됐다. 웬 운동선수의 애인이 되는 것은 막다른 길일 게 뻔했다. 그녀는 타락하는 것이 얼마나 달콤할지, 계속 타락하기를 자신이 얼마나 원하게 될지, 그 이후에는 얼마나 달라진 기분이 들지 짐작하지 못했을 것이다. 그녀가 혼자서 침대에 있었을 때는 말이다.

창문이 건성으로 밝아오자 책상 위의 에펠탑 포스터가 흑백으로 보였다. 셜리 이모가 그녀에게 남겨준 샹젤리제 수채화 원본이었다. 열 살 때 베키가 직접 골라서 도배해달라고 했던 조랑말 무늬 벽지도 흑백으로 보였다. 당시에 베키는 영원히 그 벽지와 함께 살아야 한다는 것을 이해하기에는 너무 어린 나이였다. 회색 빛 속에서는 그 벽지를 좀 더 참아줄 수 있었다. 우중충한 하늘은 베키가 원했던 바로 그 날씨였다. 인생이 좀 더 진지한 국면에 접어든 밤이 지나고, 바로 다음 날의 날씨로는 그게 딱 어울렸다. 시간을 알려주는 태양은 없었다. 태양은 각도를 바꾸며, 입맞춤에서 아직 깨어나지 못한 그녀를 억지로 깨우지도 않았다.

베키의 방 바로 위, 부모님의 방에서 알람 시계가 울렸을 때는 그 소리가 평소처럼 잔인한 아침의 소리로 들리지 않고 다가올 날에 담겨 있을지 모르는 모든 것을 약속하는 소리로 들렸다. 아버지의 면도기가 윙윙거리는 소리와 어머니가 복도를 지나는 발소리를 들었을 때, 베키는 오늘이 오기 전까지 일상적인 삶이 얼마나 소중한지, 또 자신이 그 삶의 일부라는 것이 얼마나 행운인지 알아차리지 못했다는 것을 깨닫고 놀랐다. 세상에는 좋은 것이 너무 많았다. 다른 사람들은 좋은 사람들이었다. 그녀 자신도 좋은 사람이었다. 그녀는 모든 인류를 향한 선의를 느꼈다.

하지만 베키는 침대에서 나오지 않고 기다렸다. 가족의 자동차가 진입로에서 끼익 소리를 내며 움직이기 시작하고, 어머니가 옷을 입으러 위층에 올라오기 전까지 말이다. 그건 어제의 여파 속에서 혼자 있는 시간을 연장하고 싶었기 때문이었다. 베키는 셜리 이모가 사준 일본식 비단 가운을 걸치고 매듭을 지은 다음, 조용히 맨발로 1층 화장실로 내려갔다. 그렇게 소변을 보려고 변기에 앉은 사람은 어젯밤 한 남자의 입맞춤을 받은 여자였다. 베키는 중대하게만 느껴지는 이런 마음속 변화가 겉으로는 티 나지 않을까 봐 두려웠다. 그래서 거울 속 사람의 눈을 피했다.

베키는 토스트와 달걀 냄새를 맡고 주방에서 발걸음을 돌려 자기 방으로 다시 올라갔다. 동시에 시작해야 할 일이 수없이 많아서 배 속이 울렁거리는 것 같았다. 하지만 실제로 하고 싶은 일은, 누군가에게 자신이 입맞춤을 받았다고 말하는 것뿐이었다. 베키는 오빠에게 먼저 말하고 싶었지만, 오빠는 아직 대학에서 돌아오지 않았다. 베키는 창가에 서서 다람쥐를 지켜보았다. 다람쥐 한 마리가 화를 내는 바람에 다른 다람쥐가 참나무 줄기 위로 재빨리 올라가고 있었다. 도토리를 도둑맞았는지도 몰랐다. 아니, 베키의 마음이 다람쥐들에게 향한 것은 그녀 자신이 도둑질했기 때문일지도 몰랐다. 배 속에서 느껴지는 초조함은 부분적으로 도둑이 느끼는 아드레날린이었다. 잠깐이지만, 공격자 다람쥐는 그쯤에서 만족하고 문제를 마무리할 것처럼 보였다. 하지만 그때 갈등이 고조됐다. 다람쥐는 맹렬히 나무 위로 쫓아가더니 가로로 더 쫓아가, 진입로 옆 덤불로 날듯이 뛰어내렸다.

베키는 그가 일어났을지, 자신에 대해 어떻게 생각할지, 혹시 후회하지나 않을지 궁금했다.

문밖에서는 저드슨이 어머니에게 설탕 쿠키 얘기를 하고 있었다. 베키는 살림을 별로 즐기지 않았기에 그런 일을 즐기는 동생이 있는 것이 고마웠다. 12월에는 특히 그랬다. 이때는 어머니가 크리스마스트리나 사탕 지팡이 모양으로 설탕 쿠키를 만드는 것 같은 몇몇 전통을 지켜야 했다.

어머니 자신이 가족을 위해 만들어낸 전통이었다. 베키가 보기에 명절은 어머니에게 그저 또 한 가지 잡일일 뿐이었다. 베키 자신의 새로운 선의는 약간 추상적이게 느껴졌다. 주방에 앉아서 쿠키 만드는 것을 돕는다면 착한 일이 됐을 텐데, 그러고 싶지 않았으니까.

보상하는 의미에서, 베키는 가장 좋은 빛바랜 청바지를 입고 원서 서류를 챙겨 거실로 내려갔다(그녀가 적극적으로 피하는 유일한 사람인 페리는 정오 전에 나타날 가능성이 별로 없었다). 그런 다음, 크리스마스트리 옆 안락의자에 진지를 쳤다. 트리를 꾸미는 것도 어머니가 맡은 또 하나의 잡일이었다. 트리의 향기를 맡으니 베키와 클렘이 어렸을 때, 트리 밑에 선물이 쌓일 때마다 서로를 휩쓸어 넣었던 광기가 생각났다. 하지만 지금 베키는 훨씬 나이가 들었다. 창가의 빛은 어두컴컴했고, 쿠키 만드는 소리는 이상할 만큼 멀게 들렸다. 그녀는 침엽수 냄새가 나는, 먼 북쪽 어딘가에 앉아 있는 것만 같았다. 입맞춤의 여파 속에서, 베키는 땅의 굴곡이 보일 만큼 높은 곳에서 자기 자신을 내려다보는 듯한 기분이 들었다. 세상은 새로이 3차원이 되어 그녀의 안락의자로부터 사방으로 뻗어나갔다.

베키는 대학 여섯 곳에 원서를 넣을 생각이었다. 그중 다섯 곳은 값비싼 사립대학교였다. 10월까지만 해도 대학교 홍보 책자는 로맨스의 대상이었다. 성인이 된 그녀에게 더 이상 쓸모없어진 가족, 혹은 모든 사회적 가능성을 소진한 학교에서 탈출할 다양한 맛이 나열된 곳이 바로 대학이었다. 하지만 그때, 베키는 크로스로드를 발견했다. 크로스로드는 뉴프로스펙트를 떠나고 싶어 하던 그녀의 조바심을 줄여주었다. 베키는 지금 원서 파일을 펼치면서 어제의 입맞춤이 미래를 더욱 극적으로 단축했다는 것을 알게 되었다. 다가오는 그날 이후의 모든 것은 무의미했다.

존경하는 사람, 혹은 지원자에게 중요한 것을 알려준 사람에 대해 서술하시오.

베키는 잇자국이 난 빅(Bic) 펜의 뚜껑을 열고, 스프링 노트에 글을 쓰기 시작했다. 오늘 아침에는 그녀의 손 글씨가, 그 똑바른 포동포동함이 유치하게 느껴졌다. 베키는 그 글자를 그어버렸다. 좀 더 가늘고 기울어진 필체로, 좀 더 과격하게 써보려 했다. 전날 밤, 그로브 뒤의 주차장에 있었던 그 여자가 쓸 법한 필체로 말이다. 베키는 자신이 바로 그 여자로 변모했다고 느꼈다.

제가 가장 존경하는 사람은

저희 가족은 제가 여덟 살이 될 때까지 인디애나주 남부에 살았습니다. 아버지는 작은 시골 교구 두 곳의 목사였습니다. 농촌이었지만, 클렘 오빠와 함께 돌아다닐 숲과 시냇가도 있었습니다. 오빠는 대부분의 오빠들과는 달리 제가 따라다녀도 한 번도 화를 내지 않았습니다. 오빠는 아무것도 겁내지 않았습니다. 오빠는 벌이 귀찮게 하면 가만히 있으라고 알려주었습니다. ~~오빠는 모든 종류의 생물을 좋아했습니다.~~ 오빠는 동물들을 '피조물'이라고 불렀고, 그 모두에 호기심을 느꼈습니다. 하루는 커다란 거미를 집어 올리더니, 그 거미가 자기 몸 위를 기어 다니게 하면서 제 팔에도 올려놔도 되는지 물었습니다. 저는 위협하지만 않으면 거미가 사람을 물지 않는다는 것을 알게 되었습니다. 인디애나주의 깊은 계곡에는 통나무가 걸쳐져 있었는데, 오빠는 아무것도 아닌 것처럼 그 위를 달려서 건넜습니다. 오빠는 제게 통나무에 쭈그리고 앉아서 계곡을 건너는 방법을 보여주었습니다. 저는 대부분의 오빠들이 동생을 아무렇지 않게 놔두고 갈 거라고 생각합니다. ~~하지만 클렘 오빠는 아니었습니다. 오빠한테는 야구 글러브가 있었는데~~

베키는 지루함에 지고 말았다. 그녀가 쓰는 단어조차 유치하게 보였다. 그녀는 오빠에 관한 이야기를 쓰면 대학교에서 매력을 느낄 거라고 상상했었다. 클렘을 존경하는 이유를 설명하기가 쉬울 거라고 생각했다. 하지만 오늘 아침은 그럴 기분이 아니었다. 일단, 클렘은 추수감사절에 집에 와서 지나치게 자신감 넘치는 목소리로 샴페인*에 여자 친구가 생겼다고 말했다. 그 여자가 첫 여자 친구라고 말했다. 베키는 순수하게 기뻐해야 했지만, 사실은 약간 뒤처진 기분이 들었다. 그때까지만 해도 베키는 자신이 나이는 어릴지 몰라도 클렘보다 세상살이를 더 잘 알고, 사회적으로도 잘나간다고 생각했다.

고등학교 시절 클렘의 친구들은 대체로 지략가 스타일이었다. 그들은 비듬으로 뒤덮인 안경을 쓰고 다니며 고약한 체취를 풍겼다. 베키는 클렘이 그보다 나은 친구들을 사귈 수 없다는 게 유감스러웠다. 하지만 클렘은 베키의 사회적 지위가 전혀 부럽지 않으며 베키 쪽 사람들에게는 그저 '사회학적' 관심만이 느껴진다고 주장했다. 토요일 밤늦게 집에 돌아와보면, 클렘의 방문 밑에서는 어김없이 빛이 새어 나오고 있었다. 베키가 문을 두드리면, 클렘은 읽던 책이나 풀던 과학 문제를 옆으로 치워놓고 가족 중 그만이 할 수 있는 방식으로 캐멀롯**에서의 인생에 대한 그녀의 소소한 이야기들에 귀 기울였다. 클렘은 베키의 친구들에 관해 현실적인 판단을 내렸고, 베키는 그런 말을 단번에 일축했지만("세상에 완벽한 사람은 없어") 속으로는 그 정당성을 인정했다. 클렘은 베키가 알고 지내는 몇몇 남자애들에 관해 특히 가혹한 평가를 내렸다. 예를

---

* 미국 일리노이주에 있는 지역 이름으로, 일리노이 주립대학 어바나—샴페인 캠퍼스를 가리킨다.
** 아서왕 전설에 나오는 동화적인 성.

들면 베키에게 끝없이 데이트를 신청하는 켄트 카두치에 대해서 그랬다. 클렘 말로는, 켄트가 클렘의 친구인 레스터를 탈의실에서 괴롭혔다고 했다. 아직 10학년이던 베키는 어느 날 점심시간에 켄트에게 가서, 켄트의 운동부 친구들 앞에서, 그와 사귀지 않는 이유를 말했다. "넌 일진이고 머저리니까." 그렇다고 켄트가 레스터의 엉덩이에 젖은 수건을 던져대는 짓을 그만둔 것 같지는 않았다. 하지만 베키는 위계 서열을 민감하게 포착했기에, 최상위 등급 학생들이 미묘하게 켄트를 피하기 시작했다는 것을 감지했다. 베키는 이런 성취를 클렘에게 전하고 싶은 충동을 느꼈지만, 클렘이 경멸하는 것은 위계질서 내의 특정한 개인이라기보다는 위계질서 자체라는 것을 알고 있었다. 그런데도 클렘은 베키에게 그 위계질서에서 빠져나오라고 하지 않았다. 그 위계질서가 베키가 우수성을 발휘하는 분야임을 인정하는 것처럼 말이다. 얼마나 고마웠던지! 그건 베키가 클렘의 사랑을 확신한 백 가지 방법 중 하나였다. 언젠가는 베키가 어쩌다 클렘의 침대에서 잠들었다. 눈을 떠보니 그녀는 다정하게도 이불을 덮고 있었고, 클렘은 침대 옆 깔개에 잠들어 있었다. 그녀는 어쩌면 건강하지 않은 방식으로, 거의 결혼한 사람처럼 클렘에게 친밀감을 느꼈다. 여동생이라면 마땅히 그래야 하지만, 클렘의 콩 줄기 같은 몸이나 여드름 자국투성이 얼굴에도 신체적인 거부감을 느끼지 않았다. 둘의 우애에 뭔가 이상한 점이 있는 게 아닐까 걱정될 정도였다. 하지만 그녀는 클렘이 하는 모든 행동이 선량하고 올바르다고 확신했다.

클렘은 대학교로 떠난 뒤에도 베키의 길을 안내해주는 별로 남아 있었다. 이 시기에는 몇 차례 파티가 열렸다. 2학년 중에는 아무도 초대받은 사람이 없고 3학년도 대부분 초대받지 않았기에 반드시 참석해야만 한다고 느껴지는 이런 파티들은 상당히 방탕했으며, 부모님의 감독에서도 벗어나 있었다. 원칙적으로, 클렘은 이런 파티의 배타성을 싫어했다. 부모님이 싫어한 것보다도 더 말이다. 하지만 베키보다 불운한 사람들을 기억하라며 온화한 훈계를 늘어놓던 아버지나 그녀가 자만해진 것 같다고 큰 소리로 걱정하던 어머니와는 달리, 클렘은 모든 것의 중심이 되는 것이 베키에게 얼마나 중요한 일인지 이해했다. "그냥 조심해." 클렘은 말했다. "그 애들을 전부 합쳐도 네가 더 낫다는 걸 잊지 마." 베키는 그런 파티에서 어느 정도 보호받을 수 있었다. 전교 치어리더 선거에서 가장 많은 표를 받아, 3학년이었는데도 자동으로 치어리더 팀의 공동 주장이 된 덕분이었다. 베키가 목소리를 높여 음악이 마음에 들지 않는다고 소리치면, 짜잔, 웬 보이지 않는 손이 레코드플레이어 바늘을 올리고 산타나 앨범을 얹었다. 하지만 사태를 망칠 압력은 여전히 강력했다. 대마초가 뇌에 미치는 장기적 영향에 관해서는 연구된 바가 별로 없다는 클렘의 경고가 없었다면, 베키는 불붙인 채 건네진 대마초를 거절하지 못했을지 몰랐다. 브래드필드의 집에서 열린 악명 높은 신년 파티에서도 마찬가지였다. 그때는 뒤뜰 눈밭에서 사람들이 토하고, 지하실에서는 구역질 나는 진실 게임이 벌어졌다. 만일 클렘의 시각으로 트립 브래드필드를 보지 않았다면, 베키는 거칠 것 없는 스무 살이던 그와 함께 2층으로 올라갔을지도 몰랐다.

베키에게 그런 파티는 브래드필드네 집에서 벌어진 파티가 마지막이었다. 몇 주 뒤에는 셜리 이모가 돌아가셨고, 베키는 치어리더 팀을 그만두고 학교 공부에 좀 더 진지하게 매진했다. 셜리 이모는 집에서 좋은 책을 읽으며 사람들이 대체 그녀가 어디에 갔는지 궁금하게 만들면, 모든 파티를 쫓아다니는 것보다 더 먼 곳까지 나아갈 수 있다는 것을 알려주었다. 베키는 더 이상 치어리더 활동을 핑계로 가족의 노동 규칙에서 예

외로 취급될 수 없었기에 퍼시그 거리에 있는 꽃 가게에서 방과 후 일자리를 얻었다. 그녀는 오랫동안 안정적으로 인기를 누려왔기에 자신이 잊힐 리 없다는 것을 알았다. 오히려 그 반대였다. 베키는 치어리더 팀을 그만둠으로써 그 팀에 남은 모든 여자애들이 받는 조명을 줄여버렸다. 셜리 이모는 베키에게 발목까지 내려오는 남색 메리노 코트를 주었고, 베키는 방과 후에 그 코트를 입고 7학년 시절부터 가장 친한 친구이자 충실한 보좌관이었던 지니 크로스만 데리고서 퍼시그 거리를 돌아다녔다. 그럴 때면, 자동차를 꽉꽉 채워 타고 근처를 지나가는 또래들에게 자신이 어떻게 보이는지 느껴졌다. 셜리 이모는 그걸 비결이라고 불렀다.

베키는 애써 다시 펜을 들었다. 그날 계획은 점심시간 전에 에세이를 다 쓰느냐에 달려 있었다.

어느 ~~따뜻하고 후텁지근한 여름~~ 오후, 클렘 오빠와 저는 농가 근처를 탐험하러 갔습니다. 그 집에는 크고 사나운 개가 사슬에 묶여 있었습니다. 오빠조차도 그 개를 약간은 무서워했습니다. 그런데 어쩐 일인지 그날은 개가 묶여 있지 않았습니다. 그 개는 울타리를 뛰어넘어 저를 쫓아오기 시작했습니다. 저는 발목을 물려서 넘어졌습니다. 오빠가 그 개에게 달려들어 맞서 싸우지 않았다면 저는 아주 심각한 부상을 입었을지도 모릅니다. 농가의 여주인이 저를 구하러 왔을 때 심각하게 다친 사람은 클렘 오빠였습니다. 개가 오빠의 얼굴과 양팔을 물었고, 오빠는 ~~30 40 50~~ 40 바늘을 꿰매야 했습니다. 그 개 때문에 팔에 장애를 입거나, 동맥이 끊어지지 않은 게 다행이었습니다. ~~오늘날까지도 저는 오빠의 팔과 뺨에 난 흉터를 볼 때마다 크날어~~
사람들이 뭐라 생각하든 신경 쓰지 않고 옳은 일을 한다

괴롭힘 당하는 아이들을 지켜준다   일진을 두려워하지 않는다

(개를 두려워하지 않듯이)

클램 덕분에 제가 깨달은 건, 인생에는 더 중요한 것들이

왜 글을 쓰면 이렇게 멍청이같이 보일까? 베키는 그 모욕적인 페이지를 공책에서 뜯어냈다. 주방에서는 오븐을 예열하는 냄새가 났다. 아침 나절이 흘러가고 있었다. 베키는 페이지에 적힌 것의 오점에 부당하게 방해를 받는 기분이 들었다. 그런 나쁜 글을 페이지에 적은 사람은 자신이 아닌 것만 같았다.

이제는 어머니가 물 주전자를 들고 거실에 들어왔다. "어머, 일어났네." 어머니가 말했다.

"네." 베키가 말했다.

"일어나는 소리 못 들었는데. 아침은 먹었니?"

어머니는 늘 운동복 차림이었다. 딱히 형태가 없는 추리닝에 축 처진 합성섬유 자전거복을 입었다. 베키는 그 옷차림이야말로 어머니와 이모의 차이를 요약해 보여준다고 느꼈다. 이모는 어머니가 뚱뚱한 만큼 날씬했다. 이모가 그런 운동복을 가지고 있을 리 없었다. 어머니가 크리스마스트리에 물을 주려고 무릎을 꿇었을 때, 베키는 허릿살이 곧 드러날 것을 알고 눈을 피했다. 어머니와 셜리 이모의 더욱 비극적인 차이는, 어머니는 살아 있다는 것이었다. 셜리 이모는 하루에 체스터필드를 두 갑씩 피워서 날씬한 모습을 유지했다.

어머니는 베키에게 즐거운 계획이 있느냐고 물었다.

"원서 써야죠." 베키가 말했다. "크리스마스 쇼핑도 하고요."

"그래, 6시까지는 꼭 들어오너라. 그래야 해플 목사님 댁 파티에 갈 준비를 하지. 너희 아버지가 집에 오시면 바로 나갈 거야."

"파티에 간다고요?"

어머니는 주전자를 들고 일어났다. "드와이트 목사님이 가족을 데려오라고 모두를 초대했어. 물론 가톨릭 집안은 빼고. 페리는 저드슨하고 함께 집에 있을 거고, 클렘이 언제 도착할지는 모르겠구나."

"아니…… 근데 무슨 파티예요?"

"목사님들이 참석하는 오픈하우스 파티야. 작년에는 클렘이랑 갔어."

"제가 언제 그 파티에 간다고 했어요?"

"안 했지. 지금 네가 가게 될 거라고 말하는 거야."

"아니, 죄송한데요. 저도 다른 계획이 있어요. 전 크로스로드 콘서트에 가요."

베키는 시선을 돌리고 있었지만, 어머니의 표정을 느낄 수 있었다.

"아버지가 안 좋아하실 것 같은데. 하지만 군이 콘서트에 가야겠다면, 8시 30분까지 해플 목사님 댁에서 돌아오마."

"콘서트가 7시 30분에 시작하는데요."

"멋지게 지각한다고 나쁠 건 없어. 네가 한 시간만 늦으면 평온한 휴일을 보낼 수 있단다. 최소한 평온한 휴일을 보내는 시늉이라도 할 수 있겠지. 그게 과한 요구는 아닌 것 같구나."

베키는 고집 세게 고개를 한쪽으로 기울였다. 베키에게도 나름의 이유가 있었다. 하지만 그녀는 그 이유를 설명하지 않기로 했다.

"에세이는 잘돼가니?" 어머니가 물었다.

"그럭저럭요."

"네가 쓴 걸 보여주면 내가 도와주마. 어때?"

어머니는 좀 더 상냥한 목소리로 그렇게 말했다. 화해의 선물이었다. 하지만 베키는 그렇게 받아들이지 않았다. 베키가 듣기에, 그 말은 어머니가 그녀보다 글을 잘 쓴다는 사실을 떠올리게 하려는 것 같았다. 베키 자신은 어머니가 소중하게 여기는 그 무엇에서도 어머니보다 뛰어나지 못하다는 듯이. 베키는 반격하고자 말했다. "저는 셜리 이모 얘기를 써야겠다고 생각했어요."

어머니가 뻣뻣하게 굳었다. "클렘 얘기를 쓰는 줄 알았는데."

"개인적인 에세이잖아요. 뭐든 제가 원하는 걸 쓰면 되죠."

"그건 그렇지."

어머니는 거실에서 나갔다. 창문으로 들어오는 빛이 약간 밝아져 있었고, 베키는 자신의 선의가 아직 온전하다는 것을 알게 되어 기뻤다. 어머니는 나쁜 사람이 아니었다. 어머니는 그저 베키의 계획이 해플 목사의 파티에 가는 것보다 더 좋다는 걸 모를 뿐이었다.

인디애나주에서 개에게 공격당한 뒤의 일이었다. 클렘은 얼굴을 소독하고 꿰맸으며 두 팔은 붕대로 감고 있었다. 그때, 아버지는 교회 모임에 갔다가 집에 돌아와 클렘에게 고함을 질렀다. 어떻게 이런 일이 일어나게 할 수가 있어? 농장에서 대체 뭘 한 거냐? 난 널 믿고 동생을 맡겼어! 네 동생이 죽을 수도 있었어! 이런 건 늘 일어나는 일이야. 베키만 한 애들도 개에게 물려 죽는다고! 대체 무슨 생각을 한 거냐? 베키를 지키려다가 물어뜯긴 열 살짜리 소년에게 이 모든 말을 한 것이다. 그런 다음 판결이 내려졌다. 클렘은 그 이후로 등하굣길에 시골길을 지날 수 있었을 뿐 베키를 집 밖으로 데리고 나갈 수 없었다. 베키는 자신과 클렘의 희귀한 우정에 대해 생각할 때마다 금지라는 단어를 떠올리게 됐다. 심장이 다름 아닌 금지된 것들을 원하는 경우는 많았다. 그런 것들은 어떤 잔인하거나 불가해한 권위에 의해 금지되었다는 바로 그 이유로 더 매력을 띠었다. 십대 때, 베키는 토요일 밤늦게 클렘의 문 밑으로 빛이 새어 나오는 것을 보고 그게 금지된 것의 신호라고 생각했다. 그녀와 클렘은 단결하여, 둘을 갈라놓으려는 권위에 대항했다.

그때의 판결에 이어, 아버지는 클렘을 대신해 베키와 함께 산책하러 나가는 일을 떠맡았다. 클렘과 함께 있을 때는 집 밖의 모든 것이 모험이었다. 그네를 탈 나무 덩굴과 조약돌을 던져 소리 나게 할 우물들, 바위 밑에서 발견하게 될 끔찍한 지네들과 냄새를 맡고 터뜨릴 콩깍지들, 사과 열매로 유인해낼 말들. 하지만 아버지에게 자연은 신이 만드신 영광스럽지만 그리 구체적이지 않은 존재일 뿐이었다. 그는 베키에게 예수님에 대해 말했다. 그 말에 베키는 불편해졌다. 아버지는 또 지역 농민들의 고달픈 삶에 대해 말했다. 그 얘기는 좀 더 흥미로웠지만, 아버지가 그런 말을 한 것이 그리 현명한 행동은 아니었을지도 몰랐다. 베키가 놀이터에서 친구들에게 들려준 이야기들은—보일런 가족의 아들이 정신병원에 들어갔고, 보일런 부인은 빨대로 음식을 먹을 수밖에 없으며, 칼 잭슨의 어머니는 사실 그 애의 할머니라는 이야기들은—베키가 일찍 인기에 맛을 들이게 해주었다. 어른들에 관한 충격적인 진실은 초등학교에서 가치가 높았으니 말이다.

가족이 시카고로 이사한 다음에도 아버지는 일요일 오후에 베키를 데리고 산책하러 나가는 '전통'을 계속했다. 보통은 스코필드 공원을 간단히 한 바퀴 돌았다. 아버지의 초대는 별로 거절할 가치가 없었다. 거절하면, 어머니가 베키를 죄책감의 여행길로 데려갈 것이기 때문이었다. 베키는 교회에 별 관심이 가지 않고, 억압받는 사람들에 대해서는 더욱 관심이 가지 않았기에, 이미 죄책감을 느끼고 있었다. 또 아버지가 자신을 어른처럼 대하고 존중하며, 말하지 말아야 할 것들을 계속 말해준다는 점을 고맙게 여겼다. 베키는 그리스도의 종으로서 더 큰 삶을 살겠다는 아버지의 꿈에 관해 엄청나게 많은 이야기를 들었다. 주민들이 부유하고 대부분 백인인 교외에서 부목사로 일하는 좌절감에 대해서도. 베키는 들은 얘기를 곧장 클렘에게 전했다. ("좌절감이 느껴진다고?" 클렘은 말했다. "아내와 네 아이가 있어서 그렇다는 거야?" 아니면 더 못되게 말하기도 했다. "엄마는 아빠랑 같이 산책하러 나가는 사람이 너라서 좋아하고 있어. 아빠가 너를 데리고 도망칠 수는 없다는 걸 알거든.") 아버지의 이야기에 대한 보답으로, 베키는 아버지가 자극해도 자신의 꿈이나 좌절감에 관해 말하지 않았다.

베키는 이로 펜 뚜껑을 열었다. 첫 번째 설탕 쿠키들이 구워지고 있었다.

1월 16일이면, 셜리 이모가 돌아가신 지 1년이 됩니다.

글이 벌써 더 나아진 것 같았다. 이 글은 진지했고, 가족을 잃은 대학 지원자를 향한 연민을 즉시 불러일으켰다.

셜리 이모는 2차 세계대전 때 단 한 명의 진정한 사랑을 잃고 세상에 홀로 남겨졌습니다. 저는 만년의 셜리 이모를 알고 지내며 교양과 품위, 자신에 대한 믿음, 외로움과 질병에 직면해 용감하게 맞서는 일의 중요성을 배우는 특권을 누렸습니다. ~~어머니아 뭐라고 생각할지 몰라도, 셜리 이모는 돈으로 제 애정을 산 게 아닙니다.~~ 저는 셜리 이모를 정말로 사랑했습니다. 저는 열 살 때부터 매년 여름 ~~우아한~~ 고상한 가구들이 놓여 있는 이모의 ~~뉴욕서~~ 맨해튼 아파트에서 1주일을 보냈습니다.

셜리 이모가 여러 해에 걸쳐 베키에게 엄청나게 많은 것들을 준 건 사실이었다. 베키의 남자 형제들이 아무것도 받지 못했다는 것도. 베키가 뉴욕에서 가져온 옷들은 체스터필드의 악취를 털어내기 위해 입기 전에 세탁부터 해야 했다. 1964년의 첫 방문 때, 베키는 이모의 소파 침대에서 (이모는 그 침대를 자동차라도 되는 것처럼 '컨버터블'*이라고 불렀다) 매일 밤 클렘이 그리워서, 또 공기도 통하지 않는 아파트에서 눈을 태워버릴 것처럼 눌러오는 연기에 울부짖었다. 공교로운 일이지만, 다음 해 여름에 베키더러 봉사의 의미로 셜리 이모의 초대를 다시 받아주라고 고집을 부린 사람은 어머니였다. (어머니는 나중에, 베키가 뉴욕 여행을 기대하게 된 다음에야 언니에 대해 허영 덩어리니, 비현실적이니 하는 단어들을 쓰기 시작했다.)

하지만 베키는 일찍부터 이모에게 매료됐다. 셜리 이모는 인디애나주의 농가에 처음이자 마지막으로 방문했을 때 일곱 살짜리 베키의 어깨를 잡고 진지하게 그녀의 눈을 들여다보며, 그녀가 엄청난 미인이 될 운명을 타고났다고 알려주었다. 그건 대단한 일이었다. 목사의 아내일 뿐인 어머니와 달리, 이모는 브로드웨이의 배우라는 직업을 갖고 있었다. 엄청난 스타가 아닌 것은 분명했지만, 실제로 직업이 있었다. 베키는 이모가 1964년에 만국박람회에서 인간들의 무리를 오만하게 가르고 다니는 모습에 경탄했고, 웨이터인지 영업 사원인지가 베키를 이모의 딸이라고 불렀을 때 이모가 그저 자신에게 윙크만 했던 것에도 경이로움을 느꼈다. 그때까지 베키는 클렘의 모범을 따라, 모든 부정직을 혐오했다. 하지만 이모는 부정직과 꾸미기의 차이가 예술적 상상력이라고 말했다. 베

---

* '컨버터블'에는 '전환 가능한'이라는 의미가 있다.

키에게 그런 상상력이 없다는 것은 분명했지만—뉴욕에 간 베키는 메트로폴리탄 박물관에서 유럽 화가들의 작품보다 미라를 더 좋아했고, 미라보다는 공원 건너편의 공룡들을 더 좋아했으며, 공룡보다는 메이시스 백화점을 더 좋아했다—이모는 이것도 똑같은 일이라고 말해주었다. 예술과 연극의 세계는 잔인한 남자들에 의해 전적으로 통제되고 있으며, 그 남자 중 많은 수는 말 그대로, 상스러운 말을 써서 미안하지만, 좆같은 놈들이고, 여자란 무시당하고 인정받지 못하느니 고객이자 감상자가 되는 편이 낫다고 했다. 베키는 그 말을 재능 있는 사람으로 사는 것보다는 부자로 사는 게 낫다는 뜻으로 알아들었다. 이모는 한 번도 그렇게 표현하지 않았지만 말이다.

이모가 돈이 얼마나 많은지, 또 그 돈이 어디에서 오는지 베키는 오랫동안 알지 못했다. 이모는 작은 아파트에 살았지만, 모든 백화점 고객 카드를 가지고 있었다. 집의 가구는 저렴해 보였지만, 신발과 장신구는 그렇지 않았다. 이모는 베키가 올 때마다 딱 한 번씩 그녀를 데리고 나가 화려한 저녁 식사를 사주었으나 요리를 한 적은 한 번도 없었다. 대신, 이모와 베키는 포장 음식 메뉴로 놀랄 만큼 가득 차 있는 링 바인더를 휙휙 넘겨댔다. 베키에게 필요한 다른 모든 것(초기에는 우유와 쿠키, 나중에는 살사 프레스카 소스와 탐폰)은 전화를 걸어 배달시켰고, 도난 방지 장치가 된 현관에서 현금으로 값을 치렀다. 이모는 매번 몸을 떨며 옛 기억을 떠올려, 조카의 운명을 예언했던 인디애나주의 농가에서 겪은 두려움을 전했다. 이모에게는 지하실에서 발작하듯 떨어대던, 낡아서 갈라진 고무 롤러가 달린 메이태그 세탁기가 특히 큰 충격을 남긴 듯했다. 이모의 이불은 흰 실로 묶인 갈색 종이 포장지에 싸여 깨끗하게 도착했으니 말이다.

쇼핑을 제외하면, 베키가 여름마다 이모 집에 갈 때 가장 즐겼던 것은 사회적 지위에 신경 쓰지 않는 척하지 않아도 된다는 점이었다. 미래에 사회적 지위를 누리고 싶은 마음도 숨길 필요가 없었다. 이모는 베키에게 친구들 아버지의 직업이나 집의 크기를 철저히 취조했다. 덕분에 베키는 뉴프로스펙트가, 생각했던 것처럼 모두가 평등한 중서부의 유토피아가 아니라, 돈이 사회적으로 중요하고 돈이 없다는 사실은 뛰어난 외모나 운동 실력으로만 보상할 수 있는 공간이라는 사실을 인식했다. 10학년 때, 베키는 엄마가 시무룩하니 못마땅해했는데도 뉴프로스펙트의 공식 댄스 학교인 므시외 에 마드무아젤에 등록했다. 이모가 그렇게 하라고 돈을 주었던 것이다. 베키의 친구들은 이 학원에 대해 불만스럽게 눈알을 굴려대면서도 모두 그곳에 다녔다. 베키는 여전히 클럽의 전도사였던 데다, 속물들이 불안해하는 것과 달리 진짜 귀족들은 오히려 자애롭다는 이모의 지혜에도 영감을 받은 상태였다. 그래서 그녀는 친구들과는 달리 개기름이 줄줄 흐르는 서툰 춤꾼들도 피하지 않았다(단, 베키는 자신의 지위에 대해 사람들이 하는 말을 알아채고 즐겼다. 사람들 말이, 서툰 소년들은 베키에게 파트너로 선택되면 놀라서 더 서툴러진다고 했다). 베키가 므시외 에 마드무아젤에서 실천한 것 같은 포용성은 너그러운 것이었을 뿐 아니라, 인기를 쌓는 데 있어서 배타성만큼 중요한 것이었다. 다음 해 치어리더 선거의 결과를 보라. 남들의 두려움과 호의를 사는 것은 둘 다 대단한 위업이었다. 그녀의 머릿속에서 중요하고도 서로 대단히 다른 두 모범적 인물이 만족스럽게 균형을 이루었다.

베키가 마지막으로 뉴욕에 갔을 때, 이모는 담배를 피우는 사이사이에 고약한 냄새가 나는 약용 사탕을 빨아 먹었다. 습한 7월이었는데도 이모의 목구멍 안에는 도저히 쫓아낼 수 없는 개구리가 들어 있었다. 돌이켜보면, 베키는 이모가 그 기침의 의미를 알았을지 모른다는 생각이 들었다. 이모는 베키가 고등학교에 다녀야 할 시간이 아직 1년이 아니라 2년 남았다는 사실을 기억하지 못했다. 이모는 내년 여름에, 베키가 졸업하면 바로 그녀를 데리고 유럽을 일주하고 싶다고 말했다. 런던에서 연극을 보고, 파리에 가서 루브르 박물관을 보고, 잘츠부르크에 가서 음악을 듣고, 스톡홀름에 가서 백야를 보고, 베네치아에 가서 분위기를 느끼고, 로마에 가서 고대 유물을 보여주겠다고 했다. 베키에게는 그 말이 어떻게 들렸을까? 베키는 말했다. "제 생각엔, 지금부터 2년 뒤 여름에나 가능할 것 같아요." 슬픈 얘기지만, 베키는 이모의 조바심에 공감하지 못했다. 파리 구경도 좋을 것 같긴 했다. 하지만 이모의 편애가 집에서는 이미 다소 나쁜 결과로 이어지고 있었다. 그런 상황에서 유럽 일주는 완전히 다른 수준의 지출이었다. 게다가 베키가 나이를 먹자 어머니가 심어놓은 비판의 씨앗이 자라났다. 이제 베키는 이모가 약간 정신 나간 사람이며 가까운 친구가 한 명도 없다는 것을 인식하게 되었다. 베키는 여전히 이모를 사랑했고, 그녀의 지혜를 값지게 여겼다. 어머니는 모르는 것 같았지만, 베키는 셜리 이모가 남편과 가족이 있는 동생을 얼마나 부러워했는지, 얼마나 외로워했는지 알았다. 하지만 이상적인 세계에서라면, 골초인 이모는 베키가 선택할 만한 유럽 여행 동반자가 아니었다.

뉴욕에서 돌아온 지 나흘 뒤, 감사 편지를 보내기 전에 어머니가 이모에게서 온 전화를 받더니 통화를 마치자마자 흐느꼈다. 어머니의 눈물은 적절한 것이긴 했지만 그래도 놀라웠다. 자매간의 사랑은 자매간의 증오까지도 극복할 수 있다는 교훈을 보여주는 것만 같았다. 베키 자신은 어머니가 들려준 소식을 듣고도 울지 않았다. 베키에게는 암이 두려운 동시에 비현실적으로 느껴졌다. 베키의 눈물은 나중에, 감사 편지를 쓰면서 그 편지를 어떻게 맺어야 할지 고민했을 때(빨리 나으세요? 빨리 나으

섰으면 좋겠어요?), 그리고 이모가 밑줄을 잔뜩 긋고 메모를 가득 남긴 《포도스 유럽》한 권을 보내줬을 때 터졌다. 이모는 그 책과 함께 유럽 기차 노선을 아주 자세하게 설명하면서 암을 이겨내겠다고 했다. 다가올 험난한 몇 달을 생각했을 때 '내년 여름'에 기대할 만한 일이 있다는 게 얼마나 중요한 일인지도 말했다.

그해 가을부터는 어머니가 베키에게 현실적인 존재로 느껴지기 시작했다. 어머니는 전과 달리 독립적인 능력이 있는 사람으로 보였다. 어머니는 뉴욕으로 두 번 먼 여행을 떠났다. 이모가 그곳에서 방사선 치료를 받았기 때문이었다. 베키가 자기도 가면 안 되느냐고 묻자 어머니는 굳이 그럴 것 없다고 말하지 않았다. 오히려 그렇게 해준다면 이모에게 멋진 선물이 될 거라고 말했다. 하지만 이모는 베키가 오는 걸 바라지 않았다. 자기 모습을 베키에게 보여주고 싶지 않다고, 베키가 자기를 그런 식으로 기억하는 건 싫다고 말했다. 베키는, 치료가 끝나고, 이모가 좀 더 자기다운 모습이 되었을 봄에 오면 된다고 했다. 모든 것이 잘되면, 둘은 유럽의 역사적 수도에서 일생일대의 여행을 하게 될 터였다.

셜리 이모는 레녹스힐 병원의 병실에서 혼자 죽었다. 장례식은 없었다. 엘리너 릭비*처럼.

어렸을 때는 이모의 우아함이 아무 노력 없이 풍겨 나온다고 생각했지만, 그분을 잘 알게 될수록 저는 제 생각이 완전히 틀렸다는 것을 알게 됐습니다. 요즘 저는 이모가 매일 용감한 얼굴을 하기 위해 했던 모든 일들을 생각합니다. 이모의 화장실에 있던 그 모든 화장품과 샤넬 넘버 19 향수를

---

* 비틀스의 노래에 나오는 가상의 여성.

말입니다. 이모는 향수병 속 호스가 조금이라도 새면 그것들을 내다 버렸습니다. 신문을 읽을 때면 손가락에 잉크가 묻지 않게 하려고 낡은 흰색 장갑을 꼈고, 숙녀처럼 새끼손가락을 들고 금테가 둘린 잔으로 차를 마셨습니다. 무엇을 위해서였을까요? 그저 이모 혼자 연극이나 콘서트를 보러 가던 세상에서 품위를 지키기 위해서였습니다. 제가 보기에, 이모가 이런 사소한 일상을 그토록 의미 있게 여긴 건 이상한 일이 아닙니다. 이모는 저 자신의 인생만이 아니라 다른 사람들의 인생에 대해서도 많은 것을 깨우쳐주었습니다. 매일 아침 홀로 잠에서 깰 때마다 용기를 내지 않으면 침대에서 나가 얼굴을 보일 수 없는 사람들의 인생에 관해서 말입니다. 저는 늘 친구가 많다는 축복을 누려왔습니다. 저는 '인기가 많았고' 가끔은 그 점에 자만심을 느꼈습니다. 하지만 셜리 이모가 돌아가셨을 때 그 모든 것이 바뀌었습니다. 저는 이모 덕분에 이 세상에서 외롭게 살아가는 사람들을 새로 존경하게 되었습니다.

어머니는 이모의 시신을 화장하고 부동산을 처분하기 위해 마지막으로 한 번 뉴욕에 갔다가 밍크 스톨*과 수채화, 은귀걸이, 금팔찌 등의 유품이 담긴 이모의 고리버들 여행 가방을 가지고 돌아왔다. 그 모든 게 베키 것이었다. 어머니가 그 물건들을 보여주었을 때, 베키는 울음을 터뜨렸다.

"네가 왜 우는지 알아." 어머니는 차갑게 말했다. "하지만 이모에 대한 환상을 품어서는 안 돼. 네 이모는 살면서 실수밖에 못 해본 사람이야. 사실, 실수라는 표현은 너무 착한 말일 수도 있어."

---

* 어깨에 두르는 여성용 긴 숄.

"난 엄마도 슬픈 줄 알았는데요." 베키가 말했다.

"언니잖아. 안타깝게 느껴지는 건 어쩔 수 없지." 어머니는 마음이 여려지는 듯했으나, 잠시뿐이었다. "인간은 바뀌지 않는다는 걸 알아야 했는데."

"무슨 말이에요?"

"언니는 다른 여자들에게 아무 쓸모도 없는, 그런 여자였어. 언니가 원했던 건 남자뿐이야. 언니는 살아가면서 꽤 많은 남자들을 차지했지. 하지만 우습게도, 그중 언니 곁에 남은 사람은 한 명도 없어. 괜찮은 남자들은 자기가 상대하는 사람이 누군지 금세 알아챘고, 나쁜 남자들은 언니를 실망시켰으니까. 그리고 언니는 동성애 문제에 대해서 잔인하게 굴었단다. 난 언니가 실제로 결혼한 사람을 한 번도 만나보지 못했지만, 그 사람 집안에 돈이 좀 있다는 얘기는 들었어. 그 사람이 태평양에서 죽으면서 언니한테 연금을 좀 남겼대. 다행이지. 언니는 배우가 아니었으니까. 언니는 대사만 간신히 외우는, 얼굴만 예쁜 여자였어. 너희 아버지와 내가 뉴욕으로 이사했을 때, 언니는 '배역을 찾고' 있었지. 우리가 뉴욕 시를 떠났을 때도 여전히 배역을 찾고 있더구나. 언니는 아무도 자기 재능을 존중해주지 않고, 남자들은 모두 자기를 이용하거나 실망시키지만 다음번 남자는 그러지 않을지도 모르는 환상 속 세계에서 살았어. 언니는 내가 아는 사람 중에서 가장 비참한 사람이야."

이 냉담한 말에 베키는 깜짝 놀랐다. "하지만 너무 슬프잖아요." 베키가 말했다.

"그래, 슬프지." 어머니가 말했다. "그래서 네가 여름마다 그 집에 가도 가만히 놔둔 거야. 너는 머리도 좋고 착하니까. 주님께서 아시다시피 언니는 외로운 사람이었고."

"셜리 이모가 다른 여자들을 싫어했다면, 저는 왜 좋아한 거예요?"

"나도 그게 궁금해. 하지만 언니 같은 사람은 절대로 변하지 않아."

여덟 달이 지난 뒤에야 베키는 어머니가 냉담한 태도를 보인 이유를 알게 되었다. 베키의 열여덟 번째 생일이 하필 토요일이어서, 지니 크로스가 중요한 사람을 모두 초청해 거창한 파티를 준비했다. 모두 힐데브란트가 취하는 것을 보고 싶어 했다. 그게 지니가 선언한 목표이자 베키 자신이 (주님께서 용서하시길) 마음속으로 의도한 바였다. 방탕한 남동생과는 달리, 베키는 늘 성직자라는 아버지의 지위에 민감하게 반응했고, 목사의 딸이 고주망태가 되는 게 얼마나 부적절한 일인지 생각했다. 하지만 이제 베키는 투표를 할 수 있는 나이가 되었고, 사회적 본능은 그녀에게 조금쯤 망가질 때가 되었다고 알려주었다. 그로브에서의 점심시간 교대근무를 마친 뒤―베키는 꽃 가게 일을 그만두고, 비교적 덜 바보 같은 웨이트리스 일을 시작했다―서둘러 집으로 가서 샤워하고 옷을 입고 가족과 이른 저녁 식사를 했다. 목사관은 이상하게 비어 보였다. 거실에는 10월의 햇빛이 들었고, 케이크를 굽는 냄새가 희미하게 났다. 베키는 자기 방으로 올라갔다가 어머니가 침대에 앉아 있는 것을 보고 놀랐다. "엄마랑 위층으로 좀 올라가야겠다." 어머니가 말했다.

"저 샤워해야 하는데요." 베키가 말했다.

"그건 이따 해도 돼."

3층에 가보니 아버지가 창문을 열어놓고 재택 사무실에 있었다. 서늘한 가을 공기가 다락방처럼 답답한 그곳에 흘러들었다. 아버지는 베키에게 앉으라고 손짓했다. 어머니는 문을 닫고 서 있었다. 베키는 경계심이 들었다. 아직 하지도 않은 과음에 대해 처벌받게 된 것만 같았다.

"매리언?" 아버지가 말했다.

어머니는 목을 가다듬고 베키에게 말했다. "너도 알겠지만, 언니는 나를 유언 집행인으로 지명했어. 지금부터 하는 말은 유언 집행인으로서 어쩔 수 없이 하는 거야. 네 이모가 너한테 엄청나게 많은 돈을 남겼단다. 열여덟 살이 됐으니, 이제 그 돈은 네 거다. 유언장에는 그 돈을 신탁에 맡겨야 한다고 구체적으로 적혀 있지 않아. 거기 적혀 있는 내용이라고는…… 러스, 읽어줄래요?"

아버지는 잠겨 있던 서랍을 열고 서류를 꺼냈다. "'나의 조카 리베카 힐데브란트에게, 나를 기억하며 유럽 여행을 떠날 수 있도록 총액 13000달러를 유증한다.' 이게 전부야. 신탁 관리인에 관한 내용은 없어."

베키는 활짝 웃었다. 참을 수가 없었다.

"내가 어제 네 계좌에 그 돈을 넣어놨어." 어머니가 말했다.

"와아."

"법적으로 그럴 의무가 있었거든." 어머니가 말했다. "변호사가 네 18세 생일까지는 기다려도 되지만, 그 이상은 안 된다고 했어. 언니의 의도는 분명했으니까."

"와. 이모가 정말 좋은 일을 해주셨네요."

"좋은 일이 아니다." 아버지가 말했다. "이건 어리석은 유증이야. 얘기를 좀 해봐야겠다."

어머니가 말했다. "13000달러는 너희 이모가 살던 부동산 가격 거의 전부야. 이런저런 박물관에 수천 달러씩 남기기도 했지만, 주요 상속인은 너란다. 네가 어쩌다 이모보다 먼저 죽기라도 했으면 그 돈이 박물관에 들어갔을 거야."

이제야 베키는 뭐가 문제인지 알 수 있었다. 하지만 어머니는 베키가 모를까 봐 직접 문제를 짚어주었다. 셜리 이모는 클렘과 페리, 저드슨을 무시했을 뿐 아니라 베키에게 경솔한 짓을 하는 데 그 돈을 쓰라는 규정을 남겼다. 셜리는 최후까지도, 아니 그 최후를 넘어서까지도 환상 속에서 살았던 것이다. "네 이모는 내가 이런 유언을 어떻게 생각할지 아주 잘 알고 있었어. 그것까지 고려하고 한 짓이야."

그러니까 세상만사가 다 엄마 문제라는 거네요. 베키는 그렇게 생각했다.

어머니에게 단둘이 이야기할 테니 나가라고 한 걸 보면, 아버지도 같은 생각인지 몰랐다. 어머니가 나가자 아버지는 부드러운 '아빠가 딸에게' 목소리로 말투를 바꾸었다. "네가 벌써 열여덟 살이 됐다니 믿을 수가 없구나. 우리가 널 병원에서 데려온 게 어제 같은데."

그날이 어제처럼 느껴진다는 말을 대체 몇 번이나 들었던가?

"그런데 네가 열여덟 살이 되다니. 네가 이 돈에 대해 진지하게 생각해봤으면 좋겠구나. 넌 이모의 유언장에 적힌 말을 지켜야 할 법적 의무가 없어. 내가 보기에 13000달러는 유럽 여행에 쓰기에는 터무니없이 큰 돈 같구나. 리츠칼튼 호텔에만 묵을 게 아니라면, 그 돈을 다 쓰는 데 2년은 걸릴 거다."

베키는 리츠칼튼에 묵는 것이야말로 셜리 이모가 염두에 둔 여행일 거라고 생각했다.

"너한테 이래라저래라 할 수는 없지만, 내가 보기엔 그 돈의 일부를 내년 여름 여행에 쓰는 것만으로도 이모의 뜻은 충분히 존중할 수 있을 것 같구나. 너희 엄마한테 뭔가 좋은 걸 해주고 싶다면, 엄마와 함께 여행을 떠나도 되겠지. 다시 말하지만, 난 너한테 뭘 강요할 생각은 없고……."

정말이에요?

"다만 공정성이라는 문제가 있다는 거야. 나는 네가 이모를 특별히 좋아했고, 이모도 너를 특별히 좋아했다는 걸 알고 있다. 하지만 이모가 이런 식으로 유산을 남겨 네 엄마에게 상처를 주려 했을지 모른다는 생각이 드는구나. 너희 엄마와 나는 너희 모두를 똑같이 사랑해. 너희들이 똑같은 대우를 받아야 한다고도 생각하고. 좋든 싫든, 우리 집은 유복하지 않다. 너희 엄마와 나는 너희들 모두를 대학에 보내고 싶어. 너희 각자에게 3천 달러가 있다면 정말 큰 차이가 생길 거다. 나한테 네가 해야 할 올바른 일이 뭔지 말할 권리는 없지만……."

정말이에요?

"앞으로 어떻게 할지 신중하게 생각해봤으면 좋겠구나. 그래주겠니?"

"네." 베키가 말했다.

"쉽지 않다는 건 알아. 13000달러는 엄청나게 많은……."

"알았어요." 베키가 말했다. "더 말씀하실 필요 없어요."

"난 그냥 네가 알아줬으면 좋겠구나. 아빠는 무척……."

"알겠다고요. 네?"

베키는 벌떡 일어나 자기 방으로 달려간 다음 서랍 맨 위 칸을 벌컥 열었다. 예금통장을 보관해둔 곳이었다. 잔고가 정말로 갱신돼 있었다. 13,753.60달러였다. 세례식 때 받은 돈, 생일에 받은 돈, 멍청한 초록색 꽃집 앞치마를 입고 일한 대가로 받은 돈, 그로브에서 팁과 급료로 받은 돈이 753.60달러였다. 사랑하는 셜리 이모! 이모는 베키가 무엇을 원하는지 알았다. 예상치 못한 선물이라 더 좋았다. 베키는 한 번도, 단 한 번도 이모가 돈을 남겼을 거라고 생각하지 않았다. 그녀에게는 보물이 담긴 작은 여행 가방으로 충분했다. 베키는 통장 속 숫자가 서글플 만큼 작은 액수로 줄어들 것을 상상하고 나서야 탐욕스러운 합리화 때문에 정신이 퍼뜩 들었다. 베키에게 이모의 유언장 내용을 따를 법적 의무는 없을

지 몰랐다. 하지만 이모의 영혼을 기려야 할 도덕적 의무는 있는 것 아닐까? 아버지가 바라는 것에 굴복하는 건 이모의 기억에 대한 모욕이 아닐까? 다 떠나서, 어차피 하버드에 전액 장학금을 받고 들어갈 약쟁이 동생에게 한 푼이라도 줘야 할 이유가 뭘까? 아버지한테 자기 교회가 생기고, 집에 입이 덜어질 미래에는 저드슨한테 쓸 돈도 더 많아지지 않을까? 베키가 그 돈을 나눠 쓰고 싶다고 느낀 사람은 클렘뿐이었다.

그날 밤 파티에서, 베키는 씨그램과 세븐업을 섞은 음료 두 병을 빠르게 마셔버렸다. 그다음에는 들키지 않고 속도를 늦출 수 있었다. 알코올의 주된 효과는 중요한 사람이 된 것 같은 강력하지만 흐릿한 느낌을 만들어내는 것이었다. 위대하고 따뜻한 지혜를 깨닫기 직전인 듯한 느낌. 술기운이 가시면서, 중요한 사람이 된 듯한 느낌도 함께 흐려졌다. 작고 차가운 지혜만이 남았다. 베키는 지루했다. 그녀는 누가 누구에게 반했는지, 미식축구 경기 전에 라이언스 타운십 고등학교 애들한테 어떤 장난을 했는지 관심 없었다. 이 세상에는 그보다 나은 곳이 가득했으니까.

제가 사립학교에 가야겠다는 생각을 할 수 있게 된 건 셜리 이모가 비극적으로 돌아가시면서 제게 남겨주신 유산 덕분입니다. 이모는 대학에 다니지 않으셨습니다. 젊은 시절에 저명한 배우로서 경력을 쌓느라 바빴기 때문이었습니다. 하지만 이모는 인생의 보다 고귀한 것들을 사랑하셨고, 제가 아는 **수많은 전문가** 그 누구보다 예술과 연극, 음악, 고급 패션에 대해 많은 것을 아셨습니다. 저는 이모에게서, 큰 꿈을 꾸고 나 자신을 정말 대단한 사람으로 만드는 방법을 배웠습니다. 이모가 직접 받지 못했던 교육을 받고, 이 세상에 대해 더 많은 것을 배울 기회를 누리게 된 것은 축복입니다. 저는 이 기회를 조금도 놓치고 싶지 않습니다.

베키는 자기가 쓴 글을 읽어보고 코에 주름을 잡았다. 어머니가 비난으로 흐려놓기 전에 이모에게 느꼈던 순수한 감정으로 돌아갈 방법은 전혀 없는 듯했다. 아니, 어쩌면 입맞춤을 받은 다음 날 아침이 존경심을 경험하기에 좋은 때가 아닌 것뿐인지도 몰랐다. 베키의 상태를 생각해보면, 뭐라도 쓴 것 자체가 대견한 일이었다.

베키는 공책을 덮고 주방으로 갔다. 저드슨이 색깔 설탕을 쟁반에 담긴 쿠키에 뿌리고 있었다. 열린 지하실 문에서 세탁기 돌아가는 소리가 들렸다.

"멋지다, 제이." 그녀가 말했다.

"더 좋은 도구가 필요해. 설탕이 숟가락에 붙어."

"어떤 게 제일 마음에 안 들어? 누나가 없애줄게."

"이거." 저드슨이 손가락으로 가리키며 말했다.

베키는 그 쿠키를 먹자마자 다른 걸 먹을 걸 그랬다고 생각했다. "크리스마스에 특별히 갖고 싶은 것 있어? 아직 아무한테도 말하지 않은 거."

"물어보는 사람이 없어."

"페리도 안 물어봤어?"

저드슨은 망설이더니 고개를 끄덕였다.

"누나가 물어볼게." 베키가 말했다.

"색연필." 저드슨은 쿠키에 집중하며 말했다. "재미있는 색깔들이 있는 거로."

"알았어. 이 녹음테이프는 5초 후 자동으로 파괴됩니다."

"귀하 혹은 귀하의 I 요원이 포로가 되거나 살해당하는 경우, 국가에서는 귀하의 행위에 대해 알고 있었음을 일절 부인할 것입니다."

"I 요원이 아니라 I.M. 요원인 것 같은데. '임파서블 미션'의 약자로 말이야."

"나도 그게 궁금했어."

"우리 귀염둥이." 베키는 마음속에 선의가 차오르는 것을 느끼며 말했다. "고마워."

어머니가 지하실 계단을 터덜터덜 올라오고 있었으므로 베키는 다시 자기 방으로 도망쳤다. 정리하지 않은 침대를 보자 그 위에 드러눕고 싶은 충동이 느껴졌다. 그건 입맞춤으로 다시 빠져드는 한 가지 방법이 될 수 있을 터였다. 오늘 하루는 벌써 평범한 하루 전체보다 더 오래 이어진 것처럼 느껴졌다. 아직 하루가 시작되었다고 하기도 어려운데.

보통 사람들은 크로스로드의 인기가 폭발한 것이 릭 앰브로즈 덕분이라고 생각했다. 특히 질투에 눈이 먼 아버지가 그렇게 생각했다. 하지만 클렘 말로는, 크로스로드의 인기에는 두 가지 이유가 있었다. 릭 앰브로즈가 아닌 다른 이유는 태너 에번스였다. 태너의 부모는 제일 개혁 교회 소속이었다. 태너는 주일학교를 통해 클렘을 알게 되었다. 둘은 베키의 아버지와 함께 애리조나에서 열리는 첫 번째 여름 성경 학교에 갔다. 태너는 좋은 집안 출신의 착한 사람이었지만, 재능 있는 음악가이면서 뉴프로스펙트 타운십 고등학교에서 가장 멋진 그 녀석이기도 했다. 가장 처음 머리를 길게 기르고 나팔바지를 입은 꿈의 남자였다. 클렘의 말에 따르면, 크로스로드가 폭발적으로 성장한 것은 태너가 남녀를 불문하고, 흑인이든 백인이든, 음악을 연주하는 친구들을 일요일 모임에 불러들이면서부터였다. 크로스로드는 종교적인 동시에 음악적인 행위가 되었고, 태너의 쿨한 태도는 앰브로즈의 열정과 균형을 이루었다.

태너는 실력을 키우고 작곡을 하려고 대학 입학을 미뤘다. 그는 금요일 밤마다 그로브의 홀에서 공연했다. 그곳에서는 술을 마실 수 있었다.

태너와, 크로스로드에서 태너의 여자 상대역을 맡은 그의 여자 친구 로라 도브린스키는 블루 노트라는 밴드에서 함께 연주했다. 로라는 키가 작고 살짝 통통했지만, 웨이브가 진 인상적인 머리에 분홍색이 살짝 들어간 금속 안경테 때문에 얼굴이 더 예뻐 보였다. 또, 독창할 때면 목소리로 벽을 진동시키고 마음을 무너뜨릴 수 있었다. 그녀는 뉴프로스펙트 최초의 히피 중 하나로, '경험이 있니?'*라는 질문에 대한 살아 있는 긍정이었다. 태너가 로라 아닌 다른 누구와 있는 모습은 상상하기 어려웠다. 그렇기에 베키는 그로브에서 일을 시작하면서 태너를 우연히 만났을 때, 그가 대학에 간 클렘의 안부를 물으며 부모님에게도 안부를 전했을 때, 태너가 자신을 그냥 여동생처럼 여긴다고 생각했다. 그냥 착해서 베키한테도 착하게 대해주는 것이라고 말이다.

열여덟 살이 되기 전날 밤, 교대 근무가 끝났을 때 베키는 홀 문 앞에서서 블루 노트의 첫 공연 마지막 노래를 듣고 있었다. 태너의 목소리와 콧수염은 제임스 테일러와 비슷했다. 그는 술이 달린 스웨이드 재킷을 입고 있었다. 두 손은 기타 연주로 단련되고 빼빼 말랐으며, 두툼한 입술의 입은 노래를 부를 때면 매력적으로 보였다. 노래가 끝나자 베키는 돌아서서 나가려 했다. 그때 베키는 태너가 자기 이름을 부르는 것을 들었다. 태너는 바 테이블을 헤치고 다가오더니, 베키에게 자기와 함께 잠깐 앉자고 말했다. 로라 도브린스키는 어딘가로 사라지고 없었다.

"너한테 뭘 좀 물어보고 싶었어." 그가 말했다. "넌 왜 크로스로드에 들어오지 않는 거야?"

베키는 인상을 썼다. "왜 들어가야 하는데?"

---

*　지미 헨드릭스의 음반 〈아 유 익스피리언스드(Are you experienced)〉를 인용한 말장난이다.

"음, 그야 놀라운 경험이니까? 네가 제일 개혁 교회에 다니니까?"

사실, 베키는 제일 개혁 교회에 다닌다고 할 수 없었다. 베키가 종교적인 사람이 아니라는 게 너무 분명해서 부모님조차도 굳이 교회에 나오라고 그녀를 압박하지 않았다.

베키는 말했다. "별로 들어가고 싶지도 않지만, 설령 크로스로드에 들어가고 싶더라도, 아버지한테 그런 짓을 하지는 않을 거야."

"아버지가 무슨 상관인데?"

"크로스로드에서 아버지를 쫓아냈으니까?"

태너가 움찔했다. "맞아. 그때는 가관이었지. 하지만 난 네 아버지가 아니라 너한테 묻는 거야. 왜 크로스로드에 들어오고 싶지 않은데?"

클렘이 크로스로드라고 불리기 전의 청소년부에 가입했던 건 사실이었다. 클렘은 베키보다도 덜 종교적이었는데 말이다. 하지만 클렘은 가난한 사람들에게 봉사하는 것, 특히 애리조나로의 여행을 좋아했고 친구를 고를 때 천성적으로 사람을 가리지 않았다(아니면 일부러 이상하게 구는 걸지도 몰랐다). 베키는 크로스로드 사람들의 모습을 보고 그 모임에 흥미를 잃었다. 페인트공의 바지와 플란넬 셔츠라니. 고등학교 급식실 식탁에 앉아 있는 크로스로드 사람들의 잘난 체하는 분위기, 과장된 친밀함, 위계질서에 대한 무관심도 마음에 들지 않았다. 클렘은 위계질서를 무시했지만, 그 문제에 관해 독선적으로 굴지는 않았다. 크로스로드 사람들은 달랐다.

"그냥 싫어." 베키가 태너에게 말했다. "내 스타일이 아니야."

"해보지도 않고 네 스타일이 아니라는 걸 어떻게 알아?"

"내가 크로스로드에 들어가든 말든 무슨 상관이야?"

태너는 어깨를 으쓱하며 스웨이드 재킷의 술을 휘저었다. "페리가 거기 다닌다는 얘기를 들었거든. '그거 좋은데? 베키는 안 가나?' 하는 생각이 들었어. 네가 그 모임에 참여하지 않는 게 이상해 보여서."

"페리랑 난 아주 달라."

"맞아. 너는 베키 힐데브란트지. 핵심 인물들의 여왕 말이야. 네가 크로스로드에 들어가면 친구들이 다 뭐라고 하겠어?"

태너가 베키의 사회적 지위를 알 만큼 주의를 기울였다는 건 좋은 일이었다. 하지만 베키는 놀림당하는 걸 아주 오래전부터 싫어했다. "크로스로드에는 안 가. 그 이유를 너한테 말할 필요도 없고."

"너 자신에 대해 알게 될 게 두려운 건 아니고?"

"응."

"진짜? 내가 듣기엔 겁먹은 것 같은데."

"난 그냥 나야."

"주님도 그렇게 말씀하셨어."

"신을 믿어?"

"그런 것 같아." 태너는 의자 등받이에 기대앉았다. "나는 주님이 우리의 관계 속에 계신다고 생각해. 정직한 관계라면 말이야. 그리고 난 크로스로드에서 처음으로 정직한 관계를 맺고 있다고, 주님께 가까워졌다고 느꼈어."

"그럼 왜 우리 아빠를 거기서 쫓아냈는데?"

태너는 진심으로 고통스러운 듯했다. "너희 아빠는 훌륭한 분이야." 그가 말했다. "난 너희 아빠를 무척 좋아해. 하지만 사람들이 너희 아빠를 이해하지 못했어."

"난 우리 아빠가 이해되는데. 그럼 나한테도 뭔가 잘못된 부분이 있는 거겠네."

"와. 그거, 거의 교과서적인 수동적 공격성인데. 크로스로드에서 그런 모습을 보이면 5분도 못 버틸걸."

"페리는 말도 안 되는 거짓말쟁이인데, 거기서 아주 잘 지내는 것 같더라."

"널 보면, 모든 걸 가진 여자애가 보여. 모두가 되고 싶어 하는 아이 말이야. 하지만 마음속에서 너는 숨쉬기 어려울 만큼 두려워하고 있어."

"어쩌면 이 마을에서 벗어날 수 있을 때까지 숨을 참는 걸지도 모르지."

"더 거창하고 멋진 일들을 하도록 선택받았다 이거구나."

베키는 놀림받는 것이 익숙하지 않았다. 뉴프로스펙트 타운십 고등학교에서는 전교생이 베키한테 무시당할지 모른다는 생각에 전전긍긍했는데. 베키가 서릿발 어린 목소리로 말했다. "모르는 것 같아서 하는 말인데, 난 누가 놀리는 거 싫어해." 가족이 아닌 사람에게는 이런 목소리를 써야 한다고 느끼는 경우는 거의 없었다.

"그건 미안." 태너가 말했다. "그냥, 1년이나 숨을 참는다는 게 낭비로 보여서. 살아야지. 크로스로드에서는 그런 식으로 주님을 기려. 이 순간에 존재함으로써."

베키가 한마디 톡 쏘아줄 말을 생각하고 있는데 로라 도브린스키가 다시 나타났다. 그녀의 구름 같은 머리카락에서는 서늘한 가을바람을 맞으며 피운 대마초 냄새가 났다. 그 차가운 바람에 로라의 젖꼭지가 단단해져, 지퍼를 열어둔 오토바이 재킷 아래 크레이프 블라우스 너머로 또렷이 보였다. 로라는 태너를 등지고 그의 한쪽 허벅지에 걸터앉았다.

"베키한테 크로스로드에 가야 한다고 말하고 있었어." 태너가 말했다.

로라는 그제야 베키를 알아본 것 같았다. "크로스로드라, 취향 타는데." 로라가 말했다.

"넌 좋아했잖아." 태너가 말했다. 그의 아름다운 두 손이 로라의 아랫배를 잡았다.

"난 그 강렬함이 마음에 들었어. 모두가 그런 걸 좋아하는 건 아니지. 그것 때문에 토할 것 같다는 사람들도 있었다고."

"누구?"

"브렌다 메이저라든지. 봄 수련회 때 신경쇠약을 일으켰다니까."

태너가 말했다. "걔가 돌아버린 건, 수련회 전날 글렌 키엘이 걜 버리고 마시 애커먼에게 갔기 때문이야."

로라는 베키에게 누가 20시간 연속으로 우는 걸 상상이나 할 수 있겠느냐고 물었다. "처음엔 소리 지르기 활동을 하고 있었어." 그녀가 말했다. "비명을 지르다가 멈추는 거지. 근데 브렌다는 안 멈췄어. 나는 집으로 돌아오는 길에 브렌다랑 같이 전도사님 차를 탔는데, 걜 안아줄 수도 있고 가만히 놔둘 수도 있었지만 그런 건 중요하지 않았어. 우린 결국 가만히 앉아서 걔가 우는 소리를 듣게 됐지. 걔 울음소리만 멈출 수 있으면 목이라도 조르고 싶더라니까. 우린 브렌다의 집에 갔고, 전도사님이 브렌다를 안으로 데려가서 부모님한테 넘겨줬어. 뭐랄까, 여기 당신네 딸이 있습니다, 무슨 문제가 있는 것 같은데, 음, 저희도 다른 건 몰라요, 하는 식으로."

베키는 클렘이 수련회에서 소리 지르는 모습을 상상해보려 했지만, 그럴 수 없었다.

"신경쇠약이 아니었어." 태너가 말했다. "브렌다가 다음 날 아침에 학교에 나왔잖아."

"아, 뭐 그럼." 로라는 베키를 보며 우스꽝스럽게, 지나치게 밝게 미소 지었다. "그럼 그냥 20시간 동안 운 거네. 나쁠 거 하나 없다, 그치?"

베키가 이모를 좋아했던 또 한 가지 이유는 이모가 보인 경멸 때문이었다. 이모는 끝없이 경멸을 보여주었다. 저속하지만 재미있는 말을 곁들이는 경우도 많았다. 이모가 죽고 베키의 어머니가 언니에 대한 생각을 드러냈을 때에야 베키는 이모에게 경멸이 생존 전략이었음을 알았다. 이모에게는 무정한 세상을 상대로 쓸 다른 방어기제가 별로 없었다. 하지만 베키 자신에게 경멸은 비상수단에 가까웠다. 누군가가 직접 그녀의 기분을 상하게 할 때만 쓰는 방법 말이다. 베키는 그날 밤 그로브를 떠나면서, 익숙하지 않은 열등감에 동요하며 경멸이라는 방법을 써보려 했다. 하지만 로라 도브린스키에게는 작은 키 말고 경멸할 만한 것이 하나도 없었다. 그리고 베키는 아무리 상황이 급하다 한들 키를 구실로 도브린스키를 무시하는 건 공정하지 않은 일이라는 걸 알았다. 로라는 재능을 타고난 여자, 내추럴 우먼이었으며 베키도 그녀의 위대한 목소리를 듣고 있으면 그녀가 타고났다는 것을 느낄 수밖에 없었다. 그리고 태너에게는 경멸할 점이 하나도 없었다. 그날 밤, 베키는 태너가 자신에 대해 한 말이 맞는지 궁금해하며 잠자리에 들었다. 난 정말 인생을 겁내고 있는 걸까. 그녀가 다음 날 밤 생일 파티에서 느꼈던 지루함은 삶을 시작해야 한다는 또 한 가지 징조였다.

셜리 이모가 13000달러를 남겨주지 않았다면, 베키는 크로스로드를 시작점으로 선택하지 않았을지도 몰랐다. 베키는 크로스로드에 나타나는 것이 이런 일에 관심을 두는 사람들에게는 아주 기분 좋은 충격이 되리라는 걸 본능적으로 느꼈다. 혹시라도 크로스로드 활동이 베키의 마음에 들면, 태너는 베키를 더 존중하게 될지도 몰랐다. 만일 크로스로드가 멍청하다고 느껴진다면, 뭐 그때는 경멸할 게 생길 테고. 하지만 베키는 아버지가 릭 앰브로즈를 얼마나 싫어하는지 알고 있었다. 아버지가 베키에게 크로스로드에 가지 말라고 정확히 금지한 것은 아니었지만, 실상은 금지한 것이나 마찬가지였다.

베키는 아버지가 이모의 돈에 대해 훈계한 다음에야 그에게 거역하기로 마음먹었다. 아버지가 틀렸다고 생각한 것은 아니었다. 베키는 정신 나간 이모가 조카들을 편애했다는 것을 알았다. 이모가 준 돈을 나누어 상황을 바로잡는 건 자신에게 달린 일이라는 것도. 그러나 베키는 배신감을 느꼈다. 유치한 일일지도 몰랐지만, 그렇다고 부모님의 배신이 덜 아프게 느껴지지는 않았다. 어머니는 베키더러 아버지가 그녀를 특별히 소중하게 여긴다고 수도 없이 말했었다. 산책이 아버지에게 엄청나게 중요하다고 했다. 그 바람에 베키가 얼마나 여러 번 그 멍청한 산책을 했던가? 베키가 흥분하기도 전에 아버지가 그녀의 상속 재산을 빼앗아 갈 줄 알았다면, 베키는 절대로 그 모든 산책에 따라나서지 않았을 것이다. 그래봐야 얻을 것이 공정함에 대한 설교밖에 없다면, 그게 다 무슨 소용이겠는가? 아버지는 베키가 자기 나름대로 너그러운 마음을 먹을 방법을 찾도록 기다려주지도 않았다. 무슨, 쾅, 콰쾅, 형제들과 돈을 나누거라, 하는 식이었다. 공정하게 말하자면, 이모를 위해서도 아무것도 한 적 없고 이모에게 편지를 쓴 적도 없으며 이모를 위해 소중한 여름방학을 희생한 적도 없고, 연기에 눈과 코를 공격당하며 이모의 컨버터블에 뜬 눈으로 누워 있었던 적 없는 형제들에게 말이다. 아버지가 그녀를 그렇게 좋아한다면, 최소한 그 점은 인정해야 하지 않을까?

베키는 지니 크로스를 불러 함께 크로스로드에 가자고 했다. 지니는 베키를 위해서라면 빗발치는 총탄을 뚫고서라도 달려갈 아이였다. 아마 그 편을 기독교 청소년부 모임에 가는 것보다 더 좋아했을지도 모른다. 베키는 태너 에번스가 자신에게 어디 한번 와보라고 도전장을 내밀었다고 설명했다. 지니는 예상대로 깊은 인상을 받았다. "너 태너 에번스랑 아는 사이야?"

"그냥 편하게. 얘기나 하는 사이지, 뭐."

"걔 누구더라, 걔랑 사귀지 않아?"

"로라랑 사귀어. 맞아. 로라도 멋있어."

"그럼……."

"말했잖아. 나랑은 그냥 편한 사이라니까."

"태너가 사귀자고 하면 사귈 거야?"

"사귀자고 할 일 없어."

"내 눈에는 선한데." 지니가 말했다. "너랑 태너가 함께 있는 모습 말이야."

"네가 로라랑 있는 태너를 못 봐서 그래."

"그래도 내 말이 무슨 뜻인지는 알잖아. 너도 언젠가는 누군가와 함께하게 되겠지. 그런데 세상에…… 태너 에번스라니? 진짜 눈앞에 그려진다."

그러자 갑자기 베키도 그 모습이 눈앞에 그려졌다. 베키는 그저 지니 같은 사람들에게 보일 법한 모습을 상상하기만 하면 되었다. 태너와 사귄다는 것은 그녀의 지위를 확인해주는 더없는 방법이었고, 그녀와 데이트할 수 있을 거라고 상상했던 태너보다 못한 모든 못난 남자애들에게 벌을 줄 만한 교훈이었다. 그 생각이 베키의 머릿속에 박혔다. 하긴, 태너가 왜 하필 크로스로드에 와보라는 식으로 베키를 도발했겠는가? 베키에게 관심이 있다는 증거 아니었을까? 베키를 놀린 것도 그랬다. 특히 그 점이 증거였다.

베키는 클렘이 청소년부에 가는 것을 보았기 때문에 그 모임에 갈 때

옷을 수수하게 입어야 한다는 걸 알고 있었다. 하지만 지니에게 알려주지는 않았다. 베키가 지니의 보호자는 아니었으니까. 부모님이 준 은색 머스탱을 타고 베키를 데리러 왔을 때, 지니는 정장 바지와 값비싼 양단 조끼를 입고 진한 화장을 하고 있었다. 베키는 지니가 불쌍했지만, 지니가 과한 옷을 차려입고 자신이 베키보다 멋지다고 생각해도 상관없었다. 크로스로드 모임 방은 베키가 이름을 아는 사람들로 놀랄 만큼 붐볐다. 지니가 교실과 복도에서 적절한 미소를 여러 번 보여주었던 사람들, 꿈에서조차 사교 모임에서 볼 거라고는 생각하지 못했던 사람들이었다. 반대편 구석에는 트위스터 게임을 하던 사람들이 뒤엉켜 있었다. 대형이 무너지면서 동생 페리가 바닥에 깔린 듯했다. 페리는 오버올 작업복을 입은 뚱뚱한 여자애와 간지럼 싸움을 벌이는 중이었다. 즐거운지 얼굴이 붉어져 있었다. 상당히 엽기적인 광경이었다. 베키와 지니는 리프턴 센트럴 고등학교의 옛 친구 두 명과 함께 앉았다. 그중 한 명인 킴 퍼킨스는 길을 잃고 난잡한 성행위와 약물의 세계로 빠져버린 치어리더였다. 그녀는 베키를 환영하며 끌어안고, 길을 잃은 사람이 킴 자신이 아니라 베키라도 되는 것처럼 베키의 머리를 어루만졌다. 킴은 지니도 끌어안으려 했지만, 지니가 손을 들어서 그녀를 밀쳐냈다.

그렇게 시작됐다. 베키는 아래층 강당에서 마음을 열고 활동에 참여했다. 지니는 도저히 그러지 못했지만 말이다. 신문 인쇄용지 한 장을 테이프로 등에 붙이고 사인펜으로 다른 사람의 등에 붙은 종이에 글을 쓰는 활동을 했을 때, 베키는 모두의 등에 연달아 '너를 더 잘 알고 싶어! ☺ 베키가'라고 적었다. 누가 자기 등에 글을 쓸 때만 가만히 있었다. 반면 지니는 정장 바지를 입고 비참한 표정을 지은 채 옆으로 비켜서서 자기 펜을 보고 인상을 찌푸렸다. 그 펜이 나오는 게 신기하다는 표정이었다. 그런 다음 부원들은 모두 옆 사람의 배를 베고서 십자가처럼 몸을 엇갈려 놓고 둥그렇게 누웠다. 모두 함께 웃으며 누군가의 웃는 배 위에서 자기 머리가 통통 튀는 것을 느꼈다. 동시에 다른 사람의 머리가 자기 배 위에서 통통 튀는 것을 느꼈다. 그것 말고 이 활동에는 별다른 의미가 없었다. 하지만 한 번도 이야기를 나눠보지 않은 두 소년 사이에 자리 잡은 베키는 자신이 평생을 사람들의 배에 둘러싸여 보냈으며 자신의 배에 익숙하듯 그 모든 배의 주인들을 잘 알았고 그 모든 배를 만질 수 있었음에도 그 배들을 하나도 만져보지 않았다는 사실이 이상하게 느껴졌다. 꾸준히 존재해온 그런 가능성을 한 번도 실천에 옮기지 않았다니 이상한 일이었다. 그 활동이 끝났을 때 베키는 아쉬움을 느꼈다.

"여섯 명씩 조를 짜라." 릭 앰브로즈가 말했다. "각 조에서는 모두가 각자 잘못했던 일을 이야기했으면 좋겠다. 우리가 부끄럽게 여기는 일에 대해서 말이야. 그런 다음에는 우리가 자랑스럽다고 여기는 일에 대해 모두 이야기했으면 좋겠다. 여기에서 중요한 건 듣는 거야. 알았지? 정말로 귀 기울이는 것 말이다. 9시에 다시 모이자."

아는 사람이 한 명도 없는 조에 들어가고 싶지 않아서, 베키는 킴 퍼킨스가 들어가려던 조에 덤벼들었다. 지니는 혼자 알아서 하게 내버려두었다. 페리의 친구인 데이비드 고야가 킴의 조에 끼려고 했지만, 릭 앰브로즈가 그의 앞을 막아섰다. 베키는 앰브로즈가 직접 활동에 참여할 줄은 몰랐다. 베키와 다른 조원들은 앰브로즈를 따라 위층으로 올라가서, 베키 아버지의 사무실 밖에 있는 복도에 앉았다. 문에 적힌 아버지의 이름을 본 베키의 가슴은 자신이 아버지에게 저지른 일에 인과응보가 따를까 봐 잔뜩 조여들었다. 베키에게는 크로스로드 활동을 해볼 모든 권리가 있었지만, 배신은 배신이었다.

릭 앰브로즈는 베키의 부모님이 이야기했던 악마적 모습에 비해 체구가 작았다. 그는 스택 힐*을 신고 검은 콧수염을 기른 조그만 사티로스 같았다. 그는 자기가 내린 지시에 따라, 베키가 얼굴만 알고 있던 거친 아이가 리프턴 센트럴 고등학교에서 물리학 D마이너스를 받은 뒤 새총으로 창문을 깼다는 이야기에 열심히 귀 기울였다. 킴 퍼킨스는 자기와 같은 숙소를 쓰던 상담사의 남자 친구인 여름 캠프 상담사와 섹스를 했다고 말했다.

"그런데 그게 잘못됐다고 생각하는구나." 앰브로즈가 말했다.

"당연히 쓰레기 같은 짓이었죠." 킴이 말했다.

앰브로즈가 말했다. "나도 네 말을 잘 듣고 있는데, 내가 듣기에는 꼭 자랑하는 것 같은걸. 나처럼 들은 사람 없니?"

베키가 듣기에는 사랑이라기보다 법에 명시된 강간에 가까운 이야기 같았다. 킴은 오랫동안 평판이 나빴다. 하지만 베키는 어느 선에서 킴에 관한 소문들을 믿지 않았다. 베키는 여름 캠프에 갔을 때의 킴보다 세 살이 많았지만, 누구와 키스해본 적도 없었다. 베키 차례가 오면 무슨 말을 할 수 있을까? 무책임한 행동을 하는 것은 베키의 스타일과 거리가 먼데.

"그 사람을 가질 수 있었던 건 좋았어요." 킴이 말했다. "뭐랄까, 너무 쉬웠거든요. 어쩌면 그 점이 자랑스러웠는지도 몰라요. 하지만 숙소로 돌아와서 그 사람 여자 친구를 봤을 때는 끔찍한 기분이 들었어요. 지금도 끔찍해요. 제가 그냥 할 수 있다는 이유만으로 누군가에게 그런 짓을 저지르는 사람이었다는 게 싫어요."

"그건, 확실히 알겠구나." 앰브로즈가 말했다. "베키?"

---

* 서로 색이 다른 가죽 따위를 층층이 겹쳐 만든 굽.

"저도 알겠어요."

"너 자신에 대해 이야기를 해주겠니?"

베키는 입을 열었지만 아무 말도 나오지 않았다. 앰브로즈와 다른 조원들이 기다렸다.

베키가 말했다. "실은, 지금은 친구 지니 때문에 마음이 안 좋아요. 제가 지니한테 오늘 밤에 같이 오자고 했는데, 지금은 지니가 어디 있는지 모르겠거든요."

베키는 두 손을 내려다보았다. 교회는 아주 조용했다. 다른 조들은 흩어져 있었고, 그들의 죄책감 어린 폭로는 멀찍이 중얼거리는 소리로만 들렸다.

"집에 갔을지도 몰라." 킴이 말했다.

"그럼, 이젠 정말로 마음이 안 좋아." 베키가 말했다. "지니는 저랑 가장 친한 친구거든요. 그런데 저는…… 저는 제가 나쁜 친구라고 생각해요. 저는 어딜 가든 사람들이 저를 좋아해주었으면 좋겠어요. 여기에 온 건 이번이 처음이고, 저는 사람들이 저를 좋아했으면 했어요. 하지만 저는 지니를 챙겼어야 해요."

베키가 이름도 모르고 등에 글자를 적었던 옆자리 여자애가 부드러운 손을 베키의 팔에 얹었다. 베키는 몸을 떨며 살짝 흐느꼈다. 이 상황에 필요한 것 이상의 감정이었지만, 크로스로드는 왠지 감정을 표면으로 끌어올렸다. 저는 사람들이 저를 좋아했으면 했어요, 라는 말은 베키가 했던 말 중 가장 정직한 말이었을지도 몰랐다. 그 말의 진실성을 깨달은 베키는 앞으로 몸을 숙이고 감정에 항복했다. 이제는 다른 사람들의 손도 그녀에게 닿아 있었다. 위로와 수용의 손길이었다.

오직 앰브로즈만이 그러지 않았다. "뭘 기다리고 있는 거니?" 그가 말했다.

베키는 코를 쓱 문질렀다. "무슨 말씀이세요?"

"왜 네 친구를 찾지 않아?"

"지금요?"

"그래, 지금."

은색 머스탱은 아직 주차장에 있었다. 베키가 운전석에 다가가자 지니는 시동을 걸고 라디오 소리를 줄였다. WLS에 맞춰진 라디오에서는 '세이브 더 컨트리'가 흘러나오고 있었다. 지니가 창문을 내렸다.

"미안해." 베키가 말했다. "안 기다려도 돼."

"더 있겠다고?"

"넌 정말 다시 안 들어올 거야? 내가 옆에 딱 붙어 있을게."

영광의 강으로 내려와. 라디오가 말했다. 지니는 고개를 저었다. "난 네가 여기에 온 건 그냥 태너가 도발했기 때문인 줄 알았어."

"태너는 한번 참여해보라고 도발한 거야. 한 시간만이 아니고."

"난 한 시간이면 충분하던데."

"미안해."

"용서합니다." 지니가 말했다. "근데 하나님께 맹세하고, 베키, 나한테 종교적으로 굴진 마."

베키 자신도 놀랄 일이지만, 그녀는 종교적으로 변했다. 처음에는 지루했고, 사람들의 환심을 사는 게 중요했다. 하지만 그녀는 첫날 밤에 이미 자신보다 불운한 아이들과 억지로 상호작용해야 했고 그들의 이야기에 귀를 기울여야 했으며, 거꾸로 자신이 정말로 어떤 사람인지 설명해야 했다. 그녀는 사회적 지위로 보호받을 수 없었다. 그래서 태너가 장담했던 것처럼 그녀는 어쩔 수 없이 자신에 대해 알게 됐다. 그 모든 사실이 기분 좋은 것은 아니었다. 크로스로드는 종교 단체처럼 보이지 않았지만—이 모임에는 눈에 띄는 성경책이 한 권도 없었고, 저녁 전체가 예수님 이야기 없이 흘러갔다—이번에도 태너가 맞았다. 그저 정직하게 말하고 감정에 항복하고 다른 사람들의 정직함과 감정을 응원하는 것만으로 베키는 자신의 영성이 처음으로 반짝이는 것을 경험했다. 베키는 실체가 있는 사람이 된 기분이었다. 오랫동안 그녀를 믿어준 클렘이 틀리지 않았음을 증명하는 것만 같았다.

크로스로드에는 120명의 아이들이 있었지만, 흥미로운 지도자는 한 명뿐이었다. 모든 부원은 두 시간 동안 이어지는 일요일 밤 모임에서 앰브로즈의 관심을 1분이라도 받기를 바랐다. 베키는 이어지는 몇 주 동안 평균적으로 그보다 훨씬 많은 관심을 받았다. 앰브로즈는 두 차례나 그녀를 2인조 활동의 짝으로 선택했고, 크로스로드에 가입한 그녀의 배짱을 칭찬했으며, 더 큰 단위로 토론이 벌어질 때 그녀를 불러내 그녀의 정직함을 칭찬했다. 베키는 앰브로즈에게 자연스러운 친연성을 느꼈다. 그게 아니라면 앰브로즈를 독차지하는 것이 좀 더 의식됐을 테지만 말이다. 다른 사람들은 앰브로즈만이 아니라 베키와 함께 보내는 시간도 측정하고 서로 비교했다. 베키는 그럴 때의 즐거움도 알았지만, 부담도 알았다. 게다가 베키는 개탄스러울 만큼 늦게 크로스로드에 가입했다. 그녀는 앰브로즈와 보내지 못한 2년의 시간을 벌충해야 했다.

한편 베키의 아버지는 그녀에게 거의 말을 걸지 않았다. 이론적으로, 베키는 아버지에게 상처를 준 것이 미안했지만 가식적인 친밀함은 그립지 않았다. 그녀는 아버지에게 자신이 열여덟 살이 되었으며 자신만의 삶을 살아갈 권리가 있다는 것을 보여주어야 했다. 이모의 유산에 관한 그 낡은 판결도 처벌해야 했다.

정말로 배짱이 필요했던 일은 몇 주 뒤 학교 급식실에서 벌어졌다. 베키는 이미 아침 화장을 그만두었고 치마가 아닌 청바지만을 입기 시작했으나, 킴 퍼킨스와 데이비드 고야 사이에 도시락을 탁 내려놓았을 때만큼 자신이 반짝반짝 눈에 띈다고 느낀 적은 없었다. 두 사람은 그게 아무것도 아닌 일인 것처럼 행동했지만, 베키가 평소 앉는 테이블에서는 모두의 눈길이 그녀에게 향했다. 특히 지니 크로스가 그랬다. 지니는 베키에게 고마워해야 마땅했다. 베키가 사다리의 한 칸을 비워준 만큼 그리로 올라갈 수 있었으니 말이다. 하지만 지니는 그런 식으로 생각하지 않았다. 지니는 계속해서 베키를 자기 머스탱에 태워 학교로 데려다주었고, 베키는 지금도 그녀의 가십을 듣는 걸 즐겼다. 그러나 베키가 크로스로드 테이블에 앉은 것은 선을 넘는 일이었다. 지니는 크로스로드를 '쿰바야*'라고 불렀다. 처음 지니가 그 말을 했을 때조차 우습지 않았던 이름이었다. 그리고 베키는, 증명할 수는 없었지만, 지니가 비밀을 알게 돼도 더 이상은 베키에게 전부 말하지 않는다고 느꼈다.

베키가 자초한 사회적 지위의 강등을 상쇄해준 것은 태너 에번스가 그녀를 더 높이 평가하게 되었다는 점이었다. 태너와 함께하는 베키 자신의 모습은 그녀의 머릿속을 떠나지 않았다. 그게 전부가 아니었다. 베키가 자신은 크로스로드 사람임을 공개적으로 선언하자 태너와 함께한다는 생각은 새로운 긴박성을 띠게 되었다. 종교적인 사람으로 변했다는 이유로 베키를 이전보다 못하게 생각한 몇몇 사람들도 그녀가 태너 에번스와 있는 것을 보면 생각을 고쳐먹을지 몰랐다. 이건 계산이었다. 하지만 베키의 감정도 이 계산과 빠르게 조화를 이루었다. 베키는 태너의 손

* 흑인 영가 중 하나.

을 잡고, 그의 긴 손가락 끝을 하나씩 하나씩 어루만지는 모습을 상상했다. 그녀는 로라 도브린스키의 배를 감쌌을 때처럼 자신의 배를 감싸는 그의 손을 생각했다. 베키는 그가 자신에 대한 노래를 작곡하는 것을 상상했다.

그로브에서, 베키가 처음으로 크로스로드 모임에 참석한 다음 주 금요일에 그녀는 태너를 찾아 자신이 무슨 일을 했는지 말해주고 싶었다. 하지만 베키는 그 충동을 눌러 참았다. 그녀는 크로스로드 모임이 즐거웠으며, 다음 모임에도 갈 계획이었다. 하지만 태너가 기타를 가지고 도착하는 것을 본 순간, 베키는 자신이 너무 쉽게 항복한 건 아닌지 고민됐다. 베키가 좀 더 저항했다면 태너는 계속 그녀를 압박하고 놀렸을지도 몰랐다.

블루 노트는 그날 밤 내추럴 우먼 없이 공연했다. 첫 공연이 끝났을 때, 베키는 비어가는 식당에서 의자를 테이블에 올려놓고 있었다. 충동은 일었지만, 베키는 참았다. 보람이 있었다. 태너가 그녀를 찾아온 것이다.

"안녕." 태너가 말했다. "전도사님을 만났어. 뭐라는지 알아?"

"아니."

"너 정말로 갔다며! 믿어지지 않아. 난 내가 너를 완전히 화나게 만든 줄 알았거든."

"화나게 한 것 맞아."

"뭐, 그 방법이 통했나 보네."

"글쎄, 한 번은. 다시 갈지는 모르겠어."

"마음에 안 들었어?"

베키는 계속 저항하려고 애쓰며 어깨를 으쓱했다.

"너 아직도 나한테 화가 났구나." 태너가 말했다.

"난 지금도 내가 크로스로드에 들어가든 말든 네가 왜 신경 쓰는지 모르겠어."

베키는 의자를 테이블 위에 올려놓았다. 태너의 시선이 자신에게 머무는 것이 느껴졌다. 베키는 그가 크로스로드를 어떻게 생각하느냐고 물을 거라 예상했다. 대신, 태너는 베키에게 두 번째 공연도 볼 거냐고 물었다.

"난 홀에 있으면 안 돼." 베키가 말했다. "술 주문을 받을 때가 아니면."

"넌 여기서 일하잖아. 아무도 너한테 신분증을 달라고 하지 않을걸."

"로라는 어디 있어?"

"주말 동안 밀워키에 간대."

"뭐, 그럼 안 있는 게 좋겠어."

태너는 눈을 깜빡이며 시선을 돌렸다. 그는 멋진 속눈썹을 갖고 있었다.

"알았어." 그가 말했다. "괜찮아."

집으로 돌아가는 내내, 또 밤이 깊을 때까지도 베키는 그날 저녁을 머릿속에서 복습했다. 기회가 너무 빠르게 왔다가 사라졌기에 철저히 생각해볼 시간조차 없었다. 베키는 과연 로라의 등 뒤에서 몰래 일을 꾸미는 것이 비윤리적이라고 생각해서 태너의 초청을 거절한 걸까? 아니면 일시적인 대용품이 되는 것, 제2연주자가 되는 것이 모욕적이라고 생각했기 때문일까? 그렇게 빨리 싫다고 말하지만 않았어도! 베키에게 남자들의 접근에 퇴짜를 놓는 행동은 거의 반사적인 것이었다. 지금까지는 모든 접근이 거절할 만한 것이었기 때문이다. 하지만 두 번째 공연 때까지 남아 있었다면? 그 뒤에 태너와 밴드 사람들과 함께 어울리고, 태너가 그녀를 집까지 태워다 주게 놔뒀다면? 다음 날에도, 그다음 날에도 로라가 밀워키에 있는 동안 다시 그를 만났다면?

베키에게 두 번째 기회는 없었다. 그다음 주 금요일에는 로라가 그로브에 돌아와 태너와 함께 연주했다. 로라는 태너와 합주한 다음 피아노

독주곡 '업 온 더 루프'를 불렀다. 베키는 멀리서나마 그 소리가 들리지 않도록 주방으로 도망쳤다. 그 주 일요일, 베키는 하마터면 크로스로드에 가지 않을 뻔했다. 가봤자 태너에 관해서는 더 이상 얻을 것이 없어 보였기 때문이다. 하지만 7시 정각이 다가오자 찌르는 듯한 진짜 외로움이 느껴졌다. 그건 익숙한 감정이 아니었다. 베키는 반만 꾀죄죄한 코트와 클렘이 물려준 코듀로이 재킷을 걸치고, 뛰듯 걷듯 제일 개혁 교회에 갔다. 릭 앰브로즈는 간신히 제시간에 도착한 그녀를 2인조 활동의 짝으로 선택했다.

과제는 크로스로드에서 도와줄 수 있는 어려운 일에 관해 이야기할 것이었다. 앰브로즈는 베키를 자기 사무실로 데려갔다. 그는 이 공간을 2인조 활동에 활용할 특권을 가지고 있었다. 그는 자기가 먼저 말하겠다고 했다. 그의 검은색 눈은 평소와 어울리지 않게 베키의 눈을 파고드는 대신 아래로 향해 있었다. 그는 자신의 도움으로 탄생한 단체의 규모와 열기에, 너무도 많은 아이들이 각자의 인생에 큰 힘을 휘두르도록 해주었다는 사실에 겁이 난다고 말했다. 앰브로즈는 겸손함을 유지하기가 힘들었고, 단체 안에서의 수평적인 인간관계가 너무도 강력해서 주님과의 관계에 어려움이 생길까 봐 걱정된다고 했다. "약해졌다는 느낌이 들 때는 기도하기가 쉽지." 그가 말했다. "겸손함보다는 힘을 달라고 기도하기가 더 쉬워. 애초에 겸손함이란 기도를 위해서 필요한 것이거든. 내 말이 무슨 뜻인지 알겠니?"

"전 아직 정말로 기도해보려고 노력한 적이 없어요." 베키가 말했다.

"그건 다음 단계야." 앰브로즈가 말했다. "너만 그런 게 아니다. 이 단체는 기독교 공동체로 시작했지만, 그 자체의 생명력을 띠기 시작했어. 난 우리가 풀어놓은 게 무엇일지 좀 걱정된다. 내가 풀어놓은 존재가 말이야. 나는 이 단체가 결국 우리를 주님께로 다시 이끌어 가지 않으면, 그저 강렬한 심리학 실험이 되고 말까 봐 걱정돼. 그건 사람들을 해방하는 만큼 쉽게 그들에게 상처를 주는 결말로 이어질 수 있다."

크로스로드 기준에 비추어도 그의 폭로는 베키에게 극단적인 것으로 보였다. 베키는 앰브로즈가 자신에게 이토록 개방적인 태도를 보인 것이 기분 좋았다. 베키는 이것을 둘 사이의 친연성에 대한 또 하나의 증표로 받아들였다. 하지만 베키는 그의 영적인 조언자가 아니라 고등학생일 뿐이었다.

"불편한 주제라는 건 알아요." 베키는 자기도 모르게 말하고 있었다. "하지만 우리 아빠가 잘하셨던 일은 종교를 무엇보다 앞에, 중심에 두는 거였어요. 저는 그게 늘 불편했죠. 하지만 그 점이 아빠가 크로스로드에 끼친 좋은 영향이었던 게 아닐까요?"

앰브로즈는 움찔했다. "무슨 말을 하는지 알겠구나."

"제 말은, 이것도 좋아요, 전도사님이 하고 계신 일이요. 저는 기도하는 사람이 아니에요. 전 기도를 할 필요가 없다는 게 좋아요. 하지만……."

하지만 뭐? 아버지를 크로스로드에 복귀시키라고 제안할까? 베키는 아버지가 일요일 밤 모임에서 그리스도 이야기를 할 생각만 해도 민망했다. 아버지가 돌아오면, 베키는 즉시 크로스로드를 탈퇴할 생각이었다.

"넌 어떠냐?" 앰브로즈가 말했다. "넌 뭐가 힘들어?"

앰브로즈의 솔직함에 보답하기 위해, 베키는 태너 에번스에 대해 좋은 감정이 있다고 말했다. 그녀가 크로스로드에 가입한 이유가 태너라고 말이다. 베키가 잘못 안 게 아니라면, 태너도 그녀에게 관심이 있다고. 태너와의 관계를 추구하고 싶지만, 태너와 로라 사이에 끼어드는 것이 올바르지 않은 일이라고 생각한다고. 뭘 어떻게 해야 할까?

앰브로즈는 속으로 놀랐을지 모르지만, 내색하지 않았다. "나는 태너를 사랑한다." 그가 말했다. "이 모임에서 태너보다 나은 경험을 한 사람이 한 명이라도 있는지 모르겠구나. 모두가 태너 같기만 하면, 나는 우리가 나아가는 방향을 걱정하지 않을 거다. 태너는 정말로 주님께 돌아가는 길을 찾았어. 그 점에 관해 가벼운 태도를 유지하는 멋진 모습도 갖고 있지."

"하지만 로라는요?" 베키가 말했다.

"로라는 날 끊임없이 골치 아프게 했어. 난 그걸 존중했고. 로라는 마음에 들지 않는 사람이 생기면 상대방한테 반드시 티를 냈지."

"그렇군요."

"하지만 태너는 말랑말랑한 녀석이야. 이런 특징은 양날의 검이나 마찬가지다. 내가 너한테 뭐가 옳은 일인지 말해줄 수는 없어. 하지만 내가 받은 느낌을 말해줄 수는 있지. 내가 느끼기에, 둘의 관계를 주도해온 건 늘 로라였어. 태너한테는 그 관계를 맺는 게 가장 저항이 적은 길이었던 것 같다."

유용한 정보였다.

베키가 말했다. "하지만 어쩌면, 제가 거리를 둬야 하는 게 아닐까요?"

"안전하게 지내고 싶다면 그렇지. 안전하게 지내고 싶니?"

베키는 안전이라는 말이 수동적 공격성이라는 말과 마찬가지로 크로스로드의 금기 단어라는 것을 알고 있었다. '안전하다'란 '위험을 감수하다'의 반대말이었다. 그리고 위험을 감수하지 않으면, 그 어떤 개인적 성장도 일어날 수 없었다.

"넌 감정을 숨길 필요가 없어." 앰브로즈가 말했다. "그 감정을 처리하는 건 태너의 일이다. 태너 자신의 감정으로 말이야."

아버지가 그랬듯 앰브로즈도 아니라고 주장하면서 실제로는 베키에게 뭔가를 타이르고 있었다. 하지만 앰브로즈가 그렇게 할 때는 거슬리지 않았다. 문제는 자신의 감정을 어떻게 드러내느냐는 것이었다. 베키는 안전을 사랑했다! 지금까지는 그녀의 인생 전체가 안전을 중심으로 구축되어 있었다! 하지만 태너와의 기회를 날려버린 지금은 베키가 주도권을 잡아야만 했다. 그녀는 자신이 태너에게 추파를 던지는 상상이 마음에 들지 않았다. 그건 극도로 안전하지 않은 일이 될 터였다. 로라가 근처에 있을 때 그런 일을 해내기 어렵다는 건 말할 것도 없었다. 어쨌거나, 자신이 추파를 던지는 데 재능이 있을지도 확신이 서지 않았다. 대신 베키는 반만 안전하지 않은 방법으로서 그에게 편지를 쓰기로 했다.

태너에게

아직 너한테 화가 났다는 말은 거짓말이었어. 사실, 크로스로드를 소개해준 네게 무척 고맙다고 말하고 싶어. 겨우 3주 만에 나는 나 자신이 인간으로서 성장하고 새로운 위험을 받아들이는 걸 느낄 수 있어. 내가 그냥 숨을 참고 있을 뿐이라던 네 말이 맞았어. 뭐, 이제는 더 참지 않을래. 나는 감정을 좀 더 솔직하게 드러내려고 해. 그런 감정 중 하나는, 너를 더 잘 알고 싶다는 거야. 너도 같은 감정이라면 언젠가 만나서 산책을 하거나 하지 않을래? 그럴 수 있으면 참 좋겠어.

(희망 사항이지만) 네 친구

베키

톤 조절을 위해 세 번 다시 쓰고 베껴 적은 편지를 본 베키는 공포에 사로잡혔다. 그녀는 편지를 봉투에 넣고 봉한 다음, 봉투를 뜯어 다시 편지를 읽어보고, 새로운 봉투에 넣어 밀봉한 뒤 서랍에 숨겼다. 편지는 다음에 태너를 볼 때 직접, 바로 전달할 때까지 기다려야 할 것이다. 클렘이 추수감사절을 지내러 대학에서 돌아올 때 말이다.

베키는 기차역에서 오빠를 데려올 사람이 아버지라는 것이 다행스럽게 느껴졌다. 클렘에게 산책하자고 할 때 아버지를 콕 집어 배제할 수 있을 테니까 말이다. 여름 이후로 클렘은 짧은 턱수염을 길렀고, 머리가 길게 자라도록 내버려두었다. 그리고 어디서 검은색 피코트*를 구해 왔다. 실제로는 석 달밖에 지나지 않았지만, 클렘은 훨씬 나이가 들어 보였다. 클렘이 피코트를, 베키는 그의 코듀로이 재킷을 입고 방과 후 낮게 뜬 햇빛을 받으며 산책하는 동안 베키는 자신도 곧 어른이 된다는 황홀감을 느꼈다. 좀 더 나이 든 그들이 새롭게 멋진 남매가 될 거라는 생각이 들었다. 그들은 다음 세대였다. 무시할 수 없는 존재였다.

클렘은 어머니가 보낸 편지를 통해 베키가 크로스로드에 가입했다는 것을 알게 되었다. 클렘은 괜찮다면서도 베키가 왜 그런 일을 했는지 궁금해했다.

"아빠한테 화가 났어." 베키는 말했다.

"왜?"

"그보다 난 오빠가 크로스로드에 들어갔던 이유에 더 관심이 생기는데. 뭐랄까, 지금은 나도 크로스로드에 가입했으니까 거기가 어떤 모임인지 알거든. 크로스로드에서 하는 활동들은⋯⋯."

"아빠가 떠나기 전까지 그 활동들은 별로 대단한 게 아니었어. 나는 일이랑 음악 때문에 남아 있었던 거야. 감수성 훈련은 그냥 지불해야 하는 대가 같은 거였어. 나 같은 애들이 충분히 있어서, 우린 서로를 파트너로

---

* 길이가 짧은 코트.

선택하고 책이나 정치 얘기를 할 수 있었어."

"소리 지르기 활동도 했어?"

"그건 괜찮았어. 포옹보다 나았지. 포옹 활동을 할 때는 방 안을 한 바퀴 돌면서 사람들을 안아줘야 했거든. 문제는 첫째, 아무도 안고 싶어 하지 않는 아이들이 있었다는 것과 둘째, 상대방이 포옹을 정말 원하는지 알 방법이 없다는 거였어. 괜찮으냐고 물어봐야 했고 답은 괜찮다는 것이어야 했거든. 로라 도브린스키한테 가서 걔한테 물어봤더니, 걔가 싫다고 했던 게 기억나. 로라는 정말로 하고 싶지 않은 한, 하기 싫다고 말했어. 나는 '고맙다, 로라. 우리가 그 점을 분명히 했다는 게 다행이야. 네가 나를 껴안고 싶어 할까 봐 정말 걱정했거든' 하는 식이었지."

"오빠는 로라를 어떻게 생각해?"

"남들 망신 주는 데는 도가 튼 애야. 걔가 아빠한테 어떤 식으로 말했는지 못 믿을걸. 그 모든 난장판 한가운데에 로라가 있었어."

"그건 몰랐네."

"걔 혼자만 그랬던 건 아닌데, 걔가 주동자였던 건 확실해."

당시에 클렘이 설명해주기는 했지만, 베키는 아버지가 왜 크로스로드를 떠났는지 대강밖에 몰랐다. 베키는 아버지가 지나치게 설교를 많이 해서 릭 앰브로즈가 그에게 나가라고 했다고 알고 있었다. 베키는 아버지에게 의리를 지켜야 한다는 느낌은 별로 들지 않았지만, 로라가 아버지에게 상처를 주었다는 건 불쾌했다. "로라가 뭘 어쨌는데?"

"끔찍한 광경이었어. 말도 못 해."

"그로브에서 태너 에번스랑 얘기를 좀 해봤어. 태너랑 로라가 금요일마다 공연하거든."

"우리 착한 태너."

"그러게. 태너가 로라랑 사귄다니 좀 이상해."

"왜?"

"뭐, 그렇잖아. 둘 다 음악가이긴 하지. 하지만 태너는 너무 착하고 키도 큰데, 로라는 너무…… 난쟁이 같잖아. 내 말 무슨 뜻인지 알아?"

클렘이 날카롭게 말했다. "로라도 자기 키를 어떻게 할 수 있는 건 아니야, 베키."

"아니, 그건 당연히 그렇지."

"피상적인 외모에 매달리면 안 돼."

베키는 상처받았다. 그녀가 한 주장은 전혀 위험할 것이 없어 보였다. 그저 태너의 피상적인 외모가 극도의 즐거움을 주고, 로라의 외모는 덜 그렇다는 말일 뿐이었다. 베키가 원한 것은, 둘이 함께하는 것이 이상해 보인다는 데 클렘이 동의해주는 것뿐이었다.

대신, 클렘은 태너와 그의 음악가 친구들이 크로스로드의 규모를 두 배로 늘렸다는 이야기를 하기 시작했다. 태너의 사회적 지위를 확인하게 된 건 고마웠다. 하지만 클렘은 신체만 변한 게 아닌 듯했다. 바뀐 건 턱수염과 머리카락, 피코트만이 아니었다. 문제는 클렘이 베키의 말을 듣기보다는 말하는 데 더 관심을 두는 것처럼 보였다는 것이다. 스코필드 공원의 피크닉 테이블에 앉아, 누레진 풀밭에 드리운 나무 그림자들이 길어져가는 것을 지켜보면서, 베키는 그 이유를 알게 되었다.

그 이유는 섀런이었다. 섀런은 일리노이 주립대학 3학년이었다. 클렘은 철학 수업에서 그녀를 만났다. 클렘은 섀런에게 대담하게 데이트를 신청했던 일이나 그날 데이트에서 둘이 베트남에 대해 열띤 논쟁을 벌였던 일, 자신과 논쟁할 때 자기주장을 지키는 것 이상을 해내는 여자를 찾아낸 것이 얼마나 놀라운 일이었는지에 관해 늘어놓았다. 베키는 자세한 내용을 듣고 싶지 않다는, 한 번도 느껴보지 못한 기분이 들었다. 클렘의 말을 귀담아듣는 데 별로 흥미가 생기지 않았다. 베키가 새런에게 적대 감을 느낀다는 건 부적절한 일이었다. 그 적대감 때문에 클렘이 행복하 다는 이야기를 듣는 게 불편하게 느껴진 것도. 돌이켜보면, 그 적대감은 베키와 클렘의 우애가 다른 측면에서도 부적절하다는 것을 확인해주는 듯했다. 클렘은 생전 처음으로 강렬한 동물적 끌림이나 동물적 쾌락을 경험한 것이 얼마나 놀라운 깨달음을 주었는지 끊임없이 떠들어댔다. 그 동물적 쾌락이란 전면적인 섹스를 말하는 게 틀림없었다. 클렘은 베키도 언젠가 준비되어 자신의 동물적 본성과 연결되면 그 놀라운 깨달음을 얻 을 것이라고 말했다. 이때쯤 베키의 귀는 고함을 지르기 시작했다. 베키 는 피크닉 테이블에서 일어나 멀어질 수밖에 없었다.

클렘은 테이블에서 깡충 뛰어내려 그녀를 따라왔다. "나도 참 바보야." 클렘이 말했다. "그런 얘기는 안 듣고 싶었구나."

"괜찮아. 오빠가 행복하다니까 좋아."

"그냥 누군가에게는 말하고 싶었어. 그리고 넌 늘 내가 뭔가 말하고 싶 어지는 사람이야. 언제까지나 그럴 테고. 알지, 베키?"

베키는 고개를 끄덕였다.

"안아줘도 돼?"

베키는 잠시 후에야 그 농담을 알아들었다. 베키는 웃었고, 둘 사이는 다시 괜찮아졌다. 그래서 베키는 셜리 이모가 남긴 돈이며 아버지가 한 말에 관해 이야기했다. 클렘의 답은 "좆 까라 그래. 염병할 자식"이었다.

둘은 다시 괜찮아졌다.

"진심인데, 베키. 그거 너무 엿 같다. 그 돈은 네 돈이야. 전적으로 네가 번 돈이라고. 셜리 이모는 널 사랑했어. 넌 네가 원하는 대로 그 돈을 쓰면 돼."

"오빠한테 절반을 주고 싶다면?"

"나? 나한테는 주지 마. 유럽에 가. 좋은 대학에 가."

"하지만 오빠가 그 돈을 갖는 게 내가 바라는 일이라면? 그 돈이면 오빠가 내년에 더 좋은 학교로 옮길 수 있잖아."

"일리노이 주립대도 나쁠 것 없어."

"오빠가 나보다 똑똑하잖아."

"아니야. 난 그냥 사교 생활을 한 번도 안 했을 뿐이야."

"하지만 오빠한테 일리노이 주립대가 충분하다면, 나한텐 왜 아닌데?"

"그야…… 나는 농촌 애들하고 지내도 괜찮으니까. 나는 내가 어떤 공간에 있든 신경 안 써. 너는 로런스나 벌로이트에 가야 해. 내가 상상하는 너는 그런 곳에 있어."

베키가 상상하는 자신도 그런 곳에 있었다.

"하지만 거긴 6500달러만 있어도 갈 수 있어. 오빠는 셜리 이모가 준 돈 절반을 받아서 대학원 학비로 저금해두면 돼."

그제야 클렘은 베키가 자신에게 수천 달러를 주려고 한다는 것을 깨달았다. 그는 좀 더 침착해진 목소리로 베키에게 두 가지 선택지가 있다고 설명했다. 그 선택지란 혼자서 돈을 전부 갖든지, 모든 형제와 똑같이 나누는 것이었다. 클렘만을 특별 대우하면 페리와 저드슨에게 상처가 될 것이다. 모양도 나빴다. 그리고 노친네야 어떻게 생각할지 모르지만, 3천 달러는 누군가에게 변화를 일으키기엔 적은 돈이었다. 그러니 베키가 전액을 다 가져야 했다.

클렘의 분석은 완벽하게 말이 됐다. 사실, 클렘은 베키보다 머리가 좋았으며, 다른 사람들의 감정도 더 잘 배려했고, 덜 탐욕스럽기도 했다. 베키는 그 돈을 전부 갖게 됐다는 생각에 부정할 수 없이 행복해졌다. 하지만 고마운 마음에 그 돈을 클렘과 나누고 싶다는 생각은 더욱 커졌다.

"그럴 수 없어." 클렘이 말했다. "얼마나 보기 안 좋겠어?"

"하지만 내가 돈을 전부 가지면 아빠가 날 죽일걸."

"내가 아빠한테 얘기할게."

"그럴 필요 없어."

"아냐, 내가 하고 싶어서 하는 일이야. 난 이 독실한 척하는 헛짓거리에 신물이 나."

둘이 목사관으로 돌아왔을 때는 밤이었다. 클렘은 곧장 3층으로 올라갔다. 한 층 아래의 자기 침대에 앉아 있던 베키는 오빠와 아버지가 자기를 놓고 싸우는 소리를 들으며 이상한 기분이 들었다. 베키는 새런을 몰랐고 알고 싶지도 않았다. 하지만 제아무리 새런이라도 클렘이 얼마나 좋은 사람인지 완전히 이해할 가능성은 별로 없을 터였다. 클렘은 아래 층으로 돌아와 베키의 문 앞에 섰다.

"내가 고쳐놨어." 클렘이 말했다. "아빠가 다시 귀찮게 굴면 나한테 말해."

서랍에서 불편한 기운을 뿜어내던 베키의 통장은 다섯 자리 숫자가 보장되자 안정되었다. 베키는 돈을 가졌다. 그녀가 보기에는 정당한 일이었다. 베키는 남매 중 누구보다도 그 돈을 원했으며, 그 돈으로 무엇을 해야 할지에 관해서도 가장 선명한 생각을 하고 있었으니 말이다. 이제는 유일하게 중요한 재판관인 클렘까지도 그 생각이 옳다고 증명해주었다. 아버지는 이미 베키에게 차갑게 굴고 있었기에 그 이상 차가워질 수 없었다. 어머니가 나름의 불만을 표시했을 때, 베키는 다음 해 여름에 함께 유럽에 가자고 제안하고 나머지 돈을 교육에 쓰겠다고 약속함으로써 어머니의 마음을 흔들어놓았다. 어머니를 초대한다는 건 베키가 처음 생각한 아이디어가 아니었지만, 뛰어난 한 수였다. 어머니는 유럽을 본다는 이기적인 생각에 큰 관심이 없었다. 하지만 가정생활이란 고등학교의 축소판과 마찬가지였다. 어머니는 인기가 별로 없었기에 베키의 초대를 자애롭게 느꼈다.

추수감사절 다음 날, 베키는 겁나는 편지를 가지고 그로브로 가서 앞치마 주머니에 넣었다. 그녀는 잔뜩 긴장한 채 계속해서 주문을 헷갈렸고, 같은 손님에게 잘못된 샐러드드레싱을 두 번 가져다주었으며, 계산서를 받으려고 그녀를 쫓아와야 했던 얼굴 붉힌 어느 아저씨한테 팁을 받고는 몸이 굳어버렸다. 애초에 왜 지금까지 그로브에서 일하고 있는 걸까? 베키에게는 13000달러가 있었다. 편지만 전달할 수 있으면 일을 그만두어야겠다는 생각이 들었다. 하지만 홀은 친구들과 대학에서 돌아온 태너의 동네 팬들로 가득했다. 첫 번째 공연이 끝나자 그들이 떼거리로 모여 태너에게 행운을 빌어주었기에 베키는 태너에게 다가갈 수 없었다.

베키가 가장자리에서 쭈뼛거리고 있을 때, 그녀의 사각지대에서 로라 도브린스키의 목소리가 들렸다. "너 크로스로드에 들어갔다며."

베키는 얼굴이 훅 붉어져 아래를 보았다. 베키가 태너를 훔쳐 오기로 마음먹은 분홍색 안경의 난쟁이가 성냥으로 담배에 불을 붙이고 있었다.

"태너가 설득했지?"

"아니, 뭐, 나도 그 교회에 다니니까."

로라는 성냥을 흔들며 인상을 썼다. "교회에 다닌다고?"

"뭐, 일요일에는?"

"네가 교회쟁이인 줄은 몰랐는데."

"네가 날 잘 모르나 보지."

"내 말이 맞는다는 얘기지?"

베키는 그게 왜 중요한지 알 수 없었다. "내 말은 네가 날 모른다는 거야."

"하긴, 내가 크로스로드를 잘 모르는 걸지도. 난 그때 빠져나온 게 다행이다 싶거든."

이번에도 베키는 얼굴이 훅 붉어졌다. "미안한데…… 너 나한테 무슨 불만 있어?"

"구체적인 불만은 아니고. 크로스로드가 너한테는 좋은 경험이 됐으면 해."

로라는 베키가 부들부들 떨게 놔두고, 태너를 둘러싸고 있는 기름 낀 말총머리들과 자수가 놓인 데님 바지들 사이로 뛰어들었다. 로라는 그들에게 클렘과는 별로 하고 싶어 하지 않았던 포옹을 몇 차례 나눠주었다. 구체적인 불만은 아니라고? 최소한, 지금까지 베키는 크로스로드에 가입하는 것 이상으로 위협적인 행동을 하지 않았다. 내추럴 우먼이 베키의 편지 냄새라도 맡은 걸까.

혼자 있는 태너를 잡을 기회가 전혀 보이지 않았기에, 베키는 편지를 가지고 집으로 돌아갔다. 이제 편지에는 샐러드기름 한 방울이 묻어 있었다. 하지만 베키는 차마 편지를 다시 뜯을 수 없었다. 1주일 더 간직할 수도 없었다. 베키는 우편으로 편지를 부칠 생각도 해보았지만, 태너가 지금도 부모님과 함께 사는지 알 수 없었다. 그녀는 그로브 바깥에서의 태너의 삶에 관해 아주 어렴풋하게만 알았다. 베키는 전화번호부에서 태너의 이름을 찾아보려다가 교회쟁이라는 단어를 떠올렸다.

아침에, 베키는 어머니에게 토요일 예배에서 태너 에번스를 본 적이 있는지 물었다. 어머니는 잠시 인상을 찌푸리고 말을 멈추었다. 베키가 태너에게 느끼는 호기심을 눈치챘다는 티를 낸 것이다. "9시 예배에는 안 와." 그녀가 말했다. "그래도 주일예배에서는 본 것 같은데. 아버지한 테 물어보렴."

아버지가 신경 쓸 일은 아니었다. 일요일 아침, 클렘과 페리가 잠들어 있고 부모님과 저드슨은 이른 예배를 보러 나갔을 때, 베키는 얌전한 느 낌의 풀스커트 원피스를 입고, 가방에 편지를 넣은 다음 제일 개혁 교회 로 향했다. 크리스마스 '자정' 예배를 제외하면(이 예배는 중서부의 모든 것이 그렇듯 한 시간 일찍 열렸다), 베키는 주일학교를 졸업한 이후로 한 번도 예배를 보러 가지 않았다. 베키가 예배당의 카펫 깔린 응접실을 가 로지르자, 나이 든 교구민들의 얼굴이 기쁨과 놀라움으로 밝아졌다. 교 회용 원피스를 입은 어머니와 목사 가운을 입은 아버지는 커피 타임까지 남아 있던 9시 예배 참석자 몇 명과 수다를 떨고 있었다. 저드슨은 구석 에 앉아 책을 읽으며 집에 갈 시간만 기다리고 있었다. 어머니는 베키를 보고 음흉한 미소를 지었다. 베키가 온 이유를 아는 게 분명했다.

봉사자들에게서 예배 프로그램을 받은 베키는 맨 뒷줄에 앉아 로라의 이상한 질문에 관한 자기 생각이 맞는지 보려고 기다렸다. 혹시 로라도 올까? 교회쟁이라는 말을 했던 걸 보면, 그럴 것 같지는 않았다. 오르간 연주자가 연주를 시작했다. 이모라면 작곡가 이름을 알려줄 수 있을 것 같은 노래였다. 뒤늦게 몰려온 사람들이 신도석을 채우기 시작했다. 누 가 새로 들어올 때마다 베키는 고개를 돌려 태너가 아닌지 확인했다. 그 러다가 너무 자주 뒤를 돌아보는 건 아닌가 싶어 신경 쓰였다. 베키는 스 커트 주름을 펴고, 예배 프로그램을 작은 삼각형으로 접었다. 그녀는 제 단 뒤에 걸려 있는, 나무와 놋쇠로 만들어진 거대한 십자가에 시선을 고 정했다. 십자가는 오래 쳐다볼수록 이상해 보였다. 저 십자가도 유용한 서랍장이나 가구를 만드는 것과 똑같은 도구를 사용해 어딘가에서 제작되었을 것이다. 십자가 제작자라니, 정말 이상한 직업 아닌가? 그 사람은 어떻게 돈을 벌까? 사람들이 아무 대가도 받지 않고, 별 이유도 없이 나무와 놋쇠로 만든 헌금함에 집어넣은 돈을 받겠지. 아마 그 헌금함도 같은 사람이 만들었을 테고.

막 11시가 지났을 때 예배당에 홀로 들어온 태너는 베키가 아는 태너라고 하기 어려웠다. 그는 멍청한 격자무늬 스포츠코트에 진짜 넥타이를 매고 있었다. 비록 넥타이 매듭이 헐겁고 울퉁불퉁하기는 했지만 말이다. 그는 베키 건너편 신도석으로 슬쩍 들어갔고, 베키는 제단으로 시선을 돌렸다. 아버지와 해플 목사가 옆문으로 들어왔다. 하지만 베키는 태너가 고개를 돌려 자기를 본 순간을 피부로 정확히 느꼈다. 살갗이 뜨거워지는 것이 느껴졌다. 음악 소리가 멈추었고, 태너는 엉거주춤하게 일어나더니 통로를 건너와서 베키 옆에 앉았다.

"여기서 뭐 해?" 그가 속삭였다.

베키는 그에게 조용히 하라는 뜻으로 고개를 저었다.

"하늘에 계신 우리 아버지." 아버지가 기도하는 목소리로 강단에서 말했다. 그 말을 끝으로 베키는 더 이상 아무 소리가 들리지 않았다. 아버지는 키가 크고 잘생긴 남자였다. 하지만 베키가 보기에, 아버지의 검은 가운과 그 독실하고 진실한 말 한 마디 한 마디는 이 세상 사람으로서 그가 가지고 있는 모든 입지를 부정하는 것 같았다. 아니, 그 이상이었다. 베키는 얼어붙은 듯 자리에 앉아 있었지만 속으로는 몸부림쳤다. 그녀는 아버지가 입을 다물 때까지 초를 헤아렸다. 오랫동안 잊었던 생각이 다시, 더 선명하게 떠올랐다. 베키는 오래전부터 자신이 목사의 딸이라는 사실이 싫었다. 친구들의 아버지는 빌딩을 설계하고 병을 고치고 범죄자들을 기소했다. 그녀의 아버지는 십자가 제작자와 비슷한 사람이었다. 단지 그보다 더 나빴을 뿐이다. 아버지의 성실한 신앙심과 성스러움은 언제든 그녀에게 들러붙을 수 있는 악취였다. 체스터필드 냄새처럼. 아니, 그보다 나빴다. 이 냄새는 씻어낼 수도 없었으니까.

하지만 그때, 신도들이 자리에서 일어나 '영광송'을 불렀다. 그녀의 곁에 있던 태너도 그 우스꽝스러운 스포츠코트를 입고, 베키 자신의 자의식 가득한 웅얼거림과는 달리 또렷하고 강한 목소리로 크게 노래하기 시작했다. 베키는 그에 맞춰 목소리를 높였다. 처음과 같이, 이제와 항상 영원히. 그러자 베키는 마음속 어딘가에 묻혀 있던 이상한 욕망이 번뜩이는 것을 느꼈다. 그녀는 어딘가에 소속되고 싶었고, 뭔가를 믿고 싶었다. 베키는 그 욕망이 늘 있었던 건 아닌지 궁금해졌다. 그저 아버지 때문에, 아버지에 대한 부끄러움에 그 욕망을 좇지 못했던 건 아닌가 하고. 놋쇠 십자가의 제작이 실은 그렇게 멍청한 건 아닐지도 모른다는 생각이 들었다. 어쩌면, 예수가 십자가에 매달린 지 2천 년이 더 지났는데 사람들이 그를 기념해 십자가를 만들라고 헌금함을 계속 채우고 있다는 게 오히려 놀라운 일인지도 몰랐다.

베키는 문득 더 나아가, 태너가 교회에 다니는 것을 로라가 싫어한다는 걸 알게 되었다. 그게 둘 사이의 단층선일지도 몰랐다. 그녀는, 베키는 신앙의 가능성에 마음을 열기만 하면 예전에는 못 봤던 이점을 누릴 수 있을지 몰랐다. 그러므로 지금은 태너의 손에 편지를 전해주지 않는 게 현명한 일일지 몰랐다. 편지를 전하는 것만이 베키가 교회에 온 이유라는 뜻이 될 수 있으니까. 베키는 대신 일요일 아침마다 예배를 보러 오기로 했다.

그들은 '주님 주신 아름다운 세상'을 부르느라고 찬송가집을 함께 보았다. 베키가 몸을 숙이자 그녀의 머리카락이 태너의 어깨에 닿았다. 그런 다음 해플 목사가 설교를 했다. 예배에 처음부터 끝까지 참석해야 했던 1년 동안, 베키는 아버지가 설교를 할 때 꼼짝도 하지 않았다. 자기가 조바심을 내면 다른 신도들도 조바심이 날까 봐 걱정됐다. 그러면 힐데브란트 집안인 자기도 당황하게 될 테니까. 하지만 당시에도 드와이트 해플이 내는 끝없이 시적이고 추상적인 소리는 도저히 견딜 수가 없었다. 베키는 이제 나이가 들었으니 드와이트의 말을 더 잘 이해하기를 바라며 귀 기울였다. 그가 라인홀드 니부어 이야기를 할 때까지는 이야기를 따라갔지만, 결국 태너의 두 손에 감탄하느라 정신을 놓았다. 그 손을 만지지 않으려면 의지가 필요했다. 재킷에 넥타이를 매고 있는 태너는 어머니가 교회에 데려가려고 옷을 입혀놓은 소년처럼 보였다. 해플은 겸손함의 중요성에 관한 이야기로 넘어갔다. 베키가 그리 좋아하는 주제는 아니었다. 종교에 진지해지려면 좀 더 탐구해야 할 주제이기는 했지만 말이다. 문득, 태너에게는 술 달린 재킷과 프라이 부츠를 집에 놓고 오는 것이 바로 해플이 말하는 겸손이겠다는 생각이 들었다. 태너가 멋지다는 데는 의문의 여지가 없었다. 하지만 1주일에 딱 한 번, 그는 교회에 오기 위해 겸손해졌다. 베키는 이 점이 극도로 사랑스럽게 느껴졌다.

태너와 함께 자리에서 일어나 주기도문을 암송했을 때, 베키는 태너의 오랜 아내는 아니더라도 여자 친구 정도는 된 듯한 기분이었다. 베키는 로라에게서 그를 훔친 잘못에 대해 하나님 아버지의 용서를 구했다.

"왔네." 예배가 끝나자 태너가 말했다.

"그러게, 많은 것들이 바뀌고 있어. 새로운 것들을 시도해보는 중이야."

태너는 베키를 도저히 알 수 없다는 표정으로 보고 있었다. 좋은 일이었다.

"네게 무척 고맙다고 말하고 싶어." 베키가 말했다. "내가 크로스로드에 가보도록 해줬으니까. 나는 감정을 좀 더 솔직하게 드러내는 방법을 배우고 있어. 그리고……." 베키는 얼굴이 뜨거워진 채 말을 더듬었다. 태너는 계속 그녀를 보았다. "너 다음 주 일요일에도 여기 와?"

"원래 와."

베키는 너무 힘차게 고개를 끄덕이고 자리에서 일어났다. "알았어. 그때 보자."

식당을 지나 밖으로 나가던 길에, 베키는 아버지의 눈에 띄려고 잠시 멈추었다. 예배에 참석했으니 점수를 좀 따고 싶었다. 하지만 아버지는 키티 레이놀즈와, 베키는 모르는 왜소한 금발 여자와 이야기하고 있었다. 아버지는 미소 짓고 있었다. 금발 여자가 아버지의 시선을 끌어들이는 자석이라도 된 듯했다. 아버지가 베키에게 휙 시선을 돌렸을 때는 그 미소가 희미해졌다. 그러다가 시선이 여자에게 향하자 미소에 다시 생기가 돌았다.

오해할 여지가 없었다. 아버지는 베키를 포기하고 다음 단계로 나아간 것이다. 교회를 나서는데 개자식이라는 단어가 떠올랐다. 클렘은 신성모독이라도 하듯 그 말을 뱉곤 했다. 하지만 베키에게는 그것이 새로운 단어였다. 베키가 제일 개혁 교회에 점점 큰 관심을 둔다는 사실은 아버지를 기쁘게 해야 마땅했다. 하지만 아버지에게는 이런 베키의 변화가 릭 앰브로즈에게 품고 있는 앙심보다 못한 게 분명했다. 그런 개자식이 목사라고.

"네, 태너도 왔어요." 베키는 집에 돌아오자마자, 어머니가 질문을 던져 짜증을 돋우기 전에 선포했다.

"잘됐네." 어머니가 말했다. "릭 앰브로즈는 젊은 애들의 발걸음을 예배당에서 멀어지게 하는 데 선수야. 태너가 아니었으면, 앰브로즈의 기록은 더 높았겠지."

베키는 미끼를 물지 않았다. "엄마가 좋게 생각하신다니 태너도 짜릿해하겠네요."

"태너야 나보다는 네가 좋게 생각하는 걸 좋아할 것 같은데." 어머니가 말했다. "내가 보기엔 이미 그런 것 같지만."

"그 얘긴 안 하고 싶어요." 베키가 방에서 나가며 말했다.

며칠 뒤, 베키는 너무 심한 감기에 걸려서 그로브에도 병가를 내야 했고, 일요일에 교회에도 갈 수 없었다. 베키는 낫자마자 방과 후 제일 개혁교회에서 사람들과 어울리는 새로운 단계로 나아갔다. 그녀는 앰브로즈의 사무실 앞에서 여자애들과 어울렸고, 그 애들은 친절하게도 크로스로드 가십 이면의 사연들을 설명해주며 베키가 무엇은 우스운 일이고 무엇은 역겨운 일인지 이해하도록 도와주었다. 베키는 신참 노릇을 하는 데 질리자 강당으로 갔다. 남자애 셋이 무리 지어 크리스마스 콘서트 포스터를 실크스크린으로 인쇄하고 있었다. 무리를 이끄는 건 그녀의 남동생이었다. 이론적으로, 베키는 그들을 도와주어야 했다. 애리조나 여행에 필요한 '시간'을 슬슬 모아야 했으니 말이다. 애리조나에 가려면, 크로스로드를 위해 최소 40시간 봉사하거나 급료를 받고 일해야 했다. 하지만 베키에게 페리는 크로스로드에서 딱 하나 마음에 들지 않는 점이었다. 동생 페리는 미술을 포함한 모든 것에 뛰어났다(포스터 디자인도 페리가 한 것이었다). 하지만 최근에는 페리를 보기만 해도 두피가 팽팽히 당겨지며 머리털이 곤두서는 듯했다. 꼭 초자연적인 존재 앞에 선 개가 된 것 같았다. 온갖 음침한 짓거리를 저지르는, 뛰어난 지능을 가진 사이코

패스와 한집에 사는 것 같았다. 베키는 그런 나쁜 짓을 몇 가지 알고 있었다. 하지만 전부를 아는 건 아니라는 생각이 들었다. 페리가 실크스크린에서 고개를 들었다. 크리스마스 잉크 때문에 손이 빨개져 있었다. 그가 베키를 보며 히죽 웃었다. 베키는 돌아서서 도망쳤다.

오랜 기다림 끝에 베키는 앰브로즈의 사무실에 들어갔고, 그는 베키에게 집에서는 어떻게 지내냐고 물었다. 베키는 자기도 모르게 어머니가 걱정된다고 말했다. 2주일 전만 해도 베키는 가족의 정보를 아버지의 적에게 전달하는 것을 반역이라고 생각했을 것이다. 하지만 지금 그녀는 이런 행동에 상당히 쾌감을 느꼈다.

"겉보기에는 잘 버티시는 것 같아요." 베키가 말했다. "하지만 왠지 엄마가 무너지고 있다는 느낌이 들어요. 클렘 오빠는 아빠가 엄마를 떠날 거라고 확신하고요. 그냥 오빠 혼자 한 생각일지도 모르지만요. 오빠는 끊임없이 그 얘기를 하고 있어요."

"클렘은 똑똑하지." 앰브로즈가 말했다.

"알아요. 저는 오빠를 정말 사랑해요. 하지만 엄마가 걱정돼요. 아빠한테 너무 의지하시거든요. 엄마가 아빠한테 조금이라도 저항하는 건 아빠가 페리를 비난할 때뿐이에요. 엄마는 페리가 천재라고 생각해요. 그야, 뭐, 천재 비슷한 것이긴 하죠. 하지만 페리가 온갖 나쁜 짓을 저질러도 엄마는 눈치도 못 채요."

"확실한 얘기냐?"

"제가 엄마한테 말한 적은 한 번도 없어요. 그건 확실해요."

"네가 페리를 보호하고 있구나."

"제가 보호하려는 건 페리가 아니에요. 엄마가 가엾어서 그러죠. 엄마는 지금도 힘든 시간을 보내고 있거든요. 하지만 페리가 엄마한테 상처를 주는 것도 싫어요."

"우리가 페리를 도와줄 수 있을까?"

"크로스로드에서요? 제 생각에 페리가 여기 가입한 건 그냥 친구들이 크로스로드이기 때문일 거예요. 그러다가 갑자기 열혈 회원이 된 거죠. 모르겠네요……. 좋은 일이겠죠?"

앰브로즈는 검은 눈으로 베키를 보며 기다렸다.

"전 그냥, 마음속에서 왠지 믿음이 안 가서요." 베키가 말했다.

"나도 그렇다." 앰브로즈가 말했다. "페리가 들어오자마자 나는 속으로 '저 녀석은 골칫덩어리야'라고 말했어."

베키는 숨이 막힐 것 같았다. 앰브로즈가 이런 말을 할 정도로 자신을 신뢰한다니 믿을 수가 없었다. 잠시 방향을 잃은 그녀의 마음은 앰브로즈와 태너를 헷갈렸다. 앰브로즈가 그녀에게 보여준 정직함은 태너라는 약한 술의 도수를 40도 농도로 높인 것과 비슷했다. 검은 털이 나 있는 그의 손에는 결혼반지가 없었지만, 사람들은 앰브로즈가 아직 학생으로 등록돼 있는 신학대학에 여자 친구가 있다고 했다. 꼭 예수님에게 여자 친구가 있다는 말을 듣는 것 같았다.

앰브로즈의 문밖에서 여자의 웃음소리가 터져 나왔다. 문득 베키는 자신이 수많은 사람 중 한 명이라는 것을 떠올렸다. 거절을 미연에 방지하고 품위를 지키려는 듯, 베키는 서둘러 양해를 구하고 교회에서 달려 나가며 마음의 방향을 다시 잡았다.

다음 주 일요일, 예배가 끝난 뒤 베키와 태너는 맨 뒤 신도석에 앉아 한 시간 이상 이야기를 나눴다. 누군가 예배당 불을 끄고 멀리서 들려오던 목소리도 잦아들었을 때도 그들은 창문 스테인드글라스를 통해 들어오는 좀 더 엄숙한 빛을 받으며 계속 머물렀다. 베키는 크로스로드식으로 태너를 더 잘 알고 싶다고 말할 필요가 없었다. 어쨌든 그건 다행스러운 일이었다.

서로에 대해서 받았던 과거의 인상을 이야기하던 중, 베키는 고작 고등학교 2학년이던 자신이 태너에게 도저히 다가갈 수 없는 존재로 보였다는 흥미로운 사실을 알게 됐다. 베키가 아니라고, 태너야말로 그런 사람이었다고 반박하자 태너는 웃으며 아니라고 했다. 자만하지 않는 그의 성격에 어울리는 행동이었다. 하지만 베키는 그가 즐거워한다는 것을 알 수 있었다. 그들은 크로스로드와 그곳에서 멘토로 봉사하는 태너의 친구들이라는 주제를 슬쩍 피해 갔다. 한편 베키의 생각은 표면 아래에서 격렬하게 움직이고 있었다. 이렇게까지나 다가갈 수 없을 것처럼 보이는 두 사람이 함께해야 한다는 건 논리적인 결론이었다. 거부할 수 없는 귀결이었다. 하지만 함께한다는 것이 그저 친구로 지낸다는 의미일 뿐이라면?

베키는 위험을 감수하는 수밖에 없다는 것을 알았다. 베키는 공들인 딱딱한 말투로 왜 로라와 함께 교회에 다니지 않느냐고 물었다.

"걔네 집안이 가톨릭이거든." 태너는 어깨를 으쓱하며 말했다. "그래서 로라는 제도권 종교를 싫어해."

베키는 기다렸다.

"로라는 나보다 훨씬 과격해. 고등학교를 졸업하자마자 분가하고 샌프란시스코로 갈 준비를 했었어. 밴에서 잠을 자고, 현장에 직접 들어가겠다더라."

"넌 왜 같이 안 가고 싶은데?" 베키는 거의 숨도 쉬지 못하고 말했다.

"몰라. 아마 그렇게까지 현장에 빠지지 않은 거겠지. 남의 집에서 밤새우겠다니. 1주일 정도는 그렇게 살아도 괜찮을 거야. 약에 취해 있어도 되고. 하지만 나는 일찍 자고 일어나서 연습하는 게 더 좋아. 지금도 음악가로서 갈 길이 먼걸."

"말만 들어도 멋지다."

태너는 고맙다는 듯 그녀를 보았다. "빈말은 아니지?"

"그럼! 난 네 얘기를 듣는 게 좋아."

베키는 태너가 그 말을 받아들이는 모습을 지켜보았다. 잘 소화되는 듯했다. 태너는 어깨를 쭉 펴고 말했다. "난 데모 앨범을 만들고 싶어. 지금은 온통 그 일에 집중하고 있어. 스물한 살이 되기 전에 음반에 실을 만큼 괜찮은 곡을 열두 곡 만들려고 해. 여행을 떠나면 그런 비전을 잃게 될까 봐 두려웠어."

"이해해."

"진짜? 로라는 이해 못 하는 것 같더라. 로라는 재능이 뛰어나지만, 전문가가 되는 데는 별 관심이 없어. 내 마음 같아서는 1주일에 세 번이나 네 번쯤 즉흥 연주를 하고 싶어. 블루스, 재즈, 인기 팝송, 뭐든. 시간을 들여서 팬층을 넓혀나가는 거지. 술집 주인들은 돈밖에 신경 쓰지 않는데, 로라는 그걸 싫어해. 누가 로라한테 페기 리* 역할을 해달라고 하면 그냥 대놓고 웃어버릴걸. 하지만 나는……."

"넌 좀 더 야심이 있구나." 베키가 말했다.

"그런 것 같아. 로라는 엄청나게 많은 일을 벌이고 있어. 위기 상담 전화에서도 일하고, 여성단체에도 나가고. 나는 음악 작업을 하면서 주님께 더 가까워졌다는 느낌을 받는 걸로 충분해. 뭐랄까, 난 정말로 교회 다니는 걸 좋아하거든. 널 여기서 보니까 좋다."

* 1950~1960년대를 대표하는 미국의 가수.

"나도 널 봐서 좋아."

"진짜야? 난 그 반대일까 봐 걱정하고 있었어."

베키는 태너의 눈을 들여다보았다. 아무것도 걱정할 필요 없다고 말없이 전했다. 그때 제의실에서 발소리가 들리지 않았다면 과연 무슨 일이 일어났을까? 주님만이 아실 일이었다. 금속이 쾅 하고 울리는 소리가 났다. 더는 목사 가운을 입고 있지 않은 드와이트 해플이 예배당 문의 잠금 장치를 휙 열었다. "나갈 필요 없다." 그가 둘에게 말해주었다. "문은 안쪽에서 열리니까."

하지만 태너는 이미 일어나 있었고, 베키도 일어섰다. 인제 와서 다시 짜맞추기에는 둘의 순간이 너무 약했다. 태너는 예배당을 나서면서 대니 딕먼과 토비 아이스너와 토퍼 모건이 세 번째 애리조나 수련회를 떠나기 전날 밤 예배당에서 대마초를 피우고 위스키를 마셨다고 말해주었다. 교회 주차장에 주차된, 짐을 잔뜩 실은 관광버스 옆에 서 있던 앰브로즈가 이 범법자들을 쫓아낸 다음, 크로스로드 아이들에게 그들이 수련회에 가지 못하도록 막아야 하는지 토론하도록 이끌었다. 대결은 두 시간 동안 지속됐다. 토퍼 모건은 너무 격렬하게 울어서 눈의 혈관이 터져버렸다. 그때부터 교회에서는 예배당 문을 잠그기 시작했다.

베키는 태너와 로라에 대한 분명한 진술을 듣지 못해 실망한 채로 집에 돌아갔다. 그녀는 태너의 실험 대상 이상이 되어야 했다. 베키는 사랑이라는 분야에 경험이 없다는 것을 인정할 수밖에 없었다. 하지만 그녀의 자존심과 윤리, 깔끔함을 좋아하는 기본적인 성향은 로라를 명시적으로 뺀 다음에야 베키 자신을 더하는 데 동의해야 한다고 고집했다. 태너와의 대화에서 건질 수 있었던 유일한 금 조각은 그가 아직 부모님과 살고 있다는 정보뿐이었다. 태너는 로라와 살림을 차린 게 아니었으므로,

로라와 헤어지고 싶다고 해도 집을 나가는 등의 결정적인 행동을 취할수 없었다. 하지만 이 역시 공식적인 포기 선언을 더욱 필수적인 것으로 만들었다. 베키는 이 조건이 절대적이라고 생각했다. 그런 만큼, 태너가 그 조건을 만족하기 전에 키스를 허락한 자신에게는 혼란스러운 배신감이 들었다. 도덕적으로 마땅찮고 이해할 수도 없지만 어쨌거나 그녀 자신인 사람을 지켜보아야 했으니까.

중요한 것만 같았던, 예배당에서의 대화를 나눈 지 닷새 뒤였다. 베키는 그로브에서 로라 도브린스키가 까치발을 짚고 서서 태너에게 얼굴을 들이미는 것을 보았다. 태너는 로라가 그렇게 코를 비비도록 놔두었다. 얼굴에는 만족스러운 미소가 떠올라 있었다. 베키는 배에 칼을 맞은 것 같은 기분이었다. 그녀는 화장실 칸으로 도망쳐, 처음으로 남자 때문에 눈물을 흘렸다. 이어지는 비참함 속에서, 그녀는 일요일 예배와 크로스로드를 둘 다 빼먹었다. 그녀는 크로스로드가 좀 더 확실하게 경고해주었어야 한다고 생각했다. 위험을 감수하는 데 따르는 위험은 칼로 찌르는 듯한 고통이라고 말이다. 학기의 남은 며칠 동안, 베키는 무거운 몸을 이끌고 학교에 다녔다. 그리고 방학이 찾아왔다.

어젯밤, 베키는 그로브에서 대체 근무를 했다. 평범한 밤은 아니었다. 태너는 혼자서 식당에 들어왔다. 베키를 만나게 되리라고 예상했을 리는 없었다. 베키는 그냥 운이 없었다고 생각하며 베테랑 웨이트리스인 마리아에게 태너의 테이블 서빙을 맡아달라고 부탁했다. 베키는 태너가 자신을 보는 것을 느낄 수 있었지만, 한 번도 그를 보지 않았다. 그러다가 마지막 손님들이 떠났다. 태너는 몸을 낮게 웅크리고 있었다. 평온한 모습이었다. 그의 테이블에는 빈 디저트 접시가 놓여 있었다. 태너가 베키를 손짓해 불렀다.

"왜." 베키가 말했다.

"너 괜찮아? 주일에 교회에서 널 찾았었는데."

"안 갔어. 이제 별로 흥미가 안 생겨서."

어린 시절에 느꼈던 맛이 목구멍에서 느껴졌다. 베키가 어쩔 수 없이 더 원하게 되는, 끔찍한 자해의 맛이.

"베키." 그가 말했다. "내가 뭘 잘못했어? 나한테 화가 난 것 같아서."

"아니. 그냥 피곤해."

"너희 집에 전화했었어. 너희 엄마가 네가 여기 있을 거라고 하시더라."

그냥 자리를 떠나는 걸 금지하는 법은 없었다. 베키는 자리를 떠났다.

"야, 왜 그래." 태너가 벌떡 일어나 그녀를 쫓아오며 말했다. "난 널 보러 온 거야. 난 우리가 친구라고 생각했어. 나한테 화가 났다면, 최소한 이유라도 말해줘."

마리아는 테이블을 닦으면서 그들을 쳐다보았다. 베키는 멈추지 않고 주방으로 들어갔지만, 태너는 주방을 두려워하지 않았다. 베키가 홱 돌아섰다.

"알아서 생각해." 베키가 신랄하게 말했다.

그녀는 자신의 가치를 알고 있었다. 태너는 내추럴 우먼과는 이제 끝이라고 말해야 했다. 그보다 못한 거래는 받아줄 수 없었다.

"무슨 일인지는 모르지만, 미안해." 그가 말했다.

"미안해해줘서 고맙네."

"베키……"

"뭐."

"난 네가 정말 좋아."

그걸로는 충분하지 않았다. 베키는 행주를 집어 들고 식당으로 돌아가 테이블들을 닦았다. 그걸로는 충분하지 않았다. 그때, 베키는 태너가 아주 세게 앞문을 쾅 닫고 나가는 소리를 들었다. 태너가 집에 전화를 걸고 그녀를 찾아서 여기까지 왔는데, 이렇게 못된 대접이나 받아서 상처받았다는 것을 알 수 있었다. 그러자 베키도 이해할 수 없는 베키가 밤거리로 달려 나갔다. 태너는 자신의 폭스바겐 밴에 기댄 채 주저앉아 고개를 숙이고 있었다. 현명한 판단을 하는 베키를 추월한 다른 베키의 발소리를 듣고, 태너는 고개를 들었다. 베키는 그의 품에 곧장 달려들었다. 남쪽에서 산들바람이 불어왔다. 가을바람보다는 봄바람 같았다. 그녀가 꿈꿔온 두 손이 그녀의 머리에 닿았다. 그녀의 머릿결에 파묻혔다. 그때, 바로 그런 식으로, 전혀 계획하지도 못했고 생각하지도 못했던 방식으로, 그 일이 일어났다.

베키는 전화 소리에 깨어났다. 그녀는 침대에 가로로 누워서 잠들어 있었다. 눈을 떠보니 창문 안에 검은색 나뭇가지들로만 갈라진 잿빛 하늘이 보였다. 엄마가 문을 두드리고 있었다.

"베키? 지니 크로스야."

베키는 부모님 방의 전화기로 가서, 아래층의 엄마가 전화를 끊기를 기다렸다. 지니는 그날 밤 카두치의 집에서 열리는 파티 때문에 전화한 것이었다. 베키는 지니가 지금도 자신을 끼워준다는 것이 고마웠고, 우정을 위해서라도 그 초대를 받아주고 싶은 마음이었다. 하지만 베키는 콘서트에 갈 예정이었다.

"콘서트가 열려?"

"크로스로드에서." 베키가 말했다.

침묵이 흘렀다.

"알았어." 지니가 말했다.

"근데 그거 알아? 나 태너랑 같이 가."

"태너 에번스랑?"

"응, 태너가 메인이거든. 날 데려가기로 했어."

"요거, 요거, 요거."

베키는 그 이상을 말하고 싶다는 충동을 느꼈지만, 이미 너무 많은 말을 한 것일지도 몰랐다. 태너는 아직 자기가 베키를 콘서트에 데려간다는 사실을 모르고 있었다. 베키 생각에는 아주 오랫동안 나눴던 입맞춤이 결정적이었지만, 말하지 않은 것이 많이 남아 있었다. 베키는 온 세상이 태너의 품에 안겨 제일 개혁 교회로 들어가는 자신의 모습을 보기 전까지 불안할 터였다. 베키는 지니에게 함께 쇼핑하러 가겠느냐고 물었다. 지니가 하도 열정적으로 좋다고 답해서 우스울 지경이었다. 3주 동안이나 거리를 뒀는데. 하지만 지니는 3시 30분까지는 시간이 없다고 했다.

"이런." 베키가 말했다. "4시에 태너를 만나기로 했는데."

"와, 베키. 네가 남자 때문에 이렇게 바쁘다니."

"그러게 말이야." 베키가 행복하게 말했다. "이상해."

"그럼 내일은? 나 내일은 하루 종일 아무것도 안 해."

베키는 오랫동안 샤워하고, 화장실 거울을 보며 섬세한 작업에 들어갔다. 너무 티 나지는 않지만, 더 예뻐 보였으면 좋겠다고 생각하며 화장을 했다. 페리가 잠긴 문을 무례하게 두드리며 뭐라고 말했지만, 베키는 그 말을 무시하고 떠났다. 옷을 입을 때도 베키는 우아함과 크로스로드 사이의 균형을 맞추려고 공을 들였다. 특히 4시 정각부터 열 시간은 좋아 보여야 했다. 베키가 주방으로 내려갔을 때, 어머니는 끔찍한 낡은 코트에 몸을 쑤셔 넣고 있었다.

"운동에 늦었어." 어머니가 말했다. "6시까지는 돌아올 수 있니?"

베키는 설탕 쿠키를 입안 가득 물었다. "해플 목사님 파티에는 안 갈 거예요."

"미안하지만, 그건 협상할 수 있는 문제가 아니야."

"협상하는 거 아니에요."

"그럼 아버지랑 얘기해봐라."

"얘기할 거 없어요."

어머니가 한숨을 쉬었다. "있잖아, 애야. 젊은 남자를 기다리게 하는 게 세상에서 가장 나쁜 일은 아니야. 너는 그렇게 느껴지지 않겠지만, 늘 내일이라는 게 있단다."

"말씀 고마워요."

"어제 그 애가 널 찾아갔나 보지?"

"운동 늦으셨다면서요."

어머니는 더 무겁게 한숨 쉬고 돌아섰다. 베키는 어머니를 몰아낸 것이 미안했다. 어머니의 선의에는 한계가 없었다. 하지만 어머니는 틀렸다. 베키가 해야 하는 일은 내일 하면 늦었다. 태너는 콘서트의 유일한 주인공이 아니었다. 그는 로라 도브린스키와 공동 주인공이었다. 콘서트가 시작되기 전에 태너를 차지하려면 단 한 순간도 낭비할 수 없었다.

행동할 시간이 왔다. 뭉툭하고 붉은 상처가 동쪽 지평선의 구름 아래에서 벌어졌다가 아물었다. 그 밑으로, 클렘의 창문에서는 베인 옥수수 줄기가 늘어선 들판이 멀리 보였다. 그러는 동안 클렘은 로마사 기말 보고서의 마지막 문장을 입력했다. 불편한 빛이 들어오는 그의 책상에는 빨간색 지우개 가루와 구름 색깔 재들이 까칠한 수염처럼 여기저기 흩뿌려져 있었다. 깨끗하게 사는 룸메이트 거스는 이미 휴일을 보내러 몰린으로 서둘러 떠난 뒤였다. 클렘은 그가 없는 기회를 틈타 밤새 줄담배를 피웠다. 니코틴을, 1차 사료(史料)인 리비우스와 폴리비우스의 책이 서로 모순되는 데 대한 분노를, 희망 수면 시간이 여섯 시간에서 세 시간으로, 또 영 시간으로 줄어드는 것에 대한 분노를, 그리고 무엇보다도 여자 친구의 침대에서 쾌락을 탐하느라 월요일을 흘려보낸 자신에 대한 분노를 동력으로 삼아 글을 써나갔다. 평일에는 열두 시간을 공부하는 게 최선이었는데, 이틀 동안 자료를 조사하고 15페이지짜리 보고서를 쓸 수 있을 거라고 생각하다니. 클렘이 월요일에 경험한 쾌락은 이제 아무것도 아니었다. 두 눈과 목구멍에 불이 붙은 듯했고, 위는 다름 아닌 위 자체를 소화시킬 것만 같았다. 클렘이 써낸 스키피오 아프리카누스에 관한 보고

서는 반복적인 문구를 아무렇게나 얽어놓은 형편없는 논문이었다. B마이너스나 받으면 다행이었다. 그 보고서의 나쁜 품질은 클렘이 몇 주 동안 알고 있던 것을 확인해주었다.

생각할 겨를도 없고, 일어나서 기지개를 켤 겨를도 없었다. 클렘은 수정이 가능한 깨끗한 반투명 용지를 타자기에 끼워 넣었다.

1971년 12월 23일
일리노이주 버윈
미국 우체국 건물 내
지역 병무청

안녕하세요.
저는 오늘부로 더 이상 일리노이주 주립대학 학생이 아니므로 1971년 3월 10일에 받은 학생 복무 연기 혜택의 대상이 아님을 알려드리고자 합니다. 부르시면 언제든 미군에서 복무하겠습니다. 제 생일은 1951년 12월 12일입니다. 징병 번호는 29 4 13 88 403입니다. 입대 여부와 입대 일자를 알려주시기 바랍니다.

클레멘트 R. 힐데브란트
일리노이주 뉴프로스펙트
하일랜드가 215번지

보고서와는 달리, 이 편지에는 오랫동안 미리 생각해본 사람 특유의 명료함이 깃들어 있었다. 하지만 이 글을 타자로 적는 것을 과연 행동이라고 할 수 있을까? 이 단어들은 머릿속에 있을 때나 종이에 적혀 있을 때나 무게감이 별반 다르지 않았다. 이 편지는 당국에 보내지고 답장이 도착한 뒤에야 그에게 행사할 힘을 갖게 될 것이다. 정확히 어느 시점이 행동을 취한 시점이라고 할 수 있는 걸까?

그는 멀리 떨어진 옥수수밭 위의 구름 천장을 잠시 바라보았다. 산업적 농업이 겨울에 만들어내는 지표면 높이의 아지랑이. 일부는 수증기로, 일부는 질산염으로 이루어진 스모그. 클렘은 편지에 서명하고 봉투에 주소를 적은 다음, 부모님에게 편지를 보낼 때 쓰려고 샀던 우표 한 장을 붙였다.

"부모님의 아들은 이 길을 가렵니다." 그가 말했다. "이렇게 할 수밖에 없어요."

자기 목소리라도 들으니 혼자가 된 느낌은 좀 줄어들었다. 클렘은 화장실로 갔다. 늘 타오르고 있는 화장실 전구는 모두가 집에 간 지금 더 밝아 보였다. 클렘이 얼굴에 물을 끼얹은 싱크대 옆에는 학교를 떠난 같은 기숙사 학생 누군가의 구레나룻이 붙어 있었다. 클렘은 샤워를 할까 생각했지만, 체온이 떨어진 상태였기에 옷을 벗으면 경련성 떨림이 일어날지도 모른다고 생각했다.

화장실에서 나왔을 때 복도의 전화가 울렸다. 시끄러웠다. 평소 잘 듣지 못하는 소리이기도 했다. 클렘은 겁을 먹고 펄쩍 뛰었다. 전화를 걸 사람이 섀런뿐이라는 것을 알고 있었기 때문이었다. 그녀는 중간보고와 격려 연설을 위해 자정에도 이미 전화를 걸었다. 섀런을 생각하면, 타자기로 편지를 작성했다는 건 확실히 행동을 취한 것이었다. 클렘은 전화벨 소리에 얼어붙은 채 화장실 밖에 서서 그 소리가 멎기를 기다렸다. 월요일을 낭비하는 낭패를 겪고 난 다음이었으므로, 섀런을 통해 느끼는 쾌락에 저항할 수 있을 거라는 생각은 전혀 들지 않았다. 지금 유일하게 안전한 계획은 짐을 챙겨 시카고로 출발하는 첫 버스를 타고, 섀런에게는 뉴프로스펙트에서 편지로 자신의 행동을 알리는 것이었다.

놀랍게도 복도 끝의 문이 홱 열렸다. 운동복 반바지를 입은 기숙사 학생이 쿵쾅거리며 나와 전화를 받았다. 그는 클렘을 보며 수화기를 흔들어댔다.

"미안." 클렘이 서둘러 가서 전화를 받으며 말했다. "다른 사람이 있는 줄 몰랐어."

기숙사 학생은 문을 쾅 닫고 들어갔다.

"끝났어?" 섀런이 신나서 물었다.

"응. 10분 전에."

"만세! 그럼 아침을 먹으면 되겠네."

"나한테 정말 필요한 건 잠이야."

"와서 아침 먹어. 널 돌봐주고 싶어."

머리가 띵한 느낌이 클렘을 휩쓸었다. 섀런의 목소리만 듣고도 사타구니로 피가 쏠렸다. 그는 계획을 바꾸었다.

"그래." 그가 말했다. "근데 할 말이 있어."

"뭔데?"

"가서 말할게."

방에 돌아가보니, 방이 마치 뚜껑을 덮어놓은 화롯불 같았다. 클렘은 창문을 열고 섀런이 골라준 피코트를 입었다. 신체조직의 팽창을 야기하는 혈압 상승은 분명 섹스와 관련된 것이었다. 하지만 아마 섀런에게 해야만 하는 말과도 관련이 있었을 것이다. 클렘이 쓴 편지에는 공격적인 요소들이 있었고, 공격성은 남자에게서 발기를 유도하는 것으로 알려져 있었다. 그 편지는 베트남 파병으로 이어질 수 있었다. 살해당하는 것에는 흥분되는 점이 전혀 없었지만, 거기서라면 무기로 자기 몸을 지키라는 명령을 받을지도 몰랐다. 이성적으로야 클렘도 살인이 도덕적으로 잘못된 것이며 심리학적으로 파괴적이라는 것을 알고 있었다. 하지만 자신의 동물적인 자아는 다른 시각을 가지고 있는 게 아닌지 의심스러웠다.

그는 손에 편지와 기말 보고서를 들고, 뒤쪽 계단실을 통해 건물을 빠져나왔다. 계단실에서는 새 콘크리트 냄새가 절대로 빠지지 않았다. 축축한 아침 공기가 코트를 뚫고 심장부까지 곧장 들어왔지만, 정규 수업이 끝난 이후로 섹스와 밤샘 작업으로만 이루어져 있던, 연기로 가득한 터널에서 풀려나자 안도감이 들었다. 클렘은 사람 없는 캠퍼스의 정적 속에서 일리노이의 힘찬 소리를 희미하게 들을 수 있었다. 화물 기차가 철컹거리며 움직이는 소리, 대형 트레일러트럭의 신음, 남쪽에서 운반된 석탄, 북쪽에서 운반된 자동차 부품, 중부에서 운반된 살진 가축과 아찔할 정도로 많은 곡물. 모든 길이 호숫가의 폭이 넓은 도시로 이어졌다. 더 큰 세상이 아직 현존한다는 것을 알자 좀 나아졌다. 덕분에 덜 미친 기분이 들었다.

어학당 건물에서 나오는 길을 따라 내려가던 그는 보고서를 고전문학부 사무실 문 밑에 슬쩍 밀어 넣고 나서 우편함에 다다랐다. 다음번 우편물 수거 시간은 오전 11시였고, 오늘은 휴일이 아니었다. 그는 우편함을 마주 보며 행동을 취하거나 취하지 않을 존재의 자유에 관해 생각했다. 강한 행동은 우편함 안에 편지를 집어넣는 것이었다. 미래에는 자신을 저주하게 될지 모르지만—지금 아무리 비참한 기분이 들더라도, 군대에서의 삶은 그보다 못할 게 틀림없었다—도덕적으로 올바른 행동이라면 강한 남자는 현재에 그 행동을 취할 의무가 있었다. 지금 편지를 보내지 않는다면, 그는 단지 편지를 보내겠다는 의도만을 가지고 섀런의 집에 도착하게 될 터였다. 의도로 포장된 길이야 전에도 가본 적이 있었다.

클렘은 눈을 감고 있다가 순간 깜빡 잠들었다. 간신히 다시 깨어 넘어지지 않을 수 있었다. 그의 손에는 병무청에 보내는 편지가 들려 있었다. 편지가 떨어지면서, 우편함 목구멍에서 녹슨 관절의 꿀꺽하는 소리가 났다. 클렘은 돌아서서 내달리기 시작했다. 방금 저지른 짓을 따돌릴 수 있을 것처럼.

지난봄에 들었던 철학 수업에 곱슬머리의 작은 아가씨가 한 명 있었다. 그녀는 클렘과 같은 줄에 앉았다. 주름진 벨벳 프랑스 스타일 야구 모자를 자주 썼으며, 계속해서 그를 보았다. 어느 날 오후, 턱수염을 기르고 땀방울이 송골송골 맺혀 있는 교수가 사르트르의 《구토》에 관해 장황하게 떠들어대며 우리가 이해하는 실존은 실존이란 정말 무엇인가 하는 문제와는 아무 관계가 없다는 개념을 크게 상찬하고 있을 때였다. 클렘이 손을 들어 반대 의견을 냈다. 그는 현실이 과학적 방법으로 발견하고 검증할 수 있는 법칙에 따라 작동한다고 말했다. 교수는 이 말이 자신의 주장을 더 큰 의미에서 입증한다고 생각하는 듯했다. 우리는 고집스럽게도 미지의 존재로 남아 있는 현실에 우리의 과학적 법칙을 부여하는 겁니다. "하지만 수학은요?" 클렘이 말했다. "1 더하기 1은 언제까지나 2일 겁니다. 이 등식의 진실성은 우리가 만들어낸 게 아니에요. 우리는 언제나 있었던 진실을 발견한 겁니다." 교수는 교실에 플라톤주의자가 있다고 농담했다. 강의실의 히피들은 교수에게 도전장을 내민 고집불통을 돌아보았다. 작은 아가씨는 다가와 클렘 옆에 앉았다. 수업이 끝난 뒤, 그녀는 클렘의 독립적인 정신을 칭찬했다. 그녀는 카뮈를 무척 좋아하지만, 사르트르의 공산주의는 용서할 수 없다고 했다.

셰런은 우등생이었다. 가족 중에서는 유일하게 그녀만이 대학에 왔다. 그녀는 엘턴빌이라는 남부 주의 마을 외곽에 있는 농장에서 어린 시절을 보냈는데, 그곳에서는 공산주의자들에 대한 평가가 매우 박했다. 남은 학기 동안 그녀와 클렘은 교실에서 함께 앉았고, 그녀가 집 주소를 물었을 때 클렘은 기꺼이 주소를 알려주었다. 클렘은 베키를 제외하면 여자인 친구가 한 명도 없었다. 클렘이 뉴프로스펙트의 집으로 돌아와 묘목장에서 삽질을 하고 있을 때 셰런이 보낸 편지에는 그녀가 여름철 가족의 농장에서 겪은 열기와 쓸쓸함이 담겨 있었다. 셰런의 어머니는 셰런이 열두 살일 때 돌아가셨고, 셰런의 오빠 마이크는 베트남에 있었으며, 셰런의 아버지와 남동생은 농장을 굴러가게 하느라 크로아티아 여자를 고용해 요리와 집안일을 맡겼다. 셰런의 아버지는 늘 셰런이 집안일을 하지 않도록 해주었다. 셰런은 어린 시절에 지루함이, 십대 때는 슬픔이 느껴질 때마다 책 속으로 피난했다. 그녀의 장래 희망은 작가가 되는 것이거나, 그러지 못하면 유럽에 가서 영어를 가르치는 것이었다. 그녀는 엘턴빌에서 다시는 여름을 보내지 않겠다고 이미 맹세한 터였다.

클렘은 그녀에게 답장을 보냈고, 두 번째 편지를 받았다. 너무 길어서 봉투에 우표가 세 장이나 붙어 있는 편지였다. 편지는 질문으로 시작했다가 문장부호도, 대문자도 하나 없는 의식의 흐름으로 옮겨진 다음, 셰런이 프랑스어로 베껴놓은 카뮈의 글 한 문단으로 마무리되었다. 클렘은 하루 저녁 시간을 내서 답장을 보내려 했지만, 저녁에 시간을 도저히 낼 수가 없었다. 그는 친구 레스터와 놀러 다니거나 사회생활을 줄인 베키와 TV를 보았다. 클렘은 학교로 돌아와 홀로 중앙 정원을 걸어 다니는 셰런을 보고서야 아무 행동도 취하지 않았다는 자신의 잘못을 실감했다. 셰런은 그에게 상처받은 시선을 던졌다. 그건 잘못된 일이었다. 클렘은 상처 주는 사람이 아니었다. 그래서 그는 섀런을 쫓아갔다. 섀런은 어깨를 으쓱하는 것으로 그의 사과를 받았다. 그녀는 말했다. "내가 널 잘못 봤나 봐." 이 말에 포함된 도발 때문인지, 사람들은 죄책감이라고 부르지만 사실은 남들이 자기를 나쁘게 생각하지 않았으면 좋겠다는 이기적인 소망인 무엇 때문인지는 모르겠지만, 클렘은 마음이 움직여 섀런에게 함께 피자를 먹으러 나가자고 했다.

둘이 싸우게 된 계기는 클렘이 피자 가게에 입고 갔던 올리브색 재킷이었다. 지난봄의 반전시위 때 재킷 등에 절연 테이프로 평화의 표식을 붙여두었는데, 섀런이 그걸 싫어했다. 그녀는 대학생 평화주의자들을 참아주지 못했다. 그녀는 매일 아침 오빠가 베트남에서 살해당하거나 불구가 되었다는 소식을 들을까 봐 걱정하며 깨어난다고 했다. 마이크는 책을 좋아하는 스타일이 아니었다. 그는 사냥과 낚시를 즐겼고 농장을 물려받는 것 말고는 야심도 없었다. 하지만 그는 섀런이 여태 알았던 사람 중 가장 친절하고 훌륭한 사람이었다. 그런데 평화주의자들은 오빠를 경멸하기만 했다. 지들이 뭔데 오빠 같은 사람한테 침을 뱉는다는 거야? 그들은 모두 학생 복무 연기 혜택을 받고 있었다. 그녀의 오빠 같은 사람들이 죽어가는 와중에 그들은 대마초를 피우고 섹스를 하고 있었다. 그러면서 고마워하지도 않았다. 그들은 자신들이 도덕적으로 우월하다고 생각했다. 다른 애들이 그들을 대신해 전쟁에서 싸우고 있는데, 교외 출신의 운 좋은 백인 아이들이 평화의 표시를 내보이고 다니다니. 섀런은 그걸 역겹다고 생각했다.

섀런의 기나긴 공격 연설에 대한 클렘의 첫 반응은 은근한 무시였다. 여자인 데다 감상적이기까지 한 섀런은 이 전쟁이 기괴할 만큼 비도덕적이라는 것을 모르는 듯했다. 오빠에게 이 전쟁에 참여하지 않을 자유가 있었다는 것도 말이다. 그는, 클렘은 섀런의 오빠와 같은 처지였다면 복무를 거부했을 것이다. 하지만 섀런은 꿈쩍도 하지 않았다. 오빠는 조국을 사랑하는 진짜 사나이였다. 국가가 부르면 응답했다. 게다가 오빠와 함께 복무하는 흑인 슬럼가나 인디언 보호구역 출신의 그 모든 애들은 어떻고? 그들은 복무하지 않는 선택지가 있다는 것조차 몰랐다. 그 결과 클렘 같은 사람들이 안전한 동시에 독선적일 수 있었다.

"네 추첨 번호는 몇 번이었어?" 섀런이 그에게 물었다.

"끔찍하네. 19번이었어."

"그럼, 너희 부모님이 너를 대학으로 보냈기 때문에 지금 이 순간에도 누군가가 정글에서 죽어가고 있겠네."

"난 추첨 번호가 몇 번이든 안 갔을 거야."

"그게 그거야. 네가 가지 않았기 때문에 누군가 간 거라고. 마이크 같은 사람이 말이야. 너는 전쟁의 '기괴한 비도덕성'에 대해서만 떠들어대지. 가난하고 덜 교육받은 사람들, 흑인들을 그 전쟁에 나가 싸우도록 만드는 일의 기괴한 비도덕성은 어때? 왜 그건 똑같이 기괴하지 않은 거야? 왜 그 점에는 항의하지 않아?"

"그것도 포함해서 얘기하는 거라는 생각은 안 들어?"

"아니. 여기에서 누가 그 얘기를 하는 건 한 번도 못 들어봤는데. 나한테 들리는 얘기는 군대를 경멸하는 얘기뿐이야."

그녀는 작았고 여자였지만, 생각만큼은 독창적이었다. 애리조나에서, 교회 청소년부의 봄 수련회 때 클렘은 나바호 인디언 키스 두로치 밑에서 일한 적이 있었다. 그는 베트남에서 아들을 잃은 사람이었다. 클렘은 겨우 열일곱 살이었기에 아이를 잃은 부모의 상실감이 불편하게 느껴졌고, 그런 전쟁에서 죽어간다는 것이 얼마나 불의한 일인지 애도하는 방법으로 두로치에게 공감하려 했다. 두로치는 기분이 언짢은지 조용해졌다. 클렘은 잘못된 말을 한 것 같았지만, 그 이유는 몰랐다. 섀런의 말을 들은 그는 자신이 두로치를 위로하기는커녕 그의 아들의 죽음을 모욕했다는 것을 알게 되었다. 웬 머저리인지.

"너한테 답장 보내지 않은 건 정말 미안해." 그가 말했다.

섀런의 짙은 갈색 눈동자가 그에게 머물렀다. "데려다줄래?"

그 첫날 밤부터 클렘은 뭔가 행동해야 한다는 두근거리는 느낌을 갖게 되었다. 되돌아가 안 본 것으로 칠 수는 없는 도덕적 진실을 언뜻 본 듯했다. 더 높은 숫자의 징병 번호를 뽑았다면 괜찮았을지 몰랐다. 하지만 19번이라는 추첨 번호는 계산할 수 없는 ('무작위의') 궤도를 따라 그의 생일과 짝을 이루었다. 그의 마음은 마땅히 그가 있었어야 할 자리에서 대신 복무하고 있는, 교육받지 못한 소년에게로 향했다. 그는 말로만 불우한 사람들에게 공감해야 한다고 하는 아버지처럼 되고 싶지 않았다. 물론 학생 복무 연기 혜택을 포기한다는 건 아버지보다 일관적인 사람이 되기 위해 치러야 하는 대가치고는 말도 안 되게 높은 값이었다. 하지만 섀런과 함께 어바나의 초라한 골목길에 있는 그녀의 집에 도착했을 때는 클렘의 도덕적 직관이 그에게 값을 치르라고 말하고 있었다.

현관으로 올라가는 계단 맨 위에서, 섀런은 뒤로 돌아 그에게 입을 맞추었다. 클렘은 그녀보다 한 계단 아래에 있었다. 그 계단이 둘의 상당히 극단적인 키 차이를 보정해주었다. 그 입맞춤으로부터 클렘이 자신에게 내린 판결은 오랫동안 집행유예되기 시작했다. 한참 만에 그녀에게서 몸을 떼며 내일 전화하겠다고 약속했을 때, 베트남 생각은 섀런의 입에서 느껴지던 달콤함과 그녀의 피부에서 나는 기분 좋은 향기, 그녀의 대담한 작은 혀 때문에 벌어진 그의 입술, 그 모든 것이 주는 대단한 놀라움에 밀려났다.

샤런의 집은 외벽이 나무 널빤지로 되어 있고 1층에는 히피가 운영하는 자전거 가게가 있는 허름한 집이었다. 2층에는 히피들의 휴게실이, 3층에는 히피들의 침실이 있었다. 히피들을 경멸하는 샤런은 4층에 있는, 유일하게 사람이 살 수 있는 방에 살았다. 그녀는 아무 해를 끼치지 않는 작은 생명체처럼 세상을 내려다보았지만, 자신이 원하는 것을 얻어내는 방법을 알고 있었다. 한 해 전, 규칙을 위반했다는 이유로 여학생회에서 그녀를 쫓아내자 히피들이 자기들 집에 있는 가장 좋은 방을 그녀에게 내주었다. 다른 장점도 있었지만, 그곳은 방해받지 않고 섹스할 수 있는 완벽한 공간이었다. 클렘은 기숙사에 이성 방문자를 들여서는 안 된다는 규칙이 얼마나 현명한 것이었는지 알게 되었다. 그 규칙은 시대에 뒤떨어지는 행동 지침이었으나 학부생들이 쾌락의 구렁텅이에 빠져 학업을 소홀히 하지 않도록 막는 역할을 했다. 두 번째로 그 집에 들렀을 때, 클렘은 아무것도 모르는 순진한 마음으로 그녀의 방에 올라갔다. 침대에서 둘 다 옷을 다 입은 채 몇 시간 동안 애무하고 나서, 샤런이 화장실로 갔다가 수건 재질의 목욕 가운만 입고 돌아왔다. 알고 보니 그녀는 애무로 몸이 달아 있었다. 턱과 코도 아프다고 했다. 그녀는 클렘을 눕히더니 그의 허리띠를 풀었다. 그가 말했다. "근데 잠깐." 샤런은 괜찮다고 했다. 약을 먹고 있다고. 그녀는 열일곱 살 때 프랑스 리옹에 교환학생으로 갔다가 첫 경험을 했다. 하숙집 주인 가족 중에는 대학에 갔지만 집에 사는, 샤런보다 나이 많은 아들이 있었다. 그는 들키기 전까지 두 달 반 동안 샤런의 연인이었다. 그 이후의 뭣 같은 혼란 때문에 결국 샤런은 엘턴빌의 집으로 돌아갈 수밖에 없었다. 샤런은 그게 엄청나게 창피했지만 그럴 만한 가치가 있는 일이었다고 말했다. 1년 동안 편지를 주고받은 그녀의 연인은 다른 누군가를 찾았고, 섀런은 굳이 자세히 말하고 싶지 않은 모험을 더 이어갔다. 허리띠가 풀린 채 무력하게 누워 있던 클렘은 여전히 속도를 늦추려고, 꼭 필요한 것처럼 보이는 대화를 이어가려고 했다. 그때 섀런이 가운을 벗고 클렘 위에 엎드렸다. "괜찮아." 섀런이 말했다. "내가 보여줄게." 머잖아 그는 몇 주 또는 몇 달에 걸쳐 여러 번 허락을 구해가며 조금씩 조금씩 옷을 벗겨야겠다고 생각했던 여자의 완전한 나신을 올려다보고 있었다. 그녀를 온전히 본다는 것은 그야말로 시각적인 과부하였다. 클렘은 그 모습을 막으려고 눈을 감아야만 했다. 섀런은 발기한 그의 몸 위에서 위아래로 움직였다. 그러다가 우주의 천이 찢겼다. 섀런은 앞으로 털썩 넘어지며 클렘에게 키스했다. 정말이지 입술이 닿아 있었다. 클렘은 그녀가 방금 일에 만족했는지 알아야만 했다. 섀런은 좋았다고, 매우 좋았다고 말했다. 하지만 클렘은 고집을 부렸다. 정말로……? "조금만 있으면, 내가 보여줄게." 그녀가 말했다.

일리노이 남부 농장 출신의 스무 살짜리 여자애치고, 섀런은 섹스에 관해 아주 많은 것을 알았다. 그중 일부는 프랑스에서 배운 것이었고, 나머지는 책을 읽어서 알게 된 것이었다. 섀런이 아는 것 중 가장 충격적이었던 것은 그녀가 음문 핥아주는 것을 정말로, 정말로 좋아했다는 점이었다. 음문을 핥다니, 클렘의 가장 좋은 레이더에도 잡히지 않던 행동이었다. 사전에서 보기는 했지만, 그 행위를 뜻하는 라틴어 단어는 그저 단어에 불과했었다. 누가 억지로 물어봤다면, 그는 그 행동이 노련한 연인들이나 쓰는 기술이라고 생각했을 것이다. 평범한 성행위는 관문에 불과한 일종의 센 마약이라고. 클렘의 두 동생 이름도 아직 헷갈리는 여자애와 그런 일을 하게 될 거라고는 전혀 상상하지 못했다. 더욱이, 자기가 그 행동을 무척 좋아하게 되리라는 상상은 더욱 불가능했다. 그녀의 음문을 보고 냄새 맡고 맛보는 것보다 좋은 유일한 순간은 성기를 그 안에 집어넣었을 때뿐이었다. 바로 그게 문제였다.

클렘은 이제 자신이 가졌다고 생각되던 자제력, 부모님과 선생님들이 늘 칭찬했던 놀라운 공부 습관은 자제력이라 부를 수조차 없다는 걸 알게 되었다. 그가 학교에서 뛰어난 성적을 냈던 건 배우는 것이 즐거웠기 때문이지, 우월한 의지력 때문이 아니었다. 새런이 그에게 더 강렬한 형태의 쾌락을 소개하자마자 클렘은 사실 의지력이라는 그의 근육이 절망적일 정도로 덜 발달했다는 사실을 알게 되었다. 그는 별다른 이유도 없이 유기화학 실험을 빼먹기 시작했다. 섹스를 하는 것도 아니고, 단지 그녀와 좀 더 오래 산책하기 위해, 그냥 그녀의 근처에 있기 위해서 말이다. 클렘은 로마사 수업에 들어가야 했을 어느 날 아침 처음으로 펠라티오를 경험했다. 그는 새런의 음문에 성기를 집어넣는 것이 그 순간 공부보다 더 큰 쾌락을 주었기에 세포생물학 중간고사를 준비하지 않았다. 이런 사실을 통해 알 수 있는 건 그의 자제력이 이미 형편없었다는 것이다. 그보다 더 형편없는 것은, 이런 모자란 자제력이 그가 학생 복무 연기 혜택을 받는 이유에 대한 최고의 도덕적 주장, 즉 베트남에서 보병으로 복무하는 것보다 성실히 학교에 다니고 과학 분야의 지도자가 되는 방법으로 인류에 더 도움이 될 수 있다는 생각을 약화시켰다는 것이었다. 평점을 3.5 이상으로 유지하지 못하는 한, 클렘은 정말이지 그 혜택을 누릴 권리가 없었다.

새런은 놀랍도록 아무 고민을 하지 않았다. 그녀는 징집될 리 없었고, 재능 있는 작가라면 자동으로 A를 받는 수업만을 들었다. 그녀는 클렘과 이야기를 나누는 것만으로 논문 개요를 짤 수 있었다. 클렘은 달랐다. 라디칼을 외우려면 혼자 열심히 공부해야 했다. 새런은 진심으로 책을 좋아했고 고독에 익숙했으며, 자신보다 특별하지 않은 친구를 두느니 차라리 친구가 없는 편을 좋아했다. 클렘도 아직은 일리노이 대학교에 좋은 친구들이 없었지만, 그와 함께 과학을 공부하는 학생 중 한 명인 거스가 그에게 방을 같이 쓰자고 했다. 클렘과 더 깊은 우정을 쌓고 싶은 게 분명했다. 하지만 이제는 거스가 클렘에게 거의 말도 걸지 않았다. 클렘이 모든 시간을 섀런과 함께 보내며 그의 감정을 상하게 했기 때문이었다. 섀런은 어느 모로 보나 클렘처럼 쾌락에 굶주려 있었지만, 그렇다고 섀런의 삶이 클렘의 삶처럼 궤도를 이탈하는 것 같지는 않았다. 그녀는 어딘가에 서둘러 가는 적이 한 번도 없었다. 클렘은 그녀의 몸을 탐하는 만큼 그녀의 시간 감각을, 시계에 대한 그녀의 평온한 무관심을 탐하게 되었다. 클렘은 깔끔하게 질서 잡힌 섀런의 인생을 자신의 인생처럼 여기고 그 안에 몸을 웅크리고 있는 한, 그녀의 방을 떠나지 않는 한, 아무 문제가 없다고 느꼈다. 그는 섀런의 방을 나설 때만 불안감에 잡아먹히는 기분이 들었고, 그녀의 방에 돌아갈 때만 그 불안감에서 놓여날 수 있었다.

섀런이 물어봤다면 클렘은 열성적으로 부인했겠지만, 그가 섀런의 방에서 지내는 걸 더 좋아하는 또 하나의 이유는 공공장소에서 그녀와 함께 있는 것이 어색하게 느껴졌기 때문이었다. 대단한 것은 아니지만, 그 어려움은 섀런 자체 때문이 아니었다. 클렘은 그녀의 지성이 자랑스러웠고, 그녀의 예쁜 얼굴과 더 예쁜 몸매도 자랑스러웠으며, 맑고 꾸밈없는 태도도 자랑스러웠다. 난점은 클렘과의 관계에서 보이는 그녀의 모습이었다. 그러니까, 섀런이 클렘보다 35센티미터나 작다는 사실 말이다. 섀런은 한 번도, 단 한 번도 둘의 키 차이에 대해 말한 적이 없었고 클렘은 그 사실을 인식한다는 것만으로도 자신이 싫었다. 세상이 외모로, 통제할 수 없는 데다 정신이나 성격과는 아무 관계도 없는 요소로 사람들을 판단하는 방식은 전적으로 불공정했다. 이론적으로, 클렘은 새런보다 훨씬 키가 큰 것이 기뻤다. 그런 키 차이가 평등에 대한 그의 진심을, 또 신체적 난관과는 상관없는 진정한 정신의 결합을 보여주었기 때문이다. 실제로도, 단둘이 침대에 있을 때면 거의 사회 통념에 어긋나는 수준으로 작은 새런의 벌거벗은 몸은 클렘을 더 흥분시킬 뿐이었다. 하지만 클렘은 아무리 노력해도 공공장소에서 사람들이 자기들을 쳐다보며 멋대로 판단하고 있다는 느낌을 지울 수 없었다.

클렘의 불편함은 추수감사절에 뉴프로스펙트의 집으로 돌아가, 이제는 완전한 성인 여성이 된 베키를 봤을 때 극에 달했다. 베키와 그녀의 친구들, 특히 지니 크로스는 너무도 반짝여서 아예 다른 종족인 것만 같았고, 베키는 태너 에번스와 로라 도브린스키의 키 차이에 대해 그녀답지 않게 상처 주는 말을 했다. 클렘은 여자 친구가 생겼다는 말을 너무도 하고 싶었지만, 베키가 새런에게 아무 관심이 없다는 사실을 바로 느꼈다. 베키는 새런을 만나고 싶어 하지도 않았고, 새런 얘기를 듣고 싶어 하지도 않았다. 그녀는 새런을 탐탁지 않게 생각할 터였다. 클렘은 새런의 아름다운 정신에 대해 계속해서 이야기를 쏟아냈다. 그녀가 가진 극도의 매력에 대해서, 그가 빠진 감각적 심연의 깊이에 관해서 설명했다. 그러자 그의 말이 공허하고 추상적으로 들렸다. 그 대화 전체가 대단히 당혹스러웠다. 클렘은 자신의 성에 대해서도, 새런을 실제보다 과장한 것에 대해서도 부끄러움을 느꼈으며 둘의 사이즈 불일치를 더욱 아프게 실감했다. 그렇게 그는 그 대화를 그만두었다. 그때까지 아무 제약이 없는 것으로 보였던 새런과의 관계가 이제는 일시적인 것으로 느껴졌다. 새런은 단지 그의 '첫 번째 여자 친구', 달콤하지만 사이즈가 부적절한 사람, 그가 첫 경험을 함께한 사람이 된 듯했다. 의도했든 아니든, 베키는 클렘에게 섀런에 대한 자기 감정을 세심히 살피도록 했다. 그리고 클렘은 그 감정이 부족하다고 느꼈다. 클렘의 감정은 동생에게 "네 피상적인 판단은 상관없어. 섀런은 내가 사랑하는 사람이야"라고 선언할 만큼 강인하지 않았다. 학생 징병 유예 혜택을 포기하지 말아야 한다는 주장을 뒷받침할 만큼 강하지도 않았다. 클렘과 섀런이 함께할 미래가 굳건하다는 주장을 강력하게 개진하지도 못했다. 그 감정은 도덕적 의무감으로부터의 탈출이자 그것의 유예에 더 가까웠다.

클렘은 엄격한 계획을 세워 학교로 돌아왔다. 그는 섀런을 1주일에 두 번만 저녁에 보기로 했고, 그녀의 집에서는 아예 자지 않기로 했다. 매일 열 시간씩 공부하고, 모든 기말고사와 기말 보고서에서 두각을 나타내기로 했다. 성적표를 A플러스로 꽉 채우면 여전히 평점을 3.5 이상으로 유지할 수 있었다. 기본적으로 자의적이기는 했지만, 이 숫자는 그가 다른 경우에 취해야만 하는 행동을 막아줄 최후의 타당한 변론이었다.

알고 보니 그의 계획은 합리적이지만 달성할 수 없는 것이었다. 섀런의 집에 들르자 닷새가 아니라 다섯 달 동안 그녀와 떨어져 있었던 것만 같았다. 섀런에게 해줄 말이 천 가지는 더 됐다. 클렘은 섀런의 코듀로이를 벗기자마자 둘의 키 차이를 걱정했던 것이 못되고 어리석은 일이라고 느꼈다. 다음 날 오후, 자기 방으로 돌아간 뒤에야 클렘은 자신의 의지력 부족을 애통해했다. 그는 시간을 다시 계산해 계획을 짰다. 하루 열한 시간의 공부 시간을 배정했고, 금요일까지 이 일정을 철저하게 지켰다. 금요일에는 자신에게 섀런과 하루 저녁을 보내는 선물을 주었다. 그는 일요일 오후가 되어서야 섀런의 집을 나섰다. 계산이 통하려면 하루에 열다섯 시간을 공부해야 했다. 그는 자신이 실존주의자들처럼 순간을 살아가며, 둘이 함께하는 시간이 지속되는 동안 그 맛을 음미하는 것뿐이라고 자신을 타일렀다. 하지만 클렘은 그보다 어두운 뭔가가 벌어지고 있다는 걸 느꼈다. 거의 악의적인 무언가였다. 그는 일부러 섀런의 탄력적인 시간 감각에 굴복하고, 그에 따라 성적이 떨어지게 되는 것 같았다. 그러면 클렘에게는 학교를 그만두는 것밖에 다른 선택지가 없어질 터였다. 클렘은 비밀리에 섀런을 벌줄 준비를 했다. 섀런은 클렘에게 3.5라는 숫자가 어떤 의미인지 전혀 눈치채지 못했지만, 곧 알게 될 터였다. 클렘에게 공부하라고 하지 않은 걸 후회하게 될 것이었다.

다가오는 처벌을 더욱 잔인하게 만든 것은 섀런이 오래되고 낭만적이며 총체적인 방식으로 그를 사랑한다는 티를 내기 시작했다는 점이었다. 섀런은 자신이 자유로운 영혼이며 콜레트 작품을 읽는 성적 모험가라고 광고했고, 감상적인 언어를 쓰기에는 너무 세련된 사람이었지만 둘의 장기적인 미래를 그리는 것 같았다. 클렘이 추수감사절에 동생과 나눈 대화나 이모가 남겨준 유산 이야기를 하기가 무섭게 그녀는 클렘과 함께 유럽에 가는 데 꽂혀버렸다. 그녀는 베키가 주겠다던 돈을 거절한 클렘의 결정을 존중했다. 그렇더라도, 최소한 공짜 휴가 정도는 받아도 되지 않을까? 프랑스에서 함께 지내면 멋지지 않을까? 동생과 어머니가 가는 곳에 둘도 함께 가되, 둘씩 다른 일을 하는 것이다. 섀런이 이 생각을 다시 떠올리며 둘의 신비로운 여행 일정에 어떤 정류장을 더하거나 뺄 때마다 클렘은 그냥 눈을 감고 미소 지었다. 마음속 비밀이었지만, 클렘은 자신이 병무청에 편지를 쓰리라는 걸 이미 알고 있었다. 그렇게 하는 가장 우선적인 이유는 그게 도덕적으로 옳은 일이기 때문이었다. 물론, 아버지나 섀런과 관계된 다른 중요한 이유도 있었다. 그는 섀런에게 자신이 섀런의 생각을 얼마나 진지하게 받아들였는지 증명하고 싶었고, 그녀가 자기 행동의 도덕성에 감탄하며 오빠인 마이크보다 그를 더 좋게 생각하기를 바랐다. 하지만 우스꽝스럽게도, 학기가 저물어가고 학업 실패라는 현실이 실감 나기 시작하자, 징병 유예 혜택을 몰수당하는 것의 가장 핵심적인 매력은 여자 친구와 동생과 함께 프랑스로 가는 일을 피할 수 있다는 점이 되었다.

클렘이 섀런의 집에 도착했을 때, 아침 하늘은 밝아지는 게 아니라 어두워지고 있었다. 클렘은 한 번도 쓰지 않았던 열쇠를 가지고 있었다. 히피들은 최근에 자전거를 도둑맞았는데도 뒷문을 잠그지 않았다. 클렘은 어두컴컴한 주방으로 들어가 치즈가 눌어붙은 채 싱크대 안과 주변에 쌓여 있는 그릇들을 서둘러 지났다. 그릇들은 일종의 히피 평형상태에 존재하고 있었다. 누가 굳이 오래된 접시를 설거지하는 것과 정확히 같은 속도로 새 더러운 접시들이 더해졌다. 히피들 대부분은 클렘의 이름을 몰랐다. 그들은 너무도 차분하게 자신에게만 몰입해 있었다. 하지만 클렘은 지나가면서 알은체하는 미소를 여러 번 받았고, 위층으로 올라갈 때는 아무와도 마주치지 않은 것이 다행스러웠다. 그는 이 집에서 자신의 정체성이란, 다 더해봐야 4층에 사는 작은 여자와 자는 녀석이라고 느꼈다. 불편하게도, 그건 그럭저럭 맞는 요약이었다.

섀런은 플란넬 파자마를 입고, 방 앞에 있는 작은 임시 주방의 합판 조리대에서 뭔가를 섞고 있었다. 클렘은 허리를 숙여 그녀의 곱슬머리에 입을 맞추고, 뒤에서 그녀를 두 팔로 끌어안았다. 클렘은 무질서한 정신 속에서, 이미 반은 군인이 되어 군인들이 여자에게 하는 일을 하려고 온 것이었다. 하지만 섀런은 장난스럽게 클렘의 손길을 피했다. "설탕이랑 시나몬으로 토스트를 만들고 있어."

"지금 당장은 뭘 못 먹을 것 같은데."

"마지막으로 먹은 게 언제야?"

"어제 언젠가. 참치 샐러드 샌드위치를 먹었어."

"확실히 뭘 좀 먹어야겠네. 하지만 일단은……." 섀런은 몸을 숙이더니 작은 냉장고를 열었다. "샴페인을 사 왔어."

"샴페인?"

"축하하려고." 섀런이 그에게 차가운 병을 건넸다. "넌 내 말을 믿지 않았지만, 난 네가 할 수 있을 줄 알았거든."

60시간 안에 C등급 숙제 15페이지를 타자로 치는 것은 클렘에게 그리 대단한 일로 보이지 않았다. "어바나 샴페인이네." 그가 말했다.

"맞아."

지금 상태로, 아침 9시에 뭐든 알코올이 들어간 것을 마신다는 건 어리석은 일이었다. 하지만 섀런은 뭘 어떻게 해야 하는지에 대한 확고한 생각이 있었으며 클렘은 그녀를 실망시키고 싶지 않았다. 그는 병목에서 포일을 벗겨냈다.

"우리를 위하여." 클렘이 와인 잔 두 개에 술을 채우자 그녀가 말했다. "스키피오 아프리카누스를 위하여!"

"말도 마. 밤새 스키포이라고 오타를 냈다가 지워야 했다고."

"그럼 그냥 우리를 위하여!"

섀런은 키스하려고 까치발을 들었고, 클렘은 허리를 숙여 키스해주었다. 흥분되게도, 그가 월요일에 섀런의 몸 안에 몇 번 넣어두었던 정액 냄새가 났다. 쉰 고양이 사료 같은 냄새였다. 섀런은 방으로 술병과 술잔을 가지고 들어갔고, 클렘은 강아지처럼 그녀를 따라갔다. 섀런은 베개에 몸을 기대고 앉았고, 클렘은 개가 주인의 발을 긁듯 그녀의 맨발바닥을 엄지로 어루만졌다. 샴페인이 그녀를 극도로 사랑스럽게 만들었다. 섀런에게 폭탄선언을 하기는커녕, 클렘은 우편함을 비우는 집배원을 가로막고 편지를 되찾으려면 언제 그녀의 집에서 나가야 할지 계산하고 싶어졌다. 그는 더 높은 성능을 되찾으려면 뇌세포에 금방 흡수할 수 있는 글루코스가 필요하다는 이론에 근거해 잔을 비웠다.

샤런이 즉시 잔을 다시 채워주었다. "나한테 할 말이 있다면서?"

클렘은 침대에 털썩 누워 기울어진 천장을 올려다보았다. 눈앞이 빙빙 돌았다. 샤런의 집 지붕창으로 들어오는 빛은 특정한 시간과는 아무 관계가 없는 것 같았다. 색깔이 잿빛인 것도 그랬고, 클렘의 생체시계가 혼란된 상태여서 그렇기도 했다. 오늘은 여전히 어제인 것 같았다. 아침은 밤이 끼어들 새도 없이 오후로 이어진 것만 같았고.

"나도 너한테 할 말이 있어." 샤런이 말했다.

문득, 클렘은 그녀의 발에 입 맞춘 적이 한 번도 없다는 생각이 들었다. 샤런의 발은 아주 작고 아치가 높았으며, 발바닥은 부드럽고 시원했다. 열 오른 그의 뺨에는 향유처럼 느껴졌다. 샤런이 웃으며 발을 치웠다.

"미안." 그녀가 말했다. "간지러워."

비교할 기준은 없었지만, 뭘 좋아하고 싫어하는지에 관해 샤런만큼 사랑스럽고도 직접적으로 표현할 여자는 많이 없을 거라는 생각이 들었다. 아마 그런 여자가 거의 없을 것 같았다. 샤런보다 너그럽고, 그의 실수에 관대하며, 끊임없이 성관계를 맺고 싶어 하는 그를 참아주고, 자신도 성관계에 관심이 있으며, 눈물을 터뜨리거나 토라지지 않고, 감정적인 요구가 덜한 여자는 거의 없을 것 같았다. 멍청한 그가 운 좋게 들어온 지 3개월이 지난 지금, 이 조그마한 에덴에 끝이 도래했을지 몰라 두려웠다. 그가 이 지상 낙원을 멍청하게 망쳐버렸다. 클렘은 샤런이 늙은 여자처럼 절뚝거리며 화장실로 들어가는 모습을 지켜보았다. 지난번에 별것도 아닌 오르가슴을 느끼겠다고 그녀를 비참할 만큼 아프게 만들었다는 걸 깨달았던 11월의 아침이 생각났다. 그녀가 절뚝거리며 침대로 돌아왔던 일이며, 그가 용서해달라며 자책했던 일, 그녀가 그냥 웃으면서 세 라무르, 그게 사랑이지, 라고 말했던 것도 떠올랐다. 그는 뒤집힌 에덴에서 살고 있었다. 이 에덴에서는 이브가 사과를 먹고, 그에게 맛있는 지식을 나눠주었다. 왜, 대체 왜 그는 이 낙원을 파괴해야만 했던 걸까?

클렘은 10시 45분에 섀런의 방을 나서더라도 집배원이 도착하기 전에 우편함으로 돌아갈 수 있다고 생각했다. 하긴, 그는 아침 내내 그녀와 함께 보내고 생각을 바꿔서 징병 유예 혜택을 유지하겠다는 두 번째 편지를 쓸 수도 있었다.

"졸려?" 그녀가 물었다.

"전혀."

"토스트 좀 만들어줄게."

"아냐, 난 괜찮아. 샴페인이 꼭 글루코스 폭탄 같네."

클렘은 그녀의 다리 사이를 손바닥으로 밀치며, 플란넬 천 밑으로 곱슬곱슬한 털의 탄성을 시험했다. 그는 섀런의 파자마 바지를 내리며, 더 가까이서 그녀를 보려고 위로 올라갔다. 아, 클렘이 발견한 것은 얼마나 아름다웠는지! 그 유혹은 도저히 질리지 않았다! 물론 클렘이 섀런처럼 자신의 기호를 솔직히 밝혔다면 그는 그녀에게 파자마 상의를 계속 입고 있으라고 했을 것이다. 섀런의 가슴에는 아무 불만이 없었지만, 그 가슴에 너무 일찍 도달한다는 게 문제였다. 클렘은 꿈의 보물을 발견하듯 그 가슴에 제대로 매혹될 시간이 부족했다. 한편으로 가슴은 그 이후의 행위와 별 상관이 없어 보였다. 클렘은 섀런의 가슴이 브라에 들어 있는 편이 더 좋았다. 가장 좋은 방법은 섀런에게 상의를 입히고 하의는 벗겨놓는 방법이었다. 대학생 여자 파우누스*처럼 말이다. 허리 위는 우등생이고, 아래는 클렘의 꿈 중에서도 가장 음탕한 꿈의 산물이 되도록. 하지만 클렘은 모욕적이지 않게 이런 기호를 표현할 방법을 찾지 못했고, 섀런은 완전히 옷을 벗는 편을 좋아하는 것 같았다.

섀런은 파자마 상의를 벗고 클렘의 셔츠 어깨 부분을 당겼다. 섀런은 클렘도 벌거벗는 것을 좋아했다. 특히 그가 양말을 신고 있는 것을 나쁘게 생각했다. 하지만 오늘 아침, 클렘은 옷을 벗고 싶지 않았다. 그는 공격성을 맛보았고, 자기가 하고 싶은 것을 하고 싶다고 느꼈다. 섀런에게 이래라저래라 할 수는 없더라도. 그는 장화를 신고 옷으로 보호받으며 거칠게 박아대는 군인을 떠올렸다. 섀런이 다시 셔츠를 당기자 그는 저항했다.

"추워?"

"아니."

그는 최근 유일하게 야심을 품었던 일을 시작했다. 섀런의 흉곽이라는 지평선 앞에 펼쳐져, 그녀의 배꼽이라는 계곡으로 경사져 내려가다가, 너무 가까이에 있어서 초점을 맞출 수 없는 뻣뻣하고 곱슬곱슬한 털의 잡목으로 올라오는 것은 그녀의 배라는 움직이는 흰 평원이었다. 양옆에 놓인 그녀의 손은 섀런이 클렘의 혀와 접촉할 때마다 침대를 움켜쥐었다. 클렘은 자기 몸에 그렇게 많은 에너지가 저장되어 있다는 것에 놀랐다. 그 에너지는 유기체에게 재생산이라는 기능이 얼마나 중요한지 보여주는 듯했다. 담배로 아무리 채찍질해도 뇌세포는 기력이 다해 스키피오 아프리카누스에 관한 보고서의 마지막 페이지를 제대로 써내지 못했

---

* 고대 로마 신화에 나오는 숲의 신. 남자의 얼굴과 몸에 염소 다리와 뿔이 달린 모습이다.

다. 그러나 이곳에서는 그의 목과 혀 근육이 절대로 굴하지 않고 전진하고 있었다. 자신들도 아닌 성기에 주어질 보상을 기대하면서 말이다. 목은 아픔을 미뤄두었고, 관자놀이는 샴페인의 힘을 빌려 욱신거리는 것을 미루었다. 클렘의 두 눈은 다시 화끈거리는 시점을 유예했다. 그가 더 깊은 동물적 명령에 복종해, 그 끓어오르는 광기를 분출할 때까지 말이다.

샤런이 날카롭게 소리쳤다. 잠시, 그녀의 몸은 자체적으로 흘러나온 전류에 알아서 분할되는 것처럼 보였다. 클렘은 잠시 멈추어서 혀를 닿을 수 있는 데까지 깊숙이 밀어 넣었다. 성기로는 맛볼 수 없는 것을 맛보고 싶었다. 그런 다음, 클렘은 위로 올라가 그녀의 두 눈을 들여다보았다. 구슬 같았다. 아주 짙은 갈색 구슬. 샤런의 미소는 비뚜름했다. 클렘이 망가뜨리기라도 한 것 같았다. 클렘은 샤런의 엉덩이 밑에 베개를 받쳤다. 샤런이 좋아하는 방식이었다. 그런 다음 바지를 반쯤 내렸다. 샤런의 작은 몸이 그를 완전히 받아들인다니, 거의 기적적인 일이었다. 클렘은 몸무게를 완전히 그녀에게 신고 가만히 엎드려서, 완전히 관통한 느낌을 기억 속에 새겨 넣으려 했다. 그는 다른 사람과 이런 느낌을 느낄 때까지 몇 달 혹은 몇 년이 걸릴지 궁금했다.

"너 괜찮아?" 샤런이 말했다.

"응. 그냥 잠깐 멈춘 거야."

"내가 무슨 상상을 했는지 알아? 우리가 함께 파리에 있다고 상상했어. 폭풍에 발이 잡혀서, 흠뻑 젖은 채 호텔에 돌아간 거야. 가로수길에 점점 더 세차게 비가 쏟아지는데, 네가 날 느끼게 하는 중이라고 상상하고 있었어."

클렘은 파리에 있는 둘의 모습을 상상하고 흥분이 식어버렸다. 느낀다는 단어조차도 그 흥분을 되살릴 수 없었다. 클렘과 샤런, 어머니와 베키

네 사람이 루브르에 들어가려고 줄을 서 있는 모습이라니. 베키는 키가 크고 깔끔하며 환하게 좋은 성품을 뽐내고 있을 테고, 어머니는 안내 책자를 뜯어보면서 뭔가 비꼬는 말을 하고 있을 터였다. 클렘은 그 그림 속에 있는 섀런을 상상하고 싶지 않았다. 모든 것이 덥고 빨갛고 잠에 방해가 되는, 수많은 사람들이 그 짓을 했을 프랑스의 침대에, 정액이 굳어 있는 침대에 매일 아침 누워 있는 모습이라니. 그 침대만 아니면 어디든 좋으니 베키가 있는 곳에 있고 싶다고 생각하는 형벌을 받는 자신을 상상하기도 싫었다. 아마 베키는 아래층 식당에서 깨끗한 냅킨을 두르고 바게트를 먹고 있을 터였다. 베키와 어머니는 생기 있는 대화를 나눌 테고, 클렘도 그 대화에 참여하고 싶을 것이다. 그는 베키 곁에 있는 것을 한 번도 후회한 적 없었다. 동생에게 바란 것은 그 곁에 있는 것뿐이었으니까. 섀런과 섹스한 뒤 담배 냄새를 풍기며 벌겋게 부은 눈으로 파리의 아침 식당에 들어가는 자신의 모습을 상상하자, 반짝이는 베키의 모습은 천사처럼 물러나며 희미해졌다. 그는 현실 세계에서조차 베키를 잃어가고 있었다. 섀런이 가운을 벗은 9월 밤 이후로 내내. 섀런이 그림에 들어올수록 베키는 멀어져갔다. 성기에 힘이 빠졌다.

"어머, 자기야." 섀런이 말했다. "너무 피곤한가 보다."

클렘은 고개를 끄덕였다. 섀런이 그렇게 생각하도록 놔둔 것이 다행스러웠다.

"근데 아이디어가 하나 떠올랐어." 그녀가 말했다. "크리스마스 지나고 바로 여기에 돌아오면 어떨까? 네 생각은 어때? 낮에는 계속 수업 때 읽어야 할 책을 미리 읽고, 매일 밤 같이 지내는 거야. 네가 나 때문에 공부에 뒤처진다고 느끼는 건 싫거든."

클렘은 모든 글루코스를 다 태워버렸다. 동물적 명령은 줄어들어 아무것도 아니게 되었다.

"하지만 내가 하고 싶은 말은 그게 아니야." 섀런은 자세를 바꿔 그의 눈을 들여다보았다. "중요한 얘기 해도 돼? 지금까지 몇 주째 이 말을 하고 싶었거든."

클렘은 칙칙한 두려움을 느끼며 기다렸다.

"사랑해." 섀런이 말했다. "그렇게 말해도 돼?"

클렘이 두려워하던 바로 그 한마디였다.

"난 널 너무 사랑해."

클렘이 너무도 두려워하던 말이었다. 하지만 어째서인지 그 효과는 클렘이 예상했던 것과 정반대였다. 남성적인 행복이 그의 몸을 휩쓸었다. 이 사람을 완전히 소유했다는 인식, 그 정복의 전율. 심지어 그보다 더 야만적인 무언가가, 섀런에게 고통을 가할 수 있는 능력의 갑작스러운 강화가 최대 출력의 테스토스테론처럼 그를 강타했다. 동물적 명령이 휘몰아치듯 다시 살아났고, 클렘은 아무 생각 없이 허리를 떠밀며 그 명령에 복종했다. 그를 사랑에 빠지게 한 여자의 안에 들어가는데 이토록 다른 느낌이 든다니, 그의 생식기 신경이 그녀에게 철저히 연결된다니 놀라웠다. 마치 이 순간이 오기 전까지는 한 번도 섹스해본 적이 없는 것 같았다. 클렘은 한 번 더 허리를 밀었다. 쾌락은 충격적이었다.

"어떻게 생각해?" 그녀가 말했다.

"난 네가 멋지다고 생각해." 그는 몸을 뒤로 빼며 말했다.

"알았어." 섀런은 희미하게 고개를 끄덕였다. 혼잣말을 하는 것처럼.

클렘은 잠시 멈추고, 얼굴을 낮추어 마법의 단어를 말한 입에 입을 맞췄다. 섀런은 그에게서 얼굴을 돌렸다.

"오늘은 왜 옷을 벗지 않으려고 한 거야?"

"모르겠어. 왠지 그러면 흥분될 것 같았어."

이번에도 미심쩍다는 듯한 작은 끄덕임.

"섀런." 그가 애원했다. 클렘은 대화를 해야 한다는 걸 알고 있었고, 그게 좋은 대화가 아닐 것이라는 것도 알고 있었다. 하지만 대화는 좀 나중에 하자는 아주 강한 선호가 생겼다. 이런 선호를 표현할 방법으로, 그는 눈을 감고 다시 엉덩이를 움직였다. 쾌락은 줄어들지 않았지만, 섀런이 즉시 다시 말했다.

"난 너도 날 사랑한다고 말했으면 좋겠어."

클렘은 눈을 떴다. 지난 9월, 그의 정신이라는 축음기의 바늘이 섀런이라는 음반에 걸렸던 때는 그에게도 섀런을 사랑한다고 말하고 싶은 충동이 일었다. 클렘이 그 충동을 누른 것은 모든 면에서 그녀를 따랐기 때문이었다. 그녀를 따라서 낭만적인 선언이란 콤 일 포, 그러니까 우아하지 못한 일이라고 생각했기에. 클렘은 사실 추수감사절에 위기를 겪고 나서는 앞서 입을 다물고 있었던 것을 다행스럽게 여겼다. 하지만 지금은 그 마법의 말이 섀런에게 얼마나 큰 변화를 일으킬지 신경을 통해 느낄 수 있었다. 사실, 섀런이 그 말을 했을 때는 그 말에 너무도 큰 변화의 힘이 있었다. 클렘도 어느 정도 정직하게 그 말을 할 수 있을 정도였다.

"진심이 아니어도 돼." 그녀가 말했다. "그냥 그 말을 들으면 어떤 느낌이 들지 궁금한 거야."

클렘은 고개를 끄덕였다. "나는 널 사랑하지 않아."

그는 잠시 뒤에야 말실수를 했다는 걸 깨달았다. 정말이지, 그런 말을 할 의도는 없었다. 그는 경악했다.

"그래도 사랑한다고 말해." 그녀가 말했다.

"그러려고 했어. 말이 잘못 나온 거야."

"참 돌려서도 말한다!"

클렘은 두 팔을 뻗고, 둘이 닿아 있는 털이 북슬북슬한 부분을 내려다 보며 마음속의 쓸쓸한 진실에 반대해 고개를 저었다. "난…… 난 뭔지 모르겠어. 그 말을 할 수 있을지 모르겠어."

섀런의 얼굴은 진실에 덴 것처럼 뒤틀렸다.

"미안해." 그가 말했다.

"괜찮아." 섀런은 간신히 비꼬는 듯한 미소를 지었다. "어쨌든 난 노력해봤으니까."

"정말이야, 섀런. 너무 미안해."

"정말 괜찮아. 계속하다 끝내도 돼."

그녀는 마지막까지 너그러웠지만, 지극히 불붙은 상태에서도 그는 이제 섀런에게서 더 많은 쾌락을 취하는 것이 잘못된 것임을 알았다. 그는 물러나려 했다.

"아니, 해." 섀런은 그를 다시 끌어당겨 받아들이며 말했다. "내가 한 말은 그냥 잊어버려."

"그럴 순 없어."

섀런은 흐느끼고 있었다. "제발 해. 해줬으면 좋겠어."

그럴 수는 없었다. 클렘은 대학에 가기 전 어머니가 성에 관한 이야기, 혹은 성에 관한 이야기라고 할 수도 있는 이야기를 했던 걸 떠올렸다. 어머니는 캠퍼스에서 무슨 말을 듣게 될지는 모르지만, 진심 없는 사랑은 공허하고 파괴적이라고 말했다. 그건 아주 오래된 지혜였다. 기숙사의 이성 방문객 출입 금지 규칙과 마찬가지였다. 이때도 클렘은 나이 든 사람들이 완전히 멍청한 것만은 아니라는 걸 깨달았다. 클렘 밑에 그 사실을 증명해주는, 흐느끼는 여자가 있었으니까.

침대에서 빠져나온 그는 자신이 발기하고 있다는 역겨운 사실을 의식했다. 섀런이 누워서 흐느끼는 동안 그는 청바지를 집어 들고 피코트를 걸쳤다. 아래층의 히피 침실에서는 익숙한 베이스 곡이 울리기 시작했다. 그들이 몇 주 동안 들어온 바로 그 '후(Who)'의 앨범이었다. 클렘은 섀런의 담뱃갑을 흔들어 입술로 한 개비를 꺼내고 성냥으로 불을 붙였다. 클렘은 9월에 섀런의 팔리아멘트를 피워보았다. 그때는 이 담배가 마음에 들었다. 흡연이 섹스처럼 그 자체로 남자다움을 부여하는 건 아니라는 것을 깨달았을 때쯤, 그는 이미 형편없이 중독되어 있었다.

"토스트 좀 만들어줄까?" 그가 말했다.

답이 없었다. 섀런은 이불을 덮어쓴 채 벽을 마주 보고 있었다. 그녀가 울고 있음을 알려주는 건 곱슬머리의 희미한 떨림뿐이었다. 섀런의 침대는 스프링 위에 이중 매트리스를 올려놓은 것이었고, 책상은 톱질할 때 괴는 나무에 속이 빈 문짝을 올려놓은 것이었으며, 책장은 콘크리트로 괴어놓은 1×10 크기의 소나무 합판이었다. 클렘은 그녀의 책들을 처음으로 봤던 때를 떠올렸다. 프랑스어 페이퍼백이 엄청나게 많았다. 책등은 철저히 하얗고 획일적이었다. 3개월 전인 당시에 클렘은 여자에게서 높은 지능보다 더 섹시한 건 상상할 수 없었다. 지금도, 만일 클렘과 그녀가 오직 정신과 성기로만 이루어져 있었다면, 클렘은 둘의 미래를 상상했을 것이다.

클렘은 지금 그냥 떠나야 하는지 고민했다. 그렇게 하는 것이 친절한 일이 될지, 겁쟁이 같은 행동이 될지 알 수 없었다. 그는 편지로 섀런과 헤어질 생각이었다. 정신 대 정신으로, 이성적으로, 밑바닥을 보일 위험 없이 이야기하고 싶었으니까. 하지만 지금 그는 섀런에게 상처를 주었고, 섀런은 울고 있었다. 어쩌면 이 상황은 자명한 게 아닐까? 더 말해봐야 상처만 주는 게 아닐까? 클렘은 그녀의 침대 가장자리에 앉아 학대당한 폐로 연기를 빨아들였고, 뭘 할지 기다려보았다. 이번에도 문제는 실존적 자유였다. 말할 것이냐, 말 것이냐. 아래층에서는 후의 음악이 계속해서 울려댔다.

"난 다음 학기에 돌아오지 않을 거야." 그는 자기도 모르게 말했다. "자퇴할 거거든."

섀런은 즉시 몸을 굴려 그를 보았다. 두 뺨이 젖어 있었다.

"징병 유예 혜택을 포기하려고." 그가 말했다. "뭐든 병무청에서 하라는 대로 할 거야. 아마 베트남에 가야겠지."

"말도 안 돼!"

"무슨 소리야? 그게 올바른 일이라고 했던 사람은 넌데."

"아니, 아니, 아니야." 그녀는 일어나 앉더니 이불보를 가슴에 끌어당겨 안았다. "마이크가 베트남에 간 것만으로도 견디기 힘들어. 나한테 이러면 안 되지."

"너한테 이러는 게 아니야. 그게 옳은 일이라서 하는 거야. 내 추첨 번호는 19번이었어. 네가 말한 그대로야. 난 이미 거기 가 있었어야 해."

"세상에, 클렘, 안 돼. 그건 미친 짓이야."

천재 남동생이 체스를 둘 줄은 알아도 늘 클렘에게 지던 나이였던 어린 시절, 클렘은 체크메이트로 이어지는 수를 두기 전에 늘 페리에게 방금 둔 마지막 수가 확실하냐고 물었다. 클렘은 이것이 형이 물을 만한 너그러운 질문이라고 생각했다. 그러다가 어느 날, 페리는 목이 메어서—어렸을 때 페리는 늘 이런저런 이유로 울곤 했다—자꾸 잔소리하지 말라고 했다. 이제는 왜 섀런의 반응이 그와 다를 거라고 생각했는지 알 수 없었다.

"베트남에 간다고 다 죽는 건 아니야." 그가 말했다. "지상전은 끝났으니까."

"언제부터 이런 생각을 했던 거야? 왜 나한테 말하지 않았어?"

"지금 말하는 거야."

"내가 널 사랑한다고 해서?"

"아니."

"그 말은 실수였어. 그 말이 사실이었는지조차 모르겠어. 난 그냥 그런 말이 세상 어딘가에 있으니까, 그 말을 하면 어떨까 궁금해졌던 거야. 말에는 나름의 힘이 있어. 말이 감정을 만들어내. 그냥 그 말을 했다는 것만으로 말이야. 너한테도 그 말을 하라고 했던 건 미안해. 나한테 정직하게 말해준 널 사랑해. 내가 사랑하는…… 아, 제기랄." 섀런은 다시 울음을 터뜨리며 푹 고개를 숙였다. "난 널 정말로 사랑해."

클렘은 마지막으로 담배를 한 모금 빨아들이고, 조심스럽게 섀런의 재떨이에 눌러 껐다. "네가 한 말 때문이 아니야. 난 이미 편지를 보냈어."

섀런은 이해가 안 된다는 듯 그를 보았다.

"여기로 오면서 편지를 부쳤어."

"안 돼! 안 돼!" 섀런은 작은 주먹으로 그를 때리기 시작했다. 아프게 때린 것은 아니었다. 섹스의 향기가 그녀에서 피어났다. 행동의 공격성이 다시 클렘을 달구었다. 클렘은 섀런을 자신에게 꽂아놓고 그녀의 방을 비틀거리며 돌아다니던 때를 생각했다. 그녀가 작아서 그런 멋진 일을 실천할 수 있었던 때를. 클렘은 심연에서 풀려날 때가 이토록 가까워진 지금, 다시 그 구렁텅이 안으로 떨어질 것이 두려워졌다. 그는 섀런의 두 손목을 잡고 그녀가 자신을 보도록 했다.

"넌 멋진 사람이야." 그가 말했다. "너는 내 인생을 완전히 바꿔놨어."

"그건 작별 인사잖아!" 그녀가 울부짖었다. "난 작별 인사를 하고 싶지 않아!"

"편지 쓸게. 모든 걸 말해줄게."

"아니, 아니, 안 돼."

"둘이 다르다는 것 모르겠어? 난 너라는 사람을 사랑하지만, 너와 사랑에 빠져 있지는 않은 거야."

"애초에 널 만나지 말았어야 했어!"

새런은 침대 발치로 몸을 던졌다. 클렘은 동정심을 느꼈다. 그 동정심은 군인이 된다는 생각에 비해 무한히 현실적이었다. 그는 새런이 그토록 작고 그토록 그를 사랑한다는 것이 딱했다. 자신이 그녀에게 씌운 논리적인 굴레도 안쓰러웠다. 클렘에게 보다 실존적인 형태의 지식을 알려줌으로써 그를 그녀에게서 떠날 사람으로 만든 게 새런 자신이라는 아이러니도. 클렘은 그 자리에 남아 설명하고 싶었다. 카뮈에 대해 이야기하고, 그녀에게 도덕적 선택을 실천하는 일의 필요성을 일깨워주고, 자신이 그녀에게 얼마나 큰 빚을 지고 있는지 이해시키고 싶었다. 하지만 그는 자신의 동물적인 면을 신뢰하지 않았다.

그는 몸을 숙여 그녀의 머리카락에 얼굴을 묻었다. "난 정말로 널 좋아해." 그가 말했다.

"날 사랑했다면 떠나지 않았겠지." 새런은 선명하게 화난 목소리로 대답했다.

클렘은 눈을 감았다가 즉시 반쯤 잠들었다. 그는 억지로 다시 눈을 떴다. "가서 짐을 챙겨야겠어."

"너 때문에 마음이 찢어질 것 같아. 그건 알아둬."

심연에서 나가는 유일한 방법은 일어서서 강해지는 것, 떠나는 것뿐이었다. 클렘은 섀런의 방문을 열었다. 그녀가 "잠깬!"이라고 외치는 소리가 들렸다. 그때는 클렘 자신의 마음도 찢어질 것 같았다. 그는 문을 닫고 나가면서 일어난 경련에 우뚝 멈춰 섰다. 그는 그 경련이 흐느낌이라는 것을 알고 놀랐다. 그건 전적으로 자율신경계에서 일어나는 반응이었다. 구토처럼 통제할 수 없었지만, 그보다 낯설었다. 그는 마틴 루서 킹이 암살당한 날 이후로 한 번도 울지 않았다. 그는 눈이 소금기로 흐릿해진 채 축축한 카펫이 깔린 계단을 달려 내려가, 엉망진창으로 쿵쿵거리는 후의 음악을 지났다. 이제는 그 음악의 최고 음역대가 들렸다. 클렘은 휴게실에 피워놓은 아침 대마초의 날카로운 냄새를 뚫고 내려가 잿빛의 어바나로, 추운 곳으로 나갔다.

다섯 시간 뒤, 그는 눈이 내리기 시작한 버스 정류장에서 더플백과 거대한 여행 가방을 버스 기사에게 건네주었다. 그 짐을 가지고 캠퍼스를 가로질러 온 것이 꼭 군사 기초 훈련의 맛보기처럼 느껴졌다. 클렘은 시카고행 버스에 남아 있던 마지막 좌석 중 하나를 차지했다. 흡연 구역 깊숙한 곳에 있는 통로 쪽 자리였다. 바로 뒷좌석에서 아기가 날카롭게 울어댔다. 클렘은 섀런이 너무도 그리웠고, 미래에 그녀를 만날 희망이 완전히 사라졌다는 생각에 계속 고통스러웠다. 눈물이 더 흐를 것만 같은 느낌이 끈질기게 들었다. 클렘 자신도 섀런과 사랑에 빠져 있는 건 아닐까. 이미 버스에 차 있던 것보다 담배 연기 농도가 더 높아질 수는 없겠지만, 그는 피코트에서 담배를 꺼내고 좌석의 재떨이 뚜껑을 젖혀 연다음 니코틴으로 감정을 누르려 애썼다. 섀런의 마음을 찢어놓는 끔찍한 작업은 이제 끝났다. 하지만 오늘 그는 더 많은 일을 앞두고 있었다.

카뮈는 전적으로 존경스러운 사람이었다. 섀런과 이야기할 때는 카뮈의 생각이 합리적으로 느껴졌다. 하지만 혼자가 되자 문제가 보였다. 아마 프랑스인이어서 그랬겠지만, 카뮈는 드러내지 않았을 뿐 사실 데카르트주의자였다. 그는 도덕적 선택을 객관적으로 숙고하는 일원화된 의식의 실존을 가정했다. 그러나 실제 인간의 진짜 동기는 복잡하고도 주관적이었다. 섀런의 말을 빌려야 했지만, 어쨌든 클렘에게는 학생 징병 유예 혜택을 포기하는 데 필요한 그럴싸한 도덕적 근거가 있었다. 하지만 도덕적 주장만 있었다면, 그는 병무청에 편지를 쓰지 않았을 것이다. 다른 강력한 선택도 가능했으니까. 예를 들어, 그는 징병 유예 혜택의 비도덕성에 관한 대중의 의식을 고취하는 활동을 할 수도 있었다. 그냥 학업 성취와 둘의 관계를 병행하는 것이 불가능하다는 이유로 섀런과 헤어질 수도 있었다. 그가 내린 특정한 선택은 아버지를 정면으로 겨냥한 것이었다.

클렘은 아주 오랜 시간 동안, 그러니까 16년 이상 아버지가 강하다는 바로 그 이유로 그를 존경했다. 처음에 목사관이 아버지가 보수하는 속도로는 따라잡을 수 없을 만큼 빠르게 망가져가던 인디애나주에서, 클렘은 아버지가 곡괭이를 휘두르거나 못을 박아 넣을 때 그의 커다란 근육이 이완하고 수축하는 모습에 경이로움과 두려움까지도 느꼈다. 아버지가 더운 8월의 어느 날 잡초를 베어내는 모습이나 땀을 줄줄 흘리는 모습에도 같은 감정을 느꼈다. 아버지의 땀에서는 독특하고 뭐라 정의할 수 없는 향이 났다. 악취는 아니었다. 그보다는 어린 버섯이나 막 내린 비의 냄새와 비슷했다. 하지만 클렘에게는 그 강한 냄새가 여전히 거북하게 느껴졌다. (한참 뒤 뉴프로스펙트 묘목장에서 일할 때, 클렘은 자신의 흠뻑 젖은 티셔츠에서 바로 그 냄새를 맡고 놀랐다. 그는 다른 사람들도 그 냄새를 맡을 수 있는지 진심으로 궁금했다.) 아버지가 그네를 한 번만 밀어줘도 그는 아주 높이 올라갔다. 떨어질까 봐 무서워서 그넷줄을 꽉 잡았다. 아버지가 손목을 살짝 튕기기만 해도 야구공은 너무 세게 날아왔다. 글러브를 낀 손바닥이 아플 정도였다. 고함치는 것도 그렇고. 화가 나서 높아진 아버지의 목소리는(아버지가 고함친 상대는 늘 클렘이었다. 베키였던 적은 한 번도 없었다) 폭탄과도 같았다. 차라리 아버지가 매질을 하는 게 나을 정도였다. 아버지야 아이들을 때려서는 안 된다고 생각해서 한 번도 그를 때리지 않았지만 말이다.

시카고에서, 클렘은 아버지의 도덕적 힘도 높이 평가하게 되었다. 중학교에서 《앵무새 죽이기》를 읽었을 때 그는 애티커스 핀치에게서 아버지의 모습을 보고 자긍심을 느꼈다. 클렘의 정치적 견해는 아버지의 의견을 완벽하게 복제한 것이었다. 어머니가 클렘의 견해를 칭찬했는데도 클렘이 생각을 바꾸지 않은 걸 보면, 아마 그의 신념은 진짜였을 것이다. 클렘은 베트남전쟁에 대한 아버지의 혐오, 또 시민권 투쟁이 이 시대의 가장 중요한 문제라는 아버지의 생각을 공유했다. 아버지가 뉴프로스펙트 공공 수영장에서 인종 차별을 폐지하자는 캠페인을 벌이는 동안, 클렘은 직접 이 집 저 집 초인종을 누르고 다니며 전단지를 나눠주고, 인종적 편견에 대한 아버지의 말을 한 마디 한 마디 그대로 전했다. 클렘은 아버지만큼 행동반경이 넓지도 않았고, 설교할 강단도 없었으며, 앨라배마로 버스를 타고 가지도 않았다. 하지만 그는 좀 더 소소한 방식으로 아버지의 모범을 따랐다. 호모들, 계집애 같은 놈들을 괴롭히던 리프턴 센트럴 고등학교의 운동부들은 머잖아 그를 피하게 됐다. 클렘은 약한 사람이 괴롭힘당하는 것을 보면 불같이 화가 났고, 고통에 무뎌졌기에 싸움에서 물러나지 않을 수 있었다. 클렘이 지켜준 아이들은 대부분 그의 친구가 아니었다. 그 애들이 사회적 추방자가 된 데는 이유가 있었다. 클렘은 단지 아버지가 올바른 일이라고 가르쳐준 행동을 한 것뿐이었다.

클렘과 아버지의 관계에서 아픈 곳이라고는 종교와 베키뿐이었다. 클렘은 형이상학적인 것을 전혀 이해하지 못했다. 신도, 하늘에 계신 아버지도. 그보다 더 이해할 수 없었던 것은 그 기이한 성령이었다. 베키 문제는 처음부터 뭔가 잘못됐다. 아버지의 질투심 혹은 과잉보호 때문이었다. 클렘은 베키와 단둘이 있다가 자기 마음속의 특이한 이중성을 인식하게 되었다. 그는 아버지에 대해 나쁜 말을 하는 사람이라면 상대가 누구라도 주먹다짐을 할 생각이었지만, 아버지의 신앙심에 대한 동생의 존경심을 무너뜨리려는 시도를 멈출 수 없었다. 이 점이 더욱 이상했던 것은 클렘 자신의 윤리도 기독교적이었기 때문이다. 그는 예수를 도덕적 교사이자 가난한 자들, 약자들의 투사로서 대단히 존경했다. 하지만 클렘의 마음속에는 사악한 꼬마 악마가 들어 있는 것 같았다. 비꼬고 반대하는 또 하나의 자아 말이다. 베키와 단둘이 있으면 그 자아가 나왔다. 클렘은 비물질적인 힘이 존재하지 않는다는 증거와 성경 속 이야기들에 확실한 증거가 없다는 점, 신이 존재한다는 가정을 증명할 수 없다는 점, '기적'이 과학적 실험으로 검증될 수 없다는 점을 설명했다. 그리고 그 방법은 통했다. 그는 베키를 어린 무신론자로 만들었고, 이 점이 둘을 묶어주는 또 하나의 요소가 되었다. 동생을 좋아할 또 하나의 이유가 생긴 것이다. 동생은 저녁 식사를 하다가 신 얘기가 나올 때마다 입술이 살짝 말려 올라갔다.

클렘이 무신론에 관해서 좀 더 신중한 태도를 보였다면, 그건 부분적으로 예수를 존경했기 때문이었고, 또 부분적으로 아버지와 사이가 좋았기 때문이었다. 아버지는 그에게 공구 사용법을 알려줄 때 인내심을 발휘했다. 클렘은 아무리 피곤해도 아버지와 함께 흙을 옮기거나 낙엽을 갈퀴로 긁어내거나 벽에 페인트를 칠할 때면 아버지보다 먼저 일을 그만두지 않으려 했다. 클렘은 정치적 견해만큼 직업윤리에 관해서도 아버지의 인정을 받고 싶었고, 아버지가 자주, 또 다정하게 그런 인정을 표현해주는 것이 고마웠다. 이런 면에서 더 나은 아빠는 없었다. 클렘이 10학년에 들어갔을 때 아버지는 교회 청소년부를 애리조나의 작업장으로 데려가야겠다는 생각을 떠올렸다. 클렘은 형이상학이 싫었지만, 그 핑계로 활동에 참여하지 않을 이유는 전혀 떠올릴 수 없었다.

같은 시기에 릭 앰브로즈도 참여했다. 신학대학의 전일제 학생이면서 청소년부 멘토 역할은 파트타임으로만 맡았던 첫해에, 앰브로즈는 머리를 짧게 깎고 얼굴도 면도했으며 부목사에게 모든 결정을 맡겼다. 하지만 다음 해 여름의 정치적 격변을 겪고 나서―클렘은 아버지와 함께 유진 매카시* 선거운동에 참여했다. 아버지는 8월에 민주당 집회에서 경찰과 시위자들 사이에 끼어들려다가 입술이 터졌다―앰브로즈는 긴 머리와 팔자수염을 달고 청소년부에 돌아왔다. 태너 에번스를 주축으로 한 교회의 몇몇 소년들도 비슷한 스타일을 하기 시작했다. 일요일 밤에는 새로운 소란이 일었고, 권위에 대한 새로운 조바심이 생겨났다. 다른 교회에 다니는, 혹은 아예 교회에 다니지 않는 긴 머리 아이들이 모임에 나타난 것이다. 하지만 클렘은 아버지를 걱정해야 한다는 생각을 한 번도 하지 못했다. 안수받은 목사가 계속 성경을 들고 다니며 모든 모임을 형이상학적 기도로 시작한들 누가 신경이나 쓰겠는가? 마틴 루서 킹도 독실한 사람이었지만, 그렇다고 그를 덜 존경하는 사람은 아무도 없었다. 클렘은 아버지처럼 사회정의를 위해 열정적으로 일하는 사람을 본 적이 없었다. 게다가 누군가를, 그 사람 전체를 정말로 사랑하게 되면 달랐으면 좋지 않을까 싶은 사소한 결점들도 그냥 받아들이게 된다. 클렘은 아

---

* 1968년 베트남전쟁 종식을 주장하며 미국 민주당 대선후보로 출마했다.

버지가 청소년부 모임에서 종교적인 연설을 할 때면 사람들이 눈알을 굴려대는 것을 보았지만, 그렇게 눈알을 굴려대는 건 베키도 마찬가지였다. 그렇다고 베키가 아버지를 사랑하지 않는 건 아니었다.

1969년 봄에는 청소년부가 너무 커져서, 부활절 방학 첫 오후에는 전세 버스 두 대가 교회 주차장에 대기하고 있었다. 애리조나에서는 별개의 봉사활동 두 가지가 계획되어 있었다. 그러니 목적지에 따라 조를 나누는 것이 합리적이었을 것이다. 하지만 금방 밝혀졌듯, 버스는 쿨한 버스와 안 쿨한 버스로 나뉘었다. 쿨한 버스는 앰브로즈가 그 버스 옆에 짐을 내려놓았을 때 정해졌다. 태너 에번스 무리가 재빨리 그 버스에 떼 지어 올라탔다. 안 쿨한 버스에는 클렘과 아버지, 그리고 제일 개혁 교회의 좀 더 고지식한 아이들이 탔다. 클렘에게 버스는 그저 공기가 희박하고 피본 소나무와 튀긴 빵 냄새가 나는 메사*로 가는 이동 수단이었다. 그의 조국이 약탈하고 억압한 사람들을 위해 바위를 치워주고 못을 박아줄 기회를 누리러 가는 이동 수단 말이다. 쿨하다는 개념 자체가 유치했다. 뉴프로스펙트의 사교계에서 가장 호감 가는 사람은 그의 여동생이었는데, 베키는 인기 있는 아이들이 인기 없는 아이들보다 더 알맹이가 있는 건 아니라는 걸 클렘에게 확실히 알려주었다. 클렘은 베키 덕분에 학교에서 자기 방식을 버려가며 친구를 사귀지 않아도 됐고, 그가 사귄 몇 안 되는 좋은 친구들은 청소년부 소속이 아니었다. 하지만 클렘은 고지식한 아이들 상당수와 충분히 우호적인 관계를 맺고 있었다. 퉁명스럽고 뚱뚱한 여자애도, 강박적으로 썰렁 개그를 하는 남자애도, 미성숙하게 불쑥불쑥 말하는 애도, 편안하게 해주고 시간을 들여 귀 기울이면 흥미로운 것들

---

* 꼭대기는 평평하고 등성이는 벼랑으로 된 미국 남서부 지역의 언덕.

을 말하기 마련이었다. 그건 예수님이 했을 만한 일이었고, 클렘은 그런 일을 하는 것이 기분 좋았다.

하지만 아버지는 고지식한 버스에서 초조해 보였고 집중하지 못하는 듯했다. 그들이 탄 버스의 기사는 다른 버스의 기사보다 약간 느렸다. 아버지는 운전석 바로 뒤에 앉아서 고개를 숙이고 도로를 내려다보았다. 뒤처질까 봐 불안한 것처럼 말이다. 클렘은 일찍 잠들었다. 밤에 깨서 아버지가 아직도 창문을 내다보고 있는 걸 보았을 때, 클렘은 그게 흥분이나 기대감 때문일 거라고 생각했다. 진실이 드러난 건 아침이었다. 아침에, 그들이 탄 버스는 텍사스 팬핸들 트럭 정류장에서 앰브로즈의 버스를 따라잡았다. 그러자 아버지는 앰브로즈에게 자리를 바꾸자고 했다.

이론적으로, 이 제안에는 잘못된 부분이 없었다. 아버지는 청소년부의 지도자였고, 목사로서의 존재감을 다른 버스에도 나눠주는 것은 틀림없이 올바른 일이었다. 하지만 클렘은 아버지가 그 버스에 열성적으로, 뒤도 돌아보지 않고 뛰어오르는 것을 보고 불안해졌다. 그는 직감적으로 아버지가 버스를 바꾼 건 그게 올바른 일이기 때문이 아니라고 느꼈다. 아버지는 이기심 때문에 다른 버스를 타고 싶어 하는 것이었다.

그날 저녁, 애리조나 러프록 마을에 접어들었을 때 클렘의 본능은 아주 끔찍한 방식으로 그 사실을 확인했다. 아이들은 어둠 속에서, 버스 헤드라이트로 밝혀진 먼지구름 속에서 짐을 정리하느라 난장판을 벌였다. 청소년부가 러프록에 아버지와 함께 머물 사람들, 그리고 앰브로즈와 함께 메사 위의 킷실리 정착지로 올라갈 사람들로 반씩 나뉘었다. 몇 주 전, 모두가 어느 쪽이든 목적지에 지원했을 때 클렘은 자신에게 원시적인 환경이 더 잘 맞을 것 같아서 킷실리를 선택했다. 하지만 킷실리 버스에 탄 대부분의 아이들이 킷실리를 선택한 것은 앰브로즈 때문이었다. 그런 아이 중에는 태너 에번스와 로라 도브린스키, 그들의 음악가 친구들, 청소년부에서 가장 귀여운 여자애들이 있었다. 버스는 사람들을 잔뜩 싣고 떠날 준비를 마쳤다. 오직 앰브로즈만이 빠져 있었다. 그때 클렘의 아버지가 더플백을 들고 버스에 탔다.

아버지는 계획이 바뀌었다고 말했다. 아버지는 자신이 킷실리 그룹을 지도하고, 릭이 러프록에 머무는 게 나을 것 같다고 했다. 러프록에는 기숙사가 있으니 말이다. 충격에 휩싸인 침묵이 잠깐 흐르고 나서, 버스에서는 로라 도브린스키와 친구들이 항의하는 고함이 터져 나왔다. 하지만 늦었다. 기사가 이미 문을 닫아버렸다. 아버지는 클렘 옆의 통로 자리에 앉더니 클렘의 무릎을 탁 쳤다. "좋구나." 아버지가 말했다. "너랑 한 주를 통째로 함께 보내다니. 너도 이게 낫지?"

클렘은 아무 말도 하지 않았다. 버스 뒷자리에서는 여자애들의 긴박하고 화난 속삭임이 들려왔다. 클렘은 아버지 때문에 창가 자리에 갇혀 있었지만, 당장 내리지 않으면 죽을 것 같았다. 자신이 이 남자의 아들이라는 데서 오는 수치심은 클렘에게 새로운 것이었다. 타는 듯이 고통스러웠다. 클렘 자신이 쿨한 애들에게 어떻게 보일지 신경 쓰여서가 아니었다. 그는 아버지가 버스를 동원하는 별것 아닌 권력을 남용함으로써 약한 모습을 드러냈다는 점이 부끄러웠다. 게다가 아버지는 이제 클렘까지 이용하고 있었다. 아무 잘못이 없는 척하느라 부성애 넘치는 모습을 보이고 있었다.

그런 가식은 메사에서도 계속됐다. 노친네는 킷실리 그룹 아이들이 앰브로즈의 자리를 차지한 자신에게 얼마나 큰 분노를 느끼는지 모르는 척했다. 그는 자신이 거의 쉰 살이라는 것을 모르는 모양이었다. 그가 앰브로즈보다 두 배는 나이가 많으며, 그를 대체할 수 없다는 것을. 물론 아버지는 앰브로즈보다 강하고 기술이 뛰어났다. 에너지로 가득했다. 메사로 돌아가 나바호 인디언들과 다시 관계를 맺고 그가 사랑하는 땅을 걸어 다니는 일은 늘 아버지에게 열의를 불어넣었다. 하지만 매일 아침 아버지가 조를 짤 때면, 아버지의 조에 들어가겠다고 자원하는 사람이 한 명도 없었다. 아버지가 앞으로 나서서 조원들을 선택하고, 그날 쓸 공구나 비품들을 챙기느라 바빠지면 우스꽝스러운 일이 일어났다. 아버지의 조원 중에서 로라 도브린스키와 친구인 여자아이들 모두가 다른 조의 누군가와 자리를 바꾸었던 것이다. 아버지는 이 점을 눈치챘을 게 틀림없는데도 한마디도 하지 않았다. 어쩌면 너무 비겁해서 그러지 못한 걸지도 몰랐다. 아니면, 여자애들이 자기를 어떻게 생각하든 관심이 없었는지도. 어쩌면 아버지가 원하는 것은 그 애들이 사랑하는 앰브로즈와 한 주를 보내는 것을 막는 것뿐인지도 몰랐다.

클렘도 조장이었다. 조장 중에서 어른이 아닌 사람은 클렘밖에 없었지만, 아버지가 그런 책임을 맡겼다. 1년 전이었다면 클렘은 이런 신뢰의 표현에 전율했을 것이다. 하지만 지금 그는 단지 아버지의 조원이 되지 않아도 된다는 사실이 고마울 뿐이었다. 낮에는 힘든 육체노동 덕분에 조원들이 묵는 기숙사로 돌아가야 한다는 두려움이 무뎌졌다. 하지만 저녁 식사 시간에는 매번 부끄러움이 그를 기다리고 있었다. 클렘은 원칙적으로 아버지와 함께 식사해야 한다는 의무감을 느꼈다. 다른 사람들은 아버지를 피했으니 말이다. 그는 또 아버지가 하수도를 만들려고 파는 도랑에 관해 허풍스럽고 열띠게 이야기하는 것도 들어주어야 했다. 또래가 모두 함께 웃으며 식사하는 것을 본 클렘은 독특한 저주에 걸려 고립된 기분이었다. 그는 아무라도 좋으니 다른 사람의 아들이 됐으면 좋겠다고 생각했다.

저녁을 먹은 다음 초를 하나 켜놓고 조원끼리 모여 앉아 그날 하루에 관한 생각과 느낌을 나누는 것은 청소년부의 전통이었다. 킷실리에서는 매일 밤 쿨한 여자애들이 돌 같은 침묵의 벽을 쳤다. 그 주 늦게, 아버지는 한술 더 떠 그중에서 가장 예쁜 샐리 퍼킨스에게 혹시 조원들에게 할 말이 있느냐고 물었다. 샐리는 그냥 초를 바라보며 고개를 저었다. 그녀의 발언 거부는 너무도 공격적이었고, 촛불 주변의 긴장감은 너무도 높았다. 전면적인 마찰을 불러올 정도였다. 하지만 태너 에번스는 정확히 언제 12현 기타로 화음을 울려야 할지 알고 있었고, 앞장서서 조원들과 함께 노래했다.

클렘의 아버지는 마찰을 피해서 안심한 듯했다. 하지만 그래서는 안 됐다. 열흘 뒤, 애리조나 수련회 이후에 열린 첫 주일 모임에서 폭발이 일어났다. 그간 억눌렸기에 더욱 격렬한 폭발이었다. 그날 저녁은 4월치고 유난히 더웠다. 청소년부 모임 방은 공기가 답답했고, 다락방에서 나는 서까래 냄새가 났다. 모두가 활동을 하러 서둘러 아래층으로 내려가고 있었다. 클렘의 아버지가 앞으로 나서 시작 기도를 하려고 했을 때, 방에 있던 사람 대부분이 조용해졌다. 아버지는 입을 다물지 않는 샐리 퍼킨스와 그녀의 친구들을 힐끗 보더니 목소리를 높였다. "하늘에 계신 우리 아버지." 그가 말했다.

"여기 에어컨 좀 놔야겠다." 샐리는 큰 소리로 로라 도브린스키에게 말했다.

"샐리." 릭 앰브로즈가 방 한쪽 구석에서 목소리를 낮추고 말했다.

"뭐요."

"조용히 해."

잠시 침묵이 흐른 뒤, 클렘의 아버지는 다시 기도해보려 했다. "하늘에 계신 우리 아버지."

"싫어요!" 샐리가 말했다. "죄송한데 싫어요. 저 사람의 멍청한 기도에 구역질이 나요." 그녀는 벌떡 일어나서 주위를 둘러보았다. "여기 나만큼 구역질 나는 사람 또 있어? 저 사람은 이미 내 봄 수련회를 망쳐버렸어. 저 사람이 계속 이런 짓을 하면, 난 말 그대로 토해버릴 거야."

그녀의 목소리에 담긴 경멸감은 충격적이었다. 이 나라 전체에서 온갖 일이 벌어지고 권위가 분노 어린 질문의 대상이 되었다고는 하지만, 교회에서는 아무도 그런 식으로 말할 수 없었다.

"나도 토 나와." 로라 도브린스키가 일어서며 말했다. "그럼 두 명이네. 다른 사람?"

나머지 쿨한 여자애들이 일제히 일어섰다. 방 안의 열기에 클렘은 숨이 막히는 것 같았다. 로라 도브린스키가 아버지에게 직접 말했다.

"젊은 나바호들도 목사님을 싫어해요." 그녀가 말했다. "목사 짓 당하는 걸 싫어한다고요. 걔들은 자기를 은근히 무시하는 백인 남자가 백인 신이 뭘 원하는지 말해주는 걸 원하지 않아요. 다른 사람들한테 목사님이 하는 말이 어떻게 들리는지나 아세요? 옛날에는 목사님이 노인들이랑 잘 지냈을지도 모르죠. 그 사람들이야 지금도 목사님이 하는 행동에 별문제를 느끼지 않을지도 모르고요. 하지만 그 사람들은 노인이에요. 선교 활동이라는 헛소리는 더 이상 통하지 않는다고요."

릭 앰브로즈는 팔짱을 꽉 끼고 자기 장화를 노려보았다. 아버지의 얼굴이 하얗게 질렸다. "내가 한마디 해도 될까?" 아버지가 말했다.

"말이야 맨날 했으니까, 이번에는 한번 들어보지 그래요?" 로라가 말했다.

"로라, 내가 다른 건 못 할지 모르지만, 듣는 방법은 잘 안다고 생각한다. 귀 기울이는 게 내 직업이야."

"그럼 목사님 자신이 하는 이야기를 잘 들어보는 게 어떨까요? 목사님이 자기 말을 듣는다는 증거가 별로 없는 것 같은데."

"로라." 앰브로즈가 말했다.

로라가 그를 돌아보았다. "저 사람을 변호하는 거예요? 저 사람이, 뭐, 안수받은 목사라서? 제 생각엔 그게 저 사람 단점인데요."

"목사님한테 불만이 있으면, 개인적으로 말해야지." 앰브로즈가 말했다.

"지금 그러고 있잖아요."

"1대 1로 말이야."

"집어치워요. 관심 없으니까." 로라가 클렘의 아버지에게 다시 말했다. "난 당신과의 관계에 아무 관심이 없어요."

"너한테 그런 말을 듣게 되어서 무척 유감이구나, 로라."

"그래요? 진심으로, 여기서 나랑 똑같이 느끼는 사람이 나만은 아닐 텐데요."

"나도 관심 없어요." 샐리 퍼킨스가 말했다. "난 당신하고 아무 관계도 맺고 싶지 않아요. 사실, 당신이 계속 나온다면 청소년부에도 나오기 싫어요."

이제는 청소년부의 절반이 자리에서 일어나 있었다. 소란스러운 목소리를 누르고 앰브로즈가 외쳤다. "자리에 **앉아**. 모두 **주둥이 닥치고 당장 자리에 앉아라.**"

폭도들은 그의 말에 따랐다. 앰브로즈는 엄밀히 말해 클렘 아버지보다 하급자였지만, 청소년부의 진짜 지도자가 누군지는 모두가 알고 있었다. 누가 강한지, 누가 약한지.

"오늘 밤 기도는 넘어가마." 앰브로즈가 말했다. "괜찮을까요, 목사님?"

노친네는 얌전히 고개를 끄덕였다. 약했다! 나약했다!

"우리 말을 못 들으셨나 본데요." 로라 도브린스카가 말했다. "이해를 못 하시네요. 우린 저 사람이 나가든지, 우리가 나갈 거라는 얘기예요."

사람들이 동의한다고 외쳤다. 클렘은 견딜 수가 없었다. 애리조나에서 아버지가 아무리 부끄러웠더라도, 약한 사람이 얻어맞는 건 참을 수 없었다. 그가 손을 흔들었다. "내가 한마디 해도 돼?"

즉시 모두의 시선이 그에게 향했다. 앰브로즈가 허락한다는 뜻으로 고개를 끄덕였고, 클렘은 얼굴이 달아오른 채 불안정하게 일어섰다.

"너희들이 이렇게까지 못되게 굴다니 믿을 수가 없다." 그가 말했다. "2분짜리 기도가 싫어서 나가겠다는 거야? 나도 기도가 아주 좋은 건 아니지만, 기도 때문에 여기 오는 것도 아니잖아. 내가 여기 오는 건 우리가 가난한 사람들과 짓밟힌 사람들에게 봉사하는 공동체이기 때문이야. 근데 그거 알아? 우리 아빠는 여기 있는 너희들이 평생 한 것보다 더 오래 그 일에 매진해오셨어. 이 방에 있는 누구보다 헌신적인 분이야. 난 그 점이 중요하다고 생각해."

그는 다시 자리에 앉았다. 옆자리의 여자아이가 응원하듯 그의 팔을 어루만졌다.

"클렘 말이 맞다." 앰브로즈가 말했다. "우린 서로를 존중해야 해. 집단으로서 이 일을 헤쳐나갈 배짱이 없다면, 우리 자신을 공동체라 부를 자격도 없는 거야."

샐리 퍼킨스는 클렘의 아버지를 노려보았다. 그녀는 자신을 보지 못하는 클렘의 아버지에게서 잔인한 만족감을 느끼는 듯했다. "글쎄요." 그녀가 말했다.

"샐리." 앰브로즈가 말했다.

"투표로 정하죠." 그녀가 말했다. "저 사람이 있어도 청소년부에 계속 나오고 싶은 사람이 몇 명인지."

"그건 절대 안 된다." 앰브로즈가 말했다.

"그럼 전 나갈 거예요."

그녀가 다시 일어섰다. 청소년부의 절반 이상이 일어섰다. 클렘의 아버지는 마음이 아파 눈을 휘둥그렇게 뜨고 있었다. "할 말이 있다." 아버지가 말했다. "내 말을 들어다오, 응? 이 모든 게 어디에서 비롯한 건지는 모르겠지만······."

로라 도브린스키가 웃음을 터뜨리더니 나가버렸다.

"내가 너희들이 원하는 사람이 아니라는 건 유감이다." 노친네가 말했다. "아직 너희들에게서 배워야 할 게 많은 것 같구나. 나는 청소년부에 깊이 마음을 쓰고 있다. 우린 훌륭한 일들을 해왔어. 난 우리가 계속 그런 일을 해나가는 데 도움을 주고 싶단다. 전도사님이 기도를 맡길 원한다면, 아니 전도사님이 청소년부를 맡길 원한다면, 난 괜찮다. 하지만 너희들이 개인의 성장에 대해 관심이 있다면, 나는 그런 성장을 직접 경험해볼 기회를 갖고 싶구나. 난 너희들에게 그 기회를 달라고 부탁하는 거야."

클렘은 문자 그대로 몸이 굳는 것을 느꼈다. 누가 망치로 두드리면 몸이 산산조각 날 것 같았다. 아버지는 빌고 있었다. 별 소용도 없이. 샐리 퍼킨스는 나가버렸고, 청소년부 절반은 그녀를 따라갔다. 그들은 그녀의 편에 서겠다는 열정으로 문 앞으로 밀려들었다. 노친네는 멍청한 동물적 당혹감을 담아 그 모습을 지켜보았다.

처지가 난감해진 앰브로즈는 러스더러 자기가 가서 배신자들과 이야기를 해볼 테니, 심호흡 활동을 맡는 게 어떻겠냐고 했다. 이번에도 노친네는 고분고분하게 고개를 끄덕였다. 클렘은 앰브로즈가 떠나고 나서 자리에 남은 교회 아이들 중 태너 에번스가 있는 것을 보고 놀랐다.

"모두 심호흡하자." 노친네가 말했다. 목소리가 떨렸다. "난 누울 테니까…… 우리 모두 누워서 눈을 감자. 알겠지?"

아버지는 계속해서 말해야 했다. 앞장서서 청소년부 아이들이 시각화 훈련을 진행할 수 있도록 해야 했다. 하지만 들리는 소리라고는 아래층에서 배신자들이 웅성거리는 소리뿐이었다. 클렘은 열기 속에 누워 심호흡하려고 애썼지만, 생각이 자꾸만 베키에게로 돌아갔다. 아버지는 늘 베키가 자신의 특별한 친구이기를 바랐다. 아버지는 클렘도 베키의 특별한 친구라는 점에 화를 내는 것 같았다. 베키와 클렘을 떼어놓고, 둘 모두와 각기 둘만의 관계를 맺고 싶어 했다. 아버지가 하필 둘을 선택했다는 건 참 특이한 일이었다. 베키는 인기가 많았고, 클렘은 자기 혼자 잘 지냈다. 베키도, 클렘도, 예를 들면 페리에게 필요한 것 같은 추가적인 관심은 필요 없었다. 페리는 재능이 뛰어났지만 마음이 가난했다. 그런데 공적으로는 가난한 자들을 돌보는 것이 중요하다고 그토록 떠벌리는 아버지가 페리에게서는 오직 결점만을 보았다. 이제는 청소년부에서도 같은 일이 일어났다. 사회적으로 돌봄이 필요한 아이들에게 사역하는 대신, 아버지는 앰브로즈에게서 인기 있는 아이들을 떼어내 자기가 차지하려고 했다. 아버지는 그냥 나약한 게 아니었다. 역겨웠다. 도덕적 사기꾼이었다.

클렘은 발소리를 듣고 일어나 앉았다. 아버지가 앰브로즈를 따라 방에서 나가는 모습이 보였다. 이제는 아무도 심호흡 활동을 하는 시늉조차 하지 않았다. 태너 에번스는 클렘을 보며 고개를 저었다.

"미안한데, 이 얘기 하고 싶지 않아. 얘기 안 하면 안 돼?" 클렘이 말했다.

안도감에 아이들이 웅얼거렸다. 또래 아이들은 이해했다.

"난 청소년부를 그만두지 않을 거야." 그가 덧붙였다. "하지만 지금은 집에 가봐야겠어."

그는 비틀거리며 방에서 나와 계단을 내려갔다. 건강상의 이유로 청소년부 활동을 면제받은 것처럼 말이다. 목사관에 돌아온 그는 곧장 자기 방으로 가서 문을 잠그고, 도서관에서 빌려 온 아서 C. 클라크의 소설을 집어 든 다음 다른 누군가의 세상에 빨려 들어갔다. 두 시간이 사라졌다. 그 뒤, 문 두드리는 소리가 들렸다.

"클렘?" 아버지가 말했다.

"가세요."

"들어가도 되니?"

"아뇨. 책 보고 있어요."

"그냥 고맙다고 말하고 싶었다. 클렘. 네가 오늘 밤 해준 말이 고맙다고 말하고 싶어. 문 좀 열어줄래?"

"아뇨. 가세요."

아버지의 나약함이 일으킨 고통은 질병과도 같았고, 이어지는 몇 주 동안 계속됐다. 다음번 일요일 모임에서, 클렘은 뇌종양 수술을 받고 돌아와 두 달간 모임에 나오다가 죽은 아이 팀 섀퍼를 떠올렸다. 모두가 신뢰 쌓기 활동에서 클렘의 짝이 되고 싶어 했고, 클렘이 감정을 드러내고 싶어 하지 않아도 아무도 상관하지 않았다. 릭 앰브로즈는 남몰래 클렘에게 아버지를 지키려던 그 행동만큼 강하고 용기 있는 행동은 별로 본 적 없다고 말했다. 앰브로즈는 계속해서 그에게 비밀을 털어놓고, 비품 운반에 관한 결정을 내릴 때 그의 도움을 구했으며, 그의 무신론에 관해 애정을 담아 농담했다. 한 번도 말하지는 않았지만, 클렘은 분명히 알고 있었다. 앰브로즈는 그에게 새로운 아버지가 필요하다는 것을 알아보았다.

클렘은 더 이상 노친네를 존경하지 않았다. 한번 아버지의 근본적인 나약함을 엿본 클렘은 이제 어디에서나 그 모습을 보게 되었다. 아버지가 베키의 공손함을 이용해 일요일 산책에 그 애를 끌고 가는 것을 보았고, 교회 활동 때 어머니와 거리를 두고 다른 남자들의 아내와 수다 떠는 모습을 보았으며, 젊은 사람들이 릭 앰브로즈를 좋아한다는 이유로 그의 이름에 먹칠하는 소리를 들었고, 굳이 알려줄 필요가 없는 사람들에게까지 자신이 스토클리 카마이클*과 함께 행진했으며 수영장에서의 인종차별을 없앴다고 일깨워주는 소리를 들었다. 아버지가 화장실에서 거울을 쳐다보며 손가락 끝으로 처진 눈썹을 만지는 것을 보았다. 한때 클렘이 감탄할 만한 힘을 가졌던 남자는 이제 말도 안 되는 실수의 얼룩처럼 보였다. 클렘은 아버지와 한방에 있는 것을 견딜 수 없었다. 그는 아버지에게 강한 남자라면 어떤 일을 하는지 보여주기 위해서 학생 징병 유예 혜택을 포기하는 것이었다.

시카고행 버스의 연기와 바깥 날씨는 사실상 땅거미가 일찍 내리는 효과를 냈다. 밭에 내린 눈이 어슴푸레해지며 고랑과 곡식 그루터기들, 멀리 떨어진 곳의 가축 우리들을 뭉갰다. 클렘 뒷자리의 아기는 버라는 단어를 발명하고는 그 단어와 사랑에 빠졌다. 아기는 그 말을 할 때마다—버!—신선한 기쁨에 소리를 질렀다. 클렘이 전혀 잠들지 못하도록 완벽한 박자에 맞춰서 말이다. 클렘이 아무 행동을 하지 않아도 버스는 그를 실어 갔다. 부모님에게 병무청에 편지를 보냈다고 알리는 일을 향해, 그

---

* 1960년대 미국의 민권운동가. '블랙파워' 슬로건의 주창자.

가 섀런에게 저지른 잔인한 일로부터 멀리. 그 잔인함의 깊이는 점점 더 뚜렷해졌고, 클렘의 고통은 점점 심해졌다. 그가 상상할 수 있는 유일한 위안은 베키가 잘했다고 말해주는 것뿐이었다.

자신에게 혐오감을 느낀, 매리언이라는 이름의 뚱뚱한 사람은 목사관에서 도망쳤다. 그녀는 아침으로 삶은 달걀 한 개와 토스트 한 조각을 아주 천천히 조금씩 깨물어 먹었다. 10개월 만에 18킬로그램을 뺐다는, 〈레드북〉 잡지의 한 필자의 조언에 따른 것이었다. 〈레드북〉에는 필자 자신이 바바렐라 작업복 같은 것을 입고, 초현대적인 곤충 같은 허리선을 내보이는 사진도 실려 있었다. 그녀는 전국적으로 광고되는 체중 감량 음료를 점심 식사 대신에 한 캔 부어 넣고, 매주 세 시간 힘차게 운동하고, 맛은 잠깐이지만 살은 평생 간다 등의 주문을 반복하라고, 또 정해진 킬로그램을 빼는 데 성공할 때마다 자신을 위한 작은 선물을 사서 포장하라고도 조언했다. 10년 치 수면제를 제외하면, 매리언이 보상이라고 느낄 만한 선물은 없었다. 하지만 그녀는 조언에 따라 매주 화요일과 목요일에 장로교회에서 열리는 운동 교실에 나갔다. 저드슨이 집에 없었다면 오늘도 나갔을 터였다. 그녀는 장로교회에서 한 시간 동안 칼로리를 태우지 못했기에 마요네즈가 들어간 제대로 된 샌드위치 반 개를 먹을 자격이 없었다. 그래서 주름에 크림치즈를 넣은 셀러리 두 줄기로 점심을 대신했다. 그녀는 이 셀러리 덕분에 유혹을 느끼지 않고 문밖으로, 활력 있는 오후로 나갈 수 있었다. 아니, 그럴 뻔했다. 하지만 그때 저드슨과 함께 구운 쿠키 하나가 반으로 잘렸다. 식히려고 선반에 올려놓은 쿠키가 완전한 모습을 한 친구들 사이에서 부러져 있는 것을 보자 매리언은 불쌍한 마음이 들었다. 그녀는 쿠키의 창조주였으니, 그 쿠키를 먹어 준 것은 일종의 자비였다. 하지만 쿠키의 달콤함에 식탐이 도졌다. 구역질이 났을 때 그녀는 이미 쿠키를 다섯 개 더 먹은 상태였다.

그녀는 테니스 신발을 신고 여러 번 수선한 능직 오버코트를 입고서, 얼어붙은 결정 때문에 습기가 어려 껍질 색깔이 짙어진 나무들을 지나고, 건축될 당시인 40년대의 안정적인 결혼 생활을 더 이상 보장하지 않는 주택들 앞을 지났다. 매리언의 걸음걸이는 성큼성큼 걷는다기보다는 뒤뚱거리는 편에 가까웠다. 하지만 최소한 그 걸음걸이가 남들 눈에 띌 걱정은 없었다. 자동차가 없다는 이유로 그녀를 불쌍하게 여기는 게 아니라면, 혼자 걸어 다니는 목사의 아내를 보고 딱히 무슨 생각을 할 사람은 없었으니까. 사람들은 그녀를 만나고 공동체에서 차지하는 그녀의 위치를 인지하자마자 그녀를 착함 스펙트럼의 아주 착함 단계에 배치했다. 그건 아주 중요한 스펙트럼이었다. 그렇게, 매리언은 그 사람들에게 투명 인간이 되었다. 성적인 면에서는, 어느 모로 보나 길거리의 남자가 그녀를 언뜻 보고 다른 각도에서도 본 모습은 어떨지 궁금해할 리가 없었다. 매리언과 시간이 그녀에게 저지른 짓은 그야말로 가혹했으니 말이다. 이런 면에서, 매리언은 특히 남편에게 투명 인간이었다. 아이들도 그녀를 보지 못했다. 아이들은 빽빽하고 따뜻한 엄마스러움의 구름을 통해 그녀를 보았고, 그래서 그녀에게는 아무 특징이 없었다. 매리언은 뉴프로스펙트의 단 한 사람도 자신을 적극적으로 싫어하지 않으리라고 생각했다. 그러나 그녀가 가까운 친구라고 부를 만한 사람은 없었다. 그녀는 돈 부족에 영원히 시달리고 있었지만, 우정에 필요한 화폐는 더욱 적었다. 그녀에게는 친구들이 신뢰를 쌓기 위해 나누는 작은 비밀들이 거의 없었으니 말이다. 물론 비밀이야 많았지만, 목사의 아내가 안전하게 누설하기에는 너무 큰 비밀들이었다.

그녀가 친구 대신 몰래 만나는 사람은 정신과 의사였다. 그런데 그 여자를 만나러 갈 약속에 늦고 말았다. 매리언은 달리기를 끔찍이 싫어했다. 무거운 살들이 뜰 때마다 쿵쿵 아래로 당겨지는 게 싫었다. 하지만 메이플 거리에 접어들었을 때, 그녀는 짧고도 받은 발걸음으로 달리기 시작했다. 그렇게 하면 걸을 때보다 거리당 칼로리가 더 많이 소모된다고 상상할 수 있었다. 메이플 거리를 따라 서 있는 집들은 경쟁적으로 장식돼 있어 누구나 그 모습을 즐길 수 있었다. 관목 숲과 난간, 지붕 선에는 칙칙한 색깔의 과일이 달린 초록색 플라스틱 덩굴이 잔뜩 얽혀 있었다. 밤에 켜두는 크리스마스 조명은 매력적이지만, 과연 낮에 보이는 실물의 추한 모습을 벌충할 만한지는 확실하지 않았다. 그런 추한 장식물은 아주 많았다. 어린 시절에 느끼는 크리스마스의 흥분도 마찬가지였다. 어른이 되어 환상이 깨졌을 때 느껴지는 크리스마스의 단조로움을 벌충하기에, 과연 어린 시절의 흥분이 충분할까? 그 비슷한 환멸도 참 많았다.

퍼시그 거리에 들어선 그녀는 경보 수준으로 속도를 늦추었다. 뉴프로스펙트에서 매리언이 정신과 진료를 받는다는 것을 아는 사람은 기차역 근처의 낮은 벽돌 건물에 있는, 잘나가는 치과인 코스타 세라피마이데스 치과의 접수원뿐이었다. 세라피마이데스의 아내인 소피는 플라크를 긁어내고 충치를 때우는 똑같이 생긴 방들 사이의 작고 특징 없는 방에서 정신과 환자들을 보았다. 누구든 매리언이 대기실에 있는 것을 보면, 매리언도 치과 치료를 받으러 온 줄 알았을 것이다. 일단 소피의 진료실에 들어가면 고무 밑창이 달린 편한 신발이 끽끽거리는 소리와 도르래에 감긴 전선이 돌아가는 위잉 소리가 들렸다. 치과에서 나는 독특하고 기분 좋은 항생제 냄새도 났다. 진료실에는 가죽 의자 두 개와 참고 서적이 꽂힌 책장, 액자에 들어 있는 자격증(의학박사 소피아 세라피마이데스), 약이 가득 차 있고 서랍이 깊은 진열장이 있었다. 현대화된 고해소 같았다. 머릿속을 스케일링하기에는 그리 한적한 곳이 아니었고, 비용은 미래에 올릴 성모송이 아니라 그 자리에서 지불할 현금으로 치러야 했지만.

이십대 초반의 매리언은 가톨릭의 가르침을 진지하게 실천했다. 당시에 그녀는 교회가 자신의 목숨을 구해주었다고 믿었다. 최소한 그녀의 제정신을 지켜주었다고 말이다. 하지만 나중에 러스를 만나 신중한 개신교도가 되고 보니 젊은 시절의 가톨릭 신앙이 또 다른 형태의 광기라는 것을 알게 되었다. 그녀가 스무 살 나이에 병원 신세를 지게 만들었던 광기보다는 좀 더 지속 가능한 형태였지만, 그렇더라도 병적이었다. 가톨릭 시절의 그녀는 가장 햇살이 밝은 날조차 어둡게 만드는 지하 납골당에서 산 것만 같았다. 그녀는 죄악과 구원에 집착했고, 중요하지 않은 것들의 중요성에 쉽게 압도되었으며—발에 떨어진 잎사귀라든지, 같은 날 서로 다른 두 곳에서 들려온 똑같은 노래라든지—신이 그녀가 하는 모든 일을 지켜보고 있다는 망상에 빠졌다. 그러다가 매리언은 러스와 사랑에 빠져 그와 결혼한다는 놀랍도록 견고한 축복을 받았다. 한 명만 있어도 소중했을 건강한 아이들이 연이어 태어났다. 그러자 매리언은 태양조차 어두웠던 시절, 무한한 존재를 친구라고 부를 수 있을지는 모르겠지만 친구라고는 주님밖에 없었던 그 시절로 가는 머릿속 문을 닫아버렸다. 끊임없이 기도하던 스물두 살의 그녀는 아무 의미가 없는 존재였다. 그저 더 이상 매리언이 그런 사람이 아니라는 걸 다행스럽게 여길 수 있도록 해주었을 뿐.

페리에게 수면 문제며 학교생활 문제가 생긴 지난봄에야 그녀는 마음의 문을 다시 열었다. 기억 속의 증상과 페리의 증상을 비교하기 위해서였다. 그리고 매리언은 위생적인 향이 나는 작은 방에서 소피 세라피마이데스를 처음으로 만난 다음에야 가톨릭 시절에 대한 진짜 향수(鄕愁)를 경험했다. 그녀는 고백하면 죄를 사해주는 고해성사의 주고받음이 얼마나 위로가 되었는지, 또 교회라는 조직의 거대함과 교회 역사의 장대함을 자신이 얼마나 좋아했는지 떠올렸다. 그런 거대한 규모는 매리언의 죄악이 비록 통탄할 만한 것이기는 하지만, 커다란 양동이에 들어 있는 작은 물방울인 것처럼 느껴지게 했다. 매리언의 죄는 선례가 아주 많고, 좀 더 다루기 쉬울 정도로 오래된 죄악들 중 하나가 됐다. 러스가 설교하고 실천하는 기독교는 죄를 별로 강조하지 않았다. 매리언은 죄악과 지옥살이에 대한 복음보다는 사랑과 공동체에 관한 복음이 그리스도의 가르침에 더 가깝다는 러스의 신념에 지적으로 고양되었다. 하지만 최근에는 의문이 생겼다. 매리언은 예수님보다 자식들을 더 사랑했다. 그녀에게 예수님의 신성은 아직 의문의 대상이었고, 예수님이 죽은 자들 가운데서 살아났다는 말은 그야말로 믿어지지 않았다. 하지만 매리언은 하나님을 믿었다. 그녀는 자기 안에서, 또 주변에서 내내 그분의 존재를 느꼈다. 주님은 여기에 있었다. 그녀가 쉰 살이 된 지금도, 스물두 살 때도. 그리고 하나님을 조금이라도 사랑한다는 것은 그 어떤 인간보다 그분을 더 사랑한다는 뜻이었다. 우연히 주님을 사랑하느냐고 자문할 때만 사랑한대도, 그 어떤 인간이 자식들이라도 말이다. 주님은 무한하니까. 그녀는 제일 개혁 교회 같은 괜찮은 개신교 교회들이 예수님의 윤리적인 가르침을 너무 강조한 나머지 대죄라는 개념에서 너무 멀어진 것이 실수는 아닌지 궁금했다. 제일 개혁 교회에서 말하는 죄책감은 윤리 협회에서 말하는 것과 그리 다르지 않았다. 그건 자유주의적인 형태의 죄책감이었다. 불운한 사람들을 돕도록 사람들을 고양하는 감정이었다. 하지만 가톨릭교도에게 죄책감은 그냥 감정이 아니었다. 죄책감은 죄악이라는 원인의 벗어날 수 없는 결과였다. 죄악은 객관적인 것이었고, 주님의 눈에 뻔히 보이는 것이었다. 주님께서는 그녀가 여섯 개의 설탕 쿠키를 먹는 것을 보셨다. 그녀가 저지른 죄악의 이름은 탐식이었다.

그녀는 퍼시그 거리의 업무 지구를 빠르게 걸어가면서 가게 진열창을 보지 않으려고 애썼다. 창에 전시된 상품들은 매리언이 아이들에게 주려는 선물을 나무라는 듯했다. 러스가 크리스마스의 상업화에 반대하고, 크리스마스 예산을 부족하게 설정한 것은 사실이었다. 하지만 아이들에게는, 특히 이토록 잘사는 교외에서 어린 시절을 보내는 저드슨에게는 그런 검약이 힘든 일이었다. 매리언은 저드슨을 위해서는 장난감 가게 영업 사원이 남자아이라면 누구나 갖고 싶어 한다고 했던 축구 게임을 샀다. 하지만 저드슨은 그 게임을 오래 가지고 놀기에는 너무 머리가 좋을지 몰랐다. 베키를 위해서는 할인 중이던 귀여운 여행 가방을 샀다. 아마 유용하게 쓰기에는 크기가 맞지 않아서 할인된 것이겠지만. 클렘을 위해서는 그의 과학적 야심에 대한 증표로서, 또 그가 얼마나 진지하고 겉모습에 무관심한지 알고 있었기에 중고 망원경을 샀다. 학교에서 쓰는 것과 비교하면 아마 한물간 것이겠지만. 페리는…… 아, 페리는 너무 많은 것을 원했다. 그 애라면 모든 선물을 창의적으로 활용했을 것이다. 게다가 페리는 매리언을 무척 배려했다. 매리언을 너무도 잘 이해했다. 그래서 페리는 오직 매리언이 살 수 있는 선물들만 은근히 요구했다. 매리언은 페리를 위해 싸구려 카세트 녹음기를 샀다. 가전제품 가게에서 손님들에게 그들이 사는 것이 최악의 녹음기는 아니라는 것을 알려주려고 전시하는 그런 녹음기였다. 그러는 내내, 그러는 내내 매리언의 양말 서랍 뒤쪽에는 소피 세라피마이데스와의 진료에 써야 할 현금 800달러가 들어 있었다. 매리언은 소피의 친구가 되기 위해 그 돈을 내고 있었다.

이런 이기심의 이면에는 더 깊은 죄책감의 원들이 자리 잡고 있었다. 매리언은 거짓말을 했고, 도둑질도 했다. 가끔은 그보다 훨씬 더 나쁜 짓도 했다. 매리언은 남편을 만난 순간부터 그에게 거짓말했고, 겨우 15분 전에도 뒷문으로 나오면서 딸에게 거짓말을 했다. "운동 늦었어." 늦은 건 맞았다. 한 시간짜리 수업에 두 시간 늦었으니까! 능직 코트 주머니에는 20달러가 들어 있었다. 맨해튼에 있는 언니의 아파트를 정리했을 때 따로 빼둔 진주와 다이아몬드 반지들을 와바시 거리의 금은방에 팔고 받은 1400달러 중 일부였다. 당시에, 매리언은 유언 집행인으로서 언니가 저지른 불의를 바로잡는 것이라고 자신을 타일렀다. 베키는 이미 너무 많은 돈을 받게 되어서 비싼 보석이 필요 없었다. 언니가 아무것도 남겨주지 않은 페리와 클렘과 저드슨에게 돈을 쓰겠다는 생각을 철저히 지켰다면, 그 도둑질은 용서받을 수 있었을지도 몰랐다. 하지만 6월에 보낸 소피와의 첫 '시간' 이후로는 그 도둑질의 사악함을 부정할 방법이 없었다. 당시에 소피는 1주일에 한 번씩 상담을 받는 것이 수면제를 처방받는 것보다 더 값진 방법이 될 거라면서 비용 연동제 요금을 설명해주더니, 1주일에 20달러 정도를 낼 수 있느냐고 물었다. 매리언은 마음대로 쓸 수 있는 돈이 조금 있긴 있다고 대답했다.

메이플 거리에서 뛰어온 덕분에 매리언은 치과에 겨우 5분 늦게 도착했다. 주차장에는 평소보다 차가 없었고, 대기실에는 한 어머니와 〈어린이 하이라이트〉 잡지를 읽고 있는 남자아이뿐이었다. 아이는 앞으로 겹게 될 입안의 불편에는 관심이 없어 보였다. 어머니와 아들이 흑인이라는 사실은 세라피마이데스 부부의 자유주의적 성향을 보여주었다. 세라피마이데스 부부는 교육을 통해 교외로 왔고, 어린 시절의 동방정교회에서도 벗어날 수 있었다. 매리언이 직접 물어봐서 알고 있는 사실이었다. 그들은 윤리 협회에 속해 있었다. 신중함의 표본이라고 할 수 있는 접수원은 육십대쯤으로 역시 그리스 사람이었다. 접수원은 매리언에게 바로 고해소에 들어가도 된다는 듯 조용히 고개를 끄덕였다.

소피 세라피마이데스는 의자를 가득 채운 작은 만두 같은 여자로, 아름다운 올리브색 피부에 숱이 아주 많은 곱슬곱슬한 흰머리의 소유자였다. 매리언은 전화번호부에서 천사 이름 같은 그녀의 성씨를 보고 놀랐다. 하지만 그녀가 소피를 선택한 것은 성이 아닌 이름 때문이었다. 로스앤젤레스에서 그녀를 치료했던 정신과 의사들은 남자들 특유의, 은근히 그녀를 무시하는 도저히 참을 수 없는 태도를 가진 사람들이었다. 매리언이 조금이라도 정신을 회복할 수 있었다는 사실이 놀라울 정도였다. 그런 만큼 뉴프로스펙트에서 여자 의사를 찾은 것은 기적 같은 일이었다. 매리언은 소피에게 사랑을 모르고 현실을 회피하던 어머니(어머니는 매리언과 완전히 인연을 끊고 살다가 1961년 간질환으로 사망했다)와의 문제를 '전이'하고 있을지 몰랐다. 하지만 그녀 자신은 아직 그 사실을 인식하지 못했다. 소피 세라피마이데스는 완전히 현실적인 인물이었다. 그녀에게서는 지중해 특유의 온기와 훌륭한 분별력이 뿜어져 나왔다. 그런 특징의 살아 있는 모범이라고 할 수도 있었다. 이런 성격은 도저히 참아줄 수 없는 것이 될 수도 있었지만, 소피는 미워할 수 없는 방식으로 이런 특징을 보였다.

새로 꾼 꿈을 이야기하는 것만큼 이 만두 같은 여자를 기쁘게 해줄 수 있는 일은 아무것도 없었다. 하지만 오늘 매리언은 그녀에게 이야기해줄 꿈이 없었다. 어쨌거나 고백을 더 하고 싶기도 했다. 매리언은 코트를 건 다음 자리에 앉아서, 운동복을 입고 온 이유는 베키에게 어디에 가는지 거짓말했기 때문이라고 털어놓았다. 그녀는 설탕 쿠키 여섯 개를 먹어치 웠다고, 입에 쑤셔 넣는 바람에 하마터면 목이 막혀 죽을 뻔했다고 고백 했다. 소피는 이런 고백에 기분 좋게 미소 지었다. "크리스마스는 1년에 한 번뿐이잖아요." 그녀가 말했다.

"제가 이 문제에 너무 집착한다고 생각하시는 거 알아요." 매리언이 말했다. "이게 중요한 점이 아니라고 생각하시는 것도 알고요. 하지만 오늘 아침 제 몸무게가 몇이었는 줄 아세요? 64.8킬로그램이었어요! 9월부터 굶으면서 무릎 운동이랑 윗몸일으키기를 하고, 단것을 피하고 있는데 3개월에 2.7킬로그램밖에 못 뺐다고요."

"숫자 세기에 대해서는 전에도 이야기했었죠. 우리가 수를 세서 우리 자신에 대해 벌을 준다고요."

"죄송하지만, 키가 저 정도 되는 사람한테 64.8킬로그램은 객관적으로 엄청 무거운 몸무게예요."

소피는 상냥하게 미소 지었다. 그녀는 두 손을 깍지 껴서 배에 얹어놓고 있었다. 뱃살이 아무리 두둑해도 그녀는 부끄럽지 않은 듯했다. "몸무게가 많이 나간다고 느꼈는데 쿠키를 먹었다니 흥미로운 반응이에요."

"그게, 베키가 짜증 나게 굴었거든요. 갑자기 못 견딜 사람이 됐다니까요. 그냥 짜증스럽고 비밀이 많아진 거면 어떻게 해볼 수 있겠는데, 어젯밤에는 태너 에번스가 전화를 걸어서 베키를 찾았어요. 자정이 지날 때까지 애가 들어오는 소리가 안 났고요. 그러더니 오늘 아침에는 새벽같이 깨더라고요. 보통은 안 그러는데. 베키는 저한테 아무 말도 하지 않지만, 제 눈에는 그 애가 얼마나 행복해하는지 뻔히 보여요. 그래서 저는 첫 사랑의 달콤함을 생각했죠. 이 세상 무엇도 그보다 달콤하지는 않을 거예요."

"그렇군요."

"태너는 멋진 녀석이에요. 재주도 많고, 교회에도 다니고, 정말 꽤 잘생겼죠. 저 자신의 청소년기를 생각해보면, 그때가 얼마나 재앙에 가까웠는지 생각해보면…… 베키는 정반대예요. 베키는 좋은 선택을 하는 착한 아이예요. 전 베키가 자랑스러워요. 베키 때문에 행복해요."

소피는 상냥하게 미소 지었다. "너무 자랑스럽고 행복해서 쿠키 여섯 개를 먹을 수밖에 없었군요."

"안 될 건 뭔가요? 전 1년을 굶을 수도 있어요. 그래봤자 다시 열여덟 살이 되지는 않겠지만."

"정말로 다시 열여덟 살이 되고 싶으세요?"

"과거로 돌아가서 베키처럼 될 수 있다면요? 내 인생을 취소하고 처음부터 다시 살 수 있다면요? 당연하죠."

만두는 어떤 주장을 하고 싶은 충동에 저항하는 듯했다. "그렇군요." 그녀가 말했다. "또 무슨 일이 있었어요?"

만두는 이미 답을 알고 있었다. '또 무슨 일'은 언제나 러스였다. 매리언은 대기실에 있으면서, 치과 치료를 받았다기에는 너무 심란한 표정을 짓고 진료실에서 나오는 환자들을 보아왔다. 그들 모두가 중년 여자였다. 이를 통해, 매리언은 소피의 고객이 대체로 아내들이라는 걸 알게 되었다. 우울증에 걸린 아내들, 남편이 떠나버렸거나 떠나기 직전인 아내들. 안 그래도 이혼이라는 전염병이 뉴프로스펙트를 유린하고 있었다. 그런 고객들을 두고 있으니, 소피가 선험적으로 모든 남편을 용의자로 보는 것도 이해할 만한 일이었다. 망치한테는 모든 것이 못처럼 보이니까. 소피와 함께한 첫 번째 '시간'에, 매리언은 러스를 본 적도 없는 소피가 그를 싫어한다는 것을 느꼈다. 이어진 '시간'마다 매리언은 자신의 결혼 생활은 문제가 아니며 러스는 다른 남편들과 다르다고, 그저 치욕적인 직업상의 위기로 흔들리고 있을 뿐이라고 설명했다. 반면 소피는 상냥하게 특유의 미소를 지으며, 결혼 생활이 걱정되는 게 아니라면 왜 매주 목요일에 그 이야기를 하러 오는 거냐고 물었다. 결국 8월에, 매리언은 뭔가가 러스를 덮쳤다는 것을 인정했다. 러스는 자세가 곧아졌고 몸단장에 신경을 썼다. 한편으로는 매리언에게 몹시 혐오감을 느끼는 듯했으며, 매리언이 하는 모든 사소한 말에 떽떽거렸다. 또 매리언은 러스가 뭘 할지 더는 확신할 수 없다고도 말했다. 소피에게 이건 매리언 입장에서의 '돌파구'였다. 소피는 자비롭게도 매리언의 결혼 생활이 싸워서 지켜낼 만한 가치가 있을지 모른다고 인정해주었다. 그녀는 매리언에게 세상에 좀 더 나오라고, 좀 더 독립적인 인생을 개발하고 러스가 새로운 맥락에서 그녀를 볼 수 있게 하라고 제안했다. 어쨌거나 돈이 문제라면, 매리언이 아르바이트를 할 수 있지 않을까? 아니면 대학교 평생교육 과정을 듣는다든지? 매리언이 자신의 결혼 생활을 위해 세운 행동 계획은 크리스마스까지 9킬로그램을 빼는 것이었다. 소피는 마지못해 그 계획을 인정했다. 정작 소피 본인은 매리언보다 훨씬 무거우면서도, 쇠꼬챙이 같고 왜소한 치과 의사 남편에게 아직 매력적으로 보이는 모양이었다. 다만 소피는 살을 빼고 싶다면, 매리언이 인생을 주도하기 위해서, 그녀 자신을 위해서 빼야 한다고 했다.

"아침 식사 시간에 러스가 거짓말을 한 것 같아요." 이제 매리언은 돈 받는 친구를 기쁘게 해주려고 말했다. 소피는 매리언이 러스에 대해 품는 새로운 불평을 모두 진전이라고 생각했으니 말이다. 무엇을 향한 진전일까? 매리언의 결혼 생활이 끝장났다는 걸 현실적으로 인정했다는 면에서의 인정? "러스가 아래층에 내려온 순간 저는 러스가 신나 있다는 걸 알 수 있었어요. 러스는 기분이 좋으면 다리를 흔들어대거든요. 어린애같이요. 아니면 엘비스 같다고 해야 할까요? 러스는 엉덩이를 가만히 두지 못해요. 러스는 제가 생일에 사준 셔츠를 입고 있었어요. 전 러스한테 그 옷이 잘 어울릴 걸 알고 있었죠. 셔츠의 파란색이 러스의 파란 눈을 돋보이게 하거든요. 그런데 그 점이 이상하게 보였어요. 오늘 러스가 하는 일이라고는 가정방문을 하고, 시카고에 있는 교회로 배달을 가고, 오늘 밤의 하우스 파티에 참석하는 것뿐이거든요. 하우스 파티에 갈 때는 어쨌든 옷을 갈아입을 테고요. 그래서 러스한테 다른 계획이 있느냐고 물었는데, 러스는 아니라고 했어요. 그래서 배달에 대해 궁금해졌죠. 프랜시스 코트렐이 그 모임에 나오니까요. 프랜시스는……."

"그 젊은 과부요." 소피가 말했다.

"바로 그거예요. 그 여자는 누군가의 결혼 생활을 망쳐버릴 거예요. 그런데 지금은 러스가 시내에서 이끄는 봉사 모임에 들어와 있죠. 그래서 저는 러스한테 누구랑 같이 배달을 가느냐고 물었어요. 러스는 꼭 그 질문을 예상한 것 같았어요. 사실상 제 말을 끊고 대답하더군요. '키티 레이놀즈 씨랑만 가'라더라고요. 키티 씨도 그 모임이거든요. 키티 씨는 지금 은퇴한 상태예요. 예전에는 고등학교 선생님이었고. 문제는 러스가 아주 빠르게 대답했다는 거예요. 그 셔츠도 그렇고, 다리를 흔드는 것도 그렇고, 그래서요."

"그렇군요."

"뭐, 러스가 그 여자 얘기를 한 적은 한 번도 없어요. 프랜시스 얘기 말이에요. 어느 날 주차장에서 그 여자를 우연히 본 적이 있어요. 그 여자가 러스랑 시내로 떠날 때였죠. 러스가 그 여자에 대해서 한 번이라도 이야기했던 건, 제가 그날 밤에 프랜시스를 봤다면서 그 여자에 관해 물었을 때뿐이에요."

"프랜시스는 젊은 여자죠."

"저보다 젊은 거죠. 그 여자도 고등학교 다니는 아들이 있어요."

"젊은 건 젊은 거죠." 소피가 말했다. "우리 남편 코스타는 젊은 여자들이 여름 원피스를 입고 나오는 따뜻한 봄날 이야기를 즐겨요. 매력적인 젊은 여자들 사이에 있으면 남자는 기분이 좋아진다죠. 그게 꼭 잘못된 건 아니에요. 저도 그 여름 원피스를 보면 좋은걸요."

매리언이 러스를 변호할 때는 검사 역할을 했던 소피가, 매리언이 러스에게 의문을 제기하자 입장을 바꿔 관용을 주장하다니 흥미로웠다. 매리언은 이게 섬세한 심리치료 전략인지, 아니면 그녀가 20달러를 가지고 매주 돌아오게 하려는 수작인지 궁금해졌다.

"전 아직 그런 높은 경지에 이르지 못한 것 같네요." 매리언이 짜증스럽게 말했다. "제가 쿠키를 먹은 이유가 뭔지 아세요? 그날 아침에 지나치게 행복한 사람을 베키까지 두 명이나 처리하려다 보니 그런 거예요."

"남편분이 고통스러워하는 게 더 좋겠다는 말이군요."

"그럴지도 몰라요. 맞아요. 혹시 우리, 제가 나쁜 사람이 아니라고 결정이라도 한 건가요? 전 기억이 안 나는데."

"매리언 씨는 자기가 나쁜 사람이라고 느끼는군요."

"저는 제가 나쁜 사람이라는 걸 알아요. 선생님은 얼마나 나쁜지 짐작도 못 하세요."

소피의 미소가 좀 더 비판적인 표정으로 바뀌었다. 그녀가 심리치료를 위해 인상을 쓰는 타이밍은 우스꽝스러울 정도로 예측하기 쉬웠다. 매리언은 그 미소에 어린애 취급당하는 느낌을 받았다.

"저는 쿠키 한 판을 다 먹을 수도 있었어요." 그녀가 말했다. "그러지 않은 유일한 이유는 저드슨한테 남겨줄 쿠키가 없을 것 같아서였어요. 하지만 확실히 다 먹을 수 있었죠. 굶어서 3개월에 2.7킬로그램을 뺐는데, 누가 알아주지도 않아요. 꼭 저는 날씬하게 살 자격이 없는 것만 같아요. 자격이 있다면, 매일 아침 거울에서 보이는 그 역겨운 존재로 살 자격이 있는 거겠죠."

소피는 작은 사이드 테이블에 놓인 스프링 노트를 힐끗 보았다. 그녀는 여름 이후로 그 노트에 아무것도 적지 않았다. 그녀의 힐끔거림에는 위협적인 느낌이 어려 있었다.

"아무튼, 저만 그런 건 아니에요." 매리언이 말했다. "저는 모두가 나쁘다고 생각해요. 저는 악함이 인류의 기본적 조건이라고 생각해요. 러스를 사랑한다면, 러스가 다시 행복해진 걸 보고 기뻐해야 하는 것 아닌가요? 설령 그게 러스가 금발의 젊은 과부랑 다니면서 저한테 거짓말을 한다는 뜻이라도요. 저는 사실 러스가 행복해지는 걸 바라지 않아요. 그저 러스가 저를 떠나지 않기만을 바랄 뿐이에요. 오늘 아침 러스가 그 셔츠를 입은 걸 봤을 때, 저는 러스한테 그 셔츠를 주지 말 걸 그랬다고 생각했어요. 저랑 결혼 생활을 유지하면서 러스가 치러야 할 대가가 고통이라면, 저는 차라리 러스가 고통스러워하면 좋겠어요."

"말씀은 그렇게 하시지만, 그 말을 진심으로 믿으시는지는 잘 모르겠네요." 소피가 말했다.

"또, 그냥 알려드리려고 하는 말인데요." 매리언이 목소리를 높이며 말했다. "저는 여기에 오려고 없는 돈을 짜내고 있어요. 그러니 선생님이나 선생님 남편이 잘 살고 있다는 얘기는 사실 듣고 싶지 않네요."

"제 말을 오해하신 것 같은데요."

"아뇨, 아주 잘 이해했어요."

소피는 다시 노트를 힐끗 보았다. "제가 뭐라고 말했다고 생각하시나요?"

"선생님은 우울하지 않다고요. 선생님은 행복한 결혼 생활을 하고 있다고요. 여름 원피스를 입은 여자를 보면서 그 여자의 인생이 끔찍해지기를, 내 인생만큼 끔찍해지기를 바란다는 게 뭔지 감도 안 잡힌다고요. 선생님이 얼마나 운 좋은지 모를 만큼 운이 좋다는 말을 하고 있잖아요. 모든 인간의 사랑이 얼마나 이기적인지, 모든 인간이 얼마나 나쁜지, 또 이기적이지 않다고 확신할 수 있는 유일한 사랑은 사랑의 하나님뿐인 건 아닌지 생각해볼 필요가 한 번도 없었다고요. 그런 하나님은 별로 위안이 되는 상품이 아니죠. 하지만 우리에게 정말로 있는 건 그분뿐이에요."

소피는 천천히 심호흡했다. "오늘은 얘기를 많이 하시네요." 그녀가 말했다. "그 이유가 뭔지 알고 싶어요."

"전 크리스마스가 싫어요. 살을 뺄 수가 없어서."

"네. 그게 실망스러운 일인 건 분명해요. 하지만 뭔가 다른 게 느껴지는데요."

매리언은 문 쪽으로 고개를 돌렸다. 그녀는 양말 서랍에 들어 있는 돈과 페리에게 사준 못난 싸구려 카세트 녹음기를 떠올렸다. 나가서 페리에게 괜찮은 스테레오 부품이나, 정말로 좋은 카메라를 사주기에는 아직 늦지 않았다. 그걸 주면 페리는 정말로 좋아할 것이다. 그런 선물은 매리언이 페리의 엄마로서 그 애의 머릿속에 집어넣은 어둠에 속죄하는 아주 사소한 방법이 될 것이다. 다른 아이들은 괜찮을 것이다. 하지만 페리만큼은 괜찮지 않을까 봐 무척 걱정됐다. 그리고 페리에게서 느껴지는 불안정성이 그녀에게서 나온 것이라는 걸 알자 견딜 수가 없었다. 계속 소피를 만난다면 여름쯤에는 돈을 다 써버리게 될 것이다. 그리고 소피가 그 대가로 해야 하는 일은 2주에 한 번씩 이상하게 손을 뒤로 틀어서 쳐다보지도 않고 캐비닛 서랍을 연 다음, 무료로 나오는 의사용 소포르™, 메타쿠알론 300밀리그램짜리 한 줌을 꺼내는 것뿐이었다. 그 샘플은 매리언이 1주일에 20달러를 내고 얻는, 논란의 여지 없이 유용한 유일한 물건이었다. 처방전을 받는 게 더 싸겠지만, 매리언은 처방전을 받는 여자가 되고 싶지 않았다. 그녀는 자신의 불안과 우울이 일시적인 것이고, 샘플 약은 그걸 관리하는 즉석 처방이라고 생각하는 편이 더 좋았다. 페리의 가장 걱정스러운 증상들은 약해졌다. 가을이 되자 아이는 교회의 청소년부에 가입했고, 매리언은 결혼 생활이야말로 그녀의 가장 큰 문제라는 소피 말이 맞는다는 생각을 받아들였다. 매리언은 소피가 자신을 나아지게 도와줄 수 있을 거라고 생각했다. 하지만 매리언은 전혀 나아지지 않았다. 고백도 한때는 숙면에 도움이 됐지만, 소포르는 더 큰 도움이 되었다. 그래도 고백 시간에는 매리언이 자신에 관한 가장 나쁜 진실들을 말할 수 있었다. 그녀는 결혼 생활을 지키기 위해 노력하라는 기대를 받지 않고도 원하는 만큼 정신 나간, 불행한 사람이 될 수 있었다. 게다가 이제 매리언은 결혼 생활을 지킬 방법은 없다고 생각하게 되었다. 애초에 그녀에게는 결혼할 자격이 없었으니까. 그녀는 사기를 쳐서 그 결혼 생활을 얻어낸 것이니까. 그녀에게 합당한 건 처벌이었다.

"매리언?" 소피가 말했다.

"효과가 없어요."

"뭐가 효과가 없나요?"

"선생님이요. 이거요. 저 자신이요. 모든 게 다요."

"명절은 무척 힘들죠. 한 해의 마무리도 힘들고요. 하지만 일단 휘저어진 감정을 다루는 건 유용한 일이 될 수 있어요."

"돌파구라는 거죠?" 매리언이 신랄하게 말했다. "이번에도 돌파구를 지나고 있는 건가요?"

"매리언 씨는 본인이 나쁜 사람이라고 느끼죠." 소피가 답을 유도했다. 20달러는 소피가 받는 비용 중 가장 낮은 비용이었다. 하지만 그 정도면 매리언도 증오할 만한 사람이 될 권리를 살 수 있는 모양이었다. 다른 사람한테 방금 같은 모습을 보였다면, 보답으로 상냥한 미소를 받지는 못했을 테니까.

"저는 실제로 나쁜 사람이에요. 그렇게 느끼는 게 아니라." 그녀가 말했다.

"그게 정확히 무슨 뜻인가요?"

매리언은 눈을 감고 대답하지 않았다. 잠시 후, 그녀는 자신이 계속 아무 말도 하지 않고 남은 '시간' 동안 침묵을 지킨 뒤, 한마디도 더 하지 않고 진료실을 나서면 어떤 일이 생길지 궁금해졌다. 매리언에게는 한 주를 더 버틸 소포르가 남아 있었다. 소피에게 다룰 만한 소재를 조금도 주고 싶지 않다는 강한 충동이 일었다. 저 만두에게 그냥 그 자리에 앉아서, 눈을 감고 있는 환자를 쳐다보게 하는 것이다. 그녀의 치유를 도와주지 못했으니 벌을 내리는 것이다. 그녀가 거의 치유되지 않았다는 걸 이해하도록. 모두가 뭔가를 내주지 않고 버티려는 대상인 아내 겸 어머니가 아니라, 주지 않고 버티는 사람이 되는 것이다. 1분 침묵을 지킬 때마다 심리치료에 쓰일 40센트가 낭비될 것이다. 그렇게 일부러 낭비한 시간은 쿠키를 먹는 것이 그랬듯 자해적인 방식으로 매력적이었다. 남은 '시간'

동안 한마디도 하지 않는 것보다 더 못된 만족감을 주는 낭비라고는 자리에 앉는 순간부터 침묵을 지키는 것뿐이었다. 차라리 그럴 걸 그랬다.

몇 분간 침묵이 흘렀다. 복도 저쪽에서 치과 장비가 윙윙거리는 소리만이 들려왔다. 그 후, 매리언은 눈을 반쯤 감고 소피를 보았다. 소피의 눈도 감겨 있었다. 그녀의 표정은 중립적이었고, 두 손은 무릎에서 느슨하게 깍지를 끼고 있었다. 전문가다운 인내심을 보여주려는 것 같았다. 뭐, 해보자는 거지.

돈을 내는 우정의 초창기였던 이번 여름에 매리언은 소피에게 러스한테 했던 노골적인 거짓말, 그리고 어쩌다 보니 말하지 않았는데 이제는 영영 말할 수 없게 된 몇 가지 진실을 털어놓았다. 가장 중요한 사실은 1941년에 그녀가 심각한 정신증의 발병으로 로스앤젤레스에 있는 정신병원에서 14주를 보냈다는 점이었다. 애리조나에서 러스를 만나고 얼마 지나지 않았을 때 그에게 했던 말과는 달리, 로스앤젤레스에서 어느 부적절한 남자와 짧은 결혼 생활을 하고 실패한 적이 없다는 점도. 실제로 남자가 있긴 했다. 실제로 그 남자는 결혼한 사람이었다. 다만 그녀와 결혼한 것은 아니었다. 매리언은 러스에게 자신이 예전에 사용된 상품임을 알려야 한다는 의무감을 느꼈다. 그녀는 적당히 눈물을 쏟으며 '고백' 했다. '결혼하고' '이혼했다'는 사실이 아름답고 착한 메노파 소년을 겁에 질려 움츠러들게 만들고 다시는 그녀를 못 만나게 할까 봐 걱정하면서 말이다. 다행히 러스의 너그러운 마음과 그가 매리언에게 느낀 성적 매력이 승리했다(나중에 움츠러든 사람은 좀 더 완고한 그의 메노파 부모였다). 매리언은 자신이 애리조나에서 새로운 사람이 되었다고 생각했다. 가톨릭으로 개종함으로써 현실에 굳게 발을 내린 사람이 되었다고, 로스앤젤레스에서 있었던 경악스러운 일들은 더 이상 중요하지 않다고 말이다. 러스에게 절반의 이야기를 절반만 알려주었을 때쯤 그녀는 고해성사를 멈추었다.

소피의 고해소로 우연히 들어오기 전까지 20년 넘는 세월 동안 그녀는 짐을 내려놓을 곳이 얼마나 필요했는지 깨닫지 못했다. 환자의 개인 정보 보호 의무는 고해할 때의 비밀 유지 의무만큼 엄격했기에, 매리언은 만두 같은 여자에게 모든 것을 말할 수 있었다. 하지만 매리언과 신만이 알아야 할 것도 있었다(옛날 옛적 애리조나에서는 신의 사제인 중재자도 알 수 있었지만). 소피가 매리언에게 해준 사면은 그녀가 저지른 죄악에 관한 것이 아니라, 그녀가 조울증일지 모른다는 두려움에 관한 것이기도 했다. 듣자 하니, 매리언은 그저 만성적으로 우울할 뿐이었다. 편집증과 경미한 조현병적 경향도 있었고. 조울증에 비하면, 이런 단어들이 위안이 됐다.

매리언이 여름에 소피에게 털어놓고 소피가 노트에 휘갈겨 썼던 이야기는 젊은 시절 러스에게 했던 것과 어느 정도 같은 이야기였다. 그 이야기는 매리언의 아버지 루벤에게서 시작됐다. 루벤은 샌프란시스코 신발 수리 업계에서 일했던 독일계 유대인 홀아비의 외아들로, 대지진 즈음에 버클리에 다녔다. 버클리 미식축구 팀인 골든베어스를 응원하던 루벤은 운동복을 만드는 자기만의 사업을 시작해야겠다고 생각했다. 전국이 고등학교와 대학교 스포츠에 열광하고 있었고, 루벤은 대학을 졸업한 뒤 고등학교에 유니폼을 팔면서 어느 정도 성공을 거두었다. 하지만 대학들을 통제하는 건 다른 모든 분야가 그렇듯 오래된 캘리포니아 출신 가문의 남자들이었고, 이들은 유대인을 배제했다. 매리언은 루벤이 그런 환경에 속한 '예술적인' 젊은 여자를 따라다니게 된 것은 부분적으로 냉정한 사업적 계산에 따른 것이고, 부분적으로는 사회적 야심에 따른 것이며, 아마 약간은 성적 매력 때문이었을 거라고 생각했다. 매리언의 어머니인 이저벨은 한때 샌프란시스코와 소노마 카운티에서 광범위한 부동산을 소유하고 있었던 캘리포니아 출신 가문의 4세대로, 루벤을 만났을 때 그 집안은 대부분의 가산을 탕진한 뒤였다. 절약도 못 하고, 자산 유동화 시기를 놓치고, 사회적 신분 측면에서 점수를 올리느라 후한 기부를 하고, 꿈도 야망도 없는 자식들에게 현명하지 못하게 재산을 나눠준 탓이었다. 이저벨의 형제 중 한 명은 소노마에 남아 있는 가문의 땅을 인정사정없이 경영했고, 다른 형제는 벌이도 형편없고 그리 유명하지도 않았다. 이저벨 자신은 막연히 음악계에서 일하고 싶어 했지만, 실제로 한 일은 샌프란시스코의 문화를 즐기고 자신보다 부유한 친구들의 차를 타고 돌아다니며 그들의 시골 별장에서 기나긴 주말을 보내는 것뿐이었다. 루벤은 그런 별장 중 한 곳에 들어가는 데 성공했다. 매리언은 정확히 어떻게 그런 일이 일어날 수 있었는지 영영 알아내지 못했지만 말이다. 루벤은 이처럼 덕 보고 한 결혼을 판돈으로 걸어 2년 만에 스탠퍼드와 캘리포니아 대학교 운동부와 계약을 따냈다. 매리언이 태어났을 때쯤 그는 로키산맥 서쪽에서 가장 규모가 큰 운동복 제조업자가 되었다. 그는 퍼시픽하이츠에 이저벨을 위한 3층짜리 집을 지어주었다. 매리언이 (잠시) 부유한 어린 시절을 보낸 곳이 바로 그곳이었다.

매리언의 기억에, 그 집은 가톨릭의 하늘보다도 어두웠다. 안개 때문에 흐려진 하늘에서 당시 유행하던 육중한 얼룩무늬 참나무 가구로 떨어지던 빛은 두꺼운 커튼 때문에 더욱 어두워졌다. 어머니는 그녀와 셜리 모두를, 자신의 몸이 별 이유 없이 아홉 달 동안 두 차례 품고 있었던, 일탈 행위의 결과라고 보았다. 둘의 탄생은 어머니의 사교 생활에 방해가 된다는 점에서 유감스러운 일이었다. 다른 한편으로는 신장 결석을 제거하는 것과 비슷한 배출 행위이기도 했지만. 맏이인 셜리는 아버지의 마음을 완전히 사로잡았다. 그러지만 않았어도 아버지의 마음에는 두 딸을 위한 공간이 있었을지 몰랐다. 아버지의 집착성(만두가 쓴 단어였다)은 그의 사업체인 웨스턴올스포츠에 도움이 됐다. 그는 1주일에 67시간을 그 회사에 바쳤다. 하지만 집에서는 그 집착성도 매리언에게 투명 인간이 된 것 같은 기분을 느끼게 했다. 루벤이 사랑하는 사람은 셜리였다. 어쩌다 아버지가 매리언을 똑바로 본다면, 그건 보통 "언니는 어디 있니?"라고 묻기 위해서였다. 셜리는 갓난아기 때부터 정말로 예뻤고, 아버지의 총애를 당연하게 차지했다. 크리스마스 아침에도 셜리는 평범한 아이처럼 탐욕스럽게 엄청나게 많은 선물을 찢어대지 않았다. 조심스러운 가게 주인처럼 선물 포장을 풀었다. 제조상의 결점이 있는 건 아닌지 검사하는 것처럼 선물 하나하나를 조심스럽게 살피고 종류별로 구분했다. 꼭 머릿속의 청구서와 그 선물들을 비교하는 듯했다. 거듭 울려대는 그녀의 목소리—"고마워, 아빠"—는 금전등록기의 땡 소리와 비슷했다. 매리언은 단 한 개의 인형이나 단 한 개의 장난감에 몰입하는 방법으로 그런 과잉을 못 본 척했다. 어머니는 대놓고 지루해하며 하품했고.

어머니에게 크리스마스는 모든 것을 함께하는 네 친구와 강제로 떨어져야 한다는 뜻이었다. 그 친구들은 재산이 덜 고갈된 오래된 가문 출신이었고, 그중 셋은 각자 남편과 아이들이 있었다. 하지만 그들 다섯 명은 모두가 한 묶음으로서의 자신들을 사랑했다. 그들은 환상적인 로웰 고등학교 1912년 졸업반 5인조였다. 그들은 세상이 환상적인 그들에게 불만을 품는다면, 그건 세상의 문제이지 자기들 문제가 아니라고 합동으로 결정했다. 그들은 남은 평생 똘똘 뭉쳐 함께 점심을 먹고, 함께 쇼핑하고, 함께 강의를 들으러 가거나 연극을 보러 가고, 함께 책을 읽고, 함께 가치 있는 명분을 지지했다. 매리언은 5인조에서 어머니가 차지한 자리가 늘 가장 위태로운 자리였다는 것을 알았다. 어머니는 처음부터 가장 돈이 적었고, 결혼도 유대인과 했으니까. 그래서 어머니는 누구보다도 광적으로 자기 자리를 지키려 했다. 이저벨은 자동차의 다섯 번째 바퀴처럼 쓸모없는 존재가 될까 봐 두려워하며 살았고, 크리스마스에는 남편들끼리도 친한 친구로 지내는 세 친구를 부러워하며 조바심을 냈다. 그녀를 빼놓고, 5인조가 아닌 모임을 만들지도 모른다면서 말이다.

아버지가 도무지 그만두지 못한 일은 셜리의 버릇을 망치는 것만이 아니었다. 매리언이 여섯 살인가 일곱 살 때부터 그는 전혀 잠을 자지 못하는 듯했다. 매리언은 이른 시간에 잠을 깨서 아버지가 홀로 배운 래그타임을 1층에서 피아노로 연주하는 소리를 들을 수 있었다. 아버지는 독학으로 건축가가 되기도 했고, 다른 날에는 설계 도구들을 가지고 밤을 보냈다. 그는 계속해서 당시 살던 집보다도 더 큰 집을 다시 설계했다. 직장에서는 자기보다 상위 혹은 하위의 기업들을 매수했고—아버지의 편집증적인 목표는 전국적인 스포츠용품 체인을 만든다는 것이었다—좀 더 투기적인 투자도 했다. 그는 때맞춰 신용매수를 하는 증권 컨설턴트로서의 특별한 통찰력을 활용했다. 엄청나게 많은 담배를 피웠고, 캘리포니아 대학교 미식축구 경기에 아메리카너구리 털가죽 코트를 입고 갔다. 가끔은 매리언을 데려가 50야드 라인 선에 있는 아버지의 자리에 앉게 해주었다. 아버지가 매리언을 데려갔던 건 셜리와 어머니는 그런 경기에 아무 관심이 없었기 때문이었다. 아버지는 경기 내내 끊임없이 떠들어댔다. 그런 말의 대부분은 일곱 살짜리 아이가 도저히 이해할 수 없는 전문용어로 이루어져 있었다. 아버지는 모든 골든베어스 선수의 이름을 알았다. 그는 작은 공책을 들고 다니며 X와 O를 그려 매리언에게 경기 방법을 알려주거나, 캘리포니아 대학교의 수석 코치인 닙스 프라이스에게 보여줄 새로운 작전을 설계했다. 아버지는 사실 자기가 닙스 프라이스보다 코치 일을 더 잘해낼 수 있다고 털어놓았다. 아버지는 한 번도 무례한 행동을 한 적이 없었지만 큰 목소리에 흥분된 말투였다. 매리언은 다른 팬들이 아버지를 계속 쳐다보는 것이 불편했다.

한 국가의 경제란 어찌나 정신질환과 비슷한지! 나중에 매리언은 만일 주식시장이 그때 무너지지 않았다면, 아버지의 조증이 얼마나 오래 갔을지 궁금해졌다. 만일 아버지의 병이 나중에 시작되었다면, 아버지가 대공황 때조차 조증으로 버틸 수 있었을지도. 그럴 것 같지는 않았다. 돌이켜보면 시장의 붕괴와 아버지의 붕괴가 우연히 동시에 일어난 건 너무도 불가피한 일이었으니 말이다. 검은 화요일 이후 몇 주 동안 아버지는 엄청난 빚으로 지탱하고 있던 보유 주식 중 건질 수 있는 것을 서둘러 건지려 했다. 하지만 사무실로 가기 전 서재에서 뉴욕과 통화할 때의 아버지 목소리는 할아버지의 장례식을 준비했을 때와 비슷했다. 매리언은 학교에서 돌아왔다가 와이셔츠에 멜빵을 걸친 아버지가 차디찬 벽난로를 바라보며 응접실에 있는 것을 보았다. 가끔 아버지는 자신을 추락시킨 이상한 불운에 대해 말했다. 여덟 살 매리언은 신용매수나 광산업의 미래에 관해 아는 것이 별로 없었지만, 그래도 어머니나 언니보다는 많이 알았다. 그들은 굳이 알려고 하지도 않았으니 말이다. 어머니는 그 어느 때보다도 자주 자리를 비웠고, 셜리는 자신에게 흘러 들어오는 재화가 줄어들자 차갑게 실망했다. 1929년 크리스마스의 결핍에도, 다음 해 여름에 수영하러 갈 거라 믿었던 라크스퍼 주말 별장의 증발에도.

아버지는 눈의 총기를 잃은 뒤에도 집을 건져내고 식탁에 고기를 올렸으며 셜리의 춤과 노래 수업에 계속 돈을 댔다. 아버지의 유능함은 그렇게 증명됐다. 이제 아버지는 다른 손실을 메우느라 제값도 받지 못하고 매각한 웨스턴올스포츠의 점장으로 일했다. 아버지는 나중에 매리언이 입원까지 하게 된 정신질환이나 그보다 심한 정신병적 상태에 빠졌다. 그렇게 평일이면 매일 아침 침대에서 무거운 몸뚱이를 끌어냈다. 뺨 위로 면도칼을 끌었다. 전차로 몸뚱이를 끌고 가서, 다시는 자기 것으로 만들 희망이 없는 회사의 회의를 억지로 버텨냈다. 그런 다음에는 몸뚱이를 끌고 집으로 돌아왔다. 집에는 용서를 모르는 아내와 실망감으로 그를 고문하던 가장 좋아하는 딸, 그리고 지금까지 벌어진 일에 대해 책임감을 느끼던 매리언이 있었다. 매리언은 투명 인간이었기에 다른 세 사람이 눈치채지 못한 것을 알아차렸다. 그녀는 뭔가 잘못되었다는 것을 알고 있었다.

아버지도 매리언처럼 투명 인간이 되었다. 서재에서 자고 웅얼거리듯 말하며, 누가 방금 한 말을 다시 해달라고 하면 고개를 젓는 잿빛 피부의 유령 말이다. 그러자 매리언은 아버지를 돌보려고 최선을 다했다. 그녀는 저녁마다 전차 정류장으로 아버지를 마중하러 나갔고, 아버지가 좋아하는 골든베어스는 요즘 어떤지 물었다. 매리언은 끔찍하게도 닫혀 있는 아버지의 서재 문을 두드리고, 서재의 악취를 무릅쓰고 자신이 깎은 과일 한 조각을 가져다주었다. 아버지는 어떤 음식보다도 과일을 좋아했다. 캘리포니아의 과일이 워낙 신선하고 다양했으니까. 그 시절에도 아버지는 매리언이 깎아 온 배를 내밀 때마다 눈을 반짝였다. 아버지는 배를 먹으면서도 미소를 짓지는 않았지만, 배가 맛있다고 인정할 수밖에 없다는 듯 고개를 끄덕였다. 매리언은 열 살, 열한 살, 열두 살 때 이미 선과 악이 불가분의 관계로 뒤섞여 있다는 것을 깨달았다. 매리언은 아버지가 과일 한 조각을 즐길 때마다 자신이 느낀 활기가 순전한 사랑 때문인지 언니보다 나은 딸이 되었다는 만족감 때문이기도 한 건지 알 수 없었다.

대공황이 그랬듯, 어두운 시절도 끝이 없는 것 같았다. 1935년 가을, 셜리는 동쪽으로 가는 풀먼 침대차에 올랐다. 셜리는 샌프란시스코를 떠나게 된 것이 행복한 듯했다. 그녀가 떠나는 것을 보는 매리언이 기뻤던 만큼. 예전의 금융 마법을 썼는지, 아버지는 바사 칼리지의 첫 학기 등록금을 구함으로써 셜리에게 해온 오랜 약속을 지켰다. 하지만 그 노력이 아버지를 끝장낸 듯했다. 사랑하는 딸이 떠난 지 몇 주도 채 지나지 않아서 아버지는 어떤 방법을 써도 옷을 입고 출근할 마음을 먹지 못했다. 끔찍하게도 한 번에 여자 네 명만 할 수 있는 게임인 콘트랙트 브리지에 분노를 느끼듯 자신의 인생에 닥쳐온 위협에 6년간 정신을 팔고 있던 이저벨은 마침내 새로운 현실에 적응할 수밖에 없게 되었다. 이저벨은 소노마에 사는, 유대인을 혐오하는 남동생에게 소액을 빌린 다음, 웨스턴올스포츠의 주인들을 설득해 남편에게 짧은 휴가를 주도록 했다. 매리언은 오래전부터 자신과 셜리가 '엄마 뽑기'에서 아주 형편없는 제비를 뽑았다고 느꼈지만, 절박한 상황에서 발휘하는 이저벨의 임기응변에는 감탄할 수밖에 없었다. 이저벨의 자기보존 본능, 그리고 그녀가 5인조 내에서의 입지를 유지하려는 분투를 결국 성공으로 이끌었다는 점은 칭찬할 만한 동시에 딱했다. 그래서 늘 그랬듯, 매리언은 아버지가 한 일을 자기 탓으로 돌렸다.

문제는 매리언이 연극을 발견했다는 것이었다. 가족 중 재능이 있다고 생각된 사람은 셜리였고, 매리언은 눈에 보이지 않는 아이 역할을 맡았다. 그러나 언니가 바사로 떠나자마자 매리언과 그녀의 가장 친한 친구는 학교에서 가을에 공연한 〈페퍼 가족의 다섯 아이〉 오디션을 보았다.

아마 키가 작아서 그랬겠지만, 매리언은 페퍼 남매 중 가장 작고 가장 많은 사랑을 받는 아이인 프론지 역할을 맡았다. 그리고 자신에게도 재능이 있다는 것을 알아차렸다. 매리언은 자신이 하는 일이 착한 행동인지, 나쁜 행동인지 확신하지 못했다. 이제는 익숙해진, 모호한 느낌이었다. 아무튼, 매리언은 리허설을 할 때면 다른 사람이 되었다. 다른 연기자들에게 보이는 존재가 되었다. 자신이 아닌 듯한 느낌, 혹은 일종의 최면에 빠져들었다. 이런 일이 일어난 곳이 학교 강당이었기에, 매리언은 페인트 냄새가 나는 기우뚱한 플랫*이나 시끄럽게 탁탁 소리가 나는 조명 판의 스위치, 아무리 해도 재미있어서 끝없이 천둥소리를 나게 했던 무대 뒤의 주석 판에 홀딱 반했다. 학교가 끝나면, 매리언은 집으로 돌아가 아버지를 돌보는 대신 학교에 남아서 연습하고 플랫을 그렸다.

12월 초, 연극의 첫 총연습에서 매리언은 프론지가 되어 진짜 관객들을 매혹할 준비를 하고 있었다. 그때 잿빛 머리를 땋은 학교 이사가 극장에 들어와, 무대 위에 있던 그녀를 불렀다. 비 오는 오후였다. 4시 30분인데, 이미 어두웠다. 이사는 조용히 매리언을 집으로 데려다주었다. 어머니의 친구 네 명이 모두 이미 모여 있었다. 어머니는 차가운 벽난로 옆에 멍한 표정으로 앉아 있었다. 어머니의 무릎에는 접힌 편지지가 한 장 놓여 있었다. 어머니는 사고가 있었다고 말했다. 친구들 앞에서 완곡하게 말을 돌리는 것이 당혹스러웠는지, 어머니는 고개를 젓고 말을 고쳤다. 여전히 멍한 표정으로, 그녀는 매리언에게 아버지가 자살했다고 말했다. 어머니는 두 팔을 벌렸다. 매리언에게 와서 안기라는 신호였다. 하지만 매리언은 돌아서서 그 방에서 도망쳤다. 아버지의 서재에 들어가야 했

---

* 배경을 보여주는 수직 무대장치.

다. 거기 있는 아버지를 보고, 사람들에게 그들의 생각이 틀렸다는 것을 보여주어야 했다. 그래서 매리언은 계단 2층을 달려 올라가야 했다. 하지만 꼭 올라가는 게 아니라 내려가는 것처럼 느껴졌다. 매리언은 자신이 받아야 할 벌을 향해 죄책감의 터널을 돌진하는 기분이었다. 벌 받는 여자아이의 비명이 이상하게도 아스라하게 들렸다.

그날 아침 일이었다. 어느 배의 선장이 웬 남자를 보았다. 남자는 아이들이 타는 빨간색 손수레를 끌고, 포트 메이슨 아래의 부두를 지나고 있었다. 선장은 남자가 부두를 되짚어가기 전에 다시 그쪽을 보았다. 그때는 수레가 부두 끝에 서 있었다. 두 시간 뒤 물에서 시신을 건져낸 경찰은 남자가 물로 뛰어들기 전에 목과 어깨에 감았던 무거운 사슬이 손수레에 들어 있었을 거라고 추론했다. 단단한 강철로 잘 만들어진 그 장난감 손수레는 빨간 칠이 아직도 선명했다. 그 수레는 한때 셜리에게 준 크리스마스 선물이었고, 나중에는 집 뒤에 있는 제라늄 화분의 받침대였다. 아버지는 어머니가 친구들과 아침을 먹으러 나간 사이 쪽지를 남겼다. 매리언은 그 쪽지를 읽지 않았지만, 내용은 대강 알고 있었다. 사과의 말이나 작별 인사가 아니라 그저 아버지가 어머니에게 감춰온 재정 상황에 대한 고백인 듯했다. 가족의 채무는 절망적이었다. 모든 것에 저당이, 그것도 여러 번 잡혀 있었다. 사기와 파산의 연속이었다. 마지막으로 상상할 수 있는 대출은 셜리의 바사 첫 학기 학비로 쓰였다.

소피에게 해준 매리언의 이야기, 병원에서나 가톨릭교도로서 성찰했던 세월에 정리한 이야기에서 매리언의 죄책감은 자신과의 연결을 끊는 능력과 떼어놓을 수 없었다. 아버지가 죽고 이틀 뒤 밤이었다. 조명 판 스위치의 선명한 탁 소리와 함께, 매리언은 프론지 페퍼로 변했다. 그녀는 자신에게 쇼는 계속되어야 한다고 타일렀다. 그리고 두 시간 동안 무대 위에서 사랑스러운 존재가 됐다. 이 연극은 세 번 상연되었는데, 공연을 마칠 때마다 그녀는 다시 슬픔과 죄책감을 느꼈다. 하지만 이제 그녀는 마음속 스위치를 의지에 따라 켜고 끌 수 있다는 것을 알게 되었다. 매리언은 일시적인 만족감을 위해 자의식의 스위치를 내리고 나쁜 짓을 할 수 있었다. 자기 분열이라는 장난이, 그녀의 병이 시작된 계기였다. 아직 그녀는 그 사실을 몰랐지만 말이다.

매리언과 셜리는 각자의 학교에서 학기를 마칠 수 있었지만, 집은 압류될 예정이었고 가구는 경매로 팔렸다. 어머니는 가뿐하게도 자신은, 이 저벨은 부유한 친구들의 손님으로 잠시 지낼 거라고 했다. 셜리가 아버지의 장례식에 굳이 참석할 필요는 없을 것 같다고 했다. 어차피 전에는 본 적도 없는 아버지의 사촌들이 나타나 비용을 댄 의식이니까 말이다. 셜리는 뉴욕 시에서 직장과 묵을 곳을 찾을 생각이었다. 하지만 매리언은? 외할머니는 치매였고, 매리언까지 어머니 친구의 집에 손님으로 가기엔 손님이 너무 많은 셈이었다. 매리언을 받아줄 만한 사람은 어머니의 형제들뿐이었다. 어머니가 매리언을 애리조나에 사는 풍경화가 제임스 외삼촌에게 보냈다면, 매리언은 자신을 구원할 수 있었을지도 모른다. 하지만 이저벨은 동성애자인 제임스가 보호자로서는 적절하지 않다고 생각했다. 그래서 소노마에 사는 이저벨의 남동생 로이가, 고등학교를 마칠 때까지 매리언을 데리고 있어달라는 이저벨의 부탁을 받아들였다.

로이 콜린스는 많은 것을 혐오하는 사람이었다. 그는 자신의 것이 되었어야 할 돈을 낭비한 조상들을 혐오했다. 루스벨트와 노동조합, 멕시코인, 예술가, 동성애자, 사교계 명사라는 사기꾼들을 혐오했다. 특히 유대인들을, 또 유대인과 결혼해 사교계 명사 노릇이나 하는 사기꾼 누나를 혐오했다. 하지만 그는 동성애자인 형이나 자살한 매형 같은 나약한 남자가 아니었다. 가족을 부양할 의무를 태만하게 하는 남자가 아니었다. 그는 자식이 넷 있었고, 조부모가 남겨준 푼돈으로 시작한 농기계 유통업체를 열심히 일구어 그들을 부양했다. 그의 아내와 자식들은 너무 주눅이 들어 그의 의견에 반대하지 못했다. 그런데도 그는 거의 매번 식사할 때마다 자신이 얼마나 열심히 일하는지 그들에게 일깨워주었다. 매리언은 로이가 딱히 보호자로 적절한 사람이라고 생각하지는 않았다. 하지만 그에게 돈이 있는 건 사실이었다. 그는 매리언의 아버지와는 정반대였다. 샌타로자에 있는 그의 평범한 집을 보고 짐작할 수 있는 것보다 훨씬 부유했다. 그는 대공황의 한복판을 지나면서도 자기 회사의 지불능력을 보전했다. 가족 과수원과 포도원의 유일한 신탁 관리자로서 신탁이 그 자신으로부터 큰돈을 빌리도록 해, 결국 자기 이름을 토지대장에 올렸다. 매리언은 애리조나로 가기 전까지 이 사실을 몰랐지만, 덕분에 로이가 왜 3년 반 동안 그녀를 먹이고 입혀주었는지, 또 왜 그가 누나와 형을 그렇게까지 싫어했는지 이해할 수 있었다. 그들을 혐오하지 않았다면, 그들한테서 강도 짓을 하는 게 더 힘들었을 테니 말이다.

매리언은 열다섯 살이 될 때까지 온순한 딸, 편한 딸이었다. 하지만 로이 콜린스와 함께 살자 마음속 스위치가 내려졌다. 로이와 매리언은 그녀가 피우기 시작한 담배를 놓고 싸웠다. 로이는 매리언이 양말을 신는 방식에 대해, 그녀가 샌타로자 고등학교에서 집으로 데려온 친구들에 대해 싸움을 걸었다. 증명할 수는 없지만, 매리언이 드러그스토어에서 립스틱을 훔쳐 왔다며 싸움을 걸기도 했다. 그리고 매리언은 일단 스위치를 내리면 자신이 뭐라고 소리치는지 거의 의식하지 못했다. 새로운 학교에서 그녀는 연극을 하는 여자애들, 방탕한 여자애들과 그들을 쫓아다니는 남자애들에게 끌렸다. 그녀 자신도 방탕한 여자로 알려지게 되었다. 그녀는 도시 출신이었고, 아버지가 자살했기 때문이었다. 매리언은 골초가 되었다. 그녀는 사람들을 불쾌하게 하는 데 아버지의 자살을 이용했다. 매리언은 자신이 충분히 나쁘게 굴면, 충분히 혐오스럽게 굴면, 로이가 포기하고 그녀를 다른 곳으로 보내버릴지도 모른다고 생각했다. 하지만 로이는 매리언이 무엇을 원하는지 알았고, 그녀가 원하는 것을 주는 걸 가학적으로 거부했다. 한참 시간이 지난 뒤에 매리언은 로이가 자신에게 성적으로 끌렸다는 생각을 하게 됐다. 사람들은 자신이 사랑할까 봐 두려운 대상에게 잔인해지는 것 같았다.

그녀와 가장 친한 친구인 이저벨 워시번은 매리언보다 예쁘고 키도 컸다. 남자들을 미치게 하는 날카롭고 작은 코에 반짝이는 금발이었다. 하지만 매리언은 그 애보다 더 똑똑했고 대담했다. 이저벨은 매리언의 말에 자주 웃었다. 이저벨은 자신을 배우라고 상상했지만, 학교 연극 동아리에는 굳이 가입하지 않았다. 이저벨은 영화관에 가는 것을 더 좋아했다. 영화관에 가면, 좌석 안내원들이 그녀의 코를 존중해 종종 그녀와 매리언을 공짜로 들여보내주었다. 매리언의 과거 자아는 이제 거의 기억이 되었다. 하지만 극장은 여전히 아버지 생각에서 벗어날 수 있는 곳, 죄책감의 공간이었다. 그래서 매리언은, 연극 동아리를 완전히 장악할 수도 있었겠지만, 다른 연극 오디션은 보지 않았다. 대신 실생활의 연극 속으로 뛰어들었다. 그녀는 남자 이야기를 하고, 남자들을 도발하고, 마침내 남자와 사랑에 빠지는 연극을 시작했다. 상대 남자는 콜린스 가족과 같은 거리에 사는 딕 스테이블러였다.

딕은 찌푸린 눈썹에 허스키한 목소리를 갖고 있었고, 살짝 혀가 짧았다. 그 혀짤배기소리에 매리언은 무릎 힘이 풀리곤 했다. 그는 외모도, 목소리도 매리언의 상상 속 히스클리프를 닮았다. 딕의 부모는 합리적이게도 그녀를 믿지 않았다. 매리언의 졸업반 시절은 속임수로 이루어진 연속극이었다. 그녀는 딕과 단둘이 비밀스러운 야외 공간으로 나가 그에게 입을 맞추고, 그가 가슴을 만질 수 있게 해주었다. 그녀는 자신을 '과하게 성적'이라고 생각했다. 가끔 그녀는 문자 그대로 욕구 때문에 눈이 풀렸고, 몸이 아팠으며, 꼭 죽을 것 같았다. 그녀는 딕과 결혼하는 것을 포함해 뭐든 딕이 원하는 것을 할 준비가 되어 있었다. 하지만 딕은 대학에 가서 더 높은 등급의 아내를 얻을 계획이었다. 어느 봄날 밤, 딕의 부모는 응접실에서 무슨 소리를 들었다. 자정이 한참 지난 시간이었다. 딕의 아버지는 무슨 일인지 살펴보려고 살금살금 아래층으로 내려와 샌타로자에서 가장 눈부신 불을 켰다. 매리언과 딕이 응접실 소파에서 옷은 입고 있으나 완전히 가로로 누워 있는 모습이 드러났다. 딕은 이렇게 창피를 당하고 또 부모의 반감이라는 지속적인 압력을 받자 매리언에 대한 열정이 흔들렸다. 매리언은 버려졌다. 더러워졌고, 기분이 나빴다. 외삼촌은 분노를 터뜨렸다. 한번은 걸레라는 단어를 쓰는 데까지 나아갔다. 매리언은 여러 번 했던 것과 달리 그에게 마주 고함치는 대신 자기 비난의 눈물을 흘리며 무너져 내렸다.

어머니는 여전히 샌프란시스코에서 손님으로 지내고 있었다. 매리언에게 가끔 보낸 편지에서 그녀는 우리 아기가 그립다고 주장했지만, 집주인들에게 함께 지낼 수 있도록 우리 아기를 초대해달라는 부담을 줄 수는 없으며 샌타로자에 와서 로이의 적대감에 시달리지는 않을 거라고 했다. 고등학교를 졸업하기 한 달 전, 매리언은 버스를 타고 샌프란시스코로 가서 어머니를 만나, 타디치에서 점심을 함께했다. 마지막으로 어머니를 만난 것이 8개월 전 일이었다. 매리언은 미래를 의논하려고 간 것이었지만, 머리가 하얘지고 아침에 술을 마셨다는 증거로 두 뺨이 붉어져 있던 어머니는 뉴욕에서 지내는 셜리에 관한 신나는 소식만 전했다. 셜리는 김벨의 향수 계산대에서 몇 년 동안 힘겨운 시절을 보낸 뒤, 이제는 브로드웨이에 있었다. 작은 역할인 건 분명하지만 배우로서 첫발을 디뎠다. 더 큰 배역을 맡을 가능성도 있었다. 매리언은 이 소식을 듣자 너무도 화가 났다. 자신이 지워지는 것만 같았다. 그러지만 않았으면 지금까지 이저벨에게 없었던 자질인 어머니로서의 자부심에 가슴이 아팠을지도 몰랐다. 그런 자부심은, 아이비리그에 다니는 아들을 둔 친구들을 간절히 따라잡고 싶어 한다는 의미였으니 말이다. 매리언은 셜리와 어머니가 아버지에게 한 짓에 복수하기 위해서는 누군가가, 어쩌면 자신이 그 둘을 모두 살해해야 할지 모르겠다고 느꼈다. 특히 '재능 있는' 언니를 죽여야 했다. 웨이터가 타디치의 특선 요리인 튀긴 가자미를 내왔을 때, 매리언은 그 가자미에 담뱃재를 털었다.

샌타로자의 집에서는 로이 콜린스가 그녀를 망가뜨리고 있었다. 그는 매리언의 수치심과 자책감을 먹고 살았다. 매리언이 졸업한 뒤 자기 유통회사 직원으로 일하게 된다면 대단히 행운일 거라고 했다. 매리언도 그렇게 믿기 일보 직전이었다. 이저벨 워시번과 함께 로스앤젤레스로 가서 영화계를 찢어버리겠던 앞선 꿈은 딕 스테이블러에게 집착하던 몇 달 동안 휴면기에 접어들었다. 그녀는 이저벨을 덜 만났고, 좀 더 현실적으로 변했다. 그녀는 하도 담배를 많이 피워서 병원에서 재보니 체중이 46.7킬로그램까지 내려갔지만, 캘리포니아 극장에서 화면에 나온 종아리와 발목들을 주의 깊게 살펴보고 나서는 자신의 다리가 할리우드에 출연하기에는 너무 세련되지 못하다고 생각하게 되었다. 반면, 더 나은 다리를 가지고 있던 이저벨은 여전히 로스앤젤레스로 갈 생각이었다. 이저벨은 매리언을 초대했던 것을 한 번도 취소하지 않았다. 타디치에 앉아 있을 때, 담배 끄트머리가 녹은 파슬리 버터에 젖어가고, 어머니는 자신의 장래라는 주제를 꺼내려는 아기의 사나운 눈빛이 너무 거북하다고 느낀 듯 프란치스카 클럽 뮤지컬 위원회의 행위에 관해 수다를 떨어대던 그때, 매리언은 너무도 살인적인 분노를 느꼈다. 그 결과, 결정이 저절로 내려졌다. 그녀는 로스앤젤레스로 가서 스위치를 내리고 무슨 일이 일어나는지 보기로 했다. 그녀는 자신을 드러낼 생각이었다. 그리고 확실히, 누군가를 살해하게 될 터였다. 그게 누구인지 몰랐을 뿐이다.

이저벨에게는 할리우드의 눈에 띌 계획이 있었다. 윌리엄 파월의 주치의인 사촌과 관련된 계획이었다. 이저벨은 투지 넘치게도 매리언에게 그 계획에 참여해도 된다고 했지만, 막상 매리언이 자기와 함께 간다고 하자 별로 신나지 않는 듯했다. 그들이 배우 지망생을 위한 집에는 모두 대기자 명단이 있다는 것을 알게 된 이후 물러나 숙박하게 된 로스앤젤레스의 제리코 호텔에서, 이저벨은 매리언이 하는 말에 더 이상 웃지 않았다. 의사인 사촌이 점심을 먹으러 나가자고 하자 이저벨은 어쨌든 그를 혼자서 만나는 게 더 낫겠다고 판단했다. 상황을 이해하고 이저벨을 죽여야 할 사람의 명단에 추가한 뒤, 매리언은 피게로아가(街)에 있는 여성 전용 하숙집에 들어갔다. 그녀는 신문에 광고를 내는 몇몇 소속사를 찾아갔지만, 매리언과 비슷한 여자들이 백만 명은 있었다. 로이 콜린스가 한 푼도 더 주지 않겠다는 성난 맹세를 곁들여가며 준 300달러를 다 써버렸을 때, 매리언은 당시 로스앤젤레스에서 가장 큰 제너럴모터스 영업소였던 러너 모터스사의 사무직 일자리를 얻었다. 그녀는 처음 받은 월급으로 한 편에 5센트씩 하는 오래된 대본을 한 무더기 사서, 방에서 큰 소리로 읽으며 자신이 아닌 느낌을 다시 포착하려 애썼다. 하지만 그녀에게는 극장이 필요했고, 극장에 들어갈 방법은 전혀 알 수 없었다. 셜리는 어떻게 해낸 걸까? 누군가 향수 계산대에 있는 그녀를 발견한 걸까?

혼자 보낸 첫 크리스마스는 하도 형편없어서 나중에도 좋아 보이지 않았다. 러너 모터스의 사무실에서 일하는 한 여자가 자기 가족과 함께 저녁을 먹자고 매리언을 초대했지만, 매리언은 다른 가족의 크리스마스라면 겪을 만큼 겪었기에 가고 싶지 않았다. 오후가 되자 그녀는 전차를 타고 종점인 샌타모니카까지 가서, 바닷가의 벤치에 혼자 앉아 담배를 조금씩 나눠 피우며 일기를 썼다. 그녀는 정확히 1년 전에 쓴 일기를 읽었다. 딕 스테이블러가 그녀에게 은도금 목걸이를 주었고, 그녀는 그에게 양장본 칼릴 지브란 책을 주었던 날이었다. 딕의 손길을 갈망하는 매리언의 마음이 모든 순간을 채색했다. 샌타모니카는 날씨가 괜찮았다. 멀리서 보이는 눈 덮인 봉우리들은 실체 없이 겨울 아지랑이 위를 떠다녔다. 모든 것이 대체로 균형 잡힌 것처럼 보였다. 동쪽에서 불어온 산들바람 덕분에 바닷물은 연안 쪽에 머물렀고, 저기가 태양도 파도의 영원한 반복 때문에 견딜 만했다. 넓고 평평한 바닷가에서 숨결처럼 부서지는 그 모습을 보니, 매리언 자신에게서 생기가 빠져나가고 있다는 사실이 덜 위협적으로 느껴졌다. 최근에는 압박감과 외로움, 그보다 정의하기 어려운 무언가가, 아마 낮은 등급의 두려움이 그녀의 머릿속을 압박해왔다. 하지만 그런 감정들은 겉으로 보이는 그녀의 자세를 통해 침착한 모습으로 상쇄됐다. 그녀는 혼자 앉아 있을 만큼 자신에게 흥미가 있는 여자였다. 가족과 함께 걸어가는 남자들의 눈길을 끌 만큼 예뻤다. 아무도 오랫동안 그녀를 귀찮게 하지 못할 정도로 거칠었다. 그리고 벤치에 앉아 있는 동안 누군가의 눈에 띈다는 건 그저 공상일 뿐이라는 걸 알 만큼 똑똑했다. 마침내 태양이 안개 속으로 가라앉았다. 그녀는 문을 연 식당이 눈에 띄자마자 그리로 들어가, 그레이비소스를 곁들인 칠면조 고기 패티와 감자 퓌레, 크랜베리 젤리 한 조각을 깡통째로 먹었다.

"매리언?" 소피 세라피마이데스가 말했다.

매리언은 한쪽 엉덩이가 얼얼하고 따끔거렸다. 그녀는 한쪽 팔이나 발이 잠드는 데는 익숙했지만, 엉덩이 근육이 잠드는 것은 다른 문제였다. 마지막으로 임신한 이후로는 한 번도 그런 적이 없었다. 매리언은 이것이 자신의 육중한 몸무게 때문이 아닐까 생각했다.

"안타깝지만, 시간이 거의 다 됐어요." 소피가 말했다.

매리언은 체중을 조금 바꿔 실으며 엉덩이에 피가 돌아오도록 하고 눈을 떴다. 창밖의 기찻길에 눈이 내리고 있었다. 반쯤 닫힌 베니션 블라인드 판 사이로 보이는 흰 눈송이들이 더 빨라진 것 같았다.

"침묵으로 무슨 의미를 전달하고 싶었던 건지 알고 싶어요." 소피가 말했다. "말해줄 수 있다면 계속해서 상담을 할 수도 있어요. 진료가 하나 취소됐거든요. 오늘은 매리언 씨가 제 마지막 환자예요."

"20달러밖에 없는데요."

"뭐." 소피는 상냥하게 미소 지었다. "원한다면 크리스마스 선물이라고 생각하셔도 돼요."

매리언은 몸을 떨었다.

"매리언 씨한테는 크리스마스라는 명절이 특별히 의미 있는 것 같은데." 소피가 말했다. "그게 뭔지 말해줄래요?"

매리언은 다시 눈을 감았다. 그녀가 샌타모니카에서 홀로 보낸 크리스마스는 나중에 보니 그녀와 바깥세상이 균형을 맞추었던 마지막 날인 것 같았다. 1950년의 첫 몇 주 동안, 혼란스러운 폭풍이 연이어 닥치며 캘리포니아 남부에 비를 쏟아놓았다. 그 비 때문에 거리가 시커멓고 기름 낀 것처럼 보이던 날 저녁, 그녀는 러너 모터스사에 늦게까지 남아 브래들리 그랜트가 말도 안 되는 가격에 팔아치운 자동차에 관한 서류를 타자로 쳤다. 비스듬한 빗줄기는 자정이 한참 지나서까지 하숙집 창문을 후려쳤다. 그때 그녀는 일기장에 끔찍한 일이 일어났고 뭘 어째야 할지 모르겠다. 다시는 이런 일이 일어나서는 안 된다라고 썼다.

브래들리 그랜트는 러너의 스타 영업 사원이었다. 매리언은 외로웠지만, 점심시간에는 아무도 사용하지 않는 부품실에 들어가 혼자 샌드위치를 먹었다. 그곳에서는 최소한 온전히 책과 함께할 수 있었으니까. 그런데 브래들리 그랜트가 그녀를 방해하기 시작했다. 브래들리는 그녀보다 열다섯 살이 많았지만, 십대처럼 군살 없는 몸매에 얼마나 잘생겼는지 판단하기 어려운 얼굴을 갖고 있었다. 잘 변하는 그의 얼굴에는 어딘지 만화 같은 구석이 있었다. 특히 그 큼지막한 입이 그랬다. 그는 매리언이 모파상 단편선을 들고 있는 것을 보더니, 그녀의 점심시간 피난처에 침입해 모파상에 관해 떠들어댔다. 그는 열정적인 독서가였고, 훈련받은 문학도였다. 매리언이 볼 때 그랜트는 자기 자신에게 대단한 관심이 있는 사람 같았다. 너무 말을 하고 싶어서, 그 말을 발산할 수단을 찾아 부품실까지 뒤져야 하는 모양이었다. 하지만 어느 날, 그는 자기가 가지고 있던 영국 작가 조지 오웰의 책《카탈로니아 찬가》를 매리언에게 가져다주었다. 그는 유럽에서 파시즘이 부상하는 것을 괴로워했다. 매리언으로서는 사실상 전혀 모르는 주제였다. 그녀는 적절한 때에 오웰을 읽었고, 신문 맨 앞 페이지에 관심을 두기 시작했다. 브래들리에게 덜 무식해 보이기 위해서였다. 어느 날, 그는 매리언처럼 지적이고 예쁜 여자는 손님들을 만나는 공간에서 일해야 한다고 했다. 바로 다음 날, 그녀는 영업장으로 배치됐다. 러너에서 덜 중요한 영업 사원들은 고약한 냄새를 풍기고 땀을 삐질삐질 흘려대며, 정오에 속옷을 갈아입고, 매주 금요일이면 해고 통지서를 받을까 봐 걱정하는 처지였다. 하지만 브래들리 그랜트는 영업에 너무도 소중한 자원이었기에, 오직 사장인 해리 러너만이 그의 의견을 물리칠 수 있었다. 매리언은 새로운 자리에 배치된 다음에도 계속 뒷방에서 점심 샌드위치를 먹었다. 영업장에서 타자를 치고 서류를 날라 오는 일은 할리우드의 눈에 띄는 방법과는 거리가 멀었다.

누구나 태어났을 때는 1년 중 오직 하루, 자기 생일만이 중요하다. 하지만 인생을 살아가다 보면 다른 날짜들이 영구적으로 승격되거나 더럽혀진다. 아버지가 자살한 날, 그녀가 결혼한 날, 아이들이 태어난 날. 그러다가 달력에는 체스판처럼 의미들이 빽빽하게 색칠된다. 1월 24일 저녁, 물이 뚝뚝 떨어지는 중절모를 쓴 웬 젊은 남자가 문 닫기 직전에 러너 전시장에 들어왔다. 덜 중요한 영업 사원 하나가 그에게 다가갔지만, 남자는 그를 뿌리쳤다. 러너에서는, 자동차에 대한 지식을 과시하거나 몇 분쯤 사람들이 알랑거리는 것을 즐기거나 그냥 날씨를 피하기 위해, 차를 살 생각도 없이 들어오는 사람을 모두 제이크 반스라고 불렀다. 그 이름을 만들어낸 장본인이자 그날 이미 세 건의 판매를 성사시킨 브래들리 그랜트는 사과 한 개를 들고 매리언의 책상으로 어슬렁거리며 다가오더니, 젊은 제이크 반스를 찬찬히 살펴보며 조심스레 사과를 먹었다. "신발이 마음에 드는데." 브래들리는 사과 심을 매리언의 휴지통에 던져 넣으며 말했다. "어디 갈 데 있어?" 매리언에게는 어디 갈 데가 있었던 적이 한 번도 없었다. 1분도 채 지나지 않아, 브래들리는 전시장에서 제이크 반스의 어깨에 한 손을 얹어놓고 그가 새 뷰익 센추리에 타도록 도와주고 있었다. 매리언은 브래들리의 얼굴이 쫙 늘어나며 놀라움, 무관심, 공감, 완고한 책망을 나타내는 만화적 표정을 짓는 것을 지켜보았다. 그는 서두르는 것처럼 보이지 않고도 서두르는, 미끄러지는 듯한 발걸음으로 매리언에게 돌아왔다. 그는 전시장 문을 닫지 말고, 매니저를 대기시키라고 했다. "제이크랑 잠깐 현금 달리기를 하고 오려고." 브래들리는 그렇게 말하며 다시 미끄러지듯 멀어져갔다. 한 시간 뒤, 그와 젊은 구매자는 전시장으로 돌아왔고 매리언은 서류 작업을 하게 되었다.

"참 쉽지?" 브래들리는 구매자가 떠나자 의기양양했다. 그는 도박꾼처럼 한 손 주먹을 다른 손 주먹에 부딪혔다. "내가 오늘 차를 한 대 더 팔수 있을까, 없을까? 얼마 걸래?" 그의 에너지를 보자, 매리언은 붕괴 직전의 아버지가 생각났다. 사무실에 남은 건 둘뿐이었고, 그는 매니저의 허가를 받지 않고는 차를 팔 수 없었다. "나는 팔 수 있다는 쪽에 티본스테이크를 걸게." 그가 매리언에게 말했다. "넌 뭘 걸래?" 그는 매리언에게 대답할 겨를도 주지 않고 우산을 집어 들더니 전시장에서 달려 나갔다. 매리언은 현관에서 담배를 피우며, 그가 호프가와 피코가의 모퉁이에서 브레이크를 밟는 자동차를 상대로 영업하는 것을 보았다. 운전자들은 창문을 내리고, 브래들리가 그들의 자동차와 영업소를 번갈아 손짓하는 것을 보았다. 그건 미친 짓이었다. 매리언은 대체 브래들리가 누구를 위해서 저런 짓을 하는 건지 알 수 없었다. 자기 자신을 위해서일까, 아니면 그녀를 위해서일까. 하지만 그를 보고 있자니 잠재돼 있던 두려움이 표면으로 떠올랐다. 나중에 애리조나에서 매리언은 브래들리가 우산을 들고 빗속에 서 있던 모습이 순수한 악의 전조였다고 생각하게 되었다. 사탄이 매력적일 만큼 유식한 유혹자도, 우스꽝스러운 빨간 얼굴에 삼지창을 들고 있는 악마도 아니라는 사실은 오직 진지한 가톨릭교도들만이 안다. 사탄은 끝없는 고통이자 정신의 학살이었다.

"여기, 이 신사분께서 현명하게도 더 이상 폰티액을 몰지 말아야겠다는 깨달음을 얻으셨습니다." 브래들리는 체격 좋은 대머리 남자를 전시장으로 안내하며 말했다. 대머리 남자에게서는 술 냄새가 났다. 브래들리는 고객을 찾는 데 30분도 걸리지 않았지만, 옆으로 튄 비와 길에서 흩뿌려진 물로 흠뻑 젖어 있었다. 그는 매리언한테 그 신사에게 커피를 가져다주라고 했다. 그러는 동안 자기는—그는 매리언에게 윙크했다—매니저와 이야기하겠다고 했다. 그런 다음, 그는 그 신사가 폰티액과 교환하고 싶어 하는, 체리처럼 빨간 35년식 올즈모빌 쿠페의 열쇠를 가져다 달라고 했다. 신사는 개인 수표로 돈을 낼 거라고도 덧붙였다. 두 남자는 건물 뒤 부지로 돌아갔다. 거기에 빨간색 자동차가 주차돼 있었다. 로이 콜린스가 그녀를 무법자로 만들지만 않았어도 매리언은 그냥 그 자리를 떠나, 브래들리가 혼자서 거래를 마무리하도록 놔뒀을 것이다. 대머리 멍청이가 올즈모빌을 타고 떠나자 브래들리는 납작한 위스키병과 깨끗한 커피 잔 두 개를 꺼냈다. 매리언은 브래들리의 자리에서 멍청이의 뚱뚱한 엉덩이로 데워진 의자에 걸터앉았다. 브래들리와 아내와 두 아들이 사진관에서 찍은 작은 사진이 보였다. 그녀는 티본스테이크를 지금도 먹을 수 있는 건지, 아니면 브래들리가 그 말을 잊어버린 건지 궁금해졌다. 그녀는 담배에 다시 불을 붙이고 위스키를 홀짝였다. "수표가 튕기지 않았으면 좋겠네요."

"안 튕길걸." 브래들리가 말했다. "하지만 튕겨도 상관없어. 수표 없이도 본전보다 훨씬 많이 뽑았거든."

"그 사람 차가 더 비싸요?"

"1년밖에 안 된 차야! 바로 교환하자고 제안할 수도 있었어. 하지만 그러면 그 녀석이 '아니, 잠깐만……' 할 거 아니야? 그래서 내가 숫자를 제시하고, 녀석이 가격을 절반까지 깎게 해줬지."

"못됐다." 매리언이 말했다.

"천만에. 명품 자동차를 소유하는 재미의 절반은, 그 값을 낼 수 있다는 데서 오는 거야."

"저 사람한테 좋은 일을 해줬다는 거예요?"

"이런 게 바로 심리야. 이 직업은 전부 심리적인 거라고. 내 문제는 사람들 심리를 너무 잘 안다는 거고. 내가 거리에 나갔을 때 봤지? 그런 거 본 적 있어?"

매리언은 고개를 젓고 위스키를 한 모금 더 마셨다.

"일종의 강박이랄까." 브래들리가 말했다. "일단 영업을 시작하면 빠져 나올 수가 없다니까. 난 이걸 너무 잘하거든. 사람들은 내가 자기들을 호구 취급한다는 걸 알면서도 그냥 놔둬. 다들 여기 들어올 때는 마음을 굳게 먹겠다고, 제대로 된 흥정을 해보겠다고 엄숙하게 맹세하지. 하지만 그 사람들은 1년에 한 번이나 10년에 한 번밖에 차를 사지 않아. 한 번도 차를 사본 적이 없을 수도 있고. 그런데 여기 나는 밤낮으로 차를 파는 사람이란 말이지. 저 사람들한테는 승산이 없어! 내가 저 사람들 마음을 녹이고, 저 사람들은 집으로 돌아가 아내한테 거짓말을 하게 되겠지. 엄청나게 좋은 거래를 했다고 말하게 될 거야. 주차장에는 빨간 자동차가 한 대밖에 없었고, 그 남자는 그 차를 사야만 했지. 차가 빨간색인 데다, 젠장, 딱 한 대밖에 없잖아. 그럼 내일 아침에 우리는 뭘 해야 할까? 다른 빨간색 차를 내놓는 거야. 정말이지, 이 직업이 내 영혼을 죽이고 있다니까."

매리언은 브래들리의 책상에 잔을 올려놓았다. 더는 술을 마시지 않을 생각이었다. 그녀는 음식 얘기를 꺼내야 할지, 아니면 그냥 배고픈 채로 집으로 돌아가야 할지 궁금했다. 하지만 브래들리에게서는 계속 말이 쏟아져 나왔다. 그는 미시간에 있는 대학교에서 연극 대본을 쓴 적이 있으며, 대학 잡지에 시가 실린 적도 있다고 말했다. 그는 작가로서 영화계에 진입하려고 로스앤젤레스에 왔다고 했다. 그때만 해도 영혼이 살아 있었지만, 자기만의 꿈을 가진 여자를 만나고 말았다. 어찌어찌해서, 이제는 빌어먹을 또 한 명의 중산층으로 살아가기 위해 사람들을 등쳐먹고 있었다. 밤에는 아이디어가 떠오른다고 했다. 독창적인 시나리오 아이디어 말이다. 예를 들어, 스페인 내전 당시에 히틀러가 보낸 스페인 대사의 딸이 공화국의 정보장교와 사랑에 빠지는 이야기라든지. 파시스트들이 그 장교의 아내와 아이들을 인질로 잡고 있어서, 그는 대사의 딸에게 가족이 스페인에서 탈출할 수 있도록 도와달라고 한다. 대사의 딸은 장교가 자신을 정말로 사랑하는 건지, 아니면 가족을 구하기 위해서 자신을 이용하는 것뿐인지 확신하지 못한다. 브래들리에게는 그런 아이디어가 백만 가지는 있었다. 하지만 대체 언제 시나리오를 쓴단 말인가? 하루가 끝날 때면, 그의 영혼은 너무 죽어 있었다. 그에게 남아 있는 인간적 품위 한 가닥은 자신이 아들들을 무척 사랑한다는 것뿐이었다. 브래들리는 오직 그 아이들 덕분에 자신이 세상에서 가장 나쁜 사람은 아니라는 것을 알았다. 아이들이 무거운 짐이기는 했다. 그래, 아이들은 그의 창의력을 고갈시켰다. 하지만 아이들에 대한 책임감만이 그가 지옥에 떨어지는 벌을 받지 않도록 막아주었다. 내 말 이해할 수 있어, 매리언? 아이들은 타협 불가야. 결혼 생활은 타협 불가야. 난 절대로 이저벨을 떠나지 않을 거야.

매리언의 두려움이 급격히 심해졌다. "아내 이름이 이저벨이에요?"

실제로 사진 속 여자는 약간 이저벨 워시번과 닮아 보였다. 나이도 더 많고 뚱뚱했지만, 그녀와 비슷한 금발에 코도 작았다. 매리언은 사진을 빤히 바라보았고, 브래들리는 자리에서 일어나 책상을 돌아오더니 그녀의 발치에 웅크렸다.

"네 눈에는 영혼이 담겨 있어." 그가 말했다. "네 영혼은 무척 생기가 넘쳐. 널 보면 죽을 것 같아. 난…… 세상에! 네 안에 얼마나 많은 영혼이 들어 있는지 알기는 해? 널 보면, 널 갖지 않고서는 살 수 없을 것 같다는 생각이 들어. 하지만 널 가질 수 없는 건 분명하지……. 그야…… 상황이 다르면 또 모르지만. 되는 이유이기도 하고, 안 되는 이유이기도 하고. 내 말 이해해?"

아무리 위스키를 많이 마셔도 두려움을 이길 수는 없었을 것이다. 하지만 매리언은 잔에 든 술을 마저 마셨다. 거리 쪽에서 가게를 보는 시야는 반짝이는 전시 차량 때문에 막혀 있었다. 그러나 어떤 각도에서는 행인이 전시장 불빛을 받으며 그녀의 발치에 웅크리고 있는 브래들리를 볼 수도 있었다.

"뭐라고 좀 해봐." 그가 속삭였다. "아무 말이나."

"집에 가야 할 것 같아요."

"그래."

"그리고 다른 직장을 구해야겠어요."

"세상에, 안 돼. 매리언. 더 이상 네 얼굴을 볼 수 없다면 난 죽고 말 거야. 제발 그러지 마. 맹세해. 귀찮게 굴지 않을게."

발치에 웅크리고 있는 남자가 자신을 그런 식으로 생각한다니 이상했다. 브래들리는 매력적인 사람이었다. 하지만 결혼했다는 점을 무시한다 해도, 결국 자동차 영업 사원에 불과했다. 매리언은 온전한 판단력으로 차오르는 두려움을 극복했다. 그녀는 일어나려 했지만, 브래들리가 그녀의 한쪽 손을 잡아 자리에 앉혔다. "너에 대해서 쓴 글이 있어." 그가 말했다. "뭔지 말해줘도 돼?"

그녀의 침묵을 동의로 받아들인 그는 시를 읊었다.

　한 여자가 걷는다네. 그녀의 이름은 매리언
　머리카락은 검지만 향기는 환하지
　맑고 찬란하게 구름을 꿰뚫는 햇살 같지
　시선을 내리깔고 있지만 빛으로 가득하고
　또 어둠으로 가득한 그녀의 정신은 드넓은 하늘
　평온하면서도 위협적인, 닿을 수 없는 것

"누가 쓴 거예요?" 매리언이 말했다.

"내가."

"당신이 썼다고요."

"언젠지 기억도 안 나는 오래전에 글을 쓰고, 지금 처음 쓴 글이야."

"나에 대해서 썼다고요?"

"응."

"다시 말해봐요."

그는 다시 시를 읊었다. 얼굴을 붉히며 진심을 담아 시를 읊는 모습이 확실히 잘생겨 보였다. 위스키의 취기가 뒤늦게 올라왔다. 어떤 수문(水門)이 열렸다. 전시장 바닥이 기울어진 것처럼 보였다. 자동차에 주차 브레이크가 채워져 있다는 걸 증명하려는 듯했다. 매리언은 브래들리가 세 시간 만에 두 번이나 낯선 사람을 설득해, 원해서는 안 되는 것을 원하게 만든 것을 보았다. 그런데도 브래들리에게 정말 작가로서의 재능이 있는 건 아닐지 궁금해졌다. 브래들리가 말한 시의 주인공은 구체적이었다. 아무나로 바꿔 쓸 수 있는 게 아니었다. 다름 아닌 매리언이 자신을 어둡고도 밝다고, 하늘처럼 넓다고 생각했다. 게다가 브래들리는 매리언의 이름으로 운율을 맞춰놓기도 했다.*

"한 번 더." 매리언이 말했다.

매리언은 세 번째로 들으면 그에게 진짜 재능이 있는지 확실히 알게 될 거라고 생각했다. 사실, 그걸로는 아무것도 알 수 없었지만 말이다. 그녀가 들을 수 있었던 것은 그가 그녀에 대한 시를 썼다는 이야기뿐이었다. 매리언은 의자 등받이에 기대, 취기에 눈이 감기도록 가만히 있었다. "휴." 그녀가 인정했다. 마음속 스위치가 내려져 있었다. 그것 역시 그녀는 신경 쓰지 않는다는 말을 전할 또 다른 방법이었다. 목에 사슬을 감은 채 물굽이 바닥에 가라앉아 죽은 아버지. 매리언이 아무리 뛰어도 잡을 수 없던 언니. 그녀는 상관하지 않았다.

브래들리가 그녀를 끌어당겨 일으키고 입 맞추었다. 그 입맞춤이 딕 스테이블러가 사라지면서 함께 꺼졌던 지나치게 성적인 부분을 건드린 것 같았다. 그 부분이 원하는 것은 바로 그녀를 원하는 남자였다. 소름 끼쳤다. 매리언은 브래들리에게 아무리 세게 파고들어도 부족하다고 느꼈다. 더 세게 파고들어야 했다. 브래들리가 그렇게 해주었다. 브래들리는 묵직해서 움직이지 않는, 반짝이는 캐딜락 75에 그녀를 밀어붙여놓고, 딕 스테이블러가 감히 파고들지 못했던 부분을 파고들었다. 매리언의 엉덩이가 할 수 있지만 그동안 한 번도 해보지 않은 동작이 있었다. 매리언은 엉덩이가 그 동작을 하도록 해야 했다. 엉덩이의 힘을 완전히 풀어야 했다. 그것도 똑바로 선 채로, 옷을 입은 채로. 아직 젖은 바지를 입은 브래들리가 그녀의 두 무릎 사이에 있는 채로. 그게 무척 중요한 일로 느껴

---

* 실제 원문의 시는 매리언의 이름과 운율이 맞춰져 있지 않은데, 매리언이 착각하는 것이다.

졌다. 로이 콜린스는 매리언이 샌타로자에서 떠나기 전날 밤, 조심하지 않으면 로스앤젤레스에서 무슨 일이 일어날지 예언했다. 로이는 걸레라는 단어를 다시 쓰지는 않았지만, 매리언이 곤경에 처한다 해도 자신이 도와줄 걸 기대해서는 안 된다고 매우 명확히 밝혔다. 그런데 매리언은 지금 이렇게, 유부남 앞에서 다리를 벌리고 있었다. 브래들리가 그녀의 목덜미로 고개를 숙였다. 매리언은 그의 머리 너머로 사무실 벽시계가 11시 정각을 향해 고르지 않은 걸음걸이로 다가가는 것을 보았다. 11시는 하숙집 문이 잠기는 시간이었다. 위스키 기운이 가시자 매리언은 허기에 구역질이 났다.

매리언은 장편소설을 읽다가 책갈피를 끼우듯 그를 밀쳐내고, 아무 말 없이 담배를 피우러 갔다. 브래들리도 밝은 조명을 끄고 가게 문을 잠갔다. 그는 매리언을 자신의 37년식 라살로 데려가면서 아무 말도 하지 않았다. 매리언의 집에 도착했을 때는 야간 관리인이 자물쇠를 잠그기 전까지 이야기할 시간이 겨우 10분밖에 없었다.

매리언은 담배 세 대를 연달아 피우고 껐다. "아침에 어떻게 출근해야 할지 모르겠네요."

"늘 하던 대로 하면 돼." 그가 말했다.

사태가 악화되기 전에 풀어야 할 문제가 있었지만, 매리언은 그 문제에 해결책이 없는 건 아닌지 의구심이 들었다. 매리언은 자신도 러너 모터스에 들어와서 딱 한 대밖에 없는 빨간색 자동차를 봤던 그 남자보다 별로 강하지 않다고 생각했다. 아무 의미 없는 대화에 마지막 몇 분을 낭비하는 대신, 그녀는 미끄러지듯 움직여 브래들리를 두 팔로 끌어안았다. 자동차가 돌풍에 흔들렸고, 그녀도 함께 흔들렸다. 매리언은 집에 들어가서 방문을 닫자마자 자위했다. 딕 스테이블러와 키스한 뒤의 실망감

속에서 든 버릇이었다. 하지만 그때는 더 순진한 시절이었다. 지금 매리언은 너무 외로워서 성욕을 푸는 데 집중할 수 없었고, 성욕에 굴복하기에는 자신의 나쁜 짓에 너무 겁이 났다. 대신 그녀는 울어야 했다. 이때가 기억상실이 처음으로 발생한 순간이었다.

새벽 1시가 되었는데, 매리언은 두 시간 동안 무슨 일이 일어났는지 기억할 수 없었다. 그녀의 딱하고 작은 방이, 이가 빠지고 칠이 벗겨져가는 가구와 담배 연기에 찌든 천, 지나치게 밝지만 침대에서 책을 읽기에는 위치가 적당하지 않은 램프가 무작위적인 장소를 모아둔 것처럼 보였다. 언젠가 뚫어지게 바라봤거나, 얼굴을 들이밀었거나, 이마를 부딪쳤던 곳처럼. 그녀의 이불은 아무렇게나 구석에 쌓여 있었다. 새로운 담배 연기는 없었지만, 재떨이가 침대에 엎어져 있었다. 오래된 꽁초와 재로 이루어진 더러운 산사태가 베개 밑에 쌓여 있었다. 꼭 누군가가 자기 몸을 지키려고, 비스듬한 비가 되어 창문을 두드려대는 악령들과 미친 듯이 싸운 듯했다. 이제는 고통스러울 정도로 배가 고팠다. 하지만 몸에 상처는 없는 듯했다. 이 세상 누구도 나보다 외롭지는 않다. 그녀는 일기장에 그렇게 적었다.

다음 날 아침에는 폭풍이 잠시 멈추었다. 그녀는 계란 한 접시를 먹은 다음 직장에 갔다. 도시 위 하늘은, 몰아치는 구름 사이의 깜짝 놀랄 만한 푸른 틈은 좀 더 순결했던 샌프란시스코의 겨울을 떠올리게 했다. 그걸 보자 용기가 났다. 그녀는 일과를 바꾸면 괜찮을 거라고 생각했다. 다른 사무실 여자들과 함께 점심을 먹고, 브래들리 그랜트와 다시는 단둘이 있지 않는다면 말이다. 하지만 러너에 도착해 매니저에게 아침 인사를 건네려 했을 때, 그녀는 잠깐의 기억상실이 분명한 피해를 남겼다는 걸 알게 되었다.

매리언의 병증은 거의 말을 할 수 없다는 것이었다. 발언으로 이어졌어야 할 충동은 방향을 틀어 말을 삼키고 얼굴을 붉히는 결과로 이어졌다. 가슴에 뭔가 맺힌 기분이 들었고, 다리를 벌렸던 기억이 원치 않게 떠올랐다. 그녀는 아침 내내, 전시장에 있을 때나 아닐 때나 자의식으로 머릿속이 너무 어지러웠다. 입을 열면, 정신이 한발 뒤처졌다가 자신이 하는 말을 남들이 알아들을 수 없을 거라는 불안에 떠밀려 앞으로 달려 나오는 것만 같았다. 매리언은 매번 자신이 절반쯤 적절하게 말했다고 느꼈다. 그 정도의 말이라도 나왔다는 것 자체가 놀라운 행운처럼 보였다.

점심시간에 다른 여자들과 함께 라운지에 있던 그녀는 우호적인 관심을 기울이는 것처럼 그들의 대화에 귀 기울이려 했다. 하지만 그녀의 눈은 누구든 말하는 사람을 보지 않으려 했다.

"……울워스에서 세일 중이야. 넌 상상도 못 하겠지만, 거기서……."

"……잘 맞는다기에는 2~3센티미터쯤 크더라고. 대체 어떻게 세 번이나 치수를 쟀는데……."

"……지난 목요일에 나를 시사회에 데려갔어. 그 사람이 아는 사람이 있는데……."

"……근데 그러면 하루 종일 손에서 오렌지 냄새가 나. 손을 씻더라도……."

"……매리언?"

매리언은 고개를 들지 않은 채 자기 이름을 부른 여자인 앤을 돌아보았다. 앤은 자기 가족과 함께 크리스마스를 보내자고 매리언을 초대한 그 사람이었다. 앤은 친절했다.

"미안." 매리언은 숨을 쉬려고 엄청나게 애쓰고 있었지만, 목이 막혔다. "뭐라고 했어?"

"어젯밤에 무슨 일 있었어?" 앤이 친절한 미소를 지으며 다시 말했다.

"아." 매리언의 얼굴이 훅 달아올랐다. "아."

"피터스 씨 말로는 브래들리가 9시 정각까지 차를 팔았다던데."

매리언은 머리가 터질 것 같았다. "너무 피곤해." 그녀는 자기도 모르게 그렇게 말했다.

"당연히 그렇겠지." 앤이 말했다.

"무슨…… 뜻이야?"

"그 사람은 대체 어디서 그런 에너지를 얻는지 모르겠어. 악마라도 된 것처럼 차를 팔아댄다니까."

라운지는 매리언을 바라보는 여자들의 눈으로 이루어진 지뢰밭이나 마찬가지였다. 매리언은 뭔가 더 말하려 했지만, 그럴 가망이 없다는 것을 빠르게 깨달았다. 그녀가 할 수 있는 일은 일어나 자기 자리로 돌아가는 것뿐이었다. 매리언의 상상 속에서, 그녀가 떠난 뒤에 걸레 같은 그녀에게 경악한 사람들의 이야기가 뒤따랐다.

매리언은 로스앤젤레스에서 과할 정도로 혼자만의 시간을 보냈지만, 자신이 부끄럼을 타는 성격이라고는 생각하지 않았다. 매리언이 느끼기에 그녀의 질병은 자신에게 말을 거는 모든 사람이 왠지 브래들리 그랜트처럼 느껴지기에 나타난 것이었다. 아주 사소한 대화조차 매리언에게는 브래들리와 나누게 될지도 모르는 끔찍한 대화의 예행연습처럼 느껴졌다. 1년 뒤, 병원에서 정신과 의사가 매리언에게 다른 여자들처럼 언제나 죽을 만큼 진지하지는 않은 사람이 되고 싶지 않으냐고 물었다. 잡담을 해도 나쁠 건 없으니까 말이다. 여자의 명랑함은 매력적이기도 하고. 그는 가벼운 대화의 흐름에 몸을 맡기고, 그녀 자신의 생각에서 탈출한다면 좋은 일이 아니겠느냐고 했다. 매리언은 그 정신과 의사를 형사 고

소하고 싶었다. 우연히도 그녀는 모든 남자에게 명랑함이 필요하지는 않다는 걸 알고 있었다. 그녀는 병동에 있는 다른 여자 중 몇 명이나 음울한 과묵함에 흥분하는 남자를 만난 적이 있는지 알고 싶었다. 광기를 낭만적이라고 느끼는 문학적인 남자나 고요한 물을 보면 성적으로 소용돌이치는 심연을 떠올리는 관능적인 남자, 혹은 망가진 누군가를 구원하고 싶다는 꿈을 꾸는 기사도적인 남자 말이다.

브래들리는 그 모든 종류에 속했다. 러너에 있는 미혼 여성 중 최소 두 명이 매리언보다 예뻤고, 책을 즐겨 읽는 건 앤도 마찬가지였다. 그러니 브래들리는 다른 뭔가에 끌린 게 틀림없었다. 그는 매리언 자신이 느끼기 전부터 그녀에게 깃든 광기를 알아보았다. 매리언은 몰랐지만, 그녀의 새로운 질병에 브래들리는 매리언을 더욱 흥미롭다고 느꼈다. 1월 31일은 또 다른 운명의 날이었다. 그날 매리언은 오후 쉬는 시간에 화장실에 가서 한참 시간을 끌다가 돌아왔다. 책상에 그녀의 이름이 타자기로 인쇄된 봉투가 놓여 있었다. 브래들리는 고객과 함께 주차장에 나가 있었고, 그보다 못한 영업 사원들은 창가에 서서 자기 인생이 하수구로 빠져나가는 걸 지켜보고 있었다. 매리언은 자기가 해고당했을 가능성이 높다고 생각하고, 그 점을 확인하느라 봉투를 열었다. 타자기로 인쇄한 시를 본 그녀는 그걸 휴지통에 던져버리거나 최소한 저녁까지 기다렸다가 읽어야 했다. 그러나 그녀는 편지를 다시 화장실로 가져가, 칸에 들어간 다음 문을 잠갔다.

매리언을 위한 소네트

핸들을 잡았는데 운전하는 방법을 잊어버렸거나

아예 배운 적 없는 것만 같은 꿈을 꿔. 내가 다시
열아홉 살이 된 꿈을 꿔. 자동차는 젊고 강력해,
알아서 운전되는 것만 같아. 내가 브레이크를
찾았을 때쯤 나는 이미 빙빙 돌고 있어.
폭풍에 흔들리는 손바닥과 신호등이 흐릿하게 보여.
그리고 핸들을 잡은 건 내가 아닌 너. 너의
안에는 침착한 유능함이 있지. 그날 밤에 그랬듯이
아, 그날 밤 난 빙빙 돌고 있었고 너는
나의 속도이자 안전이었어. 그것 역시 나의
꿈일 뿐일까? 나를 지지해주던 네 품에서 나는
그동안 의심해오던 것을 확실히 알았어. 나는 보기보다 젊다는 것.
행복을 꿈꾸고 잠에서 깨어 하늘 위를 걸어간다는 건
눈을 떴을 때 행복할 가능성이 있음을 아는 것.

매리언은 변기에 앉은 채 그 시가 전달하는 단순한 사실을 넘어서서, 그가 말하고자 하는 것이 무엇인지 이해하려 애썼다. 그녀가 이해할 수 없는 단어는 유능함이었다. 그녀는 말하는 능력조차 거의 잃었는데! 브래들리가 그저 잘못된 명사를 썼을지 모른다는 생각은 들지 않았다. 매리언은 브래들리가 한 말이, 그녀에게 브래들리를 구원할 힘이 있다는 뜻인지 궁금했다. 혹시 그녀는 자동차 전시장에서 할리우드의 눈에 띈 것이 아닐까? 할리우드 극작가가 되겠다는 꿈을 이룰 만큼 재능 있는 남자의 눈에 말이다. 그의 꿈은 결혼 생활에 질식했을지 모르지만, 매리언에게는 그 꿈을 되살려낼 능력이 있는 걸지도 몰랐다. 그런 다음에는 매리언 자신의 꿈도 그 꿈에 엮을 수 있을지 몰랐고. 이 시가 전하려는 말이 그런 것 아니었을까? 세상에는 너무도 생생해 현실이 되고 마는 꿈도 있다고?

매리언은 황홀함을 느끼며 전시장으로 돌아왔다. 처음으로 유능해진 기분이었다. 하지만 그녀는 매니저가 하는 말을 해독할 수 없다는 걸 알고 실망했다. 이제 그녀의 정신을 어지럽히는 것은 수치심이 아니라 황홀감이었다. 한편, 그녀는 보다 일반적이고 중요한 사실을 계속 놓쳤다. 그 사실이란, 이렇게 쉽게 흐트러지는 정신에는 뭔가 병적인 부분이 있다는 것이었다. 브래들리가 고객과 함께 전시장으로 돌아왔을 때, 매리언은 그가 강력한 자기장이고 자신은 전류가 흐르는 바늘이 된 것 같다고 느꼈다. 매리언이 브래들리 쪽을 보면 자기장이 그녀를 밀어냈고, 다른 곳을 보면 그녀를 끌어당겼다.

저녁에 문 닫을 시간이 가까워지자 자기장이 그녀의 자리로 다가왔다. "난 정말 나쁜 놈이야." 그가 말했다.

그는 매니저인 피터스 씨가 엿들을 수 있는 거리에 서 있었다. 브래들리는 책상에 걸터앉았다. "지난주에 티본스테이크를 사주겠다고 했는데." 그가 말했다. "아마 넌 '그래, 영업 사원이 하는 약속이 다 그렇지'라고 생각했을 거야."

"스테이크는 필요 없어요." 매리언은 간신히 말했다.

"미안하지만, 아가씨. 난 뱉은 말은 꼭 지키는 사람이라서. 혹시 달리 가고 싶은 곳이 있으면 모를까?" 피터스 씨가 있을 때 접근한 건 영리한 작전이었다. 피터스 씨는 나이가 많았고, 매리언에 대해 성적인 생각은 전혀 하지 않았다. 그래서 브래들리의 초대가 순수하게 보였다. "너만 괜찮으면 디노스에 갈까 했는데." 브래들리가 피터스 씨를 돌아보았다. "어때요, 조지? 디노스 스테이크 말이에요."

"시끄럽긴 하지만 뭐." 피터스 씨가 말했다.

바깥에서는 비가 수직으로 쏟아지고 있었고, 전시장의 불빛을 받고 있던 주차장은 빗물 때문에 얕은 호수가 되어 있었다. 그 빗물이 폭풍이라도 불어닥친 것처럼 하수구에 하얗게 거품을 일으켰다. 매리언은 브래들리의 짙은 색 라살에 함께 탔다. 그들은 조명이 없는 쪽 주차장 울타리를 마주 보고 있었다. 비가 자동차 지붕에서 전쟁이라도 난 것 같은 소리를 냈다. 매리언은 머릿속으로 전 사실 배가 안 고파요, 라는 짧은 문장을 연습하고 있었다. 머릿속에서도 그녀는 말을 더듬었다.

브래들리는 자기 시를 읽었느냐고 물었다. 매리언은 고개를 끄덕였다.

"소네트는 형식이 까다로워." 그가 말했다. "운율이나 보격을 엄격하게 지키려면 말이야. 옛날에는 단어 순서를 좀 더 유연하게 바꿀 수 있었어. 그대에게서 나는 보노라, 새들이 달콤한 노래를 뒤늦게 부르는 곳에서, 하는 식으로 말이야. 하지만 요즘은 아무도 그렇게 말하지 않잖아? 누가 실제로 그대에게서 나는 보노라, 라는 말을 한 적이 있는지조차 모르겠어."

"시 좋던데요." 그녀가 말했다.

"마음에 들었어?"

그녀는 다시 고개를 끄덕였다.

"저녁 사주고 싶은데, 어때?"

"전 사실…… 사실 저는 별로…… 별로 배가 안 고파요."

"흠."

"그냥 집에나 데려다주실래요?"

비가 더 세차게 쏟아지다가 갑자기 느려졌다. 자동차가 다리 밑으로 들어가기라도 한 것처럼. 브래들리가 매리언에게 몸을 숙였을 때, 그녀는 수줍게 자기장을 피했다.

"이건 아니에요." 그녀는 예전의 목소리를 찾아 말했다. "이건 잘못된 거예요."

"내가 싫구나."

매리언은 그가 좋은지 아닌지 몰랐다. 왠지 그 질문은 적절하지 않았다.

"전 브래들리 씨가 작가로서 재능이 있다고 생각해요." 그녀가 말했다.

"겨우 시 두 편을 보고?"

"진짜예요. 저라면 절대 소네트를 쓸 수 없었을걸요."

"당연히 쓸 수 있어. 지금 당장도 지을 수 있을걸. 다-다, 다-다, 다-다, 다-다, 각운 A. 다-다 다-다, 다-다, 다-다, 각운 B."

"망치지 마요." 그녀가 말했다.

"뭘?"

"나한테 써준 시를 망치지 말라고요. 너무 아름다워요."

브래들리는 다시 그녀에게 입 맞추려 했다. 이번에 매리언은 그를 밀어내야 했다.

"매리언." 그가 말했다.

"난 그런 여자가 되기 싫어요."

"무슨 여자?"

"무슨 여자인지 알잖아요." 매리언의 얼굴이 경련하듯 떨렸다. 눈물이 흘러내렸다. "저는 걸레가 되기 싫어요."

"넌 절대 그런 여자가 될 수 없어."

매리언은 경련을 멈추려고 얼굴을 꾹 눌렀다. "나에 대해서 아는 것도 별로 없잖아요."

"난 네 영혼을 들여다볼 수 있어. 넌 그런 여자랑은 정반대야."

"하지만 결혼은 타협 불가능하다면서요."

"그렇게 말했지."

"아내한테도 시를 써줘요?"

"아주 오래전에는 써줬어."

"당신이 나를 위해서 시를 써주는 건 상관없어요. 그건 좋아요. 사실, 정말 좋아요. 내가 바라는 건……." 그녀는 고개를 저었다.

"뭔데?"

"난 당신이 연극 대본이나 영화 시나리오를 쓰고, 거기에 내가 출연할 수 있었으면 좋겠어요."

브래들리는 깜짝 놀란 듯했다. "바라는 게 그거야?"

"그냥 꿈이에요." 그녀가 서둘러 말했다. "진짜가 아니고."

그는 핸들에 손을 대고 고개를 숙였다. 그는 쉽게 틈을 줄 수도 있었다. 결혼 생활에 확신이 서지 않는다고 말할 수 있었다. 하지만 그는 매리언이 아프다는 걸 느꼈을 게 틀림없었다. 아마 머리가 돈 여자에게 거짓말하는 건 재미없는 일이라고 느꼈을 것이다.

"혹시 내가, 혹시 내가 너를 위한 배역을 썼다면 어떨까." 그가 말했다. "어쩌면 독일 대사의 딸 역할을 너한테…… 할 수 있을 것만 같아. 네가 그 역할을 맡는다고 상상할 수만 있으면 말이야. 나한테 빠져 있는 게 그 거야. 내가 집으로 가져가는 그 모든 추악함 대신에 상상해볼 아름다운 것 말이야. 이저벨은 나를 조금도 도와주지 않아. 내가 책 읽는 것조차 싫어해. 책을 질투한다니까! 그리고 정말이지, 내가 새로운 아이디어를 이야기하려 하면 화를 내. 꼭 이저벨은 프로이트 박사이고 내가 환자가 된 것 같아. 나한테 시나리오 아이디어가 있다는 이유로 말이야. '이런이런, 환자가 다시 증상을 보이는군. 이 사람의 장래 희망은 치료한 줄 알았는데, 병이 재발하다니.' 이저벨은 자기 꿈에 한 맺힌 게 너무 깊어서, 나한테 아직 꿈이 있다는 사실을 견디지 못해."

"아내를 사랑해요?" 매리언이 말했다.

이 질문을 던지는 자신의 목소리를 듣자 매리언은 더 나이가 들고 현명해진 느낌이 들었다. 유능해진 것 같았다.

"이저벨은 애들하고 잘 지내." 브래들리가 말했다. "좋은 엄마야. 불안이 좀 지나치긴 하지만…… 애들이 조금만 홀쩍거리면 백일해라도 걸린 줄 알거든. 세상에서 가장 흥미로웠던 사람인데, 그렇게 빨리 여태껏 만났던 사람 중 가장 지루한 사람이 되다니. 믿어지지 않을 정도라니까."

"예전에는 아내가 흥미로웠군요."

"모르겠어. 모르겠어. 지금은 전혀 안 그래."

매리언은 그에게 우정과 영감만을 줄 수도 있었다. 그녀도 아직 브래들리가 쓴 영화에 출연할 거라고 믿을 만큼 돌지는 않았다. 이때 브래들리는 영업 사원으로서 천재적인 수완을 발휘했다. 매리언이 살해하고 싶어 한 사람을 묘사한 것이다. 그는 자신의 아내와 매리언의 어머니, 그리고 매리언의 의리 없는 학창 시절 친구의 이름이 모두 같다는 것을 몰랐다. 하지만 그가 증오할 만한 더 구체적인 이저벨을 제시하자마자 좀 더 정신 나간 생각들이 몰아쳐 들어올 문이 열렸다. 그녀가, 매리언이 정말로 브래들리보다 더 유능할지 모른다는 생각. 브래들리가 너무 여린 마음을 가지고 있어서, 뻔한 진실을 마주 보지 못한다는 생각. 오직 그녀만이 그를 불행에서 구해줄 수 있다는 생각, 오직 그녀만이 그를 믿고 그가 사랑 없는 결혼에 관한 진실을 마주 보게 하여 작가로서의 그를 구해줄 수 있다는 생각. 대체 웬 집념 강한 마녀가 책을 질투한단 말인가? 이저벨은 그것만으로도 살해되어야 마땅했다. 매리언이 그렇게 할 방법은 좌석을 넘어가는 것이었다. 그녀는 좌석 위에서 무릎을 꿇을 수 있을 만큼 키가 작았고, 브래들리와 핸들 사이에 들어갈 수 있을 만큼 날씬했다. 일단 그의 품에 안기자 도덕적 의미라는 차원은 사라졌다.

브래들리 그랜트는 창문이 뿌옇게 흐려진 1937년식 라살 시리즈 50의 좌석에서, 러너 모터스의 주차장에서 그녀에게 처음으로 성을 경험하게 했다. 그 행위는 샌타로자의 몇몇 여자애들이 말했던 것보다는 덜 아팠다. 하지만 나중에 하숙집 화장실에서, 그녀는 자신이 예상했던 것보다 더 많은 피를 보게 되었다. 그녀가 속옷을 헹구자 흰 세면대가 뻘겋게 물들었다. 그녀는 아침이 되어서야 월경이 시작됐다는 걸 알았다.

더 나빠질 여지도 없는 줄 알았지만, 그녀의 질병은 2월이 되자 실제로 나빠졌다. 그녀는 물로 차오르는 금속 정육면체 안에 갇힌 것 같은 느낌이었다. 오직 정육면체의 꼭대기에만 숨 쉴 수 있는 아주 작은 공간이 있었다. 그 공기가 바로 제정신이었다. 사방에서 모든 것이 줄어들었다. 가장 잔인했던 것은 브래들리와 단둘이 보내는 시간이 무척 적었다는 것이다. 그녀는 하루 종일 브래들리와 백 걸음도 떨어지지 않은 곳에서 일했지만, 브래들리는 극도로 조심해야 한다고 말했다. 매리언은 점심시간에 브래들리를 부품실에 있는 그녀의 옛 성소 구석으로 몰고 갔다. 하지만 그 방에는 창문이 있었고, 창문 너머로는 두 사람이 있는 구석이 비스듬하게 보였다. 해리 러너는 폐점 이후에 자동차를 팔지 못하도록 금지했고, 브래들리는 저녁에 집에 가야 할 이유를 계속해서 찾아냈다. 마침내 둘은 다시 그의 라살 시트에 의지했다. 그날은 달빛이 밝았고 창문에 김도 서리지 않아서 더 위험하게 느껴졌다. 하지만 매리언은 10시 45분까지 브래들리를 그곳에 잡아두었다. 다음 주, 브래들리는 휴무일에 그녀를 컬버 시티에 있는 모텔로 데려갔다. 하지만 그곳에서도 매리언은 뭔가가 죄어오는 느낌을 받았다. 그곳은 사랑을 나누기에 충분한 장소가 아니었다. 그들은 미래를 이야기해야 했다. 이제는 브래들리도 이저벨과의 결혼 생활을 유지할 수 없다는 사실을 알았을 테니 말이다. 하지만 사랑을 나누느라 이야기를 나눌 시간은 없었다. 매리언은 그의 자동차로 돌아온 뒤에야 다시 글을 쓰기 시작했느냐고 물었다.

"아직." 그가 말했다.

합리적이고 정직한 대답이었지만, 매리언은 무척 화가 났다. 그가 운전하는 동안 매리언의 집까지 가는 거리는 줄어들었고, 이야기를 나눌 시간도 줄어들었다. 정육면체가 물로 차오르고 있었다.

"쓸 수 있을지 모르겠어." 그가 말했다.

"노력은 해봤어요?"

"난 너밖에 생각 안 나."

"나도 그래요. 그러니까…… 당신 생각밖에 안 난다고요."

"난 그냥, 내가 할 수 있을지 모르겠어."

"난 당신이 할 수 있다는 거 알아요."

"글 쓰는 것 말고." 그가 말했다. "이거 말이야. 내가 동시에 두 여자를 사랑할 수 있는 사람인지 모르겠다고."

정육면체에는 한 모금의 공기도 채 남지 않았다. 매리언이 할 수 있는 말은 한 가지뿐이었다. "아."

"내가 둘로 쪼개지는 것 같아." 그가 말했다. "난 너만큼 갖고 싶은 사람을 만나본 적이 없어. 넌 모든 면에서 나랑 딱 맞아. 꼭 내 머릿속에 네 얼굴이 새겨진 채로 태어난 것만 같아."

매리언이 브래들리에게 느낀 감정은 달랐다. 1년 전 거리에서 그와 스쳐 지나갔다면, 매리언은 그를 돌아보지도 않았을 것이다. 아주 잠깐, 매리언은 자기 몸 밖으로 나와 있는 것처럼 자기 내면에 있는 존재의 윤곽선을 엿볼 수 있었다. 그녀의 마음속에서 자라나는 집착을 말이다. 그리고 그게 일반적인 사람의 욕망과는 이질적이라는 걸 알아챘다. 하지만 눈 깜짝할 사이에, 그녀는 다시 그 대상 안으로 들어왔다.

"다시 모텔로 가요." 그녀가 말했다.

"그럴 수 없어."

"충분하지 않았어요. 당신과 보낼 시간이 더 필요해요."

"나도 그러고 싶은데, 그럴 수가 없어. 벌써 늦었는걸."

늦었다는 말은 이저벨을 뜻했다. 브래들리를 포기하는 미래는 매리언에게 너무도 위협적으로 느껴졌다. 이저벨을 죽인다 해도 정당방위가 될 정도였다. 매리언은 과호흡을 일으키기 시작했다.

"매리언." 그가 말했다. "너한테는 힘든 일이라는 거 알아. 하지만 나한테는 더 힘든 일이야. 난 둘로 쪼개질 것 같아."

그는 더 많은 말을 했지만, 매리언의 숨소리에 그 말은 들리지 않았다. 검은 자동차들과 하얀 건물들, 종이 가방을 든 주정뱅이들과 얇은 스타킹을 신은 여자들, 두 사람을 사랑하는 것과 내가 둘로 쪼개지는 것. 매리언은 너무 세차게 숨을 쉬어서 정신을 잃었다. 아니면, 기억상실이 한 번 더 일어났다. 브래들리는 하숙집 앞에서 그녀의 손에 자기 손을 얹었다. 그의 손이 차갑게 타오르는 듯했다. 매리언은 여전히 그의 말이 들리지 않았다. 그저 빠져나가야 한다는 것만 알고 있었다.

두 번째 기억상실은 더 심각했다. 설명할 수 없는 시간이 더 길어졌다. 나중에 매리언은 손마디의 긁힌 자국과 이마의 빨간 혹을 발견했다. 다음 날 아침, 그녀는 직장에 한 시간 지각했고, 피터스 씨가 가볍게 꾸짖은 것에 비하면 지나치게 흐느꼈다. 점심시간에, 매리언은 실내에 있으면 숨이 막힐까 봐 두렵고 브래들리가 자신에게 말을 걸까 봐 두려워 영업소에서 도망친 다음, 이름과 번지수가 붙은 거리들을 아무렇게나 걸어다녔다. 폭풍에서 내리는 눈은 허깨비처럼 보이는 산맥 아래로까지 뻗어갔지만, 3월의 햇빛은 강렬했다. 이미 공기 중에는 봄기운이 있었다. 그녀는 좀 더 자유롭게 숨을 쉬기 시작했다. 그때, 그녀는 익숙한 얼굴을 보았다. 그랜드 거리와 9번가의 교차로에서 그녀를 향해 걸어오는 사람은 이저벨 워시번이었다. 매리언은 고개를 숙였지만, 이저벨이 그녀의 팔을 잡고 세웠다.

"야. 인사도 안 해?"

이저벨은 연보라색과 녹색 광택이 어린 가벼운 코트에, 흰색 바탕에 초록색 물방울무늬가 들어간 원피스를 입고 있었다. 싸구려가 아니었다. 그녀는 옆머리에 웨이브를 주고, 영화에서 베껴 온 것처럼 아래턱에 힘을 뺀 말투를 썼다. 알고 보니, 그녀는 영화계 관계자의 눈에 띄겠다는 계획이 실패한 것을 자신에게 연기 재능이 전혀 없어서라기보다 멍청이 삼촌 탓으로 돌린 듯했다. 그녀는 사진 모델로서 그럭저럭 돈을 벌었고, 이집트 극장 뒤의 단층집에서 다른 여자들과 함께 살고 있었다. 자신의 혈기에 오염된 매리언의 상상 때문일 수도 있겠지만, 이저벨이 집주인에 대해 계속해서 이야기하자 매리언은 집주인이 그냥 집주인은 아닐 것 같다는 느낌을 받았다. 이저벨의 새로운 인위적 말투는 거친 경험을 통해 마음도 단단해졌다는 걸 알려주었다. "뭐 아무튼, 난 그렇게 살아." 그녀가 말했다. "넌?"

"난 잘 지내." 매리언이 말했다. 자기가 듣기에도 너무 우스워서 하마터면 웃을 뻔했다.

"쓰러지지 않고 잘 살고 있어?"

"그럼, 그럼. 맞아. 난 안정적인 일자리를 얻었어. 지금 그 일자리로 돌아가봐야 할 것 같고."

이저벨은 인상을 썼다. "머리는 어쩌다 그런 거야?"

"말 못 해."

이저벨이 핸드백에 손을 집어넣었다. "파우더 좀 발라줄게."

바로 거기, 길모퉁이에서 매리언은 한때의 친구가 이마에 난 혹에 화장을 해주도록 놔두었다. 이런 돌봄이 평범한 자매애처럼 느껴져서 목이 메었다. 이저벨은 손가락으로 그녀의 고개를 들어 올리더니, 전문가다운 눈길로 그녀를 살펴보았다. "좀 낫네." 그녀가 콤팩트를 닫으며 말했다. "있잖아, 진짜 언제 좀 만나자. 예전에 너랑 있으면 참 웃을 일이 많았는데. 햄 차머스랑 포키 터너 기억나? 딕 채블러랑? 나 사는 동네에 오면 꼭 들러. 난 말 그대로 이집트 극장 바로 뒤에, 셀마에 살아. 밝은 빨간색 집이야. 못 볼 수가 없어."

이저벨은 자기가 9개월 전 매리언을 버렸다는 사실을 잊은 듯했다. 그동안의 삶이 너무 많은 사건으로 가득 차 있어서, 고등학교 시절은 이미 역사가 된 것이다. 정말이지, 인제 보니 매리언은 졸업 이후에도 그녀와 친구로 지낼 수 있다고 상상했다는 게 놀랍게 느껴졌다. 하지만 그녀는 더 이상 이저벨을 살해하고 싶지 않았다. 오히려 삶이 이저벨에게 저지른 짓에 슬픔을 느꼈다. 9개월 뒤에는 삶이 매리언에게 더 나쁜 짓을 저질렀다. 그녀에게는 의지할 사람이 한 명도 없었다. 그때 매리언은 9번가와 그랜드 거리의 모퉁이에서 이저벨이 보였던 엉성한 친절함뿐 아니라 그녀가 이집트 극장 뒤의 밝은 빨간색 단층집에 산다는 것도 떠올렸다.

매리언은 브래들리가 처리해야만 하는 문제가 되었다. 매리언이 자초한 일이었다. 두 번째 기억상실로부터 며칠이 지났을 때, 삼십대의 금발 여자 고객이 전시장에 왔다. 러너의 고객은 거의 대부분 남자였고, 매리언은 브래들리에게 집착하게 되기 전까지 그가 여자에게 마법을 거는 모습을 본 적이 없었다. 갑자기 브래들리의 얼굴이 만화처럼 쉽게 바뀌는 모습이 기괴하게 보였다. 그 여자가 아무것도 사지 않고 떠난 뒤, 브래들리의 아내에 대한 매리언의 증오심은 비명을 질러대듯 달아올랐다. 그녀의 머릿속 마개가 터져버렸다. 브래들리가 남자 화장실로 갔을 때, 매리언은 그를 따라 화장실로 들어가서 그의 목을 끌어안으며 그에게 올라타려 했다. 그녀의 질문은 언제 다시 사랑을 나눌 수 있느냐는 것이었다. 그녀는 간절하게 그와 다시 사랑을 나누어야만 했다. 브래들리는 남자 화장실에서 들키는 것을 무서워하면서도 알겠다고 했다. 그들은 바로 그날 저녁 컬버 시티로 돌아갔다. 섹스가 그녀에게 주는 쾌락은 브래들리와 만날 때마다 기하급수적으로 증가했다. 브래들리는 그날 밤이 오기 전까지 자신은 정열이 무엇인지도 몰랐다고 맹세했다. 그는 자신이 매리언에게 완전히 미쳐 있다고 맹세했다. 브래들리는 매리언을 집으로 태워다 주면서, 러너에서 일하는 걸 그만두고 더 나은 살 곳을 찾는 게 좋겠다고 말했다.

매리언은 러너의 전직 영업 사원이자 브래들리의 친구가 일하는 부동산 관리회사에 속기사로 취직했다. 그 친구가 매리언에게 웨스틀레이크에 있는 원룸형 아파트를 구해주었고, 브래들리는 앞주머니에 접어서 가지고 다니던 지폐 다발에서 몇 장을 빼내 석 달 치 집세를 미리 내주었다. 엄밀히 따지면, 이런 행동으로 매리언은 일종의 매춘부가 되었다. 하지만 그녀에게는 이 돈이 브래들리의 아내와 아들들에게 그만큼의 돈이 가지 않게 되었다는 뜻이었다. 이 돈은 정당한 그녀의 몫이었다. 매리언이 브래들리의 아내가 될지도 몰랐던 미래를 포기하고 받은 돈. 매리언의 확신은 둘이 서로에게 딱 맞는다는 데서 나왔다. 4월, 5월, 6월 내내 매리언은 그런 적합성을 아파트의 머피 침대*에서, 카펫에 난 담배 자국 사이에서, 작은 식탁을 덮은 체크무늬 식탁보 위에서 느꼈다. 섹스를 한 다음에는, 다른 곳에서는 힘들었던 말이 쉽게 나왔다. 브래들리는 읽을 만한 새 책을 가져다주었다. 그녀는 이제 유럽에서의 전쟁 이야기를 열 렬히 읽어나갔다. 그게 브래들리의 흥미를 끌었기 때문이었다. 매리언에 게 가장 짜릿했던 것은 브래들리가 쓴 스페인 시나리오였다. 그 시나리 오에서는 매리언이 독일 대사의 딸 역할을 맡았다. 그 이야기에 대한 둘 의 합동 아이디어가 자세히 모습을 드러내면서, 그녀는 벌거벗은 속기사 가 되어 침대에서 약자로 메모를 썼다. 시나리오 작업은 매리언에게 극 도로 신나는 일이었고, 브래들리에게도 신나는 일이었다. 브래들리가 그 녀에게서 메모장과 연필을 가져가 옆으로 치우면, 그녀는 자신이 아닌 상태에서 그를 위해 누워, 자신을 대사의 딸이라고 상상했다. 자신이 그 딸을 연기하는 배우가 된 것처럼 말이다. 직장에서는 이야기에 관한 메 모를 타자로 입력할 한가로운 시간을 그리 어렵지 않게 찾을 수 있었다. 매리언은 가끔 자신만의 새 아이디어들을 추가했다. 사귀는 사람이 없는 사무실의 젊은 남자들은 아마 그녀와 브래들리의 관계를 알았을 것이다. 남자들에게 그녀는 투명 인간처럼 보였다. 그녀는 그레그식 속기법에 통 달했고, 오타를 내지 않는 과묵한 여자일 뿐이었다.

7월에 브래들리는 이저벨과 아들들을 데리고 세쿼이아와 요세미티로 자동차 여행을 떠났다. 매리언은 그에게 휴가 기간을 활용해 시나리오 작업을 시작하라고 간청했다. 그녀는 브래들리 대신 이미 시나리오의 개

---

*   접어서 벽장에 넣을 수 있는 침대.

요를 완성해둔 상태였다. 하지만 브래들리는 휴가를 아들들에게 써야 한다고 말했고, 떠났다. 브래들리를 만나지 않고 나흘 이상을 보내야 하는 일만 없다면, 서로에 대한 적합성이 정기적으로 확인되기만 한다면, 매리언은 또 한 번의 기억상실을 피할 수 있었다. 하지만 브래들리를 볼 가망성이 없는 한 주를 보낸 뒤 홀로 보낸 주말은 끝이 없는 것처럼 느껴졌다. 태양은 지지 않고 창가에서 어정거리며 버릇없이 시간을 끌었다. 사악해 보였다. 매리언은 책을 읽을 수도 없었고, 영화를 보러 갈 수도 없었다. 시간의 흐름을 조금도 방심하지 않고 감시해야 했다. 그녀는 아주 고요하게 앉아서, 눈조차 깜빡이지 않으려고 노력했다. 경계를 늦추는 것에 대한 두려움이 종말론적으로 변할 때까지, 발의 근육 하나라도 움직이면 세상이 끝나버릴 것처럼 느껴질 때까지 말이다. 그녀는 기분이 무척 처졌다. 어떤 이유에서인지 특히 씻는 것을, 피부에 물이 닿는 느낌을 피하게 됐다.

브래들리는 27일 토요일 밤에 돌아올 예정이었고, 일요일에 와서 그녀를 만나겠다고 약속했다. 매리언은 뜬눈으로 침대에 누워서 토요일 밤을 보냈다. 눈을 감으면 그가 이저벨과 한 침대에 있는 모습이 떠올랐고, 이저벨이 브래들리가 가진 작가로서의 자신감을 깎아먹을 무수한 시간을 생각해야 했으며, 이저벨의 생각이 맞는다는 의심을 떠올려야 했기 때문이다. 다시 말해 매리언은 브래들리의 모습을 있는 그대로 보고, 자신의 모습도 있는 그대로 보게 되었다. 매리언은 공상을 위해 몸을 파는 외로운 여자였다. 혼자 있을 때는 시간이 적이 되었다. 공상을 유지하는 데는 노력이 들었고, 그녀의 힘에는 한계가 있었으니까. 잠도 자지 않고 씻지도 않은 아침에, 그녀는 달걀 두 개를 삶아 먹고 다시 누웠다. 태양은 갑자기 위치를 바꿔 앞으로 튀어 나가는, 새로운 못된 수법을 썼다. 브래들

리가 오지 않았다는 걸 가지고 그녀를 조롱하는 듯했다. 매리언이 문 두
드리는 소리와 문에 열쇠를 꽂고 돌리는 소리를 들었을 때는 해가 지고
있었다. 브래들리가 침대에 누워 있는 그녀를 봤을 때, 그녀는 과연 어떤
꼴이었을까! 머리는 납작하게 눌리고 눈은 붓고 입술은 갈라진, 정신 나
간 모습. 브래들리는 바닥에 무릎을 꿇고 그녀의 뺨에 입을 맞추었다. 매
리언은 아무것도 느껴지지 않았다.

"일찍 못 와서 미안해." 그가 말했다. "쥐 문제가 생겨서. 주방에 쥐똥
천지였어. 전화번호부를 넣어두는 서랍 뒤쪽에 쥐구멍이 있더라. 다 씹
어놓은 전화번호부 종이 속에 새끼 쥐 네 마리가 들어 있었고. 난 쇠숟가
락으로 그놈들을 떠내려 했어. 밖에 내보내려고. 그런데 쥐들이 기어서
도망치기 시작했어. 끔찍했지. 숟가락으로 눌러 죽여야 했거든. 서랍 속
에 손을 넣고 있어서 아무것도 안 보이는데 아내는 귀에 대고 비명을 지
르지……. 그런 와중에 쥐를 눌러 죽이려니 꽤 어렵더라."

떡은 몇 번이나 쳤어? 누군가가 큰 소리로 말했다. 극악무도한 단어를
쓴 걸 보면 매리언 자신은 아니었을 것이다. 하지만 매리언이 아니라면
대체 누구였을까?

"더 일찍 오고 싶었어." 브래들리는 질문을 듣지 못한 듯 말했다. "근데
난장판이라. 애들이 싸웠어. 자동차에서 너무 오래 붙어 있어서 스트레
스를 받았나 봐. 게다가 세상에, 쥐까지 나오고. 다 큰 쥐는 지금도 서랍
어딘가에 있을 거야. 금방 가봐야 해."

"아예 있질 말지?" 매리언이 확실히 말했다.

"미안. 너한텐 힘들었을 거라는 거 알아. 하지만 나도 힘들었어."

"당신은 힘든 게 뭔지 몰라."

"매리언. 자기야. 나도 알아." 브래들리는 쥐를 학살한 그 손으로 그녀

의 눈에서 머리카락을 쓸어내고 머리를 어루만졌다. "난 나쁜 짓을 했어. 너한테 나쁜 짓을 했어. 넌 너무 아름답고, 너무 약하고, 너무 진지해. 세상에, 넌 정말 진지해. 그런데 난 그냥 빌어먹을 자동차 영업 사원일 뿐이야."

매리언은 신경질적으로 울음을 터뜨렸다. 그러느라 둘이 함께 보낼 얼마 없는 시간을 잡아먹었다. 하지만 그 울음은 매리언이 2주 동안 겪은 건조한 마비로부터의 해방이었다. 그 울음은 매리언에게 감각을 돌려주었다. 뿐만 아니라, 브래들리가 매리언의 연약함에 저항하지 못하고 원래 예정보다 훨씬 더 오래 머물게 하는 잔인한 소득까지 올렸다. 덕분에 브래들리가 집에 돌아가서 해야 할 거짓말은 더욱 복잡해졌다. 눈물로 젖은 매리언의 얼굴을 보더니, 브래들리는 그녀의 옷을 거칠게 벗겼다. 그녀는 정말이지 진지했다. 브래들리가 그녀와 일을 다 봤을 때, 매리언은 강렬하게 그의 얼굴에 집중했다. 자신에게서 느끼는 브래들리의 쾌락이 줄어들었다는 미묘한 징조를 예민하게 찾았다. 매리언 자신의 쾌락은 부수적인 것이 되었다. 중요한 건 브래들리뿐이었다.

사흘 밤이 지나고, 브래들리는 예고 없이 그녀의 사무실에 나타나 햄버거를 먹으러 가자고 했다. 그의 차를 타고 카펜터스로 가는 동안, 매리언의 우울한 지성은 일과가 예고 없이 변한 것이 좋은 일일 리 없다고 경고하며 브래들리가 이제야 이저벨을 떠날 용기를 냈다는 희망과 전쟁을 벌이고 있었다. 맞은 건 우울한 지성이었다. 그들은 드라이브인 식당에서 차를 탄 채로 식사했다. 손도 대지 않은 매리언의 햄버거는 그녀의 무릎에 놓여 있었다. 하지만 브래들리는 초조한 듯 게걸스럽게 햄버거를 먹어치웠다. 그런 뒤, 손가락에서 빌어먹을 케첩을 핥아먹은 다음 휴가 때 골똘히 생각해봤다고 했다. 그는 말했다—하, 대체 무슨 말을 하는 거야?—내가 그들에게 고통을 준다는 걸 알았어 잠자리를 마련했으니 이제 누워야지 그만한 가치가 있는 남자를 만나야 해 50퍼센트가 아닌 100퍼센트야 왜냐하면 50퍼센트는 아니니까 너랑 다시 단둘이는 왜냐하면 넌 절대 그런 사람이기를 그만둘 수 없고 너한테 공정하지 않아 공정하지 않아 난 절대로 그런 현실적이게 현실적인 그냥 공정하지가 않아 내가 알았어야 했는데 최악의 일이 끔찍한 현실적으로 너무 끔찍한 극복하고 절대 극복하지 못해…

브래들리의 고무 같은 얼굴이 의미심장하게 쭉 늘어나자, 매리언은 자신의 얼굴로 솟구치는 다양한 붉은 기운을 느낄 수 있었다. 토마토색, 진홍색, 선홍색, 석류색, 순무색. 마치 카멜레온이 된 것 같았다. 그녀는 자신이 얼마나 우습게 보일지 상상하고 웃기 시작했다.

브래들리는 매리언을 빤히 보았다. 그의 얼굴에 떠오른 걱정하는 표정은 그녀에게 더 우습게 보였다. 그녀는 축 늘어진 한 손을 내저었다. 못 견디고 웃는 사람들이 미안하다고 손을 젓듯이 말이다. 그러면서 매리언은 자제하려고 애썼다. "미안." 그녀가 말했다. 또 한 번 즐거움 가득한 코웃음이 그녀에게서 빠져나왔다. "새끼 쥐들을 생각하고 있었어요."

"세상에. 그게 왜 웃겨?"

"그야…… 당신도 딱하네. 손가락으로 개들을 으깨버려야 했다니." 그녀는 낄낄거리다가 더 심하게 웃었다. 허리가 부러질 듯이. 아마 미친 사람처럼 구는 동안은 브래들리가 자신을 제대로 버릴 수 없다는 걸 인식했는지도 몰랐다. 하지만 폭소를 터뜨리는 게 더 논리적인 일이기도 했다. 이런 상태라면, 브래들리는 사람 많은 곳으로 그녀를 다시 데려가기 전에 한 번 더 고민해볼 테니까. 이 생각도 매리언에게는 아주 우스웠다.

"널 걱정해야 하는 걸까?" 매리언이 마침내 통제력을 되찾자 그가 말했다.

"당신 걱정이나 해요." 그녀가 말했다. "난 쥐보다 훨씬 크니까."

"그게 무슨 뜻이야?"

"무슨 뜻인 것 같은데?"

브래들리는 왼쪽에 주차된 포드 쿠페를 힐끗 보았다. 여자 종업원의 유니폼 입은 뒷모습이 조수석 창문에 기대어 있었다.

"내가 절대 극복하지 못하리라는 건 알아줬으면 해." 브래들리가 말했다. 매우 진지한 표정이었다. 매리언도 그에 맞춰 표정을 바꾸었지만, 심각하게 인상을 찌푸리려는 시도가 너무 터무니없게 느껴져서 다시 낄낄 거렸다.

"제발, 부탁이야, 그만해." 그가 말했다.

"나도 진지하게 하려는 거예요. 당신이 오해한 걸지도 모르죠."

"이제 그만해야 해." 그가 말했다.

"아. 왜요?"

"말했잖아. 내가 제일 처음으로 한 말이 그거잖아. 난 가족을 망치지 않을 거야. 내 아이들의 엄마를 떠나지 않을 거야."

"나랑 함께할 수 없다면 죽을 거라고도 말했잖아요. 이제 죽겠다는 뜻이에요?"

그는 두 손으로 얼굴을 감쌌다. 한 번이라도 그를 좋아했던 적이 있는지는 모르겠지만, 지금 매리언이 브래들리를 싫어하는 건 확실했다. 하지만 좋아하고 말고의 문제는 지금 전혀 중요하지 않았다. 매리언은 브래들리에 대한 집착의 윤곽선을 뚜렷이 인지할 수 있었다. 그녀의 머리에서 그 집착을 뜯어내는 편이 더 분별 있는 일이었을 것이다. 하지만 집착의 대상이 너무 커져서, 매리언은 머리를 아예 쪼개지 않는 한 그것을 제거할 수 없었다. 병적인 그 거대함에도 불구하고 매리언에게는 그 대상이 너무도 아름다웠다.

"당신이랑 함께할 수 없으면, 난 아마 죽겠죠." 매리언은 사실 그대로 말했다.

"아니, 그러지 않을 거야. 너한테 더 어울리는 누군가를 찾게 될 거야."

"근데 내 말이 무슨 뜻인지는 알아요?"

"솔직히, 전부 이해한 건 아니야."

"당신은 잘못됐어." 그녀가 문을 열며 말했다. "그게 다야. 난 당신이 잘못됐다는 걸 알아."

웨스틀레이크 공원을 지나 집으로 돌아가면서, 그녀는 우울하지 않았다. 신경질적으로 기분이 좋았다. 결정적인 전투 전야의 장군이 된 기분이었다. 그녀와 브래들리는 위기를 겪고 있었다. 헤쳐나가려면 매리언이 온갖 기지를 동원해야 하는 위기 말이다. 드라이브인에서 자발적으로 떠나온 것, 비명을 질러대며 구경거리가 되거나 그에게 다시 생각해달라고 빌지 않은 것은 돌이켜보니 탁월한 전략이었다. 이제는 인내심만 발휘하면 됐다. 직업과 가족에 대한 의무를 지는 한편으로 매리언에게까지 관심을 쏟아야 하는 지나친 부담을 지고 있었기에, 브래들리는 작가로서의 재능을 발휘하지 못했다. 한 달 동안 떨어져 지낸 뒤에 시나리오를 다 쓴 다음 신이 난 브래들리가 매리언의 의견을 간절히 듣고 싶어, 미리 알리지 않고 한밤중에 그녀의 아파트로 돌아온다는 공상, 시나리오를 함께 읽고 매리언이 그 시나리오를 아주 훌륭하다고 생각하는 공상. 그런 공상은 너무도 강렬한 것이었다. 그 공상을 반복적으로 떠올리고 가다듬는 게 너무 즐거웠다. 그래서 매리언은 그날 밤 거의 잠을 이루지 못했다. 아침에 매리언은 직장으로 가며 발걸음이 날아갈 것 같다고 느꼈다. 그녀는 신문에 고개를 파묻는 대신 다른 속기사들과 수다를 떨고 미혼 남자들에게 미소 지었다.

몇 주 동안은 황홀감을 유지할 수 있었다. 브래들리를 귀찮게 하지 않고, 그가 그녀를 궁금해하며 후회하도록 놔두겠다는 전략, 글을 쓰도록 그를 혼자 놔두겠다는 전략이 그를 다시 데려올 거라는 확신이 들어서 기분이 좋았다. 브래들리가 어떤 식으로든 그녀를 보고 질투를 느낄 수 있다고 상상하며, 그녀는 사무실의 젊은 남자가 저녁을 먹고 영화를 보자고 했을 때도 받아들였다. 나중에 그녀는 남자가 한 말을 전혀 기억할 수 없었다. 그래서 자신이 히틀러와 리벤트로프와 처칠에 대해 끊임없이 떠들어댄 게 아닌가 싶었다. 아마 그랬을 것이다. 남자는 그녀에게 다시 데이트를 신청하지 않았지만, 매리언은 괜찮았다. 그 남자는 거의 존재하지 않는 셈이었으니까. 존재의 경계선은 좀 더 일반적으로 너덜너덜해지기 시작했다. 수면 부족이 타격을 준 것이다. 결국 9월의 어느 날 저녁, 매리언은 일찍 퇴근하고 러너 모터스로 가서 브래들리를 보기로 했다. 9월 9일이라는 날짜가 거부할 수 없는 길조로 느껴졌다.

브래들리는 피터스 씨와 커피를 마시다가 그녀를 보고 얼굴이 창백해졌다. 긴장하긴 했지만, 매리언은 아직 남은 황홀감을 느끼면서 사무실의 다른 여자들에게 대단한 친구라도 되는 것처럼 인사를 건넸다. 그중한 명은 약혼반지를 끼고 있었고, 또 한 명은 임신해서 퇴직할 예정이었다. 브래들리보다 못한 영업 사원은 해고당했다. 매리언은 할 만한 개인적인 이야기가 전혀 없는데도 이야기를 해야 한다는 급박한 욕구를 무마하려고 유럽의 상황과 미국이 개입해야 할 필요성에 관해 신문에서 얻은 의견을 강하게 피력했다. 여자들은 하나둘씩 자리를 떴다. 결국 앤만이 남았다. 앤은 친절하게도 매리언이 아픈 것 같다고 말했고, 매리언은 잠자기가 어려웠던 건 사실이라고 말했다. 앤은 자기랑 같이 집에 가서 수

프를 먹겠느냐고 물었다.

"아니, 난 브래들리를 만나러 왔어." 매리언이 말했다. "브래들리가 아직도 티본스테이크를 안 사줬거든."

앤의 표정이 심각해졌다.

"브래들리가 그래도 자기 말은 지키는 사람인데."

"그러지 말고 나랑 같이 집에 가." 앤이 말했다.

"다음에." 매리언은 그렇게 말하고 떠났다. 머리가 지끈거렸고, 온몸이 분필로 만들어진 것만 같았다. 잘 수만 있었다면 잠들어 있는 편이 더 좋았을 것이다. 브래들리는 아직도 팔리지 않은 캐딜락 75 옆에 빨간 머리 남자와 함께 서 있었다. 제이크 반스인 게 뻔했다. 브래들리는 만화처럼 열중하는 표정으로 제이크 반스의 말에 귀 기울이고 있었다. 브래들리는 모든 고객에게 놀랄 만큼 흥미로운 사람이 된 것 같은 기분을 느끼게 하는 비법을 가지고 있었다. 매리언은 제이크 반스에게 걸어가 말했다. "정말 죄송한데, 제가 그쪽보다 먼저 왔어요."

브래들리의 시선은 매리언에게 닿지 못한 채 그녀 주변을 빙빙 돌았다. "매리언." 그가 말했다.

제이크가 손목시계를 보았다. "괜찮아요."

"아뇨, 아뇨." 브래들리가 매리언의 등에 손을 대고 그녀를 돌려세웠다. "기다려야지." 그는 어린아이에게 말하듯 매리언에게 말했다.

"내가 지금껏 하던 게 기다리는 것 아니었나요?"

"그냥 좀…… 기다려. 알았지?"

그녀는 손님용 가죽 소파에서 담배를 피우며 눈에 띄게 기다렸다. 입속도 분필처럼 느껴졌다. 수면 부족 때문에 전에는 연속적이던 세상이 부서져 날카로운 파편이 되었다. 각자의 자리에 서 있던 앤과 피터스 씨가 걱정하는 시선으로 그녀를 보았다. 그 시선은 분필로 만들어진 과녁에서 튕겨 나가는 화살처럼 그녀에게서 튕겨 나갔다.

어쩌다 그렇게 됐는지 모르겠지만, 매리언은 어느새 브래들리와 함께 러너 모터스를 나와 모퉁이를 돌아서 인도에 서 있었다. 거리에 그림자를 드리우는 건물들의 꼭대기가 지는 햇빛에 불타올랐다. 공기는 자동차 배기가스로 매캐했다.

"아, 자기야." 브래들리가 말하고 있었다. "자기 너무 피곤해 보이는데."

"미안해요."

"나쁜 뜻으로 한 말은 아니야. 그냥…… 먹을 건 좀 먹었어?"

"계란 먹어요. 계란 좋아하니까. 미안해요."

"미안해야 하는 사람은 나인데 계속 자기가 미안하다고 하네."

"미안해요."

브래들리는 눈을 꽉 감았다. "이런, 세상에."

"왜요?" 그녀는 간절히 말했다.

"널 다시 보니까 죽을 것 같아."

"나랑 같이 집에 갈래요?"

"안 가는 게 나아."

"오래 있을 필요는 없어요."

그는 한숨을 쉬었다. "이저벨한테 학부모회에 가겠다고 약속했어."

"중요한 모임이에요?" 매리언은 진심으로 궁금해서 말했다.

오랜 기다림은 끝났다. 매리언은 브래들리가 아내에게 거짓말하는 동안 공중전화 부스 앞에서 인내심 있게 서 있었다. 그와 함께 차를 타고 가면서도 인내심을 발휘했다. 조바심을 낸 건 브래들리였다. 매리언의 아파트에 들어오자마자, 그는 우편함 옆벽에 그녀를 밀어붙이고 야만적으로 입 맞췄다. 매리언은 아직도 분필 같은 느낌이 들었지만, 브래들리에게는 그녀의 살이 유연하게 느껴지는 듯했다. 그거면 충분했다.

아니, 충분하지 않았다. 기다림의 목적은 이루었지만, 매리언의 집착과 집착 대상이 맺은 관계는 파열점을 지나서까지 늘어났다. 브래들리가 그녀의 아파트를 떠나기 전에 몇 차례 반복된 사랑 나누기는 뭔가를 의미하는 신호로서만 즐거웠다. 그녀의 위에 있는 실제 인간, 입에서 커피 냄새가 나는 헐떡이는 자동차 영업 사원은 지금 그녀가 사는 세계에서는 낯선 인물이었다. 브래들리도 매리언을 보면서 어떤 의미를 느꼈을 것이다. 하지만 매리언은 더 이상 그 의미가 무엇일지 상상하지 않았다.

나중에 애리조나에서 그녀는 왜 브래들리에게 조심하지 않아도 된다고 말했는지 기억할 수 없었다. 어쩌면 너무 많은 것이 헷갈려서 배란 주기까지 헷갈린 것일지 몰랐다. 어쩌면 브래들리가 조심하는 것의 대안을 별로 좋아하지 않는다는 것을 알고, 둘의 재결합에서 느끼는 그의 쾌락을 감히 줄이고 싶지 않았던 걸지도 몰랐다. 그냥 운이 따라주기를 바란 것일지도. 그것도 아니면, 임신을 원했던 것은 확실히 기억나지 않았지만, 우울한 지성이 그녀 모르게 재앙에 가까운 오산을 한 것일지도 몰랐다. 한 가지 확실한 것은 매리언의 머리가 멀쩡하지 않다는 걸 뻔히 알면서도 브래들리가 조심할 필요가 없다는 그녀의 말을 믿었다는 점이었다. 브래들리도 의식하지는 못했지만 아이를 만들고 싶었던 걸까? 애리조나에서, 아무런 확실한 기억도 없는 채로, 매리언은 자신이 임신한 것은 신의 계획이었다고 결론지었다. 매리언을 못살게 구는 그분만의 방식이라고 말이다. 그분의 뜻은 이유 불문 그분의 자녀들이 하는 행동을 통해서 드러나니까. 이것으로 의문이 해결되었다.

소피 세라피마이데스에게 신경쇠약에 관한 이야기를 하면서 임신 이야기만 빼놓는 것은 그리 어렵지 않았다. 폐쇄병동에 가게 된 이유는 그것 말고도 충분히 있었으니까. 처음으로 재결합하고 1주일 뒤 늦은 밤이었다. 브래들리가 반쯤 빈 위스키병을 가지고 그녀의 문 앞에 나타났다. 그 비슷한 두 번째 밤도 있었다. 매리언이 그를 만나지 못했던 2주와 그가 보낸 끔찍한 편지도 있었다. 매리언은 두 번째로 러너 모터스를 찾아가기도 했다. 그때는 일이 잘 풀리지 않았다. 세 번째로 찾아갔을 때, 그녀는 브래들리에게 자기 손 냄새를 맡게 하려고 했다. 혼자서 자위했던 손이었다. 그러자 피터스 씨가 서둘러 그녀를 몰아냈다. 이어서 그녀는 부동산 관리회사에서 긴장증 증세를 보였고, 결국 해고당했다. 매리언이 거의 설명할 수 없는 날들이 며칠씩 이어졌다. 곧 임대료를 내야 할 아파트에서 끝나지 않는 날들이 이어졌다. 그러다가 어느 따뜻한 11월 오후, 그녀는 브래들리의 집을 찾아갔다. 전화번호부에서 그의 주소를 찾을 수 있었다. 그의 아내에게 한마디 하고 싶었다.

케니스턴 거리의 거의 똑같은 깔끔한 집들은 매리언에게 장난감 집이나 영화 촬영장처럼 보였다. 그녀는 브래들리의 집 초인종을 누르면서 무척 겁에 질렸지만, 브래들리에게 그가 틀렸다는 사실을 알려줄 다른 방법이 생각나지 않았다. 역설적이지만, 그녀는 브래들리의 아내에게 도움을 요청해야 했다. 이저벨은 브래들리가 다른 사람, 그러니까 태어날 때부터 브래들리의 머리에 새겨진 얼굴의 소유자인 매리언과 사랑에 빠졌다는 것을 알면 자기 결혼이 잘못됐다는 것을 깨달을 터였다. 브래들리가 이혼하는 상상은 월경을 하지 않는 이유가 충분히 먹지 않아서라고 생각하는 것보다 좀 더 즐겁고 덜 힘들었다.

무척 놀랍게도, 일고여덟 살쯤 되는 금발 소년이 현관문을 열었다. 매리언은 머릿속에서 이 장면을 천 번도 더 상상해봤지만, 그때 문을 열어준 사람은 이저벨뿐이었다.

아이가 그녀를 빤히 보았다. 그녀도 아이를 빤히 보았다. 그 순간이 한 시간은 이어진 것 같았다.

"엄마." 아이가 어깨 너머로 소리쳤다. "어떤 아줌마가 왔어요."

아이는 멀어져갔고, 이저벨 그랜트가 손에 행주를 들고 나타났다. 그녀는 배가 통통했다. 매리언이 상상했던 것만큼 키가 크지는 않았다. 이저벨 워시번이 그렇듯, 그녀는 죽일 만한 사람이라기보다는 동정할 만한 사람으로 보였다. 이것도 예상치 못한 일이었다. "무슨 일이세요?" 그녀가 말했다.

매리언의 얼굴에는 카멜레온의 빨간색들이 떠올랐다. 지금은 조금도 웃기지 않았다.

"저기요?" 이저벨이 말했다. "괜찮으세요?"

"당신, 어, 당신 남편이요." 매리언이 말했다.

"네?"

"당신 남편은 더는 당신을 사랑하지 않아요."

이제는 여자에게서 경계심과 의심, 분노가 보였다. "누구시죠?"

"불행한 일이지만, 남편은 당신을 지겨워해요."

"누구시냐고요?"

"저는…… 뭐. 제 말 알아듣겠어요?"

"아뇨. 엉뚱한 집을 찾아오셨나 보네요."

"이저벨 그랜트 아니에요?"

"맞아요. 하지만 전 그쪽을 모르는데요."

"브래들리가 날 알아요. 물어보세요. 브래들리가 사랑하는 사람은 나예요."

문이 쾅 닫혔다. 말을 명료하게 전달하지 못했다고 느낀 매리언은 다시 초인종을 눌렀다. 안에서 아이들이 쿵쾅대는 발소리가 들렸다. 문이 홱 열렸다. "누군지는 몰라도, 가주세요." 이저벨이 말했다.

"미안해요." 매리언이 정말로 회한을 느끼며 말했다. "당신한테 상처를 주려고 해서는 안 되는 거였는데. 하지만 이미 벌어진 일이니까요. 당신은 브래들리를 만족시키지 못해요. 어쩌면 장기적으로는 당신한테도 그편이 더 좋을 거예요."

이번에는 문이 쾅 닫히지 않았다. 그냥 찰칵 닫혔다. 매리언은 자물쇠가 돌아가는 소리를 들었다. 설명할 수 없는 몇 분이 흐른 뒤, 매리언은 자신이 아직도 현관 매트를 밟고 서 있다는 것을 알게 됐다. 모든 게 무척 실망스러웠다. 그녀는 며칠 동안 브래들리의 아내와 이야기하면 세상이 완전히 새로워질 것이라고 상상했다. 브래들리가 끔찍한 편지를 보낸 이후로 꾸준히 자라나던 정신적 고통이 즉시 멈추고, 자신은 결정을 내리기 쉬운 세상에 있게 될 거라고 말이다. 하지만 고통은 여전했다. 이제 고통은 앞으로 무얼 해야 할지 모른다는 형태로 다가왔다. 그녀는 그냥 현관 매트에 서 있고 싶었지만, 브래들리의 집에 찾아가는 일이 나쁜 짓이라는 것을 알 정도로는 제정신이었다. 그녀가 이룬 결과는 자신의 고통을 누그러뜨리지 못한 채 이저벨에게 고통을 준 것뿐이었다. 그녀는 돌아서서 인도로 걸어갔다. 작은 공원에 도착한 그녀는 뒤에 몰래 누울 수 있는 네모난 산울타리를 보았다. 그녀는 드러난 흙덩이 사이 더부룩한 풀에 뺨을 댔다. 냄새가 날 정도로 가까운 곳에 개똥이 있었지만, 그녀는 어둠이 내릴 때까지 그곳에 누워 있었다.

아파트로 돌아와보니 브래들리의 라셀이 앞에 주차돼 있었다. 알아서 매리언의 집으로 들어갈 수도 있었겠지만, 그는 운전석에 앉아 있었다.

그는 자기와 함께 타라는 뜻으로 홱 고갯짓했다. 겁이 났지만, 매리언은 그렇게 했다. 그녀는 자기 몸을 더 작게 만들려고 조수석 문에 몸을 기대며 웅크렸다.

"뭘 원하는 거야?" 그가 화를 내며 말했다.

"미안해요."

"아니, 진짜로. 뭘 원하는 거야? 대체 뭘 원하는 건지 말해봐."

"미안해요."

"미안하기에는 너무 늦었지. 이젠 엉망진창이 됐다고. 내가 맹세하는데, 매리언. 다시 한번 내 아내 근처에 갔다간 경찰을 부를 거야."

"미안해요."

"러너 모터스도 마찬가지야. 경찰을 부를 거야. 그럼 경찰이 어떻게 할지 알아? 널 병원에 넣을 거야. 넌 머리가 잘못됐어. 이런 말 하려니 죽을 것 같지만, 정말이야."

"나 많이 토하고 있어요." 그녀가 브래들리의 말에 동의했다. "음식을 토하지 않는 게 힘들어요."

브래들리가 답답해서 한숨을 쉬었다. "마지막으로 하는 말인데, 우린 다시 만날 수 없어. 절대로, 다시는. 알겠어?"

"네. 아뇨."

"어떤 식으로든 연락하면 안 돼. 알았어?"

매리언은 알겠다고 말하는 것이 중요하다는 걸 알았지만, 그 말을 솔직하게는 할 수 없었다.

그가 말했다. "네가 지금 해야 하는 일은 집에 가는 거야. 그래줄 수 있어? 난 네가 샌프란시스코로 돌아가서 가족들의 보살핌을 받기를 원해. 넌 아주 사랑스러운 사람이야. 너한테 일어난 일을 보면 죽을 것 같아. 하지만 네가 오늘 한 일은 선을 넘는 거였어."

매리언의 가슴에 새로운 걱정이 맺혔다. 그녀는 마침내 브래들리를 가정에서 해방시켰다. 하지만 이제는 브래들리가 그녀를 원하지 않을 만큼 미치고 말았다. 그 아이러니가 위산처럼 치솟아 그녀의 목을 졸랐다. 그녀는 다섯 단어를 토했다. "이젠 그 사람이 당신과 이혼할까요?"

"자기야…… 매리언. 도대체 몇 번 말해야 알아들어? 우린 함께할 수 없어."

"당신이랑 나랑요."

"너랑 나랑."

과호흡이 시작되자 브래들리가 재킷에 손을 넣었다. 그가 매리언과의 사이에 놓아둔 돈뭉치는 두꺼웠다. "네가 이걸 가져갔으면 좋겠어." 그가 말했다. "일등석 표를 끊어서 북쪽으로 가. 그런 다음에, 샌프란시스코에 도착하는 대로 최대한 훌륭한 정신과 의사를 찾아. 널 도와줄 수 있는 사람 말이야."

매리언은 돈을 빤히 보았다.

"정말 미안해." 그가 말했다. "하지만 내가 달리 줄 수 있는 게 없어. 부디 받아줘."

"난 창녀가 아니에요."

"그럼. 넌 천사야. 아주 심각한 문제가 생긴 사랑스러운 천사. 진심으로 하는 말이야. 내가 너한테 줄 수 있는 게 또 있다면 줬을 거야. 하지만 내가 가진 건 이게 전부야."

그제야 매리언은 자신이 브래들리에게 돈을 받는 걸레 이상도, 이하도 아니라는 것을 알았다. 좌석에 놓인 돈은 그녀에게 위험하고 혐오스러운 파충류처럼 보였다. 그녀는 문손잡이를 찾았고, 반쯤은 그의 자동차에서 뒤로 굴러떨어졌다. 브래들리는 혐오스러운 손으로 그녀에게 돈을 내밀었다. "부탁이야, 매리언. 이렇게 빌게."

어느 날 아침, 어쩌면 바로 다음 날 아침, 기억상실에서 빠져나오고 나니 매리언은 설명할 수 없을 정도로 나아졌다. 그녀에게 돈을 주려던 남자에 대한 증오심이 브래들리 그랜트에 대한 집착에 균열을 낸 것만 같았다. 매리언 안에는 여전히 집착이 있었지만, 이제는 약해져 있었다. 그 정체를 더 기꺼이 알아볼 수 있었다. 그녀는 현관문 안쪽에서, 광고 전단지로 싸서 문 밑으로 미끄러뜨려 넣은 돈뭉치를 발견했다. 그녀는 지폐 한 장 한 장을 아주 작은 조각으로 철저히 찢어 전부 변기에 넣고 물을 내렸다. 정신적 고통을 누그러뜨리려면 저지를 수밖에 없었던 끔찍한 실수였다.

12월 초, 고통에 정신을 덜 빼앗긴 그녀는 다시 신문을 읽을 수 있게 되었고, 무솔리니의 그리스 침공에 관심을 가졌으며, 용기를 내 일자리를 찾기 시작했다. 고용인들의 추천서를 받기는 힘들었지만, 아직 그녀에겐 외모가 남아 있었으니까. 그녀는 커다란 세이프웨이 슈퍼마켓에서 손님을 맞이하고, 고객들에게 한입거리 기획 식품 샘플을 내미는 일자리를 찾았다. 그녀는 자신이 그런 일을 해도 전혀 개의치 않는다는 것을 알고 놀랐다. 할 말이 오직 한 가지밖에 없고 그 말을 계속해서 하는 것이 좋았다. 반복은 몸속에서 자라는 새로운 것에 대한 두려움을 진정시켰다. 하지만 특정한 음식, 특히 육류 제품의 냄새는 역겨울 정도로 강하게 느껴졌다. 두려움도 몸속의 그것과 함께 자라났다. 어느 날, 그녀가 조그만 통조림 소시지에 이쑤시개를 꽂고 있을 때였다. 그녀는 두려움에 어쩔 수 없이, 가게에서 나와 집으로 달려가라는 우울한 지성의 명령에 따를 수밖에 없었다. 그녀는 자기 배를 때리고 격렬하게 위아래로 뛰었다.

그녀는 암모니아를 한 모금 삼켰지만, 토하지 않고 버틸 수가 없었다. 다시 시도했다가 코로 암모니아를 뿜어냈을 때는 머릿속 폭발이 극단적으로 느껴져서 죽는 줄 알았다.

소피에게 한 이야기, 그러니까 브래들리가 돈을 주었을 때부터 비를 맞으며 로스앤젤레스 시내를 헤매고 다녔던 그날 밤까지 직선으로 쭉 이어지는 이야기는 걸레 같음과 살인, 맨발, 푹 젖고 단추가 풀린 블라우스 같은 주제들로 시끄럽게 이어지다가 경찰이 그녀를 데려가면서 끝났다. 하지만 사실 그 이야기는 직선으로 이어진 게 아니었다. 이야기는 퇴거 통지, 부동산 관리인을 상대로 눈물을 쏟으며 구경거리가 되었던 일, 어머니와 로이 콜린스에게 전보를 보내 둘 모두에게 비상금을 보내달라고 했던 일, 러너 모터스의 브래들리에게 전화를 걸었던 일을 거쳤다. 부동산 관리인은 그녀에게 12월 말까지 기한이 지난 임대료를 낼 시간을 주었다. 어머니는 나중에 알고 보니 친구들과 스키 여행을 떠나 있었다. 로이 콜린스는 그녀에게 여비 20달러를 부쳐주었다. 그녀를 고용하겠다는 간결한 제안과 함께 말이다. 브래들리는 그녀의 목소리를 듣자마자 전화를 끊었다.

확실히 임신한 상태로, 또 브래들리의 아이를 뱄다는 것에 별다른 관심도 없는 상태로, 매리언은 전차를 타고 할리우드로 갔다. 거리는 건조했고 땅거미가 지고 있었다. 가게 창문에서는 크리스마스 장식용 반짝이 조각과 리본들이 그것들을 싸구려로 보이게 하는 낮의 환한 빛을 떨치고 나와 반짝이며 신호를 보냈다. 매리언은 합리적인 생각을 하고, 평범한 감정을 느낄 수 있었다. 어머니에 대한 분노, 유럽에 내린 어둠에 관한 생각, 브래들리와 그의 아내에 대한 증오심, 전차를 스쳐 지나가던 맞춤형 캐딜락 옆선에 대한 감탄, 뉴욕에 있는 언니에 대한 궁금증, 언니의 성 경험이나 성 경험 부족에 관한 의문들. 하지만 그건 몇 초뿐이었다. 매리언 자신의 상황에 대한 두려움이 새롭게 차올라 이런 생각과 감정들을 흩어버렸다. 그녀는 이집트 극장을 보자 전차에서 내렸다. 그런 다음, 신문 판매원에게 셀마 거리가 어디냐고 물었다. 이제 그녀의 주된 희망은 이저벨 워시번이었다. 이저벨은 돈을 줄 수 없더라도 자매로서 조언하고 공감해줄 수 있을 터였다. 매리언에게는 그런 것이 무척 필요했다. 어둠 속에서는 집의 색깔을 구분하기가 어려웠지만, 결국 매리언은 눈에 띄는 빨간 집을 찾았다. 커튼이 쳐진 앞쪽 창문에 어슴푸레하고 따뜻한 불이 켜져 있었다. 그녀는 문 바로 앞까지 걸어가 노크했다. 거의 즉시 문이 열렸다. 거기에 사탄이 서 있었다.

매리언은 그가 사탄인 줄 몰랐다. 남자는 키가 작았다. 거의 요정처럼 보였다. 풍성한 흰 턱수염을 기르고 두 뺨은 햇볕에 그을려 있었으며, 커다랗게 벗어진 머리도 햇볕에 그을려 있었다. 눈 주변에는 친절한 주름이 가득했다. "들어와, 들어와." 그가 말했다. 꼭 매리언을 기다리고 있었던 것처럼 말이다. 매리언은 이저벨 워시번을 찾아왔다고 말했다. "이저벨은 더 이상 여기 안 살아." 남자가 말했다. "그래도 들어와. 어서."

"집주인이세요?"

"아, 그래, 맞아. 들어와."

거실에는 닳은 것이 오히려 편안해 보이는 의자들과 젊은 여배우나 모델들의 연초점 얼굴 사진이 담긴 액자들, 역시 액자에 들어 있는 〈킹콩〉 포스터가 있었다. 레드와인 한 병과 다리가 긴 와인 잔이 커피 테이블에 놓여 있었다. "잔을 갖다주지." 남자는 그렇게 말하고 사라졌다.

집의 더 깊숙한 곳에서는 욕조에서 물이 철벅거리는 소리와 맨살이 타일에 닿는 소리가 울렸다. 흰 턱수염의 남자가 잔을 가지고 돌아와 자리에 앉더니 술을 채웠다. 그는 매리언을 만난 것이 무척 기쁜 듯했다.

"그냥 이저벨을 만나러 온 거예요." 그녀가 말했다.

"알아. 하지만 넌 낙엽처럼 떨고 있는걸."

그 말을 부정할 수는 없었다. 와인도 좋아 보였다. 그녀는 자리에 앉아 와인을 좀 마셨다. 브래들리와 함께 마셨던 위스키보다는 훨씬 약한 술이었다. 이저벨과는 어떻게 아는 사이이고, 어쩌다가 빨간 집에 오게 됐는지 설명했을 때쯤 그녀의 잔은 비어 있었다. 남자가 잔을 다시 채워주려 했을 때도 매리언은 그를 말리지 않았다. 와인은 매리언이 깊은 바다에 띄워놓은 부표처럼 떠오르는 두려움을 붙잡고 함께 솟아오르도록 도와주었다.

"안됐지만, 지금 이저벨이 어디 있는지는 몰라." 남자가 말했다. "이저벨의 주소라든지, 그런 것 말이야. 하지만 알 만한 아가씨는 알지."

"그거면 돼요." 매리언이 술을 마시며 말했다.

"아주 어여쁜 아가씨네." 그는 별다른 이유 없이 덧붙였다.

매리언은 얼굴을 붉혔다. 와인은 약하기도 하고, 그리 약하지 않기도 했다. 그녀는 문 열리는 소리와 욕조에서 물 빠지는 소리, 맨발의 부드러운 발소리, 문 닫히는 소리를 들었다.

"그럼 그분은." 그녀가 말했다. "이저벨이 어디 사는지 아는 분은요?"

"아, 이런. 겁에 질렸나 보네." 남자가 말했다. "무서워, 매리언? 왜 그렇게 무서워?"

"전 그냥 이저벨을 찾고 싶어요."

"그럼." 그가 말했다. "그건 내가 도와줄 수 있어."

그의 눈에는 친절한 빛이 떠올라 있었다. 일종의 온화한 즐거움이었다.

"난 도움이 되는 사람이거든." 그가 말했다. "곤란한 상황에 빠져 여길 찾아온 사람은 네가 처음이 아니야. 그래서 온 거야? 곤란한 상황에 빠져서 이저벨을 찾는 건가?"

매리언은 대답할 수 없었다.

"매리언? 나한테는 말해도 돼. 곤란한 상황이야?"

매리언의 곤경은 말로 하기에는 너무 엄청난 것이었다. 언어라는 형태로 나오려면, 그 곤경은 더 작은 조각들로 쪼개 일관적인 연속체로 정리되어야 했다. 그런 쪼개기와 정리를 할 수 있다 한들, 매리언은 낯선 사람에게 유부남의 아이를 뱄다고 말해야 할 터였다. 낯선 사람이 대답을 기다리는 동안 그의 눈에서는 다른 빛, 덜 친절한 빛이 보였다. 매리언은 그가 셔츠를 바지 속으로 넣지 않았으며 배불뚝이라는 것을 알아보았다. 이저벨이 집주인에게 낭만적인 관심을 품었다는 건 매리언의 오해인 모양이었다.

"남자 문제 맞지?" 그가 말했다.

매리언은 숨을 쉴 수 없었고, 대답할 생각도 없었다. 끄덕이지도 않을 생각이었다.

"알겠어." 그가 말했다. "그 남자랑 아직도 관계가 있어?"

매리언이 고개를 끄덕인 걸까? 그런 것 같았다. 매리언은 이어서 고개를 저었다.

"정말 안됐네." 남자가 말했다.

"근데 말씀하셨던 여자분이요. 이저벨이 있는 곳을 안다는 사람."

"그 아가씨한테 전화를 걸어줄까?"

"네. 부탁드려요."

그는 거실을 나섰다. 매리언의 잔은 비어 있었고, 술병도 마찬가지였다. 매리언이 기다리는 동안에 작은 소음이 연달아 들려오다가 또각거리

276

는 구두 굽 소리가 되더니, 한 여자가 거실에 들어왔다. 그녀는 매리언을 보고 멈춰 섰다. 그녀는 폭이 좁은 스커트와 같은 색깔의, 어깨에 패드가 들어간 재킷을 입고 있었다. 진홍색 립스틱을 칠한 그녀의 입은 딱딱해 보였다. "방이 필요해서 왔어요?"

"아뇨." 매리언이 말했다.

"그럼 다행이고."

여자는 돌아서서 집을 나섰다. 남자가 와인 따개와 두 번째 와인을 가지고 돌아왔다. 매리언은 그가 술병을 따는 동안 긴장한 채 기다렸다.

"운이 없네." 그가 술을 따르며 말했다. "제인은 추수감사절 이후로 이저벨을 본 적이 없대. 샌타로자로 돌아갔을지도 모른다는데. 그러겠다고 말했나 봐."

이저벨이 샌타로자로 돌아갔다니, 매리언이 보기에는 이상한 일이었다. 하지만 그녀에게는 모든 것이 이상하게 보였다. 매리언은 로이 콜린스가 보내준 여행 경비를 이미 써버리지 않았으면 좋을 걸 그랬다고 생각했다. 샌타로자에 있는 이저벨을 상상하니 그곳에 대한 향수병이 생겼다.

"널 위해서라도 다른 뭔가를 생각해봐야겠어." 남자가 말했다.

"저도 샌타로자로 가야 할 것 같아요."

"그래, 그것도 한 가지 계획이지. 물론 이저벨이 실제로 거기 있는지는 확실히 모르지만. 이저벨이야 어디로든 갔을 거야. 아직 여기에 있을지도 모르고. 제인이 한 말은 한동안 이저벨을 보지 못했다는 것뿐이었어."

"하지만 제가 듣기엔…… 이저벨은 분명 샌타로자의 집으로 돌아갔을 거예요."

"흠."

그는 와인을 한 모금 마셨다. 미소를 감추기 위해서 그런 것일지도 몰랐다. 왜 미소 짓는 거지? 매리언은 자리에서 일어나 전화를 걸어줘서 고 맙다고 인사했다.

"앉아, 아가씨." 그가 말했다. "샌타로자로 돌아가고 싶지는 않을걸. 거 긴 작고 별 볼 일 없는 동네니까. 사람들 말이 그렇다던데. 큰 도시에서 지내는 게 훨씬 나아. 여기서라면, 샌타로자에서 불가능한 것까지는 아 니라도 어려운 일들을 준비할 수 있어. 내 말 무슨 뜻인지 이해하지?"

매리언은 이해했다. 브래들리도 한때 그녀에게 정확히 같은 질문을 던 졌었다. 그리고 매리언은 방탕했다. 몸속의 와인 때문에 더 방탕해진 그 녀는 다시 자리에 앉다가, 예상치 못하게 주저앉으며 옆으로 기우뚱했다.

"당황할 것 없어." 남자가 말했다. "난 15년 동안 이 집 주인이었거든. 내가 못 본 건 거의 없어. 그럼 솔직하게 한번 말해볼까, 너랑 나랑."

매리언의 몸속에서 자라는 그 존재는 브래들리의 것이었다. 매리언이 어찌할 수 없는 사실이었다. 그녀는 몸속에 있는 그것을 낳고 싶지 않았 다. 그것은 브래들리의 집에서 문을 열어주었던 소년을 떠올리게 했다. 브래들리에게 아이가 있다는 끔찍함, 그의 결혼이라는 끔찍함, 브래들리 와 그의 아내가 매리언에게 저지른 일의 끔찍함을 생각나게 했다.

"월경을 안 했을지도 모르겠는데." 남자가 말했다. "한 달 이상 말이지."

매리언은 훌쩍이는 것으로 그렇다는 대답을 대신했다.

"몇 달이나 지났나?" 남자가 말했다. "분명 두 달 이상은 아닐 테고……
가로등보다도 깡마른 걸 보면."

매리언은 고개를 끄덕였다.

"난 빼빼 마른 예쁜 여자들을 좋아해." 그가 좀 더 목쉰 소리로 말했다. "넌 확실히 그렇고."

매리언이 고개를 들어 이저벨의 옛 집주인을 보느니 코란을 암송하는 것이 더 빠르겠다고 느꼈다. 벽난로 위 시계가 째깍거리는 소리를 빼면 집은 조용했다. 매리언은 이 집에 그들 두 사람밖에 없다고 확신했다.

"너한텐 다행이지. 내가 도와줄 수 있으니까." 그가 말했다. "우연히도 내가 딱 맞는 사람을 알거든. 아주 괜찮은 사람이야. 최고로 깨끗하고, 병원도 괜찮고, 대단히 신중하지."

매리언은 너무 빠르게 숨을 쉬거나, 아예 숨을 쉬지 않고 있었다. 남자의 말은 멀리서 다가왔다가, 그가 입을 열면 더 멀리 물러났다. "150달러 있나? 그중에 25달러는 내 몫이야. 그리고 어디 보자. 오늘이 목요일이네. 토요일 밤이면 널 다시 황금처럼 근사하게 만들어놓을 수 있어."

매리언은 와인 따르는 소리를 들었다.

"150달러 있나?" 남자가 말했다.

질문은 명료하게 전달됐다. 매리언은 넌지시 돈이 없다는 내색을 했다.

"얼마나 있지?" 남자는 대답을 기다렸지만, 아무 답도 듣지 못했다. "매리언, 돈이 조금이라도 있어?"

답은 뻔했다. 매리언은 남자가 거실을 나섰다가 돌아오는 소리를 들었고, 그녀의 옆에 웅크리는 남자의 열기를 느꼈다. "네가 얼마나 겁먹었는지 알아." 그가 말했다. "끔찍하게 겁을 먹었지. 이해할 만한 두려움이야. 이걸 먹으면 나아질 거야."

그는 꽉 쥐고 있는 매리언의 한쪽 손을 펴더니, 알약 두 개를 밀어 넣었다.

"그냥 세코날이야. 자는 데 도움이 돼."

매리언은 자기 무릎에 닿는 그의 뜨거운 손길을 느꼈다.

"아마 내가 정말 네 문제를 해결해줄 수 있는지 궁금하겠지. 참고할 만한 정보를 줄 수는 있겠지만, 내가 도와줬던 다른 아가씨들이 싫어할지도 몰라. 내 생각엔 그냥 날 믿는 게 좋을 거야. 나는 여기서 15년 동안 정직하게 사업을 해왔어. 돈을 내고 산 게 아니면 아무것도 가지지 않았고, 아가씨들한테도 돈 내고 산 게 아니라면 아무것도 주지 않았지. 그게 이 집의 규칙이야. 여기서는 모든 게 기브 앤 테이크지."

매리언은 그녀의 다리를 더듬던 손을 반사적으로 쳐냈다. 매리언이 손을 치우자마자 그는 다시 손을 올렸다.

"크리스마스에 팜스프링스에 갈 생각이야." 그가 말했다. "그때까지 여기 있고 싶다면, 크리스마스 즈음에는 너도 황금처럼 근사해질 거야. 이건 엄숙한 약속이야. 딱 열하루. 이런 말을 해도 될지는 모르겠지만, 너한테 유리한 조건이라고. 네가 내 스타일인 게 다행이지. 넌 아주, 아주 내 스타일이야."

매리언의 우울한 지성은 그가 제안하는 것이 무엇인지 완벽하게 이해했다. 그 제안을 받아들이기 위해 매리언이 해야 하는 일은 자리를 떠나지 않는 것뿐이었다. 그녀는 손을 들어 알약 두 알을 입에 집어넣었다. 와인 잔을 잡기에는 두 팔이 너무 짧게 느껴졌다. 그래서 그녀는 알약을 씹어 삼켰다.

정신질환에, 세코날로 머리가 흐려지기까지 했기에, 매리언은 빨간 집에서의 열하루를 별로 기억하지 않을 수 있었다. 문밖에서 들려오던 발소리는 확실히 기억났다. 집주인과 다른 거주자들의 발소리였다. 후자는 전자보다도 끔찍했다. 매리언은 다른 여자의 시선이 자신에게 스치기만 해도 죽을 것만 같았다. 그녀는 복도에서 또각거리는 하이힐 소리에 움츠러들었고, 집주인에게 방으로 음식을 가져다달라고 했다. 역겨운 것들이 그녀에게 벌처럼 내렸지만, 오래가는 것 같지는 않았다. 집 안에 머무는 한, 그녀는 완전한 피해자였다. 애리조나에 있는 신부에게 고백할 것은 아무것도 없었다. 사실, 경찰에 신고해도 됐을 것이다. 집주인의 사탄 같은 면모는 그가 매리언에게 거래를 제안했다는 점이었다. 사탄은 계약 문제에서 대단히 까다로웠고, 거래에서 자기 몫을 철저히 수행했다. 그는 꼼꼼하게 그녀를 병원에 데려가고 낙태 비용을 냈다. 이로써 그는 매리언에게서 피해자성을 빼앗았다. 그는 자기 말을 지켰고, 그것을 통해 매리언이 그의 음란함에 굴복한 것을 거래로, 그녀가 공모한 기브 앤 테이크로 만들었다. 매리언은 몰랐다고도, 결백하다고도 주장할 수 없었다. 그녀는 알면서 브래들리 그랜트와 간통했고, 그다음에는 알면서 자기 아기를 살해하는 비용을 대기 위해 몸을 팔았다.

매리언이 러너 모터스로부터 몇 블록 떨어진 범죄 현장에서 나왔을 때 사탄은 사라졌다. 영원히 없어진 것처럼 보였다. 12월 24일의 늦은 오후였다. 태풍의 앞쪽 경계선이 천천히 도시의 하늘을 가로지르며 가리비 무늬의 구름을 늘어뜨렸다. 그녀가 아침에 삼킨 마지막 세코날의 효과가 다해가고 있었다. 머리가 멍했고, 아직 극심한 것은 아니었지만 배 속의 통증은 그 새로움이 거의 사악하게 느껴졌다. 이제는 잠재워버린 특정한 두려움이 있던 자리에는 좀 더 일반적인 두려움이 하늘처럼 넓은 그녀의 머릿속 전체로 천천히 번져나갔다. 핸드백에는 아직 6달러와 잔돈이 들어 있었다. 하지만 감히 전차를 탈 수는 없었다. 그녀는 약간씩 비틀거리며, 잠깐씩 건물의 측면에 기대어 쉬면서 아파트로 갔다.

스무 블록도 안 되는 거리를 이동하자 남은 힘까지 모두 소진되고 말았다. 그에게서 벗어날 수 없었기 때문이었다. 그의 요정 같은 얼굴이 창문에 연달아 어른거렸다. 반짝이는 눈. 흰 턱수염. 족제비 털로 가장자리가 장식된 선명한 빨간색 정장. 포스터와 엽서와 쿠키 깡통과 실물 크기의 마네킹들이 모두 그의 손 갈퀴를, 와인 냄새가 나는 악의를 광고했다.

그에게서 벗어나려면 세 코닐이 더 필요했다. 그가 사방에서 그녀를 지켜보고 있었다. 그의 성기는 짧고 뚱뚱했으며 황갈색이었다. 마치 그의 축소 모형인 것 같았다. 그는 배가 불룩한 모습으로 모퉁이에 서 있었다. 빨간 정장을 입고, 빨간 깡통 옆에서 종을 치면서. 행인들은 그 깡통 안에 돈을 집어넣었다. 사방이 빨간색이었다. 그녀는 빨간색으로부터 벗어날 수가 없었다. 빨간색은 그의 집 색깔이었다. 빨간색은 어디를 봐도 자기가 있을 거라고 신호하는 그만의 방식이었다. 빨간 끈, 빨간 리본. 빨간 줄무늬가 들어간 사탕 지팡이. 금속성의 빨간색 판지로 만든 반짝이는 별들과 초승달. 빨간 집. 빨간 자동차. 옛 하숙집 싱크대의 빨간색. 빨간 기차. 빨간 기차. 빨간 기차. 빨간 기차. 악은 평생 그녀를 쫓아다녔고, 이제는 온 세상이 악의 색깔로 폭발할 듯했다. 피할 곳은 아무 데도 없었다. 빨간색은 화장실에서까지, 그녀의 아파트 화장실에서까지 그녀를 찾아냈다. 빨간색은 그녀의 몸속에도 있었다. 밖으로 나오고 있었다. 그녀는 빨간색으로 꽉 차서 터지는, 껍질이 얇은 방광일 뿐이었다. 그녀의 두 손도 빨갰다. 그녀의 물건들도 빨갰다. 바닥에도 빨간색이 있었다. 그녀가 손으로 문지른 벽에도 빨간색이 있었다. 빨간색이 그녀의 정신을 말살했다. 메리 크리스마스.

"그럼, 어떤 기억을 얘기해볼게요." 그녀가 말했다. "제가 기억하는 최고의 크리스마스. 들어보실래요?"

"듣고 싶네요." 소피 세라피마이데스가 말했다. "저한테 주시는 벌이 정말로 끝났다면요."

매리언은 눈을 떴다. 저 바깥, 기찻길에는 함박눈이 내리고 있었다. 철도에 이미 코코넛처럼 두꺼운 서리가 끼어 있었다.

"선생님은 벌 받을 만했어요." 그녀가 말했다.

소피는 미소 짓지 않았다. "기억 얘기를 해주세요."

"1946년, 애리조나였어요. 러스랑 저는 1년의 절반 이상을 함께 보냈죠. 결혼만 하지 않았을 뿐 모든 면에서 이미 부부나 마찬가지였어요. 러스는 아직 대체복무를 끝내야 했죠. 전쟁은 끝났지만 말이에요. 하지만 복무지는 기강이 매우 해이해졌어요. 러스는 거의 언제든 원하면 휴가를 낼 수 있었고, 저한텐 그게 잘된 일이었죠. 저는 크리스마스에 러스를 지미 삼촌네로 초대했지만, 러스는 더 좋은 아이디어가 있다고 했어요. 복무지에 낡은 윌리 트럭이 한 대 있었는데, 관리자가 러스한테 얼마든지 그 차를 빌려주겠다고 했거든요. 러스는 남서부를 더 보고 싶어 했고요. 지미 삼촌이 크리스마스 선물로 돈을 좀 줘서, 우리는 여행을 떠났어요. 러스한테는 대단한 일이었죠. 러스의 부모님은 저에 대해 모르셨고, 우리는 가는 곳마다 결혼한 척해야 했어요. 러스한테는 그게 엄청난 반항이었어요. 저는 러스를 사랑했고요. 러스를 독차지하고 어디든 가고 싶은 곳으로 간다니 천국 같았죠. 우린 샌타페이에서 하루를 보낸 다음, 라스베이거스에 갔어요. 뉴멕시코에 있는 라스베이거스요. 그때 눈이 내렸어요. 라스베이거스 아세요?"

"아뇨."

"라스베이거스는 상그레 데 크리스토스 근처에 있는 아주 오래된 스페인 식민지 시절의 마을이에요. 트럭 타이어 상태가 안 좋아서, 우리는 눈이 내리자 그 마을에 갇혔죠. 우리 같은 사람이 묵을 수 있는 호텔은 딱 한 군데뿐이었는데, 우리는 거기서 크리스마스를 보냈어요. 객실은 아마 끔찍했겠지만, 우리에게는 서로가 있었죠. 그래서 멋지다고 생각했어요. 호텔은 오래된 마을 광장을 마주 보았고, 1층에는 식당이 있었죠. 크리스마스이브에 우리는 거기서 식사했어요. 러스와 함께 그곳에 있다는 건 저한테 과분한 보상처럼 느껴졌어요. 창문 가장자리에는 성에가 끼어 있었고, 진짜 카우보이들이 있었죠. 긴 코트를 걸친 진짜 카우보이들이 저녁을 먹으러 왔어요. 작은 가족도 있었고요. 아마 우리처럼 눈 때문에 발목이 잡혔겠죠. 딸 둘이 있는, 앵글로색슨계 가족이었어요. 그 여자애들이 우리가 꾸리게 될 가족인 것처럼 느껴지더군요. 꼭 미래의 우리 자신을 보는 것만 같았어요. 그때 아주 놀라운 일이 벌어졌어요. 바깥 광장에 누군가가 산타의 썰매처럼 보이도록 임시로 꾸며놓은 커다란 트럭이 있었거든요. 트럭 앞에, 보닛 위로 삐죽 튀어나온 순록 두 마리를 달아놓은 거예요. 사람들이 조명을 달아서 사슴이 날아가는 것처럼 보이게 해뒀죠. 트럭 운전석 지붕 위에는 썰매를 달고, 썰매에도 조명을 달아놓았어요. 멀리서 보면 트럭이 보이지 않았어요. 보이는 거라곤 순록과 썰매와 산타 옷을 입은 카우보이가 손을 흔드는 것뿐이었죠. 그렇게 트럭은 눈속에서 뱅뱅 돌아다녔어요. 그리고…… 저는, 어."

매리언은 소피의 눈을 피하며 말을 더듬었다.

"전 한 번도 산타클로스를 좋아하지 않았어요. 산타가 무섭고 소름 끼친다고 생각했죠. 산타한테 안 좋은 기억이 있거든요. 하지만 순록과 썰매를 보고 두 여자아이의 얼굴에 떠오른 표정은…… 그보다 순수한 경이감과 기쁨은 영영 못 볼 것 같아요. 아이들의 눈은 그야말로 커다래졌어요. 그중 한 아이가 말했죠. '와! 와!' 그러더니 아이들은 창가로 달려가 밖을 내다보며 말했어요. '와! 와! 와!' 그야말로 순수한 기쁨과 순진함이었어요. 자기들이 보고 있는 것이야말로 세상에서 가장 아름다운 것이라는 절대적인 믿음이었죠. 그러자 그 모든…… 그 모든…… 죄송해요, 하지만 제가 캘리포니아에서 겪었던 그 모든 엿 같은 일들은 그냥 씻겨나갔어요. 다시 태어나는 것만 같았죠. 그 아이들과 그 애들의 반응을 지켜보는 것만으로."

"정말 아름다웠을 것 같네요."

"하지만 이게 다 무슨 상관이겠어요?"

만두는 의미심장하게 고개를 기울였다.

"러스한테는 그 모습이 다르게 보였나 봐요." 매리언이 말했다. "전혀 이해를 못 하더군요. 전 저한테 그게 다 무슨 의미인지 러스에게 설명할 수 없었어요. 제가 무슨 일을 겪었는지 말할 수 없었으니까요."

"언제 말해도 늦지 않아요."

"아뇨, 확실히 너무 늦었어요. 그때의 크리스마스이브가 말할 수 있는 마지막 기회였어요. '난 유부남과 바람을 피웠어. 그 사람 아내한테 말해서 그 사람의 가정을 깨려고 했어. 내가 너무 미쳐서, 사람들이 나를 크리스마스 아침에 잡아 가둬야 했어.' 그런 얘기가 통할 리 없죠, 상대가 러스인데."

"크리스마스에 입원하셨나요?"

"얘기 안 했나요?"

"안 하셨어요."

"뭐, 괜찮아요. 표범도 차차 얼룩무늬가 생기는 거래요."

"무슨 뜻이죠?"

"이젠 선생님도 왜 제가 크리스마스를 싫어하는지 알게 됐다고요. 돌파구가 열렸다고 할 수도 있겠네요. 저는 집에 가서 설탕 쿠키를 좀 더 먹을 수 있을 테고요. 라라라, 라라라. 앞으로 영원히 행복하게 살 수 있겠어요."

소피는 인상을 썼다.

"그날 밤, 우리는 끔찍하게 싸웠어요." 매리언이 말했다. "러스랑 제가,

뉴멕시코에서요. 우리한테는 첫 번째 진짜 싸움이라고 할 수 있었죠. 저는 다시는 그렇게 싸우지 않겠다고 다짐했어요. 어떤 대가를 치르더라도 다시는 러스에게 목소리를 높이지 않겠다고요. 저는 러스를 사랑하고, 응원하고, 입을 다물고 있기로 했어요. 러스는 그 두 아이를 봤을 때 아주 다른 걸 봤거든요. 러스는 부모들이 혐오스럽다고 했어요. 아이들이 거짓 우상을 숭배하도록 부추긴다더군요. 그 부모들이 아이들한테 거짓말을 하면서 크리스마스의 진정한 의미를 무시한다고 했어요. 크리스마스의 진짜 의미는 산타클로스와 아무 상관도 없다고. 저는 다시 정신이 나갔어요. 당시에 저는 일종의 마법적인 재탄생을 경험한 기분이었거든요. 따지고 보면 정말로 기독교적인 기분이었죠. 기독교적인 건 용서하는, 아니지, 용서하는 게 아니라 극복하는…… 아무튼요."

매리언은 얼굴이 붉어지는 것을 느꼈다. 만두의 시선이 그녀에게 닿았다.

"그건…… 제가 설명을 잘 못하겠는데요. 산타는…… 산타는 그런 게 아니라……. 전 그게 그냥 환상이라는 걸 알 수 있었어요. 그건 그냥 산타 옷을 입은 카우보이였을 뿐이지……. 그리고 왠지 아이들까지 더해지니까…… 저는 다른 사람의 기쁨과 경이로움을 나누고 있었어요. 그게 환상일 뿐이라는 건 알았지만, 그게 단지 환상일 뿐이었기에 저 자신도 다시 순진무구한 어린 여자아이가 될 수 있었죠. 저한테는 그게 무척 중요한 일이었는데, 러스는 이해를 못 했어요. 저는 러스에게 고함을 질러댔죠. 그야말로 자제력을 잃은 거예요. 저는 러스가 증오스러웠고, 제가 러스를 혼이 쏙 빠지게 겁주었다는 걸 알 수 있었어요. 그래서 저 자신을 타일렀죠. 안 돼, 다시는 그러지 마. 절대로. 근데 아세요? 전 실제로 다시는 그런 짓을 하지 않았어요. 내일이면 입을 다물고 지낸 지 정확히 25년이 돼요."

만두는 딴 데 정신이 팔린 듯했다. 그녀는 어깨 너머로 내리는 눈을 힐 끗 보았다. 그녀가 말했다. "이게 어려운 질문이라면 죄송하지만, 다시 여 쭤봐야겠네요. 혹시 저한테 얘기하지 않는 중요한 일이 있나요?"

매리언의 마음속에서 한기가 솟구쳤다. "어떤 일이요."

"잘 모르겠어요. 그냥…… 매리언 씨의 목소리에서 뭔가 느껴지네요. 전에도 한두 번 들어본 것 같은데, 방금 다시 들렸어요. 아주 확실하게요. 물론, 저는 세계적인 수준의 의사가 아니에요. 말이 나와서 얘기지만, 매 리언 씨가 혹시 모르실까 봐 말씀드리자면 저는 정답이 있다고 믿지 않 아요. 모든 자물쇠를 열 수 있는 단 하나의 열쇠가 있다고 생각하지 않는 답니다. 하지만 예전에 그 특정한 목소리를 들었을 때는 보통 환자가 특 정한 트라우마를 경험한 것이더군요."

만두는 가차 없었다.

"내 아버지가 자살했잖아요." 매리언이 말했다. "어머니는 날 사랑하지 않았고요. 난 미쳤었어요. 이걸로는 충분하지 않은가요?"

"아뇨, 그건 엄청난 일이죠." 소피가 말했다. "매리언 씨의 목소리에서 그것도 분명히 들려요. 하지만 그건 재미있는 사람이 되고 싶을 때의 매 리언 씨죠. 그건 썩어빠진 어린 시절과 그 이후의 여파에서 살아남아 적 응한 매리언 씨예요. 자신을 위해 괜찮은 인생을 만들어내고, 머릿속의 소용돌이를 다룰 방법을 찾아낸 매리언 씨 말이에요. 그건 매리언 씨 안 의 생존자예요. 제가 들은 건 다른 거였어요. 제 말이 맞는다는 건 아니 고, 그냥 여쭤보는 거예요."

매리언은 손목시계를 보았다. 두 번째 '시간'이 끝나고도 2분이 지 나 있었다. 작은 진료실이 어느 빨간색 단층집의 거실이라도 되는 것처럼, 그녀는 서둘러 일어나며 옷걸이에서 코트를 내렸다. 그녀는 한쪽 팔을, 그다음에는 다른 쪽 팔을 소매에 쑤셔 넣었다. 아직 집으로 달려가 양말 서랍을 털어서 페리에게 뭔가 더 좋은 것을 사줄 시간이 남아 있었다. 25년간 그녀는 러스와의 인생이 용서의 하나님에게서 받은 축복이라고, 가톨릭교도로서 기도와 회개를 하며 보냈던 시절로 얻어낸 축복이라고 믿었다. 자기 안의 나쁜 것을 억압하고, 입을 계속 다물고 있음으로써 매일 계속 벌어들이고 있는 인생이라고. 그녀가 최근 러스를 미워한 것은 사실이었다. 최소한, 아직 그를 사랑하는 만큼은 그랬다. 그러니 계속 러스를 위해 가식을 떨 필요는 없었다. 하지만 그녀는 페리를 그 어느 때보다 사랑했다. 매리언 쪽 혈통 때문에 생겨난 페리의 괴로움은 주님이 30년을 기다렸다가 그녀에게 내린 형벌이었다.

"저 때문이라면 가실 필요 없어요." 등 뒤에서 만두가 말했다. "코스타랑 저는 5시까지 여기에 있거든요."

매리언은 문고리에 손을 얹은 채로 문을 마주 보았다. 진료실에는 신이 없었다. 매리언은 신이 그녀에게 무엇을 기대하는지 알았다. 그녀는 페리에게 헌신하며 속죄를 시작해야 했다. 하지만 진료실을 떠난다는 것은 나아질 수 있는 모든 희망을 버린다는 뜻이었다.

"어쩌면 저한테 산타 얘기를 해주시는 게 좋을지도 모르겠어요." 소피가 말했다.

"아, 저기 페리가 있네요."프랜시스 코트렐이 손을 흔들며 말했다. "호랑이도 제 말 하면 온다더니."

프랜시스와 함께 제일 개혁 교회에서 깔끔하게 탈출한 지 20분도 채 지나지 않아 메이플 거리의 모퉁이에서 아들의 옅은 노란색 머리카락을 본 러스는 정지 표지판을 무시하고 차를 몰고 싶다는 유혹을 느꼈다. 하지만 마을 경찰서가 길 바로 건너편에 있었다. 그는 브레이크를 밟고, 프랜시스가 손을 흔드는 쪽을 억지로 돌아보았다. 죄지은 사람처럼 보이고 싶지는 않았으니까. 페리는 인도에 서서, 손에 비닐봉지를 들고 그 모든 것을 보고 있었다. 러스는 잠시 페리에게 시선을 두었다가 세게 액셀을 밟았다.

호랑이도 제 말 하면 온다고?

"인상적인 아이예요."프랜시스가 말했다. "래리가 약간 반한 것 같더라고요."

메이플 거리만 지나면, 퍼시그 거리의 속도제한은 어겨도 괜찮았다. 운 좋은 눈송이들은 자기도 모르는 채 퓨리를 피했고, 다른 눈송이들은 앞 유리에서 종말을 맞았다. 페리가 서 있던 곳에 정지 표지판만 없었어도 페리는 러스의 유일한 승객이 프랜시스라는 것을 못 봤을지 몰랐다. 하지만 이제 러스는 페리가 잊기만을 바랄 수 있을 뿐이었다. 그럴 가능성은 낮았지만.

"아무튼, 어색하지만 여쭤볼 게 있어요." 프랜시스가 말했다.

러스는 액셀을 밟은 발에서 힘을 뺐다. "음?"

"오늘은 내가 목사님을 독차지했으니, 이것도 일종의 개인 면담 맞죠? 목사님 사무실에서 하는 면담은 아니지만. 그래도 비밀을 지켜주실 건가요?"

"그럼요." 러스가 말했다.

프랜시스는 차에 탄 이후 계속 팔다리를 튕기며 자세를 다시 잡았다. 벤치 시트에 놓인 그녀의 왼발은 지금 러스의 다리에서 2~3센티미터도 떨어져 있지 않았다. "궁금했어요." 그녀가 말했다. "아이들은 몇 살부터 대마초를 피워도 된다고 생각하세요?"

"제 아이들이요?"

"네. 아니면 아무 아이들이나요. 얼마나 어려야 너무 어린 건가요?"

"글쎄요, 대마초는 불법입니다. 어떤 부모도 자기 자식이 법을 어기는 걸 보고 싶어 할 것 같지는 않은데요."

프랜시스가 웃었다. "정말 그렇게까지 고지식하세요?"

러스가 입은 코트, 그녀가 감탄했던 코트는 고지식한 코트가 아니었다. 러스가 그녀를 위해 가져왔다가 사무실에 놔두고 온 블루스 78s 앨범도 고지식한 앨범이 아니었다. 러스가 그녀에 대해 품은 생각들도 고지식한 생각이 아니었다.

"법을 어기는 것에 반대하는 게 아닙니다." 그가 말했다. "간디도 법을 어겼고, 대니얼 엘스버그도 법을 어겼죠. 저는 규칙이 신성하다고 생각하지 않아요. 그냥 마약 관련법을 어기는 것에 유의미한 목적이 있을지 모르겠습니다."

"와. 진정하세요."

러스는 프랜시스의 말투로 그녀가 미소 짓는다는 것을 알 수 있었다. 하지만 고지식한 것과 힙한 것의 불협화음이, 그 불공정함이 불쾌하게 느껴졌다.

"고지식해서 나쁠 건 없죠." 프랜시스가 말했다. "난 고지식한 게 귀엽다고 생각해요. 그럼 목사님은 직접 대마초를 피워보신 적이 없겠군요?"

"아, 네. 프랜시스 씨는요?"

"안 피워봤어요. ……아직은."

그녀의 목소리에서 장난기가 반짝였다. 러스는 길에서 시선을 떼고, 자신의 반응을 살피는 그녀를 보았다. 프랜시스는 매우 생기 있어 보였다. 뭐든 만족스러운 듯, 놀아볼 준비가 된 듯했다. 러스도 놀아보려고 왔지만, 그가 하려는 게임은 추파 던지기가 아니었다. 그 분야의 기술에는 자신이 없었다.

러스가 말했다. "그 질문은 아들에 관한 질문인가요?"

"네, 어느 정도는요. 하지만 목사님 아들에 관한 질문이기도 해요."

"제 아들이요? 페리 말하는 건가요?"

"네."

러스의 아들이? 마약을 한다고? 뭐, 당연하지. 물론 말이 됐다. 미리 의심해본 적이 없었다는 걸 믿을 수 없을 정도로. 빌어먹을 매리언.

"몇 가지 말씀드려도 될까요?" 프랜시스가 말했다. "비밀 상담을 하고 있으니까요."

눈앞 도로의 흰 눈보라는 너무 빽빽해서 방향감각을 흐렸다. 러스는 눈보라에 시선을 고정하고 있었지만, 프랜시스가 사냥모자를 쓰고 그에게로 몸을 숙이는 걸 느낄 수 있었다.

"혹시 기억나세요?" 그녀가 말했다. "지난여름에 내가 목사님을 만나러 갔었죠."

"기억납니다. 아주 잘 기억나요."

"그때 난 상황이 안 좋았어요. 하지만 목사님에게 아주 솔직하게 말하지는 못했죠. 사실은 조금도 솔직하지 않았어요. 목사님은 보비에 대해서 참 친절하게 말해주셨어요. 남편을 잃는다는 것에 대해서도요. 하지만 내가 목사님을 찾아갔던 진짜 이유는 그게 아니에요. 난 내가 만나는 남자가 다른 사람도 만난다는 걸 알았기에 기분이 나빴던 거예요."

앞 유리에서 퓨리의 고무 와이퍼가 귀에 거슬리는 소리를 내며 덜덜거렸다. 러스는 확인하는 질문을 던지고 싶었다. 만난다는 말이 그가 생각하는 바로 그 뜻인지 확인하고 싶었다. 하지만 러스는 자기 목소리를 믿지 않았다. 괜찮게 시작했던 하루가 결론적으로 끔찍해졌다. 그는 페리에 대해서도 멍청했듯 프랜시스에 대해서도 멍청했다. 다른 남자가 그녀에게 이미 덤벼들었을지 모른다는 생각은 한 번도 해보지 않았다. 지난여름이면, 프랜시스는 남편을 잃은 지 겨우 1년이 지났을 때였다.

프랜시스는 앞좌석의 자기 자리에 기댔다. "어쩐지 현실이라기엔 너무 좋더라고요. 오랜 친구가 소개해준 사람이었는데, 바로 이 사람이다 싶었어요. 우린 바로 죽이 맞았어요. 필립은 외과의사예요. 군대에도 다녀왔고요. 보비랑 같은 기지에서 복무했죠. 우리에겐 그런 공통점이 있었어요. 게다가 심장 수술 전문의가 된다는 건 의료 분야에서 전투기 조종사가 되는 것이나 마찬가지예요. 겁쟁이들은 못하는 일이죠. 필립은 호숫가의 고층 건물에 멋진 아파트를 가지고 있어요. 루프 바로 북쪽이죠.

경관이 정말 훌륭해요. 난 그 집을 보자마자 '와, 나도 여기서 살래!'라고 생각했어요. 돌이켜보면, 그런 식으로 생각하기에는 너무 일렀던 것 같지만요. 난 그냥 모든 것이 다시 괜찮아지기만을 바랐어요. 우리가 세 사람이 아니라 네 사람이기를 바랐어요."

러스는 프랜시스가 심장외과 전문의의 아파트에 들어갔지만, 그와 친밀한 관계를 맺지는 않은 시나리오를 애써 상상했다.

"저는 래리와 에이미가 그 사람을 만나봤으면 했어요." 그녀가 말했다. "모두 함께 점심을 먹고 필드 박물관에 갈 수 있겠다고 생각했죠. 내가 계속 몰아붙이니까, 결국 어느 날 밤에 필립이 모든 것을 폭로하는 마음으로 그러더군요. 내가 알아야 할 게 있다고. 알고 보니까, 내가 필립을 알았던 모든 시간 동안 필립은 다른 사람을 만나왔던 거예요. 간호사였죠, 뻔하게도. 나보다 어렸고요, 그것도 뻔한 일이지만. 그러니까 목사님을 만나러 갔을 때 난 그런 생각을 하고 있었던 거예요. 나는 보비가 정말로 그리웠지만, 그 이유는 적절하지 않았어요. 나는 뭐랄까, 실연당한 느낌이었어요."

러스 앞 덤프트럭의 검은 배기가스는 땅에 닿지도 못한 눈송이를 더럽혔다. "그렇군요." 그가 말했다.

"하지만 목사님한테 말씀드리지 않은 게 하나 더 있어요. 난 보비와의 사이도 그렇게 훌륭하지만은 않았거든요. 결혼했을 때 난 겨우 스물한 살이었어요. 보비는 우리 오빠의 가장 친한 친구였고, 음속보다 빠른 비행기들을 조종했어요. 보비는 엄청나게 잘생겼고, 난 그 사람과 결혼해야 하는 여자였죠. 보비는 자리를 비우는 경우가 많았지만, 난 상관없었어요. 난 장교의 아내였고, 거기에는 나름의 특권이 따랐으니까요. 아이들이 태어났을 때 보비는 에드워즈 기지에 배치됐어요. 난 어디로든 보비를 따라갈 생각이었죠. 보비가 공군을 그만둔 건 나 때문이 아니었어요. 하지만 보비는 아이들이 한곳에서, 한 학군에서 자라기를 바랐어요. 제너럴 다이내믹스의 연봉어 훨씬 더 높기도 했고요. 그런데 보비는 텍사스에 가자마자 자기가 실수했다고 생각했어요. 보비는 군대를 그리워했고, 난 보비가 나를 탓한다는 걸 알 수 있었죠. 내 잘못이 아니었는데. 한 해 한 해가 갈수록 보비는 점점 더 화를 내더군요. 다들 보비가 종마 같은 남자라는 건 알고 있었고, 나도 그 사람한테 그런 소리를 들을 만한 이유를 준 건 아니었어요. 하지만 보비는 계속 제 충성도를 시험했어요. 내가 이웃 사람이 한 말에 너무 심하게 웃으면, 그건 내가 그 사람한테 추파를 던진다는 뜻이라고 생각했죠. 내가 이웃 사람이 그보다 못한 남자라는 걸 인정할 때까지 물고 늘어졌어요. 내가 뉴스를 보다가 전쟁이 잘되어가지 않는 것 같다고 한마디라도 하면 날 취조했고요. 내가 언제 미국이 지구상에서 가장 강한 나라라는 데 동의하지 않았나요? 미국 경제가 가장 뛰어나지 않다고 했나? 우리한테 공산주의자들이 그 머시기 머시기 머시기를 확대하지 못하도록 막을 도덕적 의무가 없다고 하기를 했나? 보비는 너무 많은 군인들이 죽어나가는 이유가 고국에 있는 시위자들이 그들의 사기를 꺾기 때문이라고 진심으로 믿었어요. 내가 그 애들을 죽인다는 거였죠. 전쟁에 대한 의구심을 품었으니까. 그리고 래리는 우주비행사가 되고 싶어 했지만, 스포츠를 뛰어나게 잘하는 것도 아니었고 전 과목 A를 받는 학생도 아니었어요. 보비는 끊임없이 래리한테 소리를 질렀죠. '2루로 슬라이딩해. 그것도 못하면서 우주비행사가 될 줄 아냐? 존 글렌이 대수학 시험에서 B를 받은 적이 있을 것 같아?' 래리는 그냥 우주에 관심이 있는 공상적인 아이였고, 보비를 무척 자랑스러워했어요. 정말 간절하게 보비를 기쁘게 해주려고 했어요. 보비가 자기를 못

마땅하게 여긴다는 게 래리한테는 고문이었죠. F-111의 조종석을 본 적 있으세요?"

러스는 프랜시스가 자신에게 마음을 연다는 것을 기쁘게 여겼어야 했다. 하지만 그의 귀에 들리는 것이라고는 프랜시스가 테스트 파일럿이나 심장외과 전문의 수준의 주의력을 요구한다는 것뿐이었다. 러스는 아내와 네 아이가 있고 돈은 한 푼도 없는 부목사였다. 대체 무슨 생각을 했던 걸까?

"믿을 수가 없어요." 그녀가 말했다. "조종석에 얼마나 많은 장비들이 있는지요. 그걸 보고 있으면 완전한 통제력을 얻은 듯한 기분이 들어요. 보비가 우리를 그렇게 대했죠. 우린 보비의 마음에 들어야 했고, 보비는 조건에 맞을 때만 우리를 탐탁하게 여기는 방법으로 우리를 조종했어요. 래리는 스타급 운동선수가 되어야 했고, 난 이웃과 이야기를 나누는 작은 재미도 누리면 안 됐어요. 내가 볼 때 보비의 비행기 사고에서 가장 끔찍했던 점은 비행기를 더 이상 통제하지 못하게 된 보비를 상상하는 것이었어요. 격분했을걸요."

하늘은 어두워졌고, 차량 흐름은 느려졌다. F-111은 몇백만 달러일까? 기독교 국가라는 나라가 어떻게 살상 무기에 수십억 달러를 쓸 수 있는 걸까? 러스의 퓨리 계기판은 속도계와 게이지 세 개로 이루어져 있었고, 그나마 하나는 고장 난 상태였다. 브레이크와 스노타이어도 즉시 교체해야 했다. 하지만 매리언이 크리스마스 쇼핑을 하겠다며 200달러를 달라고 했다. 러스는 그 금액이 과도하다고 생각했으나 최근 매리언에게 준 것이 거의 없다는 것을 의식했다. 그가 프랜시스와 단둘이 보내는 네 시간을 스스로에게 주는 크리스마스 선물로 삼았다는 점도. 러스는 그 네 시간이 너무도 빠르게 흘러갈 거라고 상상했었다. 하지만 이제는 프랜시스가 사랑하는 남자들의 얘기를 1분이라도 더 버틸 수 있을지 의문이었다. 목구멍이 뻣뻣해지고 쓰렸다.

"난 키티 선생님이랑 이 얘기를 아주 많이 했어요." 프랜시스가 말했다. "난 전투적인 여성해방운동을 할 생각이 없어요. 하지만 선생님이 준 책 몇 권은 무척 말이 되더군요. 보비가 날 신체적으로 학대했던 건 아니에요. 보비는 그냥 차갑고, 차갑고, 차가웠어요. 하지만 어느 면에서는 그게 더 나쁠 정도였죠. 보비한테 나는 별것 아닌 아내였어요. 중요한 건 내가 모든 것을 정확하게 처리하는 것뿐이었죠. 동등한 사람들의 결혼과는 정반대랄까요. 지금 돌이켜보면, 이웃들은 모두 내가 재수 없는 자식이랑 결혼했다고 생각했을 것 같아요. 그렇게 생각하지 않은 사람은 보비의 파일럿 동료들뿐이었어요. 그 사람들도 재수 없기는 마찬가지였고요. 물론 보비가 그렇게 죽은 건 끔찍한 일이에요. 보비한테 안타까운 마음이 들어요. 하지만 가끔은 보비가 없는 인생이 더 나은 게 아닐까 하는 생각이 들 정도예요. 내가 나빠요?"

"결혼이란 어려운 일이죠." 러스가 말했다.

"하지만 꼭 어려워야만 하는 걸까요? 목사님의 결혼 생활도 어려운가요? 아니면…… 죄송해요, 그런 질문은 던지면 안 되는 거겠죠."

러스에게 테스트 파일럿이나 심장외과 전문의 정도의 배짱이 있었다면, 지금이야말로 마음을 열고 자신의 결혼 생활이 비참하며 습관과 맹세와 의무로 지탱되고 있을 뿐이라고 선언할 때였다. 지금이야말로 그녀를 설득할 시간이었다. 하지만 러스가 매리언에게 느낀 불만은 그녀가 뚱뚱하고 기뻐할 줄 모르며 흥미롭지 않다는 것, 그의 날을 무디게 한다는 것이었다. 러스는 이런 불만을 재수 없지 않게 포장해서 말할 방법이 떠오르지 않았다.

프랜시스가 말했다. "아무튼, 목사님은 아주 큰 일을 해주셨어요. 키티 선생님과 연락하게 해주시고, 화요일 모임에도 넣어주시고요. 나한테 필요했던 게 바로 그런 거예요. 난 트라이턴 칼리지에서 수업을 듣고 있는데, 그것도 좋았어요. 전반적으로 꽤 괜찮은 가을을 보내고 있었죠. 하지만 그때……."

"압니다." 러스가 말했다. "로니 일은 다시 사과드리고 싶군요. 그건 제 실수였습니다."

"아, 네. 고마워요. 하지만 사과하실 필요 없어요. 내가 하려던 말은 필립이 다시 연락해왔다는 거거든요. 필립이 난데없이 전화를 걸어서, 이제는 생각이 더 분명해졌다는 거예요. 간호사는 정리했는데, 마음을 내서 자기를 용서해줄 수 없냐고 하더군요. 난 그럴 수 없을 것 같았어요. 하지만 필립이 장미를 보내고 다시 전화를 걸었죠. 작정하고 매력을 풍기더라고요. 그러다가 어찌어찌 그냥 맞아떨어졌죠. 추수감사절 다음 주말이었어요. 로니 일이 있고 난 다음에요. 난 도시로 가서 오후와 저녁 시간 내내 필립과 함께 보냈어요."

인도에 닿은 눈송이는 여전히 녹아내렸지만, 일기예보에서는 20센티미터 정도의 눈이 올 거라고 예상했다. 러스와 프랜시스가 어딘가에 갇히게 된다면 러스는 심장외과 전문의의 여자 친구와 몇 시간을 더 보내야 할 터였다.

"하지만 그때는 모든 게 다르게 느껴졌어요." 그녀가 말했다. "내가 읽은 책들도 영향이 있었지만, 그건 어느 정도만 그런 거고요. 목사님이 하신 말도 영향이 있었어요. 내 말은, 화요일 모임 말이에요. 그리고 잘 모르겠네요. 그냥 종류가 다른 남자를 봤다고 해야 할까요. 필립은 나를 비니언스에 데려갔어요. 웨이터가 오니까, 내 손에서 메뉴를 가져가더니

나 대신 주문하더군요. 예전의 나라면 그걸 좋아했을 거예요. 안전한 기분이 들었겠죠. 하지만…… 그러다가 그 사람 아파트에, 경관이 멋진 그 아파트에 갔어요. 난 피아노에 놓인 그 사람 가족사진을 보고 있었죠. 그러다가 아마 그중 하나를 집었다가 잘못 내려놨나 봐요. 그 사람이 다가오더니 그 사진을, 뭐랄까, 2센티미터쯤 뒤로 밀어놓더군요. 사진 2센티미터를 움직이려고 그 방을 가로질러 오더라니까요. 아마 그래서 훌륭한 외과의사가 된 거겠지만, 이런 생각이 들었어요. 아, 이런. 또 시작이네. 무슨 뜻인지 아시겠어요?"

러스는 급류를 타고 움직이는 것만 같은 기분이었다. 한 순간에는 절망이, 다음 순간에는 감히 희망이 느껴졌다.

"꼭 보비를 보비 비슷한 사람으로 바꾸려는 것 같았어요. 아마 내가 그런 남자에게 끌리는 거겠죠. 그런 종류의 남자들한테요. 보비가 재수 없게 굴어서 화가 날 때도 난 보비한테 매력을 느꼈어요. 만일 필립과 함께 지내게 된다면 난 아마 아이를 한두 명 더 낳게 될 거예요. 필립은 자기 자식을 원하는 것 같거든요. 그리고 그게 내 종말이 되겠죠. 필립이 모든 걸 통제할 테니까. 하지만 그래서, 아무튼, 난 자정이 가까워질 때까지 집에 돌아가지 않았고……."

외과의사와 친밀한 관계를 나누었을까? 러스는 현대의 데이트 규약을 전혀 몰랐다.

"그런데 래리가 가족실에서 혼자 TV를 보고 있는 거예요. 래리는 에이미를 돌봐줄 수 있는 나이죠. 그런데 약간 이상해 보였어요. 난 래리한테 키스해주려고 허리를 숙였어요. 그러자 믿을 수 없는 일이 일어났죠. 래리한테서 대마초와 구강청결제 냄새가 나더라니까요. 에이미가 잠든 뒤에 취한 거였어요! 믿을 수가 없었죠. 보비가 죽은 뒤로 래리가 힘든 시간을 보냈다는 건 알았어요. 9학년이 되어서 새로운 학교로 전학을 가는 것도 마냥 즐거운 일은 아니었겠죠. 하지만 래리는 착한 아이예요. 올해에는 크로스로드 덕분에 훨씬 더 잘 지내고 있고요. 지금도 자세가 똑바른 건 아니고 머리카락으로 얼굴을 가리고 다니지만 성숙해져가는 것 같아요. 래리가 취했다는 것을 알고 충동적으로 느낀 감정은 그렇게 오랫동안 래리와 에이미를 혼자 둬둔 것에 대한 죄책감이었어요. 래리한테는 동생을 돌봐야 하는 책임이 있는데 그렇게 멍청하고 위험한 짓을 하다니 실망했다고 말했죠. 하지만 벌을 주지는 않을 생각이었어요. 그냥 알고 싶었어요. 예를 들면, 래리가 어디에서 대마초를 구했는지 같은 것들을요. 하지만 래리는 머리카락을 얼굴에 늘어뜨린 채 날 보려 하지도 않았고, 대답도 하지 않으려 들었어요. 난 래리에게 집에 대마초가 있느냐고 물었어요. 래리는 그래도 대답하지 않았죠. 그때 내가 약간 정신 줄을 놨어요. 대마초가 어디에 있는지 보여달라면서 래리를 앞세워 그 애 방으로 들어갔죠. 그런데 그거 아세요? 래리가 대마초가 가득 담긴 봉투를 가지고 있더라고요! 난 래리한테서 그 봉투를 빼앗았어요. 그게 어디서 났느냐고 물었죠. 그랬더니 뭐라는 줄 아세요? 래리가 그러더군요. '난 고자질쟁이가 아니야.' 난 그 말에 너무 화가 나서 래리한테 한 달 동안 TV를 못 보게 했어요."

러스는 그녀의 이야기가 흘러가는 방향이 불편하게 느껴졌다. 그녀가 페리 얘기를 했을 때 동전이 던져진 셈이었다.

"그래서 아까도 말씀드렸지만 이건 어색한 질문이에요." 그녀가 말했다. "하지만 목사님도 아셔야 할 것 같아서요."

"래리가 제 아들에게서 대마초를 구했다고 생각하시는군요."

"확실히는 모르겠어요. 하지만 둘은 함께 보내는 시간이 아주 많고, 래리는…… 좋은 일이죠, 래리는 페리한테 홀딱 반한 게 분명하거든요. 학교가 끝나면 둘이 같이 와서 곧장 래리의 방으로 가요. 래리는 모형을 조립하는데, 둘이 방에 들어가 있으면 접착제와 페인트 냄새가 나죠. 둘이 모형을 조립하면서 함께 시간을 보내는 건 상관없어요. 둘이 대마초를 피우는 것조차 신경 써야 할 일인지 잘 모르겠고요. 래리는 학교 아이들 절반이 대마초를 피워봤다고 해요. 아마 과장이겠지만, 꽤 흔한 일이라는 건 알겠어요. 하지만 대마초가 가득 들어 있는 봉투를, 그것도 꽤 큰 봉투를 가지고 있다니…… 그건 래리답지 않았어요."

빌어먹을 매리언.

지난봄, 페리가 저지른 비행의 어마어마한 규모가 드러나자 매리언은 러스의 면전에 종교를 들이밀었다. 그가 구약의 십계에만 집착한다고, 일요일마다 설교하는 신약의 용서는 잊어버렸다고 비난했다. 매리언의 말에 따르면, 페리에게는 벌이 아니라 사랑과 응원이 필요했다. 페리는 학교를 도합 11일 빼먹었고, 결석 이유를 설명하는 서류에는 러스의 손 글씨를 위조했다. 하지만 매리언은 페리의 문제가 심리적인 것이지 도덕적인 것이 아니라고 우겼다. 아이는 너무 예민하고, 기분 변화가 심하고, 밤에 잠을 자지 못했다. 매리언은 페리를 가엾게 여겨달라고 애원하면서, 페리가 정신과 상담을 받게 해주자고 제안했다(그럴 돈이라도 있는 것처럼). 러스가 보기에는 매리언 자신이 문제였다. 처음부터 그녀는 페리가 기분 내키는 대로 행동하거나 변덕을 부리는데도 오냐오냐 받아주었다. 유아 시절에 페리가 끊임없이 징징거리거나 울어대도, 나이가 들어서 우월한 사람이라도 된 듯 잘난 척을 하는데도. 러스는 네 아이 모두가 정도야 다르겠지만 자기보다 매리언을 더 좋아한다는 걸 알고 있다. 매리언은 늘 아이들과 가까운 곳에 있었지만 그는 다른 사람들에게 봉사하느라 나가 있었으니까. 그러나 매리언은 페리에 대한 편애가 가장 두드러지면서도 배타적이었다. 페리가 좀 더 마음에 들었다면, 또 매리언에게 지금도 흥미를 느꼈다면, 러스는 둘의 친밀함에 질투를 느꼈을지도 몰랐다. 하지만 러스는 둘을 서로에게 남겨두기로 선택했다. 그런데 이제는, 매리언이 애지중지하고 러스가 무관심했던 결과로 페리가 중학교 관계자들 앞에서 둘을 창피하게 했다.

러스는 페리에게서 도덕적 결함을 분명히 감지했다. 마약 사용을 의심했어야 했다. 하지만 페리가 그저 잠을 좀 더 자고 싶어 하는 재능 많고 예민한 아이라는 매리언의 이야기에 길을 잃고 말았다. 한번은 러스가 목사관의 사무실로 페리를 불렀다. 책상에는 중학교 교장 앞으로 보내는 서류가 잔뜩 쌓여 있었다. 소름 끼칠 만큼 러스 자신의 손 글씨와 비슷한 글씨로 작성된 서류들이었다. 정말이지, 페리가 수많은 재능을 가진 아이라는 점은 부정할 수 없었다. 그때 러스는 여자처럼 머리를 기른 아들에게 매리언이 하지 못한 훈육을 하기로 마음먹었었다.

"낮에 자면 안 된다." 그가 말했다. "남들처럼 밤에 자야지."

"아빠, 저도 그러고 싶어요." 페리가 말했다. "하지만 잘 안 돼요."

"나도 아침에 일어나서 출근하고 싶지 않은 날이 많다. 하지만 그거 아니? 나는 일어나서 출근해. 억지로라도 그냥 하면, 어느 날은 밤에 너무 피곤해서 잠들게 될 거다. 그러면 다시 정상적인 일정에 따라 살게 될 거야."

"아빠 말을 무시하는 건 아닌데요, 말이 쉽지, 실제로는 그렇지 않아요."

"넌 아주 똑똑한 아이다. 학교가 시시하다면 유감이야. 하지만 규율을 배우는 것도 성장의 일부다. 내가 보면 넌 항상 책을 읽고 있거나 미술

도구를 가지고 장난치고 있더구나. 밖에 좀 나가서 몸을 지치게 해야지. 네가 교내 소프트볼 팀에라도 가입해야 하는 건 아닌가 싶다."

페리는 버릇없이, 믿을 수 없다는 듯이 그를 빤히 보았다. 러스는 짜증을 애써 억눌렀다.

"뭐라도 해야지." 그가 말했다. "올해 여름부터 네가 일하는 걸 보고 싶다. 그게 이 가족의 규칙이야. 우리는 일을 한다. 난 네가 1주일에 50달러를 번다는 목표를 세웠으면 좋겠구나."

"베키 누나는 10학년 때 일하지 않았잖아요."

"베키는 치어리더 활동을 하고 있었어. 지금은 일하고 있고."

"그 일자리를 아주 싫어하던데요."

"뭐, 그거야말로 자기 규율이라는 거지. 마음에 들지 않아도 일하는 것 말이다. 너한테 벌을 주려는 게 아니야, 페리. 너를 위해서 이러는 거다. 내일부터 일자리를 찾아봤으면 좋겠다. 그렇게 하면, 여름이 올 때쯤엔 준비가 돼 있을 거야."

러스로서는 혐오스러운 일이었지만, 페리는 흐느끼기 시작했다.

"솔직히, 난 아주 가벼운 벌만 주는 거야." 러스가 말했다. "네가 한 짓을 생각하면 네가 지금 누리는 특권을 전부 빼앗았어야 해."

"그럼 벌이 맞네요."

"울지 마라. 울 나이는 지났어. 이건 벌이 아니다. 다른 일을 찾지 못하면 언제든 잔디를 깎아도 된다. 클렘은 잔디 깎는 일로도 만족했어. 너도 괜찮을 거다. 하루 종일 잔디를 깎다 보면 분명 밤에 잠이 올 거야."

매리언은 온화하지만 고집스러운 방식으로 러스에게 불평했다. 잔디를 깎는 것이 페리의 재능을 무분별하게 낭비하는 것이고, 그의 감수성에 대한 고통스러운 공격이라는 것이었다. 하지만 그때 이후로 페리의 습관이 개선되면서 러스는 정당성을 찾았다. 여름에 페리는 자정부터 늦은 아침까지 잤다. 십대에게는 정상적인 일이었다. 9월에는 자발적으로 크로스로드에 가입하기까지 했다. 아마 릭 앰브로즈의 편에 섬으로써 강제로 잔디를 깎게 한 아버지에게 복수한다는 생각이었겠지만, 러스는 못마땅해하는 모습을 보이지 않음으로써 페리에게 만족할 기회를 주지 않았다. 솔직히 말하면, 그는 점점 페리에게 거부감을 느꼈다. 청소년이 된 그의 신체에 모호한 역겨움이 느껴졌다. 페리가 방과 후 시간을 크로스로드에서 보냈을 때도, 크로스로드 수련회를 떠나서 주말 내내 집을 비웠을 때도 러스는 페리의 육체가 주는 모욕감에서 벗어날 수 있어서 안도했다.

하지만 지금 러스는 자신에게 거부감을 일으켰던 것이 그냥 페리의 나쁜 성격이었을지 모른다는 생각이 들었다. 몰래 마약을 즐기며 잘난 체하는 그 모습이 싫었던 것이다. 이 모든 게 빌어먹을 매리언의 잘못이었다. 매리언은 소중한 아들에게 불리한 말은 한마디도 듣지 않으려 했고, 페리는 어머니의 믿음을 이용했다. 그런데 이제는 러스 인생의 낙인 프랜시스가 페리 때문에 그를 고지식한 인물로 평가절하하고 있었다. 페리가 자기 아들 래리를 꾀어 마약을 하게 했는데도 러스가 그를 의심하지 않는 줄 알고서 말이다. 러스는 페리가 약을 한다는 걸 매리언에게 알려줄 때의 잔인한 쾌감을 미리 맛보았다. 매리언의 애지중지하는 태도가 불러온 결과를 그녀의 면전에 들이밀 때의 쾌감, 프랜시스에게서 이 사실을 알게 된 치욕의 대가를 매리언이 치르도록 할 때의 쾌감을. 그는 페리에게도 대가를 치르게 할 생각이었다.

하지만 페리가 도리어 뭔가를 암시한다면? 만일 매리언이 있는 곳에서 페리가 러스에게 코트렐 부인과 함께 상자로 가득 찬 차를 타고 어디에 갔었느냐고 묻는다면? 주님께서 굽어살피시기를. 러스는 아침을 먹으며 매리언에게 거짓말을 할 수밖에 없었다. 키티 레이놀즈와 함께 음식과 장난감을 배달하러 간다고 말할 수밖에 없었다.

"여기서 방향을 꺾어야 하지 않아요?" 프랜시스가 말했다.

러스가 급브레이크를 밟자 뒤쪽 화물칸의 장난감들이 덜컥거렸다. 러스는 진눈깨비로 철벅거리는 두 차선을 가로질러 오그덴 거리로 방향을 틀었다. 뒤에서 경적이 울렸다.

"나쁘게만 생각하지는 마세요." 그녀가 말했다. "릭 앰브로즈 전도사님 말로는 다른 부모들도 같은 문제로 고민하고 있대요."

거리의 온갖 정보를 알고 있는 릭 앰브로즈. 현대 청소년의 손목에 손가락을 대고 맥을 짚는 릭 앰브로즈.

"릭한테도 래리 얘기를 하셨나요?" 러스는 간신히 말했다.

"네, 그래도 걱정하지 마세요. 페리를 고자질하지는 않았어요. 제 말은, 방금 고자질하긴 했죠, 목사님한테요. 하지만 전도사님한테는 안 했어요. 그냥 열다섯 살짜리 아이들이 대마초를 피우는 걸 어떻게 생각해야 하는지 조언이 좀 필요했을 뿐이에요. 전도사님은 크로스로드는 걱정할 필요 없다고 했어요. 크로스로드 시간에는 약이나 음주를 금지하는 아주 엄격한 규칙이 있는 것 같더라고요. 섹스에 대해서도 그렇고요. 하긴, 우리 가엾은 래리는 아직 섹스 걱정을 할 필요가 없는 것 같지만요. 난 래리가 여자애를 쳐다보는 것조차 못 봤거든요. 래리는 페리한테 반했어요. 그게 비정상이라는 얘기는 아니고요. 아니, 모르겠네요. 어쩌면 비정상적인 건지도. 보비가 살아서 그 꼴을 보지 못하는 게 다행이죠."

러스는 뭔가 현명한 말을 하려고 열심히 머리를 굴렸다. 젊은 사람들에 대한 앰브로즈의 특별한 통찰력에 견줄 만한 뭔가를.

그녀가 말했다. "집에 돌아왔는데 래리가 취해 있는 걸 본 건 정말로 눈이 뜨이는 경험이었어요. 난 끔찍한 감기에 걸렸고, 한참 만에 나았을 때는 어느 모퉁이를 지난 것 같은 기분이 들었죠. 꼭 다른 방식의 삶을 살아야 할 것 같았어요. 아이들 일에 좀 더 관심을 가지고, 공상 속 두 번째 남편을 쫓아다니는 일은 그만두고. 난 소매를 걷어붙이고 손에 더러운 걸 묻히고 싶었어요. 키티 선생님과 함께 목사님이 하시는 일에 더 참여하고 싶었죠. 전도사님한테 크로스로드에도 참여할 방법이 있는지 물었어요. 어느 면에서는 부모로서 두 가지 역할을 해야 한다는 기분이 들어요. 래리와 에이미에게 엄마만이 아니라 아빠 비슷한 것도 되어주어야 하죠. 하지만 어떤 면에서는…… 혹시 목사님은 너무 일찍 태어났다는 생각 안 하세요?"

"그러니까, 젊어졌으면 좋겠다고 생각하느냐는 말씀입니까?"

"뭐, 다들 결국 그걸 바라지 않을까요? 하지만 난 지금 일어나는 일을 얘기하는 거예요. 요즘은 너무 많은 실험이 벌어지고 있잖아요. 오래된 가치를 너무 많이 의심하고요. 그러니까 이제는 여자도 남자들과 똑같은 옷을 입을 수 있다는 단순한 사실이라든지…… 난 그 모든 걸 놓쳤어요. 비틀스도 놓쳤고. 결혼하기 전에 동거를 해봐야 한다는 생각도 놓쳤죠. 나한테는 그게 도움이 됐을 텐데. 15년쯤 너무 빠르게 태어난 기분이라니까요."

러스가 말했다. "하지만 프랜시스 씨가 말한 일들은 50년대 초반에도 이미 벌어지고 있었습니다. 뉴욕 그리니치빌리지에는 제가 거기 있을 때도 프랜시스 씨가 말한 그 모든 것이 있었어요. 어떤 면에서 더 순수하긴 했지만요."

"뉴욕에서는 그랬을지도 모르죠. 뉴프로스펙트에서는 확실히 안 그랬고요."

"글쎄요. 개인적으로 저는 더 늦게 태어나는 게 좋았을지 잘 모르겠네요." 그는 그리니치빌리지를 너무 과장해서 팔지 말라고 자신에게 경고했다. 그와 매리언은 이스트 49번가의 신학교 기숙사에서 2년을 산 뒤, 그리니치빌리지에서는 겨우 두 달을 살았을 뿐이니까. "소위 오늘날의 청년문화에 대해 억울하게 느껴지는 부분은 사람들이 이런 문화가 난데없이 출현했다고 생각한다는 겁니다. 오늘날의 아이들은 자기들이 급진주의 정치와 혼전 성관계, 시민권과 여성권을 발명했다고 생각해요. 그 아이들 대부분은 유진 데브스나 존 듀이의 이름조차 들어본 적 없는데 말입니다. 마거릿 생어, 리처드 라이트 같은 이름도 마찬가지고요. 제가 버밍햄에 있었던 1963년에는 수많은 시위자들이 저와 동갑이거나 나이가 더 많았어요. 오늘날과의 차이라고 해봐야 유행밖에 없습니다. 다른 음악, 다른 헤어스타일 같은 것이죠. 그건 그냥 피상적인 거예요."

"정말 그게 유일한 차이라고 생각하세요? 내가 고등학교에 다닐 때 크로스로드 같은 모임이 있었다면, 당장 가입했을 거예요. 스무 살 때 베티 프리단과 글로리아 스타이넘을 읽었다면 내 인생 전체가 달라졌을지도 모르죠."

러스는 인상을 찌푸렸다. 앰브로즈가 위협적인 존재라는 건 알았지만, 키티 레이놀즈가 심각한 위협이 되리라고는 예상하지 못했다.

그가 말했다. "제 말은 그냥, 시민권과 반전운동, 그리고 뭐, 페미니즘도 오래전에 심은 씨앗의 결과물이라는 겁니다."

"네, 알겠어요. 근데 다른 끔찍한 얘기를 하나 해도 될까요?"

프랜시스는 자세를 바꿔 앉으며, 조수석 문에 등을 기대고 한 발을 그의 안전벨트에 댔다. 러스는 사타구니에 걸쳐진 안전벨트가 당겨지는 것을 느꼈다.

"나, 지금도 래리의 대마초를 가지고 있어요." 그녀가 말했다. "믿어지세요? 처음엔 그걸 변기에 넣고 내려버리려고 화장실에 갔어요. 래리한테 물 내리는 소리를 듣게 해주려고요. 그런데 왠지 실제로는 그렇게 하지 않았어요. 내 방에 숨겨뒀죠."

러스가 방금 자신의 청년기에 대해 했던 말은 시시한 것이 되었다. 그가 되고 싶은 나이는 프랜시스와 정확히 같은 나이였다.

"대답해보세요, 힐데브란트 목사님. 내가 나쁜 짓을 한 건가요?"

"법적으로는 좀 위험할 것 같네요."

"아, 무슨 소리예요. 누가 내 방문을 강제로 따고 들어올 것도 아닌데."

"그래도 말이죠. 그걸 어쩌실 생각입니까?"

"글쎄요, 음…… 목사님 생각에는 어떻게 할 것 같은데요?"

러스는 고개를 끄덕였다. 약간이지만, 프랜시스를 부당한 길로부터 멀어지게 해야 할 목사로서의 책임감이 느껴졌다. 그러나 고지식한 사람처럼 보이고 싶지는 않았다. "글쎄요." 그가 말했다. "대마초를 계속 가지고 있다면 래리한테 전하려는 메시지를 분명히 전할 수 없을 것 같네요. 래리에게 약이 나쁘다고 말씀하시려면……."

"그래서 얼마나 어려야 너무 어린 거냐고 여쭤본 거예요. 난 너무 어리지 않으니까요. 난 서른일곱 살에 인생을 통째로 다시 시작하려고 하고 있어요. 새로운 것들을 시도해보고 싶다는 호기심을 느껴요. 그리고 어떤 모습이 떠오르는데…… 내가 생각한 건 이런 거예요. 내가 키티 선생님을 초대하고 목사님은 사모님을 초대하시는 거죠. 우리 넷이서 함께 작은 실험을 해보는 거예요. 대체 뭐가 그렇게 난리인지 알아보게. 아이들한테 뭔가를 금지한다면, 우리가 뭘 금지하는 건지는 알아야 하지 않겠어요?"

"아이들이 절벽에서 뛰어내리면 안 된다는 것쯤이야 절벽에서 뛰어내리지 않고도 알 수 있습니다."

"하지만 알고 보니 그게 멋진 일이라면요? 혹시 이게 아이들을 더 잘 이해하는 데 도움이 된다면요? 아니면, 뭐라고 해야 하나, 그냥 우리의 정신을 일반적으로 확장해준다든지요. 그냥 그런 생각이 들었어요. 목사님과 함께라면 한번 해보는 것도 괜찮겠다고요. 목사님은 주님의 사람이잖아요. 무서운 사람이 아니고요. 평범한 목사님들과는 다르죠."

프랜시스가 한 그 어떤 말도 러스의 마음과 사타구니를 그 이상 뜨겁게 만들어주지는 못했을 것이다. 이른 땅거미가 내렸다. 도로를 따라 나 있는 금속 표면을 눈송이가 하얗게 색칠했다. 진눈깨비가 인도를 얼룩덜룩하게 만들어갔다. 다시 최고의 하루가 되어가고 있었다.

"아내가 별 관심을 보이지 않을 것 같군요." 러스가 말했다.

"그래요. 그럼 목사님이랑 저랑 키티 선생님만요."

러스가 키티도 빼버릴 그럴싸한 이유를 찾는 동안, 프랜시스는 그의 엉덩이를 장난스럽게 툭 찼다.

"우리한테 샤프롱 같은 건 필요 없다고 생각하시면 또 모를까." 그녀가 말했다.

지난밤 태너의 폭스바겐 밴 앞좌석에서 드러난 진실 중에는 입술이라는 게 무척 훌륭한 존재라는 것도 있었다. 과거에 입술은 그저 짜증스러운 존재일 뿐이었다. 입술은 갈라지거나, 발라놓은 립스틱이 고르지 않게 지워지는 존재였다. 병 돌리기 게임을 할 때는 입술의 예민함이 간지러움과 역겨움을 일으켰다. 베키는 입술이 태너의 입술로 향하는 길을, 그녀의 입술을 거울처럼 비추지만 자기 나름의 예상치 못한 의지를 가진 그 입술로 향하는 길을 찾아냈을 때에야 입술이 전신의 신경과 연결되어 있다는 것을 알았다. 태너의 콧수염은 플러시 천 같으면서도 까끌까끌했다. 그의 혀는 처음에는 수줍었지만, 점점 그렇지 않게 되었다. 예상치 못했지만, 그의 치아도 키스에 중요했다. 모든 감각이 신선했고, 모든 접촉의 각도가 미묘하게 달랐다. 현실에서 태너 에번스에게 한 키스는 상상 속 키스보다 훨씬 좋았다. 충격적일 정도로. 베키는 몇 시간이고 키스를 이어갈 수 있었다. 조수석에서 몸을 옆으로 꼴 때의 불편함도 인식하지 못하고 말이다. 하지만 주차장의 소음은 방해가 됐다.

"어라, 저거 태너의 밴이잖아." 그들은 어떤 여자애가 말하는 소리를 들었다.

어둠이 완벽하지 않았다. 태너는 베키에게서 물러나 귀를 기울였다. 방금 말한 여자애와 두 번째 여자애의 목소리가 멀어졌다. 그로브의 홀로 향하는 듯했다.

"나가야겠어." 그가 말했다.

베키는 태너에게서 떨어져 나오며, 그가 자신과 함께 있는 모습을 들키고 싶어 하지 않는다는 걸 알았다. 하지만 베키에게는 누군가에게 들킬 위험이 짜릿하게 느껴졌다. 그녀는 태너를 끌어당겨 다시 그에게 입맞췄다. 잠시 후, 목소리들이 돌아왔다.

"태너?" 여자애가 밴으로 다가오며 말했다. "로라?"

태너는 홱 몸을 젖혀 창밖을 보았다. 그가 당황한 것을 알아챈 베키는 몸을 숙이고 머리카락으로 얼굴을 가리려 했지만, 고작 머리카락 정도로는 얼굴을 가리기에 부족했다. 베키는 등 뒤를 더듬었다. 조수석에 덮어 두었던 나바호 담요가 만져졌다. 베키는 담요를 머리 위로 덮어썼다. 베키는 먼지투성이 모직 천 밑에서 태너가 창문을 내리는 소리를 들었다.

"아, 샐리구나. 안녕." 그가 말했다.

"너희 안 들어와?"

로라 도브린스키의 친한 친구인 샐리 퍼킨스였다.

"어어." 태너가 말했다. "들어가야지. 그냥 친구랑 잠깐 얘기하느라."

베키는 모직 천 너머로 샐리 퍼킨스의 시선을 느꼈다. 그 시선이 담요를 뒤집어쓴 그녀의 우스꽝스러운 형체에 닿아 있었다.

"로라는 없어?" 샐리가 말했다.

"어어, 응."

"마시랑 나랑 축하할 일이 있는데, 너도 끼고 싶으면 끼든지. 걔가 방금 성인이 됐거든."

"아, 음. 그거참…… 그래."

"안에서 보자?"

샐리가 떠나자 배키는 낄낄거리며 일어나 앉아, 어깨를 으쓱하며 담요를 벗었다. "이런." 그녀가 말했다. 지금이야말로 태너와 로라 도브린스키의 관계를 물어볼 자연스러운 순간이었다. 하지만 태너도 낄낄거리고 있었다. 베키는 당분간은 태너와 비밀을 나누는 것으로, 그의 공범이 되는 것으로 충분하다고 생각했다. 그녀는 이미 하룻밤 분량의 새로운 감각들을 확보했다. 오늘은 그 감각들을 처리하고 다시 살아내면 될 터였다. 환영받는 선을 넘는 것은 현명하지 않았다. "넌 들어가는 게 좋겠어." 베키가 그에게 말했다.

"난 마시 애커먼을 좋아하지도 않는데."

"괜찮아." 베키는 몸을 숙여 그의 뺨에 입을 맞췄다. "나는 좋아하지?"

"그럼! 아니면 내가 왜 여기 왔겠어?"

"그럼 내일 볼 수도 있겠네."

"당연하지. 우린……." 그의 어깨가 축 처졌다. "그러고 보니 내일은 별로 날이 안 좋아."

"난 콘서트 때까지 한가한데."

"응 그게 문제야. 난 4시까지 일해야 하거든. 그다음에는 우리끼리 콘서트 준비를 해야 하고."

우리란 말은 태너의 밴드를 말했다. 내추럴 우먼을 뜻했다. 입맞춤 때문에 극도로 예민해진 베키의 신경은 실망감에 손쓸 수 없이 무너졌다.

"정말 미안해." 그가 말했다. "금요일은 어때?"

"금요일은 크리스마스이브야. 오빠가 집에 와. 나도 가족들하고 있어야지."

"그러네."

"그럼 시간 될 때 봐야겠네." 그녀는 문손잡이로 손을 뻗었다. "교회에서 보게 될지도 모르겠다, 내가 다시 가기로 하면 말이지만."

"베키……."

"괜찮아. 이해해. 내일 정말 바쁘잖아."

베키가 문을 열자 태너가 그녀의 어깨를 잡았다. "5시 30분까지는 교회에 갈 필요 없어. 그 전에 어디서 만나면 돼."

"그럴 필요 없어."

"아니, 그러고 싶어." 그는 애원하는 표정이었다. "내가 그러고 싶어."

베키는 자신이 태너에게 힘을 행사할 수 있다는 것에 만족감을 느꼈다. 그 힘이 미치는 범위는 확신할 수 없었지만 말이다. 그녀는 집에 데려다주겠다는 태너의 제안을 거절하고, 그를 샐리와 마시에게 남겨두었다. 혼자 집으로 걸어가는데, 나바호 담요를 덮어쓰고 웅크렸던 자신의 모습이 우습다기보다는 곤란하게 느껴졌다. 이제 그녀는 공식적으로 다른 여자의 남자 친구를 훔치는 그런 여자가 되었다. 베키는 자신이 진정으로 죄책감을 느끼는 건지, 아니면 내추럴 우먼이 문제를 제기할 것이 두려운 것뿐인지 알 수 없었다.

그들은 태너가 일하는 음반 가게인 트레블 클레프에서 만나기로 했다. 약속 시간이 다가왔다. 베키는 억지로 뉴프로스펙트 서점에서 머무적거리며, 약속에 몇 분 늦을 때까지 유럽 여행 안내서를 넘겨보았다. 이제는 그녀가 아닌 태너가 애를 태울 차례였다. 베키의 숄더백에는 저드슨이 부탁했던 색연필, 클렘에게 줄 벨벳 박스에 들어 있는 샤프, 페리에게 줄 로라 나이로 앨범이 들어 있었다. 로라 나이로 앨범은 베키 자신이 너무 가지고 싶어서, 페리가 갖고 싶어 해도 괜찮을 물건이었다. 계좌에

312

13000달러가 들어 있지만, 베키는 평소의 크리스마스 예산을 철저히 지켰다. 그녀는 아침에 지니 크로스의 머스탱을 타고 쇼핑몰로 갈 때까지 마지막 구매를 미루었다. 그녀의 가방에 들어 있는, 셀로판지로 압축 포장된 물건들의 새로움은 그야말로 크리스마스 선물다웠다. 선물은 사용되지 않은 채 주는 사람의 손을 거친다. 받는 사람이 포장을 뜯으면 놀랄 만큼 새것 느낌이 나고 새것 냄새가 났다. 그건 베키가 지금 밟는 눈의 신선함과도 짝을 이루는 느낌이었다. 세상이 온통 흰색으로 다시 태어나는 듯했다. 그렇게 베키는 마침내 모퉁이를 돌아 음반 가게로 갔다. 키스를 받자 그녀 자신도 완전히 새로운 사람이 된 것 같은 느낌이 들었다. 생명이 시작되기 직전이지만, 어쨌든 아직 시작되지 않은 느낌. 그녀는 방금 개봉한 선물이 된 것만 같았다. 베키는 태너가 자기 밴 옆의 눈밭에, 가게 앞에 서 있는 것을 보았다. 베키에게는 그도 똑같이 새것처럼 보였다. 베키가 실제로 그와 데이트를 하게 되었으니 말이다. 베키는 술 달린 태너의 재킷과 어깨까지 늘어진 검은 머리카락을 알아보았다. 하지만 뭔가를 갖고 싶다고 소원을 비는 것과, 크리스마스 아침에 그게 내 것이 되었다는 걸 아는 것은 정말이지 다른 일이었다.

태너는 베키를 끌어안는 대신 그녀가 밴에 타도록 도와준 다음—재촉한 건 아니었다—운전석으로 달려갔다. 창문에 내린 축축한 눈이 자동차 안을 얼음 동굴로 만들었다. 비밀스럽기는 했지만 음울한 느낌이 났다. 밴의 뒤쪽에는 앰프와 악기 케이스가 쌓여 있었다. 누군가 내려주기를 기다리며 조바심을 내는 것처럼 보였다. 태너가 시동을 켜고 히터를 올린 뒤, 베키는 그가 자기 쪽으로 몸을 숙이기를 기다렸다. 전날 밤에는 그녀가 먼저 움직였으니 이번은 태너 차례였다. 베키는 태너가 입을 맞추는 순간 그에게 자신의 모든 것을 열어줄 각오였다. 하지만 태너는 혼자 끄덕이며 손가락으로 핸들만 두드렸다.

"방금 어떤 소식을 들었어." 그가 말했다. "꽤 새로운 소식이야."

베키는 그를 돌아보며 얼굴을 내밀었다. 그 소식은 나중에 들어도 된다는 뜻이었다.

"예배당에서 얘기했던 것 기억나?"

"기억이 나냐고?"

"그게, 그때 일 때문에 생각한 게 있어." 그가 말했다. "너 때문에 말이야. 난 지금이야말로 다음 단계를 밟아야 하는 시간이라는 걸 깨달았어."

베키의 머릿속에서 그의 다음 단계는 로라 도브린스키와 확실히 이별하는 것이었다. 태너의 소식이라는 게 베키가 우기지 않았는데도 그가 로라와 이별했다는 얘기라면, 베키는 기꺼이 들어줄 생각이었다.

"그래서 말인데, 너 퀸시 알지?"

퀸시 트래버스는 태너의 흑인 친구 중 한 명으로, 블루 노트의 드러머였다.

"퀸시가 시서로에서 온 어떤 녀석이랑 연주를 하는데, 그 녀석 사촌이 매니저래. 진짜 훌륭한 매니저. 그 사람이 자기가 맡은 연주자들을 시카고 전역에 있는 클럽에 보내준다는 거야. 근데 그거 알아? 그 사람이 오늘 밤에 와. 아까 내가 전화했었는데, 방금 그쪽에서 다시 전화가 왔어."

베키는 이모가 준 긴 코트를 입은 채 몸을 떨었다. 밴의 좌석은 어젯밤에 비해 훨씬 더 추웠다. "잘됐다." 그녀가 말했다.

"그러니까. 이번 콘서트에는 올해 공연 중에서 가장 많은 관객이 와. 완벽한 쇼케이스 기회야."

폭스바겐의 작은 환기구에서는 얼어붙을 것 같은 바람만이 나왔다.

"축하해." 베키가 말했다.

"그 사람한테 전화를 건 건 네 덕분이야." 태너는 맨손으로 그녀의 장갑 낀 손을 꽉 잡았다. 그녀에게 열정을 불어넣으려는 것처럼 말이다. "내가 하고 싶어 하는 일을 네가 이해한다는 것만으로도…… 그게 아주 큰 차이를 만들어냈어."

베키는 그 감사 인사에 추상적으로만 고마움을 느꼈다. 얼음 동굴 속에 앉아서 어젯밤이 아닌 음악가 태너의 미래만 이야기하다니, 마음에 들지 않았다. 그와 로라와 블루 노트가 시카고를 돌아다니며 더 많은 공연을 한다는 상상도 싫었다.

"왜 그래?" 그가 말했다.

"아무것도 아니야. 좋은 소식이다."

태너는 그녀의 뺨에 부드럽게 두 손가락을 댔지만, 베키는 얼굴을 돌렸다. 베키 쪽 창문을 뒤덮는 덩어리진, 그림자 같은 눈은 엄마의 〈레드 북〉에 나오는 셀룰라이트 사진 같았다. 태너가 그녀의 어깨에 턱을 얹었다. 그의 입이 베키의 귀 가까운 곳에 있었다. "널 보면 뭐든지 할 수 있을 것 같은 기분이야."

베키는 뭐라 말하려다가 몸을 떨고 다시 말하려 했다. "로라는?"

"무슨 뜻이야?"

"난 로라가 네 여자 친구인 줄 알았는데."

태너가 똑바로 앉았다. 밴 밖에서는 십대 소년들이 눈밭에서 울부짖고 있었다.

"그냥, 내 처지가 궁금해서." 베키가 말했다. "뭐, 어제 일도 있고."

"그렇지."

"아무튼 그 얘기를 해야 하는 거 아닐까? 아니면 이런 얘긴 너무 크로스로드식이야?"

"꽤 크로스로드식이긴 하지."

"내가 크로스로드에 가입한 건 너 때문이야. 네가 크로스로드를 무척 좋아한다고 생각했어."

"응. 알아. 하지만 로라랑 얘기해봐야 해. 그건 그냥…… 문제는 이거야."

뭉친 눈이 서리가 낀 앞 유리에 부딪혀 붙어버렸다. 더 짙은 색의 흐린 덩어리였다. 이젠 손가락이 빨개진 누군가의 손이 베키의 창문에서 눈을 닦아내고 있었다. 깨끗해진 창문 너머로, 베키는 중학생 아이가 눈덩이를 뭉치는 것을 보았다. 그는 길 건너편으로 눈덩이를 집어 던졌다. 또 다른 눈덩이가 밴의 옆면에 쾅 부딪혔다. 태너는 자기 쪽 문을 홱 열고 아이들에게 소리치더니 다시 문을 닫았다. "멍청한 녀석들 같으니."

베키는 기다렸다.

"그게, 어려운 문제야." 그가 말했다. "다들 로라를 강렬하고 무서운 사람으로 보는데, 로라한테는 정말로 불안정한 면도 있거든. 정말로 약한 면 말이야. 그런데…… 뭐, 문제는 이거야."

"네가 함께하고 싶은 사람이 누구냐는 거." 베키가 단호하게 말했다.

"내 말이. 나도 내가 뭘 해야 하는지 알아. 그냥…… 오늘 밤은 그런 대화를 할 만한 밤이 아니라는 거지. 로라는 우리한테 매니저가 생기든 말든 상관도 안 해. 하지만 나머지 팀원들은 다르거든. 로라는 너무 과격해서 그냥 밴드를 떠나버릴 거야. 그 모습이 눈에 선해. 그렇게 되면…… 키보드가 빠지고 화음도 사라지는 거야. 로라가 연주를 한다고 해도, 나한테 화가 난 채로 무대에 올라가면 엉망진창이 될 테고."

현실적으로, 베키는 서두를 이유가 전혀 없다는 걸 알고 있었다. 둘이 입맞춤했다는 사실, 지금 그녀가 태너와 함께 그의 밴에 타고 있다는 사실, 둘이 이 대화를 나누고 있다는 사실은 베키가 그의 마음속에 침투했다는 증거였다. 태너와 함께 콘서트에 가겠다고 결심하지만 않았어도! 베키는 태너와 팔짱을 끼고 교회에 들어가 온 세상에 그가 자기 것임을 보이고, 아침이 되면 지니 크로스에게 그 이야기를 해주겠다고 마음먹었었다. 지금 와서 그걸 취소하기에는 너무 늦었다.

"다른 매니저는 없어?"

"매니저야 엄청나게 많지." 태너가 말했다. "하지만 이 베네데티라는 사람은 정말 훌륭하대. 그로브에서 연주하는 거랑은 차원이 다른 일이야. 대학에 갔던 대릴 브루스도 돌아왔어. 걔가 리드기타를 연주해줄 거야. 비프 앨러드는 콩가*를 가져올 거고. 오늘은 진짜로 밴드 전체가 출동하거든. 관객도 완벽하고."

"난 네 음반이 가장 중요한 줄 알았는데. 네가 쓴 데모곡 말이야."

"응. 그건 그래. 하지만 네 말이 맞아. 난 더 크게 생각해야 해. 지금보다 네 배는 공연을 많이 다녀야지. 관객들을 모으고, 계약도 하고."

동굴의 빛은 음울했다. 그 빛으로는, 울지 않으려고 얼굴을 구기는 그녀를 태너가 보지 못했으면 했다. "하지만 그러면…… 로라가 밴드에 있고…… 넌 공연을 다니면…… 어떻게 그게 가능해?"

"로라를 대신할 사람을 찾으면 돼. 그냥 앞으로 세 시간 안에 찾을 수 없을 뿐이지."

베키의 목구멍에서 창피하게도 끽 소리가 흘러나왔다. 베키는 큰 소리로 목을 가다듬었다. "그럼 로라랑 헤어지는 거야?" 그녀가 말했다.

태너가 대답하지 않자 베키는 그를 보았다. 태너는 눈을 감고, 두 손을

---

* 두 손으로 치는 길쭉하고 큰 북.

맞대 무릎 사이에 두고 있었다.

"나한텐 그걸 아는 게 중요해." 베키가 말했다. "어제 그런 일이 있었으니까."

"맞아. 나도 알아. 그냥 힘드네. 어떤 사람하고 아주 오래 함께해왔고, 그 사람은 아직도 나한테 빠져 있으니까. 힘들어."

"아니면 넌 그냥 별로 헤어지고 싶지 않은 걸지도 몰라."

"그런 건 아니야. 하나님께 맹세해, 베키. 오늘 밤은 로라랑 헤어지기에 적당한 때가 아니야."

울고 싶은 충동은 소변을 보고 싶은 충동만큼이나 급했다. 베키는 숄더백을 집어 들었다. "갈래."

"방금 도착했잖아."

"괜찮아. 엄마한테 콘서트에 가야 해서 파티에 못 간다고 했거든. 이젠 그래도 엄마를 기쁘게 해줄 수 있겠네."

"네가 콘서트에 오면 안 된다는 말이 아니야."

"내가 콘서트에 가서 아무 일도 없었던 것처럼 굴었으면 좋겠다는 거야? 아니면 뭐, 또 담요라도 뒤집어쓸까?"

태너는 주먹으로 머리카락을 움켜쥐고 잡아당겼다.

"너 꼭 날 부끄러워하는 것 같아."

"아니, 아니, 아니야. 이건 그냥……."

"알아, 오늘 밤은 아니라는 거지. 콘서트를 정말 기대했는데, 지금은…… 기대가 안 돼."

베키는 태너에게 그녀를 잡을 기회를 주지 않고 밴에서 뛰어내렸다. 그녀는 문을 열어둔 채 따가운 눈발에 맞서 눈을 가늘게 뜨고 서점 뒤쪽 골목을 달려 올라갔다. 거기라면 태너가 밴을 타고 그녀를 쫓아올 수 없었다. 그녀는 태너가 자신을 실망시킨 만큼 자기도 그를 실망시켰기를 바랄 뿐이었다. 그녀는 둘의 데이트가 어떻게 진행될지에 관해 너무도 확신했다. 맛있는 입맞춤을 재개하고, 뒤이어 서로에게 가는 길을 찾았다는 놀라움을 증언한다. 그다음에는 더 길게 입맞춤하고, 승리감에 차서 그와 함께 교회에 입장한다. 그러나 이제는 내리는 눈마저 낭만적으로 보이지 않았다. 눈은 그저 괴로운 방해물일 뿐이었다.

베키는 유일하게 괜찮은 부츠에 습기가 스미는 것을 느낄 수 있었다. 아마 비스듬히 내리는 눈을 맞으며 집까지 이어지는 긴 골목들을 터덜터덜 걸어가면, 부츠가 고칠 수 없을 만큼 망가질 터였다. 주변이 너무 어두워져서 잘 보이지 않았다. 베키는 미끄러지거나 넘어지지 않으려고 애쓰느라 목사관에 도착할 때까지 눈물을 참을 수 있었다. 그녀는 태너가 밴을 타고 목사관에 와서 기다리고 있을지 모른다는 희망을 품었다. 그가 사과하고, 그녀에게 자기와 함께 콘서트에 가자고, 결과야 어떻든 상관없다고 애원하려고 기다리고 있으리라는 희망이었다. 하지만 삽으로 땅을 긁는 황량하고 아스라한 소리와 그리 최근의 것으로 보이지 않는, 거의 눈으로 다시 차 있는 한 쌍의 바큇자국을 제외하면 하일랜드가에 있는 베키네 집 골목에는 인적이 없었다. 목사관에는 오직 페리와 저드슨의 방만 불이 밝혀져 있었다.

안에 들어가니 어머니의 흔적이 없었다. 어머니는 아직 운동 교실에서 돌아오지 않은 걸까? 이제 베키는 어머니에게 선뜻 협조하지 않았던 것이 부끄러웠다. 태너를 다루는 방법쯤이야 베키 자신이 더 잘 안다고 너무도 확신했는데. 어머니는 안전하게 실망감을 나눌 수 있는 유일한 사람인 것 같았다. 베키는 머리카락에서 눈을 털어내고 서둘러 위층으로 가서, 동생들의 닫힌 방문을 지났다. 겨우 몇 시간 전만 해도 그녀가 아무것도 모르고 콘서트에 가기만을 꿈꾸었던 침대를 보자 실망감이 터져 나왔다.

베키는 침대에 누워서 태너가 아직 로라를 사랑한다는 생각, 그가 자신의 감정보다는 로라의 기분에 더 신경 쓴다는 생각 속에 뒹굴었다. 자신의 울음소리가 너무 시끄럽지만 않기를 바랐다. 하지만 몇 분 뒤, 누군가가 그녀의 방문을 부드럽게 두드렸다. 베키는 몸이 굳었다.

"베키 누나?" 페리가 말했다.

"가."

"괜찮아?"

"응. 그냥 놔둬."

"진짜야?"

베키는 괜찮지 않았다. 괴로운 소리가 흘러나왔다. 다시 실망감이 폭발했다. 베키의 방에 들어와 문을 닫은 걸 보면 페리도 그 소리를 들은 게 틀림없었다. 베키는 짜증에 눈물이 멎었다.

"가." 그녀가 말했다. "들어오라고 안 했어."

페리는 베키 옆에 앉아서 짜증을 더 돋웠다. 거부감에 소름이 끼쳤다. 아마 그건 사춘기 남동생이 가까이 있을 때 생기는 정상적인 반응일 터였다. 클렘을 상대로는 비슷한 반응이 생기지 않는다는 게 비정상적인 일이고. 하지만 베키는 페리에게서 뭔가 나쁜 것을 느꼈다. 그 느낌에 거부감이 특히 강해졌다. 그녀는 페리에게서 조금 멀어지며 베갯잇으로 얼굴을 훔쳤다.

"무슨 일이야?" 페리가 말했다.

"넌 이해 못 할 일."

"맞아. 누나는 내가 공감 능력이 없다고 생각하지."

베키는 실제로 페리에게 공감 능력이 없다고 생각했지만, 그게 요점이 아니었다. "그냥 기분이 나빠서 그런 거야." 그녀가 말했다. "너랑은 아무 상관 없는 일로."

"서로를 더 잘 알아가는 데 방해물이 느껴진다."

"나가!"

"농담이야, 누나. 농담이었어."

"농담인 건 알아들었어. 응? 이제 부탁이니까 내 방에서 나가."

"누나한테 할 말이 있어. 하지만 누나가 나랑 떨어져 있으려 한다는 확실한 느낌이 들어서."

페리가 크로스로드의 조별 활동 파트너로 베키를 뽑은 그날 밤 이후, 베키가 평소보다도 더 심하게 페리를 피해온 건 사실이었다. 베키는 조별 활동을 통해 페리에게 그의 이기심과 자기중심성이라는 문제를 제기한 것이 자랑스러웠다. 크로스로드 덕분에 가족 내에서 진실을 말하는 자의 권한을 갖게 됐다고 생각하니 신이 났다. 베키는 자신이 페리에게 상처를 주었다고 생각했다. 도덕심이라고는 없이 머리만 좋은 녀석이 상처를 받을 수 있는 한도까지는 말이다. 한편으로 그녀는 자신의 정직한 증언이 페리의 개인적 성장에 도움이 되기를 바랐다. 하지만 그날 밤 이후로는 페리를 보는 것이 곤란하게 느껴졌다. 페리의 결점을 아무리 정확하게 평가했다고 해도, 아무리 진실을 공개해야 할 필요가 있었다고 해도, 베키는 왠지 페리가 아닌 자신이 잘못을 저질렀다고 느꼈다.

"내가 하고 싶었던 말은 이거야." 페리가 말했다. "아주 간단하게 표현하자면, 누나 말이 맞았어. 드레스룸에서 나눈 그 대화 말이야. 틀림없이 누나도 기억하겠지만. 나는 누나가 맞았다는 결론에 이르렀어."

지식인인 체하는 말투가 역겨웠다. 베키는 페리에게서 물러나며 일어섰다. "저드슨은 어디 있어?"

"저드슨은 스트라티고 보드게임을 살펴보고 있어. 걘 전략적인 면에 탐닉하거든."

"엄마는? 엄마는 집에 왔어?"

"하루 종일 엄마 털끝 하나도 못 봤어."

"이상한데." 베키가 문 쪽으로 가며 말했다.

"저기, 누나?" 페리가 벌떡 일어나 베키의 탈출을 막았다. "내가 방금 한 말 못 들었어?"

"부탁이니까 비켜."

"2분 정도는 누나의 관심을 받을 자격이 있다고 생각하는데, 베키 누나. 나랑 관계를 맺고 싶다고 했잖아. '넌 내 동생이니까'라며. 아, 이건 직접 인용문입니다."

"크로스로드에서 한 말이잖아. 거기서는 모두와 관계를 맺고 싶다고 말해야 해."

"아, 그러니까 실은 나랑 관계를 맺고 싶지 않다는 거네."

"나 좀 놔둘래? 나 진짜 거지 같은 하루를 보내고 있거든."

"그게 누나의 답변이야? 그냥 가버리는 게?"

그냥 가버리는 것은 잘 알려진 크로스로드의 금기 사항이었다. 베키는 눈알을 굴려대며 말했다. "알았어. 내 말이 맞았다고 해줘서 고마워. 내 말이 정말 맞았는지는 잘 모르겠지만, 그렇게 말해준 건 고맙다. 이제 가서 코 좀 풀어도 되니?"

페리는 옆으로 비켰지만, 화장실까지 그녀를 따라왔다. 이유는 알 수 없었지만, 대공황 시대에 만들어진 화장실 욕조와 세면대는 한쪽 구석에 비좁게 설치되어 있었다. 그 바람에 바닥 타일은 쓸데없이 넓었으며, 지금은 금이 가고 탈색돼 있었다. 페리는 베키가 문을 닫고 코를 푸는 동안 빨래 바구니에 걸터앉아 있었다.

그가 말했다. "누나 말이 옳다고 한 건, 내가 한 번도 누나를 진지하게 생각하지 않았다는 말이 맞았다는 뜻이었어. 내가 왜 그랬는지는 설명하지 않아도 되겠지? 별로 자랑스러운 이유는 아니니까. 그냥 누나를 충분히 인정한 적 없다고만 말할게. 누나가 그 점을 지적한 건 적절했어."

"페리, 왜 이래. 이럴 필요 없어."

"아니, 말해야만 해. 난 누나에게 부당하게 굴었어. 누나는 나한테 정직했고."

베키는 답답해서 두 팔을 번쩍 들었다. 크로스로드 조별 활동을 하기에는 시간도, 장소도 적절하지 않았다.

"난 누나가 믿어줬으면 좋겠어." 페리가 말을 이었다. "난 더 나은 사람이 되려고 노력하는 중이야. 누나가 한 모든 말을 마음 깊이 받아들였어. 온갖 자세한 내용으로 누나를 지루하게 하지는 않을게. 하지만 난 변했어. 예를 들면, 중독 물질을 사용하지 않기로 맹세했어."

베키가 눈을 가늘게 떴다. "그것 때문에 이러는 거야? 내가 너를 고자질할까 봐 걱정돼서?"

"전혀 아니야."

"확실해?"

"당연하지!"

"뭐, 잘됐네. 생각해봤다니 다행이다. 내 비판이 건설적이었다니까."

"하지만 누나의 도움이 필요해. 난……."

페리는 얼굴을 붉히며 말을 멈췄다. 베키는 페리가 울음을 터뜨리지 않게 해달라고 기도했다. 그녀는 크로스로드에서 딱 한 번 페리가 우는 모습을 보았다. 하지만 그때는 페리를 어루만지는 임무를 수행할 다른 사람이 백 명은 있었다. 페리는 이처럼 두드러지게 감정적인 아이였다. 공공장소에서나 단둘이 있을 때나 늘 울음을 터뜨릴 준비가 되어 있었다. 그런 녀석이 자신의 감정은 내면의 그 어떤 진실과도 격리돼 있다는 인상을 굳이 남기려 한다니 이상한 일이었다. 그 꼴을 보고 있자니 베키 자신의 머리가 잘못됐나 싶었다.

페리가 말했다. "있잖아, 누나랑 한집에 있으면서 누나를 원수처럼 느끼는 것만도 나한테는 충분히 힘든 일이야. 그런데 우리는 크로스로드에도 함께 나가야 해. 그러려면 더 나은 관계를 맺을 방법을 찾아야 할 것 같아." 페리가 심호흡했다. "난 누나랑 친구가 되고 싶어, 베키 누나. 내 친구가 되어줄래?"

너무 늦었다. 베키는 자신이 구석에 몰렸다는 것을 알았다. 그녀는 페리가 그랬듯, 크로스로드 최대의 금기 사항이 친구가 되어달라는 누군가의 제안을 거절하는 것임을 잘 알고 있었다. 사실은 그 사람과 시간을 보내고 싶은 마음이 별로 없더라도 그런 제안은 받아들여야 했다. 베키가 페리의 제안에 퇴짜를 놓고 크로스로드에 가서 무조건적 사랑을 실천하고, 크로스로드에 속한 모두의 완전무결한 가치를 받아들이고, 누구든 그녀에게 요청하는 사람과 '친구'가 된다면, 페리는 그녀가 위선자라는 것을 알게 될 터였다. 베키는 실제로 위선자가 될 테니까. 작전을 쓰는 건지 뭔지, 페리는 베키를 구석으로 몰아넣었다.

베키는 나병 환자들을 상대로 예수님이 그랬듯이 자연스러운 거부감을 극복하고 다가가, 빨래 바구니에 앉아 있는 페리의 발치에 웅크렸다. "너랑 나는 여러 가지 신뢰 문제가 있어." 그녀가 말했다.

"그럴 만해. 정말 미안해."

"하지만 네 말이 맞아. 우린 서로를 더 잘 알려고 노력해야 해. 네가 기꺼이 노력하겠다면, 나도 그럴게."

이제 페리는 훌쩍였다. 하지만 딱 한 번, 꿀떡거리는 소리가 났을 뿐이다. 페리는 빨래 바구니에서 미끄러져 내려와 베키를 끌어안았다. "고마워." 페리가 그녀의 어깨에 고개를 파묻고 말했다.

그녀도 페리를 끌어안았다. 별로 나쁘지 않았다. 비밀리에 어떤 조숙하고 불법적인 일들을 했을지는 모르지만, 페리는 여전히 인간이었다. 기본적으로는 그냥 남자애였다. 페리는 힐데브란트 가족치고 덩치가 작았다. 정말이지, 베키의 작은 동생이었다. 품에 안긴 그의 좁은 어깨가 주는 느낌이 베키 안의 어떤 모성을 일깨웠다. 베키가 자리에서 일어나자 페리는 그녀에게 매달리려 했다.

"엄마가 어디 있는지 모르겠네." 베키가 말했다. "엄마 안 온 거 확실해?"

"제이가 엄마를 본 적 없다고 했어. 곧장 해플 목사님 댁에 갔을 수 있지."

"운동복을 입고 가지는 않았을 텐데."

"좋은 지적이야."

일단 포옹을 하고 나니, 페리가 조금 더 편하게 느껴지는 건 사실이었다.

"이상하다." 베키가 말했다. "나한테는 6시까지 집에 오라고 야단이었는데."

"왜?"

"그래야 파티에 간다고."

"파티는 뭐 하러 가? 그러면 콘서트를 반은 놓칠 텐데."

실망감이 다시 차올랐다. 베키는 페리에게서 그 마음을 감추려고 돌아섰다. "콘서트는 안 가."

"뭐?"

"그 얘기는 안 하고 싶어."

"그래서 울었던 거야?" 페리가 벌떡 일어나더니, 뜨겁고 작은 손을 그녀의 어깨에 얹었다. "무슨 일이 있었는지 말해줄래?"

베키는 하마터면 웃을 뻔했다. "뭐, 이젠 친구니까? 너 되게 말 잘한다, 페리."

"난 그런 말을 들어도 싸. 하지만 누나가 오해한 거야."

"친구가 된다는 건, 어떤 면에서 그 사람의 경계선을 지켜주는 것이기도 해."

"그건 그렇네. 난 그냥 누나가 나한테 기회를 줬으면 좋겠어. 내가 누나의 신뢰를 얻지 못했다는 건 알아. 난 누구의 신뢰도 얻지 못했어. 하지만 누나가 우는 소리를 들었을 땐, '어쨌든 내 누나잖아'라는 생각이 들었어."

"저드슨이 네가 언제 돌아오나 궁금해하고 있을 거야."

"지금 바로 갈게. 하지만 혹시 누나가 나한테 말하고 싶⋯⋯."

"안 말하고 싶어."

"응, 그래도 들어봐. 누나가 콘서트에 관해서 생각이 바뀔지 모르니까, 내가 제이랑 같이 집을 볼게. 누나가 콘서트에 갔다가 돌아오면, 나랑 같이 해플 목사님 댁에 갈 수 있을 거야."

베키는 자기 방으로 돌아가 침대에 누워서, 페리가 갑자기 친절하게 구는 까닭을 이해해보려 했다. 보통 때라면 베키는 페리에게 어떤 숨겨진 이기적 동기가 있을 거라고 생각했을 것이다. 하지만 그녀는 페리를 끌어안으며 모든 인간의 완전무결한 가치가 반짝이는 것을 느꼈다. 페리도 자기가 원해서 손이 뜨겁고 지나치게 말을 잘하는 조그만 녀석이 된 건 아니었다. 게다가 페리가 그녀에게 드러낸 약점은 그냥 연기처럼 보이지 않았다. 약쟁이 남동생과 함께 교회로 간다는 것, 그 애와 함께 눈을 맞춘다는 것은 그 무엇보다도 엽기적인 일이었다. 하지만 둘이 친구가 될지 모른다는 그 희박한 확률 자체가 흥미로웠다. 베키에게는 늘 클렘이 있었다. 그녀에게 필요한 형제는 클렘뿐이었다. 하지만 지금 클렘은 멀리 떨어진 곳에서 매력적인 게 분명한 여자 친구에게 정신이 팔려 있었다. 베키가 페리와 관계를 맺는 데 가장 큰 방해물은 그가 베키의 지능을 무시하는 듯한 느낌을 준다는 점이었다. 하지만 페리가 그녀에게 손을 내민 지금은 둘이 정말로 친구가 될 수 있을지 몰랐다. 어쩌면 베키와 페리라는 존재할 것 같지 않은 듀오로부터 시작해서 가족 전체가 더 행복해질 수도 있었다.

오늘 아침에 잠에서 깨면서 느꼈던, 태너의 밴이라는 얼음 동굴에서 잃어버리기 전까지 있었던 선의가 돌아왔다. 베키는 위험을 감수하는 방법을 가르쳐준 크로스로드에 특히 반짝이는 감사함을 느꼈다. 태너를 상대로 감수했던 위험은 그녀에게 고통을 가져다주었지만, 선의의 빛 속에서 그녀는 자신이 과민 반응을 보였을지도 모른다는 것을, 엉뚱한 날에 태너를 지나치게 압박했을지 모른다는 것을, 그와 함께 콘서트에 간다는 외적인 모습에 너무 많은 의미를 둔 것일지도 모른다는 것을 알 수 있었다. 한편, 교회 드레스룸에서 페리에게 문제를 제기하며 감수했던 위험은 페리에게도 나름의 위험을 감수하게 했다. 그 덕분에 페리는 그녀에게 친구가 되자고 제안할 용기를 얻었다. 좋은 면도, 나쁜 면도 있었지만, 대체로 크로스로드에는 그녀를 더 살아 있게 만드는 좋은 면이 더 많았다.

6시 정각이 됐다. 부모님 중 누구의 흔적도 보이지 않았지만, 베키는 남부끄럽지 않게 몸단장을 하려고 자리에서 일어났다. 화장실 거울에 반사된 울긋불긋한 얼굴을 보니 의욕이 꺾였지만, 머리를 빗고 화장을 고친 다음 가서 페리와 저드슨의 방문을 두드렸다.

"누구세요?" 페리가 날카롭게 대답했다.

"전쟁 게임 단속반이다. 들어간다."

베키는 문을 열었다. 집에서 만든 보드게임 옆에 페리가 한쪽 팔꿈치를 괴고 있었다. 저드슨이 무릎을 꿇고서 게임판을 들여다보고 있는 게 보였다. 저드슨은 열 살 이상인 사람에게는 대단히 고통스러울 만한 자세로 발목을 교차해 깔고 앉아 있었다. 베키는 살짝 고개를 움직여 페리를 복도로 불러냈다. 페리는 바로 일어섰다.

"너 혹시 안약 있어?" 베키는 낮은 목소리로 물었다.

"응, 마침 있어."

베키가 기다리는 동안 페리는 3층으로 달려 올라가 용품을 숨겨놓는 곳을 드러냈다. 둘은 이제 거래를 통해 공범이 되었다. 그리고 페리와 저드슨의 전쟁 게임이라는 비밀에 공모할 때처럼, 베키는 페리와의 공모 덕에 자신이 중심이 되는 행복한 가정에서 사는 것은 어떤 기분인지 느낄 수 있었다.

"이건 누나 가져." 페리가 병을 가지고 돌아와 말했다. "내가 안약을 쓰던 시절은 이제 끝이야.*"

"엄마가 걱정되지 않아? 전화도 안 하시고."

"엄마가 눈 더미에 드러누워서 얼어붙기라도 했을까 봐."

---

* 마약 사용자 중 일부는 동공 팽창 등 마약을 사용한 흔적을 감추기 위해 안약을 사용한다. 단, 이 장면에서 베키는 운 것을 감추려고 안약을 달라고 한 것이다.

"그냥 이상하잖아."

페리는 인상을 썼다. "파티는 몇 시에 시작이야?"

"6시 30분."

"그럼, 아이디어가 있어. 누나는 콘서트에 가고 제이랑 나는 해플 목사님네 가자. 어때? 겉모습만 보고 판단한 건 사실인데, 누나가 콘서트를 놓치고 싶어 하지 않는다는 느낌이 들거든."

"해플 목사님 댁에서는 어린애들만 오는 걸 바라지 않으실 것 같은데."

"누나가 나를 어린애 범주에 넣은 건 아니라고 치자. 그럼 누나는 제이를 과소평가하는 것 같아. 제이는 나이 든 영혼의 소유자거든."

베키는 장발의 남동생을 바라보았다. 페리의 지능으로 조롱당하거나 위협받지 않고 오히려 그 지능과 동맹을 맺자 이상한 기분이 들었다. "그래줄래?"

그 기억을 떠올리자면 괴로웠지만, 러스는 릭 앰브로즈를
사랑했었다.

옛날 옛적 뉴욕에서, 이스트 49번가의 신학교에서 러스와 매리언은
'바로 그' 커플이었다. 결혼한 학생인 그들의 아파트에는 다른 신학생들
이 1주일에 사나흘씩 밤마다 모여들어 담배를 피우고, 재즈를 듣고, 사회
운동 분야에서 현대 기독교가 부활했다는 비전으로 서로에게 영감을 불
어넣었다. 연약하고 어여쁜 매리언은 다른 누구보다도 다양한 분야의 책
을 깊이 있게 읽었고, 몸에 꼭 맞는 자전거 바지에 딜런 토머스의 웨일스
시골 지방을 떠올리게 하는 넉넉한 스웨터를 입었다. 그녀는 러스의 동
료 신학생들이 부러워하는 존재였다. 그녀와 러스가 하는 일은 뭐든 그
자체로 힙한 것이 되었다. 뉴욕을 떠나 인디애나주의 시골 지방으로 이
사하는 것조차 신나는 일로 보일 정도였다. 러스는 매리언이 임신하고,
좀 더 이국적인 곳으로 배치해달라는 요청이 거절되자 인디애나로 이사
해야만 한다고 느꼈다. 상황은, 매리언이 어머니의 모습으로 전락해 점
점 뚱뚱해지고 지치게 되었을 때, 또 러스가 1년에 설교문 50편을 떠올
린 다음 매리언이 그 설교문을 다시 쓰고, 다 합쳐봐야 300명도 안 되는

두 교회의 회중을 상대로 매주 일요일 8시 30분과 10시 정각에 그 설교를 해야만 했을 때 달라졌다. 이때부터는 한때 매리언 덕분에 크게 느껴졌던 인생이 벗어날 수 없이 작게 느껴지기 시작했다. 러스는 근처 교회의 목사들에게 애걸해서 인디애나주의 농가를 용케 떠나 콜럼버스나 시카고의 콘퍼런스에 참석하고 시민권을 위한 시위를 벌일 때마다 쓸쓸하게도 그와 매리언이 잃어버린 날카로움을 떠올리게 되었다.

러스는 뉴프로스펙트라는 부촌에서도 계속 사회정의를 위해 고민해왔으나, 정치적으로 잠들어 있는 것만 같은 제일 개혁 교회에 두 손 두발을 다 들기 일보 직전이었다. 그때 릭 앰브로즈가 도착해 잠을 깨웠다. 러스는 메노파 신자로서 어린 시절을 보냈기에 교외의 부촌에서 진짜로 소외되었지만, 앰브로즈의 소외는 그가 선택한 것이었다. 앰브로즈는 오하이오주 셰이커하이츠에 사는, 다른 면에서는 행복하기만 한 내분비 의사 가정 출신으로 정당한 이유 없는 젊은 반항아였다. 그는 고등학교를 졸업한 날 밤에 여자 친구와 함께 오토바이를 타고 셰이커하이츠의 주요 도로를 내려가 곧장 마을을 벗어났다. 한 달 뒤, 아이다호의 고속도로에서 그와 여자 친구는 네 명의 십대들을 스쳐 지나갔다. 그 십대들은 시속 160킬로미터로 쉐보레 자동차를 타고 달려가다가, 그들의 눈앞에서 트럭을 타고 가던 목장 주인을 들이받았다. 앰브로즈는 길가에서 십대의 죽음을 바라보다가 주님의 명쾌한 부르심을 받았다. 7년 뒤, 목사 수련을 받던 그는 곤란을 겪고 있는 젊은이들과 함께 일하라는 소명을 받았다고 느꼈다. 그가 제일 개혁 교회의 청년 프로그램 지도자 일을 맡겠다며 러스의 사무실로 직접 찾아왔을 때, 러스는 자부심을 느꼈다. 참나무 공원 교회에서 앰브로즈에게 더 나은 봉급을 제안했는데도 제일 개혁 교회를 선택한 것이다. 러스가 평화와 정의에 소리 높여 헌신하는 모습을 존경하기 때문이라고 했다. 그는 이렇게 말했다. "우린 멋진 팀이 될 것 같습니다."

인정받는 기분에 마음이 따뜻해진 데다, 젊은 전도사의 들끓는 카리스마에 사로잡히고, 둘이 친구가 될 수 있을 거라 상상했던 러스는 목사관으로 와서 저녁을 먹으라고 그를 여러 번 초대했다. 러스는 한참 만에 그 초청을 받아들였고, 아이들이 물러난 다음에도 식탁에 머물렀다. 그때 앰브로즈는 매리언에게 너무도 많은 관심을 기울였다. 러스 자신이 최근에 매리언에게 별 관심을 주지 않은 것이 불편하게 느껴질 정도였다. 매리언은 추파를 즐기는 성격이 아니었지만, 앰브로즈의 열정에 즐거워하면서도 기운이 나는 듯했다. 앰브로즈가 떠나고 나서, 러스는 그가 마음에 들지 않는다는 매리언의 말에 놀랐다. "그 찡그리는 표정 말이야." 매리언이 말했다. "어디서 보고 배웠나 보던데. 정신을 조종하려는 수작이지. 자동차 영업 사원들이 쓰는 수법이야. 사람들이 자기를 좋아하지 않을까 봐 걱정하게 만드는 수작. 사람들은 그런 수작을 쓰는 사람의 마음을 얻으려고 뭐든 하게 돼. 잠시 멈춰서 애당초 자기가 왜 그런 걸 바라게 됐는지 궁금해해야 하는데 그러지 않지."

고약한 말버릇으로 솔직함을 뽐내는데도 앰브로즈에게 어딘가 알 수 없는 부분이 있는 건 사실이었다. 러스는 앰브로즈가 자신에 비해 부유한 집안 출신이라는 생각을 한 번도 떨쳐내지 못했다. 하지만 러스는 열정적이고도 관대한 마음을 가지고 있었다. 그래서 그가 목사라는 직업에 어울리는 것이었다. 게다가 앰브로즈의 말이 맞았다. 둘은 좋은 팀이 되었다. 그들의 상담 스타일은 서로를 보완해주었다. 앰브로즈는 심리적이고 물정을 잘 아는 편이었으며, 러스는 좀 더 정치적이고 성경을 지향했다. 또한 러스는 앰브로즈가 청소년부에서 좀 더 과격한 아이들을 맡아준 것이 고마웠다. 덕분에 러스 자신은 모범을 보이는 것으로 다른 아이들을 이끌 수 있었으니 말이다.

앰브로즈는 러스가 나바호 인디언들과 보낸 이야기를 듣더니 청소년부에서는 애리조나 봄 수련회에 초점을 맞추자고 제안했다. 러스는 그 생각이 무척 마음에 들어서, 그게 자기 아이디어가 아니라는 사실을 곧 잊었다. 어쨌거나 애리조나는 그의 앞마당이었으니까. 러스는 건조한 인디언 보호구역에 도착해, 버스에 타고 있는 모든 사람이 지금까지 경험했던 것 이상의 황무지와 궁핍함을 보게 되었을 때, 교외 지역 출신 청소년 마흔 명이 그를 보며 용기를 얻고 지도받기를 원한다고 느꼈다. 알고 보니, 앰브로즈는 육체노동을 피하지 않는 거친 남자의 멋을 풍겼을 뿐, 못 하나도 제대로 박지 못하는 사람이었다. 그는 처음 못 두 개를 구부러뜨리고 말았다. 시시때때로 러스에게, 심지어 클렘에게 다가와 기본적인 일들을 도와달라고 했다. 그의 어리석음이 나중에는 진짜 문제가 되었지만—사실, 그 어리석음이야말로 러스가 치욕을 당한 계기였다—첫 봄 수련회에서는 그 어리석음 때문에 러스의 능력이 더욱 돋보였다.

그해 10월에는 청소년부에 들어오겠다고 줄을 선 청소년들이 너무 많아서 러스가 소방 당국의 긴급 점검을 걱정해야 할 정도였다. 러스는 청소년부에 가입하려는 아이들의 숫자 말고도 그들의 부류에 흥분했다. 장발의 음악가들과 복음주의 교회에서 온 수많은 금발 소녀들, 심지어는 흑인 아이들까지 있었다. 그 애들은 영적인 재건만을 추구하는 것이 아니었다. 그들은 시내에서 활동하는 사람들이나 평화운동가 중에서 초청 연사를 불러오고 싶어 했고, 자신들이 교외에서 누리는 풍족함을 점검하고 싶어 했다. 러스는 6년 동안 설교를 하면서 제일 개혁 교회의 성인 신도들에게 그들이 누리는 특권의 의미를 깨우쳐주려 노력했다. 그런데 이제, 갑자기, 뉴욕 시절 이후 처음으로 러스가 '바로 그곳'의 중심이 된 것이다. 러스는 그게 앰브로즈 덕분이라는 것을 알았지만, 애리조나 수련회에 관한 이야기가 고등학교에서 열풍을 일으켰으며 두 번째 수련회를 떠난다는 약속이 청소년부 신자 수를 늘리는 주동력이라는 걸 알고 있었다. 11월에는 거의 미소 짓는 적이 없던 앰브로즈가 일요일 밤 모임에서 한바탕 떠들어대더니, 비뚜름하게 씩 웃으며 러스를 돌아보았다.

"장난 아닌데요."

"놀랍군요." 러스가 말했다.

"이번에 처음 온 애들이 열네 명이더군요."

"정말이지 놀랍습니다."

"애리조나 덕분이었어요." 앰브로즈가 더 심각하게 말했다. "그 수련회가 역학을 완전히 바꿔놓은 겁니다. 수련회가 이 모든 걸 현실적으로 만들었어요."

이미 현기증을 느끼고 있던 러스는 더욱 아찔해졌다. 애리조나는 그의 앞마당이었다. 러스도 앰브로즈 못지않게 역학을 바꿔놓았다. 그는 어지러움을 느끼면서 겨울이 지나 초봄이 될 때까지 그 분위기를 양껏 즐겼다. 그는 자신의 감정에 관해 떠들어대는 위험을 감수했고, 새로운 스타일의 음악에 마음을 열었다. 그는 킹 목사나, 예전에 한번 악수해본 적이 있는 스토클리 카마이클에 대해 말하면서 눈을 감고 주먹을 치켜드는 것이 젊은 사람들에게 강력한 효과를 낸다는 것을 알게 되었다. 러스는 개소리 같은 욕설도 쓰게 됐다. 그래봤자 욕답게 들린 적은 없었지만 말이다. 그는 머리카락이 목깃까지 자라게 두었고 턱수염도 기르기 시작했다. 턱수염 기르기는 매리언이 그에게 세례 요한을 닮았다고 말하기 전까지 계속됐다. 그는 매리언의 말에 너무 상처를 받아서 턱수염을 깎았지만, 매리언이 방해물이 되어간다고 느꼈다. 그는 청소년부의 새로운 여자애들이 주는 관심에서 느껴지는 흥분감이 더 좋았다. 그 애들은 남자애들만큼 상스러운 욕을 해댔다. 남자애들과 성적인 암시가 담긴 말을 큰 소리로, 더럽게 주고받았다. 하지만 그 애들은 교외 부촌 출신이었기에 러스가 그 나이였을 때보다 훨씬 더 순진했다. 그중에는 닭 모가지를 비틀어본 아이도 없었고, 조상 대대로 물려 내려온 땅을 은행이 압류하는 모습을 지켜본 아이도 없었다. 러스는 자신이 젊은 앰브로즈에게는 없는 진정성 있고 깊은 경험을 그들에게 줄 수 있을 거라고 믿었다. 그는 일요일 아침 설교보다는 일요일 밤에 하는 기도를 더 고민했다(어쨌거나 일요일 아침 설교 고민은 매리언이 상당 부분 대신 해주었으니까). 한때 뉴욕에서 품었던 꿈, 활력 있는 기독교 윤리로 변화된 나라라는 비전은 예배당에서 꾸벅꾸벅 조는 흰머리 신도들이 아니라 제일 개혁 교회 강당에 청바지를 입고 줄 서 있는 청소년들 안에 살아 있었기 때문이었다.

청소년부에는 로라 도브린스키라는 여자애가 새로 들어왔는데, 그녀는 태너 에번스와 가까운 사이여서 즉시 인기를 얻었다. 러스는 첫 모임에서 그녀를 안으며 환영했지만, 로라는 그를 마주 끌어안지 않았다. 이후의 모임에서 러스는 그녀가 자신을 바라보는 노골적으로 적대적인 시선에 불안감을 느꼈다. 그 시선은 이상할 만큼 개인적으로 느껴졌다. 러스는 그런 감정의 대상이 되었던 기억이 전혀 없었다. 러스는 앰브로즈와 청소년 심리에 관해 의논할 때마다 로라가 자기 아버지와 문제를 겪고 있으며 러스에게서 아버지의 모습을 본다는 가설을 세웠다. 하지만 3월의 어느 날 오후, 애리조나 수련회를 떠나기 열흘 전에 그는 설교의 참고 자료를 찾아 교회 도서관에서 나오던 중 로라 도브린스키가 그 새끼 말도 안 되는 좆같은 얼간이야, 라고 말하는 소리를 들었다. 러스가 모퉁이를 돌아서 복도에 앉아 있는 대여섯 명의 여자아이들을 보았을 때 내려앉은 침묵을 통해, 또 그때 여자애들이 주고받은 시선과 그들이 완벽하게 감추지 못한 비웃음을 통해, 그는 로라가 자기 얘기를 한 것이라는 마음 아픈 추측을 하게 됐다. 특히 아팠던 건 비웃는 아이 중 한 명이 금발의 인기 소녀 샐리 퍼킨스였다는 점이었다. 샐리는 몇 주 전 방과 후에 러스의 사무실을 찾아와 집에서 겪는 불행을 털어놓았었다. 대부분의 인기 있는 아이들은 앰브로즈와 고민 상담하는 걸 더 좋아했기에, 러스는 샐리가 자신을 찾아온 것이 놀랍고도 고마웠다.

러스는 사무실로 돌아갔다. 샐리 퍼킨스가 그를 얼간이라고 생각했다면 애초에 찾아오지도 않았을 거라는 생각으로 기분을 띄워보려 했다. 로라 도브린스키가 정말 그렇게 생각한대도, 도저히 해결되지 않는 분노 문제를 겪는 여자애한테 상처 입는 것은 어리석은 일이라는 생각도 했다. 로라가 말한 사람이 그 자신이 아닐지도 모른다는 생각도. 어쩌면 문제의 얼간이는 클렘이었을지도 몰랐다. 그러면 여자애들이 클렘의 아버지를 보고 당황했던 게 설명됐다. 하지만 릭 앰브로즈가 찾아와 문을 두드렸을 때도 그는 여전히 괴로워하고 있었다.

앰브로즈는 괴로운 표정으로 자리에 앉더니, 러스의 사목 스타일에 대한 불만을—불만이 아니라, 염려를—들었다고 말했다. 몇몇 아이들이 러스의 주간 기도에 특히 불편해한다는 것이었다. 앰브로즈 자신은 주간 기도에 아무 불만이 없다면서도, 러스에게 성경적 언어의 강도를 '조금만 낮추는' 방법을 생각해보라고 제안했다. "제 말 이해하시겠어요?"

러스를 비판하기에는 그야말로 부적절한 순간이었다. "난 그 기도에 아주 많은 생각을 쏟았습니다." 러스가 말했다. "내가 성경을 인용하는 건 늘 전도사님과 내가 그 주에 선택한 주제와 직접적인 관련이 있을 때

뿐이에요."

앰브로즈가 현명하게 고개를 끄덕였다. "말씀드렸다시피, 저 자신은 아무 불만이 없습니다. 그냥 알고 계셔야 할 것 같아서요. 우리가 끌어들인 아이들 중에는 종교적 배경이 전혀 없는 아이들도 있습니다. 물론 모두가 진정한 신앙으로 가는 길을 찾는 게 좋겠죠. 하지만 사람들은 각자 자기만의 길을 찾아야 해요. 그러려면 시간이 걸립니다."

로라의 말 때문이겠지만, 러스는 앰브로즈의 전략적인 말에 지나친 분노를 느꼈다. "난 상관없습니다." 그가 말했다. "여긴 믿음 있는 사람들의 교회지, 사교 모임이 아니에요. 우리 사명을 잃느니 회원을 몇 명 잃는 게 낫습니다."

앰브로즈는 입을 꽉 다물고 조용히 한숨을 쉬었다.

"불평하는 사람들이 누굽니까?" 러스가 말했다. "로라 도브린스키 말고 또 있나요?"

"로라가 그중에서 가장 목소리가 큰 하죠."

"뭐, 그 애가 떠난다고 해도 아쉽지는 않을 것 같네요."

"로라가 한 명인 건 맞죠. 하지만 그 애가 가져오는 에너지는 정말로 소중합니다."

"화난 여자애 한 명이 전도사님한테 가서 나에 관한 불평을 늘어놓는다는 이유로 내 스타일을 바꾸지는 않을 겁니다."

"로라만이 아닙니다, 목사님. 이건 봄 수련회를 떠나기 전에 해결해야 하는 문제예요. 제가 궁금한 건, 혹시……." 앰브로즈는 바닥을 노려보았다. "저는 주일 모임 때 잠깐 짬을 내서, 집단으로서의 우리가 어디에 서 있는지 이야기해봐야 하는 게 아닐지 고민하고 있습니다. 기독교 교리의 표현이라는 측면에서요. 목사님도 로라 얘기를 들을 수 있을 테고, 로라도 목사님 얘기를 들을 수 있겠지요. 버스에 타기 전에 그런 대화를 할 수 있다면 정말로 소중한 기회가 될 겁니다."

"로라 도브린스키와 공개적으로 고함 지르기 대회를 하고 싶지는 않은데요."

"사태가 걷잡을 수 없이 번지지 않도록 제가 함께하겠습니다. 약속할게요, 제가 목사님을 지원하겠습니다. 저는 그냥⋯⋯."

"안 됩니다." 러스가 화를 내며 일어섰다. "미안한데, 안 돼요. 내가 듣기에는 올바른 일이 아닌 것 같습니다. 전도사님이 맡은 일을 하는 건 기꺼이 놔두지요. 하지만 내가 내 일을 하는 것도 놔뒀으면 합니다."

앰브로즈는 한숨을 쉬었다. 러스에 대한 인정을 뒤로 미루는 것처럼 말이다. 하지만 그는 더 이상 아무 말도 하지 않았다. 러스는 자기 등 뒤에서 귓속말이 수없이 오간다는 느낌을 받았다. 청소년부의 소란스러운 구성원들과 관계를 강화하는 게 좋겠다는 생각도 들었다. 다음 주 일요일 모임, 그러니까 애리조나로 떠나기 전 마지막 주일 모임에 러스는 그 구성원들에게 우호적으로 다가갔다. 그들에게서 받은 부정적인 느낌이 진짜였는지, 그저 편집증의 산물이었는지는 알 수 없었다. 아무튼 그 때문에 러스의 움직임은 꼭두각시처럼 서툴러졌다. 얼간이 같았다. 모임이 끝날 무렵 커다랗게 원을 그리고 앉았을 때, 그는 따뜻한 미소를 주고받고 싶어서 샐리 퍼킨스와 눈을 맞추려 했다. 하지만 그 애는 러스 쪽을 보지 않기로 작정한 듯했다.

부활절 직전 금요일 오후에 러스는 오랫동안 버스를 타고 갈 때 생겨나는 감정적 연대감을 의식하고서, 제일 개혁 교회 주차장의 두 고속버스 사이에 서서, 그가 유대를 다져야 할 아이들이 어느 버스를 더 좋아하는지 보려고 기다렸다. 그래야 그 버스에 탈 수 있을 테니 말이다. 하지만 보통은 눈에 잘 보이는 십대들의 사회적 관계가 주차장에서는 뒤죽박죽이었다. 위태롭게 쌓여 있는 짐 가방 사이에 부모들이 서서 수다를 떨고 있었고, 아직 십대가 안 된 동생들이 버스에 뛰어 올라갔다가 내려왔다. 지각생들은 자동차 경적을 울려대며 도착했고, 모두가 준비물 문제로 러스를 귀찮게 굴었다. 러스가 버스의 짐칸에 20리터짜리 페인트 통을 싣고 있을 때, 숨겨져 있던 사회적 힘이 응결되며, 앰브로즈가 선택한 다른 버스에 모여드는 장발 청소년 무리로 나타났다.

러스는 뒤늦게 앰브로즈와 버스에 관해서 상의했어야 한다는 것을 떠올렸다. 그는 로라 도브린스키 패거리와의 관계를 개선할 기회가 필요하다고 주장했어야 했다. 러스는 비선호 버스를 타고 밤늦게까지 서쪽으로 달려가면서 추방당한 기분을 느꼈다. 다음 날 아침 앰브로즈와 자리를 바꾸는 데 성공했을 때조차 바꿔 탄 버스의 모습은 불만족스러웠다. 아이들은 밤새 웃고 노래하느라 깨어 있어서인지 이제는 그저 자고 싶어 할 뿐이었다. 태너 에번스가 친절하게도 그와 같이 앉았지만, 머잖아 태너도 잠들었다. 보호구역에 도착했을 때쯤 러스는 어깨 너머로 등 뒤의 아이들을 보기가 두려워졌다. 아이들 대부분이 앰브로즈와 함께 메사 위의 킷실리 시범학교로 간다는 것을 알자 거의 안도감이 느껴졌다.

러프록 정주지에서는 러스의 나바호 친구인 키스 두로치가 기다리고 있었다. 키스의 포드 트럭 짐칸에는 새 배관과 여기저기서 주워 온 배관들이 잔뜩 쌓여 있었다. 그는 자신을 비롯한 노인들이 러스를 기다리고 있었다고 말했다. 학교에 하수 파이프와 세면대와 변기를 설치해야 한다고 했다. 러스가 그에게 킷실리 조는 자기가 아니라 앰브로즈가 지도할 거라고 대답하자 키스는 불쾌감을 감추지 않았다. 작년에 앰브로즈의 솜씨를 봤으니 말이다.

러스는 앰브로즈를 손짓해 부르고 상황을 설명했다. "저 위에서 배관 작업을 하는 건 어때요?"

"도움이 필요할 것 같은데요." 앰브로즈가 말했다.

"킷실리에서 해야 하는 일은 배관 작업이야." 키스가 러스에게 말했다. "올해에 너희를 부른 이유가 그거라고."

"이런." 러스가 말했다.

"겨울 내내 장비를 안전하게 보관해놨어."

"노력은 기꺼이 해보겠습니다." 앰브로즈가 말했다. "키스 씨도 있고 클렘도 있으니, 아마 괜찮을 거예요."

키스는 러스를 휙 돌아보더니―클렘은 열일곱 살이었다―다시 앰브로즈를 보았다. "당신은 여기 있어." 그가 단호하게 말했다. "러스를 킷실리에 보내."

"그것도 괜찮아요."

"전도사님." 러스가 말했다. 러스라고 나바호 인디언과 싸우는 백인 남자가 되고 싶은 건 아니었다. 하지만 킷실리에 가는 아이들은 앰브로즈와 함께하게 될 거라 믿고 있었다. "얘기를 좀 해야겠습니다."

"전 배관 작업에 소질이 없어요." 앰브로즈가 말했다. "꼭 그 일을 해야만 한다면 목사님과 자리를 바꾸는 게 더 편합니다."

키스는 문제가 해결되었다는 듯 만족하며 떠나버렸고, 앰브로즈는 예정과 달리 러프록에서 한 주를 함께하게 된 아이들에게로 서둘러 갔다. 러스는 릭을 따라가서 그에게 킷실리 그룹 아이들과 이야기하라고 말할 수도 있었다. 앰브로즈가 직접 함께하지 않기로 한 이유를 설명하라고 말이다. 하지만 러스는 주님께 믿음을 두었다. 주님의 뜻이 키스를 통해 발현되어 사건의 방향을 인도하고, 러스에게 인기 있는 아이들과 더 나은 관계를 맺을 천우신조의 기회를 주시는 것이라고 생각했다. 그분의 뜻에 따라 러스는 더플백을 어깨에 짊어지고 킷실리 버스에 탔다. 주님이 그에게 더 가혹한 계획을 마련해두었음은 즉시 분명해졌다.

메사에서 보낸 한 주는 고문과도 같았다. 러스의 아들을 포함해 모든 아이들은 그가 앰브로즈와 자리를 바꾼 이유에 관해 거짓말을 한다고 생각했다. 그들에게 온전한 진실—키스 두로치가 앰브로즈를 깔본다는 진실—을 말한다는 것은 키스에게도 공정하지 않은 일이고, 앰브로즈에게도 불친절한 일이 될 터였다. 러스는 그때까지도 앰브로즈를 잘 몰랐다. 여전히 그를 지킬 가치가 있는 친구라고 생각했다. 하지만 다른 방면에서는 러스도 그리 어리석지 않았다. 그는 자신이 그곳에 존재한다는 이유만으로 아이들이 얼마나 매섭게 분노하는지 알아차렸다. 그는 로라 도브린스키와 그녀의 친구들이 자신과 함께 작업하는 것을 얼마나 피하는지 눈치챘고, 매일 밤 촛불을 켜놓고 이야기할 때마다 그들의 증오심을 느꼈으며, 자신에게 이 문제를 꺼낼 목사로서의 책임이 있다는 걸 알고 있었다. 그는 샐리 퍼킨스와 단둘이 이야기하려고 여러 번 노력했다. 샐리 퍼킨스는 얼마 전만 해도 그에게 비밀을 털어놓을 만큼 그를 믿었으니 말이다. 하지만 그녀는 계속 러스를 피했다. 러스는 아이들이 집단적으로 문제를 제기하는 경우 면전에서 끔찍한 말들이 나올 수 있다는 걱정에, 앰브로즈가 러프록에 남은 이유를 직접 확인해줄 때까지 조용히 그 비참함을 견디기로 했다.

두 집단이 다시 합쳤을 때쯤 러스는 너무 기운이 없어서 앰브로즈에게 확인하는 말을 해달라고 부탁하지 못했다. 그는 앰브로즈가 자발적으로 말해주기를 기다렸지만, 앰브로즈는 러프록에서 멋진 한 주를 보냈고— 그는 아직 러스와 관계를 맺고 있던 아이들 절반에게서 감탄사를 끌어냈고, 러스의 앞마당에 자기 영역을 확보했다—러스의 비참함은 모르는 것처럼 보였다. 킷실리 그룹 아이들이 누군가를 비난하기라도 하듯 앰브로즈와 즐거움 가득한 포옹을 나누는 걸 보면서 러스는 자신의 너그러운 마음에 한탄했다. 그는 매리언의 경고를 듣지 않은 것을 후회했다. 그는 그제야 자신과 젊은 전도사가 처음부터 경쟁을 벌이고 있었다는 걸 깨달았다. 둘 중 오직 한 사람만이 알고 있는 시합을 말이다.

러스는 이때 앰브로즈는 친구가 아니며 한 번도 친구였던 적이 없다는 것을 깨달았지만, 나중에 앰브로즈가 저지른 대담한 배신에는 여전히 충격을 받았다. 애리조나 수련회 이후 첫 일요일 모임에서 로라와 샐리가 일어나 러스의 마음을 찢어놓고 그의 얼굴에 십대 특유의 독기를 뿜어냈을 때, 앰브로즈는 그런 일을 조금도 막으려 하지 않았다. 그냥 구석에 서서 못마땅하다는 듯 눈만 부라리고 있었다. 아마 러스가 못마땅했을 것이다. 앰브로즈는 아이들 대부분이 4월의 열파로 뜨겁던 청소년부 방에서 나갔을 때도 자기 동료나 그를 고용한 교회의 예의 바른 아이들이 아니라 교회 밖에서 굴러 들어온 폭도들, 힙한 아이들, 인기 많은 여자애들과 한편이 되어 떠났다. 러스는 그 자리에 남아 대체 자신이 무슨 짓을 했기에 이런 벌을 받게 되었느냐고 주님께 물었다.

러스는 끝나지 않을 것만 같은 시간이 흐른 뒤에야 답을 얻었다. 정답은 아니더라도, 최소한 한 가지 답이었다. 청소년부 모임 방을 나갔던 앰브로즈는 러스에게 돌아와 아래층으로 가자고 했다. "저는 경고해드리려 했습니다." 그는 러스와 함께 계단을 내려가며 말했다. "정말이지 이런 일은 피할 수 있었어요."

"내 편을 들어주겠다고 했잖습니까." 러스가 말했다. "전도사님 말을 그대로 빌리자면, 사태가 걷잡을 수 없이 번지는 걸 막겠다고 했어요."

"하지만 목사님이 대화를 거부하셨죠."

"제가 볼 때는 지금이야말로 사태가 걷잡을 수 없이 번진 건데요!"

"이건 심각한 문제입니다, 목사님. 샐리가 방금 저한테 한 얘기가 있어요."

2층도 별로 시원하지는 않았다. 앰브로즈는 러스를 환기가 잘 안 되는 자기 사무실로 데려갔다. 로라와 샐리가 앰브로즈의 소파에 앉아 있었다. 앰브로즈는 문을 닫았다. 로라가 러스를 보며 잔인한 승리의 미소를 지었다. 샐리는 시무룩하게 자기 손만 내려다보았다.

"샐리?" 앰브로즈가 말했다.

"진짜 왜 이러시는지 모르겠는데요." 샐리가 말했다. "전 이 교회 안 다닐 거예요."

"난 러스 목사님에게 너한테서 직접 이야기를 들을 권리가 있다고 생각한다."

샐리는 눈을 감았다. "그냥, 너무 소름 끼쳐요. 봄 수련회가 악몽이 됐다고요. 저 사람이 그 버스에 올라오는 순간이 저한테는 최악의 악몽이었어요. 믿을 수가 없었어요."

"러스 목사님과 내가 자리를 바꾼 데는 이유가 있었어." 앰브로즈가 말했다. "메사에서 해야 하는 일을 목사님이 더 잘하셔서 그랬던 거야."

"네, 그렇겠죠. 저 사람이야 뭐든 핑계를 찾았을 거예요. 하지만 저는 저 사람한테서 절대 도망칠 수 없을 것 같은 느낌을 받았다고요."

사무실은 견딜 수 없을 만큼 더웠다. 러스는 경악스럽고 두렵고 당혹스러웠다. "샐리, 날 봐." 그가 말했다. "부탁이니 눈을 뜨고 날 봐."

"눈을 뜨고 싶지 않다는데요." 로라가 당연하다는 목소리로 말했다.

"전 그냥, 저 사람이 저를 가만히 놔뒀으면 했어요." 샐리가 말했다. "진짜 소름이 끼쳤다니까요, 저 사람 사무실에서……. 그런데 도저히 믿을 수가 없었어요. 저를 따라서 킷실리까지 오다뇨."

샐리가 러스를 보지 않으려고 했다는 것보다 더 나쁜 것은 저 사람이라는 단어였다. 그 단어는 러스를 나-그것 관계의 '그것'으로 전락시켰다.

"이해가 안 되는구나." 러스가 샐리에게 말했다. "너랑 나는 내 사무실에서 좋은 대화를 나눴잖니. 난 당연히 그 이후의 상황을 계속 알아봐야 했어. 그렇게 안 했다면 목사로서의 의무를 소홀히 한 셈이 됐을 거다. 내가 왜 너만 특별하게 대한다고 생각하는지 모르겠구나."

"그렇게 느껴지니까요." 샐리가 말했다. "가만히 좀 놔두라는 뜻을 전달할 방법을 대체 몇 가지나 찾아야 해요?"

"난 정말로 네가 부담을 느끼는 줄 몰랐어. 그저 언제든 나한테 말을 걸어도 좋다는 걸 알려주고 싶었을 뿐이다. 나는 믿고 마음을 털어놓을 수 있는 사람이라는 걸 알려주려고 했던 거야."

"그게 문제네요." 로라가 말했다. "샐리는 당신을 믿지 않아요."

"로라." 앰브로즈가 말했다. "샐리가 직접 말하게 둬야지."

"아뇨, 전 말 다 했어요." 샐리가 벌떡 일어나며 말했다. "저 사람이 제 봄 수련회를 망쳤어요. 저 사람 때문에 청소년부에도 기분이 나빠요. 난 끝났어요."

그녀는 사무실에서 도망쳤다. 로라도 러스라는 '그것'을 기가 죽게 한번 노려보더니 일어나서 그녀를 따라갔다. 침묵이 이어졌다. 러스는 땀을 흘리는 사람이 자기밖에 없다고 느꼈다. 앰브로즈가 자기 의자에 깊숙이 기대고 두 손을 깍지 껴 머리를 받쳤을 때, 그의 데님 셔츠 겨드랑이 부분은 부러울 정도로 보송보송했다.

"이제 뭘 어떻게 해야 할지 모르겠네요, 목사님."

"난 그냥 샐리를 도우려고 한 것뿐입니다."

"정말입니까? 샐리는 목사님이 매리언과의 성생활에 대해 불평했다고 하던데요."

러스는 너무 많은 땀구멍에서 땀이 흘러 꼭 피부를 한 겹 벗는 것만 같았다. "제정신입니까? 새빨간 거짓말입니다."

"전 그냥 샐리가 한 말을 알려드리는 것뿐입니다."

이런 비난에 기습당한 러스는 머리를 맑게 하려는 듯 고개를 저었다. 그는 샐리와 나눈 대화에서 쓴 단어를 정확하게 떠올리려 했다.

"샐리의 말은 정확하지 않아요." 그가 말했다. "내가 샐리에게 한 말은…… 난 결혼은 축복이지만, 어려운 일이기도 하다고 말했습니다. 장기적 관계의 적은 지루함이라고요. 결혼 생활에 늘 그 지루함을 극복할 만큼의 사랑이 있는 건 아니라고 했습니다. 그러고 나서는…… 이해하셔야죠, 그건 맥락이 있는 얘기였습니다."

앰브로즈는 러스를 뚫어지게 바라보며 다음 말을 기다렸다.

"우린 샐리 부모님의 이혼을 얘기하고 있었습니다. 샐리가 그분들에게 얼마나 화가 났는지 말이죠. 난 우리가 돌파구에 가까워졌다고 생각했습니다. 샐리가 나한테 내 결혼 생활에도 지루함을 느끼느냐고 물었을 때, 나는 샐리와 진솔한 이야기를 나눠야겠다고 느꼈어요. 난 샐리한테 알려주는 게 중요하다고 생각했습니다. 성직자조차도, 샐리가 존경하는 목사조차도……."

"목사님, 목사님, 목사님."

"내가 뭘 어떻게 해야 했습니까? 정직하게 대답하지 말았어야 하나요?"

"그래야 할 이유가 있다면요. 그런 말을 하는 데는 특별한 기술이 필요

합니다."

"샐리가, 나한테, 물어본 겁니다. '목사님도 결혼 생활이 지루하세요?'"

"이렇게 말씀드려서 유감이지만, 샐리 기억은 다릅니다. 샐리가 이해하는 대로라면, 목사님이 자기한테 다가왔다는데요."

"정신 나갔어요? 난 열다섯 살짜리 딸이 있습니다!"

"목사님이 그렇게 하셨다는 게 아닙니다. 샐리가 그렇게 느꼈다는 거죠. 왜 그랬을지 이유를 모르시겠어요?"

"샐리가, 나를, 보러 온 겁니다. 누가 누구한테 다가갔다면, 그건…… 내 생각은 이렇습니다. 문제는 로라예요. 로라는 샐리가 나를 믿고 다가오는 걸 보고서 그 애가 내게 등 돌리도록 한 겁니다. 여기서 더러운 생각을 하는 사람은 로라예요. 샐리는 로라와 접촉하기 전까지만 해도 나와 아무 문제가 없었습니다."

앰브로즈는 러스의 이론에 별 흥미를 느끼지 못하는 듯했다. "목사님이 로라를 싫어하시는 건 압니다." 그가 말했다.

"로라가 나를 싫어하는 거죠."

"하지만 한발 물러나서 목사님 자신을 보세요. 대체 무슨 생각을 하신 겁니까? 상처받기 쉬운 열일곱 살짜리 아이에게 목사님의 성적 권태감 얘기를 하시다뇨? 샐리가 목사님에게 다가갔다 한들, 저야 그 말도 믿어지지는 않습니다만, 목사님에게는 그런 행동을 막을 분명한 책임이 있었습니다. 단호하게. 바로. 여지를 남기지 않고."

앰브로즈는 러스를 노려보았다. 그 눈빛이 그냥 속임수였는지는 중요하지 않았다. 러스는 그 눈길이 주는 압박감에 뒤로 물러났고, 굴욕감을 느꼈다. 변태라는 비난 때문이 아니었다(청소년부의 여자애들은 아주 많은 측면에서 그에게 금기였다). 앰브로즈처럼 힙해질 수 있다고 생각했던 자신의 얼빠짐 때문이었다. 러스는 앰브로즈가 청소년부 아이들을 상대로 자신이 십대 때 오만하고도 비정한, 재수 없는 녀석이었다고 고백하는 것을 여러 번 들었다. 아이들은 무척 짜릿해했다. 앰브로즈의 진솔함에도, 그가 여자들을 차고 다녔다는 상상에도. 인기 있는 소녀의 관심에 현기증을 느낀 러스는 자신도 진솔함이라는 기술에 통달했으며, 십대 때의 소심함을 어떤 식으로든 지워버렸다고 상상했다. 자신도 소급하여 샐리 퍼킨스 같은 아이들과 편하게 지내는 소년이 되었다고 말이다. 당시에 러스는 현기증을 느꼈다. 현기증을 느끼면서, 매리언이 더 이상 그를 흥분시키지 않는다고 고백했다. 최소한 그렇다는 암시를 흘렸다. 러스는 매리언을 벗어던지고 그녀에게서 자유로워지고 싶었다. 좀 더 앰브로즈처럼 되고 싶었다. 그리고 이제는 그의 허영심이 치욕스럽게 드러났다. 러스가 한 생각은 이곳에서 빠져나가 신선한 공기를 마시고, 주님의 자비 안에서 위로를 구해야겠다는 것뿐이었다.

"사과해야겠군요." 러스가 말했다.

"그러기에는 너무 늦었습니다." 앰브로즈가 말했다. "그 아이들은 돌아오지 않아요."

"전도사님이 킷실리에 가지 않은 이유를 직접 설명해주셔야겠습니다. 전도사님이 말하면……."

"킷실리가 문제가 아니에요. 아이들 말 못 들으셨습니까? 문제는 목사님의 사목 스타일입니다. 그 방법이 제가 손을 내밀려는 아이들과는 맞지 않아요."

"쿨한 애들 말이죠."

"문제를 겪는 아이들 말입니다. 이야기할 어른이 필요한 아이들이요. 좀 더 전통적인 방식을 좋게 생각하는 다른 아이들도 많이 있어요. 그 아이들과는 목사님도 잘 지내실 겁니다. 애들 숫자도 적어서 목사님 혼자서 관리하시기에 괜찮을 테고요."

"무슨 말입니까?"

"제가 더 이상 크로스로드에서 일할 수 없다는 말씀입니다."

앰브로즈가 그를 바라보았다. 하지만 러스는 혐오스러울 정도로 땀을 많이 흘리고 있어서 그와 눈을 맞출 수 없었다. 그가 10월 이래로 하고 있던 여행은 다른 남자의 카리스마에 무임 승차한 얼뜨기의 공상이었다. 오늘 밤 이후에 청소년부에 남을 소수의 딱한 잔당들을 생각하니 그저 치욕스러울 뿐이었다. 청소년부에 남을 아이들도 이런 일을 목격했으니 다시는 그를 존경하지 않을 것이다.

"가시면 안 됩니다." 그가 말했다. "아직 계약이 남아 있어요."

"이번 학년까지는 마치겠습니다."

"아뇨." 러스가 말했다. "이제 청소년부는 전도사님의 단체입니다. 난 청소년부를 차지하겠다고 전도사님과 싸우지 않을 거예요."

"목사님이 그만두셔야 한다는 얘기가 아닙니다. 제가 다른 교회를 찾아보겠다는 거지요."

"그냥 청소년부를 가지세요. 난 청소년부를 원하지도 않습니다." 러스는 울음을 터뜨릴까 봐 두려워 자리에서 일어나 문 쪽으로 갔다. "빌어먹을, 전도사님은 한마디도 날 변호해주지 않으시더군요."

"맞습니다." 앰브로즈가 말했다. "그건 죄송합니다."

"퍽이나 그렇겠소."

"청소년부 전체가 이 일에 휘말린 건 불행한 일입니다. 목사님에게 잔인한 일이었을 줄로 압니다."

"동정은 필요 없소. 엿이나 먹어요."

러스가 앰브로즈에게 한 말은 그게 마지막이었다. 러스는 그날 밤 너무도 충격적인 치욕을 느끼며 교회에서 나섰기에 다시는 교회에 발을 들일 수 없을 것 같았다. 마음대로 할 수 있다면 제일 개혁 교회에서 사직하고, 다시는 십대들과 엮이고 싶지 않았다. 하지만 가족들을 또 한 번 이사시킬 수는 없었다. 특히 베키는 학교에서 아주 멋진 시간을 보내고 있었다. 그래서 다음 날 아침, 그는 드와이트 해플에게 가서 앰브로즈에게 청소년부를 완전히 맡겨달라고 부탁했다. 해플은 놀라서 이유를 물었다. 러스는 자신의 치욕을 끌어안은 채 자세한 이야기는 하지 않고, 고등학생들과 소통할 수 없다고 말했다. 주일 성경 학교와 신앙 학교는 계속 운영하고, 가정방문도 기꺼이 더 하겠다고 했다. 시내 봉사활동도 시작할 수 있을 거라고.

"흠." 해플은 말했다. "설교도 좀 더 하고요?"

"물론입니다."

"위원회 일도 좀 더 하고."

"그럼요."

예순세 살인 해플은 러스가 실패했다는 사실과 자기가 할 일의 양을 줄일 기분 좋은 기회를 견주어보는 듯했다. "청소년부 일이야 릭이 아주 훌륭하게 하는 것 같습니다." 그가 말했다.

러스는 담임목사 사무실에서 나오자마자 교회 총무에게 가서, 이후에 그와 의사소통할 일이 있으면 전부 서면으로 해달라는 지시를 앰브로즈에게 전해달라고 했다. 앰브로즈는 그날 늦게 메시지를 받고 러스를 찾아와 문을 두드렸다. 러스는 이미 문을 잠가두었다. "이봐요, 목사님." 그가 말했다. "안에 있어요?"

러스는 아무 말도 하지 않았다.

"서면으로 의사소통하라고요? 씨발, 뭐 하자는 겁니까?"

러스도 자신이 유치하게 군다는 것을 알고 있었다. 하지만 그의 상처와 증오심은 끝이 보이지 않는 총체적인 것이었다. 어른의 관점으로는 도저히 해소할 수 없었다. 한편, 이런 상처와 증오심의 이면에는 주님의 자비 안으로 내던져지는 달콤함도 있었다. 오직 신만이 사랑할 수 있을 만큼 외롭고도 피폐한 존재가 될 때의 달콤함 말이다. 러스는 앰브로즈와 이야기하기를 거부했다. 치욕을 당한 다음 날이든, 그 이후로 언제까지든. 다른 임무는 활기차게 수행했다. 그는 시내에서 활동하는 여성 봉사 모임을 만들었고, 설교에서도 정치적 유창성의 새로운 경지에 이르렀다. 밥값을 했다. 다른 모두가 아직 그를 귀하게 여긴다는 것을 증명했다. 하지만 그는 앰브로즈를 피했고, 우연히 그를 만날 때면 시선을 내리깔았다. 머잖아 앰브로즈도 자신을 싫어하는 러스를 싫어하기 시작했다. 느껴졌다. 그것도 달콤한 일이었다. 덕분에 러스에게는 동료가 생겼으니까. 앰브로즈의 태도가 증오심을 유지하는 데 도움이 됐으니까. 신자들이 둘의 앙금을 몰랐으면 좋겠다고는 생각했지만, 교회 사무실에서는 도저히 이런 사정을 숨길 도리가 없었다. 드와이트 해플은 계속 화해를 중재하려고 모임을 만들었다. 그런 초대를 거절하는 데 따르는 치욕, 자신이 해플이나 심지어 수위까지 포함한 총무부 직원들에게 얼마나 유치하게 보일지 안다는 사실이 러스의 불쌍함을 심화했다. 앰브로즈에 대한 불만은 헤어 셔츠*나 가슴에 두르고 다니는 가시철사와 비슷했다. 러스는 괴로웠고, 괴로움 속에 신과 가까워지는 느낌을 받았다.

아무 보상 없는 괴로움을 준 사람은 매리언이었다. 단 한 번도 앰브로

---

* 과거 종교적인 고행을 하던 사람들이 입던, 털이 섞인 거친 천으로 만든 셔츠.

즈를 믿지 않았던 그녀는 러스가 치욕을 당한 이유를 전부 앰브로즈 탓으로 돌렸다. 러스는 매리언의 의리에 고마움을 느꼈어야 했지만, 오히려 더욱 혼자가 된 기분이 들 뿐이었다. 앰브로즈와 샐리가 그에게 모욕을 주었던 진짜 이유를 그녀에게 절대로 말할 수 없어서 힘들었다. 그 이야기를 하려면 러스가 샐리에게 아내와 더 이상 사랑을 나누지 않는다고 털어놓았다는 말을 해야 했기 때문이다. 샐리에게 그런 말을 한 게 형편없는 결정이었다는 건 인정하지만. 아무튼 그건 매리언에 대한 끔찍한 배신이 틀림없었다. 그런데 여러 달이 지나자, 러스는 알 수 없는 신비한 힘에 이끌려 매리언 자체가 치욕의 원인이 되었다고 믿게 되었다. 매리언이 더 이상 그에게 매력을 발휘하지 못했기에 이런 사달이 난 것이다. 러스는 그 신비한 비논리에 따라 매리언을 비난할수록 샐리를 덜 비난하게 되었다. 마침내 어느 날 밤에는 샐리가 순결하지만 가슴을 강조하는 아가일 스웨터를 입고 꿈속에 나타났다. 그녀는 감동적이게도 앰브로즈보다 러스를 좋아한다고, 이미 그의 것이 될 준비가 되었다고 털어놓았다. 잠들지 않는 초자아가 그 꿈이 결말에 이르지 못하도록 방향을 틀었지만, 러스는 최대로 발기한 채 깨어났다. 침대에서 기어 나온 그의 자의식은 목사관의 어둠에 희석되었다. 그는 자위하러 화장실로 갔다. 샐리가 그에게 제기했던 불만의 구체적인 증거가 세면대로 흘러 들어갔다. 러스는 그게 내내 자기 안에 있었다는 것을 알았다.

구원을 추구하는 모든 사람에게는 약점이 있다. 그 약점이 자신의 무력함을 다시 깨닫고 주님과의 합일을 방해하기 마련이다. 러스의 약점은 1946년 애리조나에서 처음 드러났다. 그곳에서 아름다운 여자에 대한 러스의 취약성은 심하게 악화되어, 형제들의 종교에 대한 믿음에 위기가 오는 지경에 이르렀다. 초롱초롱한 짙은 눈, 키스를 부르는 입, 가느다란 허리와 늘씬한 목, 뼈가 가는 손목. 당시 매리언의 모습은 절대로 멈추지 않는 커다란 말벌처럼 윙윙거렸다. 그 말벌이 정숙했던 러스의 영혼이라는 방에 들어왔다. 상상 속 지옥 불도, 형제들과 멀어질 거라는 현실적인 미래도, 그 말벌의 윙윙거림을 잠재울 수 없었다. 결국 러스는 부모님과 영영 인연을 끊게 되었다. 하지만 덜 엄격하되 여전히 유효한 형태의 기독교 신앙을 받아들임으로써 영적 위기를 극복했고, 법적으로 매리언과 결혼함으로써 자기 약점을 해결했다.

아니, 해결한 것처럼 보였다. 금기를 뒤집는 꿈을 꾸고 난 그때, 러스는 사실 그 약점을 극복하지 못했다는 걸 알았다. 그는 단지 약점을 억압해 의식으로 떠오르지 못하게 했을 뿐이었다. 그때 그 꿈이 러스의 눈을 뜨게 했다. 마흔다섯 살이 된 그때, 러스는 사방에서 미인을 보았다. 퍼시그 거리에서 놀랄 만큼 친절하게 그를 돌아보았던 사십대 여자들에게서, 차를 타고 가는 모습을 힐끗 본 삼십대 여자들에게서, 병원의 스무 살짜리 간호조무사들에게서, 거실에 있는 베키의 십대 친구들에게서. 이제 그는 한 마리의 말벌이 아니라 혼란스럽게 소용돌이치는 벌 떼의 괴롭힘을 당하고 있었다. 아무리 노력해도 영혼의 창문을 닫아서 그들을 막을 수 없었다. 그리고 나서 프랜시스 코트렐이 나타났다.

프랜시스가 놀리듯 발로 건드렸을 때의 촉감은 퓨리를 몰고 아처 거리의 거센 눈발을 헤쳐가는 동안에도 그의 엉덩이에 남아 있었다. 러스의 퓨리보다 세 대 앞에 있던 주황색 트럭이 노란 불을 깜빡이며 소금을 뿌려댔지만, 아직 제설차는 보이지 않았다. 프랜시스는 조용해졌고, 러스는 무슨 말이든 해야 한다는 의무감을 느꼈다. 프랜시스에게서 목사의 성기 근처를 발로 자극했다는 혐의를 덜어주기 위해서라도 말이다. 하지만 타이어 마찰력이 떨어진 퓨리는 진동이 느껴질 정도로 심하게 흔들렸다. 눈에 발목이 잡혀 많이 늦는다면, 이번 외출은 작은 사고가 될 것이다. 매리언이 교회에서 키티를 만나면 자연스럽게 이야기를 꺼낼 만한 사고. 그러면 매리언은 러스와 함께 봉사활동을 간 사람이 키티가 아닌 프랜시스라는 것을 알게 될 터였다. 러스는 퓨리와 한 몸이 되기라도 한 것처럼 통제력을 행사하려고 애썼다. 브레이크를 세게 밟지 않는 게 중요했다. 하지만 가속력이 무서울 정도였다. 페리가 프랜시스의 아들에게 약을 주었다는 소식, 그 녀석과 나눠야만 하는 고통스러운 대화, 러스 자신이 프랜시스와 대마초를 피울 수도 있다는 문제, 그가 초대를 거절하면 프랜시스가 젊음을 찾는 여정에 함께할 다른 사람을 찾을지 모른다는 위험, 그녀가 불과 한 시간 전에 이미 앰브로즈라는 다른 사람을 찾아봤다는 심란한 사실. 프랜시스는 릭 앰브로즈와 앉아서 수다를 떨고 있었다. 러스는 자신이 힙한 앰브로즈의 경쟁자가 되지 못한다는 걸 이미 충분히 입증했다.

"아무튼, 어." 러스는 신호등에서 안전하게 브레이크를 밟고 말했다. "릭과는 이야기 잘하셨습니까?"

"네."

"릭이 설마 저와 말을 안 하는 사이라는 얘기는 안 했겠죠."

"네, 그건 이미 알고 있었어요. 다들 아는걸요."

둘의 앙금이 보편적 상식이 아니기를 바란 러스의 희망은 부질없는 것이었다.

"왜 물어보세요?" 그녀가 말했다. "목사님과 친구가 되려면 전도사님하고는 얘기하면 안 되나요?"

"당연히 아니죠. 누구든 원하는 사람과 이야기하시면 됩니다. 그냥 릭 앰브로즈는 모든 일을 항상 자기중심적으로 생각한다는 것만 알아두세요. 릭은 아주 매력적일 수 있습니다. 친구처럼 보일 수 있죠. 하지만 뒤통수를 조심하시는 게 좋을 거예요."

"와, 힐데브란트 목사님." 프랜시스가 놀리듯이 말했다. "질투하시나 봐요."

신호등이 파란불로 바뀌었다. 러스는 액셀을 쿡 밟았다. 뒷바퀴가 끼익 소리를 내며 차체가 약간 휘청거렸다.

"내 말은, 크로스로드를 질투하신다고요." 그녀가 말했다. "전도사님한테는 주일마다 사랑을 퍼붓는 아이들이 150명 있으니까요. 목사님은 한 달에 두 번 아줌마 여덟 명을 만나실 뿐이죠. 내가 목사님이라도 질투가 날 것 같은걸요."

"질투하는 게 아닙니다. 저한테는 지금 여기만큼 좋은 곳이 없습니다."

"친절한 말씀이네요."

"진심입니다."

"네에. 하지만 그러면 왜 전도사님에게 악감정을 가지세요? 내가 신경 쓸 일은 아니겠지만. 어쨌든 전도사님은 자기 일을 잘하고, 목사님도 목사님 일을 잘하신다면…… 내가 보기에는 문제가 없는데요."

길이 곧게 뻗어 있는데도 자동차는 빙글 돌고 싶은 것처럼 미묘하게 덜컹거렸다.

"사연이 깁니다." 러스가 말했다.

"달리 말하면, 내가 신경 쓸 일은 아니라는 거네요."

앰브로즈를 용서하지 않겠다는 러스의 결심은 거의 3년 동안 그의 내면적 삶을 구성해왔고 매리언을 통해 매일 강화되었다. 하지만 막상 프랜시스에게 설명할 것을 상상하니 어리석게 느껴졌다. 어리석은 것 이상이었다. 그건 매력적이지 않은 일이었다. 러스는 프랜시스와 얽힐 기회라도 있으려면 증오심을 놔버려야 한다는 것을 알았다. 하지만 러스의 마음이 그걸 원하지 않았다. 증오심을 놓는다는 건 어마어마한 상실이 될 테니까. 원한을 품어왔던 천 일이 낭비가 될 테니까. 돌이켜보면, 그 세월이 무의미해지고 말 것이다. 게다가 앰브로즈와 화해하면 프랜시스가 앰브로즈를 더 마음껏 존경하게 될지도 몰랐다. 그러면 러스는 아무 소득도 얻지 못하게 될 것이다. 정의로운 고통도, 그 고통을 견뎌온 대가로 비밀리에 주어진 프랜시스라는 보상도. 그와 앰브로즈는 계속 경쟁하게 될 테고, 러스는 그 경쟁에서 질 게 뻔했다.

"해결사 노릇을 하려는 건 아닌데요." 그녀가 말했다. "래리한테는 크로스로드가 아주 좋았어요. 목사님은 저한테 아주 좋았고요. 무슨 방법이 분명 있을 거예요."

"릭은 저를 좋아하지 않고, 저도 릭을 좋아하지 않습니다. 그냥 자연스러운 반감이에요."

"근데 왜요? 이유가 뭐예요? 목사님이 설교에서 하신 모든 얘기랑 반대되잖아요. 나한테는 다른 뺨도 내밀라면서요. 난 그 말씀을 잊을 수가 없었어요. 오늘 목사님하고 같이 온 이유가 그거예요."

프랜시스가 발로 건드렸던 엉덩이는 아직도 윙윙거렸다. 러스는 프랜시스의 말을 그의 선량함에 끌렸다는 뜻으로 이해했다. 결혼 서약을 깬다는 몹시 나쁜 짓을 저지르려면, 러스는 이제 선량함을 실천해야 했다.

"저한테는 큰 의미가 있습니다." 러스가 말했다. "프랜시스 씨가 오늘 와주신 것 말이죠."

"하, 말도 안 되지만 영광이네요."

"프랜시스 씨도 크로스로드에 가입하고 싶다고 하셨죠." 목소리가 떨리는 바람에 불안감이 드러났다. "진심이신가요?"

"세상에, 진짜로 질투하나 봐."

다시, 한 번 더. 그녀가 발가락으로 러스의 다리 위쪽을 쿡 찔렀다.

그녀가 말했다. "내가 하는 일이라고는 엄마 노릇밖에 없어요. 목사님이랑 키티 선생님하고는 한 달에 두 번밖에 활동하지 않죠. 그러니까, 맞아요. 전도사님한테 크로스로드에서 멘토로 활동할 수 있을지 물어봤어요. 전도사님은 별로 열의를 보이지 않는 것 같았지만. 애리조나 여행에는 늘 부모를 두어 명 데려가잖아요. 전도사님이 나를 그 명단에 넣어줬어요."

"봄 수련회 말이죠." 러스가 경악해서 말했다.

"맞아요!"

애리조나는 그의 앞마당이었다. 프랜시스가 앰브로즈와 함께 그곳에 간다니, 생각만으로도 끔찍했다.

"죄송해요." 그녀가 말했다. "오지랖을 떨면 안 되겠죠. 하지만 목사님도 수련회에 가셔야 해요. 목사님은 누가 봐도 나바호 인디언들을 사랑하시잖아요. 아주 오랫동안 그곳에 사셨고요. 목사님과 전도사님이 화해할 수만 있으면 모두가 함께 애리조나에 갈 수 있을 거예요. 그러면 재미있지 않을까요? 참 좋을 것 같은데."

프랜시스는 좌석에서 몸을 통통거렸다. 그 에너지가 너무 사랑스러워서, 러스는 혼란스러워졌다. 보라. 내가 온 백성에게 미칠 큰 기쁨의 좋은 소식을 너희에게 전하노라. 땅에서는 모든 사람들에게 평화로다.* 아처 거리 반대편에서 다가오는 헤드라이트들은 한데 뭉친 것처럼 보였다. 모든 자동차에 마음 졸이는 운전자들이 타고 있었다. 날씨 때문에 엉망이 된 모든

---

* 누가복음 2장 10~14절 중 일부 발췌.

것에는 크리스마스다운 특징이 하나도 없었다. 이 계절의 기쁨은 프랜시스에게, 러스와 앰브로즈의 갈등에 대한 그녀의 어린애 같은 질문에 깃들어 있었다. 그 기쁨의 덩굴손이 러스의 굳어진 가슴으로 뻗어왔다. 가능할까? 마침내 릭 앰브로즈를 용서할 수 있을까? 러스가 지상에서 받을 보상이 프랜시스라면? 희망차고 장난스러우며 눈을 즐겁게 해주는 프랜시스와 함께 애리조나에서 한 주를 보낼 수 있다면? 아니, 어쩌면 1주일 이상이 될지도 모른다. 혹시 반평생을 보내게 되는 건 아닐까? 프랜시스야말로 주님께서 그에게 주시는 두 번째 기회일까? 완전히 그의 인생을 바꿔놓으라고? 기쁨에 찬 여인과 기쁘게 사랑을 나누라고? 그는 매리언 때문에 암울했던 천 일의 시간 동안 자신과 앰브로즈를 증오하며, 자신이 주님과 가까운 곳에 있다고 상상했다. 하지만 사실은, 매일 언제든 마음을 돌려 용서하는 편을 자유롭게 선택할 수 있었다. 그것이야말로 그리스도께서 이 세상에 전하신 말씀의 정수이자 크리스마스의 진정한 의미였는데.

"생각해봐야겠군요." 그가 말했다.

"꼭이요." 그녀가 말했다. "목사님과 전도사님이 어울리지 못할 세속적인 이유는 하나도 없어요."

중세 모험담에서는 귀부인이 구혼자에게 불가능한 임무를 준다. 성배를 되찾아 오라든지, 용을 죽이라든지. 러스에게는 사냥모자를 쓴 그의 아름다운 아가씨가 마음속 용을 죽이라고 요구하는 것만 같았다.

데일리 시장에게는 백인 동네의 눈을 치우는 일이 먼저였다. 그는 백인 거리의 보도가 깨끗하게 드러날 때까지 엥글우드의 눈을 치우지 않았다. 러스는 골목을 지그재그로 나아갔다. 그곳의 눈은 가루에 가까워서 마찰력이 좀 있었다. 러스는 가속도를 유지하며 정지 표지판을 무시하고

통과했다. 주님의 공동체가 시야에 들어왔을 때쯤에는 시간이 5시 정각에 가까웠다. 이번 여행이 매리언에게 키티 레이놀즈한테 이야기할 만한 사건이 되지 않도록 7시까지 집에 돌아가려면, 퓨리에서 짐을 빠르게 내려야 했다.

문화센터는 문이 잠겨 있었고, 문 위의 조명도 꺼져 있었다. 러스는 초인종을 눌렀다. 그들은 투명하게 내리는 눈을 맞으며 기다렸다. 프랜시스는 한기에 맞서느라 발을 굴러댔다. 그때 불이 들어왔고, 시오 크렌쇼가 문을 열어주었다.

"거의 포기하고 있었습니다." 그가 러스에게 말했다.

"그러게요, 눈이 정말로 많이 오네요."

러스가 전에 받았던 인상—시오가 프랜시스의 존재를 인정하고 싶어 하지 않는다는 인상—은 시오가 돌아서며 문 아래의 나무쐐기를 걷어차자 더 심하게 전해졌다.

"저는 프랜시스예요." 프랜시스가 밝게 말했다. "저 기억나세요?"

시오는 그녀를 보지 않고 고개를 끄덕였다. 그는 축 늘어지는 벨루어 스웨터와 잘 맞지 않는 스판 바지를 입고 있었다. 러스는 프랜시스를 만나기 위해 가장 좋아하는 셔츠와 양가죽 코트를 입었지만, 시오는 그런 허영심에 면역이 있는 듯했다. 일요일에는 여자 성도들에게 사랑받지만 그 외에는 자신의 교회에서 너무도 외롭게 지내며, 도와주는 사람들도 없고, 전도사도 없고, 연봉은 쥐꼬리만 하고, 주식은 영적인 음식인 시내 목사의 매서움은 12월의 헐벗은 저녁에 유달리 날카롭게 느껴졌다. 러스는 시오보다 존경스러운 사람은 아마 없을 거라고 생각했다. 러스가 아는 사람 중에 그만큼 진정으로 기독교적인 인물은 없었다. 리치 앰브로즈*가 러스에게 박탈감을 느끼게 했다면, 시오는 러스가 특권층이 된 것 같은 기분을 느끼게 했다. 러스는 교외의 사랑스러운 금발 미녀인 프랜시스가 시오에게는 달갑지 않은 유령일지 모른다고 상상했다.

러스는 프랜시스가 바로 뛰어들어 상자들을 문화센터에 밀어 넣는 것을 보고 기뻤다. 그는 프랜시스의 명랑하고 성실한 모습을 보면 시오도 앞으로는 그녀를 더 인정해줄지 모른다고 생각했다. 늘 그렇듯, 음식과 장난감 배달은 솔직한 거래였다. 러스는 시오가 기부 물품을 가져다줘서 고맙다는 인사를 할 거라고 생각하지 않았고, 시오는 러스가 잠시 머물러 사교 생활을 할 거라고 기대하지 않았다. 모든 상자가 들어가자 시오는 엉덩이에 두 손을 얹고 말했다. "좋습니다. 내일 아침에 여자분이 몇 명 와서 들르는 사람들에게 물건을 나눠줄 겁니다."

"그럼 저희는 화요일에 여기서 다시 뵙죠." 러스가 말했다. 그는 손뼉을 짝 치고 프랜시스를 돌아보았다. "갈까요?"

러스는 프랜시스가 작고 납작한 꾸러미를 들고 있는 것을 보았다. 그 꾸러미는 산타클로스 포장지와 빨간색 리본으로 포장되어 있었다.

"부탁이 있는데, 들어주실래요?" 그녀가 시오에게 물었다. "이걸 내일 로니에게 주실 수 있을까요? 함께 그림을 그렸던 아줌마가 준 거라고 말해주세요."

러스는 어느 상자에서도 그 꾸러미를 본 적 없었다. 프랜시스가 코트 주머니에 넣어 가져온 게 분명했다. 러스는 프랜시스가 좀 더 일찍 그에게 말해주었으면 좋았을 걸 그랬다고 생각했다. 시오가 인상을 썼으니까.

"좋은 생각이 아닌 것 같은데요."

---

* '릭 앰브로즈(Rick Ambrose)'라는 이름을 '부유한 앰브로즈(Rich Ambrose)'라는 뜻으로 바꿔 부른 말장난.

"그냥 플레어 펜*이에요. 색칠 공부할 때 좋아요."

"좋네요." 시오가 말했다. "애들이 좋아하겠습니다."

"아뇨, 로니한테 줄 거예요. 로니를 위해서 특별히 구해 왔어요."

"알겠는데, 그것도 다른 장난감들과 함께 넣어두셔야 할 것 같습니다."

"왜요? 로니는 정말 귀여운 아이인데…… 왜 로니한테 작은 선물도 줄 수 없는 거예요?"

프랜시스는 천진하게 놀란 듯, 상처받은 듯한 표정을 지었다. 그녀를 보호해야겠다는 본능이 러스의 마음속에 강력하게 차올랐다. 그는 정말로 프랜시스와 사랑에 빠질지도 모르겠다고 생각했다.

시오는 그런 감동을 받지 않았다. "제가 이해하기로는, 로니의 엄마와 이야기를 하셨을 텐데요." 그가 말했다.

"이건 선물이에요." 프랜시스가 말했다.

"이미 말씀드렸습니다만, 그 애를 그냥 놔두세요. 다시 한번 부탁드리죠, 정중하게."

프랜시스의 상처는 분노로 변했다. 러스가 그녀에게서 한 번도 본 적 없는 감정이었다. 그 모습이 러스를 흥분시켰다. 러스는 프랜시스가 러스 자신에게 화를 낸다고 상상했다. 연인들이 가끔 벌이는 입씨름에서 그렇듯, 그녀가 가진 여성적 감정의 범위가 완전히 드러났다고 말이다.

"왜요?" 그녀가 말했다. "이해가 안 되는데요."

시오는 눈알을 굴려대며 러스를 보았다. 프랜시스는 러스가 통제해야 할 러스의 여자라는 것처럼.

"프랜시스." 러스가 그녀에게 다가가며 말했다. "이 문제에서는 시오

---

* 사인펜 상표.

360

목사님 말을 따르는 게 좋겠습니다. 우린 상황을 모르니까요."

"무슨 상황이요?"

시오가 말했다. "무슨 상황이냐 하면, 로니의 엄마 클래리스가 당신이 아이와 이야기하는 걸 원하지 않는 상황입니다. 클래리스가 나를 찾아와서 불평하더군요."

프랜시스가 웃었다. "이유가 뭔데요? 자기가 그렇게 완벽한 엄마래요?"

그녀의 비웃음도 러스에게 성적인 흥분을 일으켰다. 하지만 그런 모습이 도덕적으로 매력적인 건 아니었다. 그는 프랜시스의 어깨에 손을 얹고 그녀를 돌려세우려 했다. "나중에 저랑 얘기하죠." 그가 말했다.

프랜시스는 러스의 손을 치웠다. "죄송하지만, 특수학교에 다니면서 특별한 관심을 받아야 했을 아이가…… 어떻게 그런 아이가 수업 시간에 동네를 떠돌아다니면서 동전을 구걸하는 게 괜찮을 수가 있죠?"

"프랜시스." 러스가 말했다.

"걱정해주시는 건 고맙습니다만, 집에 가시죠." 시오가 차분하게 말했다. "눈이 오니 오래 걸릴 겁니다."

"정말 가야 해요." 러스도 동의했다.

이제 프랜시스는 러스에게로 분노의 방향을 돌렸다. "목사님한테는 이게 맞는 걸로 보여요? 왜 아무도 사회복지국에 신고하지 않는 거죠? 국가가 알아야 할 일 아닌가요?"

"국가요?" 시오는 둘만의 농담이라도 하자는 듯 러스에게 미소 지었다. "일리노이 주립 정부에 제대로 기능하는 아동 보호 제도가 있을 거라고 생각합니까?"

"왜 웃죠?" 프랜시스가 러스에게 말했다. "내가 한 말이 웃겨요?"

러스는 미소를 지었다. "전혀 아닙니다. 시오 목사님은 그냥, 시스템이 완벽하지 않다는 거예요. 인력도 부족하고 일이 너무 많으니까요. 차에서 얘기하죠."

이번에도 그는 프랜시스를 문 쪽으로 데려가려 했지만, 프랜시스가 다시 그의 손을 뿌리쳤다. "정말 알고 싶은데요." 그녀가 말했다. "왜 가난한 아이에게 작디작은 크리스마스 선물 하나도 줄 수 없는 건가요?"

문화센터 벽시계를 보니 5시 18분이었다. 1분이 지날수록 러스가 매리언과 겪게 될 문제는 심각해졌다. 러스는 억지로라도 떠나야 한다는 걸 알았다. 하지만 이번에도 러스의 아가씨는 그에게 어려운 임무를 해내라고 요구하고 있었다. 러스가 공들여 친분을 쌓은 시내 목사를 상대로 싸울 테니 자기편을 들라는 요구였다.

"선물에 관한 목사님의 의견은 알겠습니다." 그가 시오에게 말했다. "하지만 여기서는, 뭐랄까 프랜시스의 편을 들어야겠네요. 로니가 혼자 거리를 돌아다니는 건 올바른 일 같지 않습니다."

시오는 그에게 실망스러운 시선을 던지더니 프랜시스를 돌아보았다. "그 애를 책임지고 싶은 겁니까? 당신이 떠맡을 거예요? 지적장애가 있는 사우스사이드의 아홉 살짜리를? 그럴 준비가 됐습니까?"

"아뇨." 그녀가 말했다. "제가 떠맡기에는 너무 큰 부담이에요. 하지만 저는……."

"그 애는 이미 한 번 위탁가정에 갔다 왔습니다. 위탁가정 제도는 압니까?"

"아니…… 아뇨. 그런 건 아니에요."

"저희야 배우러 온 거니까요." 러스가 말했다. 한 방에 프랜시스를 깔보고 시오에게는 멍청이로 보이는 위업을 달성한 것이다.

시오가 말했다. "명단을 아주 밑에까지 훑어봐야, 로니 같은 아이를 받아줄 가족을 찾을 수 있습니다. 돈을 벌려고 애를 대여섯 명씩 키우는 가족이겠죠. 조금이라도 이윤이 나려면 애가 많아야 하니까. 그럼 그 대여섯 명의 아이들은 어떤 취급을 받을까요?"

"방에 갇히겠죠." 러스는 덜 멍청하게 보이려고 말했다.

"그 애들을 모두 한방에 가둡니다. 매도 아끼지 않습니다."

"그게 나쁜 제도라는 건 저도 알겠어요." 프랜시스가 말했다.

"그럼 그걸 바꾸려고 노력하세요. 정말로 도와주고 싶다면 말입니다. 클래리스도 나쁘기만 한 건 아니에요. 그냥 로니를 가졌을 때 너무 어렸을 뿐이지. 정신을 차리면, 클래리스는 로니를 워싱턴 파크에 있는 학교로 데려갑니다. 좋은 날에는 그렇다는 거예요. 나쁜 날에는 로니를 돌보지 못하지만. 로니는 클래리스가 약에 취할 경우 이리로 와야 한다는 걸 압니다. 그러면 클래리스가 곧 로니를 찾으러 와요. 문제는 클래리스에게 약을 주는 남자들입니다. 클래리스는 약 때문에 길을 잃었어요. 클래리스가 약 기운에서 벗어나게 하는 건 엄마로서의 자긍심뿐입니다. 로니가 없었다면 지금쯤 클래리스는 죽었을 거요."

"그건 알겠어요." 프랜시스가 말했다. "전 그냥, 로니가 좋아할 만한 걸 주고 싶은 거예요."

"네, 그러시겠죠. 하지만 내가 원하는 건, 클래리스가 갑자기 돌변해서 로니에게 교회를 멀리하라고 말하지 않는 겁니다. 교회는 로니가 그나마 안전하게 지낼 수 있는 곳이니까."

"뭐, 그럼 제가 클래리스한테 쪽지를 남길게요. 글을 쓸 만한 종이가 있나요?"

"프랜시스." 러스가 말했다.

"클래리스도 제가 로니를 빼앗아 가려는 게 아니라는 걸 알아야죠. 시오가 클래리스에게 선물과 함께 쪽지를 전할 수 있을 거예요."

시오는 눈을 아주 크게 떴다. 인내심의 한계를 나타내는 표정이었다.

"봐요." 러스가 말했다. "이건 어리석은 행동입니다. 로니한테 색연필을 주고 싶으면, 시오한테 포장지를 벗겨서 주라고 하면 돼요. 쪽지를 쓰는 건 좋은 생각이 아닌 것 같습니다."

"난 로니한테 크리스마스에 뜯어볼 선물을 주고 싶었어요."

한계에 이른 시오는 고개를 젓고 떠나버렸다. 러스는 프랜시스에게서 선물을 낚아챈 다음 서둘러 시오를 쫓아 예배당으로 들어갔다.

"부탁이니 좀 받아주세요." 그는 시오에게 선물을 떠안기며 말했다. "좋은 뜻으로 저러는 겁니다. 정말로 로니를 신경 쓰고 있어요. 단지……."

"다시 저 여자를 보게 될 줄은 몰랐습니다." 시오가 말했다. "난 당신이 키티 씨와 함께 오는 줄 알았소."

"네, 어. 계획이 바뀌었습니다."

낡은 업라이트 피아노와 받침대 없는 오르간 뒤쪽의 제단 위에 켜져 있는 단 하나의 형광등에 예배당은 더욱 춥게 느껴졌다.

"당신의 사생활은 내가 알 바 아닙니다." 시오가 말했다. "하지만 당신 눈에 들어간 들보를 빼내고, 저 여자에게 아이한테서 손을 떼라고 말해 주면 고맙겠소. 저 여자가 거부한다면, 그 좋은 의도를 쓸 만한 다른 곳을 찾아야 할 거요. 여기선 필요하지 않으니까."

시오와 쌓아온 2년간의 친분이 위기에 처해 있었다. 러스는 시오가 왜 프랜시스를 참아주지 못하는지 정확하게 알았다. 러스 자신도 후아니타 풀러, 윌마 세인트존, 준 고야 등 이 모임에 가입했던 제일 개혁 교회의 다른 여자들을 참아줄 수 없었다. 그들은 시오를 포함한 이 지역 사람들을 은근히 무시하는 태도로, 엄마처럼 상냥하게 말을 걸었다. 어느 정도는 두려움 때문이었다. 어느 정도는 자기만족적인 형태로 재포장된 인종차별주의 때문이었고. 러스는 그들 한 명 한 명에게 모임에서 나가달라고 부탁해야 했다. 만일 시오가 불평하는 대상이 프랜시스만 아니었더라도, 러스는 그의 의견에 따라 그녀를 쫓아냈을 것이다. 러스는 프랜시스가 저지른 무례한 행동의 맛은 좀 다르다고 진심으로 믿었다. 프랜시스는 그저 진취적 기상이 있고, 약간 불손할 뿐이었다. 물론 러스가 이런 생각을 하는 이유는 단지 그녀를 사랑하기 때문일지 몰랐다.

"제가 말해보겠습니다." 그가 말했다.

"그러세요." 시오가 말했다. "부디 안전하게 가정으로 돌아가시오."

퓨리의 앞 유리에는 2~3센티미터 두께의 눈이 새로 쌓여 있었다. 집으로 돌아갈 때는 차체 뒤쪽이 가벼워져 핸들이 더 획획 돌아갔다. 프랜시스는 이제 발을 바닥에 대고 일반적인 승객의 자세로 앉아 있었다. 러스에게 차가운 분노를 느끼는 듯했다.

"물어보면 안 되겠죠?" 그녀가 말했다. "두 남자가 내 등 뒤에서 나에 대해 무슨 얘기를 했는지."

"아, 죄송합니다." 러스가 말했다. "시오 목사님은 가끔 고집을 부려요. 그럴 땐 그냥 그가 원하는 방식에 따라줘야 합니다."

"분명 두 사람은 날 지진아라고 생각하겠죠. 하지만 로니한테 선물을 전해주는 게 죽기보다 어려운 일도 아니잖아요."

"프랜시스 씨는 훌륭한 행동을 한 겁니다. 저는 전적으로 지지합니다."

"하지만 흑인들은 왠지 날 싫어해요. 나한테 뭐가 있나?"

"전혀 그렇지 않아요."

"난 그 사람들을 싫어하지 않는데."

"당연히 그렇죠. 이건 그냥……."

러스는 용기를 내느라 심호흡했다.

"이렇게 생각해보는 것도 나쁘지는 않을 것 같아요." 그가 말했다. "한 발 물러서서, 프랜시스 씨가 그 사람들한테 어떻게 보이는지 생각해보는 겁니다. 당신이 속한 뉴프로스펙트에서 비슷한 사람들과 함께 있을 때는 다르죠. 그때는 얼마든지 프랜시스 씨의 의견을 솔직히 밝혀도 됩니다. 사람들의 의견에 대놓고 반대해도 돼요. 그 사람들은 그걸 존중의 표시로 받아들일 겁니다. 하지만 흑인들의 공동체에 손님으로 갔을 때는 프랜시스 씨의 의도가 다르게 받아들여져요."

"그 사람들 말에 반대하면 안 된다?"

"아뇨, 그건……."

"모든 흑인이 너무나도 완벽한 건 아니잖아요. 분명히 자기들 사이에서도 의견 충돌이 많을 텐데요."

"시오 크렌쇼에게 반대해서는 안 된다는 말이 아닙니다. 저만 해도 오늘은 그와 의견이 달랐는걸요."

"별로 안 그런 것 같던데요."

"저는 내면적인 태도를 말하는 겁니다. 반대하고 싶은 마음이 들 때 제가 처음으로 하는 일은 저 자신의 무지를 인정하는 겁니다. 어쩌면, 시오 목사님은 이런저런 경험을 한 끝에 지금처럼 행동하게 된 걸지도 몰라요. 그 경험이 제 눈에 즉시 들어오지 않더라도 말이죠. 저는 성급하게 반응하는 대신 잠시 멈춰서 저 자신에게 물어봅니다. '왜 그는 이 문제에 대해서 나랑 다르게 생각할까?' 그런 다음 그의 대답을 들어요. 그와 저는 계속 의견이 다를 수 있지만, 최소한 저는 이 나라에서 흑인 남자가 겪는 경험이 제 경험과는 근본적으로 다르다는 점을 인정하게 됩니다."

프랜시스는 대꾸하지 않았고, 러스는 자신이 그녀의 마음에 가닿고 있다는 희망을 감히 품었다. 프랜시스를 화요일 모임에 잡아두는 데는 물론 이기적인 목적이 있었다. 하지만 그렇다고 메시지 자체의 진정성이 떨어지는 건 아니었다.

"당신은 착한 마음을 가지고 있어요, 프랜시스. 훌륭한 마음씨죠. 하지만 그 사실을 시오 목사님이 바로 알아차리지 못한다고 해서 그를 비난할 수는 없습니다. 그가 당신을 믿어주기를 바란다면, 다른 태도를 길러야 해요. 당신이 흑인의 인생에 대해 아무것도 모른다는 가정에서부터 출발하세요. 장담하는데, 그러면 그도 차이점을 눈치챌 겁니다."

프랜시스는 앞 유리가 뿌예질 정도로 깊이 한숨 쉬었다. "저 때문에 창피하셨죠."

"전혀 안 그래요."

"아뇨, 그랬을 거예요. 이제 알겠어요. 제가 만능 해결사 노릇을 하려고 들었네요."

러스는 자랑스러움에 반짝였다. 프랜시스의 진짜 본성에 관해서는 시오가 아닌 러스가 맞았다.

"그렇게까지 잘못한 건 아니에요." 그가 말했다. "하지만 다음에 시오를 보면, 죄송하다고 말해도 괜찮을 겁니다. 진심 어린 간단한 사과는 많은 것을 이루어내거든요. 시오 목사님은 좋은 사람이에요. 선량한 기독교인이죠. 프랜시스 씨가 마음을 바꾸면 그도 알 겁니다. 프랜시스, 당신이 우리의 화요일 모임에 와주는 게 저한테는 무척 중요한 일입니다. 너무도 중요한 일이에요."

프랜시스에 대한 그의 자긍심, 둘의 관계가 깊어질 것에 대한 희망을 최대한 온건하게 암시한 말이었다. 그럼에도 너무 과한 건 아닐지 걱정됐다. 사실, 프랜시스는 이런 암시를 놓치지 않았다.

"와, 힐데브란트 목사님." 그녀가 말했다. "그런 말도 하시네요."

러스의 마음속에서 너무도 강한 욕구가 솟았다. 그 욕구가 충족될 전조처럼 느껴질 정도였다. 러스는 사무실에 놔둔 블루스 음반을 떠올렸다. 그 음반이면 프랜시스를 교회 안으로 불러들일 구실이 될 터였다. 그러면 그의 어두운 사무실에서 자연스럽게 일을 진행할 수 있을 테고. 러스가 배짱을 잃지 않고, 그 음반을 너무 늦게 돌려달라고 하지만 않는다면 말이다. 그는 퓨리와 하나가 된 기분으로 자동차로 59번가를 가로질렀다. 그곳의 눈길에는 깊게 고랑이 패어 있었다.

고랑은 러스가 생각했던 것보다 더 깊었다. 고랑이 러스의 속력을 흡수하는 바람에 러스는 경로에서 이탈해 미끄러졌다. 최악의 순간에는 핸들도, 브레이크도 통하지 않았다. 그는 무력하게 핸들을 꽉 잡았고, 프랜시스는 비명을 질렀다. 퓨리는 뒤로 미끄러져 교차로를 가로질렀다. 턱이 있었고, 쾅 하는 소리가 울렸고, 금속과 금속이 부딪쳐 찌그러지는 소리가 났다.

논제: 선량함은 지성의 정반대 기능이다. 첫 번째 찬성 측 토론자: 뉴 프로스펙트 타운십 고등학교 페리 힐데브란트.

선량함의 본질이 '이기적이지 않음'이라는 가정에서 논의를 시작합시다. 자기 자신을 사랑하듯 다른 사람을 사랑하고, 많은 대가를 치르더라도 자선에 참여하며, 다른 사람들에게 피해가 되는 쾌락을 거부하는 등등이 이런 선량함에 포함되겠죠. 그런 다음, 우리가 상정한 선량함의 정의에 부합하는 과거의 적대적 상대방 ─예컨대, 누나 ─에게 자연스러운 친절을 베푼다고 상상해봅시다. 행위자에게 지성이 없다면, 그 이상 탐구할 문제는 없습니다. 그 사람은 선량한 사람입니다. 하지만 행위자에게 자신의 자비로운 행동에서 일어나는 부차적인 이기적 이득을 계산하지 않을 도리가 없다고 해봅시다. 행위자의 머리가 너무 빨리 돌아가서, 그 행위를 하는 동안에도 선량한 행동의 이점을 완전하게 인식한다고 말입니다. 그렇다면 그의 선량함은 완전히 기각되는 것일까요? 행위자가 자신의 지성을 활용해 전적으로 이기적인 계산에 따라 했을지도 모를 행위를 '선량한' 행동이라고 지명할 수 있습니까?

페리는 자기 방으로 돌아왔다. 저드슨이 무릎을 꿇고 앉아 집에서 만든 스트라티고 게임판을 내려다보고 있었다. 페리는 해플 목사의 파티에 누나 대신 참석할 때의 손익을 계산했다. 이익 측면을 보면, 이런 행동이 착한 행동이라는 것, 새로운 결심을 고수하는 데서 오는 만족감, 베키가 그의 제안을 받아들일 때 지었던 예기치 못한 고마운 표정, 그의 앞선 나쁜 행동들에 관해 베키가 침묵하도록 한다는 이기적인 전략의 추진 등이 있었다. 손해 측면을 보자면, 이제 저드슨과 함께 성직자들의 파티에 참석해야 했다.

"잘 들어, 꼬맹아." 페리가 게임판 맞은편에 앉으며 말했다. "부탁할 게 있어. 네 또래 아이들이 한 명도 없는 파티에 가야 할 것 같은데, 어떻게 생각해?"

"언제."

"엄마랑 아빠가 집에 오자마자. 두 분이랑 같이 갈 거야."

저드슨은 이마를 찌푸렸다. "형이랑 게임하는 줄 알았는데."

"게임은 내 침대 밑에 숨겨놓으면 돼. 그럼 내일도 어디 안 도망갈 테니까."

"왜 내가 가야 하는데?"

"내가 가야 하니까. 너도 혼자 집에 있고 싶지는 않잖아?"

짧은 침묵.

"혼자 있어도 괜찮아." 저드슨이 말했다.

"진짜? 그때 가을에는 엄청나게 무서워했잖아. 그때는 밤도 아니었는데."

저드슨은 묘하게 살짝 미소 지으며 게임판을 바라보았다. 지하실에서 난 소리 때문에 잔뜩 겁을 먹었던 아이가, 틀림없이 저드슨 자신이었기는 하지만, 약간 재미있는 대상이라는 듯이. 혼자서 너무 오랫동안 집을 봐야 했던 지난가을의 치욕은 이미 그를 지나쳐 다른 어딘가에 내려앉았다는 것처럼.

"과자가 맛있을 거야." 페리가 말했다. "책을 가져가서, 읽을 만한 장소를 찾아 읽어도 돼."

"형은 왜 가야 하는데?"

"베키 누나를 위해서."

페리는 뻔한 질문을 기다렸다. 왜 베키 누나에게만 좋고, 동생에게는 안 좋은 일을 하느냐는 질문이었다. 하지만 우월한 인간의 정신은 그런 식으로 작동하지 않는 듯했다.

"게임 먼저 다 하면 안 돼?"

"아마 안 될걸."

"오늘 밤에 게임하겠다고 약속했잖아."

"오늘 밤에 시작은 했잖아. 내일 끝내는 거지."

저드슨은 이런 궤변을 곰곰이 생각해보며 게임판을 바라보았다. "형 차례야." 그가 말했다.

스트라티고에서 각 플레이어에게는 상대방에게 정체가 보이지 않는 기물 40개가 주어진다. 게임의 목표는 상대편 폭탄과의 치명적인 충돌을 피하면서 낮은 등급의 기물들을 더 높은 등급의 기물로 학살해 상대방의 기함을 포획하는 것이었다. 폭탄은 움직일 수 없고, 아주 낮은 등급의 어뢰 공병으로만 제거할 수 있었다. 전통적인 전략에서는, 기함을 군대의 뒤편에 배치하고 폭탄으로 둘러싸야 했다. 하지만 저드슨은 이제 그 전략의 약점을 이해한 듯했다. 상대편이 기함을 지키는 폭탄 쪽으로 아무 방해를 받지 않고 어뢰 공병을 보낼 수 있으면, 기함은 무력해지고 게임이 끝나는 것이다. 페리는 저드슨이 이런 새로운 아이디어에 꾸밈없이 흥분하는 것을 보았다. 물론 그 작전에 놀란 시늉을 하면서 저드슨에게 져

줄 수도 있었을 것이다. 대신, 페리는 저드슨의 좀 더 자유로운 폭탄 배치를 예상하고 자신의 어뢰 공병들을 좀 더 앞에 배치했다. 저드슨을 이기고 또 이기는 것은 착한 일이었다. 저드슨이 공정하게 제대로 이길 수 있을 때까지 전략을 드러내지 말라고 가르치고, 그가 기술을 개발할 수밖에 없도록 하는 것이다. 그러면 저드슨의 만족감도 힘들게 얻은 만큼 커지지 않을까? 아니면, 그냥 동생에게조차 지는 것을 싫어하는 똑똑한 사람의 이기적 합리화일 뿐일까?

베키는 부츠를 또각거리며 계단을 내려왔다. 크로스로드 콘서트에 가려는 것이었다. 페리는 무가치한 어뢰 공병을 선장에게 희생시키고, 저드슨의 세 번째 폭탄을 해체한 터였다. 그때 전화가 울렸다. 페리는 부모님 침실로 가서 내선 전화를 받았다.

"그래, 어…… 페리?" 아버지가 말했다. 목소리가 긴장한 듯했고, 왜곡되어 금속성으로 들렸다. 배경에서 거리의 소음이 들렸다. "엄마랑 통화할 수 있을까?"

"엄마 없는데요."

"벌써 해플 목사님 댁에 갔어?"

"아뇨. 하루 종일 못 봤어요."

"아, 그래, 그렇구나. 엄마를 보면, 아빠 기다리지 말라고 전해줄래? 차에 문제가 생겨서…… 아직 시내에 있거든. 그냥 아빠 없이 가라고 말해주겠니? 엄마나 아빠 중 한 명은 가야 돼."

"알았어요. 근데 만약에 엄마가……."

"고맙다, 페리. 정말 고마워. 고맙구나. 고맙다."

아버지는 눈에 띄게 서두르며 전화를 끊었다. 눈에 띈 건 하나 더 있었다. 몇 시간 전, 가족 자동차에 코트렐 부인과 함께 타고 있는 아버지를 보았을 때 아버지가 페리를 바라보던 그 죄책감 어린 시선 말이다.

페리는 수화기를 내려놓고 뭘 해야 할지 고민했다. 코트렐 부인은 의심의 여지 없는 여우였다. 여우라는 단어에 들어 있는 음란한 의미에서만이 아니라, 교활하다는 면에서도 그랬다. 페리는 래리 코트렐이 동생을 보다가 약에 취하는 멍청한 실수를 저지른 이후로 그 여자가 자신을 볼 때마다 촉을 세우는 걸 느꼈다. 그녀의 눈에서는 장난기가 반짝였다. 래리는 절대로 고자질하지 않았다고 맹세까지 했지만, 그 애 엄마는 10달러어치 마약 봉지를 판 사람이 누구인지 제대로 추측한 듯했다. 그런데 이제는 페리가 우연히도 퍼시그와 메이플 거리의 교차로에서 코트렐 부인과 목사의 위험한 정사를 알게 된 것이다. 결심에 따라 자산을 유동화한 뒤인 지금, 목사에게 불시 단속을 당한다면 대단한 아이러니가 될 터였다.

페리는 아버지가 퍼시그 거리에서 속도를 높이는 것을 본 이후 걱정에 사로잡혀, 남은 크리스마스 쇼핑을 미룬 다음 래리와 한마디 하려고 코트렐 가족의 집으로 갔다. 래리의 엄마가 그저 의심만 하고 있을 뿐이고 어쩌다가 목사에게 그 얘기를 전한 것이라면, 페리는 그냥 모든 것을 부인할 수 있을 터였다. 걱정되는 점은 래리가 나약하다는 것이었다. 만일 래리가 잡아뗀 것과 달리 실제로는 페리의 이름을 지목한 것이라면, 부정해봐야 소용없었다.

래리는 페리가 그저 사람들을 이용할 뿐이라는 베키의 주장을 뒷받침할 만한 첫 번째 사례였다. 한동안 페리는 크로스로드 모임에서 그를 피했고, 같이 놀자는 그의 초대를 창의적으로 피했다. 래리는 미성숙하고 깩깩 소리를 질러대는 신참이었다. 그래서 크로스로드의 핵심으로 들어가려는 페리의 목적에는 별 쓸모가 없었다. 하지만 페리는 크로스로드의 계율을 어기지 않고 그를 거절할 수 없었다. 어느 날, 학교가 끝난 뒤 래리는 페리와 앤설 로더에게 달라붙었다. 둘은 로더의 집으로 가고 있었다. 그날, 로더는 변덕스럽게 인심을 썼다. 래리가 한 번도 대마초를 피워본 적이 없고 무척 피우고 싶어 한다는 것을 알게 된 그는 물담뱃대를 돌릴 때 래리를 끼워주었다. 페리는 래리가 창피했다. 래리는 귀에 거슬리도록 낄낄거리면서 화학적 모욕에 대한 자기 정신의 반응을 실시간으로 중계했고, 마침내 로더가 씨발 닥치라고 하자 다시 낄낄거리며 그 말에 모욕당한 정신의 반응을 설명했다. 래리는 로더의 턴테이블에 부딪혀 재생 중이던 LP를 망가뜨렸을 때도 낄낄댔다. 로더는 페리를 따로 데리고 가서 말했다. "다시는 쟤 데려오지 마." 페리도 비슷한 의견이었다. 그러나 래리는 속 편하게도 자신이 얼마나 쿨하지 못한 행동을 했는지 의식하지 못하고 계속해서 다음 축제에도 자기를 끼워달라고 페리를 귀찮게 굴었다. 래리는 최근 아버지가 돌아가시는 바람에 망가져버린 가슴 아픈 녀석이었다. 그 녀석에게 약을 파는 것은, 이기적인 의미에서도 합리적이지만 않았다면 순수하게 친절한 행동이 되었을 것이다. 래리는 충성스러운 고객이었고, 엄마에게 상당한 용돈을 받는 상수(常數)였다. 래리가 산 대마초를 래리와 함께 피우면 로더의 인심에 덜 의존해도 된다는 전략적 이점도 있었고. 그 외의 몇몇 이점과 부합하지 않았다면, 래리에게 약을 파는 건 단지 자선 행위이자 우정에서 우러난 행동으로 볼 수 있었다. 한편으로는 크로스로드에 자신을 흠모하는 조수가 있다는 것도 즐거운 일이었다. 래리의 여우 같은 엄마를 가까이에서, 그녀의 소굴에서 보는 것도 즐거웠고, 래리가 용돈으로 산 모형 비행기들을 상대로 솜씨를 발휘하는 것도 즐거웠으며, 모형 공작 전문점에서 보고 오랫동안 탐냈던 훌륭한 사각 페인트 통에 붓을 담그는 것도 즐거웠다. 하지만 래리가 자기 엄마에게 약을 한다는 걸 들킨 다음에는—페리는 래리가 반쯤은 일부러, 엄마에게 반항하고자 자기 파괴적으로 들킨 것이 아닌가 싶었다—둘의 우정에 따르는 비용이 이익보다 커졌다. 래리는 엄마에게 더 이상 대마초를 사지 않겠다고 약속했고, 페리는 고객으로서의 래리를 잃었는데도 그와 친구 관계를 유지해야만 했다. 그러지 않으면 래리가 상처를 받고 페리를 고자질할 테니 말이다.

코트렐의 집은 흰 벽돌로 지은 식민지풍 건물이었다. 과부와 두 아이가 살기에는 인상적일 정도로 컸다. 꼬마 여동생과 함께 집에 있던 래리는 눈을 맞고 서 있는 페리를 맞아들였다.

"문제가 생겼어." 페리는 래리의 방으로 들어가며 말했다. "너희 엄마가 우리 아빠랑 있는 걸 봤어."

"응, 둘이 시내에서 무슨 교회 일을 한다던데."

"아무튼, 그래서 다시 물어보려고. 우리 비밀 지킨 거 맞지?"

래리가 불안감을 느낄 때 보이는 틱 현상에는 피지가 가득한 코의 모공을 문지르고 손가락 끝 냄새를 맡는 것이 있었다. 페리도 자기 피지 냄새를 즐겼지만, 그런 식으로 킁킁대는 짓은 혼자 있을 때나 할 일이었다.

"내가 왜 물어보는지는 알 거야."

"편집증 환자처럼 굴 필요는 없어." 래리가 말했다. "다 끝난 일이야. 내가 앞으로도 9일 동안 TV를 못 볼 뿐이라고. 오렌지 볼*을 놓치게 됐어."

"그럼 내 이름은 말하지 않았다는 거네."

"벌써 맹세까지 했잖아. 성경이라도 가져와?"

"그럴 거 없어. 그냥, 너희 엄마가 우리 아빠랑 같이 시내에 갈 거라고

* 마이애미의 경기장에서 열리는, 초청 대학 팀의 미식축구 경기.

는 상상하지 못해서. 차에 그 둘밖에 없었거든. 이게 끝이 아닐 거라는 나쁜 예감이 들어."

"뭘 기대한 거야? 약을 판 사람은 너잖아."

"내 말이 바로 그 말이야. 내가 노출되는 게 네가 노출되는 것보다 훨씬 더 심각한 일일 가능성이 있다고."

"난 이미 벌을 받았어."

"네가 실수한 거잖아, 친구."

래리는 다시 얼굴을 만지며 고개를 끄덕였다. "가방에 있는 건 뭐야?"

"동생 줄 선물. 볼래?"

페리는 래리가 비디오카메라를 보며 감탄하게 하고, 카메라 태엽을 감아 그와 함께 상상 속 동영상을 찍을 기회가 생긴 것이 기뻤다. 잠시 후에는 그 카메라가 돌이킬 수 없이 저드슨의 것이 될 테니 말이다. 페리는 사실 목표를 이룰 수단으로 래리의 집에 방문한 것이지만, 친구로서 들렀다고 할 수 있는 최소한의 시간인 한 시간이 지난 뒤에야 어두운 하늘에서 소용돌이를 그리며 내리는 눈을 뚫고 집으로 향했다. 그는 래리가 새로운 압박을 받더라도 무너지지 않을 거라고 생각했다. 하지만 지금 와서, 더 나은 사람이 되기로 결심한 시점에 불시 단속을 당한다는 아이러니는 생생하고 설득력 있게 느껴졌다. 페리는 지금도 코트렐 부인의 장난이 두려웠다. 덜 마무리된 것으로 걱정되는 부분이 하나 더 있었다. 베키는 제일 개혁 교회의 드레스룸에서 인간으로서의 그를 완파한 날 이후로, 그 어느 때보다 페리에게 화가 난 것처럼 보였다. 페리는 전면적인 가족 대결의 현장에서 결백을 주장할 생각이었는데―정신에 변화를 주는 물질들을 사용하지도, 팔지도 않겠다고 결심한 지금은 소급하여 맞는 주장이었다―그 주장이 누나의 맹렬한 비난 때문에 약해질지 모른다고 생각했다.

그러므로 저드슨과 함께 자기 방에 편안히 자리 잡고 있을 때 베키의 울음소리가 들려온 것은 섭리와도 같은 일이었다. 이어서 페리가 누나와 주고받은 대화는 따뜻한 포옹으로 마무리됐다. 결심에 보상을 받는 기분이 들었다. 누나에 대한 걱정을 내려놓은 것이 그렇게 달콤하게 느껴지지만 않았어도 그 일은 전적으로 만족스러웠을 것이다. 그 안도감, 그 이기심은 페리가 보여준 모든 선량함을 부정했고, 보상을 받았다는 감정에 불길한 빛을 드리웠다. 진정한 선량함이라면 그 자체로 보상이 되어야 하지 않을까? 그는 어떤 행동이 진정으로 선량한 것이 되려면 이기심에 더럽혀지지 않을 뿐 아니라 그 어떤 즐거움도 주지 않아야 하는 것은 아닌지 궁금했다.

부모님의 알람 시계는 6시 45분을 가리켰다. 페리는 그 시계가 2분쯤 늦다는 걸 알고 있었다. 어머니는 이제 너무 기이할 정도로 늦어서, 어머니가 몇 시에 도착할 것인가에 관한 모든 내기는 취소됐다. 페리는 전혀 즐겁지 않을 게 거의 확실한 선량한 행동을 생각해보았다. 어머니를 기다리지 않고 해플 목사의 집에 가는 것 말이다. 이런 행동에는 아주 희미한 이기심만이 묻어 있었다. 그가, 힐데브란트 가족이 확실히 파티에 참여하도록 하여 점수를 딴다는 이기심이었다. 하지만 그런 점수는 따봐야 약을 판다는 혐의를 면하게 해주기에는 너무 약한 것이므로 무시할 수 있었다.

페리는 전화기 옆의 메모장에 어머니에게 남기는 짧은 메모를 쓰고 나서 저드슨을 데리러 갔다. "눈밭을 걸을 시간이야."

"엄마랑 아빠를 기다리는 줄 알았는데."

"아냐, 너랑 나만 가는 거야, 꼬맹아. 오늘 밤에는 우리가 힐데브란트 가족이야."

어른들의 사소한 수수께끼 중 하나는 부모님이 라텍스 덧신을 러버*라고 부른다는 점이었다. 심지어 순진함 자체인 베키조차 이 단어를 듣고는 낄낄거리는 웃음을 참아야만 했다. 부모님은 확실히 그 단어의 다른 의미를 알고 있었는데도 고집스럽게 그 단어를 썼다. 이상하게도 부모님은 그 단어를 쓰면서도 당황하지 않는 것 같았다. 꼭 러버를 신어라. 저드슨의 러버는 아직 순진무구했지만, 페리는 자신의 러버가 부끄러웠다. 앤설 로더와 그의 부자 친구들은 눈밭에서 알프스 하이킹 부츠를 신었는데.

페리와 저드슨이 각자 러버를 신고 용기 내서 밖으로 나갔을 때는 아직 눈이 심하게 내리고 있었다. 저드슨이 먼저 달려 나가며 납작하게 굳은 눈과 둥글게 뭉친 눈덩이를 차올렸다. 겨울 폭풍우 때문에 흥분해서 스트라티고를 못 하게 된 건 잊은 모양이었다. 저드슨이 넘어졌다가 혼자 일어나는 모습을 지켜보며, 페리는 자신이 더 이상 넘어져도 아프지 않을 만큼 작지 않다는 사실에 슬퍼졌다. 이제는 땅이 전혀 위협적이지 않을 정도로 가까운 것이 어떤 느낌이었는지조차 기억나지 않았다. 왜 이렇게 서둘러 커버린 걸까? 그는 어린 시절의 은혜를 한 번도 경험한 적이 없는 것 같았다. 페리는 동생이 까불어대는 모습을 지켜보면서 기분이 또 한 번 처지는 것을 느꼈다. 쇼핑할 때 느꼈던 것보다 강도는 높았지만, 덜 고통스러운 느낌이었다. 이번에 기분이 처진 것은 그가 윤회하고 있다는 느낌 때문이었으니까. 페리는 전보다 더 확실하게 자신이 추락하고 있다고, 도저히 구원할 수 없을 만큼 머리에 문제가 있다고 느꼈다. 하지만 지금은 그게 덜 중요한 문제로 보였다. 그의 영혼은 사랑과 형

---

* 영어 rubber라는 단어에는 '마사지사, 살인 청부업자' 등의 의미가 있다.

제애로 저드슨의 영혼과 연결되어 있었고, 어느 신비로운 차원에서는 저드슨의 영혼과 대체 가능했으며, 저드슨은 말 그대로 주일에 태어난 축복받은 아이였으니까. 페리 자신은 괜찮지 않더라도 저드슨은 언제까지나 괜찮을 테니까.

둘은 우월한 목사관의 현관 입구 계단에 이르렀다. 눈이 쌓여 흐려진 크리스마스 조명이 덤불에 걸쳐져 있었다. 페리는 몸을 웅크려 저드슨의 파카를 털어주고 저드슨이 러버의 버클을 풀도록 도와주었다. 버클에 얼음이 끼어서 저드슨 혼자서는 풀기가 어려웠다.

"난 지금도 왜 우리가 여기 왔는지 모르겠어."

"아빠는 시내에 갔고, 엄마는 **무단이탈**을 했으니까."

"**무단이탈**이 뭐야?"

페리는 초인종을 눌렀다. "허락받지 않고 자리를 비웠다는 거야. 아빠는 우리 가족이 여기 오는 게 중요한 일이라고 했어. 소거법에 따르면, 너랑 나만 남는 거지."

문을 열어준 건 아주 커다란 흰색 토끼처럼 생긴 해플 부인이었다. 그녀는 호랑가시나무 잎사귀가 수놓인 빨간 앞치마를 입고 있었다. 페리는 왜 자신과 저드슨이 여기에 왔는지 빠르고 적절하게 설명했지만 해플 부인은 이해력이 달리는 것 같았다. "부모님도 너희가 여기 온 걸 아시니?"

"부모님은 피치 못할 사정이 있어서 늦으세요. 제가 부모님한테 쪽지를 남겼고요."

해플 부인은 어깨 너머를 보았다. "드와이트?"

해플 목사가 문 앞에 나타났다. "페리! 저드슨! 멋진 깜짝 선물이로구나."

그는 두 아이를 안으로 맞아들이고, 코트를 받아주었다. 제대로 작동하는 단열재가 담임목사직의 필수품인지, 집은 덥고 습했다. 성직자들과 그 배우자들이 거실을 채우고, 어른의 삶에 따르는 불분명한 사회적 의무에 순종하고 있었다. 겉보기에는 즐거운 듯했다. 해플 목사는 힐데브란트 형제를 응접실로 데려갔다. 스웨덴식 미트볼이 담긴 구리 코팅 프라이팬을 스터노 캔으로 데우고 있었기에 매캐한 냄새가 났다. 크림 양파 소스를 곁들인 감자가 쟁반 가득 있었고, 술 냄새가 뿜어져 나오는 솥도 있었다. 그 솥에서는 데친 아몬드와 부풀어 오른 건포도가 떠다녔다. 페리는 열린 주방 문 너머로 조리대에 놓인 와인 주전자와 보드카 한 병을 보았다.

"접시 가져다가 음식을 담아라." 해플 목사가 말했다. "도리스의 가족이 스웨덴 출신이거든. 그래서 뛰어난 미트볼을 만든단다. 그레이비소스도 잊지 말고. 감자는 '악손의 유혹'이라는 요리야. 진한 크림을 잔뜩 곁들이지 않으면 스웨덴식 크리스마스라고 할 수 없지."

저드슨은 배가 무척 고팠을 게 분명한데도 예의 바르게 망설였다.

"참을 필요 없다, 얘야. 어린이 입맛에도 맞을 거야. 네 또래 친구를 원한다면, 지하실에 우리 손녀들이 있단다."

페리는 형편없는 목사관의 경악스러운 지하실을 떠올리고, 넝마를 걸친 채 더러운 돌벽에 사슬로 매인 손녀들을 상상했다. 그래, 우린 지하실에서 걔들을 키운단다…….

"그럼 이건 뭐예요?" 페리는 솥을 가리키며 말했다.

"그건 어른들이 마시는 스칸디나비아식 크리스마스 음료란다. 글뢱이라고 하지."

저드슨은 미트볼 세 개와 감자 한 수저, 상당량의 날당근과 브로콜리를 덜고, 삼중 선반에 놓여 있던, 말라붙은 것처럼 보이는, 설탕 뿌려진 수제 쿠키 덩어리 두 개를 가져가는 것으로 타고난 절제력을 보여주었다. 그런 저드슨과 단둘이 남겨진 페리는 솥에서 흘러나오는 알코올 증기가 믿을 수 없을 만큼 강렬하다고 생각했다. 꼭 소독용 알코올 병에 코를 집어넣는 것 같았다. 페리는 그제야 자신의 결심에 모호한 부분이 있다는 것을 깨달았다. 결심한 내용이 명시적으로 다루지 않은 몇 가지 시나리오가 있었다. 예를 들면 이런 것이었다. 과연 페리는 술을 피해야 할까? 효과를 최대화하기 위해 공복일 때 마시는 글록 한 잔 정도는 가라앉는 기분을 해독할 약이 전혀 없는 밤에 마셔도 괜찮지 않을까? 페리는 불안한 손으로 와인처럼 짙은 색의 물질을 도자기 컵에 퍼 담고 뒤를 힐끗 보았다. 술이 약간 튀었다. 보는 사람은 아무도 없었다.

페리는 복도로 탈출한 다음, 여태 맛본 것 중 가장 맛있는 음료를 후루룩 마셨다. 보드카가 가득한, 정향과 계피 냄새가 나는 술이었다. 보통은 구역질을 일으키는 와인의 신맛이 설탕의 단맛에 눌렸다. 페리의 얼굴은 즉시 달아올랐다.

"난 어디로 가?" 저드슨이 접시와 포크를 들고 말했다.

복도 끝에서, 그들은 제대로 된 오락실로 이어지는 계단을 찾았다. 그곳은 카펫이 깔려 있었고, 벽에는 옹이가 진 소나무 널빤지가 덧대어져 있었으며, 커다란 당구대가 자리 잡고 있었다. 비어 있지만 쓸 수 있는 벽난로 근처의 카펫에 누워 있는 것은 페리보다는 어리고 저드슨보다는 나이가 많은 여자애 두 명이었다. 그들은 '얏지'라는 게임을 하고 있었다. 어렸을 때 페리는 처음 보는 여자애들한테서 같이 놀자는 얘기를 들으면, 보통 자의식 때문에 얼어붙었다. 그는 저드슨이 무척 자연스럽게 여자애들과 앉아 자기소개를 하는 모습을 보고 깊은 인상을 받았다. 저드슨은 정말이지 축복받은 아이였다. 적절하게도, 낯선 사람들이 자기를 좋아할 거라 확신했다. 아니면 얏지의 유혹이 너무 강력해서 수줍음을 모두 쓸어낸 것일지도 몰랐다.

왜일까? 마시는 줄도 몰랐던 컵이 이미 비어 있었다. 페리는 바닥에 가라앉은 젖은 건포도를 먹었다. 소중한 술을 뽑아낸 것이다. 향신료 찌꺼기가 남긴 선이 슬플 정도로 적었던 첫 번째 술의 양을 표시했다. 페리는 계단을 올라가면서, 그의 결심에 있는 구멍이 허용해준 '한 잔' 전부를 마신 것이 아니므로 술을 다시 채울 자격이 있다고 생각했다. 페리는 얼굴이 타오르는 듯했지만, 아직 제대로 취하지는 못했다.

지금은 두툼한 스웨터와 목사들이 입을 법한 검은 슬랙스를 입은 두 남자가 음식과 술 옆에 서서 쿠키를 고르고 있었다. 페리는 그 옆에서 기다렸다. 그가 컵을 다시 채우기도 전에 해플 부인이 획 다가왔다.

"미트볼은 먹었니?"

페리는 컵이 보이지 않게 엉덩이 쪽으로 움직이며, 해플 부인의 남편이 썼던 개념을 빌려 왔다. "아직 입맛을 돋우는 중이에요." 그가 말했다.

페리가 돌쟁이나 개라도 되는 듯이, 해플 부인은 일방적으로 그에게 한 접시를 채워주었다. 그녀는 땅딸막하고 토끼 같았으며 간섭이 심했다. 스웨덴 문화유산을 광고하기에는 형편없는 사람이었다. 그녀는 페리에게 취기가 오르지 못할 정도로 많은 미트볼과 '얀손의 유혹'을 담아주었다. 페리는 그 접시를 받을 수밖에 없었다. 해플 부인은 간섭하는 손으로 그를 김 나는 솥에서 돌려세웠다. "다른 십대 아이들은 일광욕실에 있단다." 그녀가 말했다.

페리는 주방을 나설 때 해플 부인이 자기를 따라오는 것을 느꼈다. 해플 부인은 자기가 베푼 호의에 잔뜩 생색을 내며, 페리가 자신의 주문에 따르는지 확인하는 것 같았다. 페리는 일광욕실에 있는 청소년들에게 아무 관심이 없었기에 거실을 헤치고 책장으로 다가가서, 작은 탁자에 접시를 내려놓고 아무 책이나 고른 다음 그 책에 빠져드는 척했다. 해플 부인은 누군가에게 붙들려 긴 이야기를 나누면서도 그를 감시했다. 그 경계심을 보니, 어린 사람들의 기쁨을 빼앗는 가학성 말고는 인생에서 아무 즐거움도 느끼지 못하는 듯한 리프턴 센트럴 고등학교의 몇몇 선생들이 생각났다.

마침내 초인종이 울렸다. 해플 부인이 문을 열어주러 갔고, 페리는 컵을 들고 재빨리 식당으로 달려갔다. 흰머리 여자 둘이 쿠키 배식대에 있었지만, 페리는 모르는 사람들이었다. 페리와는 아무 관계가 없는 사람들. 페리는 뻔뻔하게 김 나는 글록으로 잔을 채웠다. 페리는 드레스룸에서 돌아오는 해플 부인의 목소리를 듣고 주방을 가로질러 탈출한 다음, 지하실 계단으로 내려가 앉았다. 아래쪽에서 얏지 게임의 셰이커 속에서 주사위가 쩔그럭거리는 소리가 들렸다. 시냇물처럼 조잘거리는 저드슨의 목소리도.

페리는 이번에도 순식간에 잔을 비웠다. 그가 시음해본 모든 불법 약물이 그랬듯, 글록에 대한 갈증은 과도하고 비정상적으로 느껴졌다. 문득 페리는 주방 조리대 위에 순수한 보드카 한 병이 놓여 있었다는 걸 떠올렸다. '한 잔'의 구성요건이 무엇인지가 이미 불분명했기에, 페리는 다시 주방으로 몰래 들어가 보드카 몇 모금을 부어 빠르게 삼켰다. 그는 잔을 싱크대에 놔두었다.

이제는 만족스럽게 취기가 올랐고 기분도 좀 좋아졌다. 그의 결심도 모욕당하기는 했으나 위반된 것은 아니라고 할 수 있었다. 페리는 거실에 있는 목사들을 상대로 술기운을 견디는 자신의 능력을 시험해보러 갔다. 아무도 돌보지 않는 벽난로의 불가에는 두 남자가 서 있었다. 한 명은 키가 컸고 한 명은 키가 작은 그들은 할 말이 모두 바닥났지만 아직은 더 푸른 대화의 목초지로 떠나지 않은 소들처럼 나란히 서 있었다. 페리는 그들에게 자기소개를 했다.

키 큰 남자는 낙타털 블레이저 밑에 빨간색 터틀넥을 받쳐 입고 있었다. "난 트리니티 루터파 교회에서 온 애덤 월시란다. 이쪽은 베델 회당에서 오신 마이어 랍비님이고."

귀 뒤쪽에만 머리가 나 있는 랍비는 페리와 악수했다. "하누카 즐겁게 보내렴."

페리는 그게 말장난일지도 몰라 웃음소리를 냈다. 아마 그 소리가 너무 시끄러웠던 모양이다. 해플 부인이 불쾌하게 그를 지켜보는 것이 곁눈으로 보였다.

"아버지도 오셨니?" 월시 목사가 말했다.

"아뇨, 시내로 사목 활동을 하러 가셨어요. 그러다가 눈 때문에 갇히셨고요."

눈 이야기가 이어졌다. 어른이 되면 다들 날씨에 매료되는 감성을 가지게 되는 모양이지만, 페리는 아직 아니었다. 그는 눈이 벌써 20센티미터나 내렸다는 아무 의미 없는 의견을 낸 뒤, 선량함과 지능의 관계라는 주제를 처음으로 입 밖에 냈다. 그는 분명 이타적인 이유로 파티에 왔다. 하지만 인제 보니 공짜 술만 아니라, 두 전문가에게서 공짜 조언까지 얻을 수 있었다.

"그러니까, 제가 궁금한 건요." 그가 말했다. "선량함이 정말로 그 자체로 보상이 될 수 있는지, 아니면 의식적이든 아니든 늘 어떤 개인적 수단이 되는지인 것 같아요."

월시 목사와 랍비는 눈짓을 주고받았다. 페리는 그 눈빛에서 의외의 즐거움을 발견했다. 페리는 열다섯 살짜리에 대한 그들의 예상을 뒤집어 놓은 것이 만족스러웠다.

랍비가 말했다. "목사님의 답은 다를지 모르겠지만, 유대교 신앙에서는 올바름에 대한 척도가 오직 하나뿐이란다. 하나님을 찬양하고, 그분의 계율을 지키느냐는 거지."

"그 말은, 선량함과 하나님이 본질적으로 같다는 의미겠네요." 페리가 말했다.

"그렇지." 랍비가 말했다. "하나님께서 자신을 좀 더 직접적으로 드러내시던 성서 시대에는 그분께서 꽤나 냉혹한 분으로 보였단다. 사소한 잘못을 저질렀다는 이유로 사람들의 눈을 멀게 하시고, 아브라함에게 아들을 죽이라고 하셨으니까. 하지만 유대교 신앙의 본질은, 주님께서는 그분 뜻대로 하시고 우리는 그분께 순종해야 한다는 거야."

"그러니까 달리 말하면, 주님의 계율에 적힌 대로 순종하기만 하면 정의로운 사람이 속으로 뭐라고 생각하는지는 중요하지 않다는 거네요?"

"또 그분을 섬겨야겠지만, 맞아. 민간의 지혜에 따르면, 사람은 고결한 존재가 되지 않고도 정의로워질 수 있다고 한다. 아마 당신도 분명 그렇게 생각하시겠죠, 목사님. 경건한 사람은 주변 사람 모두를 비참하게 만드니까요. 아마 페리가 물어보고 싶은 건 이 문제에 가까울 겁니다."

페리가 말했다. "제 질문은, 우리가 과연 이기심에서 탈출할 수 있느냐는 거예요. 하나님을 끌어들이고 그분을 선량함의 척도로 삼는다고 해도, 하나님을 숭배하고 그분께 순종하는 사람은 여전히 자신에게 이로운 무언가를 바라죠. 자기가 정의롭다는 느낌을 즐기고, 영생이든 뭐든 원한다는 거예요. 이런 점을 생각할 만큼 똑똑한 사람이 보기엔, 모든 행동에 늘 이기적인 측면이 보인다는 거죠."

랍비는 미소 지었다. "그런 식으로 표현하면 빠져나갈 방법이 없을지도 모르겠구나. 하지만 네 말대로 우리가 '주님을 끌어들이는' 건―물론, 신자 입장에서는 주님께서 우리를 끌어들이신 거다만―도덕적 질서를 세우기 위해서이고, 그 도덕적 질서 안에서는 네 질문이 별로 중요해지지 않는단다. 순종이 가장 중요한 원칙이 되면, 우리는 마음속에 떠오르는 모든 사소한 생각들을 감시할 필요가 없어."

"하지만 페리의 질문에는 생각해볼 만한 부분이 더 있는 것 같습니다." 윌시 목사가 말했다. "제 생각에 페리는 우리의 근본적인 조건인 죄성(罪性)을 얘기하고 싶은 것 같아요. 기독교 신앙에서 완벽한 선을 모범적으로 보여준 분은 단 한 명뿐이고, 그분은 하나님의 아들이었죠. 나머지 우리는 진정으로 선해진다는 것의 반짝이는 조각들을 바랄 수 있을 뿐입니다. 우리는 자선을 베풀거나 적을 용서할 때, 마음속에서 그리스도의 선하심을 느낍니다. 우리 모두가 진정한 선을 알아볼 수 있는 선천적인 능력을 가지고 있지요. 하지만 우리는 죄로 가득 차 있기도 합니다. 우리 안의 그 두 부분이 끊임없이 전쟁을 일으키죠."

"바로 그거예요." 페리가 말했다. "제가 정말로 착하게 구는 건지, 아니면 그냥 죄악으로 가득 찬 이기심을 좇을 뿐인지 어떻게 알죠?"

"내 생각에는 네 마음에 귀 기울이는 것이 답일 것 같구나. 네 진짜 동기가 무엇인지는 오직 네 마음만이 알려줄 수 있어. 그 동기가 그리스도와 함께하는 것인지 말이다. 내 생각에는 내 입장도 마이어 랍비님과 비슷한 것 같아. 우리한테 신앙이 필요한 이유는―너와 나의 경우는 예수 그리스도에 대한 신앙이겠지―신앙이 우리에게 자신의 행동을 평가할 튼튼한 근거를 제공하기 때문이야. 우린 구원자이신 주님의 완전무결함에 대한 믿음을 통해서만, 우리의 행위를 그분의 모범과 비교함으로써만, 우리 마음속에 살아 계시는 그분의 존재를 경험할 때만 우리가 품을 지도 모를 좀 더 이기적인 생각들을 용서받길 바랄 수 있을 거다. 오직 그리스도에 대한 신앙만이 우리를 구원한단다. 그분 없이는, 우리는 망망대해에서 길을 잃어버린 사람처럼 우리 자신의 동기를 추측하는 수밖에 없어."

페리는 자기보다 나이가 세 배나 많은 사람들과 같은 수준에서 대화를 나눌 수 있는 자신의 능력을 즐기고 있었다. 알코올 섭취량을 매우 잘 조절했다는 것도, 말이 쉽게 나오지만 혀가 꼬부라지지는 않는 것도 즐거웠다. 하지만 이제는 해플 부인이 즉시 밟아 죽여야 할 즐거움의 냄새라도 맡은 듯 다가오고 있었다. 페리는 자세를 바꾸어 그녀를 정면으로 등졌다.

"무슨 말씀이신지 알겠어요." 그가 월시 목사에게 말했다. "하지만 신앙을 가질 수 없는 사람이라면요?"

"모두가 하룻밤 사이에 신앙을 찾는 건 아니야. 신앙을 쉽게 찾는 사람이 오히려 드물지. 하지만 한 번이라도 착한 일을 하고 마음속에서 빛나는 무언가를 느꼈다면, 그게 주님께서 보내시는 작은 메시지란다. 그분께서 그리스도가 네 안에 있다고, 그분과 더 친밀해질 자유와 능력이 네게 있다고 말씀하시는 거야. '구하라, 얻을 것이다'라고 하잖니."

"목사님이 거의 유대인처럼 말씀하시는구나." 랍비가 말했다. "다만, 유대교도들은 좋든 싫든 유대인은 유대인이라는 점을 강조하는 경향이 있지. 우리가 주님을 찾기보다는, 주님께서 우리를 끝까지 찾아내신다고 생각한다."

"그 부분에서는 우리도 별로 다르지 않은 것 같네요." 월시 목사가 딱딱하게 말했다.

페리는 어깨 너머에서 맴도는 해플 부인을 무시하려고 애썼다.

"하지만요." 페리가 말했다. "목사님이 말씀하신 빛을 느끼긴 했지만, 그 빛이 저를 주님께 이끌어 가지 않는다면요? 그게 지각 있는 동물이라면 모두 가지고 있을지 모르는 감정 중 하나일 뿐이라면요? 제가 절대로 주님을 발견하지 못하거나, 주님이 절대로 저를 발견하지 못한다면, 기본적으로 목사님이 하시는 말씀은 제가 지옥에 떨어질 거라는 얘기 같은데요."

"원칙적으로는 그게 우리 교리야." 월시 목사가 말했다. "하지만 너는 아주 어리고, 인생은 길단다. 네가 주님의 은총을 받을 수 있는 시간은 거의 무한해. 그 은총을 받아들이는 데 필요한 순간은 딱 하나뿐이고."

"그때까지는 고결한 사람으로 지내는 것만으로도 충분할 것 같구나." 랍비가 말했다.

"페리?" 해플 부인이 밀치고 들어오며 말했다. "가서 월시 목사님의 아들 리키를 만나봤으면 좋겠구나. 라이언스 타운십 고등학교 2학년이야."

목소리가 지나치게 달콤했다. 페리가 느낀 짜증은 여태 경험했던 모든 선량한 느낌보다도 강렬했다. "네?"

"젊은 친구들은 일광욕실에 있어."

"그건 알아요. 지금 대화하고 있잖아요. 그걸 알기가 그렇게 어려워요?"

혀 꼬부라진 소리가 나지는 않았지만, 글록이 절제력을 매우 떨어뜨리는 건 분명했다.

"중요한 논점은 모두 다룬 것 같은데." 월시 목사가 말했다. "쿠키 더 드실 분?"

페리는 랍비에게 호소했다. "저 때문에 지루하셨어요? 제 질문이 유치해 보였나요? 제가 일광욕실에 맡겨놔야 할 사람처럼 보이세요?"

"전혀 아니다." 랍비가 말했다. "네가 던진 건 중요한 질문이야."

페리는 정당성을 얻었다는 몸짓으로 해플 부인을 돌아보았다. 이제는 노골적인 적대감이 그녀의 가식적인 상냥함을 대신했다. "애들은 글록을 마시면 안 돼." 그녀가 말했다.

"네?"

"애들은 글록을 마시면 안 된다고 했어."

"무슨 말씀이신지 모르겠는데요."

"안다고 생각하는데."

"뭐, 남 일에 신경 좀 끄시죠." 자제력을 떨어뜨리는 글록의 효과가 점점 놀랍게 느껴졌다. "진짜, 저를 따라다니는 것 말고는 할 일이 없으세요?"

페리의 목소리가 커지는 것에 비례해 거실은 조용해져갔다.

"무슨 일이니?" 해플 목사가 다가와 말했다.

"아무것도 아니에요." 페리가 말했다. "제가 마이어 랍비님, 애덤 목사님이랑 흥미로운 대화를 하고 있었는데, 사모님이 방해하셔서요."

해플 부인이 남편의 귀에 뭔가를 속삭였다. 그가 심각하게 고개를 끄덕였다.

"자, 페리." 그가 말했다. "네가 와준 건 좋은 일이다. 하지만……."

"하지만 뭐요? 이젠 나가라는 거예요? 여기서 예의 없게 군 사람은 제가 아니에요."

해플 목사는 페리의 어깨에 부드럽게 손을 얹었다. 페리는 필요 이상으로 거칠게 그 손을 뿌리쳤다. 그는 진정해야 한다는 걸 알고 있었지만, 머릿속 열기가 범상치 않았다.

"제 말이 이거예요." 그는 아주 큰 소리로 말했다. "제가 무슨 짓을 하든, 잘못한 사람은 항상 제가 된다고요. 당신들은 다 구원받았지만, 저는 지옥에 떨어질 게 분명해요. 제가 지옥에 떨어지는 걸 즐길 줄 아세요?" 자기 연민의 흐느낌이 흘러나왔다. "전 최선을 다하고 있다고요!"

이제 거실은 완전히 조용해졌다. 페리는 눈물 너머로, 성직자와 그 배우자 스무 명의 눈이 자신에게 향해 있는 것을 보았다. 치욕스럽고 경악스럽게도, 그중에는 현관 근처에 있는 어머니의 눈도 있었다.

거리가 너무 조용해서 눈송이들이 내리는 미약한 사그락사그락 소리까지 들렸다. 자동차들은 눈 때문에 헤드라이트가 흐려진 채로 장례식에라도 가는 것처럼 퍼시그 거리를 기어가고 있었다. 베키는 긴 파란색 코트를 입고서 최대한 빠르게 움직였다. 그녀는 한 시간 전만 해도 지킬 생각이 없었던 데이트 약속에 늦었다는 기분이 들었다. 그녀는 다시 태너를 만나야겠다는 급박한 욕구를 느꼈다. 그에게 자신을 구원할 기회를 주어야 했다. 아까는 그러지 못했으니, 베키는 별 관심이 없다는 모습을 보여야 했다. 콘서트장에 뛰어들어, 다른 사람들이 그녀를 아끼는 모습을 태너에게 보여주고, 자신과 베키의 관계는 대체 무엇인지 궁금하게 만들어야 했다.

제일 개혁 교회 앞에서는 크로스로드 소속 2학년생 세 명이 눈을 치우고 있었다. 열정적인 걸 보면 자발적으로 하는 일이 분명했다. 베키는 한 명 한 명 이름을 부르며 그들에게 인사를 할 수 있어서 기뻤다. 그녀는 학교에서 누리는 것 같은 포용적인 인기를 크로스로드에서도 일궈나가고 있었다. 그녀는 강당 로비에서 금고를 지키는 여자아이들의 이름도 알았다. 콘서트는 한 시간 뒤에나 시작할 테지만, 홀은 졸업생들을 비롯해 돈을 내고 참석한 손님들로 차는 중이었다. 공기에는 이미 연기가 가득했다. 높은 무대의 그림자 속에서 앰프 불빛이 반짝였다. 봄 수련회 '시간'을 벌고 있는 현재의 크로스로스 회원들이 탄산음료 상자를 끌고 다니거나 디저트와 축제용 빵이 놓인 테이블을 정리하고 있었다. 그 빵을 구운 사람들도 마찬가지로 시간을 벌었다.

불편한 일이지만, 베키는 자신도 슬슬 시간을 벌어야 한다는 걸 떠올렸다. 40시간이 필요했는데, 지금까지 번 시간은 0시간이었다. 봄 수련회는 겨우 석 달 뒤였다. 매력적인 생각은 아니었지만, 베키는 자신에게만은 예외가 적용되기를 바랐다.

그녀를 만나러 홀을 가로질러 오는 사람은 킴 퍼킨스와 데이비드 고야였다. 그들은 최근에 커플이 되었다. 베키가 볼 때, 말처럼 생긴 얼굴에 이상할 정도로 숱이 적은 데이비드는 입 맞추고 싶은 상대가 아니었다. 하지만 킴에게는 그가 안전한 항구처럼 보이는 모양이었다. 대마초를 심하게 피운 덕분에 데이비드에게서 모든 해악의 흔적을 지울 수 있었던 걸까.

"여긴 꼭 미친놈들이 점령한 정신병원 같네." 데이비드가 심각하게 말했다.

"그러게." 베키가 말했다. "혹시 여기에 스물한 살 넘은 사람 있어?"

"사무실에 전도사님이 있어. 전도사님 말고는 우리를 감시하는 사람은 없는 것 같아."

"말이 나와서 말인데." 킴은 힘주어 목을 가다듬으며 말했다. 킴은 최근에 몸무게가 좀 불었다. 자신과 데이비드의 외모 차이를 줄이려는 것처럼 말이다. 그녀는 얼굴에 화장기가 없었고, 오버올 작업복을 입고 있었다.

"그래, 네가 도와주면 되겠다." 데이비드가 베키에게 말했다. "우리 둘이 의견 차이가 있거든. 킴은 이 콘서트가 크로스로드 활동이 아니라 공적인 행사라고 생각하는 것 같아. 난 확실히 크로스로드 활동이라고 보고. 포스터만 봐도 그렇잖아. 베키 넌 이 싸움과 아무 관련이 없는 것 같으니까, 네가 누구랑 같은 생각인지 궁금해."

"미안." 베키가 말했다. "무슨 관련이 없다는 거야? 무슨 싸움?"

"규칙 제2호. 크로스로드 활동을 할 때는 술도, 약도 안 된다."

"아."

"이 말은 하면 안 됐는데. 네가 편견을 가지고 답할 수 있잖아."

"너도 들어오면서 냄새를 맡았는지 모르겠지만, 졸업생들이 주차장에 아주 불을 피워놓고 있어." 킴이 말했다. "공개 콘서트에서처럼 말이야. 그야 이 콘서트가 공개 콘서트니까."

"이건 교회 모임이야." 데이비드가 말했다. "청소년부 기금 모금 행사라고. 그게 결론이야."

"와, 얘들아." 베키는 그들이 자신을 중재자로서 믿어준다는 게 기뻤다. "난 뭐랄까, 이 문제에 있어서는 데이비드 편이야."

"아, 왜 이래." 킴이 말했다. "금요일 밤이잖아."

"목요일 밤이지." 데이비드가 고쳐주었다.

"난 그냥 내 의견을 말하는 거야." 베키가 말했다.

"좋아, 하지만 한 가지 질문이 더 있어. 만약에 우리가 오후에, 좀 전에, 교회가 아닌 곳에서 대마초를 하고 여기 올 때까지도 안 깼다면? 그것도 규칙에 어긋나는 거야?"

"그렇게 따지면 끝도 없어." 데이비드가 말했다.

"베키한테 물어본 거야."

"그건 때에 따라 다를 것 같아." 베키가 말했다. "규칙의 목적이 뭔지에 따라서."

"규칙의 목적은 부모님들이 크로스로드에 화를 내지 않게 하는 거야." 데이비드가 말했다.

"내 생각은 달라." 킴이 말했다. "내 생각엔 취한 사람이 있으면 진정으로 서로를 바라보는 관계를 맺을 수 없어서 그런 규칙을 만든 걸 거야."

"그럼 섹스는 왜 금지하냐? 그게 규칙 제1호잖아. 이건 확실히 청소년부의 평판과 관련된 문제라고."

"아니, 그 규칙도 약이랑 마찬가지야. 섹스는 우리가 모임에서 발전시켜야 할 관계에 방해가 돼. 섹스는 방향이 틀린 강렬함이라고."

"흠."

"두 이유 다 맞을 것 같은데." 베키가 말했다.

"내 말은, 우리가 오늘 밤에 하는 건 교회 활동이 아니라는 거야." 킴이 말했다. "우린 서로 관계를 맺으려는 게 아니야. 그냥 음악을 들으려는 거지. 여기로 오다가 우연히 교회가 아닌 곳에서 대마초를 좀 피운 경우랑 뭐가 달라?"

데이비드가 베키에게 손짓했다. "찬성이야, 반대야?"

베키는 미소 지었다.

"개인적으로, 나는 킴의 말에 일리가 있다는 생각이 들기 시작했어." 데이비드가 말했다.

베키는 여전히 미소 지으며 홀 건너편을 보았다. 인파가 길을 틔운 곳에서, 모여 있는 졸업생들 사이에서, 그녀는 스웨이드 재킷의 뒷모습을 언뜻 보았다. 베키는 그게 태너의 재킷이라는 걸 알고 있었다. 땅딸막한 사람이, 내추럴 우먼이 그에게 팔을 두르고 있었으니까. 그녀가 헝클어진 머리를 태너의 옆구리에 기대고 있었다. 안정적인 소유를 의미하는 자세였다. 베키의 얼굴에서 미소가 사라졌다.

"내 생각엔 뭐든 너희 원하는 대로 하면 될 것 같아." 그녀가 말했다.

"힐데브란트 님이 허락하셨다!" 킴이 기뻐 날뛰었다.

"이기심으로 오염되지 않은 결정이 분명하지." 데이비드가 말했다. "나만 그렇게 생각하는 건가?"

이제는 태너의 술 달린 스웨이드 팔이 내추럴 우먼을 끌어안고 있었다. 베키는 콘서트에 온 것이 형편없는 실수라는 것을 알았다. 그녀는 킴과 데이비드를 좋아했지만, 그들은 베키의 핵심 친구가 아니었다. 크로스로드의 그 누구도 마찬가지였다. 베키가 태너에게 보여줄 수 있는 건 기껏해야 얄팍한 인기일 뿐이었다. 다시 눈물이 터질까 두려워진 그녀는 돌아서서 떠나야 할지 고민했다. 하지만 킴과 데이비드가 기대감에 차서 그녀를 보고 있었다.

"왜?" 그녀가 말했다.

"그냥 궁금해서." 데이비드가 태평하게 말했다. "우리랑 함께할 건지."

베키는 문득 그들이 규칙 제3호를 걱정하고 있다는 생각이 들었다. 규칙 위반을 신고하지 않는 건 전부 그 자체로 규칙 위반이었다.

"날 못 믿겠어?"

"그런 문제가 아니야." 킴이 말했다. "네가 직접 말했잖아. 우린 잘못하는 게 없어."

"그냥 친구로서 제안하는 거야." 데이비드도 말했다.

오래전에 클렘은 베키에게 대마초를 피우지 말라고 겁주었다. 인간의 두뇌는 화학적으로 건드리기에는 너무 섬세한 도구라고 말이다. 베키도 별다른 유혹을 느낀 적이 없었다. 하지만 지금은 강당에서 다른 친절한 얼굴들이 보였는데도 두 가지 선택지밖에 없다는 생각이 들었다. 이대로 떠나 집에 가든지, 새로운 친구들과 어울리든지. 안전은 적이라지 않은 가? 크로스로드에 가입한 게 두려움을 덜기 위해서 아니었나? 새로운 위험을 감수하려고? 대마초를 좀 피운대도 가만히 서서 태너가 로라 도브린스키에게 잡혀 있는 모습을 지켜보는 것보다 나쁠 리는 없었다. 최소한 친구들은 그녀를 끼워주겠다고 했으니까.

"아니, 당연하지." 베키는 데이비드에게 말했다. "내 말은, 좋아, 고마워. 나도 끼고 싶어."

베키가 동의한 것은 데이비드보다는 그녀 자신에게 더 큰 일이었다. 데이비드는 그냥 돌아서서 킴을 따라갔다. 킴은 이미 무대 옆의 비상구로 가고 있었다. 어떤 보이지 않는 신호에 반응해, 다라 저니건과 캐럴 피넬라라는 다른 4학년 여학생 두 명도 인파에서 빠져나와 킴을 따라갔다. 베키와 데이비드가 그들을 따라잡았을 때, 베키는 이미 솟구쳐 들어오는 피로 뇌가 꽉 찬 것 같은 기분이었다.

비상구 너머, 교회 다락으로 올라가는 계단까지 이어지는 복도에는 두 번째 문이 있었다. 눈을 밀치고 그 문을 여는 것은 위험할 정도로 어려운 일이었다(화재 위험이라는 측면에서 말이다). 문밖에는 오직 시카고 밤하늘만으로 밝혀진 좁은 골목이 있었다. 교회의 경계선을 표시하는 담장이 그 골목에 접해 있었다. 규칙을 존중하는 의미로, 모두가 담장 위의 눈으로 뒤덮인 풀밭에 기어올랐다. 베키는 데이비드에게 바짝 붙었다. 그와 함께 있는 것이 가장 안전하게 느껴졌다. 데이비드는 페리와 가장 친한 친구 중 한 명이었으니까.

"분명히 말하지만, 힐데브란트가 이래도 된다고 했어." 킴이 다른 아이들에게 말했다.

베키는 자신조차 모르는 목소리로 키득댔다. "다 내 탓이래."

"베키가 여기 와 있는 것만 봐도 충분하지." 데이비드가 말했다. 그는 깔끔한 금속 통에서 베키가 파티에서 봤던 것들보다 작은 대마초 담배를 꺼냈다. 킴이 손을 뻗어, 일회용 빅 라이터로 불을 붙였다. 대마초 연기에서 나는 냄새는 가을을 생각나게 했다. 데이비드는 그 냄새를 견디며 베키에게 가장 먼저 담배를 내밀었다.

"미안." 베키가 담배를 받으며 말했다. "어떻게 하는 거야?"

"길게, 천천히 빨아들인 다음에 머금고 있어." 킴이 친절하게 말했다.

베키는 한 모금을 빨아들이고 기침한 다음, 더 깊이 빨아들이려 노력했다. 불타는 칼을 삼킨 것만 같았다. 연기는 치명적이었다. 연기를 마시고 죽는 사람들도 있었으니까. 베키는 이런 생각이 대마에 취하는 첫 번째 증상인지, 아니면 그냥 평범한 생각인지 궁금해졌다. 그 뒤에는 이런 걸 궁금해하는 것 자체가 대마에 취하는 증상인지 궁금해졌다. 하지만 그녀는 눈에 눈물이 괴면서도 데이비드보다 오래 연기를 머금는 데 성공했다. 킴과 다라와 캐럴도 자기 차례에 연기를 마셨다. 담배는 데이비드에게로 돌아왔고, 그는 베키에게 다시 담배를 내밀었다.

"음." 그녀가 말했다. 목구멍이 잔뜩 그을린 것 같았다. "이거 괜찮은 거야?"

"그렇게 센 것도 아니야."

베키는 고개를 끄덕이고 다시 폐를 채웠다. 대마를 피우다니! 약 기운 자체 혹은 대마를 피운다는 데서 오는 흥분이 전날 밤 태너가 불붙였던 바로 그 신경에 쏟아져 들어왔다. 갑자기 인생이 빠르게 바뀌었다. 그녀는 가능한 줄도 몰랐던 감각을 처음으로 경험하고 있었다.

데이비드가 팔을 잡았을 때, 베키는 너무 진지하게 숨을 참다가 기절할 뻔했다는 걸 알았다. 그녀는 연기를 내뿜고 겨울 공기를 들이마셨다. 어두웠던 골목은 흰 하늘과 거리에 쌓인 눈 때문에 거의 대낮처럼 밝았다. 주변이 어두워 보였던 건 그저 베키가 기절하려 했기 때문인 것 같았다. 입에서 느껴지는 맛은 10월의 맛이었다. 얼굴과 눈알 뒤에서 솟구치는 열기는 녹은 퍼지 같았다. 그녀는 묵직하고 뜨거운 감각이라는 벽에 떠밀린 것만 같았다. 다른 이단자들과는 전혀 상관없는 기분이었다. 그들은 점점 작아지는 대마초 담배를 전문가처럼 짧게짧게 빨고 있었다. 담배가 다시 돌아왔다.

이번에도 낯설게 들리는 키득거림. 베키 자신의 웃음소리였다.

"그래." 그녀가 말했다. "안 될 건 뭐야."

세 번째 모금은 처음 두 모금보다 목구멍이 덜 아팠다. 더 아픈 게 아니었다. 베키가 취해가고 있다는 뜻이 틀림없었다. 녹은 퍼지 같은 느낌은 잦아드는 듯했다. 퍼지가 정수리에서 끓어올라 피부를 뚫고 쏴 하며 빠져나가는 것 같았다. 잠깐이지만, 그녀는 전적으로 침착한 느낌이 들었다. 겨울 천국에 완전히 들어온 기분이었다. 친구들과 함께, 안전하게. 그녀는 다음으로 무슨 일이 일어날지 궁금했다.

비상구 안쪽, 베키 바로 아래에서 고함과 쿵 소리가 들렸다. 문이 홱 열리다가 눈 때문에 막혔다. 거기에 샐리 퍼킨스가 서 있었다.

"아하!" 그녀가 소리쳤다.

그녀 뒤의 흐릿한 털투성이 덩어리가 점점 선명해지더니 로라 도브린스키의 모습이 되었다. 베키는 격렬하게 기침했다.

"세상에, 킴." 샐리가 축대 벽을 기어오르며 말했다. "자매끼리는 나눠야 한다더니, 어떻게 된 거야?" 그녀가 로라에게 손을 내밀어 그녀를 끌어 올렸다.

"언니를 못 봤어." 킴이 말했다.

"하, 하, 하. 그러시겠지."

베키는 확실히 취해 있었다. 자기 몸 옆에 서 있는 것만 같았다. 도대체 자기 위치를 어디에 둬야 할지 궁금했다. 그녀는 로라에게서 한 발 물러 났다. 발이 웬 구멍 같은 것에 빠졌다. 그 바람에 베키는 눈 덮인 덤불에 넘어졌다. 덤불이 그녀를 끌어안으며 불안정하게 일으켜 세웠다.

데이비드가 작은 통을 다시 꺼냈다. "누나나 샐리 누나나, 개 코 납셨 다." 그는 로라에게 말했다. "경찰에서 일해도 되겠는데."

"그건 아니야." 로라가 말했다. "난 품질 좋은 것만 냄새 맡을 수 있거 든."

"그러서, 운이 좋으시네요."

데이비드는 두 번째 담배에 불을 붙여 로라에게 건넸다.

"세상에." 샐리가 말했다. "저거 베키 힐데브란트야?"

"정답." 데이비드가 말했다.

"와, 전능하신 분께서 타락하셨구나."

로라가 연기를 내뿜으며 베키를 돌아보았다. 로라는 무시무시한 눈길 로 베키를 꿰뚫어 보았다.

"얘도 지네 아빠랑 비슷하네." 그녀가 말했다. "낄 데 안 낄 데를 모르 고."

베키는 덤불에서 벗어나 코트의 눈을 털어냈다. 마지막 눈송이까지 계 속 털어야만 할 것 같았다. 남한테 선보일 만한 모습이 되는 게 중요하게 느껴졌다. 그러다가 베키는 문득 그 행동에 관심을 잃었다.

"안녕, 샐리 언니." 그녀가 말했다. "안녕, 로라."

로라는 고개를 홱 젖히며 돌아섰다. 이제는 사실상 누구도 베키를 보고 있지 않았다. 그런데도 온 세상이 그녀를 쳐다보는 것 같았다. 마치 베키가 엉뚱한 말을 하고, 그 말을 한 순간 이후로 현재가 아닌 다른 어딘가에 갔다 온 것만 같았다. 그녀가 어디에 있었는지, 혹은 그곳에서 무엇을 했는지 알 방법은 없었다. 베키가 아는 것은 자신이 법을 어겼다는 것, 자기 뇌를 중독시켰다는 것, 자신의 신비한 모습을 망쳤다는 것뿐이었다. 그녀는 도망쳐서 혼자 있고 싶었다. 하지만 도망친다면, 다른 애들은 베키가 자기들보다 덜 쿨한 경험을 하고 있다는 걸 알게 될 터였다. 그건 이 자리에 남는 것보다도 나쁜 일이 될 것이다. 베키는 쿨해져야 했다. 하지만 그녀에게는 쿨함이 한 조각도 없었다. 그녀는 취하는 게 싫었다. 사실, 취하는 것은 베키가 자신에게 저지른 일 중 가장 끔찍한 일이었다. 그녀는 이 일을 취소하고 싶었지만, 자신이 점점 더 취해갈 뿐임을 느꼈다. 마음의 눈으로 보았을 때, 그녀의 생각은 회전 쟁반에 놓인 간식들처럼 펼쳐져 있었다. 그 생각들은 원래 생각이 마땅히 그래야 하는 것과는 달리 증발하지 않았다. 그냥 그 자리에 남아서 계속 빙글빙글 돌았다. 다시 덜어 먹을 수 있도록 말이다. 왜 대마초를 세 번이나 들이마셔야 했을까? 애초에 한 모금이라도 들이마셔야 했던 이유는 뭘까? 그녀 안의 어떤 사악한 존재가 그녀에 대한 통제력을 장악하고 최악의 결정들을 내렸다. 인제 보니 베키는 늘 그 존재가 자기 안에 있다는 것을 알면서도 최선을 다해 그 존재를 무시해온 것이었다. 깊은 자기혐오에 뿌리박은, 어떤 허영심 강하고 탐욕스러우며 성적인 존재.

하지만 그때 설명할 수는 없지만, 또 한 번 정신이 맑은 순간이 찾아왔다. 또 한 번의 번뜩이는 순간이었다. 그녀는 제일 개혁 교회의 경계선 위에 서 있는 일곱 청년 중 한 명으로서의 자신을 보았다. 캐럴 피넬라와 다라 저니건과 킴 퍼킨스는 참을 수 없이 낄낄거렸다. 데이비드 고야와 로라 도브린스키는 대마초의 여러 등급에 관해 이야기하고 있었다. 논란의 여지 없이 졸업반에서 가장 예쁜 여자인 샐리 퍼킨스, 베키보다 세 살이 많은 샐리 퍼킨스는 눈을 가늘게 뜨고 베키를 보았다.

"너였구나." 샐리가 말했다.

"뭐?"

"어젯밤에, 태너의 밴에 타고 있던 사람. 너였어. 아냐?"

베키는 대답하려 했지만, 얼간이처럼 죄책감 어린 미소밖에 지을 수 없었다. 그 미소가 온몸으로 번지는 듯했다. 킴과 캐럴과 다라는 여전히 자기들끼리 낄낄대고 있었지만, 태너의 이름이 로라의 관심을 끌었다.

"어젯밤에 그로브에서 태너를 봤거든." 샐리가 설명했다. "태너의 밴에 누가 담요를 뒤집어쓰고 있더라고. 완전히 딱 걸린 느낌이던데. 그게 누구였을까?"

"베키는 그로브에서 일해." 데이비드가 붙임성 있게 말했다.

"너였어." 샐리가 말했다.

"아닐걸." 베키는 쉰 목소리로 말했다. 죄책감으로 몸이 타오르는 듯했다.

"아니, 확실해. 넌 거기 앉아서 날 피해 숨으려 했어."

아무 말 없는 순간이 이어졌다. 낄낄거리는 소리가 멎었다.

"내가 과연 놀랐을까요?" 로라가 지루하다는 목소리로 말했다.

베키의 시선은 돌로 된 교회 옆면에 붙박여 있었다. 그녀가 들은 모든 소리가 아닐걸이라는 소리까지 포함해 그녀의 머릿속에 머물러 있었다. 하지만 모든 게 뒤죽박죽이었다. 그녀는 그 소리들을 알아듣고, 하나의 연속체로 정리하려 애썼다. 하지만 그 말들은 그저 끔찍함이라는 중심의 구렁텅이 주변을 빙빙 돌 뿐이었다.

"야, 너." 로라가 말했다. "퀸카. 묻잖아. 내가 놀랐을 것 같아?"

눈송이가 땅에 내려앉는 소리는 바닷소리와 비슷했다. 모두의 눈이 베키를 향해 있었다. 심지어 덤불 뒤에 있는 집 안 사람들의 눈도, 그 위 나무 속의 눈도, 하늘의 눈도. 뭐든 베키가 할 수 있는 말은 재앙에 가까울 정도로 많은 것을 드러낼 것이다.

"뭔 좆같은 가족이야." 로라는 담장에서 뛰어내리며 웅얼거렸다.

"누나." 데이비드가 말했다. "그건 쿨하지 않다."

어느 정도 시간이 흐른 뒤에도 눈밭에는 여섯 사람이 있었다. 베키는 폭로당했고 곧 처벌받을 거라는 느낌에 견딜 수 없이 질려버렸다. 하지만 어디를 봐도 잘못된 방향이었다. 정신이 망가졌다. 그녀가 정신의 화학작용을 망쳐버렸다. 아, 너무도 후회됐다. 베키는 토할 것처럼 몸을 숙였지만, 대신 담장에 손을 얹어놓고 어색하게, 약간 삐딱하게, 어머, 이런, 굴러떨어져 자세를 바로잡았다. 그녀는 서둘러 비상구를 지났다. 로라 도브린스키가 그 문을 활짝 열어두었다.

오른쪽에는 시선으로 가득한 홀이 도사리고 있었으므로, 베키는 교회 다락으로 이어지는 계단을 달려 올라갔다. 문이 쾅 닫히고 나서 잠깐, 어둠 속에서, 그녀는 전등 스위치를 찾느라고 벽을 더듬었다. 하지만 그런 다음에는 뭘 하려고 했는지 잊었다. 그런 다음에는 다시 기억을 떠올리고, 자기가 뭘 하려고 했는지 잊어버렸다는 사실에 충격을 받았다. 끔찍하게 취해서 이러는 거야. 그녀는 옆으로 손을 뻗어 훌쩍이며 벽을 더듬었다. 한쪽 팔을 앞으로 내밀고 있었다. 그녀는 뭔가 날카로운 금속에 부딪혔다. 보면대였다. 하지만 시끄러운 소리는 나지 않았다. 멀리서 푸르스름한 빛이 반짝였다. 그녀는 그 빛을 보고 움직이려 했지만, 빛을 놓쳤다. 그게 실제 빛인지 의심스러웠다. 다음으로 베키가 마주친 것은 서늘하고 무딘, 길고 속이 빈 것 같은 소리가 나는 무언가였다. 그건 휘어지며 점점 좁아지는 관 모양으로 끝났다. 속이 텅 빈, 뿔 달린 소가 틀림없었다. 그게 앞으로 나아가는 데 방해가 되었다. 다락에 들어온 이후로 헤아릴 수 없이 엄청난 시간이 흘렀다. 베키는 갑자기 빛이 없으면 시간을 측정할 수 없다는 선명한 통찰을 얻었다. 그건 중대한 깨달음 같았다. 그녀는 이 사실을 기억해둬야겠다고 생각했다. 이미 그 의미를 잊었지만 말이다. 빛이 없으면 시간을 측정할 수 없다는 말만 기억할 수 있다면, 그 의미는 나중에 다시 포착할 수 있을지 몰랐다. 하지만 그녀의 마음속 눈에는 유사(流沙)의 이미지가 떠올랐다. 모래가 부스러져 내리며 아래로 자기 자신을 빨아들이는 끔찍하게 생생한 이미지, 생각의 불안정성과 단단하지 않음. 다시 겁에 질린 베키는 속이 텅 빈 소를 밀쳤다. 자유로워진 것 같았다. 그때 뒤에서 소가 그녀를 붙들었다. 소의 한쪽 뿔이 그녀의 아름다운 메리노 코트 주머니를 잡아당기며, 소리가 들릴 정도로 솔기를 찢었다. 아 씨발 아 씨발 아 씨발. 베키는 더 작은 텅 빈 동물에 발이 걸려 비틀거리면서 폐 가득 먼지를 들이마셨고, 두 손과 무릎을 짚고 넘어졌다. 푸르스름한 빛이 다시 나타났다. 그 빛은 문 아래에서 나오고 있었다. 베키는 그쪽으로 기어갔다.

문 뒤에는 찬송가집 더미가 쌓여 좁아진 계단이 있었다. 그 계단이 둥근 스테인드글라스 창문의 빛을 받고 있었다. 베키는 계단을 따라 예배당 제단 뒤, 벽에 나무 널빤지가 붙어 있는 공간까지 내려갔다. 강단 뒤의 '비밀' 문을 밀어 열면서 베키는 또 하나의 통찰을 경험했다. 예배당은 예배당이라는 통찰이었다. 단 하나의 따뜻한 빛이 벽에 걸린 놋쇠 십자가를 비추었고, 다른 모든 문은 잠겨 있었다. 그녀는 모든 문이 잠겨 있다는 사실을 잘 알았다.

그녀는 구조될 때의 떨림을 느끼며 제단을 가로질러 가서 신도석 첫 번째 줄에 앉았다. 당분간 안전해진 그녀는 눈을 감고 새까만 머릿속에 차오르는 끔찍한 물결에 항복했다. 그런 물결의 사이사이에는 자신이 저지른 일에 대한 후회와 그 일을 취소하고 싶다는 소망이 자리 잡을 공간이 있었다. 하지만 파도가 계속 밀려왔다. 그 파도는 베키의 유일한 의지란 울고자 하는 의지밖에 남지 않을 때까지 그녀를 지치게 했다.

제발 멈춰주세요, 제발 멈춰주세요…….

베키는 기도했지만, 아무도 듣지 않았다. 취기의 다음번 파도를 겪은 후, 그녀는 보다 구체적으로 간청했다.

제발요, 주님. 제발 멈춰주세요.

답은 없었다. 베키는 다시 자기 자신으로 돌아왔을 때에야 그 이유를 알 것만 같았다.

죄송해요. 그녀는 기도했다. 주님? 제발요? 그런 짓을 한 건 죄송해요. 못된 짓이었어요. 그렇게 하면 안 되는 거였어요. 주님이 지금 이걸 멈춰주시면, 다시는 그러지 않겠다고 약속할게요. 제발요, 주님. 절 도와주실 수 있을까요?

그래도 답이 없었다.

하나님? 전 당신을 사랑해요. 당신을 사랑해요. 제발 제게 자비를 베풀어주세요.

다음번 사악한 파도가 머릿속에 차올랐을 때, 베키는 아래를 보았다. 그 밑에서 바닥이 없는 암흑이 아니라 일종의 황금색 빛이 보였다. 파도는 투명했고, 악은 실체가 없었다. 진짜는, 실체가 있는 것은 그 황금색 빛이었다. 베키가 깊이 들여다볼수록 빛은 더욱 밝아졌다. 베키는 자신이 신을 자기 바깥에서 찾고 있었다는 것을 알았다. 하나님이 그녀의 안에 있는 줄 모르고. 하나님은 순수한 선이었고, 내내 그곳에 있었다. 베키는 이른 아침에도 그것을 엿보았다. 자신의 선의를 느끼면서, 그다음에는 페리가 보여준 친절함을 통해서. 그리고 그녀가 느낀 용서의 빛에서 더욱 강렬하게. 선하다는 것은 우주에서 가장 좋은 것이었고, 그녀에게는 그 선함으로 나아갈 능력이 있었다. 그런데도 얼마나 끔찍한 행동을 했는지! 어머니에게 못되게 굴고, 페리에게도 무자비하게 굴고, 로라와는 경쟁하려 들고, 유산에는 욕심을 내고, 클렘과 함께 다른 사람들의 신앙을 비웃고, 자만하고, 이기심을 품고, 신을 부정하는 끔찍한 짓을 저질렀다. 발작적으로, 황홀경에 가깝게 흐느끼면서 그녀는 눈을 뜨고 제단 위의 십자가를 보았다.

그리스도께서는 그녀의 죄를 씻기 위해 돌아가셨다.

베키가 과연 할 수 있을까? 과연 마음속의 악을 밀어두고, 그녀의 허영심과 다른 사람들의 생각에 대한 두려움을 밀어두고, 주님 앞에서 겸허해질 수 있을까? 그동안 이런 일은 늘 불가능한 것처럼 보였다. 좋은 점이라고는 없는 부담스러운 기대인 것 같았다. 하지만 이제 베키는 그런 겸허함이 자신을 황금색 빛 속으로 더 깊이 끌어들일 수 있다는 것을 알았다.

그녀는 십자가로 달려가, 제단 카펫 위에 무릎을 털썩 꿇고 다시 눈을 감은 뒤 기도하듯 두 손을 모았다.

제발요, 하나님. 제발요, 예수님. 저는 나쁜 사람이었습니다. 저는 늘 저 자신을 너무 높게 생각했고, 인기와 돈과 사회적 지위를 원했고, 다른 사람들에 대해서 잔인한 생각을 너무도 많이 했습니다. 평생 저는 이기적이고 사려 깊지 못했습니다. 저는 세상에서 가장 역겨운 죄인이었어요. 너무, 너무 죄송해요. 용서해주실 수 있을까요? 제가 더 나은 사람, 더 겸손한 사람이 되겠다고 약속하면요? 기쁜 마음으로 주님을 섬기겠다고 약속하면요? 가장 비천한 일이라도 해서 시간을 벌겠습니다. 적들에게 더 큰 사랑을 베풀고 가족들에게도 더 마음을 열겠습니다. 제가 가진 모든 것을 나누겠습니다, 깨끗한 삶을 살고 다른 사람들이 저에 대해 뭐라고 생각하든 신경 쓰지 않겠습니다, 하나님께서 용서해주시기만 한다면…….

베키는 선명한 답을 원했다. 예수님이 마음속에서 직접 말을 걸어주기를 바랐다. 하지만 아무것도 없었다. 황금색 빛은 희미해졌다. 하지만 베키는 취기에서 구원받은 것 같은 기분, 다시 평화로워진 기분도 느꼈다. 잠깐이지만, 그녀는 신의 빛을 언뜻 보았다. 그녀의 기도에 응답이 있었다.

공립 도서관은 긴 창문이 달린 벽돌 건물이었다. 20년대에 지어진 그 건물은 개가 들어오지 못하도록 산울타리를 쳐놓은 잔디밭에 자리 잡고 있었다. 도서관은 평일 밤 9시까지 문을 열었지만, 저녁 식사 시간에는 사람이 없었다. 사서 한 사람만이 누군가 자신을 원하기만 기다리는 책들의 침묵 속에 대출 데스크를 지키고 있을 뿐이었다.

그 도서관 안으로, 거의 쓰이지 않는 앞문을 통해 ─ 방문객들은 대부분 차를 타고 와서 뒤쪽에 주차했다 ─ 젖은 비옷을 입고 담배 냄새를 풍기는, 정신적으로 문제가 있는 사람이 들어왔다. 그녀의 얼굴은 반짝였고, 머리카락은 녹아가는 눈으로 뭉쳐 있었다. 그녀는 몸을 떨며 폭풍에 대비해 펼쳐놓은 산업용 깔개에 발을 굴러댔다. 자식들이 책을 고르는 동안 수없이 많은 시간을 기다렸기에, 그녀는 어디로 가야 하는지 정확히 알고 있었다. 대출 데스크 뒤의 열람실에는 미국 주요 도시와 일리노이의 소도시 전화번호부가 들어 있는 서랍이 있었다. 국민 세금으로 만든 그 전화번호부에는 대체로 지금도 사용되는 번호들이 적혀 있었다.

그녀는 서랍 앞에 웅크리고서, 그중 가장 두꺼운 전화번호부를 꺼내 바닥에 펼쳤다. '고든'들과 '고원'들이 지나고, 수많은 '그린'들이 나오기 전에 '그랜트'라는 짧은 줄이 나왔다. 그녀는 실망하고 이성을 찾을 준비가 되어 있었다. 그러나 그녀의 정신 상태가 너무도 강렬해서 온 세상이 그 정신 상태에 협조하는 것처럼 보였다. 당연하게도, 페이지에 떨어져 잔주름을 만들어낸, 눈 녹은 물 한 방울 옆에는 그녀가 여태 본 것 중 가장 관능적인 것이 있었다.

그랜트 B. 비아 리베라 2607번지 962-3504

그녀는 콧노래 하듯 한숨을 내쉬었다. 다락에 수십 년 동안 놓여 있던 첼로의 첫 음정 같은 소리였다. 전화번호부에 얼마나 많은 내용이 담겨 있을 수 있는지! 그 소중한 전화번호를 아는 사람이면 누구나 그에게 연락할 수 있었다. 그는 구체적인 거리의 구체적인 집에 사는 B. 그랜트로서 수많은 시간과 나날과 세월을 보냈다. 그 사람이 브래들리라고 확신할 수는 없었지만, 브래들리가 아니라는 법도 없었다. 그렇게 매주 도서관에 갔으면서도, 그렇게 책장을 한가롭게 훑어봤으면서도, 단 한 번도 그를 찾아봐야겠다고 생각하지 않았다니. 그녀의 마음을 열 열쇠가 눈에 잘 보이는 곳에 숨겨져 있었는데 말이다.

그녀는 나무 쟁반에서 연필과 열람용 카드를 가져다가 주소와 전화번호를 베껴 적은 뒤, 카드를 담배와 함께 코트 주머니에 넣었다. 소피 세라피마이데스와 세 시간 더 이야기를 나눈 뒤 서둘러 치과에서 탈출하느라, 그녀는 20달러짜리 지폐를 건네는 걸 잊었다. 어차피 부정하게 얻은 그 돈은 그녀가 마을의 드러그스토어를 지나다가 체중을 감량하고 불안을 다스리는 더 효과적인 방법을 떠올렸을 때 편리하게 쓰였다. 그녀는 문제의 수단을 얻어냈다. 이제는 그 수단을 사용할 동기도 생겼다. 머릿속에서 그녀는 이미 13.6킬로그램을 뺐고, 브래들리에게 수다스럽고 따뜻한 편지를 써서 자신이 매우 잘 지낸다고 알리는 중이었다. 그에게 자식 네 명 각각에 관한 구체적이고도 생생한 이야기를 전해주며 자신이 완전하게 회복했음을, 평범하고 괜찮은 인생을 스스로 일궈냈음을, 더 이상은 소식이 들려올까 봐 무서운 사람이 아님을 넌지시 설득했다. 당신은요? 요즘에도 시를 쓰나요? 이저벨은 어떻게 지내죠? 아들들은? 지금쯤은 그 애들도 각자 가정을 꾸렸겠네요…….

그녀는 도서관 뒷문을 나섰다. 고르지 않게 뿌려진 소금 탓에 군데군데 털이 빠진 것처럼 보이는 눈밭에서 담뱃불을 한 대 더 붙였다. 인제 보니 30년 동안 담배를 피우고 싶었던 모양이었다. 소피에게 한 고백은 감정의 무덤을 덮고 있던 돌을 뒤집었고, 그 무덤 안에서 그녀는 기적적으로 완전하게 보존된 브래들리 그랜트에 대한 집착을 발견했다. 소피에게 무척 자세하게 그 집착에 관해 설명하고, 그 집착에 사로잡혔을 때 저지른 죄를 다시 경험하자 그녀는 그 집착의 윤곽선과 다시 접촉하게 되었다. 이제 매리언은 그 집착의 윤곽선이 자신의 모습에 얼마나 완벽하게 들어맞았는지 생각났다. 달라진 게 조금이라도 있다면, 브래들리에 대한 그녀의 욕망이었다. 그 욕망은 30년 동안 쉬었던 만큼 더 강해져 있었다. 그녀가 러스에게 품었던 그 어떤 과도한 감정보다도 강했다. 브래들리는 러스로서는 도저히 불가능할 만큼, 또 그로서는 시도하지도 않을 만큼 깊은 수준에서 그녀를 흥분시켰다. 그녀는 오직 브래들리와 있을 때만 완전히 미친, 죄를 저지르는 그녀 자신이 될 수 있었다. 도서관 뒤 눈밭에 서서, 추운 중서부의 밤공기에 얹힌 연기를 들이마시며, 그녀는 비 오는 로스앤젤레스로 다시 휩쓸려 갔다. 그녀는 스무 살짜리의 마음을 가진, 네 아이의 엄마였다.

매리언은 소피에게 몸속 태아를 죽이는 데까지 이어진 사건들, 또 이 저벨 워시번의 전 집주인과 했던 더러운 거래를 설명하던 중 만두/환자 관계가 점점 끊어진다고 느꼈다. 그녀는 자신의 이야기가 죄책감으로 심하게 헐떡이면서, 클리넥스로 수없이 손을 뻗으면서 나올 거라고 상상했었다. 하지만 인생 최악의 죄를 정신과 의사에게 고백하는 것은 가톨릭 고해성사와 전혀 달랐다. 신이 그녀라는 작디작은 존재를 심판할 거라는 공포도 없었고, 그녀가 저지른 일을 대신해 십자가에서 고통받으신 사랑스러운 주님에 대한 연민도 없었다. 여성 평신도이자 어머니 같은 그리스계 미국인 소피와 함께 있자니, 아주 못된 아이가 된 것 같은 기분이 더 들었다. 매리언이 십대 때 꺼버리곤 하던 정신적 스위치는 아직도 존재하고 있어서 얼마든지 내릴 수 있었다. 그녀는 활기차게 이야기를 전했다. 브래들리를 사랑했던 무모한 여자애를 되살려내자 기분이 좋아졌다. 한편 소피의 표정은 점점 더 슬퍼졌다. 매리언이 보기에는 우스꽝스러울 정도였다. 만두에게 그녀가 사실 얼마나 나쁜 사람인지 보여주는 데서 오는 만족감은 그녀의 보호자였던 외삼촌 로이 콜린스를 못되게 괴롭히던 당시의 쾌감을 떠올리게 했다. 끝에 가서, 로스앤젤레스 경찰이 쏟아지는 비를 맞으며 미친 듯이 소리 지르는 여자를 처리해야 했다는 기억을 이야기했을 때 매리언은 낄낄거리기까지 했다.

만두가 인상을 쓴 건 아마 그 낄낄거림 때문이었을 것이다.

"매리언 씨가 경험한 일은 정말로 유감이에요." 소피가 말했다. "참 많은 것이 설명되네요. 매리언 씨의 회복력에 더욱 감탄하게 되고요. 그래도 아직 이해되지 않는 게 있어요."

"이해되지 않는다. 그게 무슨 뜻인지는 우리 둘 다 알죠."

"무슨 뜻인가요?"

매리언은 심리치료에 쓰이는 인상 찌푸리는 표정을 만화처럼 따라 했다. "선생님은 못마땅한 거예요."

소피는 전혀 재미있어하지 않으며 말했다. "매리언 씨가 직접 한 설명에 따르면, 매리언 씨는 아주 어린 나이에 유부남의 꼬임에 넘어갔어요. 그런 다음에는 매리언 씨 자신의 모습으로 존재할 수 없게 하는 남자와 결혼했고요. 그리고 방금은 성범죄자에게 끔찍하게 학대당했다고 하셨죠. 매리언 씨가 보기에는 그게……."

"난 내가 뭘 하는지 알고 있었어요." 매리언은 자랑스럽게 말했다. "모든 경우에 말이죠. 난 그게 잘못된 일인 줄 알면서도 어쨌든 한 거예요."

"죄송하지만…… 남편한테는 뭘 하셨죠?"

"거짓말이요. 그래서 이제는 러스가 나한테 거짓말을 하죠. 안 그래요?"

"매리언 씨는 남편에게 인생을 바쳤고, 남편분은 그 인생을 받아 갔어요. 그런데 이제 그는 그 인생에 싫증을 느끼고 새로운 걸 원하죠."

"지금 이 순간 러스와 함께하는 게 행복하지만은 않아요. 그건 인정할게요. 하지만 러스를 그때의 집주인과 비교하시는 거라면, 선을 넘어도 한참 넘은 거예요. 러스는 어린애 같다고요."

"저는 그 둘을 비교하는 게 아니에요. 그 집주인은……."

"브래들리와 비교하는 거라면 훨씬 더 선을 넘은 거고요. 브래들리는 훌륭했어요. 그 사람은 나와 같은 걸 원했죠. 우리는 사랑에 빠졌고, 브래들리는 한 번도 내게 거짓말하지 않았어요. 내가 미친 건 브래들리 탓이 아니에요."

"정말인가요?"

"네, 정말이에요. 난 망가져가면서 브래들리를 미워했어요. 하지만 다시 제정신을 차리자마자 브래들리에게 화가 나지 않더군요. 그냥 브래들리에게 그런 일을 겪도록 한 게 미안했을 뿐이에요."

"죄책감을 느끼셨군요."

"그럼요."

"왜죠? 남자한테 상처를 받을 때마다 죄책감을 느끼는 방식으로 반응하시는 이유가 뭐예요?"

매리언은 빠르게 날아가고 있었기에, 느릿느릿한 소피에게 조바심이 났다. "방금 설명했잖아요? 난 착한 사람이 아니에요. 난 내 아기를 죽이고 싶었고, 내가 할 수 있는 유일한 방법을 써서 그 일을 했어요. 심지어 난 그 집주인이 싫지도 않았어요. 그냥 정신이 나갈 정도로 그 사람이 무서웠을 뿐이죠. 내 말은, 그래요, 그 사람은 나쁜 사람이었어요. 하지만 나는 그 사람한테 나 자신의 사악한 본성이 투영된 걸 본 거예요. 그래서 그 사람이 그렇게 두려웠던 거죠."

소피는 잠깐 눈을 감았다. 조바심을 느끼는 건 매리언만이 아닌 듯했다.

"매리언 씨도 제가 보는 걸 보려고 노력해보세요." 소피가 말했다. "지금 매리언 씨의 딸보다 그리 나이가 많지 않은 상냥하고 약한 소녀를 상상해보시라고요. 그 소녀가 얼마나 겁에 질려 있고 무서웠을지 생각해보세요. 그런 다음, 웬 남자가 그런 소녀를 보자마자 처음으로 한 생각이 페니스를 꺼내고 그 소녀를 학대하겠다는 생각이었다고 상상해보세요. 매리언 씨는 그런 놈이 그 소녀와 닮았다고 생각해요?"

"그야, 저야 페니스가 없으니까, 뭐."

"하지만 매리언 씨가 처음으로 할 만한 생각이 약한 사람을 착취하겠다는 걸까요?"

"선생님은 제가 브래들리의 아내에게 무슨 짓을 했는지 잊으셨네요.

저는 그 여자 집을 찾아가서, 일부러 그 여자에게 상처를 줬어요. 그 여자는 약한 사람이었죠. 아닌가요?"

"제 생각에, 매리언 씨는 사실 브래들리 씨한테 화가 나 있었던 거예요."

"그건 내가 미쳐서 그런 거고요."

"브래들리 씨가 매리언 씨를 대한 방식을 생각하면, 분노는 이성적인 반응 같은데요."

매리언은 고개를 저었다. 그녀가 보물을 다시 찾자마자 만두가 그걸 빼앗아 가려 하고 있었다.

"매리언 씨는 끔찍한 이야기를 해주셨어요." 소피가 말했다. "매리언 씨 자신의 말을 빌리자면, 매리언 씨는 다름 아닌 사탄을 만났죠. 자신을 신자라고 말하는 사람이 사탄을 그렇게 쉽게 용서할 거라는 생각은 들지 않는데요."

"그야 선생님이 신자가 아니라서 그런 거고요. 나는 나한테 떨어진 빗방울에도 화를 내는 사람이에요. 나는 그 사람이 누군지 완벽하게 알았어요. 그런데도 그 사람을 받아들였죠. 그러니 받아도 싼 벌을 받은 거고요."

"매리언 씨는 그 사람이 아니라 자신을 비난하네요."

"그게 뭐 잘못인가요? 분노가 대죄인 데는 이유가 있어요. 저는 어렸을 때 분노로 가득했어요. 사람들을 죽이고 싶었죠. 그렇게까지 분노하지 않았다면 더 나은 판단을 했을 거예요. 내가 나를 탓하는 게 병적이라고 생각하시는 거 알아요. 하지만 영적인 면에서, 난 그게 더 건강하다고 생각해요."

"그럴지도 모르죠." 소피가 말했다. "그런 생각 때문에 처하게 된 상황이 만족스러우시다면요."

"무슨 뜻이죠?"

"지금 매리언 씨가 불안하고 우울하다는 거예요. 잠도 자지 못하고. 매리언 씨 자신의 몸을 싫어하죠. 분노처럼 자연스러운 감정을 비난하는 종교가 있다니, 저로선 생각하기 힘들어요. 시민권 운동을 생각해보세요. 킹 목사님은 그분을 따르는 사람들이 KKK 단원들에게 살해당했을 때 화가 나지 않으셨을까요? 물론 그분은 비폭력을 설파하셨죠. 하지만 가끔 문제를 처리하기 어려울 때는 오직 분노만이 변화를 일으킬 수 있어요."

"내 상황을 앨라배마주에 사는 흑인의 상황과 비교할 수는 없죠. 그건 정말이지, 거의 모욕적이네요."

소피가 상냥하게 미소 지었다. "모욕할 뜻은 없었어요."

"그런 일을 겪었는데도 저랑 결혼할 사람을 찾았다는 것 자체가 행운이었어요. 그런데도 저는 러스한테 사기를 치고 그 사람과 결혼했죠. 지금 그 사람한테 학대당한대도 불평하기는 어렵다고요. 그 사람의 과부 친구도…… 저는 브래들리가 자기 아내에게 흥미를 잃었을 때도 브래들리를 탓하지 않았어요. 그런데 러스가 저한테 흥미를 잃었다고 탓해야 할 이유가 뭔가요? 난 브래들리의 아내보다 훨씬 나이도 많고 뚱뚱한데."

"분노는 감정이에요." 소피가 말했다. "논리적일 필요는 없어요. 예를 들어 지금 이 순간 저는 매리언 씨를 학대한 사람에게 무척 화가 나요. 매리언 씨한테도 약간 화가 나고요."

"왜요?"

"매리언 씨 자신이 하는 생각에 귀 기울여보세요. 매리언 씨와 결혼할 사람을 찾은 게 행운이었다고요? 왜죠? 매리언 씨가 뭐가 그렇게 잘못됐다고요? 성 경험이 있어서요? 신경쇠약에 걸린 적이 있어서요? 매리언 씨가 남자였더라도 그런 게 문제가 됐을까요? 매리언 씨가 남자였다면, 아내를 찾은 게 행운이었을 것 같아요? 애초에 결혼이 왜 그렇게까지 중요한 거죠? 남편을 찾아서 자식을 낳지 않은 여자는 진짜 여자가 될 수 없다는 거예요? 여자가……."

소피는 자제하고, 너무 많은 말을 했다는 듯 고개를 저었다. 사실, 매리언은 그녀에게 실망했다. 맏두는 태도가 너무 부드럽고 교활했다. 그래서 매리언은 프로이트적인 것이든 의료적인 것이든 정치적인 것이든 뭐든, 그녀가 이면에 깔고 있는 개념적 프로그램이 뭔지 정확하게 짚기가 어려웠다. 하지만 이제는 그 프로그램이 드러났다. 매리언은 그 프로그램이 이곳을 찾아오는, 무시당하거나 버려진 모든 아내에게 적용될 거라고 추측했다. 프리 사이즈인 것이다. 이 방법이 매리언에게도 통했다는 걸 기뻐해야 할까?

"피곤하시겠어요." 매리언이 인정머리 없이 말했다. "그렇게 많은 여자들이 선생님을 찾아와서 자기 남자에 대해 불평을 해대니까요. 한 주 한 주가 흘러가도 남자, 남자, 남자. 선생님한텐 얼마나 답답하겠어요, 우리가 다른 얘기는 전혀 할 수 없다는 게 말이죠. 우리가 얼마나 억압당하고 있는지도 모른다는 게."

자제력을 되찾은 소피는 상냥하게 미소 지었다. "저를 찾아오는 다른 여성 환자들이 오직 남자 얘기만 할 거라고 생각하신다니 흥미롭네요."

"그럼 아닌가요?"

"그분들이 남자 얘기를 하느냐 마느냐가 중요한 게 아니에요. 중요한 건 매리언 씨가 그 사람들을 어떻게 상상하느냐는 거죠. 매리언 씨는 혹시 제가 매리언 씨 본인이 남자들에 대해 너무 많이 말한다고 생각할 거라고 보시나요?"

"아마도요." 매리언이 말했다. "선생님은 계속 저한테 더 독립적인 삶을 만들어가야 한다고 말하니까요. 제 생각에 선생님이 정말로 하는 말은 '남자는 겪을 만큼 겪었잖아요. 가서 매리언 씨 자신을 해방하세요.'인 것 같은데요."

"여성해방이 별로 마음에 들지 않으시나 보네요."

"그게 선생님 프로그램이라면야 반대하는 건 아니에요. 그 방법이 선생님의 다른 환자들한테 통한다면 힘내라고 하세요."

"하지만 매리언 씨에게는 맞지 않는다는 거고요."

"그 집주인은 변태였어요. 나는 내 친구를 다시 만나지 못했어요. 다시는 이저벨을 보지 못했죠. 하지만 장담하는데, 그 사람은 이저벨과 섹스할 방법을 찾아냈을 거예요. 이저벨이 방세를 밀렸거나, 전문가의 도움을 받고 싶어 했겠죠. 집주인은 자기 힘을 활용해서 이저벨을 이용했을 테고요. 그 사람은 뚱뚱하고 혐오스러웠어요. 그 집을 운영한 건 그저 수많은 여자들과 섹스를 하기 위해서였고요. 나도 그런 여자 중 하나였어요. 그 사람이 나한테 저지른 짓은 역겨워요. 정상적인 섹스였던 부분도 정상적이지 않았어요. 모든 게 그 사람 머릿속에서 일어나고 있었어요. ……난 그냥 물건이었어요."

"바로 그거예요."

"하지만 그 사람이 정신과 의사를 만나러 갔다고 해보죠. 선생님, 선생님 때문에 조금 화가 납니다. 이제는 좀 더 독립적인 삶을 일궈야 할 때가 아닌가요? 선생님이 하는 얘기는 전부 여자 얘기밖에 없네요!"

소피는 천천히 숨을 들이쉬었다가 내쉬었다. "훌륭한 정신과 의사라면, 그 사람이 강박적으로 재현하게 된 트라우마를 찾도록 도와줬을 거예요."

"아, 또 시작이네요. 그럼 나는 뭘 재현한 건가요?"

"매리언 씨 생각은 어때요?"

"모르겠네. 아버지의 자살에 관한 죄책감이려나. 그 얘기를 하려는 건가요?"

"매리언 씨가 그렇게 말한다면요."

"난 러스에게 더 이상 죄책감을 느끼지 않아요. 그 집주인에 대해서는 확실히 죄책감을 느끼지 않고요. 내가 죄를 저지른 건 사실이지만, 그건 죄책감하고는 다른 문제예요. 객관적인 사실이니까. 제가 죄책감을 느끼는 사람들은 페리랑, 제가 브래들리한테 말하지 않고 죽인 그 사람의 아이예요. 둘은 아무 죄가 없어요. 내가 책임져야 해요."

만두는 통통한 손을 내려다보았다. 창밖에 어둠이 내린 뒤였다. 치과의 다른 곳에서는 드릴이 뒤늦은 고통의 구멍들을 파고 있었다.

"매리언 씨의 어머니요." 소피가 말했다. "매리언 씨는 임신해서 어머니의 도움이 필요했을 때, 어머니가 친구들과 스키를 타러 갔다고 하셨죠. 그 점은 화가 나지 않으셨나요?"

"내 어머니는 자기중심적인, 악몽과도 같은 알코올중독자였어요."

"화가 났다는 뜻으로 받아들일게요. 언니에 대한 분노 얘기도 해주셨어요. 하지만 가족을 파산시킨 건 매리언 씨의 아버지이고……."

"언니랑 어머니가 아버지를 파산시킨 거예요."

"매리언 씨의 아버지는 사기를 치고 매리언 씨에게 거짓말했어요. 그런 다음에는 자동차 영업 사원이 매리언 씨를 이용했죠. 매리언 씨가 얼마나 섬세한 사람인지 알고서요. 성적으로 비정상적인 사람이 매리언 씨에게 차마 말할 수 없는 짓들을 저지르기도 했어요. 매리언 씨는 25년 동안 남편을 지원해왔는데, 이제는 그 사람이 다른 누군가를 따라다니고 있죠. 그런데도 매리언 씨가 화를 내는 상대는 어머니와 언니뿐인 것 같네요. 제가 왜 이해를 못 하는지 아시겠어요?"

"뭐, 저는 여성해방론자가 아니라서요."

"여성해방론자가 되어달라는 얘기가 아니에요. 매리언 씨 자신을 보라고 부탁드리는 거죠."

"내 눈에 보이는 사람은 별로 착하지가 않은데."

"매리언, 내 말 들어요." 만두가 몸을 앞으로 숙였다. "내가 정말로 듣기 지치는 게 뭔지 알아요? 당신이 반복해서 하는 바로 그 말, 당신이 착하지 않다는 말이에요."

"하지만 그게 사실인걸요."

"정말인가요? 매리언 씨는 홀륭한 아이들을 넷이나 키웠어요. 남편한테도 남자에게 해줄 만한 모든 것을 해줬죠. 아버지를 위해서도 할 수 있는 모든 걸 했어요. 심지어 언니가 죽어갈 때는 언니를 돌보기까지 했고요."

"하지만 그건 내가 한 일이 아니에요. 어떤 역할을 연기하던 내가 한 일이죠. 진짜 나는……."

그녀는 고개를 저었다.

"진짜 매리언 씨에 대해서 말해주세요." 소피가 말했다. "'나쁜' 사람인 것을 제외하면, 진짜 매리언 씨를 어떻게 설명하시겠어요? 진짜 매리언은 어떤 사람이에요?"

"날씬해요." 매리언은 강조해서 말했다.

"날씬하다."

"모든 걸 강렬하게 느껴요. 죄인이고, 그 점에 대해서 신에게 솔직하게 털어놔요. 그분만큼은 죄를 짓는 것과 살아 있다는 느낌이 분리할 수 없는 일이라는 걸 이해하시기를 바라요. 하지만 그분이 자기를 용서하든 말든 상관하지 않죠. 실제로는 후회할 능력이 없거든요. 아마 배우일 거예요. 관심을 원하니까. 미친 사람이지만, 누구한테 피해를 주는 방식으로 미친 건 아니에요. 한 번도 자살 충동을 느껴본 적은 없어요."

만두는 별로 감동하지 않은 듯했다.

"매리언 씨의 언니가 배우였죠." 그녀가 말했다. "언니에 대해서도 미친 사람이고, 날씬하다고 말한 적이 있고요."

"아하, 알려줘서 고맙네요."

소피는 자기가 한 말을 물리지 않고 의미심장하게 손짓했다.

"언니는 버릇없고 가증스러웠어요." 매리언이 말했다. "진짜 배우가 아니었어요."

"그렇군요."

"내가 설명하는 사람은 가증스러운 것과는 정반대예요."

"그래요. 그 사람이 진짜 매리언 씨라고 해보죠. 매리언 씨 생각에는 무엇 때문에 그 사람이 되지 못하는 건가요?"

"뻔하잖아요? 난 쉰 살이에요. 지금 이혼당하는 건 재앙일 거예요. 어찌어찌 이혼을 해낸다 해도 난 계속 아이들을 책임져야 해요. 특히 페리를요. 내가 살아온 삶의 결과에서 도망칠 방법은 없어요."

"트집을 잡으려는 건 아닌데요." 소피가 상냥하게 미소 지으며 말했다. "진짜 매리언 씨에게 후회할 능력이 없다면, 뭐가 어떻게 되든 왜 신경을 쓰는 걸까요?"

"제가 가진 환상에 대해 물으셨잖아요."

"아뇨, 제가 물은 건 정반대예요. 전 매리언 씨의 진짜 모습에 대해 물었어요. 제가 환상에 관해 물었다고 해석하셨다니 흥미롭네요."

만두는 인내심이 대단했다. 매리언은 그녀에게 영원히 이야기할 수 있었다. 계속 빙빙 돌며, 어느 결론에도 도달하지 않고. 이건 그저 돈 낭비일 뿐이었다.

"꼭 둘 중 하나를 선택해야 하는 문제인지 모르겠네요." 소피가 말했다. "어쩌면 매리언 씨 자신에게 더 진실하면서도 좋은 어머니가 될 방법이 있을지 몰라요. 지역 극단에서부터 시작하면 어떨까요? 그런 활동에 참여해보고, 결과가 어떻게 될지 보는 거죠."

그건 매리언이 자식에게 할 법한 제안이었다. 온건하고, 분별력 있고, 점증적인 제안. 하지만 다른 중년의 교외 거주자들과 함께 무대 위를 뒤뚱뒤뚱 걸어 다니는 것에는 아무 매력이 없었다. 매리언은 극장 뒤에서 담배를 피우는 강렬하고도 깡마른 여자가 되어야 했다. 배우들이 실패하는 걸 보고 마침내 인내심을 잃어, 무대로 성큼성큼 다가가 그들에게 연기란 무엇인지 보여주는 여자. 환상이라고? 그럴지도 모르고, 아닐지도 몰랐다. 옛날 옛적에 로스앤젤레스의 머피 침대에서 그녀의 연기는 브래들리 그랜트를 매혹했다.

"무슨 생각 하세요?" 소피가 물었다.

"선생님을 집에 보내드려야겠다는 생각이요."

"네, 몇 분 뒤에 가야죠. 제 생각에 우리는……."

"아뇨." 매리언이 일어섰다. "러스랑 저는 성직자 오픈하우스 파티에 가야 해요. 재미있을 것 같지 않나요?"

그녀는 문으로 다가가서, 옷걸이에서 개버딘 코트를 내렸다.

"분명히 말씀드리지만, 거기 온 아내 중 예쁜 사람이 한 명도 없으면 러스는 재미없다고 생각할 거예요." 그녀가 말했다. "예쁜 여자가 없으면,

러스한테는 그 파티도 불안감만 느껴지는 또 한 번의 행사일 뿐이죠. 나는 도움이 안 돼요. 나는 러스가 결혼한, 뚱뚱하고 왜소한, 치욕스러운 사람이에요. 러스가 그나마 다행으로 여기는 건 제가 착하게 굴고, 모든 아내의 이름을 기억하고, 그 사람들 모두에게 힐데브란트로서 인사를 건네는 일을 잘하기 때문이에요. 나중에 러스는 파티에서 가장 나이가 많은 부목사였던 게 얼마나 기분 나쁜 일이었는지, 얼마나 답답했는지 말할 거예요. 그럼 나는 러스도 러스만의 교회를 가져야 한다고 말하겠죠. 러스의 설교가 드와이트 목사의 설교보다 훨씬 뛰어나다고, 그가 드와이트 목사보다 훨씬 열심히 일한다고, 내가 러스를 무척 존경한다고 말할 거예요. 그 역할도 제가 아주 잘하는 역할이거든요. 미친 사람 역할처럼. 근데 파티가 너무 힘들었다면, 러스는 자기 설교가 좋은 이유는 제가 설교문을 다시 쓰기 때문일 뿐이라고 불평하겠죠. 하!"

매리언은 자신의 역할을 과장하기 위해 속눈썹을 깜빡거리며 소피를 돌아보았다.

"어머, 전혀 그렇지 않아, 여보. 아이디어는 전부 당신 것인걸. 난 그냥 당신이 좀 더 선명하게 생각을 표현할 수 있도록 정리만 할 뿐이야. 당신이 없으면 난 아무것도 못 해. 난 그냥 깔끔한 영어 문장을 쓰는 방법밖에 모르는 텅 빈 그릇인걸. 하!"

단 한 명뿐인 그녀의 관객은 침울한 동정심을 담아 그녀를 바라보았다.

"확 돌아버린 사람을 보고 싶어요?" 매리언이 그녀에게 말했다. "확 돌아버린 사람도 할 수 있는데."

매리언이 말한 확 돌아버렸다는 말의 의미는 화가 났다는 뜻이었다. 하지만 문을 확 열고 지나치게 세게 닫으며 진료실에서 나갔을 때, 그녀는 두 가지 의미 모두에서 돌아버린 모습이었다. 그녀는 환상이라는 단어를 쓴 자신에게도 돌아버릴 것 같았고, 그런 말실수에 득달같이 덤벼든 소피에게도 돌아버릴 것 같았다. 그녀가 발굴한 자아가 그저 환상일 뿐이라고? 두고 봐야 할 것이다. 매리언은 그리스인 접수대 직원을 지나쳐 눈 내리는 바깥으로 나가면서, 빌어먹을 쿠키를 다시는 먹지 말아야겠다고 생각했다. 제대로 굶어야 했다. 음식을 있는 그대로, 원수처럼 봐야 했다. 뚱뚱하고 거짓된 자아를 불태워 하얗게 달아올라야 했다. 몸무게에 집착하는 것이 돌아버릴 만한 일이라면, 돌아버려야지. 가을의 체중 감량 프로그램은 효과가 미미했다. 만두가 승인해준, 러스의 관심에 다시 불을 붙여보겠다는 희망에서 우러난 계획. 러스보다는 그녀가 훨씬 더 많은 것을 잃어야 하는 이별을 피하려는 계획이었다. 매리언은 그 프로그램에 진심을 다할 수 없었다. 이제는 그 이유를 알 것 같았다. 그녀는 브래들리를 극복하지 못했다. 그녀가 자신의 인생을 바쳐온 남자는 차선책이었다. 브래들리가 자신만만했던 만큼 불안하고, 브래들리가 훌륭했던 만큼 글 쓰는 솜씨는 서툴고, 섹스할 때는 머뭇거리는 남자. 어쩌면 애리조나에 있을 때는 매리언에게도 자신이 관리할 수 있고 그녀보다 덜 총명한 남자가 필요했을지도 모른다. 하지만 결혼 생활은 그 이후로 줄어들고 줄어들어 단순한 일 처리 방식이 되었다. 매리언이 하는 봉사의 대가로, 러스는 그녀를 늑대들에게 던져버리지 않았다. 그녀는 지금도 러스에게 기독교인으로서의 연민을 느꼈지만, 그의 페니스에 관해서, 프랜시스 코트렐을 비롯한 뉴프로스펙트의 다른 예쁜 여자들에 관해서 생각할 때면 오래전 매리언을 학대했던 사람과 그를 비교하지 않았다고만은 할 수 없었다. 그 부분에 대해서는 만두의 말이 맞았다.

길모퉁이의 오래된 드러그스토어는 힐데브란트 가족이 이 마을로 이사 왔을 때 록웰 체인점이었지만, 그때 이후로 주인이 가게를 보기 싫은 래미네이트로 리모델링하고 나무 바닥을 리놀륨으로 덮은 다음 형광등을 달았다. 가게를 개선하겠다는 똑같은 생각에서, 문 안쪽의 크리스마스트리도 인공적인 것을 갖다 두었다. 뾰족한 잎사귀는 가짜 초록색조차 아닌 은색이었다. 계산대 뒤에서 연필로 〈선 타임스〉 십자말풀이를 하는 사람은 이십대 후반의 귀가 큰 남자였다. 어떤 이유에서인지 가슴 아프게도 드러그스토어 점원 경력을 쌓기로 한 게 아니라면, 이곳에서 점원 일을 하기에는 너무 나이가 많은 사람이었다. 매리언은 계산대로 다가가 공격적인 혐오감을 담아 캔디바 진열대를 살폈다.

"담배가 필요한데요." 그녀가 말했다.

"어떤 걸로요?"

"이상한 일이지만, 떠오르는 상표가 벤슨 앤드 헤지스밖에 없네요." 그녀가 말했다. "TV 광고 때문이에요, 엘리베이터 문이 나오는 광고요."

"손톱만큼 더 길죠."

"그거 괜찮은가요?"

"전 담배를 안 피워서요."

"요즘 인기 있는 상표는 뭐예요?"

"말버러랑 윈스턴이요. 럭키 스트라이크도."

"럭키 스트라이크! 맞네! 예전에 그걸 피웠었어요. 그거 하나 주세요."

"필터 있는 걸로 드릴까요? 없는 걸로?"

"세상에. 전혀 모르겠네요. 둘 다 하나씩 주시면 어떨까요?"

매리언은 돈을 건네면서, 30년 동안 담배를 한 대도 피우지 않았다고 설명하고 싶은 충동을 느꼈다. 폐쇄병동에서 퇴원해 애리조나의 지미 삼촌 집으로 이사한 이후 담배를 끊었다고, 담배 연기가 지미의 천식을 악화시켰고 고도가 높은 지역에서는 맛이 이상하게 느껴졌다고, 담배를 끊고 생겨난 구멍을 묵주와 예수 탄생 교회에 가는 것으로 메웠다고. 그 교회는 지미 삼촌네 현관문에서부터 2442걸음(습관적으로 센 것이다) 떨어져 있었다고. 뭐라도 도움이 되고 싶은 마음에 지미 삼촌의 애인인 안토니오 아저씨의 어머니 로잘리아를 일요일 미사에 데려다주다가 그 교회를 발견했다고. 매리언이 그 일을 맡았던 이유는 지미 삼촌과 안토니오 아저씨가 늦잠을 자는 사람들이었고, 로잘리아 아주머니는 자기가 어디로 가는지 계속 잊어버렸기 때문이었다. 정신 상태가 고원지대의 봄날씨처럼, 강한 햇빛이 구름에 쏠려 나갔다가 다시 구름을 뚫고 나오기를 반복했고, 하루 종일 '환한여름의따뜻한날씨'와 '어두운겨울의추운날씨' 사이를 오가던 매리언은 자신의 영혼을 우연히 마주치는 모든 것에 활짝 열었다고. 그중 어떤 것도 폐쇄병동은 아니었고, 삼촌 애인의 노망난 어머니가 성체성사를 받는 가톨릭교회에서 주님의 현존과 위대함이 드러난 것도 그녀가 우연히 마주친 사건 중 하나였기 때문이라고. 주님이 그녀에게 담배보다 나은 친구가 되었기 때문이라고. 매리언은 귀가 큰 젊은 남자에게 가게에서 일하는 것보다 큰 야심이 없다고 생각하니 슬퍼졌고, 고원지대의 생생함을 일부 나눠줌으로써 그의 저녁을 크게 만들어주고 싶었다. 그 생생함을 통해, 갑자기 매리언은 러스 이전의 인생을 떠올렸다. 하지만 점원은 이미 십자말풀이를 다시 집어 든 뒤였다.

매리언은 신발에 질척한 눈이 들어오는 것도 신경 쓰지 않고 뛰어서 거리를 가로지른 다음, 여행사의 처마 밑에 몸을 피했다. 그녀는 성냥 두 개를 낭비한 다음에야 필터 없는 럭키에 불을 붙였다. 처음 한 모금은 순결을 잃었던 때를 연상시켰다. 고통스럽고 끔찍하면서 훌륭했다. 매리언은 담배가 언니를 죽였다는 걸 아주 잘 알았다. 신문에 실린 기사들을 통해 암 발생률이 평생 담배에 노출된 기간에 정비례한다는 것도 알았다.

424

흡연을 30년 동안 쉬지 않은 건 셜리의 잘못이었다. 매리언은 영원히 담배를 피울 생각이 없었다. 그냥 브래들리 그랜트에게 순결을 내준 소녀의 모습을 찾을 때까지만 피울 생각이었다.

머리가 멍해지긴 했지만, 럭키를 피웠는데도 구역질이 나지 않는다는 것은 그녀가 얼마나 큰 불안을 느끼는지 알려주는 척도였다. 그래서 매리언은 한 대를 더 피우고 싶어졌다. 그녀는 차 지나가는 소리가 날 때마다 움찔하며, 그 모든 눈보라 속 소동에 신경이 곤두서고 불안해진 채로 겨우 두 블록을 걸어간 다음, 마을회관 앞 벤치에 앉아서 다시 불을 붙였다. 담배가 원래 이렇게 맛있었나? 기분 좋게도, 그녀는 허기가 지지 않는다는 걸 알아챘다. 도리스 해플의 스웨덴식 미트볼을 먹을 생각을 하니 속이 뒤집혔다. 정확히 1년 전에는 그 미트볼을 많이도 먹었는데. 그녀는 미트볼 개수를 세라고 자신에게 명령했다가, 결국 숫자를 놓치고 말았다. 깔고 앉은 코트로 눈이 스며들었다. 마을회관에 장식용으로 달아둔 독미나리 가지가 묵직한 눈에 처졌다. 그녀는 두 번째 럭키를 첫 번째보다 빠르게 피우고 있었다. 오래전에 잊은 황홀감이 가슴에 쌓여갔다. 그 황홀감으로 뭔가 하기 위해, 그녀는 로스앤젤레스에서 경찰이 그녀를 데려간 이후 한 번도 쓰지 않았던 것 같은 단어를 큰 소리로 말했다. "씨발!"

하, 기분이 좋았다.

"좆같은 도리스 해플. 좆같은 미트볼."

모자를 쓰고, 손에는 서류 가방을 든 채 몰아치는 눈에 고개를 숙이고 퇴근하던 사람이 인도에서 멈춰서 그녀를 돌아보았다. 매리언은 럭키를 든 손을 들어 그에게 흔들었다.

"괜찮아요?" 남자가 말했다.

"이렇게 좋았던 적이 없네요, 고맙습니다."

그는 계속 인도를 따라 걸어갔다. 그의 걸음걸이가, 뭔가 작정한 것처럼 몸을 기울이고 있는 그 모습이 왠지 브래들리를 생각나게 했다. 매리언은 입술로 럭키를 들어 올리다가 잿덩어리에 손가락이 타기 직전이라는 것을 알았다. 그녀는 미친 사람처럼 눈밭에 재를 털었다.

지금 브래들리는 65세일 것이다. 늙었지만, 너무 늙지는 않았다. 캘리포니아 남부처럼 보존이 잘되는 기후에서는 특히 그럴 것이다. 지금도 브래들리는 그녀를 생각할까? 아니면 그 역시 매리언처럼 기억을 묻어버리고 다른 사람이 되려고 노력했을까? 그가 잊었다면 끔찍할 것이다. 하지만 더 나쁜 것은, 그가 매리언을 그저 용서할 수 없는 행동을 한 여자로만 기억하는 것이었다. 축복 속에 보낸 몇 달이 그녀가 그의 집을 찾아가 그의 아내에게 말을 걸었던 하루로 지워지는 것. 왜 그런 짓을 하고 말았을까? 아무 죄 없는 제3자에게 왜 상처를 입혀야 했을까? 그러지 않았다면 모든 것이 완벽했을 텐데.

이제 성냥은 축축하게 젖어 있었다. 그녀는 성냥을 켜다가 손가락 끝을 데었다. 그녀의 어떤 모습이 브래들리에게 남았을지, 좋은 모습이 몹시 나쁜 모습을 지워버릴 수 있을지 제대로 된 정보를 가지고 추측하기 위해, 그녀는 브래들리가 그녀에게 보였던 열정을 떠올려보려 했다. 기억들은 가만히 있지 않고 서로에게 섞여 들어갔지만, 매리언은 열정이 느껴지던 순간들이 엄청나게 많았다는 느낌이 들었다. 매리언이 제정신이 아니게 되어 그에게 겁을 주었을 때조차 브래들리는 그녀에게서 떨어지는 것을 힘들어했다. 나중에야 물론 브래들리는 자기 아내를 찾아간 그녀를 증오했다. 하지만 그게 뭐 어때서? 그녀도 자신을 거절한 브래들리를 증오했다. 그 증오심은 빠르게 희미해졌다. 매리언의 기억에 남아 있는 것은 그와 함께 있는 것이 자신에게 딱 맞는 일이라는 짜릿함뿐이었다. 어쩌면, 시간이 흘렀으니 브래들리도 똑같이 느끼게 되지 않았을까?

매리언은 러스가 돌아서서 그녀를 버리기 전에 그를 버리는 자신을 상상했다. 그거야말로 놀라운 일 아닐까. 13.6킬로그램을 빼고 러스를 버리는 환상이 너무 만족스러워서, 매리언은 벤치에 앉아 계속 그 환상을 채우는 것만으로도 만족할 수 있었을 것이다. 하지만 그때 도서관에서 전화번호부를 모아둔다는 게 생각났다…….

도서관 뒤의 지저분한 눈밭에서, 그녀는 네 번째 담배꽁초를 주차장으로 탁 튕겼다. 세상의 사실들이 그녀의 정신 상태에 굴복했다. 이제 그녀에게는 브래들리가 로스앤젤레스에 살아 있기를 바랄 만한 그럴싸한 이유가 있었다. 그녀에게는 주소와 전화번호가 있었으니까. 그녀는 니코틴 때문에 전율을 느끼며, 이런 불안감을 가지고 다음에는 뭘 해야 할지 생각했다. 순위가 낮은 선택지에는 드와이트 해플 목사의 심술궂은 아내가 만든 미트볼 냄새를 맡는 것이 있었다. 잠깐, 베키가 오픈하우스 파티에 가려고 집에서 기다리고 있을지 모른다는 걱정이 들었다. 베키의 의무감이 태너 에번스와 함께하겠다는 욕구를 이겼을지 모른다고. 하지만 그럴 가능성은 낮아 보였고, 그런 일이 발생한다 해도 베키는 러스와 함께 알아서 오픈하우스에 가면 될 터였다. 러스는 어쨌든 그런 식의 일 처리에 더 만족할 테고. 러스는 베키의 미모를 자랑스러워했고, 아내와 함께 있는 모습을 보이기보다는 매주 일요일 오후마다 공개적으로 베키의 미모를 과시하는 걸 더 좋아했으니 말이다.

"좆 까, 러스."

누군가를 살해하고 싶은 기분이 어떤 것인지 떠올린 매리언은 자신이 아직 여성해방론자가 될 수 있을지도 모른다고 생각했다. 하지만 그녀는 정신과 만두를 정리했다. 상상할 수 있는 그 어떤 돌파구도 지금의 그녀만큼 돌파된 상황으로 이어질 수는 없었다. 그녀는 집으로 가서 양말 서랍에 남아 있는 현금을 다 비우고 싶었다. 소피에게 다시 기어가고 싶은 모든 충동을 미연에 방지하는 동시에, 페리에게 줄 거창한 선물을 사는 것이다. 하지만 가게들은 모두 문을 닫고 있었다.

매리언은 다음으로 뭘 해야 할지 알았다. 그녀는 페리에게도 고백해야 했다. 소피에게 한 고백은 그저 연습, 준비운동일 뿐이었다. 가족 중 누군가가 그녀가 저지른 짓을 알아야 했다. 그 사람이 좆같은 러스여서는 절대로 안 됐다. 페리는 그녀와 가장 닮은 사람, 그녀처럼 심리적 장애를 겪을 위험이 있는 사람, 그녀가 경고해주어야 할 사람이었다. 그녀의 심리적 장애가 어디로 이어질지는 몰랐다. 브래들리의 품일지도, 그냥 이혼녀가 쌓을 동네 극장에서의 이력일지도. 그게 어디든 페리는 데려가야 할 것이다. 페리에 대한 책임은 매리언이 너무 위험할 정도로 높이 날아오르지 않게 막아줄 것이다. 그게 매리언이 신과 한 거래가 될 것이다.

그녀는 뚱뚱한 덕분에 단열 효과를 누리며 도서관 옆면을 돌아갔다. 산울타리의 약한 부분을 뚫고 지나가 아무도 발을 댄 적이 없는 것으로 보이는 도서관 앞 잔디에 발자취를 남겼다. 눈이 오는 뉴프로스펙트도 사랑스럽기는 했지만 애리조나처럼 아름답지는 않았다. 뉴프로스펙트는 이미 내일에 가려져 있었으니 말이다. 눈 녹은 잿빛 진창과, 소금으로 부식되고, 엔진을 부릉대며 헛바퀴를 돌리는 자동차의 배기가스로 검어진 눈 더미가 차지할 내일. 반면 애리조나에서는 새하얀 순수함이 몇 주 동안이나 이어졌다.

메이플 거리의 바람에 맞서며 애써 언덕을 올라가다 보니 매리언은 니코틴이 심장에 독을 풀었다는 걸 의식하게 되었다. 하일랜드가의 모퉁이에서, 그녀는 잠시 멈춰 숨을 고르며 손목시계를 확인했다. 거의 7시 정각이었다. 이렇게 눈이 많이 내렸으니, 러스는 지금에야 겨우 집에 도착했을 것이다. 매리언은 언제든지 러스에게 "좆같은 파티. 난 안 가"라고 말할 수 있었다. 하지만 러스에게 내릴 좀 더 달콤한 벌은 그녀가 집에 돌아가지 않은 이유를 궁금하게 만드는 것이었다. 매리언은 아침 식사 시간에 러스가 거짓말을 했다고 거의 확신했다. 그는 과부 친구와 함께 있을 게 거의 분명했다. 그리고 매리언은 그 사실을 확인할 쉬운 방법이 있다는 걸 알았다. 러스와 함께 시내 봉사활동을 간다는 키티 레이놀즈가 메이플 거리 위쪽, 고등학교 근처에 있는 작은 집에 살았으니까.

결과가 두렵지 않은 사람은 결정을 내리기가 쉬운 법이다. 매리언은 하일랜드가를 건너 메이플 거리로, 바람이 불어오는 방향으로 계속 올라갔다. 발이 얼어붙었고 손가락도 거의 그 지경이었다. 매리언은 키티의 집을 머릿속에 그리기 어려웠지만, 일단 도착하자 알아볼 수 있었다. 아래층 창문에는 모두 불이 밝혀져 있었고, 미시간주 번호판이 달린 스포츠카가 진입로에 세워져 있었으며, 문에는 크리스마스 화환이 없었고, 덤불에도 전구들이 없었다. 매리언은 정문 통로를 따라 힘차게 걸어갔다. 아마 한 시간 전에 눈을 치워둔 듯했다. 그녀는 초인종을 눌렀다. 심장이 덜컥하는 순간, 매리언은 자신이 하려는 일을 브래들리의 아내에게 저질렀던 일과 혼동했다. 그 일을 다시 재연하는 것만 같았다. 그러다가 다시 상황이 명확해졌다. 지금 그녀의 처지는 그때와 정반대였다.

두꺼운 카디건을 입은 노인이 문을 열었다. 매리언은 엉뚱한 집을 찾아온 것일까 봐 걱정했지만, 그는 자신이 키티의 오빠라고 밝혔다. "키티는 스파게티를 먹어치우는 중이오." 그가 말했다.

"아, 저녁 드시는데 방해해서 죄송해요."

"누가 왔다고 할까요?"

"저는…… 그게 중요한 건 아니에요. 더 일찍 들렀어야 하는데. 오후에도 키티 씨는 여기 있었나요?"

"네. 스크래블로 나를 묵사발 내고 있었죠. 불가에 앉아 있기에 딱 좋은 날이었어요. 들어오실래요?"

"아뇨, 저는, 아니에요." 매리언은 돌아서며 말했다. "감사합니다. 키티 씨하고는 일요일에 교회에서 만날게요."

"그런데 누구신지……?"

매리언은 그곳을 떠나며 손을 내저었다. 문 닫히는 소리를 듣자마자 그녀는 럭키를 꺼냈다. 성냥갑 하나가 젖어 있었지만, 다른 하나는 아직 쓸 만했다. 러스가 거짓말을 했다는 의심은 들었지만, 분노하기 위해서는 결정적인 증거가 필요했다. 러스의 거짓말은 멍청했다. 쉽게 들키는, 어린아이의 거짓말. 그 점이 매리언을 더욱 화나게 했다. 러스는 매리언이 멍청하다고 생각한 걸까? 아마 그것조차 아닐 것이다. 그는 매리언을 거의 사람으로도 생각하지 않았을 것이다. 그녀는 아침 식사 때 식탁에 놓여 있는 불편한 물건, 설탕 그릇으로 손을 뻗는 데 방해가 되는 짜증 나는 꽃병과 비슷했다. 그럴싸한 거짓말을 할 가치조차 없는. 지방을 태우고 나면, 매리언에게는 곧 러스에게 대가를 치르게 할 방법이 더 많이 생길 터였다. 지금 할 수 있는 가장 달콤한 처벌은 아무 말도 하지 않고, 그가 매리언은 아무것도 모른다고 생각하게 놔두는 것이었다. 그녀에게 더 많은 거짓말을 해서 알아서 지옥에 떨어지도록.

목사관으로 돌아와보니 거의 7시 30분이었다. 자동차의 흔적이 보이지 않았다. 진입로에 바큇자국이 없었다. 뒷문으로 들어온 그녀는 신발

과 코트를 벗고 살얼음이 낀 머리카락을 손가락으로 빗었다. 부엌 조리
대에는 더 이상 매력을 느낄 수 없는 설탕 쿠키가 있었다. 주방의 모든
것이 활기 없고 낯설어 보였다. 최근에 죽은 누군가의 집에 들어온 것만
같았다.

"페리?" 그녀가 소리쳤다. "베키?"

매리언은 계단을 올라가며 다시 그들의 이름을 불렀다. 아들들이 혹시
썰매를 타러 나간 걸까? 페리와 저드슨의 방은 어두웠고, 문은 열려 있었
다. 매리언은 안방 불을 켰다. 침대 발치에는 페리의 예술적인 손 글씨로
적힌 쪽지가 놓여 있었다.

엄마에게

아빠가 시내에 발이 묶였대요. 그래서 제가 제이를 데리고 해플 목사님 댁
에 가려고요. 베키 누나는 엄마가 올 때까지 기다리려고 했지만, 제가 누
나한테 콘서트에 가라고 했어요.

페리

그때, 아무 경고 없이 눈물이 쏟아졌다. 매리언이 고백을 하면서도 흘
리지 않았던 눈물이었다. 러스가 그녀에게 무슨 의미가 있든 없든, 러스
와 페리가 아무리 사이가 나쁘다 한들, 러스는 언제까지나 페리가 아빠라
고 부를 사람이었다. 영원히 페리의 아버지일 것이다. 게다가 베키에 대
해서는 얼마나 잘못 생각했던가. 베키가 오픈하우스 파티에 가지 않으려
한다고 생각하다니. 어른처럼 굴려는 페리의 노력은 너무나도 뼈아팠고,
누나가 기다렸다고 굳이 말한 것은 너무도 너그러운 행동이었다. 그녀의
자식들은 얼마나 사랑스럽고 현실적인가. 그 아이들이 있어서 얼마나 운

이 좋은가. 자신의 악함을, 그 추상적인 사실을 만두에게 선언하는 것과, 아이들과의 관계에서 그 악을 경험하는 것은 어떻게 이리도 다른가. 매리언은 아이들을 실망시켰다. 베키는 고분고분하게 그녀를 기다렸고, 페리는 최선의 선택을 했다.

매리언은 시야가 눈물로 흐려진 채 서툴게 운동복을 벗고 수건으로 머리를 털었다. 그녀는 정말로 나쁜 사람이었다. 그녀는 기억과 환상의 생생함에서 억지로 떼어져 나오며 사랑과 회한만 느낀 것이 아니었다. 그에 못지않은 자기 연민도 느꼈다. 그녀는 심리적 장애가 방해를 받은 것에 분노했다. 지금 그녀가 소시지 같은 몸뚱이를 감싸야만 하는 자루 같은 옷에 대해 느끼는 증오심도 그랬다. 화장실에서, 매리언은 머리를 빗은 다음 변기 옆에 있는 오래되고 녹슨 체중계에 억지로 올라가 새로운 기준을 잡았다. 옷 무게까지 포함해 매리언은 65.3킬로그램이었다. 거의 다시 울음이 터질 만한 숫자였다. 매리언이 좋은 겨울 코트와 가장자리에 털가죽을 덧댄 좋은 장화를 신고 담배를 챙기러 주방으로 돌아갔을 때, 쿠키는 다시 매력을 되찾은 뒤였다.

몸무게가 많이 나간다고 느꼈는데 쿠키를 먹었다니 흥미로운 반응이에요.

"진짜?" 그녀는 머릿속의 만두에게 큰 소리로 말했다. "씨발, 그걸 이해하는 게 진짜 그렇게 좆같이 어려워? 당신은 살면서 자기가 안타깝게 느껴진 적이 한 번도 없다는 거야?"

현관에서 정신을 강화해주는 담배를 한 개비 더 피운 다음, 그녀는 해플 목사의 집으로 향했다. 눈은 여전히 심하게 내리고 있었지만, 한랭전선이 우세해지면서 공기의 맛은 캐나다의 공기처럼 변해 있었다. 아이들을 실망시킨 것에 대해 유일하게 위안이 되는 점은 러스가 그녀보다도 심하게 아이들을 실망시키고 있다는 것이었다. 러스와, 그가 도시에 함께 틀어박힌 날씬한 과부 중 누구를 더 살해하고 싶을까? 반반이었다.

매리언이 해플 목사의 집에 다가갔을 때 그 집에서 나온 건 검은색 목깃이 달린 똑같은 외투를 입은 두 사제였다. 매리언은 가톨릭 시절부터 교회 밖에서 사제를 만나는 것을 두려워했는데, 이런 두려움은 모든 기괴한 것들에 대한 유전적 두려움과 관계돼 있었다. 그녀는 심지어 성직자의 독신 생활에도 두려움을 느꼈다. 그건 반은 인간이고 반은 신의 선택을 받은 존재가 가진, 표면상으로는 칭찬할 만한 기괴한 특징이었다. 그녀는 사제들이 컨트리 스콰이어 스테이션왜건에 탈 때까지 인도에 숨어 있었다. 그 차가 새것처럼 보인다는 것 자체도 왠지 기괴했다.

그녀는 해플 가족을 잘 알았기에 노크하지 않고도 그 집에 들어갈 수 있었다. 미트볼 냄새와, 다행스럽게도 담배 냄새까지 맡은 그녀는 럭키를 꺼낸 뒤에야 코트를 지하실 계단 옆 드레스룸에 걸어놓았다. 지하실에서 할리우드 바이올린 소리가 들렸고, 익숙한 작은 목소리가 뒤따랐다. 저드슨의 목소리였다.

매리언은 지하 오락실에서 저드슨이 소파 위, 두 여자아이 사이에 있는 것을 보았다. 여자아이들의 얼굴은 불행히도 도리스 해플을 닮았다. 그들은 휴대용 제니스 컴퓨터로 〈34번가의 기적〉을 보고 있었다. 화면에서는 크리스 크링글이 어느 소녀의 침대에 앉아 있었다. 매리언은 그 소녀의 어머니가 아이를 페니스가 달린 낯선 남자들에게 맡겨두는 걸 전혀 이상하게 생각하지 않았다는 게 기억났다. 카메라에 산타의 얼굴이 잡히자 매리언은 가슴이 조여들었다. 매리언이 별로 좋아하는 영화가 아니었다. 그녀는 영화를 보지 않으려고 TV 뒤쪽으로 갔다.

"엄마, 안녕." 저드슨이 말했다.

"안녕, 아가. 늦어서 미안해. 저녁은 먹었니?"

"웅. 근데 지금은 영화 보고 있어."

"난 저드슨의 엄마란다." 매리언이 여자아이들에게 설명했다.

아이들은 웅얼웅얼 인사했다. 저드슨은 소파에 낮게 웅크리고 있었고, 여자아이들은 서로에게 몸을 숙이고 있었다. 그 애들의 몸이 저드슨의 몸에 닿았다. 저드슨이야 대체로 행복한 아이였지만, 매리언은 아이가 잠이 오는 듯, 꿈꾸는 듯한 표정을 짓고 있는 걸 보고 깜짝 놀랐다. 저드슨은 영화만 즐기는 게 아닌 것 같았다. 쓰다듬는 손길에 황홀해하는 고양이 같았다. 매리언은 자신이 뭔가를 방해했다는 불편한 느낌을 받았다.

"음, 그럼 영화 봐." 매리언이 말했다. "페리는 위층에 있니?"

저드슨의 시선은 화면에 머물렀다. "그렇대." 그가 말했다.

저드슨의 목소리에는 비꼬는 듯 날이 서 있었다. 여자애들에게 보라고 연기하는 것 같았다. 매리언은 영화 속 어머니보다 별로 나을 것도 없는 엄마가 된 기분으로 계단을 올랐다. 저드슨은 아홉 살이었다. 매리언은 베키가 남자 친구를 사귈 나이이고, 클렘은 평생의 사랑을 만날 나이를 지났다는 걸 알고 있었다. 하지만 저드슨이 순수함을 잃는 것에는 전혀 준비되지 않았다.

복도에는 파티장을 등지고 서서 쿠키 하나를 통째로 입에 밀어 넣는 루터파 교회 목사의 아내 제인이 있었다. 재닛이 아니라 제인 월시, 맞지. 그녀의 디저트 접시에는 쿠키 네 개가 더 있었다. 그녀는 매리언보다도 체중이 많이 나갔다.

"안녕하세요, 제인. 매리언 힐데브란트예요. 러스가 제 남편이고요."

인사 하나를 끝냈다. 앞으로 이런 인사를 백만 번은 더 해야겠지만.

"이 파티는 정말 근사한 전통이에요." 제인이 말했다. "근데 도리스 사모님의 쿠키는 지금 먹으면 안 될 것 같은데. 늘 과식하게 된다니까요."

매리언 자신은 미트볼을 더 좋아했다. 이곳 쿠키는 완벽한 스웨덴식 쿠키였지만 무미건조했다. 그녀는 자기 검열은 끝낸 뒤 이런 생각을 표현하려 했지만, 그때 거실에서 들려오던 화기애애하고 시끌시끌한 소리가 갑자기 잦아들었다. 그녀는 해플 목사가 연설을 하는 걸지 모른다고 생각했다. 하지만 대신, 또 다른 익숙한 목소리가 큰 소리를 내는 것을 들었다. 페리였다. 페리가 뭔가 소리치고 있었다. ……지옥에 간다고?

매리언은 제인 윌시를 서둘러 지나고, 가장자리에 서 있는 사람들을 밀치고 들어갔다. 페리는 벽난로 옆에 서 있었다. 얼굴이 극도로 빨갰다. 페리 양옆에 해플 부부가 각각 서 있었다. 거실의 다른 모든 사람이 그들을 지켜보았다.

"무슨 일이야?" 매리언이 말했다.

페리는 울음을 삼켰다. "엄마, 죄송해요."

"왜 그래? 무슨 일인데?"

"얘야." 드와이트 해플이 페리에게 한 팔을 두르며 말했다. "우리, 음. 조금 걷자꾸나."

페리는 고개를 숙이고, 드와이트가 자기를 이끌어 가도록 가만히 있었다. 매리언이 따라가려 했지만 도리스 해플이 그녀를 멈춰 세웠다. 도리스의 얼굴은 승리감으로 불타오르는 듯했다. "아들이 술에 취했어요."

"정말 죄송해요."

"흠, 그래요. 아이들을 제대로 감독하지 않으면 이런 일이 벌어지죠. 이제야 도착하신 건가요?"

"몇 분 전에 왔어요."

"아이들이 매리언 씨 없이 왔다니 좀 특이한 일이네요."

"그러게요. 날씨가 너무…… 페리는 착한 일을 하려고 했던 거예요."

"매리언 씨가 페리한테 가라고 한 게 아니고요?"

"세상에, 아니에요."

"그건 잘된 일이네요, 우리 사모님." 도리스는 매리언의 어깨를 토닥였다. "당신은 아무 잘못도 없어요. 이제 아이를 집으로 데려가기만 하면 돼요."

도리스 해플은 목사 사모의 중요성을 무식할 정도로 과하게 생각했고, 그 중요성에 대한 모든 모욕에 너무 민감했다. 그러므로 영원한 비탄에 잠겨 있었다. 세상이 사모라는 역할에 대한 그녀의 관점을 공유하지 않았으니까. 그녀가 지고 다니는 십자가 중에는 공교롭게도 그 자신의 역할을 경시하는 목사와 결혼했다는 것이 있었다. 매리언의 불행은, 그녀 역시 목사의 아내였으므로 도리스의 관점에서는 드높은 존경을 받아 마땅하다는 것이었다. 매리언은 그 훌륭한 역할을 수행하는 방법에 대해 도리스가 하는 원치 않는 제안들뿐 아니라, 도리스가 그 제안을 전할 때 틀림없이 활용하는 온화한 태도까지 견뎌야 했다. 나가 뒈질 쌍년이라고 부르고 싶은 사람에게 우리 사모님이라고 불리는 건 거북한 일이었다.

페리는 식탁 의자에 앉아 몸을 앞으로 푹 숙이고 있었다. 머리카락이 늘어져 페리의 얼굴을 가렸다. 드와이트가 매리언에게 다가와 낮은 목소리로 말했다. "글록을 마신 건 사실인 것 같습니다."

"제가 해결할게요." 그녀가 말했다. "죄송합니다."

"러스는 괜찮을까요?"

"네, 러스는 프랜시스 코트렐과 데이트하는 중이에요."

드와이트가 눈을 크게 뜨는 걸 보니 재미있었다.

"시내에서 장난감과 통조림을 배달하고 있어요."

"아."

"그런데요." 그녀가 말했다. "저드슨이 지하실에서 〈34번가의 기적〉을 보고 있어요. 저드슨을 여기 맡겨두고, 나중에 데리러 와도 괜찮을까요?"

"그럼요." 드와이트가 말했다. "와서 데려가기가 뭣하면, 내가 데려다 줄 수도 있습니다."

결혼에서 고약한 사람이 착한 사람과 짝이 되는 경우는 얼마나 많을까. 사람들 눈에 매리언의 결혼이 이런 식으로 보이지 않는다면, 그건 단지 그들이 진짜 매리언을 만나보지 못했기 때문이었다. 매리언은 내려가서 저드슨에게 페리를 집으로 데려간다고 말해야 했다. 하지만 지하실에서 본 광경이 불안한 뒷맛을 남겼기에 착한 드와이트에게 그 일을 대신 해달라고 부탁했다. 드와이트가 나가자 매리언은 페리에게 가서 그의 발치에 웅크렸다.

"아가." 그녀가 말했다. "얼마나 취했니? 많이 취한 거야, 그렇게까지 취하진 않은 거야?"

"비교적 많이 취한 건 아니에요." 페리는 여전히 얼굴을 감춘 채 말했다. "해플 부인이 과민 반응한 거예요."

매리언은 비교적이라는 단어에도 놀라지 않았다. 매리언 자신도 페리와 같은 나이에 처음으로 술을 마셨다. 하긴, 지금 매리언도 딱히 좋은 상태는 아니었지만.

"무슨 생각으로 그랬어?" 매리언이 말했다. "저드슨을 여기 데려왔잖아. 네가 저드슨을 책임지고 있었는데…… 그 생각은 안 한 거야?"

"엄마, 제발요. 진짜 죄송해요. 됐죠?"

"아가, 엄마를 봐. 엄마를 좀 볼래? 너한테 화가 난 게 아니야. 그냥 놀라서 그래. 너는 늘 저드슨을 많이 생각했으니까."

"죄송하다고요!"

가엾은 녀석. 매리언은 페리의 두 손을 잡고 그의 머리에 입을 맞췄다.

"저드슨은 괜찮았어요." 페리가 말했다. "저드슨은 얏지를 하고 있었고, 저는 그렇게 취하지도 않았어요. 모든 게 괜찮았는데……."

"저 여자 집에서 취한 게 잘못이지."

페리가 작게 코웃음 쳤다. 페리도 매리언이 도리스 해플을 어떻게 생각하는지 알았다. 매리언은 다른 아이들에게는 하지 않을 온갖 말을 페리에게 했다. 이제는 페리에게 해줄 새로운 이야기도 있었다. 페리의 뜨거운 손이, 그녀가 너무도 특별하게 사랑하는 아이의 현실성이 브래들리에 대한 환상이라는 티슈를 태워 구멍을 내고 있었다. "집에 데려다줄게." 매리언이 말했다.

매리언이 코트를 가지고 드레스룸에서 돌아왔을 때, 페리는 접시에 담긴 미트볼을 먹고 있었다. 미트볼도 당기긴 했지만 담배도 당겼다. 니코틴, 배고픔과 배고픔 참기, 불안과 안도감으로 이루어진 오래된 주기가 돌아오고 있었다. 매리언은 페리가 몸속에 음식을 채워 넣도록 놔두고 현관 계단으로 나왔다.

매리언이 럭키를 절반 정도 피웠을 때 페리가 문을 열었다. 매리언은 범죄 현장에서 걸린 것처럼 담배를 떨어뜨리고 싶은 충동을 느꼈지만, 페리가 그녀의 진짜 모습을 보는 건 중요한 일이었다.

그는 만화처럼 놀란 표정으로 그녀에게 눈을 부라렸다. "뭐, 하는 건지, 물어봐도, 돼요?"

"나도 오늘 밀수품이 있어서."

"담배를 피워요?"

"아주 오래전에 피웠었어. 근데 끔찍한 습관이니까, 넌 피우지 마."

"행동이 아니라 말을 따라라?"

"그렇지."

페리는 문을 닫고 러버를 신었다. "나도 하나 피워봐도 돼요?"

너무 늦게, 매리언은 자신이 실수를 저질렀다는 걸 알았다. 어느 시점에 매리언은 페리가 그녀의 흡연을 자기도 담배를 피워도 된다는 허락으로 받아들일 거라고 확신했다. 그것 역시 페리에게 죄책감을 느낄 만한 일이었다. 이런 새로운 불안감을 누르기 위해, 매리언은 담배를 세게 빨았다.

"페리, 잘 들어. 엄마가 절대로 용서하지 않을 행동이 딱 하나 있어. 네가 담배를 피우면, 난 절대로 널 용서하지 않을 거야. 알겠니?"

"솔직히, 모르겠는데요." 페리는 러버의 버클을 채우며 말했다. "엄마는 위선자가 아니라고 생각하니까요."

"난 흡연이 얼마나 위험한지 아무도 모를 때 담배를 피우기 시작했어. 넌 엄마랑 똑같은 실수를 하기엔 머리가 좋잖니."

"엄마는 알면서도 피우잖아요."

"뭐, 이유가 있어. 무슨 이유인지 말해줄까?"

"난 엄마가 죽지 않았으면 좋겠어요."

"엄마는 죽으려는 게 아냐, 아가. 하지만 엄마에 대해서 네가 알아야 할 게 있어. 지금은 기분이 좀 어떻니?"

"술 때문에 머리가 멍하지는 않아요. 멍하지 않다 멍하지 않다 멍하지 않다…… 봤죠?"

매리언이 집으로 가면서 페리에게 하기 시작한 이야기에는 브래들리 그랜트 이야기도, 매리언의 아버지를 제외한 그 어떤 남자 이야기도 나오지 않았다. 바닥에 두껍게 깔려 있고 여전히 내리고 있는 눈이 매리언의 목소리가 멀리까지 전달되지 않도록 하면서도, 이상할 만큼 또렷하게 들리도록 했다. 꼭 그녀의 머리통이 커져서 이 세상이 된 것만 같았다. 페리는 눈이 쌓인 곳을 지날 때면 그녀에게 말없이 손을 내밀며 조용히 귀기울였다. 지금까지 매리언은 아이들에게 자살을 비밀로 했다. 러스에게도 여러 해 동안 그 얘기를 한 적이 없었다. 매리언은 러스가 그 이야기에 겁을 먹는다고, 혹은 당황한다고 느꼈다. 하긴, 러스는 그녀의 가장 내면적인 모습에 관한 모든 것에 그런 식으로 반응했다. 페리의 얼굴은 파카 후드에 가려져 있었고, 매리언은 자살 이후로 발생한 그녀 자신의 심리 장애—해리와 기억상실, 불면증에 시달리던 여러 달, 여러 주에 걸친 긴장증적 기분 저하—를 이야기했다. 페리가 그 이야기를 어떻게 생각하는지는 전혀 알 수 없었다.

그들은 매리언이 이야기를 마치기 전에 목사관에 도착했다. 진입로에는 최근에 찍힌 발자국이 두 종류 나 있었다. 하나는 들어오는 발자국, 하나는 나가는 발자국이었다. 매리언은 그게 클렘의 발자국일 거라고 생각하고, 페리와 함께 주방에 들어가자마자 클렘을 불렀다. 하지만 집은 비어 있는 듯했다.

"콘서트에 갔는지도 모르겠구나." 매리언이 말했다. "아마 너도 콘서트에 가보면 좋을 거야. 얘기는 내일 아침에 더 하자."

페리는 쿠키를 먹고 있었다. "할 얘기가 더 있으면 해주세요."

매리언은 코트에서 럭키를 꺼내고, 환기를 위해 뒷문을 열었다.

"미안하구나, 아가. 담배를 피우지 않고는 얘기하기가 어렵네."

손이 너무 떨려서 성냥을 켤 수가 없었다. 페리가 성냥갑을 가져다가 하나를 켜주었다. 왠지 매리언은 페리보다 어려진 기분이 들었다. 어머니라기보다는 딸이 된 기분. 그녀는 고마워하며 연기를 들이마시고, 문밖으로 내뱉으려 했다. 하지만 바람이 연기를 안으로 밀어 넣었다.

"그건 끄세요." 페리가 말했다. "더 좋은 생각이 있어요."

"현관?"

"아뇨. 3층이요."

현관홀의 어둠 속에서, 매리언은 커다란 짐 가방 두 개를 보고 놀랐다. 매리언은 잠깐 꿈이라도 꾸듯 그게 자기 가방이라고 생각했다. 오늘, 아마 로스앤젤레스로 떠나는 걸까. 그러다가 그녀는 가방이 클렘의 것이라는 걸 알았다. 왜 짐을 이렇게 많이 가져온 거지?

페리는 이미 계단을 올라간 뒤였다. 매리언은 독이 스며든 심장으로 헐떡이며 페리를 따라 3층 창고로 갔다. 이곳에는 죄책감 어린 비밀을 묻어두지 않았다. 매리언은 여행 가방 하나만 가지고 지미 삼촌의 집에 도착했고, 러스와 결혼하기 전에 삼촌의 벽난로에서 일기장을 태워 그녀의 과거 모습에 대한 증거를 없애버렸다. 지금 가장 오래된 유물은 인디애나주에서 가져온 것들이었다. 저드슨이 마지막으로 쓴 요람과 유아용 의자, 낡은 영사기, 보관할 필요가 없는 담요와 이불이 든 삼나무 상자, 다시 유행할 리 없는 옷들이 들어 있는 옷장, 러스가 가족 캠핑용으로 쓸 수 있을 거라고 상상했지만 실제로는 그렇지 않았던 곰팡이 슨 군용 텐트. 모두 슬픔일 뿐이었다.

페리는 불을 켜지 않고 중간 문설주가 달린 지붕창을 열었다. "이 집에서는 일종의 굴뚝 효과가 발생하거든요." 페리가 말했다. "문을 닫아놔도 늘 바람이 나가요."

"여기를 정말 잘 아는 것 같구나."

"바깥쪽 창틀을 재떨이로 쓰면 돼요."

"잠깐만. 담배를 피운다는 얘기니?"

"엄마 얘기나 마저 들려주세요. 할 말이 더 있다면서요."

정말로 바람이 흘러나갔다. 머리를 창밖으로 내밀고도 여전히 비교적 따뜻함을 느낄 수 있었다. 눈을 맞으면서, 얼굴에 닿는 눈송이를 느끼되 눈 자체가 되지는 않으면서. 담배를 피우되, 연기 속에 들어갈 필요는 없이.

"그래, 음. 그래서 난 결국 정신이 나갔어." 그녀가 말했다. "크리스마스 아침에 길거리를 헤매다가 경찰한테 잡혔지. 내일이면 그것도 30년 전 일이 되겠구나. 경찰이 나를 지방의 병원으로 데려갔어. 난 란초 로스 아미고스에 있는 여성 병동에 입원했단다. 절대 가고 싶지 않은 곳이야. 하긴, 그 사람들도 나를 다시 거리로 내보낼 수는 없었겠지. 하지만 창문에 철창이 달린 곳에 갇혀서, 나보다도 더 미친 여자들에 둘러싸여 있었으니…… 어떻게 나아질 수 있었는지 아직도 모르겠구나. 정신과 의사들은 내 뇌가 아직도 청소년의 뇌라고 했어. 그 사람들 말로는 가소성이 있다더구나. 그 사람들은 내 호르몬이 안정될 가능성이 있다고 했어. 내가 너무 오랜 시간을 혼자 보내고, 또…… 이런저런 일로 호르몬 이상이 생겼을 거라고 말이야. 난 사실 그 사람들 말을 믿지 않았지만, 그 사람들이 나를 퇴원시키게 하려면 보여줘야 할 행동 목록이 있었거든. 나는 너무 간절하게 나가고 싶어서, 결국 그 행동을 전부 보여줬어. 아무튼. 그게 엄마에 관한 또 다른 중요한 사실이란다. 엄마는 스무 살에 정신병원에 수용됐어."

매리언은 바깥쪽 창틀에 담배를 눌러 껐다.

"엄마가 봄에 널 왜 그렇게 걱정했는지 알겠니? 우린 너무 닮았어. 다른 사람들하고는 달라. 네가 잠들기 어려워하는 것도, 기분이 들쑥날쑥한 것도, 엄마는 네가 엄마한테서 물려받은 거라고 생각해. 엄마 쪽 가족한테서 말이야. 정말 끔찍하지. 하지만 너도 알아야 하는 일이야. 너는 엄마가 겪은 일을 절대로 경험하지 않았으면 해서."

창문에서 돌아서기는 힘들었지만, 매리언은 그 일을 해냈다. 눈이 적응한 지금은 방이 더 밝아 보였다. 페리가 삼나무 상자에 앉아서 바닥을 내려다보고 있었다. 매리언이 그의 시선이 미치는 곳에 앉자 페리는 가슴팍으로 턱을 당겼다.

"아빠는 이런 얘기를 전혀 몰라." 매리언이 말했다. "내가 병원에 있었다는 얘기는 한 번도 안 했거든. 엄마는 나아졌으니까. 아빠를 만났을 때는 오랫동안 나아진 상태였어. 그걸 기억해주면 좋겠구나. 정신과 의사들 말이 맞았어. 나이가 드니까 나은 거야."

이 말은 어느 정도 거짓말이었다. 그래서 매리언은 그 말을 반복했다.

"엄마 걱정은 할 필요 없어, 아가. 하지만 엄마는 네가 걱정돼. 너는 아직 십대이고, 엄마한테 너무 소중하거든. 네 머릿속에서 무슨 일이 벌어지고 있는지 말해줘야 해. 문제가 있으면 우리가 함께 풀어갈 수 있어. 하지만 엄마한테는 솔직해야 해. 그렇게 해줄래? 무슨 생각 하는지 말해줄 거니?"

페리의 숨결은 뜨거웠고, 매리언은 그 숨결에서 술 냄새를 맡을 수 있었다. 그녀가 가장 큰 죄책감을 느끼는 문제를 페리에게 큰 소리로 털어놓자, 그 문제는 더 크고 현실적인 것으로 변했다. 빠져나올 수 없을 것만 같았다. 매리언은 아까 만두의 진료실 문 앞에서 망설였던 것을 떠올렸다. 그녀는 오직 두 가지 선택지밖에 없다고 느꼈다. 주님의 뜻에 순종해 페리에게 헌신하거나, 불경하게도 그녀 자신에게 헌신하는 것이었다. 두 선택지가 어찌나 상호배타적인 것으로 보였던지 잔인할 정도였다. 아들의 뜨거운 숨결 속에서, 매리언은 자신의 황홀감이 증발하는 것을 느낄 수 있었다. 브래들리에 대한 갈망이 손아귀에서 빠져나갔다.

"아가? 무슨 말이라도 해봐."

페리는 거의 웃음에 가까운, 숨소리가 섞인 소리를 내더니 허리를 세우고 앉아 주위를 둘러보았다. 발치에 있는 매리언이 보이지 않는 것만 같았다. "무슨 말을 하겠어요? 되게 놀라운 일도 아니고."

"어떻게 놀라운 일이 아니야?"

페리는 미소 짓고 있었다. "난 내가 지옥에 가리라는 걸 이미 알고 있었어요. 안 그래요?"

"아니, 아니야. 그런 게 아니야."

"엄마 잘못이라는 게 아니에요. 그냥 사실이지. 내 머리에는 뭔가 나쁜 게 있어요."

"아니야, 아가. 넌 그냥 머리가 좋고 섬세한 거야. 그게 꼭 나쁜 건 아니란다. 아주 좋은 것일 수도 있어."

"아니죠. 여기, 보실래요?"

페리는 놀랍도록 기운차게 일어서더니 삼나무 상자를 밟고 올라섰다. 그는 옷장 위에서 신발 상자를 내렸다. 페리의 반응은 매리언의 예상을 완전히 벗어났다. 그는 매리언 때문에 괴로워하지도, 자기 때문에 두려워하지도 않았다. 마치 페리의 머릿속 스위치가 내려진 것만 같았다. 전혀 반응하지 않는 것만 같았다. 매리언도 그 스위치를 알았다. 아들이 그 스위치를 내리는 모습을 보는 건 최악의 형벌이었다.

페리는 신발 상자 뚜껑을 열더니 식물로 가득 차 있는 것처럼 보이는 투명한 비닐봉지를 꺼냈다. "이거요." 그가 말했다. "이게 제가 여기서 피워오던 것들의 씨앗과 줄기예요. 다른 곳에 있는 것까지 세면, 이게 제 흡입량의 10퍼센트쯤 돼요." 페리는 상자 안을 뒤졌다. "여기에 제가 쓰는 종이도 있어요. 아주 좋을 줄 알았는데 실제로는 저랑 별로 안 맞았던 파이프도 있고요. 물론 믿음직스러운 빅 라이터도 있죠. 꽁초 집게도 있고.

조그만 구강청결제 병도 있고. 그리고 이건……." 페리는 윤이 나는 장치를 들어 올렸다. "엄마도 이건 아실지 모르겠네요. 실용적인 휴대용 저울 같은 거예요. 대마초 파는 일을 하는 사람한테 쓸모가 있죠."

"세상에."

"솔직해지라면서요."

페리는 다시 상자 뚜껑을 닫았다. 간단명료했다. 감정이라고는 없었다. 문득 매리언은 자기 머릿속의 페리가 어린 시절의 페리로부터 유추한 감상적인 투사체일 뿐이었다는 생각이 들었다. 러스가 진짜 매리언을 모르듯, 그녀도 더는 진짜 페리를 몰랐다.

"어떻게 이 모든 일이 이렇게 빨리 일어날 수 있지?" 매리언이 말했다. 페리가 낯선 사람이 되었다는 뜻이었다.

"3년이 그렇게 빠른 건 아니죠."

"세상에. 3년이라고? 내가 아주 멍청하고, 눈이 멀었었구나."

"꼭 그런 건 아니에요. 절차에만 신경 쓰면 약 사용 습관을 숨기는 건 어렵지 않거든요."

"난 우리가 가까운 사이라고 생각했어."

"가까운 사이 맞아요, 어느 면에서는요. 나도 엄마에 대해서 모든 걸 안다고 생각했던 건 아니니까요. 지금 알게 됐듯, 실제로도 몰랐고요."

"하지만 약을 팔다니. 이건 다른 문제야."

"저도 자랑스럽지는 않아요."

"약을 팔면 안 돼."

"분명히 말씀드리지만, 더는 안 팔아요. 새사람이 되려고 노력하는 중이에요. 그건 베키 누나 덕분이고요."

"베키? 베키가 알아?"

"파는 건 모를걸요. 하지만 다른 부분에서는, 네. 꽤 잘 알고 있어요."

눈앞에 펼쳐지는 광경에, 그녀의 자식들이 공모해 그녀를 따돌리는 모습에, 매리언은 심리 장애가 재발하는 듯한 현기증을 느꼈다. 그녀는 상상했던 것과는 달리 없어서는 안 될, 비밀을 털어놓을 만한 어머니가 아니었다. 그녀는 러스를 속였지만, 아이들을 속인 적은 없었다. 그녀의 우울한 지성은 이로써 그녀가 한 가지를 허락받았다는 사실을 빠르게 알아챘다. 그녀가 도망치는 데 성공하면 그녀를 그리워할 사람은 별로 없으리라는 사실이었다.

"담배를 한 대 더 피워야겠구나." 매리언이 말했다.

"허락해드릴게요."

매리언은 창가로 돌아가 담배에 불을 붙였다. 그녀의 내면에는 아직 힘이 조금 남아 있었다. 오래된 열망의 장기들이 아직 작동했다. 이것 아니면 저것, 이것 아니면 저것. 그녀의 정신이 화해 불가능한 모순 사이를 오가는 모습을 지켜보는 건 거의 우스꽝스러운 일이었다. 신을 두려워하는 어머니, 후회를 모르는 죄인. 그녀는 감히 할 수 있을 만큼 멀리 창밖으로 몸을 숙이며, 집에서 새어 나오는 온기에서 벗어나 피부에 닿는 겨울 공기를 느껴보았다. 그녀는 더욱 몸을 내밀었다가 작은 돌풍에 맞닥뜨렸다. 두 뺨에서 눈송이가 녹아내렸다. 모든 게 엉망이었고, 멋졌다.

"와, 엄마. 조심해요." 페리가 말했다.

강당 안에는 인파가 빽빽하게 모여 있었다. 그 때문에 '제트기를 타고 떠나다'의 증폭된 화음은 울리지 않고 열린 문으로 흘러나왔다. 손 모아장갑을 끼고 술 달린 긴 털모자를 쓴 젊은 여자 둘이 현관의 탁자에 있었다. 그들은 3달러를 달라고 했다.

"콘서트를 보러 온 게 아니라니까." 클렘이 말했다. "나는 베키 힐데브란트를 찾는 거야."

"베키는 여기 있어요. 하지만 우린……."

"3달러는 못 줘."

안에서는 콘서트 관객 중 키가 큰 사람들의 머리가 무대 조명에 비춰져 실루엣으로 보였다. 드레드노트형 기타를 들고, 캔틸레버식 마이크 뒤에 반원을 그리며 앉아 있는 것은 아이스너 형제들과, 허리보다 길게 머리를 기른 에이미 제너라는 조각상 같은 여자였다. 클렘은 에이미를 잘 기억하고 있었다. 2년 전 크로스로스 활동 때 에이미는 클렘에게 너 섹시하다라고 적힌 쪽지를 주었다. 너무 해괴한 주장이라 농담으로 받아들였었다. 하지만 섀런에게서 이 세상이 무엇으로 만들어져 있는지를 배운 지금 에이미를 보니 그 말이 다르게 생각됐다. 연인이 떠나는 모습을 보는 게 싫다고 노래하는 에이미의 예쁜 목소리는 그가 섀런의 침실에서 자해한 상처에 소금을 뿌렸다.

시카고행 버스에서, 클렘과 그의 뒷자리에 있던 아기는 마침내 잠들었다. 하지만 잠에서 깨어났을 때는 아무 보람이 없었다. 자신이 저지른 행위를 다시 의식하고, 그런 의식을 가진 채 외로움으로 돌아오는 것은 나쁜 꿈에서 깨어나는 것의 역(逆)과 비슷했다. 기차역으로 무자비하게 이송된 그는 7시 25분발 뉴프로스펙트행 기차를 탔다. 거기에서 웬 착한 사마리아인이 클렘을 집까지 태워다 주겠다고 했다. 그는 목사관에 짐을 내려놓고, 자신을 채찍질하며 다시 눈밭으로 달려 나갔다. 그는 자신이 혼자가 아니라는 것을 알고 깨어날 수 있을 때까지 잠들지 않을 작정이었다.

그는 베키를 찾아 인파 속으로 들어갔지만, 콘서트는 동창회이기도 했다. 성숙한 버전의 켈리 보엘케가 즉시 그에게 달려들었다. 그녀는 어린 시절 클렘과 함께 제일 개혁 교회에 다녔던 여자애였다. 둘은 친구였던 적이 없었고, 다른 날 밤이었다면 그녀가 클렘을 껴안은 것은 부적절한 행동으로 보였을 것이다. 오늘 밤에는 따뜻한 몸이 닿자 거의 눈물이 터질 것 같았다. 클렘의 몇 안 되는 진짜 크로스로드 친구들은 동창회를 의식하기에는 너무 반(反)감성적이었지만, 다른 졸업생들은 그의 주변에 몰려들었다. 그는 크로스로드에서 자신이 주변적인 인물이라고 느꼈고, 신뢰 쌓기 활동과 개인적 성장이라는 수사에도 별 감흥을 느끼지 못했지만, 그들의 포옹을 고맙게 받아들였다. 마치 가족의 위로라도 되는 것처럼. 그는 섀런이 이 모든 포옹을 어떻게 받아들일지 궁금했다. 그러다가 궁금해하지 말 걸 그랬다고 생각했다. 섀런에 대해서 하는 모든 구체적인 생각은 아무리 무해한 것이라도 또 한바탕 죄책감과 상처를 촉발했다.

모두와 인사를 나누었는데도 베키를 찾지 못했을 때쯤에는 아이스너 형제들과 에이미 제너가 일과 중에 망치를 가지고 부를 법한 노래를 힘차게 부르고 있었다. 클렘은 기력이 다했고, 현장의 시끄러움이 약간 지옥처럼 느껴졌다. 그는 무대에 좌초했다. 쌓여 있는 스피커들 앞에서 멈춰버렸다. 그때 친구 존 고야의 동생인 데이비*가 다가왔다. 데이비는 더 이상 작지 않았을 뿐 아니라, 이상하게도 중년처럼 보였다. "베키 찾아?" 그가 소리쳤다.

"응, 여기 있어?"

"걱정되는데. 걔 집에 갔어?"

"아니." 클렘이 소리쳤다. "내가 집에 있다가 온 거야."

데이비는 인상을 썼다.

"무슨 일 있었어?" 클렘이 소리쳤다.

자비롭게도 노랫소리가 멈췄다. 스피커에는 낮게 웅웅거리는 소리만 남았다.

"몰라." 데이비가 말했다. "아마 어디에 그냥 누워 있을 거야."

클렘의 귓속으로 토비 아이스너가 하는 유창한 말이 증폭되어 들려왔다. 토비는 음악가 형제 중 형이었다. "고맙습니다, 여러분. 감사합니다. 아쉽지만, 딱 한 곡을 부를 시간밖에 남지 않았네요."

토비는 실망했다는 표현이 나오기를 기다리며 잠시 말을 멈추었다. 관객 중 누군가가 예의 바르게 신음했다. 토비는 말만 번지르르한, 섬세한 남자의 진정성을 갖추고 있었다. 노래를 부를 때마다 자기만족적으로 미소를 짓곤 했다. 그걸 보면 클렘은 늘 소름이 돋았다. 인제 보니 토비는 성서 시대에서나 봤을 법한 짙은 턱수염까지 기르고 있었다.

---

* '데이비드'의 애칭.

"있잖아요." 그가 말했다. "오늘 밤 우리 모두 이렇게 모여 있으니 참 좋네요. 멋진 사람들도, 훌륭한 친구들도 참 많아요. 사랑도 많고, 웃음도 많고요. 하지만 잠깐 진지한 얘기를 하고 싶어요. 괜찮아요? 우리 모두, 아직 전쟁이 벌어지고 있다는 걸 기억했으면 좋겠어요. 지금 당장, 지금 이 순간 베트남은 아침입니다. 사람들이 여전히 학살당하고 있어요. 정말이지, 우린 그걸 멈춰야 합니다. 그 전쟁을 멈춰야 해요. 우린 지금 당장 미국이 베트남에서 손을 떼도록 해야 합니다. 맞나요?"

토비라는 개자식은 아무것도 모르면서 심하게 나댔다. 클렘이 보기에는 딱할 정도였다. 그런데도 꽤 많은 사람들이 손뼉을 치며 환호하고 있었다. 용기를 얻은 토비가 소리쳤다. "여러분의 목소리를 듣고 싶습니다! 모두 함께! 우리가 원하는 건?"

토비는 손을 귀에 댔고, 대부분 여자인 소수의 관객이 그에게 호응했다. "평화!"

"더 크게! 우리가 원하는 건?"

"평화!"

"우리가 원하는 건?"

"평화!"

"평화는 언제?"

"지금 당장!"

"평화!"

"지금 당장!"

다행히도 데이비 고야는 쿨하게 자기 손톱을 살펴보고 있었지만, 클렘이 보기에 강당의 다른 모든 사람은 그 구호를 따라 하는 듯했다. 클렘은 새런을 만나기 전에 여러 시위에서 구호를 부르짖을 만큼 부르짖었다.

하지만 지금은 그 소리가 너무 낯설게 들렸다. 다른 졸업생들을 껴안은 자신의 나약함이 부끄러울 지경이었다. 그 졸업생들은 안전한 곳에서 독선적으로 굴고 있었을 뿐 아니라 토비 아이스너에게 혐오감을 느끼지도 않았다. 예전에는 그들이 클렘의 동족이었을지 모르지만, 지금은 확실히 아니었다.

토비는 구호의 리듬에 따라 휘두르던 주먹을 내리고, '불어오는 바람 속에'의 첫 음을 울렸다. 관객에게서 함성이 터져 나왔다. 클렘은 더 이상 견딜 수 없었다. 그는 인파를 밀치고 화장실이 있는 교회의 중앙 복도로 탈출했다. 그는 여자 화장실 문을 살짝 열었다. "베키?"

답이 없었다. 그는 복도를 따라가며 다른 방들을 확인했다. 역시 비어 있었다. 아직도 토비 아이스너의 목소리가 들렸고, 그가 턱수염 너머로 히죽히죽 웃는 모습이 떠올랐다. 그때 클렘은 교회 중앙 현관에 도착했다. 문 안쪽 바닥에 앉아 담배를 피우는 사람은 오토바이 재킷을 입고 있는 여자였다. 로라 도브린스키였다.

"야, 로라. 반갑다. 너 혹시…… 내 동생 못 봤어?"

로라는 클렘의 말을 못 들은 것처럼 고개를 옆으로 돌리고 연기를 뿜어냈다. 그녀는 울고 있었던 것처럼 보였다.

"방해해서 미안해." 그가 말했다. "난 그냥 베키를 찾고 있었어."

그와 로라 사이에는 오래전에 서로를 좋아하지 않는다는 사실을 확인한 데서 비롯한 사회적 편안함이 있었다. 로라는 다시 고개를 옆으로 돌리고 연기를 뿜었다. "아까 보니까 약에 취해서 꽐라가 됐던데."

"베키가…… 뭐라고?"

"약에 취해서 꽐라가 됐다고."

클렘은 한 대 맞은 것처럼 눈앞이 어지러웠다. 이제야 그는 데이비 고야가 걱정하던 이유를 알 수 있었다. 그는 로라를 혼자서 슬퍼하게 놔두고, 계단 두 층을 달려 올라가 크로스로드 모임 방에 들어갔다. 문 앞에서 보니 어둑한 모임 방 안 소파에 무력하게 누운 여자가 보였다. 그 위에 깡마른 남자가 있었다. 둘 다 옷을 입고 있었고, 다행히도 여자는 베키가 아니었다.

"미안. 너희 혹시 베키 힐데브란트 못 봤어?"

"못 봤어." 여자가 말했다. "나가."

클렘은 계단을 내려가면서 수면 부족으로 정신이 오락가락했다. 기분이 더 나빠질 줄 알았다면 그는 자리에 앉아 담배를 피웠을 것이다. 눈이 타는 듯했고, 머리에는 썩은 것이 가득 찬 것 같았다. 짐을 들고 오느라 어깨가 쑤셨고, 목사관에서 나올 때 가지고 나온 쿠키를 먹어서 입맛이 썼다. 베키 문제까지 겹치자 이 모든 걸 거의 견딜 수 없었다. 클렘은 페리가 대마초를 피운다는 걸 알았다. 하지만 베키라니? 그는 반짝이는, 머리가 맑은 베키가 필요했다. 그는 부모님에게 자기가 저지른 짓을 말하기 전에 베키를 자기 곁에 두어야 했다.

2층 복도는 어두웠지만, 릭 앰브로즈의 사무실 문은 열려 있었다. 클렘은 자신이 크로스로드와 맺고 있는 양가적인 관계를 이해해준 앰브로즈에게 늘 고마웠고, 지금은 그가 콘서트에 전혀 관여하고 싶어 하지 않는다는 것이 고마웠다. 동생이 안전하게 그 사무실 안에 있을지도 몰랐기에 클렘은 안을 들여다보았다. 앰브로즈는 책상 의자에 웅크리고 앉아서 책을 읽고 있었다. 혼자인 것 같았다.

예배당으로 이어지는 복도 저쪽에서, 부목사 사무실 문 밑으로 빛이 새어 나오는 것이 보였다. 지금쯤 해플 목사의 연례 파티에 가 있을 아버지가 불 끄는 것을 잊어버린 게 분명했다. 클렘은 문을 지나다가 베키의 목소리처럼 들리는 웃음소리를 들었다.

그는 우뚝 멈춰 섰다. 왠지는 모르지만, 베키에게 사무실 열쇠가 있는 걸까? 그는 문을 두드렸다. "베키?"

"누구십니까?"

혈압이 치솟았다. 아버지 목소리였다. 클렘은 베키와 이야기를 나누고 베키의 축복을 받기 전에 아버지를 보게 될 거라고는 예상하지 못했다. 아버지를 볼 일은 없을 거라고 믿었다.

"저요." 그가 말했다. "클렘이에요. 베키 거기 있어요?"

침묵이 흘렀다. 부자연스러울 정도로 긴 침묵이었다. 그런 다음, 아버지가 문을 열었다. 아버지는 애리조나 시절의 낡은 코트를 입고 있었으며, 얼굴이 이상하게 창백했다. "클렘, 잘 있었니."

그는 아들을 본 게 전혀 반갑지 않은 듯했다. 아버지의 등 뒤로, 사냥용 재킷에 그와 어울리는 모자를 쓴 깨끗한 피부의 남자아이가 서 있었다. 클렘은 그 아이가 사실은 머리가 짧은 여자라는 걸 알아챘다.

"베키 여기 있어요?"

"베키? 아니. 아니, 아, 이쪽은 우리 신자인 코트렐 부인이다."

여자는 클렘에게 살짝 손을 흔들었다. 얼굴이 매우 예뻤다.

"이쪽은 제 아들 클렘입니다." 아버지가 말했다. "코트렐 부인하고 나는 그냥, 어…… 그래, 네가 도와줄 수 있을지도 모르겠구나. 누군지는 모르지만 주차장의 눈을 쓴 사람이 코트렐 부인의 차를 막아버렸거든. 차를 파내야 해. 괜찮겠니?"

코트렐 부인이 다가와 클렘에게 손을 내밀었다. 손길은 서늘하면서도 단단했다.

"프랜시스, 음반 잊지 마세요. 제 생각에는…… 아, 클렘. 현관 근처에서 삽을 두어 자루 본 것 같구나. 코트렐 부인이랑 내가 늦은 건…… 우린 시오의 교회에 갔었어. 그래서, 어, 그래. 우리는, 어, 그게 말이다. 작은 사고가 났다."

클렘이 뭘 방해한 건지는 모르겠지만, 아버지는 그 이상 초조할 수 없었다.

"눈 치울 생각은 없는데요."

"무슨……? 우리 둘이 치우면 순식간에 다 치울 거다. 갈까?" 노친네는 머리 위의 전등을 끄더니 다시 말했다. "음반 잊지 마세요."

"둘이 치워서 순식간에 다 치우면, 한 명이 치우는 데는 얼마나 걸릴까요?" 클렘이 말했다.

"클렘, 코트렐 부인은 정말로 집에 돌아가야 해."

"하지만 제가 아빠 사무실 문을 두드리지 않았다면요?"

"부탁하는 거잖니. 언제부터 일 조금 하는 걸 마다했다고?"

아버지는 코트렐 부인에게 문을 열어주었고, 코트렐 부인은 낡은 음반 더미를 가지고 나왔다. 그녀는 모든 면에서 섬세하고 매력적이었다. 그래서 클렘은 나쁜 예감이 들었다. 클렘은 베키에게 아버지 같은 사람, 허영심을 계속 눌러줘야 하는 사람은 아내를 놓고 바람피우기 쉽다고 경고했었다. 하지만 그 일이 실제로 일어나고 있을지 모른다고 생각하니 끔찍했다. 릭 앰브로즈처럼 쿨해지지 못한 아버지가, 자기 나이와 가까운 누군가에게 손을 댔다니. 저 여자는 아버지가 얼마나 나약한지 못 본단 말인가?

주차장에서, 눈이 덜 촘촘하게 내리는 그곳에서는 졸업생들이 모여 쉬는 시간 흡연을 즐기고 있었다. 코트렐 부인이 세단의 창문을 닦는 동안 클렘과 아버지는 차 앞에 산처럼 쌓여 있는 눈을 파 뒤집었다. 그들이 드러낸, 녹았다 굳은 살얼음층을 건너려면 자동차를 뒤에서 밀어야 했다. 아빠와 아들은 예전처럼 나란히 일했다. 그러는 동안 코트렐 부인은 액셀을 밟으며 차를 흔들어댔다. 마침내 차가 풀려나자 코트렐 부인은 짧은 거리를 이동하더니 창문을 내렸다.

창문에서 섬세한 손이 나왔다. 그 손이 손가락 하나로 신호했다. 신자가 목사에게 보내는 일반적인 손짓은 아니었다.

손가락이 다시 신호했다.

"아…… 잠깐만." 노친네가 말했다. 그는 자동차로 종종걸음 쳐 다가가더니 열린 창문 쪽으로 허리를 숙였다. 클렘은 코트렐 부인이 하는 말을 듣지 못했지만, 매력적인 말인 게 틀림없었다. 아버지는 클렘이 그 자리에 있다는 걸 잊은 듯했으니까.

클렘은 그들이 둘만의 사담을 나누는 모습에 역겨움을 느끼며 최소 1분을 기다렸다. 그런 다음, 삽을 들고 교회로 돌아갔다. 그는 이미 주요 현관 앞에 주차된 가족의 스테이션왜건을 보았지만, 그제야 차 뒤쪽이 망가진 것을 알아챘다. 범퍼가 떨어져 나갔고, 후미등이 깨져 있었다. 범퍼는 차 안에 들어 있었다.

타이어가 끼익하는 소리가 나더니, 아버지가 서둘러 클렘의 뒤로 다가왔다.

"내일은 이걸 도와주면 되겠구나." 아버지가 말했다. "움푹 들어간 부분을 망치로 쳐서 펴면 범퍼를 다시 붙일 수 있을 거야."

클렘은 망가진 부분을 빤히 바라보았다. 가슴이 분노로 가득 차, 입을 여는 것만으로도 노력이 필요했다. "해플 목사님 댁 파티는 왜 안 가셨어요?"

"아, 그게." 아버지가 말했다. "너도 보면 알잖니. 프랜시스랑…… 코트

렐 부인이랑 내가 시내에 나갔다가 심하게 늦어버렸어. 타이어도 바꿔야
했거든."

클렘은 고개를 끄덕였다. 분노에 목까지 뻣뻣해졌다. "궁금한 게 있는
데요." 그가 말했다. "저 여자는 아버지 사무실에서 뭘 하고 있었어요? 그
렇게 서둘러 집에 가야 했다면 말이죠."

"아아. 그렇지. 코트렐 부인은 그냥 내가…… 나한테 음반을 빌려서 그
걸 가져가려고 온 거였어." 아버지는 차 키를 짤랑거렸다. "태워다 줄까
했다만, 남아서 콘서트를 보고 싶겠지?"

범퍼가 빠진 퓨리의 뒷면은 입이 없는 얼굴처럼 보였다.

"제가 보기에는 저 여자가 그렇게 서둘러 집에 가려는 것 같지 않던데
요." 클렘이 말했다.

"코트렐 부인이…… 방금 말이니? 코트렐 부인은 그냥…… 그냥 화요
일 봉사 모임 일이었어."

"그래요."

"그래, 정말이다."

"개소리하고 앉았네."

"뭐라고 했니?"

강당에서 환성이 울렸다.

"거짓말이잖아요."

"아니, 잠깐만……."

"전 아빠가 어떤 사람인지 알아요. 평생 봐왔고, 토 나와요."

"그건…… 무슨 생각을 하는 건지 모르겠다만, 너는…… 그건 사실이
아니야."

클렘이 아버지를 돌아보았다. 아버지의 얼굴에 떠오른 두려움에 웃음

이 터졌다. "사기꾼."

"무슨 생각인지 모르겠는데……."

"전 엄마가 해플 목사님 댁에 가 있고, 아빠는 엄마가 아닌 여자한테 홀딱 빠졌다고 생각해요."

"그건…… 목사가 신자를 돌보는 건 절대로 나쁜 일이 아니야."

"염병하네. 애초에 그 말을 해야 한다는 게 이상하지 않아요?"

드럼 인트로가, 콩가 소리가 강당에서 흘러나왔고 또 한 번 환성이 이어졌다. 담배를 피우던 마지막 졸업생들도 안으로 들어갔다. 음악으로 뭐가 해결되기라도 할 것처럼. 전쟁은 그만. 그 전쟁을 멈춰야 해요. 크로스로드 히피족에 대한 혐오감이 아버지에 대한 혐오감을 더 강화했다. 그는 예전부터 남 괴롭히는 놈들을 싫어했지만, 이제는 다른 사람이 느끼는 공포가 얼마나 분노를 돋울 수 있는지 이해했다. 공포는 괴롭힘을 유발했다. 폭력을 유발했다.

아버지가 나지막하고 불안한 목소리로 다시 말했다. "코트렐 부인이랑 나는 시오 목사님 교회로 물건을 배달하러 갔었다. 좀 늦게 출발했는데, 거기서……."

"예에, 근데 그거 아세요? 씨발, 닥쳐요. 아빠 얘기는 관심 없어요. 가서 다른 여자랑 자고 싶으면 마음대로 해요. 그래서 아빠가 더 기분이 좋아진 것 같으면, 씨발, 난 상관없으니까."

아버지는 두려움에 질려 그를 보았다.

"어쨌든 난 갈 거예요." 클렘이 말했다. "오늘 밤에 이 얘기를 할 생각은 없었지만, 아시는 게 좋겠네요. 나 학교 그만뒀어요. 병무청에 이미 편지를 보냈고요. 난 베트남에 갈 거예요."

그는 눈 치우는 삽을 떨어뜨리고 성큼성큼 멀어져갔다.

"클렘." 아버지가 소리쳤다. "돌아오너라."

클렘은 교회로 들어가면서, 팔을 들고 아버지에게 가운뎃손가락을 내밀었다. 현관홀은 비어 있었다. 로라 도브린스키가 바닥에 꽁초 두 개와 지저분한 재를 남겨두었다. 클렘은 잠시 멈춰, 또 어디에 가서 베키를 찾아봐야 할지 생각했다. 등 뒤에서 문이 벌컥 열렸다.

"날 두고 가지 마라."

클렘은 계단을 달려 올라갔다. 아직 응접실과 예배당을 확인해보지 않았다. 복도를 반쯤 갔는데, 아버지가 그를 따라잡더니 그의 어깨를 움켜쥐었다. "왜 날 두고 가는 거냐?"

"손 치워요. 베키를 찾고 있으니까."

"너희 엄마랑 같이 해플 목사님 댁에 있어."

"아뇨, 없어요. 베키도 아빠한테 질렸어요."

아버지는 앰브로즈 사무실의 열린 문을 힐끗 보더니, 자기 사무실 문을 열며 목소리를 낮추었다. "나한테 할 말이 있으면, 나한테 답할 겨를도 주지 않고 가버리지 말아야지. 그게 예의잖니."

"예의요?" 클렘은 그를 따라 사무실로 들어갔다. "아빠가 여자 친구랑 즐기는 동안 엄마를 해플 목사님 댁에 놔두는 것 같은 예의를 말하는 거예요?"

아버지는 불을 켜고 문을 닫았다. "진정하면, 오늘 밤에 무슨 일이 있었는지 기꺼이 설명해주마."

"그러시든가요. 근데 내 눈을 보세요, 아빠. 내 눈을 보고, 내가 아빠 말을 한마디라도 믿는지 보세요."

"그만해라." 이제는 노친네도 화가 났다. "넌 추수감사절에도 선을 넘었어. 지금은 훨씬 더 선을 넘는구나."

"씨발, 아빠가 역겨우니까요."

"나도 네 무례함이 역겹구나."

"아빠의 아들로 산다는 게 얼마나 부끄러운 일인지는 아세요?"

"그만하라고 했다!"

클렘은 기꺼이 싸울 생각이었다. 중학교 이후로는 한 번도 주먹을 날려본 적이 없었다. "치고 싶어요? 어디 해보려고요?"

"아니다, 클렘."

"비폭력주의자시다?"

아버지가 고개를 젓는 태도에는 기독교적 인내심이 배어 있었다. 클렘은 최소한 아버지를 벽에다 떠밀고 싶었지만, 그래봐야 아버지의 기독교적 피해자성에 먹이를 주게 될 뿐이었다. 아버지를 공격할 수단은 말뿐이었다.

"주차장에서 내가 한 말을 듣긴 한 거예요? 나 학교 때려치웠다고요."

"네가 무척 화가 나서, 나를 도발하려는 얘기로 들었다."

"도발하려고 한 얘기 아니에요. 사실을 전달한 거지."

아버지는 회전의자에 주저앉았다. 타자기에 빈 종이가 끼워져 있었다. 아버지는 그걸 빼서 주름을 폈다. "유감이지만, 오늘은 우리가 첫발을 잘못 뗀 것 같구나. 내일은 서로에게 좀 더 교양 있게 굴 수 있었으면 좋겠다."

"병무청에 편지를 썼다고요, 아빠. 오늘 아침에 부쳤어요."

노친네는 혼자 고개를 끄덕였다. 뭘 잘 아는 사람처럼. "얼마든지 협박해라. 하지만 넌 베트남에 가지 않을 거야."

"퍽이나 안 가겠네요."

"우린 서로 다르지만, 난 네가 누군지 알아. 네가 군인이 되겠다는 말을 내가 믿을 거라고 진심으로 생각할 리는 없지. 말이 안 되니까."

아버지의 확신에 담긴 평온한 만족감이, 자기 아들은 자신의 복제품밖에 될 수 없다는 그 확신이 클렘 내면의 깡패에게 불을 붙였다.

"아빠로서는 상상하기 힘들다는 거 알겠는데요." 그가 말했다. "세상에는 자기가 믿는 것에 실제로 대가를 치르는 사람들도 있어요. 아빠랑 아빠의 신자는 시오 크렌쇼 목사의 교회에 가서 착한 백인 노릇을 할 수 있겠죠. 엥글우드에서 잡초를 뽑으면서 만족감을 느낄 수도 있을 테고요. 그놈의 행진을 하면서, 백인으로만 이루어진 신자들에게 자랑할 수도 있을 거예요. 하지만 주둥이질만 하지 말고 실제로 행동할 때가 되면 달라지죠. 아버지는 나를 대학에 보내고, 웬 흑인 아이를 나 대신 베트남으로 보내서 싸우게 했으면서 아무 문제도 못 느꼈어요. 애팔래치아 출신의 가난한 백인 아이일 수도 있겠죠. 아니면 키스 두로치의 아들 같은 가난한 나바호 인디언일 수도 있겠네요. 아빠는 아빠가 키스보다 나은 사람인 것 같아요? 내 목숨이 토미 두로치의 목숨보다 소중한 것 같으냐고요? 나바호 소년들이 죽어가는데 나는 대학에 다니는 게 올바른 일이라고 생각해요? 그런 게 아버지가 보기엔 말이 되는 일이에요?"

클렘이 진심이라는 것을 깨달은 아버지는 혼란스러운 표정이 되었다. 그 표정을 본 깡패는 만족했다.

"어떤 미국인 소년도 베트남에 가서는 안 된다." 아버지가 조용히 말했다. "그 문제에 있어서는 너랑 내가 같은 생각인 줄 알았는데."

"같은 생각 맞아요. 거지 같은 전쟁이니까. 하지만 그렇다고……."

"그건 부도덕한 전쟁이야. 모든 전쟁이 부도덕하지만, 이 전쟁은 특히 그렇다. 누구든 그 전쟁에 참여하는 사람은 부도덕성에 참여하는 거야. 너한테 이 점을 설명해줘야 한다니 놀랍구나."

"네, 뭐. 난 아빠랑 다르거든요. 아빠, 혹시 모르셨을까 봐 말하는 거예요. 나는 메노포로 태어나는 호사를 누리지 못했어요. 반드시 복종해야만 하는 계율을 내렸다는 형이상학적 신도 믿지 않고요. 나는 나름대로 개인적 윤리를 따라야 해요. 기억하실지 모르겠지만, 내 추첨 번호는 19번이었고요."

"당연히 기억한다. 그리고 네 말이 맞아. 네가 학생 징병 유예 혜택을 받을 수 있다는 건 네 엄마한테나 나한테 엄청나게 마음 놓이는 일이었다. 너도 똑같이 느꼈던 게 기억나는 것 같다만."

"그야 제대로 생각을 안 해봤으니까 그렇죠."

"그런데 이제는 생각을 해봤다는 거구나. 그래. 학생 징병 유예 제도가 너한테 불공정하게 보이는 이유도 알겠다. 네 주장도 타당해. 추첨 번호 때문에 국가에 복무해야겠다는 의무감을 느끼는 것도 이해하고. 하지만 그렇다고 가서 전쟁에 참여한다는 건 말이 안 돼."

"아버지한텐 그럴지도 모르죠. 나한테는 대안이 없어요."

"넌 이미 1년을 기다렸어. 한 학기만 더 기다리지 그러니? 우리 군대는 대부분 이미 돌아왔어. 지금부터 6개월만 있으면 아예 신병을 뽑지도 않을 거다."

"바로 그래서 지금 가려는 거예요."

"왜? 주장을 내세우려고? 그건 징병 유예 혜택을 포기하고 양심적 병역거부를 하는 걸로도 할 수 있어. 양심적 병역거부자의 아들에 목사 집안 출신이니……. 너는 아주 강력한 주장을 할 수 있다."

"네. 그건 아버지가 한 일이고요. 근데 그거 아세요? 1944년에 아버지 대신 참전했던 사람은 아마 백인 중산층이었을 거예요. 그건 나로서는 누릴 수 없는 도덕적 사치고요."

"사치라고?" 아버지가 의자 팔걸이를 내리쳤다. "그건 도덕적 사치가 아니었어. 도덕적 선택이었지. 대부분의 미국인들이 전쟁을 지지했다는 사실은 그 선택을 더 어렵게 만들었다, 쉽게 만든 게 아니라. 그 사람들은 우리를 반역자라고 했어. 겁쟁이라고 불렀다. 우리 부모님을 마을에서 몰아내려 했어. 우리 중에는 감옥에 간 사람도 있다. 우리 모두가 대가를 치렀어."

한때 아버지의 원칙에 대해 품었던 자부심을 떠올린 클렘은 손에 쥐고 있던 자기주장의 고삐가 느슨해지는 것을 느꼈다. 그는 무자비하게 고삐를 당겼다. "네, 아빠한테는 다행히도 수많은 다른 사람들이 기꺼이 파시스트들과 맞서 싸웠죠."

"그건 그 사람들의 도덕적 선택이었어. 어떤 상황에서는 그 사람들의 선택도 옹호할 수 있다는 걸 인정한다. 하지만 베트남전쟁이라니? 우리가 그 전쟁에 참여하는 데는 아무런 변명의 여지가 없어. 그건 무의미한 학살이야. 우리가 죽이는 아이들은 너보다도 어리다."

"걔들이 다른 베트남 사람들을 죽이고 있잖아요, 아빠. 원한다면 얼마든지 감상적으로 생각하셔도 되지만, 북베트남은 침략자예요. 그 사람들은 남을 죽이기로 작정했고, 실제로 죽이고 있다고요."

아버지는 시무룩한 표정이 되었다. "언제부터 린든 존슨의 앵무새가 된 거냐?"

"린든 존슨은 사기꾼이었어요. 한 손으로는 민권법에 서명하면서, 다른 손으로는 게토의 아이들을 베트남에 보냈죠. 내가 하는 말이 그거예요. 도덕적 위선이라고요."

아버지는 계속 말싸움해봐야 의미가 없다는 듯 한숨을 쉬었다. "내가 네 아버지로서 어떤 기분을 느낄지는 상관하지 않는다는 거구나. 너희

462

어머니가 어떻게 느낄지도 상관하지 않고."

"대체 언제부터 엄마 감정에 신경을 썼다고 그래요?"

"나는 네 어머니 감정에 아주 많이 신경을 쓴다."

"염병하네. 엄마는 아빠한테 충실한 분이에요. 그런데 아빠는 엄마를 쓰레기 취급하죠. 나라고 모를 줄 알아요? 베키는 모를 줄 아냐고요? 아빠가 엄마한테 얼마나 차갑게 대하는데요? 엄마가 존재하지 않았으면 좋겠다고 생각하잖아요."

아버지가 움찔했다. 주먹이 명중했다. 클렘은 아버지가 다른 말을 하기를 기다렸다. 그 말도 꺾어주려고 말이다. 하지만 아버지는 그냥 그 자리에 앉아 있었다. 아버지는 클렘의 우월한 추론에, 아버지의 실패에 대한 클렘의 내밀한 지식에 무방비로 노출되어 있었다. 그 침묵 속으로, 문 너머에서, 바닥 너머에서, 멀찍한 베이스기타 소리가 쿵쿵 들려왔다.

"아무튼." 클렘이 말했다. "아빠가 뭘 하든 날 막을 수는 없어요. 이미 편지를 보냈으니까."

"그래." 아버지가 말했다. "법적으로, 네게는 원하는 대로 할 자유가 있지. 하지만 감정적으로, 너는 아직 무척 어리다. 무척 어리고, 내가 이런 말을 해도 될지 모르겠다만, 아주 자아도취적이야. 너한테 중요한 건 도덕적 일관성뿐인 것 같구나."

"어려운 일이라도 누군가는 해야죠."

"넌 네가 명쾌하게 생각한다고 생각하는 모양인데, 내가 듣기에는 자기 마음에 귀 기울이는 방법을 잊어버린 사람 같구나. 넌 내가 널 이해하지 못한다고 생각한다만, 난 네가 네이팜폭탄에 불타오르는 아이나 아무 이유 없이 폭격당한 마을을 보면 얼마나 큰 충격을 받을지 안다. 완전히 무너져 내리겠지. 원하면 얼마든지 합리화해라. 네게도 마음이 있다는 사실에서 벗어날 방법을 생각해볼 수도 있을 거야. 하지만 난 네 안에 마음이 있다는 걸 알고 있다. 나는 그 마음이 자라나는 걸 지켜봤어. 세상에, 무려 20년 동안 말이다. 네가 내 아들이라서 무척 자랑스러웠다. 네 친절함과 너그러움, 충실함, 정의감, 네 선함은……."

아버지는 감정이 북받쳐 무너져 내렸다. 이 순간까지 클렘은 단 한 번도 아버지가 절대 자신을 적으로 생각할 수 없다는 것을 알지 못했다. 클렘의 적대감을 아버지가 되돌려주지 않을 거라고는. 클렘이 보기에 아버지가 아직 그를 사랑한다는 것은 불공정한 일, 참을 수 없는 일 같았다. 대꾸할 말이 떠오르지 않았기에, 그는 문을 홱 열고 복도로 달려 나갔다. 클렘의 생각은 마음속에서 솟구치는 후회에서 풀려나기 위해 반사적으로 그의 생각에 정당성을 부여하고 그의 신념을 공유하며 자유롭게, 전적으로 자신을 그에게 넘겨주었던 사람에게로 향했다. 하지만 섀런을 생각하자 회한이 더 깊어질 뿐이었다. 바로 그날, 클렘은 그녀의 마음을 무너뜨렸으니까. 폭력적으로, 무자비한 이성으로 그렇게 했다. 클렘은 섀런 자신의 도덕적 주장으로 그녀를 쏘아버렸고, 섀런은 아주 많은 방법으로 "너 때문에 마음이 찢어질 것 같아"라고 말했다. 클렘은 그 말을 너무도 선명하게 들을 수 있었다. 꼭 섀런이 옆에 서 있는 것 같았다.

베키는 예배당에 얼마나 오래 머물렀는지 알 수 없었다. 그녀는 종교를 찾는다는 것이 어떤 의미인지, 자신이 전날 밤 이후로 설탕 쿠키 외에 뭔가를 먹었는지 탐구하고 있었다. 선하신 주님이 대마초의 악을 뿌리 뽑으시고 두 눈과 가슴에는 감기 기운 같은 뜨거움만을, 옆길로 샌 이상한 생각의 가닥만을 남기시자 그녀는 강당에 있는 구운 음식들의 모습이 떠올라 괴로웠다. 그녀는 촉촉해 보이던 초콜릿 레이어 케이크와 사실상 그 자체로 균형 잡힌 식사라고 할 수 있는 치즈와 골파를 넣은 빵덩어리, 그리고 쟁반에 담겨 있던 레몬 바를 떠올렸다. 분명 레몬 바를 봤었다. 베키는 너무 배가 고파 결국 기도를 포기했다. 사죄의 뜻으로, 그녀는 자리에서 일어나 걸려 있는 놋쇠 십자가에 입을 맞췄다.

"이제 저는 주님의 여자예요." 그녀가 말했다. "약속해요."

베키는 자기 목소리에 몸 아래쪽이 떨리는 것을 느꼈다. 이런 약속이 낭만적인 것이라도 되는 듯했다. 그건 베키가 내면의 황금색 빛을 보게 했던 황홀한 떨림과도 비슷했다. 베키는 그리스도를 받아들이고 그의 여자가 되는 만족감이 태너에게 키스하는 것 같은, 보다 세속적인 즐거움을 포기할 수 있게 해줄지 궁금했다. 이제는 태너가 로라와 헤어지기 전에 그에게 키스한 일이 얼마나 잘못된 것인지가 분명하게 보였다. 태너의 밴이라는 얼음 동굴에서 보인 그녀의 처신도 잘못되기는 마찬가지였다. 매니저가 블루 노트의 공연을 들으러 온다는 소식을 듣고 축하하는 대신, 태너의 기쁨을 함께 나누는 대신, 그녀는 이기적이게도 로라를 버리라고 그를 압박했다. 이제 주님께서는 그녀에게 무엇을 해야 할지 보여주셨다. 베키는 태너를 압박한 것을 사과해야 했다. 태너가 그냥 친구로 지내고 싶다면, 일요일에 교회에서 그녀를 만나고 그녀와 함께 기독교 신앙을 탐구하고 싶다면, 그들이 입을 맞췄다는 사실을 잊고 싶다면, 베키는 그의 우정을 소중히 여기며 마음속 깊이 즐거워할 거라고 말해야 했다.

하지만 일단은 초콜릿케이크가 남아 있는지 봐야 했다. 거의 9시 30분이었고, 콘서트 참석자들은 배가 고플 터였다. 베키는 예배당 문이 알아서 잠기게 놔두고 나와서 현관홀에서 잠시 멈춰 매무새를 가다듬었다. 거리에서는 눈 치우는 넉가래로 긁어대는 드르륵드르륵 소리가 들려왔다. 베키가 무척 좋아하는 코트는 보기 싫게 찢어졌다. 베키는 수선할 수 있을지 보려고 헐거워진 실오리를 잡아당겼다. 그녀는 주님과의 연결을 유지하기가 그리 쉽지 않은 세속으로 다시 들어와 있었다. 처음으로, 베키는 사람이 주일을 예배당에서 보내는 걸 실제로 고대할 수 있음을 알았다.

베키가 별다른 결론을 얻지 못하고 찢어진 코트 주머니에 꽤 오랫동안 정신이 팔려 있었다는 걸 생각하면 아직 약 기운이 남아 있는 게 틀림없었다. 그때 베키는 교회 식당에서 발소리를 들었다. 파마한 듯한 머리에 구레나룻이 덥수룩한 나이 든 남자가 현관홀로 들어왔다. 그는 살구색 가죽으로 만들어진 옷깃이 넓은 재킷을 입고 있었다. 베키를 안다는 듯 그의 얼굴이 밝아졌다. "엇, 안녕." 그가 말했다. "안녕."

"뭐 도와드릴까요?"

"아니, 그냥 둘러보는 거야."

베키는 남자가 떠나기를 기다렸다. 그래야 빵과 과자가 있는 곳으로 갈 수 있었으니 말이다. 하지만 그는 베키에게 다가와 손을 내밀었다. "기그 베네데티야."

그와 악수하지 않았다면 무례한 일이 되었을 것이다.

"미안, 이름을 못 들었네." 그가 말했다.

"베키요."

"만나서 반갑다, 베키."

그는 기대감에 찬 듯 베키를 보았다. 달리 갈 데가 없는 것 같았다. 그는 베키보다 3~4센티미터쯤 작았다.

"여긴…… 콘서트 때문에 오셨어요?" 베키가 물었다.

"그럴 계획이었지. 하지만 오늘 밤 공연을 보니 왜 왔나 싶네. 내가 보고 싶었던 다른 쇼는 이미 취소됐더라고."

분명 베키는 아직 약간 약에 취해 있었다. 생각이 지연됐다. 그러다 갑자기 명료해졌다. "음반사 매니저이신가요?"

"별건 아니지만, 내 나름대로는."

"성함 좀 다시 말해주시겠어요?"

"기그야. 모험심 강한 사람들은 어려워도 굴리엘모라고 부르지. 기그 베네데티야."

"블루 노트를 보러 오셨군요."

그는 베키 때문에 기쁜 듯했다. 그의 두 눈이 베키의 몸을 따라 빠르게 내려갔다가 다시 그녀의 얼굴로 올라왔다. "넌 추측하는 솜씨가 아주 뛰어나거나, 내가 혹시 너일지도 모른다고 생각했던 그 사람인가 보구나."

"절 누구라고 생각하셨는데요?"

"그 목소리를 가진 아이. 사람들 말로는 네 노래를 직접 들어봐야 믿을 수 있을 거라던데."

베키는 다시 한번 이해가 느려졌다. 그런 다음에는 옥죄는 듯한 두려움이 밀려들었다. 목소리라면, 로라의 목소리일 수밖에 없었다. 지금 이 순간까지 베키는 교회 뒤에서 로라와 우연히 마주친 일을 한 번도 생각하지 않았다. 그건 마치 도망쳐 나와 잊어버린, 음주 운전 사고 현장 같았다.

"로라 말씀하시는 거죠." 그녀가 말했다.

"로라, 맞아. 그랬던 거 같다. 근데 네가 베키라면, 넌 로라가 아니겠지."

"로라는 확실히 아니에요."

"잠깐 기대했는데. 바깥에는 빌어먹을 눈이 25센티미터나 쌓였어. 내가 여기서 기다리는 이유는 그 여자애가 노래 부르는 걸 듣기 위해서야."

지금은 베키의 이해가 지연되지 않았다. 그녀는 즉시 불쾌감을 느꼈다. 기그는 태너의 음악을 듣기 위해 기다리고 있어야 했다. 태너는 최소한 로라만큼 재능이 있었고, 야심도 있었다. 로라는 매니저가 생기든 말든 관심도 없었고.

"사실, 블루 노트는 로라보다는 태너의 밴드예요." 그녀가 말했다.

"태너, 그래. 오늘 오후에 태너와도 얘기해봤지. 괜찮은 녀석이던데. 네 친구니?"

"아주 좋은 친구예요, 맞아요."

이번에도 그의 눈이 베키의 몸을 위아래로 훑어보며, 그녀의 가슴에 잠시 머물렀다. 나이 든 남자들이 점점 더 많이 하는 행동이었다. 특히 그로브에서 그랬다. 역겨웠다.

"그럼, 네가 태너의 여자 친구야?" 기그가 아무렇지 않게 말했다.

"딱히 그런 건 아니고요."

"아, 그럼 뭐. 나랑 한잔할래?"

"아뇨, 괜찮아요."

"난 공연장이 교회니까, 연주가 늦게 끝나봐야 얼마나 늦게나 싶었어. 9시, 최소한 9시 30분에는 여기서 나갈 줄 알았지. 하지만 아니었어. 피터 폴과 베티 로의 노래도 들어야 했다고. 도니 오즈먼드 산타나와 릴리 화이트의 노래도 들어야 했고. 너한테 작업하려는 게 아니야, 베키. 아니, 네 말을 빌리자면, '딱히 그런 건' 아니라고 해야겠지. 그냥 어쩌다가 거리 저쪽에 있는 작은 술집을 발견했을 뿐이야. 빌어먹을 너희 주요 가수들을 보기 전에 한 시간은 더 기다려야 할 수도 있으니까."

"전 술 안 마셔요." 베키는 그게 무슨 문제라도 되는 것처럼 말했다.

"하핫."

"여러모로 태너랑 함께하는 사이이기도 하고, 그래요."

"그래, 그래. 해결해야 할 문제가 꽤 많네. 하지만 그건 오히려 네가 나를 잘 알아야 할 이유야. 나는 기도하고 있었다고, 이 녀석들이…… 잠깐. 혹시 너도 밴드니?"

"아뇨."

"그것도 안된 일이네. 내 말은, 그 애들과 계약할 수 없다면 나는 아무 이유 없이 눈보라를 뚫고 12킬로미터를 운전해 와서, 피터 폴과 베티 로를 견뎌낸 셈이니까. 내 말 알아들을지 모르겠다만, 난 이미 호감 쪽으로 기울어 있어. 걔들이 결국 계약하게 된다면, 나도 종종 널 보게 되겠지. 한잔하면서 시작해도 나쁘지 않을 것 같은데?"

"안 돼요. 사실, 저는……."

"이어지는 질문. 넌 왜 밴드를 하지 않는 거야?"

"저요? 저는 음악을 잘 몰라요."

"음악을 모르는 사람은 없어. 탬버린은 쳐봤니?"

베키는 그를 빤히 보았다. 그의 목에는 금목걸이가 걸려 있었다.

"내가 물어보는 이유는 네 비주얼이 대단히 고급스럽기 때문이야." 그가 말했다. "네가 무대에 선 모습을 정말로 보고 싶은데."

베키는 뇌에 낀 안개를 몰아내고, 기그에게 친절하게 구는 것이 그가 블루 노트와 계약할 가능성을 높여줄지, 아니면 기그의 불쾌한 성격을 생각해볼 때 그가 태너의 매니저가 되는 것을 바라는 게 과연 맞는 일인지 계산해보려 했다. 머릿속 안개 더 깊은 곳에는 그가 결국 로라의 노래를 들으러 온 것이라는 불쾌한 소식이 도사리고 있었다.

"우웩, 나 말하는 것 좀 봐." 그가 말했다. "정말로 너한테 작업 거는 것 같네. 하긴, 너야 늘 이런 소리를 듣겠지만. 넌 진짜로 예뻐. 이런 말을 해도 될지 모르겠지만, 옷을 제대로 입는 것도 좋고. 난 아래층에 모여 있는 사람들처럼 옷차림이 엉망진창인 사람들은 못 본 것 같아. 투박한 신발에 작업복에, 내복에…… 종교적인 거니?"

"그냥 청소년부 스타일이에요."

"너는 그 스타일을 전혀 원하지 않는 거고. 알겠어. 아마 그래서 여기 올라와 숨어 있는 거겠지?"

베키는 예배당에서 예수님에게 그분의 가르침에 따라 살며, 부끄러워하지 않고 그 가르침을 선포하겠다고 약속했다. 이제 그녀는 세속에서 기독교인으로 산다는 게 얼마나 용기가 필요한 일인지 알 수 있었다. "아뇨." 그녀가 말했다. "기도하러 올라온 거예요."

"와, 이런." 기그가 웃었다. "여기가 교회라는 걸 생각하면, 놀라면 안 되는 건데 말이야. 근데…… 솔직하게 말해서 미안하다만, 몰랐다."

"괜찮아요. 제가 진짜로 기도해본 건 사실 이번이 처음이니까요."

"역시 내 타이밍은 완벽해."

기도한 것에 대해 사과하는 건 잘못된 일이었지만, 베키는 블루 노트의 기회를 망치고 싶지 않았다. "기도는 저만 해요." 베키가 말했다. "밴드는, 뭐랄까, 종교적이라거나 그런 게 전혀 없어요."

"난 걔들이 하레 크리슈나를 믿든 뭘 믿든 상관하지 않아. 제시간에 나타나서 빌보드 히트곡을 연주하기만 하면 돼. 아무튼 탬버린 얘기는 진지하게 한 거였어. 내면이야 얼마든지 기독교적이어도 괜찮아. 중요한 건 사람들이 계속 술을 마시게 하는 거거든. 내가 하는 사업의 서글픈 진실이 그거지. 귀로 들을 것도 주고, 눈으로 볼 것도 주고." 기그 자신의 눈이 다시 한번 베키를 위아래로 훑어보았다. "'뭐, 좋아. 한 잔씩 더해야겠는데' 싶게 만드는 거지."

"죄송한데, 제가 너무 배가 고파서요." 베키가 말했다. "뭘 먹어야겠어요."

기그는 살구색 가죽 소매를 걷어 올리고 거대한 손목시계를 드러냈다. "저녁 먹을 시간이 있는지는 잘 모르겠지만, 주점에 틀림없이 짭짤한 게 있을 거야."

"밴드는 매니저님이 와서 정말 신나 있어요. 저는…… 저는 나중에 뵐게요. 괜찮죠?"

그녀는 도망쳤다. 실제로 달렸다. 그가 쫓아올까 봐 두려웠다. 뉴프로스펙트 타운십 고등학교에서는 그녀가 살짝만 경멸하는 눈치를 내비쳐도 공격적인 남자애들을 쫓아내기에 충분했다. 그로브에서는 나이 든 남자가 추파를 던지려 할 때마다 얼음장처럼 차갑게 뭘 주문하겠느냐고 물었다. 베키가 최근에 새로 태너를 포기하고 싶다는 마음을 품기는 했지만, 그렇더라도 결국 태너와 함께하게 된다면 그녀는 나이 든 남자들의 세계, 기그 같은 남자들의 세계로 들어가게 될 터였다. 태너를 전문적으로 돕기 위해서라도 베키는 게임 방법을 배워야 할 터였다. 자신의 외모가 태너에게 쓸모 있을지 모른다고 생각하니 심란했다. 베키는 추파를 던지는 사람들을 볼 때마다 그들이 섹스를 원한다고 생각했고, 그녀에게 섹스는 역겨운 것 이상으로 보였다. 섹스는…… 잘못된 것으로 보였다. 종교적 경험에 비추면 더욱 잘못된 일이었다. 태너는 귀여웠지만, 그가 로라와 섹스를 했다는 데는 의심의 여지가 없었다. 어쩌면 둘을 그냥 놔두고, 그냥 태너의 친구가 되는 것이 정말로 더 나은 일일지도 몰랐다.

교회 중앙 계단을 반쯤 내려간 곳에는 뒤쪽 주차장으로 이어지는 층계참이 있었다. 유리문 밖에서 피코트를 입은 누군가가 눈밭에서 담배를 피우고 있었다. 베키는 가슴이 철렁하는 것을 느꼈다. 클렘이었다.

베키는 층계참에서 망설였다. 클렘을 보면 보통은 행복감이 쏟아져 들어왔지만, 지금 그녀가 느끼는 기분은 행복과 정반대였다. 클렘의 새 피코트는 추수감사절의 산책을, 클렘이 자랑하던 대학교 여자 친구와의 섹스를 떠올리게 했다. 하지만 그게 전부는 아니었다. 베키는 클렘의 비난이 두려웠다. 그녀는 대마초를 피웠고, 그보다 더 나쁘게는 기도를 했다. 클렘은 종교를 무척 경멸했다. 그는 베키가 신을 찾은 것을 부끄럽게 여기도록 만들 터였다.

베키는 클렘이 특별히 자기를 만나려고 교회에 온 것일까 봐 걱정하며 계속 계단을 내려갔다. 그녀는 위험을 벗어났다고 생각했지만, 등 뒤에서 문이 철컥하며 열렸다. 클렘이 그녀의 이름을 불렀다. 베키는 죄책감 어린 표정으로 돌아보았다. "어, 안녕."

"안녕, 안녕, 안녕." 클렘이 그녀에게 달려 내려오며 말했다.

클렘이 그녀를 껴안자 그의 피코트에서 겨울 공기와 담배 냄새가 났다. 클렘은 베키를 놓아주지 않으려 했다. 베키는 몸을 움찔거려 풀려나야 했다.

"어디 갔었어?" 클렘이 힐난했다. "사방으로 널 찾으러 다녔어."

"난 그냥…… 그냥 먹을 걸 좀 먹으러 가는 중이었어."

베키는 강당으로 이어지는 복도를 걷기 시작했다.

"잠깐." 클렘이 그녀의 팔을 잡으며 말했다. "얘기 좀 하자. 너한테 할 말이 있어."

베키는 팔을 홱 잡아당겨 빼냈다. "나 진짜 배고파."

"베키……."

"미안해, 알았지? 뭘 좀 먹어야겠어."

강당은 복도보다 훨씬 더웠다. 베키는 몸을 좁다랗게 만드느라 두 팔을 들고서, 축축하게 뒤얽힌 검은 몸뚱이들 사이로 들어갔다. 사람들이 비프 앨러드의 콩가 박자에 맞춰서 손뼉을 치고 있었다. 기그의 말이 맞았다. 비프 앨러드는 도니 오즈먼드처럼 보였다. 인파가 너무 많아서, 뒤쪽에 있는 음식 테이블을 밀쳐댔다. 베키는 그 뒤쪽을 돌았다. 클렘이 그녀를 따라왔다. 첫 번째 테이블은 거의 비어 있었지만, 빨간색과 초록색 체리들로 장식된 번트 케이크는 아직 상당히 남아 있었다. 베키는 지갑을 꺼내 케이크 한 조각 값을 치른 다음, 그걸 먹으려고 뒤쪽 벽으로 물러났다.

"어디 갔었어?" 클렘이 소리쳤다.

베키는 입안이 가득한 채로 축 늘어진 손을 흔들었다. 클렘은 조바심이 나서 몸부림을 쳐댔다. 베키는 킴 퍼킨스와 데이비드 고야가 다가오는 걸 보고 안도감을 느꼈다.

"거기 있었네." 킴이 소리쳤다. "걱정했잖아."

"난 괜찮아."

킴이 번트 케이크 조각으로 손을 뻗었고, 베키는 종이 접시를 머리 위로 들어 올렸다. 킴은 접시를 향해 점프 패스를 시도했다.

"패스 성공." 데이비드가 소리쳤다.

무대에서는 우레 같은 종결부 음악이 울려 퍼졌다. 모든 악기가 최대의 소리를 냈다. 강당은 박수로 터져나갈 듯했다.

"고맙습니다." 비프 앨러드가 소리쳤다. "아직 한 공연이 남았습니다. 우리의 태너 에번스와 로라 도브린스키가 세상에 하나뿐인 블루 노트와 함께할 테니, 가지 마세요! 그럼 안녕히!"

강당 조명이 켜졌다. 베키는 케이크를 마지막까지 다 먹었다. 배는 오히려 더 고파졌다.

"경고했어야 하는데." 데이비드가 그녀에게 말했다. "아까 그건 진짜 죽여주는 거였거든. 몬트리올 어디 실내에서 키운대." 데이비드는 베키가 정말 멀쩡한지 확인하려는 듯 그녀의 팔을 토닥이고 클렘에게 고갯짓했다. "찾아줘서 고마워."

클렘은 정신이 나간 사람처럼 멍하니 그들을 지켜보았다. 얼굴이 초췌해 보였다.

"더 먹어야겠어." 베키가 말했다.

"어디 간단한 안주류가 있을 거야." 킴이 말했다.

베키는 사명을 띤 여자처럼 다른 테이블로 성큼성큼 걸어갔다. 테이블 한가운데에는 성스러운 환시를 통해 보았듯 치즈와 골파가 들어간 빵 덩어리 3분의 2가 남아 있었다.

"혹시 내가, 음, 전부 먹어도 돼?" 베키는 돈을 받는 2학년 남자아이에게 물었다.

"당연하지. 1달러 50센트 어때?"

너무 적은 돈이었지만, 베키는 더 주겠다고 하지 않았다. 베키가 다람쥐처럼 빵을 움켜쥐고 식탁에서 돌아서자, 킴이 그 자리에 있다가 빵을 낚아챘다.

"그래, 그래." 베키가 한 움큼을 떼어내며 말했다.

데이비드는 특유의 무해한 태도로 클렘을 자기 관심사에 관한 대화에 끌어들였고, 베키는 그 기회를 활용해 인파 사이로 슬쩍 나가 복도로 돌아갔다. 거기에 음수대가 있었다. 빵은 맛있었지만, 목구멍이 바짝 말라 갈라질 것 같았다. 그녀가 음수대에 허리를 숙이고 있는데, 누군가가 뒤로 다가왔다. 베키는 그 사람이 클렘일까 봐 두려워서 계속 물을 마셨다.

"베키."

태너의 목소리였다. 베키는 뒤를 돌아보면서, 클렘을 보았을 때는 느낄 수 없었던 기쁨이 솟구치는 것을 경험했다. 어째서인지 태너를 포기하겠다는 생각이 그를 더욱 멋지게 만든 것 같았다. 그는 술 달린 스웨이드 재킷을 입은 젊은 예수님이나 마찬가지였다. 태너는 아무 말도 하지 않고 두 손으로 그녀의 얼굴을 감싸더니, 그녀의 입에 세차게 입을 맞췄다.

베키는 너무 놀라서 그에게 마주 키스하지 못했다. 두 팔이 양옆에 늘어졌다. 우스꽝스럽게도 한 손에는 빵을 쥐고 있었다. 베키가 놀라움을 극복했을 때쯤 태너는 그녀를 음수대에서 끌어당겨 복도로 데려가고 있었다.

"완전 망했어." 그가 말했다. "로라가 사라졌어. 집에 갔어."

"집에 갔다고?"

"한 시간 전에. 밴드를 그만뒀어."

베키는 경악했다. 그건 꼭 베키가 낸 뺑소니 사고 현장에서 피해자가 사망했다는 소식을 듣는 것과 같았다. 기그는 들으러 온 목소리를 들을 수 없을 것이다.

"그냥 공연해." 베키가 용감하게 말했다. "잘해낼 거야. 위층에서 매니저를 봤어. 그 사람은 네 음악을 들을 때만 기다리고 있어."

태너는 현관홀에서 멈춰서 주위를 둘러보았다. 매우 불안해하는 듯했다. 그의 시선이 베키에게 닿았다. 그가 찾던 것이 바로 그녀인 것만 같았다. 태너는 두 손으로 다시 그녀의 얼굴을 감쌌다. "네가 하라는 대로 했어."

"아."

"하지만 이젠…… 공연 프로그램을 완전히 다시 짜야 해. 비프랑 대릴이 그 절반이나 아는지 모르겠어."

"괜찮을 거야. 기그가 나한테 너랑 계약하고 싶다고 했어."

"기그하고 얘기했어? 그 사람 어때?"

"모르겠어. 그냥…… 남자야."

"젠장. 젠장 젠장 젠장." 태너는 베키를 놓아주고 복도 저쪽, 강당을 바라보았다. 거기에서 실패가 태너를 기다리고 있었다. "하필 오늘 밤에. 난 정말로…… 그런데 이제는…… 제기랄. 엉망진창이 될 거야."

"미안해."

"미안해하지 마. 네 말이 맞았어. 했어야만 하는 일이야."

"응, 하지만……." 베키가 숨을 들이마셨다. "방금 나한테 놀라운 일이 일어났어. 위층 예배당에서. 태너, 너무 놀라웠어. 나, 하나님을 본 것 같아."

이 말이 태너의 관심을 끌었다.

"난 기독교인이 되고 싶어." 그녀가 말했다. "내가 진정한 기독교인이 되도록 네가 도와주었으면 좋겠어. 설령 그게 우리가…… 우리가 뭘 어째야 하는지 모르겠네. 도와줄래?"

"하나님을 봤다고?"

"그런 것 같아. 아주 오랫동안 기도하고 있었거든. 내 안에 계신 하나님을 느낄 수 있었어. 예수님이 느껴졌어. 그분이 계셨어."

"와."

"너도 느껴봤어?"

태너는 대답하지 않았다. 베키에게 약간 겁먹은 듯했다.

"로라한테 돌아가도 돼." 그녀가 말했다. "널 압박하려 들지 말았어야 했어. 내가 이기적이었어. 너한테 그 말을 해주고 싶었어. 나는 더 나은 사람이 되고 싶어. 네가 그냥 나랑 친구로 지내고 싶든 뭐든, 정말 괜찮아. 널 압박해서 미안해."

태너가 그녀를 빤히 보았다. "이걸 바라지 않는다는 거야?"

"모르겠어. 이러길 원했었는데…… 서두를 건 없다는 말이야. 장담하는데, 지금 로라한테 돌아가면…… 넌 로라한테 돌아가야 할 것 같아. 미안하다고 하고, 로라가 너랑 같이 공연할지 봐."

"10분 뒤에 시작인데!"

"좀 늦을 수는 있겠지만, 아무도 떠나지 않을 거야. 넌 가야 해. 그냥 가. 가서 로라를 데려와."

태너는 혼란스러운 듯했다. "하지만 이 일을 엄청나게 중요하게 생각했잖아."

"미안해! 내 잘못이야! 미안해!" 베키는 두 손을 번쩍 들고, 한 손에 빵 덩어리가 쥐어 있는 것을 보았다. 그녀는 교회 관련 책자가 놓여 있는 식탁에 빵을 내려놓았다. 태너가 다시 그녀를 안았다.

"내가 함께하고 싶은 사람은 너야." 태너가 말했다. "그 점을 분명히 해야 했어. 난 너한테 미쳐 있어. 정말로 힘든 공연이 되겠지만 로라가 아쉽지는 않아."

베키는 태너의 어깨 너머로 클렘이 복도 중간에 서 있는 것을 보았다. 그는…… 정신이 나간 것처럼 보였다. 몇 시간 전만 해도 베키가 세상에서 가장 바란 것은 태너의 품에 안긴 모습을 사람들에게 보이는 것이었다. 그리고 로라라는 장애물이 제거된 지금, 그녀의 소원이 실현되고 있었다. 그런데 하필 그녀를 보는 사람이 클렘이라니.

베키는 몸을 비틀어 태너에게서 빠져나왔다. "가서 로라를 데려와야 해."

"절대 안 돼."

"아니, 누군가는 로라를 데려와야 하잖아. 오늘 밤에는 모든 악기를 연주해야 하니까."

"됐어. 중요한 건 네가 나를 믿는 것뿐이야."

"그래. 그렇더라도 로라를 데려와야 해. 그냥…… 뭐든 필요한 말을 해, 그냥 해버려."

"날 믿지 않는다는 거야?"

"아니, 믿어. 근데……" 베키는 블루 노트가 문제의 가수 없이 무대에 오를 경우 기그 베네데티가 느낄 실망과 분노를 상상했다. 이 모든 게 베키의 잘못이었다. 그녀가 바로잡아야 했다. "로라는 어디 살아?"

"지금 와서는 나한테 문을 열어줄지나 모르겠어."

"나를 보내달라는 말이야. 아무튼 난 로라한테 크게 사과해야 해."

"장난해? 걔가 나보다 더 화난 사람이 있다면, 그건 너뿐이야."

"어디 사냐니까?"

"드러그스토어 위층 아파트야. 케이랑 루이즈랑 같이 살아. 하지만 베키, 그건 말도 안 돼."

베키는 코트 단추를 잠갔다. 치즈와 골파가 들어간 빵과 헤어지고 싶지 않았다. 하지만 그 빵은 들고 다니기에 편한 물건이 아니었다. 베키가 빵을 어디에 숨길지 고민하고 있는데 클렘이 다가왔다.

"클렘." 태너가 초조한 듯 말했다. "어서 와."

"동생하고 얘기를 좀 해야겠다."

베키는 교회 회보를 펼쳐서 빵 위에 덮었다. 전날 밤 태너의 담요를 뒤집어썼을 때만큼 형편없이 빵을 감췄다. 태너는 베키의 목 뒤를 잡고 그녀의 뺨에 입 맞췄다. "아무 데도 가지 마." 그가 말했다. "난 관객석에 네가 있는 걸 알아야만 해."

그는 서둘러 강당으로 갔다. 태너가 한 입맞춤의 쾌감은 클렘이 그 장면을 보았다는 불편함에 죽어버렸다. 베키는 오빠를 보지 않고 달려 나갔다. 삽으로 치워놓은 인도에는 눈이 새로 한 층 깔려 있었고, 클렘은 그녀의 바로 뒤에 있었다.

"그만 따라와." 베키가 말했다.

"왜 나랑 말을 안 하려는 거야? 너 약 했어? 네가 이러는 건 한 번도 못 봤어."

"날 좀 가만히 놔둬!"

그녀는 발밑의 얼음을 밟고 미끄러졌고, 클렘이 그녀의 손목을 잡았다. "무슨 일인지 말해."

"아무것도 아니야. 가서 로라랑 이야기해야 해."

"로라 도브린스키? 왜?"

베키는 손목을 비틀어 빼내고, 계속 나아가려 했다. "태너한테 로라의 연주가 필요한데, 로라가 연주하려 하지 않으니까."

"아니, 잠깐만. 그럼 너랑 태너랑……."

"그래! 됐어? 나 태너랑 사귀어! 됐냐고?"

"아니, 언제부터?"

"나 그만 따라와."

"난 그냥…… 네가 태너랑 사귄다고?"

"도대체 몇 번 말해야 해?"

"한 번밖에 말 안 했는데."

"난 태너랑 사귀고, 태너는 나랑 사귀어. 그게 뭐 잘못됐어?"

"아니. 난 그냥 놀라서 그래. 데이비 고야 말로는…… 너 이제 대마초도 피워? 태너 때문에 그래?"

베키는 퍼시그 거리의 치워놓은 눈 더미를 따라 성큼성큼 걸어갔다. "태너랑은 아무 상관도 없어. 그냥 실수였어."

"예전부터 태너가 대마초를 피우나 싶었는데."

"내 일은 내가 알아서 결정할 수 있어, 오빠. 오빠가 나한테 뭐가 옳은지 그른지 말해줄 필요가 없다고. 나한테 지금 당장 필요한 건, 오빠가 내일에 신경을 끄는 거야."

눈앞에 드러그스토어가 보였다. 위층 불이 켜져 있었다.

"알았어." 클렘이 쉰 목소리로 말했다. "신경 끌게. 그래도 이 말은 해야 겠는데……."

"뭘 말해."

"모르겠어. 난 그냥 놀라서. 아니…… 태너 에번스라고? 걘 좋은 녀석이야. 엄청 착하지. 하지만…… 딱히 활력 넘치는 애는 아닌데. 수동적인 성격 그 자체에 가까워."

클렘이 싫다는 느낌은 새롭고도 압도적이었다. 사랑을 잔인하게 찢어 발겨 뒤집은 것만 같았다.

"꺼져." 베키가 말했다.

"베키, 이러지 마. 너한테 이래라저래라 하려는 게 아니야. 너한테 너무 많은 일이 벌어지고 있다는 것뿐이지. 넌 곧 대학에 들어가. 앞날이 창창하다고. 그리고 태너는…… 그 녀석이 영영 뉴프로스펙트를 떠나지 않는다고 해도 난 놀라지 않을 거야."

베키는 멈춰서 홱 돌아섰다. "꺼지라고! 지겨워! 오빠가 나랑 내 친구들을 비난하는 게 질린다고! 오빤 내 평생 그 짓을 해왔어. 구역질 나! 난 더 이상 여섯 살짜리가 아니야! 오빠한테는 인생을 변화시키는, 섹스 좋아하는 놀라운 여자 친구가 있잖아. 나한테 이래라저래라 하지 말고 그 여자한테 그러지 그래? 아니면, 그 여자는 수동적이지가 않아서 그런가?"

베키는 자기가 무슨 말을 하는지도 거의 알 수 없었다. 악령이 그녀에게 씌었고, 클렘이 충격을 받았다는 건 가로등 불빛으로 확실히 알 수 있었다. 베키는 기독교인다운 태도를 되찾으려고 애썼지만, 증오심이 너무도 강렬했다. 베키는 돌아서서 드러그스토어를 향해 전속력으로 달려갔다.

러스는 크리스마스 선물이 마음에 들었다. 그는 프랜시스와 여섯 시간 이상을 함께했다. 하루 종일이라고 느껴질 만한 시간이었다. 차질로 보였던 모든 것이 알고 보니 진전이었다. 프랜시스는 심장외과 전문의와의 정사를 털어놓자마자 러스에 비해 그가 못하다고 했고, 애리조나에 가겠다고 위협하자마자 러스에게 함께 가자고 했으며, 시오 크렌쇼를 적대시하자마자 러스의 조언에 마음을 열었다. 59번가에서 벌어진 사고조차 요긴했다. 그는 퓨리의 망가진 범퍼, 그리고 얼어붙은 큰 너트와 씨름하며 강인한 신체와 냉철한 지성을 자랑했다. 그리고 십대 아이들 한 무리가 눈밭에 나타나서 프랜시스가 교외 사람 특유의 두려움에 그의 팔을 잡았을 때는, 그녀가 인종적 편견에 관한 중요한 교훈을 얻게 됐다. 그 아이들은 단지 도와주려는 것뿐이었다. 러스는 그 사고로 너무 늦어서, 매리언에게 프랜시스와 함께 갔다고 말할 수밖에 없을 터였다. 그러니 페리가 매리언에게 말할지도 모른다고 안절부절못할 필요는 없었다. 프랜시스는 계속 서둘러 집에 가야 한다고 주장했지만, 잠깐 맥도날드에 들르자고 제안하자 배가 고프다고 인정했고, 마침내 제일 개혁교회에 돌아왔을 때는 안에 들어가기를 꺼리던 그녀의 태도가 러스의 고

집에 짜릿하게 굴복했다.

사무실에서 러스는 블루스 음반을 하나씩 하나씩 건네주며, 로버트 존슨에 관한 별로 알려지지 않은 사실들이나 토미 존슨이 얼마나 비극적인 알코올중독자였는지, 빅터와 파라마운트와 보컬리언이 초기의 위대한 음반들을 만들어낸 것이 얼마나 기적적인 일이었는지에 관해 이야기했다. 78s 음반은 그의 소지품 중 가장 귀중한 축에 들었고, 프랜시스는 적절한 경의를 담아 그것들을 받았다. 프랜시스는 다리를 꼬지 않은 채그의 책상 위에 앉아 있었다. 눈 녹은 물이 그녀의 달랑거리는 두 발에서 똑똑 떨어졌다. 그는 프랜시스의 두 다리 사이에 서 있는 것과 진배없었다. 그에게 심장외과 전문의의 배짱만 있었더라면 말이다.

"곧장 집에 가서 이 음반들을 들어야겠어요." 프랜시스가 말했다. "목사님도 함께 가셨으면 좋겠지만, 이미 너무 오래 잡아두었네요."

"전혀 아닙니다." 그가 말했다. "드물게 즐거웠습니다."

"다른 여자들이 질투하겠다. 근데 아세요? 다 자기 팔자예요. 행운은 용감한 사람을 좋아하거든요."

러스는 목을 반드시 가다듬어야 한다고 느꼈다. "이 음반 열 장을 모두 들을 시간이 있을지는 모르겠지만, 한두 장이라면……."

"아뇨, 그렇게까지 욕심 부리고 싶지는 않아요. 목사님은 집에 가셔야죠."

"급한 일은 없습니다."

"거기다, 내가 래리의 대마초에 취하기로 하면요? 사람들 말로는 음악 감상을 할 때 대마초가 좋다던데요. 하지만 목사님은 아마 그걸 법을 어길 만한 유의미한 이유라고 생각하지 않으시겠죠."

"이젠 날 놀리는군요."

"목사님이 너무 고지식해서 참을 수가 없어요."

"프랜시스 씨와 함께 실험하는 데는 마음을 열었다고 이미 말씀드렸습니다."

"네, 어째야 할지 모르겠네요." 프랜시스가 웃었다. "우리 교회에서 누굴 파문할 일이 벌어진 적도 있나요? 목사님을 꾀어서 대마초에 중독시켰다는 걸 들키면 내가 처음으로 파문당할 것 같은데. 내가 주홍 글자를 달고 A&P*에 있는 걸 보게 되실 거예요."

"대마초(reefer)를 뜻하는 R자를 달겠군요." 러스는 프랜시스와 장단을 맞추려고 애써 말했다.

"러스(Russ)를 뜻하는 R이죠. R은 러스를 의미할 수도 있어요."

러스의 기억에 프랜시스는 한 번도 그의 이름을 부른 적이 없었다. 프랜시스가 그의 이름을 안다는 것 자체가 어떤 면에서는 놀라웠다. 이런 호칭이 약속하는 친밀함은 너무도 숨 막혔다.

"프랜시스 씨도 같은 마음이라면, 난 얼마든지 시도해볼 생각입니다."

"네, 기억해둘게요." 프랜시스는 그의 책상에서 폴짝 뛰어내리며 말했다. "하지만 오늘 밤은 아니에요. 사모님이 분명 목사님이 어디에 있는지 궁금해하고 있을 거예요."

"아닙니다. 제가 페리한테 메시지를 남겨놨거든요."

프랜시스는 러스의 욕심을 뻔히 본 게 분명했다. 그녀는 러스의 눈을 들여다보며 얼굴을 찌푸렸다. 뭔가 이상한 냄새를 맡았는데, 러스도 그 냄새를 맡았는지 궁금하다는 태도였다. "이 정도면 충분하지 않았어요?"

"당신이 그렇게 말씀하신다면야."

* 대형 슈퍼마켓.

"나야…… 당신은 아니에요?"

"전 오늘 저녁을 서둘러 마무리할 생각이 없습니다."

러스는 이보다 노골적으로 말할 수 없었다. 그는 프랜시스가 창백해지는 것을 보았다. 그런 뒤, 프랜시스는 웃으며 러스의 코를 건드렸다. "난 당신이 좋아요, 힐데브란트 목사님. 하지만 이제 가야 할 것 같아요."

하필 그 순간, 코가 건드려졌다는 대격변을 완전히 이해하기도 전에 클렘이 사무실 문을 두드렸다. 그것도 단지 당황스러운 일일 뿐, 차질은 아니었다. 그 뒤에, 교회 주차장에서 그와 클렘이 프랜시스의 뷰익을 파낸 다음에는 또 한 번의 진전이 이어졌다. 프랜시스가 그를 손짓해 부르더니 말했다. "클렘이 그때 온 건 잘된 일일 거예요. 너무 긴장, 긴장하고 있었거든요."

"너무 오래 잡아두려 해서 미안합니다. 이렇게 많은 시간을 내준 걸 고마워했어야 하는데."

"아무튼 목표 달성이에요. 전달할 것들을 전부 전달했으니까."

"정말 고맙습니다." 러스가 마음을 담아 말했다.

"아, 뭐. 나도 고마워요. 하지만 정말로 고마운 마음을 보여주고 싶다면……."

"네."

"가서 전도사님하고 얘기해보세요. 아직 사무실에 있는 것 같던데요."

"지금 얘기해보라고요?"

"지금 이 순간만큼 좋은 때는 없다잖아요."

러스가 보기에는 어느 순간이든 지금보다는 나을 것 같았다.

"애리조나에 가겠다는 말은 진심이에요." 그녀가 말했다. "당신이 가지 않으면 보람을 반도 느낄 수 없을 거예요. 이기적인 얘기로 들리겠지만,

난 그냥 이기적으로 구는 게 아니에요. 당신이 원한을 붙들고 있는 걸 보는 게 싫어요."

"저는…… 한번 노력해보겠습니다."

"좋아요. 기다릴게요. 나한테 전화해서 어떻게 되어가는지 말해주세요."

"전화를 걸라고요."

"그럼 뭘 걸려고요? 우리 집에 들러달라고 할 수도 있겠지만, 당신이 어떤 대마초 중독에 빠질지 누가 알겠어요."

"진심입니다, 프랜시스. 그 실험은 혼자서 하면 안 돼요."

"네, 꼭 목사를 참석시킬게요. 목사랑 의사라고 말하려 했는데, 의사는 빼도 될지 모르겠어요. 의사가 별로 좋아하지 않을 것 같거든요…… 당신을."

러스는 무슨 말을 해야 할지 몰랐다. 심장외과 전문의가 아직도 위협적인 존재일까?

"아무튼, 전도사님하고 화해했으면 좋겠어요." 그녀가 말했다. "그때까지는 나한테 전화하면 안 돼요." 프랜시스는 전진 기어를 넣었다. "하, 이 여자 좀 봐. 목사한테 최후통첩을 하다니. 자기가 뭐라고 생각하는 거야?"

그러더니 그녀는 떠났다.

예전에 러스는 최후의 만찬 때 예수님이 베드로에게 했던 심란한 예언을 주일 설교에서 다룬 적이 있었다. 가장 충실한 제자가 수탉이 울기 전에 그분을 모른다고 세 번 부정할 거라는 예언 말이다. 베드로가 그 예언을 실현했다는 점이나, 주님을 배신하고 나서 그가 눈물을 흘렸다는 점에 대한 러스의 결론은 그 예언이 사실은 심오한 이별의 선물이었다는 것이었다. 예수님은 베드로에게 사실상 베드로가 그저 인간일 뿐임을 안다고 말한 셈이었다. 세상의 비난과 처벌을 두려워하는 인간. 예언은 베드로가 가장 심하게 예수님을 실망시키는 순간에도 그의 곁에 있겠다는 예수님의 확언이었다. 그의 인간적인 약점에도 불구하고 늘 그 자리에서, 늘 그를 이해하고, 늘 그를 사랑하겠다고. 러스의 해석에서 베드로는 후회 때문에 운 것만이 아니라 그 확언에 대한 감사의 마음으로 운 것이었다.

이런 비교는 신성모독에 가깝겠지만, 러스도 클렘에게 최소 세 번 코트렐 부인을 욕망하지 않는다고 부인했다. 베드로의 부인을 떠올리면서 말이다. 프랜시스는 이 계절의 기쁨이었고—그녀는 러스의 코를 튕겼다!—러스는 모든 집의 지붕 위에서 복음을 외쳤어야 했다. 그러나 클렘의 비난은 무방비 상태에서 그를 가격했다. 클렘의 비난, 더욱이 베트남에 관한 미친 소리에서는 청소년기 특유의 도덕적 절대주의 냄새가 났다. 클렘은 계율이 중요하기는 하지만, 마음의 부르심이야말로 더 높은 법칙에 따른다는 것을 이해하기엔 너무 어렸다. 이것이 그리스도께서 구약을 개정하신 이유였고, 그분이 전한 사랑의 메시지였다. 러스는 아들에게 솔직하게 마음을 터놓을 용기를 내지 못했다. 프랜시스에 대한 마음의 부르심을 예시로 들어줄 용기를 내지 못했다. 후회됐다. 클렘의 절대주의는 치료되어야만 했다. 러스는 자신의 감정을 부정함으로써 그들 자신에게만이 아니라, 아들에게까지 해를 끼쳤다고 할 수 있었다.

사무실에 홀로 남겨진 그는 책상에 앉아 머리를 비우려 애썼다. 그는 클렘이 마음을 바꾸거나 징병 부적합 판정을 받을지 모른다고 자신을 타일렀다. 어느 경우든 미국 보병대가 더 이상 전투에 참여하지 않고 있으므로 클렘이 신체적 부상을 입을 위험은 낮으니, 다시 프랜시스에게 생각을 돌려도 된다고 말이다. 프랜시스와의 외출이 러스의 가장 터무니없는 꿈을 넘어선 건 아니었다. 프랜시스가 러스의 양가죽 코트에 손을 집어넣고 그의 눈을 올려다보는 것으로 외출이 마무리되지는 않았으니까. 하지만 거의 비슷하긴 했다. 프랜시스는 러스에게 희망을 가질 이유 열몇 가지를 주었고, 그녀가 주차장에서 말한 긴장, 긴장이 성적인 긴장임은 틀림없었다.

그 긴장감이 러스 안에 여전히 깃들어 있었다. 빠르게 뛰는 심장을 통해 여실히 드러났다. 러스는 사무실에서 자위하는 방식으로 교회를 더럽힌 적이 한 번도 없었지만, 지금은 너무도 깊이 프랜시스에게 사로잡혀 있어서 그러고 싶다는 충동을 느꼈다. 불을 끄고, 지퍼를 내리고, 충성을 선언하는 것이다. 발밑에서는 강당의 베이스 리듬이 들려왔다. 너무도 흐릿하고 분산되어 있어서, 무작위의 웅얼거리는 소리와 더 가깝게 들렸다. 사무실 문 밑으로 슬쩍 들어오는 것은 수없이 많은 콘서트 담배의 가늘고 길쭉한 연기였다. 교회는 이미 더럽혀졌다. 공기 중에 방종이 떠돌았다. 하지만 릭 앰브로즈를 생각하자 손이 멈추었다.

좀 더 불쾌한 방식으로 심장이 뛰었다. 그는 자리에서 일어나 문을 열었다. 러스는 앰브로즈가 집에 갔기를 어쩔 수 없이 바랐다. 그러면 크리스마스가 지날 때까지 아무 행동도 하지 않아도 될 테니까. 하지만 앰브로즈의 문은 여전히 열려 있었다. 러스에게는 그 방에서 흘러나오는 빛 자체가 증오스러웠다. 3년 전, 마지막으로 그 사무실에 발을 들였을 때 러스는 샐리 퍼킨스에게 들이댔다는 비난을 받았고, 앰브로즈는 등 뒤에서 그에게 칼을 꽂았다.

러스는 다시 문을 닫고, 앉아서 기도했다.

하늘에 계신 아버지, 용서해주시기를 청하며 당신을 찾나이다. 아시다시피 저는 이미 제 마음을 따름으로써 당신의 계율을 어겼나이다. 또한 저는 당신의 피조물에게서 더 많은 기쁨을 경험하고, 주님께서 제게 주신 인생을 보다 완전하게 즐기고 싶어 하오니 이런 저를 용서해주시길 기도하나이다. 제게 지금 필요한 것은 제 안에서 용서를 찾는 것입니다. 오늘 밤 이른 시간에 적과 화해해야겠다고 느꼈을 때, 저는 당신의 아드님께서 제 마음속에 하시는 말씀을 듣고 당신께서 프랜시스를 통해 당신의 뜻을 이루시려 한다는 희망을 감히 품었나이다. 하지만 지금 저는 그 충동을 잃었사옵니다. 지금 저는 제가 들은 소리가 당신 아드님의 사랑의 소리가 아니라, 그저 프랜시스에 대한 성욕이었을지 모른다고 걱정하나이다. 애리조나에 그녀와 함께 가고 싶다는 이기적인 소망 말입니다. 이제 저는 마음속 사랑 없이 '화해하는' 것이 오직 주님에 대한 저의 죄를 더욱 심각하게 만드는 건 아닌지 걱정하나이다. 제게는 의심과 약점만이 있사옵니다. 겸허히 간청하오니 부디 크리스마스의 정신을 다시 제게 불어넣어주소서. 부디 제가 진심으로 릭을 용서하고 싶어 하도록 도와주소서.

러스도 직접적인 응답이 있을 거라고 생각할 만큼 멍청하지는 않았다. 기도는 신을 향해 영혼을 굽히는 행위, 내적인 움직임이었다. 만일 들려온다면, 신의 응답은 그 자신의 생각처럼 들릴 터였다. 그가 해야 하는 일은 조용히 기다리면서 그 생각을 받아들일 수 있는 상태가 되는 것이었다.

가장 먼저 떠오른 말은 혹독한 비판이었다. 아빠의 아들로 산다는 게 얼마나 부끄러운 일인지는 아세요? 돌이켜보니, 클렘이 쏟아부은 모든 험한 말 중에서도 이 말을 무시하기가 가장 힘들었다. 그 말은 프랜시스에 대한 러스의 약점 이상을 의미하는 것 같았기 때문이다. 그건 클렘 안에 몇 년 동안 쌓여왔던 불경이 노골적으로 터져 나온 한마디였다. 러스는 그 불경을 청년의 혈기 탓으로 돌렸지만, 문득 릭 앰브로즈의 손에서 느꼈던 치욕이 자신에게만 고통스러웠던 건 아니리라는 생각이 들었다. 그

치욕은 아들에게도 고통스러웠을 것이다. 러스는 자신의 고통에 너무 정신이 팔려 아들의 고통을 보지 못했다.

그 치욕적인 청소년부 모임에서 일어나 샐리 퍼킨스와 로라 도브린스키를 상대로 그를 변호했던 클렘은 지금도 그가 알고 사랑하는 클렘이었다. 하지만 클렘은 그 이후로 점점 낯선 사람이 되어갔다. 추수감사절에는 베키의 보호자 행세를 하고, 러스에게 베키의 유산은 베키가 알아서 결정하도록 하라고 명령하며 극도로 선을 넘었다. 게다가 이제는 베트남에 가고 싶어 했다. 전쟁의 부도덕성에 항거하며 행진하던 소년에게 무슨 일이 일어났단 말인가? 클렘의 절대주의를 허용하고, 심지어 학생 징병 유예 혜택에 관한 그의 주장의 유효성을 인정한다 해도, 전쟁이 소강 국면에 접어들고 있는 이때 입대한다는 건 별로 말이 되지 않았다. 게다가 클렘은 다른 소년의 인생을 구하는 것도 아니었다. 그저 자기 인생을 탈선시키려는 것뿐이지. 원칙에 따른 행동이라기에는 아귀가 맞지 않았다. 아버지에게 상처를 주려고 그런 행동을 하는 게 분명했다.

러스는 대체 얼마나 끔찍하게 클렘에게 상처를 준 걸까. 혼자서 개탄하는 것도, 사무실에 숨어서 원한을 키우는 것도, 앰브로즈와 마주칠까봐 두려워 다락을 살금살금 돌아다니는 것도 다 좋았다. 개인적인 치욕은 감당할 수 있었다. 장부는 신과 맞추면 되니까. 하지만 아들이 보기에도 그렇게 개탄스러운 존재가 된다면? 그는 프랜시스만 생각해서는 진정으로 앰브로즈를 용서할 수 없다는 걸 알았다. 그 충동은 순수하지 않았으니 말이다. 그런 용서는 절망적이게도 (클렘의 경악스러운 말을 빌리자면) 그녀와 자겠다는 욕망과 뒤얽혀 있었다. 하지만 클렘에게 주는 선물로서 용서라는 행위를 한다면? 자신을 좀 더 존경받을 만한 아버지로 만든다면?

러스는 이 취약한 생각을 보호하기 위해 눈을 반쯤 감고서 사무실에서 나와 복도를 따라 그 증오스러운 문으로 다가갔다. 그 자신의 뜻인지, 주님의 뜻인지 그는 문을 두드렸다.

응답은 즉시, 날카롭게 들려왔다. "네."

러스는 문을 더 활짝 밀어젖혔다. 책상에 앉아 있던 앰브로즈가 어깨 너머를 보았다. 앰브로즈의 표정만 보면, 러스가 피에 흠뻑 젖은 유령이라도 된 것 같았다.

"얘기 좀 합시다." 그가 말했다.

"어…… 그러시죠." 앰브로즈가 말했다. "들어오세요."

러스는 문을 닫고, 젊은 애들이 상담을 받는 소파에 앉았다. 소파 스프링이 망가져 있어서 하마터면 무릎이 머리 위로 넘어갈 뻔했다. 러스는 고개를 들고 있으려고 쿠션 가장자리로 몸을 옮겼지만, 소파는 그가 앰브로즈보다 낮은 곳에 있어야 한다고 고집을 부렸다. 바로 그렇게, 순식간에, 러스는 사랑 가득한 의도에도 불구하고 증오심에 사로잡혔다. 나이가 절반밖에 안 되는 남자보다 작아진 느낌이 들게 만드는 그 비참함에 사로잡혔다. 그가 3년 동안 앰브로즈를 피한 데는 이유가 있었다. 프랜시스에게 미쳐서 그 이유를 잊었을 뿐이다. 프랜시스는 자기가 러스에게 요청한 일이 얼마나 엄청난 것인지 전혀 몰랐다.

러스가 딱딱하게 말했다. "아마, 사과부터 시작해야 할 것 같군요."

이제 앰브로즈는 그를 노려보고 있었다. "그건 넘어가셔도 됩니다."

"아니, 말해야겠소. 오래전에 했어야 하는 말이니까. 나는…… 유치하게 굴었고, 그 점에 대해서 사과합니다. 당신이 날 용서해줄 거라고 기대하지는 않지만, 사과해요."

그 말은 완전히 공허하게 울려 퍼졌다. 그는 용서받기를 기대하지 않았을 뿐 아니라, 용서받기를 원하지도 않았다. 그는 증오심을 피할 길을 찾으려고 애썼지만, 증오심은 3년 동안 너무도 크게 자라났다. 클렘을 생각하는 것도 전혀 도움이 되지 않았다.

"그럼, 제가 뭘 해드리면 될까요?" 앰브로즈가 말했다.

러스는 소파에 깊숙이 기대 천장을 보았다. 그는 사라지고 싶었다. 하지만 지금 도망치는 건 프랜시스를 영영 가질 수 없고, 클렘의 존경도 영영 다시 얻을 수 없다는 걸 인정하는 것만 같았다. 그는 무슨 말이 나올지 보려고 입을 열었다. "당신은 이 모든 일을 어떻게 생각합니까?"

"이 모든 뭘요."

"당신이랑 나랑 이 상황이요. 어떻게 생각합니까?"

앰브로즈는 한숨을 쉬었다. "불행하다고 생각합니다. 목사님을 탓하지 않는 척은 안 하겠지만, 목사님이 자존심에 심한 상처를 입었다는 건 알고 있습니다. 제가 그 상처를 더 악화시킨 건 후회합니다. 당시에도 사과했었지요. 원하신다면 다시 사과할 수도 있습니다."

"아뇨. 그건 넘어갑시다."

"그럼 제가 뭘 해드리면 되는지 말해주세요."

앰브로즈의 사무실에 있는 사랑과 지나친 존경의 증표들은 러스가 마지막으로 이곳에 들어온 이래 급격히 늘어났다. 책상 위에는 스프링 공책에서 찢어낸 페이지에 여자 손 글씨로 쓰인 시와 메시지들이 놓여 있었다. 수백 장의 스냅사진이 서로 겹쳐서 압정에 꽂혀 있었다. 십대들이 아래쪽 사진에서 빼꼼 얼굴을 내밀었다. 이제는 실크스크린으로 인쇄한 포스터들이 천장까지 한쪽 벽을 완전히 덮고 있었다. 기다란 두 선반에 깃털과 돌 조각, 조각한 나무 막대와 스크랩한 수채화 등이 빼곡하게 놓여 있었다. 앰브로즈의 잔은 차고 넘쳤다.

"어쩌다 그런 일이 일어났는지조차 모르겠습니다." 러스가 말했다. "어쩌다 당신을 이렇게까지 미워하게 됐는지요. 이건 자존심을 훨씬 넘어서는 문제예요. 그 증오심이 사실상 내 인생을 소진했습니다. 이해가 안 가요. 어떻게 주님의 종이 되어서 이런 기분을 느낄 수 있는지. 이 사무실에 들어와 있는 것 자체가 고문입니다. 제가 할 수 있는 변명은, 이게 제 마음대로 되는 일이 아니라는 것뿐입니다. 역겨움을 느끼지 않고는 당신을 5초도 생각할 수 없습니다. 지금 당신을 보는 것도 힘들어요. 당신 얼굴만 보면 구역질이 납니다."

러스가 하는 말은 상처받은 마음으로 부모에게 달려가는 어린 소녀의 말처럼 들렸다. 못된 릭이 내 기분을 망쳤어요!

"위로가 될지 모르겠지만, 저도 목사님이 싫습니다." 앰브로즈가 말했다. "예전에는 목사님을 크게 존경했지만, 그런 마음은 오래전에 사라졌어요."

발밑에서 베이스의 진동이 점점 강해지다가 멈추었다. 멀리 떨어진 이곳에까지 조금이나마 사람들의 환성이 들려온다는 사실 자체가 그 함성이 매우 크다는 뜻이었다. 정말이지, 러스의 증오심이 상호적임을 아는 건 위로가 되어야 마땅했다. 하지만 지금은 클렘의 불경이 떠오를 뿐이었다.

"그럼에도 불구하고, 교회에 계속 이런 짓을 할 수는 없습니다." 러스가 말했다. "이건 너무 가당찮은 일이에요. 여기서 어떻게 벗어나야 할지는 모르겠지만, 우리는 좀 더…… 교양 있게 굴 방법을 찾아야 합니다."

"제 방을 찾아주신 건 용감한 일이었습니다. 그 첫걸음을 내디디신 것이요."

"오, 주여." 러스는 공기를 움키며 두 손으로 주먹을 쥐었다. "바로 이런 게 구역질 나는 겁니다. 어떤 사람한테 용감하다고 말할 때 당신 목소리가 조금씩 떨리는 거요. 꼭 용기에 관해서는 당신이 세계적인 선구자라도 되는 것처럼 구는군요. 당신의 의견이 그 무엇보다 중요하다는 듯이."

앰브로즈가 웃었다. "그 말도 용감했습니다."

"난 예전에 당신을 사랑했습니다, 릭. 우리가 친구라고 생각했어요."

이번에도 상처받은 소녀가 튀어나왔다.

"우정이 이어지는 동안에는 좋았지요." 앰브로즈가 말했다.

"아뇨. 난 그렇게 생각 안 합니다. 난 내가 아주 오래전부터 사실상 사기꾼이었다고 생각합니다. 난 청소년부 목사가 되는 데 아무 관심이 없었어요. 그런 일을 잘해본 적도 없고요. 그때 당신이 내 교회에 들어왔습니다. 맞아요, 내 자존심이 한 방 먹었죠. 당신은 정말 잘하더군요. 그걸 부러워한 내가 어리석었습니다. 난 다른 걸 잘하니까요. 당신이 잘하지 못하는 것들을 말입니다. 하지만 그런 건 하나도 중요하지 않은 것처럼 보였어요."

"저도 목공이나 배관 일에 좀 더 능숙해졌다는 걸 알려드립니다."

"절대 나만큼 잘하지는 못할 거요. 나한테는 자랑스러워할 만한 기술이 아주 많아요. 하지만 당신만 생각하면…… 그런 게 하나도 중요하지 않더군요."

러스는 앰브로즈를 힐끗 보고, 그 검은 눈동자가 자신을 보는 것을 포착하고는 다시 재빨리 눈을 돌렸다.

"난 당신이 가엾습니다, 목사님. 하지만 아마 이런 말은 듣고 싶지 않겠지요."

"제기랄, 당연히 안 듣고 싶소. 당신이 개자식이었다면 더 쉬웠을 거요. 하긴, 어쨌거나 나는 당신이 개자식이라고 생각합니다만. 난 당신이 걸

잡을 수 없는 자기중심주의자라고 생각해요. 난 당신한테 크로스로드가 하나의 커다란 권력 과시 기회라고 생각합니다. 그 모든 예쁜 여자애들이 당신 사무실 앞에 줄을 서는 걸 당신이 즐긴다고 생각해요. 당신은 예전의 나보다도 심한 사기꾼이오. 하지만 그건 중요하지 않죠. 아이들은 여전히 당신을 사랑하니까. 당신은 정말로 그 애들한테 도움이 됩니다. 그 애들이 당신을 꿰뚫어 보지 못할 만큼 멍청하기 때문이죠. 그러고 보면, 난 당신만 증오하는 게 아닙니다. 당신을 사랑한다는 이유로 애들까지 미워요."

"저도 같은 걸 걱정한다면 어떻습니까? 저도 이 모든 질문과 늘 씨름한다면요?"

"그럼 재미있겠네요. 당신이 나와 거의 비슷한 사람이라고 상상하는 건 흥미로운 일입니다. 선해지려고, 신을 섬기려고 하지만 끊임없이 당신 자신을 의심하는 사람이라니. 이성적으로는 그 점에서부터 출발해 당신을 용서할 방법을 찾아야겠지요. 하지만 내 상상 속 사람에게 당신 얼굴을 붙이는 순간, 미워서 구역질이 날 것 같아요. 나한테 보이는 건, 당신이 양다리를 걸치는 모습뿐입니다. 당신의 권력을 즐기면서, 그 점이 걱정스럽다는 사실에도 만족하는 거지요. 재수 없는 인간으로 살면서, 그 점에 대한 당신의 '정직함'을 스스로 기념하는 겁니다. 하긴, 아마 모두가 그렇게 하겠지요. 아마 모두가 자신의 근본적인 죄악성에 만족할 방법을 찾을 겁니다. 하지만 그렇다고 당신이 덜 미워지는 건 아니에요. 오히려 그 반대죠. 난 당신이 너무 싫어서, 나 자신을 포함한 인류 전체가 싫어집니다. 당신과 내가 어떤 면으로든 비슷하다는 생각이…… 구역질 나요."

"와." 앰브로즈는 놀랍다는 듯 고개를 저었다. "상황이 나쁘다는 건 알았지만, 이럴 줄은 몰랐네요."

"내가 무엇과 씨름해왔는지 알겠습니까?"

"목사님 상상 속에 제가 그렇게 크게 자리 잡고 있다니, 영광으로 생각해야겠네요."

"정말입니까? 난 당신이 재림 예수라도 되는 줄 알았는데. 남의 마음속에 크게 자리 잡는 건 익숙할 줄 알았소만."

"하지만 지금 목사님이 하시는 말씀은, 제게 말씀하시는 방식은…… 목사님이 크로스로드에 있을 때는 한 번도 보지 못했던 수준이군요. 정직함도, 취약함도. 한 번이라도 이런 식으로 마음을 여실 수 있었다면…… 지금 와서 이런 모습을 보게 되니 놀랍습니다."

"네에, 엿이나 먹어요. 엿이나 드시오. 내 말은, 아니, 세상에, 릭. 내 정직함이 마음에 든다고요? 당신이 대체 누구라고 나를 마음에 들어 합니까? 나는 안수받은 목사예요. 당신보다 두 배는 나이가 많습니다! 내가 여기 앉아서, 셰이커하이츠에서 온 웬 가식적인 중상위 계급 개자식이 나를 마음에 들어 한다고 고마워하게 생겼습니까? 그 자식은 내가 자기를 마음에 들어 하는지 눈곱만큼도 신경 쓰지 않는데?"

"절 오해하셨군요."

"난 요셉과 형제들에 대해 생각했소. 당신이 성경을 인용하는 것에 대해 어떻게 생각하는지는 알지만, 성경에는 악당이 누군지 아주 분명하게 밝혀져 있다는 걸 기억할 거요. 요셉의 형들은 요셉을 노예로 팔아버렸소. 왜? 시기심 때문에. 주님이 요셉과 함께하셨기 때문에. 창세기에는 그런 식으로 온건하게 표현돼 있습니다. 주님께서 요셉과 함께하셨다고요. 요셉은 신동이었고, 아버지가 가장 사랑하는 아들이었으며, 모두가 꿈풀이를 해달라고 찾아가는 사람이었습니다. 하나님이 주신 재능을 가지고 있었으니까요. 요셉이 어디를 가든 사람들은 요셉에게 일을 맡겼고, 그를 추어올리고 찬양했습니다. 맙소사, 정말이지 요셉이 자기를 마음에 들어 하느냐는 그 사람들에게 중요한 문제였죠. 젊어서 창세기를 읽었을 때는 누가 착한 놈이고 누가 나쁜 놈인지 명명백백해 보였습니다. 그런데 그거 압니까? 지금 창세기를 읽으면, 요셉을 보면 구역질이 나요. 나는 요셉의 형들에게 십분 공감합니다. 주님이 그들을 선택하지 않았으니까요. 모든 게 미리 결정되어 있었고, 형들은 불운한 쪽이었습니다. 믿을 수가 없어요. 당신이 너무 미워서 하나님까지 미워지기 시작했다니!"

"아이고."

"나는 대체 무슨 짓을 했기에 주님을 불쾌하게 했느냐고, 대체 어떤 혐오스러운 짓을 저질렀느냐고 자문했습니다. 당신이 이 교회에 오는 저주를 당할 만한 일이 대체 뭐였느냐고요. 아니면, 이게 그냥 주님께서 나를 창조하실 때 품었던 계획이겠지요. 내가 나쁜 놈이 되는 것 말입니다. 내가 어떻게 그런 신을 사랑할 수 있습니까?"

앰브로즈는 몸을 앞으로 숙여, 러스의 정수리 쪽으로 머리를 가까이 했다.

"생각해보세요." 그가 말했다. "둘 다 생각해봅시다. 제가 할 수 있는 말 중에 목사님을 화나게 하지 않을 말이 있습니까? 동정심도 표현할 수 없고, 목사님을 존경한다고 말할 수도 없고, 사과도 할 수 없군요. 말 그대로, 목사님은 제가 목사님에게 할 수 있는 모든 인간적 반응이 제 의도를 배신하게 하십니다."

"바로 그겁니다."

"그럼 여기는 왜 오셨습니까? 뭘 원하십니까?"

"난 당신이 절대로 될 수 없었던 사람이 되어주길 바랍니다."

"그게 어떤 사람입니까?"

러스는 이 질문에 고민했다. 마침내 감정을 쏟아놓으니 마음이 놓였지만, 그는 익숙한 패턴을 따르고 있었다. 나중에, 머잖아 그는 자기가 한 모든 말에 굴욕감을 느낄 것이다. 좋든 싫든 그게 러스였다. 앰브로즈의 질문에 대한 답이 보이자 그는 그 답을 말했다.

"난 당신이 뭔가를 필요로 하는 사람이기를 원합니다. 내가 당신을 마음에 들어 하는지 신경 쓰는 사람이요. 당신은 무슨 말을 해야 나를 화나게 하지 않을 수 있는지 묻는데, 뭐, 그런 말이 하나 있습니다. 내가 예전에 당신을 사랑했던 것처럼 나를 사랑했다고 말하면 돼요."

앰브로즈는 다시 허리를 펴고 앉았다.

"걱정은 마시오." 러스가 말했다. "당신이 그런 말을 할 수 있다 해도 믿지 않을 테니까. 당신은 한 번도 나를 사랑한 적 없고, 우리 둘 다 그 사실을 알고 있소."

러스는 어린 소녀처럼 울음을 터뜨릴까 봐 두려워 눈을 감았다. 앰브로즈를 사랑했다는 이유로 벌을 받았다니 불공정하게 보였다. 클렘을 사랑했다는 이유로 벌을 받은 것도. 심지어 매리언을 사랑했다는 이유로도 벌을 받았다. 매리언은 보답으로 그를 사랑해준 유일한 사람이었고, 그가 운명적으로 상처를 입힐 수밖에 없는 사람인 것만 같았으니까. 사랑할 수 있는 그의 능력이, 그리스도가 전한 복음의 정수가 하나님에게 조금은 점수를 따줬어야 하는 것 아닐까?

"기다리세요." 앰브로즈가 말했다.

러스는 그가 일어나서 사무실을 나서는 소리를 들었다. 최악의 날에도, 아니 최악의 날에는 특히, 러스의 불행은 하나님의 자비로 향하는 관문이었다. 하지만 이제는 그 안에서 아무런 보상도 찾을 수 없었다. 심지어 프랜시스에게 전화해도 된다는 보상조차 믿을 수 없었다. 그는 프랜시스가 맡긴 임무에 실패했으니까.

앰브로즈는 예배당에서 헌금 접시를 가지고 돌아왔다. 그가 웅크리고 접시를 바닥에 내려놓자 그 안에 물이 가득 담겨 있는 것이 보였다. 앰브로즈는 러스가 신고 있던 작업화의 신발 끈을 풀었다. 러스가 시어스에서 산 운동화였다. "발을 드십시오." 앰브로즈가 말했다.

"이러지 말아요."

앰브로즈는 직접 발을 들어 신발을 벗겼다. 러스는 몹시 당혹했지만, 앰브로즈는 그의 다리를 잡고 양말을 벗겼다. 이 의례는 너무도 신성했고 성경과도 너무 크게 연관되어 있어서, 러스는 앰브로즈를 걷어차는 방식으로 저항할 수 없었다.

"릭. 진짜예요."

앰브로즈는 자기가 하던 작업에 열중해서, 다른 쪽 신발과 양말도 벗겼다.

"정말이지, 예수님 흉내라도 내려는 겁니까?" 러스가 말했다.

"그런 논리에 따르면, 우리가 그분을 흉내 내기 위해 하는 모든 일은 과대망상이지요."

"난 당신이 내 발을 씻기는 걸 원하지 않습니다."

"이런 행동은 예수님이 독창적으로 생각해내신 게 아닙니다. 여기에는 더 일반적인 의미가 있었어요. 이건 겸손을 나타내는 행위입니다."

접시의 물은 몹시 차가웠다. 음수대에서 가져온 게 틀림없었다. 러스는 앰브로즈가 무릎을 꿇고, 검은 머리를 눈까지 늘어뜨린 채 한 발을, 또 다른 한 발을 씻기는 모습을 무력하게 지켜보았다. 앰브로즈는 책상 의자 등받이에서 플란넬 셔츠를 가져다가 부드럽게 러스의 발을 닦았다.

그런 다음, 앰브로즈는 고개를 숙인 채 몸을 앞으로 숙이더니 러스의 손을 잡았다.

"이젠 뭘 하는 겁니까?"

"당신을 위해 기도합니다."

"난 당신 기도를 원하지 않아요."

"그럼 나 자신을 위해 기도합니다. 씨발, 좀 닥쳐요."

러스는 기도를 통해 증오심에서 벗어나려고 노력할 만큼 멍청하지 않았다. 그런 시도를 수백 번은 해봤지만, 아무 소용이 없었다. 지금 러스를 움직인 것은 그의 손을 잡은 손이었다. 늘씬하고, 검은 털이 나 있고, 아직 젊은 손. 그냥 인간의 손, 젊은 남자의 손이었다. 그 손을 보니 클램이 생각났다. 가슴이 떨리기 시작했다. 앰브로즈가 손을 꽉 쥐었다. 러스는 자신의 나약함에 굴복했다.

틀림없이 10분은 흐느꼈다. 그러는 내내 앰브로즈가 그의 발치에 무릎을 꿇고 있었다. 그리스도의 선하심이, 크리스마스의 의미가 다시 러스의 안에 있었다. 그 달콤함을 잊고 있었는데, 이제는 기억났다. 주님의 선하심으로 몸을 씻었을 때는 그 안에 있는 것만으로 충분했다. 그 기쁨을 체험하며 아무 생각도 하지 않고 그냥 그 자리에 있는 것만으로 충분했다. 이제 기억났다. 앰브로즈가 마침내 손을 놔주자 러스가 그 손을 꽉 잡았다. 그는 이 순간이 끝나는 것을 바라지 않았다.

앰브로즈는 헌금 접시를 가지고 떠났고, 러스는 양말과 신발을 신었다. 대부분 청소년기와 이십대 초반에 경험했던 예전의 자비는 차분하게 정신이 맑아진 상태에서, 이른 아침에 느껴지는 일종의 고요함 속에서 사라졌다. 그리고 그 고요함과 차분함은 머잖아 일상으로 깨져버렸다. 지금, 러스는 그때와 똑같은 명료함으로 주님께서 앰브로즈와 함께하신다는 사실을 받아들였다.

"좀 낫네요." 앰브로즈가 돌아오자 그가 말했다.

"그럼 다른 말은 하지 않겠습니다. 망치지 말지요."

러스는 자리에서 일어나며, 자신의 천적이 얼마나 키가 작은지 떠올렸다. 앰브로즈는 멕시코 노상강도처럼 콧수염을 기른, 장발의 소년처럼 보였다. 러스는 자신의 증오심이 사라진 게 아니라 억눌렸을 뿐일지 모른다고 생각했으나, 아직 명료함이 남아 있었다. 러스는 십대들이 앰브로즈에게 준 선물 선반이 부럽지 않았다. 아래쪽 선반에는 애리조나에서 가져온 게 틀림없는 긴 깃털이 있었다. 매의 꼬리 깃털이었다. 러스는 그 깃털을 주워서 손가락 사이에 넣고 돌렸다. 아무것도 없는 게 나았다. 나바호들처럼, 그들이 쓰는 이름대로라면 디네처럼 사는 것이 더 나았다. 디네 비케야, 네 개의 신성한 산 사이에서. 디네에게는 아무것도 없었다. 그들은 호건*에서, 거의 아무것도 없이 살았다. 유럽인들이 오기 전, 더 나았던 시절에도 그들은 뭘 많이 가진 적이 없었다. 하지만 영적으로, 그들은 러스가 아는 그 누구보다 부유한 사람들이었다.

"애리조나에 가고 싶습니다." 그가 말했다.

      ⁕

---

* 나바호족의 집. 나뭇가지를 엮은 뒤 그 위에 진흙을 덮어 만든다.

베키는 말 그대로 로라 도브린스키의 발자취를 좇고 있었다. 그녀는 드러그스토어 뒤에서 나무 계단을 올라가는 깊은 발자국 한 줄을 발견했다. 계단 꼭대기, 풍파에 시달린 문 앞에서 그녀는 클렘이 좇아오지 않았는지 확인하려고 아래쪽을 보았다. 그녀는 로라가 무척 두려웠지만, 낭비할 시간이 없었다. 그녀는 문을 두드리고 기다렸다. 안에서 아무 소리가 나지 않자 그녀는 다시 문을 두드리고 문손잡이를 돌려보았다. 열려 있었다.

안쪽의 작은 주방으로 들어간 그녀는 로라가 오렌지색의 보풀 있는 카펫에 무릎을 꿇고 있는 것을 보았다. 로라는 오토바이 재킷을 입고서, 인조 섬유 침낭을 나일론 자루에 집어넣고 있었다. 그 옆에는 마구 뒤섞인 세면용품들과 책 더미, 군용 배낭이 있었다. 배낭 입구에는 스웨터 소매가 달랑거렸다. 전기 난방기가 먼지 타는 냄새를 공기에 흩뿌렸다.

"로라?"

로라는 고개를 돌리지 않았지만 몸이 굳어졌다.

"네가 날 보고 싶어 하지 않는 건 알아." 베키가 말했다. "하지만 내 문제로 온 게 아니야. 태너의 커리어 때문에 왔어. 태너한테는 오늘 밤 네 연주가 정말로 필요해. 부탁이니 그렇게 해줄래?"

"씨발, 내 집에서 나가."

"매니저랑 이야기해봤어. 기그랑 이야기했는데, 그 사람이 왜 온 줄 알아? 너 때문이야. 그야, 넌 정말로 놀라운 가수니까. 네가 상처 입었을 거라는 건 알아. 하지만…… 기그는 네 노래를 듣고 싶어 죽겠다고 했어."

"네가 상처 입었을 거라는 건 알아." 로라는 아기 말투로 베키의 말을 따라 했다. 그녀는 남은 침낭을 나일론 자루에 쑤셔 넣고, 졸라매는 끈을 당겼다.

"미안해." 베키가 그녀에게 다가가며 말했다. "모든 걸 취소할 수 있었으면 좋겠어. 올바른 길이 있다는 걸 어제 알았어야 했는데. 올바른 삶의 방식이 있다는 것 말이야. 나는 잘못된 길을 걷고 있었어."

"너한테 길을 보여주신 예수님을 찬양해야겠네."

베키는 간신히 인내심을 발휘했다. "내 말은, 태너한테 화를 풀면 안 된다는 거야. 이건 내 잘못이지, 태너 잘못이 아니야. 태너한테 네가 정말로 필요할 때, 한 시간만 내서 태너를 도와줄 수 없을까?"

"싫어."

"왜?"

"걔랑 헤어질 거니까. 샌프란시스코에 갈 거야."

"하지만 내 말은, 지금 당장 도와달라는 거야."

"지금? 바깥에 눈이 30센티미터는 쌓였어."

"지금처럼 히치하이킹을 하기 좋은 때도 없다는 얘기지. 다들 낯선 사람을 도와주고 싶어 하잖아."

로라는 배낭끈을 느슨하게 하고, 침낭을 그 아래에 밀어 넣었다. 태너가 직접 말했듯이, 그녀는 과격했다.

"난 그냥, 얼마나 오래 사귀었는지는 몰라도 네가 태너와 사귀었으니까, 걔를 신경 쓴다면……." 베키가 말했다.

"4년이에요, 자매님."

"지금도 태너가 잘되기를 바라지 않아?"

로라는 고개를 들고, 핑크색 렌즈 너머로 그녀를 보았다. "너 미쳤니?"

"아니, 네가 화가 난 건 알겠어. 내가 나쁜 짓을 한 것도 알겠고. 하지만 우리는 둘 다 태너를 사랑……."

"아, 그러셔. 걜 사랑한다고."

"난…… 그런 것 같아."

"와, 그거참 사랑스러운 일이네."

로라는 세면용품 더미 사이에 서 있었다. 뭔가가 베키의 얼굴로 날아왔다. 베키는 방어적으로 그것을 잡았다. 아랫부분이 절반 정도 말려 있는 치약이었다. 지놀*이라는 단어를 본 베키는 그걸 떨어뜨렸다. 치약이 아니었다.

"너한테 주는 작은 선물이야." 로라가 말했다. "아니면…… 세상에. 너 약 먹겠구나."

베키의 손이 더러워졌다. 그녀는 손을 코트에 닦았다.

"치어리더가 그런 문제를 신경 쓰지는 않겠지만, 네가 남성 산업단지에 발을 들이고 있다는 건 알지? 그 사람들은 쾌락을 위해서 네 호르몬으로 장난을 치는 거야. 고민거리 없는 자유로운 접근권만큼 남자 거시기가 좋아하는 건 없어. 태너도 나한테 약을 먹이려 했어. 네 덕분에 태너는 날 신경 썼던 것 자체를 유감스럽게 생각하게 되겠지만."

---

* 여자의 성기에 바르는 형태의 피임약.

방은 난방이 충분히 되지 않았지만, 베키는 땀을 흘리고 있었다. 가슴이 막히는 듯한 감각은 어렸을 때 느꼈던 차멀미와도 비슷했다. 섹스라는 미래가 눈앞에 산길처럼 펼쳐졌다. 백여 개의 굽이가 다가와 그녀를 더욱 구역질 나게 만들었다. 베키는 태너의 것이 된다는 차에 올라탔다. 이제 그녀는 그 차가 느려지기를 바라고 있었다.

그녀가 불안하게 말했다. "내 말은, 태너한테는 오늘 밤 네 연주가 정말로 필요하다는 거야."

"아니면 잠깐. 잠깐만." 핑크색 렌즈 뒤의 두 눈이 가늘어졌다. "섹스를 하기는 했어?"

"내가……?"

"와, 세상에. 당연히 안 해봤겠지. 아니, 제발, 안 돼. 성경에는 거길 만지면 안 된다고 적혀 있단 말이야." 로라가 웃었다. "교회에 다니는 것으로도 우리 태너를 막을 수는 없었지만. 걘 무척 까불거리는 기독교인이거든. 대비하는 게 좋을 거야."

차멀미를 할 때의 식은땀.

"아니면, 아니지. 대비가 안 되어 있으면 좋겠다. 태너가 너한테 할 짓 중에서는 찬송가를 부르는 것만 허락해주길 바라. 그 자식은 그래도 싸니까."

"부탁이야." 베키가 말했다. "지금 당장 가야 해. 매니저가 와 있어. 네 노래를 들으러 왔어. 그리고 내 생각엔 그냥…… 가자."

"씨발, 꺼지라고 했지."

"부탁이야, 로라."

로라는 벌떡 일어나 베키에게 다가왔다. 베키는 왜 자기가 무릎을 꿇었는지 알 수 없었다. 어쩌면 로라보다 그렇게까지 키가 커지고 싶지 않았던 걸지도 몰랐고, 애원하는 동작이었는지도 몰랐다. 하지만 어쩌다 보니 다시 무릎을 꿇게 된 그녀는 고개를 숙이고 두 손을 한데 모았다. 제발 로라를 도와주세요. 그녀가 기도했다. 제발 저를 용서해주세요.

로라가 비명을 질렀다. "씨발, 뭐냐? 씨발, 나랑 장난해?"

베키는 계속 고개를 숙이고 있었다. 머리 위에서 마구 지껄이는 소리가 나더니, 차가운 손이 베키의 머리채를 한 움큼 쥐고 그녀의 신체적 고결성을 짓밟았다. 그녀를 홱 당겨 일으켜 세우려 했다. 베키는 모근이 뽑혀 나가는 것이 느껴졌지만 일어서지 않으려 했다. 손이 머리카락을 놓았다. 잠시 후, 그녀는 귀를 세게 얻어맞았다. 악랄한 공격이었다. 손목뼈가 느껴졌고, 눈에서 불똥이—별이 튀었다. 베키는 별을 보았다. 이어진 공격은 목을 비틀고 골을 흔들어댔다. 고통보다도 더 나빴던 것은 폭력을 당했다는 사실 그 자체였다. 그 누구도 베키를 때린 적은 없었다. 그녀는 눈을 꽉 감고 계속 기도하려 노력했다.

이제는 로라도 무릎을 꿇고 있었다. 그녀의 손가락 끝이 베키의 귀를 스쳤다. 귀는 껍질이 벗겨진 것처럼 뜨겁게 느껴졌다. "베키, 미안해. 괜찮아?"

제발요, 주님. 제발요, 주님.

"나는…… 염병. 나나 우리 꼰대나 다를 것도 없네."

기도에 대한 응답일지도 모르는 로라의 목소리 변화에, 베키의 마음속 깊은 곳에서 뭔가가 동요했다. 예배당에서 경험했던 것처럼 마음이 열렸다. 주님은 여전히 그곳에 계셨다. 베키는 주님과의 연결을 잃고 싶지 않아 집중했다. 하지만 로라가 다시 입을 열었다.

"그건 알지? 태너가 말해줬지?"

베키는 고개를 저었다.

"내가 왜 태너랑, 태너네 가족이랑 동거하게 됐는지 말 안 해줬어?"

로라가 에번스 가족과 함께 산 적이 있다는 건 새로운 소식이었다. 이유야 당연히 몰랐다.

"난 맞는 게 어떤 기분인지 알아." 로라가 말했다. "너한테 그런 짓을 저질러서 미안해."

"괜찮아. 나도 너한테 나쁜 짓을 했는걸."

"우리 꼰대도 나한테 그런 기분을 느끼게 만들었어. 맞아도 싸다는 기분." 로라는 베키의 어깨를 어루만졌다. "너 정말 괜찮아?"

"응."

"손바닥으로 때리면 심하게 다칠 수 있거든. 뭐랄까, 나도 한쪽 귀가 살짝 먹었어. 그걸 알아차린 사람은 태너의 엄마고. 태너의 엄마가 내 피아노 선생님이었거든. 지금은 사실상 내 엄마나 마찬가지야. 다른 엄마는…… 그 여자랑은 같은 방에 있는 것도 힘들어. 꼰대가 아직도 그 여자를 때려. 그 여자는 지금도 자기는 맞아도 싸다고 생각하고."

베키는 로라가 더 친절하게 말하자—주님에게—감사하다고 느꼈다. 하지만 그 고마운 마음 이면에는 태너에 대한 불만이 생겨나고 있었다. 태너는 로라의 아버지가 로라를 때렸다는 얘기를 해주지 않았다. 로라가 자기 가족과 함께 산 적이 있다고도, 로라가 사실상 자기 여자 형제나 다름없다고도 말하지 않았다. 베키는 자기가 얼마나 깊은 곳에 발을 담그려는 건지 몰랐다. 알았다면 더 조심했을 것이다. 베키가 저지르게 된 잘못은 일정 부분 그녀의 잘못이었지만, 태너의 잘못이기도 한 것 같았다.

"정말 미안해." 그녀가 말했다.

"왼쪽 귀만 그래."

"아니, 내 말은, 모든 게 다 말이야. 모든 게 다 미안해. 나는…… 어쩌면 내가 물러나야 할지도 모르겠어. 너희 둘을 놔두고."

"그러기엔 너무 늦었습니다, 자매님. 태너는 널 사랑하니까."

이번에도 멀미 나는 풍경이 보였다.

"내가 까놓고 물어봤어." 로라가 말했다. "그게 태너의 대답이었어."

"하지만 그건 내가 태너한테 급하게 다가가서 그런 거야. 내가 떠나기만 하면⋯⋯."

"그렇게 되는 게 아니에요."

"하지만 난 태너한테 아직도 너에 대한 감정이 있는 걸 알아. 만약에 내가 그냥⋯⋯."

"태너의 감정으로 장난을 쳐놓고 떠나겠다고? 그건 정말 쌍년 같은 짓이야. 너라면 그렇게 할 수 있을 것 같지만."

전화가 시끄럽게 울렸다. 아니, 화난 듯이 울리는 것처럼 보였다. 전화기는 주방 벽에 걸려 있었다. 로라는 별 관심 없다는 듯 그쪽을 보았다.

"헤어질 사람은 나야." 로라가 말했다. "몇 년 전에 헤어졌어야 했어." 로라는 자리에서 일어나며 덧붙였다. "때린 거 미안해."

로라는 자기 배낭으로 돌아갔고, 전화기는 계속해서 화를 내며 울렸다. 오는 전화를 무시한다는 건 상상조차 할 수 없는 집 출신인 베키가 벌떡 일어나 전화를 받았다. 그녀는 사람들의 소리와, 태너가 그 소리를 누르고 외치는 소리를 들었다.

"베키? 뭐 해? 나는⋯⋯ 기그가 여기 와 있어. 우린 공연해야 해. 너 뭐하고 있어?"

"잠깐만, 응?" 베키는 수화기를 가슴팍에 대고 누르며 로라에게 다가갔다. "태너야." 그녀가 말했다. "시작해야 한대. 나랑 같이 가자. 부탁이야."

로라는 잠시 후 언짢은 듯, 알겠다고 손을 휙 저었다. 그건 로라가 베키를 때리지 않았다면 절대 하지 않았을 행동이었고, 그녀가 베키를 때린 것은 베키가 무릎을 꿇고 기도하지 않았더라면 일어나지 않았을 행동이었으며, 베키가 무릎을 꿇고 기도한 건 그리스도의 영이 그녀를 로라의 아파트로 데려오지 않았더라면 일어나지 않았을 일이고, 그리스도의 영이 베키를 이곳으로 이끈 건 베키가 예배당에서 주님을 찾지 않았더라면 발생하지 않았을 일이며, 베키가 예배당에서 주님을 찾은 것은 대마초를 피우지 않았더라면 일어나지 않았을 일이었다. 베키는 로라를 따라 드러그스토어 뒤편의 눈 내린 계단을 내려갔다. 이것이야말로 주님이 신비롭게 역사하심을 보여주는 가장 아름다운 증거인 것만 같았다. 베키는 나쁜 짓을 저질렀고, 벌을 받았으며, 이제는 보상을 받았다. 그녀는 완전히 새로운 인생이, 신앙이 있는 인생이 시작되는 것을 느꼈다.

"이건 진짜 멍청한 짓이야." 로라는 베키와 함께 인도를 따라 성큼성큼 걸어가며 말했다. "내가 무슨 대가를 치르고 이런 짓을 하는 건지 너도 알았으면 좋겠다."

차가운 공기가 베키의 망가진 귀를 찌르는 듯했다. 그녀는 감히 입을 열지 않았다. 혹시 로라가 생각을 바꿀 수도 있으니까.

강당의 관객들은 안절부절못했다. 무대는 보라색 빛에 어둑하게 잠겨 있었다. 로라는 무대 뒤쪽으로 이어지는 문으로 곧장 나아갔고, 베키는 현관 근처에 남아 있었다. 이제는 완전히 헐벗은 테이블을 보자, 베키는 더 이상 약에 취하지 않았다고 생각했을 때조차 자기가 상당히 취해 있었다는 걸 깨달았다. 불쾌한 일이지만 클렘도 생각났다.

기그 베네데티가 미소 지으며 느릿느릿 다가왔다. "또 만났네."

"네, 안녕하세요."

"밴드 준비 상태가 마음에 든다고는 말할 수 없겠네. 솔직히 엉망이야."

"로라 상태가 안 좋았어요."

성경에 거짓말을 금지하는 계율도 있을까? 없을지도 몰랐다. 하지만 어쨌든 진실은 드러날 것이다. 베키는 한 가지 놀라운 일을 해냈으니, 또 다른 일도 해낼 수 있을지 궁금해졌다.

"그게, 근데 사실은요." 베키가 말했다. "사실은, 그게 말이에요. 로라가 밴드를 그만둬요."

기그가 웃었다. "진심이야?"

"어, 네."

"내가 들으러 온 밴드에는 여자 보컬이 있었다고."

"알아요. 하지만 로라 없이 공연하는 것도 들어봤는데, 사실 그 편이 더 나아요. 태너는 다른 사람과 무대를 나눌 필요가 없을 때 정말로 무대를 지배하거든요. 블루 노트는 태너의 밴드지, 로라의 밴드가 아니에요."

"네가 그다지 객관적인 비평가가 아닐 가능성은?"

본능적으로, 베키의 손이 머리로 향하더니 코트 목깃에서 머리카락을 빼냈다. 베키는 화려하게 머리카락을 흔들었다. 주님께서 싫어하실 만한 일은 아니었다. 기그가 베키를 예쁘다고 생각한들 그게 베키의 잘못은 아니었으니까.

"정말로 알고 싶어 하시는 것 같아서 말씀드리는 건데요." 그녀가 말했다. "로라가 그만두는 이유는 저 때문이에요. 저 때문에 매니저님이 밴드와 계약하지 않으면 정말 기분이 더러울 것 같아요." 그녀의 목소리에서 느껴지는 상처받은 기색도 마찬가지로 본능적인 것이었다. 그녀는 다시 고개를 저었다. "제가 부탁드리는 것처럼 들리지만, 야심이 있는 쪽은 태너예요. 로라는 그냥 아마추어고요."

기그는 눈을 가늘게 떴다. "넌 왜 그러는데?"

"무슨 말이죠?"

"내가 왜 태너가 아니라 너랑 얘기하고 있느냐는 거야."

"모르겠어요. 그냥…… 밴드와 계약하시면, 매니저님이 저를 아주 많이 보게 되리라는 거죠."

진짜로 추파를 던지려면 기그의 눈을 들여다보아야 했지만, 차마 그렇게는 할 수 없었다.

"그건 생각해볼 만하네." 그가 말했다.

눈보라가 불고 난 뒤에는 별이 총총한 하늘과 한기가 찾아왔다. 목사관은 어두웠지만, 눈 쌓인 진입로에는 고랑이 파여 새로운 길이 나 있었다. 클렘은 그 길을 따라 뒷문으로 가면서 훅 끼쳐오는 담배 냄새를 맡았다. 그는 잠시 멈춰서 공기 냄새를 맡았다. 나무 꼭대기에서 불어오는 가벼운 바람은 북풍이었고, 지표면에서의 풍향은 그보다 복잡했다. 클렘은 아버지와 싸우고 나서 한 갑을 다 피워버렸기 때문에 담배가 없었다. 그는 뉴프로스펙트에서 담배를 끊을 생각이었지만, 그건 베키가 그에게 꺼지라고 말하기 전 일이었다.

연기는 목사관 자체에서 흘러나왔다. 현관에, 장작을 보관하는 상자 위에, 두툼한 코트를 입고 앉아 있는 사람은…… 엄마? 클렘은 계속 진입로를 따라 몰래 안으로 들어간 다음 곧장 잠자리에 들고 싶다는 충동을 느꼈다. 하지만 그는 아버지 말이 맞는다는 걸 알았다. 그는 병무청에 편지를 쓸 때 어머니의 감정을 고려하지 않았다. 더 나쁜 건, 지금 당장 자기가 저지른 짓을 어머니에게 말해야 한다는 걸 알았다는 점이었다. 노친네보다는 클렘한테서 듣는 것이 나을 테니까.

클렘은 진입로를 따라서 왔던 길을 되밟아 갔다. 현관에 이르렀을 때쯤 어머니의 담배는 사라졌고, 어머니는 자리에서 일어나 있었다.

"아가." 그녀가 말했다. "왔구나."

클렘은 허리를 숙이고, 담배 냄새가 나는 입맞춤을 받았다. 그는 어머니가 십대 때 담배를 피웠다는 걸 알고 있었다. 하지만 그건 30년 전이었다.

"그래." 어머니가 말했다. "담배 피우고 있었어. 들켰네."

"그게…… 저도 한 대 피워도 돼요?"

그녀가 웃었다. "점점 우스꽝스러워지네."

클렘은 어머니가 한 말이 무슨 뜻인지 몰랐지만, 훈계보다는 웃음이 나았다. "끊을 거예요." 그가 말했다. "내일이요. 하지만…… 딱 한 대만요."

"내가 모르는 게 이렇게 많았다니." 어머니는 못마땅한 듯 고개를 젓더니 주머니에 손을 넣었다. "필터 있는 걸로? 없는 걸로?"

클렘은 빨리 불을 붙이려고 이미 열려 있는 담뱃갑에서 한 개비를 꺼냈다. 필터가 없는 럭키 스트라이크였다. 클렘은 하얀 거리에 시선을 둔 채, 편지에 대해서나 편지를 보낸 이유에 대해서 말했다. 그는 말을 다 마친 다음에야 돌아서서 어머니가 그 소식을 어떻게 받아들이는지 살폈다.

어머니의 손에는 꽁초가 든 커피 잔이 들려 있었다. 클렘의 침묵에 정신을 차린 것처럼, 그녀는 커피 잔을 내려다보았다. 어머니는 그 모습에 놀란 듯했다. 그녀가 클렘에게 커피 잔을 건네며 말했다. "난 들어가야겠다."

정확히 뭘 기대했는지는 모르겠다. 하지만 클렘은 무반응보다는 뭐라도 반응이 있을 거라고 예상했다. 그는 럭키를 끄고, 어머니를 따라 집에 들어갔다. 클렘의 가방은 그가 놔둔 대로 계단 아래쪽에 놓여 있었다. 크리스마스트리에는 불이 밝혀져 있지 않았다.

주방에서, 어머니는 거의 열지 않는 서랍장 옆에 웅크리고 있었다.

"엄마, 괜찮아요?"

어머니는 J&B 스카치 한 병을 들고 일어섰다. "왜 물어? 내가 술병이라도 들고 있니? 아니, 이런. 그러게. 들고 있네." 어머니는 웃더니 술병을 뒤집어 잔에 부었다. 겨우 한 줄기의 스카치가 흘러나왔다. 어머니는 그 술을 마셔 없앴다. "내가 뭐라고 했으면 좋겠니? 내 아들이 그 전쟁에 나가 싸우고 싶어 하다니 행복하다고 할까?"

"전쟁에 대해서 도덕적으로 불충분한 입장을 취하지는 않을 거예요."

어머니는 턱을 내리고, 의심스럽다는 눈으로 그를 뚫어지게 바라보았다. 방금 한 말을 고치라는 권유였다. 클렘이 따르지 않자, 어머니는 다시 서랍 옆에 웅크리고 앉았다.

"이 얘기는 못 하겠다." 그녀가 말했다. "오늘 밤에는 못 하겠어. 엄마가 2년 동안 매시간 네 걱정을 했으면 좋겠다면, 그야 네 결정이지. 미리 좀 경고해줬으면 좋았겠지만…… 네 결정이니까."

어머니가 빛바랜 라벨을 살펴보느라 술병들이 부딪히며 달칵거리는 소리가 났다.

"네 아버지는 충격을 받을 거야." 그녀가 말했다. "너도 그건 알겠지."

"네, 교회에서 아빠를 만났어요. 화를 내시던데요."

"교회에 있어?"

코트렐 부인과 그녀가 손가락을 까딱이던 모습은 아직 클렘의 머릿속에 생생하게 남아 있었다. 클렘은 노친네에게 빚진 것도 없었다. 문제는 어머니의 감정을 배려하는 것이었다.

"어떤 신자랑 같이 있었어요." 클렘이 조심스럽게 말했다. "그 사람 차를 빼려고 저랑 아빠랑 눈을 치워야 했거든요."

"어디 보자. 프랜시스 코트렐이구나."

그 이름을 어머니에게서 들으니 현기증이 날 것 같았다. 클렘은 어머니가 담배를 피우고 술을 마시는 것이 코트렐 부인에 관해 모든 걸 알고 있기 때문인지 궁금했다. 어쩌면 클렘보다 많은 것을 알지도 몰랐다.

"뭐 필요하니?" 그녀가 말했다. "먹을 거? 마실 거? 여기 버번이 좀 남아 있어. 엄청 오래된 베르무트도."

"샌드위치 정도면 괜찮을 것 같아요."

어머니는 술병을 들고 자리에서 일어나, 눈을 가늘게 뜨고 그 안에 한 모금 남아 있는 술을 보았다. "왜 이런 일이 일어나는 거지? 한참 만에 정말로 술이 필요하게 됐는데, 대체 왜 빌어먹을 모든 술병이 비어 있는 거야? 이건 무작위로 벌어진 일이 아니야. 무작위였다면 가득 찬 술병도 몇 개 있었어야지."

어머니는 뭔가 분명 잘못된 것 같았다.

"실은, 그래." 어머니가 말했다. "네 동생 짓인 것 같구나." 어머니는 얼마 안 남은 술을 잔에 부었다. "생각해보면 참 억장이 무너지는 일이야. 갠 계속 여기 와서 술을 조금씩 마셨지만, 빈 병을 남겨둘 수는 없었던 거야. 공식적으로 술병을 비우지 않고 마실 수 있는 술이 얼마나 됐을까? 웃어야 할지, 울어야 할지 모르겠구나."

어머니의 상태는 클렘이 파악할 수 없을 정도로 지나쳤다. 비교적 따뜻한 집 안에 들어온 데다 부모님에게 무슨 일을 저질렀는지까지 말한 지금은 피로를 이길 수 없었다. 클렘은 주방 식탁에 앉아 팔로 얼굴을 괴었다. 즉시 잠들지 모른다고 생각했지만, 그런 수준은 지났다. 피로가 너무 고통스러워서, 그는 계속 깨어 있었다. 클렘은 어머니가 세 번째로 술을 따르고 냉장고를 열고 주방 기구를 다루는 소리를 들었다. 어머니가 식탁에 접시를 내려놓는 소리도 들었다.

"뭘 좀 먹어야지." 어머니가 말했다.

그는 엄청난 노력을 들여서 일어나 앉았다. 접시 위에 올라온 샌드위치는 햄과 스위스 치즈를 곁들인 호밀빵 샌드위치였다. 그는 어머니가 샌드위치를 만들어준 것이 고마웠지만 피로로 구역질이 날 것 같아서 먹고 싶지는 않았다. 그는 그날 아침 섀런이 내밀었던 시나몬 토스트를 생각했다. 다른 여러 아침에 그녀가 해주었던 스크램블드에그도. 그는 섀런이 자기를 보고 얼마나 행복해했는지, 둘의 미래에 관한 계획을 얼마나 많이 가지고 있었는지 생각했다. 눈 뒤의 통증이 견딜 수 없을 만큼 심해졌다.

"어머, 얘야. 클렘, 아가. 왜 그러니? 왜 울어?"

클렘에게는 표현해야 할 불행이 너무 많았지만, 표현할 방법은 한 가지뿐이었다. 어머니가 두 팔로 그를 끌어안았을 때, 클렘은 힘과 품위를 조금이라도 유지하려고 애썼다. 하지만 정말이지, 그에게는 그 두 가지가 전혀 남아 있지 않았다.

눈물이 잦아들고 나서 샌드위치가 더 흥미롭게 보이다니 흥미로웠다. 담배도 피우고 싶었다. 성적인 방출 이후에 식욕이 돌아오는 것과 같았다.

"무슨 일인지 말해줄래?" 어머니가 말했다. "사실은 입대하고 싶지 않은 거니?"

누가 식탁에 종이 냅킨을 놔두었다. 그는 냅킨으로 코를 풀었고, 어머니는 클렘 맞은편에 앉았다. 어머니의 잔에는 갈색 베르무트가 들어 있었다.

"아침에 병무청에 전화를 걸면 돼." 그녀가 말했다. "생각이 바뀌었다고 말하면 된단다. 아무도 널 얕잡아보지 않을 거야."

"아뇨. 그냥 지쳤어요."

"하지만 그러다 보면 판단력이 흐려질 수 있어. 혹시 좀 쉬고 나면······ 이건 정말 말도 안 되는 일이야."

"말도 안 되는 일 아니에요. 확신해요."

클렘은 어머니의 침묵을 통해 그녀가 실망했다는 것을 알 수 있었다. 예전부터 어머니의 양육 방식은 클렘에게 뭘 해야 할지 말하는 대신 제안을 건네고, 그 제안이 분별 있는 제안이라는 걸 클렘도 알아채기를 기대하는 것이었다.

"저한테 했던 얘기 기억나세요?" 그가 말했다. "헌신 없는 섹스는 나쁜 거라는 얘기요."

"그 비슷한 얘기를 했었지."

"뭐, 그래서 제가 어떤 여자애를 사귀었어요. 어떤 여자를요. 세상에서 가장 멋진 일이었어요."

어머니는 클렘이 바늘로 찌르기라도 한 것처럼 눈을 휘둥그렇게 떴다.

"하지만 엄마 말이 맞았어요." 그가 말했다. "헌신이 없다면, 사람들이 상처를 받아요. 바로 그런 일이 일어났어요. 그 여자가 끔찍하게 상처받았어요."

마음속에 비참함이 차올랐다. 어머니는 식탁 너머로 손을 뻗어 클렘의 손을 잡았다. 다시 울고 싶지 않았던 클렘은 손을 치웠다.

"우린 헤어졌어요." 클렘이 말했다. "오늘 아침에요. 아니, 제가 찼어요. 걔는 헤어지고 싶어 하지 않았어요."

"아아, 애야."

"저는 어쩔 수 없이······ 전 학교를 그만둘 거예요."

"학교를 그만둘 필요는 없어."

"저는 그 애한테 끔찍하게 잔인한 짓을 저질렀어요."

클렘은 비참함에 무너졌다. 그가 비참함을 다스려보려 애쓰는 동안 어머니는 일어나서 가스레인지로 갔다. 혹하는 소리가 나더니 담배 냄새가 났다. 어머니가 담배를 피우는 것이 이상해서, 클렘은 제정신을 찾았다.

"밖에 나가야 하는 것 아니에요?"

"아냐." 그녀가 말했다. "여긴 내 집이기도 하니까."

"왜 담배를 피우시는 거예요?"

"미안하구나. 오늘 일이 여러 가지로 많았어. 네가 상처를 받은 게 안타깝구나. 또 안타까운 건 그…… 걔 이름이 뭐랬지?"

"섀런이요."

어머니는 담배를 세게 빨았다. "그냥 이해하기가 힘들어서 그래. 그 애와 함께하는 게 좋았다면, 왜 학교를 그만두려는 거니?"

"제 추첨 번호가 19번이니까요."

"왜 하필 지금이야? 한 학기 더 기다릴 수는 없니?"

"걔한테 너무 미쳐 있어서 성적을 유지할 수가 없었거든요. 학교에 있는 한 저는 걔랑만 있고 싶어요."

"하지만 그건……." 어머니가 인상을 썼다. "걔한테서 도망치려고 학교를 그만두는 거야?"

"저는 평균 B학점도 간신히 받고 있어요. 징병 유예 혜택을 받을 자격이 없어요."

"아니, 아니야, 아니지. 제대로 생각을 못 하는구나. 걜 사랑하니?"

"그건 상관없어요."

"그 애를 사랑하느냐고?"

"네. 제 말은…… 맞아요. 하지만 상관없어요. 너무 늦었어요."

어머니는 싱크대로 가더니 물을 틀어 담배를 껐다.

"너무 늦은 건 없어." 그녀가 말했다. "네가 그 애를 사랑하고, 그 애도 너를 사랑한다면 그 애를 떠나지 마. 그렇게 간단한 일이야. 사랑하는 사람한테서 도망치지 마."

"저도 알지만⋯⋯."

어머니가 싱크대에서 홱 돌아섰다. 눈이 이상하게 빛났다. "그건 잘못된 일이야! 그것보다 끔찍한 일을 저지를 수는 없어!"

클렘은 전에 한 번도 어머니를 무서워해 본 적이 없었다. 어머니는 늘 그의 어머니일 뿐이었다. 작고, 약하고, 언제나 존재하지만 희미하게 분산돼 있는. 어머니가 응접실 문 옆벽에 걸려 있는 전화로 가서 수화기를 내리자 두려움이 더 깊어졌다. 어머니는 클렘의 얼굴에 수화기를 들이밀었다.

"걔한테 전화해."

"엄마?"

"얘야, 그냥 전화해라. 기분이 나아질 거야. 전화해서, 미안하다고 말했으면 좋겠구나. 부탁이야. 그 애는 널 다시 받아줄 거야."

수화기에서 다이얼 신호음이 흘러나왔다. 어머니의 손이 떨렸다.

"섀런은 가족이랑 같이 사니? 걔도 집에 갔어?"

"아마 내일 갈 거예요."

"그럼, 학교로 돌아갈 테니 만나고 싶다고 하렴. 난 괜찮아."

"엄마, 크리스마스잖아요."

"그래서 뭐? 내가 허락했잖아. 아니, 솔직히⋯⋯ 여기가 네가 있고 싶은 곳이니? 여기가?" 어머니는 수화기로 주변을 휙 쓸어 보였다. "여기에 있고 싶어?"

어머니의 목소리에 깃든 혐오감은 충격적이었다. 하지만 그 말에도 일리가 있었다. 클렘은 목사관에 있고 싶지 않았다. 베키한테 그런 말을 들은 지금은.

"돌아가기에는 너무 늦었어요." 그가 말했다. "걘 내일 아침에 떠나요."

수화기에서는 제대로 본체에 걸려 있지 않을 때 나는 불평불만이 흘러나왔다.

"그럼 지금 가." 어머니가 말했다.

페리는 어째서 늦은 저녁에, 흙길 저쪽에, 딱하고 작은 집들로 이루어진 거리에 있었을까? 그곳은 기찻길이 있는 둔덕에서 끝나는, 뉴프로스펙트에서도 경치라고는 없는 곳이었는데. 이런 질문에는 아주 협소한 실용적 의미에서만 답할 수 있었다. 더 큰 이유에 답하자면, 지금은 의미 없는 추론의 틀이 필요했다. 발밑에서 눈이 끽끽거리는 소리를 내는 가운데 터미널 가장자리를 따라 종종걸음 치면서, 페리는 점점 넓어지는 검은 분화구에 추격당하는 기분이었다. 그 분화구가 그를 따라잡아 삼키기 전에, 다시는 문턱을 넘지 않을 거라 생각했던 그 집에 도착해야 했다. 정상참작이 될 것 같았다.

분화구는 그가 어머니에게 밀수품을 사용하고 판매해왔다고 고백한 다음에 나타났다. 그 고백은 전략적인 것이었다. 그의 위법행위가 전반적으로 드러나게 되어 아버지의 분노에 맞설 때 어머니가 확실히 공모해주기를 바라고 한 일이었다. 용서받기 위해서는 눈물도 몇 방울 흘릴 준비가 되어 있었다. 크로스로드에서도 그 방법으로 아주 인상적인 성공을 거두었으니까. 그러나 어머니는 관심이 없는 것처럼 보였다. 어머니는 페리를 꾸짖지 않았다. 심지어 질문도 던지지 않았다. 그 결과, 페리는 어머니가 담배를 피우도록 놔두고 아래층으로 내려오면서 뚫려버린 머릿속 분화구에 무방비로 노출되었다.

그는 앤설 로더의 집으로 가려고 눈밭에 나섰다. 확실히, 오늘 밤만이라면 아주 심하게 취해도 될 것이다. 그는 로더의 수영장 옆 헛간이라는 믿음직스럽게 격리된 공간에서 대마초를 연달아 피울 것을 예상했다. 일부러 대마초를 과도하게 맛볼 일과 미래가 사라지는 정신의 혼란이 가까워졌다고 생각하니 발기가 됐다. 대학에 갔다가 집에 돌아올 때면 로더와 화장실을 함께 쓰는 깡마르고 브라를 입지 않는 누나 애넷을 생각하며 극도로 취해서 성기를 문지를 때의 쾌감을 상상하자 성기는 더욱 단단해졌다. 애넷은 재치가 전혀 없는 그리넬 칼리지의 2학년생이었다. 기름 끼고 거친 얼굴이 오히려 더 매력적으로 보였다. 그녀는 여자와 관련해서는 페리의 이상에 가까웠고, 대략 안드로메다 은하계 정도로 다가갈 수 없는 것처럼 보였다.

당황스럽게도, 로더의 집 초인종을 누르자 애넷 본인이 문을 열었다. 페리는 그녀의 얼굴을 볼 수 없었다. 앤설이 있는지 물어볼 목소리도 나오지 않았다. 싸구려 파카에 시골뜨기 같은 러버를 신고, 터무니없는 탐욕을 품고 있는 그는 어느 모로 보나 역겨운 벌레였다. 그가 할 수 있는 일은 애넷이 돌아서기를 기다리는 것뿐이었다. 취해서 혼자, 화장실에 문을 잠그고 들어가 있고 싶다는 간절함은 견딜 수 없는 지경에 이르렀다. 열린 현관문 너머로 로더의 벽난로에서 번쩍번쩍 빛나는 주황색 불꽃이 보였다. 이 집의 모든 것이 그렇듯 벽난로도 지나치게 크고 영주의 성에나 어울릴 것 같은 모습이었다. 그 난로에서는 페리가 다른 데서 본 그 어떤 난로에서보다 장작이 오래 탔다.

맨발로 나온 로더는 짜증 낼 준비가 된 것 같은 모습이었다. "왜?"

"들어가고 싶어서." 페리가 말했다. "허락해주면."

"지금은 별로. '카나스타'를 하고 있거든."

"카나스타라고."

"크리스마스 전통이야. 사실, 꽤 재미있어."

"형이 가족들이랑 카드 게임을 한다고."

"오래된 크리스마스캐럴도 부르고 그러는 거지. 맞아."

그때까지 로더 집안사람들은 힐데브란트 집안사람들보다도 콩가루 가족이었다. 그들이 함께 재미있는 일을 한다니, 우주적 불의로 보일 만큼 비정상적이었다. 페리는 뒤를 돌아보지 않고도 검은 분화구가 넓어져 오는 것을 느낄 수 있었다.

"뭐, 그럼." 페리는 실망감에 목이 쉰 채로 말했다. "혹시 말인데, 시간이 좀 있으면…… 내가 오늘 판단을 좀 잘못했어. 내가 오해했어."

"진짜야, 인마." 로더는 문을 닫으려 했다. "지금은 좀 그래."

"그냥 빨리 가서 한 봉투만 가져다주면 좋겠어. 친구를 돕는 의미로."

"게임하고 있다고."

"그 얘긴 했어. 원한다면, 돈도 좀 줄게."

로더는 벌레에 혐오감을 느낀 사람처럼 인상을 썼다.

"앤설 형, 부탁이야. 내가 언제 이런 식으로 형한테 온 적 있어?"

"너 대체 왜 그래?"

"돈 얘기는 하지 말았어야 했어. 그건 실수였어. 미안해."

로더는 페리의 면전에서 문을 닫았다. 손닿지 않는 곳에, 페리가 서 있는 곳으로부터 15미터도 떨어지지 않은 로더의 방 서랍 속에는 대마초 85그램이 있었다. 품질은 그저 그랬지만, 급한 불을 끄기에는 충분했다. 페리는 우주조차 비난할 수 없었다. 로더에게 불쾌감을 준 사람은 다름 아닌 페리 자신이었으니까. 그는 오늘 거래를 제안함으로써 지금까지 약에 취한 순한 마음에 힘입어 간과할 수 있었던 것을 노골적인 사실로 만들어버렸다. 로더의 너그러움과, 그를 즐겁게 해줄 수 있는 페리 자신의 능력에 관한 진실을. 그 진실이란, 페리가 로더를 좋아하지 않는다는 것이었다. 그가 좋아하는 것은 약이었다.

페리는 분화구의 가장자리에 쫓기며 제일 개혁 교회로 향했다. 그에게 아직 있을지도 모르는 친구 중에서는 로더만이 크로스로드에 가입하지 않았으므로, 콘서트는 그의 유일한 의지처였다. 어머니는 예전에 미친 적이 있었다. 정신병원에 갇힌 적도 있었다. 외할아버지는 물에 빠져 자살했다. 그리고 어머니는 이런 사실들을 페리에게 구체적으로 말했다. 페리가 도저히 잠들지 못하는 밤에도 감히 열어보지 못한 머릿속 문 뒤에 도사린 두 가지 결과를 지적한 것이다. 그런데도, 엑스레이로 보듯, 염력을 사용하기라도 한 듯, 그는 닫힌 문 너머를 보았던 것만 같은 기분이었다. 어머니가 한 그 어떤 말도 놀랍지 않았다. 그는 단지 깨달음에 따르는 무딘 감각을 느꼈을 뿐이었다. 결과는 추했지만 충격적이지는 않았다. 그는 그 결과들이 어떤 모습일지 이미 알고 있었다.

페리는 어머니에게 아무것도 더 말하지 않기로 했다. 지금도, 앞으로도. 어떤 면에서, 그가 달아나고 있는 분화구는 어머니였다.

그는 교회 주차장에서 일행을 찾고 싶었지만, 너무 늦게 도착했다. 주차장이 비어 있었다. 강당 안, 인파가 몰려 있는 가장자리에는 크로스로드 졸업생 두 명이 여러 악기가 뒤엉키는 '나무 배'*에 맞춰 행복한 듯 서툴게 춤추고 있었다. 블루 노트라는 밴드가 연주하는 노래였다. 그 밴드

* 미국의 포크록 그룹 '크로스비, 스틸스 앤드 내시'의 곡.

가 유명하기도 했고, 페리가 직접 콘서트 포스터에 실크스크린으로 그 밴드의 이름을 인쇄한 적도 있어서 알았다. 인파 사이에 길이 생겼다가 없어졌다가 하는 가운데 페리는 그 유명한 로라 도브린스키가 인상을 쓰며 전자 키보드를 연주하는 모습을 힐끗 보았다. 그녀가 연주하는 당김음은 학구적이었다. 키가 크고 아프로 머리를 한 기타리스트는 자기가 연주하는 리프에 맞춰 약간씩 입술을 움직였다. 태너 에번스는 격렬한 리듬에 맞춰 머리카락을 흔들어대며 조금씩 뛰었다. 그들은 크로스비, 스틸스 앤드 내시의 첫 음반에서처럼 음표 하나하나를 끊어서 연주했고, 관중은 불행히도 완전히 그 음악에 빠져 있었다. 춤추는 여자들을 제외하면, 페리가 볼 수 있는 것은 끄덕이는 뒤통수들뿐이었다. 목구멍으로 실망감이 치솟으려는데 누군가가 그의 어깨를 건드렸다.

이 모든 쓸모없는 사람 중에서도 하필 래리 코트렐이었다. 래리는 머리카락에 뭔가 멍청한 짓을 했다. 너무 많이 빗은 것 같았다. 그 결과, 래리의 다른 모든 면 ─ 청재킷, 통이 좁은 코듀로이 바지, 하이킹 부츠 ─ 이 닳아빠진 것처럼 보였다. 래리 자신이 그랬듯이. 래리는, 제기랄, 포옹을 기대하듯이 두 팔을 벌렸다. 페리는 무대 쪽으로 돌아서며 목을 쭉 뺐다. 밴드에 엄청난 관심이 있는 척하면서 말이다. 자신이 마약 딜러라는 사실을 어머니에게 인정하고, 이를 통해 아버지가 알게 될 경우에 대비한 예방 주사를 맞은 그는 더 이상 래리한테서 두려워할 게 없었다.

우리는 떠어─나알─거야. 무대에서 후렴이 들렸다. 너에겐 우리가 피이일─요오─없어.

래리는 낙담하지 않고 페리의 귀에 대고 소리쳤다. "어디 있었어?"

페리는 체스에서처럼 대담한 수를 둬야 한다는 걸 알았다. 그러지 않으면 작은 폰이 매번 그를 괴롭히며, 약을 찾는 일을 어렵게 만들 터였다.

이번에도 우주적 불의가 느껴졌다. 이번에도 탓할 사람은 그 자신밖에 없다는 깨달음이 찾아왔다.

뭘 해야 하지? 대담한 한 수가 체스판에서처럼 불쑥 떠올랐다. '감히 그렇게 해도 될까' 싶은 전율도 함께였다. 그는 래리에게 따라오라고 손짓했고, 래리는 신이 나서 시키는 대로 했다. 그들은 사람 없는 현관으로 나갔다.

"생각난 게 있어." 페리가 말했다.

"뭔데, 뭔데." 래리가 말했다.

"술에 취해야겠어."

래리의 손가락은 즉시 피지투성이 코로 향했다. "그래."

"너희 엄마가 선반에 술을 보관하지?"

손가락이 코를 문질렀다. 코가 피지 냄새를 맡았다. 두 눈은 크게 뜨여 있었다.

"지금 거기로 가." 페리가 말했다. "엄마가 눈치채지 못할 만한 걸 가져와. 트리플 섹이나 크렘 드 망트로. 거의 가득 차 있는 술병이면 뭐든지 괜찮아."

"그래, 어. 하지만 규칙은?"

"술병을 눈 더미 속에 숨겨놓으면 돼. 얼지 않을 거야. 어때?"

래리는 겁먹은 게 분명했다. "너도 같이 가자."

"안 돼. 너무 의심스러워. 아주 오래 걸려도 괜찮아. 기다릴게."

"난 잘 모르겠다."

페리는 체스판 위 자기 폰의 두 팔을 잡고 그의 눈을 들여다보았다. "그냥 해. 나중엔 나한테 고마워하게 될 거야."

래리에게 발휘할 수 있는 자신의 영향력을 살펴보는 것은 분화구의 가장자리를 밀어내는 것과도 같았다. 착한 사람이 되겠다는 모든 생각을 버리자 일종의 해방감이 들었다. 바깥쪽 문 앞에서, 그는 래리가 서둘러 주차장을 가로지르는 모습을 지켜보았다.

로라 도브린스키가 이제는 교회의 작은 그랜드피아노에 앉아서 캐럴 킹의 노래를 큰 소리로 연주하고 있었다. 페리는 관중들에게로 돌아가 이리저리 비집고 다니다가 잠시 멈춰 그의 어휘력에 놀랐다고 고백했던 크로스로드 여자애의 포옹을 받았다. 그에게 감정적으로 더 솔직해져야 한다고 문제를 제기했던 여자애와도 포옹했다. 페리가 부정직의 위험에 관해 즉흥적으로 우스꽝스러운 발언을 하자 무척 찬성했던 여자애와도, 2인조 활동을 하던 중 열한 살이 되기 전에 초경을 했다고 알려준 여자애와도. 그런 다음에는 콘서트 포스터 작업을 도와주었던 남자아이와 하이파이브를 했다. 다름 아닌 아이크 아이스너가 친근하게 고개를 끄덕여주었다. 페리는 한때 신뢰 활동에서 안대를 낀 채 그의 얼굴을 만져본 적이 있었다. 아이스너의 눈먼 손가락도 페리의 얼굴을 만져보았다. 그중 페리의 머릿속을 들여다볼 수 있는 사람은 아무도 없었다. 모두가 속아서 페리의 감정적 솔직함에 갈채를 보내고, 거대한 섬모들처럼 조금씩 맥동하는 집단행동을 통해 그를 크로스로드 내부자 그룹에 속하는 방향으로 떠밀어갔을 뿐이다. 그중에서도 특히 포옹은 아직 기분 좋았지만, 분화구의 가장자리가 다시 그에게 스멀스멀 다가왔다. 이제 그 가장자리는 고전적인 우울한 질문의 형태를 띠었다. 그게 다 무슨 소용이야? 내부자 그룹에는 실제 힘이 없잖아. 그건 그냥 추상적인 게임의 목표였을 뿐이야.

페리는 무대 구석, 교회에서 알 수 없는 이유로 게양해두어야겠다고 생각한 미국 국기 옆에 오랜 친구들이 모두 모여 있는 것을 보았다. 보비 제트와 키스 스트래턴이 데이비드 고야와 안색이 나쁜 그의 여자 친구 킴과 함께 있었고, 베키도 있었다. 베키 옆에는 페리가 잘 모르는 나이든 남자가 서 있었는데, 그는 구레나룻이 풍성했으며 띠가 달린 주황색 가죽 코트를 입고 있었다. 〈모드 스쿼드〉* 세트장에서 나온 것만 같았다. 킴이 재빨리 페리를 끌어안았고, 페리는 그녀의 머리카락에서 훅 끼치는 스컹크위드** 냄새에 기분이 좋아졌다. 약쟁이가 있는 곳에 희망도 있는 것이다. 베키는 그에게 손만 흔들었다. 그래도 불친절한 건 아니었다. 왠지 그녀는 키가 더 커 보였다. 빛이 날 정도로 괜찮아 보였다. 꼭 페리 자신의 왜소함과, 감추려 해도 감출 수 없는 '안 괜찮음'을 강조하기라도 하듯이.

무대 위에서는 태너 에번스가 어쿠스틱기타를 집어 들었고, 그의 아프로 머리 친구는 밴조를 잡았다. 블루 노트는 신학적인 극적 발라드를 연주하기 시작했다. 페리도 그 가사를 알고 있었다. 크로스로드의 공식 테마곡이나 마찬가지였으니까. 소문에 따르면, 그 곡은 태너 에번스가 직접 작곡한 것으로 일요일 밤 모임이 끝날 때 종종 부르는 노래였다.

> 노래는 음표가 아니라 변화에 있는 것
> 나는 변화를 찾았지만
> 내 안에서는 찾을 수 없었지
> 그러다가 누군가를 만난 거야
> 그리고 그 사이에서 발견했지

---

* 1968~1973년에 ABC에서 방영된 미국의 범죄 드라마 시리즈.
** 독한 대마초의 일종.

베키는 공연에 매혹된 듯했고, 구레나룻을 기른 재수 없는 힙스터는 베키에게 약간 매혹된 것 같았다. '그리고 그 사이에서 발견했지'라는 가사를 '그리고 그녀의 다리 사이에서 발견했지'라고 고쳐 부르는 걸 좋아하는 데이비드 고야는 무슨 소리가 난다는 시각적인 증거를 보고 어리둥절해진 귀먹은 늙은이처럼 인파를 바라보았다. 페리는 데이비드의 소매를 잡아당기며 그를 복도로 데리고 나갔다.

"있어?" 그가 말했다.

복도 불빛에 비친 고야의 눈은 충혈되어 있었다. 아쉬워하는 표정이었다. "슬프지만, 없어."

"그럼 누구한테 있어? 좀 알려줘."

"이렇게 늦은 시간에는 알려줄 수 없어. 주문이 일찍, 빨리 들어왔거든."

"데이비드 형. 내가 안 올 거라고 생각한 거야?"

"뭘 어떻게 설명해야 할지 모르겠네. 어쩌다 보니 이렇게 됐어. 그리고 지금은, 맞아. 주머니가 전부 비었어. 너희 누나랑 같이 왔어야지."

"우리 누나?"

"너희 누나가 왜? 우리 모두 베키를 좋아하잖아."

뭔가 사악한 것이, 분화구의 가장자리가 페리의 발꿈치 아래쪽을 할퀴었다. 최근에 그는 누나와의 관계가 한발 진전되었고 적대감은 멈추었다고 생각했다. 하지만 누나는 페리와 인연을 끊으려는 더 큰 계획을 진행 중인 게 분명했다.

"말이 나와서 얘긴데, 베키가 태너 에번스랑 사귄다는 건 알았어?" 고야가 말했다. "알면서 우리한테 말 안 한 거야?"

페리는 강당 문의 놋쇠 손잡이를 빤히 바라보았다. 그 뒤에서는 블루노트가 일요일 밤보다 훌륭하게 '노래는 변화에 있는 것'을 공연하고 있었다.

"둘이 키스하는 걸 봤다는 목격자 증언이 있어." 고야가 말했다. "킴은…… 단어가 뭐더라. 킴은 들떠 있어."

아래로 아래로 아래로. 페리는 내려가고 있었다.

"형 집으로 가도 돼?" 그가 말했다. "나는…… 그러니까…… 재보급을 하면 안 되나?"

"팬케이크 먹으러 간다던데." 고야가 말했다. "베키가 자정에 팬케이크를 먹고 싶대. 탓할 일은 아니잖아? 킴도 같이 간다고 하고. 그리고 킴이 가는 곳에는 나도……."

"나중에 합류하면 되잖아."

페리의 목소리에 서린 절박함이 고야의 말랑말랑함을 베어버린 듯했다. 고야의 눈은 붉었지만, 경계심을 띠었다. "너 무슨 일 있어?"

우주는 불의했다. 페리는 어머니와 대화하느라고 미적거리는 바람에 너무 늦었다. 그 바람에 어머니와의 대화가 일으킨 불안감에서 벗어날 위로의 도구를 손에 넣지 못했다. 하지만 만일 어머니와의 대화를 빼먹고 더 일찍, 아직 약을 구할 수 있었을 때 콘서트에 왔다면 불안감을 느끼지 않고 결심을 지켰을 것이다.

"난 그냥, 나는, 어." 그가 말했다. "혹시…… 누가 가?"

"킴이랑 베키랑 나. 태너도 아마 갈 거야. 다른 사람들도 갈지 모르고."

페리는 어떤 아이디어가 떠올라 그 아이디어에 덤벼들었다. "밴드는 짐을 챙겨야 하잖아. 지금 당장 갔다가 돌아오면 시간은 충분할 거야."

이 아이디어는 합리적이면서도 쉽게 실현될 만한 것이었지만, 고야는 약에 너무 취했는지, 아니면 너무 고집스러워서 그런 건지 알아듣지 못했다. "너 무슨 문제 있어?"

"아니. 아니야."

"그럼 그만하자."

강당에서는 공연이 끝난 뒤의 어마어마한 환성이 들려왔다. 고야가 돌아서서 다시 안으로 들어갔고, 페리는 망설이다가 그 뒤를 따랐다. 앙코르를 기대할 법도 했지만, 로라 도브린스키가 무대에서 뛰어 내려왔다. 그녀는 고개를 숙이고 인파 속으로 달려가더니, 서둘러 문을 나가다가 페리를 거칠게 떠밀었다. 페리는 어깨 너머로 그녀가 전속력으로 복도를 달려가는 것을 보았다.

객석 조명이 들어왔다. 태너 에번스는 관중과 함께 있었다. 음악 공연으로 머리카락이 축축했다. 그는 재수 없는 힙스터와 악수하더니 베키에게 팔을 둘렀다. 페리는 베키의 얼굴이 보이지 않았지만, 그를 끌어안았던 소수의 사람들과 그를 끌어안지 않았던 수많은 사람들은 보였다. 그들 모두가 페리의 누나를 보고 있었다. 누나는 태너 에번스를 두 팔로 끌어안았다. 베키는 크로스로드에 들어온 지 두 달도 안 됐는데, 이미 페리를 뛰어넘고 그 중심부에 들어가 있었다.

우연히도 저런 사람 안에 들어가게 된 베키의 영혼은 얼마나 행복할까.

페리는 머릿속 어둠에서부터 퍼시그 거리의 자기 자신에게로 돌아갔다. 그는 셸 역으로 가려는 분명한 의도를 가지고 걷는 중이었다. 지갑에는 23달러가 있었다. 베키와 클렘, 목사에게 줄 선물을 살 돈으로 빼놓은 돈이었지만, 그들 모두에게 다 합쳐 몇 달러만 쓴대도 세상이 끝나지는 않을 터였다. 저드슨이 생일 선물로 준 납작하고 투명한 플라스틱 동전 지갑에 동전도 몇 개 들어 있었다. 페리는 주유소에 이르러, 동전 지갑에서 10센트짜리 동전 하나를 꺼내 화장실 옆의 차가운 공중전화에 넣었다. 등 뒤의 눈밭에서는 제설차가 지붕 조명을 번쩍이며 놀고 있었다. 운전석에 기사가 없었다. 241-7642라는 전화번호는 기억하기가 매우 쉬웠다. 네 번째 숫자는 앞 세 숫자의 합이었으며, 네 번째 숫자의 십진 역원에도 다시 나타났고, 마지막 두 자리 숫자는 앞에 나오는 두 정수의 곱이었다.

신호음이 여섯 번 울렸을 때 남자가 전화를 받았다. 페리가 겨우 성과 이름을 말했는데, 남자가 그의 말을 끊었다. "미안, 명절에는 문 닫아."

"약간 비상이에요."

남자는 전화를 끊었다.

이 시점에서 패배를 인정하고 제일 개혁 교회로 돌아가, 뭐든 래리 코트렐이 몰래 가져온 술병으로 만족하는 편이 현명했을 것이다. 하지만 래리의 성공은 어느 모로 보나 보장된 것이 아니었다. 오히려 그 반대라고 할 수 있었다. 반면 페리에게는 돈이 있었고, 남자에게는 약이 있었다. 이보다 단순한 일이 있을까?

남자의 집에는 한 번밖에 가보지 않았다. 약을 사려던 건 아니었다. 그냥 기분 나쁜 상급생 랜디 토프트가 그를 소개해주겠다고 데려간 것이었다. 랜디 토프트는 키스 스트래턴의 딜러였고. 그 이후 남자와 페리의 만남은 오래된 A&P 건물 뒤쪽 주차장의 움푹 팬 곳에서 이루어졌다. A&P는 문을 닫았지만, 아직 철거되거나 용도가 바뀌지는 않았다. 이런 만남이 있을 때는 남자의 특징 없는 흰색 닷지가 시야에 들어올 때까지 오래 기다려야 했다. 페리는 그가 시간을 지키지 않는 것에 안달이 났지만, 마침내 남자가 도착했을 때는 그 문제를 제기할 용기가 나지 않았다.

둘 다 누구에게 힘이 있고, 누구에게 없는지 잘 알았으니까.

그 집을 다시 찾는 건 쉬웠다. 집은 필릭스라는 좋아 보이는 이름이 붙은 막다른 거리에 있었고, 거리에 면해 있는 그 집의 우편함에 낡은 닉슨 애그뉴* 범퍼 스티커가 붙어 있었기 때문이다. 장난삼아 붙인 것일 수도 있었고, 지역 경찰의 눈길에서 벗어나려는 수작일 수도 있었다. 하긴, 누가 알겠는가. 진심 어린 지지 선언일지. 페리는 필릭스라는 이름이 붙은 거리로 올라와 기찻길이 있는 둔덕으로 가던 중 흰 눈에 파묻힌 채 진입로에 있는 흰색 닷지를 보았다. 집의 거실 창문에 축 늘어진 차양 가장자리로 빛이 보였다. 현관 쪽 길은 눈을 치우지 않았고, 밟힌 적도 없었다.

논제: 악을 포용하는 것이 힘을 주는가.

첫 번째 찬성 측 토론자는 수사적 의문을 던졌다. 아니, 악이 아니면 무엇으로 마약을 사는 사람과 마약을 파는 사람을 구분할 수 있겠습니까? 판매자가 상품을 내놓지 않을 수 있듯, 구매자도 돈을 내주지 않을 자유가 있습니다. 그러므로 힘의 차이가 위법행위의 심각성에 따라 달라진다는 결론을 내릴 수 있지 않을까요? 고등학생 딜러는 호스로 치면 분사구일 뿐입니다. 그들은 또래와 자기 자신에게 후하게 상품을 분배하죠. 반면, 호스 노릇을 직업으로 삼는 사람은 엄격한 연방 법령을 어기기로 선택한 것입니다. 그는 어린 딜러보다 도덕적으로 훨씬 나쁘고, 그렇기에 후자는 전자가 시간을 지키지 않아도 조용히 참아내는 것입니다. 심각하게 나쁠수록 힘이 더 강해지는 것이죠.

래리 코트렐에게 저지른 더러운 짓에 힘이 생긴 페리는 남자의 체인 링크 대문을 열고, 눈밭을 헤치며 문으로 다가갔다. 문 뒤에서 음악이 들려왔다. 노크할 겨를도 없이, 개가 목이 졸린 것처럼 울부짖는 소리가 났

* 애그뉴는 닉슨 대통령 시절의 부통령이다.

다. 이 순간까지 페리는 그 개를 잊고 있었다. 그다음에는 야만적인 저음의 짖는 소리가 폭포처럼 이어졌다. 개가 처음 울부짖을 때는 모자랐던 숨을 되찾은 것이다. 페리는 이 집에 딱 한 번밖에 들르지 않았는데, 그때는 개가 열린 문 앞에 서 있었다. 덩치가 크고 털이 짧았으며, 의구심이 깃든 실금 같은 눈에 턱 근육은 기괴할 정도로 불거져 있었다. 그때 남자는 페리와 랜디 토프트를 대문 밖까지 마중 나와 그들의 어깨를 두 팔로 감싸 안으며 친밀함을 보였다. 개는 못마땅한 듯했지만, 그 표현을 받아들였다. 이제는 짖는 소리에 현관 조명에 불이 들어왔다. 문 너머에서 남자가 고함치는 소리가 들렸다.

"뭐야, 인마. 통제할 수가 없잖아! 개를 통제할 수 없다고! 씨발, 그냥 여기서 나가는 게 좋을 거야. 장난 아니라고!"

문에는 안을 들여다볼 수 있는 구멍이 달려 있었다. 페리는 남자가 그 구멍으로 자기를 보고 있을 거라고 확신했다. 배급자의 편집증이야 이해할 만한 것이니 무시하더라도, 전망이 그리 밝지 않았다. 하지만 페리는 포기하기 전에 자신이 해롭지 않은 사람이라는 신호를 보내도 나쁠 건 없다고 생각했다. 그는 지갑에서 20달러짜리 지폐를 꺼내 문의 구멍에 달랑달랑 내밀었다.

"뭘 어쩌라고?" 남자가 짖는 소리를 누르고 소리쳤다. "집을 잘못 찾았어! 가!"

페리는 자기 의도를 명확히 밝히고자 대마초 피우는 시늉을 했다.

"그래, 알아! 가!"

페리는 간청하는 몸짓을 했고, 현관 불이 꺼졌다. 이게 끝인 것 같았는데, 갑자기 문이 열렸다. 남자는 청바지만 입고 있었다. 단추를 채우지도, 지퍼를 올리지도 않았다. 그는 손가락을 화가 난 개의 목걸이에 집어넣고 있었다. 개는 앞다리를 들고서 허공을 긁어대는 중이었다. "뭐야?" 그가 말했다. "거긴 왜 서 있어? 거기 서 있으면 안 돼. 내가 누구라고 생각하는 거야?"

그는 돌진하려는 개를 문에서 뒤쪽으로 끌고 갔다. 극히 따뜻한 공기가 흘러나왔다.

"씨발, 당장 문 닫아!"

이걸 초대로 받아들인 페리는 안으로 들어가서 문을 닫았다. 남자는 개가 사실은 조랑말이라도 되는 것처럼 두 다리를 벌리고 녀석에게 올라타더니, 녀석을 집 안 더 깊은 곳으로 끌어당겼다. 그러는 동안 페리는 현관 깔개에서 기다렸다. 러버의 눈이 즉시 녹았다. 집의 온도는 족히 32도는 될 것 같았다. 나무 스테레오에서 나오는 음악은 '바닐라 퍼지'였다. 페리는 이 거실이 전혀 기억나지 않았다. 스테레오도, 다른 무엇도. 부분적으로는 벽에 걸려 있는 것이 아무것도 없고 가구도 특징적이지 않기 때문이었지만, 대체로는 당시에 너무 초조했고, 불안과 수치심이 너무 심해서 주의를 기울이지 못했기 때문이었다. 지난 4월의 그날 오후, 남자는 자신을 '빌'이라고 소개했다. 하지만 그의 히죽거리는 듯한 억양 때문에 페리는 빌이 그의 진짜 이름이 아닐 거라고 생각했다. 그는 얼굴에 비해 너무 큰 불그스름한 콧수염을 길렀으며, 한쪽 다리가 다른 쪽 다리보다 2~3센티미터쯤 짧았다. 랜디 토프트의 말에 따르면, 그는 다리 때문에 베트남에 가지 못했다. 하지만 그걸 제외하면, 남자에게는 별다른 특징이 없었다. 익명성이 그의 인생에 잘 맞았다.

문이 쾅 닫히자 개가 더 쓸쓸하게 울부짖었다. 남자는 여전히 청바지를 열어둔 채로 돌아왔다. 지퍼가 그의 다리 길이 차이 때문에 비스듬하게 열려 있었다. 그의 가슴은 거의 페리만큼 털이 없었지만, 배꼽 아래는 훨씬 털북숭이였다. 그는 위협이 다가올 만한 곳을 찾는 듯 고개를 홱홱 젖히면서 주위를 둘러보았다. 페리를 빼고 모든 것을 말이다. 그는 위협 요소를 스테레오에서 발견한 것처럼 떨리는 손으로 음반에서 바늘을 들어 올렸다. 바늘이 떨어지면서 비닐을 긁는 거슬리는 소리가 났다. 그는 다시 바늘을 들어 올리고 안전하게 치웠다. 그는 빠르게 고개를 끄덕이면서 자리에서 일어나 자기가 무엇을 했는지 살폈다.

"그게……." 페리는 조심스럽게 말했다. 남자는 뭔가에 심각하게 취해 있는 게 분명했다. "방해해서 죄송한데요……."

"못 해, 못 해, 못 해." 남자는 턴테이블을 빤히 보며 말했다. "이 집에는 아무것도 없어, 인마. 그놈들이 날 조져놨다고. 넌 왜 여기 있는 거냐?"

"아저씨가 저한테 물건을 줄 수 있을지도 모른다고 생각했어요."

"넌 절대 여기 오면 안 돼. 마음에 안 들어."

"그건 알아요. 죄송해요."

"듣지를 않는구나. 싫다는 게 아니야. 내 말 무슨 뜻인지 알아? 난 그거에 대해서 말하는 게 아니라, 그거 뒤에 있는 거에 대해서 말하는 거야. 그거 뒤에 그거 뒤에 그거. 내 말 무슨 말인지 알아?"

"저는 걱정하실 필요 없어요." 페리가 말했다. "물건만 주시면, 소매가 격으로 전부 지불할게요. 그런 다음에 다시 갈 거고요."

남자는 계속 고개를 끄덕였다. 지난번에 만났을 때, 그러니까 6주 전 A&P 뒤에서도 남자는 초조해했고 정신이 팔려 있었다. 하지만 이렇지는 않았다. 페리는 이 남자가 암페타민 중독자라는 생각이 들었다. 얘기로만 들었지, 본 적은 없었는데. 분화구가 집 바로 앞에서 기다리고 있어서 이곳을 떠나고 싶지는 않았다. 하지만 자기보호본능이 나오기 시작했다. 페리는 문 쪽으로 돌아섰다.

"워, 워, 워. 어디 가는 거야?" 남자가 펄쩍 뛰어오더니 문에 손을 댔다. 그의 팔 안쪽에는 흉한 상처가 나 있었다. 아주 역한 악취를 풍겼다. "나한테 무슨 짓을 하는 거야? 이 정도 규모는 처리할 수 없어."

"절 도와주실 수 없다면……."

"네가, 씨발, 날 망치고 있어. 너희들 모두가, 씨발, 날 망치고 있다고. 난 대마초가 없어, 알겠냐? 메리 크리스마스, 해피 뉴 이어. 돈은 어디 있어?"

"전 가볼게요."

"아니 아니 아니 아니 아니 아니. 너 알약 좋아하지, 쿼일루드 좋아하지. 난 지금도 루디두디를 가지고 있어."

"아쉽지만, 그건 안 해요."

남자가 세차게 고개를 끄덕였다. "괜찮아, 인마. 그래도 괜찮아. 그냥 아무 데도 가지 마라, 알았지? 여기 있어, 움직이지 마. 너한테 줄 다른 게 있다."

맨발로, 덜컥거리는 걸음걸이로, 그는 느릿느릿 집 뒤로 들어갔다. 거기에서 개가 다시 울부짖었다. 남자의 열의가, 그 열의를 통해 드러나는 권력 균형의 변화가 왠지 페리의 두려움을 덜어주었다. 페리는 다른 게 무엇일지 궁금했다.

남자는 마라카스처럼 유리병을 흔들며 돌아왔다. 안에 알약 수백 개가 들어 있는 플랜터스 땅콩 병이었다. 그 양을 보고, 페리는 그게 값비싼 약일 리 없다는 걸 알았다. 아마 암페타민이겠지. 그에게는 쓸 이유가 없는 물질이었다.

"한 줌 가져가." 남자가 말했다. "아무리 가져가도 모자랄 거다."

병뚜껑이 둔탁하게 탁 소리를 내며 현관 깔개에 부딪히더니 굴러갔다.

남자가 떨리는 손으로 열린 병을 내밀었다.

"이게 뭐예요?" 페리가 말했다.

"한 네 개쯤 입에 넣고 씹어. 너도 알게 될 거야, 아무리 먹어도 모자랄 거다. 대마초 같은 건 잊게 될 거야. 씹고 1분 정도 기다리면 약발이 와. 처음 네 알은 공짜로 줄게. 제기랄, 오늘은 크리스마스니까. 20달러를 주면 40개 더 주마. 그럼 대마초는 잊게 될 거야. 이 좆같은 건 폭탄이야, 먹어 먹어 먹어. 마음에 들면, 분명 마음에 들겠지만, 큰 폭탄을 줄 수 있어. 먹어 먹어 먹어."

페리 앞에 어두운 분화구가 나타났다. 분화구는 뒤에도, 앞에도 있었다. 그 말은 페리가 그 안으로 떨어지고 있다는 뜻일 수밖에 없었다. 페리는 손을 내밀었다.

러스는 프랜시스가 준 임무를 해냈다. 크로스로드 애리조나 봄 수련회 한자리를 맡았다. 그는 환희를 느끼며 사무실로 돌아왔다. 그의 귀부인이 사냥모자를 쓰고 두 다리를 벌린 채 앉았던 책상 위에서, 그는 애리조나의 풍경이 펼쳐지는 것을 보았다. 머릿속에서, 그는 이미 그 풍경 깊숙한 곳으로 차를 몰아가고 있었다. 그는 즉시 프랜시스에게 전화를 걸어 자신의 성취에 대해 보고하고 싶다는 충동을 느꼈다. 하지만 그녀는 오후 내내, 저녁 내내 그의 정열을 불러일으키고 보상을 쉽게 내주지 않으며 모든 것을 좌지우지했다. 이젠 그만해야 했다. 용을 죽인 건 러스였으니까! 앰브로즈의 문을 두드릴 배짱이 있었던 것도 러스였으니까! 그는 프랜시스를 기다리게 두는 것이 낫다고 생각했다. 궁금하게 놔두면, 결국 그녀가 물어볼 수밖에 없을 것이다. 그러면 아무렇지 않게 앰브로즈를 용서했다고, 애리조나에 갈 거라고 툭 흘리면 된다.

그는 사무실 문을 잠그고 주차장으로 내려갔다. 퓨리의 뒤 창문에 쌓인 눈에 웬 십대의 글씨로 **앗 실수**라는 단어가 쓰여 있었다. 강당에서 흘러나오는 음악 소리를 들으며, 러스는 애리조나에 가는 것이 자신과 프랜시스만이 아니라는 것을 떠올렸다. 그곳에는 적대적으로 굴 가능성이 있는 젊은 애들도 버스 여러 대를 채울 만큼 많이 있을 것이다. 러스는 문득 자신이 아직도 양가죽 코트를 입고 있다는 것을 깨달았다.

그는 돌아가서 다른 코트를 가져와야겠다는 죄책감 어린 충동을 느꼈지만, 소심하게 구는 건 이제 질렸다. 빌어먹을, 그는 뭐든 마음에 드는 코트를 입을 수 있었다. 그가 프랜시스와 하루를 보냈다는 걸 매리언이 알든 말든 더는 상관없었다. 만일 그가 불륜을 시작하고 그 불륜이 더 큰 무언가로, 새로운 인생으로, 두 번째 기회로 자라난다면 그 여파가 어마어마할 터였다. 하지만 지금 그가 인지할 수 있는 유일한 범죄는 아침 식사 시간에 했던 작은 거짓말뿐이었다. 매리언이 양가죽 코트에 대해 뭐라 말하고, 아주 조금이라도 의미심장한 말을 흘리면, 그는 페리가 대마초를 피운다는 소식으로 그녀를 공격할 생각이었다. 그보다 더 나은 방법은 앰브로즈 이야기를 하는 것이겠지만. 그녀는 3년 동안 릭을 헐뜯으며, 릭에 대한 러스의 원한을 강화해왔다. 그러니 러스가 앰브로즈를 일방적으로, 그녀에게 상의하지 않고 용서했다는 걸 알면 배신감을 느낄 게 틀림없었다. 매리언이 자신을 충실한 아내라고 상상한 건 분명했다. 하지만 어떤 면에서는 그녀가 먼저 러스를 배신했다. 매리언이 그의 실패를 그렇게까지 응원하지 않았더라면, 러스는 오래전에 릭과 화해했을지 몰랐다. 프랜시스는 러스가 더 많은 것을 할 수 있다고 믿음으로써 그에게 용기를, 날카로움을 되찾아주었다.

러스는 퓨리의 타이어로 제설되지 않은 메이플 거리의 언덕을 올라갈 수 있을지 확신이 서지 않았고, 매리언이 보고 싶어서 서두를 일도 없었기에 하일랜드가 쪽으로 먼 길을 돌아 집으로 갔다. 오늘 여섯 시간 동안 그는 함께한 여자의 얼굴을 반복적으로 힐끔거리며, 자신의 눈에 들어온 모습에 흡족해했다. 프랜시스와 함께 맥도날드에 들어갈 때는 그녀와 함께 있는 모습을 남에게 보여도 부끄러움을 느끼지 않았다. 너무도 간단한 일이었다. 너무도 많은 다른 남자들이 당연하게 받아들이는 가벼움이었다. 하지만 러스에게는 그런 일이 가져다준 안도감이, 매리언을 보는 매일의 실망과는 대조적인 그 경험이 거의 기적적으로 느껴졌다. 프랜시스의 머리카락은 사냥모자에 눌렸는데도 그녀의 미모를 더욱 돋보이게 했다면, 매리언이 최근에 시도한 모든 헤어스타일은 다양한 방식으로 그녀와 어울리지 않았다. 머리가 너무 짧거나 너무 길었고, 모두가 매리언의 피부에 도는 홍조와 두꺼운 목, 지방과 불면증으로 때꾼하게 변한 눈을 강조했다. 러스는 자기가 그런 걸 신경 쓰는 게 부당한 일이라는 걸 알고 있었다. 그의 눈이 뉴프로스펙트에 있는, 객관적으로 봐서 아내보다 못생긴 수많은 여자들보다 아내를 볼 때 더 고통을 느낀다는 건 부당한 일이었다. 그녀가 젊었을 때는 그녀의 몸을 즐기고, 그녀에게 아이와 수천 가지 할 일이라는 부담을 지운 뒤, 인제 와서 안타까운 헤어스타일과 아무 효과 없는 화장, 일부러 못생겨 보이려고 입은 듯한 옷을 걸친 매리언과 함께 용감하게 공공장소에 가면서 그때마다 비참함만을 느낀다는 건 부당한 일이었다. 러스는 그 부당함 때문에 매리언을 동정했다. 죄책감을 느꼈다. 하지만 한편으로는 매리언을 탓할 수밖에 없었다. 그녀가 매력적이지 않다는 것은 불행을 광고하는 것과 마찬가지였으니까. 가끔 교회 저녁 식사 시간에 그녀가 유독 땅딸막해 보일 때면 러스는 매리언이 남편에게 못나 보이는 걸 즐긴다고 느꼈다. 러스와의 결혼 생활이 자신에게 저지른 일을 전시하면서, 러스에게도 그녀가 느끼는 고통을 겪게 하려고 말이다. 하지만 대부분 그녀의 불행에는 러스가 들어 있지 않았다. 자기 모습을 싫어하는 것은 매리언이 조용히, 유능하게 러스 대신 처리해준 또 하나의 일거리였다. 러스가 결혼 생활에서 외로움을 느긴다는 게 과연 이상한 일이었을까?

러스가 마침내 목사관에 이르렀을 때는 드와이트 해플의 커다란 올즈 모빌이 진입로에서 후진해 나오고 있었다. 러스는 그 차를 돌아가려고 했지만, 드와이트가 방향을 튼 채 멈춰 서더니 창문을 내렸다. 러스도 창문을 내릴 수밖에 없었다.

"파티에 안 왔더군요." 드와이트가 말했다.

"네, 죄송합니다."

"매리언 말로는 목사님과 코트렐 부인한테 시내에서 무슨 문제가 생겼 다던데요?"

빛이 별로 밝지 않아서 드와이트의 표정을 읽을 수 없었다. 대체 드와 이트가 목사관에서 뭘 하는 걸까? 매리언은 러스가 키티 레이놀즈가 아 닌 프랜시스와 함께 있었다는 걸 어떻게 알았을까?

"아뇨, 어, 다치지는 않았습니다." 그가 말했다.

"남은 음식을 좀 가져왔어요, 목사님 배고플까 봐."

"배려해주셔서 감사합니다."

"나 말고 도리스한테 고마워하세요."

드와이트의 창문이 다시 빠르게, 매끄럽게 올라갔다. 올즈모빌의 전동 창문이, 그 능력과 새로움이 육신의 유혹에 저항하는 담임목사의 막강 함을 상징하는 것 같았다. 그 차를 가진 걸 보면 주님은 드와이트와 함께 계신 모양이었다. 그러나 드와이트에게는 도리스도 있었다. 러스가 모는 차는 폐차 직전의 자동차였다. 하지만 그에게는 코트렐 부인이 있었다.

러스는 진입로로 들어와 시동을 끄고 나서야 클렘이 집에 있을지도 모 른다는 걸 떠올렸다. 그는 매리언만큼 클렘도 보고 싶지 않았지만, 클렘과 다시 이야기해야 한다는 건 알고 있었다. 그는 앞서 했던 말을 수정해야 했다. 앰브로즈를 상대로 감수했던 위험을 다시 무릅쓰고 정직하게 자신의 마음속 고통을 고백한 다음 앰브로즈를 용서했듯, 말로 상처를 준 아들을 용서하는 것이다. 변해가는 러스는 최소한 그 정도를 해내야 했다.

집 안에 들어가 보니, 매리언과 저드슨이 에그노그* 한 통을 가지고 주방 식탁에 앉아 있었다. 저드슨은 에그노그가 문대진 유리잔을 손에 잡고 등받이에 기댄 채, 찐득찐득한 에그노그 마지막 한 방울을 꼬드겨 입에 넣고 있었다. 희미한 베이컨 향이 공기에 감돌았다.

"세상에." 매리언이 말했다. "왔네."

"아빠, 안녕." 저드슨이 말했다.

"안녕, 아들. 꽤 늦었는데 깨어 있구나."

"페리 형이 해플 목사님네 데려갔어. 어떤 영화를 봤는데 엄청 재미있었어. 뉴욕 시가 나왔어. 거기에 엄청나게 큰 백화점도 있었어. 추수감사절 메이시 퍼레이드를 하는……."

"저드슨, 아가." 매리언이 말했다. "후다닥 위층으로 올라가서 양치하지 그러니? 엄마가 가서 재워줄게."

"영화 얘기를 더 듣고 싶은데." 러스가 진심을 담아 말했다.

러스의 말을 듣지 못한 듯, 저드슨은 자리에서 일어나 주방을 나섰다. 러스의 아이들 귀에는 오직 매리언의 말만 들렸다. 러스는 작업화를 힘들게 벗었다. 앰브로즈가 신발 끈을 풀어주었던 그 작업화였다.

"파티에 못 가서 아쉽네."

"그러게." 그녀가 말했다. "1분에 한 번씩 웃음이 빵빵 터졌다니까."

매리언의 목소리에서 느껴지는 한기 때문에, 러스는 그녀를 보지 않고

---

* 달걀, 우유, 설탕을 섞은 것에 브랜디나 럼을 첨가한 음료.

도 아침 식사 시간에 했던 거짓말을 들켰다는 걸 알았다. 그는 변명하고 싶은 충동을 느꼈다. 코트렐 부인이 예상치 못하게 키티 대신 가게 되었다는 말을 자발적으로 하고 싶었다. 하지만 그건 옛날의 러스나 할 만한 일이었다.

"클렘은 집에 있어?"

"아니." 그녀가 말했다.

"클렘이…… 당신 개 봤어?"

"내가 클렘을 샴페인으로 돌려보냈어."

그제야 러스는 그녀를 보았다. 매리언의 얼굴은 여느 때처럼 붉었고, 머리도 평소보다 나을 게 없었다. 하지만 그녀의 눈에는 뭔가 냉혹한 기색이 어려 있었다.

"당신이랑 나, 둘 중 한 명은 뭔가 해야 했거든." 그녀가 말했다. "당신은 아무것도 안 하느니만 못했던 것 같아서."

"샴페인으로 돌아갔다고? 지금?"

"심야 버스가 있잖아. 클렘하고 깊은 사이인 여자도 있는 것 같고. 샴페인에 돌아간다고 클렘이 생각을 바꿀지는 모르겠지만, 계기는 되겠지."

러스는 매리언에게서 시선을 돌렸다. "운이 나빴네. 클렘하고 다시 이야기하고 싶었는데."

"당신이 늦지만 않았어도……."

"늦은 건 이미 사과했잖아. 난 몰랐……."

"뭘 몰라? 클렘이 심각한 위기를 겪고 있다는 것?"

"난 클렘을 설득하려 했어."

"그래서 어떻게 됐는데?"

"나는…… 잘되지는 않았지."

매리언이 그를 비웃었다. 웃으며 자리에서 일어나더니, 문 옆의 외투걸이로 다가가 코트 주머니에서 뭔가를 꺼내 흔들었다. 작기는 했지만, 그녀가 입술로 꺼낸 흰 물체는 너무도 낯설고 너무도 강력한 힘을 띠고 있어서 그 방의 세 번째 인물이 된 것만 같았다. 러스는 베이컨 같은 냄새가 아내에게서 난다는 것을 알아챘다.

"대체 뭐 하는 거야?"

"담배 피워." 그녀가 말했다.

"내 집에서는 안 돼."

"여긴 당신 집이 아니야, 러스. 그런 바보 같은 생각을 하고 있다면 생각을 바꿔. 이 집은 교회 것이고, 이 집에 항상 머무는 사람은 나야. 어떤 면에서 이 집이 당신 집이지?"

이 질문에 러스는 깜짝 놀랐다. "이 집은 내가 목사 일을 하고 받는 보상의 일부야."

"세상에." 매리언이 다시 웃었다. "나랑 말싸움을 하고 싶어? 좋은 생각 같지 않은데."

러스는 매리언이 그의 거짓말에, 어쩌면 지나칠 정도로 화가 났다는 걸 알았다. 매리언은 가스레인지를 켜더니 불에 닿지 않게 머리카락을 붙들고 그 위로 몸을 숙였다.

"꺼." 러스가 말했다. "무슨 생각으로 그러는지는 모르겠지만, 끄라고."

매리언은 희희낙락하는 눈으로, 러스 쪽으로 연기를 날려 보냈다.

"매리언. 당신 뭐가 문제야?"

"문제는 없는데?"

"내가 파티에 빠져서 화가 난 거라면……."

"솔직히 말해서, 난 당신을 거의 생각하지도 않아."

"시내에서 사고가 났어. 그래서, 어쩌다 보니 코트렐 부인이랑 같이 가게 됐어. 그게, 키티 씨가 못 가서. 키티 씨가 못 가게 됐어. 키티 씨는, 어……."

결혼의 타성이 러스를 둘러대기라는 확고부동한 패턴으로 끌어내렸다. 러스도 그걸 느꼈다. 매리언과 함께하는 한, 그는 영영 변하지 않을 것이다.

"당신이랑 나는 해야 할 이야기가 많아." 그가 위협적으로 말했다. "클렘만이 아니야. 페리한테도 당신이 알아야 할 문제가 있어. 그리고…… 난 앰브로즈를 만나러 갔어. 내 생각엔 그게……."

"러스, 진짜. 그냥 담배잖아."

그녀가 주방 한가운데에서 담배를 피우는 모습은 기이했다. 그녀가 옷을 홀딱 벗고 러스에게 가슴을 흔들어댔다 해도 그보다 이상하지는 않았을 것이다. 매리언이 담배를 빨아들이는 숨결에는 뭔가 성적인 면이 있었다.

"하긴 궁금하긴 하네." 그녀가 연기를 내뿜으며 말했다. "어떻게 그게 가능할 거라고 생각했을까. 아무리 환상 수준이라지만, 어떻게 그게 먹힐 거라고 상상했을까?"

"뭐가 어떻게 먹혀?"

"당신한테는 지금도 부양해야 할 아이가 넷이나 있어. 앞으로도 1년에 7천 달러를 벌 테고. 가서 뭘 먹고 살게? 그 여자의 자비? 당신이 얼마나 철저하게 생각해본 건지 궁금하네. 이런 걸 궁금해한 건 용서해줘."

"대체 무슨 말인지 모르겠는데."

매리언이 다시 웃었다.

"그 여자가 설교문을 잘 쓰면 좋겠어." 그녀가 말했다. "당신한테 밥 차려주고 당신 속옷 빠는 것도 좋아했으면 좋겠고. 당신이 세상을 구하느라 바빠서 맺지 못하는 아이들과 관계를 맺을 준비도 돼 있었으면 좋겠네. 한 주 내내 매일 밤 당신이 시달리는 불안을 처리할 준비도 돼 있었으면 하고. 그리고 한 가지 더. 그 여자는 당신을 잘 감시했으면 좋겠어."

러스는 두 시간 만에 두 번째로 악담을 듣고 있었다. 엄격한 도덕에 비추어보면, 러스는 이런 일을 당해도 쌌다. 그러나 러스는 아내의 얼굴을 후려치고 싶다는 신체적 충동을 느꼈다. 클렘을 상대로 느꼈던 것보다 더욱 강한 충동이었다. 그는 매리언의 손에서 담배를 쳐내고, 그녀의 뺨을 갈겨 미소를 빼내고 싶었다. 프랜시스의 비위 맞추는 태도와 대조되는 가족의 불경이 너무도 화를 돋웠다.

"몰랐네." 그가 딱딱하게 말했다. "설교문 도와주는 게 그렇게 화가 나는 일인 줄은."

"화 안 나, 러스. 공짜로 베푼 도움인걸."

"앞으로는 내가 혼자 쓸게."

매리언은 담배를 한 모금 더 빨아들였다. "마음대로 해, 여보."

"나머지 말은, 대답할 가치도 없어." 그가 말했다. "난 오늘 아주 긴 하루를 보냈어. 그러니까 가서 잘 거야. 여긴 나머지 가족들이 잠을 자는 집이니, 담배는 안 피웠으면 좋겠어."

매리언은 대답 대신 입술로 O자를 만들어 연기 고리를 날려 보냈다. 그런 다음에도 그녀는 입을 벌리고 있었다.

"제기랄, 매리언."

"응, 여보?"

"뭘 말하고 싶은 건지 모르겠지만……."

"당연히 모르겠지. 당신도 나름대로 장점이 있지만, 그 장점이 상상력이었던 적은 한 번도 없으니까."

그 모욕은 노골적이었고, 러스에게는 충격적이었다. 결혼 초반에, 러스는 매리언이 시시때때로 그가 하거나 하지 못한 크거나 작은 일에 화를 낸다고 느꼈다. 그럴 때마다 러스는 어떤 폭발이 일어날 거라고 생각했다. 다른 결혼 생활에서는 그런 폭발이 일어난다는 걸 알고 있었으니까. 하지만 그녀의 분노는 매번 희미해져 작은 목소리의 책망이 되었다. 기껏해야 하루나 이틀쯤 토라져 있다가 잊어버리는 정도였다. 그러다가 결국, 러스는 그들이 싸우는 부부가 아니라는 것을 알게 되었다. 그는 이 점에 대해 자랑스러웠던 것이 기억났다. 이제는 그 점 또한 아내로서의 매리언이 보인 생기 없음의 한 사례 같았다.

"당신이 날 상상할 수 없게 만들잖아." 그가 말했다. "뭔가 신경 쓰이면, 티만 내지 말고 뭣 때문에 신경 쓰이는지 말해. 그게 책임감 있는 태도야."

"내가 뭘 말할 줄 알고."

"내가 못 당할 것 같아? 내가 못 당할 건 아무것도 없어."

"허풍이 너무 세다."

"진심이야. 나한테 해야 할 말이 있으면, 해."

"알았어." 매리언은 입술로 담배를 가져갔다. 까맣게 탄 부분에 초점을 맞추느라 그녀의 눈이 사시가 됐다. "난 당신이 그 여자랑 떡 치고 싶어 하는 게 짜증 나."

러스의 발밑에서 주방이 빙빙 도는 것 같았다. 러스는 한 번도 매리언이 그런 말을 하는 걸 들어본 적이 없었다.

"정말 좀 짜증 나. 혹시라도 당신이 내가 질투심에 이런다고 생각한다면, 그건 더 짜증 나고. 아니, 진짜…… 내가? 그딴 걸 질투한다고? 당신은 대체 날 누구라고 생각하는 거지? 누구랑 결혼했다고 생각하는 거야?

난 하나님의 얼굴을 본 사람이야."

러스는 그녀를 노려보았다. 조현병에 걸린 신자가 똑같은 말을 한 적이 있었다.

"당신은 자유주의적 종교를 믿지." 그녀가 말했다. "당신은 2층에 사무실도 있고, 화요일을 같이 보낼 여자들도 있어. 하지만 신을 안다는 게 무슨 뜻인지는 몰라. 진정한 신앙이 뭔지 몰라. 당신은 당신이 하나님의 선물이라고 생각하지. 당신이 지금 가진 것보다 더 많은 것을 가질 자격이 있다고 생각해. 뭐, 그래, 나한텐 그게 좀 짜증 나는 것 이상이야. 당신이 알아챘는지는 모르겠지만, 당신 아이들은 훌륭해. 최소한 그중 한 아이는 누가 봐도 천재라고. 그 천재성이 어디서 나왔다고 생각하는 거야? 이 가족의 뛰어난 머리가 어디서 왔다고 생각하느냐고? 당신한테서 나온 것 같아? 아…… 씨발!"

매리언은 고개를 젓느라 담배를 떨어뜨렸다가 데고 말았다. 그녀는 담배를 주워 싱크대로 가져갔다. 일종의 신경쇠약을 경험하는 것 같았다. 그 모습을 본 러스는 걱정해야 마땅했다. 거부감을 느꼈어야 했다. 하지만 아니었다. 그는 과거에 너무 깊이 묻혀 있어 꿈처럼만 느껴지는 강렬함을 떠올렸다. 그녀가 25세에 가지고 있었던 강렬함, 그가 매리언을 원했을 때의 강렬함. 게다가 매리언은 지금도 그의 아내였다. 지금도 법적으로 그의 것이었다. 그녀의 방종에 도발당한 그는 뒤에서 그녀에게 다가가 두 손을 그녀의 가슴에 댔다. 그녀의 모직 원피스와 중년의 겹쳐진 살 밑에는 애리조나에서 그를 미치게 했던 고장 난 여자가 있었다. 그녀의 머리카락에서 나는 담배 냄새와 똑같이 낯선 뭔가가, 술 냄새가 더욱 그를 자극했다. 술 취한 낯선 사람의 가슴을 만지는 것은 흥분되는 일이었다.

러스는 그녀를 돌려세우려 했지만, 매리언은 그의 팔꿈치 아래로 몸을 숙여 빠져나갔다. 러스가 그녀에게 한 발 다가가자 그녀는 잽싸게 멀어졌다.

"어딜 감히."

"매리언……."

"딴 년이랑 하고 와서 나한테 닦겠다는 거야, 뭐야?"

매리언은 한 번도 그를 거절하지 않았다. 잠자리 문제에 있어서 거절하는 사람은 러스였다.

"알았어." 그가 화를 내며 말했다. "난 그냥……."

"너나 그년이나 끼리끼리야. 어디 해봐. 내가 신경이나 쓰는지 보라고. 허락해줄 테니까."

그녀의 목소리에 깃든 경멸감이 매리언의 허락에서 느꼈을지도 모르는 모든 기쁨을 앗아 갔다. 매리언은 정말이지 러스보다 똑똑했다. 미친 사람처럼 행동하고 있지만, 매리언이 하는 말이 맞았다. 그녀가 땅딸막하고 얼굴이 붉은 건 상관없었다. 러스가 용을 죽인 것도 상관없었다. 둘이 결혼 생활을 유지하는 한, 아니 심지어 결혼이 깨지더라도 매리언은 늘 러스에 비해 똑똑할 것이다.

"당신은 나만 문제라고 생각하는 것 같은데." 러스가 몸을 떨며 말했다. "나만이 아니야. 당신도 나만큼 잘못이 있어. 당신은 응원이 필요한 사람은 나뿐인 것처럼 굴었잖아. 당신은 계속해서 장황한 기도를 늘어놨어. 응원하고, 응원하고, 응원하고. 기뻐하지도 않고, 다른 무엇도 없고, 그냥 응원만 했지. 내가 질린 게 이상해?"

"아무리 질려봐야 내 반이나 될까."

"하지만 이걸 바란 건 당신이야."

"이거?"

"당신이 아이를 원했잖아. 당신이 이런 삶을 원했어."

"당신은 아니고?"

"내가 결정할 수 있었다면, 우리는 봉사에 인생을 바쳤을 거야. 당신은 주부가 되지 않았을 거고, 빌어먹을, 나는 절대로 은행가들과 브리지 클럽 사람들한테 설교나 하고 있지 않았을 거라고."

"당신을 끌어내린 사람이 나라는 거야? 희생한 사람이 당신이라고? 이 결혼으로 당신이 나한테 호의를 베풀어줬다는 거야?"

"지금? 그래. 그게 내 생각이야. 그렇게 생각하는 이유를 알고 싶다면, 빌어먹을 거울을 좀 봐."

그건 러스가 한 말 중에서 가장 잔인한 말이었다.

"그 말은 상처가 되네." 매리언이 조용히 말했다. "당신이 원한 만큼은 아니지만."

"난…… 사과할게."

"당신은 당신이 누구랑 결혼했는지 눈곱만큼도 몰라."

"내가 그렇게 멍청하다니까, 똑똑한 당신이 설명해주면 되겠네."

"아니. 그냥 두고 보면 알게 될 거야."

"그게 무슨 말이야?"

매리언은 그에게 다가와 까치발을 들더니, 러스에게 얼굴을 기울였다. 러스는 잠시 그녀가 결국 키스를 하려나 보다고 생각했다. 하지만 그녀는 단지 공기를 한 모금 그에게 뿜었을 뿐이었다. 타르와 알코올 냄새가 났다.

"두고 봐."

"승강장 문을 막지 마세요. 계속 일어서시면 안 됩니다. 질서를 지키세요. 문으로 몰려들 이유가 없습니다. 표를 가진 분은 모두 자리에 앉게 될 거예요. 두 번째 버스가 필요하면 두 번째 버스가 올 거고요. 그 버스도 똑같은 정류장에 다 서요. 날씨가 나빠서 교통망 전체에 지연이 발생했지만, 제설기가 오고 있습니다. 이리저리 떠밀어봐야 여러분 기분만 나빠지는 거예요. 미는 사람이 보이는 한은 버스 탑승을 시작하지 않겠습니다. 아뇨, 선생님. 아직은 출발 예정 시각이 나오지 않았어요. 장비가 도착하고, 질서 있게 줄을 서시면 바로 탑승을 시작하겠습니다⋯⋯."

목소리는 계속 이어졌다. 뚱뚱한 흑인 여자의 목소리였다. 그녀가 아무리 피곤해봐야 클렘만큼은 아닐 터였다. 클렘의 옆자리에 앉은 아주 젊은 엄마의 무릎에는 팔을 바깥쪽으로 뻗은 채 잠든 아기가 있었다. 아기의 머리가 엄마의 허벅지 옆으로 늘어졌다. 승강장에는 60~70명이 있었다. 대부분이 흑인이었고, 모두가 크리스마스이브의 잔인한 첫 시간에 남쪽의 세인트루이스나 카이로, 잭슨, 뉴올리언스로 가는 사람들이었다. 역은 상당히 따뜻했지만, 클렘은 여전히 뼛속까지 시렸다. 그는 자기 몸을 꽉 끌어안고 앉아 주먹에는 차표를 쥐고 있었다. 역의 가판대에서는 커피를 팔았다. 클렘은 날것의 자신을 객관적으로 관찰했다. 관찰 대상이 일어나 키오스크로 갈지 궁금했다. 클렘은 너무 피곤해서, 아무 동기가 없는 실존적인 존재가 됐다. 《이방인》에 나오는 뫼르소와 같은 상태였다.

만일 목사관에서 히피의 집으로 전화를 걸었을 때 전화가 통화 중이 아니었다면, 만일 어머니가 그에게 더플백을 주어 내보내기 전에 위층으로 올라갔다가 20달러 지폐 열 장을 가지고 와서 그에게 억지로 쥐어주지 않았다면, 또 그때 시내로 가는 통근열차에서 자유라는 문제를 다시 고민해볼 기회가 없었다면, 클렘은 어머니의 명령에 따랐을지도 몰랐다. 뉴프로스펙트의 집으로 돌아와 아버지에게 사랑받는다고 느끼고, 세상에서 가장 좋아하는 사람에게 미움을 받고, 어머니 때문에 혼란스러워진 그는 의미를 잃었다. 가족은 클렘이 뭐라도 해서 탈출하려 했던, 그 자신의 길들여진 외형으로 그를 다시 끌어들였다. 그러나 시내로 가는 열차는 심한 눈 때문에 늦어졌다. 열차가 유니언 역에 간신히 들어왔을 때, 클렘은 자신이 꼭 버스를 타고 가다가 어바나에서 내려야 하는 건 아니라는 사실을 깨달았다. 그는 익숙한 음반의 리듬을 따라가는 바늘이 아니었다. 지금도 과격한 자유를 누릴 수 있었다. 그는 이미 아침마다 일어나 학교를 그만두겠다는 결정을 재고해보는 시간을 한 달이나 보냈다. 그렇게 오랫동안 깊이 생각해본 결정이라면, 수면 부족으로 엉망진창이던 날밤에 가족과 보낸 몇 시간보다는 중요해야 하지 않을까? 그는 이미 섀런 없는 앞날을 상상해보았다. 지금 그녀에게 돌아간다면, 앞서 했던 추론이 계속 유효할 것이다. 그에게는 여자가 제기하는 도전에 맞설 힘이 없다는 추론. 그가 아직 남자다운 남자가 아니라는 추론. 그녀에게 돌아가서 벌어질 일은 다시 그녀를 떠나면서 겪게 될 고통밖에 없었다. 그래서 클렘은 트레일웨이 역에 도착했을 때 뉴올리언스행 기차표를 샀다. 뉴올리언스에는 한 번도 가본 적이 없었다. 그는 200달러가 있었고, 혼자가 됐다고 생각하니 기분이 좋았다.

부활절

러스는 낯선 집에서 눈을 떴다. 바람이 창문을 두드리며, 창밖 나뭇가지의 눈을 다시 가루로 만들고 있었다. 부부 침대 중 매리언의 자리에는 사람이 자고 간 흔적이 없었다. 매리언이 그에게 마음을 누그러뜨리지 않았을까 봐 두렵고, 그녀가 해준 허락에 두렵고, 페리의 마약 사용 문제 때문에도 두려워진 그는 자신이 매리언의 응원에 얼마나 의존하게 됐는지 느낄 수 있었다. 대신, 러스는 이제 하나님에게 의지했다. 가운을 걸치고 용기 내 복도로 나갈 수 있게 될 때까지 침대에서 기도했다. 닫힌 문 뒤에는 자식 중 어린 세 아이가 여전히 잠들어 있었다. 클렘의 방문과 커튼은 활짝 열려 있었다. 그가 없다는 사실이 아침 햇빛에 노골적으로 드러났다. 아래층 주방에는 가스레인지 위에 커피포트가 올려져 있었다. 그는 커피 한 잔을 가지고 사무실로 간 다음, 그곳에서 매리언을 찾았다. 그녀는 선물과 리본 사이에 무릎을 꿇고 앉아 있었다. 그를 곁눈질로도 보지 않았다. 전날 밤과 똑같은 원피스를 입은 그녀의 모습은 그녀를 욕망하던 때의 충격을, 거절당하던 때의 치욕을 떠올리게 했다. 문 앞에서, 러스는 거두절미하고 페리가 래리 코트렐에게 대마초를 팔았든지 주었든지 했다고 말했다.

"흥미롭네." 그녀가 말했다. "오늘 당신이 나한테 처음으로 한 얘기가 그거라니."

"어젯밤에 얘기하려고 했어. 즉시 처리해야 하는 문제야."

"내가 이미 처리했어. 페리가 나한테 대마초를 팔았다고 말했으니까."

"페리가 뭘 어쨌다고? 언제?"

매리언은 침착하게 포장지를 가위로 갈랐다. 러스가 무슨 말이나 행동을 하더라도 그녀는 러스보다 한발 앞서 있는 것 같았다.

"어젯밤에." 그녀가 말했다. "페리는 힘들어하고 있었고, 내 생각에 페리가 나한테 마음을 연 이유는…… 지금은 나아졌어. 내가 아는 한, 그건 아주 오래전 일이야."

"갠 법을 어겼어. 그런 짓을 하면 결과가 따른다는 걸 알아야지."

"페리한테 벌을 주고 싶나 보네."

"그래."

"난 페리가 실수한 거라고 생각해."

"당신이 뭐라고 생각하든 관심 없어. 부모가 단일 전선으로 맞서야지."

"단일 전선? 뭐 농담하는 거야?"

매리언의 쿨함은 냉정함보다도 나빴다. 러스는 그 쿨함을 뚫고 들어가 그녀를 붙잡고 자신의 의지를 강요하고 싶은 충동을 느꼈다. 전날 밤의 싸움이 예상치 못했던 분노의 저장고를 건드렸다.

매리언은 셔츠 상자를 포장지로 감쌌다. "다른 얘기도 있어, 여보?"

러스는 증오심에 입을 다물었다. 2층으로 돌아간 그는 페리와 저드슨의 방에서 아이들 목소리를 들었다. 겨우 7시 30분이었다. 페리가 일어나 있기에는 너무 이른 시각이었다. 오랜 이웃처럼 반공식적이지만 따뜻한 관계를 맺고 있는 아홉 살짜리 아들이 마약 밀수꾼과 한방을 쓴다고 생각하니 심란해졌다. 아홉 살 소년의 아버지는 못마땅했다. 하지만 한 시간 뒤 진입로의 눈을 치우는 데 분노를 집중하던 그는 페리와 저드슨이 썰매를 가지고 나가는 것을 보았다. 그때는 페리가 너무도 소년처럼 신나 있어서 시비 걸 마음이 나지 않았다. 어쨌거나 크리스마스이브였으니까.

그날 밤, 저녁 식사 시간에—전통에 따라 메뉴는 스파게티와 미트볼이었다—페리는 매력적인 모습이었고, 베키에 대한 태도도 변해 있었다. 페리는 은근히 무시하는 태도를 보이지 않았고, 베키도 방어적이지 않았다. 매리언은 러스를 보지 않으려 했다. 그녀가 먹은 것은 샐러드와 스파게티 몇 가닥밖에 없었다. 매리언이 태너 에번스 이야기를 하며 베키를 놀렸을 때, 베키에게 남자 친구가 있다는 것을 러스에게 설명해주는 일은 저드슨이 맡았다. 러스는 이 소식을 마지막으로 알게 된 사람이 자신이라는 점과 별로 관심이 생기지 않는다는 점 중 무엇이 더 죄스러운 행동인지 알 수 없었다. 그는 프랜시스, 하나님, 릭 앰브로즈, 그리고 매리언이라는 부정적인 오점으로 이루어진 세상에서 살아왔다. 아이들 중 그가 조금이라도 연결되어 있다고 느낀 사람은 클렘뿐이었고, 클렘이 크리스마스를 여자 친구와 함께 보낸다는 사실은 슬프게 느껴졌다. 그 바람에 클렘을 부끄럽게 한 것을 속죄할 기회가 사라졌으니 말이다. 고립에서 놓여나기 위해, 그는 프랜시스에게로 생각이 향하도록 놔두었다. 그는 프랜시스와 함께 대마초를 피우고, 덕분에 함께 자제력을 잃을 것을 상상했다. 그런 다음에는 문제의 대마초가 페리의 손을 거쳤다는 것이 주님의 어떤 의도를 뜻하는지 생각해보았다.

그는 불쑥 식탁에서 일어서며 신자에게 중요한 전화를 해야 하는데 잊었다고 말했다. 그가 주방에서 나갈 때 매리언의 즐거운 목소리가 뒤를 따랐다. "메리 크리스마스라고 전해줘."

3층에서는 매리언의 불안이 냄새를 풍겼다. 창고의 창틀에 놓인 재떨이에서 담배꽁초가 흘러넘쳤다. 러스는 괜찮았다. 그걸 보니 매리언의 허락을 다시 확인받은 기분이었다. 그 허락에 힘입어, 러스는 사무실 전화를 집어 들었다.

전화를 받은 프랜시스는 쉬는 날에 전화를 걸어서 미안하다는 그의 사과를 아무렇지 않게 받아넘겼다. 러스는 그녀의 목사였으니까! 러스는 그가 앰브로즈와 화해했는지, 애리조나에는 갈 건지 프랜시스가 궁금해하길 바랐다. 하지만 즉시 그녀에게 말하지 않고는 배길 수가 없었다.

"만세, 만세." 그녀가 말했다. "내 생각이 맞았을 줄 알았어요."

"페리 얘기도 맞았습니다. 실제로 대마초를 팔았더군요."

"당연히 맞았죠. 저야 늘 맞잖아요?"

"뭐, 그럼 프랜시스 씨의 조언에 귀 기울여야겠군요. 혹시, 어, 혼자 계십니까?"

"그런 셈이에요. 가족들이 저녁을 먹으러 왔지만요."

"아, 방해해서 미안합니다."

"방금 식탁을 치우고 있었어요. 어떻게 도와드리면 될까요?"

1층에서 가족의 웃음이 터져 나왔다. 우스워 죽겠다는 듯한 페리의 아르페지오 화음이 가장 높았다. 러스는 지금으로부터 1년 뒤면 프랜시스에게 전화를 걸 필요가 없어질지 궁금했다. 그녀와 그녀의 식구들과 함께 앉아서 저녁을 먹게 되려나.

"그게, 지금 보니까요." 러스가 말했다. "페리가 그런 행동을 그만둔 것 같습니다. 이 시점에서는 그냥 없던 문제로 할 수도 있지만, 어떤 벌을 주는 것이 적절하다고 느껴지네요."

"엉뚱한 여자한테 물어보시네요. 목사님도 제 양말 서랍에 뭐가 있는지 아실 텐데요."

"압니다. 그리고 그─뭐, 우리가 얘기했던 실험 말입니다. 그것 때문에 문제가 복잡해요. 저로서는 페리를 벌준 다음에 그런…… 아시잖아요. 그건 위선적인 일입니다."

"그야 쉽죠. 두 번째 일을 안 하시면 되는데."

"하지만 하고 싶은데요. 당신과 함께, 하고 싶습니다."

"어머, 와. 전화를 끊어야겠네요."

"그냥 지금도 그 일을 하는 데 관심이 있는지만 빨리 말해주십시오."

"확실히 끊어야겠어요."

"프랜시스……."

"거절하는 게 아니에요. 생각해봐야겠다는 거죠."

"당신이 제안했잖습니까!"

"음, 딱히 그런 건 아닌데. '당신이랑 나랑 단둘이' 부분은 목사님 생각이었어요."

프랜시스가 그의 욕망에 대해 알고 있다는 것을 이보다 더 분명하게 알려주는 말은 없었다. 교회가 내준 집에서 가족과 함께하는 휴일에 성적 함의가 담긴 대화를 하다니 치욕스러우면서도 짜릿했다.

"아무튼 메리 크리스마스예요." 그녀가 말했다. "일요일에 교회에서 만나요."

"심야 예배에는 안 오십니까?"

"네. 하지만 당신의 열정은 알겠어요, 힐데브란트 목사님."

러스는 꼭 살아생전 구세주가 이 땅을 걸어 다녔던 모습을 기억하며 그가 곧 돌아올 거라고, 심판의 날이 곧 닥치리라고 믿었던 초기의 기독교인이 된 것 같았다. 그렇게 러스는 이미 너무 많은 함의가 담겨 있고 금방이라도 만개해 황홀감을 안겨줄 것만 같은 프랜시스와의 관계가 며칠 안에 알아서 해결될 거라고 상상했다. 그는 곧 닥칠 그녀의 심판을 기다리며 아들과의 대면을 미루었다. 그리고 러스가 얼마나 오래 기다리게 될지 깨달았을 때쯤에는 페리의 위반행위가 매리언이 말했듯 아주 오래전 일이 되었다. 페리는 정말로 나아진 것처럼 보였다. 더 이상 미꾸라지처럼 빠져나가지도 않았고 늦잠을 자지도 않았다. 그는 더 날씬해지고 약간 키도 커진 것처럼 보였으며 늘 기분이 좋았다. 매리언이 3층에서 불규칙하게 생활하기 시작했기에, 이제는 가끔 러스보다도 일찍 일어나는 페리가 아침 식사를 차려 저드슨과 함께 먹곤 했다.

폐렴에 지고 만 오드와이어 부인부터 시작해, 새해에는 장례식이 줄지어 일어났다. 해플 목사 가족이 플로리다로 휴가를 떠나 있는 동안에는 러스가 모든 상담과 장례식 집전을 도맡았다. 러스는 그때까지도 크로스로드를 떠날 때 드와이트가 맡긴 가외 업무를 해야 했고, 크로스로드에 복귀한 지금은 주일 밤 모임에도 참석해야 한다고 느꼈다. 그는 앰브로즈에게 회개의 진정성을 보이고, 또 한편으로는 문제 있는 십대들을 상담하는 위험성을 피하고자, 버스를 구하고 교회의 책임 보험을 검토하고 프로젝트 물품을 확보하고 나바호 인디언들과 협조하는 등등 애리조나 수련회의 모든 준비 업무를 맡겠다고 자원했다.

러스는 일거리 속에 뒹굴면서 매리언이 그를 앞질러 가는 모습을 지켜보았다. 매리언은 눈에 띄게 살이 빠졌다. 흡연과 형벌에 가까운 도보 요법을 통해서였다. 러스는 그녀가 계속해서 차리는 저녁 식사 자리에 앉을 수 있었다. 하지만 이제 그녀는 다른 모두의 옷을 빨아주면서도 그의 옷은 빨래 바구니에 따로 분류해두었다. 러스는 매리언 없이 교회 행사에 참여했다. 매리언의 도움 없이는 도저히 요점이 살지 않는 설교문에 시간을 쏟아붓느라 여유가 없었다. 그러는 동안 매리언은 도서관에 갔고, 윤리 협회 강의에 나갔으며, 뉴프로스펙트 연극 모임의 본거지인 쓰러져가는 판잣집 극장에도 다녔다. 그녀의 새로운 독립성에서는 여성해방의 기미가 풍겼다. 러스는 사회적 차원에서 여성해방에 찬성했고, 아내의 여성해방에도 찬성했을지 몰랐다. 프랜시스와 조금이라도 진도가 나갔다면 말이다.

하지만 심판의 날은 점점 미뤄졌다. 크리스마스 이후 화요일 봉사 모임이 처음으로 시내로 외출했을 때, 프랜시스는 키티 레이놀즈와 딱 붙어 있었다. 러스는 그녀와 단둘이 한마디도 나눌 수 없었다. 며칠 뒤 러스가 일상적인 목사 업무인 것처럼 프랜시스에게 전화를 거니, 그녀는 수업에 늦었다며 그 주 늦게 사무실에 들르겠다고 말했다. 러스는 아무 소용 없이 8일을 기다렸다. 부당하게도 그녀에게 목줄을 잡힌 듯했다. 그는 프랜시스에게 영향력을 행사할 방법을 이리저리 찾아다니다가 캐럴린 폴리를 다음 주 화요일 외출에 초대해야겠다고 생각했다. 캐럴린 폴리는 결혼하지 않은 신학생으로, 앰브로즈의 친구이자 크로스로드의 멘토였다. 러스는 그녀에게 함께 차를 타고 가자고 강하게 주장하고 그녀를 시오 크렌쇼에게 요란스럽게 소개하며 하루 종일 곁에 두면 프랜시스가 질투할지도 모른다고 생각했다. 하지만 러스는 프랜시스가 아니라 캐럴린만 자극하게 되었다. 그녀는 크로스로드 특유의 묘하게 노골적인 방식으로 미니애폴리스에 남자 친구가 있다고 했다. 프랜시스는 키티 레이놀즈와 너무도 다정하게, 너무도 친밀하게 수군거렸다. 러스는 질투심을 느낀 나머지 새로운 경험에 굶주린 프랜시스가 레즈비언 관계까지 나아간 건 아닌지 궁금해질 지경이었다. 프랜시스는 한 번도 러스를 똑바로 보지 않았다. 둘 사이의 '긴장, 긴장'은, 크리스마스이브의 미묘한 말들은 아예 없었던 것만 같았다.

날이 저물 무렵, 화요일 모임이 제일 개혁 교회로 돌아왔을 때였다. 러스는 프랜시스가 차를 타고 도망치기 전에 그녀를 따라잡았다. 러스는 자기 사무실에 들르지 않았다며 그녀를 가볍게 꾸짖었다. "아니었으면 좋겠지만, 혹시 날 피하는 건가요?" 그가 말했다.

프랜시스는 러스에게서 물러났다. 그녀는 빵빵한 파카에 스타킹 캡*을 쓰고 있었다. 멋진 사냥꾼 복장이 아니었다. "실은, 약간 피하고 있죠."

"혹시…… 이유를 말해줄래요?"

"끔찍해요. 목사님이 날 싫어하게 될 것 같은데."

1월의 땅거미가 서쪽 하늘에 머물러 있는 모습에서는 초봄의 맛이 났지만, 공기는 여전히 매서울 정도로 건조했고 길가에 뿌리는 소금 냄새가 났다.

"마음이 안 좋아서요." 프랜시스가 말했다. "목사님의 음반을 듣지 않았거든요. 그걸 들을 때까지는 목사님하고 이야기하고 싶지 않았어요. 그래서 지난주에 결국 그것들을 전부 거실에 늘어놨죠. 그런데 그때 전화가 왔고, 저는 저녁을 차려야 했어요. 그래서 음반을 잊어버렸지 뭐예요? 근데 불을 켜려고 돌아왔다가, 거기에 음반이 있는 걸 못 보고 말았어요."

프랜시스는 그게 음반의 잘못이라도 되는 것처럼 약간 짜증을 냈다.

"음반 가게에는 이미 이야기해봤어요." 그녀가 말했다. "대체할 만한 음반을 찾아보겠대요. 밟은 건 두 장밖에 없는데, 그중 한 장은 정말로 구

---

* 겨울 스포츠용으로 쓰는, 술이 달린 원뿔꼴 털실 모자.

하기가 어렵대요."

러스는 마음이 짓밟힌 것 같았다.

"바꿀 필요 없습니다." 그가 간신히 말했다. "그냥 세속적인 것들이니까요."

"아뇨, 꼭 바꿀 거예요."

"정 그러시다면야."

"맞죠? 날 싫어하잖아요."

"아뇨, 저는…… 그냥 제가 뭘 오해한 게 아닌가 생각하고 있었습니다. 저는 프랜시스 씨와 함께…… 저는 프랜시스 씨의 여정에 도움을 줄 수 있을 거라 생각했거든요."

"그러게요. 그 문제에도 답을 드렸어야 하는데."

"괜찮습니다. 페리는 훨씬 나아졌어요. 벌주지 않을 겁니다."

"아무튼 난 음반을 밟았어요. 목사님한테 답을 드리는 건 최소한의 성의죠."

"정 그러시다면야."

"근데 한 가지 더 고백할 게 있어요. 나, 이미 실험해봤어요, 혼자서요. 그걸 한다고 무슨 인생이 변하는 건 아니더라고요. 한 시간짜리 두통 감기랑 비슷하던데요."

러스는 실망감을 감추려고 고개를 돌렸다.

"그래도 다시 해보고 싶어요." 그녀가 러스의 팔을 건드리며 말했다. "난…… 나한테 많은 일이 벌어졌거든요. 언제 우리 같이 시간을 내봐요. 알았죠?"

"저 없이도 괜찮으실 것 같은데요."

"아뇨, 해요. 우리 둘이서만요. 키티 선생님한테도 물어보고 싶으시면 또 모르지만."

"키티 씨한테 물어보고 싶지는 않습니다."

"재미있겠네요." 프랜시스가 말했다.

그녀의 열정은 애써 꾸며낸 것처럼 보였다. 그날 밤 러스는 손에 달력을 들고 그녀에게 전화를 걸었지만, 둘 다 가능한 날짜를 찾는 것은 따분한 의무처럼 느껴졌다. 실험은 프랜시스의 아이들이 학교에 있는 평일에만 할 수 있었고, 러스는 프랜시스에게 시간이 있는 날마다 평상시 교회업무를 해야 했다. 러스는 약간 불길한 예감을 느끼며, 재의 수요일에 그녀를 만나기로 했다.

데이트를 기다리는 동안 러스는 재를 미리 맛봤다. 클렘이 학교를 그만두겠다는 결정을 재고해볼지 모른다는 기대는 크리스마스 당일에 이미 뒤집혔다. 그날, 클렘이 전화를 걸어서 어바나의 여자 친구를 만나러 가지 않았다고 알려온 것이다. 그는 혼자 뉴올리언스에 있었다. 크리스마스를 가족과 함께 지내기보다는 지저분한 호텔 방에서 혼자 보내겠다는 것이었다. 러스는 문제가 자신이라는 것을 알았기에 클렘에게 편지를 써서 사과하고 상황을 바로잡고 싶었지만, 편지를 보낼 주소를 몰랐다. 1월에 클렘은 이따금 집으로 전화를 걸어, 매리언에게 병무청에서 보낸 편지가 도착했느냐고 물었다. 2월에는 클렘이 병무청에 전화를 걸었는데 병무청에서 그를 소집할 생각이 없다더라고 알려왔다. 그 말을 들은 매리언은 순수하게 마음을 놓았다. 러스도 그랬어야 했다. 하지만 그는 베키에게서 그 소식을 들어야만 했던 것도, 클렘이 아직까지 주소를 알려주지 않은 것도, 클렘에게 집에 올 계획이 없다는 것도 아프게만 느껴졌다. 베키 말에 따르면, 클렘은 켄터키 프라이드 치킨에서 일하고 있었다.

러스의 인생에서 얼마 안 되는 밝은 면(베키가 모든 예상을 뒤엎고 기독교 신앙의 길에 접어들었다는 것과, 자신의 유산을 형제들과 나누기로 했다는 것)은 베키가 제일 개혁 교회의 예배에 더 이상 참여하지 않자 어두워졌다. 베키는 이미 성경 학교에 나오라는 러스의 초대에 퇴짜를 놓았다. 알고 보니, 베키와 태너 에번스는 뉴프로스펙트의 다른 교회들을 찾아다니고 있었다. 러스가 이유를 묻자 베키는 드와이트 해플 목사의 설교보다 더 큰 영감을 주는 무언가를 찾고 있다고 말했다. "그분, 하나님을 믿긴 하는 거예요?" 베키는 말했다. "꼭 로드 매컨*의 노래를 듣는 것 같다니까요." 드와이트의 신앙에 대해서야 러스도 나름대로 의심하고 있었다. 그는 드와이트야 어떻든 자신이 신을 믿는다고 대답했다. "뭐, 그럼." 베키가 말했다. "아빠는 저녁 뉴스 얘기를 좀 줄이고 주님과의 관계에 관한 이야기를 더 하는 게 좋겠어요." 베키의 주장에는 논란의 여지가 있었지만, 그는 어쨌든 신앙이 그저 핑계에 불과하다는 걸 느꼈다. 자신에 대한 베키의 거부감이 더 깊고 개인적인 것이라는 느낌, 클렘이 베키에게 그를 외면하도록 하는 작업을 철저히 해냈다는 느낌이었다. 어쩌면 그게 올바른 일일지도 몰랐다. 요즘 그가 프랜시스 코트렐을 상상하고, 하나님에 대한 모든 생각을 머릿속에서 몰아내며 정기적으로 씨를 뿌리는 화장실 세면대는 딸의 침실에서 세 걸음밖에 떨어져 있지 않으니까.

애리조나에 가겠다는 계획에도 먹구름이 끼었다. 버스 세 대를 채울 만큼 많은 아이들이 봄 수련회를 가겠다고 신청했다. 러스의 계획은 그중 두 대를 블랙 메사 아래에 남겨두고, 세 번째 조를 이끌고서 킷실리

---

* 1960~1970년대 미국의 시인이자 싱어송라이터.

학교로 올라가는 것이었다. 블랙 메사는 디네 비케야의 심장이었다. 러스에게, 공기가 희박한 그곳만큼, 정신과 풍경을 모두 왜곡시키는 한낮의 뙤약볕이나 수백만 개 별의 무게로 짓누르는 것만 같은 밤하늘 아래에서만큼, 나바호의 영적 세계와 연결된다는 느낌이 드는 곳은 없었다. 킷실리의 원시적인 환경은 프랜시스에게 러스 자신이 그런 환경을 얼마나 능숙하게 다루는지 보여줄 기회도 제공할 터였다. 새로운 경험에 대한 그녀의 입맛을 시험해볼 수도 있었다. 매리언과는 달리 프랜시스가 불편한 생활을 하는 데 취향이 있다면, 앞으로 함께 더 많은 모험을 떠날 가능성은 무한히 열려 있었다. 하지만 여러 번의 시도 끝에 키스 두로치와 통화가 연결되었을 때, 키스는 직설적으로 말했다. "거긴 가지 마."

"킷실리에요?"

"가지 마. 기운이 안 좋아. 환영받지 못할 거야."

"그야 새로운 일도 아닌데요." 러스가 가볍게 말했다. "40년대에도 별로 환영받지 못했잖아요. 당신이 나와 악수도 하지 않으려 했던 것 기억나죠?"

러스는 키스가 그때의 기억을 떠올리고 웃을 거라 생각했다. 예전에는 그랬으니까. 하지만 키스는 웃지 않았다.

"매니팜스에 있는 게 더 안전할 거야." 그가 말했다. "거기에도 할 일이 많아. 메사 사람들은 빌라가아나에게 불만이 많고."

"뭐, 다리를 짓는 일이라면 저도 좀 알죠. 일단 거기 가서 상황을 보면 어떨까요."

잠시 침묵이 흐른 뒤 키스가 말했다. "너랑 나는 늙었어, 러스. 상황이 예전 같지 않아."

"난 그렇게 늙지 않았어요. 당신도 그렇고."

"아니, 난 늙었어. 요전번에는 내 죽음이 보이더군. 죽음이 내 집 뒤의 산등성이에 있었어. 그리 멀지 않았지."

"글쎄, 잘 모르겠네요." 러스가 말했다. "하지만 당신을 다시 만날 거라고 생각하는 편이 좋아요."

재의 수요일 아침에, 러스는 제일 개혁 교회 주차장에 차를 세워두었다. 프랜시스의 집에서 의심스러울 정도로 오랫동안 차가 보이면 안 되니 말이다. 그런 다음, 그는 음울하고 덩어리진 눈송이들이 녹아 젖어 있는 인도를 따라 언덕을 올랐다. 9시 정각이라는 시간은 병원 예약 시간에 더 어울렸다. 프랜시스의 집은 페인트를 새로 칠했고 상당히 위엄 있어 보였다. 그녀가 제너럴 다이내믹스에서 받은 돈이 얼마나 많은지 생각하게 됐다. 러스는 불길한 예감을 느끼며 초인종을 눌렀다. 대마초가 그 예감을 해소해주기를 기도할 수밖에 없었다.

"말도 안 되는 생각을 했네요." 프랜시스가 그를 주방으로 데려가며 말했다. "안 오실 줄 알았는데."

"제가 여기 오는 게 싫으십니까?"

"그냥, 우리가 큰 실수를 하는 게 아니었으면 좋겠어요."

그녀는 목 부분이 넓은 갈색 스웨터 원피스를 입고 두꺼운 회색 양말을 신고 있었다. 산뜻한 일요일 옷도, 화요일 모임용 말괄량이도 아니었다. 집에서의 그녀를 보자 러스는 그녀의 현실이 불안하게도 강하게 실감났다. 현실에서 그녀는 여자로서 독립되어 있었다. 생각하는 방식도, 내리는 선택도 러스와는 아무 상관이 없었다. 24시간 내내 그녀 자신의 삶을 사는 것이 그녀에게 어떤 느낌일지 엿보는 것은 흥미롭기도 하지만 벅찬 일이기도 했다. 그녀는 주방 가스레인지 옆의 조리대에 이미 재떨이와 서툴게 만든 대마초 담배를 올려두었다.

"바로 시작할까요?" 그녀가 말했다. "아니면 먼저 끝장 토론부터 해볼까요?"

"아뇨. 그냥 프랜시스 씨가 이 일을 하는 게 정말 괜찮은지 확실히 말해주시기만 하면 됩니다."

"난 이미 해봤는데요. 뭐, 한 셈이죠. 충분히 한 것 같지는 않지만."

그녀는 손을 뻗어 가스레인지 팬을 켰다. 러스는 프랜시스의 스웨터 원피스 아래에 속옷이 있을지 궁금했다. 원피스가 그녀의 어깨에서 흘러내렸지만, 브래지어 끈은 드러나지 않았다. 러스가 전에는 한 번도 보지 못했던 그녀의 위쪽 등 피부는 매끄럽고, 살짝 주근깨가 나 있었다. 그 피부도 현실적이었다. 러스는 환상이라는 안전함이 애타게 그리워졌다. 그는 환상을 아무 문제 없이 다뤄오고 있었다. 아마 무한히 그럴 수도 있을 터였다. 하지만 프랜시스의 현실로부터 도망친다는 것은 그를 얕잡아 보았던 매리언의 평가를 확인하는 것이나 마찬가지였다. 매리언이 러스에게 허가를 내준 이유는 러스가 그 허가를 실제로 활용할 만한 남자가 아니라고 생각했기 때문이었다.

"어떻게 되나 봅시다." 그가 말했다.

그들은 앞으로 몸을 숙이고, 환풍구 밑에 나란히 섰다. 대마초 연기는 델 정도로 뜨거웠다. 프랜시스가 한 대로는 충분하지 않다고 우기지만 않았다면, 러스는 한 차례 폐를 가득 채우고 멈췄을지도 몰랐다. 프랜시스는 작은 담배를 다트처럼 들고 연기를 한 모금 한 모금 계속 들이쉬었다. 러스도 그 뒤를 따랐다. 그들은 꽁초가 너무 작아져 더는 주고받을 수 없게 될 때까지 멈추지 않았다. 프랜시스는 싱크대로 가서 '로치'*를 쓰

---

* 대마초 담배꽁초를 말한다.

레기 배출구에 떨어뜨리더니 창문을 열었다. 러스에게는 바깥의 눈송이가 특이하고 인공적인 것처럼 보였다. 지붕에 서 있는 누군가가 흩뿌린 것만 같았다. 프랜시스가 두 팔을 머리 위로 뻗는 바람에 원피스 가장자리가 들어 올려졌다. 그 모습을 보자 속옷 문제가 다시 떠올랐다.

"와." 그녀가 들어 올린 두 손을 쫙 펴며 말했다. "이거 훨씬 낫네요. 효과를 완전히 즐기려면 두 번은 해야 하나 싶어요."

러스에게는 이번이 첫 경험이었지만, 그는 확실히 효과를 느끼고 있었다. 2월이 독감의 계절이라는 깨달음이 모루처럼 그를 후려쳤다. 프랜시스의 아이들 중 한 명이 얼마든지 감기에 걸려 집에 돌아왔다가 어머니와 함께 있는 그를 볼 수도 있었다. 가능성이 작다고 하기는 어려웠다. 사실, 상당히 높은 확률이었다. 러스는 자신이 여태 그 생각을 해보지 않았다는 것에 경악했다. 시간도 갑자기 아침처럼 느껴지지 않았다. 그보다는 학교에서 아이들이 나오는 시간과 가깝게 느껴졌다. 하교를 알리는 종소리와 해방된 아이들의 소란스러운 소리가 거의 들리는 것만 같았다. 그 아이들 중에는 프랜시스의 아이들도 있었다. 러스는 노려보는 듯한 주방 조명을 받으며, 자신이 프랜시스의 이웃들에게도 무척 잘 보인다는 것 또한 깨달았다. 스위치를 찾아 주위를 둘러보던 러스는 프랜시스가 주방에서 나갔다는 걸 알아차렸다.

집 앞쪽에서, 어지러울 정도로 큰 소리로, 경찰은 둘째 치더라도 이웃들의 관심을 쉽게 끌 수 있을 만큼 시끄럽게 로버트 존슨이 부르는 '크로스로드 블루스'가 흘러나왔다. 러스는 자신이 주방 불을 대부분 껐지만, 머리 위의 전등은 여전히 켜져 있다는 걸 알아차렸다. 그는 스위치를 찾다가 그냥 주방에서 나가면 된다는 걸 깨달았다.

거실은 다행히도 어둑어둑했다. 프랜시스는 소파에 몸을 던진 뒤였다.

그러느라 원피스가 뭉쳐 있었다. 흰 팬티가 살짝 보였다. 보지 않았으면 좋았겠다는 생각이 후끈하게 들었다. 속옷 문제에 관심을 기울이다니 가당찮았다. 로버트 존슨의 시끄러운 소리야말로 비상사태였는데.

"어떻게 생각해요?" 프랜시스가 기분 좋게 외쳤다. "뭐가 느껴지긴 해요?"

"제 생각에." 러스가 말했다. 하지만 그건 사실이 아니었다. 전에 뭔가 생각했을지는 몰라도 지금은 잊어버렸으니 말이다. 그때, 놀랍게도 기억이 떠올랐다. "제 생각에는 음악 소리를 줄여야겠어요."

러스는 말을 하면서도 그 말이 끔찍하게 고지식하다는 것을 알았다. 그는 치욕을 당할 것을 각오했다.

"느껴지는 건 전부 말해주셔야 해요." 프랜시스가 말했다. "그게 약속이었으니까. 사실, 약속한 건 없죠. 하지만 결과를 비교하지 않으면 실험이 무슨 소용이겠어요?"

러스는 스테레오로 다가가 볼륨을 줄였다. 지나치게. 그래서 다시 높였다. 지나치게. 그는 다시 볼륨을 줄였다. 지나치게.

"와서 내 옆에 앉아요." 프랜시스가 소파에서 불렀다. "촉감이 무척 예민하네요. 무슨 뜻인지 알겠어요? 꼭 비틀스 노래 같아요, 당신 손을 잡고 싶어요. 난 그냥 너무…… 내 몸은 여기 있는데, 생각은 이 방 여기저기에 흩어져 있는 것만 같아요. 엄청나게 큰 풍선을 불었는데, 공기가 내 생각인 것만 같달까. 무슨 말인지 알겠어요?"

나는 갈림길로 내려갔어, 베이비, 동쪽도 서쪽도 살펴보았지
이럴 수가, 내겐 사랑스러운 여자가 없었어, 베이비, 고통받는 동안에

스테레오 옆에 선 러스는 로버트 존슨이 노래하는 세계로 뛰어들었다. 잡음이 가득한 그 세계에서는 정절을 지키는 이가 별로 없었다. 그는 블루스의 아름다움에, 존슨의 목소리가 띤 고통스러운 숭엄함에 그렇게까지 마음을 관통당한 적이 없었다. 하지만 그 노래가 지금처럼 저주로 느껴진 적도 없었다. 존슨이 어느 세상에서 노래하는지는 몰라도 러스는 그곳에 갈 기대조차 품을 수 없었다. 그는 외부인, 현대판 기생충, 사기꾼이었다. 러스는 문득 모든 백인이 사기꾼이라고, 기생충 같은 유령 인종이라고 느꼈다. 그중에서도 러스만큼 심한 사람은 없었다. 프랜시스에게 음반을 빌려주면서 진정성의 입자가 조금이나마 그에게 달라붙어 그를 구원해주리라고 상상했다는 것이 이런 허위의 정점이었다.

"아, 힐데브란트 목사님." 그녀가 노래하는 듯한 목소리로 불렀다. "무슨 생각 해요?"

러스 밑에서 돌아가는 음반은 보컬리언의 음반이 아니었다. 78s가 아니라 LP판이었다. 혼란스러운 가운데, 러스는 그녀가 자신의 귀중한 골동품을 싸구려 현대식 수집품으로 대체한 것일지 모른다는 어렴풋한 두려움을 느꼈다. 하지만 러스는 분노하는 대신 일종의 악의를 경험했다. 회전하는 레코드판은 소용돌이 같았다. 러스는 그 어두운 수챗구멍으로, 더 어두운 죽음을 향해 빨려 들어갔다. 지옥에는 러스를 위해 특별히 마련된 자리가 있을 게 틀림없었다. 만일 지옥이, 그 유황불이 정말로 존재한다면 말이다. 지옥이 그가 지금 이 순간 서 있는 바로 이 자리, 경멸해 마땅한 허위의 자리가 아니라면. 러스는 누군가의 몸이 다가오면서 등이 따뜻해지는 것을 느꼈다.

프랜시스가 바로 뒤에서 말했다. "당신은 나보다 음악에 더 관심이 많은 것 같네요."

"미안합니다."

"그러지 말아요. 원하는 건 뭐든지 느낄 수 있어요. 그냥 그 느낌에 대해 듣고 싶을 뿐이에요."

러스는 그녀의 책망에 마음이 찢긴 채, 자기가 한 말의 정당함을 확신하며 다시 말했다. "미안합니다."

"하지만 음악은 필요하지 않을지도 몰라요."

러스는 그녀의 제안을 받아들이고 음관을 들어 올렸다. 그 동작의 성급함에서는 다른 사람의 바람을 지나치게 열성적으로 들어주는 티가 났다. 그 자신의 진정한 소망은 빠져 있었다. 음반이 점점 느려지다가 멈추자 프랜시스는 뒤에서 러스를 끌어안았다. 그녀는 러스의 날개뼈 사이에 머리를 기댔다.

"이건 괜찮은 것 맞죠?" 그녀가 말했다. "친구로서의 포옹이에요."

그녀의 온기가 러스의 몸으로 들어와, 곧장 그의 사타구니로 집중되었다.

"이번이 훨씬 낫네요. 사교적인 행위에 따라 효과가 달라지는 건지도 모르겠어요. 다른 사람하고 함께해야 완전한 경험을 할 수 있는 거죠. 어떻게 생각해요?"

러스는 두려움에 머리가 터질 것만 같다고 생각했다. 그는 자신이 키득키득 웃음을 터뜨리는 소리를 들었다. 일종의 발화 행위를 하기 전에 나오는 행동 같았다. 그 키득거림에서는 사기꾼 냄새가 났다. 그는 힘줄과 근육으로 이루어진, 삐걱거리는 장치였다. 상대를 만족시키고 어딘가에 소속되고자 하는 비겁한 소망에 따라 비자발적으로 작동된 장치. 진정성 있는 사람으로 보이기 위해 고안된 장치. 러스는 자신이 여태까지 한 모든 말이 혐오스럽고, 이기적인 계산으로 끈적거린다고 느꼈다. 그의 어리석음이 모두에게 들렸을 테고, 우주적인 개탄의 대상이 되었을 것만 같았다. 러스의 평생에 사람들은 그에 대한 진짜 의견을 숨겨왔다. 오직 클렘만이 정직했다. 아들에게 상처를 주었다는 괴로움이 러스의 가슴속으로, 폐나 배를 통해서는 방출할 수 없는 거대한 기포처럼 밀려들었다. 그는 앞으로 몸을 숙이고 입을 벌렸다. 어떻게든 그 거품을 내보내려 노력했다. 그는 자신이 임종을 지켰던 신자들과 닮았다는 것을 인식했다. 아래턱이 고통스러운 호흡으로 늘어졌고, 얼굴 피부는 세상에 나오려는 죽음의 머리 위로 팽팽하게 당겨졌다. 그가 이런 고통을 어떻게 한순간이라도 더 버틸 수 있을지는 불분명했다.

프랜시스가 물러났을 때도 러스는 안도감을 느끼지 못했다. 오직 비난뿐이었다. 그녀는 즐거운 경험을 하고 있었고, 그는 진저리 나는 경험을 하고 있었다. 이 사실이, 거기에서 느껴지는 치욕이 불쾌한 방식으로 거실을 밝히는 듯했다.

"빛이 좀 이상하네요." 그녀가 말했다. "한 순간 한 순간 다르게 보여요. 늘 저런 건지 모르겠네. 혹시 대마초 때문에 눈이 더 예민해진 걸까요?"

그녀의 친근한 말씨에 러스의 괴로움은 더 심해졌다. 그녀가 러스 자신의 추함과 실패에도 물러나지 않는다는 것은 불가능할 정도로 자비로운 행위처럼 보였다. 이 세상 모든 사람 중 오직 러스만이 사기꾼이었다. 그만이 유령 인간이었다.

"더 밝아 보이긴 하네요." 러스는 자기도 모르게 그렇게 말했다. 그래봐야 이 말을 만들어낸 자기 입의 역겨운 축축함에 놀랐을 뿐이지만.

"괜찮으세요?" 프랜시스가 말했다. "대마초를 피우면 편집증이 생기는 사람도 있다고 들었어요."

러스는 자제할 겨를도 없이 편집증이 생긴 것 같은 기분이 든다고 인정했다. 그는 즉시 부끄러움을 느끼며, 껄껄대는 목소리로 허위를 담아 덧붙였다. "그냥 조금이에요…… 심하지는 않습니다."

"와서 앉아요. 내가 손을 잡아줄게요. 안전하다고 느끼면 나아질지도 몰라요."

프랜시스에게 조금이라도 다가간다는 건 생각할 수 없었다. 프랜시스의 아이들이 알게 될지 모른다는 두려움이 새로운 힘으로 그를 타격했다. 게다가 주방도! 팬을 켜두었지만, 주방에서는 확실히 대마초 악취가 났다. 들키기 전에 도망쳐야만 했다. 머릿속에서, 그는 미안해요라는 말을 만들어냈다. 이런 말이 그가 타고난 이상생성물에 대해 무엇을 더 드러내게 될지 헤아려보면서 말이다. 그가 거실을 나와 집 한가운데 기둥에서 코트를 집어 들며 실제로 그 말을 했는지는 영영 알 수 없었다.

어떤 표정을 지어야 죄를 지었다는 사실을 광고할 수 있는지 모르는 채로 교회로 돌아간 러스는 흰 벽을 가로지르는 거미와 같은 처지였다. 아무도 그를 쳐다보지 않은 것은 기적이었다. 자동차에 도착한 러스는 차 안에 자신을 가두고, 남들 눈에 띄지 않도록 앞좌석에 누웠다. 결국 그는 자신이 이제 정신이상을 보이지 않는다는 것을 깨달았지만, 편집증의 감정적 진실은 지속됐다. 러스는 사무실에 숨어서 기도할 생각으로 목사관에 돌아왔을 때, 먼저 창고에 들러 매리언의 재떨이를 자기 두 손에 비웠다. 그는 재를 얼굴에 문지르고, 입을 벌려 그 재를 받았다.

사순절 시기가 시작되었으니 그리 나쁜 일은 아니었다. 치욕과 자기비하는 여전히 주님의 자비로 통하는 관문이었다. 오래된 역설―약점을 정직하게 인정하면 오히려 신앙이 더 강해진다는 역설―이 지금도 통했다. 프랜시스와의 실패를 받아들인 그는 키티 레이놀즈에게 다음 주 화요일 모임에 빠질 테니, 자기 대신 모임을 이끌어달라고 부탁했다. 집에서 그는 매리언에게 겸손하게 굴었다. 그녀에게 예뻐 보인다고 말하고, 관심을 보였다. 매리언이 쿨하게 즐거워하며 "당신 친구랑 차질이 있나 보네"라고 말했을 때, 그는 다른 쪽 뺨도 내밀었다. 그는 말했다. "얼마든지 조롱해. 난 그래도 싸." 낮이 길어졌다. 러스는 노을빛이 들어오는 서재에 앉아 설교할 만한 가치가 있는 생각을 표현하려고 애썼다. 매리언이 옆방에서 목을 가다듬는 소리가 들렸다. 그곳에서 매리언은 새 옷을 사고 더 좋은 미용실에 다니기 위해 자신의 언어적 기술을 활용해 교정 작업을 하고 있었다. 그녀가 더 날씬해지고, 러스가 한때 푹 빠졌던 강렬한 젊은 여자와 닮아가자, 러스는 결국 두 사람의 결혼 생활에 희망이 있을지 궁금해졌다. 아직 둘이 새롭고 더 즐거운 합의에 이를 방법을 찾을 수 있을지 말이다.

하지만 매리언은 계속 3층에서 자면서 러스가 직접 빨래를 하도록 했다. 러스는 하나님과 새로운 계약을 맺었음에도 머릿속에서 프랜시스를 몰아낼 수 없었다. 러스는 계속해서 기억을 다시 떠올렸고, 그로써 프랜시스의 집 거실에서 보인 행동에 대한 수치심은 마모되었다. 그러자 러스는 프랜시스의 행동을 더 또렷이 떠올리게 되었다. 그녀는 여러 번 손을 잡아달라고 했다. 등 뒤에서 그를 껴안았다. 그게 친구로서의 포옹이라고 했다(친구끼리 껴안을 때는 앞에서 껴안지 않나?). 더욱이, 그녀가 러스와 데이트하려고 입은 옷은 엉덩이 위로 올라가려고 애원이라도 하는 것 같았다. 끔찍한 일이지만, 러스는 지나고 나서야 자신이 꿈꿔오던 바로 그 기회를 프랜시스가 주었다는 것을 알았다. 그녀를 단 한 번밖에 갖지 못했더라도, 그녀가 러스를 약에 취해 있을 때만 긁고 싶은 잠깐의 가려움으로 여겼다고 해도 그에게는 크나큰 의미가 있었을 것이다.

러스가 잃어버린 기회에 슬퍼하고 있을 때 신의 섭리가 개입했다. 러

스는 베키와 페리가 어색해하리라는 걸 알면서도 새해에 열리는 크로스
로드 모임에 매번 참석했다. 그는 엄밀히 말해 멘토였지만, 자신이 릭 앰
브로즈보다 열등하다는 사실을 받아들이고 신입처럼 처신했다. 활동에
참여하고 자신의 감정을 탐구했지, 젊은 사람들이 그리스도 안에서 성장
하도록 도와주려 하지는 않았다. 2월의 마지막 일요일 밤, 앰브로즈가 홍
해를 가르듯 강당의 사람들을 가른 뒤 그중 절반에게 종이쪽지에 이름을
쓰고 다른 절반이 그 쪽지로 파트너를 뽑으라고 했을 때, 러스는 자기가
뽑은 쪽지를 펴고 하나님이 그에게 주신 사람이 누군지 보았다. 쪽지에
적힌 이름은 래리 코트렐이었다.

"지시 사항은 간단하다." 앰브로즈가 사람들에게 말했다. "각자가 정말
로 골치 아픈 일을 한 가지씩 파트너에게 말하는 거야. 학교에서, 집에서,
다른 사람과의 관계에서 겪는 문제면 다 괜찮다. 중요한 건 정직하게 말
하는 거야. 듣는 사람은 상대를 어떻게 도와줄 수 있을지 정직하게 생각
해야 한다. 가끔은 자리를 지키면서, 성급한 판단을 내리지 않고 귀 기울
이는 것이 가장 도움이 된다는 걸 기억해라."

러스는 그때까지 래리 코트렐을 피해왔다. 그를 아예 쳐다보지 않았
다. 래리는 러스의 파트너가 된 것이 좋지도, 싫지도 않은 듯했다. 래리에
게는 이것도 그냥 또 한 번의 활동이었을 뿐이니까. 다른 2인조가 교회
이곳저곳으로 흩어지는 동안 러스는 래리를 데리고 위층의 자기 사무실
로 가서 무슨 고민이 있는지 물었다.

래리는 콧구멍을 만졌다. "아시겠지만요." 그가 말했다. "아빠가 2년 전
에 돌아가셨어요. 우리 집에 아빠 사진이 있었거든요. 공군 제복을 입은
사진이요. 그 사진이 위층 복도에 있었는데, 지난주에는 없더라고요. 엄
마한테 왜 사진을 치웠는지 물었는데, 엄마 말이…… 엄마는 그 사진을

보는 게 지친다고 했어요."

반쯤 성숙한 래리의 여드름투성이 얼굴, 남성 호르몬으로 인해 조악해진 아이 엄마의 이목구비를 보니 러스는 프랜시스의 모습이 소년 같다던 생각을 고치게 됐다. 그 어떤 소년도 프랜시스처럼 생기지는 않았다.

"거기다가, 엄마가 데이트한 남자도 그래요." 래리가 말했다. "뭐, 엄마도 아마 외롭겠죠. 하지만 그 남자하고 데이트하러 나갈 때면 엄청나게 두근거리나 보더라고요. 꼭 우리 아빠는 존재하지 않았던 것처럼요. 아빠는 공군 역사상 최연소 대령이셨어요. 내 아빠였다고요. 그런데 이젠 아빠 사진도 보고 싶어 하지 않는다뇨?"

러스는 데이트한이라는 말의 모호함에 놀랐다. 이런 동사의 시제는 현재만을 포함하는 것일까, 아니면 이제는 지나간 과거까지 포함하는 것일까?

러스가 말했다. "그럼, 너희 어머니가 어느 시점엔가는 데이트를 했거나 지금도 한다는……."

"네, 결국은 저도 그 사람을 만났어요. 엄마가 저랑 에이미더러 그 아저씨랑 같이 점심을 먹으라고 했거든요."

러스는 목이 갑자기 마르는 것을 느끼고 헛기침했다. "그게 언제니?"

"토요일이요."

대마초 실험 열흘 뒤였다.

"끔찍했어요." 래리가 말했다. "아니, 그 아저씨가 마음에 들지 않은 건 당연하죠. 우리 아빠가 아니니까요. 근데 그게 다가 아니었어요. 그 사람은 너무 잘난 척이 심했어요. 열여섯 시간 동안 수술을 했다고 자랑하고, 웨이터한테도 뽐내고, 에이미한테는 개가 세 살짜리라도 되는 것처럼 말하더라니까요. 엄청나게 구린 사람인데, 우리 엄마는 그 사람한테 푹 빠져서 가식적으로 굴어요."

러스가 다시 목을 가다듬었다. "네 생각엔 그게…… 심각한 관계일 수도 있을 것 같니? 너희 어머니랑 그…… 의사가? 그래서 고민이야?"

"저는 그 아저씨가 중요하지 않다고 생각했어요. 그런데 갑자기 온갖 것에 대해서 이것도 '필립', 저것도 '필립' 하잖아요."

"언제부터…… 얼마나 오랫동안?"

"모르겠어요. 지난 몇 주 동안이요."

"그럼…… 너희 어머니는 네가 그 사람에 대해서 어떻게 느끼는지 아시니?"

"전 그 아저씨가 잘난 체하는 멍청이라고 생각한다고 말했어요."

"그랬더니…… 어머니가 어떻게 반응하셨어?"

"화를 냈어요. 제가 이기적으로 군다고 했어요. '필립'한테 기회를 주지 않는다고요. 그래서 저는 생각했죠. 내가 이기적이라고? 엄마는 봄 수련회에 멘토로 참가하겠다고 했었어요. 제가 엄마랑 같은 조에 들어가고 싶지 않다고 하니까 상처받은 것처럼 굴더라고요. 그러더니 이제는 수련회에 가고 싶은지조차 모르겠다는 거예요. '필립'이 자기를 같은 주에 아카풀코에서 열리는 무슨 재미없는 의학 학회에 데려가고 싶어 한다면서."

러스는 얼굴이 잿빛으로 변했다. 느껴졌다.

"가끔은 거의 이런 생각이 든다니까요. 왜 하필 아빠가 죽어야만 했을까? 아빠는 늘 고함을 질렀지만, 최소한 우리한테 관심이 있었어요. 엄마는 아예 상관을 안 해요. 자기한테밖에 관심이 없어요."

이 말이 사실이라는 건 금방 알 수 있었지만, 러스는 상관없었다. 자기 혐오에 빠져서 남만 돌보는 사람과의 결혼 생활은 할 만큼 해봤으니까.

"어머니한테 말해보는 건 어떨까?" 러스가 말했다. "어머니가 봄 수련회에 가면 좋겠다고 말이야. 그게 너한테 얼마나 큰 의미가 있는 일인지 말하는 거지."

"뭐가 더 나쁠지 모르겠어요. 엄마가 있는 게 나은지, 그 소름 끼치는 놈이랑 있는 게 나은지. 기분 같아서는 모두가 싫어요."

"글쎄, 네 감정에 솔직하다는 건 좋은 일이지. 크로스로드가 그래서 있는 거잖니. 나를 네가 마음을 터놓을 수 있을 만한 사람으로 생각해주면 좋겠구나."

래리는 처음으로 일반적인 2인조 활동 파트너 이상으로 느껴진 듯 러스를 바라보았다. "좀 이상한 얘기 해도 돼요?"

"음?"

"엄마는 늘 목사님 얘기를 해요. 저더러 목사님을 어떻게 생각하느냐고 계속 물어봐요."

"그래…… 뭐. 어머니랑 나는 같은 모임에 속해 있으니까. 우리는…… 친해졌단다."

"저는 이런 식으로 말하죠. 엄마, 목사님이잖아요. 결혼도 했고요."

"그래."

"죄송해요…… 이상한 말이었나요?"

러스는 잠시 래리에게 마음을 털어놓을까 고민했다. 어쩌면 그의 도움을 구하고 싶었던 걸지도 몰랐다. 하지만 샐리 퍼킨스에게 마음을 털어놓았던 기억에 겁이 났다. 활동 지침에 따르면, 이번에는 러스가 자기 이야기를 할 차례였다. 하지만 러스의 모든 고민은 어떤 식으로든 래리와 관련되어 있었다. 결혼 생활에 대해서는 분명 말할 수 없었다. 페리의 마약 문제도 마찬가지였다. 군에 들어가겠다는 클렘의 미친 시도를 이야기하는 것도 선을 넘는 짓이었다. 래리는 아버지의 복무를 자랑스러워했으니 말이다. 러스의 책상에는 무너질 위험이 있는 교회 예배당 남쪽 벽 보수에 관한 설계 보고서가 한 부 놓여 있었다. 그게 고민이라고 말하기로 했다.

할당된 시간이 지나자, 러스는 래리를 아래층으로 내려보내고 자기 사무실에 남아 프랜시스에게 전화했다. 더는 잃을 게 없었다. 프랜시스는 러스의 목소리를 듣자마자 조용해졌다. 자신이 선을 넘었다는 것을 느낀 러스는 서둘러 사과했지만, 프랜시스가 그의 말을 잘랐다. "사과해야 할 사람은 저예요."

"전혀 아닙니다." 러스가 말했다. "무슨 이유에서인지는 모르겠지만, 제가 나쁜 반응을 보였어요. 그, 어······."

"알아요. 목사님이 그렇게까지 편집증을 보이다니 우스운 일이었어요. 하지만 목사님이 어쩔 수 있는 일이 아니었잖아요. 왜 목사님이 도망치셨는지 완전히 이해해요. 목사님은 올바른 일을 하셨어요. 내가 너무, 너무 심하게 선을 넘었죠. 그래서 지난주에 화요일 모임에 나가지 않은 거예요. 나 자신이 너무 부끄러워서."

"하지만 그건······ 왜 부끄러우셨어요?"

"음, 그야 내가 사실상 목사님한테 덤벼들려고 했으니까요? 뭘 탓해야 할지 모르겠지만, 아무튼 완전히 부적절한 행동이었어요. 목사님을 그런 처지에 빠뜨려서 죄송해요. 지금은 훨씬 깨끗한 상태랍니다. 솔직하게 생각해봤는데, 음, 날 걱정하실 필요는 없어요. 목사님이 나를 용서하실 수만 있다면, 다시는 그런 일이 벌어지지 않을 거라고 약속할게요."

여기서 좋은 소식이 나쁜 소식을 압도하는지는 판단하기 어려웠다. 프랜시스와 뭔가 이루어졌을 확률은 당시에 짐작했던 것보다도 훨씬 높았

다. 그리고 그 기회는 러스가 걱정했던 것보다 훨씬 더 결정적으로 날아
갔다.

"그래도 친구로 지낼 수 있었으면 좋겠어요." 프랜시스가 말했다.

1주일 뒤, 프랜시스는 러스에게 전화를 걸어 시카고 공대의 벅민스터
풀러* 강연을 들으러 가자고 했다. 러스가 친구로서 가능한 한도 내에서
이 초청을 받아들이자마자 프랜시스는 필립이 이런 식의 저녁 약속을 딱
싫어한다고 덧붙였다. "다시 필립을 만난다고 말씀드렸던가요? 난 착한
여자가 되려고 노력하고 있어요. 하지만 필립과 함께 뭘 들으러 가는 건
전혀 재미가 없어요. 필립은 안절부절못하거든요. 사람들이 다른 누군가
에게 관심을 기울이는 걸 도저히 못 견디겠나 봐요." 러스는 자신이 필립
이야기를 듣고 싶어 할 거라는 프랜시스의 상상에 낙담했고, 그녀가 필
립에 대해 불평했다는 점에는 기운이 생겼다. 프랜시스가 무려 유부남인
그에게 '덤벼들려고' 했을 만큼 끌렸다는 사실을 떠올리며, 러스는 데이
트를 위해 가장 좋아하는 셔츠를 입고, 난생처음으로 베키가 크리스마스
선물로 준 향수도 좀 뿌렸다. 하지만 프랜시스가 목사관으로 그를 데리
러 왔을 때는 키티 레이놀즈가 그녀의 차에 타고 있었다. 프랜시스는 키
티가 온다고 말하지 않았고, 러스는 프랜시스에게 그냥 친구였을 뿐이기
에 반대할 근거가 없었다. 사실 그는 벅민스터 풀러의 강연에도 별 관심
이 없었다. 자리에 앉아서 안절부절못하는 모습은 보이지 않으려고 조심
했지만 말이다.

의사에게 프랜시스를 빼앗기고 나서 위로가 될 만한 일은, 그녀가 시
내로 가는 다음번 화요일 모임에서 러스를 피하지 않았다는 점이었다.

---

* 미국의 건축가, 작가, 디자이너, 발명가, 시인.

이제 프랜시스는 러스의 퓨리에 타는 것을 다시 안전하다고 느끼는 듯했다. 키티보다 그와 함께 있는 것을 더 좋아했고, 모건가에 있는 나이 든 여자의 주방에서 러스와 함께 일하겠다고 자원했다. 그곳에서 러스는 벽 가장자리에 페인트를 칠했고, 프랜시스는 롤러로 발레리나 핑크라고 알려진 색깔을 칠했다(그 색깔은 제조사에서 지나치게 많이 생산해 아주 싼값에 구할 수 있었다). 안전한 대상으로 여겨진다는 건 슬픈 일이었지만, 러스는 그녀가 지금도 자신과 함께하고 싶어 한다는 것이 기뻤다. 그녀가 시오 크렌쇼와 다정하게 어울리는 모습을 보는 것도 좋았고, 프랜시스와 시오의 사이를 개선하는 데 자신이 도움을 주었다는 것도 좋았다.

그러므로 3월의 어느 잿빛 아침, 프랜시스가 그의 교회 사무실로 찾아와 화요일 모임을 그만두겠다고 선포했을 때의 충격은 잔인하게 느껴졌다. 잿빛 날씨 때문인지도 모르겠지만, 프랜시스는 나이 들고 불안정하게 보였다. 러스는 그녀에게 앉으라고 했다.

"아뇨." 그녀가 말했다. "직접 말씀드리고 싶었지만, 여기 오래 있을 수는 없어요."

"프랜시스. 그냥 이런 식으로 폭탄을 던질 수는 없는 겁니다. 무슨 일이 있었어요?"

프랜시스는 눈물을 터뜨릴 것처럼 보였다. 러스는 일어나서 문을 닫고, 간신히 그녀를 손님용 의자에 앉혔다. 그녀의 머리카락조차 나이 들어 보였다. 색깔이 짙었고, 윤기가 덜했다.

"그냥 내가 충분히 좋은 사람이 아니라서 그래요." 프랜시스가 말했다.

"그건 말도 안 됩니다. 프랜시스 씨는 훌륭한 사람이에요."

"아뇨. 아이들은 나를 존경하지 않고, 목사님은…… 목사님이 날 좋아하시는 건 알지만, 그러시면 안 되잖아요. 나는 하나님도 믿지 않아요. 아무엇도 안 믿어요."

러스가 그녀의 발치에 웅크렸다. "무슨 일이 있었는지 말해줄래요?"

"설명해봤자 소용없어요. 이해 못 하실 거예요."

"어디 해보세요."

프랜시스는 눈을 감았다. "필립이 나더러 더는 목사님하고 다니면 안 된대요. 바보 같은 소리라는 건 알지만, 그게 전부였다면 나도…… 그래도 나는 목사님과 함께 다녔을 거예요. 하지만 다른 모든 문제에서는 안 그러는 게 더 쉬워요."

의사가 그를 질투할지도 모른다는 생각, 질투할 만한 이유가 있다는 생각은 러스의 패배감을 더 깊어지게 만들 뿐이었다.

"필립도 알았어요." 프랜시스가 말했다. "내가 시내에서 봉사활동을 한다는 것 말이에요. 하지만 교회가 어디 있는지 알고 나서는 너무 위험하대요. 그렇게 나쁘지 않다고 설명했지만, 필립은 듣지 않으려고 했어요. 그리고…… 나는 고분고분하게 구는 게 싫어요. 난 그런 사람이 되고 싶지 않아요. 하지만 이번 경우에는 그 사람 말에 따르는 더 쉽네요. 내가 실제로 그런 사람이니까. 나는 뭐든 가장 쉬운 걸 하는 사람이에요."

"그건 전혀 사실이 아닙니다. 키티 씨하고는 얘기해보셨나요?"

"얘기할 수가 없어요. 선생님도 저를 존중하지 않을 테니까요. 내 말은…… 알아요, 알아요, 안다고요. 난 이번에도 재수 없는 놈과 함께하게 됐죠. 나도 알아요. 래리는 벌써 나랑 거의 얘기를 안 하려 들어요. 래리한테 필립과 점심을 먹으러 가라고 했는데, 래리도 느낀 거죠. 모두가 느낄 수 있어요. 내가 다시 재수 없는 놈과 함께하게 됐다는 걸요. 실은, 더 재수 없는 놈이죠. 최소한 보비는 인종차별주의자는 아니었으니까."

"누구도 프랜시스 씨에게 이건 해도 된다, 이건 하면 안 된다고 말할 수는 없어요."

"알아요. 그리고 말씀드렸다시피 그냥 필립 문제였다면 난 그 사람에게 맞섰을지도 몰라요. 하지만 문제는, 마음속에서는 나도 필립과 똑같다는 거예요. 난 지금도 거기 갈 때마다 강간당하거나 살해당할 거라고 생각해요."

"오래된 패턴이니까요." 러스가 말했다. "새로운 패턴을 만들기까지는 시간이 걸립니다."

"알아요, 노력해왔고요. 난 목사님이 말씀하신 대로 시오 목사님한테 사과했어요. 목사님 말씀이 맞더군요. 차이가 생겼어요. 하지만 로니 생각을 그만둘 수가 없었어요. 어떻게 하면 그 애한테 도움을 줄 수 있을까 하고 말이에요. 그래서 다시 시오 목사님한테 말했어요. 그분 말대로라면, 로니 엄마의 문제는 헤로인에 중독됐다는 것이더군요. 난 그분한테 로니 엄마가 치료를 받게 할 수 없는지 물었어요. 내가 치료 비용을 댈 테니, 그분은 성도들한테서 돈이 나왔다고 말할 수 있을 거라고요."

"착하지 않은 사람이 그런 행동을 하겠습니까?"

"하지만 시오 목사님은 그건 그냥 불가능한 일이라고 말했어요. 클래리스가 밖에 나오자마자 다시 약을 사용할 거라고 생각하더군요. 난 그분에게 사랑스러운 아이를 받아줄 괜찮은 위탁가정이 몇 군데는 있을 거라고 말했어요. 내가 직접 사회복지국 공무원과 이야기해서 모든 걸 확인하겠다고도 제안했고요. 하지만 그분은 그러면 사회복지국 공무원이 앞으로 클래리스가 로니 근처에도 못 가게 할 거라더군요. 난 그게 최선일지도 모른다고 말했어요. 하지만 시오 목사님은 클래리스가 살아 있는 건 오직 로니 때문이라고, 사회복지국 공무원은 그걸 모를 거라고 하더군요. 국가에서는 오직 아이의 복지만을 생각하지, 어머니의 복지는 생각하지 않으니까요. 나는 목사님이 해주신 말씀을 떠올리면서 시오 목사님과 말싸움하지 않으려 했지만, 그 어떤 사회복지국 공무원도 괜찮다고 여기지 않을 상황을 그분이 괜찮다고 생각한다는 점을 지적했어요. 머잖아 뭔가 끔찍한 일이 일어날 거라고 했죠. 시오 목사님은 그냥 어깨를 으쓱했어요. '그건 하나님의 손에 달린 일입니다'라더군요. 그 말을 들으니 입이 딱 닫히더라고요. 난 그분한테 대꾸하지 않았어요."

"이야기를 다 들었지만, 프랜시스 씨가 나쁘게 생각되지는 않는데요." 러스가 말했다. "오히려 그 반대입니다."

프랜시스는 그의 말을 듣지 않는 듯했다. "난 목사님과 달라요." 그녀가 말했다. "난 하나님이 도저히 빠져나올 수 없을 만큼 끔찍한 상황을 만드신다는 걸 받아들일 수 없어요. 꼭 어떤 문이 있고, 그 문 너머에 시내가 있는 것 같아요. 어디를 봐도 너무 끔찍해서 아무도 고칠 수 없는 상황이 있는 것만 같아요. 난 더 이상 그 문을 다시 열어볼 수 없는 지점에 이른 거고요. 그냥 그 문을 닫아버리고, 문 너머에 뭐가 있는지 잊어버리고 싶어요. 필립이 나한테 다시 목사님과 가면 안 된다고 말했을 때, 끔찍하지만 안도감이 들었어요."

"더 일찍 말해주셨으면 좋았을 걸 그랬습니다." 러스가 말했다. "아무것도 할 수 없을 만큼 절망적인 상황은 없습니다. 어쩌면 다음번에 시내에 갔을 때 프랜시스 씨와 시오 목사님과 제가 자유롭게 아이디어를 좀 내볼 수 있을지도 몰라요."

"아뇨. 다시는 안 가요. 그냥 나한테 안 맞아요. 맞았으면 좋겠다고 생각한 적은 있지만. 목사님을 보면서 나 자신에게 나도 저 사람처럼 되고 싶다고 말했어요. 목사님과 함께 있는 건 신나는 일이었지만, 목사님과 함께 있는 것을 목사님처럼 되는 것이라고 착각했나 봐요. 현실은, 내가 쓰레기 같은 인간이라는 거예요."

"아뇨, 아뇨, 아닙니다."

"난 재수 없는 놈들한테 매력을 느끼는 게 분명해요. 돈에, 아카풀코로의 여행에 끌려요. 아무도 나를 멋대로 판단하지 않고, 아무도 나한테 열고 싶지 않은 문을 열라고 강요하지 않아요. 내가 다른 사람이 될 수 있다는 생각은 그냥 환상이었어요."

"환상과 열망 사이에는 차이가 있습니다."

"목사님은 내 환상을 모르시잖아요. 아니네, 목사님은 그런 환상 중 하나를 보셨죠. ……그건 아직도 부끄러워요."

러스는 프랜시스가 구원을 바라되, 구원받는 방법은 모르고 자신을 찾아왔다고 느꼈다. 그녀는 돌파구를 향해 다가가고 있었다. 누군가가 밀어주기만 하면 됐다. 하지만 무엇으로부터 구원받는다는 말인가? 신앙의 상실로부터? 외과의사로부터?

"정확히…… 뭐였습니까?" 러스가 말했다. "그 환상 말입니다."

프랜시스는 얼굴을 붉혔다. "난 목사님이 유부남이라는 이유로 뭔가를 못 할 분은 아니라고 생각했어요. 목사님이 재수 없는 놈이 될 수 있을 거라고 상상했죠." 프랜시스는 자기 말에 몸을 떨었다. "이제 내가 어떤 사람인지 아시겠어요? 난 목사님을 내 수준으로 끌어내려야만 했던 것 같아요. 목사님이 나와 같은 수준이라면, 목사님을 계속 우러러보면서 나한테 뭔가 부족하다고 느낄 필요가 없을 테니까요."

러스의 딜레마가 이처럼 분명하게 드러난 적은 없었다. 프랜시스는 러스가 착한 사람이라서 그를 좋아했다. 그게 러스의 가장 좋은 점이었다. 그리고 정의상 착하게 군다는 것은 프랜시스를 갖지 않는다는 뜻이었다.

"저도 그렇게 좋은 사람은 아닙니다." 그가 말했다. "저도 프랜시스 씨와 같아요. 저도 쉬운 길을 택했습니다. 결혼했고, 아이들을 낳았고, 교외에 일자리를 구했죠. 그래봐야 저는 불행해지기만 했습니다. 제 결혼은 재앙이나 마찬가지입니다. 매리언은 다른 방에서 잡니다. 우린 거의 말도 하지 않아요. 아이들도 저를 존경하지 않죠. 저는 아버지로서도 실패작이고, 남편으로서는 실패 그 이상입니다. 저는 프랜시스 씨가 생각하는 것 이상으로 재수 없는 놈이에요."

프랜시스가 고개를 저었다. "그래봐야 내 기분만 나빠져요."

"왜죠?"

프랜시스는 자리에서 일어나 그를 돌아왔다. "목사님한테 추파를 던지면 안 되는 거였어요."

"저한테 기회를 주십시오." 그가 벌떡 일어서며 말했다. "최소한 애리조나에라도 가요. 그곳 공기에는, 그곳 사람들에게는 영성이 있습니다. 그게 제 인생을 바꿔놨어요. 프랜시스 씨의 인생도 바꿀 수 있을 겁니다."

"네, 그것도 실수였어요. 목사님한테 애리조나에 함께 가자고 한 것."

"전혀 아닙니다. 프랜시스 씨가 아니었다면 저는 절대로 릭과 화해할 수 없었을 거예요. 저한테 대단한 일을 해주신 겁니다. 프랜시스 씨는 제 인생에서 너무도 밝은 별이었는데…… 당신에게 무슨 일이 일어난 건지 모르겠군요."

"아무 일도 없었어요. 그냥 이 대화를 나누는 게 두려웠을 뿐이에요. 목사님을 실망시킬 수밖에 없으니까요. 다시 문을 닫을 수만 있으면 바로 괜찮아질 거예요."

그 점을 직접 보여주려는 듯 프랜시스는 문 쪽으로 움직였고, 러스는 그녀를 잡을 수 없었다. 그는 완전히 무능했다. 갑자기, 그는 너무도 강렬한 증오심에 사로잡혔다. 프랜시스를 목 졸라 죽일 수도 있을 것 같았다.

프랜시스는 둔감했고 자기애에 취해 있었다. 부주의하게 음반을 밟았고, 아무렇지 않게 마음을 부수었다.

"개소리입니다." 그가 말했다. "당신이 하는 모든 말이 개소리예요. 당신이 도망치는 건 그저 당신 마음속 선량함을 마주 보기엔 너무 겁쟁이이기 때문일 뿐입니다. 책임지기엔 너무 겁쟁이라서 그런 거예요. 난 이세상과 연을 끊는 것이 당신을 행복하게 만들어줄 거라고 생각하지 않습니다. 하지만 그게 당신이 원하는 비참한 삶이라면, 우리 모임에도 당신은 필요 없습니다. 애리조나에도 당신이 필요 없습니다. 당신의 헌신을 자랑스럽게 여길 만한 배짱도 없다면, 오히려 당신을 안 보게 돼서 속이 후련하네요."

러스의 감정은 진짜였지만, 그 감정을 이렇게까지 직접적으로 표현하는 것은 크로스로드에서나 할 법한 일이었다. 그는 대립 국면의 릭 앰브로즈 같았다.

"진심입니다." 그가 말했다. "꺼지세요. 다시는 보고 싶지 않습니다."

"난 그래도 싸요."

"씨발, 그래도 싸긴. 당신은 위선적인 자기 비난으로 엉망진창입니다. 역겨워요."

"와. 아프네요."

"그냥 가세요. 정말로 실망스럽습니다."

그는 자신이 무슨 말을 하는지 거의 알아차리지 못했지만, 앰브로즈처럼 말하자 앰브로즈가 내내 느껴왔을 게 틀림없는 힘이 느껴졌다. 잠시지만 주님이 그와 함께하시는 것 같았다. 프랜시스는 새로운 흥미를 띠고 그를 보았다.

"목사님의 솔직함이 좋아요." 그녀가 말했다.

"당신이 뭘 좋아하든 눈곱만큼도 관심 없습니다. 그냥, 나가는 길에 릭에게 애리조나에는 가지 않는다고 말하세요."

"아니면 갈 수도 있죠. 그러면 깜짝 놀랄 만한 일이 되지 않을까요?"

"이건 게임이 아닙니다. 가든지 말든지 둘 중 하나요."

"뭐, 그러면……." 프랜시스는 춤을 출 때처럼 살짝 미끄러지듯 움직였다. "갈까 싶어요. 그건 어떠세요?"

러스는 화가 나서 신경 쓰지 않았다. '갈까 싶다'는 말이 그의 뇌를 찌르는 바늘 같았다. 그는 책상 의자에 털썩 주저앉아 그녀에게서 고개를 돌렸다. "마음대로 하세요."

그녀가 떠난 뒤에야 러스는 자신의 욕망과 다시 연결되었다. 전반적으로, 둘의 만남이 더 이상 바랄 수 없을 만큼 잘 진행됐다는 생각이 들었다. 러스는 프랜시스가 그의 분노에 긍정적으로 반응하고, 간청에는 부정적으로 반응한다는 것을 알게 되었다. 어쩌다 보니 프랜시스에게로 가는 열쇠를 얻은 것이다. 프랜시스와 계속 거리를 두고, 러스가 인내심을 잃었다고 생각하게 만들면 어떨까? 그러면 프랜시스가 외과의사의 말을 거역하고 애리조나로 갈지 몰랐다.

하지만 그녀가 무슨 생각을 하는지 모른다는 건 괴로운 일이었다. 이어지는 일요일, 봄 수련회 전 마지막 크로스로드 모임에서 러스는 줄지어 서 있는 십대들 사이에서 래리를 찾았다. 래리 엄마의 계획이 무엇인지 물어볼 생각이었다. 래리가 알 수 없는 이유로 모임에 빠졌다는 것을 알게 되자 러스의 괴로움은 극심해졌다. 다음 날 아침, 그는 눈을 뜨자마자 앰브로즈의 사무실로 가서 코트렐 부인의 소식을 들었는지 물었다.

앰브로즈는 〈트리브〉의 스포츠 섹션을 읽고 있었다. "아뇨." 그가 말했다. "왜 그러십니까?"

"지난주에 봤을 때 코트렐 부인이 빠질지도 모른다는 느낌을 받았거든요."

앰브로즈는 어깨를 으쓱했다. "그래도 크게 잃을 것은 없죠. 매니팜스에 갈 사람으로는 짐과 린다 스트래턴이 이미 있으니까요. 학부모는 두 명으로 충분합니다."

러스는 당황했다. 한 달 전, 앰브로즈와 멘토 배정에 대해 의논했을 때 러스는 프랜시스가 자기 조에 포함됐는지 여러 번 확인했다.

"글쎄요……." 러스가 말했다. "그건 아닌 것 같습니다. 코트렐 부인을 킷실리에 보내기로 했었잖아요."

"네, 제가 코트렐 부인을 빼고, 목사님께는 테드 저니건을 붙였습니다. 코트렐 부인이 청바지를 입고 아이들과 어울리고 싶어 한다면 매니팜스에서 그렇게 하면 될 겁니다. 애초에 왜 코트렐 부인이 오려고 한 건지를 모르겠습니다. 뭐랄까, 속은 기분이네요."

"전도사님이 코트렐 부인을 과소평가한 겁니다. 코트렐 부인은 제가 이끄는 화요일 여성 모임 소속입니다. 정말로 잘합니다."

"그럼 매니팜스에서는 어떻게 하나 보죠."

"아뇨. 코트렐 부인은 킷실리에 가야 합니다."

스포츠 페이지를 보다가 휙 고개를 든 릭 앰브로즈의 눈은 불쾌하게도 영민했다. "왜요?"

"제가 코트렐 부인과 함께 활동한 적이 있으니까요. 코트렐 부인이 저와 같은 조에 있었으면 합니다."

앰브로즈는 뭔가 이해했다는 듯 고개를 끄덕였다. "그래요, 궁금하긴 했습니다. 지난 12월에 말입니다. 대체 무엇 때문에 목사님 마음을 움직여 저를 보러 오셨는지 궁금했지요. 그날 코트렐 부인이 제 사무실에 와서 그랬던 거군요. 그때는 코트렐 부인이 반드시 애리조나에 가야겠다고 했습니다. 그다음에 목사님이 오셨죠, 애리조나에 가고 싶다면서. 그렇다고 목사님이 하신 일이 용기 없는 일이었다는 얘기는 전혀 아닙니다. 그냥 어렴풋하게 궁금했을 뿐이에요. 목사님과 샐리 퍼킨스 사이에 그런 일만 없었어도 안 했을 생각입니다만."

"코트렐 부인은 서른일곱 살입니다."

"당신을 마음대로 재단하려는 게 아닙니다, 목사님. 그냥 제가 당신을 안다는 거지요."

"그럼 말해보십시오. 왜 코트렐 부인과 테드 저니건을 바꾼 겁니까? 날 괴롭히려고?"

"진정하시죠. 전 목사님이 자유 시간에 뭘 하든 상관하지 않습니다. 하지만 크로스로드에는 그런 일을 끌어들이지 마세요."

"다시 코트렐 부인을 킷실리에 넣으세요."

"안 됩니다."

"부탁입니다, 릭. 명령하는 게 아니에요. 부탁하는 겁니다. 부디 내 부탁을 들어줘요."

앰브로즈는 고개를 저었다. "저는 데이트 서비스를 운영하는 게 아닙니다."

러스가 보기에는 겨우내 들려온 모든 좋은 소식이―예컨대 프랜시스가 아직 애리조나에 갈 예정이라는 소식이―그 소식을 부정할 만큼 더욱 나쁜 소식과 짝을 이루어 오는 것 같았다. 앰브로즈는 그를 간파했고, 러스가 할 수 있는 일은 아무것도 없었다. 러스는 프랜시스와 단둘이 오랫동안 산책하고, 피뇬 소나무 숲을 거닐고, 바람으로 마모된 언덕 위에서 첫 키스를 하는 것을 상상해왔다. 하지만 그런 상상을 해왔다는 것 말고는 앰브로즈에게 호소할 근거가 전혀 없었다. 근거라고도 할 수 없는 근거였다. 주님은 앰브로즈와 함께 계셨다.

그날 밤 러스가 집에 갔을 때, 베키는 봄 수련회에 가지 않겠다고 알려 왔다. 하루 전에 그 말을 들었다면 러스는 안도했을 것이다. 베키와 베키의 친구들은 킷실리 활동을 신청했고, 거기서라면 베키도 러스가 프랜시스에게 쏟는 관심을 관찰할 수 있었을 테니 말이다. 하지만 이제는 그 또한 베키가 러스와 멀어지고 있다는 또 하나의 징조로밖에 보이지 않았다. 베키는 태너 에번스의 영향을 받아 점점 더 히피스럽고 반항적으로 변해갔으며, 평일을 포함한 모든 날에 밤늦게까지 밖에 있었다. 러스가 평일 밤 외출 금지를 걸려고 하자 베키는 매리언에게 달려갔고, 그 결과는 베키에게 유리한 교착 상태로 이어졌다.

"수련회를 기대하는 줄 알았는데." 러스가 말했다.

베키는 성경책을 들고서 거실 소파에 드러누워 있었다. 호전적으로 러스를 거부하는 그녀의 손에 들린 성경책이 이상하게 불쾌해 보였다.

"네에." 베키가 말했다. "딱히 끌리지가 않네요."

끌린다는 히피스러운 말도 불쾌했다. "수련회 말이니? 아니면 크로스로드 전체가?"

"둘 다요. 앰브로즈 전도사님 말대로예요. 크로스로드는 기독교 신앙이라기보다는 심리학적 실험에 가까워요. 십대 여자애들이나 빠질 법한 인간관계 드라마예요."

"아빠 생각엔 너도 아직 십대인데."

"하하, 좋은 지적이네요."

"너랑 애리조나에서 같이 보낼 시간을 기대하고 있었다. 여기에 혼자 있을 생각이니?"

"네, 그럴 생각이에요."

"무슨 파티를 벌이다가 집을 불태우지나 않았으면 좋겠구나."

베키는 모욕당했다는 듯한 시선으로 러스를 보더니 다시 성경을 펼쳤다. 러스는 더 이상 베키를 이해할 수 없었다. 베키의 사회생활에는 이제 태너 에번스밖에 없는 것 같았다. 원래 베키와 러스와 페리는 애리조나로 갈 계획이었고, 매리언은 봄방학을 기회로 저드슨을 로스앤젤레스에 데려가 디즈니랜드를 보여주고 그곳 양로원에 사는 지미 삼촌을 만나러 갈 예정이었다. 그 여행은 사치였지만, 러스도 그걸 뭐라고 할 만큼 멍청하지는 않았다. 게다가 매리언이 집을 비우는 것이 문제가 된 건 그저 베키가 집에 머물기로 했기 때문일 뿐이었다. 베키는 텅 빈 목사관을 태너와 자는 데 쓸 생각인 듯했다. 그럴 개연성이 아주 높았다. 그 역시 불쾌한 생각이었다. 러스가 태너를 좋아했기에 불쾌감이 줄어들었을 뿐이다. 베키는 새롭게 신앙이 깊어졌지만, 성적으로 능동적인 사람처럼 옷을 입고 행동했다. 러스는 정말이지 베키가 이해되지 않았다. 그저 베키가 다시는 그의 어린 딸이 되지 않으리라는 것을 알았을 뿐이다.

다음 날 아침 일찍, 잠에서 깨어났을 때 러스는 너무도 선명한 아이디어가 생각났다. 어째서 이제야 그 생각이 났는지 놀라울 지경이었다. 키스 두로치가 러스에게 킷실리에 가지 말라고 했다. 키스는 매니팜스에 할 일이 많다고 했다. 러스가 누구라고 나바호 원로의 의견에 반대하겠는가? 더 중요한 건 앰브로즈라도 감히 그럴 수는 없다는 것이었다.

프랜시스와 한 주를 보낼 방법이 확실해지자, 러스는 교회 사무실로 가서 키스의 집에 전화를 걸 만한 시간이 될 때까지 기다렸다. 신호음이 열다섯 번, 스무 번쯤 울렸을 때 전화를 받은 여자는 키스의 아내가 아니었다.

"병원에 계세요." 그녀가 말했다. "편찮으세요."

러스는 무슨 일이냐고 물었지만, 여자는 할 수 있는 말을 다 한 듯했다. 러스는 괴로워하며 키스가 오랫동안 회원으로 활동했던 부족위원회 사무실에 전화를 걸었다. 비서는 키스가 뇌졸중을 일으켰다고 알려주었다. 얼마나 심한 뇌졸중인지는 확인할 수 없었다. 나바호 인디언들은 질병을 금기시했다. 러스는 키스 걱정을 미뤄두고, 자신이 토요일 밤에 버스 세 대에 십대들을 싣고 도착할 예정이라며 어디로 가야 하는지 알고 싶다고 말했다. 비서는 시끄러운 잡음이 나는 내선을 통해 러스를 위원회 운영 책임자에게 연결해주었다. 그녀는 이름이 완다였고, 성은 러스가 알아들을 수 없었다. 아마 잡음 때문이었겠지만, 그녀는 구슬픈 목소리로 말했다.

"목사님." 그녀가 말했다. "걱정할 필요 없어요. 당신이 오는 건 알고 있어요. 우리가 모를까 봐 걱정할 필요는 없어요."

러스는 잡음을 누르고 키스가 메사에 가지 말고, 대신 매니팜스에 가라고 조언했다고 설명했다. 완다는 대답하지 않았다. 잡음만이 들렸다.

"완다 씨? 내 말 들려요?"

"제가 완전히 정직하게, 솔직하게 말씀드릴게요." 그녀가 구슬프게 말했다. "키스는 메사와 문제가 있었어요. 하지만 우리는 연방 명령을 받았어요. 그 명령에 따르려면 킷실리에서 일해야 해요. 학교에 시멘트와 목재는 전달했어요. 당신이 도와주면 무척 고마울 거예요."

"어…… 명령이요?"

"연방정부 명령이요. 당신에게 줄 비품도 있고요. 당신이 편지로 요청했듯이, 지부에서 온 여자 한 분이 당신에게 요리를 해주기로 했어요. 그분 이름은 데이지 베널리예요."

"네, 데이지 아주머니는 압니다. 하지만 키스는 우리가 매니팜스에 가는 게 더 좋겠다고 생각하는 것 같았는데요."

"매니팜스에는 다른 조가 와요. 그렇게 알고 있어요. 모든 준비를 마쳤답니다."

"뭐, 그럼, 혹시, 매니팜스에 한 조가 아니라 두 조를 배치하면……."

"목사님, 정중하게 말씀드려요. 매니팜스에 두 조가 올 거라고는 생각하지 않았어요. 제가 토요일에 당신을 직접 만나려고 해요. 당신이 연방 명령에 따라 킷실리에서 해야 할 일을 설명할 거예요. 당신을 만날 날을 기대하고 있을게요."

러스는 완다의 구슬픈 목소리에 대항할 수 없다고 느꼈다. 빌라가아나로서는 더욱 그랬다. 러스는 그녀가 직접 대화하기에는 더 편한 상대이기를 바랐다. 아니면, 키스가 회복해서 완다의 의견을 꺾어주는 것도 괜찮았다.

목요일 밤, 잠들려고 오랫동안 노력한 끝에 러스는 블랙 메사에서 홀로 길을 잃는 꿈을 꾸었다. 그는 오솔길조차 없는 산에서 내려가려 애쓰고 있었다. 아래쪽 멀리에서는 바위가 여기저기 흩어져 있는 작은 방목장에 양들과 말들이 보였다. 하지만 아래로 이어지는 오솔길에 이르려면 더 높은 곳으로, 더욱 돌이 많고 가파른 비탈을 올라가야 했다. 그 구역은 예상치 못하게 광활했고, 러스는 엉뚱한 방향으로 기어오르는 것 같았다. 하지만 정말 틀렸는지 확인하기 위해서라도 러스는 계속 올라가야 했다. 마침내 그는 높이를 알 수 없는 절벽에 이르렀다. 뒤를 보니, 내려가기에는 너무 가팔라 거의 수직으로 보이는 비탈이 있었다. 그는 직각으로 선 바위와 벌어진 공간을 보고, 자신이 죽게 되었다는 걸 알았다. 황량한 부부 침대에서 눈을 뜬 그는 자신의 상황을 깨달았다. 프랜시스를 얻는 길은 고되고 난해했다. 그 길의 끝에는 결코 기쁨이 있을 리 없었다.

하지만 이런 생각이 든 건 잠깐뿐이었다. 열두 시간 뒤 버스가 제일 개혁 교회 주차장으로 들어왔을 때는 다시 길이 확실해 보였다. 프랜시스가 나타나기만 하면, 매니팜스에서 문제를 해결할 수 있을 터였다. 차가운 3월의 산들바람이 불어왔다. 민들레가 교회의 시멘트 옆면을 따라 피어났고, 햇빛은 밝았으며 공기는 서늘했다. 러스는 낡은 양가죽 코트를 입고, 손에는 클립보드를 든 채, 신학생들과 졸업생 멘토들이 크로스로드의 공구함, 발레리나 핑크와 선샤인 옐로 페인트 통, 상자에 가득 담긴 롤러와 붓, 콜먼 랜턴을 옮기는 것을 지휘했다. 학부모 멘토인 테드 저니건은 구형 링컨을 타고 와 러스 옆에 차를 대더니, 버스를 교회 문 더 가까운 곳에 세우자고 제안했다. 테드는 공구함을 가지고 낑낑대는 신학생 캐럴린 폴리를 향해 고갯짓했다. "쟤 다치겠어요."

러스는 자기가 감독이라는 것을 알리려고 클립보드를 들어 올리며 말했다. "가서 도와주세요."

테드는 마음이 내키지 않는 듯했다. 그는 부동산 전문 변호사이자 교회 성가대의 독창자였으며, 살집이 좋은 전직 해병대였고, 자신을 무척 높이 평가했다.

"마실 물도 걱정되는군요." 그가 말했다. "마실 물은 준비됐습니까?"

"아뇨."

"제가 베브마트로 가서 20리터짜리 물을 몇 병 사 오겠습니다. 다라 말로는 작년에 몇몇 아이들이 설사를 앓았다던데."

"물 때문은 아닐걸요."

"물 좀 가져가는 게 어려운 일도 아니잖아요."

"애들이 120명이고, 8일을 묵어야 합니다. 물병을 가져가려면 엄청나게 많이 가져가야죠."

"유비무환 아닙니까."

"보호구역의 물은 우물에서 길어 오는 겁니다. 물은 아무 문제 없어요."

테드는 무시당하는 데 익숙하지 않은 남자의 표정을 지었다. 러스는 남성 신자를 수련회에 데려가는 것은 실수라고 생각했다. 수련회에 가면, 그가 부목사의 말에 따라야 할 테니. 러스는 테드가 러스라는 사람 자체나 목사라는 직업의 비실용성, 보잘것없는 월급, 러스가 공공선에 하고 있는 미미한 기여 등을 어떻게 생각할지 충분히 상상할 수 있었다. 테드의 생각은 물을 사 오겠다는 그의 제안에도 살짝 함축되어 있었다. 수임료로 두둑해진 지갑을 열고, 자신의 소비력을 무리 없이 행사하겠다는 것이다. 테드를 러스의 조에 집어넣은 것은 앰브로즈의 이기적인 결정이었다. 아니, 일부러 잔인하게 군 걸까.

가족들의 자동차가 줄줄이 들어오더니, 원반이나 침낭을 들고 온, 페인트가 묻은 청바지와 가장 더러운 코트 차림의 아이들을 내려놓았다. 그동안에도 러스의 눈은 오직 한 자동차만을 찾고 있었다. 긴장감 어린 비참함 속에서, 그는 프랜시스로부터 놓여나는 안도감을 잠시 맛보았다. 결정적인 거절을 당하면 미련을 버릴 수 있을 테니까. 지금 여기를 벗어나서 어디로든 가게 될 테니까. 그는 안도감을 느꼈다. 그때 프랜시스의 자동차가 퍼시그 거리에 들어섰다. 그 자동차를 본 러스는 너무도 불행해서, 과연 그녀는 함께 수련회에 가는 것일까, 아니면 그냥 래리를 내려주려는 것일까 하는 고민조차 이상할 만큼 가볍게 느껴졌다. 당신 뜻이 이루어지이다. 러스는 이런 말이 주는 평화가 고맙게 느껴졌다. 이 말을 한 것이 지금이 처음이라도 되는 것처럼.

그 평화는 프랜시스가 사냥모자를 쓰고 차에서 내릴 때까지 지속되었다. 래리가 트렁크를 열고 높은 산을 오를 때 적합한 멋들어진 배낭뿐 아니라 커다랗고 여성적인 천 여행 가방까지 꺼내는 것을 보았을 때, 러스는 관능적인 예감에 사로잡혔다. 그 감각은 러스의 평정심을 쓸어내고 그 허위를 폭로했다. 러스는 숨이 멎을 것 같았다. 러스가 그녀를 갖게 될 터였다.

러스는 그런 예감 속에 안정감을 느끼며 클립보드를 분주하게 살펴보았다. 그는 킷실리 조에 속한 크로스로드 회원들의 이름을 확인했다. 3년 전과는 달리, 이번에는 버스 배정이 파벌이 아니라 목적지에 따라 정해졌다. 누군가가 베키의 이름에 묵직하게 선을 그어두었다. 아마 앰브로즈겠지. 러스는 지금도 베키가 생각을 바꿀까 봐 반쯤은 희망을, 반쯤은 두려움을 느꼈다. 하지만 베키와 페리가 집에 차를 가져다 둘 매리언 없이 가족의 퓨리를 타고 온 것을 보자 베키가 수련회에 가지 않는다는 것을 알았다. 베키는 페리가 더플백을 꺼내는 동안 차에서 내리지도 않았다.

퓨리가 주차장을 나선 뒤, 프랜시스는 성큼성큼 러스에게 다가왔다. 러스는 클립보드를 보는 척했다. "음, 안녕하세요." 그가 말했다.

프랜시스의 눈은 극적으로 반짝이고 있었다. "내가 올 줄 몰랐죠? 나한테 이런 배짱이 있는 줄은 몰랐을 거예요. 내 위선적인 자기 비하에 고생 좀 하셔야겠어요."

러스는 미소 짓지 않으려고 애썼다. "그건 두고 봐야죠."

"무슨 말이에요?"

"프랜시스 씨는 킷실리로 가지 않습니다. 릭은 프랜시스 씨가 매니팜스 조에서 활동하기를 바라니까요."

프랜시스가 고개를 젖혔다. "래리랑 같은 조라고요? 농담하시는 거죠?"

"아닌데요."

"래리는 내가 근처에 오는 것도 싫어해요. 전도사님은 대체 왜 그랬대요?"

"릭한테 물어보십시오."

"내가 메사에서는 잘해내지 못할 거라고 생각하는 건가요?"

"릭한테 물어보세요."

"너무너무 짜증 나네요. 목사님이 전도사님한테 그러라고 하신 게 아니었으면 좋겠네요."

러스는 미소를 상대로 한 싸움에서 승리했다. "아닙니다. 제가 왜 그러겠습니까?"

"나한테 화가 나셨으니까요."

"그건 제 결정이 아니라 릭의 결정이었습니다. 마음에 안 드시면 릭한테 말씀하세요."

"내가 온 유일한 이유는 목사님과 같이 메사에 가기 위해서였어요. 뭐, 유일한 이유는 아니지만요. 하지만 정말, 정말로 짜증 나네요."

그녀의 표정에는 버릇 나쁜 아이나 모욕당한 VIP의 실망감이 떠올라 있었다. 어쩌면 그녀는 포기했던 아카풀코 여행을 생각하고 있는지도 몰랐다.

"누가 나 대신 가나요?" 그녀가 말했다. "누가 목사님이랑 가요?"

"테드 저니건과 주디 피넬라입니다. 크레이그 딜크스, 비프 앨러드, 캐럴린 폴리도 가고요."

"아, 대단하네." 그녀는 눈알을 굴려댔다. 러스는 질투심을 돋우려는 자신의 책략이 실제로 통한 건지 궁금해졌다. 프랜시스가 성큼성큼 멀어져 가는 것을 지켜보고 있자니 이미 지나온 기나긴 길의 고됨이 아무렇지 않게 느껴졌다. 프랜시스는 그와 함께하고 싶어 했고, 그는 기쁨을 감추는 데 성공했다.

비프 앨러드의 봉고 북 울리는 소리가 길 건너 둔덕에 부딪혀 메아리쳤다. 담배 연기와 원반이 공중을 날아다녔다. 스카프를 씌운 검은 개가 기타 케이스와 손가방을 뛰어넘고 있었다. 아이들이 청소년 특유의 급박한 임무를 띠고 교회 안팎을 뛰어다녔고, 어머니들은 남아서 사랑을 담아 이것저것 주의사항을 알려주며 장발의 아들들을 부끄럽게 했다. 세 명의 버스 기사와 교대 기사가 지도를 들여다보고 있었고, 군용 재킷 차림의 릭 앰브로즈는 이 모든 영광을 지켜보기 위해 나온 드와이트 해플 옆에 서 있었다. 프랜시스가 그 둘에게 다가가자 러스는 시선을 피하고 (당신 뜻이 이루어지이다) 아직도 이름이 확인되지 않은 킷실리 조 아이들을 찾으러 갔다. 10분 뒤인 5시 정각에 출발할 예정이었는데 버스가 아직도 비어 있었다. 마지막 순간에 드러그스토어로 달려가는 사람, 다른 버스에 탄 친구들끼리의 슬픈 이별, 짐칸에 실어두었지만 뒤늦게 발굴해 내야 하는 여행 가방, 잊어버린 저녁 도시락. 그리고 러스의 경험에서는 늘 그랬듯 한두 명 정도의 지각생도 있었다.

"데이비드 고야?" 러스가 소리쳤다. "킴 퍼킨스? 둘을 본 사람?"

"위층에 있는 것 같아요." 누군가가 말했다.

러스는 교회로 들어가 위층으로 올라가면서, 그가 다가갈 때마다 목소리들이 조용해지는 것을 알아차렸다. 크로스로드 모임 방에, 다리 없는 두 개의 소파에 데이비드 고야와 킴 퍼킨스, 키스 스트래턴, 보비 제트가 앉아 있었다. 모두 쿨한 아이들이었다. 베키와 페리의 친구들. 러스는 그들이 뭔가 잘못을 저지르는 현장을 잡았다는 걸 느꼈지만, 금지된 물건은 보이지 않았고 냄새도 나지 않았다.

"가자, 애들아." 그가 문 앞에서 말했다. "아래층으로 내려가야지."

아이들이 시선을 주고받았다. 빳빳한 새 파란색 작업복을 입은 킴이 벌떡 일어서더니 다른 아이들에게 손짓했다. "가는 거 맞지? 그냥 가자."

키스와 보비는 결정을 맡긴다는 듯 데이비드를 보았다.

"너희들은 가." 그가 말했다.

"무슨 일이니?" 러스가 말했다. "나한테 할 말이 있어?"

"아뇨, 아뇨, 아뇨." 킴이 말했다.

킴은 러스를 문밖으로 떠밀었다. 키스와 보비도 따라왔고, 러스는 데이비드가 설명하기를 기다렸다. 데이비드의 얼굴과 머리카락에서 풍기는 나이 든 느낌은 너무도 특이했다. 호르몬 문제일 수 있겠다는 생각이 들 정도였다.

"페리 봤어요?" 그가 말했다.

"그래. 왜?"

"다르게 말해보죠. 목사님 보기엔 페리가 괜찮은 것 같아요?"

그 질문이 데이비드의 입에서 나오기도 전에 러스는 그 질문의 타당성을 직감적으로 깨달았다. 완전하고도 설득력 있는 상황이 떠올랐다. 페리라면 마지막 순간에 일을 망칠 계략을 짤 것이다. 프랜시스와의 모든 일이 망쳐질 터였다.

"내려가자." 그가 말했다. "버스에서 얘기하면 될 거야."

"아무것도 모르시네요. 페리한테서 이상한 점을 전혀 못 느끼셨다니."

페리가 최근 몇 주 동안 눈에 띌 정도로 자리를 비운 것은 사실이었다. 그는 예전의 은밀한 모습에 더 가까워졌다. 더는 그렇게 일찍 일어나지 않았다. 하지만 러스는 아무 말도 하지 않았다. 나쁜 시나리오는 떠올리지 말아야 했다.

"어젯밤에 페리를 봤는데요." 데이비드가 말했다. "애가 완전 말이 안 되더라고요. 가끔 그럴 때는 있죠. 우리로서는 따라가기 어려울 정도로 머리가 빨리 돌아가니까요. 하지만 이번엔 달라 보였어요. 회로 전체에 문제가 생긴 것 같달까. 제가 이 얘기를 하는 건, 페리가 규칙을 어기고 있을지 모른다는 생각이 들어서예요."

시간이 흐르고 있었다. 러스의 관심사가 벌어지는 곳은 주차장이었다. 그는 억지로 당장의 문제에 집중했다. "그러니까, 네 생각에는…… 페리가 다시 대마초를 피우는 것 같다는 말이니?"

"제가 알기로는 아니에요. 칭찬할 일인지, 후회할 만한 일인지는 모르겠지만 대마초는 과거의 일로 보여요. 제가 알기로는 페리가 목사님한테 무슨 약속을 했다던데요. 제가 지금 걱정하는 건, 규칙 위반을 보고하지 않으면 저 자신도 규칙을 위반하는 셈이 되기 때문이에요. 우리가 이야기하는 지금 이 순간에도 페리가 망가진 것처럼 보인다는 거고요."

빌어먹을 페리. 이제 시나리오에는 매리언에게 전화를 걸어, 그녀의 아들이 다시 일을 망치고 있으니 로스앤젤레스로 가면 안 된다고 설명하는 행동이 포함되었다. 매리언은 이미 비행기표를 샀다며 반대할지도 몰랐다. 그러면 러스는 직업상 애리조나에서 아이들을 지도해야 하지만, 매리언과 저드슨은 순전히 즐기려고 로스앤젤레스에 가는 것이며, 더 나아가 페리가 나아지고 있다고 주장한 사람은 그녀라고 대답하게 될 것이다.

데이비드는 길고 깡마른 자기 손을 내려다보았다. "그건 그렇고, 전 변명하려고 이러는 게 아니에요. 페리는 뭔가 잘못된 게 확실해요."

"정직하게 말해줘서 고맙구나."

"하지만 제가 이 말을 꺼내는 단계를 밟았으니까, 킴이랑 키스랑 보비한테도 면책을 적용해주시면 고맙겠네요."

"내가 얘기해보마." 러스가 말했다. "너희들은 버스에 타라."

아래층으로 내려가면서 느낀 러스의 두려움은 새로운 것이기도, 익숙한 것이기도 했다. 페리에 대한 그의 주된 감정은 늘 두려움이었다. 처음에는 그 애가 가곡이라도 부르듯 심통을 내는 것이 두려웠고, 나중에는 그 애의 지적인 명민함이 두려웠다. 그 영특함이 지적하거나 벌을 줄 수 없는 미묘한 조롱에 적용되는 것도, 러스의 모든 잘못과 나약함을 의미심장하게 찌르는 것도. 이제 러스의 두려움은 부모의 실존적 두려움에 가까워졌다. 그와 매리언이 통제할 수 없는 의지를 가진 존재를 세상에 내놓았다는 두려움. 그런데도 러스는 그 존재를 책임져야 했다.

주차장에서는 아이들이 버스에 몰려들어 자리를 차지하려고 법석이었다. 페리를 찾아 주위를 둘러보던 러스는 대단히 멋진 것을 보았다. 그가 원하는 여자가 킷실리 버스 옆에 서 있었다. 기사가 그녀의 여행 가방을 아래쪽에 집어넣는 중이었다. 러스는 좀 더 구미가 당기는 두려움을 품고 서둘러 그녀에게 다가갔다.

"왔어요." 그녀가 공격적으로 말했다. "목사님이야 좋아하시든 말든."

"어떻게 된 겁니까?"

그녀가 어깨를 으쓱했다. "드와이트 목사님 덕분이죠. 전도사님한테 왜 나는 메사에 가면 안 되느냐고 물었더니, 뭐라는 줄 아세요? 그 위에는 다른 남자가 필요하다는 거예요. 난 전도사님한테 그게 믿을 수 없을 만큼 모욕적이라고 했어요. 래리는 엄마가 간섭하는 걸 그 무엇보다 싫어하는 나이라고 했죠. 래리한테 이 여행을 망친 건 전도사님이라고 직접 말하라고 했어요. 목사님도 드와이트 목사님이 어떤 줄은 아시잖아요.

늘 중재에 뛰어나죠. 드와이트 목사님이 전도사님한테 나와 자리를 바꿀 만한 사람이 있느냐고 물었어요. 알고 보니 주디 피넬라가 무척 좋아하더군요. 전도사님이 무슨 생각을 했는지는 모르겠지만, 내가 메사 위에서 완전한 경험을 하고 싶어 하지 않는다고 생각한다면 날 잘 모르는 거죠."

그녀는 자존심으로, 권리의식으로 가득 차 있었고 러스는 그 모든 것에 홀딱 반했다.

"게다가 당신과 내가 함께하게 되겠군요." 그가 말했다.

프랜시스는 내숭 떠는 표정을 지었다. "그게 좋은 건가요, 나쁜 건가요?"

"좋은 겁니다."

"어쨌든 날 그렇게까지 싫어하지는 않나 봐요?"

이번에는 미소를 참지 못했지만, 상관없었다. 그녀는 러스의 기분을 무척 잘 아는 게 분명했다. 프랜시스에게는 누가 그녀에게 저항할 수 있다는 것이 상상조차 할 수 없는 일이었다. 이 점이 다른 무엇보다도 러스를 끌어당겼다. 그녀의 자기애는 아무래도 질리지 않았다.

러스는 그 자기애를 소유하고, 육체적으로 관통하고, 그와 섞일 가능성에 얼굴을 붉히며 페리를 찾으러 갔다. 러프록 버스를 지날 때, 그는 자신을 노려보는 앰브로즈를 보았다. 앰브로즈의 입술은 무력한 혐오감으로 말려 있었다. 더는 둘이 적이 아닌 것처럼 굴 필요가 없었다. 이건 두렵기도 하지만 짜릿한 일이기도 했다. 이번에는 러스가 이겼으니까.

매니팜스 버스 안에서는 아이들이 등받이를 기어올라 이미 주인이 있는 자리에 올라타고 있었다. 문에는 케빈 앤더슨이 서 있었다. 그는 두툼한 콧수염에 새끼 물개 같은 연한 갈색 눈을 가진 신학교 2학년생이었다.

러스가 그에게 페리를 봤느냐고 묻기도 전에 케빈이 같은 질문을 던졌다. 페리는 출석 체크를 한 뒤 모습을 보이지 않은 것 같았다.

경고 신호를 무시하고 필요한 조치를 취하지 않았다는 러스의 직감이 세차게 되돌아왔다. 태양은 교회 지붕 너머로 진 뒤였지만, 아직 은행 시계에서 빛나고 있었다. 시계는 5시 8분을 가리켰다. 페리를 제외하면, 버스는 만석으로 보였다. 자동차 시동이 걸리고 있었고, 완강한 부모 몇 명이 남아서 손을 흔들고 있었다. 문득 러스는 그냥 페리 없이 떠나면 된다는 생각이 들었다. 그 여파는 매리언이 처리하도록 말이다. 하지만 눈 색깔처럼 연한 마음을 가지고 있던 케빈이 교회 안을 찾아봐야 한다고 우겼다.

봄 냄새가 나는 공기가 그들을 따라서 아직 열려 있는 문을 넘어 들어왔다. 케빈은 페리를 부르며 위층으로 달려 올라갔고, 러스는 1층을 확인했다. 공기만이 아니라 몇 분 전까지만 해도 활력으로 충만했던 텅 빈 복도에서도 부활절 느낌이 났다. 복음의 중간 부분에서는 수많은 사람들이 사방으로 예수님을 따라다닌다. 산 위에서도 그분 주위에 모여들고, 오병이어를 받으며, 예루살렘으로 들어가는 그분을 종려 잎사귀로 환영한다. 하지만 뒷부분에서는 성경의 초점이 좁아진다. 예수님 개인의 이별, 개인적인 고통을 비춘다. 최후의 만찬은 은밀하고도 죽음으로 가득 차 있다. 예수님을 배신하고 혼자가 된 베드로. 자살한 유다. 십자가에 매달려 버려진 느낌을 받았던 예수. 무덤에서 흐느끼던 마리아 막달레나. 인파는 흩어졌고 모든 것은 끝났다. 인류 역사에서 가장 나쁜 일은 구역질이 날 정도로 빠르게 일어났다. 이제는 유대의 또 다른 일요일 아침, 유대교에서 헤아리는 1주일의 첫날이었다. 공기에 특별한 봄 냄새가 떠도는 특별한 봄의 아침. 그날 아침에 드러난 진실―그리스도의 신성과 부활에 관한 진실—조차도 인간의 특수성을 초월할 때 우울한 방식으로 절제됐다. 러스에게 봄은 기쁨보다는 상실의 계절이었다.

러스는 1층 남자 화장실에서 구석 칸에 있는 페리의 발을 보기도 전에 답답한 끈적거림을 느꼈다. 혼자 남겨지기를 바라는 남자 청소년의 불안감이 느껴졌다.

"페리?"

칸 안에서 들리는 목소리는 뭔가에 막힌 듯했다. "네, 아빠. 잠깐만요."

"어디 안 좋니?"

"가요 가요 가요."

"140명이 널 기다리고 있어."

싱크대 가장자리에는 페리의 금속 테 안경이 놓여 있었다. 난시 때문에 새로 처방받은 안경이었다. 안경테는 매리언이 페리한테 고르게 해준 것 중 가장 싼 것도, 가장 튼튼한 것도 아니었다. 아니나 다를까, 벌써 망가져 있었다. 가는 철사가 부러진 코걸이를 단단히 감고 있었다.

변기가 포효했고, 페리가 쾅 하며 칸막이에서 나와 싱크대로 가더니 얼굴에 물을 끼얹었다. 그의 코듀로이 바지는 벨트를 차고 있었는데도 엉덩이에 반쯤 내려와 있었다. 페리에게는 이제 엉덩이라고 할 만한 게 없었다. 전체적으로 엄청나게 살이 빠져 있었다.

"무슨 일이냐?" 러스가 말했다.

페리는 격렬하게 휴지 디스펜서를 눌러대더니, 1미터쯤 되는 휴지를 찢어냈다. "기다리시게 해서 죄송해요. 모든 게 아주 괜찮아요."

"내가 보기엔 안 괜찮은데."

"그냥 여행 전에 초조해서 그래요. 뭔지 말하기는 좀 그런 거요."

하지만 공기에서는 설사 냄새가 나지 않았다.

"너 약에 취한 거냐?"

"아뇨." 페리는 안경을 쓰고 칸막이에 걸려 있던 배낭을 잡아당겼다. "준비 끝입니다."

러스는 페리의 깡마른 어깨를 꽉 잡았다. "약에 취한 거라면 버스에 태울 수 없다."

"약, 약, 무슨 약이요."

"나야 모르지."

"그것 봐요. 전 약을 하지 않았어요."

"내 눈을 봐라."

페리는 시키는 대로 했다. 얼굴이 진홍색으로 얼룩덜룩했고, 코에서 맑은 콧물이 흘러나오고 있었다. "하나님께 맹세할게요, 아빠. 전 굉장히 깨끗합니다."

"내가 볼 땐 아니야."

"굉장히 깨끗하고, 솔직히 아빠가 왜 물어보시는지 모르겠어요."

"데이비드 고야가 널 걱정하더구나."

"데이비드는 자기 대마초 중독이나 걱정하라고 하세요. 사실, 걔 가방을 털어보면 뭐가 나올지 궁금한데요." 페리는 자기 배낭을 들어 보였다. "제 건 얼마든지 뒤져보셔도 돼요. 제 몸수색도 해보세요. 창피함을 견디실 수 있다면 바지도 벗을게요."

페리한테서는 대단히 불쾌한 곰팡내가 났다. 러스는 페리에게 지금처럼 혐오감을 느낀 적이 없었지만, 그를 집에 있는 매리언에게 보낼 만큼 확실한 증거가 없었다. 시간이 흐르고 있었고, 책임질 사람은 그였다. 러스가 자초한 책임이었다.

"나랑 같이 킷실리로 갔으면 좋겠구나. 베키 대신 가면 될 거다."

페리한테서 웃음이 재채기처럼 터져 나왔다.

"뭐냐?" 러스가 말했다.

"아빠한테나 저한테나 그보다 싫은 게 존재할 수 있을까요?"

"네 상태가 나빠 보여서 걱정된다."

"전 도와드리려는 거예요, 아빠. 제가 아빠를 도와드리는 게 싫으세요?"

"무슨 말이냐?"

"아빠가 제 관심사에 간섭하지 않으면 저도 아빠 관심사에 간섭하지 않겠다고요."

"내 관심사는 너의 행복이야."

페리가 히죽거렸다. "그럼 아빠는…… 되게 바쁘시겠네요."

그는 배낭을 어깨에 걸치고 코를 쓱 닦았다.

"페리, 내 말 들어라."

"저는 킷실리에 안 가요. 아빠한테는 아빠 일이 있고, 저는 제 일이 있으니까요."

"넌 말이 안 되는 소리를 하고 있어."

"진짜요? 아빠가 이번 수련회에 가는 이유를 제가 모를 거라고 생각하세요? 저는 아는데 아빠는 몰랐다면 너무 웃기겠네요. 제가 직접 말해드려야 해요? 그 여자는 완전히 **여, 우,** 예요. 제가 무슨 크세논 플루오르산염처럼 난해한 얘기를 하는 게 아니잖아요. 흥미롭게도, 크세논의 가장 바깥쪽 전자껍질이 완벽한 걸로 알려져 있는데도 그 비슷한 무슨 염을 합성해냈다고는 하지만요. 언뜻 생각하기에는 불가능한 일 같은데. 그리고 맞아요, 전 논점에서 벗어난 말을 하고 있어요. 제가 화학을 얘기한 논점은 그게 중요하지 않다는 거예요. 하지만 아빠도 그게 무척 놀라운 일

610

이라는 건 인정하셔야 해요. 다들 크세논이 비활성 물질이라고 생각했죠. 제 말은 플루오르 원자가 대단한 일을 해냈다는 거예요. 그 산화력이 말이죠. 아빠는 이게 놀라운 일이 아니라고 생각하세요?"

페리는 러스가 자신의 헛소리를 이해하고, 또 즐긴다고 생각하는 것처럼 미소 지었다.

"진정해야겠구나." 러스가 말했다. "네가 우리와 함께 가는 게 맞는 건지 모르겠다."

"저는 0의 원자가에 대해서 말하고 있는 거예요, 아빠. 아빠랑 저의 자격을 비교하면 화학적 원자가가 얼마인지 알기는 아세요?"

러스는 무력한 몸짓을 해 보였다.

"모르겠구나."

화장실 밖 복도에서는 케빈 앤더슨이 페리의 이름을 부르고 있었다.

"가요." 페리가 즐거운 듯 소리쳤다.

러스가 막을 겨를도 없이 페리는 문을 나섰다.

세면대 위의 거울을 힐끗 본 러스는 책임을 떠맡은 아버지의 모습을 보고 절망했다. 그가 정말로 바라는 것이 한 가지 있다면, 아들과 전혀 엮이지 않는 것이었다. 페리의 불안과 곰팡내를 케빈에게 맡긴다고 생각하자 사타구니를 녹이는 듯한 온기가 느껴졌다. 프랜시스와도 연관된 그 온기는 러스에게 그런 생각이 사악한 것이라고 명백히 알려주었다. 하지만 다른 모든 시나리오 ─ 앰브로즈를 끼어들게 하거나 매리언을 찾아 페리 문제를 처리하게 하는 것, 페리를 억지로 버스에서 내리도록 하는 것, 자신이 여행을 포기하거나 페리를 킷실리로 끌고 가는 것 ─ 는 점점 더 나쁘게만 보였다. 이 모든 시나리오가 출발을 심하게 늦출 텐데, 프랜시스가 버스에서 기다리고 있었다. 주님께서 앞으로 어떤 대가를 치르게 하시든 한 번이라도 프랜시스를 가질 수 있다면 그럴 만한 가치가 있을 것 같았다.

*

예수님은 친구들에게로 돌아와 그들과 함께 아침 식사를 하고 그들에게 자신을 만져보라고 하신 뒤 하늘로 올라가, 다시는 육신을 가지고 지상에 내려오지 않으셨다. 사도행전에 전하는 바에 따르면, 그 이후로 이어진 일은 급격한 반란이었다. 최초의 기독교인들은 모든 것을 공동으로 소유했다. 그들은 재산을 팔고, 가진 모든 것을 나누었다. 그리고 그들은 자신들의 반문화 속에서 호전성을 보였다. 그들은 기회가 생길 때마다 바리새인들에게 그들이 그리스도를 십자가에 못 박는 데 참여했음을 일깨웠다. 그들의 지도자들은 박해받았고 영원히 도주 생활을 해야 했다. 하지만 그들의 대오는 점점 늘어났다. 베드로와 바울이 기적을 행할 수 있었던 것도 분명 도움이 됐겠지만, 더 중요한 것은 이교도들에게까지 전도를 확장하겠다는 베드로의 발상이었다. 유대인 공동체 안에서 생겨나 안전히 그 안에 잡아둘 수 있었을지 모르는 불에서 더 넓은 로마제국으로 불똥이 튀었다. 가장 열성적인 박해자로서, 돌을 던져 스데반을 죽인 자들의 옷을 지키며 일을 시작했던 바울은 그 누구보다 지치지 않고 불을 퍼뜨린 사람이었다. 사도행전에서 마지막으로 등장할 때 그는 로마까지 가서, 아무 해를 입지 않고 임대한 집에서 살고 있었다. 해를 입지는 않았지만, 그때까지도 외부인이이자 반란자였다.

새로운 종교에 날이 선 것은 인간 본성을 역설적으로 뒤집었기 때문이었다. 이 종교는 가난을 상찬하고 세속적인 힘을 거부했다. 하지만 역설에 근거한 종교는 내재적으로 불안정했다. 오래된 종교들이 완패하고 나자 반란자들이 바리새인이 되었다. 그들은 로마가톨릭교회가 되었고, 자기 나름대로 박해를 했다. 자기 나름대로 현상에 만족하며 부패에 빠져들었다. 그리스도의 영을 배신했다. 권력과는 상반되는 영은 도망쳐 교회의 반대자들에게서 나타났다. 성 프란치스코의 온화한 금욕에서나 종교개혁이라는 격렬한 반란을 통해서 말이다. 진정한 기독교 신앙은 늘 가장자리에서부터 타올랐다.

재세례파만큼 이 사실을 잘 이해한 사람은 아무도 없었다. 그들은 보편적인 유아세례 관습을 유지했던 북유럽의 종교개혁을 비판하며 출발했다. 재세례파에게는 성인이 되어 자발적으로 세례를 받는 것이 대단히 중요한 일이었다. 사도행전은 일부 사람들이 직접 예수를 알았던 시대의 초기 기독교인들에 관한 이야기다. 이 이야기에는 어른들이 빛을 보고 세례를 요구한 이야기가 많이 나왔다. 재세례파는 엄밀한 의미에서 근본주의자들이었다. 그들은 신앙의 최초 뿌리로 돌아갔다. 그래서 16세기 전반에 츠빙글리 등 개신교의 권위자들은 그들을 두려워했다. 잔인하게 박해했다. 그들은 추방당하고 고문당하고 화형당했다. 그 결과 살아남은 재세례파의 근본주의는 인정받았다. 결국 성경에서 기독교인으로 산다는 건 박해를 받는다는 뜻이었다.

400년 뒤, 러스가 어린아이였을 때는 재세례파의 순교에 대한 기억이 아직 생생했다. 펠릭스 만츠와 미카엘 자틀러를 비롯해 신앙 때문에 죽임당한 사람들의 이야기는 러스의 부모님이 속해 있던 메노파 공동체의 집단적 정체성을 이루고 있었다. 그건 메노파가 인디애나주의 레서 헤브론 근처 농장에서 사회와 분리된 채 살아가는 이유 중 하나이기도 했다. 하늘의 왕국은 절대로 이 땅을 모두 감싸지 않을 터였다. 그 왕국은 자족을 실천하고 성경 말씀을 엄격하게 따르며 현대와 두드러지게 거리를 두는 시골 공동체를 통해 소규모로만 접근할 수 있었다. 메노파는 '땅에서 조용히' 살기를 선택했다. 그 이상을 원하는 것은 모든 것을 잃는 위험을 감수하는 것이었다.

레서 헤브론의 재세례파는 구체제 지지자들이 아니었다. 그들은 기계를 사용했고, 남자들은 평범한 옷을 입었다. 후터파 같은 공산주의자들도 아니었다. 하지만 어린 시절에 러스는 더 넓은 세상에 대해 들은 것도 별로 없었고, 돈을 본 적도 별로 없었다. 열두 살이 되었을 때, 그는 독감으로 아들을 잃은 프리츠와 주자나 니더마이어 부부를 위해 기나긴 여름 동안 돈을 받지 않고 일했다. 러스는 니더마이어 부부가 키우는 젖소들의 젖을 짜주고, 그들의 거름을 긁어모았다. 상황이 반대였다면, 그들도 힐데브란트 가족을 위해 똑같이 해줄 거라는 확신을 품고서 말이다. 누나들은 한 번에 몇 달씩 모습을 감추었다. 새로 아기를 낳은 가족들을 도와주기 위해서였다. 그러면 러스는 어머니 소유의 작은 농장에서 더 많은 일을 해야 했다. 그들에게는 소 몇 마리와 커다란 정원, 그보다 더 큰 과수원, 약간의 돈을 벌어들였을 게 분명한 밭 12000평이 있었다.

러스의 아버지는 그 자신의 아버지가 그랬듯 레서 헤브론 교회의 목사였다. 공동체의 다른 남자들과는 달리 아버지는 길고 목깃이 없는, 단추로 목 부분을 잠그는 옷을 입었다. 마을 중심부에 있는 러스의 집 응접실에는 출생과 결혼 관련 기록, 좀 더 분쟁이 잦았던 시절에 열렸던 재세례파 회의의 의사록, 유럽까지 거슬러 올라가는 계보가 담긴 서랍장이 있었다. 식당에서는 몇몇 남자들이 모여 아버지에게 상의하고, 어머니가 잘라준 파이를 예의 바르게 받아먹는 모습을 하루 종일 볼 수 있었다. 이런 동떨어짐을 유지하며 아무것도 타협하지 않고 말씀에 순종하는 그들의 인내심에는 한계가 없는 것 같았다. 그들은 아버지가 중재에 나설 때까지 이웃 간의 다툼이나 예배의 세부 사항에 몇 주고 매달리곤 했다.

중재자들에게 축복 있으라. 러스는 아버지가 자랑스러웠지만 아버지의 진지함이나 거친 코트, 식당에서 들려오는 침울한 남자들의 목소리는 두려웠다. 그는 주방이 더 좋았고, 그곳에서 신과 더 가까워졌다고 느꼈다. 어머니는 하루에 열네 시간, 열여섯 시간씩 일했다. 무늬 없는 원피스에 머릿수건을 쓴 모습이 평온해 보였다. 성경에 따르면 지상에서의 삶은 순간일 뿐이었다. 하지만 어머니와 함께 있을 때면 그 순간이 넉넉해 보였다. 러스가 학교에서나 농장에서 생긴 이야기를 모두 말하고 싶어 못 배길 때마다 어머니는 맑은 마음으로 질문을 던지며 적극적으로 귀 기울였다. 그러는 동시에 파이 크러스트에 쓸 반죽을 만들어 펴고, 심을 빼고 사과를 썰어 파이를 만들 수 있었다. 그런 다음, 어머니는 잠깐 멈추거나 서두르지도 않고 다음 일을 시작했다. 어머니를 보고 있으면 그리스도를 본받는 것도 힘들지 않은 일, 보람찬 일인 것처럼 보였다. 이토록 조용하고 헌신적인 사람이 400년 전에는 죽임당할 수 있었다고 생각하니 끔찍했다. 그 생각에 러스는 순교자들이 마음 가득히 불쌍해졌다.

그가 좋아한 다른 장소는 외할아버지인 오파 클레멘트의 철공소였다. 외할아버지의 작업에는 자동차와 트랙터를 수리하는 것도 포함되어 있었다. 클레멘트는 러스에게 번쩍이는 말굽을 부젓가락으로 집는 법, 양철 자투리로 쿠키 틀 만드는 법(1936년에 러스의 어머니에게 준 크리스마스 선물이었다), 카뷰레터를 다시 만드는 법, 움푹 팬 바퀴를 망치로 두들겨서 펴고 캘리퍼로 그 둥근 정도를 재는 법을 보여주었다. 클레멘트의 아내는 러스가 태어나기 전에 죽었다. 클레멘트가 일하는 태도에는 딸처럼 명상적인 면도, 주변 사물을 투명하고 정확하게 파악하는 면도 있었다. 하지만 혼자 지내면서 클레멘트에게는 괴짜 같은 면이 생겼다. 그는 〈새터데이 이브닝 포스트〉를 구독했고, 면도나 몸 씻기를 게을리했으며, 가끔은 형제들과 함께하는 예배도 빼먹었다. 러스가 그를 도와주던 날 오후가 저물어갈 때, 그는 가는 세로줄무늬 작업복 주머니에 손을 넣어 돈을 한 줌 꺼내더니, 러스에게 자신의 검어진 손에서 은동전을 아무거나 골라보라고 했다. 러스는 십대였는데도 너무도 순진하고 독실해서 자신에게만 돈을 쓸 수 없었다. 어머니에게 생강 쿠키, 박하 추출액 한 병 등 뭔가 가져다주지 않는다는 것은 생각할 수도 없었다.

예수님이 현명하게 조언하신 대로 정부에 세금을 내기는 했지만, 그걸 제외하면 공동체는 조용하되 단호한 반국가적 성격을 띠었다. 그들은 아이들을 독립적으로 가르쳤고, 투표장이나 법원을 피했으며, 증인으로 출석했을 때는 성경에 대고 맹세하기를 거부했다. 그들의 정체성에 가장 중심적이었던 것은 평화주의였다. 복음에서 폭력과 사랑이 함께할 수 없다는 점보다 더 분명한 주장은 거의 없었다. 이 공동체의 목사로서 러스의 친할아버지는 1917년에 투쟁에 맞닥뜨렸다. 한편으로는 메노파가 아닌 농부들의 분노와 편견—카이저*를 사랑하는 사람들의 집 창문에 던진 돌, 추악한 말로 표면이 더럽혀진 헛간—과, 다른 한편으로는 아들들이 전쟁터에 가도록 허용한 교회 내 가족들과 맞서 싸워야 했다. 결국은 두 가족이 공동체에서 빠져나갔다.

미국이 2차 세계대전에 참전했을 때 러스는 열일곱 살이었다. 지역 병무청 위원장이 니더마이어 가족의 농장 근처에서 어린 시절을 보내지 않았다면, 러스는 양심적 병역거부를 더 일찍 선언했어야 할 것이다. 캘 샌

---

* 독일 황제의 칭호.

번은 메노파를 좋아하고 존경했으며, 그들의 아들을 보호하기 위해 할 수 있는 모든 일을 다 했다. 러스는 마지막에야 소환된 축에 들었다. 그때가 1944년이었다. 이 시기 러스는 고션 대학에서 5학기를 마친 상태였다. 첫 번째 신앙의 위기도 겪었다. 예수 그리스도 때문이 아니라 부모 때문이었다.

그는 고션 대학에 다니면서도 친한 친구가 별로 없었다. 유일한 친구가 자신과 같은 목사의 아들뿐이었다. 아버지에게서 물려받은 진지한 성격에 볼품없이 키만 컸던 러스는 세속적이고 운동을 좋아하는 아이들과 있을 때 불편함을 느꼈다. 특히 대화가 여자들 쪽을 향하면 그랬다. 아버지는 대학에 가면 여자들이 있을 것이고, 그들과 동료 관계를 맺는 것을 피해서는 안 된다고 말했다. 하지만 러스는 어머니를 생각하지 않고는 여자를 볼 수 없었다. 여자의 친절한 미소에 화답하는 것조차도 어째서인지 그가 가장 사랑하고 존경하는 사람을 불쾌하게 하는 것처럼 느껴졌다. 욕지기가 났다. 치료 방법은 몸이 지치고 영혼이 너그러움을 받아들일 수 있을 때까지 대학 주변의 시골을 10~15킬로미터쯤 산책하는 것이었다.

그는 세 번째 학기에 유럽사를 공부했다. 그렇기에 세상사에 관심이 있는 클레멘트가 전쟁에 대해 뭐라고 말하는지 듣고 싶었다. 풀무와 배가 불룩한 화로가 있는 철공소는 크리스마스 시기에 유독 기분 좋게 느껴졌다. 러스는 철공소의 공구를 모두 알고 있었다. 그것들은 말없이 전해진 사랑으로 느리게 흘러가던 깊은 오후의 기억들을 떠올리게 했다. 매년 크리스마스에는 망치나 실톱, 나사송곳 드릴, 정 세트 등 러스가 선물로 간직할 수 있는 새로운 공구도 늘어갔다. 러스는 자신이 선물들을 거의 활용하지 않았다는 것이 불안하게 느껴졌지만, 클레멘트는 언젠가 그 공구들을 편리하게 쓸 날이 올 거라고 했다. 러스가 경험한 너그러움은 아버지처럼 목사가 되는 미래를 예언하는 것 같았다. 아버지가 능숙하게 사용하는 도구는 봉투 칼밖에 없었지만, 러스는 자신이 아내와 가족을 꾸려 정착하면 목공을 취미로 해야겠다고, 그걸 자기만의 기벽으로 삼아야겠다고 상상했다.

러스가 집에 돌아왔을 때 레서 헤브론은 눈에 파묻혀 있었다. 아버지는 그를 식당으로 데리고 들어가 문을 닫더니 크리스마스에 오파 클레멘트가 오지 않을 것이며 러스도 그를 만나러 가서는 안 된다고 말했다. "그는 주정뱅이에 간통자다." 아버지가 설명했다. "우리는 그가 회개하기를 기대하며 그를 피하기로 결의했다."

심한 불쾌감을 느낀 러스는 더 자세한 설명을 듣고, 외할아버지를 보러 가도 된다는 허락을 구하러 어머니에게 갔다. 어머니는 설명을 해주었다. 오파 클레멘트가 미혼의 교사와, 서른 살을 갓 넘긴 여자와 살림을 차렸고, 형제들이 그를 설득하러 갔을 때는 위스키를 마시고 있었다는 것이다. 하지만 허락을 받지는 못했다. 어머니는 공동체의 모든 사람이 엄격한 기피를 실천하는 것은 아니지만, 목사의 가족에게는 더 높은 기준이 적용된다고 말했다. 그 기준에는 러스도 포함되었다.

"하지만 오파 할아버지잖아요. 크리스마스에 집에 왔는데 할아버지를 못 만날 수는 없어요."

"우리는 그가 회개하기를 기도하고 있어." 어머니가 평온하게 말했다. "그런 다음에는 우리 모두가 다시 함께할 수 있을 거야."

어머니의 평온함은 인생에서 그리스도를 1순위로 삼는 태도와 일치했다. 어머니에게 다른 모든 것은 원래 부차적인 것이었다. 부모님을 공경하라는 것은 신약이 아닌 구약의 계율이었다. 물론 신약에는 죄인의 교화를 기뻐하는 마음이 백배는 더 강하게 표현되어 있었다. 그러나 그러자면 죄인이 먼저 회개해야 했다. 죄를 지은 사람이 부모라는 게 무슨 문제라도 되겠는가? 자기 눈이 죄를 지어도 그 눈을 뽑으라는데 말이다. 어머니는 그저 복음 자체만큼 근본주의적일 뿐이었다.

크리스마스 아침에, 러스는 눈이 흩뿌려진 자기 집 현관에서 흰 참나무로 만들어진 작은 상자를 발견했다. 어린아이의 관 정도 크기였다. 매끄럽게 대패질한 나무에서 향기가 났다. 놋쇠 부품이 수공으로 점점이 박혀 있었다. 안에는 쪽지가 있었다. 러셀에게 주는 크리스마스 선물. 이 상자를 가득 채울 만큼 많은 공구를 가지고 있겠지? 사랑을 전하며, 오파가.

러스는 흐느끼며 상자를 안으로 가져갔다. 아침 늦게, 아버지는 그에게 도끼를 가져다가 상자를 부수고 장작으로 쓰라고 했다. 그때도 러스는 다시 흐느꼈다.

"안 돼요." 그가 말했다. "그건 낭비예요. 차라리 다른 사람한테 줄게요."

"시키는 대로 해라." 아버지가 말했다. "난 네가 불을 들여다보면서, 그게 타오르는 걸 보기를 원한다."

"꼭 그럴 필요는 없을 것 같아요." 어머니가 부드럽게 말했다. "지금은 그냥 치워두죠. 아직 제 아버지가 회개할지 모르니까요."

"회개하지 않을 거요." 아버지가 말했다. "이 세상에 확실한 건 없지만, 난 그의 정신에 대해 당신보다 많은 것을 알고 있소. 러셀은 내가 시키는 대로 하게 될 거요."

"싫어요." 러스가 말했다.

"내 말에 순종해라. 가서 도끼를 가져와."

러스는 코트를 입고, 순종할 것처럼 상자를 가지고 나갔다. 그러고는 상자를 끌고 레서 헤브론의 거리를 가로질렀다. 그는 할아버지를 사랑했고, 사랑이야말로 복음의 정수였다. 그래서 반항하는 기분은 들지 않았다. 대신 그는 부모님이 뭔가 오해했다고 느꼈다.

철공소에는 셔터가 내려져 있었고, 굴뚝 연기가 뒤쪽의 낮은 방에서 솟아오르고 있었다. 러스는 할아버지가 매춘부와 있는 모습을 보는 것이 아버지의 분노보다도 두려웠지만, 클레멘트는 작은 주방에 혼자 있었다. 그는 나무 화로에서 커피를 끓이는 중이었다. 그는 새로운 사람이 된 것 같았다. 깔끔하게 면도하고 새로 이발했으며, 손톱도 깔끔했다. 러스는 무슨 일이 일어났는지 설명했다.

"나는 받아들였어." 클레멘트가 말했다. "나는 네 엄마가 결혼했을 때 이미 그 애를 잃어버렸다. 그렇게 될 수밖에 없었어. 성경에서 요구하는 게 바로 그거였으니까."

"어머니는 할아버지를 위해서 기도하고 있어요. 할아버지가…… 회개하기를 바라면서요."

"난 그 애를 나쁘게 생각하지 않아. 네 아버지는 나쁘게 생각할지 몰라도, 그 애는 아니다. 그 애는 우리 중 누구보다도 독실한 아이야. 에스텔이 다시 세례를 받고 나와 결혼했다면 네 어머니는 틀림없이 에스텔을 받아들였을 거다. 하지만 나는 머잖아 병든 늙은이가 될 거야. 에스텔이 나를 돌봐야 한다고 느끼는 건 싫다. 지금 에스텔을 가졌다는 것만으로도 축복이야."

가졌다는 동사와 에스텔이라는 이름 자체에, 그 말이 불러일으키는 성욕에 러스는 메스꺼웠다.

"주님께서 나를 용서하실 수 없다면, 어쩔 수 없는 일이지." 클레멘트가 말했다. "하지만 네 아버지가 하나님이 뭘 용서하시는지 아는 사람이라고 누가 말할 수 있겠니? 나는 에스텔과 함께 돕스빌에 있는 루터파 교회에 가봤어. 좋은 사람들이더구나. 무척 기독교적이었고. 고양이 가죽을 벗기는 방법이 한 가지만 있는 건 아니니까. 고양이 가죽을 벗겨본 적은 없다만, 너구리 가죽은 벗겨본 적 있지. 맞는 격언이었어. 뭔가를 하는 데는 여러 가지 방법이 있단다."

러스는 아름다운 상자를 클레멘트에게 안전하게 맡겨두고, 집으로 돌아가 어머니에게 자신이 한 일을 고백했다. 어머니는 러스에게 입 맞추고 그를 용서했지만, 아버지는 아주 오랜 시간이 지나도 그를 진심으로 용서하지는 않았다. 러스가 직접 선택이란 걸 했기 때문이었다. 러스는 애리조나로 가서 고양이 가죽을 벗기는 다양한 방법들을 직접 발견했을 때, 이 점을 알리는 편지를 오직 할아버지에게만 썼다.

대체복무지는 플래그스태프 외곽의 국유 삼림에 있었다. 과거에 CCC 수용소*가 있었던 곳이었다. 이 대체복무지는 미국 프렌드 교회 사회복지사업회에서 관리했지만, 노동자의 3분의 1 넘는 사람들이 러스와 같은 신앙을 가지고 있었다. 몇 달 동안 삽질을 하고 피크닉 테이블에 페인트를 칠하고 나무를 심고 나자, 복무지 감독관이 러스에게 타자기를 쓸 줄 아느냐고 물었다. 아직 러스는 스무 살이었지만, 노동자 중에는 나이가 많은 축에 들었고 대학에도 5학기 다닌 상태였다. 감독관인 조지 긴치는 자기 사무실 전실에 러스가 쓸 수 있도록 높이 20센티미터짜리 레밍턴 타자기를 설치해주었다. 키의 색깔이 커스터드처럼 노랗게 변한 타자기였다. 긴치는 펜실베이니아주 출신의 퀘이커 교도였지만, 오랫동안 대학

---

* 민간 환경보호단(The Civilian Conservation Corps). 미국에서 1933~1942년에 18~25세의 미혼 남성들이 가입했던 공공근로 조직.

미식축구 팀 코치로도 활동했고 보이스카우트 지도자이기도 했다. 그가 관리하는 대체복무지에는 하루를 기상나팔 소리로 시작해 소등나팔로 마무리하는 나팔수와 병참 장교라는 직함이 붙은 요리사가 있었다. 이제는 러스가 부관으로서 참여하게 되었다. 긴치는 사람을 죽이는 부분만 빼면 군 생활의 모든 부분을 좋아했다.

1945년 봄의 어느 날 아침, 본부 밖에 주차된 검은색 먼지투성이 고물 트럭 위로 태양이 떠올랐다. 간밤 언젠가부터 트럭 안에는 검은색 중절모를 쓴 나바호 남자 네 사람이 똑바로, 조용히 앉아 있었다. 그들은 투바 시(市)에서 온 원로들이었다. 복무지 감독관에게 청원하러 온 것이었다. 조지 긴치는 그들을 환영하고, 러스에게 눈을 크게 떠 보이며 커피를 가져오라고 했다. 사무실로 커피포트를 가지고 간 러스는 나바호 남자 세 명이 팔짱을 낀 채 벽에 기대서 있는 것을 보았다. 네 번째 남자는 구석에 있는 지형 지도를 열심히 살펴보고 있었다. 그들 모두가 조용했다.

러스는 그때까지 인디언을 한 번도 본 적 없었고, 세속적인 경험도 너무 없었다. 그래서 그때 느낀 감각이 첫눈에 반한 사랑이라는 것을 몰랐다. 그는 나바호 인디언들의 얼굴을 보고 마음에 동요가 일어난 까닭은 그들이 늙었기 때문이라고 생각했다. 하지만 누가 러스에게 먼지가 묻어 뻣뻣해진 플리스 목깃 코트에 청록색 쥠쇠가 달린 가늘고 짧은 넥타이를 맨 나바호 인디언 수장을 묘사해보라고 했다면, 그는 아름답다라는 단어를 썼을 것이다.

긴치는 불편한 듯 말했다. "어떻게 도와드리면 될까요?"

그중 한 명이 이상한 말로 중얼거렸다. 수장은 긴치에게 말했다. "여기서 뭘 하는 겁니까?"

"저희는, 어…… 여기는 양심에 따라 전쟁을 반대하는 사람들의 대체

복무지입니다."

"네. 뭘 하는 겁니까?"

"구체적으로요? 약간 뒤죽박죽이에요. 저희는 국유 삼림을 개선하고 있습니다."

나바호 인디언들은 이 말이 재미있는 듯했다. 그들은 키득거리며 시선을 주고받았다. 수장은 바깥의 소나무들을 고갯짓하며 설명했다. "여긴 숲이오."

"여러 가지 쓸모가 있는 땅이시오." 긴치가 말했다. "그게 산림청의 모토라고 생각합니다. 여기에서 벌채도 할 수 있고, 사냥도 하고, 낚시도 할 수 있는 거죠. 분수령 보호도 하고요. 저희는 그 모든 활동을 할 수 있는 근간을 다지고 있습니다. 제 생각이지만, 워싱턴에서 제대로 된 사람에게 임무를 맡긴 것 같네요."

침묵이 내렸다. 러스는 수장에게 커피 잔을 내밀었다. 수장은 엄지에 폭이 넓은 은반지를 끼고 있었다. 러스는 그에게 설탕이 필요한지 물었다.

"그래요. 다섯 스푼 주시오."

러스가 전실로 돌아갔을 때, 수장은 긴치에게 자신이 무엇을 원하는지 설명하고 있었다. 연방정부는 대리인을 파견해서 나바호 인디언들이 기르는 소와 양, 말의 수를 심각하게 줄이라고 요구하고, 영토분쟁에서 불공평하게도 호피 인디언들 편을 듦으로써 나바호 인디언들을 가난하게 만들었다. 미국이 참전한 지금은 나바호 인디언들도 젊은이들을 보내 싸우게 했다. 그런데도 보호구역의 상황은 그리 좋지 않았다. 비옥한 토양은 침식되고, 남은 가축들이 괜찮은 목초지에 들어가지 못하게 울타리가 쳐졌다. 복원 작업에 활용할 수 있는 솜씨 좋은 사람들이 너무 적었다.

"전쟁은 모두에게 나쁜 일이지요." 긴치도 동의했다.

"당신은 연방정부요. 당신들에게는 싸우려 들지 않는 힘센 젊은이들이 있소. 도와줄 필요가 없는 숲을 왜 돕습니까?"

"말씀은 이해하지만, 저는 사실 연방정부가 아닙니다."

"우리에게 50명을 보내주시오. 당신들이 그 사람들에게 먹을 것을 주고, 우리가 잘 곳을 주겠소."

"그렇군요, 그건…… 여기도 절차가 있어서요, 점호라든지. 제가 여러분 보호구역으로 사람들을 보내면, 그 사람들이 제 보호구역을 떠나게 됩니다. 제 말이 잘 전달됐는지 모르겠네요."

"그럼 당신도 오시오. 야영지를 옮기시오. 여기에는 할 일이 아무것도 없소."

"저한테는 그럴 권한이 없습니다. 제가 권한을 요청하면, 정부에서 제가 여기 있다는 걸 기억하게 될 거예요. 저는 정부에서 저를 기억하는 걸 바라지 않습니다."

"다시 잊을 거요." 수장이 말했다.

러스는 본능적으로 나바호 인디언들을 사랑했기에, 그들을 만난 지 몇 분 만에 그들이 백인보다 못한 것이 아니라 백인과 무척 다를 뿐이라는 것을 이해했다. 러스가 나중에 경험한 바에 따르면, 나바호 인디언들은 자신들이 원하는 것에 관해 변함없이 직설적으로 말했다. 그들은 부탁하지도 않았고, 관습이나 권위 앞에 허리를 숙이지도 않았다. 백인들에게는 자명한 실격 사유가 그들에게는 아무 의미가 없었다. 백인들은 그들과 거래할 때의 답답함을 고약한 성미와 멍청함 때문이라고 했지만, 그날 아침 러스는 그들에게서 멍청한 면을 하나도 보지 못했다. 그들이 몇 시간이나 차를 몰아야 하는 투바 시에서 이곳까지 와서, 자기들 생각에는 말이 되는 아이디어를 품고 몇 시간이나 차디찬 트럭에 앉아 있었다고 생각하니 마음이 아팠다. 그들이 빈손으로, 러스로서는 추측할 수 없는 마음으로 돌아가게 될 거라고 생각하니 더욱 그랬다. 그 마음은 실망일까? 정부에 대한 분노일까? 순진하게 군 것에 대한 부끄러움일까? 아니면 무언의 당혹감일까? 농장에서 키우던 사랑하는 개 스키퍼가, 어머니 말에 따르면 암에 걸렸을 때, 러스는 열세 살이었다. 머잖아 개의 고통과 질병은 너무 심해졌고, 어머니는 러스를 이웃에게 보내 그 개를 총으로 쏘고 땅에 묻어달라고 부탁하게 했다. 이 작별에서 러스에게 가장 힘들었던 부분은 스키퍼가 러스가 무엇을 하려는 건지, 또 왜 하려는 건지 이해하지 못했다는 점이었다. 나바호의 원로들은 말 못하는 짐승과 정반대였지만, 그것 때문에 그들의 당혹감을 상상하는 것은 더욱 고통스러워질 뿐이었다.

나바호 인디언이 설탕 커피를 마신 뒤, 긴치는 원로들의 이름을 적고 그들에게 트럭 한 대 분량의 음식과 옷을 보내겠다고 제안했다. 이름이 찰리 두로치였던 원로는 별 감흥을 받지 못했고, 고맙다고 하지도 않았다.

"이상한 사람이네." 그들이 떠나자 긴치가 말했다.

"그래도 맞는 말이에요." 러스가 말했다. "여기 일은 만들어서 하는 느낌이 있어요."

"우리가 내린 결정이 아니잖아. 너도 알겠지만, 난 신중히 처신해야 해. 루스벨트는 이 야영지를 관리할 군대를 원했다고."

"하지만 우리는 여기에 복무하러 온 거지, 피크닉 테이블을 만들러 온 게 아니에요."

"사람들을 전쟁에 참여하지 않게 하는 게 내가 해야 할 복무야. 그러기 위해서 피크닉 테이블을 만들어야 한다면……."

러스는 자기가 투바 시로 물자를 배달하게 해달라고 했다.

"그 사람들, 기부에는 별 관심이 없는 것 같던데." 긴치가 말했다.

"싫다고는 안 했잖아요."

"너 마음이 여리구나."

"그건 감독관님도 마찬가지이십니다."

다음 날 아침, 러스는 밀가루와 쌀, 콩, 대공황 때 버려진 작업복 등이 실려 있고 병참 장교가 운전하는 트럭을 타고서 투바 시를 향해 북쪽으로 떠났다. 그는 너무도 순진했기에 인디언 거주지역에서 원뿔형 천막이나 통나무집, 말이 매여 있는 커다란 나무들, 이끼 긴 돌 사이로 흐르는 맑은 시냇물을 보게 될 거라 상상했다. 진짜 이끼가 긴 돌을 말이다. 66번 고속도로를 가로지른 이후에 접어든 건조하고 황량한 풍경은 전혀 상상하지 못했다. 먼지가 공중을 떠돌다가 길가의 모든 바위에 내려앉았다. 생기 없는 외딴 언덕들이 멀리서 어른거렸다. 말라서 쫙쫙 갈라진 평야에는 사람 사는 곳이라기보다는 쓰레기 더미로 보이는 호건들이 있었다. 정착지에는 페인트도 칠하지 않은, 잿빛 나무로 만든 집들과 벽에 구멍이 난 지붕 없는 어도비 점토 폐허들, 재로 검어진 광활한 모래밭과 여기저기 흩어진 녹슨 깡통이며 깨진 지붕 타일들이 있었다. 머리카락이 검고 얼굴이 둥근 어린아이 몇 명이 머뭇거리며 트럭을 향해 손을 흔들었다. 다른 모든 사람들―치마 밑에 레깅스를 입고 있는 나이 든 여자들, 입이 움푹 꺼진 노인들, 태어날 때부터 비탄에 잠겨 있었던 것 같은 젊은 여자들―은 시선을 피했다.

투바 시는 미루나무가 드리운 그늘 속의 제대로 된 마을이었지만, 황량하기는 마찬가지였다. 러스는 이제 키 큰 나무로 이루어진 숲은 레서 헤브론과 훨씬 더 비슷하다는 것을 알았다. 레서 헤브론이 비교적 천국에 가까웠다. 레서 헤브론의 시내에는 물이 가득했고, 숲에는 눈과 소나무 잎사귀라는 이중의 카펫이 깔려 있었으며, 모든 것이 촉촉하고 하얗고 신선한 냄새를 풍겼다. 그곳에 사는 사람들까지 ― 모두가 ― 백인이었다. 보호구역에 들어간다는 것은 자신이 백인임을 의식하는 것과 같았다. 애리조나로 기차를 타고 갈 때까지 러스는 한 번도 레서 헤브론에서 100킬로미터 이상 떨어진 곳을 본 적이 없었고, 대공황 때문에 메노파가 아닌 농부들 일부가 파산하기는 했지만 진정한 가난은 한 번도 본 적이 없었다. 나바호 인디언들은 거의 비가 내리지 않는 황폐한 토지에 갇혀 있었다. 그들이 가난을 견뎌내는 모습을 목격하자 러스는 이상하게도 열등감이 생겼다. 나바호 인디언들은 뭔가와 가까워 보였다. 러스가 이렇게까지 멀리 있는 줄 몰랐던 무언가와. 러스는 백인의 높은 자리에 앉은 바리새인이 된 기분이었다.

"세상에, 이 동네 우울하네." 병참 장교의 조수가 말했다.

그들이 향하던 집은 부족 수장의 집이라기에는 어울리지 않을 정도로 작아 보였지만, 낯익은 검은색 트럭이 그 집 앞 흙바닥에 주차되어 있었다. 흙으로 빚어 구운 벽돌 더미에 받쳐놓아 트럭 앞부분이 들려 있었다. 찰리 두로치는 젊은 남자가 트럭 차대에 연결된 렌치를 망치로 때리는 모습을 지켜보고 있었다. 타이어 하나가 성기를 핥고 있는 여윈 개 옆에 놓여 있었다. 날이 추운데도 열려 있는 집 문 앞에서 레이스 달린 빛바랜 원피스를 입은 아이가 더 좋은 트럭을 타고 온 백인 남자들을 빤히 바라보았다. 러스는 트럭에서 뛰어내려 두로치에게 다시 자기소개를 했다. 두로치는 하루 전과 정확히 똑같은 옷을 입고 있었다.

"뭘 가져왔나." 두로치가 말했다.

"긴치 씨가 약속한 것들이요. 음식이랑 옷이 있어요."

두로치는 배달된 물품들이 안도감을 주기보다는 부담이라는 듯 고개를 끄덕였다. 낡은 트럭 밑에서 쿵 소리와 심한 욕설이 들리더니 렌치가 스치듯 흙바닥으로 튕겨 나왔다. 러스 할아버지의 철공소에서는 망치로 렌치를 두들기는 것이 죄악이었다. 클레멘트는 그보다는 지레를 쓰는 게 낫다고 말했다.

"더 긴 렌치가 있으신가요?" 러스는 참지 못하고 물었다.

"더 긴 렌치가 있었으면, 이걸 썼겠나?" 젊은 남자가 차갑게 말했다.

젊은 남자가 렌치로 손을 뻗었고, 러스는 그와 악수하려고 손을 내밀었다. "러스 힐데브란트입니다."

남자는 러스의 손을 무시하고 렌치를 집어 들었다. 섀미 셔츠를 입은 그는 어깨가 넓었고, 새치 한 가닥 없는 머리를 하나로 묶고 있었다. 러스보다 열다섯 살쯤 많은 듯했지만, 인디언의 나이는 얼굴만 보고 가늠하기가 어려웠다.

"키스는 내 동생의 아들이야." 찰리 두로치가 말했다.

러스는 야영지 트럭의 운전석에 놓인 캔버스 자루 안에서 더 긴 렌치를 찾았다. 키스는 기다렸다는 듯 렌치를 받아 갔다. 러스는 찰리에게 보급품을 어디에 두어야 할지 물었다.

"여기." 찰리가 말했다.

"그냥 바닥에요?"

그런 듯했다. 러스와 그의 파트너가 음식이 담긴 자루들과 궤짝 두 개 분량의 옷을 내렸을 때쯤 찰리는 사라지고 없었다. 어린 여자아이는 이제 흙바닥에 앉아, 키스가 조타 레버에 망치질하는 모습을 지켜보고 있었다. "넌 이름이 뭐야?" 러스가 그 아이에게 물었다.

아이는 머뭇거리며 키스를 보았다. 키스가 망치질을 멈추었다. "스텔라."

"만나서 반가워, 스텔라." 러스는 키스에게 덧붙였다. "렌치는 가져도 돼요."

"그래."

"우리가 할 수 있는 일이 더 있었으면 좋겠어요."

키스는 조타 레버를 훑어보며 모양을 확인했다. 그때부터 키스는 이미 부족의 정치인이 될 만한 존재감을 가지고 있었다. 접촉과 신뢰를 부르는 카리스마 말이다. 러스는 그냥 계속해서 그를 지켜보고 싶었다. 병참 장교의 조수가 야영지 트럭에 타고서, 손가락으로 핸들을 타닥타닥 두드리고 있었다. 나바호의 침묵이 가진 특징은 무한히 계속될 수 있을 것만 같은 느낌을 준다는 점이었다. 하루 종일 말이다.

"우리가 이쪽으로 사람들을 보낸다면요." 러스가 말했다. "우린 뭘 하게 될까요?"

"난 삼촌한테 군이 당신들을 신경 쓰지 말라고 했어. 어차피 삼촌이 받은 건 망가진 트럭뿐이었으니까."

"그래도 도와드리고 싶어요."

"삼촌은 다른 시대에 머물러 있어. 내가 새로운 교훈을 알려주려 해도 배우지 않았지."

"그게 무슨 교훈인데요?"

"당신들 도움은 안 받느니보다 못하다는 것."

"하지만 제가 사람들을 데리고 돌아온다면요? 그럼 정확히 무슨 일이 일어날까요?"

"집에나 가, 긴 렌치. 우린 당신들 도움 필요 없어."

러스가 두 달 뒤 보호구역으로 돌아갔을 때에도 키스 두로치는 계속 그를 '긴 렌치'라고 불렀다. 그의 키를 놓고 하는 말일 수도 있었고, 러스가 뭘 잘 안다고 생각하는 태도 때문에 하는 말일 수도 있었다. 별명을 붙여주는 것은 전통적인 일이었지만, 러스는 그날 보호구역을 떠날 때만 해도 그 점을 몰랐다. 그는 호감 가는 사람한테서 미움받는 느낌이었다. 이어지는 몇 주 동안, 러스는 플래그스태프에서 휴가를 받을 때마다 도서관에 가서 나바호에 관한 책들을 잡히는 대로 읽었다. 나바호 인디언들은 완고했고 도둑질을 했지만—정부에서 그들을 한데 모아 통째로 뉴멕시코에 있는 포로수용소로 보냈을 지경이었다—엄청나게 넓은 땅덩어리를 받았다. 다양한 저자들에 의하면, 나바호 인디언들은 평화를 사랑하며 농장을 일구는 호피 인디언들과는 달리 실용적인 쓸모가 있다기에는 너무 많은 말들을 방목했다. 미국 정부 입장에서 나바호 인디언들은 무력으로 해결해야 하는 문제였다. 나바호 인디언들의 얼굴에 사로잡혀 있던 러스에게는 그들의 신비가 해결해야 하는 문제였다. 나중에 러스는 매리언에 대해서도 같은 느낌을 받았다.

6월, 독일이 무조건 항복한 뒤 야영지가 축제 분위기로 바뀌었을 때, 러스는 다시 긴치에게 나바호 문제를 제기했다. "우린 여기가 아니라 거기에 가야 해요." 그가 말했다. "제가 보호구역을 보여드릴 수만 있으면 제 말이 무슨 뜻인지 아실 거예요."

"너, 그리로 돌아가고 싶구나." 긴치가 말했다.

"네, 감독관님. 무척 돌아가고 싶습니다."

"넌 이상한 녀석이야."

"왜죠?"

"세상엔 네가 가진 걸 가질 수 있다면 살인이라도 할 사람이 아주 많아. 여긴 원래 휴양지였다고."

"다른 사람들이 죽어가는데 휴양을 떠나는 건 올바르지 않은 일 같은데요."

"운 좋은 걸 모르네. 내 부관이 된 게 즐겁지 않은가 보지?"

"아뇨, 감독관님. 그건 아주 운이 좋다고 생각합니다. 하지만 진짜로 도움이 필요한 사람들에게 도움을 주고 싶어요."

"그건 칭찬할 만한 일이고. 근데 유감이지만, 그러려면 20개월은 더 기다려야 해."

러스의 실망감이 티가 난 모양이었다. 한 시간 뒤, 야영지 위생에 관한 보고서를 타자로 치고 있는데 긴치가 거칠게 휘갈겨 쓴 편지를 가지고 러스의 자리로 나와, 편지지에 그걸 타이핑하라고 했다. 휘갈겨 쓴 글을 읽은 러스는 따뜻한 시럽이 머리 위로 부어지는 것만 같은 느낌을 받았다. 기적을 일구는 것은 사랑이었다. 지상의 어떤 힘도 그보다 강할 수는 없었다.

담당자님께. 저는 어디어디의 감독관입니다. 제 부관 R.H.가 N 보호구역에서 필요한 작업에 대해 문의하고자 합니다. R.H.에게 필요한 모든 도움을 주시기 바랍니다. 어쩌고저쩌고.

"내가 뭘 하든 아무도 더는 신경 쓰지 않아." 긴치가 말했다. "내가 염려하는 건 네 안전뿐이야. 작동시킬 수만 있으면 낡은 윌리 트럭을 가져가도 좋지만, 파트너를 데려가야 할 거야."

러스는 같은 숙소 사람들에게 친절하게 굴었다. 하지만 그 사람들은 긴치의 편애를 받는 러스를 그리 탐탁지 않게 생각했다. 러스의 진지한 성격도 별 도움이 되지 않았다. 그런 면에서는 대체복무지도 대학과 비슷했다.

"혼자 가는 게 좋겠습니다, 감독관님."

"아주 인디언 같은 결정인데. 하지만 너한테 무슨 일이 생기면 곤란해지는 사람은 나야."

"사람이 둘이라도 일이 벌어질 수는 있습니다."

"그래도 덜 그러지."

"저는 파트너가 필요하지 않습니다. 믿으셔도 됩니다."

"그것도 인디언 같네. 사과를 하나 내밀었더니 사과 바구니를 통째로 달라고 하고. 말이 나와서 말인데…… '고맙습니다'는?"

"고맙습니다, 감독관님."

"당연한 얘기지만, 공식 보고서를 제대로 써서 제출하도록."

월리를 고친 뒤, 러스는 임무를 위해 침낭과 갈아입을 옷, 성경, 공책한 권, 용돈을 모아서 마련한 20달러, 물통 하나, 휴지, 음식 상자 하나를 챙겼다. 그는 자신의 행운에 현기증이 났다. 그래서 6월 20일 아침, 숲길을 반쯤 나아간 뒤에야 겁을 먹어야 할지도 모른다는 생각이 들었다. 그는 강도를 당할 수도 있고, 구타당할 수도 있었다. 트럭이 도랑에 처박힐수도 있었다. 투바 시에 도착했을 때쯤, 그는 월리가 길에서 벗어나지 않도록 하도 신경을 써서 온몸이 쑤시는 상태였다. 셔츠가 6월의 열기에 푹젖어버렸다.

찰리 두로치도, 그의 트럭도 마을의 작은 집에는 없었다. 러스는 거리를 한참 가다가 영어를 할 줄 아는 여자를 만났다. 그녀는 찰리가 여름동안 자리를 비웠으며, 키스는 처가 사람들과 함께 메사에 올라갔다고말했다. 그녀는 눈부신 빛과 먼지 낀 허공이 있을 뿐 메사는 보이지 않는쪽을 고갯짓했다.

이제 러스는 임무를 망칠까 봐 두려워졌다. 그는 이 광활한 보호구역에서 이야기할 만한 사람을 단 두 명밖에 몰랐다. 그는 타버릴 것 같은 월리에 들어가서, 눈을 감고 힘과 지혜를 달라고 기도했다. 그런 다음 여자가 가리킨 방향으로 차를 몰았다.

메사로 올라가는 길은 지나가기 힘든 곳이 군데군데 있었다. 그 지역은 무자비할 만큼 인적이 없었는데도 표백되고 쪼그라든 소똥이 점점이 흩어져 있었다. 러스는 나바호 남자들을 마주쳤다. 그중 한 명은 튀어나온 절벽 그늘에서 나뭇가지를 깎고 있었고, 다른 두 남자는 녹슨 풍차 밑에 있는 통의 물을 말에게 주고 있었다. 그들은 스물한 살짜리 백인 남자가 폴른록 사람들을 찾고 있다면 무슨 이유가 있을 게 틀림없다고 생각했다. 키스 두로치의 처가 식구들이 폴른록 사람들이라고 불리는 모양이었다. 그 남자들은 조악한 영어로 거리가 가깝지 않다고 강조했다.

러스는 30분에 한 번씩 멈춰 서서 쥐가 난 손을 털어야 했다. 공기가 시원해지고 그림자가 길어지자 그는 노후한 가축우리 옆에 차를 세웠다. 거기에는 녹슨 파이프에서 물이 똑똑 떨어지는 통도 하나 있었다. 노을빛을 받아 유령처럼 보이는 작은 새들이 스며 나온 물을 마시고 있었다. 물맛이 썼지만 별수 없었다. 러스의 물통은 이미 비어 있었으니까. 여섯 시간 뒤, 러스는 메사의 길에서 오토바이를 탄 두 여자와 양치기 개를 데리고 있는 소년 한 명, 차대에 철사가 둘둘 감겨 있는 트럭을 모는 노인한 명, 자유롭게 돌아다니는 다양한 말들, 전혀 마을처럼 보이지 않는 무언가를 보았다. 그는 낮의 열기 때문에 아직도 뜨거운 통조림 돼지고기와 콩을 먹었다. 그런 다음, 그는 전갈이 무서워서 월리 안에 침낭을 깔았다. 조지 긴치가 그리웠다. 앞 유리 너머로 별과 성운이 뭉쳐 있는 하늘이 보였지만, 대체복무지가 너무 그리워서 차에서 내려 감탄할 수도 없었다.

서늘한 이른 아침에, 그는 위쪽으로 비스듬하게 이어지는 분지를 지났다. 그곳에는 로뎀 나무와 피뇬 나무 숲이 있었다. 길가에는 초원이라 부르기에는 너무 건조한 평지에서 양들이 가시 돋친 덤불을 뜯고 있었다. 이 지방에서는 버려짐의 장엄함이 느껴졌다. 바퀴자국이 길에서 갈라져 나갔다. 그 끝에 무슨 신비가 있을지는 알 수 없었다. 생명의 조짐은 느껴졌지만, 숨겨져 있었다. 그는 25킬로미터를 나아간 끝에 다른 사람을 보았다. 그런 다음에는 한 명이 아니라 백 명의 사람들을 만났다.

길과 가까운 곳, 울타리 옆에는 요리하려고 피워놓은 불과 말 몇 마리, 트럭 몇 대가 있었다. 늙은 남자들과 온갖 나이의 여자들이 붉은 천 조각으로 장식한 나뭇가지 구조물 주위에 서 있거나 앉아 있었다. 러스는 멈춰 서서, 말에 안장을 놓고 있던 가장 가까운 남자에게 어디 가면 폴른록 사람들을 찾을 수 있느냐고 물었다. 그때 구운 양고기 향이 윌리에 들어왔다. 남자는 길 위쪽을 고갯짓했다.

"회관에. 건천(乾川)을 따라가."

"회관이 어떻게 생겼죠?"

남자는 안장을 묶을 뿐 대답하지 않았다.

길을 한참 올라간 끝에 러스는 건천 옆에서 깔끔하고 특징 없는 진흙 건물과 쪼개진 통나무들에 이르렀다. 그 옆의 길은 지나갈 만해 보였고, 러스는 그 길을 따라서 얕은 협곡에 접어들었다. 그는 건초 더미 크기의 무너진 바위들을 지났다. 용기가 생기는 징조였다. 그는 여전히 태양을 가려주는 옆의 협곡 안에서 적당히 작은 집과 가축우리, 닭들이 있는 뜰을 발견했다. 가축우리 너머에는 호건이 있었고, 그 밖에서는 여자들이 불을 피워놓고 요리를 하고 있었다. 집 앞에는 여자아이가, 스텔라가 장작을 패는 아버지를 지켜보고 있었다. 키스 두로치를 보자 오랜 운전으로 잔뜩 긴장했던 러스는 마음이 놓였다. 집에 온 것만 같은 기분이었다.

키스가 트럭으로 다가왔다. 스텔라가 수줍어하며 그 뒤를 따랐다. "대체 뭐야?"

"돌아왔어요." 러스가 말했다.

"왜?"

"렌치를 두고 가서."

침묵이 흐르다가, 키스가 미소 지었다. 그는 러스를 집 안으로 데리고 갔다. 집에는 방이 두 개 있었는데 한 방에는 침대가 있었다. 키스는 러스에게 달콤한 커피와 차갑고 단맛이 없는 도넛을 주었다. 러스가 진실을 찾는 임무를 수행하고 있다고 설명하자 키스는 그건 나중에 해야 할 거라고 말했다. 자기는 '노래'를 하고 있다면서 말이다. 그는 러스를 혼자 내버려두었다. 그런 경우가 한두 번이 아니었다. 나바호 인디언들과 함께 산다는 것은 아주 오래 기다려야 하고, 별다른 설명은 듣지 못한다는 뜻이었다.

'노래'가 무엇인지는 협곡에서 먼지구름이 피어오른 아침 늦은 시간이 되어서야 알 수 있었다. 러스가 길가에서 지나쳐 온 사람들이 이제는 밝은 색깔의 실로 장식한 말을 타고 있었다. 그 사람들 뒤를 트럭 여러 대가 따라왔다. 그 트럭들도 비슷하게 장식하고 경적을 울려댔다. 이 행렬은 집을 지나 여자들이 요리하고 있던 호건까지 나아갔다. 긴장되는 한편 궁금하기도 해서, 러스는 더 자세히 보려고 뜰을 가로질렀다.

맨 앞에서 말을 탄 사람은 머리가 짧은 젊은 남자로, 술이 달린 검은색 막대를 들고 있었다. 그는 자기 집단의 다른 사람들이 말에서 내리는 것을 도와줄 때까지 안장에 앉아 기다렸다. 그는 다리를 심하게 절면서 검은 막대를 가지고 호건에 들어갔다. 아이들이 트럭에서 쏟아져 내려와 음식이 있는 헛간으로 달려갔다. 키스와 그의 친족 여자들은 조용히 노인들을 환영했다. 아무도 러스에게 관심을 기울이지 않았다.

호건 안에서는 남자 목소리가 떨리며 음정이 틀린 노래를 소리 높여 불렀다. 러스는 가사를 알아듣지 못했지만, 그 노래는 러스의 마음에 와 닿았다. 목소리가 레서 헤브론에서 찬송가를 부르던 외할아버지의 목소리 같았다. 클레멘트도 음정이 틀리게 노래를 불렀다. 노래가 끝난 다음, 호건은 작은 화산처럼 폭발했다. 상자 여러 개 분량의 크래커 잭 팝콘이 날아서 연기 구멍으로 나왔다. 아이들이 팝콘에 달려드는 동안 키스의 사람들은 나이 든 손님들에게 담요를 나눠주었다. 그 손님들은 다른 노래를 부르기 시작했다.

헤-예 예 예 야 냐
에엘라 도 퀴이-이ㅡ 나
키 고 디 야ㅡ 에ㅡ 하 냐
헤 예 예 예 야

언어는 낯설었지만, 밝은 아침 햇살 속에 드높아진 회중의 목소리를 듣자 러스는 집에 왔다는 느낌이 더욱 깊어졌다. 노래가 이어지는 동안, 키스는 자신들과 함께 양고기와 옥수수빵을 먹자고 러스를 초대했다.

오직 아이들만이, 그중에서도 특히 스텔라가 그를 쳐다보았다. 게다가 키스는 오랫동안 손님 접대를 하느라 바빴다. 러스도 그들의 얼굴에 그렇게까지 매료되지 않았더라면 지루함을 느꼈을 것이다. 마침내 파티가 끝나고 행렬이 각자의 말과 트럭으로 돌아가자, 키스는 자리에 앉아서 다음에는 어디로 가느냐고 물었다. 러스는 이번에도 조지 긴치에게 받은 임무에 대해 말했다.

"신경 쓰지 말라고 했잖아." 키스가 말했다.

"'노래'가 끝나면 얘기하자고만 했었죠."

"'노래'는 방금 시작됐어. 아직 사흘 더 해야 하고."

"사흘이요?"

"그게 새로운 방식이야. 더는 긴 노래를 부르지 않거든."

"문제는 제가 여기서 아는 사람이 당신이랑 당신 삼촌뿐이라는 거예요."

"네 트럭을 타고는 삼촌한테 갈 수 없어."

"뭐, 그러니까요."

키스는 고개를 돌려 처음으로 러스를 똑바로 보았다. "뭘 어쩌라고?"

"솔직히 저는 당신네 사람들에 대해 더 잘 알고 싶습니다. 일은 그냥 핑계고요."

키스는 고개를 끄덕이고 말했다. "그게 낫군."

키스는 동족을 도우러 갔고, 러스는 바닥에서 잠들었다. 그는 휘발유 냄새에 잠을 깼다. 키스가 모슬린 필터가 달린 깔때기로 작은 트럭 탱크를 채우고 있었다. 짐칸에 이미 앉아 있는 사람은 포대기에 싼 아기를 안고 있는 날씬한 젊은 여자와 스텔라였다. "넌 나랑 같이 앞에 타." 키스가 말했다.

러스가 보기에는 여자를 뒤에 앉히는 것이 부적절해 보였지만, 키스는 이미 결정한 뒤였다. 작은 트럭에는 바큇자국이 심하게 난 협곡 길에 잘 어울리는 서스펜션이 달려 있었다. 키스가 차를 모는 동안 한참이 지났다. 러스는 그의 침묵이 너무도 버겁게 느껴져 그에게 '노래'가 무엇인지 물었다.

"우리는 친구를 돕고 있어." 키스가 말했다. "그 친구가 태평양에서 돌아왔는데 조화가 깨졌거든. 수류탄 파편에 맞아서 잘 못 걷고, 잠도 못 자. 적의 불타는 살점이 코에 들어 있어. 적은 빌라가아나가 아니라 우리처럼 생겼고, 그들의 영이 친구 안에 들어갔어. 친구는 전쟁 냄새를 맡을 수 있는 적의 셔츠를 가지고 집에 돌아왔어. 그게 '노래'의 일부가 될 거야."

러스는 모든 내용을 자세히 이해하지 못했지만, 전쟁 때문에 야수가 된 인간을 공동체에서 치유한다는 얘기가 짜릿하도록 말이 되게 느껴졌다. 러스는 물어보고 싶은 것이 많았지만, 그 질문들은 키스의 트럭이 그가 아침에 온 길을 되밟아 가는 동안 천천히 쪼개서 내놓기로 했다. 러스는 뒷자리의 여자가 키스의 아내이고, 아기는 그의 두 달 된 아들이라는 것을 알게 되었다. 의식에 쓰이는 검은색 막대를 든 채 말을 타고 그들 앞에서 이동하던 키스의 장인은 치료 주술사였다. 찰리 두로치와는 뉴멕시코 파밍턴의 기숙학교에서 친구가 되었다고 했다. 키스도 같은 학교에 다녔고, 몇 년 동안 석유 굴착 장치와 관련된 일을 하다가 폴른록 부족과 결혼했다. 지금 그는 메사에 있는 처가의 목장을 관리했다.

키스가 내주는 모든 정보가 러스에게는 보석처럼 느껴졌다. 러스는 연인들이 그러듯 자신이 키스에 비해 절망적일 정도로 열등하다고 느꼈고, 그에게서 눈을 떼고 싶지 않았다. 키스가 러스에 대해서 한 생각은 그보다 덜 분명했다. 러스는 키스도 단지 그를 참아주는 것만은 아니라고 느꼈다. 키스는 최소한 그의 무지를 재미있어하는 듯했다. 그러나 러스에게 별다른 호기심을 보이지는 않았다. 키스가 차를 타고 가면서 한 유일한 질문은 "넌 기독교인이야?"뿐이었다.

"네." 러스가 열정적으로 말했다. "저는 메노파예요."

키스는 고개를 끄덕였다. "나도 메노파 선교사들을 알고 지냈어."

"여기서요? 보호구역에서?"

"투바 시에서. 괜찮은 사람들이었다."

"그럼…… 당신은…… 예배를 하세요?"

키스는 눈앞의 길을 보며 미소 지었다. "모두가 아버클의 커피를 마시지. 전 세계에서 아버클의 커피를 마셔. 네 종교도 그와 비슷하다. 꽤 괜찮은 커피인 게 틀림없어."

"무슨 말인지 모르겠어요."

"우리는 우리 커피를 전 세계로 보내지 않아. 그걸 마시려면 여기서 태어나야 한다."

"하지만 제가 성경에서 좋아하는 부분이 바로 그거예요. 누구든, 어디에서든 말씀을 받아들일 수 있다는 점이요. 성경은 배타적이지 않아요."

"이제는 선교사처럼 말하는군."

러스는 부끄러움을 느끼고 놀랐다.

메사의 주요 도로에서 한참을 내려온 다음, 그들은 야영지에 도착했다. 사람들이 불을 피우고 담요를 털어 펼치고 익히지 않은 양고기를 손질하고 있었고, 남자아이들이 소리를 지르며 풀도 없는 목초지에서 축 늘어진 농구공을 찼다. 야영지에는 수백 명이 있었다. 그들을 보자 러스의 머릿속에 압박감이 생겨났다. 너무 빠르게, 너무 깊이 몰입했다는 느낌이 들었다. 러스는 그 느낌을 누그러뜨리고자 혼자서 길을 따라, 떨어지는 태양을 향해 출발했다.

갈까마귀가 꺽꺽댔고, 토끼들이 산쑥의 그늘에서 돌아다녔다. 놀란 뱀한 마리가 서둘러 길에서 벗어나려다가 허공에 붕 뜨며 러스도 놀라게 했다. 산등성이 너머로 해가 지자마자 산들바람이 계곡을 가로질러 불어왔다. 따뜻해진 향나무와 야생화의 냄새가 실려 왔다. 러스는 뒤로 돌아서, 멀찍이 떨어진 모닥불에서 연기가 솟아오르는 것을 보았다. 그 뒤의 절벽은 산꼭대기의 아침놀로 핑크빛이 되어 있었다. 러스는 자신이 나바호의 땅에 대해 잘못 알았다는 것을 깨달았다. 국유 삼림의 아름다움은 우호적이고 뻔한 아름다움이었다. 반면 메사의 아름다움은 가혹했지만, 마음속을 더 깊이 파고들었다.

러스가 야영지로 돌아왔을 때는 잔치가 벌어지고 있었다. 그는 입고 있는 옷과 주머니칼, 지갑 외에 뭔가를 가져와야 한다는 것을 몰랐다. 키스가 트럭에서 담요를 꺼내주었다. 키스의 아내가 젖먹이를 데리고 있지 않았더라도 러스는 너무 쑥스러워서 그녀에게 말을 건네지 못했을 것이다. 그녀는 키스의 아내였으니까. 러스가 양고기와 콩과 빵을 먹는 동안 다른 요리용 모닥불에서 노랫소리가 경쟁적으로 흘러왔다. 누군가가 북을 치고 있었다.

하늘이 완전히 어두워지자 춤이 시작됐다. 러스는 키스와 함께 서서, 젊은 여자 한 명이 모닥불 주변을 도는 모습을 지켜보았다. 그녀는 북의 리듬에 맞춰 발을 놀렸고, 군중은 손뼉을 치며 구호를 외쳤다. 다른 젊은 여자들도 그녀에게 합류했다. 머잖아 나이 든 남자들도 춤을 추었다. 러스의 머릿속 압박감은 흥분과 감사에 자리를 내주었다. 그는 인디언들과 함께 있으면서 여자들의 노랫소리와 구호를 듣는 유일한 백인 남자였다. 진액이 나오는 향나무 옹이가 주황색 불꽃을 튀기며 폭발했고, 소용돌이치는 연기 속에 별들은 어두워졌다가 밝아졌으며, 러스는 하나님께 감사해야 한다는 것을 기억했다.

어린 여자아이들 중 한 명이 모닥불에서 떨어져 나와 그에게 다가왔다. 아이는 러스의 셔츠 소매를 건드렸다. "춤." 아이가 말했다.

놀란 러스는 키스를 돌아보았다.

"네가 춤추기를 바라는 거야."

"네, 그건 알겠어요."

"나랑 춤춰." 여자아이가 고집을 부렸다.

아이는 부피가 큰 숄에, 멕시코식 주름이 잡힌 치마를 입고 있었다. 하지만 종아리는 드러나 있었고 날씬했다. 그녀의 솔직함은 러스의 경험에 비추어 너무 낯선 것이었다. 그녀는 위협적인 동물 같았고, 러스는 어떻게 춤을 춰야 하는지 몰랐다. 레서 헤브론에서는 춤이 금지되었다. 그는 여자아이가 떠나기를 기다렸지만, 아이는 시선을 땅에 둔 채 인내심 있게 서 있었다. 아이는 기껏해야 열여섯 살이었을 테고, 러스는 키가 크고 나이가 많은 낯선 백인이었다. 그는 자기도 모르는 사이 아이의 용기에 감동했다.

"난 춤을 잘 못 춰." 러스는 불가로 한 발 다가가며 말했다. "하지만 노력은 해볼게."

여자아이가 땅을 보며 미소 지었다.

"그 애한테 돈을 좀 줘야 해." 키스가 말했다.

이 말에 러스는 당황했다. 하지만 여자아이도 혼란스러운 것처럼 보였다. 불빛에 비친 아이의 미소에는 실망감이 깃들어 있었다. 아이를 불쾌하게 만들고 싶지 않았기에, 러스는 지갑에서 지폐 한 장을 꺼냈다. 아이는 지폐를 낚아채 치마 속에 숨겼다.

러스는 뭘 해야 할지 몰랐지만, 원을 그린 사람들에게 합류해 여자아이를 따라서 최대한 발을 굴렀다. 그 애는 뭘 해야 할지 알고 있었다. 아이의 날씬한 다리와 흔들리는 엉덩이는 러스 안의 메스꺼움을 불러냈다. 하지만 깜빡이는 주황색 불빛을 받으며 북소리와 여자들의 구호 한가운데 있는 지금, 러스는 그 메스꺼움이 동정심이나 혐오감과는 아무 관련이 없다는 것을 알았다. 그건 심장을 빠르게 뛰게 하는 흥분이었다. 여자아이의 숄과 치마 밑에는 남자가 바랄 만한 몸이 있었다. 러스 자신이 바랄 만한 몸 말이다. 지금까지는 심란한 꿈에서만 존재했던 긴장감이, 풍선처럼 점점 부풀어 올라 종말론적 열기에 이른 뒤 터져서 잠옷을 더럽혔던 그 긴장감이 깨어 있는 세계에도 침입했다. 현실이 된 꿈이 무척 심란했던 이유는 불꽃에 타버리는 것이 전혀 고통스럽지 않고, 황홀할 정도로 즐거웠기 때문이었다.

소녀가 그에게 보여준 관심은 러스가 돈을 건네주자 사라진 듯했다. 예의를 차린 긴 휴식 시간이 지나자 그는 원에서 빠져나와 어둠 속으로 물러났다. 여자아이는 그 사실을 알아차리자마자 그에게 달려왔다. 그녀의 표정은 이제 분노에 가까웠다.

"계속 춤을 추든지, 돈을 줘." 키스가 아닌 누군가가 그에게 소리쳤다.

러스는 군인의 정신적 상처를 치유하는 데 돈이 무슨 상관인지 상상할 수 없었지만, 지갑을 뒤져 아이에게 지폐 한 장을 더 주었다. 아이는 만족하며 그를 혼자 놔두었다.

그는 아침에 키스의 트럭 옆 바닥에서 눈을 떴다. 아직도 흥분이 느껴졌다. 아직도 새로 눈뜬 자의식이 따끔하게 느껴졌다. 그는 이곳에 더 깊이 몰입하게 될지도 모른다는 생각에 겁이 났다. 그는 걷기라는 치료제가 필요하다고 느끼며 키스에게 목장으로 돌아가 기다리겠다고 말했다.

"말을 타고 가." 키스가 말했다. "햇볕 때문에 죽을 수도 있어."

"걸어갈게요."

걷기는 잔혹했다. 점점 더 하얗게 달아오르는 태양 아래에서 일곱 시간을 걸어야 했으니까. 키스는 그에게 물주머니 하나와 헝겊으로 싼 빵을 조금 주었고, 러스는 회관 옆길에 도착하기도 전에 그 둘을 모두 먹어 버렸다. 이제 새하얀 열기 속의 길은 더 이상 시작점에서 목적지까지 합리적으로 이어지는 선이 아니었다. 러스의 머릿속에서 길은 메뚜기들로 끓어오르는 돌 비탈, 작열하는 빛 때문에 더욱 검어진 침엽수, 러스가 앞으로 나아가도 도무지 상대적 위치가 변하지 않는, 가까워 보이는 돌 구조물 등 길이 아닌 모든 것을 낳는 결정적인 존재였다. 러스의 귀 때문인지, 공기가 너무 시끄럽게 울려댔다. 러스는 자기 발소리를 들을 수 없었다. 그는 머리 위를 떠도는 매를 천사라고 착각했고, 그 매가 실제로 러스가 늘 알아온 신과는 독립적인 천사라는 것을 알았다. 그리스도에게는 메사에 대한 지배력이 없었다.

목장에 도착했을 때, 그는 모든 확실성에서 걸어 나온 뒤였다. 치료제는 통하지 않았다. 그가 도망치려 했던 바로 그 대상이 키스의 작은 집에서 그를 기다리고 있었다. 그와 함께 춤을 추었던 여자아이의 영이 그를 앞지르고 추월해 침실에 이르렀다. 러스는 목이 타는 듯했고 햇볕에 그을린 상태였지만, 자리에 누워 바지를 열었다. 꿈속의 종말을 깨어 있는 동안에도 달성할 수 있을지 알아보려는 것이었다. 그는 약간만 비벼대면 무척 빠르게 그런 일을 할 수 있다는 것을 알게 되었다. 몸을 찢어발기는 듯한 쾌감은 잠이 깨어 있었기에 더 멋졌다. 아무런 처벌도 뒤따르지 않았다. 그는 눈이 멀지 않았다. 심지어 액체가 튀는 것도 부끄럽지 않았다. 아무도 그를 볼 수 없었다. 하나님조차도. 러스는 남은 평생 메사를 비밀스러운 쾌락의 발견에, 쾌락의 허용에 연관 지었다.

키스는 이틀 뒤 가족들과 함께 돌아와 러스에게 목장 일을 시켰다. 러스가 이미 가지고 있던 농사 기술에 키스가 새로운 기술을 더해주었다. 러스는 올가미로 송아지를 잡는 방법, 울타리가 없는 방목장에서 말을 잡는 방법, 좁은 도랑에서 소가 뒤로 걷도록 하는 방법을 배웠다. 그는 양 살균제가 양에게든, 그 독한 액체를 만지는 사람에게든 모든 관계자에게 불행을 가져다준다는 것을 경험하게 되었다. 키스의 처남은 수말을 거세해서 피투성이 고환을 러스에게 던졌고, 러스는 그걸 다시 키스의 처남에게 던졌다. 그와 키스는 협곡 높은 곳까지 말을 타고 가서, 우유처럼 부옇게 그들을 맞아주는 별 아래에서 야영했고, 미끄러지듯 날아다니는 부엉이들의 조용한 실루엣을 보았으며, 바위 틈새에서 휘파람을 불어대는 영혼의 소리에 귀 기울였고, 구운 피뇬 열매를 먹었다. 전갈에게 발목을 쏘인 것은 러스에게 최악의 공포가 실현된 순간이었다. 하지만 러스는 전갈에게 쏘여봤자 그저 엄청나게 아플 뿐이라는 것을 알게 되었다.

디네와 머물면 머물수록 그는 이 공동체가 인디애나주에 있는 자신의 공동체와 닮았다는 것을 알게 되었다. 디네도 외따로 살며 화합을 추구하는 편을 좋아했고, 여자들은 러스의 어머니와 비슷했다. 억세고 인내심 많은 사람들. 땅을 차지할 자격이 있는 사람들. 치료 주술사들이 생생히 전하는 이야기 속에서는 최초의 신적인 어머니, '변화의 여인'이 태양의 얼굴과 짝을 이루어 쌍둥이 아들을 낳았다. 러스의 어머니처럼 '변화의 여인'은 땅의 결실과 연관되었다. 그녀는 자신의 계절을 따서 이름 지은 아들들을 키우고 그들에게 실용적인 지혜를 심어주었다. 그러는 동안 태양인 아버지는 생명을 만들어내는 데 필수적이긴 했지만, 한발 떨어져 있었다. 메노파가 순교자들을 기억하는 것과 똑같이, 디네는 1860년대에 강제수용소로 갔던 긴 여행에 관해, 그곳에서 닥쳤던 질병과 기아의 세월에 관해 노래했다. 디네도 자신들을 박해에 따라 정의했다. 그들의 땅은 거의 존재하지 않는 것이나 다름없었고 누구도 반기지 않는 사막이었지만 인디애나주보다도 신성했다. 하긴, 이스라엘 사람들이 하나님의 말씀을, 모든 인류의 유일한 신의 말씀을 받은 곳도 사막이었다. 자신의 소명을 명확히 밝히려던 예수님이 40일 동안 밤낮으로 기도한 곳도 사막이었다.

러스가 디네 비케아에서 40일을 보내는 동안, 키스는 그에게 별똥별을 손가락으로 가리켜서는 안 되고 밤에는 휘파람을 불지 말아야 하며 낯선 사람의 눈을 똑바로 들여다보아서는 안 되고 누가 먼저 말하기 전에는 그 사람의 이름을 물으면 안 된다고 조언했다. 디네 남자가 호건에서 죽으면, 그의 가족은 호건을 불태우고 그의 몸에 닿았던 모든 것을 없애야 했다. 키스는 탁 트인 메사로 나가서, 태양에 표백된 말의 해골을 향해 고갯짓했다. 그 말을 탔던 사람이 벼락을 맞은 지 10년이 지난 뒤까지도 안장은 그대로 남아 있었다. 키스는 러스에게 그 해골과 거리를 두라고 했다. 키스는 그 남자의 불운이 그 자리에 달라붙어 있다고 했고, 러스는 아른거리는 열기와 희박한 공기 속에서 키스의 말이 합리적이라고 생각했다. 인간은 알려지지 않은 과거에서 알 수 없는 미래로 나아가는 과정으로서 시간을 경험했다. 그러나 신에게는 역사 전체가 영원히 현재하는 것이었다. 신에게는 벼락이 친 자리가 단지 한 사람이 이미 죽은 자리가 아니라 그가 나중에 죽을 자리이자, 신의 완벽한 지식 속에서 영원히 죽어가는 자리였다. 사막에 가면 이런 신비에 접근할 수 있었다.

러스는 실제로 도움이 필요한 사람들을 도우며 열심히 일했기에 공식적인 대체복무를 못 하고 있다는 죄책감을 느끼지 않았지만, 조지 긴치는 러스에게 8월까지 돌아오지 않으면 수색대를 보내겠다고 했다. 이에 따라 7월 31일에 첫 해가 떠올랐을 때 러스는 짐을 챙기고 윌리에 연료를 넣은 다음, 유일하게 깨어 있던 키스와 스텔라에게 작별을 고했다. 스텔라가 달려와 그의 다리를 꽉 끌어안았다. 러스는 아이를 들어 올려 머리를 쓰다듬었다.

"돌아올 거야." 그가 말했다. "언제인지는 모르지만, 돌아올게."

"약속할 때는 조심해야지, 긴 렌치."

"당신한테 말한 게 아닌데요. 그렇지, 스텔라?"

스텔라는 부끄러워하며 몸을 꼬아댔다. 러스는 스텔라를 내려놓았고, 스텔라는 아버지에게 갔다. 늘 그렇듯 키스는 별 감상을 보이지 않으며 이미 멀어져가고 있었다.

러스는 여전히 디네에 대해 거의 아는 것이 없었다. 하지만 최소한 자신이 얼마나 모르는지는 알았다. 사막은 하나님에 대한 믿음을 강화했을 뿐이었으나, 그는 더 이상 조상들의 신앙이 유일하고 진정한 신앙의 가장 진솔한 형태라고는 확신하지 않았다. 그는 대체복무지로 돌아왔다. 긴치는 러스에게 벌을 주려 했다기보다는 그저 실용적인 이유로 다른 노동자를 부관으로 삼은 뒤였다. 러스는 고양이의 가죽을 벗기는 수많은 방법들을 조사하기 시작했다. 이제 그는 병참 장교 밑에서 일했기에 플래그스태프로 보급품을 받으러 갈 때면 무리 없이 한 시간의 추가 시간을 얻어 도서관에 들를 수 있었다. 그는 듀이 분류법상 290번대에 속하는, 세계의 종교 관련 책들을 읽었다. 복무지에서는 일요일 아침마다 긴치를 비롯한 퀘이커 교도들과 예배를 드리려고 노력했다. 러스는 그들의 침묵도 마음에 들었다. 하지만 퀘이커 교도의 침묵은 나바호의 침묵보다 깊이가 없게 느껴졌고, 종합적인 존재 방식에 덜 새겨져 있는 것만 같았다. 하지만 러스는 결코 나바호가 될 수 없었다. 그들의 커피는 러스가 마실 수 없는 것이었으니까.

11월의 어느 일요일 아침, 조사를 계속하던 러스는 낡은 윌리를 타고 플래그스태프의 가톨릭교회로 갔다. 그는 성 프란치스코에 관한 책에서 매력적이게도 비타협적인 영혼을 발견했다. 교회 뒤쪽의 신도석에서, 타는 양초의 향기와 채색된 창문으로 들어오는 약한 빛 사이에서, 그는 나이 든 멕시코 여자들의 작은 망토와 땋은 잿빛 머리와 중년 부부들의 좀 더 현대적인 미국식 옷, 그리고 머리를 깊이 숙이고 있는 한 여자의 흰 목덜미를 볼 수 있었다. 늙어서 심하게 몸을 떠는 사제는 나바호의 말만큼이나 알아듣기 힘든 언어를 말했고, 미사는 짧지 않았다. 러스의 눈은 계속해서 눈앞의 흰 목덜미로 돌아왔다. 그 모습이 러스가 예전에는 메스꺼움으로 잘못 이해했고, 지금은 비밀스러운 쾌락과 연결 짓는 감각을 불러일으켰다. 그 여자는 작고 섬세했다. 단발 머리였다.

레서 헤브론에서는 성체성사가 모든 사람이 참석한 가운데 반년에 한 번씩 벌어지는 중요한 행사였다. 이때는 여자들이 공동으로 반죽하고 구운 빵이 사용됐다. 러스에게 가톨릭의 성체성사는 나바호의 노래만큼이나 낯설게 보였다. 신성모독일지 모르겠지만, 사제는 혀 누르는 기구를 든 의사처럼 보였고 신도들은 점심을 먹으러 줄을 서는 아이들과 비슷했다. 예쁜 목을 가진 여자만이 눈에 띄는 감정을 보이며 밀떡을 받았다. 그녀는 약한 모습으로 떨면서 무릎을 꿇었다. 러스의 어머니가 보이던 강렬한 신앙심이 떠오르는 모습이었다. 그녀가 신도석으로 돌아갈 때, 러스는 그녀가 입술이 두툼하고 눈이 짙은 갈색이며 아마도 자신보다 나이가 많지 않으리라는 것을 알았다.

미사가 끝난 뒤, 러스는 사제에게 다시 와서 방문객으로서 성체성사를 받아도 되는지 물었다. 사제는 그럴 수 없는 이유를 설명했지만, 미사를 지켜보고 예배를 드리는 건 얼마든지 해도 좋다고 했다. 러스는 다음 주 일요일에도 정당하게 예수 탄생 교회를 찾았다. 하지만 이번에 그는 교회의 모든 라틴적인 모습에 패배하고 말았다. 한 주 전에는 보호하는 것처럼 느껴지던 교회의 두꺼운 벽이 이제는 신앙이 생명을 잃은 것을 기념하는 기념물처럼 느껴졌다. 한때 녹아 있던 영혼이 수백 년이 지남에 따라 엉겨서 차가운 돌로 응결된 것 같았다. 짙은 갈색 눈의 젊은 여자는 다시 그곳에 왔다. 이번에도 혼자였다. 하지만 이제 그녀의 신앙이 띤 열기는 그를 배제하는 것처럼 보였다.

실험을 포기한 러스는 다시 복무지의 동료 메노파들과 함께 예배를 드리게 되었지만, 그들에게 큰 동료애를 느끼지는 않았다. 사실 그는 메사가 그리웠다. 모든 바위와 덤불, 곤충마다 깃들어 있는 하나님이 말이다. 그는 일요일 아침마다 혼자서 숲길을 거니는 습관이 생겼다. 그러면 가끔 하나님의 존재가 느껴졌지만, 그 느낌은 겨울의 구름에 숨겨진 태양처럼 약했다.

3월의 어느 날 오후, 러스가 플래그스태프의 도서관에 들러 복무지에서 받은 특권을 남용하며 평원 인디언의 사진이 담긴 책을 넘겨보고 있을 때, 웬 젊은 여자가 러스 맞은편에 앉아 수학 교과서를 펼쳤다. 그녀는 격자무늬가 들어간 카우보이 셔츠를 입고 있었으며, 스카프로 머리카락을 감싸고 있었다. 그래도 러스는 그녀를 알아보았다. 도서관의 더 밝은 빛 속에서 본 그녀는 나바호 춤꾼 때문에 눈을 뜬 이후로 러스가 보았던 여자 중 가장 아름다운 여자가 틀림없었다. 문맹이라도 되는 것처럼 그림책을 보고 있던 것이 창피해진 러스는 다른 책을 가져오려고 자리에서 일어났다.

"당신을 알아요." 여자가 말했다. "예수 탄생 교회에서 봤죠."

러스는 돌아보았다. "네."

"두 번밖에 못 봤어요. 왜죠?"

"왜 두 번밖에 못 봤느냐는 건가요, 애초에 왜 거기 갔느냐는 건가요?"

"둘 다예요."

"나는 가톨릭 신자가 아니에요. 그냥…… 관찰하고 있었어요."

"말이 되네요. 젊은 가톨릭 신사는 극히 드물죠. 나는 당신이 다시 돌아오지 않으리라는 걸 알고 있었어요."

"나는 가톨릭 신자가 아닙니다."

"그 얘긴 방금 했고요. 한 번 더 말하면, 당신이 무슨 저주를 물리치려고 하는 줄 알겠어요."

러스는 그녀의 날카로움에 놀랐다. 그녀가 질문을 던진 그 단순명쾌함에 놀랐듯이 말이다. 러스는 그녀가 어머니와 닮았다고 느꼈다. 그래서 그녀에게 부드러움과 겸손을 기대한 건지도 몰랐다. 매리언이라는 그녀의 이름 말고는 아무것도 더 알아내지 못한 채, 그는 자신의 출신이 어디이고 플래그스태프에는 왜 왔는지, 어쩌다 나바호 인디언들을 통해 다른 신앙을 탐구하게 되었는지 말해주었다.

"그러니까 그냥 트럭을 가지고 한 달 동안 사라졌다는 거예요?"

"한 달 반이죠. 복무지 감독관님이 무척 너그러우셨거든요."

"혼자서 거기 가는 게 무섭지는 않았고요?"

"당시에는 왠지 그런 생각이 나지 않았어요. 겁먹는 게 맞았을 텐데."

"나라면 겁먹었을 거예요."

"뭐, 당신은 여자니까요."

여자라는 명사는 해롭지도 않고 일상적인 말이었지만, 러스는 그 말을 한 것에 얼굴을 붉혔다. 그는 어떤 여자를 매력적이라고 의식하면서 그 여자와 대화를 해본 적이 한 번도 없었다. 그게 얼마나 부담스러운 일인지 짐작조차 하지 못했다. 그녀가 자신의 이야기에 깊은 인상을 받은 것처럼 보인다는 사실이 대화를 더욱 부담스럽게 했다. 마침내 그는 어색하게, 여자의 공부를 더는 방해하지 않겠다고 말했다.

여자는 슬픈 듯 교과서를 보았다. "집중이 안 되네요."

"그러게요. 나도 수학은 어렵습니다."

"어려운 게 아니라, 그냥 지루해요. 주님과 함께하고 싶어서 허기가 져요."

그녀의 말투는 사무적이었다. 주님이 샌드위치라도 되는 것 같았다.

"나도 그렇습니다." 러스가 말했다. "그러니까…… 무슨 말인지 알아요. 나는 나바호들과 함께했던 것이 그립습니다. 그들은 주님과 하루 종일, 매일 함께 있을 수 있거든요."

"예수 탄생 교회로 돌아오세요. 찾으시는 걸 발견하게 될지도 몰라요. 나는 그 교회에 가기 전까지는 뭘 찾고 있는 줄도 몰랐어요."

다른 남자라면 그녀의 독실함에 거부감을 느꼈을지도 모른다. 하지만 러스는 어린 시절부터 그 비슷한 독실함을 보고 자랐다. 매리언의 독실함은 덜 평온했지만, 익숙했다. 이 여자가 어머니를 떠오르게 한다는 것도 더는 심란하게 느껴지지 않았다. 그는 어머니가 그냥 어머니만이 아니었음을 문득 깨달았다. 어머니는 그저 신성한 헌신의 상징물이 아니었다. 어머니는 한때 젊었던, 살과 피로 이루어진 여자였다.

다음 주 일요일, 그가 가톨릭교회로 돌아갔을 때 매리언은 그의 곁에 앉아서 귓속말로 미사에 관해 짧게 설명해주었다. 러스는 사제가 말한 '크리스투스'와 연결되려 애썼지만, 매리언이라는 작은 존재와 너무 가까이 있어서 연결이 방해됐다. 그녀는 밝은 초록색에, 더 진한 초록색 면비로드 깃이 달린 코트를 입고 있었다. 씹어서 찢어진 손톱의 큐티클 주위에 피가 말라붙어 있었다. 그녀는 기도할 때 손마디가 하얘질 정도로 손가락을 세게 얽었다. 열린 입에서 거친 숨소리가 희미하게 들렸다. 그녀의 열정은 전능하신 분을 향해 있었기에, 러스는 그 모습에 흥분하는 것이 안전하다고 느꼈다.

미사가 끝난 뒤 그는 매리언에게 윌리로 태워다 주겠다고 제안했다.

"고마워요." 그녀가 말했다. "하지만 걸어가야 해요."

"나도 걷는 걸 좋아합니다. 가장 좋아하는 일이에요."

"하지만 나는 걸음을 헤아려야 하는걸요. 두 해 전에 시작하고 나서는 멈출 수가 없어요. 이유는…… 아무튼요."

나이 든, 느린 여자 두 명이 스페인어로 말하며 교회에서 나왔다. 체리 거리는 무척 조용했다. 비둘기들이 그 가운데에 진을 치고 있었다.

"무슨 말을 하려고 했어요?"

"아무것도 아니에요." 그녀가 말했다. "창피하네요. 나는 교회 문에서 출발해서, 매번 걸음 수가 같은지 확인해야만 해요. 그런 방법으로 주님이 아직 내 안에 계신다는 걸 확인하거든요. 한 걸음이라도 많게, 혹은 적게 헤아리면……."

그녀는 몸을 떨었다. 걸음을 잘못 헤아릴지 모른다는 생각에서 그런 걸지도, 당혹감에 그런 걸지도 몰랐다.

"내 걸음 수는 당신과 다를 겁니다." 매리언이 함께하자고 말하지 않았는데도 러스가 말했다.

"맞아요, 당신은 키가 크니까요. 당신한테는 당신 나름의 걸음 수가 있겠죠. 하지만 그게 문제가 아니에요. 중요한 건 내 걸음 수예요. 벌써 너무 미신적이네요."

"나바호 인디언들에게도 온갖 미신이 있습니다. 그 사람들이 틀렸다는 확신은 들지 않네요."

"걸음 수를 헤아리는 데 무슨 의미가 있다고 생각하는 건 주님을 모욕하는 거예요."

"해로울 건 없을 것 같은데요. 성경에는 주님이 보내신 징조 이야기가
잔뜩 나오니까요."

매리언은 고개를 들어 검은 눈으로 그를 보았다. "친절한 분이네요."

"아…… 감사합니다."

"나랑 함께 걸어주실래요? 그럼 다른 데 신경을 쓸 수 있을지도 몰라
요. 걸음 수를 세지 않고 한 번이라도 걸을 수 있다면 더는 헤아릴 필요
가 없을 것 같은데. 물론……." 그녀는 웃었다. "걸음 수를 세지 않아서 맞
아 죽는 게 아니라면 말이에요."

그녀는 날카로움과 이상함을 수수께끼처럼 혼합한 존재였다. 면비로
드 목깃 위로 보이는 섬세한 목은 계속해서 러스를 매혹했다. 레서 헤브
론에서도, 또 고선에서도 여성들의 목덜미는 땋은 머리나 치렁치렁한 머
릿결로 가려졌다. 러스는 매리언을 집으로 데려다주면서, 그녀가 샌프란
시스코에서 자랐으며 어리석게도 할리우드 배우가 되기를 꿈꿨다는 것
을 알게 되었다. 그녀는 로스앤젤레스에서 타이피스트 겸 속기사로 일
하다가 플래그스태프로 이사해 삼촌과 함께 살고 있었다. 잠시 수녀원
에 들어갈 생각도 했지만, 지금은 초등학교 선생님이 되기 위해 공부하
고 있었다. 그녀는 몸집이 작아서인지 아이들이 자기를 믿는다고 했다.
그녀가 아이들 중 하나라도 된 것처럼 말이다. 그녀는 어렸을 때부터 가
톨릭교도로 양육된 건 아니라고 말했다. 그녀의 아버지는 그리 독실하지
않은 유대교도였고, 어머니는 '위스키 교도'였다.

그녀가 드러낸 진실 하나하나가 러스가 모르던 미국의 풍경을 열어주
었다. 러스가 계산한 대로라면 매리언은 겨우 스물다섯 살이었다. 하지
만 그녀가 너무도 일상적으로 대화에 섞어 넣는 샌프란시스코나 로스앤

젤레스 같은 지명들은 레서 헤브론 출신의 여자가 평생 기대할 수 있는 것보다도 많은 기억의 토템이었다. 러스는 키스 두로치를 만났을 때 그랬듯 이번에도 무지하고 열등한 존재가 된 기분이 들었다. 이번에도 그 느낌은 매력과 구분되지 않았다. 매리언도 그에게 끌릴 거라는 생각은 한 번도 들지 않았다. 대부분의 젊은 남자들이 해외에 나가 있는 플래그스태프라는 좁은 지역에서 러스가 예수 탄생 교회에 출현한 것은 매리언에게도 똑같이 특별한 일이었으리라는 생각 말이다. 그녀가 유의미하게 나이가 많지 않았더라도, 러스는 자신이 욕망의 대상이 될 거라고는 생각하지 않았을 것이다.

마을 외곽에 있는 매리언의 삼촌 집은 나지막하고 금방이라도 무너질 듯했으며, 뜰에는 천년초가 들끓었다. 진입로에는 애리조나의 모래에 쓸려 페인트가 벗겨진 포드 트럭이 서 있었다. 매리언은 현관으로 달려가 거기에 깔린 매트에 발을 구르고, 두 팔을 쭉 펴더니 얼굴을 들어 푸르디푸른 하늘을 마주 보았다. "왔어요." 그녀가 소리쳤다. "나를 쳐서 죽이세요."

그녀는 러스를 보더니 웃었다. 러스는 그녀와 보조를 맞추려고 간신히 미소 지었지만, 이제는 그녀가 인상을 썼다. 매리언의 이상한 부분 중 하나는 표정이 갑자기 바뀐다는 것이었다.

"나는 끔찍한 사람이에요." 그녀가 말했다. "알고 보면, 지금이 치명적인 암에 걸린 순간일 수도 있는데."

"주님께서 그런 장난을 치실 것 같지는 않은데요. 매리언 씨가 진정으로 그분을 사랑한다면 말이죠."

매리언은 여전히 심각하게 진입로를 되돌아왔다. "그렇게 말해줘서 고마워요. 당신이 나를 고쳐줬다고 믿어요. 점심 먹고 갈래요?"

러스가 거절하자—그는 가톨릭교회의 기나긴 미사 때문에 직무를 유기하고 있었으며, 윌리도 되찾아야 했다—매리언은 그와 함께 교회로 다시 걸어가겠다고 우겼다. 걸음을 되밟아 가면서 그녀와 함께하는 부담은 점점 무거워졌다. 매리언은 그의 평화주의를 동경했고, 그가 복무지에서 느꼈던 조바심도 동경했으며, 그가 나바호 인디언들에게 연민을 느꼈던 것도 동경했다. 러스가 아래를 힐끗 볼 때마다 그녀의 짙은 갈색 눈동자는 그를 올려다보며 반짝였다. 러스는 한 번도 그토록 아무 조건 없이 그를 마음에 들어 하는 시선을 느껴본 적이 없었고, 그 시선이 신호하는 흔쾌한 마음을 알아볼 만한 경험도 부족했다. 트럭에 이르렀을 때쯤, 러스는 스트레스 때문에 실제로 두통을 느꼈다. 그는 매리언에게 삼촌 집까지 다시 태워다 주겠다고 제안했지만, 매리언의 얼굴이 다시 흐려졌다.

"아까 했던 말이요…… 우리가 주님을 사랑하는 한 우리가 무슨 일을 하든 상관없다는 말. 정말로 그렇게 생각해요?"

"글쎄요." 그가 말했다. "나바호 인디언들은 그리스도를 받아들이지 않지만, 나는 그 사람들이 영원히 저주받았다고는 생각하지 않아요. 그 사람들이 지옥에 간다면 공정하지 않은 일이 될 것 같습니다."

매리언은 시선을 내렸다. "나는 내생을 믿지 않아요."

"그…… 정말입니까?"

"나는 유일하게 중요한 건 살아 있을 때의 영혼 상태뿐이라고 생각해요."

"그게…… 가톨릭의 가르침입니까?"

"절대 아니에요. 퍼거스 신부님과 나는 늘 이 문제로 토론해요. 나한테는 이 세상에 주님만큼 현실적인 게 없어요. 사탄도 똑같이 현실적이고요. 죄악도 현실적이고, 주님의 용서도 현실적이에요. 그게 복음의 메시지죠. 복음에는 내생에 관한 이야기가 별로 나오지 않아요. 그 얘기를 하는 사람은 요한뿐이죠. 이상하지 않아요? 만약에 내생이 그렇게 중요하다면요. 젊은 부자가 예수님께 어떻게 해야 영생을 얻을 수 있느냐고 물었을 때 예수님은 그 사람에게 직접적인 대답을 내주지 않으세요. 천국이란 주님을 사랑하고 계율에 순종하는 것이고, 지옥이란 죄악 속에 길을 잃는 것이라고만 하시죠. 지옥이란 다름 아닌 주님을 버리는 거라고 말씀하시는 것 같아요. 퍼거스 신부님은 예수님께서 문자 그대로의 천국과 지옥에 대해서 이야기하신 거라고 생각해야 한대요. 교회에서 그렇게 가르치니까요. 하지만 나는 그 구절들을 백번은 읽었어요. 젊은 부자는 영생에 관해 묻는데, 예수님께서는 돈을 줘버리라고 하시죠. 예수님은 현재에 뭘 해야 할지 말씀하세요. 현재에서 영생을 찾을 수 있다는 것처럼요. 내 생각에는 그게 맞아요. 내세는 우리에게 신비죠. 주님께서 신비이신 것처럼요. 내세가 꼭 천국에서 기뻐하거나 지옥에서 불탄다는 의미일 필요는 없어요. 시간을 초월한 은총의 상태, 혹은 밑바닥을 모를 절망의 상태일 수 있죠. 나는 우리가 살아가는 모든 순간에 내세가 있다고 생각해요. 그래서 퍼거스 신부님과 약간 문제를 겪고 있어요."

러스는 초록색 코트를 입은 작은 여자를 빤히 보았다. 방금 이 여자와 사랑에 빠진 것만 같았다. 러스가 시급하다고 생각하는 문제에 그녀가 깊이 얽혀 있기 때문만은 아니었다. 그녀의 말을 통해, 표현할 수는 없었지만 내면에 잠재되어 있던 생각을 들었기 때문이었다. 러스의 열등감이 극심해졌다. 역설적이게도, 러스는 부끄러워지기보다 그녀 안에 파묻히기를 원하게 되었다.

"들어가서 기도해야겠어요." 그녀가 말했다. "주님과 이렇게 가까운 곳에 있으면서 더 나은 가톨릭 신자가 되지 못한다는 건 고약한 일이니까요. 꽤 오랫동안 진전을 이루지 못했거든요."

"다음 주에 다시 와도 될까요?"

매리언은 슬프게 미소 지었다. "이런 말을 해도 될지 모르겠지만, 당신도 딱히 훌륭한 가톨릭 신자가 될 것 같지는 않은걸요, 주님께서-그런-장난을-치실-것-같지는-않은데요 씨."

"당신도 교리를 그대로 받아들이는 건 아니잖아요."

"난 그럴 만한 이유가 있고요."

"무슨…… 이유요?"

"솔직히, 나는…… 언젠가 보호구역으로 돌아갈 생각인가요?"

"언젠가는, 그럼요. 물론입니다."

"그때 나도 데려가요. 나도 직접 보고 싶어요."

그녀를 메사로 데려간다는 생각은 천국에서 받는 보상과도 같았다. 놀라우면서도 멀게만 느껴졌다. 지금 당장은 러스를 매정하게 거절하는 말처럼 느껴졌다. "보여드릴 수 있다면 무척 기쁠 겁니다."

"좋아요." 매리언이 말했다. "기대할 만한 일이 생겼어요." 그녀는 돌아서며 덧붙였다. "나를 어디서 만날 수 있는지는 아시죠?"

언제든 원할 때면 그녀를 찾아가도 된다는 말일까? 아니면 보호구역으로 돌아갈 때만 찾아오라는 말일까? 예수님의 말씀이 모호했듯, 그녀의 말도 마찬가지였다. 러스는 이틀 뒤, 플래그스태프 소인이 찍혀 있고 반송 주소가 없는 봉투가 복무지에 도착했을 때도 그 모호함을 해석하려고 애쓰고 있었다. 그는 숙소에서 편지를 받은 뒤 침대에 앉았다.

러셀에게

내 미신을 치유해준 당신에게 다시 고맙다는 인사를 하지 않은 건 부주의

한 일이었어요. 날 참아준 당신은 너무도 사랑스러웠고요. 한 달 내내 구름이 껴 있다가 해가 뜬 것만 같았네요. 당신이 찾고 있는 모든 것과 그 이상을 발견하길 바라요.

주님 안에서, 또 동료로서
당신의 매리언

　여기, 발견하길 바라요라는 말의 작별 인사 같은 느낌에서도 의심에 가득 찬 정신은 모호함을 읽어낼 수 있었다. 하지만 그의 몸은 그렇게 어리석지 않았다. 몸을 사로잡은 감각은 아랫도리에서 발산된다는 점에서 익숙했고, 감정으로 가득 차 있다는 점에서는 완전히 새로웠다. 감정만이 아니었다. 그 감각은 희망과 감사, 특별한 한 사람의 모습, 그녀의 정열적인 두 눈, 그녀의 복잡한 정신으로 가득했다. 그렇게 매력적인 사람이 남들보다 못하다는 느낌을 받는다니 상상할 수도 없었다. 하지만 편지에는 그녀 자신의 손 글씨로 분명하게 적혀 있었다. 날 참아주었다고. 러스는 이 말에 무척 흥분했다. 매리언이 그 말을 귓가에 대고 속삭이는 것만 같았다.

　다음 날 러스는 오후 휴가를 냈다. 병참 장교는 이유도 묻지 않았다. 조지 긴치는 여전히 점호와 집합을 즐겼지만, 전쟁이 끝난 이후로 복무지에서 하는 일은 그냥 흉내에 불과했다. 긴치의 현재 목표는 자신이 조직한 미식축구 팀의 장비를 구하는 것이었다. 낡은 윌리는 어째서인지 지금까지도 작동했다. 러스는 일단 그 차를 타고 공공도서관으로 갔다가, 매리언을 발견하지 못하자 그녀의 삼촌 집으로 갔다. 천년초 덕분에 그 집을 알아볼 수 있었다. 이상하게도 현관을 노크하는데 두렵지 않았다. 그는 남자와 여자가 결혼하는 것이 자연스러운 일이고, 주님이 명하신 일이라는 것을 알고 있었다. 하지만 머릿속에서는 이미 이 세상에 언젠가 만날 가능성이 있는 여자들이 가득한 건 아니라는 생각이 들었다. 여자는 한 명뿐이었다. 돌이켜보면 도서관에서 그녀를 우연히 만난 것 자체가 주님의 인장이었다. 매리언의 집 문을 두드리는 것은 남자와 여자를 창조하셨을 때 주님이 뜻하신 것 이상도 이하도 아니었다. 그 말은 러스가 이제 남자가 되었음을 의식하고 있다는 뜻이었다.

매리언은 거친 작업복에, 허리 부분을 묶은 지나치게 큰 흰색 셔츠를 입고 문으로 다가왔다. 그녀가 남자처럼 바지를 입고 있다는 사실이 그에게는 과도한 놀라움을 안겼다.

"당신일 줄 알았어요." 그녀가 말했다. "오늘 아침에 일어났을 때 당신을 만나게 될 거라는 아주 강한 느낌을 받았거든요."

매리언이 놀라지 않는 모습을 보고 러스는 다시 한번 어머니를, 어머니의 평온함을 떠올렸다. 매리언의 예감이 믿을 만한 것이라면, 그녀를 만나러 온 것이 러스에게는 자기 힘으로 해낸 일처럼 느껴졌을지 모르나 실제로는 주님의 계획이었을 뿐이라는 뜻이었다. 매리언은 그를 데리고 전부 비슷한 스타일의 풍경화가 걸려 있는 식당을 가로질러 주방으로 들어갔다. 주방에서는 산이 보였다. 뒤뜰 저쪽에, 아마 조각상으로 보이는 녹슨 금속 형체들이 흩어져 있는 곳에는 양철 지붕 건물이 서 있었다.

"저기가 지미 삼촌의 스튜디오예요." 매리언이 말했다. "저녁 먹을 때까지는 안 나올 거예요. 안토니오 아저씨도 일하는 중이고, 나는…… 공부하고 있었어요." 그녀는 식탁에 펼쳐놓은 교과서를 가리켰다. "고양이도 두 마리 있어요. 어디 갔나 보네요, 방금까지 여기 있었는데."

지미는 매리언의 삼촌이었지만, 다른 남자는 누구인지 궁금했다. 불쾌한 새 감각이, 소유욕이 그를 덮쳤다. "안토니오가 누구예요?"

"지미 삼촌의 동반자예요. 그 둘은…… 아시잖아요." 매리언이 눈을 들었다. "아니, 모르시려나."

대체 러스가 뭘 알겠는가?

"둘은 남편과 아내랑 비슷해요. 다만 안토니오 아저씨가 남자인 거죠. 끔찍하게 혐오스러운 일이에요." 그녀가 킥킥 웃었다. "배고파요? 샌드위치 만들어드릴 수 있는데."

대체복무지에는 러스와 한 숙소를 쓰는 사람들이 호모라고 부르는 퀘이커 소년이 두 명 있었다. 이제야 러스는 그런 호칭이 단순한 태도 이상을 포괄하는 것일지 모른다는 생각이 들었다. 그는 메스꺼움을 느꼈다. 혐오스러움 때문만이 아니라 매리언의 웃음 때문이기도 했다.

"미안해요." 매리언은 러스의 불편함을 느낀 것처럼 말했다. "당신이 어디서 오셨는지 잊었네요. 안토니오 아저씨한테 너무 익숙해져서, 누가 그걸 나쁘게 생각할 수 있다는 것 자체가 터무니없게 느껴져요."

"그럼 당신은, 어…… 가톨릭의 가르침에서 어떤 부분을 실제로 받아들이는 건가요?"

"아, 엄청 많죠. 성찬이라든지, 그리스도께서 우리의 죄를 사해주셨다든지, 퍼거스 신부님의 권위라든지. 지미 삼촌과 안토니오 아저씨도 가톨릭교도였다면 분명 회개할 만한 게 있었겠지만, 저로서는 신경 쓸 일이 아닌 것 같아요. 예수님께서는 돌을 던지지 말라고 하셨으니까요."

동성애자들에 대한 러스의 공감은 매리언과 함께 시작됐다. 그녀와 사랑에 빠지자마자, 그녀가 가진 모든 신념에는 받아들일지 강하게 생각해볼 만한 가치가 있음이 자명해졌다. 그녀 안에 자신을 파묻어버리고 싶다는 욕망 곁에는 그녀로 가득 차오르고 싶다는 소망이 있었다. 러스는 번데기에서 나오는 나비라도 된 것 같았다. 그의 심장이 그녀의 정수를 펌프질해서, 이제 막 태어난 그의 축축한 날개에 집어넣고 그 날개를 펼치고 있다는 느낌을 받고 싶었다. 매리언은 러스보다 지상에서 3년 반을 더 보냈고, 샌프란시스코와 로스앤젤레스에서 살았으며, 러스보다 깊고 예리하게 생각하는 사람이었다. 그녀가 루스벨트를 신뢰했기에 러스는 민주당에 투표하기로 했다. 그녀가 이블린 워, 그레이엄 그린, 존 스타인벡 등 세속적인 문학작품을 읽었기에 러스도 그 작품들을 읽었다. 재즈도 마찬가지였고, 현대미술도 마찬가지였고, 옷도 마찬가지였다. 특히 섹스가 그랬다.

그들은 러스의 첫 방문을, 그녀의 주방 식탁에 앉아서 영혼과 사범대학에 대해서, 러스의 할아버지와 가족의 신앙에 대한 그의 의구심에 대해서 이야기하며 보냈다. 닷새 뒤, 러스가 두 번째로 그녀의 집을 찾아갔을 때 그들은 삼촌의 집 뒤쪽 산을 너무 높이까지 올라간 나머지 지는 태양과 경주를 벌이며 내려와야 했다. 그런 다음에는 매리언이 러스에게 별 내용 없는 편지를 보냈다. 그저 자기가 보낸 하루에 관한 유쾌한 설명이었다. 하지만 러스는 그 편지를 읽고 또 읽을 수밖에 없었다. 모든 세부 사항이, 고양이 한 마리가 매리언의 침대에 털 뭉치를 토했다는 내용이나 삼촌이 자기 생일을 기념해서 매리언에게 새끼 양 갈빗살 요리를 해달라고 했다는 이야기, 우체국에 들렀다가 돌아가는 길에 정육점에 들를지도 모르겠다는 이야기, 다시 눈이 올지도 모르겠다는 생각이 든다는 이야기는 점점 더 마법처럼 흥미로워졌다. 러스는 어머니가 초반에 보냈던 편지를 굶주린 듯 읽고 또 읽었던 일을 떠올렸다. 그 편지들도 마찬가지로 매일의 일상으로 가득했다. 이제는 어머니의 편지가 너무 지루하게 느껴져서, 한 번 이상 훑어보는 일이 거의 없었다. 어머니가 눈이 올 거라고 생각하든 말든 러스는 눈곱만큼도 관심 없었다.

어머니는 공동체의 이런저런 소녀가 '정말로 다 컸다'고 말하는 습관이 생겼다. 더 긴 메시지를 암호처럼 담고 있는 짧은 표현이었다. 그 긴 메시지란 러스가 대체복무를 마치고, 만족할 만한 수많은 가족 중에서 아내를 한 명 선택한 뒤 레서 헤브론에 정착해야 한다는 것이었다. 자신의 의구심을 드러내지 않고 어머니에게 보낼 수 있는 답장은 줄어들고 줄어들어, 사실상 문장만이 아니라 문단 하나를 기본적으로 토씨 하나 틀리지 않고 반복하는 수준에 이르렀다. 러스는 나바호 인디언과 함께 보낸 시간에 대해서도 그들이 자긍심 높고 너그러운 사람들이고 메노파를 대단히 존경한다는 말 말고는 거의 쓰지 않았다. 매리언에 관해서는 아예 적지 않았다. 그와 매리언이 만날 운명이었다는 느낌은 날이 갈수록 강해지고 있었다. 러스의 가족이 속한 공동체는 외부인과의 결혼을 권장하지 않았을 뿐 금지하지 않았다. 그러나 매리언은 바지를 입고 다니며 동성애자들과 함께 사는, 유대인 혼혈 가톨릭교도였다. 안전한 길은 그녀의 존재를 감추고 행운을 비는 것이었다.

복무지 노동자들 대부분은 격주 금요일 밤마다 트럭에 꾸역꾸역 타고 플래그스태프의 영화관으로 갔다. 조지 긴치가 직접 이 모임의 보호자 역할을 맡았다. 메사에서의 종교를 잃은 뒤 처음으로 그들과 함께했을 때, 러스는 영화가 더 큰 세상을 향해 열어준 창문에 홀려서는 이후로 계속 그 모임에 참석했다. 4월의 어느 금요일 밤, 러스를 비롯한 사람들이 오르페움으로 밀려 들어갔을 때였다. 녹색 코트를 입은 작은 사람이 비밀리에 미리 준비하고서, 좌석 맨 뒷줄에서 그를 기다리고 있었다.

매우 빠르게, 거의 불이 꺼지자마자 네 개의 부드러운 손가락이 굳은살이 박인 그의 손에 미끄러져 들어왔다. 여자의 손을 잡는다는 것은 너무도 흡인력이 강하고 중대한 일이라, 처음으로 나온 단편영화 〈바보 삼총사)의 고함은 거의 알아들을 수도 없었다. 한편 매리언은 정말 편해 보였다. 그녀는 귀를 비트는 모습이나 접이사다리가 무너지는 모습을 보고 웃었다. 그 폭력적인 광경은 러스에게 매리언과 함께 보내는 순간을 더럽히는 것처럼 느껴졌다. 그 꼴을 보면 눈이 시렸다.

본영화인 〈셜록 홈스〉가 시작되자 매리언은 화면에 흥미를 잃고 러스의 어깨에 머리를 기댔다. 그녀는 팔을 뻗어 러스의 가슴을 끌어안고 몸을 가까이 당겼다. 해포석 파이프*를 손에 든 배질 래스본이 알아들을 수 없는 말을 하고 있었다. 러스는 숨을 쉬지 않으려고 노력했다. 숨을 쉬면 매리언이 자기를 놔버릴 것 같았다. 하지만 매리언이 다시 움직였다. 그녀의 손은 러스의 목에 닿아 있었다. 그녀가 러스의 얼굴을 자기 쪽으로 돌렸다. 깜빡이는 빛 속에서 한 쌍의 입술이 드러났다. 아, 그 부드러움이라니. 그 입술에 입을 맞출 때의 친밀함은 너무도 강렬한 것이어서, 러스는 영원의 존재 앞에 선 필멸의 인간처럼 불안해졌다. 그는 얼굴을 돌렸지만, 매리언이 즉시 다시 얼굴을 끌어당겼다. 머잖아 러스도 매리언의 뜻을 알아들었다. 러스와 그녀는 영화를 보러 온 게 아니었다. 조금도. 그들은 키스하고 키스하고 또 키스하러 그곳에 온 것이었다.

크레딧이 올라갈 때, 매리언은 아무 말 없이 자리에서 일어나 극장을 나섰다. 객석 조명이 켜지며 세상을 종합적으로 바꿔놓았다. 두 사람의 입이 한데 결합하면서 세상은 더욱 생생하고 광활해졌다. 러스는 대단히 눈에 띄는 듯한 기분으로, 실제로는 그러지 않기를 바라며, 영화관을 나서는 일꾼들 사이에 끼어들었다. 매리언은 로비에 없었지만, 조지 긴치는 있었다.

---

* 대통이 한 대로 만들어진 고급 담배 파이프.

"날 끝없이 놀라게 하는구나." 긴치가 말했다.

"네?"

"난 네가 주님을 두려워하는 시골 소년이라고 생각했어. 하도 깨끗하게 살아서 문지르면 끽끽 소리가 날 정도인 줄 알았지."

"제가 무슨 문제를 일으킨 겁니까?"

"나한테는 아니고."

매리언은 이어지는 몇 주 동안 그를 데리고 길고 구불구불한 계단을 올라갔다. 올라갈 때는 무섭지만, 각 계단에 잠시 멈출 때는 기쁜 계단이었다. 편지로 전해진 첫 사랑해요, 공공장소에서 낮에 한 첫 키스, 매리언의 삼촌 집 응접실에서 입 맞추느라 몇 분으로 줄어든 몇 시간, 월리의 좌석에서 벌어진 더 미친 듯한 심야의 씨름, 그녀의 블라우스 단추를 풀었던 믿을 수 없는 일, 무한한 부드러움에도 단계가 있다는 깨달음. 더 부드럽고, 가장 부드럽고…… 이는 결국 5월의 흐린 오후로, 그녀가 자기 방문을 잠그고 신발을 벗어 던진 뒤 작은 침대에 누운 날로 이어졌다.

러스는 그녀의 창문에 쳐진 얇은 커튼 너머로 매리언 삼촌의 스튜디오를 볼 수 있었다.

"우리 여기 있어도 돼요?" 그가 말했다. "어색할 것 같은데, 혹시 누가……."

"안토니오 아저씨는 피닉스에 있고, 지미 삼촌은 내 감시인이 아니에요. 여기보다 나은 곳이 있는 것도 아니고."

"그래도 어색할 수 있어요."

"내가 무서워요, 자기? 나한테 겁을 먹은 것 같은데."

"아뇨. 당신이 무섭지는 않아요. 하지만……."

"오늘 아침에 일어나자마자 오늘이 바로 그날이라는 걸 알았어요. 그냥 날 믿으면 돼요. 나도 무섭지만…… 정말로 주님이 오늘을 그날로 정하셨다고 생각해요."

러스가 보기에는 주님이 바깥의 흐릿한 빛 속이면 몰라도 그녀의 침실 안에는 없는 것 같았다. 이 순간까지 이어지는 계단의 어딘가에서 러스는 결혼할 때까지 순결을 보존하는 것의 중요성을 놓치고 말았다.

"오늘이 좋은 날인 데는 다른 이유도 있어요." 그녀가 말했다. "아주 안전한 날이니까."

"지미 삼촌이 집에 없어요?"

"아뇨, 스튜디오에 있다니까요. 내 말은, 내가 임신할 수 없는 날이라는 뜻이에요."

그는 늘 이해가 느리고, 늘 뒤처지는 듯한 기분이 싫었다. 하지만 매리언을 사랑하는 건 사실이었다. 밤낮없이 그녀를 생각한다는 말은 정확하지 않았다. 그에게 사랑은 생각의 문제라기보다 그녀로 가득 채워지는 느낌의 문제였다. 러스가 보기에는 더 진실한 종교를 가진 사람, 예컨대 메사의 나바호 인디언이 신으로 가득 차오르듯 끊임없이 채워지는 느낌의 문제. 그리고 매리언의 말이 맞았다. 오늘, 그녀의 방에서가 아니라면 언제 어디에서 하겠는가? 그는 절대로 그녀를 만지는 것을 멈추고 싶지 않았지만, 만지는 것만으로는 충분하지 않았다. 러스의 몸은 아무 말도 하지 않았지만, 한편으로는 너무도 고집스럽게 그가 메시지를 받았다고, 그의 마음속에 느껴지는 그녀라는 존재의 압박감은 그녀의 몸속에 압박감을 방출함으로써만 누그러뜨릴 수 있다고 말하고 있었다.

러스는 그렇게 했다. 회색 빛을 받으며, 매리언의 퀼트 침대보 위에서 말이다. 그 방출은 너무도 빠르게 일어났고, 갑작스러워서 실망스러웠다. 그가 혼자서 문지를 때보다 놀랍도록 만족감이 덜했다. 세례를 받는 것만큼 중요한 행위가 세례를 받는 데 필요한 정도밖에 이어지지 않았다. 러스는 그 행위가 너무 별것 아닌 것처럼 이루어진 데 부끄러움을 느꼈고, 그 부끄러움은 좀 더 일반적인 것이 되었다. 매리언의 신체 비례가 이상적이었다면 그의 신체 비례는 볼품없었고, 뼈가 다 드러나는 그의 앙상함은 그녀의 부드러움에 대한 모욕이었으며, 그녀의 크림처럼 흰 피부에 비하면 그의 피부는 암울한 잿빛이었다. 그는 매리언이 자기를 올려다보며 미소 짓는다는 걸 믿을 수 없었다. 그녀의 시선에 깃든 인정의 표정을 말이다.

"잠깐만 거기서 쉬어요." 그녀가 그의 머리카락을 쓰다듬으며 말했다. "겨우 시작이니까."

러스는 매리언이 그걸 어떻게 아는지 알 수 없었지만, 이번에도 그녀의 말이 맞았다. 그녀가 시작이라는 말을 하자마자 러스의 몸은 그녀의 말이 옳다고 알려주었다. 그 단어 자체가 다시 전류를 흐르게 했다. 러스는 아주 짧은 휴식을 취하고 나서 중대한 행위를 반복할 수 있다고는 한 번도 생각해보지 않았다. 빛이 희미해지고 서둘러 떠나야 하는 순간까지 네 번이나 할 수 있다니, 현기증 나는 일이었다. 러스는 서둘러 윌리를 타고 가파른 길을 거슬러 복무지로 돌아가면서부터 그 현기증에서 회복할 방법이 없다는 걸 이미 느낄 수 있었다. 간음을 금지하는 모세의 계명, 레서 헤브론 여자들의 수수한 옷차림, 춤에 대한 금지, 여자의 목을 숨기는 것. 러스는 마치 적의 흔적조차 보이지 않는 평화로운 들판을 상대로 흉벽과 대포들을 설치해둔 아주 오래된 요새에서 자란 것만 같았다. 이제야 방어 시설이 왜 그렇게까지 거대했는지 이해할 수 있었다.

그들은 다시 한번 매리언의 작은 방에서 죄를 저질렀다. 평소답지 않게 따뜻하고 후텁지근한 오후였다. 고양이 한 마리가 매리언의 잠긴 방문에 부딪혀댔다. 그때 러스는 육욕이라는 높은 곳에서 도덕적 결과라는 심연으로 떨어졌다. 그가 매리언을 신뢰한 것은 그녀가 신에 대해 보여 주는 꾸밀 수 없는 사랑, 자신을 탓하는 선량함 때문이었다. 그녀가 원한 것은 러스가 원한 것과 다르지 않았다. 또 씨를 흘린다는 것은 그 자체로 부끄러운 일이 아니었다. 러스의 의지 없이 꿈속에서 일어나던 발기와 사정은 그저 신체의 자연스러운 기능이었다. 하지만 결혼하지 않은 여자 의 안에 씨를 방출한다는 것은, 그녀의 육신 안에서 자신을 잃어버리고 그녀의 비밀스러운 향기 안에 뒹군다는 것은 현저히 다른 일이었다. 그 는 몸을 빼내고, 열기에도 불구하고 침대보를 뒤집어썼다.

"대죄를 저지르는 게 걱정되지 않아요?" 그가 말했다.

매리언은 재빨리 무릎을 꿇고 일어났다. 그녀의 벌거벗은 몸이, 눈을 멀게 할 것만 같은 그 아름다움이 그녀에게는 조금도 중요하지 않은 것 같았다.

"난 꼭 가톨릭교도일 필요가 없어요." 그녀가 말했다. "난 뭐든 당신과 같은 존재가 되고 싶어요. 당신이 나바호가 되고 싶다면, 나도 당신과 함 께 나바호가 될래요."

"그건 불가능해요."

"그럼 뭐든 당신이 원하는 게 되죠. 내가 예수 탄생 교회에 가야 했던 건…… 그냥 그럴 만한 이유가 있었어요. 기도하고 용서받아야 했거든 요. 나는 기도하고 또 기도했어요. 그랬더니 당신이 나타났죠. 내 보상이. 그렇게 말해도 되나요? 당신은 하나님이 보내주신 선물 같아요. 당신은 나한테 그만큼 기적이에요."

"하지만 그러면…… 우리가 결혼해야 한다고 생각하지 않아요?"

"네! 좋은 생각이에요! 다음 주에 하면 되겠네요. 아니면 내일이나……

내일 어때요?"

결혼의 축복이 이미 내려진 것처럼 러스는 자기 몸 위로 그녀를 끌어당기며 입을 맞추었다. 그녀는 이불을 옆으로 치워버리고 그의 몸에 올라타 전문가다운 손길로 그를 다루었다. 러스는 의심하지 않았다. 그녀는 원래 모든 것의 전문가였으니까. 오직 그녀가 둘의 성교 리듬에 맞춰 내던 끙끙대는 소리만이 조금이나마 감지할 수 있는 유일한 부족함이었다. 그녀는 끙끙대며 러스의 이름을 말했고, 또 끙끙대며 러스의 이름을 말했다. 러스의 머릿속에서 그녀는 이미 자신의 사랑스러운 아내였다. 하지만 절정의 쾌락이 몸을 훑고 지나간 뒤, 러스는 다른 죄인 아래에서 땀을 흘리는 죄인으로 돌아와 있었다.

그녀의 기분도 바뀌었다. 그녀는 소리 없이, 비참하게 울고 있었다.

"왜 그래요? 내가 아프게 했어요?"

그녀는 고개를 저었다.

"매리언, 미안해요. 세상에…… 나 때문에 아파요?"

"아뇨." 매리언은 눈물을 흘리며 헐떡였다. "당신은 훌륭해요. 당신은 내…… 당신은 완벽해요."

"그럼 왜요? 왜 그래요?"

매리언은 저쪽으로 굴러가 두 손으로 얼굴을 감쌌다. "난 가톨릭교도가 될 수 없어요."

"왜요?"

"그 말은 내가 당신과 결혼할 수 없다는 뜻이니까요. 나는 전에…… 아, 러스." 그녀가 흐느꼈다. "난 이미 결혼했어요!"

멀미 나는 폭로였다. 신체적인 면과 도덕적인 면 모두에서 느껴지는 질투와 더러움이 방금 러스가 했던 것처럼 그녀를 소유하는 다른 남자의 모습 때문에 더욱 복잡해졌다. 순수하다고, 마음까지 순수하다고 믿었던 여자가 과거에 사용된 적이 있다니. 더럽혀진 적이 있다니. 그는 실망감에 역겨움을 느꼈다. 그 역겨움의 깊이가 매리언이 그에게 주었던 희망의 높이를 드러냈다.

"로스앤젤레스에서 있었던 일이에요." 그녀가 말했다. "난 6개월 동안 결혼했다가 이혼했어요. 당신에게 바로 말했어야 했는데. 당신한테 말하지 않은 건 끔찍한 일이었어요. 당신은 너무 아름답고, 난…… 아…… 나는 너무…… 당신한테 말했어야 했어요! 오, 주여, 오, 주여, 오, 주여."

매리언은 자신의 불행 속에 몸부림쳤다. 러스의 잔인한 일부는 그녀가 아무리 많은 감정적 벌을 받아도 싸다고 생각했지만, 매리언을 사랑하는 일부는 마음이 움직였다. 그는 매리언을 오염시킨 남자를 죽이고 싶었다.

"누구였어요? 그 사람이 아프게 했어요?"

"그냥 실수였어요. 나는 아직 어린애였고…… 아무것도 몰랐어요. 그때 생각에는 내가 꼭…… 난 아무것도 몰랐어요."

당시의 일이 아무것도 모르는 소녀의 실수였고, 지금 매리언이 딱할 정도로 그 실수를 후회하고 있다는 생각에 러스는 마음이 더욱 여려졌다. 하지만 그의 분노와 혐오감에는 나름의 생명이 있었다. 그는 다른 사람에게 내준 여자에게 자신의 순결을 바쳤다. 이제 그녀의 알몸은 역겹게 느껴졌고, 그녀의 체취도 지독하게 느껴졌다. 그는 주님에게 레서 헤브론을 떠나지 말 걸 그랬다고 기도했다. 그는 침대에서 두 다리를 획 내려 대충 옷을 입었다.

"부디 화내지 말아요." 매리언이 침착해진 목소리로 말했다.

러스는 너무 화가 나서 말을 할 수 없었다.

"난 실수를 했어요. 엄청나게 많은 실수를 했지만, 우리에 관한 생각은 틀리지 않았어요. 할 수 있다면, 부탁이니 날 용서하려는 노력을 기울여 주세요. 난 당신과 결혼하고 싶어요, 러스. 영원히 당신 것이 되고 싶어요."

러스도 바로 그걸 원했었다. 마음속에 실망감이 고이더니 흐느낌으로 터져 나왔다.

"내 사랑, 부탁이에요." 매리언이 말했다. "여기 와서 앉아요. 내가 안아줄게요. 내가 많이, 많이 미안해요."

러스는 선 채로 몸을 떨며 울었다. 혐오감과 욕구 사이에서 찢겨나갈 것만 같았다. 그 눈물에 깃든 자기 연민은 러스에게 새로운 것이었다. 러스는 지금 이 순간까지 단 한 번도 자신도 인간이라는 것을 제대로 인식하지 못했던 것만 같은 기분이었다. 러스는 그가 늘 함께하는 사람이었다. 주님을 사랑하듯 사랑하고, 다른 사람들을 불쌍하게 여기듯 불쌍하게 여길 수 있는 사람. 그 사람이 고통받으며 러스의 손길을 원하고 있었다. 러스는 그 사람에게 연민을 느끼고, 잠겨 있던 침실 문을 열고 집을 가로질러 뛰쳐나갔다. 윌리에 올라타고 몇 블록을 나아갔다. 그는 사이프러스 나무 아래에 멈춰 서서 혼자 흐느꼈다.

매리언은 그에게 이틀 연속으로 편지를 보냈고, 러스는 그중 한 통도 열어보지 않았다. 그가 사랑했던 여자가 아직 그 안에 있었지만, 러스는 그 여자에게 닿을 수 없었다. 그녀가 저지른 행위 때문에 그녀에게 다가갈 수 없었다. 마치 그의 매리언이 그가 전혀 모르는 매리언 안에 갇혀 있는 것만 같았다. 그가 사랑하는 사람이 감옥 안에서 그에게 울부짖는 소리가 들리는 것 같았다. 매리언은 그가 와서 구해주기를 원했지만, 그는 다른 매리언이 두려웠다. 편지를 쓴 매리언이 그 매리언이라는 걸 알게 될까 봐 무서웠다.

러스는 매리언을 만난 이후로 거의 기도를 하지 않았다. 이제 다시 기도하게 된 그는 자신의 상황을 하나님 앞에 펼쳐놓고, 그분의 뜻이 무엇인지 물었다. 처음 떠오른 통찰은 주님이 그녀를 용서하라고 요구하신다는 것이었다. 신에게 자신이 화난 이유를 설명하려다가, 그는 매리언의 위반 행위―그녀는 결혼한 적이 있다고 말할 때 너무도 창피해했다―가 하찮은 것임을 알았다. 정말이지, 더 큰 위반 행위는 러스 자신의 차가운 마음이라는 것을 말이다. 이에 러스는 두 번째 통찰을 얻게 되었다. 그 모든 의구심과 해방에도 그가 여전히 메노파라는 깨달음이었다. 어느 수준에서, 그는 자신이 언젠가 매리언을 집으로 데려갈 것이고, 레서 헤브론에 정착하지 않을지는 몰라도 가족의 축복을 받게 될 거라고 생각했다. 이제는 매리언이 이혼했다는 사실이 그럴 가능성을 완전히 쓸어냈다. 러스가 느낀 극도의 실망감은 그녀만이 아니라 자신의 부모에 관한 것이기도 했다. 러스는 아직 부모님과 완전히 갈라서지 않았다. 러스가 화가 난 건 그녀의 이혼 문제로 어쩔 수 없이 힘든 선택을 해야 했기 때문이었다.

러스는 아직 선택할 준비가 되지 않았다. 여전히 겁이 났다. 그래서 러스는 그녀의 편지를 열어보지 못한 채 자신의 난처한 처지를 이해할 만한 유일한 사람에게 편지를 썼다. 겨우 8일 뒤에 복무지로 답장이 온 걸보면, 할아버지는 러스의 편지를 보자마자 답장을 보낸 모양이었다. 편지에 담긴 조언은 예상 밖이었다.

그 여자와 결혼할 필요는 없다. 내가 하고 싶은 말은, 어쨌든 태양은 뜬다는 거야. 순간을 즐기면서 복무 기간이 끝날 때 어떤 기분이 들지 살펴보는 건 어떠냐? 그때도 똑같은 감정이 든다면 결혼할 시간은 충분할 거다.

하지만 젊은 남자는 자기 마음을 착각할 수도 있어. 네 여자는 이미 자기 나름의 실수를 했고 자신을 돌보는 방법을 아는 것 같구나. 그건 정말로 귀한 일이다. 조심만 한다면 너도 그 덕을 볼 수 있을 거야. 그 여자가 네 가족의 방식에 따르지 않는다면, 서두를 이유는 없다.

1년 전만 해도 러스는 할아버지의 방종한 삶이 그의 도덕적 원칙을 종 양처럼 갉아먹은 것을 보고 놀랐을 것이다. 하지만 지금은 형제애가 느껴졌다. 러스가 보기에 클레멘트는 단 한 가지만을 빼고 모든 점에서 맞는 듯했다. 러스는 이미 자신의 마음을 알고 있었고, 그 마음은 매리언의 것이었다. 하지만 편지는 더 이어졌다.

너희 부모는 네가 그 여자와 결혼할 경우 널 용서하지 않을 거다. 네 아버지는 우리 구세주가 아니라 다른 사람들이 자기를 어떻게 생각할지만 바라본다. 사랑을 설교하지만 대단히 심한 원한을 품고 있어. 나는 네 아버지의 마음속 복수심을 직접 경험해 알고 있다. 네 어머니는 좋은 사람이지만, 예수 때문에 제정신을 잃었다. 신앙에 너무 깊이 잠겨 있어서 네가 목청 터지게 고함을 친다 한들 못 들을 거다. 네 어머니는 너를 사랑한다고 생각하면서 너를 위해 기도하지. 하지만 그저 자신의 예수님을 사랑할 뿐이다.

러스는 클레멘트의 편지를 다시 읽을 필요가 없었다. 그때든, 다른 어떤 때든. 한 번 읽는 것만으로 그 모든 문장을 기억 속에 낙인찍기에 충분했다.

러스는 다음 날 오후, 매리언의 삼촌 집으로 돌아갔을 때 성경에서 말하는 기쁨이나 그와 관련해서 너무도 자주 등장하는 관련어인 기쁨에 찬, 기쁜, 기뻐하는 등의 의미를 알게 되었다. 매리언에게 아무 조건 없이 항복하는 데에는 기쁨이 있었다. 냉정한 마음을 품었던 것을 사과하는 데에도, 그녀의 기쁨에도, 의구심과 비난으로부터 풀려나는 데에도 기쁨이 있었다. 대체 기쁨이라는 말의 의미를 경험하지도 못하고 그 단어를 몇 번이나 읽었던 걸까? 폭풍이 치는 오후에 사랑을 나누는 데에도 기쁨이 있었고, 사랑을 나누지 않는 데에도 기쁨이 있었으며, 그냥 누워서 그녀의 헤아릴 수 없을 만큼 깊은 짙은 갈색 눈을 들여다보는 데에도 기쁨이 있었다. 그들이 처음으로 디네 비케야로 함께 떠난 여행에도 기쁨이 있었고, 매리언의 무릎에 앉아 있는 스텔라를 보는 데에도 기쁨이 있었으며, 매리언이 아이들을 대하는 다정한 모습에도 기쁨이 있었고, 매리언에게 그녀 자신의 아이를 준다는 생각에도 기쁨이 있었다. 사막의 노을에도, 숨 막힐 듯 별들로 가득한 하늘에도, 심지어 양고기스튜에도 기쁨이 있었다. 조지 긴치의 저녁 식사 초대에도 기쁨이 있었고, 긴치의 눈으로 매리언을 보는 데에도 기쁨이 있었다. 그녀가 러스의 성기에 처음으로 입을 댔을 때도, 그녀의 방종함에도, 러스 자신의 비굴한 고마움에도, 절대 그녀를 떠나지 않겠다는 확신을 공고히 하는 데에도 기쁨이 있었다. 그녀와의 이별을 확인해주는 고통에도 기쁨이 있었고, 재회에도 기쁨이 있었으며, 계획을 세우는 데에도 기쁨이 있었고, 교육을 마치고 그녀를 따라잡겠다는 전망에도 기쁨이 있었고, 그 이후에 무슨 일이 일어날지 모른다는 데에도 기쁨이 있었다.

그 기쁨은 둘이 결혼할 때까지 지속되었다. 결혼식은 러스의 복무가 종료되는 날에, 조지와 지미를 증인으로 두고서 플래그스태프 법원에서 열렸다. 그들은 각자의 종교를 버리고 서로 나눌 수 있는 새로운 신앙을 찾고 있었지만, 아직 정해진 것은 없었고 결혼할 교회도 없었다. 러스는 바로 그날 부모님에게 편지를 써야 한다는 의무감을 느꼈고, 자신이 한 일을 듣기 좋게 포장하지 않았다. 그는 매리언이 예전에 결혼한 적이 있으며, 자신은 공동체에 다시 들어가고 싶은 마음이 없다고 설명했다. 하지만 아내를 레서 헤브론에 데려가 가족들에게 소개하고 싶다고 적었다.

아버지의 답장은 짧고도 신랄했다. 러스가 다른 가족에게서 유래한 역병에 감염된 것은 슬프긴 하지만 전적으로 놀라운 일은 아니며, 그도, 러스의 어머니도 매리언을 만나고 싶은 마음은 전혀 없다는 내용이었다. 어머니의 답장은 더 길었고 고통스러웠으며 어머니 자신의 잘못에 대해 더 상세히 말했지만, 요점은 같았다. 그녀는 아들을 잃었다. 그를 거부한 것이 아니라 잃은 것이었다(늘 러스를 지켜주는 매리언이 이 점을 빠르게 짚어냈다).

이런 거부가 러스가 한 선택의 정당성을 확인해주었다. 세상에서 가장 훌륭한 여자를 만나기를 거부하는 사람은 누구나 부끄러워하고 비난당해야 마땅했다. 러스는 매리언과 결혼하는 것이, 매리언을 늘 자기 곁에, 자기편에 두게 된 것이 무척 마음에 들었다. 하지만 아주 깊은 마음속에서는 부모님과 연을 끊으면서 그림자가 생겼다. 그 그림자는 딱히 의구심도, 죄책감도 아니었다. 매리언을 얻으면서 무엇을 잃었는지 느꼈다고 하는 편이 더 맞았다. 그는 더는 레서 헤브론에 속하지 않았으나 레서 헤브론은 계속해서 러스의 정신을 사로잡았다. 그는 자기도 모르게 어머니의 작은 농장과 할아버지의 철공소, 한결같이 끝없이 이어지던 그곳에서의 나날들, 말씀을 중심으로 조직된 근본주의적 공동체의 정당성을 그리워했다. 그는 아버지가 깊은 결함이 있는 사람이라는 것을 알았다. 그의 엄격함은 이면의 나약함을 보상하기 위한 것이었다. 게다가 어머니는 실제로, 어떤 면에서는 정신이 나간 사람이었다. 하지만 러스는 비밀리에 그들을 존경하지 않을 수 없었다. 그들의 신앙에는 러스의 신앙이 결코 갖출 수 없을 날이 서 있었다.

러스는 4년 뒤 인디애나 시골에서의 목사직을 받아들이면서 자신이 잃어버린 것을 일부나마 되찾을 수 있기를 바랐다. 할아버지를 더 자주 볼 수 있게 된 것은 확실히 기뻤다. 할아버지는 뜻을 꺾고 에스텔과 결혼해, 지금은 에스텔의 고향에서 살고 있었다. 러스가 사는 곳에서 북쪽으로 두 시간 거리에 있는 곳이었다. 그러나 상실은 지리적인 부분이 아니라 영적인 부분에서 일어났다. 어디를 가든 러스와 함께한 그 상실감의 이름은 매리언이었다. 매리언에게 의지하는 것이 일상적인 일이 되고, 그녀의 능력이 단지 유용한 것이 된 데다 사랑 나누기도 출산을 위해 마땅히 해야 하는 일이 되자, 매리언의 첫 번째 결혼에 관한 의혹이 불만이라는 형태로 돌아왔다. 그는 왜 그렇게까지 단호하게 클레멘트의 조언을 무시하고 처음으로 사랑한 여자와 결혼한 건지 궁금해졌다.

나쁜 날이면, 그는 인디애나 출신 촌뜨기가 도시의 나이 든 여자에게 놀아났다고 느꼈다. 다른 남자와 함께 성적인 기교를 개발한 여자 때문에 덫에 사로잡힌 것만 같았다. 가장 나쁜 날이면, 그는 매리언이 러스가 더 나은 사람과 맺어질 수 있었다는 사실을 무척 잘 알았다는 의심이 들었다. 그녀는 러스가 플래그스태프라는 작은 세상을 떠나자마자 러스 자신보다 어리고, 매리언보다 키가 크고 덜 특이하고, 러스의 능력에 더 많이 감탄하고, 전에 결혼한 적이 없는 여자를 만났으리라는 사실을 알았을 게 틀림없었다. 그녀는 러스를 유혹해, 러스가 자신의 시장가치를 알기도 전에 그와 계약을 맺어버렸다.

그래도, 그때까지만 해도 러스는 매리언과 결혼한 것을 받아들일 수 있었다. 처음 만났을 때 매리언이 처녀이기만 했더라도 말이다. 그의 불만은 사소하고 불경한 것이었지만, 그렇다고 신경에 덜 거슬리는 것은 아니었다. 샐리 퍼킨스에 관한 생각이 성적 매력이 있는 수많은 여자들에 대해 눈을 뜨게 해주었을 때 최종적이고 단단한 형태를 취한 불만은, 매리언은 두 번째 사람과 섹스를 즐기게 되었지만 러스 자신은 오직 매리언하고만 섹스를 해봤다는 점이었다. 러스는 다른 모든 면에서 그녀의 우월함을 참아줄 수 있었지만, 이 부분만큼은 아니었다.

*

　뉴프로스펙트의 버스에 올라타면서, 러스는 프랜시스가 다른 학부모 멘토인 테드 저니건과 함께 운전석 뒤에 앉아 있는 것을 보고 기분이 나빴다. 테드는 위협이었다. 다른 남자는 모두 위협이었다. 하지만 러스는 이미 교훈을 얻은 뒤였다. 프랜시스를 귀찮게 구는 것보다는 자제하는 게 나았다. 뒷자리에 있는 아이들 사이에 숨어 너프 볼*을 방망이로 치고, 이제는 대부분 가사를 알게 된 노래를 따라 부르며, E코드와 D코드를 연주하는 방법을 배우고, 번호판 게임**을 끝없이 하고, 프랜시스에게 혼자 남겨진 기분을 느끼게 하는 게 더 좋은 방법이었다. 크로스로드에 좀 더 방임적인 태도로 접근한 결과, 쿨한 아이들은 그를 받아들였다. 지난번 애리조나 수련회와는 너무도 만족스럽게 대조되는 점이었다. 프랜시스라는 복잡한 문제 없이도 거의 잘 지낼 수 있을 것 같았다.

---

*　스펀지로 만든 놀이용 공.
**　1~9에 해당하는 숫자를 고른 다음, 자동차 번호판에서 자기가 고른 숫자 쌍을 찾아내는 놀이.

이제 그들은 나바호의 나라에 들어왔다. 꼬마들이 고속도로를 따라 저녁 햇빛을 받으며 향나무 열매 목걸이를 팔러 다녔고, **수제 담요와 터키석 장신구**를 광고하는 게시판, 평범하고 조잡한 물건들로 흘러넘치는 기념품 가게가 있었다. 그 앞에는 **원조 나바호 호건**과 완전한 머리 장식을 갖춘 평원 인디언의 나무 조각상, 거대한 티피*가 있었다. 버스에서 마지막까지 연주되던 기타 다섯 대가 조용해졌다. 러스의 통로 맞은편에 앉아 있던 캐럴린 폴리는 카를로스 카스타네다 작품을 읽고 있었다. 킴 퍼킨스는 데이비드 고야에게 실뜨기를 가르치고 있었고, 다른 여자애들은 스페이드를 하고 있었으며, 다른 남자애들은 키스 스트래턴이 투쿰카리의 트럭 휴게소에서 산 포르노 만화책을 보며 대놓고 환성을 지르고 있었다. 러스는 그 만화책이 여자들에게 모욕적이라고 타이르며 그 책을 압수할 수도 있었다. 하지만 그는 피곤했고, 그의 조에 속한 아이들은 모두 기본적으로 무해했다. 로저 행가트너는 작년 크로스로드 수련회에서 대마초를 피웠고, 다시 맨델은 당뇨병 때문에 지켜봐야 했으며, 앨리스 레이먼드는 최근에 어머니가 돌아가셔서 슬퍼하고 있었고, 게리 콜은 묘하게 틀린 말을 짜증스럽게 떠들어댔다("동물원에 먹이 주는 시간" "아쥬 이상해"). 하지만 진짜 문제아들은 없었다. 페리는 케빈 앤더슨의 버스에 타고 있었으니까. 투쿰카리에서 러스는 케빈에게 페리가 괜찮으냐고 물었다. 케빈은 페리가 지나치게 흥분해 있으며 밤새 쉬지 않고 떠들어댔고, 버스에서 내리지 않으려 했다고 말했다. 러스는 그 버스에 타서 페리와 이야기해볼 수 있었지만, 페리는 이제 러스의 문제가 아니라 케빈의 문제였다.

---

* 원뿔형 천막집.

지평선에 매니팜스의 급수탑이 나타났을 때, 그는 용기 내 앞으로 가서 테드 저니건에게 자리를 바꿔달라고 했다. 러스는 뜨뜻해진 테드의 자리에 앉아서 프랜시스에게 좀 잤느냐고 물었다.

프랜시스는 러스에게서 먼 쪽으로 몸을 젖히고, 그에게 차가운 시선을 던졌다. "글쎄요, 테드 씨가 자기라면 베트콩을 어떻게 처리했을지 떠들어대고, 또 내가 집을 너무 비싸게 주고 샀다고 떠들어대더라고요. 그 사이사이에 잘 잤느냐는 말인가요?"

러스는 웃었다. 그보다 기쁠 수가 없었다. "당신이 와서 함께하기를 계속 기다렸습니다."

"우리 중 한 명은 이 버스에 탄 모든 사람을 알죠. 한 명은 아무도 모르고요."

러스는 미소를 잃었다. "미안해요."

"재수 없는 놈이 될 수 있다고 하셨을 때는 목사님 말을 안 믿었어요."

"정말 미안해요."

프랜시스는 창가로 고개를 돌리고 다시는 그를 보지 않았다.

블랙 메사 뒤로 해가 졌고, 매니팜스에서의 긴 황혼이 시작되었다. 노을빛이 매니팜스의 지나치게 넓은 도로와 인디언 보호국에서 지원한 똑같이 생긴 집들, 실용적인 학교 건물과 먼지 낀 창고들을 침울하게 비추었다. 러스는 기사를 위원회 사무실로 안내했고, 다른 두 버스가 뒤이어 차를 세우는 동안 뛰어내렸다. 공기는 겨울처럼 살을 에었다. 그의 심장이 즉시 알아챘을 만큼 희박하기도 했다. 러스가 사무실 문으로 다가가자 빨간색 모직 재킷 차림의 튼튼한 젊은 여자가 나왔다. "러스 목사님이시죠."

"네. 완다 씨인가요?"

"목사님, 이렇게 말해도 될지 모르겠지만 더 일찍 오시기를 기대하고 있었어요." 직접 들어도 그녀의 목소리는 구슬프게 들렸다. "목사님 계획을 함께 의논하고 싶었거든요."

"그, 어…… 연방 명령 말인가요?"

완다의 강경한 끄덕임도 그녀의 목소리와 어우러졌다. "우리는 명령을 받았고, 목사님은 우리를 도와줄 수 있어요. 하지만 목사님이 매니팜스에 머물고 싶어 하니 우리는 여기에 두 번째 조를 묵게 할 생각이에요. 감독관과 이야기해봤는데 괜찮다고 했어요."

"연방 명령이 뭡니까?"

"그 명령에 따르자면, 킷실리에 장애인용 경사로가 필요해요. 정문과 비상구에요. 화장실도 장애인이 접근 가능해야 해요. 하지만 제가 완전히 개방적이고 솔직하게 말해도 될까요? 저는 목사님이 매니팜스에 계시는 게 더 편안할 거라고 느껴요."

서 있는 버스 세 대의 엔진 소리 너머로 자갈을 우적우적 밟는 부츠 소리와 앰브로즈의 낮은 목소리, 케빈 앤더슨이 중얼거리는 소리가 들렸다. 러스의 조가 매니팜스에 머무르게 된다면, 그는 페리와 함께 지내고 프랜시스는 래리와 함께 있어야 할 터였다. 러스는 앰브로즈가 끼어들기 전에 재빨리 완다에게 자신은 원래 계획을 지키는 게 더 좋다고 말했다. 그녀의 강경한 끄덕임과 곤혹스러운 표정은 서로 다른 말을 하는 듯했다.

"킷실리에 가셔도 돼요." 그녀가 말했다. "하지만 모든 존경을 담아서 말씀드리는데, 부디 학교와 가까운 곳에 머물러주세요. 아무도 혼자 걸어 다녀서는 안 되고, 어두워진 뒤에는 아무도 나가면 안 돼요."

"그건 괜찮습니다. 과거에도 규칙은 같았으니까요."

완다는 앰브로즈와 케빈에게 인사하려고 멀어져갔다. 처음도 아니지만, 러스는 낯선 사람과 친분을 쌓는 앰브로즈의 태도에 깊은 인상을 받았다. 앰브로즈의 인정 많고 강렬한 눈빛은 그가 상대를 사람으로서 진지하게 받아들이고 있다는 뜻을 전달했다. 그는 지상에 완다보다 중요한 것은 아무것도 없다는 듯이 그녀를 뚫어지게 보며 키스 두로치는 몸이 좀 어떠냐고 물었다. 그 질문을 던져야 하는 사람은 러스였는데.

"좋지 않아요." 완다가 말했다. "하지만 집에서 편안히 쉬고 있어요."

"얼마나 안 좋습니까?" 러스가 말했다.

"편안하게 쉬고 있지만, 몹시 약해졌다고 들었어요."

러스의 목구멍에는 인생이 짧다는 것에 대한 슬픔, 햇빛 하나 없는 시간에 대한 슬픔, 부활절의 슬픔이 밀려들었다. 하나님께서 그에게 무엇을 해야 할지 아주 선명하게 알려주고 계셨다. 그는 키스가 1960년부터 쭉 살고 있는 매니팜스에 머물러야 했다. 키스에게 병문안을 가고 페리를 지켜보아야 했다. 키스의 상태에 비춰보면, 매리언이 아닌 사람과 섹스를 즐기고 싶다는 그의 소망은 더욱 사소해 보였다. 그런 일이 애리조나에서 일어날 거라고 생각했다니 정신 나간 짓이었다. 그는 늦은 겨울에 보호구역이 얼마나 황폐했는지, 작업 캠프를 이끄는 것이 얼마나 힘든 일이었는지 잊어버리고 있었다.

그런데도 메사에서 프랜시스와 한 주를 보내는 대신 주님의 뜻을 행한다고 생각하자 자신이 견딜 수 없을 만큼 불쌍하게 느껴졌다. 자기 연민이 대죄의 목록에 없다는 것은 이상한 일이었다. 그만큼 큰 죄도 없는데.

올리라는 이름의, 폐암을 예약해둔 것이나 다름없는 비쩍 마른 교대 운전자가 킷실리 버스의 핸들을 이어받았다. 러스는 프랜시스 옆자리에서 그에게 러프록으로 가는 길을 안내해주었고, 거기서부터는 메사의 옆면을 타고 올라가는 길을 알려주었다. 길은 돌투성이였고 좁았다. 아직 버스가 길가와 무척 가깝고 거기에서 곤두박질치는 것이 얼마나 치명적인 일인지 볼 수 있을 만큼 빛이 남아 있었다. 특히 골치 아픈 커브 길에서 프랜시스는 헛숨을 들이켜며 말했다. "아, 세상에, 세상에." 그녀는 러스의 손을 꽉 잡았고, 러스도 똑같이 그녀의 손을 잡았다. 프랜시스가 직접 말하지 않았는가? 재수 없는 놈들에게 흥분한다고. 버스 뒤에서 경적이 울리기 시작했다.

"뭐, 어디로 가라고?" 올리가 말했다.

경적은 직선코스가 나올 때까지 이어졌다. 올리는 균열 가장자리에서 몇 센티미터밖에 떨어지지 않은 곳에 차를 댔고, 픽업트럭 한 대가 계속 경적을 울리며 빠른 속도로 그들을 지나쳐 갔다. 그 차의 범퍼 스티커 중 하나에는 **커스터 일은 자업자득이다**라고 적혀 있었다. 트럭 운전자가 팔을 내밀더니 버스에 가운뎃손가락을 들어 보였다.

"멋지네요." 프랜시스가 말했다.

"괜찮아요?"

프랜시스는 러스의 손을 놓았다. "부디 저 아래 길은 좀 나았으면 좋겠어요."

다른 세상, 뉴프로스펙트라는 더 온화한 세상에서 들려오듯 비프 앨러드의 봉고 북이 울리기 시작했고, 기타가 하나둘씩 끼어들었다. 그런 다음에는 비프의 새된 목소리가 합류했다.

버스 기사 올리, 버스 기사 올리
언덕을 지나 계곡을 내려가네
어떤 사람은 술을, 어떤 사람은 욕을 좋아하지만
올리는 **12톤 버스**에 취한다네.

환성이 울렸고, 올리는 고맙다는 뜻으로 손을 흔들었다. 그는 비프가 이전 운전기사인 빌을 위해서 그 노래를 썼다는 걸 몰랐다.

메사에 올라가자 하늘이 어두워지면서 달빛이 북쪽 사면의 눈밭을 비추었다. 러스는 메사에 대한 기억과 키스에 관한 슬픔을 옆자리의 여자가 담고 있는 새로운 가능성과 통합하느라 애를 먹었다. 몸이 달아올랐다. 프랜시스의 어깨만이 아니라, 너무도 많은 어려움을 겪은 뒤에야 그녀를 러스 자신이 형성된 곳으로 데려왔다는 승리감 때문이기도 했다. 그는 프랜시스도 이곳을, 러스 자신을 좋아할 수 있을지 궁금했다. 지금도 그녀와 함께 늙어갈 수 있을지 몰랐다. 도로가 평평해졌지만, 그는 다시 프랜시스의 손에 자기 손을 얹었다. 프랜시스는 러스의 손을 꽉 잡더니, 러스가 일어나서 아이들에게 말을 걸 때까지 그 손을 놓지 않았다.

"좋아, 잘 들어." 그가 말했다. "우리는 곧장 마을회관으로 가서 저녁을 먹을 수 있는지 알아볼 거야. 음식에 대해서는 아무도 불평하지 않았으면 좋겠다. 알았지? 양고기스튜와 튀긴 빵을 많이 보게 될 거야. 마음에 들지 않아도 어쨌든 먹어라. 언제든지 우리가 나바호들의 손님이라는 걸 기억해야 해. 우리가 취해야 할 태도는 감사하는 태도란다. 우리는 온갖 특권을 누리는 사람들로, 온갖 멋진 것들을 가지고 왔어. 나바호들에게 우리가 어떻게 보일지 기억해야 한다. 잘 때를 제외하면 항상 소지품을 잘 간직하고. 학교 구역을 절대 떠나지 마. 이해했지? 네 명 이상이 조를 짜서 다녔으면 좋겠고, 어두워진 다음에는 절대로 학교를 떠나지 말았으면 한다. 알았니?"

킷실리에는 전기도, 전화도 없었다. 5년 동안 작업했는데도 아직 완성되지 않은 마을회관과 학교 건물을 제외하면, 거의 아무것도 없었다. 하지만 완다 덕분에 데이지 베널리와 그녀의 여동생이 버스를 기다리고 있었다. 키스의 처고모인 데이지는 1945년 러스와 처음 만났을 때도 젊지 않았다. 지금 그녀는 허리가 굽어 있고 몸이 쭈그러든 것처럼 보였다. 동생인 루스는 거의 평균적인 호피 인디언만큼이나 뚱뚱했다. 그 둘은 마을회관 주방에서 큰 통에 스튜를 만들어두었고, 이제는 랜턴 빛에 의존해 튀긴 빵을 계속 요리하러 갔다. 그러는 동안 크로스로드 아이들은 휴게실에 자리 잡았다. 휴게실의 한기는 콘크리트 바닥과 움푹 팬 금속 접이식 의자들, 파티클보드 탁자들에 골고루 퍼졌다. 러스는 프랜시스에게 무슨 생각을 하느냐고 물었다.

"으악, 이라고 생각했어요. 목사님이 원시적이라고는 하셨지만, 그래도요."

"매니팜스에 가기엔 늦지 않았습니다. 올리가 다시 데려다줄 거예요."

프랜시스는 발끈했다. "날 뭘로 보는 거예요? 그 무엇도 제대로 해내지 못하는 여자로 보이나 보죠?"

"전혀 아닙니다."

"그래도 화장실이 있으면 좋겠네요."

"각오하세요."

러스는 앨리스 레이먼드와 함께 앉아야 할지 고민했다. 러스가 옆에 앉으면 앨리스 레이먼드가 어머니의 죽음을 의식하게 될지, 또 그녀가 어머니의 죽음을 의식할까 봐 걱정하는 마음이 그녀의 사별에 대한 비겁한 두려움을 은폐하는 건 아닐지 종잡을 수 없었다. 그는 앰브로즈를 떠올렸다. 십대들을 다루는 앰브로즈의 본능에는 실수가 없었다. 그는 캐럴린 폴리가 앨리스 옆에 앉는 걸 보고 안심했다. 러스는 아무것도 잘할 필요가 없었다. 그냥 프랜시스를 얻는 것만 잘하면 됐다. 그는 프랜시스와 테드 저니건과 함께 저녁을 먹었다.

"불평하는 건 아니지만, 빵이 좀 이상하네요." 테드가 말했다.

"기름이 좀 산패한 걸지도 모릅니다. 그냥 맛이 그런 거예요. 건강에는 나쁘지 않습니다."

"양고기는 어디 있어요?" 프랜시스가 그릇을 뒤적거리며 말했다. "나는 순무랑 감자밖에 없는데."

"데이지한테 고기를 좀 달라고 하세요."

"여행 가방에 들어 있는 땅콩 안주가 아른거리네요."

마을회관 밖에서 트럭 한 대가 기어를 저단으로 바꾸면서 굉음을 내며 지나갔다. 러스는 식사를 마치고 밖으로 나갈 때까지 그 소리에 대해 별로 생각하지 않았다. 기온이 확 낮아졌지만, 올리는 재킷을 입지 않고서 담배를 피우며 학교 건물까지 이어지는 거친 도로를 올려다보고 있었다. 100미터쯤 올라간 곳에서 픽업트럭의 헤드라이트가 아래쪽 버스를 겨냥하고 있었다. 그 엔진 소리가 잔잔하고 차가운 공기 속에서 또렷하게 들렸다. 완다가 올라와서 수련회 사람들을 살펴보겠다고 약속하기는 했지만, 그 트럭이 완다의 것처럼 보이지는 않았다. 러스는 송아지를 잃어버렸다거나, 친척이 데이지와 루스를 데리러 왔다거나 하는 다른 우호적인 이유가 있기를 기대하며 조원들을 모으고 모두를 버스에 태웠다.

올리가 길을 따라 올라가는 동안 러스는 픽업트럭의 헤드라이트를 받으며 그 트럭이 아까 마주쳤던 트럭이라는 것을 알아보았다. 올리는 속도를 늦추고 경적을 울렸지만, 트럭은 꼼짝도 하지 않았다. 헤드라이트에 악의가 깃들어 있었다. 프랜시스가 다시 러스의 손을 꽉 잡았다.

"여기서 기다려요." 그가 말했다.

러스가 내려서 트럭에 다가가자 트럭 문이 벌컥 열리며 네 사람이 뛰어내렸다. 젊은 남자 네 명이었다. 그중 세 명은 모자를 쓰고 있었다. 청

재킷을 입은 네 번째 남자는 어깨까지 머리카락을 느슨하게 늘어뜨리고 있었다. 그가 앞으로 나와 똑바로, 무례하게 러스의 눈을 바라보았다. "어이, 백인."

"안녕하세요. 좋은 저녁입니다."

"여기서 뭐 하는 거야?"

"우리는 기독교 청소년부입니다. 한 주 동안 봉사활동을 하러 왔어요."

남자는 재미있다는 듯 일행을 돌아보았다. 그의 태도를 보자 러스는 왠지 로라 도브린스키가 떠올랐다. 젊은 나바호들도 목사님을 싫어해요.

"우리를 좀 지나가게 해주시겠습니까?"

"여기서 뭐 하는 거야?"

"킷실리에서요? 학교 짓는 일을 마무리하려 합니다."

"당신들이 할 필요가 없는 일이야."

러스의 마음속에서 분노가 솟았다. 분노한 백인으로서 할 말은 생각났지만—여러 해가 지났는데도 나바호는 학교를 거의 짓지 못했다—그 말을 꺼내지는 않았다. "우리는 부족위원회의 초청을 받아서 여기 온 겁니다. 그쪽에서 우리에게 일을 맡겼어요. 저는 그 일을 할 생각이고요."

남자가 웃었다. "위원회는 좆 까라 그래. 걔들은 백인이나 마찬가지야."

"위원회는 선출된 단체입니다. 우리가 여기 온 게 문제라면, 위원회에 따지시면 됩니다. 저는 버스 한가득 매우 지친 아이들을 데리고 있습니다. 실례지만, 저 애들은 잠을 자야 해요."

"당신은 어디서 왔어?"

"시카고에서 왔습니다."

"시카고로 돌아가."

러스는 혈압이 더 솟았다. "한 가지 알려드리자면, 저는 그저 또 한 명의 빌라가아나가 아닙니다." 그가 말했다. "저는 27년 동안 보호구역 사람들의 친구로 지냈습니다. 1945년부터 데이지 베널리를 알았어요. 키스 두로치도 저와 오랜 친구입니다."

"키스 두로치도 좆 까라고 해."

러스는 분노를 다스리느라 심호흡했다. "정확히 뭐가 불만이시죠?"

"키스 두로치도 좆 까라는 거. 그게 내 불만이야. 씨발, 꺼지라고. 그게 내 불만이야."

"저기, 죄송하지만 여기는 위원회 땅이고 우리는 여기에 와달라는 초청을 받았습니다. 우린 학교에서 지내다가 1주일 뒤에 돌아갈 겁니다."

"당신네 인간들은 오염 유발자들이야. 시카고야 오염시켜도 되지만, 여기는 시카고가 아니야. 내일은 당신들이 안 보였으면 좋겠어."

"그럼 그냥 다른 데를 보세요. 우린 안 갑니다."

남자가 땅에 침을 뱉었다. 러스에게 직접 뱉은 것은 아니었지만, 가까운 자리였다. "경고했어."

"협박하는 겁니까?"

남자는 돌아서서 일행들에게 걸어갔다.

"이봐요. 이봐요." 러스가 소리쳤다. "날 협박하는 겁니까?"

그는 이번에도 어깨 너머로 가운뎃손가락을 내밀었다.

러스는 크리스마스에 매리언과 싸운 이후로 이렇게까지 화가 난 적이 없었다. 그는 성큼성큼 버스를 지나 마을회관으로 다시 내려갔다. 데이지가 랜턴 불빛 속에 구부정하게 서 있었다. 표정을 읽을 수 없었다. 트럭이 굉음을 내며 지나가자 러스는 데이지에게 방금 그 젊은 남자가 누구냐고 물었다.

"클라이드." 그녀가 말했다. "화난 영혼을 가지고 있어."

"키스한테 뭐가 불만인지 아세요?"

"키스한테 화가 났어."

"그건 알겠어요. 하지만 이유가 뭐죠?"

데이지는 땅을 보며 미소 지었다. "우리가 신경 쓸 일은 아니야."

"저희가 여기 있는 게 안전하다고 생각하세요?"

"학교 가까운 곳에 머물러."

"하지만 우리가 안전할까요?"

"학교 가까운 곳에 머물러. 아침에 아침밥을 줄게."

패배를 인정하고 매니팜스로 돌아가는 것이 분별 있는 행동이었겠지만, 러스의 피에는 테스토스테론이 끓어넘쳤다. 그는 오해를 당하고 있으며 억울하다고 느꼈다. 프랜시스와 진도를 나간 것도 호르몬 수치를 더욱 높였다. 버스로 돌아와 프랜시스의 얼굴에 떠오른 걱정과 동경을 보았을 때, 호르몬은 러스에게 굴복하지 말라고 부추겼다.

다음 날인 종려주일은 클라이드의 모습이 보이지 않은 채로 지나갔다. 러스는 학교가 자리 잡은 둥근 땅의 둘레를 설정했다. 아래쪽 뜰에는 그물 없는 농구대가 있었고, 그 뒤에는 작은 협곡이 있었다. 일요일은 쉬는 날이었다. 사방에 재미있는 것이 가득한데 탐험할 수 없다는 건 아이들에게 힘든 일이었다. 하지만 아이들은 인간관계와 일광욕에도 관심을 쏟았다. 책과 카드놀이, 기타에도. 러스는 캐럴린 폴리가 프랜시스를 다양한 여자아이들에게 소개하는 모습을 보고 고마움을 느꼈다. 캐럴린 폴리는 괜찮은 기독교 목사가 될 것 같았다. 러스는 프랜시스를 시오 크렌쇼의 교회에 처음 데려갔을 때 그랬듯, 익숙하지 않은 환경에서 보이는 그녀의 머뭇거림에 놀랐고 다시 한번 마음이 움직였다.

테드 저니건은 연방 명령이 마음에 들지 않는 듯했다. 러스와 다른 졸업생 멘토인 크레이그 딜크스가 빈 교실에 덩그러니 버려져 있던, 경사로를 만드는 데 필요한 비품들의 목록을 작성하고 있을 때였다. 테드는 그 돈을 중앙난방에 쓰는 게 더 나을 거라고 말했다.

"정부 보조금에는 명령이 따라옵니다." 러스가 말했다.

"멍청한 명령이라는 게 제 의견이고요."

테스토스테론이 러스를 흔들어놓았다. "다시 알려드립니다만, 우리가 여기에 온 주된 목적은 우리 자신을 위해서입니다." 그가 말했다. "중요한 건 인격적 성장이에요. 개인적으로나, 집단 차원에서나 말입니다. 나바호들이 장애인을 위한 경사로를 원한다면, 전 그걸로 충분합니다."

"휠체어 탄 아이가 저 길을 어떻게 올라옵니까? 저 도랑은 어떻게 건너고요? 헬리콥터로 내려주겠다는 겁니까?"

"테드 씨는 책장 만드는 조를 지도해주시면 되겠네요. 책장은 테드 씨의 높은 실용성 기준에 맞을까요?"

빈정거리는 말에 테드는 인상을 썼다. "무슨 말씀이신지 모르겠는데요."

"어떤 걸 모르시죠?"

"어젯밤 환영회가 꽤 거창해서요. 우린 거의 포위당한 거나 마찬가지였습니다. 왜 그렇게까지 여기 머물 작정이신지 모르겠다고요."

"방금 그 의미를 설명드렸습니다만."

"하지만 여긴 아이들이 샤워조차 할 수 없는 공간이잖아요? 우리가 환영받지 못한다는 것도 분명하고요."

"여기가 마음에 안 드신다면, 매니팜스로 돌아가는 차편을 구해드릴 수 있습니다."

"목사님은 이게 위험하지 않다고 생각하신다는 말씀인가요."

"킷실리는 거친 곳이에요." 크레이그 딜크스가 끼어들었다. 그는 첫 애리조나 수련회 때 참여했던 대학 2학년생이었다. "사람들을 정말로 한데 묶어주는 게 바로 그 거친 모습이고요. 여기선 서로가 서로를 돌보게 되거든요."

"그럴지도 모르지." 테드가 말했다. "아무도 다치지 않는다면 말이야. 여긴 바보나 올 만한 곳이야. 누가 여기서 다치면 지도자가 책임을 져야 해."

그는 방을 나섰고, 크레이그는 눈썹을 치켜올렸다. 눈썹은 대걸레 같은 그의 빨간 머리카락보다 금발에 가까웠다. "분위기가 마음에 안 드네요."

크레이그에게라면 러스도 솔직할 수 있었다. "나도 그래." 그가 말했다. "키스가 이럴 거라고 경고했었는데."

"그거 말고요. 저는 테드 씨를 말한 거였어요."

저녁에는 사람들이 어두운 방에 켠 단 하나의 촛불 주변으로 모여들었다. '촛불'은 노래 두 곡을 부르고 앰브로즈가 쓰다듬기라고 부른 것을 해주며 시작되었다. 유머 감각이 뛰어나다는 이유로 쓰다듬기, 형편없는 순무를 감자와 바꿔주었다는 이유로 쓰다듬기, 새로운 관계를 맺는 도전을 했다는 이유로 쓰다듬기, 똑똑하게 굴어서 쓰다듬기, 잘난 체를 그만두고 진심으로 말했으니 쓰다듬기, 캔디바를 나눠주어서 쓰다듬기, 스카프 매는 법을 알려주어서 쓰다듬기. 프랜시스 자신도 소리 높여, 중년 가정주부를 환영해주었다고 아이들을 쓰다듬었다. 러스는 킴 퍼킨스의 언니와 있었던 문제 때문에 킴을 지금까지 혼자 놔두었는데, 킴 퍼킨스는 용기를 내서 네 명의 화난 나바호들을 다뤄주었다며 그를 쓰다듬었다.

러스는 지난번에 지도했던 애리조나의 촛불 행사와 반대되는 이런 모습에 마음이 부풀었다. 로라 도브린스키나 샐리 퍼킨스가 독을 타지 않은 이곳에는 양말을 신고 내복을 입은 채 어깨에 침낭을 걸친 착한 아이들 마흔 명이 있었다. 그가 사랑하는, 남자아이 같은 헤어스타일의 여자도 원 맞은편에 앉아서 방금 만난 두 소녀의 손을 잡고 있었다. 인생이 얼마나 나아졌는지! 인생은 거의 다시 기쁨으로 가득해졌다!

그때 테드 저니건이 안전 문제를 제기했다. "여러분은 어떻게 생각하는지 모르겠지만, 밥 먹으러 나갈 때마다 협박당하는 기분이 즐겁지는 않네요." 그가 말했다. "거수투표를 해도 괜찮을까요? 문명과 더 가까운 곳으로 가는 게 좋다고 생각하는 사람은 없어요?"

3년 전 추방당했던 기억, 트라우마를 일으키는 거수투표 요청이 투쟁-도피 반응을 일으켰다.

"테드 씨." 러스가 호르몬에 이끌려 말했다. "제 지도력에 불만이 있으면, 개인적으로 저한테 말하십시오."

"이미 했잖아요." 테드가 말했다. "제가 지금 구하는 건 집단의 이성이에요. 나랑 같은 생각인 사람?"

그는 손을 들고 둥글게 앉은 사람들을 둘러보았다. 러스는 프랜시스를 힐끗 보고, 그녀가 자신에게 미소 짓고 있다는 걸 알았다. 아마 손을 들지 않음으로써 테드에 대한 그녀의 의견을 전하는 것일 터였다. 아이들 중에서는 "아쥬 이상해"라고 말하는 게리 콜만이 손을 들었다. 러스는 승리감을 느끼며, 일을 처리했다고 생각했다.

"게리, 정직하게 행동해줘서 고맙구나." 그는 앰브로즈처럼 말했다. "네 마음을 인정하는 건 용감한 일이야. 정말 배짱이 필요했을 거다."

게리는 손을 내렸다. "한 표뿐이네요." 그녀가 말했다. "저는 대세에 따를게요."

러스는 게리를 좋아하는 사람이 별로 없다는 걸 알고 그 애가 불쌍해졌다. 게리가 인기 없다는 사실은 밀고 나가기 좋은 이점이었다. "테드 아저씨 말이 맞아." 그가 말했다. "여긴 왠지 분위기가 안 좋구나. 난 그 이유를 알아내려는 중이야. 그걸 고치기 위해서 우리가 뭘 할 수 있는지도. 하지만 게리처럼 느끼는 사람이 있다면, 지금 그렇게 말하면 된다. 매니팜스로 돌아가고 싶다 해도 거기에서 계속 한 조로 지낼 수 있어."

"매니팜스에는 뜨거운 물이 나오나요?" 한 여자아이가 물었다.

토론은 욕설과 그 욕설에 대한 웃음으로 옮겨졌고, 마지막 노래와 마침 기도가 이어졌다. 러스는 마침 기도를 캐럴린 폴리에게 넘겼다. 그는 초를 불어 끄고, 콜먼 랜턴을 다시 켜고, 등유 난방기를 확인했다. 러스가 3년 전에 배관 공사를 했던 화장실로 아이들이 쏟아져 들어갔고, 놀란 척 비명을 지르는 소리도 났다. 밤마다 크로스로드에서 벌어지는 바보짓이었다. 2학년 남자아이가 속옷을 입고 의기양양하게 돌아다니며 '렛 미 엔터테인 유'를 불렀다. 다시 맨델이 운동복을 벗었을 때는 큰 환호가 쏟아졌다. 고무 전갈을 발견하고 비명이 터지기도 했다. 공기 매트리스가 새는 것을 알고 실망해 소리를 지르는 아이들도 있었다. 간지럼을 태우는 아이들이 떼를 지어 킴 퍼킨스에게 덤벼들었고, 데이비드 고야는 그 애들에게 화를 냈다. 러스는 게리 콜과 따로 이야기하려 했지만, 그 애는 투표에 당황해서 얘기하고 싶어 하지 않았다.

러스는 구식 캠프를 좋아하는 사람으로서, 침낭을 피하고 담요를 선호했다. 전등이 꺼지고 방이 조용해진 뒤, 또 아무 말이나 큰 소리로 해서 침묵을 깨는 코미디도 다 소진된 뒤, 긴 속옷을 입은 러스는 어슴푸레한 달빛 속에 일어나 늦게 소변을 보려고 복도를 따라갔다. 그의 백 가지 격정거리 중에는 화장실 물 수급 문제도 있었다. 학교 위 언덕의 물탱크는 풍차로 물을 채우게 되어 있었고, 러스는 콘크리트를 섞고 장비를 닦아야 하는 1주일 동안 버틸 만큼 그 안에 물이 가득 들어 있는지 알 수 없었다. 그는 아이들에게 대변을 볼 때만 물을 내리라고 했으나, 아이들은 아이들이라 잊어버렸다.

러스는 물을 내리지 않고 남겨둔 채 문을 열었다가 화장실 밖에 서 있는 사람을 보고 깜짝 놀랐다. 프랜시스도 내복을 입고 사냥용 재킷을 걸치고 있었다. 그녀는 러스를 다시 화장실로 들어가게 한 다음 두 팔로 그를 끌어안았다. 러스는 그녀가 떠는 것을 느낄 수 있었다. 아마 추위 때문이겠지.

"첫 번째 날은 견뎌냈네요." 그녀가 속삭였다.

러스는 그녀의 가녀린 머리를 꽉 잡고 자기 가슴에 기댔다. 그의 테스토스테론이 긴 속옷 안에서 알아서 드러났다. 지난번, 샐리 퍼킨스가 꿈에 나타나기 전 애리조나 수련회에서는 너무 둔감해 인식하지 못했던 가능성이 실현되고 있었다. 문명의 가장자리에서, 비좁은 곳에서 밤에 남녀가 같이 있는 경우에 내재된 가능성 말이다.

"버스에서는 너무 외로웠어요." 프랜시스가 속삭였다. "오지 말 걸 그랬다고 생각했어요."

"미안합니다."

"여기서 뭘 하는 건지 모르겠어요. 당신한테나 의미가 있는 행동 같아요."

러스는 그녀가 쓴 당신이라는 말의 친밀함에서 키스해달라는 그녀의 유혹을 감지했다. 하지만 그녀는 두 팔을 내리고 돌아섰다.

"그냥 저를 따돌리지만 말아주세요." 그녀가 말했다. "당신이 곁에 있다는 걸 알아야겠어요."

　다음 날 아침, 굵게 간 옥수수가 많이 들어간 아침 식사를 한 뒤 러스는 장애인용 경사로 작업을 시작했다. 데이비드 고야가 경사로 각도를 계산했고, 러스와 크레이그 딜크스는 주형을 만들 목재를 분류했으며, 나머지 조원들은 흙을 날랐다. 예전에 키스 두로치가 참여했을 때는 러스가 조원들을 근처 목장으로 보냈었다. 올해에는 아이들 마흔 명이 학교에 틀어박혔다. 그곳에서 할 다른 일이라고는 책장을 만드는 것밖에 없었다. 러스는 사람이 너무 많다고 느끼는 한편, 경사로를 만드는 작업이 닷새 안에 끝내기에는 너무 큰 일이라는 걱정이 들었다. 티셔츠만 남기고 옷을 벗은 채, 뜨뜻한 태양 아래에서 그는 어머니와 할아버지가 보여주었던 그 집중력을 발휘해 일했다. 긴 아침은 10분 만에 흘러간 것 같았다. 점심시간에 그는 데이지 베널리에게 다시 한번 클라이드가 키스에게 품은 불만이 무엇인지 물었지만, 데이지는 이번에도 자세히 설명하지 않았다. 그는 기회가 있을 때 너무 정신이 산만해서 완다에게 이야기를 듣지 못한 자신을 탓했다. 이제는 완다가 와서 설명하기를 기다리는 것밖에 할 일이 없었다.

　조원들이 저녁 식사를 하고 있을 때 러스는 학교 길을 타고 오는 자동차 소리를 들었다. 그는 잠시 그게 완다일지 모른다고 기대했다. 하지만 잠시 멈춰서 그 자동차가 어디로 가는지 고민하지는 않았다. 자동차가 우르릉 소리를 내며 다시 언덕을 내려왔을 때에야 궁금증이 들었다. 밖으로 나간 러스는 클라이드의 트럭이 주요 도로 쪽으로 방향을 트는 것을 보았다.

　그 모습을 본 사람은 러스뿐이었다. 조원들의 즐거움은 고조되어 있었다. 순무 한 조각이 튕겨 나갔다. 그는 저녁 식사를 하고 나서 조원들을 이끌고 다시 언덕을 올라갔다. 신중하게 맹꽁이자물쇠를 채워두었던 학교 문이 열려 있었다. 실제로는 놀라지 않았지만, 놀란 척을 해야만 했다. 문틀이 쪼개져 있었고 걸쇠가 자물쇠에서 떨어져 달랑거렸다.

데이비드가 모두를 대신해서 말했다. "이런."

그들은 무리를 이루어 조용히, 이리저리 헤매는 랜턴 불빛을 받으며 안으로 들어간 다음, 잠자리로 삼은 방을 살펴보았다. 여행 가방과 더플백이 바닥에 비워져 있었고, 침낭은 여기저기 내팽개쳐져 있었으며, 탤컴 파우더 한 병이 벽에 뿌려져 있었다. 하지만 보비 제트의 비싼 카메라는 놔둔 자리에 그대로 있었다. 프랜시스가 러스의 팔을 잡았다. 러스는 그녀가 자신을 올려다보는 것을 느낄 수 있었지만, 아무도 보고 싶지 않았다. 이건 분명히 그의 잘못이었다.

"내 기타 어디 갔지?" 다시 맨델이 말했다.

"기타가 없어졌니?" 러스는 목이 메어 물었다.

"어, 네."

"제 것도 가져갔어요." 다른 여자아이가 방 저쪽에서 소리쳤다. "여긴 확실히 없어요. 그 망할 놈들이 제 마틴을 훔쳐갔다고요!"

신경증의 기색을 알아챈 러스는 프랜시스에게서 떨어져 간신히 목소리를 냈다. "그래, 어…… 잘 들어라. 이건 분명 안 좋은 상황이지만, 침착해야 해. 랜턴을 켜고 신중하게 물건을 확인해보자. 뭐든 망가졌거나 없어졌다면 얘기해다오."

"제 기타가 없어졌어요." 다시 맨델이 냉담하게 알렸다.

"음, 그래. 기타 두 대가 없어진 것 같은데, 다른 것도 없어졌는지 보자. 우리는 가난한 지역에 와 있어. 가끔은 이런 일이 일어난다. 중요한 건, 우리가 그룹으로서 함께한다는 거야. 함께 있는 한 우리는 안전해."

"딱히 안전한 기분은 안 드는데요." 다시가 말했다. "함께 있는데도."

"방을 정리하고 어떻게 된 건지 보자."

러스는 아직 프랜시스를 볼 수 없었기에 랜턴 두 개를 켜고 자기 소지품을 확인했다. 화가 나지는 않았다. 그는 울지 않으려 애쓰는 중이었다. 슬픔이 모든 것에 스며들었다. 보호구역에서 사는 것의 힘듦에, 착한 아이 마흔 명의 두려움과 다친 마음에, 뉴프로스펙트와 킷실리 사이의 문화적, 경제적 격차에 말이다. 하지만 가장 슬픈 것은 러스 자신의 허영심이었다. 그는 자신이 나바호들의 친구이자 분열을 메우는 교량이라고 상상했다. 이곳에 오지 말라고 경고했던 사람들보다 자기가 더 많은 것을 안다고 생각했다. 그는 주님께서 그에 대해 어떻게 생각하실지 생각하고 싶지 않았다.

알고 보니 도난당한 것은 기타 두 대밖에 없었다. 더 큰 피해는 그들의 공간이 침범당했다는 것과 클라이드의 공격이 그들의 동료애에 찬물을 끼얹었다는 것이었다. 조원들이 다시 촛불 주위로 모였을 때, 전날 밤과의 대조는 그 이상 극명할 수 없었다. 불행과 두려움이 거의 모두의 얼굴에 떠올라 있었다.

"그러니까, 우리는 첫 번째 역경에 마주친 거야." 러스가 말했다. "역경은 한 그룹으로서의 우리를 더 강하게 만들어줄 수 있지만, 오늘 밤 내가 우리 모두의 의견을 듣는 건 중요한 일이다. 원을 따라 돌아가며 각자가 뭐라고 느끼는지 들어보자. 나부터 말하자면, 나는 무척 슬프다. 우리 때문에도 슬프고, 누군지는 모르지만 침입한 사람 때문에 슬프기도 해. 우리가 여기에 머물지 않기로 할 수도 있겠지만, 나 자신은 끝까지 버티면서 문제를 해결하고 싶은 마음이다. 도망치지 말아야 해. 실용적인 의미에서 말하자면, 최소한 한 명의 멘토가 항상 건물에 머물게 될 거다. 내일 아침에는 내가 이 문제를 처리하마. 다시와 케이티의 기타를 되찾아 오도록 할게."

"그냥 경찰을 부르는 건 어떻습니까?" 테드 저니건이 무뚝뚝하게 말했다.

"부족 경찰에 신고할 수는 있지만, 저는 왜 이런 일이 일어났는지 알고 싶습니다. 법을 끌고 들어오기 전에 그 사람들한테 귀 기울여서 얻을 수 있는 게 뭔지 봅시다."

원을 다 돌면서 이야기하는 데는 한 시간 이상이 걸렸고, 러스는 앰브로즈가 아니었다. 그에게는 청소년들의 드라마에 대한 무한한 인내심이 없었다. 별것도 아닌 감정적 상처가 크로스로드에서 부풀려지는 바람에 구급차에 실려 갈 만한 외상이 된 것 같았다. 물론 러스 자신도 속상하긴 했다. 하지만 그는 잘못을 저지른 사람이니 속상해할 권리가 있었다. 한편으로 러스는 크로스로드 방식에 따라 모두의 이야기를 듣고 싶다고 했지만, 현실적인 사회적 불의, 현실적인 고통의 세계에서 부모님이 쉽게 바꿔줄 수 있는 기타 두 대가 도난당한 것을 가지고 그렇게까지 요란을 떨어대는 아이들의 이야기를 듣고 있자니 인내심의 한계가 느껴졌다. 다시와 케이티에게 쏟아진 응원은 앨리스 레이먼드가 어머니를 잃었을 때 받은 응원에 비견할 만했다. 기나긴 촛불 의식에서 나온 모든 느낌 중에 러스가 존중한 것은 나바호와 상호작용하지 못하고 격리된 데 대한 조원들의 답답함뿐이었다. 그 답답함은 러스도 공유했다.

결국 그들은 투표를 통해 최소 하루 더 머물기로 했다. 테드 저니건을 제외한 모든 멘토들이 머무는 편을 선호했다. 나중에 조원들은 잠자리를 마련하며 기분을 가라앉혔다. 러스는 하늘을 보러 밖으로 나갔다. 그는 주님과 다시 연결되고 싶었지만, 등 뒤의 문이 열렸다. 프랜시스가 따라

온 것이다.

"잘 처리하신 것 같아요." 그녀가 말했다.

"아이들은 안됐어요. 특히 2학년들이요. 그 애들한테는 이번 수련회가 첫 경험이니까요."

"그 애들은 당신을 존경해요. 난 알 수 있어요. 당신이 왜 청년부 목사를 그만둬야겠다고 생각했는지 모르겠네요."

러스의 눈은 고마움으로 차올랐다. "이젠 나야말로 포옹이 필요하게 됐네요."

프랜시스는 그를 포옹했다. 그녀의 손길이라는 축복, 품에 안긴 여자의 명백한 현실성이 그를 신자로 만들었다. 실제로는 신이 존재한다는 것을 믿지 않으면서도, 신을 알고 싶어서 열망하는 사람이 된 것 같았다. 이제 러스는 자신에게 주어진 기회를 과소평가했을지 모른다고 느꼈다. 그의 기대는 결코 지나친 기대가 아니었다. 애리조나로 오겠다는 프랜시스의 결정은 사실 러스에 관한 결정이었다.

"우린 충만한 경험을 하고 있어요." 그녀가 말했다.

등 뒤에서 삐걱거리며 문이 열렸다.

"이런." 웬 여자아이가 말했다.

러스와 함께 있는 모습을 들킨 것이 신나는 듯, 프랜시스는 그를 더 꽉 끌어안았다. 이번에도 러스는 그녀에게 키스하는 생각을 했다. 프랜시스가 선택한 모습으로서의 자신을 드러내고, 공개 입맞춤으로 입지를 다진다는 생각. 베키가 친구들에게서 무슨 말을 듣게 된들, 앰브로즈가 뭐라고 말하게 된들 그럴 만한 가치가 있는 일이었다. 하지만 단체가 위기에 빠진 날 밤에 그렇게 하는 것은 잘못된 메시지를 전달할 수 있었다. 그는 프랜시스의 머릿결에 대고 조용히 고맙다고 속삭이는 것으로 만족했다.

사실상 전혀 자지 못한 다음 날 아침 아주 이른 시각에 그는 몰래 학교를 빠져나와서 길을 따라 내려갔다. 태양이 산등성이를 완전히 밝힌 것은 아니었지만, 잠에서 깬 개똥지빠귀 떼가 누군가 물어뜯은 풀숲 사이를 뒤지며 서리가 하얗게 덮인 울타리 기둥에 걸터앉아 있었다. 데이지 베널리가 마을회관 주방에서 양파를 썰고 있었고, 그녀의 여동생은 아직 잠들어 있었다. 러스가 데이지에게 무슨 일이 일어났는지 말하자 데이지는 그냥 고개를 저었다. 러스는 어디에 가면 클라이드를 찾을 수 있는지 물었다.

"가지 마." 그녀가 말했다.

"아무튼 어디 있어요?"

"어딘지는 너도 알잖아. 협곡 위, 키스가 살았던 곳이야."

"클라이드가 폴른록 사람이라는 거예요?"

"아니, 클라이드는 잭슨 사람이야. 거기는 가면 안 돼."

러스는 왜 가는 것밖에 선택지가 없는지 설명했다. 세상이 하는 모든 일을 체념한 태도로 환영하는 나이에 이른 데이지는 루스의 트럭을 빌려 가도 좋다고 허락했다. 러스는 당장, 겁이 나기 전에 떠나고 싶었지만 조원들이 아침을 먹으러 내려올 때까지 기다렸다. 모두 머리가 납작하고 더러웠다. 딱딱한 바닥에서 자서 눈도 빨개져 있었다. 화해할 생각으로, 러스는 프랜시스와 함께 앉은 테드 저니건에게 아침 동안 조원들을 책임져달라고 했다.

프랜시스도 더럽고 잠을 제대로 못 잔 얼굴이었다. "혼자 가면 안 돼요." 그녀가 말했다.

"괜찮아요. 내 한 몸은 챙길 수 있습니다."

"프랜시스 씨 말에도 일리가 있습니다." 테드가 말했다. "저랑 같이 가시죠?"

"테드 씨는 여기에서 아이들과 함께 있어주셔야죠."

"내가 같이 갈게요." 프랜시스가 말했다.

"좋은 생각 같지 않은데요."

"당신 생각은 상관없어요."

프랜시스는 시선을 식탁에 두고 있었다. 시무룩한 표정이었다. 러스는 자신이 무슨 짓을 했기에 프랜시스가 화가 난 건지 궁금해졌다.

"정말 가고 싶어요?"

"네, 가고 싶어요." 프랜시스가 뾰족하게 말했다.

러스는 프랜시스가 당황한 거라고 생각했다. 러스의 안전을 걱정한 것도, 러스와 가까이 머물고 싶다는 욕구에도 당혹감을 느낀 거겠지.

루스 베널리의 트럭은 러스가 핸들을 잡고 간신히 앉을 수 있는 크기였다. 연료 계량기를 믿을 수 있다면, 휘발유는 반쯤 차 있었다. 러스는 건천을 따라 나 있는 오래된 길을 따라가면서 프랜시스에게 처음 이 길을 따라 차를 몰았던 이야기, 그가 멋모르고 끼어들었던 '적의 길' 의식에 관한 이야기를 해주었다. 그때 이후로 길은 넓어졌지만, 노면 상태는 나아지지 않았다. 러스는 바큇자국과 돌들을 이리저리 피하느라 프랜시스가 듣지 않고 있다는 것을 뒤늦게 알아차렸다. 프랜시스의 눈은 앞 유리에 붙박여 있었고, 그녀의 입은 꽉 다물려 있었다. 러스는 무슨 생각을 하느냐고 물었다.

"그냥 내 돈으로 기타 두 대를 사는 게 낫겠다는 생각이요." 그녀가 말했다.

"돌아가고 싶어요?"

러스는 대답을 듣지 못했기에 트럭을 세웠다. "진심입니다." 그가 말했다. "다시 데려다드리는 건 쉬워요."

프랜시스는 눈을 감았다. "알아차렸는지 모르겠지만, 러스, 나는 겁이 많은 사람이에요."

"난 다른 사람이랑 함께 왔어도 됩니다. 군이 당신이랑 같이 올 필요는 없었어요."

"운전이나 해요."

러스는 그녀에게 손을 뻗었지만, 프랜시스는 휙 몸을 젖혔다. "운전하라고요."

러스는 프랜시스가 이해되지 않았다. 자신감과 두려움, 자기애와 자기비하의 혼합이 정리되지 않았다. 프랜시스는 자기만의 방식으로 매리언처럼 특이하게 굴었다. 러스는 모든 여자가 특이한 건지, 그가 특이한 여자들에게만 매력을 느끼는 건지 궁금해졌다.

계곡은 높이 올라갈수록 러스에게 낯선 풍경이 되었다. 땅은 늘 건조했지만, 러스의 기억 속에서는 이렇게까지 헐벗지 않았다. 양 떼와 소 떼는 사라졌고, 먹을 수 있을 듯한 잎사귀와 싹도 없었으며, 철조망 울타리도 없어졌다. 남아 있는 것은 대충 만든 울타리 기둥과 부식되어 갈라진 비탈뿐이었다. 바위가 붉은색이 아니라 흰색이라는 점만 빼면 화성의 풍경이라고 할 법했다. 하늘조차 이상하게 누런 잿빛으로 질려 있었다. 아지랑이는 불에서 나오는 것이라기에는 너무 희고 흩어져 있었으며, 바람이 없었으니 모래 폭풍도 아니었다. 그보다는 시카고의 맑은 날에 인디애나주 게리에 내린 음산한 장막 같았다.

낯선 느낌은 무너지고, 남은 바위들을 지나 멀리서 키스의 옛 농장을 보자 더욱 심해졌다. 러스는 이곳에서 사람들을 보게 될 거라고, 어쩌면 클라이드를 직접 만나게 될지도 모른다고 생각했지만 아무것도 없었다.

풀도, 정원도, 동물들도. 그저 울퉁불퉁한 향나무와 죽은 미루나무들이 있을 뿐이었다. 나무들의 부러진 가지는 껍질이 벗겨져 있었고 은색으로 반들반들했다. 러스의 머릿속에서는 농장이 변하지 않는 모습으로 남아 있었다. 키스와 그의 친척들, 그들이 키우는 닭과 염소로 생기가 넘쳤다. 시간이 농장에 저지른 짓을 보자 러스 자신이 얼마나 늙었는지 의식하게 되었다.

"무척 놀라운 일이지만, 제가 여름을 보낸 곳이 여기입니다." 러스가 말했다.

프랜시스는 듣지 않았다. 아니면, 듣고는 있었지만 너무 긴장해서 말을 하지 못했다.

러스가 성적 깨달음을 얻었던 작은 집은 문도, 창문도, 지붕도 잃고, 오직 벽만 남아 있었다. 그 집을 비추는 햇빛도 밝기는 했지만, 원래는 그보다 더 밝아야 했다. 러스가 길을 따라서 협곡을 건너 농장 맞은편의 산등성이를 올라가자 누렇고 음산한 장막이 더욱 두드러졌다.

산등성이 꼭대기에 이른 러스는 그 장막이 어디에서 나오는 것인지 볼 수 있었다. 아래쪽의 넓은 평야 한가운데에 땅이 파헤쳐져 있었다. 지금도 파헤쳐지는 중이었다. 폭이 1.5킬로미터는 될 법한 깊은 상처에서 먼지가 너울너울 흘러나왔다. 산업용 트레슬교와 헐벗은 새 도로가 그 균열에서 북쪽 지평선으로 뻗어나갔다. 러스는 배신감을 느꼈다. 그의 기억 속 원초적인 메사에 대한 충심에서 생겨난 배신감이었다. 키스는 부족위원회에서 인디언 보호구역 내 석탄 채굴을 허가했다고 말했다. 하지만 러스는 지금까지 이쪽으로 와볼 이유가 없었다. 그는 광산이 폴른록의 땅과 이토록 가까우리라고는 상상하지 못했다. 사실, 킷실리 자체와 너무도 가까웠다. 아니면 채굴 작업의 규모가 너무도 광대한 것이든가.

길을 따라 800미터쯤 간 러스는 클라이드의 픽업트럭을 보았다. 드문드문하고 왜소한 소나무들 사이의 공터에 차량과 연결되지 않은 트레일러 두 대, 나뭇가지와 방수포로 만든 구조물, 나뭇더미, 짐칸에 물탱크가 실려 있는 더 크고 녹슨 트럭이 있었다. 모든 것에 길가의 먼지가 엷게 껴 있었다. 러스는 픽업트럭 뒤에 차를 세우고 시동을 껐다. 픽업트럭 범퍼의 두 번째 스티커에는 **미친 말이 당한 일은 그렇지 않았다**라고 적혀 있었다.

"자." 그가 프랜시스에게 말했다. "당신은 여기 있는 게 좋을 것 같네요."

그녀는 아직 앞 유리를 바라보고 있었다. "내가 부탁했던 게 뭐였죠?"

"네?"

"내가 당신한테 딱 한 가지 해달라고 했던 게 뭐냐고요."

그녀의 두려움이 분노로 표현된다는 건 흥미로운 일이었다. 러스가 데려가주었으면 한다는 그녀의 바람이 러스의 잘못이기라도 한 건가.

"알았어요, 그럼." 러스는 문을 열며 말했다.

그들이 트레일러에 다가가자 약한 뒷문이 쾅 열렸다. 클라이드가 맨발로 나왔다. 그는 갈색 청바지와 안감이 플리스로 된 데님 재킷만 입고, 단추를 풀고 있었다. 드러난 맨가슴에는 털이 없었다. "여어, 백인."

"안녕하세요, 좋은 아침입니다."

"거긴 당신 아내인가?"

프랜시스는 러스에게서 한 발 떨어진 곳에 멈춰 섰다.

"아닙니다." 그가 말했다. "우리 청소년부의 멘토예요."

"안녕, 예쁜 아가씨." 이번에도 미소를 지으며 무례하게 굴었다. "어쩌다 여기까지 왔어?"

"왜 왔다고 생각하십니까?" 러스가 말했다.

"메시지를 못 받은 것 같은데."

"메시지는 받았지만, 이해를 못 했습니다."

"여기서 꺼지라는 말을? 내가 보기엔 꽤 분명한데."

"하지만 이유가 뭡니까? 우린 당신들을 방해하지 않았습니다."

클라이드는 하늘을 보며 미소 지었다. 자신이 느끼는 즐거움이 우주적이라는 듯한 태도였다. 그는 눈썹이 진한 스타일의 잘생긴 사람이었다. 잘생겼고 몸도 좋았다. "내가 시카고에 있는 당신 집에 들어갔는데, 당신이 '어이, 빨간 놈. 꺼져. 난 당신들이 마음에 안 들어'라고 한다면, 나는 알아들을 것 같단 말이야."

러스는 자신들의 단체가 클라이드의 집에 들어간 건 아니라고 반박할 수 있었다. 하지만 나바호의 집은 건물이 아니라 땅이었고, 백인들이 그들에게 백인을 싫어할 만한 이유를 준 건 확실했다. 지금까지 러스가 백인을 싫어하지 않는 나바호들만 상대해온 것은 그저 운이었다. 그는 프랜시스를 힐끗 돌아보았다. 그녀는 두려움을 다스리는 데에 온 신경을 다 쓰고 있는 것 같았다.

"맞습니다." 그가 말했다. "우리가 여기 있는 게 싫다면, 여기 있으면 안 되겠지요."

"좀 낫네."

"하지만 일단은 사람 대 사람으로 내 말을 들어주었으면 합니다. 백인이 아니라 사람으로서요. 나도 당신 얘기를 듣고 싶습니다. 난 당신과 싸우러 여기 온 게 아니에요, 들으러 왔습니다."

클라이드가 웃었다. "좆도. 난 당신이 왜 여기 왔는지 알아."

"기타 얘기를 하는 거라면, 네, 기타는 돌려주면 좋겠습니다. 기타를 놔두고 메사를 떠나지는 않을 거예요."

"당신네 인간들은 다 똑같아."

"아뇨, 그렇지 않습니다."

"당신네 재산, 당신네 돈. 당신은 당신이 다르다고 생각하지만, 다 똑같아."

"당신은 나를 모릅니다." 러스가 화를 내며 말했다. "난 재산에 관해서는 눈곱만큼도 신경 쓰지 않아요. 당신들이 물건을 훔치는 바람에 상처받은 두 여자아이를 신경 쓰는 겁니다."

"기타가 몇 개나 필요한데? 세 개는 남겨놓고 왔는데."

"당신한테는 몇 대나 필요합니까?"

"그건 이미 내 친구들한테 줘버렸어. 그게 당신과 나의 차이야."

"말도 안 됩니다. 당신과 나의 차이는, 당신은 십대 여자아이들의 물건을 훔친다는 거죠."

클라이드의 미소가 화난 것처럼 변했다. 그는 소나무들을 둘러본 다음 고개를 저으며 다른 트레일러로 다가갔다. 더러워진 하늘에서 산업의 희미한 한숨이 들려왔고, 나무에서는 잣까마귀가 우짖는 소리가 들렸다. 프랜시스의 두 눈은 클라이드에게 붙박여 있었다. 그가 총을 가져올 거라고 생각하는 듯했다.

"우린 안전해요." 러스가 다정하게 말했다.

프랜시스의 눈이 러스에게로 향했다. 하지만 러스를 보지는 못하는 것 같았다. 클라이드가 다른 트레일러에서 기타 케이스 두 개를 가지고 나와 땅에 두었다. "이제 꺼져." 그가 말했다.

"싫습니다."

"진심이야, 백인. 온 목적은 이뤘잖아."

클라이드는 자기 트레일러로 들어갔고, 프랜시스는 러스의 팔을 꽉 잡았다. "가야 해요."

"안 됩니다."

"부탁이에요. 제발요."

러스의 분노는 슬픔으로 변했다. 젊은 남자의 정의로운 분노에는 아름다움이 있었고, 그 분노를 압도하는 데에는 아무 기쁨이 없었다. 백인의 법적 권리를 가지고 와 백인의 소유권을 주장하고, 가진 게 아무것도 없는 남자에게서 소지품을 되찾는 것은 전혀 만족스럽지 않았다. 도덕적 승리는 클라이드의 것이었다. 클라이드가 치러야 할 승리의 대가가 무엇인지 생각하자 러스는 그에게 미안해졌다.

그는 트레일러로 다가가 문을 두드렸다. 다시 두드렸다.

"내 말 좀 들어봐요." 그가 문에 대고 말했다. "난 당신을 초대하고 싶습니다. 학교로 내려와서 우리하고 이야기해요. 그렇게 해주겠습니까?"

"난 공연하는 나바호가 아니야." 안에서 목소리가 들렸다.

"제기랄, 난 당신을 존중하고 있습니다. 당신도 똑같이 해줬으면 합니다."

침묵이 흐르더니, 안에서 뭔가가 움직여 트레일러가 흔들렸다. 문이 살짝 열렸다. "키스 두로치의 친구라고 했지."

"맞습니다."

"그럼 난 당신을 존중하지 않아."

문이 쾅 닫혔다. 러스가 다시 문을 열었다. 트레일러 안은 어지러웠고, 혼자 사는 남자의 냄새가 났다. "우리는 당신 이야기를 들으러 온 거예요."

"당신네 여자는 나를 방울뱀 보듯 하는데."

"그걸 탓할 수 있습니까? 당신은 우리를 협박했어요. 학교에 침입했습니다."

"하지만 당신은 날 두려워하지 않는군."

"네. 맞습니다."

클라이드는 입을 꾹 다물고서 자신을 고갯짓했다. "좋아. 당신 친구가 누군지 보여주지."

그는 부츠를 신었고, 러스는 프랜시스에게 안심하라는 미소를 지었다. 프랜시스는 러스가 겪게 하는 일에 격분한 듯했지만, 클라이드가 밖으로 나와 그를 모래투성이 오솔길로, 소나무 사이로 이끌어 가자 그들을 따라왔다.

오솔길은 짧았고, 황폐해진 평원을 내려다보는 절벽에서 끊겼다. 노천 광산에서는 계속해서 먼지가 풍겨 나왔다. 그 사이사이의 비탈에는 나무도, 생명도 없었다. 땅은 물에 굶주렸고, 죽음에 이를 때까지 풀이 뜯겨 나갔다. 클라이드는 러스의 항문이 조여질 정도로 절벽 가장자리에 가까이 섰다.

"이걸 보는 건 당신이 내 어머니를 강간하는 걸 지켜보는 것과 같아." 클라이드가 말했다.

"나쁜 일입니다." 러스도 동의했다.

"여긴 신성한 땅이지만 석탄으로 가득하지. 저 연기 보여?" 그가 북쪽을 가리켰다. "저게 당신네 도시들에 보낼 전기야. 우리를 위한 게 아니라고. 메사에는 전기가 없어."

"전기를 원합니까?"

클라이드는 어깨 너머로 러스를 돌아보았다. "날 바보로 아나?"

"그냥 이해하려는 겁니다. 문제가 석탄 광산입니까, 전기가 없다는 사실입니까?"

"문제는 부족위원회야. 당신 친구는 이 똥구덩이가 좋은 거라고 생각하지. 현대의 경제라고 말이야. 빌라가아나에게 대처해야 한다는 거야. 그게 현실이니까. 그들 없이 살 수는 없으니까. 당신 친구가 하는 말이 그거야."

"키스는 자기 사람들을 걱정합니다. 나도 여기서 보이는 광경이 당신만큼 싫어요. 키스도 마찬가지일 거라 생각합니다. 하지만 어디선가는 돈이 들어와야 해요."

"키스는 이걸 볼 필요가 없어. 매니팜스에 내려가서 사니까."

"아시겠지만, 키스는 몸이 좋지 않아요. 지난주에 뇌졸중이 왔습니다."

클라이드는 어깨를 으쓱했다. "딴 사람더러 울어주라고 해. 키스는 내 가족을 엿 먹였어. 우리만이 아니야. 저 임대 사업은 쓰레기 같고, 영원히 계속돼. 우리는 지금보다 돈을 두세 배 더 받아야 한다고. 일자리는? 내 친구들은 지금 저 아래 내려가서 석탄 먼지를 먹고 있어. 그게 새로운 나바호야. 빌어먹을 피보디 석탄 회사라고."

프랜시스는 가만히 고개를 젓고 있었다. 두려운 표정도, 화난 표정도 아니었다. 그저 쓸쓸한 표정이었다. 여기에도 그녀가 열어보고 싶지 않았던 안타까운 문이 또 하나 있다는 듯이.

"키스가 당신 가족에게 뭘 한 겁니까?" 러스가 물었다.

"키스는 이 비탈 전체에 대한 방목 허가권을 가지고 있었어. 키스의 아내도 뒤쪽 비탈 허가권을 가지고 있었고, 뒤쪽 비탈이 아무 쓸모가 없다는 건 우리도 알았지. 당신도 아마 들어오다가 봤을 거야. 하지만 이쪽 비탈은 아직 괜찮았어. 키스는 땅을 비우면서 우리한테 허가권을 팔았지. 그런데 쾅, 1년 뒤에 부족위원회에서 피보디와 계약한 거야. 키스는 무슨 일이 닥칠지 알고 있었어. 우리는 몰랐고. 우리는 건강한 가축을 키우고 있었어. 허용되는 최대한의 가축들을 말이야. 그런데 봐. 저기 동물이 한 마리라도 보여?"

그곳에는 짐승이 한 마리도 없었다. 갈까마귀조차. 광산 쪽에서 먹먹하게 굉음이 들려왔다.

"탄광이 물을 빨아들여." 클라이드가 말했다. "피보디에서 내일 당장 광산을 닫는대도 물이 돌아올 때까지는 20년이 걸릴 거야. 키스가 그걸 몰랐을까? 키스는 임대계약서를 읽었고, 계약에는 물과 관련된 권리가 포함돼 있었어. 키스는 자기가 무슨 짓을 하는 건지 정확히 알았다고."

러스는 그 말을 믿고 싶지 않았다. 분명 뭔가 사정이 있을 터였다. 하지만 사실, 러스가 키스 두로치에 대해 뭘 안단 말인가? 러스는 키스에게 홀딱 빠졌던 것을, 그가 자신을 받아줬다고 생각하고 느꼈던 기쁨을, 순혈 나바호와 친구가 되어서 느꼈던 자긍심을 떠올렸다. 지금, 노천 광산에서 흘러나오는 먼지구름 아래에서 막상 생각해보니 키스가 특별한 따뜻함을 보여줬던 일은 전혀 기억나지 않았다. 어떤 진실한 호기심도, 감정도 없었다.

"그게 당신 친구야." 클라이드가 비통하게 말했다. "그게 당신네 부족 위원회라고."

"미안합니다." 러스가 말했다.

"아, 그래? 시에라 클럽이라고 아나? 그 사람들은 정부가 그랜드캐니언을 홍수에 잠기게 하려던 걸 막은 미친 빌라가이나야. 우린 광산을 막아달라고 그 사람들을 찾아갔어. 우린 성스러운 땅에 발전소가 세워지는 걸 원하지 않는다고 했지. 그 사람들도 당신과 똑같았어. '미안합니다'라고 하더군. 그러더니 우리를 위해서 아무것도 해주지 않았어. 그놈들은 백인 동네를 구하는 데만 신경 쓸 뿐이야."

"그럼 우리가 어떻게 해야 할까요?" 프랜시스가 불쑥 말했다.

클라이드는 그녀에게도 목소리가 있다는 걸 알고 놀란 듯했다.

그녀가 말했다. "우리가 악당이라면, 우리가 하는 모든 행동이 자동으로 나쁜 행동이 된다면, 당신이 우리에 대해 그렇게 느낀다면, 왜 우리가 굳이 뭔가를 해야 하죠?"

"씨발, 그냥 떨어져 있어." 클라이드가 말했다. "그렇게 하면 돼."

"당신들이 계속 우리를 증오할 수 있도록 말이죠." 그녀가 말했다. "당신들이 백인에 비해 우월하다고 계속 생각할 수 있도록 말이에요. 러스 같은 사람이, 정말로 관심이 있는 누군가가, 당신들 목소리를 들으려고 시간을 내는 사람이, 착한 사람이 오면 당신들 이야기 전체가 망가지니까요."

"러스가 누구야?"

"제가 러스입니다." 러스가 말했다.

"난 당신 남자가 싫은 게 아니야." 클라이드가 프랜시스에게 말했다. "최소한 이 사람은 올라오기라도 했으니까. 그건 존중해."

"그런데도 아직 우리더러 꺼지라고 하는군요." 그녀가 말했다. "맞아요?"

클라이드는 여자에게 말하는 것이 불편한 듯했다. 그는 절벽 가장자리 너머로 자갈 몇 개를 차서 날렸다. "당신들이 뭘 하든 상관없어. 1주일 동안 머물러도 돼."

"아뇨." 러스가 말했다. "그걸로는 충분하지 않습니다. 나는 당신이 내려와서 우리 그룹에게 이야기해주었으면 좋겠어요. 오늘 밤도 좋습니다. 친구들도 데려오세요."

"나더러 이래라저래라 하는 거야?"

"어차피 뭐가 크게 달라지는 것도 아니잖아요. 당신네 메사에는 계속 이 악몽이 있을 테고…… 아무것도 그걸 바꾸지 못할 겁니다. 이런 일이 일어난 걸 보니 나도 구역질이 나요. 하지만 우리 물건을 훔칠 만큼 화가 났다면, 우리에게는 당신이 화난 이유를 들을 권리가 있습니다. 약속해요. 아이들은 당신들 말에 귀 기울일 겁니다."

"그 애들한테 나바호 경험을 쌓아주라는 거지."

"네. 부정하지 않겠습니다. 하지만 당신들도 우리가 누구인지 경험하게 될 거예요."

클라이드가 웃었다. "당신네 약속 말이야. 당신네 약속에는 늘 당신들이 말하지 않는 뭔가가 있어."

"그건 말도 안 돼요." 러스가 말했다. "그건 자기 연민에 빠진 헛소리입니다. 계속 속는다면, 당신들도 더 똑똑해져야죠. 결국 우리가 당신을 속였다고 느끼게 된다면 그렇게 말해도 좋아요. 우린 받아들일 수 있습니다. 제 질문은 당신에게 정직한 대화를 나눌 배짱이 있느냐는 겁니다. 제가 본 바로, 당신이 잘하는 것은 '꺼져'라고 말하고 떠나는 것밖에 없는 것 같은데요. 당신이 그저 남들을 괴롭히는 도둑이라고는 생각하고 싶지 않습니다."

말이란 감정을 표현하는 것일까, 적극적으로 만들어내는 것일까? 이런 말을 했다는 행위가 러스의 마음속 사랑을, 클렘과 연관된 사랑을 드러냈다. 러스는 클라이드의 비웃음에 깃들어 있는 불확실성으로부터 자신의 말에 효과가 있었다는 걸 알 수 있었다. 하지만 그 효과의 진실은 그리 흡족한 것만은 아니었다. 걱정하는 행위 자체가 일종의 특권이자 백인의 무기고에 들어 있는 또 하나의 무기였으니까. 권력 불균형에서 탈출할 방법은 없었다.

"미안합니다." 그가 말했다. "우리랑 이야기할 필요는 없어요."

"내가 당신들을 무서워한다고 생각하나?"

"아뇨. 당신이 화가 나 있고, 그럴 만한 이유도 있다고 생각합니다. 당신에게는 우리 때문에 화를 내는 불편을 감수할 의무가 없습니다."

이제는 그가 하는 모든 말이 불균형을 더 강화하는 것만 같았다. 이제는 사랑을 삼키고 입을 다물 시간이었다.

"기타를 주셔서 고맙습니다." 러스가 말했다.

러스는 프랜시스에게 앞장서서 소나무 숲 사이의 오솔길을 걸어가라고 신호했다. 그녀를 쫓아가다가 뒤를 돌아본 러스는 복잡한 미소를 보았다.

"좆 까." 클라이드가 말했다.

러스는 웃으며 계속 오솔길을 나아갔다. 반쯤 올라갔을 때 프랜시스가 멈춰 서서 그를 두 팔로 끌어안았다. "당신은 정말 놀라워요." 그녀가 말했다.

"잘 모르겠네요."

"정말이지 당신을 존경해요. 알아요? 내가 당신을 얼마나 존경하는지?"

그녀는 러스를 꽉 끌어안았다. 기쁨이 거기에 존재했다. 그 모든 어둠의 세월을 지난 뒤 그의 기쁨이 돌아왔다.

야영지로 돌아온 그들은 기타 두 대를 챙겨서 루스의 트럭 짐칸에 놓았다. 이제 태양은 하얗게 달아올라 있었다. 그 빛이 산등성이의 '뒤쪽' 사면을 내려가는 길을 강렬하게 비추었다(키스와 지낼 때 러스에게는 그쪽이 앞면이었다). 룸미러에서 달랑거리는 것은 작은 플라스틱 스누피였다. 꼭 루스가《피너츠》를 좋아한다는 뜻은 아니었다. 보호구역에는 온갖 장식물들이 마구잡이로 출현하곤 했으니까.

"오늘 아침 일은 미안해요." 프랜시스가 말했다.

"그러지 마세요. 여기에 와준 것 자체가 용감한 일이었습니다."

"가끔은 감정이 북받쳐서 통제할 수가 없는 것만 같은 기분이에요. 보비 때문인지 모르겠어요. 보비가 그렇게 죽었으니까요. 처음부터 이렇게 겁이 많지는 않았는데."

"중요한 건 당신이 해냈다는 겁니다. 겁을 먹었지만, 해냈어요."

"다른 말 해도 괜찮아요?"

러스는 보상으로 쓰다듬기를 받을 수 있을 거라고 기대하며 고개를 끄덕였다.

"오줌이 너무 마려워요."

협곡에는 뒤로 돌아가 소변을 볼 만한 덤불이 없었지만, 오래된 농장이 가까운 곳에 있었다. 러스는 속도를 높였고, 프랜시스는 차가 덜컥거릴 때마다 몸을 꼬아댔다. 그가 키스의 오래된 뜰로 들어갔을 때, 프랜시스는 차가 서기도 전에 문을 열어두었다. 그녀는 조개껍데기 같은 작은 집 뒤로 발을 절며 갔고, 러스도 미루나무 뒤에서 소변을 봤다. 그는 소변으로 나무 색깔이 짙어지는 것을 보며 프랜시스의 소변으로 헐벗은 땅이 검어지는 것을 생각했다. 발목께에 걸려 있는 그녀의 바지도. 햇볕이 강렬하고 공기는 희박했으며 러스는 현기증이 났다.

트럭으로 돌아온 그는 프랜시스가 지붕 없는 집 안에 들어가 있는 것을 보고 그녀에게 다가갔다. 침실 벽은 아직 남아 있었지만, 문과 문틀은 사라졌고 바닥은 흘러 들어온 모래로 덮여 있었다. 러스가 그 침실에 누워서 나바호 춤꾼을 상상한 뒤로 거의 30년이 흘렀다. 열다섯 살짜리 아메리카 원주민에게 백인 남자가 성욕을 품었다는 것이 개탄할 일이라고 생각할 만큼 개명된 지금도, 러스는 그 생각을 하면 흥분됐다.

"무슨 생각을 해야 할지 모르겠네요." 그가 말했다.

"뭐에 대해서요?"

"모든 것에 대해서요. 키스 두로치에 대해서. 키스가 클라이드의 가족을 고의로 속였다고 생각하기는 싫군요. 하지만 다른 문화의 문제가 그거예요. 외부자로서는 무슨 일이 벌어지고 있는지 정말로 이해할 수 없다는 거죠."

"그래서 자기 문화가 있는 거죠." 프랜시스가 말했다. "그래서 당신한테 내가 있는 거고요. 당신도 나를 이해하기는 쉬울걸요."

"그건 잘 모르겠는데요."

"내기할까요?"

그녀는 빠르게 두 걸음을 다가와 그에게 몸을 기댔다. 그녀의 두 손이 러스의 양가죽 코트 안에 들어와 있었고, 그녀의 목은 키스하려고 위로 쭉 뻗고 있었다. 러스는 머뭇거리며 그녀에게 키스해주었다.

그녀는 머뭇거리지 않았다. 그녀는 살짝 뛰었고, 그는 그녀를 땅에서 들어 올렸다. 프랜시스는 입을 맞추려고 작정한 사람이었다. 매리언보다도 더 거친 입을 가졌다. 더 공격적이었다. 그녀를 들고 있는 것은 전적으로 러스에게 달린 일이었다. 환상과 현실의 불연속성이 얼마나 선명한지! 욕망의 일반성에서 그녀의 입맞춤 스타일이라는 구체성으로 들어가는 한 걸음이, 45킬로그램 남짓한 무게를 들고 있는 것이 얼마나 혼란스러운지! 러스가 내려놓자, 프랜시스는 물러나 침실 벽에 등을 기대고 그를 끌어당겼다. 그녀의 엉덩이도 입처럼 공격적이었다. 데님이 데님에 서로 스쳤다. 그는 심장외과 전문의를 떠올렸다. 프랜시스가 지금 러스와 하는 바로 이 일을 그 의사와 했을 게 이제는 분명해진, 호숫가의 고층 아파트를 생각했다. 러스는 그 생각 때문에 절망을 느끼기는커녕 그녀를 이해하게 되었다. 그녀는 섹스를 원하는 과부였다. 섹스를 잘하는 과부, 최근에 섹스해본 과부.

그녀는 잠시 멈춰서 그를 올려다보았다. "괜찮아요?"

프랜시스는 괜찮지 않을까 봐 진심으로 걱정하는 것처럼 보였다. 러스는 그래서 그녀를 훨씬 더 사랑하게 되었다.

"네, 네, 네." 그가 말했다.

"지금 1970년대 맞죠?"

"네, 네, 네."

그녀는 한숨을 쉬며 눈을 감더니 그의 다리 사이에 손을 넣었다. 러스의 성기 때문에 졸린다는 듯 그녀의 어깨에서 힘이 빠졌다. "결국 이렇게 됐네요."

그건 러스의 인생에서 가장 특별한 순간이었을지도 몰랐다.

"하지만 돌아가야 해요." 그녀가 말했다. "안 그런가요? 다들 우리한테 무슨 일이 일어났는지 궁금해하고 있을 거예요."

그녀의 말이 맞았다. 하지만 지금, 그녀의 손길이 닿은 러스는 정신을 놓았다. 그는 자기 입으로 프랜시스의 입을 덮고, 그녀의 재킷 단추를 풀고, 셔츠 자락을 꺼내고, 그 아래로 손을 뻗었다. 매리언에 비해 작은 그녀의 가슴은 특별했다. 모든 것이 특별했다. 러스는 정신을 놓았고, 그녀는 거절하지 않았다. 그녀는 돌아가야 한다고 말하지 않았다. 태양이 러스의 머리를 덥혔고 벽에서 오래된 연기 냄새를 끌어 올렸지만, 그곳에서는 아무 소리도 나지 않았다. 길에는 자동차 한 대도 지나가지 않았다. 갈까마귀 한 마리도 울부짖으며 두 사람보다 큰 현실의 소식을 알려오지 않았다. 광기 속에서, 손등으로 그녀의 열린 지퍼를 스치며, 러스는 감히 그녀의 음모를 헤쳤다. 그녀는 긴장하면서 말했다. "아, 세상에."

러스는 광기에 대담해졌다. "그냥 나한테 맡겨요."

"아니, 괜찮아요. 이건 그냥…… 후. 돌아가야 하지 않을까요?"

그들은 분명 돌아가야 했지만, 러스는 프랜시스 코트렐의 음부를 만지고 있었다. 의식적 쾌락의 세계로 들어가는 지점이 겨우 몇 걸음 앞이었다. 그걸 견딜 방법은 없었다. 러스는 너무 멀리까지 왔고, 너무 오래 기다렸다. 그는 자기 바지를 열었다.

"어, 와. 알았어요." 그녀는 자신의 배를 눌러오는 것을 내려다보더니, 창문이 있던 앞쪽 벽의 구멍을 보았다. "지금은 적당한 때가 아니지 않을까요?"

러스의 목소리는 그의 목소리가 아니었다. 그가 통제할 수 없었다. "더는 못 기다립니다."

"그러게요. 내가 당신을 기다리게 만들긴 했죠."

"당신은 나를 괴롭히고 또 괴롭혔소."

그녀는 인정한다는 듯 고개를 끄덕였고, 러스는 그녀의 바지를 벗기려 했다. 그녀는 더 긴장해서 주위를 둘러보았다. "정말 이럴 거예요?"

"네, 부탁입니다."

"당신이 이런 사람인 줄 몰랐어요."

"난 당신과 완전히 사랑에 빠져 있어요. 몰랐습니까?"

"몰랐어요, 의아하긴 했지만."

러스가 다시 그녀의 바지를 내리려 하자 프랜시스가 그를 밀어냈다. "최소한 덜 보이는 곳으로 갈 수는 없을까요?"

러스가 그 집의 침실이었던 곳으로 그녀를 데려가 코트를 벗어 바닥에 까는 동안 광기의 속성이 바뀌었다. 몸보다는 머리의 문제가 되었다. 이제는 모든 것의 초점이 행위와 그에 수반되는 실제적인 문제에 맞추어졌다. 그녀는 코트에 앉아서 신발과 바지를 벗었다. "피임약을 먹고 있어요." 그녀가 말했다. "혹시 궁금하실까 봐서요."

러스는 자신이 원하는 것을 그녀도 진심으로 원하는지 묻고 싶었지만, 그녀의 동의에 열정이 빠져 있을 가능성이 있었다. 러스의 질문이 대화로 이어질 가능성 말이다. 공기가 아직도 차가워서 프랜시스는 사냥 재킷을 입고 있었다. 그녀가 사냥 재킷을 입고, 허리 아래로는 벌거벗은 채누워 있는 모습을 보자 러스는 흥분감에 토할지도 모르겠다고 생각했다. 러스는 프랜시스에게 생각을 바꿀 겨를도 주지 않고, 러스 자신이 이 행위를 하겠다는 광기 어린 의지를 잃기 전에, 시간과 배경이 이상적이라고 하기는 어렵다는 생각이 들기 전에 바지를 홱 내리고 그녀의 다리 사이에 무릎을 꿇었다.

"세상에, 힐데브란트 목사님. 크시네요."

크다는 말이 비교적 크다는 뜻이라면, 그런 비교는 여태 아무도 해본 적 없는 비교였다. 이 쓰다듬기(정말이지, 앰브로즈는 무척 함축적인 용어를 만들어냈다)가 그를 더욱 크게 만들었다. 러스에게는 놀라운 일이지만, 그는 이런 크기가 어려운 문제라는 걸 알게 되었다.

"미안해요." 그녀가 말했다. "당신은 크고, 난…… 긴장했어요."

그가 실수를 저지르고 있다는 게 지금보다 더 분명한 적은 없었다. 1분이 지날수록 프랜시스는 더욱 긴장할 뿐이었다. 하지만 러스는 그야말로 더는 기다릴 수 없었다. 시간이 두 팔로 꽉 끌어안고 자기 뜻대로 구부릴 수 있는 존재라도 되는 것처럼, 러스는 그녀를 진정시키려는 듯 서두르지 않으며 그녀에게 키스하고 애무했다. 그녀의 반응은 애매했다. 발기 때문일 수도, 긴장 때문일 수도 있었다. 어느 쪽이든 그녀의 공격성은 사라졌다.

"천천히 해도 돼요." 그가 인정했다.

"아뇨, 다시 해봐요. 그냥 천천히요. 왜 이렇게 힘이 들어가는지 모르겠네요."

일단 옷을 벗고 나자 대체로 말할 수 없는 것들이 너무도 빠르게 일상적으로 의논할 만한 것이 되었다. 마치 다른 행성으로 휩쓸려 가는 것만 같았다. 러스는 이 한 시간 동안 프랜시스에 관해서 지난 반년 동안 알게 된 것보다 더 많은 것을 알게 된 것만 같았다. 다행히도 그의 심장은 여전히 그녀를 알아보았다. 그의 연민의 저장고는 여전히 그 자리에 있어서 건드릴 수 있었다. 그는 자신의 매력에 그렇게 자신이 있는 여자가 그를 위해 긴장을 푸는 데 곤란을 겪는다는 것이 마음에 들었다. 하지만 인간으로서의 그녀, 그가 너무도 많은 희망과 갈망을 들였던 사랑스럽게도 불완전한 인간의 구체성 옆에는 단 한 번이라도 매리언이 아닌 여자의 안에 들어가고 싶다는 욕구가 있었다. 그런 욕구는 얼마나 해괴한 것이며, 그 욕구를 방해하는 수축은 얼마나 우스꽝스럽고도 인간적인 것인가. 1센티미터 들어가면 0.5센티미터가 나왔다. 러스는 양가죽 재킷의 뭉친 부분 때문에 팔꿈치가 죽일 듯이 아팠다. 결국 러스는 완전히 들어갔다고 할 수 없었다. 그의 만족감에는 부족함이 있었다. 하지만 러스는 딱하게 점수를 기록하고 있었고, 이번은 유효타였다. 한참 만에 열등감이라는 무게에서 벗어난 그의 마음은 프랜시스에게로 돌아갔다. 그는 너그러움으로 자신을 살려준 여자에게 고마워서 몸을 떨었다.

"그럼, 첫째." 그녀가 말했다. "전 다시 소변을 봐야겠어요. 둘째, 정말로 돌아가야 해요."

프랜시스는 그에게 서툴게 입을 맞췄다. 그 쾌감은 둘의 결합으로 고조되었다. 그들의 입은 다른 축축한 부위의 쌍둥이나 대리자인 것만 같았다. 러스는 그녀를 떠나고 싶지 않았다. 지금까지의 경험이 거의 전부라고 느끼고 싶지 않았다. 그도 프랜시스를 만족시키고 싶었다. 하지만 클라이드를 길들이면서 일었던 욕망은 이제 꺼진 듯했다. 프랜시스는 재빨리 일어나서 바지를 입었다. 2분 뒤, 그들은 다시 트럭에 타고 있었다.

"음." 그가 말했다.

"그러게요, 음."

"사랑합니다. 나는 그런 상태예요."

"고마워요."

그는 트럭에 시동을 걸고, 잠시 조용히 차를 몰았다. 그녀를 사랑한다는 말을 다시 해봐야 의미가 없었다. 이미 두 번 말했으니까.

"이상하네요." 그녀가 마침내 입을 열었다. "당신이 너무도 매력적으로 보이는 이유가 당신을 원해서는 안 되는 이유가 되다니."

"난 그렇게 착한 사람이 아닙니다. 그 말은 했던 것 같은데요."

"하지만 당신은 착한 사람이에요. 아름다운 남자죠. 이 모든 게 무척 혼란스러워요."

"우리가 한 일을 후회하는군요."

"아뇨. 최소한 아직은 아니에요. 그냥 혼란스러워요."

"난 환상적으로 행복합니다." 그가 말했다. "아무것도 후회하지 않아요."

시간은 거의 정오가 되었고, 러스는 담력이 허락하는 대로 최대한 빠르게 차를 몰았다. 프랜시스는 더 말하고 대화하고 싶어 했지만, 러스는 위험한 길을 운전하는 데 너무 집중해서 말을 이어갈 수가 없었다. 마을

회관에는 커다란 쉐보레 트럭과 빨간 재킷을 입은 완다가 테드 저니건과 다른 남자, 즉 릭 앰브로즈와 함께 서 있었고, 후자는 러스와 프랜시스를 노려보며 그들이 뭔가 잘못을 저질러서 늦었다는 것을 알아보았다. 그들은 릭을 메사까지 올라오게 할 수 있는 유일한 소식, 즉 나쁜 소식을 가지고 기다리고 있었다. 그렇게 러스가 한 마지막 말은 아무것도 후회하지 않는다는 말이 되었다.

태초에는 빛으로 이루어진 우주에 아주 작은 암흑물질만이 있었다. 신의 눈 속에 떠다니는 것. 페리가 어렸을 때, 시각이란 세상을 직접적으로 드러내는 것이 아니라 머릿속에 있는 둥근 기관 두 개의 산물임을 알게 된 것은 그렇게 떠다니는 점 때문이었다. 당시의 그는 누워서 선명한 푸른 하늘을 바라보며 그런 점 중 하나에 초점을 맞추려 했다. 그것의 형체와 크기를 특정해보려 했다. 하지만 그래봐야 점을 놓쳤다가 그 점이 다른 장소에 다시 나타나는 것을 보게 되었을 뿐이다. 페리는 그 점을 고정하기 위해 두 눈을 동시에 움직이는 훈련을 했지만, 한쪽 안구 안에 들어 있는 점은 당연히 다른 안구에는 보이지 않았다. 페리는 자기 꼬리를 쫓는 개와 마찬가지였다. 암흑물질도 그랬다. 그 얼룩은 미꾸라지 같으면서도 끈질겼다. 페리는 밤에도 그것을 언뜻 볼 수 있었다. 암흑물질은 그냥 광학적인 어둠보다 한 차원 더 깊었으니까. 그 얼룩은 페리의 머릿속에 있었다. 하지만 이제 페리의 정신은 어느 순간에든 이성으로 은은하게 빛났다.

페리의 위층 매트리스에서는 래리 코트렐이 목을 가다듬었다. 매니팜스에서 크로스로드 아이들은 보통 공용 공간이 아니라 기숙사에서 잠을 잤다. 공용 공간에서 잤다면, 마흔 명 중 한 명이라도 페리가 떠나는 것을 볼 수 있었을 텐데 말이다. 방해가 되는 건 룸메이트인 래리뿐이었다. 래리는 조금만 칭찬해주면 아무것도 보지 못하는 바보였다. 지금까지는 그게 페리에게 도움이 됐다. 래리는 페리의 흥분을 방해했을 법한 사람들을 대신 막아주었으니 말이다. 하지만 래리는 잠귀가 무척 밝았다. 전날 밤에 페리는 새벽 2시에 방으로 돌아와 그가 깨어 있는 것을 보고, 저녁에 먹었던 튀긴 빵 때문에 배에 가스가 차서, 친구에게 천천히 나오는 방귀 냄새를 맡지 않도록 하려고 거실 소파로 몰래 나갔다고 설명했다. 오늘 밤에도 비슷한 거짓말을 할 수 있겠지만, 일단은 눈에 띄지 않고 탈출해야 했다. 그리고 머리 위의 래리는 어둠 속에서 계속 목을 가다듬어댔다. 페리의 선택지 중에는 래리의 목을 조르는 것(이 순간에는 매력적이지만 후유증이 따를 아이디어였다)과 용감하게 일어나 다시 가스가 차서 거실로 가야 한다고 선언하는 것(이때의 장점은 이야기의 일관성을 지킬 수 있다는 것이었고, 단점은 래리가 같이 가겠다고 우길지 모른다는 점이었다), 그냥 래리를 기다리는 것이 있었다. 래리라면 하루 동안 페인트를 긁어낸 만큼 뼛속까지 피로에 절어 잠들 테니 말이다. 페리에게는 아직도 장난칠 시간이 한 시간 있었지만, 정신이 사소한 문제에 자꾸만 딸려 가는 것에 화가 치밀었다. 그의 이성은 불타고 있었으며 피로를 몰랐고 모든 것을 보았다. 래리라는 문제는 페리가 끊임없이 불타는 것의 대가를 의식하게 했다. 신체에는 약간의 각성제가 필요했다. 페리의 알루미늄 필름 통 두 개 중에 좀 더 비어 있는 것이 그의 바지 주머니에 들어 있었다. 그는 아무 소리도 내지 않고 그 영양분을 잇몸에 바를 수 있었지만, 뚜껑을 돌려 여는 소리를 침낭이 충분히 막아주지 못할지도 모른다는 미지수 때문에 괴로웠다. 눈이 보이지 않는데, 약을 쏟지 않고 통을 열 수 있을까(1마이크로그램이라도 흘리는 건 용납할 수 없었다). 이미 너무 많이 비어버린 통에서 약을 또 꺼내 먹는 게 애초에 현명한 일일까. 최소한 코를 통해 더 강한 각성제를 흡입할 수 있을 때까지는 기다려야 하는 게 아닐까. 다시 생각해보면, 끝없이 목을 가다듬으며 페리가 흡입을 시도할 수 없게 막고 있는 사람의 목을 졸라버리는 것이 그리 나쁜 아이디어는 아니지 않을까…….

윽! 끝없이 이어지는 아닐까 아닐까 아닐까는 가루가 일으킨 몸의 문제, 몸의 부작용이었다. 그의 몸과는 완전히 별개로, 지금 이 순간조차 그의 머릿속에서는 성과 없는 추측의 천년왕국을 여는 열쇠가 은은히 빛나고 있었다. 페리는 우연히도 최근에, 1주일도 채 안 된 과거에, 세계가 끊임없이 신 이야기를 한다는 퍼즐을 푸는 방법을 알았다. 그 해결책은 그가, 페리가 신이라는 것이었다. 페리는 이런 깨달음에 겁을 먹었지만, 곧 두 번째 깨달음이 뒤따랐다. 흉악한 마약중독자인 뉴프로스펙트 타운십 고등학교 2학년생이 하나님이라면, 그 누구라도 신이 될 수 있다는 것이었다. 놀라운 열쇠였다. 사실, 놀라운 건 이 사실을 더 일찍 깨닫지 못했다는 것이었다. 그가 목사의 성직 관련 잡지에서 신이라는 단어들을 지우고 스티브로 바꿔놓았던 지난여름에도 이 사실은 뻔히 눈앞에 있었다. 이렇게 절묘할 정도로 단순한 열쇠를 왜 잡지 못했을까? 열쇠는 스티브가 신이 될 수 있다는 것이었다. 다른 모든 톰, 딕, 해리도 마찬가지였다. 그 모두가 해야 할 일은 자신의 신성을 깨닫는 것뿐이었다. 인간이 진정으로 무한한 정신의 능력을 경험하는 순간, 신의 존재는 터무니없는 것의 정반대가 되었다. 터무니없을 만큼 자명해졌다.

이 깨달음은 메이플 거리에서, 페리가 형의 쿡 카운티 저축은행 계좌에서 2825.00달러를 인출한 지 몇 분 뒤에 일어났다. 은행원은 지폐를 헤아리더니, 다시 큰 소리로 헤아렸다. 이십칠. 이십팔. 이십. 오. 그런 다음 그 지폐들을 멋진 갈색 봉투에 쑤셔 넣었다. 성공의 흥분은 엄청난 것이었 다. 페리는 자기 정액이 하늘을 가릴 만큼 뿜어져 나오는 것만 같았다. 그 렇게 완벽한 지식은 오직 신의 지식일 수밖에 없었다. 그럼 그 지식을 가 진 페리는 무엇이 되는 걸까? 앞서 점심시간에 은행을 몰래 살펴보러 왔 을 때, 페리는 평소에 그를 담당하는 나이 든 흰머리 은행원이 12시 15분 에는 어디에서도 보이지 않는다는 걸 확인했다. 대신 창구에는 아직 치 아 교정기를 끼고 있는 곱슬머리 아가씨가 있었다. 그 말은 틀림없이 (의 문의 여지가 없었다!) 그 은행원이 은행에 너무 최근에 들어와서, 클렘을 모 른다는 뜻이었다. 그의 통장을 가져간 주홍색 손톱의 손은 놀라울 정도로 비전문적이었다.

"현금이 엄청나게 많네요. 아무래도 자기앞수표로 찾으시는 게 좋을 것 같은데요?"

"요트를 사려고요."

"와. 멋지네요."

"끝내주죠. 3년 동안 저금했어요."

"신분증 있으신가요?"

이보다 완벽하게 예상되는 질문을 던질 수는 없었을 것이다. 페리는 이 모든 것을 예상했다. 순진한 척 정확한 숫자의 금액을 인출하는 것도, 촌스러운 카디건을 걸치고 새로운 안경으로 변장하는 것도, 일리노이 주 립대학교 학생증을 복제하고 코팅하는 데서 그치지 않고, 손톱 미는 줄 과 목탄으로 일부러 닳게 하고 더럽히는 것도. 이 작업은 깊이 잠든 동생 의 발치에서 진행했다. 가루 덕분에 할 수 있었다. 가루는 집중력을 높여 주기도 했고, 수작업의 정확성을 강화하기도 했다. 페리는 프로젝트에 엄청나게 많은 각성제를 동원했지만, 이런 투자는 그가 완벽하게 예측한 산사태 같은 배당금에 비하면 아무것도 아니었다. 입에 보철을 낀 은행원이 거의 쳐다보지도 않고 학생증을 돌려주었을 때부터 투자금은 이미 상당한 이익을 냈다. 신분증을 제작하고 클렘의 서명을 연습하면서 보낸 시간을 헤아리고, 이따금 사용한 약 비용을 제하면, 페리는 시간당 236.25달러를 번 셈이었다. 나쁘지 않았다. 하지만 그것도 페리의 거래가 예상대로 진행됐을 경우에 벌어들일 돈에 비하면 새 발의 피였다. 애리조나에서의 추가적인 노동시간과 클렘의 돈을 갚는 걸 고려하더라도 말이다.

시카고랜드에는 메스칼린*이 단 한 알도 없었다.

수천 명의 시카고랜드 히피들이 그걸 한번 해보고 싶어서 필사적이었다.

세상에서 오직 단 한 명만이 그 수요를 발견하고, 그 수요를 맞추는 역할을 자처했다.

페리는 이런 논리를 개발하게 된 것이 선각자적인 깨달음 덕택이라고 생각했다. 그는 3년 동안 잘못된 질병을 치료하고 있었다. 그는 자신의 정신이 아픈 것은 화학적 진정 작용이 부족하기 때문이라고 믿었다. 그러나 사실, 문제는 신체였다. 도움이 필요한 것은 그의 정신이 아니라 그의 몸, 지치기 쉬운 근육과 과민한 신경이었다. 그 사람이 덱세드린**을 처음으로 알려준 덕분에 페리는 신체를 쉬게 한다는 퀘일루드의 적절한 기능을 알게 됐다. 그러자마자 페리는 훌륭함과 평온함에 있어서 전에

---

* 페요테 선인장에서 채취하는 마약.
** 식욕 감퇴제.

는 한 번도 맛보지 못했던 단계에 접어들었다. 매일 세상이 슬로모션으로 하는 핀볼 게임 같았다. 공을 튀기는 그의 타이밍은 밀리초 단위까지 정확했다. 그는 마음대로 점수를 높일 수 있었다. 정확히 언제 게임을 그만두고 공이 구멍으로 떨어지게 놔둔 다음 퀘일루드를 먹어야 하는지도 알았다. 예를 들어, 텍시를 다 먹은 그날, 바로 그날에는 누나 덕분에 그의 통장에 3천 달러가 들어왔다. 예를 들어, 페리의 은행에서는 부모의 부서(副署)를 요구하지 않았다. 예를 들어, 페리의 그 사람은 집에 있었고 정신이 대체로 평온했을 뿐만 아니라, 플랜터스 땅콩 병에 남아 있던 내용물 전부를 기꺼이 내주었다. 바가지를 썼을지 모른다는 생각이 페리의 머릿속에 잠시 떠올랐지만, 둘이서 합의한 가격은 3천 달러의 극히 일부일 뿐이었다. 그 사람은 매서운 탐욕을 보이며 페리의 20달러 지폐에 덤벼들었는데, 그걸 보면 그가 완전히 한물갔다는 것을 알 수 있었다. 알약을 씹으며 필릭스가를 따라 도망칠 때는 세상이 더욱 올바르게 보였다. 페리의 돈이 페리 자신에게도, 그 사람에게도 엄청난 행복을 가져다주었다. 이론상 제로섬인 둘의 거래는 어째서인지 돈의 가치를 두 배로 불렸다.

모든 것이 더없이 올바르게 보이는 상태는 좀 더 오래 이어졌다. 하지만 베어가 각성제에 관한 의견을 들려주었을 때쯤에는 페리도 그 말이 옳다는 걸 인정하는 상태였다. 구매 시점에는 도저히 다 떨어지지 않을 것처럼 보이던 알약의 개수가 예상치 못할 만큼 빠르게 줄어들었다. 약의 기능은 신체를 강화하는 것이었지만, 페리는 건강에 좋은 정신적 부작용조차 경험하지 못하고 있었다. 특히 저드슨이 견딜 수 없을 만큼 인내심을 자극했다. 둘이 함께 방을 쓴다는 건 비극이었다. 어머니의 부드러운 손길도 마찬가지였다. 신체적 접촉을 요하는 모든 크로스로드 활동도 그랬다. 세상의 느림은 페리에게 능력을 주는 것 이상으로 그를 분노하게 했고, 그러는 동안 페리의 몸은 계속 "좀 더 주세요"라고 말했다. 그의 몸이 문제를 만들어냈다. 페리는 몸이 점점 줄어드는 공급품을 침식하는 것이 싫었고, 몸이 날아오르려는 정신의 발목을 잡는 것도 싫었다. 알약이 떨어져 어마어마하게 짜증이 난 상태에서 페리는 필릭스가에 있는 그 사람의 작은 집으로 돌아갔다. 이번에는 그 집에 페리를 보고 울부짖는 개가 없었다. 현관에는 비에 젖은 광고 전단이 흩어져 있었다. 문에는 보안관의 선명한 노란색 공고가 붙어 있었다. 페리는 감히 그걸 읽으려고 가까이 다가갈 수 없었다.

"놀랍지도 않네." 베어가 말했다. "그 좆같은 건 그야말로 사악해."

페리가 베어를 좋아한다는 건 중요하지 않은 문제였다. 베어가 페리를 좋아했고, 페리에게 가정방문을 하도록 허락해준 것은 새로운 단계의 올바름을 예고하는 축복이었다. 베어는 앤설 로더에게도 약을 팔았는데, 필릭스가의 그 사람과 개인적인 공통점은 전혀 없었다. 베어는 건장하면서도 부드러웠고, 법을 두려워하지 않는 것처럼 보였으며, 안심되게도 로라 도브린스키 같은 크로스로드 졸업생들과 아는 사이였다. 쓰레기 목사관에서 30분 걸어가면 나오는 그의 집은 현재 양로원에서 사는 어떤 할머니의 것이었다. 페리는 할머니가 없었지만 그 집 벽에서 할머니스러운 냄새를 맡을 수 있었고, 거실에 있는 수놓인 얇은 커튼에서 할머니스러운 손길을 느낄 수 있었다. 베어는 오후에 그 거실에서 뢰벤브로이를 마시며, 그가 구독하는 수많은 잡지들을 읽었다. 확실히 딜러로서 오래 살아남는 열쇠는 베어처럼 되는 것이었다. 베어는 자연에서 유래한 물질만을 거래했다. 대부분은 대마초와 해시시였지만, 페리가 자기에게는 에너지가 필요하다고 설명하고 알게 됐듯 코카인도 조금 팔았다. 코카인은 고객 중 일부 음악가들에게 베푸는 혜택이었다.

처음 들렀을 때, 페리는 40달러짜리 샘플을 가지고 그 집을 나섰다. 첫 흡입에 반한다는 말 들어봤나? 페리는 이틀 후에 돌아갔다. 이번에는 베어에게 일행이 있었다. 가죽 미니스커트를 입은 어여쁜 저명인사가 뢰벤브로이를 마시고 있었다. 페리는 환영받지 못할까 봐 걱정했다. 하지만 베어는 부드러웠고, 여자인 그의 친구는 페리가 왜 왔는지 알자마자 오늘이 바로 크리스마스라는 것을 떠올린 것처럼 얼굴이 밝아졌다. 코카인을 한 지 겨우 이틀이 지났을 뿐이지만, 페리는 코카인을 한 번이라도 해본 사람이 과연 그 약이 근처에 있을지 모른다는 생각을 잠깐이라도 안할 수 있는지 의문이었다. 어떻게 여자는 그 생각을 머리에서 빼낼 수 있었을까. 베어가 명랑하게 대해주는 동안 페리의 심장을 더욱 빠르게 뛰게 한 것은 그의 특별 대우(페리가 아는 한, 뉴프로스펙트 고등학교에서 그 유명한 케이시 존스의 약을 사용하는 사람은 아무도 없었다)와 핫한 이십대 사람들이 그를 끼워주었다는 사실에서 오는 전율이었다. 그들이 활발하게 토의한 주제 중에는 경험해본 것 중 가장 흥미로운 약 이야기, 가장 해보고 싶은 약(베어는 그 약이 '페요테'라고 선언했다) 이야기, 페리가 바늘을 사용하는 미친놈에게 털리지 않은 것이 행운의 별 때문이라는 이야기, 사용자를 편집광으로 만들지 않는 식물 유래 알칼로이드 성분의 모순적인 무해함 이야기, 지크문트 프로이트 박사의 실험 이야기, 처방 약과 길거리 약을 구분하는 건 결국 위선이라는 이야기, 비틀스가 재결합한다는 소문, 그랜드 펑크 레일로드의 귀에 거슬리는 잘난 척 이야기 등이 있었다. 페리는 매우 즐거웠고, 그 '매우 즐거움'은 잠들지 않는 이성의 목적에도 부합했다. 페리의 첫째가는 욕구는 베어가 그를 좋아하고 믿게 만드는 것이었다. 둘째가는 욕구는 페리 자신과 베어 사이의 두드러지는 차이점이 주목되지 않도록 하는 것이었다. 그 차이점이란, 말하자면 베어가 부드럽다는 것이었다. 베어는 약을 한 번만 들이쉬어도 더 행복해졌고, 그걸로 만족했다. 부드러움과는 n번째쯤 반대편에 있었던 페리는 안구 움직임을 통제하느라 지독하게 노력했다. 눈알이 오직 코카인만을 쫓아다니고 싶어 했다.

알고 보니 베어의 부드러움은 고집스러운 의지를 감추고 있었다. 그의 코카인 판매는 부업이었다. 도매 수준에 접근하는 데 제약이 있기 때문이었다. 베어에게서 약을 사는 사람들은 숫자도 적고 정기적으로 찾아오는 것도 아니었지만, 베어에게 의리를 지켰다. 그래서 신입인 페리는 오직 0.5그램만 가질 수 있었다. 페리가 추가금을 내고 약을 더 사겠다고 하자 베어는 그의 말을 못 들은 체했다. 비이성적인 행동이었다. 페리가 이토록 자주 약을 사러 오게 만드는 것은 피곤하고도 위험한 일이었다. 하지만 이성을 따르는 페리는 베어와의 관계가 발전할 시간을 몇 주 둔 뒤에야 제안했다.

베어는 휘파람을 불었다. "그거 엄청나게 많은데."

"수고해주시는 만큼 기꺼이 선불로 낼게요."

"가격이 문제가 아니야."

"이렇게 수다 떠는 것도 즐겁긴 하지만, 너무 자주 만나서 좋을 건 없잖아요. 안 그래요?"

"진심이야? 나는 네가 뭐든 손에 넣는 걸 다 코에 처넣고 1주일 만에 여기 올 거라고 생각하는데."

"아니에요!"

"불길해."

"하지만…… 그렇잖아요. 그러니까…… 이건 쩨는 일이라고요. 기회를 주세요."

페리에게 유리한 쪽으로 흐름이 바뀐 것은 인쇄기에서 막 나온 돈, 빳빳하고 주르륵 넘겨볼 때 만족감을 주는 50달러짜리 지폐 스무 장 덕분이었을 것이다. 베어는 언짢은 듯 돈을 받더니, 페리에게 거의 없는 것이나 마찬가지인 배급량을 주어 보냈다. 이어지는 보름 동안 페리는 1000달러어치의 약을 받지 못한 채 그를 두 번 더 찾아갔다. 그러다가 어느 날 밤, 페리는 정신의 힘을 온전히 상상에 쏟아부었다. 그로써 최근까지 하얗게 존재했지만, 지금은 배신을 일삼는 경솔한 신체 때문에 사라져버린 가루의 흔적을 존재하게 하려는 것이었다. 의지를 통해 존재하게 하려는. 그런 밤이 하루 이상 이어졌다. 그러다가 어느 날 낮에는 베어가 문을 열어주더니, 그에게 종이쪽지만을 내밀었다.

"에디라는 녀석이야. 그 녀석한테 네가 산 게 있어."

"들어가도 돼요?"

"아니. 미안. 넌 귀여운 녀석이지만, 나는 더 이상 널 만날 수 없어."

문이 닫혔다. 가장 주된 이유인 단순한 신체적 피로감을 포함한 다양한 이유로 페리는 눈물을 터뜨렸다. 암흑물질의 얼룩이 처음으로 나타난 게 그때였을까? 그는 베어를 사랑한다고 느꼈다. 만난 지 얼마 안 된 건 사실이었지만, 그는 다른 누구보다도 베어를 사랑했다. 베어의 애정을 빼앗긴 것은 너무도 파괴적인 타격이어서, 사실상 흰색 가루에 대한 모든 생각을 머릿속에서 몰아냈다. 엉엉 울다 지쳐 다시 집으로 돌아온 다음에야 페리는 쪽지에 적힌 일곱 개의 숫자가 무엇을 나타내는지 떠올렸다. 페리의 정신은 그 전부를 들이마신 것처럼 폭발했다.

그는 에디를 사랑하지 않았고, 에디도 그를 사랑하지 않았다. 그들의 첫 만남에서는 필릭스가의 기미가 풍겼다. 베키가 준 돈을 완전히, 혹은 그 이상 소진한 한 번의 거래를 통해 페리는 에디에 대한 증오심으로 부글부글 끓게 되었다. 페리는 에디가 자기를 속였다고 절대적으로 확신했다. 아무리 속았다 한들 그 좆같은 약을 아주 많이 가지게 되었다는 건 오직 시간이 지난 뒤에야 생각났다. 뚜껑이 꽉 닫혀 있는 필름 통 세 개. 그건 꽤 의미가 있었다. 다시는, 최소한 극도로 오랜 시간이 지나기 전까지는 손이 비어서 죽는 일은 없을 터였다.

그렇긴 하지만, 세 통이 훌륭하다면 여섯 통은 얼마나 더 훌륭했겠는가. 열두 통이라든지. 스물네 통이라든지. 그의 정신을 영원히 쉬게 할 수 있을 만큼 많은 3배수의 흰 가루가 있을까? 검은 점이, 정신 속을 떠다니는 그것이 다시 나타났다. 지불한 돈이 더는 이중의 혜택을 가져다주지 않는 것 같았다. 지불한 돈은 그냥 사라진 돈이었다. 위험하게도 부모님의 감시하는 눈에 노출된 그의 통장에는 188.85달러라는 안쓰러운 숫자가 적혀 있었고, 천재에게도 한계는 있는 법이었다. 그는 189달러를 어떻게 합성하면 3500달러로 빠르게 변하게 할 수 있을지 알 수 없었다⋯⋯.

래리는 코를 골았다. 그 소리는 '코골이'의 플라톤적 형태에 너무 가까워서, 페리는 그 소리가 가짜일지도 모른다고 생각했다. 페리는 가만히 누워 있었고, 코 고는 소리는 점점 커졌다. 머잖아 그 소리는 헛숨을 들이켜고 내쉬지 않는 소리와 래리가 자세를 다시 잡는 부스럭거리는 소리로 끊겼다. 더 희미한 코골이가 이어졌다. 틀림없이 진짜 코 고는 소리였다. 이제 페리는 용기를 냈다. 중요한 것부터 처리하기 위해, 일단 신경계에 먹거리를 던져주고자 통을 열고 축축한 손가락을 집어넣었다. 그는 손가락으로 통의 가장자리를 아주 조심스럽게 톡톡 두드리고, 그것을 입에 집어넣었다. 다시 손을 담그고 손가락을 콧구멍 깊숙이 밀어 넣었다가 뺀 다음, 깊이 들이마셨다. 손가락을 깨끗하게 빨아먹고, 혀를 사용해 잇몸을 닦아냈다. 국지적인 얼얼함은 정신에 대한 신경계의 적대 행위가 일반적으로 멈추려 한다는 환유였다. 최근에는 밀려드는 듯한 느낌이 약했지만, 페리는 최소한 더는 자기 자신이 어색하게 느껴지지 않았다. 그는 통 뚜껑을 닫고 천천히 일어나 앉았다. 부츠가 문 옆에 있었고, 그중 한 짝의 발가락 부분에 돈이 있었다. 페리는 이 모든 것을 완벽하게 예상했다. 이제는 귀가 먹을 것처럼 들려오는 자신의 심장 소리도 래리가 아무것도 듣지 못하게 하는 데 도움이 됐다. 그야 당연한 일이니까. 그 소리는 신의 소리이니까. 어머니의 심장 소리가 태아를 진정시킨다고 하듯, 신의 우주적인 심장 소리는 그의 모든 자녀를 달랬다. 아, 페리라는 신은 그들을 얼마나 사랑하는가! 그는 신으로서의 자신이 단지 생각하는 것만으로도 그들 모두를 죽이거나 구원할 수 있다고 느꼈다. 기숙사 문을 살짝 열려고 가는 와중에도 코카인으로 커진 신의 심장 소리는 너무 크게 들렸다.

어두운 복도에서 출구 표시가 반짝였다. 저쪽 끝에서, 형광등 불빛이 라운지에서 약하게 흘러나왔다. 인간의 시간관념으로 돌아와 손목시계를 이해하기는 어려웠지만, 아직 35분이 남았다는 것은 파악했다. 그는 돈을 주머니에 넣고 부츠를 신은 다음, 크로스로드가 쓰는 다른 방들을 살금살금 지났다. 어느 방에서는 꺅꺅대는 여자아이들의 목소리가 먹먹하게 들려왔다. 괴롭게도 그들은 깨어 있었다. 그들을 처리하는 방법은 그리 어렵지 않았던 게 분명했다. 페리가 아주 잠시 뒤 화장실 칸에 앉아 엄지 아랫부분에서 부비동으로 많은 양의 가루를 서툴게 부어 넣고 있었으니 말이다. 아주 이상한 일이었다. 어쩌다가 모든 것을 보는 존재가 어떻게 거기까지 간 줄도 모르고 변기에 앉아 있게 된 것일까? 앞선 순간으로 정신의 눈을 되돌려본 페리는 폐색된 부분에 맞닥뜨렸다. 지금은 암흑물질의 얼룩이 더 커진 것처럼 보였다. 사실은 더는 얼룩이라고 부를 수 없었다. 그보다는 불편한 반투명의 점, 경계선이 불분명한 덩어리라고 하는 게 나을 터였다. 페리는 그것을 고정해 자세히 살펴볼 수 없었지만, 그 점이 사악하게도 가득 차 있다는 것을 느꼈다. 이런 감각은 페리의 생각과는 정반대였다. 믿을 수가 없었다! 신의 눈에 떠다니는 오류가 생기다니! 신은 매우, 매우 화가 났다. 어디에도 풀 길이 없는 그의 분노는 빠르게 연달아 세 번, 더 많은 각성제를 엄청나게 들이켰다. 심한 남용이 신체를 죽인다면, 그러라지.

페리는 아슬아슬하게 바지를 내렸다. 신체는 죽는 대신 화산을 뒤집어 놓은 것처럼 배설하고 있었다. 그 악취 속에서, 낯선 불빛들이 번쩍이는 가운데, 가슴에서 종말론적인 쿵쾅거리는 소리가 들려오는 와중에, 축복받은 합리적 통찰이 떠올랐다. 이것이야말로 지나치게 탐닉하는 사람에게 벌어지는 일이라는 지혜였다. 하지만 그 생각을 즐긴다는 것은 그 무의미함을 인지한다는 뜻이었다. 탐닉은 부드럽게 빛나던 그의 이상을 수많은 조각으로 박살 냈다. 그 조각들은 서로 상관없는 지혜들로 이루어져 있었으며, 그의 배 속에서 불타오르는 별처럼 뜨거운 백색을 밝게 반사하고 있었다. 페리는 토할지도 모르겠다고 생각했다. 대신 그는 다시 똥을 누었다. 이런 일은 전혀 예상하지 못했다. 이토록 불쾌하게 화장실로 방향을 틀게 되리라는 사전 지식이 어딘가에 있었다면, 아마 페리의 정신이 아니라 어른거리는 암흑물질 덩어리 안에 있었을 것이다.

비좁은 나바호 화장실 칸에서 엉덩이를 닦으며, 내린 바지를 족쇄처럼 차고서 수천 개의 번쩍이는 조각들이나 목이 졸릴 것처럼 부풀어 오른 경동맥에 정신을 빼앗긴 채로, 페리는 통이 어디 있는지 알아둬야 한다는 걸 잊었다. 그걸 떠올리자마자 페리는 자신이 통 뚜껑을 닫아 옆에 치워두었으리라고 자신감 있게 예상했다. 하지만 아니었다. 아아, 안 돼 안 돼 안 돼 안 돼 안 돼. 페리는 통을 쳐서 바닥에 쏟아버렸다. 흩어진 내용물이 새는 변기의 접합부에서 흘러나온 물방울을 목마른 듯 흡수하고 있었다. 걸쭉한 반죽이 되었다. 이제 페리는 그것을 손가락 옆면으로 다시 통에 집어넣는 것밖에 다른 선택지가 없었다. 아직 통 안에 들어 있는 가루가 젖는 비용을 치르더라도 말이다. 아무것도 말이 되지 않았다. 절묘한 솜씨를 발휘하고자 복도를 살금살금 지나온 육화된 천리안이 이제는 배설물과, 어쩌면 결핵균으로까지 오염되었을지 모르는 희끄무레한 알칼로이드 얼룩을 휴지로 닦고 있다니. 혹시 그 알칼로이드에 항생 성분이 있는 건 아닐지, 나중에 병균을 삼키지 않고도 그 휴지를 잇몸에 붙일 수 있을지, 또 아직 토할 것 같기는 하지만 1밀리그램이라도 낭비하느니 바닥을 핥는 게 나은 건 아닐지 등의 의문으로 시무룩해진 채 말이다.

페리는 구토 반응 때문에 바닥을 핥지 못했다. 그는 흠뻑 젖은 휴지를 통에 집어넣고 뚜껑을 닫았다. 바로 그렇게 n차원의 황홀감이, 전(全) 세포적인 오르가슴이 휩쓸어오는 가운데 그는 절묘한 솜씨를 발휘한 목적이 밀리그램이 아니라 킬로그램으로 잴 수 있을 만큼 많은 약을 확보하는 것이었음을 떠올렸다. 바로 그렇게 그는 생명을 위협하는 난기류에서 나와 아주 부드러운, 최고도의 비행 상태에 접어들었다. 모든 것이 다시 말이 됐다. 어떻게 이런 행동의 정당성을 의심할 수 있었을까? 어떻게 자기가 탐닉에 빠졌다고 상상할 수 있었을까? 신은 오류를 범하지 않는다! 그는 지고의 존재였다! 지고하다고! 그는 신체의 한계를 존재의 가장 높은 영역까지 밀어 올렸다. 암흑물질의 얼룩은 거의 사라질 정도로 줄어들었다. 다시 너무 작아져서, 신은 그것을 사랑할 수 있었다. 그것은 사랑스럽고 위협적이지 않았다. 결국 그것은 아무것도 몰랐다. 아니면, 사소한 것 한 가지만을 알았다…….

이제 봤지 하지 말아야겠지 1분도 안 걸려

얼룩의 메시지는 오늘 밤, 그가 지고함을 한 단계 덜 느끼게 될 순간이 올지도 모른다는 뜻이었다. 물론 그런 일이 일어나게 놔둬서는 안 되겠지만. 페리는 복도를 되짚어가 자기 방으로 몰래 들어갔다. 다른 통이, 가득 차 있고 완전히 건조한 통이 더플백의 양말 뭉치 가운데에 들어 있었다. 페리가 집에서 그 통을 가지고 나올 때는 통 안에 손가락을 담글 생각이 없었다. 그냥 마지막 순간에 편집증이 도져서 들고나왔을 뿐이다. 모든 비축분을 목사관 지하에 놔두는 것이 비이성적으로 두렵게 느껴졌다. 목사관에서 그 비축분은 석유 버너 뒤에 잘 숨겨져 있었지만, 지키는 사람이 없었다. 지금 생각하니 약을 가지고 나온 것은 전혀 비합리적인 결정이 아니었다. 완벽한 예지력이 작동한 것이다.

"페리?"

어둠 속에서 들리는 목소리는 래리의 목소리 같았지만, 그렇다고 래리가 깨어 있다는 뜻은 아니었다. 신이 된다는 것에는 아이들의 생각을 듣는다는 것도 포함되었다. 지금까지 그 목소리들은 알아듣기에는 너무 나지막했다. 유니언 역에서 들리는 무작위의 웅얼거림과 더 비슷했다. 그는 양말 뭉치를 풀고, 훌륭하게도 묵직한 통을 작업복 바지 주머니에 넣었다. 달콤한 부식성 알칼로이드 즙이 그의 코 벽에서 계속 흘러내렸다.

"뭐 해?"

페리의 시력이 정말로 완벽했다면, 암흑물질의 방해를 받지만 않았더라면, 그는 래리를 꺼버리는 데 성공했을지도 몰랐다. 생각으로 죽이는 힘은 신적인 것이었다. 페리가 가진 힘의 결점은 무한히 강력한 망원경

렌즈에 얼룩이 묻어 있는 것과 같았다.

"페리?"

"가서 자."

"너 뭐 해?"

"라운지로 가려고. 내 말 못 믿겠으면 화장실에 코를 들이밀어봐."

"난 정반대 문제야. 완전히 변비에 걸렸어."

페리는 일어서서 문 쪽으로 갔다. 그는 이미 한 단계 덜 지고해진 기분이었다.

"잠깐 얘기할 수 있을까?"

"아니." 페리가 말했다.

"왜 나랑 얘기하지 않으려고 해?"

"난 너랑 얘기하는 것 말고 아무것도 안 해. 우리는 늘 같이 있잖아."

"알지, 하지만……." 래리가 침대에서 일어나 앉았다. "정말로 너랑 같이 있는 것 같지가 않아. 네가 어떤…… 다른 곳에 가 있는 것만 같아. 내 말 무슨 뜻인지 알겠어? 넌 여기에 온 뒤로 샤워도 한번 안 했잖아."

래리가 샤워의 해괴함을 알 수 없다면, 샤워에 대한 신의 강렬한 거부감을 알 수 없다면, 설명해봤자 의미가 없었다.

"솔직하게 말하는 거야." 래리가 말했다. "네가 나한테 어떻게 보이는지 말하는 거라고. 일단 넌 정말로 샤워를 해야 돼."

"알았어. 잘 자."

"근데 나만 그렇게 생각하는 게 아니야. 사람들도 네가 정말 이상하다고 생각해."

이제 페리는 래리와 암흑물질 얼룩이 동맹을 맺고 있다고 느꼈다. 모순적인 지식을 동족이 나눠 가진 것이다.

"그냥 너한테 무슨 일이 벌어지고 있는 건지만 말해주면 좋겠어." 래리가 말했다. "난 네 친구잖아. 우리는 크로스로드고. 뭐든 하고 싶은 말이 있으면 해도 돼."

"난 네가 사악하다고 생각해." 페리가 말했다. 이 판결의 정당성은 짜릿하게 느껴졌다. "어둠의 힘이 네 안에 모여 있다고 생각해."

래리는 감정이 섞인 소리를 냈다. "그거…… 농담이지?"

"전혀. 난 네가 네 엄마랑 씹질을 하고 싶어 한다고 생각해."

"세상에, 페리."

"우리 아빠도 마찬가지야. 나한텐 상당한 근거가 있어. 네 일에나 신경써. 너희들 모두, 씨발, 날 가만히 놔두란 말이야. 그렇게 해줄 수 있어?"

멀리서 들려오는 나바호의 개조 자동차 소리 때문에 완전하지는 않은 침묵이 흘렀다. 위쪽의 어둠 속에서 보니 래리의 창백한 얼굴이 죽음의 머리처럼 보였다. 무한한 힘은 무한히 끔찍하다는 생각이 떠올랐다. 신은 그가 해야만 하는 일격을 어떻게 견뎌내는 걸까? 무한한 힘에는 무한한 연민이 따라왔다.

래리는 침대에서 두 다리를 휙 내렸다. "케빈 형을 데려와야겠어."

"그러지 마. 나는…… 농담이 형편없었어. 미안해."

"너 진짜 무서워."

"케빈 형은 데려오지 마. 지금 우리에게 필요한 일은 눈을 감는 거야. 샤워하겠다고 약속할게. 가서 다시 잘 수 있겠어?"

"못 자. 난 네가 걱정돼."

래리를 어떻게 제거하든, 둔기로 치든 손으로 목을 조르든, 밖에 들릴 만한 소동이 일어날 것이다.

"그냥 화장실에만 다시 가게 해줘. 배가 부글부글 끓는단 말이야. 거의 산업용 가스 공장이나 마찬가지라니까. 그냥 여기 있어, 알았지? 바로 돌아올게."

페리는 대답을 기다리지 않고 방에서 달려 나가, 가루가 준 날개를 달고 복도를 날아갔다. 절벽에서 뛰어내릴 때처럼 그는 근사한 속도에 이르렀다가 낮은 대기 산소 농도로 인해 더욱 강화된 관상동맥의 한계에 부딪혀 우뚝 멈추었다. 그는 헐떡이며 돌아섰다. 사악한 자가 방에서 나왔는지 보려고 말이다. 아무 소리도 들리지 않았다!

기숙사 문은 밤에 잠겨 있었지만, 라운지 창문에서 인도로 뛰어내릴 때의 높이(혹은 나중에 다시 기어오를 때의 높이)는 겨우 1.5미터였다. 밖에 나온 페리는 얼어붙을 듯한 공기 속에서 잠시 멈추어 재킷 안의 돈과 바지 주머니의 통을 만져보았다. 한 번 더 빠르게 각성제를 흡입하는 게…… 추천할 만한 일일까? 지금 그는 여태껏 경험했던 것 중 가장 높은 수준의 감각적 고양에서 두 단계쯤 내려와 있었지만, 추위가 살을 에는 듯했다. 기도에서 피의 금속 맛이 느껴졌다. 지금도 조금만 있으면 토할 것 같았다. 밀어붙이세요, 선생님. 밀어붙여요.

기숙사에서 길을 따라 올라가면 있는, 간판 없는 주유소에 전날 사귄 젊은 나바호들이 있었다. 페리는 그중 두 사람이 베스트 웨스턴 캐니언드 셰이 호텔 광고판 밑에서 농구공을 던지는 것을 보았다. 광고판의 조명이 농구대의 고리와 기둥에 박혀 있는 조잡한 백보드를 비뚜름하게 비추었다. 더 어린 나바호는 콧등에서 턱까지 이어지는 깊고도 불규칙한 흉터가 있었다. 나이 든 친구는 더 매력적이고 머리카락도 길었으며, 커다란 은색 버클이 달린 코듀로이 나팔바지를 입고 있었다. 그들이 부추기는 바람에 페리는 한심할 정도로 부족한 농구 실력을 보여주었고, 그들의 조롱과 낄낄거림에 자신을 내맡김으로써 그들의 신뢰를 얻었다. 그런 다음 페리가 중요한 화제를 꺼내자 그들의 웃음은 더욱 고조되었다.

"근데 진짜야." 페리가 말했다.

그들의 웃음은 계속되었다. "페요테를 해보고 싶다고?"

"아니." 그가 말했다. "그건…… 불쾌해하지 말고 들어. 내가 쓰려는 게 아니야. 나는 다량을 구하려 하고 있어. 500그램 이상쯤. 돈은 있어."

나바호들에게는 페리가 한 모든 말 중에서도 이 말이 바지에 오줌을 쌀 만큼 우스운 듯했다. 페리의 예지력은 고기가 물기 전에 여러 번 낚싯줄을 던져야 할지 모른다고 했다. 페리는 이제 다른 연못을 시도해볼 시간이라고 생각했다. 그는 옆걸음 치며 멀어져갔다.

"야, 잠깐만. 어디 가?"

"만나서 반가웠어."

"돈이 있다며. 무슨 돈이야?"

"이게 법정 통화냐는 거야?"

"얼마나 있냐고? 20?"

페리는 불쾌감을 느끼고 그들에게 돌아갔다. "페요테 500그램에 20달러라고? 그 150배는 있어."

이 폭로가 웃음을 멈추었다. 매력적인 나바호가 인상을 쓰며 페요테에 대해 뭘 아느냐고 물었다.

"나바호의 의식에서 사용하는 강력한 환각제라는 걸 알고 있어."

"틀렸어. 페요테는 나바호 것이 아니야."

세상의 그 어떤 단어도 틀렸다는 말처럼 아프게 들리지는 않았다. 평생 페리는 그 단어를 들으면 울음을 터뜨렸다.

"실망이네." 그가 말했다.

"페요테는 우리 것이 아니야." 매력적인 녀석이 말했다. "교회 사람들만 쓰는 거야."

"그걸 가져다 쓰고 땀을 흘리지." 그의 친구가 말했다.

"여기서는 자라지도 않아. 텍사스에서 오는 거야."

"그렇구나." 페리가 말했다.

이제야 드러난 지식의 불완전성에서부터 한숨도 자지 못한 몇 주의 피로가 솟아났다. 너무도 거대한 피로여서 페리는 아무리 각성제를 많이 써도 그 피로를 극복할 수 없을 것 같았다. 그는 눈을 감고, 내리뜬 눈꺼풀의 검은 부분에 나타난 초암흑 얼룩의 실루엣을 보았다. 두 나바호는 말을 주고받았다. 페리로서는 감질날 정도로 이해될락 말락 하는 대화였다. 나바호의 모든 단어를 하나도 모르는 것과 나바호의 모든 단어를 아는 것 사이의 틈새는 기껏해야 1마이크론밖에 되지 않을 것 같았다. 암흑 얼룩만 아니었으면, 피로만 아니었으면 쉽게 건널 수 있는 틈새였다.

"어떤 남자가 있어." 매력적인 녀석이 페리에게 말했다. "플린트라는 사람이야."

"플린트, 그래." 어린 녀석은 그를 떠올리자 신이 나는 것 같았다. "플린트 스톤 말이지."

"뉴멕시코에 살아. 주 경계를 넘으면 바로 있어."

"주 경계를 바로 넘은 곳. 어딘지 알아."

"플린트가 누구야?" 페리가 말했다.

"그 사람이야. 플린트가 너한테 필요한 걸 가지고 있어. 플린트가 텍사스에서 페요테를 가지고 와."

"나바호야?"

"방금 말하지 않았나? 플린트는 교회니 뭐니 모든 곳에 발을 담그고 있어." 매력적인 녀석이 얼굴에 흉터가 난 친구를 돌아보았다. "거기 갔던 거 기억나지?"

"그럼! 그때 갔었잖아."

"헛간에 단추가 든 자루가 있었어. 2.5킬로그램짜리 커피 자루 같았어, 전부 페요테였고."

"커피가 아니었다고?"

"그래, 친구. 내가 봤어. 플린트가 그 자루를 열어서 보여줬어. 전부 페요테였어. 교회에 갖다주려고 가져오는 거래."

플린트 스톤은 만화에 나오는 이름이었다. 페리는 나바호들의 이야기를 상당 부분 의심했다. 그 모든 의심이 전부 얼룩에서 나오는 것이었다. 얼룩의 본질은 모든 것이 절망적이라는 것이었고, 페리는 죽을 것처럼 피곤했다. 잠깐이지만 광고판에서 반사된 빛을 받으며 그는 피로 속으로 더 깊이 잠겼다. 하지만 그때—이 믿음이 약한 자들아!—그의 이성에 불이 붙었다. 그의 피로는 그 자체로 더 이상 나아갈 수 없다는 증거였다. 낯선 나바호들에게 말을 걸 그 이상의 힘이 없다는 뜻이었다. 정의상 더 이상 나아갈 수 없다면 그는 논리적인 종착점에 이른 것이었다. 완벽한 논리에 비추어볼 때, 페요테로 넘쳐나는 커피 자루는 명백하게 현실적이었다. 담보는 그의 계좌에 들어 있는 13.85달러와, 클렘의 계좌에 들어 있는 그와 거의 비슷한 돈이었다. 이 계좌들을 다시 채우는 동시에 보조적인 약물 욕구를 채우는 데도 충분한 이익을 실현하는 유일한 방법은 페요테를 대량으로 사서 시카고에서 다섯 배 가격으로 되파는 것이었다. 그러므로 플린트 스톤이라는 이름의, 존재하지 않을 것만 같은 남자가 존재해야만 했다. 그 남자가 낙후된 보호구역 가격으로 페요테를 팔아야 했다. 그리고 페리가 말을 건 첫 번째 사람들이 그 사실에 대해 알고 있어야만 했다. 반드시! 아닐 리가 없었다. 신에게는 오직 한 가지 계획만이 있으니까.

페리는 논리에 따라 가뿐하게, 열광적으로, 24시간 뒤에 돌아오기로 했다. 그 24시간이라는 작은 영원 속에서 페요테 자루는 더욱 현실적으로 변했다. 너무도 현실적이어서 그 묵직함을 느낄 수 있을 정도였다. 흙 투성이 버섯 냄새가 나는 것 같았다. 그 무게와 냄새가 일으킨 흥분은 부족 회관 옆면에서 페인트를 긁어내던 아침 내내 계속되었다. 래리에게 물질의 원자구조와, 지금까지도 우주를 바깥으로 팽창시키고 있는 빅뱅 당시의 물질 창조, 이런 팽창의 발견에 케페우스 변광성이 수행한 핵심적인 역할, 케페우스 변광성의 주기가 그 절대광도와 비례한다는 믿을 수 없을 정도로 섭리적인 상황(그럴 수밖에 없었다), 이로써 은하 간 거리를 정확하게 측정할 수 있다는 사실을 장황하게 설명했던 오후에도. 모든 것을 보는 정신은 그 거리를 의지에 따라 순식간에 가로지를 수 있고, 정신의 피조물인 준성과 성운을 더 가까이 당겨 살펴볼 수도 있고, 물질적 존재의 어두운 바깥쪽 한계선을 훑을 수 있었다…….

주유소로 가는 인적 드문 길에는 뉴프로스펙트보다 빛이 약해 보이는 수은등이 쭉 설치돼 있었다. 나바호의 가난이 전류량에까지 영향을 끼치는 것 같았다. 공기에는 타버린 난방유의 매캐한 냄새가 감돌았고, 따뜻한 빛이라고는 페리의 머릿속 빛이 유일했다. 페리는 내복을 입지 않은 것과 스웨터를 두 겹 껴입지 않은 것이 실수일지도 모른다는 가능성을 생각해보았으나, 곧 그것을 완벽한 예지력과 양립할 수 없는 생각이라고 일축했다. 코와 입이 너무 얼얼해서, 페리가 미처 알아차리기도 전에 콧물이 턱으로 흘러내릴 정도였다. 페리는 콧물을 입으로 밀어 넣고, 그 안에 녹아 있는 자연 유래 성분의 늘 신선한 맛을 맛보았다. 상상컨대 0.5그램 이상은 코로 흡입한 것 같았다…….

주유소는 닫혀 있었다. 불 꺼진 사무실 앞에 서 있는 것은 얼굴에 흉터가 있는 녀석과 페리가 모르는 머리털이 텁수룩한 남자였다. 그 사람은 담배를 피우고 있었다. 스톤 씨인가 보지? 그 사람은 페리가 상상했던 플린트 스톤보다 훨씬 어렸다.

"이쪽은 내 사촌이야." 얼굴에 흉터가 있는 녀석이 말했다. "이 친구가 운전할 거야."

사촌은 목이 두꺼웠고, 멍청한 느낌을 풍겼다. 이런 유형들은 고등학교 탈의실의 망령과도 같았다.

"다른 친구는?" 페리가 말했다.

"걔는 안 와."

"아쉽네."

사촌은 불이 붙어도 상관없다는 듯 주유기 쪽으로 담배를 던지더니 (멍청했다), 그늘에 주차된 먼지 낀 스테이션왜건으로 걸어갔다. 페리는 그 자동차가 목사의 자동차와 똑같은 모델이라는 것을 알았고, 비슷한 정도로 낡았다는 것도 알아챘다. 두피가 따끔거렸다. 순수한 선함과 정의로움이 그의 온몸을 훑으면서, 얼룩의 도움을 받아 마지막까지 남아 있던 의구심을 쓸어냈다. 사촌의 자동차는 플리머스 퓨리일 수밖에 없었다. 처음과 같이 이제와 항상 영원히!

페리는 퓨리가 어느 정도의 속도를 낼 수 있는지 몰랐다. 뒷좌석에 탄 채 주간 고속도로에 접어들었을 때, 페리는 속도계가 화장실에서의 탐닉을 연상시키는 구역에 접어드는 것을 보았다. 하지만 탐닉은 없었던 일이었고, 사촌은 멍청하지 않았다. 오히려 그의 운전자로서의 지능은 심오했다. 신이 빠르게 스쳐 지나가면서 언뜻 보는 은하계처럼 외로운 등불들이 번쩍이며 지나갔다. 초자연적인 존재로서 보이지 않게, 헤드라이트 불에 비친 사막의 바위처럼 실루엣만 보이는 두 인디언의 머리 사이에 웅크리고서, 페리는 손가락을 오염된 통 안에 집어넣고 그것을 잇몸과 콧구멍에 발랐다. 그는 단내가 나는 숨을 깊이 들이쉬고 반복적으로 킁킁거렸다.

"날 완전히 믿어도 돼." 그가 말했다. "알약들의 자세한 출처에 대해서는 나만큼 무관심할 수도 없거든. 알약 보유의 모든 연결 고리가 엄격하게 합법적인지는 내 관심사가 아니야. 사실, 나는 절도란 불법 행위인 만큼, 고된 노동으로 간주할 수 있는 수준의 위험을 수반한다고 생각해. 다른 모든 형태의 노동에도 그렇듯이 보상이 주어져야 하는 노동이지."

그는 낄낄거렸다. 자기 자신이 신적으로 자랑스러웠다.

"이에 대한 반대 주장은 절도가 상대방에게서 그가 한 고된 노동의 결실을 빼앗는다는 것인데, 그러면 이게 흥미로운 경제적 문제가 되지. 가치가 어떻게 창출되고, 어떻게 사라지느냐에 대한 논의 말이야. 우리한테 시간이 있고, 너희들이 기본적인 대수학을 할 줄 알았다면 우리는 절도의 수학을 살펴볼 수 있었을 거야. 절도가 정말로 제로섬인지, 아니면 우리가 설명하지 못하는 어떤 미지의 요인이 있는 것인지. 절도를 당한 사람에게 어떤 숨겨진 결함이 있을지도 모르잖아. 물론 이번에도 우리 거래의 목표에 한정했을 때는 내가 알 바 아니지만. 그 증거로, 혹시 어떤 연결 고리가……."

"야, 무슨 소리를 하는 거야?"

"내 말은 합법적이든 합법적인 수준에 미치지 못하든……."

"뭔 소리냐고? 닥쳐."

얼굴에 흉터가 난 최고의 친구들! 페리는 그가 자신을 어마어마하게 사랑한다는 것에 낄낄거렸다. 하나님이 은총을 베풀 대상으로 아마 8학년까지 학교를 다닌 게 전부일, 얼굴이 망가진 나바호를 특별히 선택하다니. 하늘의 모든 천사가 신과 함께 웃고 있었다.

"뭐가 웃겨? 뭘 보고 웃는 거야?"

"그만 웃어." 사촌이 말했다. "닥쳐."

페리는 계속 웃었다. 하지만 그 웃음은 청각보다 깊은 어떤 파장, 잠들어 있을 때나 깨어 있을 때나 전 세계에서 모든 사람의 마음에 들어가 인간의 이해력으로는 설명할 수 없는 위안을 가져다주는 무전 혹은 텔레파시의 파장을 통한 것이었다. 페리 자신의 청각에는 아주 많은 목소리가 들렸다. 고마움과 다행스러움에 관해 집단적으로 웅성거리는 소리. 한 목소리가 그 웅성거리는 소리를 누르고 분명히 말했다. "저거 똥통이네."

그 목소리가 음흉할 만큼 가까운 곳에서 페리의 조용한 웃음을 멈추었다. 그 목소리는 릭 앰브로즈의 목소리 같았다. 기분이 이상했다. 무슨 똥통? 똥통에 담겨 나오는 건 똥과 버터뿐이었다.

"버터는 아니야." 목소리가 확인해주었다. 그러더니 조금만 더 천천히 말했더라면 알아들을 수도 있었을 언어(나바호 말인가?)로 뭔가를 덧붙였다. 짓씹어 뱉었다고도 할 만했다. 머릿속에서 낯선 언어를 듣는다는 것은 거의 자신의 신성을 발견하는 것만큼이나 두려운 일이었지만, 여기에도 안심이 되는 깨달음이 이어졌다. 공부하지 않고도 모든 인간의 언어를 할 수 있는 정신은 오직 신의 정신일 수밖에 없었다. 쿼드 에라트 데몬스트란둠(이로써 증명이 가능하다).

탐닉을 거꾸로 한 것처럼, 고속도로를 타고 매끄럽게 나아가던 퓨리의 움직임은 허리뼈를 으깨는 것 같은 격동에 길을 내주었다. 헤드라이트 불빛에 푹 파인 부분이 시커멓게 보이는 좁은 흙길에서도 사촌은 그의 지능을 재평가하게 하는 속도를 유지했다. 몸이 흔들리지 않게 하려면 두 손이 다 필요했고, 필름 통 두 개와 돈이 든 접힌 봉투가 주머니에서 떨어지지 않게 하려면 손 세 개가 더 필요했다. 분필 맛이 나는 가루가 조수석을 가득 채웠고, 길은 계속해서 이어졌다. 페리는 그저 정해진 시간에 인내심이 모자란 판매자를 만나러 달려가고 있는 것이기를 바랄 수밖에 없었다. 돌아올 때는 더 낮은 속도로 올 수 있기를. 팔걸이와 문과 이리저리 휘둘리는 자신의 팔다리에 얻어맞는 신체적 고통 이면에서 더 깊은 고통이 자라나기 시작했지만, 가속과 반가속이 너무 예측하기 어렵고 격렬해서 통을 연다는 건 생각도 할 수 없었다…….

퓨리가 멈추었다.

더는 최고의 친구라고 할 수 없는, 얼굴에 흉터가 난 녀석이 뒤를 돌아보며 등받이에 팔꿈치를 얹었다. "나한테 돈 주고, 여기서 기다려."

"괜찮으면 나도 같이 갈게."

"여기서 기다려. 그 사람은 널 모르니까."

이 말은 미리 정해진 필요조건으로 해석될 수 있을 만큼 합리적이었다. 녀석은 돈 봉투를 가져갔고, 사촌은 시동과 라이트를 껐다. 달 뒤쪽의 하늘에 구름이 낀 게 틀림없었다. 문이 열렸다가 닫히고 나서 보인 유일한 빛은 흉터 녀석의 손전등 빛뿐이었다. 자동차가 일으킨 먼지 때문에 선명하게 정의된 그 광선이 철조망 울타리와 부식된 가축 접근 방지용 도랑, 바위투성이 진입로를 따라 돋아 있는 허연 잡초들을 비추더니 무시할 수 있는 수준으로 잦아들었다. 사촌이 담배에 불을 붙이고 돌풍처럼 숨을 들이쉬었다. 할 말이 많았지만 할 수 있는 말은 없었다. 암흑물질 얼룩은 악성이었지만, 그럼에도 그 어둠은 매혹적이었다. 사람은 자기 정신의 밝음에 무척 지치기 마련이다…….

손전등 광선이 위아래로 까닥이며 다시 시야에 들어왔다. 뒷문이 열렸다.

"페요테는 있는데, 너랑 말하고 싶대."

매니팜스의 공기도 차가웠지만, 어딘지 모를 어둠 속은 그보다 두 배 차가웠다. 손전등 광선이 친절하게도 진입로에 있는 돌과 구멍을 피할 수 있게 비추어줬다. 앞에서는 손전등이 비추는 빛 속에서 돌 구조물과 표백된 나무 우리, 뼈대만 남은 트럭의 뒷부분이 보였다. 그 녀석은 울타리의 처진 대문을 걷어찼다. "들어가." 그가 말했다.

페리는 이가 딱딱 부딪히는 걸 막느라 입을 아다물고 있었다. 그런 상태로 말하는 건 어려운 일이었다. "내 돈 줘."

"돈은 클리프한테 있어. 지금 세는 중이야."

"클리프가 누구야?"

"플린트 말이야. 플린트가 너랑 얘기하고 싶어 해."

깊은 고통과 잔혹한 추위, 가슴 근육의 떨림. 따뜻한 자동차 안에서는 아직 총기(聰氣)가 있었다. 페리에게 늘 있던 것이 총기였다. 하지만 이제는 총기가 그를 떠나버렸다. 그는 돌처럼 차갑고 멍청했다.

"들어가. 손전등 받아."

그는 손전등을 받아 들고 대문을 지났다. 멍청함은 그를 최후까지 희망을 놓지 않는 수준으로 떨어뜨렸다. 희망은 멍청한 자들의 피난처였다. 가지가 노처럼 생긴 선인장이 눈앞에 나타났다. 녹슨 타원형 깡통 더미와 정체를 알 수 없는 건축 자재의 너덜너덜한 판, 그을린 나무 그루터기도. 기미를 보면 이곳이 버려진 건 확실했지만, 페리는 돌 구조물의 뒤쪽으로 돌아갔다.

그 구조물에 뒷면은 없었다. 무너져 돌 더미가 된 벽의 가장자리만 있을 뿐이었다.

그는 아버지의 목소리처럼 익숙한 소리를 들었다. 퓨리 왜건에 시동이 걸리는 끼익하며 덜덜거리는 소리였다. 그는 바퀴가 돌아가는 소리를 들었고, 자동기어가 변속하는 소리도 들었다.

그는 너무 추워서 화를 낼 수 없었고, 팔다리가 너무 후들거려서 달릴 수 없었다.

암흑물질 얼룩은 공간 차원에서만 아주 작았다. 그것은 우주를 탄생시킨 빛점의 음화(陰畵)였다. 이제는 폭발적인 확장과 빛의 소진 속에서 얼룩의 초밀도가 분명해졌다. 죽음보다 밀도가 높은 것은 없었다. 게다가 페리는 너무 지쳐서 그로부터 도망칠 수 없었다. 그가 해야 하는 일이라고는 땅에 누워서 기다리는 것뿐이었다. 그는 너무도 영양이 부족했고 지쳐 있어서, 추위가 나머지 일을 빠르게 처리할 터였다. 페리는 알았다. 느낄 수 있었다. 그의 이성을 대체한 어두운 음화는 똑같이 이성적이었다. 모든 것이 빛의 대립물 속에서 똑같이 선명했다.

하지만 몸은 이성적이지 않았다. 기괴하게도 몸의 신경계가 이 순간 원한 것은 더 많은 약이었다. 돈은 도둑맞았지만, 통은 아니었다.

페리는 몸을 덥히려고 폴짝폴짝 뛰었다. 더는 숨을 쉴 수 없을 때까지 무릎을 깊이 굽혔다 폈다 했다. 그런 다음, 뻣뻣해진 손가락으로 서툴게 통을 열고 젖은 휴지 뭉치를 잇몸에 붙였다.

해롭고 역겨웠지만, 각성제는 각성제였다. 모든 것이 뒤집혔고, 그의 이성은 죽음이라는 무한의 검은색을 배경으로 떠다니는 작은 점으로 줄어들었지만, 빛이 완전히 그의 정신을 떠난 것은 아니었다. 비틀거리며 넘어지며 손전등을 떨어뜨렸다가 다시 주워 들며 페리는 흙길까지 돌아갔다.

과거에는 한 걸음을 걸을 때마다 천 가지의 생각을 즐겼지만, 이제는 한 가지 생각이라도 마치려면 천 걸음을 내디뎌야 했다.

그의 첫 번째 천 걸음은 자신이 그저 몸을 덥히기 위해 걷고 있을 뿐이라는 결론을 내놓았다.

천 걸음을 더 걷고 나자, 몸을 덥히면 손에 민첩성이 돌아와 엄지에서 약을 제대로 흡입할 수 있을 거라는 생각이 들었다.

길을 따라 더 나아가던 그는 자신이 곤경에 빠졌다고 생각했다.

더 시간이 지나 갈림길에 이르러 아무렇게나 오른쪽을 선택했을 때, 페리는 클렘한테서 훔쳤다는 사실을 드러내지 않고는 돈을 도둑맞았다고 신고할 수 없다는 걸 알았다.

더 뒤에 페리는 입에서 휴지 맛만 난다는 걸 깨달았다. 차라리 뱉어버리는 것이 나을 것이다.

휴지를 뱉으려고 멈춰 서자마자 그의 가슴이 한기로 꽉 죄어졌다. 그는 전혀 따뜻해지지 않았고, 손전등 배터리는 손전등을 껐을 때나 별반 다를 게 없을 정도로 닳아버렸다.

이것이 생각, 그의 마지막 생각이었다. 페리의 정신은 손전등과 함께 어두워졌고, 그런 다음에는 몹시 추운 암흑만이 있었다. 그 특징이라고는 살짝 덜 검은 색깔의 하늘, 그와 비슷하게 덜 검은 눈앞의 길뿐이었다. 그 길은 영원하게 보였지만, 점차 경사로가 되었다. 그 경사로의 끝에서 하늘은 밝아져 멀찍이 떨어진 상자 같은 형태를 드러냈다. 그것은 길보다 검었고, 지평선보다 높았다.

페리는 불길이 그것을 삼켜버렸을 때도 여전히 그 형태를 향해 터덜터덜 걸어가고 있었다.

꽤 오랫동안 그곳에 있었는데도 아직 그곳에 도착하지 못했다.

그가 지옥에서 멀리 떨어져 자신에게 건배했을 때도, 그는 아직 그리로 향하는 중이었다.

아직 일어나지 않은 일이 일어났다. 금속 지붕과 넓은 문이 달린 커다란 목조 건물에는 이미 누군가가 침입했다. 그 안에 들어 있는 트랙터의 얼어붙은 금속이, 그 콘크리트 바닥의 깊은 한기가 안을 바깥보다도 춥게 만들었지만, 어둠의 총체성은 어둑한 손전등조차 유용하게 해주었고, 성냥갑도 하나 있었다. 나무 팔레트들이 탑처럼 쌓여 있었다. 휘발유. 휘발유를 끼얹는다. 온기를 얻기 위해, 팔레트 하나에 불을 붙일 수 있을 만큼만. 그리고 푸른 불길이 끔찍한 속도로 굽이치며 나아간다.

타오르는 듯한 노란 새 한 마리가, 꾀꼬리가 야자나무에서 노래하고 있었다. 배경에서는, 아파트 단지의 수영장 주변에서 더 작은 새들의 삐악거리는 소리와 전정가위가 딱딱거리는 소리, 거대도시의 한숨 소리가 들렸다. 밤의 어딘가에서, 로스앤젤레스에서 보낸 세 번째 밤에 그녀는 잃어버린 줄도 몰랐던 예민한 청각을 되찾았다. 란초 로스 아미고스에 감금되었던 시기가 끝나갈 때쯤에도 비슷한 일이 일어났다. 평범한 존재의 귀환.

그녀가 기억하는 도시 중에서는 오직 온화한 기후와 야자나무들만이 바뀌지 않았다. 샌타모니카 동쪽, 전차가 다니던 곳에는 이제 10차선 고속도로가 있었다. 엄청나게 많은, 한 차원 높아진 자동차들의 번쩍임. 공항에서부터 차를 몰아오는 도중에 다른 차들은 그녀의 차에 바짝 따라붙고, 앞에 끼어들고, 경적을 울려댔다. 과거에는 방향을 알려주었던 산들이 폐소공포증을 일으키는 스모그 속에 사라졌다. 그 스모그 안에서 어렴풋이 보이는 빌딩들은 몇 킬로미터나 이어졌고, 가장 큰 빌딩이 되겠다는 악성종양 같은 게임에 참여하고 있는 것만 같았다. 그 도시는 더 이상 그녀의 마음이 하늘처럼 넓어지도록 권하지 않았다. 그녀는 단지 시카고에서 온 닳아빠진 관광객, 아들이 지도를 읽을 줄 안다는 것이 다행인 평범한 어머니일 뿐이었다.

나쁘지는 않았다, 평범해진다는 건. 다시 새들과 함께한다는 것은 멋진 일이었다. 거의 목표 몸무게에 다다라 수영복을 입고서도 창피함을 느끼지 않는 것도. 하루 종일을 패서디나에서 보내고, 양로원에 있는 지미 삼촌을 다시 만나고, 꽤 훌륭한 요리사가 된 안토니오 아저씨에게 저녁을 만들어달라고 했다면 얼마나 좋았을까. 빌린 차를 타고 고속도로를 주행해야 하다니, 이 얼마나 예상치 못한 불행인가.

그녀는 브래들리를 봐야겠다는 긴급함을 오해했다. 세 달 동안 그 긴급함에 사로잡혀서 체중을 감량하고 로스앤젤레스에 가는 데 집중하느라 그녀는 그곳에 가면 무슨 일이 일어날지에 관해 구체적인 생각을 거의 해보지 못했다. 아무 말 없이 두 사람의 시선이 얽히는 것을 상상하는 것만으로도, 열정이 다시 꽃피는 망상만으로도 충분했다. 브래들리가 그녀에게 보낸 두 번째 편지에서 패서디나로 만나러 오겠다고 했을 때, 그녀는 고속도로 운전의 두려움을 예상하지 못했다. 그녀는 계속 브래들리의 집으로 가겠다고 우겼다. 패서디나에 있는 안토니오의 아파트는, 특히 발밑에 저드슨이 있는 상태에서는 분명 정열의 공간이 아니었으니 말이다.

"엄마, 나 봐."

저드슨은 옆의 리클라이너 위에서, 펑퍼짐한 새 수영 바지를 입고 카메라로 그녀를 비추고 있었다. 카메라가 잠깐 윙 소리를 냈다.

"아가, 왜 물에 안 들어가니?"

"바빠."

"수영장 전체를 너 혼자 쓸 수 있는걸."

"젖는 거 싫어."

그녀의 마음속에서 무언가가 움직였다. 공포 혹은 죄책감이 파닥였다. 어떤 기억이 떠올랐다. 란초 로스 아미고스의 소녀였던 그녀는 피부에 닿는 물에 공포증이 있었다.

"네가 물에 다이빙하는 걸 보고 싶은데. 다이빙하는 거 보여줄 수 있니?"

"아니."

아이는 카메라 위로 몸을 웅크리고 다이얼을 조정했다. 카메라는 아홉 살짜리가 쓰기에는 너무 복잡해 보였다. 그녀는 저드슨이 카메라를 여행에 가져오지 못하게 하려고 노력했었다. 시카고발 비행기에서 저드슨은 책을 읽는 대신 끊임없이 카메라를 만지작거렸다. 누르거나 돌릴 수 있는 모든 부분을 누르고 돌리면서 말이다. 디즈니랜드에서도 똑같은 행동을 했다. 아이에게는 필름이 3분 치밖에 없었고, 그는 그 필름을 잘못 쓸까 봐 불안해했다. 눈에 띄게 스트레스를 받았다. 저드슨은 계속 카메라를 들어 올리고 망설이다가 인상을 쓰며 만지작거렸다. 그녀도 고속도로 때문에 불안했고, 저드슨 앞에서 너무 많이 피워서는 안 된다고 생각했던 것 이상의 담배가 필요했다. 저드슨이 필름을 다 썼을 때는 겨우 3시 30분이었다. 돈은 다 써버렸고, 프런티어랜드는 아직 가보지도 못했지만, 저드슨은 그만하면 됐다고 말했다. 패서디나로 돌아가기 전 디즈니랜드 주차장에서 그녀는 럭키 두 대를 피웠다.

"카메라 내려놔." 그녀가 말했다. "충분히 가지고 놀았어."

저드슨은 연극하듯 한숨을 쉬며 카메라를 내려놓았다.

"뭐가 마음에 안 드니?"

그는 고개를 저었다.

"나 때문이야? 엄마가 담배를 피워서? 담배는 미안해."

꾀꼬리가 다시 노래하고 있었다. 정말이지 노란색이었다. 저드슨은 꾀꼬리를 힐끗 보더니 카메라로 손을 뻗다가 말았다.

"아가, 왜 그래? 너답지 않구나."

저드슨의 표정이 시무룩해졌다. 평소의 청각이 돌아오면서, 일반적인 감각도 더 날카로워졌다.

"뭐가 신경 쓰이는지 말해줄래?"

"아무것도 아니야. 그냥…… 아니야."

"왜 그래?"

"페리 형이 날 싫어해."

그녀는 다시 한번 죄책감이 팔딱이는 것을 느꼈다. 이번에는 더 두드러지는 감각이었다.

"그건 절대로 아니야. 페리가 너보다 사랑하는 사람은 아무도 없어. 넌 페리한테 특별히 좋아하는 사람인걸."

저드슨의 입이 안쪽으로 말려 들어갔다. 울려는 것 같았다. 그녀는 저드슨의 리클라이너로 다가가 그의 얼굴을 자기 가슴팍에 끌어안았다. 저드슨은 너무도 깡마르고 호르몬의 영향을 거의 받지 못했기에, 그녀가 먹어치울 수도 있을 것만 같았다. 하지만 그녀는 저드슨이 저항하는 것을 느꼈다. 그녀의 오래된 수영복은 이제 윗부분이 휑해져서 그녀의 가슴에 방종한 자유를 주었다. 그녀는 저드슨이 몸을 빼도록 놔두었다.

"페리는 이제 열여섯 살이야." 그녀가 말했다. "십대들은 진짜 마음과는 다른 온갖 말을 해. 그건 형이 너를 얼마나 사랑하는지하고는 관계없는 일이야. 확실해."

저드슨의 표정은 바뀌지 않았다.

"무슨 일 있었니? 페리가 한 말 때문에 기분이 나쁜 거야?"

"나보고 가만 놔두래. 나쁜 말을 썼어."

"분명히 진심은 아니었을 거야."

"내가 질린대. 엄청나게 나쁜 말을 썼어."

"이런, 아가. 어떡하니."

그녀는 다시 저드슨을 끌어안았다. 이번에는 아이의 머리를 자기 어깨에 댔다. "엄만 오늘 친구를 만날 필요가 없어. 너랑 안토니오 할아버지랑 함께 여기 있어도 돼. 그랬으면 좋겠니?"

저드슨은 몸을 비틀어대며 그녀에게서 풀려났다. "괜찮아. 나도 페리 형이 싫어."

"아니, 그건 아니야. 절대 그런 말은 하지 마."

저드슨이 카메라를 집어 들고 뭔가를 눌렀다. 누르고. 누르고. 그녀는 한 번도 저드슨을 걱정하지 않았지만, 카메라에 몰입하는 모습만큼은 그녀 자신의 건강하지 못한 몰입을 떠올리게 했다. 갑자기 그녀는 몸이 떨릴 정도로 생생한 이미지에 사로잡혔다. 그녀의 솔메이트가 위에 올라와 있는 모습, 그에게 완전히 열려 있는 그녀에게 미쳐 날뛰는 모습이었다. 수영복이 헐렁했다. 그녀는 13.6킬로그램을 뺐다. 그를 위해서였다. 미친 짓이었다. 아, 집착이 가져다주는 안도감이라니. 죄책감을 몰아내는 축복이라니. 마음속에는 아직도 스위치가 있어서 내릴 수 있었다.

"저드슨." 그녀가 말했다. 가슴이 두근거렸다. "엄마가 엄마답지 않게 굴었다면 미안해. 페리가 너한테 상처를 줬다니 참 안됐구나. 정말 엄마가 함께 있지 않아도 되겠니?"

"안토니오 할아버지가 같이 '모노폴리'를 해준다고 했어."

"엄마가 있는 게 싫어?"

저드슨은 어깨를 으쓱했다. 어린아이 특유의 과장된 몸짓이었다. 올바른 일은 저드슨과 함께 있어주는 것이겠지만, 모노폴리를 하는 오후는 빠르게 지나갈 테고 안토니오는 바삭바삭한 타코를 만들어주겠다고 약속했다. 오늘 그녀가 하는 일 중 내일은 도저히 할 수 없을 만큼 긴급한 일은 없었다. 브래들리를 만나는 것만이 예외였다.

"그럼 들어가자. 안토니오 할아버지가 스무디를 만들어줄지도 몰라."

"조금만 있다가 갈게."

"표지판 못 봤어? 열두 살 미만 어린이는 항상 어른과 함께 있어야 해."

안토니오는 저드슨에게 '스무디'라는 개념을 알려주었다. 바나나와 섞은 일종의 밀크셰이크였다. 안토니오는 직장 일로 지미와 함께 로스앤젤레스에 왔다. 지금은 그 직장에서 은퇴했지만, 아직 활력이 있었다. 머리카락은 보기 좋은 백발이었고, 얼굴은 그 어느 때보다 잘생겨 보였다. 그는 쉽게 새로운 연인을 찾을 수 있었지만, 그러는 대신 매일 아침저녁으로 지미가 침대 신세를 지고 있는 양로원을 방문했다. 매리언은 어린 시절에 안토니오가 멕시코 사람이라는 이유로 편견에 사로잡혀 그가 삼촌과 맺은 관계를 오해했다는 것을 알게 되었다. 집에서 남자 역할을 맡은 사람은 지미가 아니라 늘 안토니오였다. 지미의 예술 작품은 사실 적절한 시장에서 한 번도 팔리지 못했고, 이제는 그저 뼈다귀가 담긴 자루에 불과했다. 척추가 너무 심하게 으스러져 휠체어조차도 불편했다. 지미에게 남은 것은 총기뿐이었다. 매리언이 지미에게 그의 동생인 로이에 대해 묻자, 지미는 로이의 첫 증손자가 닉슨이 당선되던 날에 태어났다고 말했다. "이건 추측에 맡겨두마." 지미가 말했다. "이 두 사건 중 로이가 더 기뻐한 게 뭐였는지 말이야."

떨리는 손으로 아이라이너를 바르는 건 쉽지 않았다. 손님 방 거울에 비친 얼굴은 이번에도 광대뼈가 두드러져 보였다. 그녀의 피부에는 예전에 지방 때문에 숨겨졌던 주름이 새겨져 있었다. 그녀가 의도한 소녀의 모습이 보이려면 조명이 형편없어야 했다. 최소한 그녀의 새 원피스는 그 소녀에게 어울렸다. 그녀는 퍼시그 거리의 양복점에 여름 느낌이 나는 것, 소피 세라피마이데스가 남자의 기분을 들뜨게 한다고 말했던 그런 것을 만들어달라고 했고, 계속 살을 뺄 동기를 만들기 위해 최종 가봉을 미뤄두었다. 양복점에서는 그녀가 사랑스러워 보인다면서, 소포클레스 작품 안내서를 교정하면서 벌어들인 돈을 가져갔다.

언니의 집에서 횡령한 돈을 다 쓰고, 가족의 뱅크아메리카드를 감히 쓸 수 있는 한도까지 써버린 뒤, 그녀는 취업 이력이 없지만 글을 읽을 줄 아는 사람에게 적합한 일자리에 관해 교회 여기저기에 문의했다. 어느 신자가 그녀를 그레이트북스 재단에 다니다가 육아 휴직을 한 여자와 연결해주었다. 교정 작업은 지루했지만, 자주 담배를 피우면 할 만했다. 작업을 하고 있으면 음식 생각이 나지 않았고, 러스나 아이들과 상호작용하는 데도 더욱 제한이 생겼다. 4주 만에 그녀는 거의 500달러를 벌어들였다. 그 정도면 신용카드 대금을 지불하고, 자동차를 빌려 디즈니랜드에 가는 경비를 대고, 저드슨이 여행 때 가져가고 싶다고 했던 필름 여러 통 등 잡동사니를 살 돈이 됐다. 브래들리가 한때 소네트에서 직접 말했듯 그녀는 유능했다.

저드슨에게 작별 인사를 하러 가기 전에, 그녀는 핸드백을 가지고 손님 방 테라스로 향했다. 그녀는 담배를 피운 다음, 어느 정도 시간이 흐른 뒤에야 자신이 다시 안으로 들어가는 대신 잔디밭을 가로질러 주차장으로 가고 있다는 사실을 알아차렸다. 꼭 작별 인사를 할 필요는 없지 않을까?

그녀는 너무 겁에 질려 있어서 판단할 수 없었다. 뇌가 믹서기에 들어 있는 바나나처럼 느껴졌다. 공포의 근원이 고속도로를 타야 한다는 생각인지, 아니면 그저 그 순간이 다가온다는 것인지는 불분명했다. 과거와 현재가 연결되고, 그 사이의 30년이 사라질 순간 말이다. 그녀는 이 순간을 만드는 데 집착해왔지만, 그 순간이 도착한 것은 기습적인 일이었다.

그녀는 유능하지 않았다. 그녀는 브래들리가 보내준 길 안내를 외웠고, 한 자 한 자 내용을 되뇌면서 자신을 시험해보았는데, 이제는 단어 하나도 기억나지 않았다. 브래들리의 마지막 편지가 핸드백에 들어 있었지만, 읽으면서 동시에 운전할 수는 없었다.

그녀는 시동을 걸었다. 자동차는 햇볕에 달구어지고 있었다. 그녀는 에어컨을 최대로 틀었다. 원피스의 천에는 이미 흥건해진 그녀의 땀을 보여줄 베이지색을 배경으로 성긴 녹색 페이즐리가 들어가 있었다. 뉴프로스펙트의 세탁소 주인 셴 씨와 이야기해봐야 할 것이다. 셴 씨는 그녀가 심한 얼룩을 보여줄 때마다 비관적인 태도를 보였지만, 늘 그 얼룩을 제거하는 기적을 보여주었다. 셴 씨를 생각하자 그녀는 일상으로 돌아왔다. 최악의 경우, 그러니까 그녀가 네 시간 뒤 패서디나로 돌아와 공포증 없이 평범하게 수영장에서 수영할 수 있게 된다면 그리 나쁘지 않을 것이다. 조그만 간식들과 에어컨이 들어오는 자동차, 수영장 옆에서의 한 잔, 저녁 식사 뒤의 담배라면 그럭저럭 인생은 살 만했다. 간식을 기대하는 것은 소피 세라피마이데스가 칭찬한 대처 방법이었다. 매리언이 이런 두려움을 자처해야 한다는 강박을 느끼는 건 이상한 일이었다.

만두의 또 다른 격언은, 어떤 기능이라도 하는 것이 기능하지 못하는 것보다 낫다는 것이었다. 그녀는 고속도로에 접어들자마자 자신이 길 안내를 완벽하게 기억한다는 것을 알게 되었다. 고속도로 경험은 그 자체로 유익한 집착이었다. 너무도 많은 정신력을 요구해서, 바깥세상이 거의 이해되지 않았다. 그녀가 해야 하는 일이라고는 가장 오른쪽 차선만 타고 가면서 표지판에 주의를 기울이는 것뿐이었다. 매일 로스앤젤레스에서 차를 모는 수백만 명 중에서 죽는 사람은 극소수였다. 죽지 않고 샌디에이고 고속도로를 지났을 때, 그녀는 결국 이곳으로 이사 와 살게 된다면 운전을 즐기게 될 수도 있겠다고 생각했다.

이런 생각은 실수였다. 그녀는 순전히 운이 좋아서, 늦지 않게 환상에서 깨어나 팔로스 베르데스로 나가는 출구에 들어섰다. 그녀는 뒤쪽의 자동차들에 무자비하게 떠밀려, 크렌쇼 대로까지 멀리도 달린 다음에야 멈춰 서서 정신을 가다듬을 수 있었다. 그녀는 벌겋게 달아오른 얼굴로 찬 공기가 나오는 구멍을 맞추고, 핸드백에서 꺼낸 클리넥스로 겨드랑이를 톡톡 두드렸다. 자동차 바깥의 아지랑이에서는 바다 느낌이 났다. 색깔도 스모그보다 시원해서, 뭔가를 아예 지워버리기보다는 그냥 어슴푸레하게 만들 뿐이었다. 근처 차양에 붙은 표지판에는 **페리 서몬스 리얼리티, 페리가 현실을 불러온다**라고 적혀 있었다.

그 단어들이 그녀의 눈앞을 떠다녔다.

단어들은 **페리 시몬스 리얼티, 페리 시몬스 부동산**으로 다시 출현했지만 그렇다고 두려움이 줄어들지는 않았다. 원피스에서 담배 냄새가 나는 것은 싫었기 때문에, 그녀는 차에서 내렸다. 공기는 바다처럼 시원했고, 길 맞은편에서 도로를 다시 포장하고 있었기에 아스팔트 냄새가 날카롭게 배어 있었다. 차양에 적힌 단어는 너무도 이상하고 너무도 적절했다. 신이 보낸 징조일 수밖에 없었다. 하지만 대체 무슨 뜻일까?

그녀는 3주 전 페리의 열여섯 번째 생일 밤 이후로 아이와 진짜 대화를 해본 적이 없었다. 당시에 그녀는 저녁 식사를 한 다음 페리를 주방에 잡아두고, 비밀리에 200달러를 건네주었다. 그녀가 크리스마스에 클렘에게 준 것과 같은 금액이었다. 페리가 고맙다고 인사한 뒤, 그녀는 누군가가 케이크에 거의 손도 대지 않았다는 것을 알아챘다. 페리는 그게 자기 케이크라고 인정했다. 이제는 초콜릿케이크가 싫으니? "아뇨, 맛있어요." 그럼 왜 안 먹어? "엉덩이에 살이 쪄서요." 네 엉덩이는 전혀 뚱뚱하지 않아! "정신 나간 체중 감량 프로그램을 하는 건 어머니잖아요." 나야 그냥 적정 체중으로 돌아가려는 거고. "저도 똑같은 걸 하는 거예요. 제 걱정은 안 하셔도 돼요." 잠은 자니? "잘 자요, 고맙습니다." 혹시 지금도…… "대마초를 팔지 않느냐고요? 안 팔겠다고 했잖아요." 아직 대마초를 피우긴 해? "아뇨." 그리고…… 다른 약속도 기억나니? "믿어주세요, 어머니. 뭔가 잘못됐다는 걸 알게 되면, 제일 먼저 어머니한테 알려드릴게요." 하지만 넌 약간…… 불안해 보이는데. "라고 까맣게 탄 냄비가 얼룩진 주전자에게 말했습니다." 그게 무슨 뜻이야? "어머니의 정신 건강도 제가 보기엔 그렇게 좋지 않다고요." 엄마는…… 그냥 나랑 네 아버지 사이에 문제가 좀 있을 뿐이야. 여기서 중요한 건 성장기 남자아이는 잘 먹어야 한다는 거고. "무슨 '문제'요?" 그냥…… 아무것도 아니야. 결혼한 부부들한테 가끔 생기는 문제. "그 문제에 이름도 있어요? 혹시 그 이름이 코트렐 부인인가요?" 대체 왜…… 왜 그런 걸 물어봐? "들은 얘기가 있어서요. 본 것도 있고." 뭐…… 그래. 네가 이런 걸 물어볼 만큼 참견하기를 좋아한다니까…… 그래. 그리고, 그래, 맞아. 매우 심란했어. 최근에 엄마가 엄마답지 않게 보였다면, 그게 이유야. 하지만 중요한 건……. "중요한 건요, 어머니. 어머니 자신을 걱정해야 한다는 거예요, 제가 아니라."

그녀는 길가에서 피운 럭키 두 대의 도움을 받아 차양이 달린 건물이 그저 평범한 부동산 중개소라는 것을 알았다. 주변을 둘러보니 평범한

758

아스팔트와 평범한 가로등, 해변 야생화로 예쁘게 덮인 언덕이 보였다. 그녀는 트라이덴트* 포장을 벗기며 다시 차에 탔다.

팔로스 베르데스는 그녀가 젊었을 때 들를 이유가 전혀 없었던 수많은 동네 중 하나였다. 거리에는 보행자가 없었고, 집들은 단조로웠다. 웨스트 로스앤젤레스의 집들보다도 개성이 없었다. 어둑해지는 바닷가 안개 속에서 그곳은 버려진 것처럼 우울해 보였다. 비아 리베라라는 거리에 이른 그녀는 자신이 10분 먼저 도착했다는 것을 알게 되었다.

브래들리의 집은 웅장하다고 하기는 어려웠고, 그녀가 상상했던 바닷가 전망도 아니었다. 붉은 캐딜락이 진입로에 있었다. 그녀는 그로부터 멀리 떨어진 곳에 자기 차를 세우고 입에서 껌을 꺼냈다. 그녀가 담배를 피운다는 사실이 그에게 거부감을 줄까? 아니면 럭키 냄새가 그녀를 웨스틀레이크의 머피 침대로 데려갔듯 그 역시 데려갈까?

그녀가 브래들리에게 편지를 보내고 나서 1주일 뒤에 도착한 그의 첫 편지에는 지칠 줄 모르는 관심이 담겨 있었다. 널 얼마나 자주 생각했는지 모를 거야, 네가 어디 있을지 내가 얼마나 자주 궁금해했고, 뭔가 끔찍한 일이 네게 일어났을까 봐 얼마나 걱정했는지. 그리고 현재 아내가 없다는 등의 비교적 사소한 관심사도 여럿 담겨 있었다. 그는 막내가 고등학교를 졸업한 뒤 이저벨과 이혼했고, 내가 그렇게 어리석지만 않았더라면 결혼하지 않았을 여자와 좀 더 최근에 두 번째로 이혼했다. 또 관심이 생기는 것은 그의 건강이 매우 좋은 상태라는 것과, 그에게서 어느 정도 부유한 티가 난다는 점이었다. 이제 그는 비타민 사업을 하고 있었다. 영업 사원이 아니라 토런스에 본부가 있는, 40명 이상의 직원을 둔 회사의 소유주였다.

---

* 껌의 일종.

아들들 이야기는 별 관심사가 아니었지만, 매리언은 그 세부적인 내용을 잘 읽고 제일 개혁 교회의 모든 신도 이름이 들어 있는 머릿속 서랍에 그 내용도 정리해두었다. 그녀는 예의 바르게 이것저것 기억하는 기술이 뛰어난 목사의 아내였다. 더 이상 무서운 사람이 아니었다. 브래들리가 그 점을 알아주기를 바랐다.

12시 30분에서 1분이 지났을 때, 그녀는 초인종을 눌렀다.

문을 연 남자는 턱이 처지고 숱이 없어지고 엉덩이가 커진 브래들리 같았다. 그는 헐렁한 리넨 바지와 지나치게 큰 투우사 블라우스 같은 것을 입고 있었다. 블라우스는 연한 파란색에 반쯤 단추가 풀려 있었다. 끔찍한 샌들도 신고 있었다.

"세상에." 그가 말했다. "정말 너구나."

매리언에게 떠오른 생각은 두 가지였다. 하나는 그녀가 왠지 모르지만 남편의 키를 기억 속 브래들리에게 투사했다는 것이었다. 사실, 브래들리는 한 번도 키가 컸던 적이 없었다. 다른 생각은 러스가 키 큰 것을 제외하더라도 훨씬 잘생긴 남자라는 것이었다. 문 앞에 서 있는 남자는 얼굴이 붉고 뚱뚱했으며 발톱이 누렜다. 백 년 동안 공상을 했더라도, 매리언은 그가 샌들을 신은 모습을 상상하지는 못했을 것이다. 이것이 대단히 예상치 못했던 세 번째 생각으로 이어졌다. 매리언이 그를 만나주는 것이었다, 그 반대가 아니라.

"이 집을 못 찾을까 봐 걱정했는데." 그가 매리언에게 들어오라고 손짓하며 말했다. "고속도로는 어땠어? 이 시간에는 보통 나쁘지 않지만."

그는 문을 닫고 그녀를 안으려 했다. 매리언은 옆으로 비켰다. 집은 반 층마다 마루높이가 달랐고, 노인 냄새가 희미하게 풍겼다. 미술품과 가구들은 고분고분한 극동 양식이었다.

"집이 참 좋네요."

"뭐, 비타민 열풍이 불어준 덕분이지. 들어와, 들어와. 구경시켜줄게. 테라스에서 식사하면 되겠다고 생각했지만, 좀 추워서. 안 그래?"

"점심을 만들어주다니 친절하시네요."

"와, 매리언. 매리언! 네가 여기 왔다니 믿을 수가 없어."

"나도 그래요."

"넌…… 넌 너다워 보이네. 약간 나이가 들었고, 약간 흰머리가 생겼지만…… 훌륭해."

"나도 만나서 반가워요."

그는 아래쪽 궁둥이가 넓었고, 허리가 쑤시는 것처럼 보였다. 그는 매리언을 데리고 거실로 내려갔다. 거기에서는 높은 산울타리와 꽃이 심어진 정원이 보였다. 이제 매리언은 자기가 느꼈던 두려움의 흔적인 축축해진 원피스가 딱하게 느껴졌다. 책장이 늘어서 있는 벽에서 그녀는 메일러와 업다이크의 최신작을 보았다.

"요즘도 책을 보시나 봐요."

"아, 그럼. 훨씬 더 많이 읽지. 아직 일하고 있긴 하지만, 회사가 알아서 돌아간다고 해야 하나. 아예 사무실에 안 나가는 날도 많아."

"난 예전처럼 책을 읽진 않아요."

"아이들이 잔뜩 있는 집에 사니 놀랄 것도 없지."

네 번째로 떠오른 생각은 끔찍했다. 그녀는 브래들리가 갖게 한 아기를 죽였다. 석 달 동안 매리언은 한 번도 이 얘기를 브래들리에게 해야 할지도 모른다는 생각을 해보지 않았다. 지금 당장 말해버려야 할지 고민됐다. 그들의 역사 전체는 매리언의 머릿속에 단단히 똬리를 틀고 있었다. 매리언이 그것을 꺼내놓으면, 그것이 매리언이 보는 브래들리의 현실을, 그의 집에서 나는 안타까운 냄새를 지워버릴지도 몰랐다. 하지만 과연 그런 호의를 베풀고 싶은 걸까? 그에 비해 자신이 얼마나 많은 것을 가졌는지 알게 되자 혼란스러웠다. 살아갈 세월이 훨씬 더 많이 남은 것은 물론이고, 그들의 역사를 완전히 알고 있는 것도 매리언이었으니 말이다. 그 이야기는 브래들리가 아니라 매리언의 머릿속에 있었으며, 그녀는 이상하게도 그 이야기를 나누고 싶지 않았다. 그녀가 이 이야기의 유일한 작가였으니까. 그는 단지 독자일 뿐이었다.

그는 매리언을 쳐다보고 있었다. 미소가 거의 바보같이 보였다. 브래들리가 눈에 띄게 자신에게 매료되는 것을 보자 매리언은 한때 했던 역할이 움찔거리는 것을 느꼈다. 위험하게 미친 역할, 뭐든 떠오르는 것을 무뚝뚝하게 말하는 역할.

"두 번째 아내랑 여기서 살았어요?"

브래들리는 그녀의 말이 들리지 않는 듯했다. "널 보다니 믿을 수가 없어. 대체 얼마나 된 거지?"

"30년은 더 됐죠."

"세상에!"

브래들리는 다시 그녀에게 다가왔고, 매리언은 뒤 창문 쪽으로 슬쩍 멀어져갔다. 브래들리가 서둘러 프렌치 도어를 열었다. "정원을 보여줄게. 남들 눈에 훤히 보이지 않아서 좋아."

달리 말하면, 바다 조망이 아니라는 뜻이었다.

"정원 가꾸는 취미가 생겼어." 그가 매리언을 따라 밖으로 나가며 말했다. "예순 살이 되면 시계처럼 정확하게 정원을 가꾸게 돼. 늘 정원 일이 싫었는데, 이제는 아무리 해도 질리지 않는다니까."

커다란 장미 화단이 있었다. 하늘은 아지랑이 속에서 청회색으로 보였고, 테라스 가구의 그림자는 불분명했다. 새 한 마리가 산울타리 안에서 지저귀었다. 아마 굴뚝새인 듯했다. 그 소리가 아주 선명하게 들렸다.

"두 번째 아내요." 매리언이 말했다. "여기서 같이 살았어요?"

그가 웃었다. "네가 얼마나 직설적인지 잊고 있었네."

"정말요? 잊어버렸어요?"

그건 부당한 말이었다. 매리언 자신도 오랜 세월 잊고 있었으니까.

"전부 다 듣고 싶군." 그가 말했다. "네 아이들 얘기도 듣고 싶고, 네…… 남편 얘기도 듣고 싶고. 시카고에서의 네 인생에 대해서 말이야. 모든 걸 듣고 싶어."

"난 그냥 당신 두 번째 아내만 궁금해요. 어떤 사람이었어요?"

그의 얼굴이 부루퉁해졌다. "고통스러웠어. 실수였지."

"그 여자가 당신을 떠났나요?"

"매리언, 30년이 지났어. 우리 그냥 좀……." 그가 힘없는 몸짓을 해 보였다.

"알았어요. 정원을 보여주세요."

굴뚝새가 덤불 속에서 다시 지저귀었다. 매리언이 브래들리의 원예에 관심이 없듯 아무 관심이 없는 듯했다. 브래들리가 진드기며 가지치기 주기에 관해, 아침 햇빛과 오후 햇빛의 차이점에 관해, 레몬 나무의 알 수 없는 죽음에 관해 장황하게 떠들어대는 동안 매리언이 이상화했던 그의 모습은 완전히 무너졌다. 매리언에게 청순한 수국꽃을 보여주겠다고 웅크렸을 때는 그의 관절이 뻣뻣해 보였다. 브래들리는 지미와 달리, 그를 돌보는 데 헌신할 충실한 배우자가 없었다. 충실한 배우자 없는 미래가 브래들리의 코앞까지 다가와 있었다. 그가 세 번째로 결혼하지 않는다면 말이다. 그런데 매리언이, 그녀보다도 젊은 남편이 있는 그녀가 이 너절한 노인에게 그런 호의를 베풀어줄 이유가 무엇인가? 사실, 그와 결혼할 게 아니라면 애초에 왜 그의 집에 왔단 말인가?

물론, 그녀의 머릿속 다른 방에서는 두 사람의 재회가 그녀의 상상대로 이루어지고 있었다. 벗어 던진 옷들이 복도를 따라 이어지고, 미친 듯이 성관계를 맺는 가운데 점심은 잊어버리고. 그녀의 몸을 살짝살짝 힐끗거리는 브래들리의 시선에서, 식물들 사이로 그녀를 이끌어 갈 때 매리언의 어깨에 닿았던 그의 손길에서, 매리언은 그도 같은 상상을 했다고 추측했다. 하지만 지금 매리언은 전에는 한 번도 그런 적이 없었지만—마치 하나님이 알려주시는 것처럼—머릿속의 집착 가득한 방은 언제나 그 자리에 있으리라는 것을 알 수 있었다. 그녀가 한때 가졌다가 잃어버린 것을 언제까지나 원하게 되리라는 것을 말이다.

덤불 속 굴뚝새가 본격적으로 노래하며 덤불에서 튀어나왔다. 듣기 좋고, 아플 정도로 선명한 노랫소리였다. 매리언이 보기에는 주님이 자비롭게도 그분의 새들을 통해 말씀하시는 것만 같았다. 매리언의 눈에 눈물이 차올랐다.

"아, 브래들리." 그녀가 말했다. "당신이 나한테 얼마나 큰 의미였는지 조금이라도 아나요?"

그녀는 확실히 과거가 된 무언가를 말하고 싶었다. 현재에, 그는 아마도 무의식적으로 뽑아냈을 잡초 몇 가닥을 들고 있었다.

"당신은 나한테 잘해줬어요." 그녀가 말했다. "당신한테 그런 일을 겪게 해서 미안해요."

브래들리는 손에 들고 있던 잡초를 보더니, 그것들이 자갈길에 떨어지게 놔두고 그녀를 안았다. 두 사람은 한때 그랬듯 서로에게 꼭 맞았다. 그녀의 뺨에 닿은, 반쯤 단추가 풀린 블라우스로 드러난 그의 가슴은 지금도 거의 털이 없었다. 매리언은 그에 대한 연민, 그가 늙었다는 사실에 대한 연민으로 눈가가 촉촉해진 채 그를 꽉 끌어안았다. 그가 매리언의 턱을 들어 올리려 했을 때 매리언은 얼굴을 돌렸다. "그냥 안아줘요."

"나한테 넌 그때와 똑같이 아름다워."

"난 석 달을 굶었어요."

"매리언…… 매리언……."

그는 매리언에게 키스하려 했다.

그녀가 빠져나오며 말했다. "내 말은 엄청나게 배가 고프다는 거예요."

"점심을 먹고 싶군."

"네, 부탁해요."

브래들리의 응접실에 있는 싸구려 동양식 장막을 보자 슬퍼졌다. 그가 채식주의자이자 절대 금주가가 되었다는 사실을 알게 된 것도 슬펐다. 그가 아이스티와 함께 삼킨 비타민 알약도 슬펐다. 상추를 깔고 계란을 얹은 샐러드는 그 둥근 모습이 너무도 슬퍼서 건드릴 수조차 없었다. 그녀의 가슴은 애초에 이곳에 온 것이 그른 일이었기에 꽉 틀어막혔다. 그녀가 브래들리와 성교를 상상했다는 사실이—그게 다였으니까, 그게 진실이었으니까, 그게 그녀가 쫄쫄 굶어가며 로스앤젤레스로 갈 구실을 만들어낸 이유였으니까—정신 나간 것처럼 보였다. 브래들리와 아예 그런 행동을 한 적이 없었으면 했다. 누구와도 한 적이 없었으면 했다. 수녀원에서 쉰 살이 되었으면, 매일 아침 일어나 달콤한 새소리를 들었으면, 주님을 사랑하는 데 자신을 바쳤으면, 이게 아니라 그것이 자신의 인생이었으면 했다…….

"배가 고픈 줄 알았는데." 브래들리가 말했다.

"미안해요. 샐러드는 맛있어 보이는데. 그냥…… 먼저 담배 한 대 피워도 괜찮아요?"

브래들리의 표정은 괜찮지 않다는 뜻을 전했다. 정말이지 건강광이 된 것 같았다.

"테라스에 나가서 피워도 돼요."

"아니, 괜찮아. 어디 재떨이가 있을 거야."

"알아요." 그녀가 인정했다. "난 지금도 똑같이 엉망진창이에요. 당신을 속일 수 있으면 좋겠다고 생각했어요."

브래들리는 문득 의구심이 드는 듯했다. "너…… 너, 가족은 있지?"

"아, 세상에. 그럼요. 그건 전부 진짜예요. 당신한테 보여줄 사진도 가져왔어요. 여기……."

매리언은 벌떡 일어나서 앞쪽 복도로 갔다. 핸드백 가장 위쪽에 럭키 스트라이크가 있었다. 담배 한 대 피운다고 그의 커튼이 망가질 것도 아니고. 매리언은 담배를 피우며 응접실로 돌아왔을 때, 무슨 일을 할 수 있을지 전혀 생각나지 않는다는 걸 깨달았다. 성교를 당하겠다는 생각, 그녀의 성가신 작은 집착은 분별없었지만 끈질겼다.

스냅사진 한 무더기를 식탁에 내려놓자 제정신이 들었다. 아이들의 미소 짓는 얼굴 사이에서 보이지 않는 것은 낙태한 태아였다. 브래들리도 더는 이 집에 그녀가 있는 걸 바라지 않는 눈치였다. 그는 손을 내저어 매리언의 연기를 코에서 쫓는 데까지 나아갔다. 식탁에 내려놓은 사진들은 살펴보지도 않았다. 매리언은 그에게 신을 믿느냐고 물었다.

"신?" 그가 움찔했다. "아니. 왜 물어?"

"하나님이 제 인생을 구하셨거든요."

"그러네. 목사와 결혼했다고 했으니. 그 생각이 안 났다니 이상한 일이야."

"내가 하나님과 관계가 있을 거라는 생각이요?"

"아니, 말은 돼. 넌 언제나……."

"미쳐 있었으니까?"

브래들리는 한숨을 쉬며 자리에서 일어나 주방으로 갔다. 매리언은 계속 굶을 이유가 더는 없었지만, 담배는 그녀의 자율성을 이루는 부분이 되었다. 브래들리는 노란색 사기 재떨이를 가지고 돌아왔다. 그 옆면에 **러너 모터스**라는 글자가 적혀 있었다.

매리언이 미소 지었다. "러너는 어떻게 됐어요?"

"전쟁이 끝나고 나서 가게를 팔았어. 대리점들이 점점 먼 곳으로 이동하고 있었고, 아무도 주문생산품을 원하지 않았거든. 해리는 늘 주문생산으로 이익을 봤는데."

매리언은 담배로 재떨이를 톡톡 두드렸다. "해리를 기억하며 이 재를 바칩니다."

슬픔은 브래들리를 더욱 늙어 보이게 했다. 그들 두 사람이 아닌 주제만을 이야기한다는 것 자체가—늘 그랬듯이—둘이 서로에게 맞지 않는다는 사실을 밝히기에 충분했다. 매리언에게 가장 좋은 것, 가장 본질적인 것이 그에게 낭비되었다. 아마 그 반대도 참이었을 것이다. 매리언은 로스앤젤레스에서 너무 불안한 상태였기에 사랑이 뭔지도 알 수 없었다. 진정한 사랑은 나중에 애리조나에서 찾아왔다. 그리고 지금 그녀는 뉴프로스펙트에 대한 향수로 마음이 꿰뚫리는 것만 같았다. 그 사랑스럽고 낡아빠진 목사관에 대한 그리움으로. 뜰에 피어난 민들레, 화장실에 김이 서리게 하는 베키, 장례식에 가려고 구두를 닦는 러스. 결국, 30년 나이를 먹는 데에는 그만한 가치가 있었다. 브래들리의 집에 오기까지 그 고된 걸음들을 밟은 데에도 그만한 가치가 있었다. 보상은 명료한 깨달음이었다. 하나님이 그녀에게 살아가는 방식을 주셨다는 깨달음. 하나님은 그녀에게 네 아이를 주셨고, 그녀가 능숙하게 할 수 있는 역할을 주셨으며, 그녀와 신앙을 공유하는 남편을 주셨다. 브래들리와는 사실, 성교밖에 없었다.

매리언은 담배를 끄고 샐러드를 한 입 먹었다. 브래들리도 포크를 들었다.

한 시간 반이 지나서 그 집을 나설 때는 뭔가가 일어날 수도 있었다. 매리언은 그에게 얼마 안 되는 사진들을 보여주면서 그가 학교에서 찍은 베키의 최근 사진에 잠시 시선을 두는 것을 보았으며, 그가 도저히 끝나지 않을 것처럼 자기 사진을 보여주는 것도 다 견뎌냈다. 브래들리의 손자들 사진을 1분이라도 안 볼 수 있으면 그의 정원에서 기꺼이 한 시간을 보냈을 것이다. 매리언의 지루함은 너무도 공격적이어서 거의 증오심에 가까웠다. 하지만 그녀는 목사 아내의 역할을 수행했다. 브래들리의 후손들에게 매료된 척하고, 그를 자극할 만한 말은 더는 하지 않았다.

매리언이 현관을 나설 때, 브래들리는 다시 그녀의 관심을 되살려보려 했다. 그는 매리언의 느슨한 작별 포옹에 그녀의 엉덩이를 꽉 잡고 끌어당기는 것으로 응답했다.

"브래들리."

"키스해줘."

매리언은 그에게 무뚝뚝하게 쪽 입을 맞추었다. 그러자 브래들리의 두 손이 온통 그녀를 덮쳐왔다. 그의 몸짓에는, 그녀의 목구멍에 파고들려는 혀나 그녀의 가슴을 움켜쥐는 손길에는 맹목적인 구석이 있었다. 매리언이 확실히 아는 그대로였다. 그녀는 투명해진 기분이었다. 존재하지 않는 것만 같았다. 그녀는 브래들리의 머리를 쓰다듬으며 저드슨에게 돌아가야 한다고 말했다.

"한 시간 더 있을 수는 없는 거야?"

"네."

사실이 아니었다. 그녀는 안토니오에게 저녁 내내 나가 있을지도 모른다고 말했다. 브래들리는 그녀의 머리를 꽉 잡고, 자신을 보게 하려고 했다.

"난 한 번도 너를 잊은 적이 없어." 그가 말했다. "네가 미쳐 있을 때도 널 극복할 수 없었어."

"그래요. 어쩌면 지금이 극복할 시간일지도 몰라요."

"나한테 편지는 왜 쓴 거야? 여기는 왜 왔어?"

"아마……." 매리언이 웃었다. 모든 것이 빛이었다. 세상이 빛으로 가득했다. "아마 결정적으로 잊고 싶었나 봐요. 내가 무슨 짓을 하는 건지도 몰랐거든요. 이건 내가 아니라 하나님의 계획이었어요."

하나님을 이야기하자 브래들리가 그녀를 놓아주었다. 그는 남아 있는 자기 머리카락을 쓸었다.

"미안해요." 그녀가 말했다.

"그게 아니라…… 직장에 아주 멋진 여자 친구가 있어. 나한텐 과분한 사람이야."

"아."

"그냥…… 그 사람은 네가 아니니까."

"그렇군요. 아마 나를 빼면 아무도 내가 아니겠죠."

"그 사람 가족은 일본인이야. 우리 회사 경리를 해주고 있어."

"얘기해줘서 정말 고마워요." 매리언은 핸드백을 집어 들고 똑딱 닫았다. "당신이 혼자라고 생각하는 건 싫거든요."

굴복하지 않고 그의 집을 나선다는 것은—주님의 호의에 몸을 담근다는 것, 이번만큼은 그녀에게 그럴 만한 자격이 있었음을 아는 것은—굴복하는 것보다 무한히 더 좋은 일이었다. 그녀는 너무도 황홀했고, 자동차까지 거의 날아갔다. 그녀는 이 황홀감을 알아보았다. 30년 전 브래들리가 카펜터스의 드라이브인 영화관에서 둘의 불륜을 끝냈을 때도 비슷한 느낌이 그녀를 가득 채웠다. 앞선 황홀감이 그녀의 집착을 더 강화하고, 줄줄이 풀려나 광기로, 아기를 만들고 없애는 결과로 이어졌을 뿐인 것은 사실이었다. 하지만 이번에는 마무리를 지은 사람이 그녀였다. 이번 황홀감은 하나님의 것이었고, 매리언은 하나님이 그녀를 안전하게 지켜주실 것이라고 확신했다. 그놈의 손자들한테서 살아남기 위해서라도 담배를 한 대 피우겠다고 자신에게 약속했지만, 이제 그녀는 담배를 피울 필요가 없다는 것을 알았다. 신은 가져가고 또 가져가셨지만, 주고 또 주시기도 했다. 그분은 브래들리의 망령을 쫓아내셨고, 다이어트에 대한 병적인 집착을 쫓으셨다. 그녀는 담배로부터도 해방될 수 있었다.

그녀의 황홀감은 시내 북쪽에서 고속도로의 교통이 완전히 멈추었을 때까지 이어졌다. 그녀는 저녁 식사 전에 수영을 할 수 있도록 늦지 않게 패서디나에 돌아가고 싶었다. 물에 감싸이고 싶었다. 그래서 교통체증에 울분이 치밀었다. 결국 그녀는 담배를 피워야 했다. 다른 것도 있었다. 고약한 가려움이었다. 왼쪽 자동차를 힐끗 본 그녀는 다리 사이를 만졌다. 브래들리의 공격이, 당시에는 그녀에게 아무 감동도 주지 못했던 그 행동이 이제 그녀를 흥분시킨다니 충격적이었다. 브래들리에게 그가 원하는 것을 주는 게 정말로 그렇게까지 나쁜 일이었을까? 3개월 동안의 갈망으로 애가 타고 무르익은 음부를 위해서라도, 매리언은 브래들리의 욕구를 들어주지 않은 것이 아쉬웠다. 연기가 앞 차의 운전석에서 흘러나왔다. 그녀는 창문을 내리고, 대시보드의 라이터를 켰다.

그녀가 마침내 돌아왔을 때 안토니오의 아파트에서는 튀긴 양파 냄새가 났다. 모노폴리 상자는 거실의 커피 테이블에 놓여 있었다. 즐겁게 오후를 보낸 흔적이었다. 안토니오는 매리언의 소리를 듣자마자 주방에서 서둘러 나왔다.

"러스가 전화했어. 다시 전화를 걸어줘야 해."

매리언은 러스가 어떤 식으로든, 신을 통해서 그녀가 내린 선택을 느낀 건지 궁금해졌다. 그가 매리언을 그리워하는지도 말이다. 하지만 불길한 예감은 다른 이야기를 전했다. 신은 주시고, 또 빼앗으셨다. 킷실리에는 전화선이 없었다.

"무슨 일인지 말하던가요?"

"그냥 바로 전화해달라고만 했어. 전화번호를 세 개 남기더구나."

"저드슨은 어디 있어요?"

"치즈를 갈고 있어. 전화번호는 침실 전화기 옆에 적어뒀고."

그렇게 매리언의 남은 인생이 시작됐다. 안방의 유리문 안쪽에는 사랑스러운 꿀 색깔의 불이 켜져 있었고, 정원에서는 새들이 지저귀었다. 수영장에서는 아이들이 외치는 소리가 들려왔고, 주방에서는 튀긴 양파와 소고기 냄새가 풍겼다. 깔개를 덮지 않은 지미의 서랍 위에는 그가 그린 오래된 플래그스태프 우체국 그림이 놓여 있었고, 다른 서랍에는 은세공된 액자에 안토니오 어머니의 세피아 사진이 들어 있었다. 영원히 머릿속에 남는 건 첫인상이었다.

러스의 목소리는 딱할 정도로 울먹였다. 그는 뉴멕시코 파밍턴의 병원에 있었고, 페리는…… 잠들어 있었다. 병원에서 페리에게 아주 많은 진정제를 놓았다. 그 시도는…… 페리는…… 세상에, 페리는 자살하려 했다. 사람들이 페리를 병원으로 데려왔고, 아이의 머리에는 붕대가 감겨 있었다. 페리는 엄청나게 많은 진정제를 맞았다. 다행히도 소년원에서 페리를 데려가려 하지는 않았다. 경찰도 최소한 페리의 신발 끈을 빼앗아야 한다는 것 정도는 알았다. 페리가 자신에게 저지를 수 있었던 유일한 일은…… 페리에게 생긴 것은 이마에 난 못생긴 혹뿐이었다. 하지만 그 이유는…… 벌어진 일은…… 페리가 보호구역의 농장 건물을 태웠다는 것이었다. 마약 소지라는 중범죄도 있었다. 중범죄…… 두 건의 중범죄였다. 변호사는…… 상황이 엉망진창이었다. 이런 범죄는 연방 법률을 어긴 것이었지만, 페리는 심신미약 상태였다. 아침에 페리를 앨버커키로 데려갈 것이다. 파밍턴에서는 누구도 페리를 책임지고 싶어 하지 않으니까. 경찰도 그를 원하지 않았고, 보안관도 그를 원하지 않았고, 병원도 그를 원하지 않았고, 소년원에서도 절대로 그를 원하지 않았다. 앨버커키에는 정신병에 걸린 미성년자를 위한 곳이 있었다. 매리언이 앨버커키로 비행기를 타고 오면, 러스가 공항으로 마중을 나올 수 있었다.

러스가 전한 모든 사실은 처음부터 그 자리에 있었던 것처럼 아귀가 딱딱 맞았다. 어떻게 그랬는지 모르지만, 매리언은 침실 밖 테라스에서 불붙은 담배를 들고 있었다. 전화기 본체가 그녀의 발치에 놓여 있었고, 전화선이 한계까지 늘어나 있었다. 태양은 서쪽 하늘에서 여전히 황금색으로 보였다. 그 빛은 더 깊은 차원에서 어둡게 보였으나, 그렇다고 해서 신이 그녀를 떠났다는 뜻은 아니었다. 새로운 어둠과 함께 평화로운 기분이 찾아왔다. 신의 빛 속에서 몸을 녹이는 것은, 그 황홀감을 경험하는 것은 노력을 통해 얻어야 하는 특권이었다. 빼앗길까 봐 불안해해야 하는 특권이었다. 오랫동안 미뤄왔던 형벌이 시작된 지금, 매리언은 애쓸 필요도, 불안해할 필요도 없었다. 신의 심판 속에 안전해진 그녀는 단지 그분을 마음속으로 환영할 수 있을 뿐이었다.

"매리언? 듣고 있어?"

"그래, 러스. 듣고 있어."

"끔찍한 일이야. 여태 일어난 일 중에 가장 나쁜 일이야."

"맞아. 내 잘못이야."

"아니, 내 잘못이야. 내가……."

"아니." 그녀는 단호하게 말했다. "당신 잘못이 아니야. 책임지고 페리를 보살펴줘. 페리가 괜찮아질 거라는 생각이 들면 잠을 좀 자고. 간호사한테 수면제를 달라고 해봐."

울먹이는, 목 막힌 소리가 장거리 통화의 잡음을 통해 들려왔다.

"러스. 여보. 조금이라도 자봐. 그렇게 해줄래?"

"매리언, 난 도저히……."

"이제 쉿. 내일 갈게."

매리언의 침착함은 여태 경험해보지 못한 것이었다. 이 침착함은 그녀의 영혼 밑바닥에까지 이르는 듯했다. 그녀는 아주 많은 행동을 하면서—전화기를 다시 안으로 가져가, 비행기표를 찾아서 항공사에 전화를 걸고, 러스와 다시 짧게 통화하고, 베키에게 전화를 걸고, 저드슨에게 달라진 계획을 설명하고, 베키가 시카고의 공항에서 기다리고 있을 거라고 저드슨에게 말해준 다음, 자리에 앉아서 따뜻한 소고기 지방이 뚝뚝 떨어지는 바삭바삭한 타코 세 개를 먹으며 한가롭게 맛을 즐기면서—자신이 단단히 두 발을 딛고 있다는 걸 느낄 수 있었다. 그녀는 아직 닥쳐오지 않은 일이 두렵지 않았고, 페리를 보고서 그 결과를 처리하는 일도 두렵지 않았다. 그녀의 두 발은 밑바닥을 찾았고, 그 아래에는 신이 있었으니까. 결말에 이른 그녀의 인생이 시작된 것이기도 했다. 안에는 침착한 유능함이 있지. 이 사실을 알아챈 것이 소네트를 쓴 브래들리라니 얼마나 우스꽝스러운 일인가. 매리언은 이런 침착함이 하루 전에 내렸으면 좋았을 거라고 생각했다. 그녀가 브래들리의 집에 가기 전에 말이다. 그녀는 브래들리에게 모든 것을 말할 수 있었을 것이다. 하지만 실제로는 거의 아무것도 말하지 못했다. 아마도, 신을 모르는 브래들리로서는 굳이 귀를 기울이지 않았겠지만 말이다.

아침에 공항에서 게이트 직원과 스튜어디스를 만난 뒤에 저드슨은 한 주 내내 안토니오와 함께 있으면 안 되는 이유를 물었다. 저드슨은 밤에 잠을 조금밖에 못 자서 눈 밑이 처져 있었고 기분이 언짢았다. 매리언 자신은 놀라울 정도로 잘 잤다. 한 번도 깨지 않았다. 최악의 일이 일어났으니 더는 걱정할 필요가 없었다.

"베키가 재미있게 해줄 거야." 그녀가 말했다. "널 데리고 피자도 먹으러 갈걸."

"베키 누나는 나한테 관심 없어."

"당연히 관심 있어. 이번이 베키랑 단둘이 시간을 보낼 기회야."

저드슨은 카메라를 보았다. "페리 형은 언제 집에 와?"

"모르겠구나, 아가. 일종의 신경쇠약이야. 좀 지나야 페리를 볼 수 있을지도 몰라."

"'신경쇠약'이 무슨 뜻인지 몰라."

"페리의 머릿속에서 뭔가가 심하게 잘못됐다는 뜻이야. 무서운 일이지만, 밝은 면도 있어. 페리가 너한테 무슨 나쁜 말을 했는지는 몰라도, 페리는 제정신이 아니었던 거야. 페리가 제정신이 아니었다는 걸 아니까, 이젠 너도 상처를 받을 필요가 없어."

"그건 밝은 면이 아니야."

"위로라고 하는 게 더 나을지도 모르겠구나."

"난 위로 필요 없어. 페리 형이 돌아왔으면 좋겠어."

해로운 물결이 밖으로 번져 나왔다. 저드슨은 이제부터 정신병이 있는 형을 둔 소년이 될 것이다. 저드슨이 받은 첫인상, 전날 밤에 울려대던 그녀의 전화 소리와 고속도로의 아침 스모그, 저드슨이 혼자 타야 할 비행기는 언제까지나 그에게 남을 것이다. 하지만 신은 저드슨을 건강하고 강하게 만드셨다. 매리언은 페리에 대한 저드슨의 사랑에서, 그리고 둘의 대비에서 그 점을 느낄 수 있었다. 매리언이 들어본 한, 페리는 단 한 번도 형제들을 생각하며 불안을 내비친 적이 없었다. 그녀의 죄가 야기한 해악은 엄청났지만, 그 해악이 도저히 고쳐질 수 없을지도 모른다는 가능성은 페리에게만 있었다. 매리언이 함께 비행기에 타서 자리를 잡아주겠다고 하자 저드슨은 발끈했다. 자기는 아기가 아니라고 했다.

매리언은 비행기에 타기 전에 《진 브로디 선생의 전성기》 페이퍼백을 샀다. 소설에 집중할 수 있을 줄은 몰랐는데—책 한 권이라도 읽을 정도로 차분해져본 것이 몇 년 전 일이었다—바로 빨려들었다. 그녀는 피닉스로 가는 내내 책을 읽었고, 두 번째 비행기에 탄 다음에는 앨버커키로 가는 내내 또 책을 읽었다. 끝까지 읽지는 못했지만 상관없었다. 소설 꿈은 다른 종류의 꿈보다 회복력이 좋았다. 중간에 방해를 받더라도 나중에 휙 펼치면 다시 꿀 수 있었다.

독서 덕분에 캘리포니아의 아침은 금세 앨버커키의 늦은 오후가 되었다. 러스가 게이트 바로 안쪽에서 양가죽 코트를 입고 기다리고 있었다. 얼굴이 창백했고 잠을 못 잔 것 같았다. 매리언이 그를 끌어안자 그가 떠는 것이 느껴졌다. 그를 배려하는 뜻에서 매리언은 그를 놓아주었다.

"아무튼." 그가 말했다. "페리를 데려갔어."

"당신은 페리를 봤어?"

"아니. 아침에 당신이랑 함께 가면 돼."

집이 그리워서, 그녀는 둘의 결혼 생활에서 벌어진 문제를 잠시 못 보고 있었다. 육신을 가진 러스를 보자, 그토록 키가 크고 젊은 러스를 보자 자신이 그를 잔인하게 대했던 일과 그가 코트렐이라는 여자를 쫓아다녔던 것이 떠올랐다. 매리언은 코트렐이 손을 뗐다는 것을 알았지만, 러스가 정신병자 아들의 끔찍함에서 눈을 돌리게 할 다른 여자들은 아주 많았다. 재앙의 여파 속에서 결국 러스가 그녀를 떠나버릴 가능성이 무척 높아 보였다. 매리언은 그런 일을 당해도 쌌다. 그녀는 다른 모든 것에 대해서 유능하듯 이혼을 받아들이는 것에도 유능하다는 기분이 들었다. 하지만 그런 미래를 생각하자 패서디나를 떠난 이후로 담배를 한 대도 피우지 않았다는 생각이 들었다.

그녀가 수하물 찾는 곳에서 불을 붙이자 러스가 불쾌한 듯 한숨을 쉬었다.

"미안해."

"마음대로 해."

"끊을 거야. 그냥…… 오늘은 안 되겠어."

"난 괜찮아. 나도 담배를 피우고 싶은 마음이야."

매리언이 그에게 담뱃갑을 내밀었다. "하나 줄까?"

러스는 인상을 썼다. "아니, 싫어."

"방금 피우고 싶다면서."

"제기랄, 그냥 말이 그렇다는 거야."

러스의 날카로움조차 매리언에게는 달콤하게 느껴졌다. 그녀와 브래들리는 한 번도 서로에게 날카롭게 굴 만큼 가까워진 적이 없었다. 그렇게 되려면 함께한 세월이 길어야 했다.

"차를 빌려야 해." 러스가 말했다. "케빈 앤더슨이 나를 여기까지 태워다 줬어. 지금은 매니팜스로 돌아가고 있고. 신용카드 있어?"

"있어."

"로스앤젤레스에서 다 써버린 건 아니고?"

"아니, 러스. 다 써버리지 않았어."

편리하게도 이미 담배 냄새에 찌들어 있던 렌터카에서 러스는 매리언에게 이 재앙의 재정적인 측면을 알려주었다. 부족위원회 관리인인 완다가 아즈텍 출신 변호사를 추천해주었다. 공교롭게도 이름이 클라크 롤리스*라는 사람이었다. 러스는 전날 그를 만나고 깊은 인상을 받았다. 롤리스는 최고였기 때문에 수임료가 비쌌다. 페리는 뉴멕시코주에서 두 건의 중범죄를 저지른 터였다. 페리는 심신미약 미성년자로서 '청소년 비행'으로 기소될 텐데, 이 범죄에 대해서는 보통 정신병동 입원과 그에 이어지는 최소 2년간의 소년원 생활이 선고되었다. 하지만 페리는 일리노이주 주민이었다. 부모가 자부담으로 정신병을 치료하겠다고 약속하면, 롤리스는 판사가 그들에게 관리 감독권을 줄 거라며 낙관했다. 그 지역 법원 사람들이 롤리스를 좋아했으니 말이다.

"그건 다행이네." 그녀가 말했다.

"당신이 페리를 못 봐서 그래. 사람들이 데려온 이후로 말이 되는 소리는 한마디도 하지 않았어. 그냥 신음하면서 얼굴을 가리고 있다고. 파밍턴 경찰한테 아주 큰 빚을 졌어. 그 사람들이 페리를 책상과 가장 가까운 감방에 넣었거든. 그 사람들이 지켜보고 있지만 않았으면 페리가 자기

---

* 영어로 Lawless는 '무법자'라는 뜻이다.

머리를 박아서 깨버렸을지도 몰라. 내 생각에, 페리는…… 그러니까, 상담 경험에 비춰봤을 때 조울증인 것 같아."

매리언은 그러고 싶지 않았지만, 그 사악한 단어에 헛숨을 들이켰다. 차 밖에서는 앨버커키의 황폐한 지역이 흘러가고 있었다. 가게 앞에는 휘어진 널빤지가, 하수로에는 깨진 유리병이 있었다. 매리언의 아버지도 사악한 상태에 빠져 있었다. 새벽 3시에 래그타임을 연주하더니, 무너졌다.

"약 때문이 아닌 게 확실해? 무슨 약을 했대?"

"코카인."

"코카인? 그런 건 들어보지도 못했는데."

"나도야. 앰브로즈도 마찬가지고. 그게 어디서 났는지, 왜 그렇게 많이 했는지…… 전혀 모르겠어."

"그럼, 그게 페리가 무너져 내린 이유일 수도 있잖아? 페리가 약을 끊으려는 거였다면……."

"아니야." 러스가 말했다. "유감이지만 아니야. 내 잘못이야, 매리언. 나는 페리가 잘못됐다는 걸 알았어. 데이비드 고야가 나한테 페리가 잘못됐다고 말했거든. 페리는 분명히 괜찮지 않았는데, 이제는…… 어젯밤에는 다른 일도 있었어. 오늘 이른 새벽에. 페리가 진정 상태에서 깨어났을 때 병원에서 그 애를 다시 제지해야 했어. 페리는 정신병적인 우울 상태야."

한 쌍의 손이 매리언의 눈앞에서 무작위로 움직이고 있었다. 그녀는 두 손을 지휘해 핸드백 속 담배로 향하게 했다. 그 손들에 할 일을 주는 것이 좋았다.

"아무튼 회복 과정이 길 거야." 러스가 말했다. "페리가 이곳 시설에서 보낸 기간에 대해서도 비용이 청구될지는 모르겠지만, 롤리스 수임료가 최소한 500달러는 될 거야. 그보다 훨씬 많을지도 모르고. 그런 다음에는 사설 병원에서 몇 주든, 몇 달이든 보내야 할 테고 그다음에도 치료를 더 받아야 해. 지금 당신한테 이 말을 하는 게 맞을까?"

매리언은 담배에 불을 붙였다. 약간 도움이 됐다. "응. 전부 알고 싶어."

"페리가 태운 헛간 돈도 내야 해. 부족 토지에 있는 헛간이었어. 주인들이 보험을 들어두었다면 오히려 놀라운 일이지. 트랙터 몇 대와 다른 장비들, 거기다 건물 자체까지 있는 걸로 알아. 몇천 달러가 될지는 모르겠지만, 천 단위인 건 맞아. 당신을 기다리는 동안 교회 사무실에 전화를 걸었고, 필리스가 책임 보험을 확인했어. 도움이 되지 않을 거야. 베키가 페리한테 준 3천 달러가 있긴 하지. 베키가 클렘과 저드슨에게 준 돈도 좀 빌릴 수 있을 거야. 하지만 훨씬 더 많은 돈이 필요해."

"내가 전일제 일자리를 구할게."

"아니. 이건 내 책임이야. 문제는 내가 충분히 빚을 낼 수 있느냐는 거야."

"내가 여든 살이 될 때까지 일할게. 그래야 한다면."

러스는 핸들을 돌리더니 세게 브레이크를 밟았다. 그녀를 똑바로 보려는 것이었다. "한 가지 확실히 해야겠는데. 이건 전적으로 내 책임이야. 알았어?"

매리언은 세차게 고개를 저었다.

"난 당신 말을 듣지 않았어." 그가 말했다. "1년 전에 말이야. 당신이 페리를 정신과에 보내고 싶어 했는데, 난 귀 기울이지 않았어. 닷새 전에는…… 그때도 안 들었어. 페리는 거의 나한테 제정신이 아니라고 말한 거나 마찬가지였는데. 그런데…… 세상에! 내가 듣지 않았어."

매리언은 담배를 빨아들였다. "당신 잘못이 아니야."

"분명히 내 잘못이야. 여기에 대해서는 한마디도 더 듣고 싶지 않아."

매리언은 앞 유리 너머로 비쩍 마른 어린아이가 주류 가게에서 휘청거리며 나오는 모습을 지켜보았다. 그 애는 페리보다 그리 나이가 많지 않았다. 셔츠는 삐져나와 있었고, 바지는 간신히 엉덩이에 걸쳐져 있었다. 종이 가방에 술이 한 병 들어 있었다.

"우린 어디로 가? 벌써 이 차 때문에 멀미가 나는데."

"전부 내 잘못이야. 이걸로 얘기는 끝이야."

"난 누구 잘못이든 관심 없어. 그냥 이 차에서 내려주기나 해. 공황 발작이 올 것 같으니까."

"담배를 피우지 말아야지."

"어디 가느냐고? 왜 여기에 섰느냐고?"

러스는 무거운 한숨을 쉬며 다시 기어를 넣었다.

다음으로 매리언이 보게 된 것은 그들이 라마다 호텔 주차장에 들어와 있다는 것이었다. 차에서 당장 내려야겠다는 절박함은 지나갔다. 이제 자동차는 비교적 안전해 보였다. 매리언은 눈을 감았고, 러스는 안으로 들어가서 숙박부를 적었다.

주님이 항상 매리언 안에 존재하신다는 점을 생각하면, 그녀가 기도하고 싶은 마음이 드는 경우가 거의 없다는 건 이상한 일이었다. 애리조나에서, 죄책감 속에서 그녀는 끊임없이 기도했지만, 러스와 결혼하면서는 그만두었다. 더는 일기를 쓰지 않게 된 것과 마찬가지였다. 아이들이 태어나는, 분명히 감사를 드려야 할 일이 일어났을 때에야 그녀는 진짜 기도를 떠올렸다. 그녀가 교회에서 매주 하는 기도는 수직적이라기보다는 수평적이었다. 그건 신자들 사이에 속하기 위한 행동에 더 가까웠다. 신은 이미 그녀의 생각을 알고 있었으므로, 매리언이 굳이 그분에게 말씀드릴 필요는 없었다. 사소한 은총을 베풀어달라고 무한한 존재를 귀찮게 하는 것은 어리석은 일로 보였다. 하지만 지금 그녀에게 필요한 은총은 엄청난 은총이었다.

주님, 저는 당신의 뜻을 받아들입니다. 당신께서는 제가 받아 마땅한 것만을 주셨나이다. 하지만 예전에 저를 나아지게 하셨듯, 페리가 나아지는 것이 당신의 뜻이게 하소서. 또한 제가 다시 미치지 않는 것이 당신의 뜻이게 하소서. 저는 저 자신이고 싶습니다. 러스를 위해 온전히 존재하고 싶습니다. 그리고 당신께서는 제가 당신을 얼마나 사랑하는지 아시나이다. 당신의 뜻을 알아볼 수 있을 만큼 제 정신을 맑게 지켜주신다면, 저는 너무나도 감사할 것입니다. 당신의 뜻이 제게 무엇을 요구하든 기꺼이 따르겠나이다.

매리언은 눈을 떴다. 수컷 한 마리와 암컷 한 마리인지, 한 마리가 더 대담한 무늬를 가진 참새 두 마리가 콘크리트 주차구역 밑의 폐기물을 쪼아대고 있었다. 매리언은 신에게 부탁하고 나자 기분이 침착해졌다. 중요한 건 구하는 것이지 답이 아니었다. 그녀는 남은 평생 매일 기도해야겠다고 생각했다. 신이 가득한 세상에서 기도는 숨을 들이쉬는 것만큼 일상적인 일이 되어야 했다.

이런 통찰에 기분이 좋아진 그녀는 핸드백을 가지고 차에서 내렸다. 러스가 방 열쇠를 가지고 주차장을 가로지르고 있었다. 매리언은 그에게 달려가서 말했다. "기도했어?"

"어, 아니."

"가서 기도해. 짐은 나중에 찾아도 돼."

러스는 그녀가 걱정스러운 듯했지만, 매리언은 굳이 멈춰 서서 설명하고 싶지 않았다. 그들의 방은 1층 맨 끝에 있었다. 매리언은 서둘러 앞서 나갔고, 러스는 열쇠를 가지고 그 뒤를 따랐다.

방은 답답했다. 늦은 햇빛이 커튼에 내리비치고 있었다. 그녀는 즉시 바닥에 무릎을 꿇었다. "여기, 아무 데나. 상관없어. 나랑 같이 무릎 꿇을래?"

"음."

"기도해. 그다음에 이야기하면 돼."

러스는 여전히 걱정하는 듯했지만, 매리언 곁에 무릎을 꿇고 두 손을 모았다.

아, 주님. 그녀는 기도했다. 부디 그 아이에게 자비를 베푸소서. 당신께서 거기에 계신다는 걸 알려주소서.

매리언이 할 말은 이것밖에 없었지만, 러스는 할 말이 더 많은 듯했다. 그가 일어서서 에어컨을 켤 때까지는 5분쯤 걸린 것 같았다.

"사적인 문제라는 건 알아." 그녀가 말했다. "하지만…… 당신은 그분을 찾았어?"

"모르겠어."

"이번 일을 겪어내려면, 연결이 끊어져서는 안 돼."

"난 당신 같지 않아. 당신은 늘 너무…… 당신이랑 하나님은 늘 편했잖아. 나한테는 그렇게 쉽지가 않아."

러스의 말을 들으니 매리언이 하나님에게 접근하는 것을 걸레 취급하는 것 같았다. 빠르게 오르가슴을 느끼는 그녀의 재능을 이야기하는 것 같았다. 매리언도 에어컨에서 나오는 서늘한 바람을 그와 함께 맞았다. 그들이 단둘이 호텔 방에 있었던 건 아주 오래전 일이었다. 거의 브래들리가 매리언을 호텔 방으로 데려갔을 때만큼 오래된 일. 매리언이 한 번이라도 섹스를 하지 않고 남자와 단둘이 호텔에 가본 적이 있을까? 아마 없을 것이다.

"보통은 상황이 나쁘면 도움이 돼." 러스가 말했다. "하지만 지금 내 상황은 너무 나빠서……."

러스의 어깨가 떨리기 시작했다. 그는 얼굴을 가렸다. 매리언이 위로하려고 하자 그는 몸을 떨었다.

"러스. 여보. 내 말 들어. 나도 무시한 게 많아. 난 페리가 잘못됐다는 걸 알 수 있었지만, 무시했어. 이건 당신 잘못이 아니야."

"당신은 지금 당신이 하는 말이 무슨 뜻인지도 모르고 있어."

"아는 것 같은데."

"당신은 내가 무슨 짓을 저질렀는지 모른다고! 전혀 몰라!" 러스가 거칠게 시선을 돌렸다. "가서 짐 가져올게."

매리언은 화장실로 핸드백을 가져간 다음, 물컵의 포장을 뜯었다. 거울에 비치는 여자의 날씬함은 계속해서 놀랍게 느껴졌다. 러스는 이제 이 여자와 영원히 붙어 있을 것이다. 매리언은 그가 이 여자를 다시 원하게 될지 궁금했다. 매리언은 신의 벌을 받아 마땅했지만, 분명 약간의 쾌락은 아직 허락받았을 터였다. 사실, 그녀는 브래들리를 위해서 자신을 가꾸었으나 러스에게로 돌아간 것이, 흥분했지만 만족하지 못한 상태로 그에게 간 것이 신의 계획은 아닐지 궁금했다. 그녀는 립스틱을 다시 발랐다.

러스는 침대 가장자리에 앉아 두 손으로 얼굴을 감싸고 있었다. 꼭 페리의 병을 모방하는 듯했다. 매리언은 그의 곁에 앉아서 그를 어루만졌다. 러스가 다시 한번 몸을 떨자 의구심이 스멀스멀 피어났다.

"그래서." 매리언이 말했다. "당신이 무슨 짓을 했다고 생각하는데?"

러스는 몸을 흔들 뿐 대답하지 않았다.

"내가 전혀 모른다면서. 나한테 말해주면 기분이 나아질지도 몰라."

"전부 내 잘못이야."

"계속 그렇게 우기네."

"난…… 아. 무슨 말을 해야 하지. 하나님이 내게 뭘 해야 할지 알려주셨는데, 난 귀 기울이지 않았어. 그런 다음에는 앰브로즈가……."

"앰브로즈?"

"앰브로즈가 나를 기다리고 있었어. 케빈이 페리가 없어졌다고 신고했고, 보안관이 이미 공보를 내서, 케빈은 바로 파밍턴에 갔어. 하지만 완다와 앰브로즈는 킷실리에 있던 나를 기다려야 했어. 그 둘은 한 시간이나 나를 기다렸어. 한 시간이나." 러스는 몸을 떨었다. "당신한테는 말하지 않은 것 같은데…… 당신한테는 말 안 했지, 킷실리에 간 학부모 멘토 중한 명이……. 아무튼 래리 코트렐이 매니팜스에 내려가 있었고 걔 어머니가 메사에 있었어. 우리는 문제가 좀 생겼고. 내 말은, 우리 그룹에 말이야. 나바호 하나가 학교에 침입해서, 나는 어쩔 수 없이…… 우린 어쩔수 없이…… 그러니까, 나랑, 어……."

"래리의 엄마."

"그래."

"프랜시스 코트렐이 당신이랑 같이 킷실리에 있었구나."

"그래."

지금, 이제야 매리언은 신이 의도한 처벌의 완전성을 보았다. 크리스마스에 러스와 싸운 이후로 러스는 여러 차례 그녀에게 다가왔으나 매리언은 전부 퇴짜를 놓았다. 러스의 접근과 그의 전반적으로 저조한 기분을 보고, 매리언은 코트렐이라는 여자가 불륜을 그만두었다고 추측했다. 러스를 비웃는 데까지 나아갔다. 이제 그녀는 번뜩 러스가 크로스로드로 돌아간 이유를 알게 되었다. 옛날 옛적에 러스는 나바호 인디언에 관한 이야기로 매리언을 현혹시켰다. 그 방법은 통했다. 그래서 러스는 코트렐이라는 여자에게 그 방법을 다시 쓴 것이다. 이번에도 그 방법은 통했다. 그 코트렐이라는 여자는 바보였다. 매리언 자신도 바보였다. 탓할 사람은 그녀 자신밖에 없었다.

"그런데 지금은 나랑 여기에 와 있고." 그녀가 말했다. "아주 이상하겠네. 우리가 함께 이 일을 처리해야 한다는 게. 어쩌다 보니 우리가 지금까지도 결혼한 상태라는 게."

러스는 그녀의 말이 들리지 않는 듯했다.

"날 여기 혼자 놔뒀으면 좋겠어." 그녀가 말했다. "책임은 내가 지게 해줘. 가서, 당신이 할 수 있는 만큼 행복하게 지냈으면 좋겠어. 이건 당신이 처리할 문제가 아니야."

러스는 손바닥 아랫부분으로 자기 머리를 때리고 있었다. 어린아이처럼 불행에 빠져 길을 잃은 것이다. 매리언은 아무래도 그를 미워할 마음이 나지 않았다. 러스는 그녀의 큰아이였다. 신이 그녀에게 돌보라고 맡긴 아이. 그런데 매리언이 그를 쫓아버렸다. 매리언은 그의 한 손을 꽉 잡았지만, 러스는 다른 손으로 계속해서 자기를 때렸다.

"여보, 그만해. 난 당신이 무슨 일을 했든 상관하지 않아."

"난 간통을 저질렀어."

"그건 알겠어. 부탁이니까 그만 때려."

"우리 아들이 자살하려 하는데, 난 간통을 저지르고 있었어!"

"아, 여보. 미안해."

"미안해? 당신 대체 뭐가 문제야?"

매리언이 디딘 땅은 단단했다. 그녀는 신의 벌 안에서 안전했다.

"그냥, 그게 얼마나 끔찍한 기분일지 생각하고 있었어. 정말로 그 두

가지 일이 동시에 일어났다면…… 그건 끔찍한 우연이야. 누구도 그런 일을 겪어서는 안 되지."

"끔찍하다고?" 러스는 비틀거리며 일어났다. "끔찍한 것 이상이야. 구원받을 수 없을 정도야. 기도엔 아무 쓸모가 없어. 난 사기꾼이야."

"러스, 러스. 당신한테 그래도 된다고 했던 사람은 나야. 기억 안 나?"

"그만 쳐다봐! 당신이 날 보는 걸 견딜 수가 없어!"

확실하지는 않았지만, 러스는 아직도 매리언이 자신을 어떻게 생각하는지 신경 쓴다고 말하는 듯했다. 아직도 어떤 식으로 그녀를 사랑한다고. 그가 자신의 시선 때문에 괴로워하지 않을 수 있도록, 매리언은 핸드백을 들고 나갔다.

태양은 낮았고, 멀리 떨어진 산에는 그림자가 깊은 고랑처럼 패어 있었다. 주차장 가장자리에, 물웅덩이가 말라붙은 잔여물 속에서 참새가 먼지 목욕을 하고 있었다. 공기에서는 플래그스태프 냄새가 났다. 주변이 빠르게 식어가고 있었다. 그녀가 이 시간대에 예수 탄생 교회에서 걸음을 헤아리며 집으로 돌아가던 그 시절에 그랬듯이 말이다. 매리언은 담배에 불을 붙이고 참새를 지켜보았다. 참새는 배를 깔고 낮게 움직이며 몸을 질질 끌다가 작은 얼굴을 들어 하늘을 보고, 날개로 먼지를 튕기면서 먼지로 몸을 씻었다. 매리언은 뭘 해야 할지 알았다.

그녀는 담배를 끄고 방으로 돌아갔다. 러스가 침대 가장자리에 축 처진 채 앉아 있었다.

"그 여자를 사랑해? 진실을 말해도 괜찮아. 난 죽지 않을 테니까."

"진실이라고." 그가 쓸쓸하게 말했다. "진실이 뭔데? 나라는 사람 자체가 완전히 사기꾼인데, 사랑에 무슨 의미가 있어? 그런 사람이 어떻게 판단을 할 수가 있어?"

"조건부 긍정이라고 받아들일게. 그 여자는 어때? 그 여자도 당신을 사랑하는 것 같아?"

"난 실수를 저질렀어."

"모두가 실수를 해. 난 그냥 실용적으로 생각하려는 거야. 당신이 그 여자를 사랑하고, 그 여자도 당신을 사랑할지 모른다고 생각한다면 당신을 방해하고 싶지 않아. 페리는 내 책임으로 맡겨도 돼."

"다시는 그 여자를 보고 싶지 않아."

"당신을 놔주겠다는 말이야. 지금이 날 떠날 기회이고. 경고할게. 지금이 순간이 그 기회를 잡을 때야."

"그 여자가 나를 사랑했다면, 그럴 것 같지도 않지만, 이 모든 일이 너무 지독해."

"그건 그냥 당신이 죄책감을 느끼고 있기 때문이야. 다시 그 여자를 보는 순간 그 여자를 사랑한다는 걸 기억하게 될걸."

"아니야. 그건 독이 든 관계야. 난 세 시간 동안이나 앰브로즈와 그 트럭에 앉아 있어야 했어……."

"릭이 이 일이랑 무슨 상관이야?"

러스는 양가죽 코트를 입은 채 몸을 떨었다. 플래그스태프에서 매리언이 사준 옷이었다.

"내가 당신한테 무슨 짓을 했는지 알아?" 그가 말했다. "3년 전에 말이야. 매리언, 내가 무슨 짓을 했는지 알아? 난 열일곱 살짜리 여자애를 상대로 당신한테 성적인 흥미를 잃었다고 했어."

갑자기 추워진 매리언은 스웨터를 가지러 여행 가방으로 갔다. 여름 원피스가 가장 위에 있었다. 차마 그걸 건드릴 수 없었다.

"그리고 또 어떻게 한 줄 알아? 난 크로스로드에서 나를 쫓아낸 진짜 이유를 당신에게 한 번도 말하지 않았어. 그 이유는 내가 그 여자애를 상대로 침을 질질 흘렸기 때문이야. 난 내가 그러고 있는 줄도 몰랐어. 하지만 그 애는 알 수 있었지. 그리고 릭은…… 릭도 거기에 있었어. 릭은 내가 누군지 알았던 거야. 그리고…… 주여, 주여."

낮은 목소리가 흘러나왔다. 매리언 자신의 목소리였다. "그 애를 만졌어?"

"샐리를? 아니야! 절대 아니야. 절대로. 그냥 허영심에 빠져서 길을 잃었던 거야."

매리언에게도 나름의 허영기가 있었다. 그녀는 더 이상 그와 고백을 주고받고 싶지 않았다.

"그 말은 사실도 아니었어." 러스가 말했다. "당신이 비행기에서 내리는 걸 봤을 때…… 내가 샐리한테 했던 말은 그야말로 거짓말이었어. 당신은 나한테 아주, 아주 매력적이야."

"그렇겠지, 내가 다시 살찔 때까지 기다려봐."

"당신이 나를 용서해줄 거라고 기대하지는 않아. 난 용서받을 자격도 없어. 그냥 당신한테 알려주고 싶었어……."

"나를 모욕했다는 걸?"

"나한테 당신이 필요하다는 걸. 당신이 없으면 난 완전히 길을 잃게 된다는 걸."

"좋네. 그런 생각이 들 때 나랑 그 짓을 하는 게 좋겠어요. 그게 당신이 가장 좋아하는 일인 것 같으니까."

이 말에 러스는 입을 다물었다.

"할 수 있을 때 하는 게 좋을걸. 난 다시 먹기 시작했으니까." 매리언은 러스의 시야 안으로 들어가 자기 옆구리를 두 손으로 훑었다. "이 엉덩이가 오래가지는 않을 거야."

"당신이 상처받았다는 거 알아. 화났다는 것도 알아."

"그게 섹스랑 무슨 상관이야?"

"내 말은, 그래, 당신이 날 용서할 수 있다면…… 예전으로 돌아갈 방법을 찾을 수만 있다면…… 그렇다면, 그래, 난 무척…… 예전으로 돌아가고 싶어. 하지만 지금 당장은…….."

"지금 당장은 우리가 단둘이 호텔 방에 있지." 그녀가 지적했다.

"우리 아들은 세 블록 떨어진 곳의 병실에 있고."

"자기가 뭘 떡 쳐놨는지에 대해서 계속해서 떠들어대는 사람은 당신이야. 아니, 정말로, 정말로 떡을 치고 싶었다는 얘기를 하는 사람이라고 해야 하나."

러스는 귀를 막았다. 매리언의 가슴이 들썩였지만, 화가 나서 그러는 것만은 아니었다. 호텔 방에서 아주 더러운 말로 러스를 괴롭히면서 그녀는 우연히 흥분하게 되었다. 가려워서 긁어야 했다. 정말이지, 다른 모든 것은 기다렸다가 해도 될 것 같았다. 매리언은 러스의 무릎을 양옆으로 벌리고 무릎을 꿇었다.

"매리언……."

"닥쳐." 매리언은 그의 허리띠를 풀면서 말했다. "당신한테는 아무 권리가 없어."

매리언은 그의 지퍼를 내렸다. 거기에 있었다. 아름답고도 증오스러운 것. 열일곱 살짜리들에게 관심을 갖고, 마흔 살짜리 가정 파괴범들에게 관심을 갖고, 심지어는 자기 아내에게도 어느 정도 관심을 가진 것처럼 보이는 것이. 매리언은 그것이 있는 쪽으로 얼굴을 내렸고…… 세상에. 러스는 샤워를 하지 않았다.

매리언은 콧속 가득 밀려오는 코트렐의 냄새에 정신을 차릴 법도 했지만, 어쩐지 모든 것이 호환되는 것처럼 보였다. 마치 그녀가 브래들리를 도발해 이끌어냈던 공격을 물리치는 대신, 그 공격에 항복하고 그 여파의 냄새를 맡는 것만 같았다. 열일곱 살짜리의 문제는 아직 처리해야겠지만, 코트렐 문제는 해결된 것으로 보였다. 입을 다물고 있는 것만으로도 처벌은 충분할 것이다. 매리언은 러스를 밀어 눕히고, 그의 위에 올라타 몸을 쭉 폈다.

"입맞춤으로, 나는 그대를 용서하노라." 그녀가 말했다.

"당신 멀쩡하지 않은 것 같아."

"할 수 있을 때 입맞춤을 받는 게 좋을 거야."

"매리언?"

그녀는 러스에게 입을 맞췄다. 모든 것이 호환됐다. 러스와 다른 남자만이 아니라, 매리언과 다른 여자만이 아니라, 과거와 현재도. 그들은 너무 오랫동안 사랑을 나누지 않았다. 25년은 됐을 것이다. 매리언은 젊어진 몸으로, 러스는 그녀가 사준 코트를 벗으며, 공기는 애리조나에서처럼 건조하고도 희박한 가운데, 희미해져가는 빛은 산의 빛이었다. 애리조나에서는 얼마나 쉬웠던가. 불완전한 정신과 믿음이 가득한 마음에 더불어, 신은 매리언에게 강한 성욕을 주었다. 너무도 긁기 쉬운 성욕이라, 그녀는 남들 눈에 띄지 않고 공공도서관에서 그 성욕을 해소할 수 있었다. 이번에도 너무 쉬웠다. 우연한 접촉을 포착해 그 흐름에 올라타고 그녀는 빠르게 몸부림쳤다. 그녀는 눈을 뜨고, 러스의 눈 속에서 그 오르가슴을 느끼던 소녀의 기억이 희미하게 비치는 것을 보았다. 러스는 그 소녀를 좋아했다. 그래, 정말로 좋아했다. 그녀가 받은 선물은 러스에게 강력해진 느낌을 갖게 했다. 매리언은 그 선물을 모성이라는 늪에 잘못 놔두었고, 불안한 우울이라는 황무지에서 아예 잃어버렸지만, 그녀가 다시 그 선물을 찾으니 러스는 다시 강력해졌다. 그의 날카로운 포기는 겉면이 따가웠다. 나중에 그녀는 대가를 치르게 될 것이다. 하지만 그의 흥분은 그녀를 흥분시켰다. 그녀는 러스를 계속 몰아갔고, 자신도 몰아갔다. 그녀는 거의 울부짖는 듯한 소리를, 계속해서 이어지는 놀라움의 웃음소리를 들었다. 그러다가 더 큰 발작이 일어나며 침묵하게 되었다. 러스는 노력을 두 배로 늘렸지만, 이번에도 과거가 다시 살아났다. 애리조나에서 그랬듯 일단 만족하고 나자 매리언은 자신의 죄책감을 기억했다.

러스는 일을 마치고 그녀의 위에 몸무게를 전부 실었다. 그의 따끔거리는 뺨이 그녀의 목에 닿았다.

"별로 나쁘지 않네." 그녀가 말했다. "그렇지?"

"난 떠나고 싶지 않아."

"뭐. 서두르지 마."

남아 있는 유일한 불빛은 침대 옆의 알람시계에서 나오는 것뿐이었고, 유일한 소리는 멀리서 지나가는 자동차들의 소리뿐이었다. 러스가 그녀의 목에 입을 맞추었다.

"당신이랑 이렇게 같이 있다는 게…… 잊어버리고 있었어."

"그러게." 그녀가 말했다.

"그야말로 선물인데."

"쉿."

지나가는 자동차 소리가 꼭 파도가 부서지는 소리처럼 들렸다. 매리언의 안에서 다시 죄책감이 파닥거렸다.

"돌고 돌아서, '돌고 돌아서, 다시 원래 자리로 돌아올 때까지'." 그가 말했다. "지금이 그런 기분이야. 내가 계속해서 돌고 또 돌고 있었던 것만 같은······."

그 노래는 찬송가였지만, 매리언은 그의 말이 무슨 뜻인지 알았다. 우리는 고개 숙이고 허리를 굽히는 것이 부끄럽지 않으리라. 노래의 쉬운 가사에는 너무도 깊어서 그 뿌리를 슬픔의 뿌리와 구분할 수 없는 기쁨이 들어 있었다. 슬픔을 방출하는 것은 다른 종류의 방출보다도 달콤했다. 슬픔은 마음의 것이었고, 매리언은 슬픔에 자신을 넘겼다. 그녀는 흐느끼면서 러스의 물건이 자기 안에서 딱딱해지는 것을 느꼈다. 그래서 더 심하게 울었다. 그녀는 다시 그의 것이 되었다.

러스는 손가락 끝으로 그녀의 눈물을 닦아냈다. "난 절대로 당신을 떠나고 싶지 않아."

"잘됐네." 그녀가 훌쩍이며 말했다. "하지만 난 화장실에 가야 할 것 같아."

"난 이 세상에 아무 쓸모가 없어. 우린 인디애나를 떠나지 말았어야 했어. 평생을 거기에서 보냈어야 했어. 우리 둘이랑 아이들만. 믿는 사람들의 공동체로······."

매리언은 화장실 쪽을 가리키며 러스 아래에서 움직였지만, 러스는 그녀를 놓아주지 않았다.

"내가 원하는 건 부양할 가족뿐이야. 섬길 주님과. 아내와······ 매리언, 맹세할게. 당신이 나를 용서해준다면, 이 선물만으로 충분할 거야."

"쉿."

"당신은 늘 올바른 일이 무엇인지 알고 있지. 어떻게 알았던 거야? 우리가······ 난 이런 일이 일어날 거라고는 전혀 생각하지 못했어. 하지만 당신이 맞았네. 당신이 늘 맞아. 그 문제에 대해서도 당신이 맞았······."

"쉿. 화장실만 좀 가게 해줘."

매리언은 발가락을 찧지 않으려고 조심하면서 화장실까지 더듬더듬 가, 변기에 앉았다. 마술사의 속임수를 펼쳐야 했다. 손가락을 탁 튕겨 러스의 후회를 사라지게 만들어야 했다. 그의 고백은 가엾을 만큼 진실했다. 어린아이의 고백 같았다. 이제는 그녀가 고백할 차례였다. 참새가 그녀에게 때가 되었다고 말했다.

하지만 만일 고백하지 않는다면? 러스를 브래들리 그랜트와 산타, 낙태, 란초 로스 아미고스로 끌고 다녀서 얻을 게 정확히 뭐란 말인가? 그녀는 흙에서 뒹굴며 양심을 깨끗이 할 수 있었지만, 그게 정말로 남편에 대한 배려일까? 페리의 불행이 러스를 그녀에게로 되돌려준 지금, 그냥 그를 사랑하고 섬기는 것이 낫지 않을까? 러스는 어린아이 같았고, 어린아이에게는 삶의 체계가 필요했다. 후회가 일종의 체계 아닐까? 그녀는 절대 머리가 정리되지 않을 것이다. 하지만 러스에게는 자기가 더 큰 부당행위를 저질렀다고 생각하는 선물을 줄 수 있었다. 자신의 복잡성을 러스에게 쏟아붓는 것보다는 이 편이 더 배려심 있는 것 아닐까?

사탄이 묻는 것일지도 몰랐지만, 매리언은 그렇지 않다고 생각했다. 이런 유혹은 사악하게 느껴지지 않았으니 말이다. 유혹은 사악하다기보다 형벌처럼 느껴졌다. 자신의 죄를 러스에게 고백하지 않으면—정결해지고, 어쩌면 동정을 받고, 심지어 용서받을지도 모를 기회를 포기하면—남은 평생 그 짐을 짊어지게 될 터였다. 그녀가 아는 것을 혼자만 알고 있는, 끝나지 않는 부담을.

도움이 필요해요. 아무거나 징조를 보여주세요.

그녀는 몸을 떨며 변기에 앉아 기다렸다. 신이 듣고 있었는지는 모르겠지만, 그렇다 한들 아무런 티도 나지 않았다. 그녀가 기다리는 동안 뭔가가 그녀를 움직였다. 나중에 얼마든지 그분에게 물어볼 수 있겠지만,

그녀는 결정을 내렸다.

러스는 침대보를 벗기고, 이불을 덮고 있었다. 그녀는 이불 아래에서 러스와 합류했다. "할 말이 있는데, 당신이 들어줬으면 좋겠어."

러스가 그녀의 가슴에 손을 댔다. 그녀는 가만히 그 손을 치웠다.

"당신도 알겠지만, 우리 아버지가 조울증……." 그녀가 말했다.

"그건 몰랐는데."

"음, 아버지가 자살했다는 건 알고 있었잖아. 하지만 나 자신의 문제에 대해서 말한 적은 없었지. 난 한 번도 내가 페리 나이 때 얼마나 불안했는지 말한 적이 없어. 당신이 겁먹고 달아날까 봐 무서웠고, 당신을 잃는다는 생각은 견딜 수가 없었으니까. 러스, 여보. 난 견딜 수가 없었어. 당신을 너무 많이 사랑해서, 견딜 수가 없었어."

"당신이 약간 미쳤다는 건 알았어."

"하지만 약간이 아니었어. 당신한테는 나와 결혼하기 전에 알 권리가 있었어. 난 어떤 위험이 있는지 알면서도 당신한테 말하지 않았어. 그래서 이 일이 당신 잘못이라는 얘기는 듣고 싶지 않아."

"내 잘못이야. 내가……."

"쉿. 그냥 들어. 당신은 두 가지 서로 다른 것들을 뒤섞고 있어. 당신 자신에 대해서 나쁜 감정을 느끼고 있지. 당신이 경솔했다고 생각하는 거야. 하지만 그조차도 당신이 나쁘게 여길 건 아니야. 내가 허락했으니까."

"그렇다고 내가 당신 허락한 대로 해야 한다는 뜻은 아니야."

"당신은 상처받은 상태였어. 당신이 나한테 상처를 줘서 나도 당신한테 상처를 줬던 거야. 결혼 생활에서는 이런 일들이 일어나. 내가 하고 싶은 말은 당신 운이 나빴다는 거야. 당신은 킷실리에서 일어난 일 때문에 당황했고, 그 일에 대해서 죄책감을 느꼈어. 이해해. 하지만 그거면 충분해. 페리에 대해서까지 죄책감을 느낄 필요는 없어. 페리의 문제는 전부 나 때문이니까."

"난 주님이 나한테 원하시는 게 뭔지 아주 잘 알고 있었어."

"여보, 나도 그분 말씀을 듣지 않았어. 지금부터는 더 열심히 노력해야 해. 그래서 매일 당신과 함께 기도하고 싶어. 우리가 변했으면 좋겠어. 더 가까워졌으면 좋겠어. 주님의 기쁨을 함께 경험하고 싶어."

러스가 몸을 떨었다.

"끔찍한 일이 일어났지만, 기쁨은 여전히 있을 수 있어. 바깥의 새들을 보고 있었는데…… 우리가 계속 주님의 피조물에서 기쁨을 느낄 수는 없을까? 서로에게서 기쁨을 느낄 순 없어?"

러스가 고통스럽게 울었다.

"쉿, 쉿."

"난 당신과 함께할 자격이 없는 사람이야!"

"쉿. 난 이제 여기 있어. 아무 데도 가지 않아."

"난 기쁨을 느낄 자격이 없는 사람이야!"

"그런 사람은 없어. 이건 신의 선물이야."

그리고 베키는 너무도 즐거웠다. 마침내 졸업 학년의 마지막 학기인 봄 학기가 되어, 하급생들과 함께 걸어 다니되 72년 졸업반과 새로운 공통성을 느끼던 그녀는 매일 잊지 않고 전에는 한 번도 이야기해본 적 없는 최소 한 명의 동급생에게 친절하게 굴었다. 공작 수업을 듣는 남자아이, 그녀와 태너가 예배를 드렸던 침례교회에 다니는 여자아이. 그건 일상적인 기독교인으로서의 봉사 같은 것이었다. 그러다가 주말에는, 둘 다 시간이 있으면, 베키와 태너는 지니 크로스가 승인한 파티에 들러 30분 정도 머물렀다. 술은 마시지 않고, 그냥 통과 절차로서 고등학생들이 알지 못하는 영역으로 슬쩍 빠져나갔다.

3월 말에 베키는 레이크포레스트 대학으로부터 입학허가 편지를 받았으며 로런스와 벌로이트에서도 편지가 올 거라는 현실적인 희망을 품고 있었다. 스웨터를 입고 다녀야 하는 위스콘신의 날씨, 낙엽으로 얼룩진 사각형 건물들을 내다보는 기숙사, 새로 개발해야 하는 새 학교에서의 마음가짐과 새로 평가해야 할 사회적 높이 등에 대한 기대는 거의 지나친 축복이었다. 그녀에게는 이미 유럽에서 여름을 보낸다는 기대할 만한 일이 있었으니 말이다. 3월 초에 태너는 그녀가 참석하지 않은 시카고 공연에서 그의 공연을 무척 마음에 들어 한 덴마크 출신의 젊은 부부를 만났다. 우연히도 그들은 오르후스의 민속음악 축제 주최자였다. 미국 민속음악은 유럽에서 엄청난 인기를 끌고 있었고, 여름 순회공연마다 미국 공연자들이 채워야 할 자리가 있었다. 그리고 덴마크 부부가 태너에게 제안한 오르후스에서의 단독 공연은 그 모든 축제로의 문을 열어줄 수 있었다. 태너는 베키가 보았던 그 어느 때보다도 흥분한 모습으로 공연에서 돌아왔다. 함께 유럽을 경험하고, 현장에 참여하고, 리치 헤이븐스 자신은 아닐지라도 도너번과 비슷한 사람들을 만난다면 멋질 것 같지 않아?

베키는 유럽 생각을 전혀 하지 않고 있었다. 크리스마스가 지난 뒤, 그녀는 예수님에게 한 약속을 지키기 위해 물려받은 재산을 형제들과 나누었다. 더는 어머니와 함께 거창한 유럽 여행을 갈 여유가 없었다. 담배를 피우고 자기 자신을 제외한 그 누구에게도 별 관심을 쏟지 않는 등 어머니의 행동들을 보고, 속으로 태너와 함께 집에 머물러야겠다고 결정하기도 했다. 하지만 태너와 함께 유럽에 간다고? 그의 품에 안겨 샹젤리제에서 빙글빙글 돈다고? 침대 기차를 타고 함께 알프스를 넘는다고? 트레비 분수에 동전을 던지고 서로를 위한 소원을 빈다고? 베키가 해야 하는 일이라고는 돈을 모으고, 어머니에게 했던 초대를 취소하는 것뿐이었다.

아버지에게 혐오감이 느껴질 정도로만 알게 된 무슨 결혼 생활의 고난 때문에 어머니는 그들의 집 3층 창고로 들어가더니 천장이 낮은 구석에 침대를 마련하고, 오래된 필사용 책상을 창문 밑에 두었다. 베키가 유럽 생각으로 학교에서의 하루를 아무 쓸모 없이 보낸 뒤 용기를 내 3층으로 올라갔을 때 어머니는 퀴퀴한 담배 아지랑이 사이에서 책상에 앉아 있었다. 베키가 계획을 말하는 동안 어머니는 담배 대신 샤프를 비틀어댔다.

"난 유럽 안 가도 돼." 어머니가 말했다. "하지만 태너랑 같이 가는 게 좋은 생각인지 모르겠구나."

"날 믿지 않는군요."

"네 분별력을 의심하는 게 아니야. 네가 돈에 대해 내린 결정을 보고는 감동받았어. 그건 정말이지 사랑이 가득한 행동이었단다. 하지만 엄마는 네가 네 몫을 대학에 갈 때에 대비해서 모아두는 줄 알고 있었어."

"비행기표 말고는 낼 돈도 거의 없어요. 태너가 다른 축제에 가게 되면, 그 사람들이 우리 비용을 대줄 테니까요."

"못 가게 되면?"

"그래도 학교를 2년 다닐 돈은 있어요. 그다음에는 여름방학마다 일하려고요. 학자금 대출을 받을 수도 있고요."

어머니는 계속해서 샤프를 비틀어댔다. 어머니는 몸무게가 너무 많이 빠져서 셜리 이모와 닮은 점이 드러났다. 그렇게 빨리, 그렇게 많이 체중을 빼는 것이 건강에 좋을 리는 없었다.

"이런 걸 물어보고 싶지는 않았는데." 어머니가 말했다. "너한테 불편한 얘기라는 걸 아니까. 하지만…… 너랑 태너랑 섹스했니?"

베키는 얼굴이 달아오르는 것을 느꼈다.

"창피를 주려는 게 아니야." 어머니가 말했다. "간단히 네, 아니요로만 대답하면 돼."

"복잡해요."

"그래."

"그러니까…… 아뇨. 안 했어요."

"잘했구나, 얘야. 잘한 것 이상이야. 아주 멋진걸. 네가 자랑스러워. 하지만 남자 친구와 함께 유럽에 가고 싶다면, 네가 제대로 피임을 할지 알아야겠어.”

베키는 다시 얼굴을 붉혔다. 친구들은 모두 베키와 태너가 성관계를 맺고 있다고 생각했고, 베키는 그들의 생각을 바로잡아주려는 노력을 전혀 하지 않았다. 그녀는 자신과 태너가 공유하는 비밀, 그녀의 순결에 관한 비밀과 그 비밀이 가져다주는 강력하고 선한 느낌을 즐겼다. 하지만 어머니한테서도 같은 생각을 듣게 된 것은 이상하게도 끔찍했다.

“피임은 하고 있니?” 어머니가 말했다.

“제가 섹스하는 걸 바라시는 거예요?”

“세상에, 아니지. 왜 그런 생각을 하니?”

“제 일은 제가 알아서 할 수 있어요.”

“얘야, 나도 그럴 거라고 생각해. 그냥…… 난 어쩌다 이런저런 일이 벌어질 수 있다는 것도 알거든.”

“그건 그렇고, 엄마는 여기 올라와서 뭐 하시는 거예요?”

어머니는 한숨을 쉬었다. “그레이트북스 재단의 책을 교정하고 있어.”

“여기 올라와서 자는 것 말이에요. 여기에 숨어 있는 것.”

“너희 아빠랑 나는 서로 불만이 많아.”

“네에, 누가 몰랐을까 싶네요.”

“그러게 말이다. 너희들한테는 불편했으리라는 거 알아. 그건 미안하구나.”

“엄마 인생인데 뭐 어때요. 난 그냥 엄마 조언을 듣고 싶지 않을 뿐이에요.”

어머니는 샤프를 내려놓았다. “이건 조언이 아니야. 태너와 함께 유럽에 가고 싶다면, 피임은 필수야. 사실, 지금 당장 병원에 가야 할 것 같구나. 엄마가 예약을 잡아줄까?”

"예약은 제가 직접 잡을 수 있어요."

"어느 쪽이든 너 좋을 대로 하렴."

"지금 당장 할게요. 아빠 전화기로 듣고 싶으세요? 제가 예약을 하는지 확인하시게요?"

"베키……"

베키가 자기 방으로 돌아가기까지는 쾅 닫아야 하는 문이 세 개 있었고, 그녀는 세 개의 문을 모두 쾅 닫았다. 세상이 뒤집힌 것처럼 보였다. 혼전 성관계는 잘못된 것이라고들 했지만, 태너는 이미 다른 누군가와 그걸 해보았고, 친구들도 베키가 하고 있을 거라고 예상했으며, 클렘도 베키가 하고 있을 거라고 예상했으며, 심지어 어머니까지도 베키가 하고 있을 거라고 생각했다. 누가 물어보면, 아마 저드슨도 그렇다고 생각했을 것이다!

베키는 얌전한 체하는 여자가 아니었다. 그녀는 서로 껴안고 키스하는 것도, 애무도 좋아했다. ……오르는 것도. 가끔은 순간에 휩쓸려 태너가 자기 안에 들어오기를 바라기도 했다. 그런 순간마다 베키는 섹스란 주님께서 그녀가 욕망하도록 만들어놓으신 축복이라고 느꼈다. 그때마다 베키를 구해준 것은 태너 자신의 망설임이었다. 베키는 처음부터 한계를 단호히 설정함으로써 자신의 순결을 둘이서 함께 책임져야 할 무언가로 만들었다. 둘이서 똑같이 참여해 지켜야 하는 보석으로 말이다. 그래서 베키 자신이 잊어버릴 때도 태너가 그녀를 붙잡아주었다. 진짜 사랑이 바로 이런 것이 아니라면, 대체 무엇이 진짜 사랑일 수 있을까.

친구들은 수영장에 가 있는데 어쩔 수 없이 집안일을 해야 할 때처럼 베키는 화를 내며 어머니의 산부인과 의사를 찾아가 페서리를 '맞추고', 그걸 제대로 넣을 수 있는지 검사받았다. 베키는 예전에 로라 도브린스키가 그녀의 얼굴에 집어던져졌던 것 같은, 젤리가 든 튜브를 받았다. 그녀가 집으로 가져온 장비는 사랑을 의학적인 무언가로 전락시켰다. 그건 비슷한 장치를 서랍 속에 넣고 있는 뉴프로스펙트의 다른 모든 소녀들과 베키를 천박하게 연결했다.

그렇지만 그 여자애들보다 우월하다고 느끼는 건 잘못된 일 아닐까? 수많은 기도와 복음서 읽기에도 불구하고 베키는 아직 대마초를 피운 다음에 경험했던 영적 황홀경을, 그리스도의 종복이 되고 싶은 신체적 갈망을 다시 포착하지 못했다. 하지만 깨달음의 정수는 남아 있었다. 그건 바로 베키가 죄스럽게 오만하며 회개해야 한다는 것이었다. 이 점을 깨달은 이후로, 또 유산을 나누는 데서부터 시작하여, 베키는 좋은 기독교인이 되고자 노력했다. 하지만 착한 일을 하는 것의 역설은 그럴수록 자신이 더 자랑스러워졌다는 것이었다. 그건 마치 조건이야 바뀌었지만, 그녀가 여전히 우월성을 추구하는 것만 같았다. 복음에서 예수님은 정의롭고 특권을 누리는 자들보다 가난한 자와 병든 자에게, 부정한 자와 경멸당하는 자들에게 더 많은 관심을 기울였다. 피임 단계를 한 단계 밟은 지금, 베키는 자신이 사랑하는 남자에게 자신을 내주지 않는 것이 그 자체로 일종의 허영이 아닐지 궁금해졌다. 신은 그녀가 가장 낮아진 바로 그 순간에 모습을 드러내지 않으셨던가? 자신을 낮추고, 자신이 그런 여자애들 중 하나라는 사실을 받아들이고, 보석을 포기하는 것이 역설적으로 더 기독교적인 건 아닐까?

이런 생각이 들자마자 베키는 자신이 무엇을 원하는지 알았다. 그녀는 타락하고 싶었다. 그렇게 타락함으로써 태너와 예수님과의 관계를 더 깊어지게 하고 싶었다. 그리고 베키는 그 일이 정확히 어떻게 일어날지 알고 있었다.

크로스로드에 대한 그녀의 열정은 아버지가 그룹으로 돌아왔을 때 식었다. 또 그녀는 태너와 함께 있느라 너무 바빠서 애리조나에 갈 때 필요한 '시간'을 벌 수 없었다. 킴 퍼킨스와 데이비드 고야는 함께 킷실리에 가자며 그녀에게 무슨 마라톤 하듯 벼락치기로 시간을 벌어들이라고 압박했지만, 킷실리 수련회 명단이 나붙었을 때 베키는 아버지만이 아니라 프랜시스 코트렐의 이름도 보게 되었다. 킴과 데이비드는 그때까지도 베키가 자신들과 함께 가기를 기대했지만, 이제 베키는 부활절 방학을 위한 더 나은 계획을 세우게 되었다. 베키는 태너의 밴에서 자신을 그에게 넘겨줄 생각이 없었다. 적절한 의식을 갖춰서, 둘밖에 없는 빈집이라는 은밀한 공간에서 할 생각이었다.

그녀의 유일한 불안은 오직 가족과 관계된 것들뿐이었다. 베키는 아버지에게 혐오감을 느꼈다. 그가 어머니를 상대로 선을 넘고 있다고, 코트렐 부인과 간통을 저지르고 있다고 믿을 만한 이유가 있었다. 베키가 자신을 태너에게 내준다고 해도 선을 넘는 행동은 아니었다. 그래도 어떤 면에서 그녀는 아버지와 같은 수준으로 떨어질 터였다. 그보다 더 나쁜 건 그녀가 클렘 수준으로 떨어지게 된다는 것이었다. 베키는 클렘에게 그런 만족감을 주는 것이 대단히 유감스러웠다.

베키는 크리스마스에 클렘을 보고 싶지 않았다. 조금도. 태너에 대한 그의 모욕이, 수동적이라는 그 말이 계속 베키의 마음에 사무쳤다. 베키는 자신이 신을 발견했다는 사실도 클렘에게는 비웃음거리가 될 거라고 확신했다. 그의 텅 빈 방을 보는 것만으로도, 그녀가 클렘의 침대에 누워서 그에게 비밀을 털어놓던 수많은 늦은 밤들을 떠올리기만 해도 언짢았다. 어렴풋하게 구역질이 났다. 이런 반감은 너무도 강해서 태너의 부모님 집에 있는 그의 방에까지 이어졌다. 태너가 크리스마스 휴일 동안 자기 방을 보여주었을 때, 베키는 안에 들어가지도 않고 문 앞에서 방을 한 번 휙 훑어보았다. 그 방에서는 로라의 냄새가 풍겼다. 로라는 태너에게 의붓누이나 다름없었다. 그녀는 태너와 섹스하는 누이였다. 베키는 그런 일에 전혀 관련되고 싶지 않았다.

부모님이 크리스마스 저녁이라는 드문 단합의 순간에 클렘이 가족의 평화주의를 배신했다며 한탄했을 때도 베키는 클렘을 한마디도 변호하지 않았다. 베키에게는 놀라운 일이었지만, 태너가 클렘의 도덕적 신념에 따른 용기에 감동했다고 말했을 때 그녀는 클렘이 그냥 재수 없게 구는 거라고 고집을 부렸다. 클렘이 편지를 보내 명절에 함께 있지 못한 것을 사과하며 학교를 그만두는 이유를 늘어놓았을 때, 베키는 그 편지를 구겨서 휴지통에 던졌다. 클렘이 태너를 모욕한 것에 사과하지 않았기 때문이었다. 그리고 클렘이 엄마에게 전화 메시지를 남겨 이런저런 날 이런저런 시간에 전화를 걸어달라고 하기 시작했을 때는 그 메시지들을 무시했다.

클렘이 그녀를 따라잡은 2월의 그날, 베키는 블루 노트를 데리고 놀랍게도 1월보다 더 사람이 많았던 칵테일 라운지에 갔다. 나이 든 여자들 무리가 밴드와 가장 가까운 자리를 차지했는데, 그들이 온 이유—술을 마시고, 돈을 쓰는 이유—는 분명 태너 때문이었다. 2부 공연을 반쯤 진행했을 때, 기그 베네데티가 직접 나타나 뒤쪽 테이블에 있던 베키와 합석했다. 기그는 아주 많은 밴드들의 공연을 잡아주었고, 베키는 기그가 그녀의 외모에 감탄하고 팔꿈치를 만지게 해줌으로써, 그와 자신이 둘만의 뭔가를 알고 있다고 믿게 함으로써, 태너에 대한 그의 관심을 높였다는 생각에 기뻤다. "이런 말 하는 나도 마음이 아프지만, 네 말이 맞았어." 기그가 말했다. "태너는, 이름이 뭐더라, 걔가 없는 게 더 낫더라. 태너 때문에 여자들이 몰려들고 있어. 놀라운 일이야." 좋은 머리를 칭찬받고, 태너의 팬들이 짓고 있는 사랑에 빠진 표정을 보며, 태너가 12현 기타를 메고 솔로곡을 연주할 때 그들이 내지르는 술 취한 환성을 들었기에, 또 태너와 단둘이 있을 여자는 자신이라는 것을 알았기에 베키는 인생이 너무도 행복해서 숨 쉬기가 어려울 지경이었다.

그녀는 많은 입맞춤과 애무를 받은 뒤 새벽 2시에 집으로 돌아왔다. 그리 오랜 시간이 지나지 않아서 그녀는 전화벨 소리에 잠을 깼다. 어머니가 문을 두드리고 있었다. 창문으로 들어오는 빛은 여전히 잿빛이었다. "좀 놔두세요." 베키가 말했다. "자고 있어요."

"오빠가 얘기 좀 하재."

"교회 갔다 와서 전화한다고 하세요."

"네가 직접 말해. 메시지 받아주는 것도 이젠 못 하겠다."

베키는 너무 강렬하게 짜증이 나서 머릿속의 잠이 다 달아났다. 그녀는 일본식 가운을 걸쳐 입고 쿵쾅거리며 잠들어 있는 아버지와 동생들의 문을 지났다. 주방에서 그녀는 더듬거리며 전화기를 찾아 그 차가운 플라스틱을 귀에 댔다. 3층에서 어머니가 전화 끊는 소리가 들렸다.

"깨워서 미안해." 클렘이 말했다. "달리 뭘 해야 할지 몰라서."

"적당한 시간에 전화를 거는 건 어때?"

"그건 이미 해봤어. 한 여덟 번쯤."

"오빠 전화번호를 줘. 교회 갔다 와서 전화할게."

"나도 직장이 있어, 베키. 너한테 편한 시간에 얘기할 수는 없다고. 내가 보기엔 너한테 편한 시간이 없는 것 같지만."

"나 진짜 바빴어."

"그래. 그런데 왠지는 모르겠지만, 매일 밤 남자 친구한테 내줄 시간은 많더라."

"뭐 어쩌라고?"

"그냥 네가 날 피하는 이유를 몰라서 그래."

클렘은 자신이 베키를 소유했다고 생각하는 것 같았다. 베키는 조용히 짜증이 끓어올랐다.

"내가 태너에 대해서 한 말 때문이야? 그런 말을 해서 미안해. 태너는 좋은 녀석이야. 아주 괜찮은 녀석."

"됐어!"

"사과도 못 해?"

"오빠가 내 인생에 참견하는 게 진절머리 나."

"나는 네 인생에 참견하는 게 아니야."

"그럼 왜 전화했어? 왜 날 깨웠는데?"

뉴올리언스의 어느 상상되지 않는 방에서 전화선을 타고 묵직한 한숨이 들려왔다. "내가 전화한 건, 모든 게 엉망진창이 됐고 너라면 공감해줄지도 모른다고 생각했기 때문이야." 클렘이 말했다. "신세를 조져서 너한테 전화하는 거라고. 병무청에서 날 조져놨어."

"무슨 뜻이야?"

"그쪽에서 날 원하지 않는다는 얘기야. 정원이 아주 적은데, 이미 다 찼대. 지금도 이론적으로는 징집될 수 있지만, 베트남에 가는 건 아니야. 거기 있는 모두가 집으로 돌아오고 있어."

공감하기는커녕, 베키는 클렘의 계획이 틀어진 것에 심술궂은 기쁨을 느꼈다. "베트남에서 발 빼는 걸 유감스러워하는 사람은 미국에서 오빠가 유일할 거야."

"미안, 그냥 답답해서. 난 지금쯤이면 기초 훈련을 받고 있을 거라고 생각했거든."

"그럼 자원하든지. 오빠한테 사람 죽이는 게 그렇게 중요하면."

뉴올리언스에서 한 번 더 들려온 한숨. 이번에는 좀 더 거만했다. "내 편지를 읽긴 한 거야? 싸우고 싶어서 그러는 게 아니라고. 이건 사회정의 의 문제야."

"내가 말하잖아, 그게 오빠한테 중요하면 왜 자원하지 않는 건데? 아니 면 그냥 수동적으로 병무청이 하라는 일을 하는 거야?"

"난 행동했어, 베키."

"그래, 점수를 땄지. 그 점수가 무효라서 안됐네."

베키는 전화선을 늘이며 싱크대에서 유리잔에 물을 받았다.

"실수했어." 클렘이 말했다. "1년 전에 학교를 그만뒀어야 했는데. 그래 서 내가 즐거워하는 것 같아?"

물은 맛있게 차가웠다. 2월의 차가움이었다.

"아니." 그녀가 말했다. "엄청나게 답답하겠지. 오빠야 어디 실수를 하 는 사람인가?"

"너한테 전화한 건 잠깐 집에 갈까 싶어서야. 널 보니까 딱히 그러고 싶지 않지만."

"아침 7시에 뭘 기대한 거야?"

"이 방법이 아니면 어떻게 연락하라는 거야?"

"나 진짜 바빠. 알았어? 오빠가 집에 와도 상관없지만, 나 때문에 오지 는 마."

"베키."

"뭐."

"너한테 무슨 일이 벌어지는 건지 모르겠어."

"아무 일도 없어. 난 정말 행복해. 최소한 오빠가 날 깨우기 전까지는 그랬어."

"겨우 1분 등을 돌렸는데, 넌 다른 사람이 된 것 같아. 아니…… 침례교회라니? 진심이야? 침례교회에 간다고? 유산을 포기한다고?"

이제야 베키는 왜 그가 연락하려 했는지 알았다. 클렘에게는 다른 도시에서 그녀를 통제할 별 방법이 없었던 것이다. 베키는 클렘에게 이런저런 이야기를 전해준 어머니에게도 추가로 화가 났다.

"난 더 이상 오빠의 꼬마 여동생이 아니야." 그녀가 말했다. "나도 알아서 생각할 수 있어."

"이 얘기 했던 거 기억 안 나? 내가 이 문제 때문에 아빠랑 싸웠던 거 기억 안 나느냐고? 넌 돈을 갖겠다고 했어. 훌륭한 학교에 가고 싶다고 했어."

"그건 오빠가 나한테 바랐던 거고."

"넌 아니라는 거야?"

"오빠가 알 바 아니지만, 난 지금도 로런스나 벌로이트에 다닐 2년 치 학비를 가지고 있어. 나머지는 학자금 대출로 해결하면 돼."

"하지만 난 네 돈을 원하지 않아."

"기독교적 자선을 이해하지 못한다면, 설명해봤자 소용없어."

"아, 그러셔. 태너 설득에 넘어가서 이러는 거야?"

"그러니까 나는 너무 멍청해서 혼자 생각할 수 없다는 거야?"

"난 그 광신도 같은 소리를 말하는 거야. 갠 오래전부터 예수 빠돌이 같은 거였으니까."

베키의 마음에 순수한 증오심이 흘러넘쳤다. 클렘은 단 한마디로 그녀의 머리와 남자 친구, 신앙을 모욕하는 데 성공했다.

"모를까 봐 하는 말인데." 그녀가 차갑게 말했다. "태너는 제일 개혁 교회를 아주 좋아해. 거길 안 좋아하는 사람은 나야."

"그런데 괜찮대? '좋아, 자기야. 뭐든 자기 말대로 할게'라디?"

태너를 수동적이라고 해서 미안하다더니, 그럼 그렇지.

"태너는 나를 있는 그대로 받아들여." 베키가 말했다. "오빠한테 이런 말까지 해야 하는지 모르겠지만."

"뭘 받아들여? 네가 천사와 악마와 성령을 믿는다는 걸? 내가 동화를 믿지 않는다는 이유로 지옥에 떨어지리라는 걸? 네가 그보다는 똑똑하다고 생각했는데, 미안하다."

"그 소리 듣는 게 얼마나 질리는 줄 알아?"

"뭘 들어?"

"'넌 이러기엔 너무 똑똑해, 저러기엔 너무 똑똑해.' 오빠는 내 평생 그런 말을 해왔어. 근데 알아? 어쩌면 난 바보 같은 느낌을 받는 게 질린 걸지도 몰라."

"아, 그래. 태너하고 있을 때는 그런 걱정 할 필요 없겠네."

베키는 너무 불쾌해서 말이 나오지 않았다.

"가서 걔랑 결혼하면 되겠다. 애도 낳고, 대학은 잊어버리고, 침례교회에나 나가. 거기서는 아무도 네가 똑똑할 거라고 생각하지 않을 테니까. 난 지옥에서 불타고 있을게. 그럼 내 걱정은 할 필요 없을 거야."

"이러려고 날 깨운 거야? 날 욕하고 싶어서?"

클렘 쪽에서 뭔가가 부스럭거렸다. "나는 화가 났어." 그가 말했다. "네가 한 번도 나한테 다시 전화를 걸지 않아서. 하지만 네 말이 맞아. 알겠어. 내가 너였어도 나가서 록스타랑 박아대고 있었을 거야. 그 녀석은 아주 멋진 밴드도 있잖아."

"세상에. 오빠 취했어?"

"누가 누구랑 박아대든 내가 신경이나 쓸 줄 알아? 너한테는 록스타가 있고, 아빠한테는 그놈의 신자가 있고……."

"무슨 얘기를 하는 거야?"

"자지랑 보지 얘기 한다. 진짜 내가 설명해야 돼?"

베키는 한 번이라도 클렘에게 비밀을 털어놓았다는 것이, 그를 존경했었다는 것이 경악스러웠다.

"무슨 신자?" 그녀가 말했다.

"몰랐어? 아빠랑 코트렐 부인 말이야. 엄마가 왜 파업하는 것 같은데?"

베키는 혐오감에 치를 떨었다. "그런 건 전혀 몰라. 하지만 나에 대해서는 잘못된 가정을 하지 않았으면 좋겠어."

"와. 진짜? 잘못된 가정이라고?"

"그래, 진짜."

"너, 무슨…… 너무 침례교파에 충실해서 끝까지 못 가는 거야? 아니면 그냥 걔를 통제하는 게 좋아?"

"닥쳐!"

"미안한데, 좀 한심하다. 섹스조차 안 하고 있다면 솔직히 의미를 모르겠네. 최소한 너 자신에 대해서 뭔가 배울 수 있어야지."

베키의 증오심은 새로운 차원에 접어들었다. 클렘이 노골적인 악으로 보였다. 신에 대한 그의 적대감, 모든 금기에 대한 경멸이 그의 영혼을 파괴했다. 베키는 손이 너무 심하게 떨려서 전화기를 들고 있기도 힘들었다.

"한심한 건 오빠야." 베키가 떨면서 말했다. "오빠는 자기가 우월하고 이성적이라고 생각하지만, 영혼이 죽었어."

"내 영혼? 그것도 동화네."

"오빠한테 무슨 일이 있었는지는 모르겠어. 오빠 여자 친구가 오빠한 테 무슨 짓을 했는지도 모르겠고. 하지만 난 오빠를 거의 알아보지도 못 하겠어."

"난 늘 나였어, 베키."

"그럼 바뀐 사람이 나인가 보네. 어쩌면, 이제야 우리가 얼마나 완벽하 게 다른지 알 수 있을 만큼 나이가 들었나 봐."

"우린 그렇게 다르지 않아."

"아주 완벽하게 달라! 오빤 역겨워!"

베키는 수화기를 제자리에 쾅 내려놓았다. 그런 다음, 다시 집어 들어 바닥에 놓았다. 클렘이 다시 전화 거는 것을 막기 위해서였다. 그렇게 베 키는 증오심에 구역질을 느끼며 주방에서 헤매듯이 나왔다. 다시 잠자리 에 들려고 했지만, 증오심에 잠들지 못했다. 두 시간 뒤 태너가 교회에 가 자고 데리러 왔을 때, 베키는 그를 별로 보고 싶지 않았다. 태너를 클렘으 로 오염시키게 될까 봐 두려웠다. 침례교회에서 베키는 심장에 증오심을 품은 채 찬송가를 부르고 설교 내내 앉아 있었다.

예배가 끝날 때쯤에야 마지막 기도를 하는 동안에 그녀는 예수님과 다 시 연결되었다. 주님의 얼굴을, 그분의 눈길에 담겨 있는 무한한 지혜와 슬픔을 떠올리고서야 베키는 오빠에 대한 동정심에 사로잡혔다. 베키는 오빠가 왜 베트남에 가려는지 절대 이해할 수 없었지만, 베트남에 가는 것이 오빠가 마음을 둔 일이었다. 그건 오빠가 모두에게 하겠다고 선포 한 일이었다. 오빠는 실망감도 느꼈겠지만, 계획이 망가진 만큼 창피함도 느꼈을 게 틀림없다. 오빠는 뉴올리언스에서 불행하게, 아마 친구도 없이 살면서, 켄터키 프라이드 치킨의 튀김기에서 일하던 중에 동생에게 반복적으로 메시지를 남겼을 것이다. 과거에는 늘 그를 위해 있어주었던 동생에게 말이다. 그런데 마침내 동생에게 연락이 되었을 때는 동생이 그를 거절했다. 죄스러운 자만심으로, 허영심에 상처를 입었다는 이유로, 베키는 평생 그녀를 사랑하고 지켜주었던 사람을 채찍질했다. 오빠도 그녀를 채찍질했다면, 그건 단지 상처 입고 창피했기 때문이었다.

베키는 클렘에게 전화를 걸어 사과할 생각으로 목사관에 돌아갔지만, 위층으로 올라가서 클렘의 빈방을 보자 다시 역겨움이 끓어올랐다. 본능적인 혐오감이 그녀에게 중요한 모든 것을 경멸하는 그의 태도에 악화되어 베키의 감성을 압도했다. 클렘은 적극적으로 그녀를 공격했고, 그녀는 단지 자신을 방어했을 뿐이었다. 베키가 보기에 먼저 사과해야 하는 사람은 자기가 아니라 클렘이었다. 그날 남은 시간 동안, 또 그 이후의 며칠 동안 베키는 클렘이 다시 전화를 걸기를 기대했다. 아주 작은 후회와 존중의 몸짓이라도 클렘이 진정성 있게 전하기만 하면, 더 나은 베키의 모습으로 통하는 문을 열 수 있었을 것이다. 하지만 클렘에게도 나름대로 자만심이 있는 모양이었다.

2월이 3월이 되는 동안, 풍요로운 행복감을 느끼는 가운데 베키의 머릿속에서는 그 싸움이 흐려져갔다. 태너는 유럽의 열몇 군데 축제에 편지를 보냈다. 그가 지하실에서 녹음한 솔로 테이프 사본과 블루 노트에 관한 신문 기사 스크랩도 동봉했다. 베키는 그가 편지를 쓰도록 도와주었다. 좀 더 자신감 넘치게 단어를 바꿔 썼다. 그리고 이제 둘은 쌍둥이 기대감이라는 상태에서 살아가고 있었다. 태너는 유럽에서 소식이 들리기를 기다렸고, 베키는 로런스와 벌로이트의 소식을 기다렸다. 베키가 태너에게 자신을 내줄 준비가 됐다는 점에 대해 철저하고 크로스로드 느낌이 나는 대화를 거친 뒤에는, 목사관에서 단둘이 보낼 한 주에 대한 기대감도 공유했다.

　클렘이야 뭐라 생각할지 몰라도 베키는 멍청하지 않았다. 유산을 형제들과 나누자 마음은 따뜻해지고 신앙은 깊어졌지만, 베키는 셜리 이모가 바로 그런 사람이 되어야 한다고 권했던 야심 찬 사람들에게 둘러싸여 비싼 사립학교에 다닐 수 있는 충분한 돈을 간직했다. 베키는 태너에게도 비슷하게 큰 야심을 가지라고 권했다. 만일 태너가 음반 계약을 따내고 전국 투어를 다니기 시작하면, 베키는 그와 함께하기 위해 대학을 잠시 떠날 수 있을 터였다. 하지만 태너와 함께 이런저런 공연에 다녀보니, 베키는 얼마나 많은 다른 음악가들이 같은 야심을 가지고 있는지, 찬란한 재능조차도 얼마나 심한 경쟁에 직면하고 있는지 알게 되었다. 베키는 자신이 위스콘신의 새로운 사회적 영역으로 옮겨 가는 동안 태너가 뉴프로스펙트에서 시들어갈 거라고 생각하는 게 싫었다. 그건 커플로서의 둘의 미래에 별로 좋은 조짐이 아니었다. 하지만 베키 자신의 미래에는 똑같이 밝은 두 가지 가능성이 있었다. 음악계의 황홀한 매력이든, 대학의 특권이든 말이다. 그래서 베키는 무척 행복했다.

　종려주일 전 금요일, 베키는 집에서 학교로 걸어가던 중에 가슴이 두방망이질 치기 시작했다. 부활절 방학이 시작되었다. 타락의 순간이 갑자기 코앞으로 다가왔다. 그녀와 태너는 월요일을 그날 밤으로 선택했다. 베키는 태너에게 저녁으로 뭔가 특별하고 유럽적인 것을 만들어주고 싶었다. 치즈 수플레 같은 것 말이다. 하지만 실제로 요리를 할 줄 아는 어머니와 상의하고 난 뒤, 그녀는 메뉴를 뵈프 부르기뇽으로 결정했다. 베키는 이미 식탁에 올려놓을 기다란 양초 두 개를 샀고, 대담하게도 주류 가게에서 무통카데 레드와인도 한 병 샀다. 완벽해지려면 그날 밤은 단순한 섹스 이상의 무언가가 되어야 했다.

베키는 그녀와 태너를 위해 비워지는 집으로 돌아왔다. 아버지는 제일 개혁 교회에 가고 없었고, 페리는 더플백을 챙겨 문 옆에 놔두었다. 어머니의 흔적은 베키에게 페리를 교회까지 태워다 주라는 쪽지뿐이었다. 위층에서 베키는 저드슨이 디즈니랜드 여행을 떠나려고 깔끔하게 짐을 싸는 것을 보았다. 페리는 어디로 갔는지 알 수 없었다. 주방으로 돌아온 베키는 지하실에서 둔탁한 철컹 소리가 나는 것을 들었다. 그녀는 문을 열고 어둠 속을 들여다보았다. "페리?"

답이 없었다. 베키는 불을 켜고 용기를 내 계단을 내려갔다. 기름 버너가 있는 지하실 저쪽 구석에서 이상하게 씩씩대는 소리와 또 한 번 금속이 철컹거리는 소리가 들렸다.

"야, 페리. 준비됐어?"

"응, 준비됐어. 혼자 좀 놔두면 안 돼?"

"교회까지 차 타고 가고 싶으면, 지금 내가 가자고 할 때 가."

페리는 기름 버너 뒤에서 어슬렁거리며 나왔다. "준비됐어."

"여기 내려와서 뭐 해?"

"그 질문은 누나한테 더 적당한 것 같은데. 누나는 빛의 생명체여야 하잖아. 왜 누나가 속한 세상에서 빛나고 있지 않은 거야?"

페리는 경중경중 뛰면서 그녀를 지나쳐 계단을 올랐다. 대마초 냄새는 나지 않았지만, 페리가 다시 약을 하는 건 아닌지 궁금해졌다. 크리스마스 때 그녀는 잠깐 페리와 어울리는 참신함을 즐겼지만, 둘의 '우정'은 날아오르지 못했다. 베키는 유럽에 갈 돈을 벌려고 그로브의 교대근무 일정을 늘린 이후로 페리와 거의 말을 해본 적이 없었다.

베키는 지하실에서 나와, 페리가 더플백을 화장실로 끌고 가는 것을 보았다.

"뭐 해?"

"잠깐 사생활 좀, 누나. 부탁 좀 하자. 이 작은 부탁을 들어줄 수는 없을까."

페리는 화장실에 들어가 문을 잠갔다.

"야, 잠깐만." 베키가 문 너머로 말했다. "너 이상해 보이는데. 괜찮아?"

베키는 페리가 헉헉대는 소리를, 강력한 지퍼에서 나는 귀에 거슬리는 소리를 들었다.

"너 또 약 하는 거면, 나한테 털어놔야 해." 그녀가 말했다. "약 끊는다고 했던 거 기억나지? 난 적군이 아니야."

어떤 고백도 없었다. 등 뒤의 주방에서 전화벨이 울렸다.

베키는 전화를 건 사람이 지니 크로스일 거라고 생각했지만, 기그 베네데티가 베키를 찾고 있었다. 베키는 기그에게 자기 전화번호가 있는 줄조차 몰랐다.

"제가 베키예요."

"하, 목소리를 못 알아들었네. 우리 예쁜이는 오늘 좀 어떠신가?"

"잘 있어요, 감사합니다."

"잠깐 시간 있어?"

"실은, 조금 있다가 다시 전화 걸어주시는 게 좋겠어요."

"내가 전화한 이유는…… 태너가 나더러 너하고 같이 유럽에 간다던데. 이 계획 알고 있었어? 이 계획을 알면서 나한테 말 안 한 거야?"

베키는 심장이 조여왔다. 그녀가 둘의 특수한 합의를 배신한 듯했다.

"태너하고는 오늘 아침에 얘기했어." 기그가 말했다. "난 궁둥이에 불이 나도록 일하고 있다고. 태너를 홀리데이 인 순회공연에 넣으려고 말이야. 그런데 어떻게 됐는 줄 알아? 그 녀석이 밴드를 버리고 널 덴마크로 데려간다는 거야!"

"음…… 맞아요."

"너 유럽이 프로들한테 얼마나 똥간 같은 곳인 줄 알아? 태너가 오르후스인지 똥인지로 가는 걸 덴마크 친구들이 왜 그렇게 좋아하는지 아냐고? 그야 어떤 멍청이라도 그게 미친 시간 낭비라는 걸 알 수 있으니까! 난 너랑 나랑 코드가 맞는다고 생각했어!"

기그는 고함을 지르고 있었고, 베키는 그러지 말라고 말하고 싶었다. 누가 자신에게 고함치는 것을 참을 수 없었다.

"전 코드가 맞는다고 생각하는데요." 그녀가 말했다. "그냥 여름에 딱 한 번 가겠다는 거예요."

"여름에 딱 한 번이라…… 마음에 드네. 여름에 딱 한 번이라니. 그럼 퀸시랑 마이크는? 연인들이 신혼여행을 떠나 있는 동안 퀸시랑 마이크는 뭘 할까? 엄지나 만지작거리면서 너희들이 엽서를 보내주기만 기다려? 태너가 새로운 백업을 짜고 훈련하는 데는 최소 넉 달이 걸려. 갑자기 1973년이 되고, 아무도 태너를 기억하지 못한다고. 너한테는 이게 그럴싸한 계획 같아? 난 네가 똑똑한 줄 알았어."

"유럽에서 큰 민속음악 공연이 열려요." 베키가 딱딱하게 말했다.

"하. 영국 얘기라면 반쯤은 말이 될지도 모르겠다. 음반사에서 요즘도 런던을 뒤지고 다니니까. 하지만 대륙이라니? 장난해? 프랑스나 독일에서 나온 톱 40 히트곡을 한 곡이라도 댈 수 있어?"

"그래도 음반사가 전부는 아니잖아요? 이건 관객들을 발굴하는 일이기도 해요."

"퍽이나 그렇겠네. 어떻게 하시려고? 내 계획은 홀리데이 인 록포드에서 연주하고, 그다음에 록 아일랜드로 움직이는 거야. 크고 작은 도시들을 충분히 건드리면 이름이 생기기 시작해. A&R에서 찾는 게 그런 사람들이야. 이 문제에 있어서는 날 믿어야 해, 베키. 네 남자 친구는 프랑스 파리보다 일리노이주 디케이터에서 연주하는 게 말 그대로 훨씬 나아. 8개월 전에 내가 디케이터에서 잡아준 공연으로 주요 음반사와 계약한 팀이 있어. 거짓말하는 게 아니야."

"하지만 유럽에 가도 그건 할 수 있잖아요. 그러니까, 홀리데이 인 말이에요. 새로운 인맥이 생길 테니까 돌아올 때는 심지어 더 나은 모습일 거예요."

"잘 들어. 얘야. 아가, 좀 들어봐. 네 남자 친구는 그럭저럭 괜찮아. 네 스타일이 마음에 들어서 호의를 베풀듯이 그 녀석과 계약한 건 인정할게. 하지만 호의로 계속 그 녀석을 붙들고 있는 건 아니야. 그 녀석은 프로야. 지시 사항에 따르고, 여자들한테 히트를 치고, 모두가 돈을 벌고 있어. 하지만 솔직한 의견을 말해볼까? 난 그 녀석의 자작곡이 딱히 마음에 들지는 않아. 관객들도 나랑 같은 생각이야. 시간이 지나면 그 녀석의 마음속에 더 나은 노래들이 있는지 알게 되겠지. 하지만 그 녀석 수준의 밴드는 백만 개도 넘어. 그 녀석의 가장 좋은 점은 나이가 어리고, 엄청나게 보기 좋다는 거야. 너도 음반 업계에서 하는 말은 알겠지? 뱀파이어는 젊음과 아름다움에 목말라해. 네 남자 친구한테 절대로 필요하지 않은 게 있다면, 1년 동안 가만히 앉아 있는 거야."

"알았어요." 베키가 아주 작은 목소리로 말했다.

"내가 태너한테 말했어. 나한테 매니저 일을 맡기고 싶으면, 이 유럽 어쩌고는 그냥 변기에 넣고 물을 내려버리라고 말이야. 내 말은 안 듣더라. 하지만 네 말은 들을 거야. 네가 태너한테 따끔하게 버릇을 가르쳐주고 세게 나가. 그렇게 하겠다고 약속해."

"잘 모르겠어요."

"네가 비선 실세잖아. 태너는 뭐든 네가 시키는 대로 할 거야."

전화를 끊었을 때는 창문으로 햇빛이 여전히 강하게 들어오고 있었지만, 주방은 어둑해 보였다. 주방을 밝히던 것이 태양이 아니라 유럽에 관한 꿈이었던 것처럼 말이다. 베키는 벌을 받은 것 같았고 죄책감과 실망감이 느껴졌다. 태너가 가엾었고, 자신은 더 가엾었다. 베키는 페리가 내는 이상한 후두두 소리를 무시하고, 기계적으로 그를 교회까지 데려다준 다음, 다시 기계적으로 집에 돌아왔다. 지금처럼 금요일 밤 교대근무를 하기 싫었던 적도 없었다.

기그가 태너를 해고하는 위험을 감수하더라도 기그의 조언을 무시하는 건 당연히 이기심의 최고봉이 될 터였다. 하지만 셜리는 조카가 유럽 순회 여행을 하는 모습을 상상하다가 죽었고, 베키는 이미 9천 달러를 나눠주었으며, 유럽에 가는 것의 대안은 울적했다. 또 한 번의 여름을 부모님과 함께, 그로브에서 웨이트리스 일을 하며 보내거나 옥수수밭과 우울한 작은 도시들을 연달아 돌아다니게 될 것이다. 중서부 7월의 한증막 속을 말이다. 베키는 이것이 음악 산업의 현실이라는 것을 알았지만, 유럽에 가는 동시에 태너의 경력을 쌓는다는 상상은 너무도 완벽해서 현실로는 물리칠 수 없었다. 대체 어떻게 그걸 포기할 수 있을지 도무지 알 수 없었다.

베키가 엄마와 저드슨을 오헤어 공항으로 데려다준 아침까지도 문제는 그대로 남아 있었다. 베키는 가족이 자리를 비우면 해방감을 느낄 거라고 예상했지만, 태너에 대한 기그의 평가 때문에, 그 평가가 클렘의 평가를 메아리처럼 되풀이했다는 사실 때문에 다가오는 한 주의 낭만은 김이 빠졌다. 저드슨이 작은 여행 가방을 가지고 어머니를 앞서나가는 모습을, 그 두 사람이 야자나무와 영화배우들의 도시로 향하는 모습을 지켜보자 적막한 기분이 들었다.

그녀는 공항에서 곧장 그로브로 갔다. 기그가 태너의 매니저로서 처음 한 일이 그로브의 금요일 밤 공연에 그를 꽂아주는 것이었고, 도시의 더 나은 곳들을 본 베키도 지금은 그 이유를 알았다. 그로브의 흙빛 장식물과 화분은 유행에 따른다기보다 고리타분했고, 라운지의 음향은 형편없었으며, 손님들은 주먹을 꽉 쥐고 다니는 닉슨 지지자들이었다. 교대근무가 끝날 때쯤 베키는 너무 지쳐서 태너의 집에 전화를 걸어 그의 어머니에게 메시지를 남겼다. 위네트카에서 열리는 그의 공연에 빠져야겠다는 얘기를 한 것이었다. 흥미롭게도 태너는 그녀에게 다시 전화를 걸지 않았다.

하지만 다음 날 아침에는 태너의 밴이 일요일 평소 시간에 목사관 진입로에 들어왔다. 베키 자신이 바로 알아차리지는 못한 이유로 그녀는 가장 멋진 봄 원피스를 입었을 뿐 아니라 화장을 정성 들여 했다. 화장실 거울에 비친 얼굴은 어느 모로 보나 소녀의 것이 아니었다. 어쩌면 그게 문제였을 것이다. 어쩌면 그녀는 자신을 돌아볼 수 있는 미래로 가고 싶었던 걸지 몰랐다.

태너도 옷을 차려입었다. 안개 낀 아침 햇빛 속에서, 할머니의 장례식에 가려고 샀던 정장을 입고 숱 많은 머리카락이 어깨쯤에서 반짝이는 가운데, 베키 최고의 모습을 보고 속눈썹을 깜빡이는 그는 이상할 정도로 멋져 보였다. 딴 건 몰라도, 베키는 아무리 태너를 보아도 질리지 않았다. 게다가 베키는 다음 순간 그가 키스한 입술을 가진 바로 그 여자였다. 평소처럼 여러 부위의 신경을 흥분시킨 그 입맞춤은 베키의 문제를 덜 중요한 것으로 보이게 만들었다.

"혹시 말이야, 제일 개혁 교회에 갈래?" 그가 말했다.

"그러고 싶어?"

"모르겠어…… 종려주일이잖아. 익숙한 곳에 가는 게 좋을지도 몰라."

"난 좋아." 그녀가 다시 그에게 입 맞추었다. "훌륭한 생각이야. 제안해 줘서 고마워."

베키는 그가 확실하게 원하는 것을 명시적으로 밝혀주어서 기뻤다. 그리고 어쨌거나 아버지가 없는 일요일에 제일 개혁 교회로 돌아가게 된 것도 기뻤다. 그녀와 태너가 입장할 때 사람들이 지을 놀란 표정을 보게 될 것도 기뻤고, 환영을 맡은 톰과 벳시 데버로에게서 종려 가지를 받을 것도 기뻤으며, 태너와 처음으로 함께 참석한 예배에서 그와 함께 앉았던 신도석을 차지할 것도 기뻤다. 그 예배에서 둘이 연인이라고 상상했던 것을 떠올리니 이상했다. 미래의 인생을 꿈꾼 다음 실제로 그 미래를 살아가는 것이 시간을 비현실적으로 느껴지게 만든다는 것도 이상했다. 지금 태너와 함께 앉아서, 드와이트 해플이 전달하기에 약해지기는 했어도 완전히 꺾이지는 않는 신의 말씀을 받아들이자니, 인생의 목표란 무엇인지 궁금해졌다. 인생의 거의 모든 것은 허영이었다. 성공도 허영, 특권도 허영, 유럽도 허영, 아름다움도 허영이었다. 허영을 벗겨내고 신 앞에 홀로 서면 남는 것이 무엇일까? 이웃을 자기 몸처럼 사랑하는 것뿐이었다. 이번 일요일에도, 그다음 일요일에도 주님을 섬기는 것뿐이었다. 80년만 산다고 해도, 인생의 지속 시간은 극미했다. 80년 분량의 일요일들은 눈 깜짝할 사이에 지나갔다. 인생에는 길이가 없었다. 그저 인생의 깊이에만 구원이 있었을 뿐이다.

그 일은 그런 식으로 일어났다. 예배가 거의 끝나갈 때, 그녀가 태너와 함께 일어서서 짧은 찬가를 부르고 그의 테너 목소리가 울려 퍼지는 것을 들었을 때, 자신의 목소리가 그와 호흡을 맞추느라 떨리는 소리를 들었을 때, 황금색 빛이 다시 그녀에게 들어왔다. 이번에는 대마초에 가려지지 않았기에 더욱 밝았다. 이번에는 그 빛을 보기 위해 자기 안을 들여다볼 필요도 없었다. 베키는 그 빛이 마음속에서 솟아올라 흘러넘치는 것—신의 좋으심, 그녀의 질문에 대한 답변의 간단명료함—을 느꼈다. 그녀는 너무도 강력해서 노래 부르던 숨을 앗아 갈 정도의 발작을 경험했다. 답은 구원자이신 예수 그리스도였다.

그녀는 답을 찾으러 갔던 다른 교회들에서는 답을 구하지 못했다. 출발한 곳에서 찾았다. 이것이 베키에게는 매우 중요한 사실로 보였다.

그녀와 태너는 사람들이 건네는 다정한 말을 듣고, 초롱초롱한 눈의 부인들에게서 감탄을 받다가 식당에서 빠져나와 봄날 아침을 맞았다. 올해 중 가장 따뜻한 아침이었다. 감정 격발의 여파로 베키의 감각은 그녀를 어루만지는 산들바람과 꽃이며 봄 흙의 향기, 은행 건물 옆에서 타는 층층나무, 보이지 않는 새들의 노랫소리, 그녀 자신의 몸에서 느껴지는 봄의 충동으로 생생하게 살아 있었다. 신의 방문이 그런 감각들을 일으켰으므로 베키에게는 그런 감각이 조금도 잘못된 것으로 느껴지지 않았다. 그것들은 단지 그분의 피조물 일부일 뿐이었다.

"산책하자." 그녀가 말했다.

"신발이 그래서 발이 아플 텐데."

"너무 아름다워서 맨발로 갈래."

메이플 거리의 인도 밑에는 아직도 겨울이 있었다. 태양의 온기와는 짜릿한 대조를 이루었다. 베키는 마지막으로 맨발로 걸어본 게 언제인지 기억나지 않았다. 한때 여덟 살 소녀였던 그녀는 이제 열여덟 살이 되었고, 언젠가는 여든 살이 될 터였다. 봄에 대한 그녀의 감각 기억들은 예배당에서 받은 지혜를 확인해주었다. 시간은 환각이라는 깨달음.

"방금 또 일어났어." 그녀가 태너에게 말했다. "크리스마스에 일어났던 일 말이야. 우리가 찬가를 부르고 있을 때 다시 그 일이 일어났어. 난 주님을 봤어."

"네가…… 진짜야? 그거 끝내주는데."

"이상한 건 어제는 정반대였다는 거야. 어제는 너무 죽은 듯한 기분이었는데, 지금은 너무 살아 있는 기분이야. 어제는 뭘 해야 하는지 전혀 알 수 없었는데, 오늘은 답이 너무 분명해."

"무슨 뜻이야?"

그녀는 몇 마디 말로 기그와의 대화를 전했다. 태너의 기분을 배려하기 위해 기그의 평가는 빼놓았지만, 그랬는데도 태너는 화를 냈다. 로라가 꽤나 소리를 질러대는 밴드 멤버라는 것은 알고 있었지만, 베키는 태너가 정말로 화를 내는 걸 딱 한 번밖에 보지 못했다. 퀸시 때문에 밴드가 도시 공연에 늦었을 때였다.

"무슨 개소리야? 그 자식이 너희 집에 전화를 걸었다고? 나 모르게?"

"네가 그 사람한테 내 전화번호를 알려준 거 아니야?"

"그놈한테? 절대 아니야. 나한테 할 말이 있으면 나한테 해야지. 그렇게 말했어? 네가 아니라 나한테 말해야 한다고?"

"난 전화만 받았어."

"세상에, 이거 토 나온다. 공연은 잘 잡아주는데 진짜 재수 없는 놈이야. 첫째 날부터 완전히 너한테 빠져 있다고. 나 모르게 너한테 전화를 걸었다니 믿을 수가 없어!"

태너의 분노 폭발이, 그 적극성이 베키는 극히 마음에 들었다.

"내 생각에 기그는 나 때문에 네가 유럽에 가려 한다고 생각한 것 같아." 그녀가 말했다.

"내가 유럽에 가는 이유는 이미 말했어. 못 받아들이겠으면 다른 매니저를 찾겠다고 했다고."

"응, 근데 문제는 이거야. 태너, 문제는 있잖아. 어쩌면 안 가는 게 좋을지도 몰라."

태너는 인도에서 우뚝 멈춰 섰다. "안 가고 싶어?"

"아니, 난 가고 싶어. 하지만…… 그건 그냥 허영심이야. 어제는 알 수 없었는데, 지금은 알겠어. 난 내가 아니라 너한테 좋은 일을 원해. 기그는 안 가는 게 낫다고 하고."

"기그야 당연히 그렇게 말하지. 그 사람은 돈밖에 모르잖아. 내가 유럽에 가면 자기 몫을 챙길 수가 없는걸."

"하지만 기그의 말이 맞으면? 이게 경력에 도움이 안 되는 실수라면?"

"기그가 유럽 현장에 대해 아는 건 제로야. 자기가 그렇게 말했어. '내가 아는 건 제로야'라고."

"그래도 여기 업계는 알잖아. 음반 계약을 하고 싶고 정말로 벗어나고 싶으면 그 사람 말에 귀 기울여야 하는 것 아닐까?"

태너는 그녀를 뚫어지게 보았다. "기그가 너한테 뭐라고 한 거야?"

"내가 너한테 한 말을 했을 뿐이야."

"나는 유럽이 우리가 함께하는 일이라고 생각했어. 그냥 음악만이 문제가 아니라고. 나는 우리가 함께 경험을 쌓고 싶어 한다고 생각했어."

"나도 그러기를 바라. 하지만…… 그게 꼭 이번 여름일 필요는 없을지도 몰라."

"베키. 나랑 함께하고 싶지 않은 거야?"

태너의 눈에는 눈물이 고여 있었다. 그 눈물을 보자 베키는 그와 함께하고 싶었다.

"당연히 함께하고 싶지. 난 널 사랑하는걸."

"그럼 집어치워. 유럽에 가자."

"하지만, 자기야……."

"그게 '경력에 도움이 안 되는 실수'든 아니든 누가 신경이나 쓴대? 내가 신경 쓰는 건 너랑 함께하면서 음악으로 삶을 기념하는 것뿐이야. 너와 함께할 수만 있다면…… 베키. 너랑 함께한다면 실수 같은 건 없어."

길 건너편, 덥수룩한 초록색 풀이 폭발하듯 여기저기 돋아나 있는 뜰에서 한 남자가 잔디깎이를 켰다. 잔디깎이는 쿨럭이더니 푸른 연기 구름을 뒤로 뿜어냈다. 시간이 갈수록 날이 따뜻해지고 있었고, 모퉁이를 돌면 바로 목사관이었다. 태너의 눈에 고인 눈물을 보고 그가 자연스럽게도 그녀가 예배당에서 했던 바로 그 생각―오직 사랑과 섬김만이 중요하다는 생각―을 표현하는 것을 듣자 베키는 몸이 하늘로 둥실둥실 떠오를 것만 같은 기분이었다. 베키는 태너의 손을 잡고 자기 엉덩이에 꽉 눌렀다.

"우리 집으로 가자."

태너는 베키가 무슨 말을 하는 건지 바로 알아들었다. "지금?"

"응, 지금. 나 너무 준비됐어."

"1시 30분에 연습이 있는데."

"네가 대장이잖아." 베키가 말했다. "취소됐다고 해."

*

9월 초 로마에서, 둘은 잠시 묵고 있던 아파트에서 이십대 독일인 커플을 만났다. 그들은 여자의 아버지가 소유한 토스카나의 농장으로 가고 있었고, 베키는 함께 가자는 그들의 초대를 덥석 받아들였다. 엄밀히 따지면, 독일인들이 태너의 연주를 듣고 초대한 사람은 베키가 아니라 태너였지만 말이다. 토스카나 지방을 보고 싶었다는 평생의 소망을 꾸며내거나 농장의 설명을 듣고 꾸밈없이 황홀해한 것 등 베키 자신의 초대장 낚시는 아무도 눈치채지 못했다. 아이러니한 일이었다. 태너는 장소보다는 사람들에게 더 관심이 많았고, 로마에 아무 불만이 없었으니 말이다. 탈출하고 싶어서 못 견딜 지경이 된 사람은 베키였다. 로마의 열기는 숨막혔고, 캄포 데 피오리가 보이는 곳에 자리 잡은 무료 숙소는 크고 위치가 좋긴 했지만 기본적으로 가구가 없었다. 방마다 햇빛에 손상된 쪽모이 세공 바닥이 이어졌고, 탁자도 없었고 의자도 없었다. 그녀와 태너는 한때 무도회장이었을지도 모르는 곳의 구석에 자리를 잡았다. 위쪽 창문을 열면 썩어가는 채소 냄새가 들어왔다. 반대쪽 구석에는 불친절한 젊은 커플이 있었는데, 소문에 따르면 철의 장막 너머에서 온 사람들이라고 했다. 그들은 벌거벗고 느릿느릿 돌아다니며, 그 방의 유일한 가구인 3~4미터 길이의 도금 소파에서 조용히도 하지 않고 성교를 했다. 대여섯 명쯤 되는 다른 장발의 여행객들도 에도아르도라는 남자의 환대를 받았다. 에도아르도는 딱 달라붙는 흰 바지를 입고, 양말 없이 바닥이 얇은 가죽신을 신고 다니는 요정 같은 이탈리아인이었다. 그는 주방 뒤에 있는, 가구가 제대로 갖추어진 방 두 칸에서 살았다. 베키와 태너는, 태너가 길거리 공연을 하고 베키는 인도에 앉아 여행 일지를 쓰고 있던 골목에서 에도아르도를 만났다. 에도아르도가 태너의 기타 케이스에 5천 리라짜리 지폐를 넣고 그들에게 자기 집에 묵으라고 초대했을 때 둘은 두말할 것도 없이 그 제안을 받아들였다. 전날 밤, 기차역 근처의 비좁은 호텔 베개 밑에서 그들은 아침에는 없었던, 뭔가 말라붙어 있는 휴지 뭉치를 발견했었다.

로마의 민속음악 축제는 8월 마지막 며칠 동안 열렸고, 주최자들은 태너의 원서를 거절하면서도 마지막 순간에 공연할 자리가 나기도 한다고 했다. 그 희망에 기대고, 또 셜리 이모가 특별히 로마를 좋아했고 둘의 유레일패스가 만료되기 직전이었기 때문에, 그들은 나흘 먼저 하이델베르크에서 내려왔다. 태너는 하이델베르크에서 공식 초청 연주자로서 공연했다. 비록 공연 시간이 아침 11시였고, 관객들은 실망스러운 수준이었지만 말이다. 그곳에서 둘은 음식을 공짜로 먹고, 깨끗한 시트가 깔린 독일 침대에서 잤다. 남아 있는 여행자수표를 현금으로 더 바꿀 필요도 없었다.

로마에서 그들은 타볼라 칼다*에서 근근이 먹고살며 젤라토를 살지 말지 고민했다. 볼만한 것은 천 가지나 됐지만, 태너가 길거리 공연을 하는 동안 베키가 안전하게 있을 만한 곳은 태너의 바로 옆이나 타 죽을 것 같은, 가구가 없는 아파트뿐이었다. 그녀는 이탈리아 남자들이 귀찮게 굴어서 혼자 걸어 다닐 수조차 없었다. 에도아르도는 그들에게 얼마든지 묵으라고 했지만, 그들은 깔개라고는 침낭밖에 없는 쪽모이 마루에서 지내고 있었다. 사생활을 존중하는 독일인 커플과 함께하는 토스카나 농가의 모습은 꿈의 휴식처와도 같았다. 로마의 열기는 베키의 신경을 너덜너덜하게 했고, 태너에게는 공연 자리가 생기지 않았으며, 둘이 야외 콘서트에 참여하려고 파리로 히치하이킹을 할 때까지는 1주일이 남아 있었다. 그 콘서트의 주요 공연은 '후'와 '컨트리 조 맥도널드'가 맡았다. 여

---

* 이탈리아의 식품 가판대.

름 내내 사람들이 그 콘서트 얘기를 했다. 베키의 월경 주기가 늦어진다는 문제도 있었다. 겨우 며칠 늦었을 뿐이지만, 베키는 젤리 튜브를 다 써버릴까 봐 걱정됐다. 베키는 그 젤리가 굳이 필요 없을 것이라고 생각해서 아직 교체하지 않았는데, 인제 보니 그건 베키가 생각했던 것보다 큰 문제였다.

시카고에서 암스테르담으로 넘어오는 야간 비행과 덴마크의 서늘한 폭풍, 태너를 따뜻하게 맞아준 오르후스 사람들은 이제 너무도 먼 기억이라, 다른 사람의 기억처럼 느껴졌다. 베키의 여행 일지 속 작은 체크 표시들에 따르면, 그녀와 태너는 오르후스에서 세 번, 그 이후로 마흔여섯 번 사랑을 나누었다. 매일 낮에 베키는 반 고흐의 해바라기를 보거나 그냥 미국인 음악가들과 어울리거나, 알프스의 녹색 산등성이에서 소풍을 하거나 커튼도 문틀도 없어서 화장실 바닥에 온통 흩뿌려지는 샤워기에 어리둥절해지거나, 유럽에 온 것에 새로운 기쁨을 느꼈다. 하지만 매일 밤에는 쓰라림이 다시 돌아왔고, 그 쓰라림에서 벗어나는 유일한 방법은 태너의 사랑을 받고 그의 것이 되는 것뿐이었다.

베키에게든, 그들이 만나는 모든 사람에게든 태너가 보이는 친절함은 사실상 기적이었다. 베키가 피를 흘리며 못되게 굴어도 태너는 심술을 내지 않았다. 기차를 향해 전속력으로 달려갔지만 기차가 역에서 빠져나가는 것만 보게 되었을 때도 태너는 그냥 어깨를 으쓱하며 그렇게 될 운명이었나 보다고 말했다. 베키가 위트레흐트에서 장염에 걸려 주요 무대에 혼자 가라고 했을 때, 태너는 베키를 혼자 두고 가지 않겠다고 했을 뿐만 아니라 그녀가 토하는 소리까지도 자기한테는 사랑스럽다고 말했다. 태너가 좀 더 자기주장이 강했으면 좋겠다는 생각이 어쩔 수 없이 들 때도 베키는 그저 태너의 솔직한 호기심, 언제든 감탄할 준비가 되어 있는 태도, 더 많은 경험을 쌓은 가수들에 대한 정직한 칭찬, 누군가가 굳이 재수 없게 굴려고 할 때마다 당황스러운 듯 고개를 젓는 모습, 그가 아름답게도 즉흥 연주를 시작하는 모습만 떠올리면 되었다. 태너는 불필요하게 관심을 끌지 않으면서 흐름을 따라가며 다른 연주자들을 지켜보다가, 때가 맞으면 풀려나 진짜 즉흥 연주를 시작했다. 태너는 그런 식으로 뛰어난 음악성을 과시했고, 누가 물으면 자신이 어려운 릭*을 연주해봤다고 늘 기쁘게 설명했다. 베키의 여행 일지 뒷면에는 태너를 다시 보고 싶다며 그와 베키에게 숙소를 제공하겠다고 한 유럽인들의 주소가 가득했다. 공유의 윤리가 있는 유럽 대륙의 음악 현장은 여행자수표가 다 떨어지고 한참이 지날 때까지도 그들을 먹여 살릴 수 있었다. 로마와 로마의 열기, 스쿠터를 타고 다니는 그 모든 재수 없는 인간들은 베키의 취향에 맞지 않았고, 태너도 결국은 미국에서 다시 경력을 쌓기 시작해야겠지만, 그녀는 서둘러 집에 갈 생각이 없었다.

무슨 의미가 있기에는 너무 어린 저드슨을 제외하면 베키의 가족은 그녀를 버렸다. 2월에 싸운 뒤로 클렘의 소식은 들려오지 않았고, 페리는 무시무시한 비용을 내고 정신병동에 몇 달 동안 입원했으며, 부모님은 최선을 다해서 베키의 인생을 망쳤다. 아버지는 별 사과도 하지 않고 그녀의 재산을 빼앗아 갔고, 어머니는 베키의 편을 들어주거나 그녀와 공감하는 대신 항의 한마디 없이 아버지를 따랐다. 베키 평생에 부모님이 그토록 한마음으로 그녀에게 맞선 적은 없었다. 둘이 그토록 신물 나게 서로에게 빠져 있었던 적도 없었다. 그들은 부활절이 지난 뒤, 신혼부부라도 되는 것처럼 앨버커키에서 돌아왔다. 엉덩이를 톡톡 두드리고, 축

---

* 기타 등으로 연주하는 짧은 곡.

축하게 키스하며 껴안고, 꿀이 뚝뚝 떨어지는 다정한 말을 건넸다. 어머니는 숨소리가 많이 섞인 목소리로 고분고분하게 말했으며, 아버지는 멍하니 어머니를 쳐다보았다. 그들의 새로운 독실함도 똑같이 밉살스러웠다. 이제 아버지는 모든 식사를 긴 기도로 시작했고, 어머니는 떨리는 아멘 소리로 그 기도에 갈채를 보냈다. 베키도 나름대로 신앙이 있었지만, 먹을 때만 기다리는 사람들에게 신앙을 강요할 정도로 멍청하지는 않았다. 베키 자신도 공공장소에서 진한 키스를 하고 죄책감을 느끼긴 했지만, 그녀에게는 다 자란 자녀가 있는 부모가 아니라는 매우 좋은 변명거리가 있었다.

이번에도 베키는 유산을 받았을 때처럼 아버지의 재택 사무실로 여러 번 불려 갔다. 베키가 계단을 지나 3층으로 올라가자 담배 냄새가 났다. 어머니는 원래의 침대로 돌아갔지만, 담배를 끊지는 않았다. 아버지의 책상에는 청구서와 법적 문서들이 흩어져 있었다. 아버지는 계속 그것들을 힐끔거리며 다시 배치했다. 그러면서 자신의 금전적 위기에 대해 설명했다. 베키의 어머니는 응원한다는 듯 아버지를 바라보았다. 결론은, 페리가 헛간을 태워버린 나바호들에게 보상하기 위해서 아버지가 베키의 대학 학자금을 '빌리고' 싶어 한다는 것이었다.

"제가 보기엔 그건 페리가 내야 할 것 같은데요." 베키가 말했다.

"불행한 일이지만, 페리의 계좌에는 남은 돈이 없어."

"제가 페리한테 준 돈을 말하는 거예요."

"다 없어졌단다, 애야." 엄마가 말했다. "페리가 그 돈을 전부 약에 써버렸어."

"3천 달러였는데요!"

"나도 알아. 끔찍한 일이지만, 다 사라져버렸어."

그 소식은 구역질 나는 동시에 그간의 의혹을 풀어주는 것이기도 했다. 베키는 오래전부터 페리가 영혼이 없고 비도덕적이라고 의심해왔다. 최소한 이제는 페리와 관계를 맺고 싶다는 가식을 떨지 않아도 됐다.

"그럼 저드슨은요? 클렘은요?"

"네가 저드슨에게 준 돈을 빌릴 생각이다." 아버지가 말했다. "교회에서도 대출을 받았어. 그게 법적, 의료적 비용을 대는 데 도움이 될 거야. 하지만 그래도 돈이 많이 부족해."

"그럼 클렘은요? 클렘이 그 돈을 갖고 싶어 했던 것도 아니잖아요."

아버지는 한숨을 쉬고 어머니를 보았다.

"네 동생은 정신적으로 심하게 아파." 어머니가 말했다. "그렇게 아픈 와중에 어느 순간엔가 그 애가 클렘의 계좌도 비워버렸더구나."

베키는 어머니를 빤히 보았다. 피해자는 베키였는데, 어머니는 그녀를 똑바로 볼 배짱조차 없었다.

"비웠다고요." 베키가 말했다. "훔쳤다는 거 아니에요?"

"너한테 이게 이해하기 힘든 일이라는 건 알아." 어머니는 바닥에 시선을 둔 채 말했다. "하지만 페리는 너무 불안정해서 자기가 무슨 짓을 하는 건지도 몰랐어."

"어떻게 자기가 무슨 짓을 하는 건지 모르고 돈을 훔칠 수가 있어요?"

아버지가 경고하듯 그녀를 보았다. "우리 가족은 그 돈이 절박하게 필요하다. 너한테는 어려운 일이라는 걸 알지만, 너도 이 가족의 일원이야. 상황이 반대였다면……."

"그러니까, 제가 도둑이자 마약중독자였을 경우를 말하는 건가요?"

"네가 심각한 병에 걸렸고…… 오해하지 마라, 페리는 정말로 심각한 병에 걸렸어. 그렇다면 분명 네 형제들도 우리가 요구한 희생을 했을 거다."

"하지만 그 돈이 페리를 치료하는 데 필요한 것도 아니잖아요. 그냥 나바호들한테 주려는 거죠."

"농기구가 지독하게 손실됐어. 네 동생이 그걸 망가뜨린 건 나바호들의 잘못이 아니고."

"그래요. 하지만 페리의 잘못도 아니라는 거죠, 그렇게까지 심각하게 아프니까. 제 잘못인가 보네요."

"확실히 네 잘못은 아니야." 아버지가 말했다. "너한테 이 일이 얼마나 불공평하게 보일지 안다. 하지만 우리는 돈을 빌려달라는 거지, 선물로 달라는 게 아니야. 너희 엄마는 일자리를 구할 테고, 아빠도 급료가 더 나은 자리를 찾아보마. 내년 이맘때쯤에는 빌린 돈을 일부 갚을 수 있을지도 몰라. 학자금 대출을 받을 자격도 더 생길 테고."

"잠깐만 부탁하는 거야, 애야." 어머니가 말했다. "셜리 이모가 너한테 준 것을 빌려달라고 부탁하는 것뿐이란다."

"잊어버리신 것 같아서 하는 얘긴데, 셜리 이모는 저한테 1만 3천 달러를 줬어요."

"그래도 네가 저금한 돈은 남아 있을 거야. 가을에 대학에 가고 싶다면, 1~2년쯤 일리노이 주립대에 가도 된단다. 그런 다음 네가 옮기고 싶은 학교로 옮기면 돼."

베키는 사흘 전 벌로이트에서 입학허가 편지를 받았다. 신입생으로서의 경험을 놓치고 벌로이트의 편입생이 되어 오래전에 사회적 질서가 통합된 강의실에 들어간다는 생각은 베키에게 아예 그 학교에 가지 않는 것보다 더 나쁜 일로 보였다. 그녀는 상속받은 1만 3천 달러 중에서 4천 달러는 혼자 쓸 수 있다는 확인을 받고 9천 달러를 내주었다. 그 돈을 주더라도 여전히 특별한 일들이 일어날 거라는 확인을 받고서 말이다. 하지만 부모님은 처음부터 그 유산을 못마땅하게 생각했다. 그들은 셜리 이모를 못마땅하게 생각했고, 이제는 처음부터 원했던 바를 이루게 되었다. 그 소원이란 베키가 아무것도 갖지 못하는 것이었다. 마치 그들은 모든 것을 아시는 신, 베키의 기독교적 자선 이면에 끈질긴 이기심의 핵이 있다는 걸 아시는 신과 동맹을 맺고 있는 것 같았다. 이 사실을 드러낸 부모님에 대한 증오심으로 베키의 두 뺨이 달아올랐다.

"알았어요." 그녀가 말했다. "전부 가져가세요. 5200달러예요. 다 가져가요."

"얘야." 엄마가 말했다. "네가 직접 저금한 돈까지 가져가고 싶지는 않아."

"왜요? 어차피 제가 어디다 쓰기에도 모자란 돈인데."

"그렇지 않아. 그래도 일리노이 주립대학에 갈 수 있잖니."

"유럽에 가지 않는다면 말이죠."

유럽이 베키에게 어떤 의미인지 알고 있던 어머니는 최소한 약간의 공감이라도 보여줄지 몰랐다. 대신 어머니는 남편에게 결정을 맡겼다.

"불행하지만, 맞는 말이다." 그가 말했다. "일리노이 주립대학에 간다면 기숙사 비용이 필요할 거야. 네가 유럽을 무척 기대했다는 건 알지만, 우린 네가 그 계획을 미루는 게 낫다고 생각한다."

"두 분 다 그렇다는 거죠. 두 분이 함께 결정하신 거예요."

"우리 모두에게 힘든 일이야." 엄마가 말했다. "우리 모두 각자가 원했을지도 모르는 것들을 포기하고 있어."

더 할 말은 없었다. 베키는 자기 방으로 돌아갔을 때 울고 싶은 마음조차 들지 않았다. 괴로움이 그녀의 영혼으로 들어와 머물렀다. 재산을 빼앗기는 상처는 용서할 수 있었다. 어차피 예수님께서는 모든 것을 주어버리고 자신을 따르는 자들에게 보상을 약속하셨으니까. 하지만 모욕은 점점 깊어질 뿐이었다. 부모님은 비도덕적인 동생을, 서로를, 심지어 그 축복받은 나바호들을 베키보다 더 신경 썼다. 베키가 4천 달러를 송금한 날 저녁 식사 자리에서 아버지는 가족이라는 선물과 자신의 딸 리베카라는 선물에 대해 주님께 감사했고, 베키의 씁쓸함은 너무도 강렬해서 음식 맛이 나지 않을 정도였다. 어머니는 베키에게 직접 고맙다고 말하는 정도의 예의를 보였지만, 베키가 자랑스럽다는 말은 하지 못했다. 과거에는 무척 자주 한 말이었는데도 말이다. 어머니는 딸에게서 무엇을 빼앗았는지 아주 잘 알고 있었고, 자신이 참여한 일의 부당함도 잘 알고 있었다. 그런 상황에서 자긍심을 이야기하는 건 터무니없는 일이 될 터였다. 그런 씁쓸함에서 풀려날 방법은 태너밖에 없었다. 그는 너무 마음이 고와서 베키와 함께 그녀의 가족을 미워하지는 못했지만, 다른 누구보다도 그녀를 잘 이해했다. 그녀의 선량함과 이기심을 둘 다 이해했다. 베키는 마지막 유산을 포기했고, 벌로이트와 벌로이트가 상징하는 미래를 잃었으며, 1년 동안 풀타임으로 웨이트리스 일을 하거나 샴페인에 있는 거지 같은 고층 기숙사에서 살게 될 터였다. 그리고 태너는 그녀가 왜 유럽으로 가야 하는지 이해했다.

에도아르도의 모든 손님들과 마찬가지로(이게 필요조건인 게 틀림없었다), 독일인 커플인 레나타와 폴커는 눈에 띄게 외모가 뛰어났다. 금발의 찰스 맨슨을 닮은 폴커는 모로코에 산 적이 있었고, 동쪽으로는 인도까지 여행하며 비서구적인 삶의 방식을 탐구했다. 레나타는 놀라운 푸른 눈과 베키가 부러워하는 스타일의 소유자였다. 미국에는 그 어디에도 레나타의 것과 같은 바지와 상의가 없었다. 그 옷들은 남성적이지 않으면서도 단순했고 실용적이었으며, 천은 색이 바랬지만 내구성이 좋았다.

가죽 샌들은 무척 우아했고, 편안해 보였다. 베키는 자기 운동화와 닥터 숄 옷들에 매우 질려 있었다.

토스카나로 떠나기 전날 밤, 태너는 에도아르도와 독일인들과 함께 늦게까지 깨어 있었고, 베키는 숨 막힐 듯한 무도회장으로 물러났다. 썩는 냄새보다 나쁜 것은 창문 너머로 들어오는 목소리였다. 젊은 남자들이 이탈리아어로 고함을 질러내고 있었다. 아마 그들이 영어로 베키에게 외쳤던 것과 똑같은 천박한 얘기일 터였다. 심지어 '크로스로드 블루스'를 부르는 주방의 희미한 태너 목소리까지도 이런 상태에서는 베키에게 억압적으로 느껴졌다. 베키는 손가락으로 귀를 틀어막은 채 땀을 흘리며 침낭에 누워, 온 의지를 피 흘리는 데 집중했다.

그건 마치 무더위를 의지로 물리치려는 것만 같았다. 깨어보니 날은 더더욱 더워져 있었다. 월경이 시작되는 느낌은 단단히 끊겨 있었다. 그 말은 기운 나는 느낌이 없다는 뜻이었다. 그녀의 몸은 늘 굳이 요청하지 않아도 의무를 수행해왔다. 지금 보니 그런 몸은 한편으로 베키가 아무리 간청해도 완전히 무관심한 듯했다. 그녀와 태너는 주방에서 맛이 간 코르네토를 먹은 다음 짐을 챙겼다. 독일인들이 둘의 방보다 더 어두운 방에, 확실히 느껴질 정도로 덜 더운 방에 있었다. 그들은 에어매트리스를 말아 올리는 중이었다. 그것도 부러웠다.

푹푹 찌는 거리에 나서서 에도아르도의 건물 모퉁이를 돌았을 때 폴커가 그들을 인도에 반쯤 걸쳐서 주차해둔 크고 납작한 메르세데스로 안내하더니 트렁크를 열었다.

"이게 폴커 씨 차예요?" 베키가 말했다.

폴커는 그녀의 배낭을 받으려고 손을 내밀었다. "뭘 기대했는데요?"

"모르겠어요, 밴 같은 거요. 저는 폴커 씨네가 좀 더…… 모르겠네요.

가난할 줄 알았어요."

"우린 에도아르도를 무척 좋아해요." 레나타가 말했다. "우리한테 참
흥미로운 사람들을 소개해주죠. 베키 씨네 같은 사람들을요."

"그 집에 가구가 없는 것도 괜찮으세요?"

"우린 지금까지 에도아르도의 집에서 세 번 묵었어요." 폴커가 말했다.
"진짜로 훌륭한 사람이에요."

"왜 가구가 없는지 모르겠어요."

"그야 에도아르도니까요!"

메르세데스의 뒷자리는 매우 널찍해서, 베키는 두 다리를 쭉 뻗을 수
있었고 태너는 기타 케이스를 열 수 있었다. 그는 즉시 연주를 시작했다.
그야 연주하는 것이 태너의 일이었으니까. 낮이든, 밤이든. 베키는 태너
의 길드 소리에 너무 익숙해져 있어서 다른 사람들이 귀 기울일 때만 그
소리에 관심을 기울였다. 앞자리에서 레나타가 귀를 기울이고 있는 지금
처럼 말이다. 레나타는 태너 쪽으로 몸을 돌리고 있었다. 그녀의 푸른 눈
은 베키가 별로 보고 싶지 않을 정도로 열정적이었다. 베키가 로마에서
견뎌냈던 남자들의 희롱은 오직 그녀를 성적인 대상으로만 취급하는 것
이었다. 하지만 여자들에게 발휘하는 태너의 매력은 좀 더 낭만적인 것
으로 보였다. 그리고 베키는 다른 여자들이 그녀의 남자 친구와의 로맨
스를 멋대로 상상할 수 있다는 사실에 분노를 느끼기 시작했다. 문득 레
나타가 태너를 토스카나로 초대한 건 태너에게 푹 빠져 있기 때문이라는
생각이 들었다.

폴커가 무례한 이탈리아 운전자들 때문에 브레이크를 밟을 때마다 자
동차의 룸미러에 달아놓은 실에서 덜컹거리고 빙빙 돌아가는 것은 채
색된 플라스틱 부처였다. 좁은 길을 따라 아주 작은 식당들이 늘어서 있

었다. 들어가고 싶어도 그럴 만한 돈이 없는 식당들이었다. 뒤에 있는 거울 때문에 두 배로 불어난 것처럼 보이는, 알록달록한 유리병이 있는 바들도 있었다. 트럭이 부딪혀서 흠집이 나고, 서커스나 오토 쇼, **8월 29~31일 폴카로마**를 광고하는 포스터가 붙어 있는, 길고 페인트칠이 되지 않은 벽들도 있었다. 더 넓은 길에서는 교회와 폐허들과 기념물들을 언뜻언뜻 볼 수 있었다. 아지랑이 속에서 그것들은 연한 색깔로 보였다. 베키는 셜리 이모나 어머니와 함께 그곳들을 방문할 수도 있었지만, 태너와 함께 들르지는 않았다. 둘의 여행은 그런 여행이 아니었으니까.

더 흉한 꼴의 로마가 이어졌다. 이런 로마는 예쁜 로마보다 더 멀리까지 뻗어나갔다. 그들은 웅웅거리며 스무 대씩 몰려 있는 스쿠터들과 빨래 건조대로 장식된 아파트들, 피라미드처럼 쌓여 있는 자동차 타이어들을 지났고, 주유소도 연달아 지났다. 태너는 즉흥 연주를 했고, 독일인들은 독일어로 말했으며, 레나타는 지도를 살펴보았다. 그러는 동안 베키는 자기 상태를 살폈다. 4년 반 동안, 베키의 월경 주기는 찌는 듯한 중서부의 날씨로 끝나는 폭풍만큼이나 확실하게 찾아왔다. 지금은 배 속에서 아무것도 느껴지지 않았다. 아무 변화가 없었다. 불길하게 피가 고여 있었다. 흉한 로마의 마지막이 사라지고 그들이 고속도로에 이르기 전부터 베키의 마음속에는 공포가 뿌리내리기 시작했다.

폴커가 액셀을 밟는 바람에 베키는 가죽 시트에 등이 눌렸다. 그가 너무 빠르게 차를 몰아서, 그들이 지나쳐 간 트럭들이 가만히 서 있는 것처럼 보였다. 베키는 속도계 바늘이 시속 200킬로미터 근처에서 떨리며 점점 높아지는 것을 보았다. 하늘은 하얗게 달아올랐고 창문은 내려져 있었으며, 굉음에 가까운 바람 소리는 너무 시끄러워서 태너의 높은음밖에 들리지 않았다. 그는 여전히 자기 음악에 심취해 있었고, 레나타는 그를 뚫어지게 보고 있었다. 운전대를 잡은 폴커는 평온해 보였다. 폴커가 미친 듯이 빠르지는 않고 그냥 무모한 정도로만 빠른 자동차 때문에 브레이크를 밟자 부처의 실이 팽팽해지며 기울었다.

두려움에 몸이 뻣뻣해지고 팔조차 들기 어려워진 베키는 태너의 어깨를 건드렸다. 그는 미소 지으면서, 기타 줄을 퉁기며 박자를 맞춰 고개를 끄덕였다. 베키는 너무 무서워서 다시 움직이거나 말을 할 수가 없었다. 달랑거리는 플라스틱 부처 너머로 거의 멈춰 있는 자동차 한 대가 쏜살같이 그들을 마중하러 왔다. 폴커는 헤드라이트를 번쩍거렸고, 부처는 미소 지었으며, 베키의 두려움은 사방으로 가지를 뻗었다. 폴커가 찰스 맨슨처럼 생겼다는 것 말고, 베키는 과연 그에 대해 무엇을 알까? 저 사람이 불교의 환생을 믿는 건가? 그들을 자동차 사고로 죽여서 더 높은 차원으로, 흰 하늘 너머로 보내려는 건가? 게다가 에도아르도의 괴짜 같은 성격, 예쁜 손님들에게 끌리는 점이나 아파트를 비워둔다는 점도…… 다들 변태인 건가? 폴커와 레나타가 그 집에 머문 것도 그래서일까? 그들은 거리를 뒤져서 신선한 고기를 찾아오라고 에도아르도에게 돈을 주는 걸까? 토스카나의 농장이 그저 아무 의심 없는 미국인들을 꾀어내려는 미끼일 뿐일까? 베키는 자신과 태너를 전혀 모르는 사람들의 손에 맡겼다. 폴커에게 속도를 늦추라고 말하고 싶었지만 아래턱이 움직이지 않았고, 가슴 근육은 마비된 것만 같았다. 메르세데스는 비행기 속도로, 혜성 같은 속도로 날아가고 있었다. 지나가는 나무와 표지판들을 압축해 격렬한 흐릿함 속에 한데 뭉갰다. 이렇게 죽는 걸까? 베키는 이미 죽은 것처럼 자신의 죽음을 선명하게 볼 수 있었다. 죽음은 그녀를 슬픔으로 가득 채웠지만, 최소한 그녀에게는 이 세상에서 살아볼 기회가 있었다. 최소한 그녀는 진짜 사랑을 경험하고 신의 빛을 볼 수 있었다. 그녀의 안에 있는 태어나지 않은 영혼은 빛조차 보지 못했다.

주님, 이것이 마지막 시험이라면, 저는 그 시험을 받아들입니다. 그녀는 기도했다. 저의 때가 왔다면, 저는 주님 안에서 기뻐하면서 죽겠나이다. 하지만 제가 사는 것이 당신의 뜻이게 하소서. 제가 사는 것이 당신의 뜻이라면, 언제까지나 당신을 섬길 것을 약속하나이다. 제가 임신하는 것이 당신 뜻이라면, 제 아기를 절대로 해치지 않기로 약속하나이다. 저는 제 딸을 사랑하고 아끼고 그 아이에게 주님을 사랑하라고 가르치겠습니다. 약속합니다. 약속합니다. 약속합니다. 주님께서 저를 살려주시기만 한다면요. 제발, 주님. 저를 살려주세요.

클렘은 펠리페 쿠엘라르를 공사장에서 만났다. 그곳에서의 작업은 리마의 모래 색깔 하늘 아래에서 모래를 삽으로 푸고 손수레에 담아 좁다란 널빤지를 따라서 밀고 올라가는 것으로 구성되었다. 그들은 한 달 동안 수질 정화시설 근처의, 물결무늬가 잡힌 금속 별채를 같이 썼고, 음식과 맥주를 나누었으며, 서로의 방귀 냄새를 맡으며 깼다. 고원 출신의 다른 젊은 남자들이 그렇듯 펠리페는 돈을 좀 벌어보려고 겨울에 도시로 왔다. 11월, 집에 갈 시간이 되었을 때 클렘은 그에게 자기를 데려가달라고 청했다. 그의 집안일을 도울 테니 먹을 것과 묵을 곳을 달라고 말이다. 딱히 날씨랄 것이 없는 리마의 기후와 똑같이 베이지색을 띤 하늘은 클렘에게 답답하게 느껴졌다. 페루에서 보낸 여러 달 동안 동쪽에는 늘 태양이 정상을 비추는, 조금도 가까워지지 않는 안데스산맥이 보였다. 그는 농사에 대해 아는 것이 거의 없어서 파종 시기가 비가 오는 시기와 맞물리리라는 생각을 못 했다.

그는 노동이 무엇인지 안다고 생각했다. 그는 과야킬의 건축 현장에서 타르 용지 여러 톤을 지고 6층짜리 계단을 올랐다. 한 번에 나르는 두루마리가 45킬로그램은 됐다. 치클라요 외곽의 노천 하수도 안에 서서 열 시간 동안 삽질을 하기도 했고, 한낮의 태양 아래에서 뜨거운 아스팔트를 갈퀴질하기도 했다. 하지만 안데스산맥의 진흙탕에서 얼어붙을 것 같은 안개 속에 퍼붓는 우박을 맞으며 미끄러지고 기어다니기 전까지는, 갈라지고 부어오른 손가락으로 돌멩이를 뽑아내고 날이 무딘 장비로 흙을 부수기 전까지는, 높은 고도가 머릿속에서 날카로운 칼날처럼 느껴지고 목구멍의 터진 모세혈관에서 피가 나기 전까지는 자신의 힘이 얼마나 되는지 알 수 없었다.

1년 반 전 뉴올리언스를 떠났을 때 그의 계획은 아무 계획도 세우지 않는 것이었다. 여권이 발급되기를 기다리는 동안 독학으로 배운 스페인어와 수백 달러로 무장한 그는 마타모로스에서 멕시코 국경을 넘어 훨씬 남쪽으로 이동했다. 군대에 가서 복무했을 경우와 똑같은 기간인 2년 동안 떠나 있을 생각이었다. 과야킬로 가는 배를 타느라 돈이 다 떨어지자, 그는 떠돌이, 일해야 한다는 것 말고는 어떤 면에서도 동기가 없는 사람, 즉 날품팔이가 되었다. 다른 노동자들로 가득 찬 버스를 보면, 그는 버스의 행선지가 어딘지는 신경 쓰지 않고 그 버스에 끼어 탔다. 불우한 사람들을 이해하고 싶어서가 아니라, 그저 일하지 않으면 먹을 수 없었기 때문이었다.

더 큰 동기가 있는 것도 아니고, 그런 동기를 찾았던 것도 아니었기에 그는 고원지대에서 그런 동기를 발견하고 놀랐다. 인간 존재의 근본적인 공식—흙 + 물 + 식물 + 노동 = 음식—은 모든 학문 중에서도 가장 응용이 잘되는 학문이었다. 여기에는 철학적인 면이 전혀 없었다. 하지만 안데스 농부들이 묘목과 덩이줄기를 다루는 방식, 경작 가능한 땅의 가장 가혹한 한계선에서 생계를 억지로 꾸려나가는 그 방식은 식물생리학과 유전학, 물리화학과 기후화학, 질소 순환, 분자 수준에서 일어나는 엽

록소의 주짓수를 실현하는 것이나 마찬가지였다. 클렘은 학교에서 실존적 핵심을 제대로 알지 못한 채 이런 학문들을 공부했었다. 그래서 클렘은 계획을 세우게 되었다. 그는 감자 수확기 내내 머물고 난 다음 2년 기한이 끝나면 일리노이주로 돌아가서 농업경제학이라는 불순한 학문을 연구할 생각이었다.

쿠엘라르 가족은 트레스 푸엔테스 마을로부터 걸어서 한 시간 거리에 있는 촌락에 살았다. 1주일에 한 번, 작물을 심고 나면 클렘은 안데스 고원에 나 있는 습지대의 오솔길을 따라 내려가, 고도가 높아질수록 줄어들어 위쪽에서 장작 모으는 일을 고생스럽게 만드는 작은 활엽수 숲들을 지나, 아마 식민지 시대에 만들어졌을 것으로 생각되는 우체국으로 갔다. 모국어가 케추아어인 쿠엘라르 가족과는 달리 우체국 직원은 완벽한 스페인어를 썼다. 고원을 제외하면 그 직원만이 클렘이 세상과 맺고 있는 유일한 연결이었다. 푸트볼*을 주제로 한 그의 달력이 세상과의 연대를 표시하는 유일한 물건이었다. 클렘은 매주 그곳으로 돌아가 또 한 줄의 날짜에 X표가 쳐진 것을 보았다.

어느 날 오후, X들이 2월을 절반쯤 잡아먹었을 때 직원이 그에게 작은 소포를 내밀었다. 클렘은 소포를 가지고 밖으로 나가, 물이 없고 무너져 내린 분수 가장자리에 앉았다. 공기에서는 주방에서 피운 불의 연기 냄새가 났고, 태양은 창백한 구름 천장 뒤에 숨어 있었다. 클렘은 그 구름 너머로 태양의 온기를 느낄 수 있었다. 소포 안에는 모직 양말 세 켤레와 어머니가 보낸 편지가 들어 있었다.

세상에는 두 종류의 편지가 있다. 열정적으로 찢어서 열어보는 편지

* '축구'라는 뜻.

와, 읽으려면 각오를 다져야 하는 편지 말이다. 어머니의 편지는 후자였다. 과야킬과 리마에 있을 때 어머니가 보냈던 다른 편지들은 클렘을 화나게 했다. 베키에게 특히 화가 났다. 베키가 종교적인 사회개량 사상으로 그렇게까지 기울어지지만 않았으면 페리가 6천 달러를 낭비할 수도 없었을 테고, 베키는 열아홉 살이라는 나이에 임신해서 사근사근한 멍청이와 결혼하는 대신 대학에 갈 수 있었을 것이다. 하지만 클렘이 남미에서 할 수 있는 일은 아무것도 없었다. 매일 빵을 벌어들이느라 애쓰고, 잘 걸리는 설사로 고생하고, 남은 옷이 계속 도난당하고, 자기도 옷을 훔치는 데 의존하지 않고 새로운 옷을 구하는 귀찮은 일을 하는 가운데 분노도 흘러갔다. 경험은 클렘에게 여권을 제외한 귀중품을 지니고 살면 안 된다는 가르침을 주었고, 페리가 무너지고 베키가 재앙에 가까운 선택을 했다는 소식이나 어머니의 슬픔도 비슷한 교훈을 주었다. 여행은 가볍게 해야 한다는 교훈.

1974년 1월 26일

클렘에게

　네가 트레스 푸엔테스에 있다는 편지를 받고, 또 네가 그곳에서 안전하게 잘 지낸다는 걸 알았으니 네 아버지와 나는 무척 다행스럽구나. 일은 고되겠지만, 여러 도시에서 그렇게 많은 시간을 보낸 뒤 아름다운 안데스 고원에서 지낸다니 분명 마음이 놓일 것 같아. 네게 반드시 편지가 도착할 수 있는 주소가 생긴 것도 기쁘구나. (내가 리마 우체국으로 보낸 두 번째 편지 얘기는 하지 않던데, 못 받은 것이겠지?) 집으로 보내는 짧은 편지에 수많은 흥미로운 경험과 아주 많은 생각과 느낌을 갈무리하는 건 틀림없이 어려운 일일 테지. 네가 매주 편지를 쓸 수 없다는 것도 안단다. 하지만 네가 우리에게 보내는 말 한 마디 한 마디가 소중하다는 걸 알아주렴.

농업과학에 관한 네 생각도 즐겁게 읽었지만, 당연하게도 나는 너와 함께 지내는 사람들한테 특히 호기심이 생기는구나. 네가 펠리페의 가족에게 관심을 갖게 되었다는 이야기와 그들의 고통을 기꺼이 나누고 싶다는 네 뜻을 들으니 마음이 따뜻해져. 너희 아버지는 약간 부러운 정도가 아닌 것 같더구나. 우리 인생이 다른 방향으로 흘러갔다면 네 아버지는 선교사가 되고 싶어 했을 거야. 네 아버지는 존재한다는 것 자체가 투쟁인 사람들에 대해 깊이 공감하거든. 하루하루가 지날수록 네가 점점 더 그리워지지만, 너 역시 그런 공감 능력을 기르고 있다니 마음이 놓인다. 네 2년의 '복무'에 대해서 그 이상의 보상을 바랄 수는 없을 거야.

집에서 빅뉴스는 네 아버지가 새로운 자리를 받아들여서 우리가 이사를 간다는 거야. 인디애나로 말이지! 해들리스버그라는 마을이야. 인디애나폴리스에서 한 시간 정도 걸리는 곳인데, 그곳 U.C.C.의 신도들은 매우 참여도가 높단다. 임시 목사님이 6월 말에 떠나셔서, 우리는 저드슨이 학기를 마치는 대로 이사할 생각이야. 해들리스버그는 여러 가지 이유로 매력적인 곳이란다. 생활비도 적게 들고, 네 아버지도 마침내 다시 자기 교회를 갖게 되겠지. 또 목사로서의 업무 부담도 가벼워져서 다른 일을 하고 돈을 벌 수도 있어. 페리가 시더힐에 두 번째로 입원하게 된 건 금전적으로 끔찍한 타격이었고, 우린 네 동생에게서 빌린 돈을 갚을 수 없었어. 네 것이었지만 잃어버린 돈은 물론이고 말이야. 네 아버지는 레서 헤브론으로 돌아가서(!) 형제들에게 우리를 그들의 공동체로 다시 받아들여달라고 청원하는 방법을 이야기했어. 아버지는 더 단순한 삶을 살고 싶어 하거든. 하지만 재정적으로는 그게 더 이상 불가능한 선택지이고, 내가 보기에는 해들리스버그도 충분히 단순하단다. 저드슨은 일반 학교에 갈 수 있을 테고, 나는 파문당하지 않고도 와인 한 잔을 즐길 수 있을 거야. 하지만 그곳은 작고 굳게 뭉쳐 있는 공동체야. 페리한테 유혹이 될 만한 것들이 적지. 페리는 더 많은 약을 숨겨놓지 않았다고 장담한다만, 그 애의 병이 재발했으니 어떻게 다시 믿어야 할지 모르겠구나. 이 집을 떠나는 것도 그렇게 아쉽지는 않아. 여기서 보이는 거라곤 페리가 약을 숨겨놨을지도 모르는 곳들뿐이거든.

페리는 우리한테 공손하게 굴고, 우리가 도와주는 걸 고맙게 여기는 눈치야. 하지만 기운이 없고 '강한 감정'을 거의 보이지 않는단다. 전기충격요법 때문에 기억력이 손상됐다고 하고, 새로 먹는 약의 부작용도 싫어해. 페리가 고등학교를 마칠 수 있다 하더라도(페리는 2년 동안 한 과정도 마치지 못했어), 어떻게 대학에 갈 수 있을지는 모르겠구나. 지금 당장은 유감이지만 페리를 지켜보면서 새 약이 듣기를 기도하는 것밖에 할 수 있는 일이 없는 것 같아. 사랑하는 클렘, 네가 기도의 효과에 대해 어떻게 느끼는지는 알지만 동생을 위해서 조금이나마 기도해줄 마음이 언젠가 든다면, 네가 그걸로는 아무것도 바꿀 수 없다고 생각할지라도 엄마한테는 의미가 클 거야. 네 아버지한테도 그렇고.

저드슨은 지금도 우리의 기쁨이란다. 6학년 '뮤지컬'에 출연했고, 10등급 책을 읽고 있어. 저드슨은 페리를 가엾게 여기고, 너희 아버지와 내가 얼마나 큰 짐을 지고 있는지 알고 있어. 하지만 그 점에 대해 골똘히 생각하는 것 같지는 않아. 페리한테 위기가 닥쳤을 때, 나는 그 일로 저드슨이 어린 시절을 빼앗기고 이런저런 것들을 즐길 천진난만한 능력을 잃을까 봐 걱정했어. 내가 나쁜 하루를 보내고 있을 때(그 얘기로 널 따분하게 하지는 않으마) 그 애가 에릭슨네 여자애들이랑 밖에서 놀거나 네 아버지와 함께 뉴스를 보는 것(저드슨은 사회학 수업 보고서를 쓰려고 워터게이트 관련 뉴스를 전부 녹화하고 있어), 혹은 그토록 즐겁게 저녁을 먹는 걸 본다는 게 얼마나 다행스러운 일인지 말로는 다 전할 수가 없단다. 페리는 약 때문에 모든 게 다 똑같은 맛이 난다고 하는데, 저드슨이 특히 좋아하는 음식이 있으면 페리가 자기 그릇을 건네주고 더 먹을 수 있게 해준단다. 페리가 시더힐에서 돌아온 이후로 페리의 옛 모습이 진짜로 반짝이는 것을 본 건 그 애가 저드슨과 함께 있을 때뿐이야. 데이비드 고야가 크리스마스에 두 차례 들렀고(지금 그 애는 라이스 대학교 2학년이란다), 래리 코트렐은 고맙게도 매주 찾아온단다(그 애 엄마는 교회를 떠났지만, 그 애는 아직 크로스로드에 있어). 하지만 페리는 어느 쪽이든 별로 신경 쓰지 않는 것 같아. 페리가 다시 자해할지도 모른다는 두려움이 밤낮으로 들어. 앞으로도 언제까지나 그럴까 봐 무섭구나.

　네 여동생과 태너와는 교회에서 계속 만나고 있어. 그 애들은 그레이시가 울면 베키가 밖으로 나가야 하니까 뒷자리에 앉지. 예배가 끝나면 베키에게 말을 걸어보려고 노력하지만, 꼭 잠긴 문에 대고 말을 거는 것 같구나. 베키는 그레이시한테서 눈을 떼지 않으려고 해. 베키네 식구들이 음반 가게 위층에 아파트를 구했다는 말은 해준 것 같고. 집에 잠깐 들러서 오래된 이불이나 아기 담요, 장난감 같은 것들을 이것저것 챙겨 가라고 말했어. 돈에 쪼들릴 걸 아니까. 베키는 도움을 받지 않았단다. 그냥 미소 지으면서 괜찮다고, 아무것도 필요하지 않다고 하더구나. 모든 걸 미소로 때워. 내 저녁 초대도 거절하고, 명절에 오지 않을 핑계를 대고, 나한테 아기를 안지 못하게 하고(그러고 나서 돌아보면 웬 신자가 아기를 안고 있어). 주님께서 아시겠지만, 베키는 나한테 화를 낼 이유가 있어. 그래도 그 애의 냉정함에 마음이 무너지는 것 같구나. 태너는 늘 그렇듯 상냥하지만, 우리와 이야기하는 모습을 베키가 보면 초조해한단다. 베키는 그레이스한테 정신이 팔린 척하지만, 태너를 지켜보는 게 분명해. 베키는 무척 행복하다고 해. 아마 실제로도 그렇겠지. 우리가 인디애나로 떠나고 나면 더 행복해질 것 같아.

새로운 부목사를 구하는 위원회가 열렸는데, 듣기로는 앰브로즈가 후보자 명단 맨 위에 올라 있다더구나. 내 생각에는 앰브로즈가 그 일자리를 받아들이면, 네 아버지가 뉴프로스펙트에 미련을 버리는 데 도움이 될 것 같아. 네 아버지는 그때의 재앙 이후로 참 많이 달라졌어. 너무도 정숙하고 겸손한 사람이 됐지. 솔직히 릭이 베키의 결혼식에서 주례를 서지만 않았어도 네 아버지는 릭한테 진심으로 행운을 빌어줄 수 있었을 거야. (베키가 선택한 일이라고는 하지만, 정말이지, 릭은 대체 무슨 생각을 한 걸까?) 아버지가 릭이 보이지 않는 자기만의 교회를 갖게 되면 새 출발을 할 수 있을 거라는 게 내 기대란다. 아버지한테는 아직도 세상에 나눠줄 것이 참 많거든. 키스 두로치가 죽은 뒤 아버지가 나바호 보호구역의 석탄 채굴에 관해 쓴 설교문을 동봉한다. 글이 너무 좋아서 내가 〈아더 사이드〉에도 한 편을 보냈어. 이제 네 아버지는 책을 낸 작가란다. 내가 아버지한테 말도 하지 않고 글을 보내서 아버지가 언짢아하긴 했지만, 너한테 보내는 건 개의치 않을 거야.

사랑하는 클렘, 아버지가 너한테 편지를 쓰지 않는 이유가 널 생각하지 않아서라고 생각하면 안 된다. 아버지는 늘 네 생각을 해. 너도 아버지가 네 얘기를 하는 모습을 봐야 해. 감탄스럽다는 듯 고개를 젓는 그 모습을 말이야. 엄마는 아버지에게 너한테 편지를 써서, 아버지가 널 얼마나 자랑스러워하는지 알려주라고 애원했단다. 하지만 아버지는 널 아버지로서 실망시켰다고 믿고 있어. 네가 편지를 반기지 않을 거라고 걱정한단다. 너한테 또 부탁해서 부담을 지우고 싶지는 않지만, 혹시 마음이 생기면 아버지 소식을 들으면 행복할 것 같다고 알려줘도 괜찮을 것 같구나.

여긴 춥고 시간도 늦었어. 이 편지는 아침에 부쳐야겠구나. 너희 아버지는 방금 잠자리에 들러 위층에 올라갔고, 나한테 사랑한다고 전해달라고 했단다. 우리 걱정은 할 필요 없어. 주님께서는 절대로 우리가 내줄 수 없는 것 이상을 요구하지 않으시거든. 이 세상 그 무엇도 너를 다시 보는 것만큼 큰 기쁨을 줄 수 없다는 것만 알아다오. 산에서 부디 몸조심해야 한다. 많이, 많이.

내 모든 사랑을 담아,

엄마가

추신. 이젠 꽤 안전한 주소가 생겼으니까, 너무 늦었지만 작은 크리스마스 선물과 네 계좌에 있던 남은 돈을 보낸다. 집으로 돌아올 때 도움이 될 거야. (혹시 그게 언제쯤이 될지 알고 있니?)

봉투에 들어 있는 20달러짜리 지폐가 나타내듯 귀환이 임박했기 때문일지도 몰랐고, 무너져 내려 후회하는 아버지의 모습, 당황스럽지 않고 그저 가엾을 뿐인 아버지의 나약함 때문일지도 모르지만 클렘은 편지를 읽어도 화가 나지 않았다. 그냥 무척 불안해졌다. 꿈을 꿀 때 드는 느낌과 비슷했다. 다른 어딘가에 가 있어야만 한다는 두려운 감정, 중요한 시험에 늦었거나 기차를 타야 하는데 잊은 것만 같은 꿈속에서의 느낌. 아버지보다 강하다는 것을 증명해야 한다고 생각했다니 얼마나 해괴한 일인가. 클렘은 이미 오래전에 이긴 전투를 계속하고 있었다. 아무 의미 없는 꿈속 세계의 한 부분에서 말이다.

베키가 어떤 사람이든 간에, 그녀는 행복할 때나 행복하지 않을 때나 늘 솔직했다. 순진할 정도로 진솔했다. 그렇게 솔직한 마음을 가진 사람이 어머니에게 가짜 미소를 지어 보이는 모습을 상상하기란 어려웠다. 타고나기를 가식이 없는 사람이 칼에 지문을 남기지 않고 부모를 찌를 방법을 계산한다고 상상하기란. 그 시시한 놈과 베키가 결혼한다는 것을 알게 된 이후로 클렘은 베키를 생각하지 않으려고 최선을 다했다. 아기는 아기였고, 할 수 있는 일은 없었다. 클렘은 베키에게 실망했지만, 그녀 자신의 실망감을 상상할 공감 능력은 없었다. 그들의 어머니처럼 무해한 사람에게 잔인하게 굴 정도라니, 베키는 얼마나 비참한 사람이 된 걸까. 그래, 맞았다. 이것이 클렘이 느끼는 불안의 근원이었다. 그가 늦는 이유였다. 그가 잊은 중요한 문제였다. 그가 베키를 사랑했다는 것이.

그는 우체국 직원에게로 돌아가 동전 몇 닢과 작별했다. 창구 끝에 서서 직원이 빌려준 펜을 들고, 그는 아주 작은 손 글씨로 항공 우편용 엽서를 가득 채웠다. 그는 베키에게 그녀를 비난했던 것을 사과했다. 작은 촌락에서의 일상을 설명했다. 그런 다음, 잠시 멈추었다. 그는 아버지와 같은 입장이었다. 사랑을 시인하는 것을 환영받지 못할까 봐 두려웠다. 그렇게 오랜 침묵을 지킨 끝에 취하는 이런 행동은 베키에게 과장된 것처럼 보일지도 몰랐다. 그래서 클렘은 옆길로 접근했다. 그는 자신이 쓰는 단어들에 사랑이 담겨 있기를 바라며 — 베키는 강한 사람이고, 마음이 깨끗한 사람이고, 빛나는 별이라고 — 부모님들이 겪고 있는 문제를 생각해달라고, 그녀가 누리는 수많은 이점을 고려해달라고, 약간만 친절해져보라고 부탁했다. 그는 편지를 다시 읽지 않고, 엽서에 부모님의 주소와 **전달 요청**이라는 말을 적어 직원에게 주었다. 그런 다음, 그는 새 양말을 신고(무척 필요했다) 계곡을 다시 올라갔다.

그가 남미에서 더 큰 공감 능력을 발달시켰으리라고 생각하다니 어머니가 너그러운 것이었다. 공감 능력은 일용직 노동자로서는 감당할 여력이 없는 사치였다. 새벽에 트럭이 서고 60명의 남자들이 그 트럭에서 빈자리를 찾으려고 싸울 때는 트럭 짐칸 뒤로 나를 끌어내리려는 사람에게 공감하는 즉시 그날 먹을 것을 전부 잃을 수 있었다. 클렘이 트레스 푸엔테스에서 뭐라도 발달시켰다면, 그건 단지 가차 없는 안데스의 고원을 경작하는 남자들과 한밤중 가장 추운 시간에 일어나 모테와 마테를 끓이는 여자들에 대한 감탄뿐이었다. 그는 펠리페 쿠엘라르에게 공감할 필요가 없었다. 그가 지구력이 뛰어나고 믿을 만한 사람이라는 걸 아는 것으로 충분했다.

불안에 조치를 취한 뒤, 클렘은 기본적인 존재 방식으로 돌아왔다. 그는 일어나서 일했고, 치차를 마시고 쿠엘라르의 당나귀와 함께 헛간에서 잤다. 3월이라는 달에는 더 나은 날씨와 콩밭 비탈에 잔뜩 모여든 질소고정균, 끝없이 씹어대며 살을 찌워가는 알파카들이 따라왔다. 세련된 경작 기술이 없었던 클렘은 촌락의 가축우리를 다시 짓고 석벽을 고치고 장작을 모으는 것으로 생계비를 벌었다. 당나귀는 나이가 많고 인내심이 강했다. 클렘은 녀석을 타는 대신 숲까지 데리고 가는 호의를 베풀었다.

클렘은 활엽수가 이렇게 높은 고도에서도 살아남을 수 있다는 사실 자체에 놀랐다. 이곳은 온대의 수목한계선보다 훨씬 높았다. 그리고 클렘은 그 나무들을 마체테로 난도질해야 해서 기분이 좋지 않았다. 이 나무들에는 작은 은색 이파리가 났고, 이끼가 낀 잔가지들과 착생식물 때문에 털북숭이처럼 보였다. 괴로워 보이는 각도로 뒤틀린 큰 가지들도 나 있었다. 마치 환경의 가혹함에 매번 진로를 튼 것만 같았다. 클렘은 장작 수요를 따라잡기에는 이 나무들이 너무 늦게 자라는 건지도 모른다고 생각했지만, 촌락에는 다른 연료가 있었다. 클렘은 오직 죽은 가지만을 가져가는 식으로 신중하게 나무를 벴지만, 모든 가지가 반은 죽고 반은 살아 있는 것처럼 보였다. 나무껍질이 벗겨지고 날씨에 목질을 드러낼 때조차 가지는 전초기지 같은 나뭇잎 한두 개에 영양분을 전달하는 데 성공했다. 사실, 모든 나무가 고원의 축소 모형 같았다. 그 가지들은 경작할 수 있는 땅덩어리, 그러니까 녹색 잎사귀로 이어지는 아주 오래되고 울퉁불퉁한 오솔길을 닮았다. 그리고 그런 잎사귀들은 돌투성이 들판과 타넌이 고여 있는 습지 사이사이에 흩어져 있었다. 반쯤 죽은 나무들은 인간의 정착지도 떠올리게 했다. 제대로 수리된 집 하나마다 폐허 상태의 집이 몇 채는 있었고, 그중에는 돌 더미에 불과한 것들도 있었다. 잉카 시대까지 올라가는 것일지도 몰랐다. 클렘이 나무에서 쏟아지듯 날려 보낸 새들은 촌락 여자들의 판초처럼 금색과 파란색, 검은색과 진홍색이었다. 클렘은 자신과 당나귀가 등에 지고 갈 수 있을 만큼 많은 나무를 자른 뒤, 이미 나무가 다 베인 비탈을 따라 내려갔다. 클렘은 그 비탈의 흙이 숲의 양질토에 비해 심하게 부식되었고 물기가 거의 없다는 것을 알았지만, 이곳의 밤은 몹시 추웠고 쿠엘라르의 집에서 그를 기다리고 있는, 절대 질리지 않는 진한 수프인 알무에르조는 장작 없이는 요리할 수 없었다.

돌이켜보면, 도시에서 시간을 낭비하지 말고 안데스에 1년 더 일찍 왔으면 좋았을 뻔했다. 하지만 어쩌면 이게 최선인지도 몰랐다. 어쩌면 그는 고된 노동을 일정 기간 해야 했는지도 몰랐다. 병무청을 상대로 저지른 실수의 수치심을 씻어내고, 아무 의미 없이 섀런과 부모님에게 끼친 고통에 대해 스스로 벌을 주기 위해서, 고원에서 보상을 얻기 위해서 말이다. 이곳에서의 노동은 더욱 고되었지만, 너무 오래전에 엉뚱한 곳에 놔두어서 아예 잊어버렸던 자아를 되찾은 기분이 들었다. 흙과 식물과 동물로 이루어진 세계를, 호기심과 그 호기심으로 뭔가 하겠다는 야심을. 학교에 돌아가 과학 분야의 경력을 쌓겠다고 생각하자 느껴진 흥분은 낮 동안 클렘을 나아가게 했고, 그가 밤을 지새우게 했다. 다음번 식사보다 큰 무언가를 원해본 것이 아주 오래전 일이었다.

그가 트레스 푸엔테스에서 베키의 편지를 받은 오후에, 우체국 직원의 달력 페이지는 X를 잔뜩 배고 있었다. 3월 27일이었다. 클렘은 마른 분수대로 나가서, 기대에 차 봉투를 뜯었다.

클렘 오빠에게

사과해준 것도 고맙고, 오빠의 여행을 '따라잡을 수 있게' 해준 것도 고맙지만(그 모든 게 무척 재미있을 것 같아), 나한테 뭘 하라고는 하지 말아줘. 오빠는 여기를 떠나기로 선택했고, 갑자기 평화의 사도 노릇을 하기에는 때가 많이 늦었어. 오빠는 모험을 떠났고, 엄마랑 아빠가 나한테 어떻게 했는지 몰라. 두 사람이 페리한테 얼마나 집착하는지도 모르고(나도 페리가 아픈 건 알지만, 걘 믿을 수 없을 만큼 이기적이고 거짓말을 잘하는 데다가 부모님 돈을 거의 1만 달러나 썼어. 이런 일이 끝날 기미도 안 보이고), 부모님이 얼마나 견디기 어려운 사람들인지도 전혀 몰라. 오빠는 속이 뒤틀리지는 않았잖아. 부모님이 나한테 진 금전적인 빚은 용서했어. 난 부모님한테 <u>아무것도</u> 바라거나 기대하지 않아. 엄마가 뭐라 말했는지 몰라도 나는 늘 두 분에게 사근사근하게 굴어. 두 분이 잘못되기를 바라는 것도 없고, 그냥 그분들 곁에 있는 게 즐겁지 않을 뿐이야. 성경에는 이웃을 <u>좋아해야</u> 한다고 적혀 있지 않아. 좋아하는 대상은 사람이 마음대로 정할 수가 없으니까. 부모님을 공경하라는 말은 마음에 걸리지만, 공평하게 말해서 부모님은 나한테 노력할 재료를 별로 주지 않았어. 아빠는 불우한 사람들한테 그 어느 때보다 미쳐 있고, 아빠가 하는 설교는 소련의 정치 지도와 비슷해. 온 교회가 아버지가 교회 신자와 맺었던 불륜을 알고 있고(혹시 엄마가 그 일로 아빠가 거의 해고당할 뻔했다는 얘기 했어?), 아빠는 음모(陰毛)처럼 보이는 염소수염까지 길렀어. 엄마는 아빠가 하나님이 이 세상에 주신 특별한 선물인 것처럼 굴고. 그걸 공경해보라고? 난 두 사람에게 완전히 다정하게 굴지만, 그래도 그분들을 우리 집에 초대하지는 않을 거야. 명절에 그 집에 가지도 않을 거고. 그 이유는 첫째, 나는 태너의 가족이기도 하고, 둘째, 난 그레이스가 평화와 화목함이 있는 집에서 자랐으면 하는데 두 분과 함께 15분 이상을 지내면 무슨 일이 일어날지 걱정되거든. 나는 훌륭하고 재능 있고 너그러운 남자랑 결혼했고, 세상에서 가장 아름다운 아기가 있어. 나는 하나님께서 내게 주신 것에 정말로 벅차. 매일 아침 마음속에 노래를 품고 깨어나. 계속 이렇게 살고 싶어 한다고 해서 나를 비난하지는 말았으면 좋겠어. 어떤 사람들은 부모님을 좋아할 수 있는 행운을 타고났지만, 난 아니야.

오빠가 베트남에 가지 못했을 때 혐오스러운 말들을 했던 건 나도 마찬가지로 사과해야겠지. 그건 잘못된 일이었어. 미안해. 하지만 예전에 우리가 함께했던 방식에는 뭔가 이상한 점이 있었고, 어쩌면 우리는 떨어져서 자라나 독립된 정체성을 가진 각자가 되었어야 했는지도 몰라. 예전에 나는 태양 아래 벌어지는 모든 일을 오빠에게 말하는 걸 무척 좋아했고, 가끔은 우러러보며 이런저런 이야기를 할 수 있는 오빠가 있었던 것이 그립기도 해. 오빠가 여기 올 일이 있으면, 다시 시도해볼 수도 있겠지. 오빠도 그레이시를 만나면 그 순간 내가 왜 개한테 미쳐 있는지 알 거야. 오빠가 태녀의 진짜 모습도 알았으면 해. 오빠는 한 번도 태녀한테 기회를 주지 않았지만, 나를 아낀다면 내 인생에서 나한테, 나를 위해서 모든 면에서 최고인 사람도 아껴야 해. 규칙을 만들 의도는 없었지만, 오빠가 다시 내 삶에 들어오고 싶다면 몇 가지 규칙이 있어야 할 것 같아. 첫 번째 규칙은 엄마와 아빠에 대한 내 감정을 존중하라는 거야. 이 규칙에는 타협의 여지가 없어. 하지만 페리 상태를 보고 두 분이 요즘에 어떤지 보면, 내가 이런 식으로 느끼는 이유를 더 잘 알게 될지도 몰라. 부모님이 불행하시다니 유감이지만, 내가 그걸 나아지게 할 수는 없어. 설령 그렇게 하고 싶다고 해도 말이야. 난 두 분한테 그렇게 중요하지 않거든. 부모님은 부모님의 선택을 했고, 오빠는 오빠의 선택을 했고, 나는 내 선택을 했어. 최소한 우리 중 한 명은 자기 선택에 만족하고 있고.

사랑을 전하며, 베키

편지는 어둠 속에서 켠 성냥 같았다. 클렘은 그 빛에 비추어 목사관에 있는 자신의 옛 방을 보았다. 베키가 늦은 밤 그에게 찾아와 이런저런 이야기를 들려주고, 여러 번 그 솔직한 태도로 클렘의 침대에서 잠들었던 곳이 바로 그곳이었다. 클렘은 왜 그녀를 깨우지 않았을까? 왜 네 방에 가서 자라고 말하지 않았을까? 그건 베키가 클렘에게 너무 큰 의미였기 때문이었다. 베키가 그의 방을 더 좋아한다는 것, 가족 중 누구보다도 그를 좋아한다는 것을 알 수 있다면 바닥에서 자는 불편함도 감수할 만했다. 만일 베키가 잠에서 깨어 깔개에 누워 있는 그를 보고 당황하여 그의 침대를 빼앗은 것을 사과했거나 그런 일이 딱 한 번만 일어났다면, 그건 이상하지 않았을 것이다. 하지만 베키가 같은 일을 하고, 또 하자―당황하지도, 사과하지도 않고 클렘이 바닥에서 자게 두자―둘의 합의 조건은 명백해졌다. 클렘은 그녀를 위해 무엇이든 할 테고, 베키는 그렇게 하도록 놔두리라는 것이었다. 다른 사람들에게는 베키가 이기적으로 구는 것처럼 보였을지도 모른다. 오직 클렘만이 그렇게 사랑받는 데 동의한 베키의 사랑을 이해했다.

그러다가 클렘은 대학에 가서 새런을 만났다. 그녀는 그렇게 사랑받는 것 말고는 아무것도 원하지 않았다. 그리고 클렘은 형편없는 솔직함으로, 자신의 심장이 할 수 있는 최대한으로 그녀를 사랑하지는 않는다는 것을 인정했다. 편지가 밝힌 성냥 불빛을 통해, 클렘은 그의 마음이 아직도 베키의 것이라는 걸 깨달았다. 이것이 그가 새런과 함께할 수 없었던 진짜 이유라는 사실을 말이다. 하지만 그가 새런과 자는 사이에 조건은 변했고, 베키에게는 더 이상 그가 필요하지 않았다. 그녀를 붙잡으려고, 둘의 합의로 다시 그녀를 불러들이려고, 그녀의 결정에 간섭하려고 하다가 그는 베키의 사랑을 완전히 잃었다. 베키는 그에게 무척 화가 났고, 그녀의 증오심은 너무도 견디기 힘들었다. 그래서 클렘은 아무 계획도 없이 멕시코로 떠나는 버스에 올랐다. 성냥 불빛을 통해, 클렘은 자신이 하나의 고통을 다른 고통으로 대체하려 했다는 것을 깨달았다. 베키를 잃는 고통을 고된 노동의 고통으로 바꾸려 한 것이다. 그게 바로 베키의 편지가 끔찍한 이유였다. 아무것도 변하지 않았으니까.

클렘은 인화성 편지를 주머니에 넣은 채 촌락으로 이어지는 오솔길을 성큼성큼 걸어가다가, 어깨에 튼튼한 손잡이가 달린 괭이를 메고 가던 펠리페 쿠엘라르를 따라잡았다. 펠리페는 체구가 작았고 클렘보다 머리 하나가 작았지만, 모든 육체노동을 클렘보다 쉽게 했다. 괭이를 피하면서 그를 따라 오솔길을 올라가는 동안, 클렘은 감자를 언제 수확하느냐고 물었다.

준비가 되면. 펠리페가 말했다.

그래. 클렘이 말했다. 그게 언젠데?

늘 5월이야. 아주 힘든 일이야.

비 맞으면서 심는 것보다 힘들지는 않겠지.

아니, 힘들어. 너도 알게 될 거야.

그들은 잠시 말없이 걸었다. 계곡의 위쪽 끝, 산 너머에 구름이 모여들고 있었다. 아마존에서 밀려온 습기였다. 하지만 최근에는 촌락이 있는 서쪽까지 비가 미치지 않았다. 안데스 고원을 지나는 오솔길은 말라가고 있었다.

질문이 있어. 클렘이 말했다. 내가 지금, 머잖아 떠나야 한다면…… 다시 여기에 올 수 있을까? 추수가 끝날 때까지 있으려고 했는데, 가족을 만나야 할 것 같아.

펠리페는 오솔길에 멈춰 서더니, 괭이를 멘 채 획 돌았다. 그는 인상을 쓰고 있었다.

나쁜 소식이라도 있어? 누가 아프대?

응. 뭐…… 맞아.

그럼 당장 가. 펠리페가 말했다. 가족보다 중요한 건 없어.

*

클렘의 마지막 이동 경로는 블루밍턴에서 오로라까지였다. 부활절 전 토요일 아침 일찍, 모턴이라는 이름의 두 번 이혼한 비료 상인이 그를 태워주었다. 그는 매끈한 뷰익 리비에라를 몰았으며, 신 이야기를 하고 싶어 했다. 모턴은 클렘이 무심코 도둑질을 하고 식당의 식탁에 남은 음식을 먹고 샤워를 하고 주차장 뒤에서 몇 시간씩 잠을 자던 정비소 바깥 경사로에 차를 세웠다. 클렘은 어머니가 보내준 돈으로 비행기를 타고 파나마시티로 왔고, 그곳에서 버스를 타고 멕시코로 올 수 있었다. 하지만 그곳에서부터는 히치하이킹을 해야 했다. 보통은 장거리 트럭 운전자들이 그를 태워주었다. 모턴은 클렘이 닷새 동안 제대로 된 식사를 하지 못했다는 것을 알게 되자, 고속도로에서 나가 스터키스로 가서 그에게 달걀프라이와 베이컨이 곁들여진 팬케이크를 사주었다. 모턴은 얼굴이 푹 꺼져 있었으며 피부가 얼룩덜룩했고, 몸은 망가졌다가 다시 조립된 것 같았다. 과거에 술을 좀 마셨던 남자 같았다. 클렘이 먹는 모습을 지켜보는 게 그에게 즐거움을 주는 듯했다.

"내가 왜 널 태워줬는지 알아?" 그가 말했다. "네가 엄지를 내밀고 있는 걸 봤을 때…… 내가 널 태워준 이유는 네가 천사일지도 모른다고 생각했기 때문이야."

클렘은 딱히 그렇게 생각하지 않았다. 그는 히피의 정반대나 마찬가지였지만, 후드가 달린 페루식 스웨터를 입고 턱수염과 머리를 길게 기르고 있으니 히피처럼 보였다. 그는 리비에라가 멈춰 서자 놀랐다.

"무슨 생각인지 알아." 모턴이 말했다. "하지만 존재해. 천사들 말이야. 평범한 사람처럼 보이지만, 그 사람들이 떠나고 나면 바로 그들이 주님의 천사였다는 걸 알게 되지."

클렘은 아직 영어를 말하는 것에, 자기가 영어를 말할 수 있다는 놀라운 사실에 적응해가는 중이었다. "저는 확실히 천사가 아닌 것 같은데요."

"하지만 주님은 바로 그런 식으로 일해서. 그분이 우리를 돌보시는 방법이 그거야. 우리가 서로를 돌보게 하시는 거지. 도움이 필요한 낯선 사람을 거부하면, 천사를 거부하는 것일지도 몰라. 내가 언제 그 메시지를 받은 줄 알아? 4년 전, 6월 27일이었어. 나는 엉망진창이었지. 두 번째 아내가 나를 떠났고, 고등학교에서의 일자리를 잃은 데다가 폭풍 때문에 자동차까지 고장 났거든. 사실, 여기서 그리 먼 곳도 아니었어. 국도였는데, 비가 장막처럼 내리더라고. 발전기가 나가버렸지. 나는 평생 가장 비참한 처지였어. 나는 나 자신을 불쌍하게 여기면서 차 안에 앉아 있었지, 흠뻑 젖은 채로 말이야. 그런데 거울을 보니까 뒤에 내 쪽으로 누가 걸어오는 거야. 내가 이 얘기를 지어내는 거라고 생각하겠지만, 그 사람은 너랑 비슷한 나이의 젊은 남자야. 흰옷을 입고 있어. 내가 창문을 내리니, 그 사람이 무슨 문제가 있느냐고 물어. 그 사람도 나만큼 젖어 있지만, 보닛을 열어보더니 다시 시동을 걸어보라고 해. 아니나 다를까, 시동이 바로 걸리는 거야. 나는 1초 정도 시동을 켜놓고서, 고맙다고 인사를 하려고 차에서 내려. 돈도 좀 줄까 싶지. 그런데 그 사람이 사라지고 없어. 우리는 옥수수밭 한가운데에 있어. 그렇게 평평할 수가 없는 곳이야. 그런데 펑! 어디에도 없는 거야. 사라진 거지. 바로 그렇게 비가 멈춰. 넌 내가 이 이야기를 지어낸다고 생각하겠지만, 온 하늘에 이 이야기가 적혀 있어. 난 숫자에서도 그 이야기를 볼 수 있어. 이쪽 지평선에서 저쪽 지평선까지 이어진 숫자들을 말이야. 나는 평생의 하루하루에 번호가 매겨져 있다는 걸 알아차려. 천사가 내 인생 전체를, 과거와 미래를 보여주고 있어. 그때, 아주 잠깐, 그 숫자들이 완벽한 대형으로 줄을 맞춰 서자 보이는 거야. 나는 예수 그리스도 안에서의 영원한 삶을 봐. 나는 몇 년 동안 교회에 발도 들여놓지 않았지만, 바로 그 길에서 무릎을 꿇었어. 그리고 예수님에게 내 마음을 쏟아냈지. 나의 새로운 인생이 시작된 게 그날이야."

모턴의 기독교적 친절을 부인할 수는 없었다. 팬케이크와 시럽과 휘핑크림에도 반박할 부분은 없었다. 게다가 그는 인상적인 신념을 담아서 이야기를 해주었다. 하지만 그 이야기는 객관적인 검토하에서는 조금도 살아남을 수 없었다. 페루에서 클렘은 온갖 미신을 가진 사람들과 함께 일했다. 쿠엘라르 가족의 오두막에는 십자가가 있었고, 그는 펠리페가 교회 앞에서나 트레스 푸엔테스의 묘지에서 성호를 긋는 모습을 보았다. 하지만 그 사람들은 소박한 노동자 민중이었다. 모턴은 교육받은 미국인이었다. 본인 설명대로라면 자기 영역에서 최고의 영업 사원이었고, 과학적으로 검증된 원리에 따라 만들어진 뷰익의 주인이었다. 그보다 더 이상한 건, 클렘 자신의 가족 중 다른 어른들이, 어머니와 아버지와 이젠 베키까지 높은 지능을 가진 현대인들이 뭔가 현실적인 것을 지칭하는 듯이 신에 대해 이야기한다는 사실이었다. 신자들 사이에서 불신자로 살아간다는 것은 트레스 푸엔테스에서 그링고*로 살아가는 것보다도 외로운 일이었다. 그링고는 그저 표면이 다를 뿐 공통의 기반을 찾을 수 있었다.

* 중남미와 스페인에서 외국인을 부르는 말. 특히 미국인과 캐나다인에게 쓰인다.

과학과 망상 사이에는 공통의 기반이 없었다.

모턴은 10시에 오로라에서 딸을 데려와야 하지만 않았어도 뉴프로스펙트까지 클렘을 데려다줄 수 있었다. 그는 클렘을 기차역에 내려주고, 그에게 5달러짜리 지폐를 주었다. 그는 글러브박스로 팔을 쭉 뻗더니, 신앙과 관련된 무언가가 잔뜩 인쇄된 카드를 내밀었다.

"너그럽게 대해주셔서 감사합니다." 클렘은 카드를 받으며 말했다. 앞면에는 망점으로 인쇄된 예수가, 뒷면에는 망점으로 인쇄된 천국이 있었다.

"가족과 함께 은총 가득한 부활절 보내라."

혼자 기차 승강장에 남겨진 클렘은 카드를 휴지통에 버렸다. 그렇게 하면서 더러워진 니트 숄더백과 더러운 옷도 그 안에 버리고, 여권만 챙겼다. 오늘은 클렘 자신의 새 인생이 시작하는 날이었다. 귀향 기차는 문을 활짝 열어놓고 기다리고 있었다.

클렘이 뉴프로스펙트를 알아보고 그곳에 대한 권리를 가지고 있다는 것, 그곳의 모든 건물과 거리 이름을 안다는 것은 영어를 자유자재로 쓸 수 있다는 것만큼 놀랍게 느껴졌다. 이동 중에 부모님에게 전화를 걸어서 간다고 알릴 수도 있었지만, 히치하이킹의 불편을 견디는 가장 좋은 방법은 앞일을 생각하지 않는 것이었다. 어쨌든 부모님은 그가 트레스푸엔테스를 떠난 이유가 아니기도 했고.

퍼시그 거리의 공기에는 봄기운이 가득했고, 그 냄새는 페루에서 맡아본 어떤 냄새와도 달랐다. 아이올리스 음반 가게의 창문에는 햇빛에 바랜 재즈와 교향곡 앨범들이 놓여 있었다. 지난번에 클렘이 시내에 온 이래로 아무도 건드리지 않은 것 같았다. 가게 안에서 주인의 못미덥다는 눈길을 받으며 장발의 소년 두 명이 록 음반이 꽂혀 있는 통을 훑어보고 있었다. 클렘은 가게 뒤의 골목으로 돌아갔다. 2층 아파트로 올라가는 계단 맨 아래에서 그는 망설였다. 히피들의 집에 있는 새런의 방 아래에 도착할 때도 비슷하게 망설였던 기억이 났다.

계단 맨 위, 아파트 문에 압정으로 꽂혀 있는 것은, 베키일 게 분명한 누군가가 태너와 베키 에번스라는 글귀를 필기체로 장식적이게 적고, 양옆에 작은 꽃들을 그려놓은 파일 카드였다. 클렘은 눈물이 고인 채로 문을 두드렸다. 클렘의 기억 속에서 베키는 한 번도 소꿉놀이를 하지 않았다. 클렘이 혼자서 그녀를 독차지했던 인디애나주에서 그녀는 어디든 클렘을 쫓아다녔다. 클렘은 그녀에게 야구공 던지는 법을 가르쳐주었고, 자기가 다시 공을 던지면 공이 장갑(클렘의 장갑, 둘의 유일한 장갑이었다)에 들어갈 때까지 지켜보는 법을 가르쳐주었다. 베키는 "돌 똥이다! 돌 똥이야!" 하고 소리를 지르면서 말라붙은 개똥을 가지고 그를 따라다녔다. 그녀가 생각해낸, 총애를 잃은 장난감 토끼를 괴롭힐 방법은 매우 즐겁고 잔인했다. 그녀는 토끼의 죄를 늘어놓으며 심술궂게 낄낄거렸다. 언제부터 그 아이가 소꿉놀이를 하고 싶어 했을까?

클렘은 다시 문을 두드렸다. 아무도 없었다.

여행해 온 거리에 갑자기 녹초가 된 클렘은 길가로 돌아갔다. 그는 부모님을 보기 전에 베키를 보고 싶었다. 자신이 집에 온 이유가 그녀임을 분명하게 밝히고 싶었다. 하지만 지금은 목사관에 있는 자기 침대밖에 생각나지 않았다. 날은 따뜻했고, 태양은 거의 정점에 올라 있었다. 진짜 침대에서 낮잠을 자면 꿀맛일 것 같았다. 이미 반쯤 잠들어 있던 그는 집 쪽으로 발걸음을 돌려 서점과 드러그스토어, 보험설계사 사무소를 지났다.

그는 트레블 클레프에 이르러서 번쩍 눈을 떴다. 앞 창문 뒤에서 태너

에번스가 중년의 손님에게, 누군가의 어머니에게 전자기타를 보여주고 있었다. 클렘은 머뭇거리며 인도에 멈춰 섰다. 태너가 그를 힐끗 보더니, 다시 여자에게로 관심을 돌렸다. 그러더니 태너는 눈이 휘둥그레져서 다시 클렘을 보고, 가게에서 달려 나왔다. "이게 무슨 일이야?"

"돌아왔어." 클렘이 말했다.

"아는 사람인가 했다고!"

태너는 하나도 변하지 않은 것 같았다. 아마 언제까지나 변하지 않을 터였다. 그는 두 팔을 벌렸다. 크로스로드에서도 기꺼이 그랬듯이 말이다. 클렘은 그의 품으로 걸어 들어갔다.

"끝내준다." 태너가 말했다. "베키가 정말 기뻐할 거야."

"그럴까?"

태너의 얼굴은 타고난 밝은 모습이 허락하는 한 흐려졌다. "내 말은…… 그럼. 당연하지. 베키는 널 보고 싶어 했어."

"전부 축하해. 결혼도, 아빠가 된 것도. 축하한다."

"고마워, 멋진 일이었어."

"얘기 듣고 싶네. 근데…… 베키는 어디 있어?"

"아마 스코필드에 있을 거야, 그레이시랑. 지니 크로스가 왔거든."

이제는 매부가 된 남자와 두 번째로 포옹한 다음, 클렘은 스코필드 공원으로 향했다. 뉴프로스펙트의 나무들은 백 퍼센트 살아 있었고, 흠 하나 없는 나무껍질로 질투 날 만큼 단단히 감싸여 있었으며, 모든 집이 궁전처럼 보였다. 어떤 남자가 잔디깎이에 달린 주머니에서 꺼내 쓰레기로 버리는 축축한 에메랄드빛 풀은 알파카에게 세상에서 가장 달콤한 식사가 되었을 것이다. 클렘은 잠시 멈춰 서서 재킷을 벗어 엉덩이 위에 묶었고, 남자는 의심스럽다는 듯 잔디깎이에서 고개를 들었다. 어쩌면 그는 클렘이 속으로 하고 있는 비교를, 그 안에 담겨 있는 비판을 느낀 걸지도 몰랐다. 아니면 그냥 히피를 싫어하는 걸지도.

스코필드 놀이터에는 어머니들이 있었지만, 베키는 그중에 없었다. 피크닉 테이블에도 없었다. 공원 더 뒤쪽에는 백네트가 있는 야구장이 있었다. 다 자란 젊은 남자들이, 몇몇은 셔츠를 벗은 채 소프트볼을 하고 있었다. 플레이트를 밟고 서서 던진 공을 받아 좌익수의 머리 위 높이 날려버리는 남자는 클렘이 고등학교 시절부터 알던 가증스러운 운동선수 켄트 카두치였다. 그는 1루를 돌면서 주먹을 내지르고, 짐승처럼 포효했다.

여자들은—이런 남자애들이 있을 때면 늘 여자들이 있었다—1루 선을 따라 낮은 알루미늄 관람석 주변에 모여 있었다. 베키는 지니 크로스와 함께 가장 낮은 자리에 앉아 있었다. 다른 여자들은 책상다리를 하고 그들의 발치에, 풀밭에 앉아 있었다. 그중 한 명은 서는 자세를 취하는 데 성공한 작은 아이의 두 팔을 들고 있었다. 다른 여자들보다 키가 크고 옛 후광을 그대로 보존하고 있는 베키는 궁정의 여왕처럼 보였다.

지니 크로스가 먼저 그를 발견했다. 그녀는 베키의 어깨를 잡았고, 이제는 베키도 그를 보았다. 그녀의 표정은 잠깐 어리둥절했다. 그러더니 그녀는 1루 선 뒤로 달려와 그를 맞이했다. 그는 두 팔을 활짝 폈지만, 베키는 안을 수 없는 거리에서 우뚝 멈춰 섰다. 그녀는 한때 클렘의 것이었던 코듀로이 재킷을 입고 있었다. 그녀의 미소는 기뻐한다기보다는 회의적인 쪽에 가까웠다.

"여기서 뭐 해?"

"널 보러 왔어."

"와."

"한번 안아봐도 돼?"

베키는 이 농담을 기억하지 못하는 듯했지만, 다가와서 그를 한 팔로 잠깐 끌어안고 물러났다. "다들 부활절이라 집에 왔어." 그녀가 말했다. "오빠도 그런가 보네."

"부활절 생각은 안 했어. 그냥 널 보러 온 거야."

켄트 카두치가 야구장에서 뭔가 모욕적인 말을 외쳤다.

"와서 그레이시 좀 봐." 베키가 말했다. 그녀는 클렘 앞으로 달려 나가더니 작은 아이를 안아 들었다. "그레이시, 클렘 삼촌이야."

아이는 베키의 목덜미에 얼굴을 숨겼다. 클렘은 아이에게 아마 털북숭이 괴물처럼 보였을 것이다. 클렘은 이 순간까지 동생이 아이를 낳았다는 사실을 진심으로 믿지 않았다는 걸 깨달았다. 아기는 완벽한 형태를 갖추고 있었다. 머리카락은 금발에 정수리 부분 숱이 없었고, 옆쪽이 더 풍성했다. 새로운 작은 인간이 무에서 창출되었다. 엄마 자신도 아이 시절을 간신히 지났는데 말이다. 베키의 한 살 때 모습이 생각날 것만 같았다. 다시 눈물이 고였다.

"여기, 안아봐도 돼." 베키가 말했다. "망가지지 않아."

베키의 친구들이 지켜보는 가운데 클렘은 그레이시를 품에 안아 들었다. 면 스웨터를 입고서 활력 넘치는 에너지로 꿈틀거리며, 엄마에게 돌아가려고 팔을 뻗는 그레이시에게서는 온기가 뿜어져 나왔다. 클렘은 저드슨이 안고 다닐 나이를 지난 이후로 아기를 안아본 적이 없는 것 같았다. 그는 조심스럽게 조카를 얼러대며 피할 수 없는 울음을 늦추려고 했지만, 베키의 시선과 미소는 그레이시에게 고정되어 있었다. 아이에게 어디에 있는 게 나은지 일깨워주려는 것만 같았다. 아이는 울음을 터뜨렸고, 베키는 그레이시를 다시 받아 갔다.

둘의 재회의 물리학은 클렘이 상상했던 것과는 전혀 달랐다. 노동이 아니라 운동으로 발달된 근육을 가진 남자들이 가득한 야구장, 관람석 주위에 자리 잡고 있는 여덟 종류의 예쁜 여자들. 그중 일부는 크로스로드 출신이었고(캐럴 피녤라, 샐리 퍼킨스의 여동생), 다른 사람들은 치어리더 출신이었으며, 대부분은 대학에 다니다가 집에 온 터였다. 최소한 그중 한 명은 아직 이 지역에 있었고, 그중 누구도 클렘이 2년 동안 살았던 세상을 눈곱만큼도 상상할 수 없었다. 클렘의 셔츠에서는 고약한 냄새가 났다. 그의 작업복 바지는 안데스의 진흙으로 물들어 있었고, 그가 속한 업계는 쿠엘라르의 촌락이었다. 뉴프로스펙트는 여전히 뉴프로스펙트였고, 베키도 여전히 뉴프로스펙트의 사회적 중심에 있는 게 분명했다. 반면 늘 중심에서 멀었던 그는 과격하게 더 멀어졌다. 클렘은 그 어느 때보다 성적인 매력을 풍기는 지니 크로스에게 말을 걸고 싶었지만, 너무 극도로 소외되어 있어서 그저 백네트 뒤에 서서 그가 싫어하는 사람들이 소프트볼을 하는 것을 보며 베키가 잠깐 시간 내주기를 기다릴 수밖에 없었다.

그레이시는 베키가 백네트로 밀고 온 조잡한 유모차에 잠들어 있었다. "기저귀를 갈아야 해." 그녀가 말했다. "혹시 우리 집에 같이 가고 싶어?"

"어떨 것 같은데?"

"모르겠어."

"넌 내가 여기 온 이유야. 네 편지를 받자마자 돌아왔어."

"음, 그렇구나."

그녀는 유모차를 가장 가까운 인도 쪽으로 밀었고, 클렘도 그녀를 따라갔다. "지금도 그 재킷을 입는 걸 보니 반갑네."

"아, 맞다." 그녀가 말했다. "오빠 거였지. 너무 오랫동안 가지고 있어서 잊어버렸어."

인도에 이르자 그녀는 몸을 웅크리고 아기를 살펴보았다.

"예쁘다." 클렘이 말했다.

"고마워. 난 오빠가 믿지 못할 정도로 앨 사랑해."

그녀는, 클렘이 세상에서 가장 사랑하는 사람은 바로 그의 앞에 있었다. 여전히 클렘의 머릿속 모습과 맞았다. 하지만 클렘 자신이 갑자기 나타난 것은 그녀에게 하찮은 일인 것처럼 보였다. 베키가 아기를 내려다보며 유모차를 밀고 공원에서 나갔을 때, 클렘은 자신이 또 한 번의 나쁜 실수를 한 게 아닌지 두려워졌다. 트레스 푸엔테스에 남아서 감자 수확을 했어야 하는 것은 아닌가 하는 생각이었다.

"베키." 마침내 그가 입을 열었다.

"응?"

"너한테 이래라저래라 하려 했던 것 미안해."

"괜찮아. 용서할게."

"네 인생에 간섭하고 싶지 않아. 그냥 다시 네 인생의 일부가 될 기회를 달라는 거야."

베키는 클렘의 말이 들리지 않는 듯했고, 다시 입을 열지도 않았다. 그렇게 그들은 하일랜드가를 건넜다. 클렘은 멀리서부터 목사관의 참나무 중 더 큰 나무를 볼 수 있었다. 딱히 용서받은 기분은 아니었다.

"아직 집에는 안 갔어?" 그녀가 말했다.

"응. 널 먼저 보고 싶었어."

그녀는 이런 찬사를 고개를 까닥하며 받아들였다. "전에 엄마가 불쑥 우리 집에 찾아왔어. 전화도 하지 않고 그냥 나타났다니까. 우리더러 내일 저녁을 먹으러 오래. 나한테 죄책감을 느끼게 하려고 했어, 아빠가 뉴 프로스펙트에서 보내는 마지막 부활절이라면서."

"뭐. 그건 맞는 말이네."

"난 이미 태너의 부모님을 우리 집으로 초대했어. 그레이시한테는 첫 부활절이야. 햄도 샀고."

클렘은 시험당하는 기분이 들었다. 베키가 클렘더러 부모님과는 달리 한 살짜리는 부활절 일요일을 가이 포크스의 날과 구분할 수 없다는 점을 지적하라고 도발하는 것 같았다.

"그래, 음. 엄마랑 아빠도 초대하지 그래?"

"그러면 페리도 초대해야 하는데, 나한텐 그게 명절처럼 느껴지지 않거든. 페리는 그냥 앉아 있기만 해도 방 안의 모든 공기를 써버리는 것 같아. 사람들이 페리가 아닌 것에 대해서 이야기하기 시작하면, 페리는 자기 기분이 얼마나 더러운지 얘기하거나 완전히 아무 말이나 해. 다시 관심을 받으려면 뭐든지 한다고. 그런데 두 분은 늘 거기에 넘어가."

"걘 아프잖아, 베키."

"그래, 확실히 그래 보여. 두 분이 왜 페리를 돌봐야 하는지는 알겠어. 하지만 태너의 부모님한테는 저녁 내내 페리의 병을 겪는 게 불공평한 일이야."

"엄마랑 아빠는 매일 밤을 그렇게 사셔야 해."

"나도 알아. 분명 두 분한테는 정말 힘든 일이겠지. 하지만 페리는 두 분의 아들이지 내 아들이 아니고, 나는 이미 누나로서 할 만한 일을 다 했어. 명절에는 그 문제를 처리하지 않을 권리쯤은 있는 것 같은데."

클렘은 그 이상 말하고 싶은 충동을 눌러 참았다. 그녀의 첫 번째 규칙에 따라서 부모님에 대한 그녀의 감정을 존중하는 것은 어려운 일이 될 터였다. 그나마 클렘 자신이 부모님에게 친절하게 대하는 것을 막는 규칙은 없는 게 다행이었다.

클렘의 생각을 느낀 듯, 베키는 인도에서 멈춰 서서 그를 돌아보았다.

"그래서, 우리랑 저녁 먹을 거야?" 베키가 말했다.

"오늘 밤에?"

"아니, 내일. 부활절에. 초대하는 거야."

그 초대에 클렘은 심장이 뛰었다. 어쩔 수가 없었다. 하지만 그의 심장이 뛰다가 걸려든 곳은 함정이었다. 그는 너무 오랫동안 떠나 있었다. 부활절에 부모님만 남겨두는 것은 잔인한 일이 될 테고, 베키도 그 점을 알고 있었다.

"잘 모르겠어." 그가 말했다.

베키는 상관없다는 표정으로 시선을 돌렸다. 클렘이 부탁한 것은 그녀와 함께할 기회뿐이었고, 베키는 그에게 그 기회를 주고 있었다. 베키가 진심으로 클렘이 자기 삶에 들어오기를 원하는지, 아니면 그의 충성심을 시험하고 있을 뿐인지는 아직 알 수 없었다. 하지만 클렘이 없는 동안, 베키는 클렘이 예상한 것처럼 약해지기는커녕 막강한 힘이 되었다. 베키는 부모님의 손녀를 데리고 있었고, 전적으로 충실한 남편이 있었으며, 카리스마와 인기도 있었다. 베키는 클렘에게서든, 부모님에게서든 아무것도 필요하지 않았다. 조건은 베키가 설정하는 것이었다.

"생각해볼게." 클렘이 말했다. 자신이 무엇을 하게 될지는 이미 알고 있었으면서도.

옮긴이의 말

《크로스로드》의 작가인 조너선 얼 프랜즌은 미국의 소설가다. 그가 쓴 세 번째 장편소설이자 처음으로 그에게 명성을 가져다준 소설《인생 수정》(2001)은 냉소적인 가족극으로서 평단의 극찬을 받으며 전미도서상을 수상하고 퓰리처상 최종 후보에 올랐다. 이후에 출간된《자유》(2010) 역시 평단의 호평을 받으면서 그는 명실상부한 미국 최고의 소설가로 손꼽히게 되었다.

2021년에 출간된 여섯 번째 장편소설《크로스로드》는 그의 모든 장편소설 가운데서도 가장 높이 평가받는 작품이다. 전체 3부작인 〈모든 신화의 열쇠(A Key to All Mythologies)〉 시리즈의 첫 편인 이 소설은 〈뉴욕타임스〉에서 "프랜즌이 썼던 어떤 작품보다 따뜻하고, 넓은 공감 능력을 보여주며, 심상(image)과 지성 면에서도 묵직하다"고 평했으며, 〈애틀랜틱〉 등에서도 이 작품을 프랜즌이 여태까지 쓴 모든 책 중 가장 뛰어난 작품이라고 상찬했다.

《크로스로드》가 이처럼 뛰어난 평가를 받는 데에는 실제로 살아 있는 사람처럼 다층적이고 설득력 있는 캐릭터를 만들어내는 작가의 능력과, 그들의 심리를 탐구하는 깊이 있고 섬세한 시선이 큰 역할을 한 것으로 보인다.

　뉴프로스펙트라는 교외의 마을에서 부목사로 일하는 러스 힐데브란트, 어렸을 때와 젊은 시절에 배우 지망생으로서 엄청난 사건들을 겪었으나 자신의 과거를 비밀로 묻은 채 러스의 아내이자 교회의 사모, 아이들의 어머니로 살고 있는 매리언, 둘의 딸로서 고등학교 최고의 인기인인 베키와 누나에 대한 묘한 질투와 열등감을 갖고 있으며 약물 중독의 위험에 빠져 있는 페리, 베키를 유독 사랑했으며 베트남전쟁 와중에 대학에 진학해 예기치 못했던 자신의 모습을 발견하게 되는 첫째 클렘과 어린 막냇동생 저드슨은 물론, 예수가 살아난 것처럼 교회 청소년부 아이들의 추앙을 받는 릭 앰브로즈까지 모든 캐릭터가 그야말로 생생하게 다가온다.

　작품에서는 마약 사용, 여성주의 운동, 인종차별, 빈곤 등 비교적 현대적인 주요 이슈들을 깊이 있게 다룬다. 하지만 현실에서 이런 이슈들은, 무기물의 표면에 존재할 때는 아무런 활동을 보이지 않다가 생명체와 접촉하는 순간 나름대로 활동하며 끝없고 예측 불가능한 변이를 일으키는 바이러스처럼, 관념만으로 존재하는 것이 아니라 우리를 통해서만 존재한다. 마찬가지로《크로스로드》의 작중 인물들 역시 질투, 자기 연민, 죄책감, 애정결핍, 인정욕구, 불안, 애욕 등 독자 누구에게나 너무도 익숙한 인간의 보편적이고 근원적인 감정을 가지고 이런 이슈와 함께 살아간다. 이들의 삶을 내밀하게 들여다볼 수 있도록 해주는 프랜즌의 놀라운 솜씨 덕분에 우리는 오직 문학만이 할 수 있는 입체적인 방식으로 인간을 미시적으로, 또 거시적으로 탐구할 수 있게 된다. 사춘기의 첫사랑부터 신앙심과 구원의 문제에 이르기까지, 작중 인물들이 하는 광범위한 고민을 함께 해나가며 나 자신이 가진 많은 고민에 대해서도 매우 통찰력 있는 힌트를 얻을 수 있었다.

대략 5~6년의 긴 주기로 작품을 내며, 출간할 때마다 극찬을 받아온 프랜즌에 대해 〈뉴욕타임스〉는 그가 작품을 쓰지 않는 기간에 느끼는 공허함을 일컫는 말인 "프랜즌 허탈감(Franzen void)"이라는 단어까지 만들어냈다. 이토록 프랜즌을 아낌없이 사랑하는 평단의 기류는 백인-남성-이성애자라는 프랜즌의 주류 정체성과 오프라 윈프리 북클럽에 선정된 것을 두 손 들고 반기지 않는 등(순문학의 예술적 완성도와 독자에게 즐거움을 주어야 한다는 두 가지 압력 사이에서 균형을 잡으려 했는데, 오프라 북클럽에 선정되면 독자의 읽기가 후자로 편향될 수 있다는 이유였다) 사회 일각에 엘리트주의로 보일 수 있는 그의 태도는 한동안 SNS상에서 프랜즌을 논란의 대상으로 만들었다.

하지만 개인적으로 나는 《크로스로드》가 "모든 논란을 잊고 읽어보아야 하는" 작품이라는 〈슬레이트〉의 평에 동의한다. 우리는 이런저런 차이가 있어도 여전히 인간이고, 우리가 당면한 모든 문제는 우리의 인간성을 통해서만 존재한다. 그리고 《크로스로드》는 독자를 작품 속으로 깊이 몰입시켜 그 인간성을 마주 보게 한다.

강동혁

크로스로드

초판 1쇄 발행 2021년 11월 1일
초판 2쇄 발행 2022년 9월 23일

지은이 · 조너선 프랜즌
옮긴이 · 강동혁
펴낸이 · 주연선

(주)은행나무
04035 서울특별시 마포구 양화로11길 54
전화 · 02)3143-0651~3 | 팩스 · 02)3143-0654
신고번호 · 제 1997 — 000168호(1997. 12. 12)
www.ehbook.co.kr
ehbook@ehbook.co.kr

ISBN 979-11-6737-087-7 (03840)